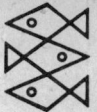

Franz Werfel

Die vierzig Tage des Musa Dagh

Roman

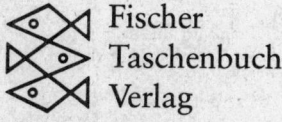

Fischer
Taschenbuch
Verlag

Fischer Taschenbuch Verlag
 1.– 6. Tausend: September 1979
 7.–11. Tausend: Januar 1980
12.–18. Tausend: Mai 1981
Ungekürzte Ausgabe

Umschlagentwurf: Jan Buchholz / Reni Hinsch
unter Verwendung eines Fotos (Foto: Schrammer – ZEFA)

Fischer Taschenbuch Verlag GmbH, Frankfurt am Main
Lizenzausgabe mit freundlicher Genehmigung
der S. Fischer Verlag GmbH, Frankfurt am Main
Copyright 1933 by Paul Zsolnay Verlag, Wien
Alle Rechte bei S. Fischer Verlag GmbH, Frankfurt am Main
Gesamtherstellung: Hanseatische Druckanstalt GmbH, Hamburg
Printed in Germany
1980-ISBN-3-596-22062-9

Inhalt

Erstes Buch

Das Nahende

„Wie lange noch, o Herr, Du Heiliger und Wahrhaftiger, richtest Du nicht und rächest unser Blut an den Bewohnern der Erde?"

Offenbarung Johannis 6,10

Erstes Kapitel Teskeré

„Wie komme ich hierher?"
Gabriel Bagradian spricht diese einsamen Worte wirklich vor
sich hin, ohne es zu wissen. Sie bringen auch nicht eine Frage
zum Ausdruck, sondern etwas Unbestimmtes, ein feierliches
Erstaunen, das ihn ganz und gar erfüllt. Es mag in der durch-
glänzten Frühe des Märzsonntags seinen Grund haben, in dem
syrischen Frühling, der von den Hängen des Musa Dagh herab
die Herden roter Riesenanemonen bis in die ungeordnete
Ebene von Antiochia vorwärtstreibt. Überall quillt das holde
Blut aus den Weidenflächen und erstickt das zurückhaltende
Weiß der großen Narzissen, deren Zeit ebenfalls gekommen
ist. Ein unsichtbar goldenes Dröhnen scheint den Berg ein-
zuhüllen. Sind es die ausgeschwärmten Immenvölker aus den
Bienenstöcken von Kebussije, oder wird in dieser durchsich-
tigsten und durchhörbarsten Stunde die Brandung des Mittel-
meers vernehmlich, die den nackten Rücken des Musa Dagh
weit dahinten benagt? Der holprige Weg läuft zwischen verfallenen Mauern aufwärts. Wo sie unvermittelt als unordentliche Steinhaufen enden, verengt er sich zu einem Hirtenpfad.
Der Vorberg ist erstiegen. Gabriel Bagradian wendet sich um.
Seine große Gestalt in dem Touristenanzug aus flockigem
Homespun streckt sich lauschend. Er rückt den Fez ein wenig
aus der feuchten Stirn. Seine Augen stehen auseinander. Sie
sind etwas heller, aber um nichts kleiner als Armenieraugen
im allgemeinen.
Nun sieht Gabriel, woher er kommt: Das Haus leuchtet mit
seinen grellen Mauern und dem flachen Dach zwischen den
Eukalyptusbäumen des Parks. Auch die Stallungen und das
Wirtschaftsgebäude blinken in der sonntäglichen Morgensonne. Obgleich zwischen Bagradian und dem Anwesen schon
mehr als eine halbe Wegstunde Entfernung liegt, scheint es

immer noch so nahe, als sei es seinem Herrn auf dem Fuße gefolgt. Doch auch die Kirche von Yoghonoluk weiter unten im Tal grüßt ihn deutlich mit ihrer großen Kuppel und dem spitzhütigen Seitentürmchen. Diese massig ernste Kirche und die Villa Bagradian gehören zusammen. Gabriels Großvater, der sagenhafte Stifter und Wohltäter, hat beide vor fünfzig Jahren erbaut. Unter den armenischen Bauern und Handwerkern ist es wohl Sitte, nach den Wanderfahrten des Erwerbs aus der Fremde, ja selbst aus Amerika in die Heimatnester zurückzukehren; die reichgewordenen Großbürger aber halten es anders. Sie setzen ihre Prunkvillen an die Küste von Cannes, in die Gärten von Heliopolis oder zumindest auf die Hänge des Libanon in der Umgebung von Beirût. Von dergleichen Emporkömmlingen unterschied sich der alte Awetis Bagradian beträchtlich. Er, der Begründer jenes bekannten Stambuler Welthauses, das in Paris, London und New York Niederlassungen besaß, residierte, soweit es seine Zeit und seine Geschäfte zuließen, Jahr für Jahr in der Villa oberhalb der Ortschaft Yoghonoluk am Musa Dagh. Doch nicht nur Yoghonoluk, auch die übrigen sechs armenischen Dörfer des Bezirkes von Suedja hatten den reichen Segen seiner königlichen Gegenwart genossen. Wenn man von den Kirchen und Schulbauten, von der Berufung amerikanischer Missionslehrer absieht, so genügt es, auf das Geschenk hinzuweisen, das der Bevölkerung trotz aller Ereignisse bis auf den heutigen Tag im Gedächtnis geblieben ist: jene Schiffsladung von Singer-Nähmaschinen, die Awetis Bagradian nach einem besonders glücklichen Geschäftsjahr an fünfzig bedürftige Familien der Dörfer verteilen ließ.

Gabriel — er wendet den lauschenden Blick noch immer von der Villa nicht ab — hat den Großvater gekannt. Er wurde ja unten in dem Hause geboren und hat so manchen langen Kindheitsmonat dort verbracht. Bis zu seinem zwölften Jahr. Und doch, dieses frühere Leben, das einst das seinige war, berührt ihn unwirklich bis zur Schmerzhaftigkeit. Es gleicht einem vorgeburtlichen Dasein, dessen Erinnerungen mit unwillkommenen Schauern die Seele ritzen. Hat er den Großvater tatsächlich gekannt oder ihn nur in einem Knabenbuch gelesen oder abgebildet gesehen? Ein kleiner Mann mit weißem Spitzbart in einem langen, gelb-schwarz gestreiften Seidenrock. Der goldene Kneifer hängt an einer Kette auf die Brust

8

herab. Mit roten Schuhen geht er durch das Gras des Gartens. Alle Menschen verbeugen sich tief. Zierliche Greisenfinger berühren die Wange des Kindes. War es so, oder ist es nur eine leere Träumerei? Mit dem Großvater ergeht es Gabriel Bagradian ähnlich wie mit dem Musa Dagh. Als er vor einigen Wochen den Kindheitsberg zum erstenmal wiedersah, die dunkelnde Kammlinie gegen den Abendhimmel, da durchflutete ihn eine unbeschreibliche Empfindung, schreckhaft und angenehm zugleich. Ihre Tiefe ließ sich nicht ergrübeln. Er gab es sofort auf. War es der erste Atemzug einer Ahnung? Waren es die dreiundzwanzig Jahre?

Dreiundzwanzig Jahre Europa, Paris! Dreiundzwanzig Jahre der völligen Assimilation! Sie gelten doppelt und dreifach. Sie löschen alles aus. Nach dem Tode des Alten flieht die Familie, vom Lokalpatriotismus des Oberhauptes erlöst, diesen orientalischen Winkel. Der Hauptsitz der Firma bleibt nach wie vor in Stambul. Doch Gabriels Eltern leben mit ihren beiden Söhnen jetzt in Paris. Der Bruder, auch er heißt Awetis, um fünfzehn Jahre älter als Gabriel, verschwindet aber rasch. Als Mitchef des Importhauses kehrt er in die Türkei zurück. Nicht zu Unrecht trägt er den Vornamen des Großvaters. Ihn zieht es nicht nach Europa. Er ist ein einsamkeitssüchtiger Sonderling. Die Villa in Yoghonoluk kommt nach mehrjähriger Verlassenheit durch ihn wieder zu Ehren. Seine einzige Liebhaberei ist die Jagd, und von Yoghonoluk aus unternimmt er seine Weidfahrten ins Taurusgebirge und in den Hauran. Gabriel, der von dem Bruder kaum etwas weiß, geht in Paris aufs Gymnasium und studiert an der Sorbonne. Niemand zwingt ihm den kaufmännischen Beruf auf, zu dem er, eine wunderliche Ausnahme seines Stammes, nicht im geringsten taugt. Er darf als Gelehrter und Schöngeist leben, als Archäologe, Kunsthistoriker, Philosoph, und empfängt im übrigen eine Jahresrente, die ihn zum freien, ja wohlhabenden Mann macht. Sehr jung noch heiratet er Juliette. Diese Ehe bringt eine tiefere Wandlung. Die Französin zieht ihn auf ihre Seite. Nun ist Gabriel Franzose mehr denn je. Armenier ist er nur mehr im akademischen Sinn gewissermaßen. Dennoch vergißt er sich nicht ganz und veröffentlicht einen oder den anderen seiner wissenschaftlichen Aufsätze in armenischen Zeitschriften. Auch bekommt sein Sohn Stephan mit zehn Jahren einen armenischen Studenten zum

Hofmeister, damit ihn dieser in der Sprache seiner Väter ausbilde. Juliette hält das anfangs für höchst überflüssig, ja sogar schädlich. Da ihr aber das Wesen des jungen Samuel Awakian angenehm ist, gibt sie nach einigen Rückzugskämpfen ihren Widerstand auf. Die Zwistigkeiten der Gatten wurzeln immer in ein und demselben Gegensatz. Wie sehr sich aber Gabriel auch bemüht, im Fremden aufzugehen, er wird dennoch von Zeit zu Zeit in die Politik seines Volkes hineingezogen. Da er einen guten Namen trägt, suchen ihn etliche der armenischen Führer auf, wenn sie in Paris sind. Man bietet ihm sogar ein Mandat der Daschnakzagan-Partei an. Wenn er auch diese Zumutung mit Schreck von sich weist, so nimmt er doch an dem bekannten Kongreß teil, der im Jahre 1907 die Jungtürken mit der armenischen Nationalpartei vereinigt. Ein neues Reich soll geschaffen werden, in dem die Rassen friedlich und ohne Entehrung nebeneinander leben. Für ein solches Ziel begeistert sich auch der Entfremdete. Die Türken machen in diesen Tagen den Armeniern die schönsten Komplimente und Liebeserklärungen. Gabriel Bagradian nimmt nach seiner Art den Treueschwur ernster als andere. Dies ist der Grund, weshalb er sich bei Ausbruch des Balkankrieges freiwillig zu den Waffen meldet. Er wird an der Reserveoffiziersschule zu Stambul im Eilverfahren ausgebildet und kommt noch zurecht, um als Offizier einer Haubitzbatterie die Schlacht bei Bulaïr mitzukämpfen. Diese einzige große Trennung von den Seinigen währt länger als ein halbes Jahr. Er leidet tief unter ihr. Vielleicht fürchtet er, Juliette könnte ihm entgleiten. Irgend etwas in ihrer Beziehung zu ihm fühlt er gefährdet, obgleich er keinen wirklichen Anlaß zu diesem Gefühl hat. Nach Paris zurückgekehrt, schwört er allen Dingen ab, die nicht allein dem inneren Leben gelten. Er ist ein Denker, ein abstrakter Mensch, ein Mensch an sich. Was gehn ihn die Türken an, was die Armenier? Er denkt daran, die französische Staatsbürgerschaft zu erwerben. Damit würde er vor allem Juliette glücklich machen. Zuletzt hält ihn immer wieder ein Mißgefühl davon ab. Er ist freiwillig in den Krieg gegangen. Wenn er auch in seinem Vaterland nicht lebt, so kann er es doch nicht widerrufen. Es ist sein Väter-Land. Die Väter haben Ungeheures dort erlitten und es dennoch nicht aufgegeben. Gabriel hat nichts erlitten. Er weiß von Mord und Metzelei nur durch Erzählungen und Bücher. Ist es nicht

10

gleichgültig, wohin ein abstrakter Mensch zuständig ist, denkt er und bleibt ottomanischer Untertan. Zwei glückliche Jahre in einer hübschen Wohnung der Avenue Kleber. Es sieht so aus, als seien alle Probleme gelöst und die endgültige Lebensform gefunden. Gabriel ist fünfunddreißig alt, Juliette vierunddreißig, Stephan dreizehn. Man hat ein sorgloses Dasein, keinen besonderen Ehrgeiz, geistige Arbeit und einen angenehmen Freundeskreis. Was letzteren anbetrifft, ist Juliette tonangebend. Dies zeigt sich hauptsächlich darin, daß der Verkehr mit Gabriels alten armenischen Bekannten — seine Eltern sind lang verstorben — immer mehr einschrumpft. Juliette setzt gleichsam ihr Blut unnachgiebig durch. Nur die Augen ihres Sohnes kann sie freilich nicht ändern. Gabriel aber scheint von alledem nichts zu merken. Ein Eilbrief Awetis Bagradians bringt den Umschwung des Schicksals. Der ältere Bruder fordert Gabriel auf, nach Stambul zu kommen. Er sei ein schwerkranker Mann und nicht mehr fähig, das Unternehmen zu leiten. Darum habe er seit Wochen schon alle Vorbereitungen getroffen, um die Firma in eine Aktiengesellschaft zu verwandeln. Gabriel möge erscheinen, um seine Interessen wahrzunehmen. Juliette, die auf ihren Weltsinn nicht wenig pocht, erklärt sogleich, sie wolle Gabriel begleiten und während der Verhandlungen unterstützen. Es gehe ja um sehr große Dinge. Er aber sei von harmloser Natur und den armenischen Kniffen der anderen keineswegs gewachsen. Juni 1914. Unheimliche Welt. Gabriel entschließt sich, nicht nur Juliette, sondern auch Stephan und Awakian mit auf die Reise zu nehmen. Das Schuljahr ist ja so gut wie zu Ende. Die Angelegenheit kann sich lange hinausziehen und der Lauf der Welt läßt sich nicht berechnen. In der zweiten Juliwoche kommt die Familie in Konstantinopel an. Awetis Bagradian jedoch hat sie nicht erwarten können. Er ist mit einem italienischen Schiff nach Beirût abgereist. Sein Lungenleiden hat sich in den letzten Tagen mit grausamer Schnelligkeit verschlechtert, und er konnte die Luft von Stambul nicht länger ertragen. (Merkwürdig, der Bruder des Europäers Gabriel geht nicht in die Schweiz, sondern nach Syrien, um zu sterben.) Anstatt mit Awetis verhandelt Gabriel nun mit Direktoren, Rechtsanwälten und Notaren. Er muß aber erkennen, daß der unbekannte Bruder für ihn auf die zarteste und umsichtigste Art vorgesorgt hat. Da kommt es ihm das erstemal ganz stark zu Bewußtsein, daß es dieser kranke ältliche Awetis ist, der für ihn arbeitet, dem er sein Wohlergehen verdankt. Welch ein Widersinn, daß Brüder einander so fremd bleiben müssen. Gabriel erschrickt vor dem Hochmut, den er in sich gegen den „Geschäftsmann", gegen den „Orientalen" nicht immer unterdrückt hat. Jetzt erfaßt ihn der Wunsch, ein Unrecht gutzumachen, ehe es zu spät ist, ja eine leichte Sehnsucht. Die Hitze in Stambul ist wirklich nicht auszuhalten. Nach dem Westen zurückzukehren scheint jetzt nicht ratsam. Lassen wir den Sturm vorübergehen. Hingegen ist schon der Gedanke an eine kleine Seefahrt eine Erquickung. Einer der neuesten Dampfer des Khédival Mail läuft auf dem Wege nach Alexandria Beirût an. Auf den westlichen Hängen des Libanon sind moderne Villen zu mieten, die den unbescheidensten Ansprüchen genügen. Die Kenner wissen, daß keine Landschaft der Erde schöner ist als diese. Gabriel aber hat es gar nicht nötig, mit solchen Überredungskünsten aufzuwarten, denn Juliette ist sogleich einverstanden. In ihr lebt schon seit langer Zeit eine dumpfe Ungeduld. Die Aussicht auf etwas Neues lockt sie an. Während sie auf hoher See sind, prasseln die Kriegserklärungen der Staaten aufeinander. Als sie den Landungsquai von Beirût betreten, haben in Belgien, auf dem Balkan und in Galizien schon die ersten Kämpfe begonnen. An eine Heimkehr nach Frankreich ist nicht mehr zu denken. Sie sitzen fest. Die Zeitungen berichten, daß die Hohe Pforte in den Bund der Mittelmächte treten werde. Paris ist Feindesland geworden. Der tiefere Zweck der Reise entpuppt sich als verfehlt. Awetis Bagradian ist dem jüngeren Bruder zum zweitenmal entronnen. Er hat Beirût vor ein paar Tagen verlassen und die beschwerliche Reise über Aleppo und Antiochia nach Yoghonoluk gewagt. Auch der Libanon genügt ihm nicht für den Tod. Der Musa Dagh muß es sein. Der Brief aber, in dem der Bruder diesen seinen Tod selbst ankündigt, trifft erst im Herbst ein. Die Bagradians haben sich inzwischen in einem hübschen Hause angesiedelt, das nur ein wenig oberhalb der Stadt liegt. Juliette findet das Leben in Beirût erträglich. Es gibt eine Menge Franzosen hier. Auch die verschiedenen Konsuln kommen zu ihr. Sie versteht es wie überall, Leute aufzutreiben. Gabriel ist glücklich darüber, daß sie die Verbannung nicht zu schwer empfindet. Man kann dagegen nichts machen. Sicherer als europäische Städte ist Beirût wenigstens. Gabriel aber muß immerzu an das Haus in Yoghonoluk denken. In seinem Briefe legt es ihm Awetis dringend ans Herz. Fünf Tage nach dem Brief kommt Doktor Altounis Telegramm mit der Todesnachricht. Jetzt denkt Gabriel nicht nur, sondern spricht immerwährend von dem Haus der Kindheit. Als aber Juliette plötzlich den Willen kundgibt, dieses Haus, von dem er seit ewigen Zeiten immer erzählte und das er nun geerbt hat, so schnell wie möglich zu beziehen, schrickt er zurück. Seinen Einwänden begegnet sie mit Eigensinn. Ländliche Einsamkeit? Nichts sei ihr willkommener. Weltverlassenheit, mangelnder Komfort? Sie werde sich alles Nötige selbst schaffen. Gerade diese Aufgabe reize sie besonders. Ihre Eltern hätten ein Landhaus besessen, in dem sie aufgewachsen sei. Wenn sie ein eigenes Haus einrichten, wenn sie darin nach ihrem Ermessen schalten und wirtschaften dürfe, gehe einer ihrer liebsten Träume in Erfüllung, wo und unter welchem Himmelsstrich, das sei gleichgültig. Trotz dieser freudigen Bereitwilligkeit wehrt sich Gabriel noch über die Regenzeit hinaus. Wäre es nicht weit klüger, wenn er alles daransetzte, um seine Familie in die Schweiz zu bringen? Juliette aber bleibt bei ihrem Begehren. Es klingt fast wie eine Herausforderung. Er kann ein sonderbares Unbehagen nicht unterdrücken, das mit sehnsüchtigen Gefühlen vermengt ist. Es ist bereits Dezember geworden, als sich die kleine Familie zu der Expedition in die Heimat des Vaters rüstet. Bis nach Aleppo geht die Bahnreise trotz der Truppenverschiebungen leidlich. In Aleppo mietet man zwei unbeschreibliche Autos. Im Schlamm der Bezirksstraße gelangen sie wie durch ein Wunder Gottes doch bis Antiochia. Dort wartet schon der Verwalter Kristaphor an der Orontesbrücke mit dem Jagdwagen des Hauses und zwei Ochsenkarren für das Gepäck. Keine zwei Stunden mehr bis Yoghonoluk. Sie vergehn recht heiter. Das Ganze war gar nicht so schlimm, meinte Juliette...

Wie komme ich hierher? All die äußere Verquickung der Dinge beantwortet die Frage nur höchst unvollständig. Das feierliche Erstaunen seiner Seele aber weicht nicht. Eine leichte Unruhe schwingt mit. Die uralten Dinge, in dreiundzwanzig Pariser Jahren überwunden, sie müssen wieder eingebürgert werden. Jetzt erst wendet Gabriel den leeren Blick von seinem Haus. Juliette und Stephan schlafen gewiß noch. Auch die Kirchenglocken von Yoghonoluk haben den Sonntag noch nicht eingeläutet. Seine Augen verfolgen das Tal der armenischen Dörfer ein Stück nach Norden. Das Dorf der Seidenraupen, Azir, kann er von seinem Standpunkt aus noch erblicken, Kebussije, die letzte Ortschaft in dieser Richtung, nicht mehr. Azir schläft in einem dunkelgrünen Bett von Maulbeerbäumen. Auf dem kleinen Hügel dort, der sich an den Musa Dagh lehnt, erhebt sich eine Klosterruine. Der heilige Apostel Thomas in Person hat die Einsiedelei begründet. Die Steine des Trümmerfeldes tragen bemerkenswerte Inschriften. Manche darunter stammen aus der Seleuzidenzeit und bedeuten für einen Archäologen seltene Funde. Einst reichte Antiochia, die Königin der damaligen Welt, bis zum Meere. Allenthalben liegen hier die Altertümer auf der nackten Erde zur Schau oder springen dem Schatzgräber beim ersten Spatenstich entgegen. Gabriel hat in diesen Wochen schon eine Menge kostbarer Trophäen in seinem Hause geborgen. Diese Jagd bildet seine Hauptbeschäftigung hier. Dennoch hielt ihn eine Scheu bisher zurück, den Hügel der Thomasruine zu ersteigen. (Große Schlangen, kupferfarben und gekrönt, bewachen sie. Jenen Männern, welche die heiligen Steine zum Hausbau heimschleppten, wuchs die Last auf dem Rücken fest, und die Frevler mußten sie ins Grab mitnehmen.) Wer hat ihm diese Geschichte erzählt? Einst im Zimmer seiner Mutter, das nun Juliettens Zimmer ist, saßen alte Weiber mit sonderbar bemalten Gesichtern. Oder ist auch dies nur eine Einbildung? Ist es möglich: war die Mutter in Yoghonoluk und die Mutter in Paris ein und dieselbe Frau?

Gabriel hat längst den dunklen Laubwald betreten. In den Berghang ist eine steile breite Rinne eingeschnitten, die bis zur Höhe führt. Man nennt sie die Steineichenschlucht. Während Bagradian den Hirtenweg emporsteigt, der sich mühselig durch das dichte Unterholz drängt, weiß er plötzlich: Das Provisorium ist zu Ende. Die Entscheidung muß kommen.

Provisorium? Gabriel Bagradian ist ottomanischer Offizier in der Reserve eines Artillerieregimentes. Die türkischen Armeen stehen an vier Fronten im Kampf auf Leben und Tod. Im Kaukasus gegen die Russen. In der mesopotamischen Wüste gegen Engländer und Inder. Australische Divisionen sind auf der Halbinsel Gallipoli gelandet, um gemeinsam mit den verbündeten Flotten das Tor zum Bosporus einzurennen. Die vierte Armee in Syrien und Palästina bereitet einen neuen Stoß gegen den Suezkanal vor. Übermenschliche Anstrengung ist nötig, um an all diesen Fronten standzuhalten. Enver Pascha, der vergötterte Feldherr, hat bei seinem tollkühnen Feldzug im kaukasischen Winter zwei volle Armeekorps eingebüßt. Überall fehlt es an Offizieren. Das Kriegsmaterial ist unzulänglich. Für Bagradian sind die hoffnungsvollen Tage von 1908 und 1912 vorüber. Ittihad, das jungtürkische „Komitee für Einheit und Fortschritt", hat sich des armenischen Volkes für seine Zwecke nur bedient, um sogleich all seine Schwüre zu brechen. Gabriel hat durchaus keinen Grund, sich zum Erweise seiner vaterländischen Tapferkeit besonders vorzudrängen. Die Dinge liegen diesmal ganz anders. Seine Frau ist Französin. Er könnte demnach gezwungen sein, gegen eine Nation im Felde zu stehen, die er liebt, der er zu höchstem Dank verpflichtet, der er durch die Ehe verbunden ist. Dennoch hat er sich in Aleppo bei dem Ersatzbezirk seines Regimentes gestellt. Es war seine Pflicht. Ansonsten hätte man ihn als Deserteur behandeln können. Merkwürdigerweise scheint aber der Oberst des Kaders keinen Bedarf an Offizieren zu haben. Er studiert Bagradians Papiere mit durchdringender Genauigkeit, dann schickt er ihn fort. Er möge seinen Wohnort angeben, sich dort bereit halten und die Einberufung abwarten. Das geschah im November. Jetzt geht der März zu Ende, und der Einrückungsbefehl ist noch immer nicht von Antiochia eingetroffen. Steckt dahinter eine undurchdringliche Absicht oder nur das undurchdringliche Betriebs-Chaos ottomanischer Militärkanzleien? In diesem Augenblick aber ist es Gabriel, als wisse er genau, daß noch heutigentags die Entscheidung herablangen werde. Am Sonntag kommt die Post aus Antiochia, nicht nur Briefe und Zeitungen, sondern auch die Regierungsbefehle des Kaimakamliks an Gemeinden und Untertanen.

Gabriel Bagradian denkt nur an seine Familie. Die Lage ist verzwickt. Was soll während seines Felddienstes mit Juliette und Stephan geschehen? Mancherlei spricht für das Verbleiben in Yoghonoluk. Juliette ist von Haus, Park, Wirtschaft, Obst- und Rosenzucht entzückt. In der Rolle einer Gutsherrin scheint sie sich sehr wohl zu fühlen. Verläßliche und schätzenswerte Menschen gibt es auch hier genug. Den alten Arzt Doktor Altouni und den wunderlich gelehrsamen Apotheker Krikor kennt Gabriel noch aus seiner Kindheit. Dazu kommt der

Wartabed Ter Haigasun, Hauptpriester von Yoghonoluk und gregorianischer Vikar des ganzen Sprengels von Suedja. Ferner der protestantische Pastor Harutiun Nokhudian von Bitias, die Lehrer und etliche Notabeln mehr. Mit den Frauen muß man freilich ein wenig Nachsicht haben. Nach dem ersten Empfang dieser Honoratioren in der Villa Bagradian hatte Gabriel zu Juliette gemeint, daß man in einem Marktflecken der Provence bei solcher Gelegenheit auch keine besseren Leute finde als hier an der syrischen Küste. Juliette nahm diese Feststellung hin, ohne wie gewöhnlich ihren Spott gegen alles Armenische und Orientalische aufzubieten, mit dem sie ihren Gatten oft zu quälen weiß. Seither wiederholten sich diese Empfangsabende mehrfach. Auch an dem heutigen Märzsonntag findet ein solcher statt. Gabriel ist über Juliettes Milde glücklich. All diese Gunst jedoch ändert nichts an der Tatsache, daß Frau und Sohn hier, wenn sie allein zurückbleiben, von der Welt abgeschnitten sind.

Die Steineichenschlucht bleibt hinter Bagradian zurück, ohne daß er in dieser Frage zu größerer Klarheit gelangt wäre. Der ausgetretene Pfad läuft nordwärts und verliert sich zwischen Arbutus- und Rhododendrongesträuch auf dem Bergrücken. Dieser Teil des Musa Dagh wird von den Bergbewohnern Damlajik genannt. Gabriel kennt noch all diese Namen. Der Damlajik erreicht keine nennenswerten Höhen. Die beiden südlich gelegenen Kuppen wachsen bis zu achthundert Metern empor. Sie bilden die letzten Erhebungen des Gebirgsstockes, der dann unversehens und ohne rechte Ordnung mit riesigen Steinhalden in die Ebene des Orontes stürzt, wie abgebrochen. Hier im Norden, wo der Spaziergänger soeben seinen Weg sucht, ist der Damlajik niedriger. Er fällt dann in eine Sattelkerbe ab. Dies ist der schmalste Punkt des ganzen Küstengebirges, die Taille des Musa Dagh. Die Hochfläche verengt sich auf wenige hundert Meter, und das Felsgewirre der Steilseite dringt weit vor. Gabriel glaubt jeden Stein und jeden Busch zu kennen. Von allen Bildern der Kindheit hat sich dieser Ort am tiefsten in sein Gedächtnis eingestanzt. Es sind dieselben schirmspannenden Pinien, die hier einen Hain aufschlagen. Es ist derselbe kriechende Nadelwuchs, der sich über den steinigen Boden sträubt. Efeu und anderes Schlinggewächs umhalst eine Runde weißer Felsblöcke, die wie riesenhafte Persönlichkeiten eines Natursenats ihre Beratung unterbrechen, sobald der Schritt des Eindringlings erschallt. Eine reisefertige Schwalbennation durchzwitschert die Stille. Erregtes Spiel in dem grünlichen Binnensee der Luft. Wie von dunklen Forellen. Das jähe Entfalten und Einziehn der Flügel gleicht einem Lidschlag.

Gabriel legt sich, die Arme unter dem Kopf verschränkend, auf eine grasige Stelle. Zweimal hat er schon vorher den Musa Dagh erstiegen, um diese Pinien und Felsblöcke zu finden, ist aber immer aus der Richtung geraten. Die gibt es also gar nicht, dachte er schon. Jetzt schließt er müde die Augen. Kehrt der Mensch an einen alten Ort der Betrachtung und des inneren Lebens zurück, so stürzen sich die Geister, die der Heimkehrer dereinst dort zeugte und zurückließ, leidenschaftlich auf ihn. Auch auf Bagradian stürzen sich seine Knabengeister, als hätten sie hier unter Pinien und Felsen dieser reizenden Einöde dreiundzwanzig Jahre seiner treulich gewartet. Es sind sehr kriegerische Geister. Die wilden Phantome jedes Armenierjungen. (Konnten sie anders sein?) Der blutige Sultan Abdul Hamid hat einen Ferman wider die Christen erlassen. Die Hunde des Propheten, Türken, Kurden, Tscherkessen, sammeln sich um die grüne Fahne, um zu sengen, zu plündern und das Armeniervolk zu massakrieren. Die Feinde aber haben nicht mit Gabriel Bagradian gerechnet. Er vereinigt die Seinen. Er führt sie ins Gebirge. Mit unbeschreiblichem Heldenmut wehrt er die Übermacht ab und schlägt sie zurück.

Gabriel entzieht sich diesen kindischen Anwandlungen nicht. Er, der Pariser, Juliettens Gatte, der Gelehrte, der Offizier, der die Wirklichkeit des modernen Krieges kennt und neuerdings im Begriffe steht, seine Pflicht als türkischer Soldat zu erfüllen — er ist zugleich der Knabe, der sich mit uraltem Bluthaß auf den Erzfeind seiner Rasse wirft. Die Träume jedes Armenierjungen. Nur ein Augenblick zwar! Doch Gabriel wundert sich und lächelt ironisch, ehe er einschläft.

Gabriel Bagradian fährt auf, nicht ohne Schreck. Jemand hat ihn eindringlich beobachtet, während er schlief. Wahrscheinlich recht lange. Er sieht in die stillbrennenden Augen seines Sohnes Stephan. Eine unangenehme Empfindung, wenn auch nicht ganz deutlich, erfaßt ihn. Der Sohn hat seinen Vater während des Schlafes nicht zu überraschen. Irgendein tiefes

Sittengesetz wird dadurch verletzt. Er legt eine leichte Strenge in seine Worte:

„Was tust du hier? Wo ist Monsieur Awakian?"

Jetzt scheint Stephan auch darüber bestürzt zu sein, daß er den Vater im Schlafe ertappt hat. Seine Hände wissen mit sich nichts anzufangen. Seine starken Lippen öffnen sich. Er trägt ein College-Gewand, Halbstrümpfe und einen breiten Umlegkragen. Während er spricht, zupft er an seinem Rock:

„Mama hat mir erlaubt, allein spazierenzugehen. Monsieur Awakian ist heute frei. Wir lernen ja am Sonntag nicht."

„Wir sind hier nicht in Frankreich, Stephan, sondern in Syrien", erklärt der Vater bedeutungsvoll. „Das nächste Mal darfst du nicht ohne Aufsicht in den Bergen herumklettern."

Stephan sieht Papa gespannt an, als erwarte er außer dieser kleinen Rüge noch wichtigere Weisungen. Doch Gabriel sagt nichts mehr. Eine komische Verlegenheit bemächtigt sich seiner. Ihm ist es, als sei er jetzt zum erstenmal im Leben mit seinem Jungen allein. Seitdem sie in Yoghonoluk sind, hat er sich wenig um ihn gekümmert und sieht ihn zumeist nur bei Tisch. In Paris zwar und zur Ferienzeit in der Schweiz hat er mit Stephan manchmal einsame Spaziergänge unternommen. Aber ist man in Paris, Montreux oder in Chamonix allein? Die klare Luft des Musa Dagh jedoch ist ein lösendes Element, das eine Nähe zwischen den beiden erzeugt, die ihnen unbekannt ist. Gabriel geht voraus wie ein Führer, der alle wichtigen Punkte kennt. Stephan folgt ihm, noch immer stumm und erwartungsvoll.

Vater und Sohn im Morgenland! Das läßt sich kaum mit der oberflächlichen Beziehung zwischen Eltern und Kindern in Europa vergleichen. Wer seinen Vater sieht, sieht Gott. Denn dieser Vater ist das letzte Glied der ununterbrochenen Ahnenkette, die den Menschen mit Adam und dadurch mit dem Ursprung der Schöpfung verbindet. Doch auch, wer seinen Sohn sieht, sieht Gott. Denn dieser Sohn ist das nächste Glied, welches den Menschen mit dem Jüngsten Gericht, dem Ende aller Dinge und der Erlösung verbindet. Muß da in solch heiligem Verhältnis nicht Scheu und Wortkargheit herrschen?

Der Vater entschließt sich zu einer ernsthaften Unterhaltung, wie es sich gebührt:

„Welche Gegenstände lernst du jetzt mit Herrn Awakian?"

„Wir haben vor einiger Zeit Griechisch zu lesen begonnen, Papa. Dann lernen wir auch Physik, Geschichte, Geographie."

Bagradian hebt den Kopf. Stephan spricht armenisch. Hat er ihm seine Frage auch armenisch gestellt? Für gewöhnlich reden sie französisch miteinander. Die armenischen Worte des Sohnes berühren den Vater seltsam. Er wird sich dessen bewußt, daß er in Stephan weit öfter einen französischen als einen armenischen Jungen gesehen hat.

„Geographie", wiederholt er. „Und mit welchem Weltteil beschäftigt ihr euch gerade?"

„Die Geographie von Kleinasien und Syrien", meldet Stephan diensteifrig. Gabriel nickt zustimmend, als habe er nichts Klügeres erwartet. Dann sucht er, schon nicht mehr ganz bei der Sache, dem Gespräch einen pädagogischen Abschluß zu geben:

„Wärst du imstande, vom Musa Dagh hier eine Karte zu zeichnen?"

Stephan ist durch soviel väterliches Zutrauen beglückt:

„O ja, Papa! In deinem Zimmer hängt noch eine Karte von Onkel Awetis, Antiochia und die Küste. Man muß nur den Maßstab vergrößern und alles, was fehlt, ergänzen."

Das ist ganz richtig. Gabriel freut sich einen Augenblick über Stephan. Dann aber schweifen die Gedanken zu dem Einrückungsbefehl ab, der vielleicht schon unterwegs ist, vielleicht sich noch immer auf einem türkischen Schreibtisch in Aleppo oder gar in Stambul herumwälzt. Stumme Wanderung. Die gesammelte Seele Stephans wartet einer neuen Ansprache. Dies ist die Heimat Papas. Er sehnt sich danach, Geschichten aus des Vaters Kindheit zu hören, jene geheimnisvollen Dinge, von denen man ihm so selten erzählt hat. Der Vater aber scheint ein bestimmtes Ziel zu haben. Und schon öffnet sich die eigenartige Terrasse, der er entgegenstrebt. Sie reicht, weit aus dem Berg gebaut, ins Leere. Ein gewaltiger Felsenarm hält sie mit gespreizten Fingern hoch wie eine Schüssel. Es ist eine steinbesäte Felsplatte, sehr geräumig, zwei Häuser hätten Platz. Die Stürme des Meeres freilich, die hier leichtes Spiel haben, dulden kaum ein paar Sträucher und eine lederharte Agave. Die freischwebend überhängende Fläche springt so weit vor, daß ein Selbstmörder, der vom äußersten Rand sich in den vierhundert Meter tiefer gelegenen Meeresabgrund stürzt, im Wasser verschwinden kann, ohne von einer Klippe verletzt zu werden. Nach Knabenart will Stephan zum Rande vorlaufen. Doch der Vater reißt ihn heftig zurück und hält seine Hand krampfhaft umklammert. Mit der freien Rechten deutet er in die verschiedenen Weltrichtungen.

„Dort im Norden könnten wir die Bucht von Alexandrette sehen, wenn das Ras el Chansir, das Schweinekap, nicht wäre. Und im Süden die Orontesmündung; der Berg aber macht einen Bogen..."

Stephan verfolgt aufmerksam den Zeigefinger des Vaters, der das Halbrund des erregten Meeres nachzeichnet. Doch was er fragt, hat mit der Ortsbeschreibung nichts zu tun:

„Wirst du wirklich in den Krieg gehn, Papa?"

Gabriel bemerkt gar nicht, daß er Stephans Hand noch immer ängstlich festhält:

„Ja! Ich erwarte jeden Tag den Befehl."

„Und muß das sein?"

„Es geht nicht anders, Stephan. Alle türkischen Reserveoffiziere müssen einrücken."

„Wir sind aber keine Türken. Und warum haben sie dich nicht gleich einberufen?"

„Es heißt, daß die Artillerie vorläufig nicht genügend Geschütze hat. Wenn die neuen Batterien aufgestellt sind, wird man dann alle Reserveoffiziere einberufen."

„Und wohin werden sie dich schicken?"

„Ich gehöre zur vierten Armee in Syrien und Palästina."

Es ist für Gabriel Bagradian eine beruhigende Vorstellung, daß er wohl für einige Zeit nach Aleppo, Damaskus oder Jerusalem kommandiert werden kann. Vielleicht gäbe es da eine Möglichkeit, Juliette und Stephan mitzunehmen. Stephan scheint die väterlichen Sorgen zu erraten:

„Und wir, Papa?"

„Das ist es eben..."

Der Knabe fällt dem Vater inbrünstig ins Wort:

„Laß uns hier, Papa, bitte laß uns hier! Auch Mama gefällt es doch sehr gut in unserem Haus."

Mit dieser Versicherung will Stephan den Vater über die Gefühle Mamas beruhigen, die ja hier in der Fremde ist. Er spürt mit wacher Feinheit das Hinüber und Herüber der beiden Welten in der Ehe seiner Eltern.

Bagradian aber überlegt:

„Es wäre am besten, wenn ich es versuchte, euch über Stambul nach der Schweiz zu bringen. Leider aber ist Stambul auch schon Kriegsschauplatz..."

Stephan ballt die Fäuste über die Brust:

„Nein, nicht in die Schweiz! Laß uns hier, Papa!"

Gabriel sieht den Jungen, dessen Augen flehen, erstaunt an. Sonderbar! Dieses Kind, das die Väterheimat nie gekannt hat, ist also dennoch mit ihr tief verbunden. Was in ihm selbst lebt, die Anhänglichkeit an diesen Berg des Bagradian-Geschlechtes, das hat der in Paris geborene Stephan ohne eigene Gefühlserfahrung in seinem Blut geerbt. Er legt den Arm um die Schultern seines Knaben, sagt aber nur:

„Wir werden sehn."

Als sie wieder die Hochfläche des Damlajik erstiegen haben, dringt das Morgengeläute von Yoghonoluk zu ihnen empor. Der Weg ins Tal dauert kaum eine Stunde. Sie müssen sich sehr beeilen, um wenigstens die zweite Hälfte der Messe noch zu hören.

In Azir, dem Raupendorf, begegnen die Bagradians nur wenigen Leuten, die ihnen den Morgengruß entbieten:

„Bari luis!" „Gutes Licht!" Die Bewohner von Azir pflegen in Yoghonoluk zur Kirche zu gehn. Sie haben ja nur fünfzehn Minuten bis in den Hauptort. Vor manchen Haustüren sind Tische aufgestellt, die große Bretter tragen. Über diese Bretter sind die Eier des Seidenwurmes ausgeschmiert, eine weißliche Masse, die in der Sonne brütet. Stephan erfährt von dem Vater, daß der Ahne Awetis der Sohn eines Seidenspinners gewesen ist und in frühester Jugend seine Laufbahn damit begann, daß er als Fünfzehnjähriger nach Bagdad fuhr, um Brot einzukaufen.

Mittwegs vor Yoghonoluk kommt der alte Gendarm Ali Nassif an ihnen vorüber. Der würdige Saptieh gehört zu jenen zehn Türken, die unter den Armeniern der Dörfer schon seit langen Jahren leben, und zwar in Frieden und Freundschaft. Außer ihm waren noch die fünf Untergendarmen zu nennen, die seinen Posten bilden, jedoch öfters ausgewechselt werden, während er an Ort und Stelle bleibt, unverrückbar wie der Musa Dagh. Sonst gibt es nur noch als Vertreter des Sultans einen verwachsenen Briefträger samt Familie, der am Mittwoch und am Sonntag die Post aus Antiochia bringt. Ali

21

Nassif macht heute einen aufgestörten und besorgten Eindruck. Dieser struppige Funktionär der ottomanischen Obrigkeit scheint sich in großer amtlicher Eile zu befinden. Sein mit Pockennarben bedecktes Gesicht glänzt feucht unter der räudigen Pudelmütze. Der martialische Kavalleriesäbel schlägt ihm gegen die ausgedörrten O-Beine. Während er sonst angesichts Bagradian Effendis immer ehrfürchtig Front macht, salutiert er heute nur stramm, legt aber dabei ein betretenes Wesen an den Tag. Sein verwandeltes Benehmen ist für Gabriel so auffallend, daß er ihm eine ganze Weile lang nachblickt.

Über den Kirchplatz von Yoghonoluk laufen nur mehr einige Nachzügler, die von weit her kommen und sich deshalb verspätet haben. Frauen mit buntgestickten Kopftüchern und gebauschten Röcken. Männer, die den Schalwar, die Pumphose, und darüber den Entari, einen kaftanartigen Rock, tragen. Ihre Gesichter sind ernst und in sich gekehrt. Die Sonne hat schon sommerliche Kraft und macht das Rund der kalkweißen Häuser grell erstrahlen. Die meisten sind einstöckig und haben frischen Anstrich bekommen: das Pfarrhaus Ter Haigasuns, das Haus des Arztes, das Haus des Apothekers, das große Gemeindehaus, das dem steinreichen Muchtar, dem Ortsvorsteher von Yoghonoluk Thomas Kebussjan gehört. Die Kirche „Zu den wachsenden Engelmächten" ruht auf einem breiten Sockel. Eine Freitreppe führt zum Portal. Awetis Bagradian, der Stifter, hat sie im kleineren Maße einem berühmten nationalen Heiligtum nachbilden lassen, das sich im Kaukasus befindet. Aus dem offenen Tore strömt der Gesang des Chores, der die Messe begleitet. Man sieht über die dichte Menge hinweg den kerzenbleichen Altar im Dunkel. Das goldene Rückenkreuz auf dem roten Ornat Ter Haigasuns leuchtet.

Gabriel und Stephan Bagradian treten ins Portal. Samuel Awakian, der Hofmeister, hält beide auf. Er hat schon ungeduldig gewartet:

„Gehn Sie nur voraus, Stephan", bedeutet er seinem Zögling. „Ihre Mutter erwartet Sie."

Dann, als Stephan in der summenden Menge verschwunden ist, wendet er sich rasch an den Herrn:

„Ich will Ihnen nur mitteilen, daß man Ihre Pässe eingefordert hat. Reisepaß und Inlandpaß. Drei Beamte von Antiochia sind gekommen."

Gabriel betrachtet aufmerksam das Gesicht des Studenten,

der das Leben der Familie nun schon seit mehreren Jahren teilt.
Armenisches Intellektuellen-Gesicht. Hohe, ein wenig zurück-
weichende Stirn. Wachsame, tief bekümmerte Augen hinter
der Brille. Der Ausdruck ewiger Schicksalsergebenheit und
zugleich ein scharfer Zug wehrhafter Bereitschaft, in jeder
Sekunde den Hieb eines Gegners aufzufangen. Erst nach einer
Weile dieser eingehenden Antlitz-Erforschung stellt Bagradian
die Frage:
„Und was haben Sie getan?"
„Madame hat den Beamten alles ausgefolgt."
„Auch den Inlandpaß?"
„Ja, Reisepaß und Teskeré."
Gabriel Bagradian steigt die Kirchentreppe hinab, zündet eine
Zigarette an und raucht tiefsinnig einige Züge. Der Inlandpaß
ist eine Urkunde, welche ihrem Besitzer die Freizügigkeit
innerhalb der ottomanischen Reichsprovinzen zusichert. Ohne
dieses Stück Papier hat der Untertan des Sultans theoretisch
nicht einmal das Recht, sich von einem Dorf in das andere zu
begeben. Gabriel wirft die Zigarette fort und richtet sich mit
einem Ruck auf:
„Es bedeutet nichts anderes, als daß ich heute oder morgen
zu meinem Kader nach Aleppo einberufen werde."
Awakian senkt seinen Blick auf eine tiefeingebackene Räder-
spur, die der letzte Regen im Lehmboden des Kirchplatzes
zurückgelassen hat:
„Ich glaube nicht, daß es Ihre Einberufung nach Aleppo
bedeutet, Effendi."
„Es kann ja gar nichts anderes bedeuten."
Awakians Stimme wird ganz leise:
„Auch ich habe meinen Paß abliefern müssen."
Bagradian bricht ein beginnendes Lachen schnell ab:
„Das heißt, Sie werden zur Musterung nach Antiochia müssen,
lieber Awakian. Diesmal ist es kein Spaß. Aber seien Sie nur
ruhig. Wir werden die Militärsteuer für Sie halt noch einmal
leisten. Ich brauche Sie für Stephan."
Awakian hebt den Blick noch immer nicht von der Räder-
spur:
„Wenn ich auch noch jung bin — Doktor Altouni, Apotheker
Krikor, Pastor Nokhudian sind gewiß nicht mehr kriegsdienst-
pflichtig. Und auch ihnen hat man den Teskeré abgefordert."

23

„Wissen Sie das genau?" fährt ihn Gabriel an. „Wer hat abgefordert? Was sind das für behördliche Organe? Welche Gründe haben sie angegeben? Überhaupt, wo befinden sich die Herrschaften? Ich habe große Lust, mit ihnen ein Wort zu reden."

Er bekommt die Antwort, daß diese Beamten, von einer Abteilung berittener Gendarmerie begleitet, schon vor anderthalb Stunden in der Richtung nach Suedja verschwunden sind. Bei ihrem Auftrag könne es sich ja nur um die Notabeln handeln, da der einfache Bauer und Handwerker ja keinen Teskeré besitzt, sondern höchstens einen Erlaubnisschein für den Markt in Antiochia.

Gabriel macht ein paar lange Schritte hin und her, ohne sich um den Hauslehrer zu kümmern. Dann erst mahnt er: „Gehn Sie nur voraus in die Kirche, Awakian, ich komme schon nach."

Er denkt aber gar nicht daran, dem Rest der Messe beizuwohnen, deren dichtgeballter Chorgesang jetzt besonders stark hervorbricht. Langsam, den Kopf im Nachdenken zur Seite neigend, schlendert er über den Platz, geht ein Stück die Straße entlang und verläßt sie, wo der Weg zur Villa abzweigt. Ohne aber das Haus zu betreten, macht er bei den Ställen halt und läßt sich eines der Reitpferde satteln, die der Stolz seines Bruders Awetis waren. Leider ist Kristaphor nicht da, um ihn zu begleiten. So nimmt er den Stallburschen mit. Genau weiß er noch nicht, was er unternehmen wird.

Jedoch bei frischem Tempo kann er um die Mittagsstunde in Antiochia sein.

Zweites Kapitel

Konak — Hamam — Selamlik

Der Hükümet von Antiochia, wie der Regierungskonak des Kaimakam auch genannt wird, liegt unterhalb des Zitadellenberges. Ein schmutziges, aber umfängliches Gebäude, denn die Kasah Antakje ist eine der volksreichsten Provinzen Syriens.

Gabriel Bagradian, der den Burschen mit den Pferden bei der

Orontesbrücke zurückgelassen hatte, wartete schon längere Zeit in einem großen Kanzleiraum des Konaks. Er hoffte vom Kaimakam selbst, dem er seine Karte geschickt hatte, empfangen zu werden. Ein türkisches Amtslokal, wie es Gabriel genau kannte. An der feuchten Wand, von der die Tünche bröckelte, ein unbeholfener Öldruck des Sultans und ein paar gerahmte Koransprüche. Fast alle Fensterscheiben zerbrochen und mit Spannleiste verklebt. Die schmutzstarrende Holzdiele vollgespuckt und mit Zigarettenresten übersät. An einem leeren Schreibtisch saß irgendein Unterbeamter, der schmatzend vor sich hin stierte. Eine Legion dicker Fleischfliegen gab ungehindert ein wildes und ekelhaftes Konzert. Rings um die Wände liefen niedrige Bänke. Ein paar Leute warteten. Türkische und arabische Bauern. Einer von ihnen hatte sich, ungeachtet der Widerlichkeit, auf den Fußboden gehockt, sein langes Gewand um sich verbreitend, als könne er von dem Unflat nicht genug erfassen. Ein säuerlicher Juchtengeruch von Schweiß, kaltem Tabak, Trägheit und Elend erfüllte den Raum. Gabriel wußte, daß die obrigkeitlichen Kanzleien der verschiedenen Völker ihren eigenen Geruch haben. Allen aber war diese Ausdünstung von Angst und Ergebung gemeinsam, mit der die kleinen Leute das Walten der Staatsmacht hinnehmen wie die Unbilden der Natur.

Ein buntgescheckter Türhüter geleitete ihn endlich mit herablassender Miene in ein kleineres Zimmer, das sich durch unverletzte Fensterscheiben, Tapeten, einen aktenbeladenen Schreibtisch und einige Sauberkeit von den übrigen Räumen unterschied. An der Wand hing nicht das Bild des Sultans, sondern eine große Photographie Enver Paschas zu Pferde. Gabriel sah sich einem jüngeren Mann mit rötlichem Haar, Sommersprossen und kleinem englischem Schnurrbart gegenüber. Es war nicht der Kaimakam, sondern der Müdir, der die Geschäfte des Küstenbezirkes, der Nahijeh von Suedja verwaltete. Das Auffälligste an dem Müdir waren seine überaus langen, sorgfältig manikürten Fingernägel. Er trug einen grauen Anzug, der selbst für seine kleine, dürre Gestalt etwas zu eng schien, dazu eine rote Krawatte und kanariengelbe Schnürstiefel. Bagradian wußte sofort: Salonik! Er hatte dafür keinen anderen Anhaltspunkt als das Äußere dieses jungen Mannes. Salonik war die Geburtsstätte der jungtürkischen Nationalbewegung, des erbitterten Westlertums, der fassungslosen Verehrung für alle Formen des europäischen Fortschritts. Ohne Zweifel gehörte der Müdir zu den Anhängern, vielleicht sogar zu den Mitgliedern Ittihads, jenes geheimnisvollen „Comité pour union et progrès", das heute unbeschränkt das Reich des Kalifen beherrschte. Er zeigte seinem Besuch außerordentliche Höflichkeit und rückte selbst einen Stuhl zum Schreibtisch. Mit den entzündeten wimperarmen Augen aller Rothaarigen sah er an Bagradian meist vorbei. Dieser nannte mit einem gewissen Nachdruck noch einmal seinen Namen. Der Müdir neigte leicht den Kopf.

„Die hochansehnliche Familie Bagradian ist uns bekannt."

Es kann nicht geleugnet werden, daß Geste und Worte in Gabriel ein angenehmes Gefühl auslösten. Sein Tonfall gewann große Sicherheit.

„Einigen Bürgern meiner Heimat, darunter auch mir, wurden heute die Pässe abgenommen. Handelt es sich um eine Verfügung Ihrer Behörde? Wissen Sie von ihr?"

Der Müdir brachte durch längeres Nachdenken und In-den-Akten-Blättern zum Ausdruck, daß er bei der Fülle seiner Obliegenheiten nicht jede Kleinigkeit sofort gegenwärtig haben könne. Endlich ging ihm ein Licht auf:

„Ach ja! Gewiß! Die Inlandpässe! Es handelt sich hierbei nicht um eine selbständige Verfügung der Kasah, sondern um einen Erlaß Seiner Exzellenz des Herrn Ministers des Innern."

Nun hatte er ein bedrucktes Blatt gefunden und legte es vor sich hin. Er schien bereit zu sein, den Erlaß des Ministers Taalat Bey, sollte es gewünscht werden, vollinhaltlich vorzulesen. Gabriel erkundigte sich, ob hier eine allgemeine Maßnahme vorliege. Die Antwort klang ein wenig ausweichend. Die breiten Volksmassen seien kaum betroffen, da sich zumeist nur die reicheren Kaufleute, Händler und ähnliche Persönlichkeiten im Besitze von Inlandpässen befänden. Bagradian starrte auf die langen Fingernägel des Müdirs:

„Ich habe mein Leben im Ausland, in Paris zugebracht."

Der Beamte neigte wieder leicht den Kopf:

„Es ist uns bekannt, Effendi."

„Ich bin daher an Freiheitsberaubungen nicht sehr gewöhnt..."

Der Müdir lächelte mit Nachsicht:

„Sie überschätzen diese Sache, Effendi. Wir haben Krieg.

Übrigens müssen sich heutzutage auch die deutschen, französischen, englischen Staatsbürger in mancherlei fügen, woran
sie nicht gewöhnt waren. In ganz Europa ist es jetzt nicht
anders als bei uns. Ich bitte ferner zu bedenken, daß wir uns
hier im Etappengebiet der vierten Armee, also im Kriegs-
bereich, befinden. Eine gewisse Aufsicht über den Verkehr ist
unbedingt geboten."
Diese Gründe waren so einleuchtend, daß Gabriel Bagradian
Erleichterung empfand. Das Ereignis des heutigen Morgens,
das ihn nach Antiochia gejagt hatte, verlor auf einmal seine
Schärfe. Der Staat mußte sich schützen. Immer wieder hörte
man von Spionen, Verrätern, Deserteuren. Aus der Win-
kelperspektive von Yoghonoluk konnte man Maßregeln wie
diese gar nicht beurteilen. Auch die weiteren Hinweise des
Müdirs waren danach angetan, die mißtrauische Unruhe des
Armeniers zu beschwichtigen. Der Minister habe zwar die
Pässe eingezogen, das bedeutet aber nicht, daß in berücksichtigungswerten Fällen neue Dokumente nicht ausgestellt
werden könnten. Die zuständige Behörde dafür sei das Vilajet
in Aleppo. Bagradian Effendi wisse wohl selbst, daß Seine
Exzellenz, der Wali Djelal Bey, der gütigste und gerechteste
Gouverneur des ganzen Reiches sei. Eine diesbezügliche Ein-
gabe würde, von hier aus wohlempfohlen, nach Aleppo weiter-
geleitet werden. Der Müdir unterbrach sich:
„Wenn ich nicht irre, Effendi, stehn Sie im Militärverhältnis..."
Gabriel berichtete knapp über die Sachlage. Noch gestern
vielleicht hätte er den Beamten gebeten, Nachforschungen
darüber anzustellen, warum seine Einberufung nicht erfolge.
Seit einigen Stunden aber war alles grundlegend verändert.
Der Gedanke an den Krieg, an Juliette und Stephan bedrückte
ihn tief. Sein Pflichtgefühl als türkischer Offizier schmolz
zusammen. Jetzt hoffte er, daß man ihn beim Kader in Aleppo
vergessen habe. Er dachte nicht daran, sich bemerkbar zu
machen. Es fiel ihm aber auf, wie wohlunterrichtet die Behörde in Antiochia über alles war, was ihn betraf. Die entzündeten Augen des Müdirs sandten ihm einen befriedigten
Blick zu:
„Nun also, Sie sind Militärperson, im Stande der Beurlaubung
gewissermaßen. Ein Teskeré kommt somit für Sie gar nicht
in Betracht."

27

„Aber meine Frau und mein Sohn..."

Bei diesen für den Müdir unklaren Worten hatte Gabriel zum erstenmal das würgende Gefühl: Wir sind in einer Falle. Im selben Augenblick öffnete sich die Doppeltür in das Nebenzimmer. Zwei Herren traten ein. Der eine, ein älterer Offizier, der andere zweifellos der Kaimakam. Der Provinz-Statthalter war ein großer, aufgeblähter Mann in einem grauen, knittrigen Gehrock. Schwere, schwarzbraune Augensäcke hingen in dem fahlen und schlaffen Gesicht eines Leberkranken. Bagradian und der Müdir erhoben sich. Der Kaimakam schenkte dem Armenier nicht die geringste Beachtung. Mit leiser Stimme gab er seinem Untergebenen irgendeinen Auftrag, hob die Hand nachlässig an den Fez und verließ, von dem Major gefolgt, die Kanzlei, denn sein Tagewerk schien beendet zu sein. Gabriel starrte auf die Ausgangstür:

„Wird ein Unterschied zwischen Offizier und Offizier gemacht?"

Der Müdir begann seinen Schreibtisch in Ordnung zu bringen.

„Ich verstehe nicht, was Sie meinen, Effendi?"

„Ich meine, gibt es zweierlei Behandlung für Türken und Armenier?"

Der Müdir schien durch diese Frage auf das äußerste entsetzt zu sein:

„Vor dem Gesetz ist jeder ottomanische Staatsbürger gleich."

Dies sei, so fuhr er fort, die wichtigste Errungenschaft der Revolution von 1908. Daß sich einige Gewohnheiten der Vorzeit erhalten hätten, darunter etwa die Bevorzugung des osmanischen Staatsvolkes im öffentlichen und militärischen Dienst, das gehöre zu jenen Erscheinungen, die man von Amts wegen nicht abschaffen könne. Völker verändern sich nicht so schnell wie Verfassungen, und Reformen werden auf dem Papier schneller durchgeführt als in Wirklichkeit. Und er schloß seine staatspolitischen Ausführungen:

„Der Krieg wird in allen Belangen Wandel schaffen."

Gabriel faßte diese Worte als eine günstige Prophezeiung auf. Der Müdir aber warf plötzlich sein sommersprossenbraunes Gesicht zurück, das sich ohne jeden Grund gehässig verzerrte:

„Hoffentlich zwingen keine Vorkommnisse die Regierung

dazu, gewissen Bevölkerungsteilen ihre unnachsichtige Strenge zu zeigen."

Als Gabriel Bagradian in die Bazarstraße von Antiochia einbog, hatte er zwei Dinge beschlossen: Erstens, im Falle seiner Einberufung kein Opfer zu scheuen, um sich vom Militärdienst loszukaufen. Und zweitens, in der friedlichen Stille des Hauses von Yoghonoluk das Ende des Krieges abzuwarten, unbemerkt und ungestört. Da man doch schon im Frühjahr 1915 stand, konnte es sich ja nur mehr um ein paar Monate bis zum allgemeinen Waffenstillstand handeln. Er rechnete mit September oder Oktober. Einen neuen Winterfeldzug würde keine der Parteien mehr wagen. Bis dahin mußte man sich einrichten, so gut es ging, um dann so schnell wie möglich nach Paris heimzukehren.

Der Bazar riß ihn mit. Jener dichte Strom, der keine Hast, kein Zu- und Abnehmen kennt wie der Verkehr in europäischen Städten, sondern sich im unwiderstehlichen Gleichtakt dahinwälzt, so wie die Zeit in die Ewigkeit. Man hätte sich nicht in die gottverlassene Provinzstadt Antakje, sondern nach Aleppo oder Damaskus versetzt glauben können, so unerschöpflich fluteten die beiden Gegensätze des Bazars aneinander vorbei. Türken in europäischer Kleidung, mit Spazierstöcken und steifen Kragen, den Fez auf dem Kopf, Kaufleute und Beamte. Armenier, Griechen, Syrer, auch sie an der abendländischen Gewandung kenntlich, jedoch mit unterschiedlicher Kopfbedeckung. Dazwischen immer wieder Kurden und Tscherkessen in ihren Trachten. Die meisten von ihnen trugen Waffen zur Schau. Denn die Regierung, die bei den christlichen Völkern jedes Taschenmesser mißtrauisch betrachtete, duldete bei den unruhigen Bergstämmen moderne Infanteriegewehre, ja beschenkte sie sogar mit solchen. Arabische Bauern aus der Umgebung. Auch einige Beduinen aus dem Süden, im langen faltenreichen Mantel, wüstenfarben, mit prächtigem Tarbusch, von dem die seidenen Quasten über die Schultern hingen. Frauen im Tscharschaff, dem züchtigen Gewand der Moslemin. Dann aber auch Unverschleierte, Emanzipierte, mit fußfreien Röcken und Seidenstrümpfen. Von Zeit zu Zeit ein schwerbeladener Esel im Menschenzug, der hoffnungslose Prolet der Tierwelt, mit tiefgesenktem Kopf vorbeitappend. Gabriel glaubte, es sei immer derselbe Esel, der in Abständen einhernickte, und immer derselbe zerlumpte Kerl, der ihn am Halfter führte. Aber alle, diese ganze Welt, Männer, Frauen, Türken, Araber, Armenier, Kurden, die feldbraunen Soldaten im Gedränge, Esel und Ziegen, sie waren durch die gleiche Gangart zu einer unbeschreiblichen Einheit zusammengeschmolzen: ein langer Schritt, langsam und wiegend, der unaufhaltsam einem Ziele zustrebte, das sich nicht zu erkennen gab.

Und Gabriel erkannte die Gerüche seiner Kindheit. Den Geruch des siedenden Sesamöls, das aus den Löchern der Auskochereien über die Gasse peitscht. Den Geruch der knoblauchreichen Frikadellen von Lammfleisch, die auf Pfannen über offenen Feuern brutzeln. Den Geruch von faulendem Gemüse. Und den alles überlärmenden Geruch von Menschen, die nachts in denselben Kleidern schlafen, die sie tagsüber tragen.

Auch die leidenschaftlichen Gesänge der Straßenverkäufer erkannte er: „Jâ rezzah, jâ kerim, jâ fettah, jâ alim", so schwärmte noch immer der Junge, der das ringförmige Weißbrot aus seinem Korbe feilbot: „O Allernährer, o Allgütiger, o Allerschließer, o Allwissender!" Noch immer pries der uralte Ruf die frischen Datteln an: „O Braune du, Braune der Wüste, o Mädchen!" Auch der Salathändler blieb bei seiner kehligen Feststellung: „Ed daim Allah, Allah ed daim!" Daß das Dauernde allein Gott, daß Gott allein das Dauernde sei, dies mochte den Käufer im Hinblick auf die Ware trösten. Gabriel kaufte einen Berazik, ein mit Traubensirup bestrichenes Brötchen. Auch an diese „Schwalbenspeise" besaß er eine Kindheitserinnerung. Beim ersten Bissen aber erfaßte ihn ein Ekel und er schenkte das Backwerk einem Jungen, der ihm begeistert auf den Mund sah. Er schloß für ein paar Sekunden die Augen, so elend war ihm zumute. Was hatte sich denn ereignet und die Welt ganz und gar verwandelt? Hier in diesem Lande war er geboren. Hier müßte er auch zu Hause sein. Aber wie? Der unaufhaltsam gleichmäßige Menschenstrom des Bazars machte ihm die Heimat streitig. Er spürte es, obgleich die in sich versunkenen Gesichter ihn gar nicht anblickten. Und der junge Müdir? Er hatte sich höchst korrekt und höflich benommen. „Die hochansehnliche Familie Bagradian." Doch Gabriel glaubte jetzt mit einem Schlag zu erkennen, daß diese ganze Höflichkeit samt ihrer hochansehnlichen Familie eine einzige Impertinenz war. Ja mehr als das, Haß, in gebildete Formen verkleideter Haß. Und derselbe Haß umflutete ihn hier. Er brannte ihm auf der Haut, er verletzte seinen Rücken. Und wirklich, sein Rücken war voll plötzlicher Furcht wie der eines Verfolgten, ohne daß sich eine Menschenseele um ihn kümmerte. In Yoghonoluk, in dem großen Haus, bei sich selbst, da wußte er von alledem nichts. Und früher in Paris? Dort hatte er trotz alles Wohlbefindens in dem kühlen Zustand eines eingewanderten Fremden gelebt, der anderswo wurzelt. Wurzelte er hier? Jetzt erst, in diesem elenden Bazar seiner Heimat konnte er den absoluten Grad seiner Fremdheit auf Erden ganz ermessen. Armenier! Uraltes Blut, uraltes Volk war in ihm. Warum aber sprachen seine Gedanken öfter französisch als armenisch, wie zum Beispiel jetzt? (Und doch hatte er an diesem Morgen eine deutliche Freude empfunden, als sein Sohn ihm armenisch antwortete.) Blut und Volk! Ehrlich sein! Waren das nicht auch nur leere Begriffe? In jedem Zeitalter streuen sich die Menschen andre Ideen-Gewürze auf die bittere Lebensspeise, um sie noch ungenießbarer zu machen. Eine Seitengasse des Bazars öffnete sich vor seinen Blicken. Dort standen zumeist Armenier vor ihren Läden und Verkaufsständen: Geldwechsler, Teppichhändler, Juweliere. Dies also waren seine Brüder? Diese verschlagenen Gesichter, diese irisierenden Augen, die auf Kundschaft lauerten? Nein, für diese Bruderschaft dankte er, alles in ihm wehrte sich dagegen. War jedoch der alte Awetis Bagradian ehemals etwas andres und Besseres gewesen als solch ein Bazarhändler, wenn auch weitblickender, begabter, energischer? Und hatte er es nicht dem Großvater allein zu verdanken, daß er nicht so sein mußte wie dieser und wie jene hier? Er ging, von Widerwillen geschüttelt, weiter. Dabei wurde es ihm bewußt, daß eine große Schwierigkeit seines Lebens in dem Umstand lag, daß er manches schon mit den Augen Juliettens sah. Er war also nicht nur in der Welt, sondern auch in sich selbst ein Fremder, sobald er mit den Menschen in Berührung kam. Jesus Christus, konnte man denn nicht ein Mensch an sich sein? Frei von diesem schmutzigen, feindlichen Gewimmel, wie heute morgen auf dem Musa Dagh?

Nichts war entnervender als solch eine Probe auf die eigene Wirklichkeit! Gabriel floh den Usun Tscharschy, den langen

Markt, wie der Bazar im Türkischen hieß. Den feindseligen Rhythmus konnte er nicht länger ertragen. Dann stand er auf einem kleinen, von neueren Bauten gebildeten Platz. Ein hübsches Gebäude trat hervor, Hamam, das Dampfbad, wie überall in der Türkei mit einiger Verschwendung errichtet. Es war noch zu früh für den Besuch beim alten Agha Rifaat Bereket. Da es ihn auch nicht gelüstete, in eines der zweifelhaften Speisehäuser einzukehren, trat er in das Badehaus.

Zwanzig Minuten verbrachte er in der großen allgemeinen Schwitzhalle, in dem langsam steigenden Gewölk, das nicht nur die Körper der anderen Badenden gespenstisch entfernte, sondern auch seinen eigenen Leib von ihm selbst fortzutragen schien. Es war wie ein kleiner Tod. Er fühlte die undurchsichtige Bedeutung dieses Tages. Die Tropfen rannen an seinem fernen Körper hinab und mit ihnen ein mühsamer Glaube, an dem er bisher festgehalten hatte.

Im kühlen Nebenraum legte er sich auf eine der leeren Pritschen, um sich der üblichen Behandlung anheimzugeben. Ihm war, als sei er jetzt nackter, wenn man das sagen darf, als vorhin im Dampf. Ein Badeknecht warf sich auf ihn und begann nach allen Regeln der Kunst, die wirklich eine war, sein Fleisch zu kneten. Mit trillernden Schlägen spielte er auf seinem Rumpf wie auf einem Zimbal. Zu dieser Begleitung summte er keuchend. Auf den Nachbarpritschen wurden einige türkische Beys in ähnlicher Weise bearbeitet. Sie schickten sich mit wohligen Wehlauten in den zornigen Eifer der Badeknechte. Zwischeninne — von jenen Schmerzlauten unterbrochen — führten die Stimmen in abgerissenen Sätzen eine Unterhaltung. Gabriel wollte zuerst gar nicht hinhorchen. Aber durch das Summen des Quälgeistes hindurch drängten sich die Stimmen seinen Ohren unabweisbar auf. Sie waren so überaus persönlich und so scharf voneinander unterschieden, daß Gabriel diese Stimmen zu sehn vermeinte.

Die erste, ein fetter Baß. Zweifellos ein selbstbewußter Charakter, der den größten Wert darauf legte, alles zu wissen, was vorging, womöglich noch vor den zuständigen Beamten. Dieser Mann der Informiertheit besaß seine heimlichen Quellen:

„Die Engländer haben ihn in einem Torpedoboot von Zypern an die Küste geschickt ... Bei Oschlaki war das ... Der Mann hat Geld und Gewehre gebracht und sieben Tage das Dorf aufgewiegelt ... Die Saptiehs haben natürlich von nichts gewußt ... Ich kenne sogar den Namen ... Köschkerian heißt das unreine Schwein..."

Die zweite Stimme, hoch und ängstlich. Ein älteres, friedfertiges Männchen gewiß, das sich sträubt, an das Böse zu glauben. Die Stimme hatte gewissermaßen einen kleineren Wuchs als die anderen und sah zu ihnen auf. Für ihre lustvollen Schmerzlaute benützte sie den erhabenen Vers des Korans als unterlegten Text:

„La ilah ila 'llah ... Gott ist groß ... Das geht ja nicht ... Vielleicht aber ist es nicht wahr ... la ilah ila 'llah ... Man redet sehr viel ... Es wird auch nur ein Gerede sein..."

Der fette Baß, verachtungsvoll:

„Ich besitze sehr ernste Briefe einer hohen Persönlichkeit ... eines treuen Freundes..."

Dritte Stimme. Ein schnarrender Scharfmacher und politischer Kannegießer, dem es rechte Freude zu machen schien, wenn es auf der Welt drunter und drüber ging:

„Das kann man sich nicht länger gefallen lassen ... Es muß ein Ende gemacht werden ... Wo bleibt die Regierung? ... Wo bleibt Ittihad? ... Das Unglück ist die Wehrpflicht ... Man hat das Pack noch bewaffnet ... Jetzt sehet zu, wie ihr mit ihnen fertig werdet ... Der Krieg ... Ich rede mir schon seit Wochen die Lunge aus dem Leib..."

Vierte Stimme, sorgenbeschwert:

„Und Zeitun?"

Das friedfertige Männchen:

„Zeitun? Wie das? ... Allmächtiger? ... Was gibt es denn in Zeitun?"

Der Scharfmacher, bedeutungsvoll:

„In Zeitun? ... Die Nachricht ist in der Lesehalle des Hükümet angeschlagen ... Jeder kann sich überzeugen..."

Der informierte Baß:

„In diesen Lesehallen, welche die deutschen Konsuln überall eingeführt haben..."

Von der entferntesten Pritsche her unterbrach eine fünfte Stimme:

„Die Lesehallen haben wir selbst eingeführt."

Ein dunkler Rauch von unverständlichen Anspielungen:

„Köschkerian ... Zeitun ... Es muß ein Ende gemacht werden." Gabriel aber verstand, ohne die Einzelheiten zu verstehen. Während der Badeknecht die Fäuste in seine Schultern bohrte, drangen ihm die Türkenstimmen überlaut in die Ohren wie Wasser. Peinliche Scham! Er, der noch vor kurzer Zeit mit Blicken des Widerwillens an den armenischen Händlern des Bazars vorübergegangen war, fühlte sich nun verantwortlich und in das Schicksal dieses Volkes hineinverwickelt.

Der Herr auf der entferntesten Pritsche hatte sich indessen ächzend erhoben. Er raffte seinen Burnus, der als Bademantel diente, und machte auf Watschelfüßen ein paar Schritte in den Raum. Gabriel konnte nur sehn, daß er sehr groß und dick war. Seine Art, zusammenhängend zu reden, und die Art der anderen, ihn widerspruchslos anzuhören, ließ darauf schließen, daß man einen Hochmögenden vor sich hatte:

„Man tut der Regierung unrecht. Politik läßt sich nicht mit Ungeduld allein machen. Die Verhältnisse liegen ganz anders, als sich die Unwissenden im Volke einbilden. Verträge, Kapitulationen, Rücksichten, das Ausland! Ich kann aber den Beys vertraulich mitteilen, daß vom Kriegsministerium, von Seiner Exzellenz Enver Pascha selbst, Befehle an die Militärbehörden ergangen sind, melun ermeni millet (die verräterische Armeniernation) zu entwaffnen, das heißt die Eingerückten aus dem Liniendienst zurückzunehmen und nur zu niedriger Arbeit zu verwenden. Straßenbau oder Lasttragen. Dies ist die Wahrheit! Doch es soll von ihr nicht gesprochen werden."

Das darf ich nicht hinnehmen, das kann ich nicht dulden, sagte sich Gabriel Bagradian. Leise mahnte die Gegenstimme: Du bist selbst der Verfolgte. Eine dunkle Kraft aber, die ihn von der Pritsche hob, entschied diesen Kampf. Er schüttelte den Badeknecht ab und sprang auf die Steinfliesen. Mit dem weißen Tuch verhüllte er sich um die Hüften. Das zornglühende Gesicht mit dem durch das Bad verwirrten Haar, der mächtige Oberkörper schienen dem Herrn im englischen Touristenanzug nicht mehr anzugehören. Er pflanzte sich vor dem Hochmögenden auf. An den schwarzbraunen Augensäcken und an der leberkranken Gesichtsfarbe erkannte er den Kaimakam. Dieser Anblick aber stachelte seine Erregung nur noch höher:

„Seine Exzellenz Enver Pascha wurde samt seinem Stab von einer armenischen Truppe im Kaukasus gerettet. Er war von den Russen schon so gut wie gefangen. Das wissen Sie ja ebenso wie ich, Effendi. Sie wissen, ferner auch, daß Seine Exzellenz daraufhin in einem Schreiben an den Katholikos von Sis oder an den Bischof von Konia die Tapferkeit der sadika ermeni millet (der treuen Armeniernation) dankbar rühmte. Dieses Schreiben wurde auf Befehl der Regierung öffentlich angeschlagen. Das ist die Wahrheit! Wer diese Wahrheit vergiftet, wer Gerüchte verbreitet, der schwächt die Kriegführung, der zersprengt die Einheit, der ist ein Feind des Reiches, ein Hochverräter! Das sage ich Ihnen, Gabriel Bagradian, Offizier in der türkischen Armee..."

Er brach ab und wartete auf eine Antwort. Die Beys aber, durch den wilden Ausbruch verdutzt, gaben keinen Laut von sich, auch der Kaimakam nicht, der nur den Burnus fester um seine Blöße zog. Gabriel durfte deshalb den Raum sogleich als Sieger verlassen, wenn auch bebend vor Erregung. Während er sich ankleidete, erkannte er bereits, daß er mit diesem Ausbruch eine der größten Dummheiten seines Lebens begangen hatte. Der Weg nach Antiochia war nun für ihn verschüttet. Und das war doch der einzige Aus- und Rückweg in die Welt. Er hätte, ehe er den Kaimakam beleidigte, an Juliette und Stephan denken müssen. Dennoch war er nicht ganz unzufrieden mit sich.

Sein Herz ging noch immer schnell, als ihn der Diener des Agha Rifaat Bereket in den Empfangssalon, den Selamlik des kühlen Türkenhauses führte. Auf dem schwebend weichen Riesenteppich des halbdunklen Zimmers schritt Gabriel auf und ab. Seine Uhr, die er unsinnigerweise noch immer nach westeuropäischer Zeit richtete, zeigte die zweite Nachmittagsstunde. Geheiligte Hauszeit also, Zeit des Kef, der unantastbaren Mittagsruhe, in der jeder Besuch einen schweren Verstoß gegen die Sitte bedeutete. Er war viel zu früh gekommen. Der Agha, ein unbestechlicher Hüter alttürkischer Förmlichkeit, ließ ihn auch warten. Bagradian durchmaß immer wieder den nahezu leeren Raum, in dem außer zwei langen, niedrigen Diwans nichts vorhanden war als ein Kohlenbecken und ein kleines Serviertischchen. Er rechtfertigte seine Unhöflichkeit vor sich selbst: Etwas geht vor, ich weiß nicht genau was, aber ich darf keine Minute verlieren, um mir Klarheit zu verschaffen. — Rifaat Bereket war ein Freund des Hauses

Bagradian noch aus dessen Urzeit, aus den glorreichen Tagen des alten Awetis. Er bedeutete eine der klarsten und ehrfürchtigsten Erinnerungen Gabriels, der ihm seit seinem Aufenthalt in Yoghonoluk schon zwei Besuche abgestattet hatte. Der Agha erwies sich ihm nicht nur bei notwendigen Einkäufen behilflich, sondern sandte auch von Zeit zu Zeit Leute, die ihm für seine Antikensammlung kostbare Ausgrabungen anboten, und zwar zu lächerlich billigen Preisen.

Gabriel wurde durch den Eintritt des Hausherrn, der in dünnen Schuhen aus Ziegenleder unhörbar kam, in einem Selbstgespräch überrascht. Der Agha Rifaat Bereket, ein mehr als siebzigjähriger Mann mit weißem Spitzbart, fahlen Zügen, halbgeschlossenen Augen und kleinen, leuchtenden Händen, trug um den Fez ein gelbliches Seidentuch gewickelt. Es war das Zeichen des Moslems, der seine religiösen Pflichten genauer und regelmäßiger erfüllt als die breite Menge. Mit seiner kleinen Hand holte der Alte langsam, feierlich zum Gruße aus, berührte Herz, Mund und Stirn. Ebenso feierlich erwiderte Gabriel den Gruß, als bedränge keine Ungeduld seine Nerven. Daraufhin trat der Agha näher und streckte seine Rechte gegen das Herz des Gastes aus, so daß er mit den Fingerspitzen Gabriels Brust leicht berührte. Damit war der „Herz-Kontakt" angedeutet, die innigste Form persönlicher Fühlungnahme, ein mystisches Brauchtum, das fromme Leute von einem bestimmten Derwischorden übernommen haben. Dabei leuchtete die winzige Hand in der angenehmen Finsternis des Selamliks immer weißer. Gabriel kam es so vor, als sei diese Hand auch ein Gesicht, vielleicht sogar noch feiner und empfindsamer als das eigentliche.

„Freund und Sohn meines Freundes" — diese weit ausholende Ansprache war immer noch ein Teil der Empfangszeremonie —, „mit deiner Visitkarte hast du mir vorhin das Geschenk einer freudigen Überraschung gemacht. Und nun verschönert mir deine Gegenwart den Tag."

Gabriel wußte, was sich geziemte, und fand für seine Antwort die richtige Responsorienform:

„Meine seligen Eltern haben mich sehr früh allein gelassen. In dir aber lebt mir ein lebendiger Zeuge ihres Andenkens und ihrer Zuneigung. Wie glücklich bin ich, in dir einen zweiten Vater zu besitzen."

„Ich bin in deiner Schuld." Der Alte führte den Gast zu einem

Diwan. „Du erweisest mir heute zum dritten Male die Ehre. Schon längst wäre ich verpflichtet gewesen, dir in deinem Hause meine Aufwartung zu machen. Aber du siehst, ich bin ein alter, gebrechlicher Mann. Der Weg nach Yoghonoluk ist lang und schlecht. Auch steht mir eine große und dringende Reise bevor, für die ich meine Glieder schonen muß. Vergib mir also!"

Damit war der Ritus des Empfanges zu Ende. Man ließ sich nieder. Ein kleiner Junge brachte Kaffee und Zigaretten. Der Hausherr trank und rauchte schweigend. Die Sitte befahl, daß der jüngere Besucher mit seinem Anliegen warten müsse, bis der alte Mann die Möglichkeit gebe, das Gespräch in die gewünschte Richtung zu lenken. Der Agha aber schien noch nicht gesonnen zu sein, aus seiner halbdunklen Welt in irgendeine Wirklichkeit dieses Tages zu tauchen. Er gab dem Diener ein Zeichen, worauf dieser seinem Herrn eine kleine Lederkassette überreichte, die er schon bereitgehalten hatte. Rifaat Bereket ließ sie aufspringen und streichelte mit seinen beseelten Greisenfingern über den Sammet, auf dem zwei uralte Münzen lagen, eine silberne und eine goldene:

„Du bist ein sehr gelehrter Mann, der an der Universität von Paris studiert hat, ein Schriftenkenner und Schriftendeuter. Ich bin nur ein ungebildeter Liebhaber des Altertums, der sich mit dir nicht messen kann. Hier aber habe ich schon seit ein paar Tagen diese beiden Kleinigkeiten für dich vorbereitet. Die eine Münze, die silberne, hat vor tausend Jahren jener armenische König schlagen lassen, der einen ähnlichen Namen trug wie deine Familie: Aschot Bagratuni. Sie stammt aus der Gegend des Wan-Sees, und man findet sie selten. Die andere, die goldene, ist hellenischen Ursprungs. Du kannst die schöne und tiefsinnige Inschrift auch ohne Vergrößerungsglas entziffern:

Dem Unerklärlichen in uns und über uns."

Gabriel Bagradian erhob sich und nahm das Geschenk entgegen:

„Du beschämst mich, mein Vater! Ich weiß gar nicht, wie ich mich dankbar erweisen soll. Wir waren immer stolz auf den Gleichklang in unserem Namen. Wie plastisch der Kopf ist! Und ein echtes Armeniergesicht. Die griechische Münze müßte man als Mahnung um den Hals tragen. Dem Unerklärlichen in uns und über uns! Was für philosophische Menschen müssen das gewesen sein, die mit solchen Geldstücken gezahlt haben. Wie tief sind wir gesunken!"

Der Agha nickte, von solchem Konservativismus voll befriedigt: „Du hast recht. Wie tief sind wir gesunken!"

Gabriel legte die Münzen auf den Sammet zurück. Doch es wäre unhöflich gewesen, allzuschnell das Thema des Geschenkes zu verlassen:

„Ich würde dich innigst bitten, dir eine Gegengabe unter meinen Antiken auszuwählen. Aber ich weiß, daß es dir dein Glaube verbietet, ein Bildwerk aufzustellen, das einen Schatten wirft."

Bei diesem Punkt verweilte der Alte mit einem unleugbaren Behagen:

„Ja, und gerade wegen dieses weisen Gesetzes mißachtet ihr Europäer unsern heiligen Koran. Liegt nicht in dem Verbot aller Bildnerei, die Schatten wirft, eine hohe Einsicht? Mit der Nachahmung des Schöpfers und der Schöpfung fängt jener rasende Hochmut des Menschen an, der zum Abgrund führt."

„Die Zeit und dieser Krieg scheinen dem Propheten und dir recht zu geben, Agha."

Die Brücke des Gespräches wölbte sich zu dem Alten hinüber. Er betrat sie:

„Ja, so ist es! Der Mensch als frecher Nachäffer Gottes, als Techniker, verfällt dem Atheismus. Das ist der wahre Grund dieses Krieges, in welchen uns die Abendländer hineingerissen haben. Zu unserem Unheil. Denn was haben wir dabei zu gewinnen?"

Bagradian prüfte den nächsten Schritt:

„Und sie haben die Türkei mit ihrer gefährlichsten Seuche angesteckt, dem Völkerhaß."

Rifaat Bereket lehnte den Kopf ein wenig zurück. Seine zarten Finger spielten müde mit den Kugeln seines Bernsteinkranzes. Es war so, als ginge von diesen Händen ein matter Heiligenschein aus:

„Es ist die böseste Lehre, die eigene Schuld im Nachbarn zu suchen."

„Gott segne dich! Die eigene Schuld im Nachbarn suchen. Diese Lehre beherrscht Europa. Heute aber habe ich leider erfahren müssen, daß sie auch unter Moslems und Türken ihre Anhänger hat."

„Welche Türken meinst du?" Die Finger des Agha hielten jäh im Zählen des Rosenkranzes inne: „Meinst du das lächerliche Nachahmerpack in Stambul? Und die Nachahmer dieser Nachahmer? Die Affen in Frack und Smoking? Diese Verräter, diese Atheisten, die das Weltall Gottes vernichten, nur um selbst zu Macht und Geld zu kommen? Das sind keine Türken und keine Moslems, sondern nur leere Lästerer und Geldschnapper."

Gabriel nahm die winzige Kaffeetasse zur Hand, in der nur mehr der dicke Satz schwamm. Eine Geste der Verlegenheit:

„Ich bekenne, daß ich mit diesen Leuten vor Jahren zusammengesessen bin, weil ich von ihnen das Gute erwartet habe. Ich hielt sie für Idealisten, und vielleicht waren sie es damals auch. Die Jugend glaubt immer an alles Neue. Heute aber muß ich die Wahrheit leider so sehn, wie du sie siehst. Vorhin war ich im Hamam Zeuge einer Unterhaltung, die mich tief bekümmert. Sie ist der Grund, warum ich dich schon zu dieser unpassenden Stunde aufgesucht habe."

Der Klarsinn des Agha brauchte keinen deutlicheren Hinweis:

„War von dem geheimen Heeresbefehl die Rede, der die Armenier zum Last- und Straßendienst erniedrigt?"

Gabriel Bagradian entzifferte die Blumenrätsel des Teppichs zu seinen Füßen:

„Ich habe noch an diesem Morgen die Ordre erwartet, die mich zu meinem Regiment einberuft ... Dann wurde auch noch von der Stadt Zeitun gesprochen. Hilf mir! Was geht eigentlich vor? Was hat sich ereignet?"

Mit Gleichmut liefen die Bernsteinkugeln wieder durch die Finger des Agha:

„Was Zeitun betrifft, bin ich gut unterrichtet. Es hat sich ereignet, was sich in den Bergen dort alltäglich ereignet. Irgendeine Geschichte mit Räubergesindel, Deserteuren und Saptiehs. Unter den Deserteuren waren ein paar Armenier. Niemand hat früher auf derartiges geachtet ..." Langsamer werdend fügte er hinzu:

„Aber was sind Ereignisse? Sie sind nur das, was die Auslegung aus ihnen macht."

Gabriel drohte aufzufahren:

„Das ist es ja! In der Einsamkeit, in der ich lebe, habe ich nichts davon erfahren. Niederträchtige Auslegungen werden versucht. Welche Absichten hat die Regierung?"

Der Weise schob diese erregten Worte mit einer erschöpften Handbewegung zur Seite:

„Ich werde dir etwas sagen, Freund und Sohn meines Freundes. Über euch schwebt ein großes karmatisches Verhängnis, denn mit einem Teil eurer Wohnsitze gehört ihr zum russischen Reich, mit dem andern Teil zu uns. Der Krieg zerschneidet euch. Ihr seid zerstreut über die Länder … Doch weil in der Welt alles verbunden ist, so sind auch wir eurem Verhängnis unterworfen."

„Wäre es da nicht besser, wie wir's im Jahre 1908 versucht haben, nach Ausgleich und Versöhnung zu streben?"

„Versöhnung? Auch dies ist nur ein leeres Wort der Weltklugen. Auf Erden gibt es keine Versöhnung. Wir leben hier im Zerfall und in der Selbstbehauptung."

Um diese Anschauung zu bekräftigen, zitierte der Agha mit vorschriftsmäßigem Singsang einen Vers der sechzehnten Sure:

„Und was Er schuf auf Erden, verschieden an Farbe, siehe, ein Zeichen ist wahrlich darin für Leute, die sich warnen lassen."

Gabriel, der es auf dem Diwan nicht länger aushielt, stand auf. Die Augen des Alten aber, die solche Willkür erstaunt rügten, zwangen ihn wieder auf seinen Sitz.

„Du willst die Absichten der Regierung erkennen? Ich weiß nur, daß die Atheisten in Stambul den nationalen Haß für ihre Zwecke brauchen. Denn das tiefste Wesen der Gottlosigkeit ist Furcht und die Ahnung des verlorenen Spieles. Und so errichten sie in jeder kleinen Stadt Nachrichtenhallen, um ihren bösen Willen zu verbreiten … Es ist gut, daß du zu mir gekommen bist."

Gabriels Rechte umkrampfte die Kassette mit den Münzen:

„Wenn es nur um mich ginge! … Doch, wie dir bekannt ist, stehe ich nicht allein. Mein Bruder Awetis ist kinderlos gestorben. Folglich ist mein dreizehnjähriger Sohn der Letzte unserer Familie. Auch ich habe eine Frau aus dem französischen Volk geheiratet, die nicht unschuldig in ein Leiden gestürzt werden darf, das sie nichts angeht."

Dieses Argument wies der Agha nicht ohne Strenge zurück:

„Da du sie geheiratet hast, gehört sie nunmehr deinem Volke an und wird von seinem Karma nicht losgesprochen."

Es wäre ein vergebliches Beginnen gewesen, diesen verstockten Orientalen über Wesen und Selbstbestimmung der abendländischen Frau aufklären zu wollen. Bagradian überhörte daher den Einwurf:

„Ich hätte die Meinigen nach dem Ausland oder wenigstens nach Stambul bringen sollen. Nun aber hat man uns die Pässe abgenommen und vom Kaimakam habe ich nichts Gutes zu erwarten."

Der Türke legte seine leichte Hand auf das Knie des Gastes:

„Ich möchte dich ernstlich davor warnen, mit deiner Familie nach Stambul zu reisen, auch wenn du die Möglichkeit dazu hättest."

„Wie meinst du das? Warum? In Stambul besitze ich viele Freunde in allen Kreisen, auch unter den Regierungsleuten. Dort hat unser Handelshaus seine Zentrale. Mein Name ist sehr bekannt."

Die Hand auf Gabriels Knie wurde schwerer:

„Gerade deshalb, weil dein Name sehr bekannt ist, möchte ich dich auch nur vor einem kurzen Aufenthalt in der Hauptstadt warnen."

„Wegen des Dardanellenkrieges?"

„Nein, deshalb nicht!"

Das Gesicht des Agha verschloß sich. Er lauschte nach innen, ehe er wieder das Wort nahm:

„Niemand kann wissen, wie weit die Regierung gehen wird. Aber, daß zuallererst die Großen und Angesehenen eures Volkes zu leiden haben werden, das ist sicher. Und ebenso sicher ist es, daß man in einem solchen Fall mit Anklagen und Verhaftungen gerade in der Hauptstadt beginnen wird."

„Sprichst du nur Vermutungen aus oder hast du Anhaltspunkte für deine Warnung?"

Der Agha ließ den Bernsteinkranz in seinem weiten Ärmel verschwinden:

„Ja, ich habe Anhaltspunkte."

Nun konnte Gabriel sich nicht mehr halten und sprang auf:

„Was sollen wir tun?"

Da der Gast stand, erhob sich auch der Hausherr:

„Wenn ich dir raten darf, so kehre in dein Haus in Yoghonoluk zurück, verweile dort in Frieden und warte ab! Du hättest

unter diesen Umständen für dich und deine Familie keinen
angenehmeren Ort wählen können."

„Frieden?" schrie Gabriel höhnisch auf, „das ist schon ein
Gefängnis!"

Rifaat Bereket wandte sein Gesicht ab, durch die laute Stimme
in dem gedämpften Selamlik verletzt:

„Du sollst deine Besonnenheit nicht verlieren. Es tut mir leid,
daß ich dich durch meine aufrichtigen Worte beunruhigt habe.
Du hast zu irgendeiner Sorge nicht den geringsten Grund.
Wahrscheinlich wird alles im Sande verlaufen. In unserem
Vilajet kann sich nichts Böses ereignen, denn Djelal Bey ist
Gott sei Dank der Wali. Er duldet keinen Übergriff. Was aber
auch immer geschehen mag, es ist bedingt und eingeschlossen
in sich selbst wie Knospe, Blüte und Frucht im Samenkorn.
In Gott ist schon geschehen, was wir erst erleben werden."

Geärgert durch die blumigen Allgemeinheiten dieser Theologie, lief Bagradian, nun alle Form außer acht lassend, auf und
ab:

„Das Schrecklichste ist: man kann es nicht greifen, man kann
nicht kämpfen dagegen."

Der Agha näherte sich dem Verstörten und hielt seine Hände
fest:

„Vergiß nicht, o Freund, daß die Lästerer aus deinem Komitee
nur eine kleine Minderzahl sind. Unser Volk ist ein sehr gütiges
Volk. Wenn auch immer wieder im Zorn Blut vergossen wurde,
so habt ihr nicht weniger Schuld daran getragen. Und dann:
Es leben Gottesmänner genug in den Tekkehs, in den Klöstern,
und kämpfen in heiligen Zikr-Übungen um die Reinheit der
Zukunft. Entweder werden sie siegen, oder alles wird unter-
gehn. Ich verrate dir auch, daß ich meine Reise nach Anatolien
und Stambul in der armenischen Sache unternehme. Ich bitte
dich um Gottvertrauen."

Die kleinen Hände des Alten hatten die Kraft, Gabriel zu
beruhigen:

„Du hast recht, ich werde dir gehorchen. Am besten, wir
verkriechen uns in Yoghonoluk und rühren uns nicht fort, bis
der Krieg vorüber ist."

Der Agha ließ ihn noch immer nicht los:

„Versprich mir, zu Hause bei euch über alle diese Dinge nichts
zu reden! Wozu auch! Bleibt alles beim alten, wirst du die
Leute nur unnötig in Schreck versetzt haben. Kommt es zu

42

irgendwelchen Unannehmlichkeiten, hat ihnen die Besorgnis nichts genützt. Du verstehst mich. Vertraue und schweige!" Und auch beim Abschied wiederholte er dringlich: „Vertrauen und schweigen! ... Du wirst mich viele Monate nicht sehn. Bedenke aber, daß ich in dieser Zeit für euch arbeiten werde. Ich habe von deinen Vätern viel Güte empfangen. Und nun läßt es Gott in meinem Alter zu, daß ich dankbar sein darf."

Drittes Kapitel

Die Notabeln von Yoghonoluk

Der Heimritt nahm viel Zeit in Anspruch, denn Gabriel Bagradian setzte sein Pferd nur selten in Trab und ließ es immer wieder in die langsamste Gangart verfallen. So geschah es auch, daß er vom kürzeren Wege geriet und auf der Straße blieb, die den Orontes entlang führt. Erst als jenseits der Häuserkuben von Suedja und El Eskel der ferne Meereshorizont in Sicht kam, schrak der Reiter aus seiner Versunkenheit auf und wandte sich scharf gegen Norden, dem Tal der armenischen Dörfer zu. Zu Beginn der langlebigen Frühjahrsdämmerung erreichte er die Straße — wenn man den elenden Karrenweg so nennen darf —, welche die sieben Dörfer miteinander verbindet. Yoghonoluk lag ungefähr in der Mitte. Er mußte daher die südlichen Ortschaften Wakef, Kheder Beg, Hadji Habibli durchqueren, um nach Hause zu kommen, was vor Einbruch der Dunkelheit kaum mehr möglich war. Er aber hatte keine Eile.
Um diese Stunde waren die Ortschaften am Musa Dagh reich belebt. Alles stand vor den Häusern. Die Zärtlichkeit des Sonntag-Endes trieb die Menschen zusammen. Die Körper, die Augen, die Worte suchten einander, um das Behagen des Daseins durch Familienklatsch und allgemeine Klagen über die Zeit zu bekräftigen. Die Geschlechter und die Altersstufen bildeten getrennte Gruppen. Scheel standen die Matronen beisammen, gelassen die jüngeren Frauen in ihren Feiertagskleidern und spöttisch die jungen Mädchen. Ihr Münzenschmuck klapperte. Sie zeigten die herrlichen Zähne. Gabriel

fiel die große Menge kriegstauglicher Burschen auf, die noch nicht eingerückt waren. Sie lachten und tollten, als ob es für sie keinen Enver Pascha gäbe. Aus den Wein- und Obstgärten näselten die Saiten des Tar, der armenischen Gitarre. Ein paar überfleißige Männer bereiteten ihr Handwerkszeug vor. Der türkische Tag geht mit der Dämmerung zu Ende und somit auch die Sonntagsruhe. Gesetzte Arbeitsmänner hatten Lust, vor dem Schlafengehen noch ein bißchen herumzubasteln.

Anstatt mit ihren türkischen Namen hätte man die Dörfer auch nach dem Handwerk benennen können, das sie auszeichnete. Wein und Obst pflanzten sie alle. Getreide wurde fast nicht angebaut. Doch ihr Ruhm lag in der Kunstfertigkeit. Da war Hadji Habibli, das Holzdorf! Seine Männer verfertigten nicht nur aus hartem Holz und Bein die besten Kämme, Pfeifen, Zigarettenspitzen und ähnliche Gegenstände des täglichen Gebrauches, sondern sie schnitzten auch Kruzifixe, Madonnen, Heiligenfiguren, die bis nach Aleppo, Damaskus und Jerusalem ausgeführt wurden. Diese Schnitzereien, keine grobe Bauernware, besaßen ihre Eigenart, wie sie nur im Schatten des heimatlichen Berges zu gedeihen vermochte. Wakef aber war das Spitzendorf! Denn die feinen Decken und Taschentücher der dortigen Frauen fanden ihre Kundschaft sogar bis Ägypten, ohne daß die Künstlerinnen freilich etwas davon wußten, die mit ihrer Ware nur bis auf den Markt von Antiochia gelangten, und dies kaum zweimal jährlich. Von Azir, dem Raupendorf, muß nicht mehr gesprochen werden. In Kheder Beg wurde die Seide gesponnen. In Yoghonoluk und Bitias, den beiden größten Flecken, fanden sich all diese Handwerksarten zusammen, Kebussije aber, der nördlichste, der verlorenste Ort, war das Bienendorf. Der Honig von Kebussije, so behauptete Gabriel Bagradian, finde auf der ganzen Welt nicht seinesgleichen. Die Bienen sogen ihn aus der innersten Essenz des Musa Dagh, aus seiner zauberhaften Begnadung, die ihn unter allen den melancholischen Gebirgen des Landes heraushob. Warum entsandte gerade er unzählige Quellen, von denen die meisten als schleiernde Kaskaden ins Meer fielen? Warum er, und nicht die muselmanischen Berge wie der Naulu Dagh und der Dschebel Akra? Es war wirklich wie ein Wunder, als ob die Gottheit des Wassers, in geheimnisvoller Vorzeit durch den Wüstensohn, den Moslem, gekränkt, sich von dessen nackten, bittflehenden Höhen zurückziehe, um den christlichen Berg üppig zu begnaden. Die blumendurchwirkten Matten seiner Obsthänge, die satten Almen auf seinem faltenreichen Rücken, die schmiegsamen Wein-, Aprikosen- und Orangengärten an seinem Fuß, die Eichen und Platanen in den dunkeldurchmurmelten Schluchten, die Freudenausbrüche von Rhododendron, Myrtenblüten und Azaleen an heimlichen Stellen, die schutzengelhafte Stille, in die sich Herden und Halterbuben verdämmernd schmiegten, dies alles schien nur leicht gestreift zu sein von den Folgen des Sündenfalles, unter deren karstiger Trauer das übrige Kleinasien seufzt. Durch irgendeine kleine Ungenauigkeit in der göttlichen Weltordnung, durch die gutmütige Bestechlichkeit eines heimatliebenden Cherubs schien sich in den Revieren des Musa Dagh ein Bodensatz, ein Abstrahl, ein Nachgeschmack des Paradieses verfangen zu haben. Hier, an der syrischen Küste, und nicht etwa tief unten im Vierstromland, wohin die geographischen Bibelerklärer den Garten Eden gerne versetzen.

Es ist selbstverständlich, daß auch die sieben Dörfer am Berge von seinem Segen ein Teil abbekommen hatten. Sie waren mit jenen elenden Siedlungen nicht zu vergleichen, denen Gabriel auf seinem Ritt durch die Ebene begegnet war. Da gab es keine Lehmhütten, die menschlichen Behausungen nicht glichen, sondern schlammigen Anschwemmungen, in die man ein schwarzes Loch gebohrt hatte zur Wohnstatt und Herdstelle für Mensch und Vieh. Die Häuser waren zumeist aus Stein erbaut. Jedes umfaßte mehrere Räume. Kleine Veranden liefen um die Mauern. Tür und Fenster blinkten sauber. Nur einige wenige Hütten aus ältester Zeit hatten nach orientalischer Sitte keine Fenster gegen die Straße zu. So weit der scharfe Schlagschatten des Damlajik sich in das Land zeichnete, so weit herrschte diese Freundlichkeit und dieser Hochstand des Lebens. Jenseits des Schattens begann die Öde. Hier Wein, Früchte, Maulbeere, Terrasse über Terrasse, dort die Ebene mit einförmigen Mais- und Baumwollfeldern, die stellenweise die nackte Steppe wies, wie ein Bettler seine Haut durch die Lumpen. — Doch es war nicht der Segen des Berges allein. Nach einem halben Jahrhundert noch zeitigte die Energie Awetis Bagradians des Alten hier volle Frucht, die Liebe eines einzigen unternehmenden Mannes, die sich stürmisch auf diesen Heimatfleck Erde konzentriert hatte, aller

Weltlockung zum Trotz. Mit erstaunten Augen sah der Enkel diese Menschen, die ihm sonderbar schön erschienen. Einige Sekunden vor seinem Näherkommen verstummten die Gruppen, wandten sich zur Straßenmitte und grüßten ihn mit lautem Abendwunsch: „Bari irikun!" Er glaubte — vielleicht war's nur Einbildung — in den Augen der Leute ein kurzes Aufleuchten wahrzunehmen, ein Lichtchen der Dankesfreude, das nicht ihm galt, sondern dem alten Segenspender. Die Frauen und Mädchen verfolgten ihn mit eingehendem Blick, während in den raschen Händen die Wirtel der Handspindeln unbeteiligt hin und her zuckten.

Diese Menschen hier waren ihm nicht weniger fremd als heute die Menge im Bazar. Was hatte er mit ihnen zu tun, er, der noch vor wenigen Monaten im Bois spazierenfuhr, die Vorlesungen des Philosophen Bergson besuchte, Gespräche über Bücher führte und in preziösen Kunstzeitschriften Aufsätze veröffentlichte? Und doch, eine große Beruhigung strömte von ihnen aus. Es war ihm dabei so eigen väterlich zumute, weil er jene drohenden Anzeichen kannte, von denen sie nichts ahnten. Er trug eine große Sorge in sich, er allein, und würde sie ihnen ersparen, solange es nur ging. Der alte Rifaat Bereket war kein Träumer, wenn er auch seinen Scharfsinn mit blumigen Sprüchen kränzte. Er hatte recht. In Yoghonoluk bleiben und abwarten. Der Musa Dagh liegt außerhalb der Welt. Selbst wenn ein Sturm käme, er wird ihn nicht erreichen.

Wärme für seine Landsleute stieg in Gabriel Bagradian auf: Mögt ihr euch noch lange freuen, morgen, übermorgen...

Und er grüßte sie vom Pferde herab mit einer ernsten Handbewegung.

In kühler Sternenfinsternis stieg er den Parkweg zur Villa empor. Das Gehäuse der dichten Bäume umschloß ihn wie jener gute „abstrakte Zustand", wie das „Mensch-an-sich-Sein", aus dem ihn dieser Tag gerissen hatte, um ihn den Wahn solcher Geborgenheit fühlen zu lassen. Mit der Müdigkeit wurde der angenehme Aberglaube wieder stärker. Er trat in die große Haushalle. Die alte, schmiedeeiserne Laterne, die von der Höhe herabhing, erfreute mit ihrem matten Licht sein Herz. In einer unbegreiflichen Verflechtung des Bewußtseins wurde sie zu seiner Mutter. Nicht die ältere Dame, die ihn in einer charakterlosen Pariser Wohnung mit einem Kuß empfangen hatte, wenn er aus dem Gymnasium kam — sondern jene schweigsame Milde aus Tagen, die wesenloser waren als Träume. „Hokud madagh kes kurban." Hatte sie wirklich diese abendlichen Worte gesprochen, über sein Kinderbett gebeugt? „Möge ich für deine Seele zum Opfer werden."

Nur noch eine zweite Milde war aus der Urzeit da. Das Lichtchen unter der Madonna in der Treppennische. Sonst gehörte alles der Epoche des jüngeren Awetis an. Dies aber war, was zumindest die Treppenhalle anbelangt, ein Zeitalter der Jagd und des Krieges. Trophäen und Waffen hingen an den Wänden, eine ganze Sammlung altertümlicher Beduinenflinten mit endlosen Läufen. Daß der Sonderling aber nicht nur ein Mann der rauhen Leidenschaft gewesen, das bewiesen ein paar herrliche Stücke, Schränke, Teppiche, Leuchter, die er von seinen Fahrten heimgebracht hatte und die das Entzücken Juliettes bildeten.

Während Gabriel in seiner Benommenheit die Treppe zum Stockwerk hinanstieg, hörte er kaum den Stimmenklang, der aus den unteren Räumen kam. Die Notabeln von Yoghonoluk waren schon versammelt. In seinem Zimmer stand er lange am offenen Fenster und starrte regungslos auf die schwarze Silhouette des Damlajik, die sich um diese Stunde gewaltig aufplusterte. Nach zehn Minuten erst läutete er dem Diener Missak, den er gleich dem Verwalter Kristaphor, dem Koch Howhannes und dem übrigen Haus- und Wirtschaftspersonal nach dem Tode des Bruders in seine Dienste übernommen hatte.

Gabriel wusch sich von Kopf bis zu Füßen und kleidete sich um. Dann ging er in Stephans Zimmer. Der Junge war bereits zu Bett gegangen und schlief so kindlich fest, daß ihn nicht einmal der bissige Strahl der Taschenlampe erwecken konnte. Die Fenster standen offen, und draußen bewegten sich die Laubmassen der Platanen mit ahnungsvoller Langsamkeit. Auch hier blickte die schwarze Wesenheit des Musa Dagh in den Raum. Nun aber war die Kammlinie des Berges sanft aufgeglommen, als verberge er anstatt des Wasser-Meeres ein Meer von jenseitigleuchtendem Stoff hinter seinem Rücken. Bagradian setzte sich auf den Stuhl neben dem Bett. Und wie am Morgen der Sohn den Schlaf des Vaters belauscht hatte, so belauschte der Vater jetzt des Sohnes Schlaf. Dies aber war erlaubt.

Die Stirne Stephans, Gabriels eigene Stirn, schimmerte durchsichtig. Darunter lagen die Schatten der geschlossenen Augen wie zwei Blätter, von draußen auf dieses Antlitz geweht. Wie groß die Augen waren, sah man auch jetzt, da sie schlummerten. Die spitze, schmale Nase gehörte dem Vater nicht an, war Juliettes Erbteil, fremd. Stephan atmete schnell. Die Wand seines Schlafes verbarg ein rauschendes Leben. Die zu Fäusten geballten Hände drückte er fest gegen seinen Körper, als müsse er die Zügel anziehen, damit ihm die galoppierenden Traumerlebnisse nicht durchgingen.

Der Schlaf des Sohnes wurde unruhiger. Der Vater rührte sich nicht. Er sog sich voll mit dem Bild seines Kindes. Hatte er Angst um Stephan? Wollte er eine Einheit herstellen, die einst in Gott lag? Er wußte nichts. Keine Gedanken waren in ihm. Endlich stand er auf, wobei er einen Seufzer nicht unterdrücken konnte, so zerschlagen fühlte er sich. Während er sich unsicher hinaustastete, stieß er gegen den Tisch. Die Nacht übertrieb den kurzen Lärm. Gabriel stand still. Er fürchtete, Stephan geweckt zu haben. Die schlaftrunkene Knabenstimme lallte auch aus dem Dunkel:

„Wer ist hier? ... Papa ... du ...“

Sogleich aber wurden die Atemzüge wieder ruhig. Gabriel, der die Taschenlampe sofort ausgeschaltet hatte, knipste sie nach einer Weile wieder an, wobei er das kleine Licht mit der Hand abblendete. Es fiel auf den Tisch und auf einige Zeichenblätter. Siehe, Stephan hatte sich schon an die Arbeit gemacht und auf des Vaters Wunsch ein Croquis des Musa Dagh mit ungelenker Hand entworfen. Die roten Verbesserungen Awakians durchkreuzten reichlich die Linien. Bagradian erinnerte sich zuerst der Anregung gar nicht, die er bei dem morgendlichen Zusammentreffen dem Jungen gegeben hatte. Dann aber empfand er den stürmischen Eifer, mit dem das Kind ihn suchte und überzeugen wollte. Der kritzlige Entwurf wurde zum Sinnbild.

Vor dem großen Empfangszimmer der Villa Bagradian zu Yoghonoluk befand sich ein großer Raum, der an die Treppenhalle grenzte. Er war ziemlich kahl und wurde nur als Durchgangszimmer benützt. Awetis, der Alte, hatte seine Residenz für eine zahlreiche Nachkommenschaft berechnet, so daß sowohl der einsame Sonderling als zuletzt die kleine Familie,

die übriggeblieben war, nur einen Teil der vorhandenen Wohn-
räume in Verwendung nehmen konnte. In dem kahlen Durchgangszimmer brannte eine herabgeschraubte Petroleumlampe.
Gabriel blieb einen Augenblick stehn und lauschte den Stimmen daneben. Er hörte Juliette lachen. Die Bewunderung
dieser dörflichen Armenier da drin tat ihr also wohl. Ein
Fortschritt.
Der alte Arzt Bedros Altouni öffnete eben die Tür, um sich
davonzumachen. Er zündete die Kerze in seiner Laterne an
und griff nach seiner Ledertasche, die auf einem Stuhl lag.
Altouni bemerkte den Hausherrn erst, als dieser ihn leise
anrief: ,,Hairik Bedros!'', Väterchen Bedros! Der Arzt schrak
zusammen. Er war ein kleiner, dürrer Mann mit einem un-
ordentlichen Graubart; er gehörte noch zu jenen Armeniern,
die, anders als die jüngere Generation, auf ihren gebeugten
Schultern die ganze Last des verfolgten Stammes zu tragen
schienen. Als Schützling Awetis Bagradians hatte er in seiner
Jugend auf dessen Kosten in Wien Medizin studiert und die
Welt gesehen. Damals trug sich der Wohltäter Yoghonoluks
mit großen Plänen und dachte sogar an die Errichtung eines
kleinen Hospitals. Es blieb aber nur bei der Bestallung des
Bezirksarztes, was angesichts der allgemeinen Verhältnisse
schon überaus viel war. Von allen lebenden Menschen kannte
Gabriel den alten Arzt, den alten ,,Hekim'', am längsten, denn
dieser hatte bei seiner Geburt mitgewirkt. Er besaß einen
zärtlichen Respekt für den Arzt, jedenfalls ein Erbteil von
Kindheitsgefühlen. Doktor Altouni mühte sich mit seinem
Lodenmantel ab, der noch aus seiner Wiener Universitätszeit
zu stammen schien.
,,Ich konnte nicht mehr länger auf dich warten, mein Kind ...
Nun, was hast du im Hükümet herausgebracht?''
Gabriel richtete den Blick auf das eingeschrumpfte Gesichtchen. Alles an dem alten Mann war schartig. Seine Bewegungen, seine Stimme, ja selbst die Schärfe, die seine Worte
manchmal zeigten. Er war äußerlich und innerlich abgewetzt.
Der Weg von Yoghonoluk nach Holzdorf auf der einen und
nach Bienendorf auf der anderen Seite zog sich verdammt,
wenn man ihn mehrmals wöchentlich auf dem harten Rücken
eines Esels zurücklegen mußte. Gabriel erkannte die ewige
Ledertasche, in der neben Heftpflaster, Fieberthermometer,
chirurgischem Besteck und einem deutschen ärztlichen Hand-

buch aus dem Jahre 1875 nur noch eine vorsintflutliche Geburtszange lag. Angesichts dieser medizinischen Tasche schluckte er die Anwandlung hinunter, seine Erfahrungen in Antiochia preiszugeben.

„Nichts Besonderes", antwortete er wegwerfend.

Altouni befestigte die Laterne an seinem Gürtel und schnallte ihn um:

„Ich habe mir mindestens siebenmal im Leben einen neuen Teskeré erbitten müssen. Sie nehmen ihn wegen der Taxe fort, die sie bei der Neuausstellung jedesmal gewinnen. Es ist eine bekannte Sache. Von mir aber bekommen sie nichts mehr. Ich brauche auf dieser Welt keinen neuen Paß ..."

Und schartig fügte er hinzu:

„Und früher hätte ich ihn auch nicht gebraucht. Denn seit vierzig Jahren bin ich nicht weggekommen von hier."

Bagradian wandte den Kopf zur Tür: „Was sind wir für ein Volk, daß wir alles schweigend hinnehmen?"

„Hinnehmen?" Der Arzt kostete das Wort aus: „Ihr Jungen wißt nichts mehr vom Hinnehmen. Ihr seid in anderen Zeiten groß geworden."

Gabriel aber blieb bei seiner Frage:

„Was sind wir für ein Volk?"

„Du, liebes Kind, hast dein Leben in Europa zugebracht. Und auch ich, wäre ich damals nur in Wien geblieben! Es ist mein großes Unglück, daß ich nicht in Wien geblieben bin. Aus mir hätte vielleicht etwas werden können. Aber, siehst du, dein Großvater war der gleiche Narr wie dein Bruder und hat von der Welt dort draußen nichts wissen wollen. Ich habe mich schriftlich verpflichten müssen, zurückzukommen. Das war mein Unglück. Besser wär's gewesen, er hätte mich nie fortgeschickt ..."

„Man kann nicht immer nur als Fremder unter Fremden leben."

Der Pariser Gabriel wunderte sich über seine Worte. Altouni lachte heiser:

„Und hier, hier kann man leben? Wo das Ungewisse immer hinter uns her ist? Du hast es dir wohl anders zusammengeträumt."

Da ging es Bagradian durch den Kopf: Irgendwelche Vorbereitungen müssen getroffen werden. Altouni aber legte seine Tasche auf den Stuhl zurück:

„Verflucht! Was für Sachen reden wir da? Du ziehst heute die alten Geschichten aus mir heraus. Ich bin Mediziner und hab niemals besonders stark an Gott geglaubt. Und doch habe ich früher deshalb mit Gott oft und oft gehadert. Man kann Russe sein und Türke und Hottentotte und Gott weiß was, aber Armenier kann man nicht sein. Armenier sein ist eine Unmöglichkeit..."

Er riß sich mit einem Ruck von dem Abgrund los, an dessen Rand er geraten war:

„Schluß! Lassen wir das! Ich bin der Hekim. Alles andere geht mich nichts an. Eben hat man mich aus dieser angenehmen Gesellschaft zu einer Frau gerufen, die in den Wehen liegt. Immer wieder, siehst du, werden armenische Kinder zur Welt gebracht. Es ist verrückt."

Er packte grimmig seine Tasche. Dieses Gespräch zwischen Tür und Angel, das um die Grundlagen ging, schien ihn erbittert zu haben:

„Und du, was willst du! Du hast eine wunderschöne Frau, einen geratenen Sohn, keine Sorgen, bist ein steinreicher Mann, was willst du? Lebe dein Leben! Kümmere dich nicht um die faulen Dinge! Wenn die Türken Krieg haben, lassen sie uns in Ruhe, das ist eine alte Erfahrung. Und nach dem Krieg wirst du nach Paris zurückkehren und von uns und dem Musa Dagh nichts mehr wissen."

Gabriel Bagradian lächelte, als nehme er seine Frage selbst nicht ernst:

„Und wenn sie uns nicht in Ruhe lassen, Väterchen?"

Gabriel stand einen Augenblick unbemerkt in der Tür des großen Gesellschaftsraumes. Etwa ein Dutzend Menschen waren versammelt. An einem kleinen Tischchen saßen drei ältere Frauen schweigend beieinander, zu denen sich, wahrscheinlich in Juliettes Auftrag, der Student Awakian gesellt hatte. Doch auch er bemühte sich nicht, eine Unterhaltung in Gang zu bringen. Eine dieser Matronen, die Frau des Arztes, war eine der überlebenden Gestalten aus Gabriels Kindheit. Mairik Antaram, Mütterchen Antaram, nannte er sie. Sie trug ein schwarzes Seidengewand. Ihr aus der Stirn gestrichenes Haar war noch nicht ganz ergraut. Das breitknochige Gesicht hatte einen kühnen Ausdruck. Wenn sie auch nicht sprach, so saß sie gelassen da und ließ ihren frei beobachtenden Blick auf den Menschen ruhen. Das gleiche konnte man von ihren beiden Nachbarinnen, der Frau des Pastors Harutiun Nokhudian aus Bitias und der Frau des Schulzen, des Muchtars von Yoghonoluk, Thomas Kebussjan, nicht behaupten. Man sah ihnen an, daß sie sich angestrengt und nicht frei fühlten, obgleich sie aus ihrer Garderobe so manches Prachtstück hervorgeholt hatten, um vor den Augen der Französin in Gnaden zu bestehen.

Frau Kebussjan hatte es am schwersten, denn obgleich sie auch zu jenen gehörte, welche bei den amerikanischen Missionaren in Marasch zur Schule gegangen waren, verstand sie kein Wort Französisch.

Sie blinzelte zu dem verschwenderischen Kerzenlicht der Lüster und Appliken empor. Ah, Madame Bagradian hatte es nicht nötig zu sparen. Wo bekam man solche dicke Wachskerzen her? Die mußten aus Aleppo oder gar aus Stambul bezogen sein. Der Muchtar Kebussjan war zwar der reichste Landwirt des Bezirks, in seinem Haus aber durften neben dem Petroleum nur dünne Talgkerzen und Lichte aus Hammelfett verwendet werden. Und dort neben dem Klavier brannten sogar in hohen Standleuchten zwei bemalte Wachsstöcke wie in der Kirche. Ob das nicht zu weit ging!?

Dieselbe Frage stellte sich die Pastorin, deren Selbstbewußtsein sehr gedrückt war. Doch muß zu ihrer Ehre gesagt werden, daß sich in ihre Gefühle kein Neid und keine Scheelsucht mischten. Die Hände der Frau lagen mit deutlichem Gewissenskummer im Schoß, weil sie zu Ehren dieses Abends ihre Handarbeit zu Hause gelassen hatte, die sie sonst nie beiseite legte. Die Pastors- und die Muchtarsfrau blickten nach ihren Männern hin und verwunderten sich über diese Alten.

Und tatsächlich, sowohl der zarte Pastor als auch der massive Muchtar waren in ihrem Wesen ganz verwandelt. Sie bildeten einen Bestandteil der Männergruppe, die sich um Juliette scharte. (Sie erklärte der Gesellschaft gerade einige der Antiken, die Gabriel entdeckt und in diesem Raum zur Schau gestellt hatte.) Die beiden gesetzten Herren drehten ihren Ehefrauen den Rücken, das heißt die Kehrseite ihrer altertümlichen Schlußröcke zu, die sich dienstfertig spannten. Insbesondere Pastor Nokhudian schien immerfort auf dem Sprunge zu sein, einen Befehl Juliettens, der aber nicht erfolgte, unerbittlich auszuführen. Er stand freilich in gemessener Entfernung von ihr, da ihn die jungen Leute abgedrängt hatten. Unter diesen fielen zwei Lehrer auf. Hapeth Schatakhian war der eine, der einst mehrere Wochen in Lausanne verbracht hatte und sich seither einer hervorragenden Aussprache des Französischen bewußt war. Er versäumte auch die herrliche Gelegenheit nicht, von seiner Kunst begeistert Zeugnis abzulegen. Der andere Lehrer hieß Hrand Oskanian. Ein Knirps, dem das Schwarzhaar tief in die Stirn wuchs. Er setzte der verschwenderischen Virtuosität seines Gefährten Schatakhian ein durchdringendes Schweigen entgegen. Dieses Schweigen war aufgebläht bis zum Platzen. Unausgesetzt schien es darauf hinzuweisen, wo die dreiste Oberflächlichkeit und wo der wahre Wert zu finden sei. Diesmal hatte Oskanians hochgradiges Schweigen seine verwirrende Macht über Schatakhian eingebüßt. Als Gabriel in den Raum trat, hörte er das lautschallende Französisch des akzentstolzen Lehrers: „Oh, Madame, wie müssen wir Ihnen dankbar sein, daß Sie einen Strahl der Kultur in unsere Wüste gebracht haben!"

Juliette hatte heute einen kleinen inneren Kampf auszufechten gehabt. Es handelte sich dabei um das Kleid, das sie zum Empfang ihrer neuen Landsleute anzulegen gedachte. Bisher hatte sie sich zu dieser Gelegenheit stets besonders einfach gekleidet, denn es war ihr unwürdig oder überflüssig erschienen, diese „ahnungslosen Halbwilden" zu blenden. Doch schon das letztemal hatte sie bemerkt, daß der Zauber, den sie auf ihre Gäste ausübte, auf sie selbst zurückschlug. So widerstand sie denn der Versuchung nicht und zog ihr größtes Abendkleid hervor. (Ach, es ist vom vorigen Frühjahr, dachte sie bei der Musterung, und zu Hause dürfte ich es nicht wagen, mich darin zu zeigen.) Nach kurzem Zögern legte sie, was ja bei einer glänzenden Gewandung unerläßlich ist, auch noch ihren Schmuck an. Die Wirkung ihres absichtsvollen Entschlusses, dessen sie sich anfangs ein wenig geschämt hatte, überraschte sie selbst. Eine schöne Frau unter schönen Frauen zu sein, dies ist wohl ein hochgemutes Gefühl, doch es befriedigt nicht gar zu lange. Man ist ja nur eine unter vielen, man spielt auf den Promenaden, in den Theatersälen und Restaurants jener fernen westlichen Welt doch nur die Rolle einer hübschen Statistin in einem riesigen Chor. Aber hier, ein unerreichtes Gnadenbild zu sein unter fremdartigen Gläubigen, ein berückendes Palladium für diese schüchtern-großäugigen Armenier, die Einzigartige, die Goldblonde, die Herrin, das ist kein alltägliches Schicksal, das ist ein Erlebnis, das die Wangen jugendlich rötet, die Lippen glühen macht und die Pupillen erglänzen.

Gabriel sah seine Frau von demütig Geblendeten umschart, die gewiß keinen Wunsch zu ihr empor wagten. Er sah, daß ihre Wangen rot waren und daß ihre Lippen glühten wie die einer kaum Zwanzigjährigen. Wenn sich Juliette bewegte, erkannte er wieder ihren „funkelnden Schritt", wie er ihn einst genannt hatte. Juliette schien hier in Yoghonoluk einen Weg zu seinen einfachen Volksgenossen gefunden zu haben, sie, die sich in Europa so oft gegen den Verkehr mit den gebildetsten und besten Armeniern gesträubt hatte. Und das Merkwürdigste: In Beirût von den Weltereignissen überfallen, ohne Möglichkeit zu einer Rückkehr, hatte Gabriel die Furcht gehegt, Juliette werde sich in Heimweh verzehren. Frankreich kämpfte den schwersten Krieg seiner Geschichte. Europäische Zeitungen verirrten sich in diesen Winkel nicht. Man wußte gar nichts. Man war gänzlich abgeschnitten. Auf langen Umwegen war bisher ein einziger Brief erst eingetroffen, der das Datum des Novembers trug. Von Juliettens Mutter. Es war noch ein Glück, daß sie keine Brüder besaß, um die sie hätte Sorge haben müssen. Mit ihren beiden Schwestern stand sie nur in sehr loser Beziehung. Die Ehe mit dem Fremden hatte sie von ihrer Familie entfernt. Wie dem auch sei, ihre Ruhe, ja ihr Leichtsinn kam für Gabriel ganz unerwartet. Sie lebte im Augenblick. Nur selten machte sie sich über ihre Heimat Gedanken. Im vierzehnten Jahr ihrer Ehe schien das Unerhoffte gelungen zu sein. Hier in dem Haus von Yoghonoluk. Juliette war in Gabriels Welt eingegangen. Hatte sich die alte Spannung, die sie beide verband und trennte, an diesem Abend gelöst?

Und wirklich, es war etwas Neues in ihrem Wesen, als sie ihn umarmte:

„Endlich, mein Freund, ich war schon sehr unruhig."

Sie sorgte sogleich in beinahe überschwenglicher Weise für seinen Hunger und Durst. Gabriel aber fand keine Zeit zum Essen. Alles umdrängte ihn, damit er über seine Erfahrungen in Antakje berichte. Der Muchtar Kebussjan neigte den Kopf weit vor, um kein Wort zu verlieren. Dadurch, daß er ein wenig schielte, wurde der mißtrauisch furchtsame Zug seines

Bauerngesichtes noch verstärkt. Man darf natürlich nicht glauben, daß die behördliche Maßnahme des heutigen Morgens spurlos an den Gemütern vorübergegangen war. Schon die Tatsache, daß die türkische Obrigkeit dafür den Sonntag, und zwar die Stunde vor dem Hochamt, gewählt hatte, konnte als vertrackte Absicht und feindliches Zeichen aufgefaßt werden. Wohl war die Siedlung am Musa Dagh von den blutigen Ereignissen der Jahre 1896 und 1909 nahezu verschont geblieben. Doch Männer wie Kebussjan und der kleine Pastor von Bitias waren hellhörig genug, um bei jedem verdächtigen Laut die Ohren zu spitzen. Sie hatten den Tag nicht ganz ohne Sorgen verbracht. Erst der Abend und die strahlende Gegenwart Juliettens wußte die Trübung ihrer Ruhe zu zerstreuen. Als aber Bagradian, seines Versprechens eingedenk, die Angaben des Müdirs wiederholte, es handle sich nur um eine allgemeine, dem Kriegszustand entspringende Verfügung — da hatten alle, Nokhudian, Kebussjan, die Lehrer, des Rätsels Lösung längst gekannt und vorhergesagt. Ein heller Optimismus breitete sich nunmehr aus. Sein überzeugtester Vertreter war Lehrer Schatakhian. Er reckte sich hoch. Das Mittelalter sei vorüber, meinte er, sein glühendes Wort an Madame Bagradian richtend. Die Sonne der Zivilisation werde nun auch über der Türkei aufgehen. Der Krieg sei nur ihre blutige Morgenröte. Jedenfalls aber hätten Unterdrückung, Greuel, Massaker für alle Zeiten ein Ende gefunden. Die fortgeschrittene Welt würde dergleichen nicht mehr dulden. Und die türkische Regierung stehe unter der Aufsicht ihrer Verbündeten. Schatakhian sah Juliette erwartungsvoll an. Hatte er nicht in tadellosem Französisch dem Fortschritte gehuldigt? Die Anwesenden schienen, soweit sie ihn verstanden hatten, seine Ansichten zu billigen. Nur Lehrer Oskanian, der Schweiger, grunzte verächtlich. Jedoch dies tat er immer, wenn sich Freund Schatakhian von seiner Beredsamkeit hinreißen ließ. Da ertönte eine neue Stimme:

„Laßt die Türken! Reden wir von wichtigeren Dingen!"

Diese Worte hatte Apotheker Krikor gesprochen, die denkwürdigste Erscheinung in dieser Gesellschaft.

Daß er eine unverwechselbare Persönlichkeit sei, bewies Apotheker Krikor schon durch seinen Anzug. Während alle Männer, auch der Muchtar, europäisch gekleidet waren (in Yoghonoluk lebte ein aus London rückgewanderter Schneider), trug Krikor eine Art russischer Bluse, jedoch von feinster hellgelber Rohseide. Das trotz seiner sechzig Jahre gänzlich faltenlose Gesicht mit dem weißen Bocksbärtchen und den etwas schiefliegenden Augen hatte die Farbe tief vergilbten Papiers und hätte weit eher einem weisen Mandarin angehören können als einem Armenier. Er sprach mit einer hohen, dabei sonderbar hohlen Stimme, die durch allzu großes Wissen erschöpft schien. Und wirklich, der Apotheker von Yoghonoluk besaß nicht nur eine Bibliothek, dergleichen es in Syrien gewiß keine zweite gab — Krikor war selbst eine Bibliothek in Person, ein Mann der Allwissenheit in einem der unbekanntesten Täler der Erde. Ob es sich um die Flora des Musa Dagh handelte, um die geologische Beschaffenheit der Wüsten, um eine ausgefallene Vogelart im Kaukasus, um Kupfergewinnung, um Meteorologie, um Kirchenväter, um den Koran, um Fixsterne, um die Ausfuhrziffern von Kamelmist, um die Geheimnisse des persischen Rosenöls und um Kochrezepte — die hohle Stimme Krikors vermochte immerdar Auskunft zu geben, und zwar in leise-nachlässiger Form, als sei es jeweils eine respektlose Zumutung, die Lösung so geringfügiger Aufgaben von ihm zu fordern. Vielwisserei ist weitverbreitet. In ihr allein hätte sich die schöpferische Eigenart des Apothekers nicht bewähren können. Nein, es stand um Krikor ähnlich wie um seine Bibliothek. Diese setzte sich zwar aus einigen tausend Bänden zusammen, jedoch der weitaus größte Teil war in Sprachen abgefaßt, die er nicht zu lesen verstand. So zum Beispiel gleich das deutsche Konversationslexikon von Brockhaus eines verschollenen Jahrganges. Er mußte sich mit einem spärlichen armenischen Kenntnisbrunnen abfinden. Die Vorsehung hatte seiner Leidenschaft schwere Hindernisse in den Weg gelegt. Die armenischen und französischen Werke, die ihm zugänglich waren, bildeten die schwächste Partie seines Bücherschatzes. Krikor aber war nicht nur ein Gelehrter, er war ebensosehr ein Bibliophile. Der echte Bibliophile liebt mehr als Form und Inhalt eines Buches seine Existenz; er muß es erst gar nicht lesen. (Verhält es sich nicht mit jeder großen Liebe ähnlich?) Der Apotheker war kein reicher Mann. Er konnte es sich nicht leisten, den Buchhandlungen und Antiquariaten in Stambul oder gar im Ausland kostspielige Aufträge zu geben. Er hätte kaum die Kosten der Fracht aufgebracht. So mußte er denn nehmen, was ihm in den Wurf kam. Den Grundstock, behauptete er, habe er schon in seiner Kindheit und seinen Wanderjahren gelegt. Nun hatte er Agenten und Gönner in Antiochia, Alexandrette, Aleppo, Damaskus, die ihm von Zeit zu Zeit ein großes Paket zuschickten. Welch ein Feiertag, wenn solche Gaben einlangten! Mochten es arabische oder hebräische Folianten sein, französische Romane, allgemeine Makulatur, gleichviel, es waren Bücher, bedrucktes Papier. Selbst Tageszeitungen hob er auf und katalogisierte peinlich Preislisten und Prospekte. In diesem Mann war die ganze Zärtlichkeit der armenischen Rasse für den Geist zusammengedrängt, das Geheimnis aller uralten Völker, welche die Zeiten überdauern. Wie der Same einer Steinnelke auf dem nackten Felsen Wurzel schlägt, so hatte Krikors Bibliothek in Yoghonoluk Wurzel gefaßt. Diese sonderbare, in der Hauptsache ungelesene Bibliothek hätte nun kaum hingereicht, die Grundlage für des Apothekers Riesenwissen zu bilden. Hier aber half ihm der schöpferische Mut über alle Lücken hinweg. Krikor ergänzte seine Welt. Alle Fragen von der Theologie bis zur Statistik beantwortete er aus eigener Machtvollkommenheit. Dabei fühlte er sich keineswegs als Fälscher. Das unschuldige Glück des Dichtertums durchströmte ihn, wenn er die großen Worte der Wissenschaft durcheinanderwarf. Daß ein solcher Mann Jünger hatte, ist selbstverständlich. Daß diese Jüngerschar sich aus der Lehrerschaft der sieben Dörfer zusammensetzte, ebenfalls. Die Lehrer verehrten in Krikor das Wunderorakel, und nicht einmal der boshafte Oskanian dachte daran, die Stichhaltigkeit dieses Orakels anzuzweifeln. Apotheker Krikor war der Sokrates vom Musa Dagh, wenn er mit diesen seinen Jüngern zumeist bei Nacht philosophische Spaziergänge unternahm. Dabei bot sich Gelegenheit, die Verehrung der Jünger immer wieder zu vertiefen. Ein Fingerzeig auf den gestirnten Himmel: „Hapeth Schatakhian, kennst du jenen rötlichen Stern dort?" — „Welchen? Diesen dort! Das muß ein Planet sein. Wie?" — „Falsch, Lehrer! Es ist der Stern Aldebaran! Und weißt du, warum er rötlich scheint?" — „Warum? Vielleicht ... unsere Lufthülle ..." — „Falsch, Lehrer! Der Stern Aldebaran besteht aus geschmolzenem Magneteisen, und davon ist er rötlich. Dies ist ebenfalls die Meinung des berühmten Camille Flammarion, die er mir in seinem letzten Brief schreibt."

Auch der Brief des großen Astronomen war kein leerer

Schwindel. Er bestand wirklich. Nur hatte ihn Krikor in der Person Camille Flammarions selbst an sich gerichtet. Solche Post freilich erledigte er nur höchst selten und in feierlichsten Stunden. Die Jünger erfuhren meist nichts von diesen Briefschaften. Es waren jedoch nicht nur zeitgenössische oder jüngstverstorbene Geistesriesen, die er zu Partnern seines Briefwechsels machte, sondern auch Voltaire und der große armenische Dichter Raffi hatten ihm mehrmals schon umgehend ein Schreiben erwidern müssen. So lebte in Krikor ein korrespondierendes Mitglied des Olymps.

Erstaunlich war's, daß bei seiner geistigen Weltläufigkeit der Apotheker seit Menschengedenken Yoghonoluk nicht verlassen hatte. Alle gebildeten Leute vom Musa Dagh unternahmen mindestens einmal jährlich eine Reise, und sei es nur nach Aleppo oder Marasch, um dort die amerikanischen, deutschen, französischen Missionsschulen zu besuchen, wo sie den höheren Unterricht empfangen hatten. Nicht wenige unter den Alten des Volkes waren erst in späten Jahren aus Amerika zurückgekehrt, um das Erworbene in Ruhe zu verzehren. Und knapp vor Kriegsausbruch war wiederum ein Schub von Wandersüchtigen über den Ozean gegangen. Nur Apotheker Krikor vermied den geringsten Ortswechsel. Selbst ein Besuch in den Nachbardörfern gehörte zu den größten Seltenheiten. In seiner Jugend, so behauptete er, habe er von den Merkwürdigkeiten des Erdballs mit eigenen Augen genug gesehen. Manchmal machte er denn auch Andeutungen über diese Fahrten, die sich weit im Westen und im Osten verloren, bei denen er aber aus Prinzip niemals eine Eisenbahn benützt habe. Ob es sich damit so verhielt wie mit Flammarions Brief, bleibe dahingestellt. Nichts an Krikors Reden und Erzählungen roch auch nur im entferntesten nach Aufschneiderei und Phantasie. Seine Berichte waren von anschaulicher Gründlichkeit durchtränkt, so daß selbst ein Mann wie Gabriel Bagradian keinen Argwohn gefaßt hätte. Bei jeder Gelegenheit aber beteuerte der Apotheker sein Unverständnis für alle Reiselust. Mochte Altouni, der allbekannte Nörgler, herbe Klagen führen, weil er sein Leben in einem syrischen Dorf verloren habe. Krikor war zufrieden in und mit Yoghonoluk. Alle Orte galten gleich, denn die äußere Welt war in der inneren enthalten. Der Wissende sitzt, ohne sich zu bewegen, wie eine Spinne inmitten des Strahlennetzes, das er über das Universum spannt. Aber wenn das Gespräch auf Politik, auf den Krieg, auf brennende Gegenwartsfragen kam, wurde der Apotheker unruhig. Dergleichen Dinge liebte er nicht zur Kenntnis zu nehmen. Die Welt als Spielball äußerer Abhängigkeit und innerer Teilnahme bildete eine erniedrigende Störung. Erst in die selbstlose Ferne der Betrachtung gerückt, bekam sie Wert. Letzter Hochmut des Geistes! Was gingen ihn die Ereignisse des „Hinterlandes" dort an, die sich zwischen Stambul, Aleppo und Mesopotamien abspielten? Kriege, die nicht schon zu Büchern geworden waren, mißachtete er. Aus diesem Grunde hatte der Apotheker auch die politischen Ausführungen Lehrer Schatakhians gerügt. Jetzt vollendete er:

„Ich verstehe nicht, warum man immer und immer wieder zu den andern hinüberschielt. Krieg, Verordnungen, Wali, Kaimakam. Laßt dort die Türken machen, was sie wollen! Wenn ihr euch nicht um sie kümmert, so kümmern sie sich nicht um euch. Wir haben unsere eigene Erde hier. Und sie findet sogar verwöhnte Liebhaber ... Bitte..."

Damit stellte Krikor dem Hausherrn einen fremden Gast vor, der sich bisher hinter den anderen Männern verborgen hatte oder ihm nicht aufgefallen war. Der Apotheker ließ den tönenden Namen des Fremden auf der Zunge zerfließen:

„Gonzague Maris!"

Der junge Mann war, nach der Art wie er aussah und wie er sich trug zu schließen, ein Europäer oder zumindest ein stark europäisierter Levantiner. Das schwarze Schnurrbärtchen in dem blassen und höchst aufmerksamen Gesicht war so französisch wie der Vorname. Das auffälligste Merkmal bildeten seine Augenbrauen, die in einem stumpfen Winkel gegeneinander standen. Krikor spielte weiter den Herold des Fremden:

„Monsieur Gonzague Maris ist Grieche."

Sogleich aber verbesserte er sich, als wolle er den Gast nicht herabsetzen:

„Nicht türkischer Grieche, sondern Reichsgrieche, Europäer."

Der Fremde hatte sehr lange Augenwimpern. Er lächelte jetzt, wobei er die frauenhaften Wimpern tief über die Augen senkte:

„Mein Vater war Grieche, meine Mutter Französin, ich bin Amerikaner." Die bescheidene, ja fast scheue Art des jungen

Menschen wirkte auf Gabriel angenehm. Er schüttelte den Kopf:

„Was ist das für ein verrückter Zufall, verzeihen Sie, der einen Amerikaner, dessen Mutter Französin ist, hierher führt, gerade hierher?"

Gonzague lächelte wieder, die Wimpern senkend:

„Sehr einfach! Ich habe mehrere Wochen in Alexandrette zu tun gehabt. Dort bin ich erkrankt! Der Arzt hat mich in die Höhe nach Beilan geschickt. In Beilan aber habe ich mich nicht wohl gefühlt..."

Apotheker Krikor hob mahnend den Zeigefinger:

„Der Luftdruck! In Beilan ist der Luftdruck immer unter dem Niveau."

Gonzague Maris neigte seinen sorgfältig gescheitelten Kopf verbindlich gegen den Apotheker:

„In Alexandrette hat man mir so viel vom Musa Dagh gesprochen, daß ich neugierig geworden bin. Es war eine große Überraschung für mich, im trostlosen Orient solch eine Schönheit zu finden, so gebildete Menschen und eine so gute Unterkunft wie bei meinem Wirt, Herrn Krikor. Ich liebe alles Unbekannte. Läge der Musa Dagh in Europa, wäre er eine große Berühmtheit. Nun, ich freue mich, daß er Ihnen allein gehört."

Der Apotheker verkündete mit dem gleichgültig hohlen Ton, den er bei bedeutsamen Mitteilungen anwandte:

„Er ist Schriftsteller und wird hier in meinem Haus seinen Studien obliegen."

Gonzague schien sich dieser Ankündigung zu schämen:

„Ich bin kein Schriftsteller. Ich schicke hie und da einer amerikanischen Zeitung kleine Berichte. Das ist alles. Ich bin nicht einmal wirklicher Journalist."

Mit einer unbestimmten Geste deutete er an, daß diese Beschäftigung keinem andern Ziel als dem Broterwerb gelte. Krikor aber ließ von seinem Opfer nicht, das ihm zum Stolze dienen mußte:

„Sie sind doch auch Künstler, Musiker, Virtuose, Sie haben Konzerte gegeben, nicht wahr?"

Der junge Mann hob abwehrend die Hand:

„Das ist alles nicht richtig. Ich bin unter anderem auch Klavierbegleiter gewesen. Man muß vieles probieren."

Sein Blick suchte bei Juliette um Hilfe. Sie wunderte sich:

„Die Welt ist klein. Ist es nicht sonderbar, daß sich hier zwei Landsleute begegnen? Zur Hälfte sind Sie ja mein Landsmann."

Lehrer Schatakhian aber konnte seine Schwärmerei wieder einmal nicht zügeln:

„Und ist es nicht sonderbar, daß wir uns in einem so gewählten Kreis befinden dürfen, daß wir armen armenischen Bauern durch die Güte von Madame uns nun einer feinen Geselligkeit erfreuen?"

Der gereizte Oskanian aber ließ sein Schweigen noch mehr anschwellen und nahm abseits von den anderen mit düsterer Hoheit Platz. Dadurch gab er zu erkennen, daß er es keineswegs für sonderbar halte, daß eine Persönlichkeit wie die seine an dieser Stätte mit gebührender Achtung begrüßt werde. Denn Oskanian war nicht nur ein gesuchter Dichter im Umkreis des Musa Dagh, der seinen Landsleuten für alle Festlichkeiten heiterer und trauriger Natur die bestellten Verse lieferte, er betätigte sich auch für ähnliche Zwecke als Kalligraph und Maler. Apotheker Krikor jedoch erteilte seinem Jünger Schatakhian abermals eine leichte Zurechtweisung:

„Wir Armenier haben einen verhängnisvollen Fehler, den Kleinmut. Er verleitet uns oft zur Selbsterniedrigung. Wir vergessen, daß wir eines der ältesten Kulturvölker der Erde sind. Madame, als die Gattin unseres Gabriel Bagradian, weiß es ja, daß wir als allererste Nation, lange vor Rom, das Christentum als Staatsreligion angenommen haben. Wir haben ein glänzendes Reich besessen, die Hauptstadt Ani mit ihren tausend Kirchen wie ein anerkanntes Weltwunder. Könige von armenischem Blute regierten Byzanz. Zu einer Zeit, da Frankreich noch in tiefer Barbarei schlief, hatten wir eine klassische Literatur. Ich selbst besitze Auszüge von markigen Autoren wie Lazar von Pharpi und Moses von Chorene. Doch auch heute müssen wir uns nicht verstecken. Selbst in diesem Nest hier, das nicht einmal eine anständige Straße besitzt, ist im Laufe der Zeit eine namhafte Bibliothek angewachsen ... Madame wird uns also gestatten, daß wir uns vor ihr nicht schämen."

Diese würdige Rede brachte der Apotheker mit seiner ungerührten Mandarinenruhe vor. Dabei sah er Juliette nicht an. Als echt sokratischer Weiser war Krikor gegen Frauen sehr züchtig und zurückhaltend. Dafür aber versammelte er um sein Licht die männliche Jugend, soweit sie nicht geistig stumpf war. Als Beweis für diese seine Anziehungskraft kann es vielleicht auch gelten, daß der junge Gonzague Maris bei ihm Quartier bezogen hatte, obgleich ihm auch ein schönes Zimmer im Hause des Muchtars angeboten worden war. Die selbstberauschte Juliette aber fing auf die Worte Krikors hin armenisch zu radebrechen an. Sie machte es reizend:

„Was wollen Sie denn? ... Ich bin doch selbst Armenierin, weil ich einen Armenier geheiratet habe ... Nach dem Gesetz ... Oder vielleicht Türkin ... Oh, ich kenne mich gar nicht aus..."

Entzückter Beifall ringsum dankte diesem Sprachversuch. Gabriel hatte in seinem ganzen Leben nur sehr wenige armenische Worte aus dem Munde seiner Frau gehört. Er hätte über diesen neuen Fortschritt erstaunt und beglückt sein müssen. Leider war es ihm entgangen, denn er bestarrte, ohne der andern zu achten, einen Mithraskopf aus dem zweiten nachchristlichen Jahrhundert, der aus den Ruinen von Seleucia bei Suedja stammte. Doch seine Gedanken schienen sich mit dem Kopf nicht im geringsten beschäftigt zu haben. Keiner der Anwesenden verstand den Sinn dessen, was er mit zornigem Ton plötzlich sagte:

„Wenn ein Tier nicht mehr daran glaubt, daß es sich wehren kann, geht es zugrunde. So ist es in der Natur und in der Geschichte."

Und er rückte ohne ersichtlichen Grund das Postament mit dem Mithraskopf ein wenig von seiner alten Stelle nach links.

Dank Juliettens Heiterkeit wurde es ein sehr gelungener Abend, gar nicht zu vergleichen mit den früheren Versammlungen in der Villa Bagradian. Die meisten Armenier führten hierzulande ein rein orientalisches Leben, das heißt, sie sahen einander nur in der Kirche und auf der Straße. Man besuchte sich bloß bei feierlichen Anlässen. Kaffeehäuser, wie sie sich in den kleinsten türkischen Dörfern finden, gab es nicht. In dieser häuslichen Abgeschiedenheit hatte das befangene Wesen der Frauen seine Ursache. Doch nun verlor es sich nach und nach. Die Pastorin vergaß, ihren Gatten, dessen Leben sie energisch zu verlängern gedachte und der deshalb in seinem Schlaf nicht verkürzt werden sollte, zum Aufbruch zu mahnen. Die Muchtarsfrau hatte sich Juliette genähert, um den Seidenstoff ihrer Robe zwischen den kostenden Fingern zu begutachten. Mairik Antaram aber war plötzlich verschwunden. Ihr Mann hatte sie durch einen kleinen Jungen abberufen lassen, damit sie ihm bei der schwierigen Entbindung Hilfe leiste und die alten Hexen verjage, die in solchen Fällen immer das Haus der Gebärenden belagern, um ihr mit Zaubermitteln beizustehn. Madame Altouni war im Laufe der Jahrzehnte eine vollwertige Gehilfin des Arztes geworden, dem sie einen großen Teil seiner Praxis abnahm. Sie taugt mehr als ich, pflegte er zu behaupten.

Nun sang man das Lob Mütterchen Antarams. Es habe mit ihr eine eigene Bewandtnis. Sie opfere sich auf. Allen Frauen in ihren Nöten, jungen und alten, stehe sie bei mit mütterlichem oder schwesterlichem Rat. Sie empfange sogar Briefe von auswärts. Das komme daher, weil sie Askanuwer Hajuhiaz Engerutiun, der Allgemeine Armenische Frauenverein, zu seiner Vertreterin in dem ganzen Bezirk gemacht habe. Nur Frau Kebussjan gab eine kritische Begründung für Antarams Seelengüte:

„Sie ist ja kinderlos."

Der Muchtar aber lauschte mit seinem Schwerhörigenkopf und dem leicht schielenden Blick einem Vortrag des Apothekers, der die Vorzüge der chinesischen Seidenverarbeitung mit den genauesten Einzelheiten dem heimischen Gewerbe entgegenstellte. Kebussjan schlug sich aufs Knie:

„Unser Krikor, was!? Da geht man jahrzehntelang in seine Apotheke und kauft Petroleum und Magenpulver und weiß nicht, was das für ein Mann ist!"

Am längsten brauchte der Hausherr, um aufzutauen. Dies geschah aber von einem Augenblick zum andern. Unzufrieden musterte er den großen Tisch, auf dem Backwerkschüsseln, Tee-, Kaffeeschalen und zwei Karaffen mit Raki standen. Gabriel sprang auf:

„Meine Freunde! Wir müssen doch etwas Besseres zum Trinken bekommen." Er ging mit Kristaphor und Missak in den Keller, um Wein zu holen. Awetis der Jüngere hatte für reichliche Einlagerung und Pflege der besten Jahrgänge gesorgt. Dem Verwalter war die Obhut übertragen. Die starken Weine des Musa Dagh freilich hielten sich nicht lange. Vielleicht kam das daher, weil sie anstatt in Fässern, der altertümlichen Sitte gemäß, in großen versiegelten Tonkrügen aufbewahrt wurden.

Es war ein dunkelgoldner Tran, sehr schwer, den Weinen ähnlich, die in Xara am Libanon gedeihen. Als man die Gläser vollgeschenkt hatte, erhob sich Bagradian, um einen Trinkspruch voranzuschicken. Dieser geriet ebenso unbestimmt und düster wie alles, was heute von ihm gekommen war: Es sei schön, daß sie alle hier frohen Herzens beisammen säßen. Wer aber wisse, ob man auch das nächste oder übernächste Mal denselben leichten Sinn werde haben dürfen? Niemand jedoch möge sich in dieser Stunde durch solche Gedanken betrüben lassen, denn sie brächten nichts Gutes.

Diesen Trinkspruch, der eher eine umwölkte Mahnung war, brachte Gabriel in armenischer Sprache aus. Juliette grüßte mit ihrem Glas zu ihm hinüber:

„Ich habe dich genau verstanden, jedes Wort ... Aber warum so schwermütig, mein Freund?"

„Ich bin nur ein äußerst schlechter Redner", entschuldigte sich Gabriel. „Vor ein paar Jahren hat man mir nach Paris geschrieben und eine Stellung in der Daschnakzapanpartei angetragen. Ich habe sie abgelehnt, nicht nur weil ich mit Politik nichts zu tun haben will, sondern weil ich vor einer großen Menschenversammlung kein Wort herausbrächte. Ein Volksführer ist an mir nicht verlorengegangen."

„Rafael Patkanian" — der Apotheker wandte sich erklärend an Juliette —, „Patkanian war einer unserer größten Volksführer, ein wahrer Volkserwecker und doch der schlechteste Redner, der sich denken läßt. Er hat ärger gestottert als der junge Demosthenes. Dies aber war gerade die besondere Wirkung seiner Reden. Ich habe selbst in alter Zeit noch die Ehre gehabt, ihn zu kennen und zu hören. In Eriwan."

„Sie meinen", lachte Gabriel, „was nicht ist, kann noch werden."

Der schwere Wein erfüllte seine Pflicht. Die Stummen wurden beredt. Lehrer Hrand Oskanian allein wahrte das bittere Schweigen, das er seiner Bedeutung schuldig war. Der Mann Gottes, Nokhudian, der nicht viel vertrug, verteidigte sein Glas gegen die Angriffsversuche der Gattin, die es ihm entreißen wollte. Dabei wiederholte er mehrmals:

„Es ist doch ein Fest, Frau! Nicht wahr?"

Als Gabriel eines der Fenster öffnete, um einen Blick in die Nacht zu werfen, fühlte er Juliette hinter sich.

„Nun, ist es nicht recht hübsch?" flüsterte sie.

Er legte die Hand um ihre Hüfte:

„Wem habe ich es zu verdanken, wenn nicht dir?"

Doch zu diesen liebenden Worten paßte der verzerrte Ton nicht. Im Gefolge des Weines wurde der Wunsch nach Musik rege. Einige wiesen auf einen jungen Menschen hin, der zu den Lehrern gehörte. Er war einer aus Krikors Jüngerschaft namens Asajan. Der zwirnsdünne Mann sollte Inhaber einer guten Stimme und eines guten Gedächtnisses für die heimische Liederwelt sein. Nach Sängerart sträubte sich Asajan. Ohne Begleitung könne man nicht singen und seine Wohnung liege zu weit, den Tar zu holen. Juliette dachte schon daran, ihr Grammophon herunterbringen zu lassen. Gewiß kannten die wenigsten der Bewohner von Yoghonoluk dieses Wunder der Technik. Apotheker Krikor jedoch entschied die Frage, indem er seinem Hausgast einen bedeutungsvollen Blick sandte.

„Wir haben ja einen Künstler unter uns."

Gonzague Maris setzte sich ohne viel Widerstreben an das Piano.

„Eines der zwölf Klaviere in Syrien", verkündete Gabriel, „es wurde vor einem Vierteljahrhundert für meine Mutter aus Wien bezogen. Kristaphor aber hat mir erzählt, daß mein Bruder Awetis aus Aleppo einen Fachmann kommen ließ, um es instand zu setzen. In den letzten Wochen seines Lebens hat er oft gespielt. Und ich wußte gar nicht, daß er musikalisch war..."

Gonzague griff ein paar Akkorde. Aber wie es schon geht, der Künstler fand nicht den rechten Ton für die späte Stunde, für die ungewohnten Ohren und das Erfrischungsbedürfnis seiner Zuhörer. Nachlässig, den Kopf über die Tasten gebeugt, die Zigarette im Mund, saß er da — seine Finger aber gerieten immer tiefer in makabre Weisen. „Verstimmt, schrecklich verstimmt", murmelte er und konnte sich vielleicht deshalb nicht von dem klagenden Tongeschlecht losreißen. Ein Schleier von Langeweile und Abspannung legte sich auf sein vorhin noch so hübsches Gesicht. Bagradian betrachtete von der Seite dieses Gesicht, das ihm jetzt nicht mehr knabenhaft schüchtern, sondern zweideutig und abgelebt erschien. Er sah sich nach Juliette um, die ihren Stuhl in die Nähe des Klaviers geschoben hatte. Ihr Gesicht war plötzlich alt und verfallen. Auf seine fragende Miene gestand sie leise:

„Kopfschmerzen ... Von diesem Wein..."

Gonzague brach unvermittelt ab und schloß den Deckel: „Verzeihen Sie bitte", sagte er.

Obgleich Lehrer Schatakhian, um seine musikalische Weihe zu beglaubigen, das Klavierspiel des Fremden in Fachausdrücken pries, war die Heiterkeit dahin. Kurz nachher eröffnete Frau Pastor Nokhudian den Aufbruch. Man übernachte zwar bei Freunden in Yoghonoluk, müsse aber schon bei Sonnenaufgang den Weg nach Bitias antreten. Am längsten zögerte Oskanian, der Schweiger. Als die andern schon in den Park traten, kehrte er noch einmal zurück, ging mit seinen kurzen Beinen streng und zu allem entschlossen auf Juliette zu, so daß diese leicht erschrak. Er überreichte ihr aber nur einen großen, in armenischer Schrift mit verschiedenfarbigen Tinten herrlich beschriebenen Bogen, ehe er verschwand.

Es war ein schwungvolles Gedicht verehrender Liebe.

Als Juliette in der Nacht jäh erwachte, sah sie Gabriel im Bette neben sich starr aufrecht sitzen. Er hatte seine Kerze angezündet und mußte die Schläferin schon lange beobachtet haben. Sie spürte deutlich, daß nicht die Flamme, sondern sein Blick sie aus dem Schlafe gerissen hatte.

Er berührte ihren Arm:

„Ich wollte dich nicht wecken, habe mir aber gewünscht, daß du von selbst aufwachst."

Sie schüttelte das Haar zurück. Ihr Gesicht war frisch und freundlich:

„Du hättest mich ruhig wecken können. Mir macht das nichts. Du weißt es ja. Für nächtliche Plaudereien bin ich immer zu haben."

„Ich habe hin und her gedacht …", erklärte er ungenau.

„Und ich habe göttlich geschlafen. Meine Kopfschmerzen kamen also nicht von eurem armenischen Wein, sondern vom Klavierspiel meines — comment dire? — demi-compatriote. Komischer Einfall! Yoghonoluk als Kurort zu benutzen und zu Herrn Krikor in Pension zu gehen. Das Komischste aber ist der kleine schwarze Lehrer, der mir das zusammengerollte Plakat übergeben hat. Und auch der andre Lehrer, der so langsam durch die Nase bellt! Er hält das wahrscheinlich für besonders vornehmes Französisch. Wie eine Mischung von Steineklopfen und Hundewinseln klingt das. Ihr Armenier habt alle eine sonderbare Aussprache. Selbst du bist nicht ganz frei davon, mein Freund. Nun, man muß nicht gar zu streng sein. Es sind doch recht liebe Leute."

„Arme, arme Menschen sind es!"

Dieser Ausbruch rasselte gequält aus Gabriels Brust. Juliettens Stimme wurde weich:

„Ich habe mich gekränkt, daß du weggeritten bist, ohne mir ein Wort zu sagen. Ich hätte dir auch Proviant mitgegeben..."

Er schien ihre fürsorglichen Worte gar nicht zu hören:

„Keinen Augenblick habe ich geschlafen. Mir ist so vieles eingefallen. Das Diner bei Professor Lefevre, damals. Und mein erster Brief an dich."

Juliette hatte an Gabriel niemals auch nur die geringste Sentimentalität bemerkt. Um so mehr setzte er sie jetzt in Erstaunen. Schweigend blickte sie zu ihm hinüber. Die Kerze hinter seinem Rücken bewirkte, daß des Mannes Gesicht unsichtbar blieb und nur sein Oberkörper wie ein großer schwarzer Block sich abzeichnete. Gabriel aber sah — da nicht nur die Kerzenflamme, sondern das erste sternhafte Morgenzwielicht auf Juliette fiel — ein zartschimmernd helles Wesen sich gegenüber: „Vierzehn Jahre waren es im Oktober. Das größte Geschenk meines Lebens. Und doch, es war eine schwere Schuld. Ich hätte dich nicht losreißen, nicht in ein fremdes Verhängnis stürzen dürfen..."

Sie griff nach den Streichhölzern, um nun auch ihre Kerze anzuzünden. Er haschte nach ihrer Hand und verhinderte es. So traf sie seine Stimme wieder aus der gestaltlosen Schwärze:

„Es wäre das beste, du würdest dich retten... Wir sollten uns scheiden lassen!"

Sie schwieg lange. Es fiel ihr nicht ein, daß dieser tolle, ganz und gar unbegreifliche Antrag mit ernsten Dingen im Zusammenhang stehn könnte. Sie rückte näher zu ihm:

„Hab ich dir weh getan, dich gekränkt, dich eifersüchtig gemacht?..."

„Nie bist du gütiger zu mir gewesen als heute abend. Seit Jahren schon hab ich dich nicht so lieb gehabt... Doch um so schrecklicher!"

Er stützte sich höher auf, wodurch der dunkle Block seiner Gestalt noch fremder wurde:

„Juliette, du mußt ernst nehmen, was ich sage. Ter Haigasun wird alles tun, um unsere Scheidung so schnell wie möglich durchzuführen. Und die türkische Behörde macht bei solchen Dingen keine Schwierigkeiten. Dann bist du frei, keine Armenierin mehr, und kannst dich lossagen von dem grauenhaften Volksschicksal, in das du durch meine Schuld geraten bist. Wir reisen nach Aleppo. Dort stellst du dich als Europäerin unter den Schutz eines Konsuls, des amerikanischen, des schweizerischen, gleichviel. Dann bist du in Sicherheit, was auch hier und dort geschehen mag. Stephan kommt mit dir. Ihr werdet ungehindert die Türkei verlassen dürfen. Mein Vermögen und meine Einkünfte werde ich natürlich auf euch überschreiben..."

Er hatte krampfhaft und schnell gesprochen, damit sie ihn nicht unterbreche. Juliettens Gesicht aber kam dem seinen ganz nahe:

„Und diesen Wahnsinn meinst du wirklich ernst?"

„Wenn alles vorüber ist und ich noch lebe, dann komm ich ja wieder zu euch."

„Und gestern haben wir doch in aller Ruhe besprochen, was geschehen soll, wenn du einberufen wirst..."

„Gestern? Gestern war alles falsch. Unterdessen aber hat sich die Welt verändert."

„Was hat sich verändert? Die Geschichte mit den Pässen? Wir werden neue bekommen. Und du selbst sagst doch, daß du in Antiochia nichts Schlimmes erfahren hast."

„Ich habe zwar manches Schlimme erfahren, aber darauf kommt es nicht an. Was sich tatsächlich verändert hat, ist vielleicht sehr wenig. Aber das kommt plötzlich wie ein Wüstensturm. Die Väter in mir, die namenlos gelitten haben, spüren es. Der ganze Lebensstoff spürt es. Nein, das kannst du nicht begreifen, Juliette. Wer niemals um seiner Rasse willen gehaßt worden ist, kann das nicht begreifen."

Juliette sprang aus dem Bett, setzte sich zu ihm, nahm seine Hände:

„Du bist genau wie Stephan. Wenn der einen schweren Traum gehabt hat, erwacht er auch nur halb und ist eine Stunde lang verstört. Warum sollten denn gerade wir in Gefahr sein? Ich denke an deine türkischen Freunde, an diese reizenden feinen Menschen, die wir in Paris bei uns so oft zu Gast gehabt haben. Und das sollten auf einmal heimtückische Bestien geworden sein? Nein! Ihr Armenier habt den Türken immer unrecht getan."

„Ich tue ihnen nicht unrecht. Es gibt unter ihnen wunderbare Leute. Ich habe schließlich im Krieg auch das niedre Volk kennengelernt, in seiner Geduld und Güte. Sie sind nicht schuld und wir sind nicht schuld. Aber was hilft das?"

Das Morgengrauen wuchs, und die Linie des Musa Dagh, der in das Schlafzimmer schaute, begann schärfer zu werden. Die Augen Gabriels hingen an dem Berg:

„Ich habe darüber nachgedacht, wie sonderbar es doch ist, daß wir Awetis nachgereist sind und er sich mir immer wieder entzogen hat. Als wenn er mich durch seinen Tod hätte nach Yoghonoluk locken wollen ... Nein! Eigentlich hast du ja darauf bestanden, hierherzugehn."

Es wurde kalt. Juliettens nackte Füße froren. Friedfertig stimmte sie bei:

„Siehst du? Es war mein Eigensinn. Das kann dich doch beruhigen."

Gabriels Gedanken aber hatten ein anderes Ziel:

„Gestern habe ich einen Augenblick lang das felsenfeste Gefühl gehabt, daß eine höhere Macht mich leitet, daß Gott irgend etwas mit mir vorhat. Es war wirklich ein felsenfestes Gefühl, wenn es auch schnell vorübergegangen ist ... Das Leben, das ich geführt habe, war wohl nicht das rechte. Es ist so angenehm, sich einzubilden, man sei eine außergewöhnliche Persönlichkeit, ein hervorragendes Staubkorn, das an die Schwerkraft nicht gebunden ist und ohne Verpflichtung im Weltraum vagabundieren darf ... Da hat mich Gott durch Awetis und durch seinen Willen in das alte Land zurückgeführt..."

Er schwieg. Juliette aber forschte lange in seinen undeutlichen Zügen:

„Ich sehe das erstemal an dir Angst."

Noch immer wandte er die Augen nicht von dem wachsenden Musa Dagh ab:

„Angst? Wie vor etwas Übernatürlichem! Als Kind habe ich mir oft vorgestellt, daß ein kleines Sternchen am Himmel plötzlich größer wird, anschwillt, näher und näher kommt und die Erde zerdrückt..."

Er schüttelte sich, um seiner endlich Herr zu werden:

„Juliette! Nicht um mich geht es. Es geht um dich und Stephan."

Da wurde sie endlich sehr böse:

„Ich glaube an all deine Gefahren nicht. Wir leben im Jahre 1915. Ich habe in der Türkei wie überall in der Welt nur Freundlichkeit und Galanterie erlebt. Ich fürchte mich nicht vor den Menschen. Aber selbst wenn eine Gefahr droht, glaubst du wirklich, ich würde so feig und gemein sein, davonzulaufen und dich sitzenzulassen? ... Das täte ich nicht einmal dann, wenn ich dich nicht mehr gern hätte."

Er sagte nichts mehr und schloß die Augen. Juliette wollte sich schon leise erheben. Gabriel aber ließ den Kopf in ihren Schoß gleiten. Seine Stirne war kalt und naß. Jäh mit einem Schlag begannen die Vögel ihr morgenschrilles Durcheinander.

Viertes Kapitel ## Das erste Ereignis

Diese Anwandlung der Schwäche und Verzagtheit ging so schnell vorüber, wie sie gekommen war. Dennoch schien Gabriel seit dem Tage von Antiochia nicht mehr derselbe. Er, der sonst stundenlang in seinem Zimmer gearbeitet hatte, verbrachte jetzt meist nur die Nächte zu Hause. Dann aber war er sehr müde und schlief wie ein Toter. Über das Drohende, das ihn in der letzten Sonntagsnacht so tief verstört hatte, sprach er kein Wort mehr. Auch Juliette vermied es, die Rede darauf zu bringen. Sie war überzeugt, daß nichts Bedenkliches dahintersteckte. In ihrer Ehe hatte sie schon drei- oder viermal krisenhafte Zeiten an Gabriel miterlebt. Wochen einer schweren und grundlosen Verstimmung, Tage eines brütenden Verstummens, das sich durch kein freundliches Mittel lösen und aufheitern ließ. Sie kannte das. In solchen Zeiten wuchs die Wand zwischen ihnen auf, das Fremde, das Unüberwindliche, und sie war dann über ihren kindlichen Mut erschrocken, der sie verleitet hatte, ihr Leben an dieses schwere Blut zu ketten. Freilich, in Paris war es für Juliette anders gewesen. Die eigene Welt, in der Gabriel der Fremde war, stand als Übermacht hinter ihr. Hier aber in Yoghonoluk hatte sich ihre Lage verkehrt, und es ist sehr begreiflich, warum sich Juliette bemühte, bei aller Ironie ihr Wohlwollen für die „Halbwilden" in sich zu verstärken.

Man mußte ihn in Ruhe lassen. In jenem qualvollen Nachtgespräch sah Juliette nichts anderes als wieder eine der Verfinsterungen, die sie schon kannte. Die in unendlicher Sicherheit aufgewachsene Französin besaß nicht die geringste Vorstellungsgabe dafür, was Gabriel den Wüstensturm genannt hatte. Europa war ein Schlachtfeld. Es hieß, daß die Menschen in Paris wegen der Fliegerangriffe ihre Nächte in den Kellern zubringen mußten. Sie aber lebte hier in einem paradiesischen Frühling. Ein paar Monate konnte sie es noch sehr gut aushalten. Und dann würde man schließlich über kurz oder lang in die Avenue Kleber heimkehren. Inzwischen aber gab es für Juliette Arbeit über Arbeit, die ihren Tag auf das schönste ausfüllte. Sie hatte keine Zeit, viel nachzudenken. Ihr Ehrgeiz als Haus- und Gutsherrin war erwacht. Die Dienerschaft mußte zivilisiert werden. Sie bekam Gelegenheit, das ungeborene Talent des armenischen Volkes bewundern zu lernen. Howhannes, der Koch, entwickelte sich in wenigen Wochen beinahe zu einem französischen Küchenchef. Der Diener Missak war so vielseitig, daß Juliette daran dachte, ihn nach Frankreich mitzunehmen. Die beiden Mädchen, die sie in ihren Diensten hatte, versprachen vollkommene Zofen zu werden. Die Villa selbst war in recht gutem Zustand. Jedoch die scharfen Augen einer Frau sahen an manchen Stellen trotzdem Verwahrlosung und Verfall. Handwerker kamen ins Haus. Ihr Meister war ein würdiger Mann namens Tomasian, der alle Zimmermannsarbeit übernahm. Man durfte aber Tomasian keineswegs als Handwerksmeister begegnen, er selbst nannte sich Bauunternehmer, trug eine schwergoldne Uhrkette durchs Leben, an der das von Lehrer Oskanian gemalte Bild seiner verstorbenen Gattin im Medaillon hing, und versäumte ferner keine Gelegenheit, darauf hinzuweisen, daß seine beiden Kinder, Sohn und Tochter, in Genf studiert hatten. Er war auch von einer ermüdenden Gründlichkeit und verwickelte Juliette in langwierige Besprechungen. Dafür aber gelang es ihm, nicht nur die Schäden des alten Hauses in kurzer Zeit zu beheben, sondern auch für gewisse Einrichtungen, so gut es ging, Sorge zu treffen, die abendländischen Gewohnheiten notwendig waren. Die Handwerker arbeiteten geschickt und mit staunenswerter Geräuschlosigkeit. Bereits in den ersten Apriltagen konnte Juliette mit Stolz feststellen, daß sie an der weltabgeschiedenen syrischen Küste ein Hauswesen besaß, das sich ruhig, wenn man die primitive Beleuchtung und Wasseranlage ausnahm, mit jedem westlichen Ruhesitz hätte messen können.

Ihre größte Freude aber war der Obst- und Rosengarten. Hier sprach wiederum ihr Väterblut. Steckt nicht in jedem Franzosen ein erblicher Gärtner und Obstzüchter? Doch auch die Armenier sind geborene Gärtner, zumal die Leute vom Musa Dagh. Kristaphor, der Verwalter, war ein Meister dieses Faches. Juliette hätte die Möglichkeit eines solchen Fruchtgartens nie geahnt. Man erntete beinahe das ganze Jahr. Niemand, der sie nicht gekostet hat, könnte sich eine Vorstellung von der Süße und Saftigkeit armenischer Aprikosen machen. Selbst hier, jenseits der Wasserscheide des Taurus, behielten sie noch die ganze Frische ihrer Heimat oben am gartenreichen See von Wan. Juliette lernte in ihrem Garten immer wieder neue Frucht-, Gemüse- und Blumenarten kennen, von denen sie nie gehört hatte. Die längste Zeit verbrachte sie aber in der Rosenpflanzung, den Sombrero auf dem Kopf und die große Zwickschere Kristaphors in der Hand. Für eine Rosennärrin wie sie war's eine Berauschung, die sich nicht überbieten ließ. Ein weiter Plan, Stock neben Stock, Staude neben Staude, doch nicht in westlicher Exerzierordnung, sondern ein dichter Tumult von Farben und Düften auf dunkelgrünen Wogen. Damaskus war nah und Persien nicht fern. Die tausend Stämme dieser Vaterländer hatten ihre Kinder hierher entsandt, und wenn Juliette auf den schmalen Gärtnerpfaden dieses Meer durchschritt, so grüßte sie mit unzähligen Blicken und Atemzügen der Inbegriff aller Rosenheit. — Apotheker Krikor hatte ihr versprochen, wenn sie ihm genügend viele Körbe von frischen Blüten der echten Moschata damascena zustellen wollte, eine winzige Phiole von jenem Öl auszupressen, dessen Herstellung an jahrhundertealte Bräuche gebunden sei. Und er berichtete auch von einer Legende. Ein einziger Tropfen der echten Essenz besitze eine solche Kraft, daß ein Toter, dem man diesen Tropfen ins Haar tue, noch bei der Auferstehung danach duften und so den Engel des Gerichts für sich einnehmen werde.

Hie und da ritt Juliette mit Stephan aus. Awetis Bagradian hatte vier Pferde hinterlassen. Eines davon, ein recht kleines, gutmütiges Pferdchen, erhielt der Junge zum Geschenk. Bei diesen Spazierritten, die entweder in die Richtung der Ebene von Suedja oder auf der anderen Seite über Azir, Bitias nach dem Bienendorf unternommen wurden, folgte ihnen der Stallknecht, für den Juliette eine malerische Tracht entworfen hatte. Die Sucht nach Schönheit und dekorativer Pracht beherrschte sie, nicht allein für ihre eigene Person, auch in bezug auf ihre Umgebung. Wenn sie dann mit Stephan und dem bunten Begleiter über Kirchplatz und Hauptstraße von Yoghonoluk hoch einherschwebte, empfand sie sich als Fürstin dieser Märchenwelt. Manchmal dachte sie an ihre Mutter und die Schwestern in Paris. Wie beneidenswert kam ihr dann das eigene Leben vor. Wo sie auftauchte, wurde sie mit tiefer Ehrfurcht begrüßt, auch in den mohammedanischen Ortschaften, die sie bei längeren Ausflügen berührte. Es war klar. Der arme Gabriel wurde wieder einmal von einer Nervenkrise gepeinigt. Sie, Juliette, konnte von einer veränderten Welt auch nicht das allerleiseste Anzeichen wahrnehmen.

Gabriel Bagradian verließ täglich am Morgen das Haus. Doch er machte keine Spaziergänge auf den Musa Dagh mehr, sondern wanderte durch die Ortschaften. Das Verlangen, die Bilder seiner Kindheitswelt wieder in sich einzubürgern, war einem männlicheren Streben gewichen: er wollte die Menschen dieser Welt auf das genaueste kennenlernen, in ihrer Lebensart, in ihren Bedürfnissen, in Handel und Wandel.
Zugleich aber hatte er eine Anzahl von Briefen nach Stambul geschrieben; an seine armenischen Freunde von der Daschnakzaganpartei und mehr noch an seine ehemaligen Freunde unter den Jungtürken. Er argwöhnte wohl, daß die Zensur des Kaimakamliks von Antiochia die Beförderung dieser Briefe erschweren könnte, einer oder der andre aber mußte unbedingt sein Ziel erreichen. Von der Antwort machte er die Zukunft abhängig. War in der Hauptstadt alles beim alten geblieben, handelte es sich nur um eine rein militärische Maßregel, so wollte er trotz der Warnung des Agha Rifaat Bereket den Hausstand hier abbrechen und die Reise nach der Hauptstadt auch ohne den notwendigen Paß wagen. Erfolgte aber eine böse Antwort oder gar keine, so hatten sich die Befürchtungen des alten Türken als wahr erwiesen, die Falle war geschlossen und der Rückzug vereitelt. Dann galt es nur zu hoffen, daß ein Armenierfreund wie der Wali Djelal Bey in seinem Vilajet keine „Ereignisse" dulden und daß eine ländliche Siedlung wie die am Musa Dagh außerhalb der Brandherde liegen werde, die ja stets nur in den größeren Städten zu finden sind. In diesem Fall konnte das Haus in Yoghonoluk nach des Agha

Worten wirklich eine ideale Zufluchtsstätte heißen. — Was aber das Ausbleiben seiner Einberufung zum Kriegsdienst anbetraf, so glaubte Bagradian die Absichten der ottomanischen Generalität genau zu durchschauen. Man nahm die armenischen Truppenteile aus der Front und entwaffnete sie. Warum? Die Türken fürchteten, daß eine so starke Minderheit wie die armenische mit den modernsten Waffen in der Hand bei einem unglücklichen Kriegsausgang dem Staatsvolk gewisse Rechte abtrotzen könnte. Wo es aber keine Soldaten gab, durften noch weniger Offiziere geduldet werden, die im rechten Augenblick die Führung an sich reißen würden.

So zureichend diese Erklärung auch war, Gabriel fand dennoch in keiner Minute wirkliche Ruhe. Seine Unruhe aber war nicht mehr nervös überreizt, sondern fruchtbar und zielhaft. Er entdeckte in sich eine Pedanterie, die er bisher nur an seinen wissenschaftlichen Arbeiten kennengelernt hatte. Jetzt aber kam sie ihm bei Erforschung wirklicher Verhältnisse zugute. Dabei stellte er sich gar nicht die Frage, zu welchem Zwecke er seine Bemühungen unternehme und wem er damit zu helfen gedenke. Gott weiß, wie viele Monate sein Leben in diesem Tale dauern würde. Er wollte von diesen Ortschaften und diesen Menschen alles wissen. In brüderlicher Verantwortung.

Er begab sich — dies war das erste — zu dem Ortsvorsteher von Yoghonoluk. Im Gemeindehaus der größten Ortschaft wurden auch die gemeinsamen Geschäfte der übrigen Dörfer geführt, hauptsächlich der Verkehr mit den Staatsbehörden. Muchtar Kebussjan war nicht anwesend. Der Gemeindeschreiber empfing Gabriel mit vielen Verbeugungen, denn der Besuch des Familienchefs der sagenhaften Bagradians bedeutete eine Auszeichnung.

Ob es Listen der Bevölkerung gebe. Der Schreiber wies mit Großartigkeit auf das verstaubte Regal an der Wand des Zimmerchens. Natürlich gebe es solche Listen. Und nicht nur in den betreffenden Kirchenbüchern sei jede Seele vermerkt. Man lebe hier ja nicht unter Kurden und Nomaden, sondern unter Christenmenschen. Vor einigen Jahren hätten die damaligen Muchtars auf eigene Faust eine Volkszählung durchgeführt. Im Jahre 1909 nämlich — nach der Reaktion gegen die Jungtürken und nach dem großen Massaker in Adana — sei von der armenischen Volksvertretung der Befehl eingelangt, eine Zählung in den sieben Dörfern vorzunehmen. Man habe roh gerechnet sechstausend Christen zusammengebracht. Der Effendi aber könne, sofern er es wünsche, in einigen Tagen die genaue Ziffer erfahren. Gabriel wünschte es. Dann erkundigte er sich, wie es mit dem Militärverhältnis der kriegsdienstpflichtigen Jugend stehe.

Diese Frage war schon heikler. Der Gemeindeschreiber begann ein bißchen zu schielen wie sein Herr, der Muchtar. Der Mobilmachungsbefehl habe bisher alle wehrfähigen Männer zwischen zwanzig und dreißig Jahren zu den Waffen gerufen, obgleich das Gesetz die obere Altersgrenze mit siebenundzwanzig vorschreibe. Etwa zweihundert Männer seien im gesamten armenischen Dörferbezirk betroffen worden. Davon hätten genau hundertundfünfzig den Bedel, die gesetzliche Loskaufsumme vom Militärdienst, entrichtet, und zwar fünfzig Pfund auf den Kopf. Der Effendi wisse ja, daß man hierzulande sehr sparsam sei. Die meisten Familienväter sorgen schon gleich nach der Geburt von Söhnen für den Bedel vor, um diese vom türkischen Soldatenschicksal zu befreien. Der Muchtar von Yoghonoluk sammle in Begleitung des Gendarmeriepostens bei jedem neuen Aufgebot die Steuer ein und entrichte sie persönlich im Hükümet von Antakje.

„Wie kommt es aber", forschte Bagradian weiter, „daß es unter sechstausend Seelen nur zweihundert Männer im Wehralter gibt?" Er bekam eine Antwort, die ihm nicht unbekannt war. Der Effendi möge bedenken, daß der Mangel an rüstigen Männern ein Erbteil der Vergangenheit, eine Folge des schweren Blutverlustes sei, der in jedem Jahrzehnt mindestens einmal über das armenische Volk komme.

Das war nur eine schöne Redensart. Gabriel hatte selbst mehr als zweihundert junge Männer in den Dörfern gesehen. Es gab eben auch Mittel, dem Dienst zu entgehen, ohne den vollen Bedel zu leisten. Der pockennarbige Saptieh Ali Nassif befand sich gewiß in voller Kenntnis dieser Mittel. Bagradian kehrte zum Gegenstand zurück:

„Nun! Fünfzig Leute sind zur Musterung nach Antakje gekommen. Was ist mit ihnen geschehen?"

„Vierzig von ihnen sind behalten worden."

„Und in welchen Regimentern, an welchen Fronten dienen diese vierzig?"

Das sei unbestimmt. Die betroffenen Familien hätten seit

Wochen und Monaten keine Nachricht von ihren Söhnen. Die türkische Feldpost sei ja allgemein durch ihre Zuverlässigkeit bekannt. Möglicherweise befänden sie sich in den Kasernen von Aleppo, wo der General Dschemal Pascha seine Armee neu aufstelle.

„Und in den Dörfern spricht niemand davon, daß man Armenier zu Inschaat Taburi, zu Armierungssoldaten, machen will?"

„Man spricht manches in den Dörfern", meinte der Schreiber scheu.

Gabriel betrachtete das kleine Regal. „Verzeichnis des Hausbesitzes" stand neben einer Ausgabe des „Kaiserlich ottomanischen Gesetzbuches" und daneben eine rostige Briefwaage. Er drehte sich unvermittelt um:

„Und die Deserteure?"

Der inquirierte Gemeindeschreiber ging geheimnisvoll zur Tür, öffnete und schloß sie wieder geheimnisvoll. Selbstverständlich gebe es auch hier Deserteure, hier wie überall. Warum sollten die Armenier nicht desertieren, da ihnen die Türken ja dazu das Vorbild lieferten? Wie viele Deserteure? Fünfzehn bis zwanzig. Ja! Man habe auch nach ihnen gefahndet. Vor einigen Tagen. Eine Patrouille, aus Saptiehs und regulären Infanteristen zusammengesetzt, unter Führung eines Mülasim. Die hätten den ganzen Musa Dagh abgesucht. Zum Lachen!

Das spitze Gesicht des blinzelnden Männchens verklärte plötzlich ein wilder und pfiffiger Triumph:

„Zum Lachen, Herr! Denn *unsere* Burschen, die kennen ihren Berg!"

Das Pfarrhaus, das Ter Haigasun bewohnte, war neben dem Muchtar- und dem Schulhaus das ansehnlichste auf dem Kirchplatz von Yoghonoluk. Es hätte mit seinem flachen Dach und der fünffenstrigen Einstock-Front in jeder süditalienischen Kleinstadt stehen können. Das Pfarrhaus gehörte zu der Kirche der „wachsenden Engelmächte", was dem Sinn nach soviel wie Himmlische Heerscharen bedeutet, und Awetis, der Alte, hatte in den siebziger Jahren damals beide zugleich errichten lassen.

Ter Haigasun war der gregorianische Hauptpriester des ganzen Bezirks. Zu seinem Wirkungskreis gehörten auch noch die Ortschaften mit gemischter Bevölkerung und die kleinen armenischen Gemeinden der türkischen Marktflecken Suedja und El Eskel. Er war unmittelbar vom Patriarchen in Konstantinopel zum Wartabed dieses Sprengels, zum Vorstand der einzelnen Kirchen und ihrer verehelichten Priesterschaft ernannt worden. Ter Haigasun hatte auf dem Seminar zu Edschmiadsin studiert, zu Füßen des Katholikos, in dem die armenische Christenheit ihr höchstes Oberhaupt verehrte, und war demnach in jeder Weise der berufene Vikar in seinem Bezirk.

Und Pastor Harutiun Nokhudian? Wie kamen plötzlich protestantische Pastoren in diesen asiatischen Winkel? Nun, es gab eine beträchtliche Menge von Protestanten in Anatolien und Syrien. Die evangelische Kirche hatte diese Proselyten den deutschen und amerikanischen Missionaren zu verdanken, die sich der armenischen Opfer und Waisen so hilfreich annahmen. Der gute Nokhudian war selbst solch ein Waisenkind, den jene erbarmensreichen Väter nach Dorpat in Ostdeutschland gesandt hatten, damit er dort Theologie studiere. Doch auch er unterwarf sich in allen Dingen, welche nicht die engere Seelsorge betrafen, der Autorität Ter Haigasuns. In Anbetracht der stets gefährdeten Lage des Volkes spielten die dogmatischen Unterschiede in den Bekenntnissen keine herrschende Rolle, und die Vorrangstellung des geistlichen Führers — und dies war Ter Haigasun im wahrsten Sinn des Wortes — blieb unbekrittelt und unangefochten.

Gabriel wurde von einem alten Mann, dem Kirchendiener, in das Arbeitszimmer des Priesters geführt. Ein leerer, mit einem großen Teppich bedeckter Raum. Doch stand, zum Fenster gerückt, ein winziger Schreibtisch da und daneben ein ausgefaserter Strohsessel für Besucher. Ter Haigasun erhob sich hinter dem Schreibtisch und kam Bagradian einen Schritt entgegen. Er war nicht älter als achtundvierzig Jahre, doch sein Bart wies rechts und links zwei dicke weiße Strähnen auf. Seine großen Augen — Armenieraugen sind fast immer groß, schreckensgroß von tausendjährigen Schmerz-Gesichtern — besaßen einen gemischten Ausdruck von scheuer Verlorenheit und entschlossenem Weltsinn. Der Wartabed trug eine schwarze Kutte und über dem Kopf eine Kapuze, die spitz zulief. Er versteckte seine Hände hie und da in den weiten Ärmeln der Kutte, als fröstle er selbst an diesem warmen Frühlingstag. Es war wie ein Frösteln aus Demut. Bagradian ließ

sich mit Vorsicht auf den gebrechlichen Strohsessel nieder:
„Ich bedaure es sehr, hochwürdiger Herr, daß ich Sie niemals
in meinem Hause begrüßen darf."

Der Priester schlug die Augen nieder und machte mit beiden
Händen eine Entschuldigungsgebärde:

„Ich bedaure es mehr als Sie, Effendi. Aber der Sonntagabend
ist die einzige Zeit, die unsereins für sich selbst übrig hat."

Gabriel sah sich um. Er vermutete, in dieser Pfarrkanzlei
Akten und Folianten zu finden. Nichts davon. Nur auf dem
Schreibtisch lagen ein paar Schriftstücke.

„Es liegt eine große Last auf Ihnen, das kann ich mir genau
vorstellen."

Ter Haigasun leugnete es nicht:

„Die weiten Entfernungen sind es, die so viel Zeit und Anstrengung kosten. Mir geht es so wie unserem Doktor Altouni.
Schließlich wollen auch unsere Volksgenossen in El Eskel und
oben in Arsus betreut werden."

„Ah, so weit", meinte Gabriel ziemlich geistesabwesend, „da
kann ich mir wohl denken, daß Sie für gesellige Zusammenkünfte keine Zeit und Lust haben."

Ter Haigasun sah vor sich hin, als sei er nicht richtig verstanden worden:

„Nein, nein! — Ich weiß die Ehre zu schätzen und werde zu
Ihnen kommen, Effendi, wenn für mich eine Erleichterung
eintritt..."

Er unterbrach sich, wie um das Wort „Erleichterung" nicht
näher erklären zu müssen:

„Es ist sehr begrüßenswert, daß Sie unsere Leute um sich
versammeln. Die entbehren hier viel."

Gabriel versuchte die Augen des Priesters festzuhalten:

„Glauben Sie nicht, Ter Haigasun, daß für gesellige Zusammenkünfte jetzt nicht die richtige Zeit ist?"

Ein kurzer, aufmerksamer Blick des Priesters: „Im Gegenteil,
Effendi! Es ist jetzt die richtige Zeit dafür, daß unsere Leute
zusammenkommen."

Auf diese seltsam vieldeutigen Worte sagte Gabriel Bagradian
zunächst nichts. Es verging eine ganze Weile, ehe er hinwarf:

„Man staunt wirklich, daß hier das Leben so ruhig weitergeht
und sich niemand Sorgen zu machen scheint."

Der Priester hielt seine Augen wiederum niedergeschlagen, als
sei er bereit, jede Mißbilligung geduldig entgegenzunehmen.

„Ich war vor einigen Tagen in Antiochia", bekannte Gabriel sehr langsam, „und habe dort mancherlei in Erfahrung gebracht."

Die fröstelnden Hände Ter Haigasuns verließen die Ärmel der Kutte. Er legte die Fingerspitzen aufeinander:

„Die Menschen unserer Dörfer kommen nur selten nach Antiochia, und das ist gut. Sie leben in ihren eigenen Grenzen und wissen wenig von den Dingen da draußen."

„Wie lange werden sie noch in ihren Grenzen leben können, Ter Haigasun ...? Was geschieht zum Beispiel, wenn alle unsere Führer und Vornehmen in Stambul verhaftet werden?"

„Sie sind bereits verhaftet worden", entgegnete der Priester sehr leise. „Seit drei Tagen schon sitzen sie in den Gefängnissen von Stambul. Und es sind sehr, sehr viele."

Die Entscheidung war für Gabriel gefallen, der Weg nach Konstantinopel verrammelt. Doch in diesem Augenblick machte die große Tatsache weniger Eindruck auf ihn als Ter Haigasuns Ruhe. Er zweifelte an der Zuverlässigkeit der Nachricht nicht. Die Priesterschaft war trotz der liberalen Daschnakzagans noch immer die größte Macht und die einzige wirkliche Organisation im Volke. Die weltlichen Gemeinden lebten in weitverstreuten Ortschaften und erfuhren vom Stromlauf der Welt meist erst dann, wenn er sie in seine Strudel gerissen hatte. Der Priester aber wurde als erster auf schnellen und geheimen Wegen von jedem gefährlichen Faktum in Kenntnis gesetzt, noch lange bevor es die Zeitungen der Hauptstadt bringen durften. Gabriel wollte sich noch einmal überzeugen, ob er richtig verstanden habe:

„Wirklich verhaftet? Und wer? Ist das ganz sicher?"

Ter Haigasun legte seine leblose Hand mit dem großen Ring auf die Schriftstücke:

„Es ist ganz und gar sicher."

„Und da sind Sie als Hauptpriester von sieben großen Gemeinden so ruhig?"

„Mir würde die Unruhe nichts nützen und meinen Gemeinden nur schaden."

„Sind auch Priester unter den Verhafteten?"

Ter Haigasun durchschaute wohl den Argwohn in dieser Frage. Er neigte ernst den Kopf:

„Sieben Priester bisher. Darunter der Erzbischof Hemajak

und drei hochgestellte Prälaten."

Trotz der niederschmetternden Kunde konnte Bagradian sein Tabakbedürfnis nicht länger beherrschen. Er empfing Zigarette und Feuer:

„Ich hätte früher zu Ihnen kommen sollen, Ter Haigasun. Sie wissen gar nicht, wie sehr ich mich abgequält habe, um zu schweigen."

„Sie haben sehr wohlgetan zu schweigen. Und wir müssen weiter schweigen."

„Wäre es nicht vorteilhafter, die Menschen hier auf die Zukunft vorzubereiten?"

Das wie aus Wachs geschnittene Gesicht Ter Haigasuns zeigte keine Regung:

„Ich kenne die Zukunft nicht. Doch ich kenne die Gefahren von Angst und Panik in einem Gemeinwesen."

Der christliche Priester hatte damit fast die gleichen Worte wie der fromme Moslem Rifaat gesprochen. In Gabriels Geist aber ging ein blitzschneller Wachtraum vor sich. Ein riesiger Hund! Eine jener herrenlosen Bestien, welche die ganze Türkei unsicher machen. Auf dem Weg ein alter Mann, der aus Furcht vor dem Hund stehnbleibt, am Orte tanzt und sich mit einer jähen Bewegung zur Flucht wendet. Doch schon hat sich das reißende Tier in seinen Rücken verbissen ... Gabriel legte die Hand auf die Stirn:

„Die Angst", sagte er, „ist das sicherste Mittel, den Feind zum Mord aufzureizen ... Aber ist es nicht sündhaft und sogar noch gefährlicher, dem Volke die Klarheit über sein Schicksal vorzuenthalten? Wie lange kann sich dieses Schicksal verheimlichen lassen?"

Ter Haigasun schien in die Ferne zu horchen:

„Noch dürfen die Zeitungen über all diese Dinge nicht schreiben, damit das Ausland nichts erfahre. Im Frühjahr ist auch die Arbeit groß, und unsere Leute haben keine Zeit und kommen wenig herum. So kann uns mit Gottes Hilfe die Angst noch eine Weile erspart bleiben. Einmal aber wird es kommen. Früher oder später."

„Was wird kommen? Wie sehen Sie es?"

„Ich sehe nichts."

„Unsere Soldaten entwaffnet, unsere Führer eingesperrt!"

Ter Haigasun setzte die Aufzählung fort, immer noch mit Gleichmut, als bereite es ihm eine stille Befriedigung, sich selbst und seinem Besucher weh zu tun:

„Unter den Festgenommenen ist auch Wartkes, der Herzensfreund von Talaat und Enver. Einen Teil hat man verschickt. Vielleicht sind sie schon tot. Alle armenischen Zeitungen wurden eingestellt, alle Geschäftshäuser und Läden geschlossen. Und während wir hier miteinander sprechen, hängen auf dem Platz vor dem Seraskeriat fünfzehn unschuldige armenische Männer an fünfzehn Galgen."

Gabriel Bagradian fuhr so heftig auf, daß der Rohrsessel umfiel:

„Was bedeutet dieser Wahnsinn? Wer kann das verstehen?"

„Ich verstehe nur, daß die Regierung gegen unser Volk einen Schlag plant, wie ihn selbst Abdul Hamid nicht gewagt hat."

Gabriel fauchte Ter Haigasun so erbost an, als hätte er einen Feind, ein Mitglied von Ittihad vor sich:

„Und sind wir denn wirklich ganz machtlos? Müssen wir wirklich den Kopf schweigend hinhalten?!"

„Machtlos sind wir. Den Kopf müssen wir hinhalten. Schreien dürfen wir vielleicht."

Der verfluchte Orient mit seinem Kismet, seiner Passivität, durchzuckte es Bagradian. Zugleich erfüllte ein Tumult von Namen, Beziehungen, Möglichkeiten sein Bewußtsein. Politiker, Diplomaten, die er kannte, Franzosen, Engländer, Deutsche, Skandinavier. Man mußte die Welt aufrütteln! Aber wie? Die Falle war geschlossen. Der Nebel zerfloß wieder. Sehr kleinlaut kam es ihm von den Lippen:

„Europa wird es nicht dulden."

„Sie sehen uns mit fremden Augen." Unerträglich war diese Gelassenheit Ter Haigasuns: „Es gibt heute zwei Europa. Die Deutschen brauchen die türkische Regierung mehr, als diese sie braucht. Und die andern können uns nicht helfen."

Gabriel starrte den Priester an, dessen gescheites Kameengesicht nichts aus der Fassung bringen konnte:

„Sie sind der geistliche Hirte von vielen tausend Seelen" — Bagradians Stimme hatte fast einen militärisch scharfen Ton —, „und Ihre ganze Kunst besteht darin, daß Sie den Leuten die Wahrheit vorenthalten, so wie man Kindern und Greisen ein Unglück verschweigt, um sie zu schonen. Ist das alles, was Sie für Ihre Herde tun? Was tun Sie noch?"

Mit diesem Angriff aber schien Gabriel den Priester tief getroffen zu haben. Seine Fäuste auf dem Tisch schlossen sich langsam. Der Kopf sank auf die Brust:

„Ich bete ...", flüsterte Ter Haigasun, als schäme er sich, den geistlichen Kampf preiszugeben, den er bei Tag und Nacht mit Gott um das Heil seiner Gemeinde führte. Vielleicht war der Enkel von Awetis Bagradian ein Freigeist und Spötter. Der aber ging, laut atmend, im Zimmer umher. Plötzlich schlug er mit der flachen Hand klatschend gegen die Mauer, daß der Verputz abbröckelte:

„Beten Sie, Ter Haigasun!"
Und noch immer im Befehlshaberton:
„Beten Sie ... Aber man muß Gott auch *unterstützen*!"

Das erste Ereignis, das Yoghonoluk von den verheimlichten Vorgängen in Kenntnis setzte, trat noch am selben Tage ein. Es war ein warmer, bewölkter Freitag im April.

Gabriel Bagradian hatte auf Stephans Bitte im Park der Villa ein paar grobgezimmerte Turngeräte aufstellen lassen. Der Knabe war in allen körperlichen Übungen sehr geschickt und ehrgeizig. Es wurde auch mancher Sport getrieben, an dem sich der Vater beteiligte. Scheibenschießen war der beliebteste. Juliette freilich verstand sich bestenfalls zum Krocketspiel. Gabriel, Awakian und Stephan begaben sich heute gleich nach dem Mittagstisch — an dem der Vater kein Wort gesprochen hatte — zum Schießstand, der außerhalb der Umfassungsmauer des Parkes auf einem waldigen Vorberg gelegen war. Dort hatte Bagradian in einer etwa fünfzig Schritt langen schluchtartigen Querrinne das Unterholz aushauen lassen. Unter einer hohen Eiche war eine Pritsche mit Holzkeil hingestellt, auf der man im Liegen die Scheibe, die am andern Ende der Rinne an einem Baum befestigt war, klar anvisieren konnte. Awetis, der Jüngere, hatte seinem Bruder einen üppigen Waffenkasten hinterlassen: acht Jagdflinten verschiedenen Kalibers, zwei Mauser-Infanteriegewehre und eine große Menge Munition.

Gabriel schoß leidlich gut, doch hatte er unter fünf Patronen nur einen vollwertigen Treffer zu verzeichnen. Der stark kurzsichtige Awakian enthielt sich des Wettbewerbs, um den Respekt seines Zöglings nicht allzusehr auf die Probe zu stellen. Dieser aber mußte ein Meisterschütze genannt werden, denn von den sieben Schüssen, die er aus dem kleinsten der

Jagdstutzen abgab, steckten sechs in der Spielkarte, die als Mitte der Scheibe diente, und vier davon in der Figur. Der Erfolg, den Stephan als Schütze über seinen Vater errungen hatte, erregte ihn heftig. Dazu kam, daß der Umgang mit der Schußwaffe, das Aufreißen des Verschlusses, das kraftvolle Einschieben der Patronen, Zielen, Knall und Rückstoß, daß all diese kriegerisch rauhe Tätigkeit auf jeden halbwüchsigen Burschen verwirrend und begeisternd wirkt. Er spürte den Schmerz in seiner schmalen rechten Schulter nicht, den der Kolbenstoß verursacht, und würde dieses männliche Spiel leidenschaftlich bis zum Abend fortgetrieben haben, hätte sein Vater nicht plötzlich abgewinkt:

„Es ist genug!"

Über Gabriel war nämlich ein unbekannter Zustand gekommen, desgleichen er sich nicht erinnerte je empfunden zu haben: ein fades Gefühl seiner selbst. Die Zunge schwer und trocken. Hände und Füße kalt. Blutleere im Kopf. Dies aber waren nur die äußeren Merkzeichen eines Vorganges im Mittelpunkt des Lebens selbst. Mir ist nicht schlecht, dachte er, nachdem er eine Weile gewartet hatte, was mit ihm geschehen werde, mir ist nicht schlecht, ich möchte nur aus meiner Haut fahren, mich selbst abstreifen. Zugleich bemächtigte sich seiner der sinnlose Wunsch, zu laufen, davonzulaufen, gleichviel wohin. „Wir werden ein bißchen spazierengehn, Stephan", entschied er. Nicht allein bleiben wollte Gabriel. Denn ihm war, als müßte er sonst mit kurzen hastigen Schritten gehn, immer weiter, nicht mehr zurückkehren, bis er außerhalb der Welt geraten sei.

Awakian übernahm es, die Gewehre ins Haus zu tragen. Vater und Sohn aber verließen den Park und traten den Weg hinunter nach Yoghonoluk an, das keine zehn Minuten entfernt lag. Gabriel kam sich auf einmal wie ein uralter Mann vor, sein Körper wurde ihm so schwer, daß er sich auf Stephan stützte. Ehe sie noch den Kirchplatz erreicht hatten, schlug ihnen ein scharfes Stimmengewirr entgegen. Die Armenier sind im Gegensatz zu den Arabern und andern Lärmerzeugern des Ostens in der Öffentlichkeit still und verschlossen. Ihr altes Schicksal schon hält sie zurück, sich in schreiende Ansammlungen zu mischen oder solche gar zu veranstalten. Jetzt und hier aber hatten sich etwa dreihundert Dorfbewohner zusammengerottet, die in einem Halbbogen die Kirche belagerten.

Unter diesen Männern und Frauen, Bauern und Handwerkern, gab es einige, die lange kehlige Verwünschungen ausstießen und die Fäuste schüttelten. Die Flüche galten ohne Zweifel den Saptiehs, deren abgetragene Lammfellmützen die Köpfe überragten. Die Hüter der Ordnung verfolgten wahrscheinlich die Absicht, die Menge von der Kirche zurückzudrängen, um Stufen und Eingang frei zu halten. Gabriel packte Stephans Hand und zwängte sich durch den Menschenhaufen. Sie sahen zuerst nur den hohen zerlumpten Kerl, der um seine schwarze Mütze einen Strohkranz geschlungen hatte und in der rechten Hand eine kurzabgeschnittene Sonnenblume schwang. Mit tödlichem Ernst vollführte die Erscheinung, einem inneren Rhythmus gehorchend, müd-tappende Tanzschritte. Es waren aber keineswegs Tanzschritte der Betrunkenheit. Das sah man sofort. Die Menge beachtete den Tänzer mit der Sonnenblume gar nicht. Ihre Augen hafteten an einem anderen Bild.

Auf den Stufen der Kirche saßen vier Personen. Ein Mann, zwei junge Frauen und ein Mädchen, das zwölf oder dreizehn Jahre alt sein konnte. Es war ein menschliches Dahocken, wie Gabriel es nie gesehen hatte; eine Art von sitzender Leichenstarre bei lebendigem Leibe. Eine ähnliche Haltung hatten die Verschütteten, die man aus zweitausendjähriger Lavaasche ausgrub: ,,Als ob sie lebten". Alle vier sandten einen stumpfen und weiten Blick in die Ferne, in dem nichts haftenblieb, nicht die bewegte Menge und nicht das Haus des Apothekers, das ihnen gegenüberlag. (Was ist das, ein Blick? Eine winzige Veränderung des Auges, eine dunkle oder helle Verfärbung. Und doch zugleich ein Flügelwesen, ein Engel, den der Mensch mit seiner Botschaft ausschickt. Diese Engel hier aber flogen mit ihrer Botschaft an allem vorbei, die Flügel vors Antlitz schlagend.)

Der Mann, noch jung, mit einem schmalen, verwilderten Bartgesicht, trug einen langen grauen Lüsterrock, wie ihn hierzulande protestantische Pastoren zu tragen pflegen. Der weiche Strohhut war die Stufen hinabgerollt. Seine Hosen waren unten gänzlich ausgefranst. Die zerrissenen Stiefel, die dicke Staubkruste auf Gesicht und Rock des Mannes deuteten auf einen Fußmarsch hin, der einige Tage lang gedauert haben mußte. Auch die Frauen trugen europäische Kleidung, und zwar keine schlechte, soweit sich dies bei dem Zustand, in dem sie sich befanden, erkennen ließ. Jene, die dicht neben dem

Pastor saß — unzweifelhaft seine Frau —, schien sich nicht länger gegen eine Ohnmacht oder einen Krampfanfall wehren zu können, denn sie legte plötzlich den Oberkörper zurück und wäre mit dem Kopf auf die Stufe geschlagen, hätte der Mann den Arm nicht ausgestreckt, um sie aufzufangen. Dies war die erste, wenn auch immer noch sonderbar ruckweise Bewegung in der Gruppe. Die andere Frau, die noch sehr jung sein mußte, verriet Schönheit auch in dieser Verfassung. Wie fahl und abgemagert ihr Gesichtchen auch war, die Augen hatten einen fiebernden Schimmer, und der weiche Mund stand offen, nach Luft schmachtend. Sichtbar litt sie Schmerzen. Sie mußte verwundet sein oder einen Schaden genommen haben, denn ihr linker Arm, der einen verrenkten Eindruck machte, hing in einer Schlinge. Das kleine Mädchen schließlich, ein spitzes und spatzenhaftes Ding, hatte einen gestreiften Kittel an, wie ihn Kinder in Erziehungsheimen tragen. Unter diesem Kittel streckte die Kleine krampfhaft ihre nackten Füße vor, ängstlich bedacht, mit ihnen nichts zu berühren. Wie ein krankes Tier, dachte Gabriel, das seine verwundeten Pfoten von sich streckt. Und tatsächlich, die armen Füße des Kindes waren geschwollen, schwarzblau und mit offenen Wunden bedeckt. Ganz unversehrt und im vollen Besitze seiner Kraft schien nur der Tänzer mit der Sonnenblume zu sein.

Über den Platz kam ein älterer Mann gelaufen, den man offenbar mitten von der Arbeit abberufen hatte, denn er trug noch eine blaue Schürze vorgebunden. Stephan erkannte den Meister Tomasian, der die Ausbesserungsarbeiten in der Villa geleitet hatte. Dem Jungen, der oft um die Handwerker neugierig herumgeschlichen war, hatte Tomasian damals voll Stolz von seinem Sohn Aram erzählt, der in der Stadt Zeitun eine angesehene Persönlichkeit sei, Pastor und Vorstand des Waisenhauses. Dieser dort ist gewiß sein Sohn, wußte Stephan. Der alte Tomasian blieb mit fragend erhobenen Armen vor der erschöpften Gruppe stehn.

Pastor Aram holte mühsam seinen verflogenen Blick zurück, sprang mit erzwungener Leichtigkeit auf und versuchte ein beruhigendes Lächeln, als sei nichts Besonderes geschehn. Auch die Frauen erhoben sich, jedoch beide mit großer Anstrengung, denn hatte die eine einen unbrauchbaren Arm, so war die andre guter Hoffnung. Nur die Kleine in dem gestreiften Kittel blieb sitzen und glotzte ihre Leidensgenossen argwöhnisch an. Die jähen Ausrufe, die Weh- und Fragelaute der Begrüßung konnte man nicht verstehn. Als aber Pastor Aram den Vater umarmte, war es für einen Augenblick mit seiner Selbstbeherrschung zu Ende. Sein Kopf fiel auf die Schulter des Alten, und ein kurzes Aufschluchzen, ein rauhes Aushusten von Qual wurde hörbar. Das dauerte keine Sekunde, und die Frauen blieben stumm. Dennoch pflanzte es sich in der umgebenden Menge wie ein elektrischer Schlag fort. Wimmern, Schluchzen und Räuspern ging durch die Reihen. Nur verfolgte und unterdrückte Völker sind so gute Stromleiter des Schmerzes. Was einem einzelnen geschieht, ist allen geschehen. Hier vor der Kirche von Yoghonoluk waren dreihundert Volksgenossen von einem Leid ergriffen, dessen Geschichte sie noch nicht kannten. Auch Gabriel, der Fremde, der Pariser, der Weltbürger, der seine Abstammung längst überwunden hatte, auch er mußte etwas Würgendes niederzwingen, das in ihm aufstieg. Verstohlen sah er Stephan an. Aus dem Gesicht des Meisterschützen war der letzte Hauch von Farbe gewichen. Juliette wäre erschrocken, nicht nur über die Blässe des Knaben, sondern über den zügellosen Ausdruck von nicht verstehendem Entsetzen in seinem Gesicht. Sie wäre erschrocken, weil Stephan so armenisch aussah.

Inzwischen hatte sich Doktor Altouni eingefunden, Antaram Altouni, die beiden Lehrer, die man aus der Schule geholt, der Muchtar Kebussjan und zuletzt Ter Haigasun, der auf seinem Reitesel gerade von einem Besuch in Bitias zurückgekehrt war. Der Priester rief dem Saptieh Ali Nassif ein paar türkische Worte zu. Niemand von der Menge draußen dürfe die Kirche betreten. Er selbst aber schob die Familie Tomasian samt dem kleinen Mädchen durch das Portal. Der Arzt und seine Frau, der Muchtar, die Lehrer folgten. Auch Gabriel Bagradian und sein Sohn traten in die Kirche. Draußen in der starken Nachmittagssonne blieb der Menschenhaufen und der Tänzer mit der Sonnenblume zurück, der auf den Stufen zusammensank und einschlief.

Ter Haigasun führte die Erschöpften in die Sakristei, einen großen, hellen Raum, in dem ein Diwan und mehrere Kirchenbänke standen. Der Küster wurde um Wein und warmes Wasser gesandt. Der Arzt und seine Frau gingen sofort ans Werk. Das Mädchen mit dem verletzten Arm — Iskuhi Tomasian, des Pastors Schwester — wurde untersucht. Ebenso die Wunden Satos, der kleinen Waise, die Pastor Aram aus Zeitun mitgebracht hatte.

Als ein Fremder oder Noch-Fremder stand Gabriel Bagradian, die Hand Stephans haltend, abseits und hörte das Durcheinander von Fragen und das Durcheinander berichtender Antworten. So lernte er, trotz mangelnder Ordnung und Folgerichtigkeit, die traurige Geschichte der Stadt Zeitun und die Geschichte Pastor Arams und der Seinen kennen.

Zeitun heißt ein altes hochgebautes Bergnest im westlichen Teil des zilizischen Taurusgebirges. Es wurde ähnlich wie die Dörfer am Musa Dagh fast durchwegs von uransässigen Armeniern bewohnt. Da es aber ein sehr ansehnlicher Ort von etwa dreißigtausend Einwohnern war, so unterhielt die türkische Regierung dort eine bedeutende Zahl von Saptiehs und Truppen, von Offizieren und Beamten mit ihren Familien, was sie überall zu tun pflegte, wo eine nichttürkische Bevölkerung ausgewogen und überwacht werden sollte. Dies ist eine weltbekannte Taktik in all jenen Reichen, wo ein sogenanntes Staatsvolk allmächtig über andere Volksminderheiten herrscht. In der Türkei wurde sie besonders kraß geübt, da die Osmanen, die auf ihr adliges Vorrecht pochten, den verschiedenen „Millets" gegenüber nicht einmal die zahlenmäßige Überlegenheit besaßen. Nur Leute wie Gabriel Bagradian, die in Paris oder anderen Hauptstädten lebten, konnten in ihrem Idealismus bis zu diesem Frühjahr hoffen, daß eine Vereinigung der Gegensätze, eine Bereinigung der Blutsfeindschaft, ein Sieg der Gerechtigkeit unter jungtürkischer Flagge möglich sei. Gabriel kannte eine erkleckliche Zahl von diesen Advokaten und Journalisten, die sich durch die Revolution in den Sattel geschwungen hatten. In den Zeiten der Verschwörung war er mit ihnen nächtelang in den Cafés des Montmartre gesessen, bis ins Morgengrauen debattierend. Versicherungen ewiger Treue, messianische Zukunftsbekenntnisse wurden damals zwischen Türken und Armeniern gewechselt. Um des erneuerten Vaterlandes willen (mit dem er sehr wenig zu tun hatte) war er als verheirateter Mann in die Militärakademie eingetreten und in den Krieg gegangen, was den wenigsten von jenen türkischen Patrioten in Paris eingefallen war. Und jetzt? Er sah immer noch ihre Gesichter im Geiste, und eine nicht ganz erloschene Erinnerungswärme fragte erstaunt: Wie?

Diese meine alten Freunde sind nun meine Todfeinde?

Die Sache mit Zeitun war eine grobe Antwort. Man stelle sich einen hohen schrundigen Felsen vor, von einer wilden Zitadelle gekrönt, und in diesem Felsen eingefressen die Waben der alten Stadt. Eine abweisende hochmütige Pyramide übereinandergetürmten Gassenwerks, die sich nur mit den neueren Stadtteilen in der Ebene festsaugt. Zeitun war von jeher ein Pfahl im Fleische des türkischen Nationalismus gewesen. Denn wie es heilige Orte und religiöse Wallfahrtsstätten auf der Welt gibt, die den Geist in Andacht versetzen, so gibt es Ortschaften der Grimmigkeit und des Hasses, die das Blut von völkischen Fanatikern zum Sieden bringen. Bei Zeitun hatte dieser Haß sogar seine klaren Gründe. Erstens war die Stadt bis tief ins neunzehnte Jahrhundert hinein im Besitz freier Selbstverwaltung gestanden, ein Sachverhalt, der auf unangenehme Erfahrungen hindeutet, die das Staatsvolk sich in grauen Zeiten daselbst geholt haben mußte. Ferner hatte sich in den Zeitun-Armeniern der alte Unabhängigkeitsdrang ihrer Geschichte erhalten und machte sich oft in hochfahrenden und verletzenden Lebensformen geltend. Die unverzeihlichste Ursache des Hasses lag aber in der Erinnerung an ihr überraschendes Verhalten im Jahre 1896. Hatte doch damals der gute Sultan Abdul Hamid neben anderen Freischaren auch die Hamidijehs — worunter eine aus beurlaubten Sträflingen, Räubern und Nomaden zusammengesetzte Soldateska zu verstehen ist — eigens zu dem Zwecke ins Leben gerufen, damit er eine muntere Truppe zur Hand habe, die jene Ereignisse reuelos zu entfesseln bereit sei, mit denen er allenthalben den reformsüchtigen Mund der armenischen Millet gründlich zu stopfen hoffte. Während diese Freischaren nun überall anders die besten Erfolge zu verzeichnen hatten, zogen sie sich gerade in Zeitun eine blutige Schlappe zu, anstatt auch hier, wie es ihnen versprochen war, ein lustiges und ertragreiches Massaker zu feiern. Und das Schlimmste, selbst die regulären Bataillone, die zu ihrer Unterstützung herbeieilten, wurden von den Zeitunlis unter grausamen Verlusten aus den engen Gassen geprügelt. Nicht einmal die Belagerung mit großer Macht, die dieser Niederlage folgte, richtete das geringste aus. Zeitun blieb uneinnehmbar. Als sich schließlich die europäische Diplomatie für den tapferen Armenierstamm ins Mittel legte und die Botschafter bei der Hohen Pforte, die sich schmachbedeckt nicht zu helfen wußte, eine vollkommene Amnestie für Zeitun erwirkten, da kannte die knirschende Demütigung keine Grenzen mehr. Alle kriegerischen Nationen, nicht nur die osmanische, überwinden militärische Mißerfolge, die ihnen von Gleichgearteten zugefügt werden. Aber durch eine Rasse geschlagen werden, die dem Waffenideal abhold ist, durch Händler, Handwerker und Bücherwürmer sich erniedrigt zu sehn, das kann ein wehrhafter Sinn niemals vergessen. So übernahm die neue Regierung, nachdem die alte verschwunden war, die Erinnerung an die Schlappe von Zeitun und die Erbschaft des Hasses.

Welche Gelegenheit aber wäre zur Heimzahlung günstiger gewesen als der große Krieg? Ausnahmezustand und Kriegsrecht waren verkündet. Die männliche Jugend stand zum größten Teil an der Front oder lag in entfernten Kasernen. Die daheimgebliebene Bevölkerung hatte man sogleich in den ersten Tagen durch wiederholte Haussuchung gründlich entwaffnet. Es fehlte nur eines noch: die Gelegenheit.

Der Bürgermeister von Zeitun hieß Nazareth Tschausch. Er war der echte Bergarmenier. Hager, vornübergebeugt, blaß, mit einem buschig hängenden Schnurrbart unter der gebogenen Nase. Kein junger und gesunder Mann mehr, hatte er sich lange gegen die Übernahme der Verantwortung gewehrt. Er roch den brenzelnden Geruch der Zukunft. Die Querfalten über seiner Nasenwurzel wurden täglich tiefer, wenn er den steilen Weg zum Hükümet emporstieg, um die neuen Verfügungen des Kaimakams zu lernen. Seine Hand, die einen groben Stock umklammerte, war von schmerzhaften Gichtknoten entstellt. Der gescheite Kopf des Nazareth Tschausch hatte sogleich eingesehen, daß es fortan nur eine einzige Politik geben könne, gegen jede Provokation gewappnet zu sein, keinem Gesinnungshinterhalt in die Falle zu gehn und um Gottes oder des Teufels willen ein strammer ottomanischer Patriot zu sein. Im übrigen hegte Nazareth Tschausch ebensowenig wie die anderen Zeitun-Armenier eine Tücke gegen die Türkei im Herzen. Sie war das Schicksal der Nation. Man kann mit der Erde, auf der man lebt, mit der Luft, die man atmet, nicht hadern. Er spielte mit keinen kindischen Befreiungsträumen, denn schließlich war die Wahl zwischen dem Sultan- und dem Zarenreich nicht minder schwer als überflüssig. Er blieb ein Anhänger jenes Wortes, das seinerzeit unter

Armeniern eine gewisse Berühmtheit erlangt hatte: „Lieber in der Türkei körperlich zugrunde gehn als in Rußland geistig." Einen dritten Weg gab es nicht.

Die Verhaltungsweise gegenüber der türkischen Behörde war somit eindeutig bestimmt. Das lebendige Vorbild ihres Führers Nazareth Tschausch schuf in der Bevölkerung eiserne Zucht. Bis auf weiteres kam keine danach geartete Vorfallenheit den heimlich-lüsternen Wünschen der Obrigkeit zustatten. Eine blutrünstige Musterungskommission erklärte Krüppel und Kranke für tauglich. Gut! Sie rückten ohne Wimperzucken ein. Der Kaimakam schrieb ungesetzliche Steuern und Kriegsleistungen aus. Gut! Sie wurden pünktlich erstattet. Derselbe Kaimakam ordnete bei den dümmsten Anlässen Siegesfeiern und patriotische Umzüge an. Gut! Das Volk erschien, strahlend von Bravheit, und sang die vorschriftsmäßigen Hymnen und Triumphlieder zum Takt der türkischen Militärmusik ab.

Auf diese Weise also gelangte man zu keinen Ereignissen. Was der großen Provokation demnach nicht glückte, sollte die kleine erreichen. Mit einemmal tauchten im Bazar, in den Cafés und Herbergen, auf allen Gassen und öffentlichen Plätzen ortsfremde, aber dennoch zutunliche Armenier auf, mischten sich in die Unterhaltungen, kiebitzten beim Karten- und Beinspiel, schlichen sich sogar in die Familien ein, woselbst sie besonders tief über die unerträglichen Zustände und die wachsende Bedrückung seufzten. Die Tageslosung des Verrats, welche diese Spitzel und Naderer heimbrachten, deckte nicht einmal die Selbstkosten. So kam der erste Kriegswinter ins Land, ohne daß aus dem stillen Wasser Zeituns der kleinste „Fall" zu fischen gewesen wäre, wie er höhern Orts dringend begehrt wurde. Da entschloß sich der Kaimakam, selbst die Rolle des Agent provocateur zu übernehmen.

Das Glück oder vielmehr das Unglück von Nazareth Tschausch wollte es, daß er in dem Kaimakam einen ganz unzulänglichen Gegenspieler besaß. Dieser war kein blutiger Tyrann, sondern ein Durchschnittsbeamter alten Stils, der einerseits seine Ruhe haben wollte und andrerseits sich nach „oben" decken mußte. Dieses Oben bestand in erster Linie aus dem Mutessarif des Sandschaks Marasch, dem die Kasah von Zeitun unterstand. Der Mutessarif selbst war ein äußerst scharfer Mann, unerschrockenes Mitglied von Ittihad, gewillt, die Entschlüsse Envers und Talaats über die „verfluchte Rasse" erbarmungslos zu vollstrecken, und sei es gegen die Befehle seines Vorgesetzten, des Wali von Aleppo, Djelal Bey. Der Mutessarif überschüttete den Kaimakam mit Anfragen, Mahnungen und peitschenden Vorwürfen. Dadurch sah sich der dicke Landrat von Zeitun gezwungen — weit lieber hätte er in Frieden mit den Armeniern gelebt —, irgendein Anklagefaktum zustande zu bringen, wenn auch nur gegen eine einzige hervorragende Persönlichkeit. Das Wesen des farblosen Beamten besteht ja gerade darin, daß er ohne eigenen Charakter den jeweiligen Vorgesetzten spiegelt. Der Kaimakam machte sich also an den Muchtar Nazareth Tschausch heran, lud ihn täglich zu sich, überschüttete ihn mit Freundlichkeit und bot ihm sogar gute Geschäfte mit dem Staat an. Tschausch erschien nicht nur pünktlich, wenn es gewünscht wurde, sondern er machte sich auch mit der arglosesten Miene die geschäftlichen Anregungen zunutze. Bei diesen Zusammenkünften kam man natürlich immer herzlicher ins Gespräch. Der Landrat setzte dem Bürgermeister seine leidenschaftliche Freundschaft für die Armenier auseinander. Tschausch aber bat inständig, solches Wohlwollen nicht so zu übertreiben; alle Völker hätten ihre Fehler, die Armenier nicht zuletzt. Sie müßten sich erst je nach Verdienst ihren Rang im Vaterland erwerben. Welche Zeitungen denn der Muchtar lese, um sich über die Lage wahrheitsgemäß belehren zu lassen? Nur den „Tanin", das offizielle Reichsblatt, gab Tschausch zur Antwort. Was aber die Wahrheit anbetreffe, so lebe man ja in einem weltumstürzenden Kriege, und die Wahrheit sei überall eine der verbotenen Waffen. Der Kaimakam, in seiner hilflosen Einfalt deutlicher werdend, begann Ittihad zu lästern, die Macht hinter der Macht. (Wahrscheinlich kam es ihm sogar vom Herzen.) Nazareth Tschausch erschrak sichtlich:

„Es sind große Herren, und große Herren wollen das Beste."

Der Gefoppte geriet in Wut:

„Und Enver Pascha? Was denkst du von Enver, Muchtar?"

„Enver Pascha ist der größte Krieger unserer Zeit. Doch was verstehe ich davon, Effendi?"

Nun begann der Kaimakam wehleidig zu blinzeln und zu betteln:

„Sei offen mit mir, Muchtar! Weißt du, daß die Russen vorrücken?"

„Was sagst du da, Effendi? Ich glaube es nicht. Es steht nicht in der Zeitung."

„Nun sage ich es dir. Sei offen, Muchtar! Wäre das nicht eine Lösung..."

Nazareth Tschausch unterbrach ihn fassungslos:

„Ich warne dich, Effendi! Ein hochgestellter Mann wie du! Sprich nicht weiter, um Gottes willen. Es wäre Hochverrat. Doch fürchte dich nicht! Dein Wort bleibt in mir begraben."

Wo dergleichen feine List versagte, war die offene Roheit nicht ferne.

Selbstverständlich gab es auch in Zeitun und seiner rauhen Umgebung „Elemente". Diese erhielten, je länger der Krieg dauerte, um so häufiger Zuzug von außen. Aus den Kasernen von Marasch waren nicht nur etliche Armenier, sondern mindestens ebenso viele Mohammedaner durchgebrannt. Der zerrissene Bergkegel Ala Kaja bot einen bewährten und angenehmen Aufenthalt für Deserteure jeder Sorte, wie es sich in den Kasernen herumgesprochen hatte. Zu diesen Deserteuren stießen noch ein paar Hitzköpfe, ein Dutzend freibeuternder Naturen, die entweder etwas auf dem Kerbholz hatten oder die unbekömmliche Luft der Stadt nicht länger atmen wollten. Mitglieder dieser scheuen Gesellschaft tauchten hie und da nachts in den Gassen auf, um Proviant zu holen oder ihre Familien zu besuchen. Bis auf ein paar harmlos landesübliche Räubereien taten sie niemand etwas zuleide und waren sogar bestrebt, kein Ärgernis zu erregen.

Eines Tages aber wurde in den Bergen ein türkischer Eseltreiber verprügelt, und es steht gar nicht fest, ob von jenen Deserteuren. Einige Ungläubige behaupteten, der verlauste Kerl habe sich für ein Bakschisch der kaiserlich ottomanischen Regierung selbst so übel zugerichtet. Doch Scherz beiseite, der Mann lag wirklich zuschanden geschlagen im Straßengraben. Hiermit aber war der ersehnte Vorfall gegeben. Die Müdirs und Unterbeamten legten undurchdringliche Gesichter an, die Saptiehs patrouillierten nur mehr in Doppelposten durch die Gassen, und Nazareth Tschausch wurde diesmal zum Kaimakam *vor-* und nicht *ein*geladen.

Revolutionäre Umtriebe nähmen in bedenklichster Weise überhand, klagte der Kaimakam. Seine Vorgesetzten, insbesondere der Mutessarif von Marasch, forderten durchgreifende Vorkehrungen. Wenn er noch länger zögere, sei es um ihn geschehn. Er rechne daher fest auf die Hilfe seines Freundes Nazareth Tschausch, der ja im Bezirk das größte Ansehen genieße. Es werde dem Muchtar ein leichtes sein, im Interesse der armenischen Millet einige Aufrührer und Verbrecher ans Messer zu liefern, die im Umkreis oder gar in der Stadt selbst verborgen seien. Hier ging der kluge Mann dem Dummkopf in die Falle. Er hätte sagen müssen:

„Effendi! Ich stehe Seiner Exzellenz, dem Mutessarif, und dir zu Diensten. Befiehl, was zu geschehen hat."

Anstatt dessen aber gab er sich zum erstenmal eine Blöße:

„Ich weiß nichts von Verbrechern und Revolutionären, Effendi."

„So kannst du uns den Platz nicht nennen, wo sich das Gesindel versteckt, um bei hellichtem Tage redliche Staatsbürger zu überfallen?"

„Da ich das Gesindel nicht kenne, so kenne ich auch seinen Aufenthaltsort nicht."

„Das tut mir leid. Das Schlimmste aber ist, daß du in der letzten Freitagnacht zwei von diesen Staatsfeinden in deinem eigenen Hause empfangen hast."

Nazareth Tschausch hob seine gichtischen Finger zum Schwur und leugnete. Es klang aber nicht sehr überzeugend. Da hatte der Kaimakam einen Einfall, und es war kein Einfall der Tücke, sondern er entsprang aufrichtig seinem bequemen Wesen, das alle Härte verabscheute:

„Weißt du was, Muchtar? Ich habe eine Bitte an dich. Mir werden all diese Ungelegenheiten mit euch nachgerade zuwider. Ich bin ein friedlicher Mann und kein Polizeihund. Nimm mir die Sache ab. Ich bitte dich, nach Marasch zu fahren! Sprich du mit dem Mutessarif! Du bist der Stadtvater, er ist der Verantwortliche. Meine Meldung über das Vorgefallene hat er in der Hand. Ihr beide werdet das Richtige schon ausfindig machen."

„Ist das ein Befehl, den du mir gibst, Effendi?"

„Ich sage dir doch, eine persönliche Bitte. Du kannst sie ablehnen, aber es würde mich schmerzen."

Der Kaimakam rechnete mit einem zweifachen Gewinn. Er wurde Tschausch los, ehe er ihn einsperren mußte, und überstellte zugleich dem Mutessarif die wichtigste Persönlichkeit der Stadt zur Amtshandlung. Nazareth Tschausch dachte lange nach. Die Querfalten über seiner Nasenwurzel reichten hoch in

die Stirn. Er richtete sich an seinem Stock auf. Aus dem überlegenen war plötzlich ein schwerfälliger Mann geworden.
„Wenn ich nach Marasch gehe, begebe ich mich in Gefahr..."
Der Kaimakam erwies ihm beruhigende Güte:
„Gefahr? Warum? Die Straße ist sicher. Ich will dir meinen
eigenen Wagen leihen, und zwei Saptiehs sollen ihn zu deinem
Schutz begleiten. Auch bekommst du einen Empfehlungsbrief
an den Mutessarif mit, den du vorher lesen kannst. Und wenn
du noch andre Wünsche hast, so werde ich sie erfüllen."
Die gefurchten Züge des Bergarmeniers wurden ganz grau. Er
stand alt und verfallen da wie der Stadtfelsen von Zeitun.
Verzweifelt suchte er nach Gegengründen. Aber seine Lippen
unter dem hängenden Schnurrbart regten sich nicht. Eine
unbekannte Macht lähmte seinen Willen. Er nickte nur
schwach. Am nächsten Tag verabschiedete er sich von den
Seinen ohne viel Aufhebens. Eine kleine Reise. Er werde kaum
eine Woche ausbleiben. Sein ältester Sohn begleitete ihn zum
Wagen des Kaimakams. Das Einsteigen fiel ihm wegen seiner
kranken Hände und Füße schwer. Der Jüngling stützte ihn.
Während Tschausch den einen Fuß aufs Trittbrett hob, sagte
er gelassen und leise, damit der Kutscher nichts höre:
„Oglum, bir, daha gelmem. Mein Sohn, ich werde nicht
wiederkehren."
Er behielt recht. Der Mutessarif von Marasch machte mit
Nazareth Tschausch nicht viel Federlesens. Trotz des warmen
Geleitbriefes wurde er als Träger einer ihm verhüllten Schuld
empfangen, scharfen Kreuzverhören unterzogen und schließlich als Hochverräter und als Mitglied einer staatsumstürzen-
den Verschwörung in das Gefängnis von Osmanije geworfen.
Da man auch bei weiteren Versuchen nichts über die geheime
Organisation der armenischen Verratsbewegung aus ihm her-
ausbekommen konnte, ja nicht einmal etwas über die Deserteure von Zeitun erfuhr, verabreichte man ihm die Bastonade schärfsten Grades. Nachher wurden seine blutigen Füße
mit einer ätzenden Säure übergossen. Dem war sein Körper
nicht mehr gewachsen. Er starb nach einer Stunde un-
faßbarer Qual. Vor den Fenstern des Gefängnisses spielte
Janitscharenmusik. Sie sollte mit Trommeln und Pfeifen die
Schreie der Gefolterten hinter den Fenstern zudecken.
Auch der Märtyrertod des Nazareth Tschausch hatte nicht die

erwarteten Folgen. Es geschah vorerst nichts. Nur die Trauer und dumpfe Verzweiflung des Volkes nahm eine fast stoffliche Greifbarkeit an. In der finsteren Bergstadt brütete nun auch menschliche Finsternis, die den Atem verschlug wie schwarzer Nebel. Der März mußte kommen, damit zwei Vorkommnisse der Regierung endlich die Gelegenheit gaben, ihre Absichten zu verwirklichen. Das erste Geschehnis war ein Schuß aus dem Fenster. Ein Gendarmerieposten, der im Stadtbezirk Yeni Dünya vor dem Hause des hingerichteten Muchtars Tschausch vorbeischritt, wurde aus eben diesem Hause beschossen und leicht verwundet. Anstatt nun eine regelrechte Untersuchung durchzuführen, erklärte der Kaimakam lediglich, sein Leben sei in Zeitun bedroht, und verlegte, nach allen Richtungen Telegramme sendend, seine Residenz in eine außerhalb der Stadt gelegene Kaserne. Auch diese Handlungsweise entsprang deutlich seinem Wesen, das aus Dummschlauheit und ängstlichem Ruhebedürfnis gemengt war. Zugleich ließ er zum Schutze der mohammedanischen Bevölkerung eine „Bürgerwehr" ausrüsten, das heißt einige rasch zusammengetrommelte Hooligans bekamen ganz nach abdulhamidischem Muster je eine grüne Binde um den Arm und ein Mausergewehr in die Hand geliefert. Die guten türkischen Bürger, die in Zeitun lebten, rechtlich-würdige Menschen, waren die ersten, die sich über diesen Schutz empörten, den man ihnen angedeihen ließ. Sie gingen zum Kaimakam und forderten die sofortige Abschaffung der Wache. Es half nichts. Die Behörde war unerbittlich um ihre Sicherheit besorgt. Die Bürgerwehr gab nun endlich den sauberen Anlaß für jenen zweiten Vorfall, der die Entscheidung brachte. In einem kleinen öffentlichen Garten der Neustadt, Eski Boston genannt, pflegten sich am Nachmittag armenische Frauen und Mädchen gerne zu ergehen. Um einen schönen Brunnen standen ein paar Bänke im Schatten alter Platanen. Kinder spielten vor dem Brunnen. Die Frauen plauderten und handarbeiteten auf den Bänken. Ein Scherbetverkäufer schob seinen Wagen im Kreis. Dieser Garten wurde nun von den verlumptesten Mitgliedern der neuen Bürgerwehr überfallen. Die keuchenden Gesellen warfen sich auf die Armenierinnen, würgten sie und begannen ihnen die Kleider vom Leibe zu reißen. Denn ebenso groß wie die Mordlust an den Männern der verfluchten Rasse war die Tollheit nach ihren Weibern, diesen zartgliedrigen Geschöpfen mit ihren schwellenden Lippen und ihren fremden Augen. Wehgekreisch und Kinderschrillen erfüllte die Luft. Doch im Nu war Hilfe da. Eine Übermacht von armenischen Männern, die, Böses ahnend, den Stadtschützlern nachgeschlichen waren, schlug sie mit nackten Fäusten, Riemen und Stöcken krumm und lahm und nahm ihnen, zum eigenen Verderben freilich, sämtliche Gewehre und Bajonette ab.

Offener Aufruhr gegen die Staatsgewalt! Der Tatbestand ließ sich nach dieser Entwaffnung der Hilfspolizei durch Aufständische nicht mehr leugnen. Noch am selben Abend wurde vom Kaimakam eine Auslieferungsliste herausgegeben, in der all diejenigen Einwohner namentlich angeführt waren, welche vom Gemeinderat selbsttätig der verhaftenden Behörde zuzuführen seien. In ihrer rasenden Erbitterung traten die betroffenen Männer zusammen, taten einen großen Schwur und verschanzten sich in einem alten Tekkeh, in einem verlassenen Derwisch- und Wallfahrtskloster, eine halbe Stunde östlich der Stadt. Als ihnen davon die Kunde ward, stieg vom Ala Kaja und andern Punkten des nahen Gebirges ein Teil der Deserteure nieder und vereinigte sich mit den Geflüchteten. In der kleinen Festung lagen alles in allem ungefähr hundert Mann.

Der Mutessarif in Marasch und die Regierungsspitzen in Stambul sahen sich am Ziel ihrer Wünsche. Die Zeit der kleinen Herausforderungen war vorüber und der effektvolle Aufruhr in schönster Blüte. Nun durften die neutralen und verbündeten Konsuln ihre Augen vor den armenischen Umtrieben nicht mehr verschließen. Schon zwei Tage später traf in Zeitun militärische Assistenz ein, vorläufig zwei Kompanien von Linieninfanterie. Der Jüs-Baschi, der kommandierende Major, begann sofort mit der Belagerung. Aber mochte er nun ein wirklicher Held sein oder nur ein Schwachkopf — als er ungedeckt hoch zu Roß an der Spitze einer Abteilung auf das Tekkeh zusprengte, um die Festung auf diese sehr offenherzige Art im Handstreich zu erobern, wurde er nebst sechs seiner Soldaten durch sichere Schüsse niedergestreckt. Das war in der Tat mehr, als man verlangt hatte. Der Heldentod des Majors wurde sogleich in allen Städten des Reiches mit Posaunenstößen verkündet. Ittihad arbeitete fieberhaft, um dem Aufschrei der Empörung den rechten Nachdruck zu verleihen. Keine halbe Woche verging und Zeitun hatte sich in ein Heerlager verwandelt. Eine Streitmacht von vier Bataillonen und zwei

Batterien war aufgeboten worden, um eine Rotte Verzweifelter und Fahnenflüchtiger auszuheben. Und dies geschah zu einem Zeitpunkt, da Dschemal Pascha jeden Mann und jede Kanone für seine vierte Armee brauchte. Trotz des gewaltigen Heerbanns aber wurde in das belagerte Kloster ein Parlamentär gesandt, um die Verlorenen zur Übergabe aufzufordern. Er bekam die antike Antwort:

„Da wir schon sterben müssen, so sterben wir lieber im Kampf."

Das ganz und gar Überraschende jedoch war, daß sie nicht sterben mußten. Denn, kaum hatte die Belagerungsartillerie vier nutzlose Granaten gegen den verfallenen Bau abgegeben, als das Feuer auf irgendeine geheimnisvolle Einflußnahme hin plötzlich eingestellt wurde. Waren die wenigen Moslems, die sich unter den Eingeschlossenen befanden, ein zureichender Grund für solche ungehörige Menschlichkeit? Was aber auch immer damit geplant war, die lächerlich starke Streitmacht lag von Stund an untätig gegen das Häuflein von Deserteuren und Frauenverteidigern zu Felde und beschäftigte sich nach müßiger Soldatenart lediglich mit Menagieren, Pferdetränken, Rauchen und Kartenspielen. Die Einwohner von Zeitun sahen in dieser beklemmenden Ruhe mit Recht das Anzeichen eines besonders raffinierten Unheils. In ihrer Todesangst schickten sie eine Abordnung zum Kaimakam und baten, die tapferen Truppen möchten sie nur schnell von den verfluchten Rebellen befreien. Sie hätten mit ihnen nichts zu schaffen. Sollte einer der Missetäter in die Stadt flüchten, sie würden ihn erbarmungslos der Behörde übergeben. Wehmütig klagte der Kaimakam, die Vernunft komme zu spät. Das militärische Platzkommando fälle nunmehr alle Entscheidungen. Er selbst sei nur noch eine geduldete Nebensache. Die Abgesandten flehten, ob es nicht möglich sei, die Vermittlung Seiner Exzellenz des Wali Djelal Bey in Aleppo anzurufen. Wenn jemand die Verwicklung zum allgemeinen Besten lösen könne, so dieser würdige und wohlwollende Mann. Der Kaimakam verzog den Mund. Er könne nur raten, den Namen Djelal Bey aus dem Spiel zu lassen. Der Mutessarif habe ganz andere Verbindungen. Und Seine Exzellenz in Aleppo sei in dieser Hinsicht ein toter Mann. Das komme daher, wenn man der armenischen Millet zuviel Güte erweise. Er persönlich wisse ein Lied davon zu singen.

An einem strahlenden Märzmorgen verbreitete sich das

schreckliche Gerücht in der Stadt, die Belagerten seien in der Nacht mit Zurücklassung von zwei Toten, die sie aber unkenntlich gemacht hätten, entkommen und im Gebirge verschwunden. Wer von den Zeitunlis nicht wundergläubig war, fragte: Wie, hundert zerlumpte, höchst auffällige Gestalten können spurlos durch eine Kette von mehr als viertausend geschulten Soldaten verschwinden? Und der Frager wußte wohl, was es zu bedeuten habe. Das Gefürchtete traf schon um die Mittagsstunde dieses Tages ein. Der Militärkommandant und der Kaimakam machten die Gesamtbevölkerung für den Ausbruch der hundert verantwortlich. Die hochverräterischen Zeitunlis hätten auf irgendeine teuflisch verschlagene Weise die Belagerten durch den sanft schlummernden Truppenring an den Wachtposten vorüber entwischen lassen. Auf die Nachricht dieses Verbrechens hin eilte der Mutessarif höchstselbst im Wagen aus Marasch herbei. Die Münadiers, die Austrommler, durchzogen mit dumpfem Wirbeln die ganze Stadt. Zahlreiche Amtsboten folgten ihnen, welche die Ältesten und Notabeln Zeituns zu einer „Konferenz mit dem Mutessarif und dem Platzkommandanten über die Lage" einzuladen hatten. Die Berufenen, fünfzig der angesehensten Männer, Ärzte, Lehrer, Priester, Großhändler, Unternehmer, erschienen ohne Verzug an Ort und Stelle, die meisten sogar noch in ihrem Arbeitsgewand. Nur wenige Ahnungsvolle hatten Geldmittel zu sich gesteckt. Die Konferenz bestand darin, daß man diese bejahrten und gewichtigen Männer auf dem Kasernenhof von rohen Unteroffizieren zusammentreiben und abzählen ließ wie Vieh. Die Sache habe nun ein Ende, hieß es, und noch heute würden sie zwecks ihrer „Umsiedlung" über die Linie Marasch—Aleppo den Weg in die mesopotamische Wüste nach Deïr es Zor antreten. Die Männer sahen einander stumm an, keiner bekam einen Anfall, keiner weinte. Vor einer halben Stunde noch achtunggebietende Prachtgestalten, wurden sie mit einem Schlag zu matt belebten Erdklößen, fahl und ohne Willen. Der neue Muchtar, ihr Sprecher, bat mit versagender Stimme nur um eine Gunst: Man möge doch um der göttlichen Barmherzigkeit willen ihre Familien in Frieden und in Zeitun lassen. Dann würden sie ihr Los mit Fassung ertragen. Die Antwort fiel grausam höhnisch aus: Nein, keineswegs, man kenne ja die Armenier zur Genüge, und niemand denke daran, würdige Familienväter von ihren liebenden und geliebten Angehörigen zu trennen. Es sei vielmehr verfügt, daß jeder von ihnen die Seinigen schriftlich anweise, morgen, zwei Stunden nach Sonnenaufgang, mit Sack und Pack zum Abmarsch gestellt zu sein. Weiber, Söhne, Töchter, Kinder, groß und klein. Der Befehl von Stambul laute dahin, daß die gesamte armenische Bevölkerung bis zum letzten Säugling umgesiedelt werde. Zeitun habe damit zu bestehen aufgehört, denn von nun an heiße es „Sultanijeh", damit keine Erinnerung an einen Ort übrigbleibe, der es gewagt habe, dem osmanischen Heldenvolk zu trotzen.

Am nächsten Tag zur anbefohlenen Stunde ging wirklich der erste gramvolle Transport ab und eröffnete damit eine der furchtbarsten Tragödien, die je zu einer geschichtlichen Zeit über ein irdisches Volk hereingebrochen ist. Militärische Bedeckung folgte den Ausgetriebenen, und es zeigte sich auf einmal, daß der mächtige Heerbann, den man zur Belagerung der Flüchtigen aufgeboten hatte, einen kleinen, aber um so pfiffigeren Nebenzweck besaß. Täglich am Morgen wiederholte sich nun das gleiche herzzerreißende Spiel. Den fünfzig vornehmsten Familien folgten hundert weniger vornehme, und mit der sinkenden Gesellschaftsklasse und Wohlhabenheit nahm die Zahl der Abgefertigten zu. — Gewiß, in den riesigen Etappengebieten der europäischen Kriegsfronten wurden alle Städte und Dörfer ebenfalls ausgesiedelt, aber so schwer dieses Los auch für die Heimatberaubten zu tragen war, es läßt sich mit dem der Zeitunlis nicht vergleichen. Die Evakuierten des Krieges wurden zu ihrem eigenen Schutz aus der Todeszone weggeführt. Selbst im Feindesland ließ man ihnen Pflege und Hilfe angedeihen. Sie verloren die Hoffnung nicht, binnen einer traurigen, aber absehbaren Frist wieder heimkehren zu dürfen. Den Armeniern winkte kein Schutz, keine Hilfe, keine Hoffnung. Sie waren keinem Feinde in die Hände gefallen, der aus Gründen der Gegenseitigkeit das Völkerrecht achten mußte. Sie waren einem weit schrecklicheren, einem ungebundenen Feind in die Hände gefallen: dem eigenen Staat.

Manchen stimmt schon das Wechseln seiner Wohnung traurig. Ein verlorenes Stück des eigenen Lebens bleibt immer zurück. Für jedermann ist es eine große Entscheidung, seine Stadt mit einer andern, sein Lebensland mit einem neuen zu vertauschen. Selbst der Gewohnheitsverbrecher legt den Weg in die Gefangenschaft, ins Gefängnis schwer zurück. Aber rechtloser als ein Verbrecher sein, der doch noch den Schutz des Gesetzes genießt! Ausgetrieben werden von einem Tag zum andern, aus der Wohnstätte, von der Arbeit, aus dem im jahrelangen Fleiß Geschaffenen! Dem Haß überliefert! Ungerüstet auf asiatische Landstraßen geworfen, aber Tausende Meilen Staub, Stein und Morast vor sich! Zu wissen, man werde nie wieder ein menschenwürdiges Nachtlager finden, nie wieder an einem menschenwürdigen Tisch essen und trinken. Dies aber ist noch nichts. Unfreier sein als ein Sträfling! Zu den Verfemten, den Vogelfreien gehören, die jeder ungestraft töten kann. Eingepfercht in ein schleichendes Rudel von Elenden, in das wandernde Konzentrationslager, wo niemand ohne Erlaubnis auch nur seine Notdurft verrichten darf. — Wer wagt es da noch zu sagen, er könne ermessen, welchen Jammer die Zeitun-Bewohner in jener langen Woche erlebten, die zwischen dem Abmarsch des ersten und des letzten Transportes lag? Selbst ein jugendlicher Mann wie Pastor Aram Tomasian, der ja, weil nicht in Zeitun gebürtig, bessere Aussichten besaß, wurde in diesen sieben Tagen vor dem Auszug fast zum Schatten.

Pastor Aram — man nannte ihn nur bei seinem Vornamen — lebte seit mehr als einem Jahr schon als Pfarrer der protestantischen Gemeinde und Leiter des großen Waisenhauses in Zeitun. Daß man ihm als kaum Dreißigjährigem die Leitung dieser Anstalt anvertraut hatte, hängt damit zusammen, daß die amerikanischen Missionare von Marasch in Aram ihren Lieblingsschüler sahen, auf den sie große Stücke hielten. Sie hatten ihn ja auch mit einem Stipendium für drei Jahre nach Genf gesandt, damit er dort seine Studien vollende. Er sprach daher fließend Französisch und recht gut Deutsch und Englisch. Das Waisenhaus der amerikanischen Missionsväter in Marasch war eine der freundlichsten Schöpfungen ihrer fünfzigjährigen Kulturarbeit. Es beherbergte in großen lichten Sälen mehr als hundert Kinder. Eine Schule war angeschlossen und auch für die städtische Jugend bestimmt. Außerdem umfaßte die Anstalt eine kleine Landwirtschaft, so daß der Bedarf an Ziegenmilch, Gemüse und anderen Nahrungsmitteln aus eigenem gedeckt werden konnte. Die Leitung des Waisenhauses erforderte demnach nicht nur erzieherische Umsicht, sondern auch praktische Tüchtigkeit. Pastor Aram, dem, wie jedem jungen Menschen, die unabhängige Selbstherrlichkeit schmeichelte, war mit Begeisterung bei der Arbeit.

Er erlebte ein schönes, werkstattliches Jahr und spann noch höhere Pläne. Im vergangenen Frühjahr, kurz vor Antritt seiner großen Stellung, hatte er geheiratet. Howsannah, seine alte Liebe, war ein Mädchen aus Marasch, Tochter eines Pastors aus der ersten Generation des dortigen Seminars. Während die meisten Armenierinnen zart und eher klein gewachsen sind, hatte Howsannah eine hohe und etwas füllige Gestalt. Sie bewegte sich langsam, sprach nicht viel, machte oft einen teilnahmslosen Eindruck. Iskuhi aber behauptete einmal ihrem Bruder gegenüber, daß Howsannahs Sanftmut durch Eigensinn und Nachträgerei zeitweise gemildert werde. Diese heiter vorgebrachte Kennzeichnung schien aber nicht zuzutreffen, denn welche wirklich eigensinnige Frau würde ihre Schwägerin im Hause geduldet haben? Mit der neunzehnjährigen Iskuhi hatte es seine eigene Bewandtnis. Aram vergötterte seine junge Schwester. In ihrem neunten Jahre schon, nach dem Tode der Mutter, hatte er sie aus Yoghonoluk entführt, damit sie die Missionsschule in Marasch besuche. Später ließ er sie nach Lausanne kommen, wo sie ein Jahr in einem Pensionat untergebracht war. Die Kosten dieses vornehmen Ehrgeizes für die kleine Schwester deckte er mit klug ausgetüftelten Entbehrungen seinerseits. Er konnte sich ein Leben ohne Iskuhi nicht vorstellen. Howsannah wußte das und stellte selbst den Antrag eines Lebens zu dritt. Das junge Mädchen übernahm die Stellung einer Hilfslehrerin im Waisenhaus. Sie erteilte französischen Unterricht. Es war kein Wunder, daß Iskuhi Liebe erweckte, und nicht nur die ihres Bruders. Neben den herrlichen Augen war das Schönste an ihr der Mund. Auf ihren tiefgefärbten Lippen lag ein feuchter, lächelnder Pupillenglanz, als könne sie mit dem Munde sehn. Die drei hatten sich ein hübsches und gar nicht landesübliches Leben eingerichtet. Die Pastorwohnung lag im Waisenhaus. Sie verlor ihre Kahlheit schnell unter Howsannahs Händen. Diese hatte kunstgewerbliche Begabung und einen großen Spürsinn für schöne Dinge. Sie streifte in der Stadt und in den Dörfern der Umgebung herum, um den eingeborenen Frauen alte prächtige Gewebe, Holzarbeiten und anderen häuslichen Zierat abzuhandeln, mit dem sie dann ihre Räume belebte, welche Tätigkeit ihre Zeit oft wochenlang ausfüllte. Iskuhi aber hatte mehr Neigung für Bücher. Aram, Howsannah und Iskuhi lebten ganz eingesponnen. Das Waisenhaus und die

Schule bildeten so abgeschlossene Welten, daß diese drei blühenden Menschen die drückende Gewitterluft in Zeitun kaum spürten. In seinen Sonntagspredigten entwickelte der Pastor bis tief in den März hinein aufmunternde Freudigkeit, die eher auf das friedliche Glück seines eigenen Lebens als auf eine geistesscharfe Beurteilung der Regierungsabsichten schließen ließ.

Der Schlag traf ihn so furchtbar, daß er taumelte. Er sah sein Werk verloren. Doch dann faßte er wieder die eitle Hoffnung, die Regierung werde nicht den Mut haben, das Waisenhaus zu schließen. Aram sammelte sich schnell. Ein Wort Howsannahs gab ihm noch am ersten Tag der Verschickungen seine Kraft wieder. Nur in solchen Augenblicken wie dem jetzigen erfülle sich der Sinn christlichen Priestertums aufs höchste. So sprach die Pastorentochter. Eingedenk solcher Mahnung spannte Aram Tomasian seine Energie übermenschlich an. Nicht nur hielt er seine Kirche Tag und Nacht offen, um den einzelnen Austreibungsgruppen auf ihrem Dulderweg geistliche Kräftigung mitzugeben; er ging von Haus zu Haus seiner Pfarrkinder, von Familie zu Familie, trat unter die Weinenden, half mit all seinen Geldmitteln, organisierte in den Zügen eine gewisse Ordnung, schrieb Hilferufe an alle Missionen, die auf der Verschickungsstraße lagen, drechselte Bettelbriefe an türkische Beamte, die er für wohlwollend hielt, er verfaßte Eingaben und Zeugnisse, er versuchte für manche Personen einen Aufschub zu erwirken, er handelte mit türkischen Maultierbesitzern Preise aus, kurz er tat alles, was sich in dieser grauenhaften Lage tun ließ, und wenn er nichts tun konnte, nicht einmal mehr mit den Leiden des Evangeliums trösten, da setzte er sich stumm zu den Schmerzversteinerten, schloß die Augen, krampfte die Finger ineinander und schrie in seiner Seele zu Christus.

Die Stadt wurde von Tag zu Tag leerer, während sich die Landstraße nach Marasch mit langen Menschenschlangen füllte, die nicht vorwärts zu kommen schienen. Von der Zitadelle oben hätte ein Beobachter sie weit in die Berge hinein verfolgen können, und nichts hätte sein Grauen tiefer erregt als die schleichende Stille dieser Todeszüge, die durch das Grölen und Lachen der bewaffneten Schergen nur noch grausamer gesteigert wurde. Die ausgestorbenen Gassen Zeituns belebten sich inzwischen mit den Totenvögeln der Austrei-

bung, mit Zufallsplünderern und Berufsdieben, mit der Stadt-
hefe und mit räuberischen Umwohnern. Sie bezogen die verlassenen Häuser oder besuchten sie zumindest. Sofort setzte
ein schwunghafter Speditionsverkehr ein. Leiterwagen und
Karren fuhren auf, Lastesel zotteten heran. Gemächlich
wurden Teppiche, Kleider, Wäscheberge, Bettstellen, Möbel,
Spiegel auf das Fuhrwerk und die Tragtiere verladen, als
handle es sich um eine rechtmäßige Übersiedlung. Die Behörden wehrten diesem Treiben nicht. Sie schienen sogar dem
türkischen Bodensatz — sofern nur die Verjagung der Armenier klaglos verlaufe — damit stillschweigend eine Prämie zu
gewähren. Es erinnerte fast an ein barbarisches Märchen, daß
von jeglichem Handwerk je sechs Vertreter in „Sultanijeh"
zurückbleiben mußten, damit das treibende Wrack des Alltags
nicht ganz ohne Bemannung sei. Diese Glücklichen bestimmte
aber nicht die Obrigkeit, sondern der Gemeinde lag es selbst
ob, die Auswahl zu treffen, eine ausgewitzte Strafverschär-
fung, denn sie prüfte die Gemüter mit neuen Qualen.
Der fünfte Tag war bereits angebrochen, und Pastor Aram
hatte noch keine Vorladung erhalten. Nur ein mohammeda-
nischer Mollah, ein Stadtfremder übrigens, war bei ihm erschienen, die Kirchenschlüssel einzufordern. Die protestantische Kirche werde, wie er höflich mitteilte, bis zum Abend-
gebet in eine Moschee umgeweiht sein. Dennoch erstarb die
Hoffnung in Tomasian nicht, man werde das Waisenhaus in
Ruhe lassen. Er befahl, daß von nun an alles zu Hause zu
bleiben habe, niemand dürfe sich sehen lassen, kein Kind und
kein Lehrer. Er verfügte ferner, daß auch tagsüber die Fensterläden geschlossen zu halten seien, daß bei Nacht kein Licht gemacht werden dürfe und kein lautes Wort zu fallen habe. Über
das so lebensvolle Haus senkte sich eine angestrengte Ausgestor-
benheit. Gerade solche Gottesfopperei aber fordert die Aufsässigkeit des Schicksals heraus. Am nächsten Tage, dem sechsten, überbrachte einer der Amtsboten, die wie Todesengel
schrecklich die Stadt durcheilten, dem Pastor die Aufforderung,
sich unverweilt zum Stadtkommandanten zu begeben.
Aram erschien im geistlichen Gewande. Sein Gebet war erhört
worden. Nicht eine Spur von Angst und Erregung erniedrigte
ihn. Er trat dem Stabsoffizier aufrecht und mit Ruhe entgegen.
Das war in diesem Fall leider eine ganz verfehlte Haltung. Der
Bimbaschi liebte es nämlich, wenn sich weinerliche Kreaturen

vor ihm wanden. Dann war er bereit, ein Auge zuzudrücken, Vergünstigungen zu gewähren und ein guter Mensch zu sein. Die Sicherheit Arams aber erstickte dieses Wohlwollen, das aus dem Gegensatz seiner eigenen Größe zu dem bittflehenden Wurm entsprang:

„Sie sind der protestantische Pastor Aram Tomasian, gebürtig aus Yoghonoluk bei Alexandrette."

Der Oberst grollte diesen Steckbrief herunter, ehe er sein Opfer anfuhr:

„Sie haben morgen mit dem letzten Transport abzugehn! In der Richtung Marasch—Aleppo! Verstanden?"

„Ich bin bereit!"

„Ich frage Sie nicht, ob Sie bereit sind ... Ihre Frau und sonstige Familie geht mit. Sie dürfen keinerlei Gepäck mitnehmen, das Sie nicht selbst zu tragen imstande sind. Sie erhalten nach Maßgabe der Möglichkeit als Verpflegung im Tag hundert Direm Brot. Das übrige käuflich zu erwerben, steht Ihnen frei. Jedes eigenwillige Verlassen der Kolonne wird durch den Transportkommandanten bestraft, im Wiederholungsfalle mit dem Tode. Die Benutzung von Fuhrwerk ist verboten."

„Meine Frau erwartet ein Kind", sagte Aram leise.

Dieses Bekenntnis schien den Bimbaschi zum Spott zu reizen:

„Das hätten Sie vorher bedenken müssen."

Dann warf er einen neuerlichen Blick in seine Papiere:

„Die Zöglinge des Waisenhauses sind als armenische Kinder selbstverständlich von der Umsiedlung nicht ausgenommen. Sie haben pünktlich und vollzählig gestellt zu sein, sie und das gesamte Personal der Anstalt."

Pastor Aram trat einen kurzen Schritt zurück:

„Darf ich Sie fragen, ob für diese hundert unschuldigen Kinder gesorgt werden wird? Es sind sehr viele unter zehn Jahren darunter, die niemals noch einen längeren Fußmarsch zurückgelegt haben. Und Kinder brauchen Milch."

„Sie haben keine Fragen zu stellen, Pastor", schrie der Oberst, „sondern meine Befehle entgegenzunehmen. Sie befinden sich seit einer Woche im Kriegsgebiet."

Wäre Tomasian unter diesem Gebrüll zusammengesunken und in Furcht erstorben, der Bimbaschi hätte ihm vielleicht von seiner befriedigten Höhe herab die Ziegen zugebilligt. Der

Pastor aber fuhr in ruhiger Hartnäckigkeit fort:

„Ich werde also die Ziegenherde unseres Hauses dem Transport nachtreiben lassen, damit die Kinder ihre gewohnte Milch erhalten."

„Sie werden Ihr freches Maul halten, Pastor, und sich unterwerfen."

„Ich werde ferner Sie, Effendi, für das Schicksal des Waisenhauses verantwortlich machen, das unverletzliches Eigentum amerikanischer Staatsbürger ist, die unter dem Schutz ihres Botschafters stehn."

Der Bimbaschi fand zuerst kein Wort. Die Drohung hatte wahrscheinlich gewirkt. Dergleichen Götter werden schnell kleinlaut, wenn höhere Götter in Sicht kommen. Nach einer längeren, für einen Oberst ziemlich schmachvollen Pause bebte er:

„Wissen Sie, daß ich Sie vertilgen kann wie ein Ungeziefer? Ich brauche nur zu hauchen, und Sie haben nie gelebt!"

„Ich werde Sie daran nicht hindern", erwiderte Pastor Aram, und er meinte seine Worte ernst, denn ein ungeheurer Todeswunsch hatte ihn überwältigt.

Wenn man Aram, Howsannah, Iskuhi fragte, welcher Zeitpunkt der Ausweisung für sie der schrecklichste gewesen sei, so antworteten alle drei: „Der Augenblick, bevor sich unser Transport in Bewegung setzte." Es war ein Augenblick, in dem das tatsächliche Elend nur halb so stark sprach wie eine traumartige Zerschlagenheit, eine uralte Grauenserfahrung des Blutes, das sich vielleicht an dumpfe Urzeiten vor der errungenen Seßhaftigkeit und Rechtssicherung erinnern mußte. Eine Masse von tausend Menschen, ehrlos und hilflos zusammengeschweißt, fühlte jetzt nicht nur den endgültigen Verlust alles Eigentums und die beginnende Gefahr des Lebens, sie fühlte sich darüber hinaus als Gesamtheit, als Volkheit um die Aufstiegsmühe und den Kulturertrag von Jahrtausenden gebracht. Pastor Aram und die beiden Frauen waren von dieser allgemeinen und unergründlichen Schwermut mit umfangen.

Ein dunkler Tag mit niederhängendem Gewölk, in dem die Berge von Zeitun ihre vertrauten Häupter verbargen; für den Marsch weit günstiger als sonniges Wetter. Und doch schien die äußere Trübnis des Tages die Rücken der Ausgestoßenen tiefer zu beugen als die Lasten, die ihnen bewilligt worden waren. Der erste Schritt war etwas sehr Großes, etwas Heilig-Entsetzliches, das jede Seele durchzuckte. Die Familien drängten sich dicht aneinander. Kein Wort, nicht einmal ein Kinderweinen war zu hören. Doch schon nach einer halben Stunde, als das letzte Vorstadthaus hinter dem Volke lag, wurde es besser. Die ursprüngliche Kindlichkeit der Menschen, ihr rührend-vergeßlicher Leichtsinn gewann für einige Zeit die Oberhand. Wie aus der ersten Dämmerung ein einzelnes bescheidenes Zwitschern aufwacht, und schon fällt der ganze Chor ein, so lag bald über der Wanderung ein dichtes Geflecht zackiger Kinderstimmen. Beruhigende Mahnungen der Mütter. Auch die Männer riefen einander dies und jenes zu. Stellenweise konnte man schon ein geducktes Lachen hören. Viele Frauen und ältere Leute saßen auf Eseln, die man zugleich mit Bettzeug, Decken und Säcken beladen hatte. Der begleitende Offizier duldete es. Er schien die Härte der Ausführungsbefehle auf eigene Verantwortung und Gefahr mildern zu wollen. Auch Aram hatte für seine Frau einen Reitesel besorgt. Sie ging aber meist nebenher, da sie die Bewegung des Reitens fürchtete. Obgleich es klüger gewesen wäre, sie an der Spitze traben zu lassen, bildeten die Waisenkinder die Nachhut des Transportes. Hinter ihnen kam nur mehr die Ziegenherde, die der Pastor unbekümmert und ohne Rücksicht auf jenes Gespräch dem Zuge hatte nachtreiben lassen. Die Kinder empfanden das Ganze anfangs als eine vergnügliche Abwechslung und als ein rechtes Abenteuer. Iskuhi, die sich zu ihnen hielt, schürte diesen Frohmut, so gut sie nur konnte. Niemand hätte ihr Aufregungen und schlaflose Nächte angesehen. Auf ihrem Gesicht lag Gegenwartsfreude und Lebenslust. So zart und schwach ihr Körper auch schien, die allmächtige Anpassungskraft der Jugend hatte alles überwunden. Sie versuchte sogar, unter den Kindern ein Lied in Schwung zu bringen. Es war ein schönes Lied aus Yoghonoluk. Die Menschen dort sangen es bei der Arbeit im Weinberg und in den Obstgärten. Iskuhi hatte es in der Schule von Zeitun eingeführt:

„Die Unglückstage ziehen vorbei
  Gleich den Tagen des Winters, sie kommen und gehn.
  Die Schmerzen der Menschen bleiben nicht lang,
  Wie die Kunden im Laden, sie kommen und gehn."

Aram Tomasian aber eilte sofort herbei und verbot das Singen. Der junge Pastor legte den Weg der anderen zweimal und dreimal zurück. Er tauchte bald bei den vordersten Gruppen auf, dann wieder bei den Nachzüglern, immer mit seiner großen umgehängten Kürbisflasche, die er allseits zu einem Rakitrank anbot. Aber er verströmte guten Mut, machte Witze, schlichtete Meinungsverschiedenheiten und versuchte auch für den gegenwärtigen Zustand eine Lebensform zu finden, in dem jedermann irgendeine Aufgabe zufiel. Unter den Handwerkern zum Beispiel hatten die Schuster die Pflicht, schadhaftes Schuhwerk während der Rasten schnell auszubessern; und ähnliches mehr. Obgleich sich in dem Transport nur wenige Protestanten befanden, war Tomasian der einzige Geistliche. Sämtliche gregorianischen und katholischen Priester waren nämlich bereits in den beiden ersten Verschikkungstagen abgegangen. Der Pastor hatte somit die Pflicht, für alle Seelen zu sorgen. Er verfolgte eine eigene Taktik, um die Kräfte der Ausgetriebenen wachzuhalten. Unerträglich ist nur das Ziellose, er wußte es von sich selbst. Darum wiederholte er im Tone der heitersten Zuversicht immer dasselbe:
,,Morgen abend kommen wir nach Marasch. Dort wird sich alles ändern. Wahrscheinlich werden wir dort längere Zeit untergebracht werden, bis der Befehl einlangt, daß wir heimkehren dürfen. Und wir werden heimkehren, das ist so gut wie sicher. Die Regierung in Stambul kann mit dem, was hier geschieht, nicht einverstanden sein. Wir haben ja schließlich Abgeordnete und eine Nationalvertretung. Auch werden die Konsuln einen großen Lärm schlagen. In zwei, drei Wochen kann alles wieder gut sein. Das Wichtigste aber ist, daß ihr mir gesund nach Marasch kommt und daß ihr stark und munter bleibt.''
Solche Reden wirkten befreiend, auch auf diejenigen, die entweder von Natur Schwarzseher waren oder zu klug, an die Unschuld der Zentralregierung zu glauben. Verfallene Gesichter hellten sich auf. Nicht nur das günstige Zukunftsbild tat Wunder, sondern das Ziel, die bestimmte, festumrissene Aussicht: Morgen sind wir in Marasch. Bei der großen Rast erwies sich der junge Offizier, der die türkische Begleitmannschaft befehligte, als ein prächtiger Mensch. Nachdem die Soldaten abgekocht hatten, stellte er dem Pastor aus freien Stücken die Kochkiste der Truppe zur Verfügung. Für die

Maroden und Schwachen konnte daher ein warmes Essen zubereitet werden. Da man aber schon morgen in einer großen Stadt sein würde, schonten auch die Kräftigen ihre Vorräte nicht. Dadurch gestaltete sich der Marsch in den nächsten Stunden besonders leicht und zuversichtlich. Als man dann am Abend auf freiem Felde das Lager bezog und in todmüder Gleichgültigkeit sich auf den Decken ausstreckte, mußte man Gott von Herzen danken, denn der erste Tag war sehr glimpflich verlaufen. Nicht weit entfernt von dem Freilager gab es ein großes Dorf namens Tutlissek. In der Nacht kamen einige der Yailadji, der Bergbewohner, aus diesem Dorf herüber, um die türkische Wache zu besuchen. Die Männer saßen würdevoll beieinander, rauchten gravitätisch und schienen eine ernsthafte Unterhaltung zu führen. Als die Zeitunlis gegen Morgen erwachten und nach den Eseln und Ziegen sehen wollten, um sie zu tränken, waren die Tiere verschwunden.

Dies war der Auftakt eines harten Tages. Schon in der zweiten Marschstunde ereignete sich ein Todesfall. Ein alter Mann sank plötzlich um. Der Zug stockte. Der junge, sonst so freundwillige Offizier ritt zornig heran: „Vorwärts!" Einige versuchten den Alten aufzuheben und weiterzuschleppen. Sie mußten ihn aber bald wieder niedergleiten lassen. Ein Saptieh stieß ihn mit dem Fuß: „Auf, auf, du Schwindler!" Als er aber mit verdrehten Augen und offenem Mund liegenblieb, schob er den Leichnam in den Straßengraben. Der Offizier hetzte: „Nicht stehenbleiben! Es ist verboten! Weiter, weiter!" Arams bewegte Bitte und das Jammergeschrei der Familie konnten weder die Mitnahme des Entseelten noch auch ein rasches Begräbnis erwirken. Es mußte genügen, daß man das Haupt des Toten ein wenig erhöhte und je einen großen Stein zu beiden Seiten legte. Ihm die Hände über die Brust zu falten, dazu war keine Zeit mehr, denn die Saptiehs begannen plötzlich fluchend mit Stöcken und Knüppeln auf die zögernden Scharen einzuhauen. Der Transport geriet in Verwirrung, in ein fluchtartiges Laufen, das sich erst beruhigte, als der Tote schon weit zurückgeblieben war und die Raubvögel des Taurus näher kreisten.

Kaum hatte sich das Entsetzen über dieses erste Opfer gelegt, als eine Yayli, eine plumpe zweispännige Kutsche, den Zug einholte. Die Wandernden wurden von der schmalen Straße in die sumpfigen Felder abgedrängt. Im Wagen saß ein umfangreicher Herr von etwa fünfundzwanzig Jahren, der viele Ringe an seinen Fingern trug. Mit seiner geschmückten Hand reichte er dem Kommandanten nachlässig ein Schriftstück zum Wagen hinaus. Er verfügte über das staatlich gestempelte Recht, sich eine oder mehrere Armenierinnen für seinen Hausbedarf auszuwählen. Da die Kutsche gerade mitten unter den Waisenkindern des Weges fuhr, fiel sein freundlich-müdes Auge auf Iskuhi. Er deutete mit seinem Stock auf sie und winkte ihr lächelnd zu. Der stattliche Mann hielt sich durchaus nicht für einen Frauenräuber, sondern für einen Frauenerlöser, war er doch bereit, eines dieser unseligen Geschöpfe seinem schmutzigen Geschick zu entreißen und bei sich aufzunehmen, in einer vorbildlichen Familie und in einem wohlverwahrten Stadthaus. Um so erstaunter aber war er, als die Schöne, anstatt sich beglückt in seine rettenden Arme zu begeben, laut den Namen „Aram" rufend, ihm entlief. Der Wagen folgte ihr. Vielleicht hätten alle Gründe, mit dehen der Pastor seine Schwester zu schützen suchte, nichts geholfen. Daß er ihre europäische Erziehung ins Treffen führte, war ein Fehler der Verzweiflung, denn durch diesen Hinweis wurden die Wünsche des wohlwollenden Helfers in der Not nicht abgekühlt, sondern besonders erhitzt. Erst das schneidige Eingreifen des jungen Offiziers setzte dem Handel ein Ende. Dieser zerriß kurzerhand den Wisch des eifrigen Brautwerbers: Er, als verantwortlicher Kommandant, habe allein über das Schicksal der Verschickten zu bestimmen. Wenn sich der Effendi nicht mit der äußersten Geschwindigkeit entferne, so werde er ihn samt seiner Yayli auf der Stelle verhaften. Zur Bekräftigung dessen versetzte er der Kruppe des linken Pferdes einen Hieb mit der Reitpeitsche. Gekränkt verließ der um ein gutes Werk gebrachte Wohlbeleibte den Schauplatz in rücksichtslosem Trab. Von diesem Zwischenfall erholte sich Iskuhi schnell. Nach einer Weile erschien ihr die Geschichte wie eine Posse, die sie gar nichts anging, so daß sie über die komischen Einzelheiten in lautes Lachen ausbrach. Doch bald sollte ihr das Lachen vergehen. Es begann am Nachmittag mit dem Leiden der Kinder. Sonderbar war es, daß den Kleinen die wundgelaufenen Füße nicht allmählich, sondern plötzlich und allen auf einmal zum Bewußtsein kamen. Ein Klagen, Wimmern, Winseln, das den Frauen das Herz zerriß, setzte mit einem Schlage ein. Der gutherzige junge Offizier verstand aber nur in einem einzigen Punkte keinen Spaß. Bis auf die notwendigen Rasten durfte es keine Aufenthalte und Verzögerungen geben. Er hatte den Befehl, in den ersten Abendstunden mit dem Transport in Marasch einzutreffen. Während er alles andre oft gegen die Bestimmungen nach seinem Gutdünken einrichtete, gerade *diesen* Befehl wollte er pünktlich befolgen. Das hatte sich sein Ehrgeiz in den Kopf gesetzt. An eine Rast war also nicht zu denken, in der man die wunden Füße mit Öl und anderen Linderungsmitteln hätte behandeln können. „Das hilft alles nichts! Seht zu, daß wir nach Marasch kommen, dort könnt ihr euch pflegen! Vorwärts!" Es ging nicht anders, ein Teil der Kinder mußte getragen werden. Hierbei zeichnete sich auch die schwächliche Iskuhi aus, und zwar knapp bevor sie selbst die Beute eines schweren Unheils werden sollte.

Ihr Bruder hatte sie mehrmals davor gewarnt, immer am Ende des Zuges zu bleiben, und zwar hinter den Waisenkindern, die ihn beschlossen. Hier, knapp vor den feindselig nachfolgenden Soldaten und allerlei Greuelgestalten, die aus den Dörfern neugierig herbeigelaufen kamen, war gewiß die unheimlichste Stelle des Transportes. Iskuhi aber ließ sich nichts sagen, da sie die Überwachung der Kinder als ihre Pflicht ansah, zumal diese von Viertelstunde zu Viertelstunde immer müder und fußmaroder wurden. Die anderen Lehrer des Waisenhauses entfernten sich häufig, und dann blieb Fräulein Tomasian allein zurück, um die jammernde Schar mit verschiedenen Künsten vorwärts zu bringen. Des stets kläglicheren Gestolpers wegen zerriß auch der Zug öfter, und es entstand dann ein ziemlicher Zwischenraum zwischen der Nachhut und dem Hauptteil. Während einer solchen Trennung fühlte sich Iskuhi jäh von hinten angepackt. Sie schrie auf und suchte sich loszureißen. Über ihr ging ein furchtbares Gesicht auf, riesig, mit schmutzigen Bartstoppeln, schnaufend, augenrollend, stinkend, nicht menschlich. Sie schrie noch einmal gellend, und dann rang sie stumm mit dem Mann, dessen Speichel auf sie herabtroff, dessen braune Tatzen ihr das Kleid zerrissen, um sich in ihre nackten Brüste einzukrallen. Sie verlor die Kraft. Das Gesicht über ihr wuchs zu einer bergigen Höllenwelt, die sich immer verwandelte. Sie versank in dem scheußlichen Atem. — Iskuhis Glück wollte es, daß der Offizier auf das rasende Gezeter der Kinder hin scharf herangetrabt kam. Die braunen Tatzen schleuderten sie zu Boden.

Die Gestalt suchte zu fliehen, erhielt aber doch noch einen Hieb mit der flachen Säbelklinge über den Nacken.

Iskuhi raffte sich auf, ohne weinen zu können. Anfangs glaubte sie nur, ihr linker Arm sei durch die Anstrengung des Kampfes fühllos geworden. Wie eingeschlafen, dachte sie. Doch plötzlich schlug der wahnsinnige Schmerz auf wie eine Stichflamme. Sprachlos durch diesen Schmerz, konnte sie ihrem Bruder nichts erklären. Howsannah und Aram führten sie. Kein Laut kam aus ihrem Mund. Alles an ihr war ohnmächtig, nur die Füße nicht, die kleine schnelle Schritte machten. Wie sie damals Marasch erreichen konnte, blieb ihr ein Rätsel. Als die Stadt in Sicht kam, trat der verzweifelte Tomasian an den Offizier heran und wagte die Frage, wie lange die Verschickten in Marasch würden bleiben dürfen. Er bekam die offene Antwort, dies hänge nur vom Mutessarif ab, jedoch mit einigen Tagen Aufenthalt sei bestimmt zu rechnen, weil ja der größere Teil der vorhergehenden Transporte noch immer in der Stadt liege. Man müsse mit neuen Einteilungen rechnen. Aram hob flehend die Hände:

„Sie sehen den Zustand, in dem sich meine Schwester und auch meine Frau befinden. Ich richte an Sie die Bitte, daß wir uns heute abend in die amerikanische Mission begeben dürfen."

Der junge Mann zögerte lange. Das Mitleid mit der armen Iskuhi aber überwog schließlich seine dienstlichen Bedenken. Im Sattel schrieb er einen Erlaubnisschein für Pastor Aram und die beiden Frauen:

„Ich habe nicht das Recht, Sie freizulassen. Wenn man Sie erwischt, wird man mich zur Verantwortung ziehn. Sie haben den Befehl, sich täglich bei mir im Transportlager zu melden."

Die Missionsväter empfingen die drei Schützlinge und Schüler mit gramvoller Liebe. Sie hatten ihr Leben dem armenischen Christenvolk geweiht. Und nun fuhr dieser Blitzschlag herab, der nur ein schwacher Vorbote der großen Vernichtung sein konnte. Sofort wurde ein Arzt herbeigerufen, ein sehr jugendlicher und unerfahrener leider. Er zerrte an Iskuhis Arm hin und her. Durch die Höllenqualen dieser Untersuchung und die überstandenen Strapazen verlor sie jetzt wirklich für ein paar Minuten die Besinnung. Er finde keinen Knochenbruch, erklärte der Arzt, der Arm sei aber ganz merkwürdig ausgerenkt und verzerrt. Das Übel liege in der Schulter. Er legte einen großen, festen Verband an und verabreichte ein Betäubungsmittel gegen den Schmerz. Gut freilich wäre es, riet er, wenn sich der Arm mindestens drei Wochen lang in starrer Ruhelage befände. Iskuhi schlief in dieser Nacht keinen Augenblick. Howsannah war in dem Zimmer, das man den Frauen angewiesen hatte, sofort in Schlaf verfallen, der einer Bewußtlosigkeit glich. Aram Tomasian aber saß am Tisch der Missionsväter und beriet mit ihnen, was zu geschehen habe. Das Votum fiel einhellig aus. Der Rektor Reverend E. C. Woodley traf die Entscheidung:

„Was auch immer geschieht, du darfst nicht weiter mit den Deportierten marschieren. Howsannah und Iskuhi gehen ja zugrunde, noch ehe ihr in Aleppo seid. Und außerdem bist du ja gar nicht nach Zeitun zugehörig, sondern von uns dahin entsandt worden."

Pastor Aram geriet in einen der schwersten Gewissenskämpfe seines Lebens:

„Wie kann ich meine Gemeinde verlassen, jetzt in der Zeit ihrer höchsten Not?"

Wieviel Angehörige der protestantischen Gemeinde sich in dem Transport befänden, wurde gefragt. Er mußte zugeben, daß bis auf einen geringen Bruchteil alles der altarmenischen oder unierten Kirche angehöre. Doch dies beruhigte ihn keineswegs:

„Unter solchen Verhältnissen darf ich nicht nach Nichtigkeiten fragen. Ich bin der einzige Seelsorger, den sie haben."

E. C. Woodley beruhigte ihn:

„Wir werden einen andern mit ihnen schicken. Ihr aber reist in eure Heimat. Dort wartest du, bis wir dich zu einem neuen Amt berufen."

„Und was wird aus den Kindern?" stöhnte Aram Tomasian.

„Den Kindern kannst du dadurch nicht helfen, daß du mit ihnen in den Tod gehst. Das Waisenhaus von Zeitun ist unsere Anstalt. Du hast deine volle Pflicht getan, indem du die Waisen nach Marasch begleitet hast. Alles andere laß unsere Sorge sein. Du hast damit nichts mehr zu schaffen."

Die quälende Stimme in Aram war nicht zum Schweigen zu bringen:

„Bin ich nicht zu mehr verpflichtet als zu meiner Pflicht?"

Der alte E. C. Woodley zeigte Ungeduld, obgleich er sich Arams im Herzen freute:

„Du glaubst doch nicht, Aram Tomasian, daß wir die Sache

mit unserem Waisenhaus so ruhig hinnehmen werden. Was mit den Kindern geschehen wird, darüber ist noch lange nicht das letzte Wort gefallen. Du aber stehst uns im Wege, mein Junge! Als Pastor von Zeitun bist du kompromittiert. Verstanden? Gut! Und mithin enthebe ich dich feierlich deines Amtes als Waisenhausdirektor."

Aram fühlte, daß er nur noch ein paar Minuten stark bleiben müsse, und Woodley werde dann seinem Willensentschluß keinen Widerstand mehr leisten, sondern ihn segnen für seinen christlichen Opfermut. Trotz dieses deutlichen Gefühls aber sagte er nichts mehr und beugte sich den Argumenten seines Missionsvaters. Für Howsannah und Iskuhi glaubte er es zu tun. Und doch erfüllte ihn, sooft er aus seinem unruhig bilderreichen Schlaf auffuhr, das Bewußtsein einer schweren Niederlage, eines Frevels an seiner Auserwählung und die Scham der Charakterschwäche.

Am andern Morgen begab sich Reverend Woodley in Begleitung des amerikanischen Konsularagenten zum Mutessarif und erwirkte für das Ehepaar Tomasian sowie für Iskuhi einen Reiseschein bis Yoghonoluk. Dieser lautete freilich nur für vierzehn Tage, binnen welchen die Reisenden ihr Ziel erreicht haben mußten. Trotz Iskuhis schwerer Verletzung waren sie daher gezwungen, die Fahrt schon am drittnächsten Tag anzutreten. Sie hätten den kürzeren Weg über Bagtsche wählen können, welches die nächstgelegene Station der anatolischen Eisenbahn war. Man riet ihnen dringend ab. Die Taurusstrecke war mit Soldatenzügen für die vierte Armee Dschemal Paschas überlastet. Die Vorsicht aber gebot heute, jede überflüssige Begegnung mit dem Militär zu vermeiden, zumal in Gesellschaft armenischer Frauen. Da der Pastor die Freiheit der Wahl an die Missionsväter abgetreten hatte, so fügte er sich ihnen auch, was den Reiseplan betraf. Anstatt der kurzen Eisenbahnfahrt lag ein beschwerlich endloser Weg von vielen Tagen vor ihnen. Ins Gebirge nach Aïntab zuerst, und dann über die gewundene elende Paßstraße des Taurus nach Aleppo hinab. Die Missionsväter stellten dem Pastor einen großen zweispännigen Wagen zur Verfügung und außerdem ein Reservepferd, das auch als Reitpferd verwendet werden konnte. Zugleich telegrafierten sie nach Aïntab an ihre Vertreter, damit dort ein neues Gespann bereitgehalten werde.

113

Die Reisenden hatten die Vorstadt von Marasch noch nicht verlassen, als ein Keuchen und flehentliches Geschrei den Hufschlag übertönte. Das Waisenmädchen Sato und der Hausknecht Kework rannten jammernd hinter ihnen drein. Zum Glück war es früher Morgen und noch niemand auf der Straße, um diese Szene zu verraten. So unangenehm es auch werden konnte, dem Pastor blieb nichts anderes übrig, als die unerwünschten Zuzügler in seine Gesellschaft aufzunehmen. Beide waren abnorme Fälle. Die kleine ausgemergelte Sato hatte als schwererziehbar und als Kreuz der Waisenanstalt von Zeitun gegolten. Alle Vierteljahre einmal kamen über Sato Anfälle von Vagabundiersucht. Sie verschwand dann und blieb mehrere Tage aus, um in halb tierischem Zustand, verdreckt und verlaust, sehr kleinlaut wiederzukehren. Zur Zeit dieser Anfälle war mit ihr nichts anzufangen. Sie verlor die Fähigkeit des geordneten Sprechens und alle sonstigen mühsam anerzogenen Errungenschaften. Auch nützte es gar nichts, sie einzusperren. Wie ein Gespenst entkam sie durch die Wände. Gelang es ihr aber nicht durchzubrennen, dann wurde Sato zum Satan und setzte das ganze Haus durch ihre geniale Erfindungskraft an Bosheit und Schadengier in Schrecken. Erst Iskuhis Einflußnahme hatte dieses Übel gemildert, vielleicht sogar aufgehoben, und zwar nicht etwa durch eine besondere Erziehungsleistung. Von Pädagogik verstand Iskuhi sehr wenig. Die Kleine aber hatte zu dem jungen Mädchen eine verzehrende Liebe gefaßt. Diese Liebe richtete in dem krankhaften Hirn Satos schwere Verwirrungen der Eifersucht an und schien sogar die Kraft zu haben, das allergefährlichste Gefühl zu erzeugen, Selbstverachtung. In ihrem weiten Kittel heranflatternd, schrie Sato unausgesetzt:

„Kütschük Hanum! Fräulein! Bitte Sato nicht allein lassen!"
Dieses dünnknochige Nichts von Menschenkind bettelte mit todesgroßen und doch frechen Augen, in denen eine entschlossene Kraft lag, der man sich nicht entziehen konnte. Iskuhi und auch Howsannah hatten sich dieser Sato gegenüber niemals des Widerwillens, ja manchmal sogar eines Schauders erwehren können. Selbst wenn sie reingewaschen und gestriegelt war, flößte sie den Frauen einen körperlichen Ekel ein. Jetzt aber mußte, so peinlich der Zuwachs auch störte, die Kleine auf dem Rücksitz des Wagens verstaut werden. Der Knecht Kework nahm neben dem Kutscher Platz. Kework

stammte aus Adana. Seitdem er dort bei einem der zahlreichen „Ereignisse" als halbwüchsiger Junge einen Kolbenhieb über den Kopf erhalten hatte, war er ein gutmütiger Kretin geblieben. Er konnte nur stotternd reden. Und wenn er, ähnlich wie Sato von der Vagabundiersucht, von seinem Tanzwahn befallen wurde, so ließ sich auch mit ihm nichts anfangen. Dieser feierliche Wahn, dessentwegen er der Tänzer genannt wurde, war eine stille und sehr harmlose Anfälligkeit, die sich nur selten einstellte, zumeist dann, wenn ihn etwas erregt hatte. Sonst aber versah Kework treulich seinen Dienst als Ofenheizer, Wasserträger, Holzhacker, Gärtner und leistete mit stummer Leidenschaft die Arbeit von zwei Männern. Wie viele wertvolle Kinder und Erwachsene wären zu retten gewesen, so ging es Aram durch den Kopf, und Gott schickt mir eine kleine Verbrecherin und einen Idioten. Dem Pastor war es, als läge in dieser Tatsache eine bedeutsame Erwiderung auf sein laues und opferflüchtiges Verhalten den ausgetriebenen Zeitunlis gegenüber. Sato hingegen wurde von einer ungestümen und ungetümen Lustigkeit erfaßt. Sie drängte sich mit ihren spitzen Knien an Iskuhi, sie lachte und gluckste in den Tag hinein, als sei die Ausstoßung das herrlichste Feiertagsgeschenk der Welt. Vielleicht war sie noch niemals in einem Wagen gefahren. Sie ließ ihre magere Hand mit den breiten, garstigen Nägeln wie über einen Bootsrand hinaushängen und im kühlen Kielwasser der Luft entzückt nachschleifen. All diese Beweise des Lebensglücks erweckten aber nur das Unbehagen und den Zorn der Reisenden. Iskuhi stieß ihre Knie zur Seite. Der Pastor, der neben dem Wagen ritt, drohte Sato, er werde sie, wenn sie nicht ruhig sitze, entweder erbarmungslos aus dem Wagen werfen oder ihr bestenfalls die Hände fesseln.

Die ermüdende Reise nach Aïntab — man mußte zweimal in elenden Dorf-Chanen übernachten — verlief ohne Zwischenfall. In Aïntab selbst rasteten sie drei Tage. Die Armeniergemeinde hatte auf das Telegramm E. C. Woodleys hin die neuen Pferde schon bereitgestellt. Seitdem am gestrigen Tag der erste Zeitun-Transport in der Stadt eingetroffen war und sie die Elenden mit ihren eigenen Augen sahen, warteten die Armenier von Aïntab fassungslos auf ihr eigenes Ende. Sie verließen kaum mehr ihre Häuser. Furchtbare Gerüchte gingen um. Es hieß, die Regierung werde mit Aïntab kürzeren

und auch billigeren Prozeß machen: der armenische Stadt-
bezirk würde einfach niedergebrannt und die Einwohner zu-
sammengeschossen werden. Dennoch überbot sich die Ge-
meinde an Liebesbeweisen gegen den Pastor und die Frauen.
Es war, als hofften sie in diesen geretteten Opfern selbst
mitgerettet zu werden. Aram Tomasian versuchte Sato in der
Stadt unterzubringen. Sie klammerte sich aber mit solchem
Entsetzen an Iskuhi, daß er sie schließlich wieder auf dem
Rücksitz mitnahm, vielleicht zur Buße für seine eigene
Sünde.

Noch bis Aleppo ging alles gut, obgleich man vier Tage lang
über die Pässe des Taurus hinschlich, die größten Schwierigkeiten in den Stationen mit dem Pferdewechsel hatte und
zweimal die Nacht in leeren Scheunen verbringen mußte. Die
große Stadt aber mit ihrem Riesenbazar, den gepflasterten
Straßen, den vielen Amts- und Militärpalästen, den schönen
Gärten, den prächtigen Missionen, Hotels und Herbergen
wirkte wie eine Erlösung auf die seelisch und körperlich
Heruntergekommenen. Trotz der scharfen Untersuchung
durch die Saptiehs an der Stadtgrenze — Sato und Kework
waren nach einigen herzklopfenden Minuten als Dienerschaft
durchgeschlüpft — senkte das Straßenbild der gleichgültig
ziehenden Menschenströme den Schein der Freiheit in die Seele
der Unfreien. Der Empfang durch die Missionare und die
Gemeindevertretung unterschied sich jedoch gewaltig von der
Aufnahme in Marasch und Aïntab. Die Missionare waren hier
mit soviel Geschäften, Verpflichtungen, Lasten überhäuft, es
ging bei ihnen so bürokratisch zu, daß Aram ihre Hilfe nicht
in Anspruch nehmen wollte. Nur zwei bescheidene Zimmer
erbat er für sich und seine Familie. Die armenische Gemeinde
wiederum war steinreich und daher auch hartherziger und
ängstlicher als die kleinen Leute von Aïntab. Die Sorge um
ihr Schicksal war ja verschärft dadurch, daß sie mehr zu
verlieren hatte als jene. Und noch eines: Als der Pastor von
Zeitun sprach, merkte er sofort, daß der Name des verfemten
Ortes bei seinen großstädtischen Brüdern beklommene Gefühle erweckte. Sie wollten offenbar vor der Obrigkeit mit
jenen nichts zu tun haben, die als hartnäckige Aufrührer
angeprangert waren. Die Anwesenheit des Zeituner Pastors
in ihrer Kanzlei konnte ihnen Verlegenheiten bringen. Jetzt
galt es, um der eigenen Rettung willen, sich in fanatischer

Staatstreue selbst zu überbieten und keinen bedenklichen Umgang zu pflegen. Man trug dem Pastor eine Geldunterstützung an. Sonst könne man nichts für ihn tun. Er verzichtete dankend.

Die Zeit drängte, und Tomasian war gezwungen, selbst einen Wagen, eine Yayli, zu mieten, wie sie auf den Standplätzen in großer Zahl warteten. Zuerst lehnte der Fuhrwerksbesitzer die Zumutung ab, sich in die Unbequemlichkeit einer solchen Reise zu stürzen. Bis an die Küste hinter Antiochia. Er griff sich, über solche Narrheit entsetzt, an den Fez. Dann wurde nach vielen Beteuerungen mit „Inschallah" und „Allah bilir" der Fahrpreis dennoch ausgehandelt, worauf der Mann zwei Drittel des Geldes vorausverlangte und auch bekam, denn alle anderen Kutscher hätten sich ebenso benommen, der Pastor wußte es. Aram wählte die Straße nach Alexandrette, trotz des großen Bogens und Umwegs, den sie beschrieb. Er hoffte, in anderthalb starken Reisetagen bei der Abzweigungsstelle nach Antiochia und von dort in vierundzwanzig Stunden zu Hause zu sein. Knapp vor Sonnenuntergang des ersten Tages aber stieg der Kutscher vom Bock, besichtigte grämlich Pferdehufe, Räder, Achse und erklärte, er habe genug, die Pferde seien abgehetzt, der Wagen zu schwer belastet, er sei nicht verpflichtet, alle möglichen Armenier durch die Welt zu führen, und er werde jetzt sogleich umkehren, um noch zu einer guten Stunde in Turont einzutreffen, wo er Verwandte habe. Keine Bitte half, nicht einmal die Erhöhung des Fahrpreises um eine beträchtliche Summe. Er habe seinen Teil erhalten, er benötige nicht mehr, bekundete der Türke voll Großartigkeit. Er wolle aber ein übriges tun und die Fahrgäste das Straßenstück bis nach Turont völlig unentgeltlich zurückbringen, woselbst sie in dem prächtigen Chan seiner Verwandten in echten Betten trefflich nächtigen könnten. Pastor Tomasian hob den Stock und hätte den Unverschämten gezüchtigt, wäre ihm Howsannah nicht in den Arm gefallen. Darauf warf der Mann die Gepäckstücke aus der Yayli, zog die Zügel an und ließ die fünf Menschen mitten in einer leeren und öden Welt stehen. Sie wanderten dann noch eine Stunde lang auf der Straße weiter, in der Hoffnung, ein Dorf oder eine Fahrgelegenheit werde sich zeigen. Doch weit und breit kam nichts, kein Karren, keine Scheune, keine Hütte, kein Dorf. Wiederum mußte eine Nacht unter freiem Himmel zu Ende gelebt werden, und sie zog langsamer vorbei als die erste, denn niemand hatte mit ihr gerechnet. Die Biegung der Straße schimmerte im schwachen Mondlicht wie eine gefährliche Säbelklinge. Sie legten sich deshalb fernab von ihr auf eine nackte Erdstelle. Doch auch die Allmutter Erde erwies sich den Armeniern gehässig. Von unten drang Feuchtigkeit durch die Decken, und eine summende Glocke von Sumpfluft stülpte sich über sie, in welcher die Gelsen ihr giftiges Lied sangen. Kework und der Pastor wachten, letzterer ohne den Jagdstutzen aus der Hand zu legen, den er von den Vätern in Marasch zur Waffe erhalten hatte.

Die letzte Steigerung des Elends aber blieb den folgenden fünfzig Stunden vorbehalten, welche die Wanderer brauchten, um Yoghonoluk zu erreichen. Es war ein Wunder Gottes, daß mit Howsannah kein Unglück geschah und daß Iskuhi nicht zusammenbrach. Der Pastor beging den Fehler, anstatt weiter auf der großen Straße zu bleiben, allzufrüh auf einen Karrenweg in südlicher Richtung abzuschwenken. Dieser Weg verlor sich nach einigen Meilen im Nichts. Und nun begann das große Suchen und Irren. Auf diesem letzten Dornenpfad bewährte sich Keworks unerschöpfliche Körperkraft. Er trug die Frauen abwechselnd auf seinem Rücken, weite Strecken lang. (Das Gepäck hatte man bald liegengelassen.) Der Pastor stapfte voran, nur auf eines bedacht, die Richtung innezuhalten, die das Gewölk der Küstenberge angab. Immer wieder fand sich ein Karrenweg, dem man ein Stück weit folgen konnte und der auf morschen Holzbrettern über die Wasserläufe setzte. Hie und da half auch ein Kangni, ein Ochsenkarren, über eine längere Strecke hinweg. Bösen Erlebnissen durch Menschen jedoch waren sie nicht ausgesetzt. Die wenigen Moslems, die ihnen begegneten, Bauern, erwiesen ihnen Freundliches, reichten ihnen Trinkwasser und Käse. Wäre ihnen aber Böses zugestoßen, sie hätten sich nicht gewehrt. Fühllos gegen die Schmerzen ihrer zerschlagenen Glieder, ihrer blutenden Füße, schwankten sie in einer narkotischen Wolke dahin, in der Höhle ihrer Erschöpfung. Selbst der starke Aram taumelte des Weges, nicht mehr ganz bei sich, verloren in einer schaukelnden Bilderwelt. Manchmal lachte er laut vor sich hin. Eine merkwürdige Kraft der Schmerzüberwindung bewies Sato. Auf ihren wunden, blauschwarz gelaufenen Füßen trabte sie hinter Iskuhi, als sei sie von ihren Streifzügen her solches gewöhnt.

Als Gabriel Bagradian die Vertriebenen auf den Kirchenstufen erblickte, waren sie noch in jenem Zustand erschöpfter Entrückung. Doch da sie jung waren, da die Wucht des Gerettetseins sie plötzlich überfiel, da die alten Gesichter des Vaters, des Priesters, des Doktors vor ihnen schwebten, da zitternde Worte erklangen, da die Wärme der Heimat sie umgab, kamen sie schnell zu sich, und die übermenschliche Ermattung wich ohne Übergang einer erregten Lebhaftigkeit.

Pastor Aram Tomasian beteuerte immer wieder: „Denkt nicht an die alten Massaker! Das ist viel schlimmer, viel trauriger, viel unerbittlicher als alle Massaker, und vor allem viel langsamer. Es bleibt bei Tag und Nacht..."
Er preßte die Hände gegen die Schläfen:
„Ich kann damit nicht fertig werden ... Immer habe ich die Kinder vor den Augen ... Wenn sie Woodley nur retten könnte!"
Doktor Altouni bemühte sich schweigsam um Iskuhi. Die Männer aber redeten auf Aram ein. Nur allzuverständliche Fragen kreuzten einander:
„Wird es bei Zeitun bleiben?" — „Ist nicht die Gemeinde von Aïntab zur Stunde auch schon unterwegs?" — „Was hört man in Aleppo?" — „Gibt es keine Nachrichten aus den anderen Vilajets?" — „Und wir?"
Der Arzt, der den Verband heruntergewickelt hatte und Iskuhis braunrot verfärbten Arm nun mit warmem Wasser wusch, lachte schartig auf:
„Wohin will man uns noch deportieren? Am Musa Dagh ist man schon deportiert."
Vom Platz her schlug der Lärm der Menge in den Raum. Ter Haigasun schnitt das Hin und Her ab. Er wandte sich mit seinen scheuen und zugleich so willensstarken Augen an Bagradian:
„Haben Sie die Güte, Gabriel Bagradian, und sprechen Sie zu den Leuten dort draußen ein paar beruhigende Worte, damit sie endlich nach Hause gehn."
Warum suchte sich Ter Haigasun für seine Bitte gerade Gabriel aus, den Pariser, der zu diesen Dörflern keinen Zugang hatte? Es wäre die Sache des Muchtars Kebussjan gewesen, zu seinen Leuten zu reden. Oder verfolgte der Priester mit dieser Bitte eine verschwiegene Absicht? Gabriel Bagradian

119

erschrak und wurde verlegen. Dennoch gehorchte er Ter Haigasun, nahm aber Stephan an der Hand mit. Das Armenische war wohl seine Muttersprache, doch im ersten Augenblick, da er jetzt zu der Ansammlung sprechen sollte — sie war mittlerweile zu einem Halbtausend angewachsen —, kam es ihm wie ein Übergriff, wie eine unerlaubte Einmischung vor. Fast wäre ihm das Türkische, die Militärsprache, näher gelegen. Aber es waren nur die ersten Laute, die ihn beklommen machten, dann strömten die Silben immer klarer, die alte Sprache begann in ihm zu keimen und zu sprießen. Er bat die Einwohner von Yoghonoluk und wer sich von den andern Ortschaften sonstwie eingefunden hatte, ruhig auseinander und nach Hause zu gehn. Es seien bloß in Zeitun und nirgendwo anders Unregelmäßigkeiten vorgefallen, deren wahren Grund man erst werde untersuchen müssen. Jeder Armenier wisse, daß Zeitun seit jeher immer einen Ausnahmefall bilde. Für die Leute vom Musa Dagh, die einem ganz andern Gebiet angehören und mit Politik nie etwas zu tun hatten, bestehe nicht die geringste Gefahr. Doch sei gerade in solchen Zeiten Ordnung und Ruhe heiliger denn je. Er, Bagradian, werde dafür sorgen, daß alle wichtigen Ereignisse von nun an in den Dörfern regelmäßig bekanntgemacht würden. Nötigenfalls sollten alle Gemeinden zu einer Volksversammlung zusammentreten, um die Zukunft zu beraten.

Gabriel spürte zu seinem eigenen Erstaunen, daß er sicher sprach, die angemessenen Worte fand, und daß von ihnen eine befriedende Kraft auf die Hörer überging. Jemand rief sogar: „Es lebe die Familie Bagradian!" Nur eine Frauenstimme jammerte: „Asdwaz im, mein Gott, was wird mit uns geschehn?"

Wenn die Leute den Platz auch nicht verließen, so zerschlugen sie sich doch in kleinere Gruppen und belagerten die Kirche nicht mehr. Von den Saptiehs lungerte nur noch Ali Nassif umher, seine beiden Kameraden hatten sich schon davongemacht. Gabriel trat auf den Pockennarbigen zu, der sich seit einiger Zeit nicht auszukennen schien, ob er in dem Effendi einen großen Herrn zu sehen habe oder ein Chansir kiafir, ein ungläubiges Schwein, das kraft der neuen Wendung der Dinge von Amts wegen einer Antwort überhaupt nicht würdig war. Gerade wegen dieser seiner Unsicherheit ließ Bagradian den Saptieh sehr hoheitsvoll an:

„Du weißt, wer ich bin. Ich bin dein Höherer und Vorgesetzter, ich bin Offizier der Armee."

Ali Nassif entschloß sich zum Strammstehn. Gabriel griff bedeutungsvoll in die Tasche:

„Ein Offizier gibt kein Bakschisch. Doch du erhältst von mir diese zwei Medjidjeh als Anzahlung für einen außerdienstlichen Auftrag, den ich dir hiermit erteile."

Die aufgereckte Haltung Ali Nassifs wurde immer vorbehaltloser. Bagradian winkte ihm knapp, er möge in gewöhnliche Stellung übergehn:

„Ich sehe in letzter Zeit neue Gesichter unter euch Saptiehs. Hat dein Posten Zuwachs bekommen?"

„Wir waren zuwenig, Effendi, für den schweren Dienst und die weiten Wege. Deshalb hat man den Posten verstärkt."

„Ist das der wirkliche Grund? Nun, darauf brauchst du mir keine Antwort zu geben. Aber wie bekommst du deine Befehle, die Löhnung und alles andere?"

„Einer von den Jungen reitet jede Woche nach Antakje, und der nimmt die Befehle von dort mit."

„Hör also deinen außerdienstlichen Auftrag, Ali Nassif! Solltest du irgendeinen Befehl erhalten oder auch nur etwas von deinem Kommando erfahren, was für diesen Bezirk hier wichtig ist, du verstehst mich, so kommst du sogleich zu mir in mein Haus! Dort erhältst du dann den dreifachen Betrag der Anzahlung."

Hoheitsvoll, wie er ihn angesprochen, ließ Bagradian den Saptieh stehn und kehrte in die Sakristei zurück.

Altouni hatte die Untersuchung beendet. Er höhnte:

„Da haben sie in Marasch ein großes Hospital, Instrumente, Operationssaal, ärztliche Bibliotheken, und dieser Esel von einem Kollegen hat den Arm nicht einmal eingerichtet. Was kann man dann von mir verlangen, der ich außer einer rostigen Zange zum Zähnereißen keinen Behelf besitze? Wir werden den Arm zwischen zwei Holzschienen legen müssen. Schrecklich sieht er aus. Ein angenehmes Zimmer, lange Bettruhe und Pflege wird nötig sein. Selbstverständlich auch für deine Frau, Aram!"

Der alte Meister Tomasian war verzweifelt:

„Und ich habe so wenig Platz, seitdem ich mein Haus verkauft habe. Wie werden wir uns nur einrichten...?"

Gabriel Bagradian erbot sich sofort, Fräulein Tomasian ein

Zimmer in seinem Haus einzuräumen, eins mit dem schönen Blick aufs Gebirge. Für Pflege werde genau nach Vorschrift Doktor Altounis gesorgt werden. Der Arzt war damit herzlich zufrieden:

„Koh jem, ausgezeichnet, mein Freund! Und dieses Unglücksgeschöpf da, Sato, wie, die nimmst du mir auch noch zu dir, damit ich meine hochverehrten Patienten alle beisammen habe. Meine alten Beine werden dir dankbar sein."

So geschah es. Aram und Howsannah gingen mit Vater Tomasian und nahmen auch Kework, den Tänzer, mit, den der Alte in Haus und Werkstatt verwenden wollte. Stephan aber wurde von Gabriel vorausgeschickt, damit er Juliette von den Neuigkeiten in Kenntnis setze. Atemlos kam der Junge zu Hause an:

„Mama, Mama! Es ist etwas geschehen. Wir bekommen Hausgäste. Fräulein Iskuhi, die Schwester des Pastors aus Zeitun. Und noch ein kleines Mädchen mit blutigen Füßen."

Juliette war von dieser überraschenden Mitteilung merkwürdig berührt. Gabriel hatte niemals Leute ins Haus gebracht, ohne sie zu fragen. In seinem Verhältnis zu ihr lag eine gewisse Unsicherheit, was Menschen anbetraf, zumal Menschen seiner eigenen Rasse. Als er aber bereits nach zehn Minuten mit Iskuhi, dem Ehepaar Altouni und Sato erschien, war Juliette die Güte selbst. So wie viele hübsche Frauen, konnte sie durch weibliche Anmut und insbesondere von einem jüngeren Wesen leicht bestochen werden. Der Anblick der armen Iskuhi rührte sie und weckte in ihr die Hilfsbereitschaft einer älteren Schwester. Während sie die nötigen Aufträge erteilte, sprach ihr Wohlgefallen: Wirklich apart! So feine Gesichter gibt es selten unter ihnen. In ihren zerfetzten Kleidern noch schaut sie vornehm aus. Und für eine Armenierin scheint sie ein recht gutes Französisch zu sprechen. Das Zimmer war schnell instand gesetzt. Juliette brachte eigenhändig dies und jenes für Iskuhi, sogar ein schönes spitzengesäumtes Nachtgewand aus ihrem Besitz. Nicht einmal mit der Preisgabe etlicher Toilettewässer und Parfums zögerte sie, obwohl diese Schätze unersetzbar waren.

Altouni besah noch einmal, mit bitteren Ausfällen gegen die Mediziner der großen Stadt Marasch, Iskuhis Arm. „Hast du Schmerzen, Liebchen?" Nein, Schmerzen habe sie gar keine mehr, nur so ein Gefühl, ein dumpfes Gefühl — sie suchte nach einem Wort —, ein Gefühl der Gefühllosigkeit. Der alte Arzt war der Überzeugung, daß auch seine Wissenschaft dem Arm des Mädchens nicht viel helfen werde. Dennoch legte er, weil er es nicht anders verstand, einen großen Verband an, der die Schulter bis zum Hals verhüllte. Es zeigte sich dabei, wie fest und sicher noch seine braunverrunzelten Greisenfinger arbeiteten.

Nicht lange darauf lag Iskuhi im weichen Bett, sauber gepflegt und friedlich. Juliette, die ihr bei allem geholfen hatte, wollte sich verabschieden:

„Wenn Sie etwas brauchen, mein Kind, so schütteln Sie nur energisch diese große Glocke. Das Essen wird zum Bett gebracht werden. Doch ich sehe noch vorher nach Ihnen."

Iskuhi wandte der Gönnerin die Augen ihres Volkes zu, in denen noch immer die schreckhafte Ferne lag und nicht die wohlige Heimkehr:

„O danke, Madame ... Ich werde nichts brauchen ... Danke, Madame ..."

Und dann geschah, was weder in der furchtbaren Woche von Zeitun geschehen war, noch in den Tagen des Transportes und der Reise. Aus ihren Augen strömten die Tränen. Es war ein krampfhafter Erguß, es war ein Weinen ohne Schluchzen, ein Weinen gleichsam ohne Berg und Tal, eine Auflösung der Starrheit, etwas Weites und Trostloses wie das Steppenland dort im Osten, woher sie kam. Während Iskuhi regungslos weinte, stieß sie immer wieder die gleichen Worte hervor:

„Verzeihen Sie, Madame ... Ich habe das nicht gewollt ..."

Juliette hätte sich am liebsten zu Iskuhi hingekniet, sie geküßt und einen Engel genannt. Irgend etwas aber machte jede gewöhnliche Zärtlichkeit unmöglich. Die Entrückung, die das Mädchen noch immer umhüllte, das Erlebte, in dem sie noch immer verpuppt war. Juliette konnte ihrem warmen Impuls nicht gehorchen. So begnügte sie sich damit, ihre Hand leicht über Iskuhis Haar zu führen und schweigend am Kopfende des Bettes zu warten, bis der stumm Weinenden die Augen zufielen und sie in der gütigen Leere versank.

Mairik Antaram hatte indessen Satos Fußwunden behandelt und verbunden. Dann wurde die Kleine in einer der Dienerkammern zu Bett gebracht. Kaum aber war sie in tiefen Schlaf verfallen, als sie markerschütternde Schreie auszustoßen begann. Während sie in all diesen Tagen niemals ein

Zeichen der Angst von sich gegeben hatte, schienen in der Traum-Wiederholung des Lebens hundert Peitschen auf sie niederzusausen. Es half nichts, daß man sie immer wieder beutelte. Sie schlief unerweckbar, und nach einer Weile begann das Ächzen und gellende Kreischen wieder von neuem. Manchmal klang dieses lange Heulen, als klammere es sich an einen hilfreichen Namen an: Kütschük Hanum!

Während die grausigen Laute aus der entfernten Kammer drangen, traf Juliette ihren Sohn, der gerade die große Haustreppe heraufkam. Stephan glühte. Das Neue, das Unbekannte, das Drohende erfüllte ihn mit reizvollen Wallungen. Er hatte im November seinen dreizehnten Geburtstag gefeiert, kam demnach in das Alter, in dem Sensationen alle Knabenseelen begeistern. Auch große Gewitter und Wolkenbrüche beobachtete er vom Fenster mit dem sträflich funkelnden Wunsch, irgend etwas Außerordentliches möge geschehen. Jetzt horchte er, wohlig entsetzt:

„Hörst du, Mama, wie Sato schreit?"

Iskuhis Augen, mein Kind hat Iskuhis Augen, durchfuhr es Juliette, und die abgründige Verstrickung des Lebens wurde ihr einen Blitzschlag lang bewußt. Das erstemal packte sie eine große Angst um Stephan. Sie zog ihn in ihr Zimmer, preßte ihn an sich, während die fernen Schreie Satos noch immer das stille Treppenhaus durchhallten.

Am späteren Abend hatte Gabriel Bagradian den Priester Ter Haigasun, den Arzt Bedros Altouni und den Apotheker Krikor zu sich gebeten. Die Herren saßen allein in dem schwach beleuchteten Selamlik bei Tschibuk und Zigaretten. Gabriel wollte aus diesen drei hochgebildeten und sehr würdigen Notabeln herausbringen, wie sie die Dinge wirklich sahen, wie sie im Falle eines Ausweisungsbefehls zu handeln gedächten und welche Mittel der Siedlung am Musa Dagh zur Verfügung standen, um das tödliche Unheil abzuwenden. — Er brachte gar nichts heraus. Ter Haigasun schwieg beharrlich. Der Arzt erklärte, er sei schon achtundsechzig, und die zwei, drei kurzen Jahre, die er noch zu leben habe, würden vorübergehen, so oder so. Käme aber das Ende auf irgendeine Weise früher, um so besser! Lächerlich, wer sich wegen ein paar lumpiger Monate Sorgen mache. Das ganze Leben sei nicht die Kosten einer einzigen Sorge wert. Die Hauptsache sei, den Menschen soviel

und solange wie möglich Ängste zu ersparen. Darin sehe er seine Hauptpflicht, die er unter allen Umständen erfüllen wolle, alles andere gehe ihn nichts an. Apotheker Krikor rauchte in tiefer Ruhe sein Nargileh, das er mit Vorsicht vom Hause hierhergetragen hatte. Er wählte tiefsinnig unter den glühenden Kohlenstückchen das ihm sympathischste aus und drückte es langsam mit nackten Fingern auf den Tabakballen der Wasserpfeife. Vielleicht wollte er den andern sinnbildlich vorführen, daß er die Glut mit bloßen Händen greifen könne, ohne versengt zu werden. Sein schiefäugiger Mandarinenkopf mit dem Bocksbärtchen schien, von der feierlichen Aufmerksamkeit des Nargileh-Schmauchens tief erfüllt, alle Erregung zu mißbilligen, die des Geistes gelassenen Gleichmut verwirrte. Der Geist allein gibt der Wirklichkeit ein Recht, nicht umgekehrt. Warum etwas tun wollen? Alles Wirken ist in sich selbst schon verwirkt, das Denken aber denkt ewig. Krikor wußte nicht, was kommen werde. Er war jedoch willens, unter jeder Bedingung des Lebens, alles Zufällige, Gleichgültige, Unwesentliche, und sei es auch die härteste Veränderung, an sich abgleiten zu lassen. Zur Bekräftigung dieses wahrhaft philosophischen Ideals, dem er noch in und durch seine letzte Stunde zu dienen hoffte, wies er auf ein türkisches Sprichwort hin, das ebensogut in den Mund des alten Agha Rifaat Bereket gepaßt hätte:
„Kismetdén zyadé olmaß! Nichts geschieht, was nicht prädestiniert ist." In diesen Worten tat sich die Gelegenheit auf, die quälende Tagesfrage zu verlassen und das Gespräch auf jene erhabenen Dinge hinzulenken, die, der zeitlich gehässigen Teilnahme längst entzogen, so kühl sind wie die Buchseiten, in denen sie ein göttliches Leben führen. Und die hohle Stimme des Apothekers verbreitete sich über die unterschiedlichen Prädestinationslehren, über das Verhältnis des Christentums zum Islam, über Gregor den Erleuchter, über das Konzil von Chalcedon und über den Vorrang der monophysitischen Lehre gegenüber der römisch-katholischen Anschauung. Schon die Worte allein berauschten. Der Priester sollte nur staunen, wie weit es ein Apotheker in der Theologie gebracht hatte. Er bekam auch die Namen, Daten und seltsamen Lehrmeinungen einiger Kirchenväter zu hören, von denen er in seiner Studienzeit nichts vernommen hatte, einzig darum, weil sie dem schöpferischen Ingenium Krikors ihr Dasein verdankten.

Zum Verzweifeln! Gabriel stampfte unhöflich mit dem Fuß auf. Jetzt haßte der Europäer in ihm all diese Schläfer und Schwätzer, die wehrlos im Tode versanken, wie sie im Schmutz umkamen. Er unterbrach Krikor mit einer verächtlichen Handbewegung:

„Ich möchte den Herren dringend eine Idee vorlegen, die mir heute eingefallen ist, während ich mit dem Saptieh Ali Nassif sprach. Ich bin schließlich noch immer türkischer Offizier, Frontkämpfer, besitze die Auszeichnungen aus dem letzten Balkankrieg. Was würden Sie davon halten, wenn ich mir meine Uniform anziehe und nach Aleppo reise? Dem General Dschemal Pascha habe ich vor Jahren einmal eine Gefälligkeit erwiesen..."

Der alte Arzt fiel ihm beinah schadenfroh ins Wort:

„Dschemal Pascha hat sein Hauptquartier längst schon nach Jerusalem verlegt."

Bagradian ließ sich nicht abbringen:

„Macht nichts! Wichtiger als Dschemal Pascha ist Djelal Bey, der Wali. Ich kenne ihn nicht, wir aber wissen alle von ihm, wer er ist und daß er uns nach Kräften helfen will. Wenn ich nun bei ihm erscheine, daran erinnere, daß der Musa Dagh abseits der Welt liegt und wir schon deshalb nichts mit irgendeiner Politik zu tun haben können, vielleicht..."

Gabriel sprach nicht weiter und horchte in das ungerührte Schweigen. Nur das Wasser in Krikors Nargileh gluckste dann und wann. Es dauerte recht lange, ehe Ter Haigasun seinen Tschibuk zur Seite legte:

„Der Wali Djelal Bey" — er sah prüfend vor sich hin — „ist gewiß ein großer Freund der Nation. Er hat uns einige Wohltaten erwiesen. Unter seiner Regierung war auch das Ärgste nicht zu befürchten. Leider aber ist ihm seine Freundschaft sehr wenig gut bekommen..."

Ter Haigasun zog aus seinem weiten Ärmel eine zusammengefaltete Zeitung:

„Heute ist Freitag. Der ‚Tanin' vom Dienstag. Die Nachricht ist kleingedruckt und steht an einer unauffälligen Stelle." Er hielt die Zeitung weit vor die Augen: „Wie aus dem Ministerium des Innern mitgeteilt wird, ist S. E. der Wali von Aleppo, Djelal Bey, in den dauernden Ruhestand versetzt worden. — Das ist alles."

Fünftes Kapitel

Zwischenspiel der Götter

Die homerischen Helden kämpfen um das skäische Tor, und jeglicher von ihnen wähnt, daß Sieg oder Niederlage seinen Waffen anheimgegeben sei. Der Kampf der Helden aber ist nur eine Spiegelung des Kampfes, den über ihren Häuptern die rufenden Götter führen, um das menschliche Los zu entscheiden. Doch selbst die Götter wissen nicht, daß auch ihr Streit nur den Kampf spiegelt, der längst ausgetragen ist in der Brust des Höchsten, aus dem die Ruhe und Unruhe quillt.

Gerade in dem Augenblick, da Doktor Johannes Lepsius, den Kutscher seiner Droschke antreibend, die große Brücke erreicht, die von der Gartenstadt Pera hinüber nach Stambul führt, setzt sich das automatische Glockenzeichen in Bewegung, der Schlagbaum sinkt herab, die Brücke beginnt zu zittern wie ein lebendiges Wesen, bricht aufstöhnend mitten entzwei, und ihre beiden eisengerüsteten Teile hüben und drüben schweben langsam empor, um ein Kriegsschiff in den innersten Hafen des Goldenen Horns einzulassen. „Das ist aber wirklich furchtbar", sagt Lepsius deutsch und laut, während er mit geschlossenen Augen in den zerschlissenen Polstersitz der Araba zurücksinkt, als wolle er den Kampf aufgeben. Doch schon in der nächsten Sekunde springt er aus der Droschke, drückt dem Kutscher einige vorher nicht abgezählte Piasterstücke in die Hand und läuft, einmal über eine Fruchtschale ausgleitend und fast hinstürzend, über die Treppe zum Quai hinab, wo ein paar Kajiks, kleine Überfuhrboote, auf Fahrgäste warten. Viel Auswahl bietet sich ihm nicht, denn nur zwei alte phlegmatische Barkenführer träumen in ihren Kähnen und scheinen sich um einen Verdienst durchaus nicht zu reißen. Johannes Lepsius springt in eines der Kajiks und deutet mit einer schier verzweifelten Geste hinüber auf die Stambul-Seite. Er hat noch sechs Minuten Zeit, um zur angegebenen Stunde im Seraskeriat, im Kriegsministerium, zu sein. Selbst wenn sich der Bootsmann tüchtig ins Zeug legt, braucht er allein schon zehn Minuten, um den Meeresarm zu überqueren. Am Quai drüben — so rechnet der Ungeduldige —

werden gewiß einige Droschken ihren Standplatz haben. Er kann also von dort in weitern fünf Minuten beim Ministerium sein. Wenn alles gut geht, fünfzehn Minuten weniger sechs: Neun Minuten Verspätung! Sehr unangenehm, aber immerhin noch glimpflich. — Natürlich geht alles schlecht. Der Schiffer, nach Venezianerart das Fahrzeug vorwärtsstoßend, ist durch keinen Zuruf und keine Beschwörung aus seiner bedächtigen Ruhe zu bringen. Die Barke tänzelt und stößt nicht vorwärts. „Die Strömung, Effendi, das Meer kommt herein", so deutet der verwitterte Türke das Verhängnis, gegen welches er machtlos ist. Zum Überfluß kreuzt ein Fischkutter an ihrer Nase vorbei, was wieder einen Zeitverlust von zwei Minuten bedeutet. Dumpfohnmächtig, wie nur ein Mensch es sein kann, der auf dem Wasser dahinschaukelt, versinkt der Deutsche in sich. Um dieser einen Stunde willen hat er die Strapaze der Reise auf sich genommen, ist er von Potsdam nach Konstantinopel gekommen, hat er Tag für Tag hier unermüdlich den deutschen Botschafter belagert, und nicht nur diesen, sondern die Vertreter aller neutralen Mächte. Um dieser einen Stunde willen hat er jeden Deutschen oder Amerikaner, der aus dem Innern kam, in allen möglichen Quartieren aufgesucht und um Details angebettelt. Um dieser einen Stunde willen ist er tagelang im Büro der amerikanischen Bible-House-Gesellschaft gesessen, hat die verschiedensten Ordensleute belästigt, hat auf wohlbedachten Umwegen, um den Spitzeln zu entgehen, sich mit armenischen Freunden in verborgenen Zimmern getroffen, dies alles nur, um für die große Begegnung wohlgerüstet zu sein. Und jetzt spielt ihm das Schicksal den Streich, daß er die Zeit nicht einhalten kann. Man könnte fast an dämonische Gegenwinde glauben. Wie hat sich der liebenswürdige Korvettenkapitän von der deutschen Militärmission geplagt, um diese Unterredung zu vermitteln. Dreimal wurde sie zugestanden und dreimal wieder abgesagt. Enver Pascha ist der Kriegsgott des ottomanischen Reiches. Mit einem so unbedeutenden Feinde, wie es Doktor Johannes Lepsius ist, macht er nicht viel Geschichten.

So, die zehn Minuten sind um. Enver gibt den Befehl, diesen deutschen Querulanten keinesfalls mehr vorzulassen, und die Sache ist verspielt. Mag sie verspielt sein! Mein eigenes Volk kämpft um sein Leben. Der schwarze Reiter mit der Waage ist auch über ihm. Was gehn mich denn die Armenier an?

Johannes Lepsius quittiert diese lügenhafte Beruhigung durch ein leeres, kurzes Aufschluchzen. Nein, diese Armenier gehen ihn sehr viel an, mehr sogar, wenn er sein Herz mit Grausamkeit prüfen wollte, mehr als sein eigenes Volk gehen sie ihn an, mag so etwas auch sündhaft und verrückt sein. Seit den Tagen Abdul Hamids, seit den Metzeleien von 96, seit seiner ersten Reise ins Innere, seit dem Beginn seines Missionswerkes, fühlt er sich gesandt zu diesen Unglückseligen. Sie sind seine irdische Aufgabe. Und sofort sieht er einige ihrer Gesichter. Und alle schauen aus den riesigen Armenieraugen ihn an. Solche Augen haben nur Wesen, die den Kelch bis zur Neige leeren müssen. Jesus am Kreuz hat wohl ähnliche Augen gehabt. Und vielleicht liebt Lepsius darum dieses Volk so sehr. In die Augen des Patriarchen, des armenischen Erzpriesters der Türkei, hat er noch vor einer Stunde geblickt, das heißt, er hat seinen Blick immer wieder von den hoffnungslos brennenden Augen dieses Monsignore Sawen abwenden müssen. Übrigens ist der Besuch beim Patriarchen an der Verspätung schuld. Es war jedenfalls ein Wahnsinn, daß er noch einmal nach Hause nach Pera ins Hotel Tokatlyan gefahren ist, um sich umzukleiden. Gut, er mußte beim Patriarchen im langen schwarzen Rock erscheinen, wie es sich für einen protestantischen Geistlichen geziemt. Bei Enver wollte er aber gerade diese Eigenschaft nicht hervorkehren, ja er suchte für diese schicksalschwere Begegnung jede feierliche Anspielung zu vermeiden. Er kannte die Leute von Ittihad, seine Gegenspieler. Ein grauer Straßenanzug, ein nachlässiger Sprechton, sicheres Auftreten, Andeutung von Mächten, die hinter ihm stehn, das war die richtige Art, mit Hasardeuren umzugehen. Und nun war der graue Straßenanzug an allem schuld.

Er hätte bei dem Patriarchen sich nicht so lange verweilen, sondern nach einigen Minuten verabschieden sollen. Leider aber ist die pedantische Zielstrebigkeit nie seine Stärke gewesen. Selbst sein armenisches Hilfswerk nach den Metzeleien unter Abdul Hamid hat er weniger durch vernünftige Politik als durch leidenschaftliches Türeneinrennen geschaffen. Nicht umsonst frönte er hie und da noch immer dem Jugendlaster des Dichtens: ,,Totentanz‘‘, ,,Der ewige Jude‘‘, ,,John Bull‘‘ und so ähnlich. Improvisation, Abhängigkeit vom Augenblick, das ist sein Fall, er weiß es. Und so hat er sich heute nicht losreißen können von dem rührenden Priester. ,,Sie werden in einer Stunde vor Enver stehn" — der leisen Stimme des Monsignore Sawen merkte man die Kette der schlaflosen Nächte an, sie starb gleichsam mit ihrem Volk dahin. „Sie werden vor diesem Menschen stehen. Gott segne Sie. Aber auch Sie werden nichts erreichen."

„So mutlos bin ich nicht, Monsignore", hatte Lepsius zu trösten versucht. Eine entsagungsschmerzliche Handbewegung aber schnitt ihm das Wort ab. „Wir haben heute in Erfahrung gebracht, daß nach Zeitun, Aïntab, Marasch usw. nun auch die Deportation über die ostanatolischen Vilajets verhängt ist. Außer dem Westen von Kleinasien bleibt also bisher nur Aleppo und der Küstenstrich von Alexandrette verschont. Sie wissen besser als jeder andere, daß die Deportation ein verschärfter und in die Länge gezogener Foltertod ist. Von den Bewohnern Zeituns soll niemand mehr am Leben sein." Die Augen des Patriarchen hatten Johannes Lepsius jeden Einspruch verboten: „Lassen Sie das Unmögliche bleiben und konzentrieren Sie sich auf das Mögliche! Vielleicht gelingt es Ihnen, ich glaube es nicht, einen Aufschub für Aleppo und den Küstenstrich zu erwirken. Jeder Tag ist ein Gewinn. Pochen Sie auf die deutsche Öffentlichkeit und die Zeitungen, die von Ihnen unterrichtet werden. Vermeiden Sie vor allem eins: Moralisieren Sie nicht! Das lockt diesem Menschen nur Hohn hervor! Bleiben Sie bei den politischen Tatsachen! Drohen Sie mit der Wirtschaft, das verfängt am ehesten. — Und jetzt empfangen Sie meinen Segen, lieber Sohn, für Ihr edles Werk! Christus sei mit Ihnen!" Lepsius hatte den Kopf gebeugt, der Patriarch aber schrieb ein großes Kreuz über seine ganze Brust.

Nun aber sitzt er da, in der schwerfälligen Barke auf den Wellen des Goldenen Horns treibend, der Schiffer stößt seine Ruder ungerührt bedachtsam ins Wasser, und als sie endlich anlegen, sind mehr als zwanzig Minuten vergangen. Mit dem ersten Blick sieht Johannes Lepsius, daß auf dem Standplatz nicht eine Araba wartet. Er lacht verzerrt vor sich hin, denn hinter dieser ausgesuchten Reihe raffinierter Hindernisse verbirgt sich mehr als Zufall. Gegnerische Mächte werfen ihm Prügel zwischen die Beine, weil er sich in die armenische Sache mengt, die wohl ihren ungehemmten Lauf nehmen soll. Er schaut sich auch nach keiner Droschke mehr um, sondern beginnt, so groß, alt und auffallend er auch ist, zu laufen.

Damit kommt er nicht weit. Die Plätze und Gassen des alten Stambuls sind von einer gewaltigen, festfeiernden Menge erfüllt. Unter den beflaggten Häusern, an buntgeschmückten Läden und Cafés vorbei, schieben und stoßen sich Tausende mit Fez oder Tarbusch, schreiende fanatisierte Gesichter. Was ist geschehen? Hat man an den Dardanellen die Alliierten vertrieben? Lepsius denkt an das ferne Geschützfeuer, das er in der Nacht so oft hört. Die schweren Geschütze der englischen Flotte begehren pochenden Einlaß nach Konstantinopel. Und er erinnert sich, daß heute irgendein Gedenktag der jungtürkischen Revolution gefeiert wird. Vielleicht ist es das Erinnerungsfest des Tages, an dem das Komitee seine politischen Feinde durch Mord aus dem Weg räumte, um endgültig die Macht zu ergreifen? Gleichviel, welcher Gedenktag auch gefeiert werden mag, die Menge tobt und brüllt. Vor einem Geschäftshaus eine dicke Stauung! Junge Leute steigen auf bereitwillige Schultern, erklettern das Gesimse, und in der nächsten Minute poltert eine große Firmentafel zur Erde. Lepsius, der in den Menschenknäuel geraten ist, fragt einen Nachbarn, der keinen Fez trägt, nach dem Sinn dieser Geschehnisse. Es werden keine fremden Aufschriften mehr geduldet, hört er, die Türkei den Türken, alle Wegweiser, Straßen- und Geschäftstafeln dürfen nur mehr einsprachig türkisch sein! Und der Nachbar (wahrscheinlich ein Grieche oder Levantiner) lacht boshaft: „Da haben sie aber diesmal unsere Verbündeten demoliert. Es ist ein deutsches Geschäft."

In langer Reihe drängen sich die aufgehaltenen Straßenbahnzüge hintereinander. Es ist eigentlich gleichgültig, denkt Lepsius, wann ich hinkomme, die Sache ist verloren. Dennoch aber nimmt er einen Anlauf und zerteilt mit rücksichtslosen Stößen die Menge. Noch eine Seitengasse, dann öffnet sich der Platz vor ihm. Das große Palais des Seraskeriats. Hoch ragt der Turm Mahmuts des Zweiten. Jetzt läßt sich der Pastor Zeit. Er beginnt langsam zu gehn, um die Löwenhöhle nicht atemlos zu betreten. Als er, durch endlose Treppen und Gänge zermürbt, seine Karte im Büro des Kriegsministeriums abgibt, erhält er von einem eleganten, überaus freundlichen Ordonnanzoffizier den Bescheid, Exzellenz Enver Pascha bedaure lebhaft, daß es ihm unmöglich war, länger zu warten, er bitte aber den Herrn, ihn im Ministerium des Innern im Serail mit seinem Besuch zu beehren.

Johannes Lepsius hat jetzt einen noch weit längeren Weg zurückzulegen als vorher. Aber diesmal ist die Verhexung völlig gebrochen, die Dämonen haben sich eines anderen besonnen, sie drängen ihm gewissermaßen die Bequemlichkeit auf. Vor dem Tor wartet ein eben frei gewordener Wagen, der Kutscher ist auf gute Fahrt bedacht, er vermeidet die volkreichen Stätten, und in zauberhaft kurzer Zeit erreicht der Kämpfer, völlig ausgeruht und von einer ihm selbst unbegreiflichen Zuversicht durchströmt, die stille Welt des Serails, um alsbald mit Donnerhufen auf dem alten Katzenkopfpflaster dem Ministerium entgegenzurollen. Hier ist er erwartet. Ehe er noch die Karte zückt, empfängt ihn ein Beamter mit der Frage: „Dr. Lepsius?" Welch günstige Vorbedeutung! Wieder Treppen und ein langer Gang. Diesmal aber glaubt er, von guten Ahnungen getragen, leichtfüßig dahinzuschweben. Das stille Ministerium des Innern, Talaat Beys Festung, macht einen angenehm verträumten Eindruck auf ihn. Märchenhaft beinahe wirken die Amtszimmer, die keine Türen haben, sondern nur von sich blähenden Vorhängen abgeschlossen sind. Auch dies beruhigt ihn, er weiß nicht warum, als gute Vordeutung. Er wird am Ende des Ganges in ein besonderes Appartement geführt. Es ist das Hauptquartier Enver Paschas im Ministerium des Innern. In diesen beiden Räumen hier sind gewiß die Würfel über das armenische Schicksal geworfen worden. Ein größeres Zimmer, dem Anschein nach ein Warte- und Sitzungssaal, und daneben ein Kabinett mit einem großen leeren Schreibtisch. Der Vorhang zu diesem Kabinett ist zurückgeschlagen. Lepsius bemerkt an der Wand über dem Schreibtisch drei Bilder. Rechts Napoleon, links Friedrich der Große und dazwischen die vergrößerte Photographie eines türkischen Generals, ohne Zweifel Enver Pascha, der neue Kriegsgott.

Der Wartende setzt sich ans Fenster. Sein Auge saugt, über den Kneifer hinweg, Ruhe aus dem schönen Bild des Verfalls, aus Kuppelsturz und Marmorbruch, von Pinien beschirmt. Dahinter der Bosporus mit spielzeughaft dahinschiebenden Dampferchen. Der kurzsichtige, blau in die Ferne gerichtete Blick des Pastors, der kindliche Mund, der sich aus dem sanften, grauen Bärtchen hervorwölbt, die strengen Wangen, die noch von Eile und Not gerötet sind, all dies bildet einen Ausdruck von Leiden und von Schwärmerei, die gegen sich selbst unerbittlich ist. Ein Diener bringt eine Kupferkanne mit Kaffee. Lepsius genießt gierig drei, vier Schalen hintereinander. Durch diesen Kaffee wird ihm ein Vorsprung gegeben, seine Nerven spannen sich, die Adern treiben frischer das Blut zum Kopf. Als Enver Pascha eintritt, hat Lepsius gerade die letzte Tasse geleert.

Johannes Lepsius hat sich schon in Berlin Enver Pascha genau beschreiben lassen, dennoch ist er sehr überrascht, daß der türkische Mars, einer von den sieben oder neun Herren über Leben und Tod der Welt, so klein gewachsen und unansehnlich ist. Er begreift sofort Napoleons und Friedrichs Bilder. Heroen von 1,60 Körpermaß, geniale Gernegrößen, die ihren Erfolg gegen körperliches Zukurzgeratensein durchgesetzt haben. Lepsius möchte wetten, daß Enver Pascha hohe Absätze trägt. Die Persianerkappe, die er nicht ablegt, geht jedenfalls über die Höhe der Adjustierungsvorschrift hinaus. Die gold-verschnürte Marschalls- (oder Phantasie-) Uniform ist wundervoll in die Taille geschnitten, hebt durch ihren straffen, knappen Sitz die Gestalt und verleiht ihr im Bunde mit zwei blitzenden Reihen von Orden etwas Leichtsinnig-Jugendliches und Zierlich-Wagemutiges. ‚Zigeunerbaron‘, denkt Lepsius und kann sich, während sein Herz immer schneller klopft, eines energischen Walzers aus fernen Jugendtagen nicht erwehren:

Dies und noch mehr
Kann ich auf Ehr...

Die Textworte aber, die ihn im Hinblick auf die strahlende Uniform anwandeln, stehen ganz und gar im Widerspruch zu Wesen und Anblick des jungen Generalissimus. Enver Pascha hat einen verlegenen, ja manchmal schüchternen Gesichts-ausdruck und einen Augenaufschlag wie ein Mädchen. Mit seinen schmalen Hüften und abfallenden Schultern bewegt er sich fein und anmutig. Lepsius kommt sich plump vor. Der erste Angriff, den der Feind gegen ihn führt, besteht in einer jähen Sympathie mit seiner tänzerischen Erscheinung, die er in dem Besucher zu erwecken weiß. Nach den Begrüßungs-worten führt er ihn nicht in das anstoßende Kabinett, sondern bittet ihn, Platz zu behalten, und rückt sich sofort einen Stuhl von dem Sitzungstisch zum Fenster, ohne auf die Lichtverteilung zu achten, die für ihn ungünstig ist.

Johannes Lepsius eröffnet das Gespräch (so hat er sich's in seinem Kampfprogramm zurechtgelegt) mit dem Gruß einer deutschen Verehrerin, den er dem General überbringt. Dieser lächelt mit dem ihm eigenen verlegenen Reiz und bekennt mit einem angenehmen Tenor, der die Harmonie seiner Erscheinung auch stimmlich zu voller Geltung bringt, in gutem Deutsch:

„Ich achte die Deutschen sehr hoch. Sie sind ohne Zweifel das erstaunlichste Volk der Welt. In diesem Kriege leisten sie Unübertreffliches. Ich persönlich freue mich immer, wenn ich einen deutschen Herrn hier bei mir begrüßen darf."

Pastor Lepsius weiß sehr wohl, daß Enver Pascha im Komitee die französische Partei vertrat und vielleicht heimlich noch immer vertritt und daß er sich lange dagegen gesträubt hat, an der Seite Deutschlands und nicht der Alliierten in den Krieg zu treten. Da diese Frage aber im Augenblick ganz gleichgültig ist, fährt Lepsius in dem tastenden Austausch von Höflichkeiten fort:

„Exzellenz besitzen in Deutschland eine große Anzahl von ergebenen Bewunderern. Man erwartet von Ihnen weltbewegende Taten."

Augenaufschlag Envers. Eine kleine Gebärde der Hand, welche sich gegen die Anforderungen, die in solcher Schmeichelei stecken, müde zu wehren scheint. Schweigen, das ungefähr bedeutet: Nun sieh zu, mein Lieber, wie du mich in deine Gasse kriegst. Lepsius wendet den Kopf lauschend zum Fenster, durch das kein anderer Laut dringt als das leise Pfeifen und Klingeln des Bosporus-Verkehrs:

„Ich habe die Bemerkung gemacht, daß die Stimmung hier in Stambul sehr begeistert ist. Besonders heute herrscht ein imposantes Treiben."

Der General entschließt sich mit seiner angenehmen, aber jetzt gleichgültigen Stimme zu einem Kernsatz im Stil patriotischer Verlautbarungen:

„Der Krieg ist schwer. Aber unser Volk weiß, was es sich schuldig ist."

Erster Ausfall des Deutschen:

„Ist es im Innern ebenso, Exzellenz?"

Enver schaut erfreut in die fernste Ferne:

„Gewiß, im Innern gehen große Dinge vor sich."

„Exzellenz, diese großen Dinge sind mir wohlbekannt."

Der Kriegsminister mißversteht mit einem leichten Erstaunen. Für den ersten Mann eines Riesenreichs hat er eine ausnehmend jungenhafte Gesichtsfarbe:

„Die Lage an der Kaukasusfront bessert sich von Tag zu Tag. Über die Südarmee Dschemals und Ihres Landsmannes Kreß zu reden, ist freilich noch verfrüht."

„Sehr erfreulich, Exzellenz! Aber ich habe unter dem Innern nicht das Kriegsgebiet verstanden, sondern die friedlichen Vilajets."

„Während sich ein Staat im Kriege befindet, sind alle seine Gouvernements Kriegsgebiet, mehr oder weniger."

Dieser Satz bekommt einen leichten Nachdruck mit auf den Weg. Das Vorpostengeplänkel ist damit zuungunsten des Pastors entschieden, der zu einem Frontangriff übergehen muß:

„Exzellenz wissen vielleicht, daß ich nicht auf eigene Faust hierhergekommen bin, sondern als Vorsitzender der deutschen Orientgesellschaft, der ich über gewisse Vorgänge Bericht zu erstatten habe."

Verwunderter Augenaufschlag Envers. Was ist das für ein Ding, Orientgesellschaft?

„Das Auswärtige Amt, ja der Herr Reichskanzler selbst nimmt an meiner Mission lebhaften Anteil. Nach meiner Rückkehr werde ich zur Information der Abgeordneten und der deutschen Presse einen Vortrag im Reichstag über die armenische Frage halten."

Enver Pascha, der, mit routinierter Geduld zu Boden schauend, dem Besucher zuhört, hebt bei den Worten „armenische Frage" den Kopf. Der Unmut eines verzogenen Kindes, das die ernsten Leute immer mit dem gleichen Unsinn belästigen, umwölkt einen Augenblick seine Miene. Doch sofort ist wieder alles in Ordnung. Dem Lepsius aber geht das Herz jetzt schon durch:

„Ich komme in meiner Not zu Ihnen, Exzellenz, weil ich überzeugt bin, daß ein Feldherr Ihres Ranges, ein Held, nichts tut, was seinen Namen in der Geschichte verdunkeln könnte."

„Ich weiß, Herr Lepsius", ergreift Enver Pascha mit wohlwollendster Nachsicht das Wort, „daß Sie hierhergekommen sind und diese Unterredung gewünscht haben, um über die

135

bewußte Sache Aufklärung zu verlangen. Obwohl mich tausend wichtige Angelegenheiten in Anspruch nehmen, bin ich bereit, Ihnen hier jede Zeit zu widmen und jede gewünschte Auskunft zu erteilen."

Lepsius muß diese Opfer mit einer Bewegung tiefer Dankbarkeit entgegennehmen.

„Seitdem meine Freunde und ich die Regierung leiten", beginnt der General, „waren wir immer bestrebt, der armenischen Millet jegliche Förderung und unbedingte Gerechtigkeit widerfahren zu lassen. Es liegen alte Verabredungen vor. Ihre armenischen Freunde haben unsere Revolution aufs lebhafteste begrüßt und alle erdenklichen Schwüre geleistet, uns die Treue zu bewahren. Diese Schwüre haben sie dann über Nacht gebrochen. Wir drückten beide Augen zu, solange wie möglich, solange die osmanische Nation, das Staatsvolk, nicht gefährdet war. Wir leben doch in der Türkei, nicht wahr? Als sich aber nach Kriegsausbruch die Fälle von Hochverrat, Felonie, subversiver Gesinnung mehrten, als die Desertion schauderhaft überhandnahm, als es zu offenem Aufruhr kam, ich erinnere nur an die große Revolte von Zeitun, da waren wir zu Gegenmaßregeln gezwungen, wenn wir nicht das Recht verlieren wollten, eine Volksregierung zu sein und Krieg zu führen."

Lepsius nickt, als sei er auf dem besten Wege, überzeugt zu werden:

„Worin, Exzellenz, bestanden die gerichtlich erwiesenen Fälle von Hochverrat und Felonie?"

Große Handbewegung Envers, als lasse sich die Fülle der Verbrechen gar nicht ausschöpfen:

„Konspiration mit Rußland. Das Lob, das Sassonow den Armeniern in der Petersburger Duma erteilt hat, sagt genug. Ferner Verschwörungen mit Frankreich und England. Umtriebe, Spionage, alles was sich nur denken läßt."

„Und hat man über diese Fälle regelrechte Gerichtsprozesse geführt?"

„Kriegsgericht natürlich. Bei Ihnen wäre das ja nicht anders. Vor kurzem wurden fünfzehn der ärgsten Fälle abgeurteilt und öffentlich hingerichtet."

Naive Frechheit, stellt Lepsius innerlich fest. Er lehnt sich zurück und sucht das Beben seiner Stimme zu beherrschen:

„Meines Wissens sind diese fünfzehn armenischen Männer

schon längst vor dem Krieg verhaftet worden, folglich können sie sich doch schwerlich des Hochverrats nach geltendem Kriegsrecht schuldig gemacht haben."

„Wir kommen selbst von der Revolution her", antwortete der General nicht zur Sache, aber dafür mit der Heiterkeit eines Knaben, der sich köstlicher Streiche erinnert. „Wir wissen sehr gut, wie das gemacht wird."

Lepsius verschluckt ein Kraftwort über die Revolution und räuspert sich zu einer neuen Frage hinüber:

„Und die armenischen Notabeln und Intellektuellen, die Sie hier in Stambul inhaftiert und abgeschoben haben, sind die auch des Hochverrats überwiesen?"

„Sie werden einsehen, daß wir auch nur *mögliche* Hochverräter in nächster Nähe der Dardanellenfront nicht dulden können."

Johannes Lepsius widerspricht nicht, sondern wirft sich mit einem jähen Temperamentsausbruch auf die Hauptsache:

„Aber Zeitun! Ich möchte dringend Ihre Ansicht über Zeitun hören, Exzellenz!"

Enver Paschas blitzblanke Freundlichkeit verfinstert sich feierlich:

„Der Aufruhr von Zeitun war eine der größten und infamsten Revolten in der Geschichte des türkischen Reichs. Der Kampf mit den Insurgenten hat unseren Truppen leider schwere Verluste gekostet, wenn ich sie Ihnen auch auswendig nicht nennen kann."

„Ich habe über Zeitun andere Berichte als Exzellenz" — Lepsius führt diesen Schlag mit stockenden Silben —, „meine Berichte sprechen von keinem Aufruhr in der dortigen Bevölkerung, sondern von monatelanger Herausforderung und Bedrückung durch die Bezirks- und Sandschakbehörden. In ihnen ist von einem Nichts die Rede, das ein stärkeres Polizeiaufgebot hätte bereinigen können, während in der militärischen Assistenz von einigen tausend Mann für jeden gerechten Menschen die vorgefaßte Absicht deutlich wird."

„Sie wurden mit falschen Informationen bedient", meint der General unberührt artig. „Darf ich die Herkunft Ihrer Berichte erfahren, Herr Lepsius?"

„Ich werde einige nennen, schicke aber voraus, daß armenische Quellen nicht darunter sind. Hingegen kenne ich die genauen Memoranden verschiedener deutscher Konsuln, ich besitze

Aufzeichnungen von Missionaren, die Augenzeugen der grauenhaftesten Vorgänge waren. Und schließlich empfing ich ein lückenloses Bild von der Lage durch den amerikanischen Botschafter, Mr. Morgenthau."

„Mr. Morgenthau", bemerkt Enver übermütig, „ist Jude. Und die Juden stehen immer fanatisch auf seiten der Minderheit."

Diese graziöse Unzugänglichkeit macht Lepsius erstarren. Er hat eiskalte Hände und Füße:

„Es kommt nicht auf Morgenthau an, Exzellenz, sondern auf die Tatsachen. Und die Tatsachen werden und können Sie nicht leugnen. Hunderttausend Menschen sind bereits auf dem Wege der Verschickung. Die Behörden sprechen nur von Umsiedlung. Ich behaupte aber, daß dies, gelinde gesagt, ein Wortmißbrauch ist. Kann man ein Volk von Bergbauern, von Handwerkern, Städtern, Kulturmenschen mit einem Federstrich in der mesopotamischen Wüste und Steppe ansiedeln, in einer ozeanweiten Einöde, die sogar von den Beduinenstämmen geflohen wird? Und selbst dieses Ziel ist doch nur eine Finte. Denn die Ortsbehörden richten die Deportation so ein, daß die Elenden schon während der ersten acht Tagesmärsche durch Hunger, Durst, Krankheit umkommen oder wahnsinnig werden, daß man die widerstandsfähigen Knaben und Männer durch Kurden oder Banditen, wenn nicht gar durch Militär, umbringen läßt, daß die jüngeren Mädchen und Frauen der Schändung und Verschleppung geradezu aufgedrängt werden…"

Der General hört mit höflichster Aufmerksamkeit zu, dabei aber gibt seine abgespannte Miene zu erkennen: dieses schale Lied höre ich zwölfmal täglich. Die Manschette, die er mit seiner weißen Frauenhand aus dem Ärmel hervorholt, scheint ihm wichtiger zu sein.

„Sehr bedauerliche Dinge! Aber der Oberkommandierende einer großen Wehrmacht ist für die militärische Sicherheit seines Kriegsgebietes verantwortlich."

„Kriegsgebiet", schreit Lepsius auf, beherrscht sich aber sofort und versucht, den ruhigen Ton Envers aufzunehmen: „Kriegsgebiet, das ist die einzige neue Nuance. Alles andere, Zeitun, Hochverrat, Umtriebe, war schon dagewesen. Diese Mittel hat Abdul Hamid meisterhaft gehandhabt, wenn die Armenier wieder daran glauben sollten. Ich bin ein älterer Mann als Sie,

Exzellenz, und habe es an Ort und Stelle miterlebt. Denke ich aber an die Deportationen, so muß ich dem alten Sünder Abbitte leisten. Er war ein Stümper, ein harmloses Kind gegen die neuen Methoden. Und Ihre Partei, Exzellenz, hat die Macht doch nur erobert, weil es die blutige Zeit des alten Sultans durch Gerechtigkeit, Einigkeit, Fortschritt ablösen wollte. Dahin lautet doch auch der Name Ihres Komitees."

Dieser Hieb ist kühn, ja unbesonnen. Johannes Lepsius erwartet eine Sekunde lang, der Kriegsminister werde aufstehen und die Unterredung beenden. Enver bleibt aber ruhig sitzen, und auf seine Liebenswürdigkeit fällt nicht der geringste Schatten. Er beugt sich sogar vertraulich vor:

„Ich werde Ihnen eine Gegenfrage stellen, Herr Lepsius. Deutschland besitzt glücklicherweise keine oder nur wenig innere Feinde. Aber gesetzt den Fall, es besäße unter anderen Umständen innere Feinde, nehmen wir an Francoelsässer, Polen, Sozialdemokraten, Juden, und zwar in größerer Menge, als das der Fall ist. Würden Sie da, Herr Lepsius, nicht jegliches Mittel gutheißen, um Ihre schwerkämpfende, durch eine Welt von äußeren Feinden belagerte Nation vom inneren Feinde zu befreien? Würden Sie es dann auch so grausam finden, wenn man die für den Kriegsausgang gefährlichen Bevölkerungsteile einfach zusammenpackte und in entlegene, menschenleere Gebiete verschickte?"

Johannes Lepsius muß sich mit beiden Händen anhalten, um nicht aufzuspringen und hervorzufuchteln:

„Wenn die Regierenden meines Volkes", ruft er sehr laut, „ungerecht, gesetzlos, unmenschlich" (unchristlich hat er schon auf der Zunge gehabt) „gegen ihre Landsleute von anderem Stamm oder anderer Gesinnung vorgingen, so würde ich mich im selben Augenblick von Deutschland lossagen und nach Amerika ziehen!"

Langer Augenaufschlag Enver Paschas:

„Traurig für Deutschland, wenn andre auch so denken wie Sie. Ein Zeichen, daß Ihrem Volk die Kraft fehlt, seinen nationalen Willen rücksichtslos durchzusetzen."

An dieser Stelle des Gespräches wird der Pastor von einer großen Müdigkeit heimgesucht. Sie kommt aus dem Gefühl, daß der kleine geschlossene Mensch dort in seiner Weise recht hat. So hat die verbissene Weisheit der Welt immer gegen Christus recht. Das Arge aber ist, daß sich Envers Rechthaben in diesem Augenblick auf Johannes Lepsius überträgt und seine Kampfkraft schwächt. Bergschwer fällt ihm das ungewisse Schicksal seines eigenen Vaterlandes auf die Seele. Er flüstert:

„Der Vergleich stimmt nicht."

„Gewiß, der Vergleich stimmt nicht. Doch er fällt zu unsern Gunsten aus. Wir Türken haben es hundertmal schwerer, uns zu behaupten, als ihr Deutsche."

Lepsius zieht in qualvoller Zerstreutheit sein Taschentuch und hält es in der Hand wie eine Parlamentärflagge:

„Es handelt sich hier nicht um den Schutz vor einem inneren Feind, sondern um die planvolle Ausrottung einer anderen Nation."

Er bringt das stumpf und stoßweise vor, während seine Augen, die Envers Gelassenheit nicht länger ertragen, in das Kabinett mit den Heroenbildern schweifen. Steht nicht Monsignore Sawen, der Patriarch, dort? Lepsius weiß sofort, er müßte über „Wirtschaft" reden. Schnell rafft er sich zu neuer Kraftanstrengung auf:

„Exzellenz, ich bin nicht so vermessen, Ihnen die Zeit durch leere Gespräche zu rauben. Ich werde es wagen, Sie auf verschiedene Übelstände aufmerksam zu machen, die Sie sich selbst vielleicht noch nicht ganz klargemacht haben, was bei der Amtsüberlastung eines Oberbefehlshabers verständlich ist. Das Innere, Anatolien, Syrien, kenne ich vielleicht besser als Sie selbst, da ich jahrelang in diesen Gebieten unter schweren Bedingungen gearbeitet habe."

Und er entwickelt nun mit gehetzten Worten, denn er fühlt die Zeit schwinden, seine Theorien. Ohne die armenische Millet sei das türkische Reich wirtschaftlich, kulturell und infolgedessen auch militärisch verloren. Warum? Er wolle gar nicht vom Handel reden, der sich zu neunzig Prozent in christlichen Händen befinde, auch wisse die Exzellenz so gut wie er, daß der gesamte Import von armenischen Firmen verwaltet werde, daß somit einer der wichtigsten Zweige der Kriegführung, die Versorgung des Reiches mit Rohstoffen und Fabrikaten nur von diesen Firmen durchgeführt werden könne. Er verweise auf ein Welthaus wie Awetis Bagradians Nachfolger, das in zwölf europäischen Städten Niederlagen, Büros, Vertreter besitze. Es koste sehr viel weniger Mühe, eine derartige Organisation zu vernichten, als Ersatz für sie zu schaffen. Was aber das Innere selbst anbetreffe, so habe er, Lepsius, auf seinen Reisen schon vor Jahren die Erfahrung gemacht, daß die armenische Landwirtschaft in Anatolien turmhoch über dem türkischen Kleinbauerntum stehe. Damals schon hätten die zilizischen Armenier aus Europa Hunderte von Dreschmaschinen und Dampfpflügen bezogen, womit sie den Türken einen trefflichen Anlaß zur Metzelei gaben, denn diese ermordeten nicht nur die zehntausend Leute von Adana, sondern schlugen auch die Dreschmaschinen und Dampfpflüge in Stücke. Hierin aber und nirgendwo anders stecke der Grund alles Übels. Die armenische Millet, die kultivierteste und tätigste Schicht der ottomanischen Bevölkerung, mache seit Jahrzehnten die Riesenanstrengung, das Reich aus altertümlicher Naturalwirtschaft heraufzuführen in eine neue Welt zeitgemäßer Bodenkultur und beginnender Industrialisierung. Und gerade für diese segensreiche Pioniertat werde es von der Rache der gewalttätigen Faulheit verfolgt und vernichtet.

„Nehmen wir an, Exzellenz, Handwerk, Gewerbe, Hausindustrie, die im Innern rein armenisch sind, könnten durch Türken ersetzt werden, wer aber ersetzt die vielen armenischen Ärzte, die an den besten Universitäten Europas studiert haben und die osmanischen Kranken mit der gleichen Sorgfalt pflegen wie ihre Volksgenossen? Wer ersetzt die vielen Ingenieure, Anwälte, Fachlehrer, deren Arbeit das Land unermüdlich vorwärtstreibt? Vielleicht werden Exzellenz erwidern, man könne zur Not auch ohne den Intellekt leben. Doch ohne den Magen kann man nicht leben. Und gerade den Magen der Türkei zerschneidet man und hofft, diese Operation zu überstehen."

Enver Pascha hört, den Kopf sanft zur Seite neigend, diese Rede achtungsvoll zu Ende an. Sein ganzes Wesen, frisch, schnittig, nur durch jene leise Schüchternheit gedämpft, zeigt ebensowenig eine unvorhergesehene Falte wie seine Uniform. Der Pastor hingegen ist schon ganz aus der Form geraten. Er schwitzt, die Krawatte ist verrutscht, und die Ärmel seines Rockes steigen nach oben. Der General kreuzt seine kurzen, aber schlanken Beine. Die blitzenden Lackreitstiefel sitzen wie auf dem Leisten.

„Sie sprechen vom Magen, Herr Lepsius", lächelt er entgegenkommend, „nun, vielleicht wird die Türkei nach dem Krieg einen schwachen Magen haben."

„Sie wird gar keinen Magen mehr haben, Exzellenz."

Ungekränkt fährt der Generalissimus fort:

„Das Volk der Türken zählt vierzig Millionen. Nun versetzen Sie sich einmal auf unsere Seite, mein Herr! Ist es nicht ein großer und würdiger politischer Plan, diese vierzig Millionen zusammenzufassen und mit ihnen ein nationales Reich zu gründen, das in Asien dereinst die gleiche Rolle spielen wird wie Deutschland in Europa. Das Reich wartet. Wir müssen es nur ergreifen. Unter den Armeniern gibt es gewiß eine beängstigende Menge von Intelligenz. Sind Sie wirklich ein Freund dieser Art von Intelligenz, Herr Lepsius? Ich nicht! Wir Türken besitzen von dergleichen Intelligenz wenig. Dafür aber sind wir die alte heroische Rasse, die zur Errichtung und Beherrschung des großen Reiches berufen ist. Über Hindernisse werden wir deshalb hinwegsteigen."

Lepsius krampft die Hände zusammen, sagt aber kein Wort. Dieser verspielte und verzogene Knabe dort ist der unbeschränkte Herr über eine Weltmacht. Sein feingemodeltes, verführerisches Köpfchen brütet Zahlen aus, die jeden Kenner der Wirklichkeit in Erstaunen versetzen müssen. Dem Pastor kann er nichts vormachen, denn der weiß genau, daß es in Anatolien kaum sechs Millionen reine Türken gibt. Wenn man nach Nordpersien, nach dem Kaukasus, nach Kaschgar und Turkestan geht, wird man zusammen mit allen zeltbewohnenden Turkvölkern und umherziehenden Rossedieben in Steppenländern groß wie halb Europa keine zwanzig Millionen herausschaben. Solche Träume, denkt er, erzeugt das Narkotikum des Nationalismus. Zugleich aber wandelt ihn ein Mitleid mit dem zartgestalteten Kriegsgott an, mit diesem kindischen Antichrist. Johannes Lepsius bekommt eine leise, wissensschwere Stimme:

„Sie wollen ein neues Reich gründen, Exzellenz. Doch der Leichnam des armenischen Volkes wird unter seinen Grundmauern liegen. Kann das Segen bringen? Ließe sich nicht noch jetzt ein friedlicher Weg finden?"

Hier entblößt Enver Pascha zum erstenmal die tiefere Wahrheit. Er lächelt nicht mehr zurückhaltend, seine Augen werden starr und kalt, die Lippen weichen von einem großen, gefährlichen Gebiß:

„Zwischen dem Menschen und dem Pestbazillus", sagt er, „gibt es keinen Frieden."

Lepsius packt sofort zu:

„Sie bekennen sich also offen zur Absicht, den Krieg zur völligen Ausrottung der armenischen Millet benützen zu wollen? . . ."

Der Kriegsminister ist unbedingt zu weit gegangen. Er lenkt auch sofort ein, indem er sich wieder in die uneinnehmbare Festung seiner verbindlichen Unverbindlichkeit zurückzieht:

„Meine persönlichen Meinungen und Absichten sind vollinhaltlich in den Kommuniqués enthalten, die unsere Regierung zu diesem Gegenstand veröffentlicht hat. Wir handeln unter dem Zwang des Krieges und der Notwehr, nachdem wir die längste Zeit zugesehen und gewartet haben. Staatsbürger, die auf den Untergang des Staates hinarbeiten, verfallen überall der Schärfe des Gesetzes. Unsere Regierung geht demnach rechtmäßig vor."

Da wäre man wieder am Anfang. Johannes Lepsius kann einen stöhnenden Laut nicht unterdrücken. Er hört die Stimme Monsignore Sawens: Nicht moralisieren! Sachlich bleiben! Argumente! Oh, könnte er doch nur mit schwerterscharfen Argumenten sachlich bleiben! Doch schon, daß er nicht aufspringen darf, daß er auf seinem Sessel sitzen bleiben muß, bringt seine Nerven zur Verzweiflung. Er, der geborene Kanzel- und Versammlungsredner, braucht Platz, braucht Bewegungsfreiheit!

„Exzellenz" — er preßt die Hand auf seine schöne Stirn —, „ich werde jetzt keine Selbstverständlichkeiten sagen, nicht, daß man für die Umtriebe einzelner ein ganzes Volk nicht büßen lassen darf, ich werde nicht fragen, warum Frauen und Kinder, kleine Kinder, wie Sie ja auch einmal eines waren, wegen einer Politik, von der sie nie etwas gehört haben, den bestialischesten Tod erleiden müssen. Ich will Ihren Blick auf Ihre und Ihres eigenen Volkes Zukunft lenken, Exzellenz! Auch dieser Krieg geht einmal zu Ende, und dann steht die Türkei vor der Notwendigkeit, Friedensverhandlungen zu führen. Möge dieser Tag für uns alle ein glücklicher Tag sein. Wenn er aber ein unglücklicher Tag ist, was dann, Exzellenz? Muß der verantwortliche Führer eines Volkes nicht auch für den Fall eines ungünstigen Kriegsendes Vorsorge treffen? In welcher Verhandlungslage aber wird sich die ottomanische Friedenskommission befinden, wenn man sie mit der Frage empfangen wird: Wo ist dein Bruder Abel? Eine höchst peinliche Situation. Und die Mächte des Sieges werden, was Gott verhüten möge, im Hinblick auf die große Schuld rücksichtslos die Beute verteilen. General Enver Pascha, wie wird sich in einem solchen Fall der größte Mann seines Volkes, der alle Verantwortung übernommen hat, dessen Wille allmächtig war, wie wird er sich dann vor diesem seinem eigenen Volk verteidigen?"

Enver Pascha bekommt träumerische Augen und sagt ohne Spott:

„Ich danke Ihnen für diesen ausgezeichneten Hinweis. Aber wer sich in die Politik einläßt, muß zwei Eigenschaften besitzen. Erstens einen gewissen Leichtsinn oder, wenn Sie wollen, Todesverachtung, was ja dasselbe ist, und zweitens den unerschütterlichen Glauben an seine Entschlüsse, wenn sie einmal gefaßt sind."

Hier erhebt sich Pastor Lepsius. Er kreuzt, fast nach orientalischem Brauch, die Arme über die Brust. Der von Gott gesandte Schutzengel des armenischen Volkes ist in beklagenswerter Verfassung. Das Sacktuch hängt ihm aus der Tasche, ein Beinkleid ist bis zum Knie gerutscht, die Krawatte wandert immer weiter. Auch scheint sein Augenglas angelaufen zu sein.

„Ich beschwöre Sie, Exzellenz" — er verbeugt sich vor dem Dasitzenden —, „lassen Sie es mit dem heutigen Tag genug sein! Sie haben an dem innern Feinde, der es nicht ist, ein Exempel statuiert, wie es in der Geschichte nicht wieder zu finden ist. Hunderttausende leben und sterben auf den Landstraßen des Ostens. Machen Sie ein Ende heute! Befehlen Sie, daß die neuen Umsiedlungsweisungen zurückgehalten werden! Ich weiß, daß noch nicht alle Vilajets und Sandschaks entvölkert sind. Wenn Sie des deutschen Botschafters wegen und für Herrn Morgenthau mit den großen Deportationen im westlichen Kleinasien zögern, so schonen Sie um meinetwillen Nordsyrien, Aleppo, Alexandrette, Antiochia und die Küste! Sagen Sie, es ist genug! Und ich werde nach meiner Rückkehr in Deutschland Ihren Namen preisen!"

Der Generalissimus weist mehrmals mit geduldiger Hand auf den Stuhl, der Pastor aber setzt sich nicht.

„Sie überschätzen meine Kompetenzen, Herr Lepsius", erklärt er endlich. „Die Durchführung eines solchen Regierungsbeschlusses ist Sache des Herrn Ministers des Innern."

Der Deutsche reißt den Zwicker von seinen roten Augen:

„Um diese Durchführungen handelt es sich ja. Nicht der Minister, nicht der Wali, nicht der Mutessarif führt die Befehle durch, sondern rohe, herzlose Subalterne und Unteroffiziere. Ist es vielleicht Ihr Wille oder der Wille des Ministers, daß Frauen auf offener Straße niederkommen und sofort mit dem Knüppel weitergehetzt werden? Ist es vielleicht Ihr Wille, daß ganze Landstriche von verwesten Leichen verpestet sind, daß der Euphrat dick vor Toten ist? Diese Durchführungen sind mir bekannt."

„Ich schätze Ihre Kenntnisse des Innern", kommt ihm Enver ein wenig entgegen, „und werde Ihre schriftlichen Vorschläge, was eine Verbesserung dieser Dinge anbelangt, gerne entgegennehmen und genau prüfen."

Lepsius aber breitet die Arme aus:

„Schicken Sie mich hinunter! Das ist mein erster Vorschlag. Nicht einmal der alte Sultan hat mir diese Bitte damals abgeschlagen. Geben Sie mir die Vollmacht, die Verschickungstransporte zu organisieren. Gott wird mir die Kraft schenken, und Erfahrung besitze ich wie kein zweiter. Ich brauche keinen Piaster vom ottomanischen Staat. Alle notwendigen Geldmittel werde ich aufbringen. Deutsche und amerikanische Hilfsvereine stehen hinter mir. Schon einmal ist mir ein großes Hilfswerk gelungen, ich habe viele Waisenhäuser und Hospitäler gegründet und mehr als fünfzig Wirtschaftsbetriebe einrichten helfen. Ich werde trotz des Krieges dasselbe und Größeres noch zustande bringen, und nach zwei Jahren werden Sie selbst, Exzellenz, mir dankbar sein."

Enver Pascha hat diesmal nicht nur mit der gewohnten Aufmerksamkeit, sondern mit Spannung zugehört. Doch jetzt bekommt Lepsius etwas zu sehen und zu hören, was er bisher noch nicht erlebt hat. Es ist keine spöttische Grausamkeit, kein Zynismus, was den so knabenhaften Gesichtsausdruck des Generals verändert. Nein, Lepsius sieht jetzt das arktische Antlitz des Menschen, der „alle Sentimentalität überwunden" hat, das Antlitz des Menschen, der außerhalb der Schuld und ihrer Qualen steht, er sieht das hübsche Präzisionsgesicht einer ihm unbekannten, aber atemberaubenden Gattung, er sieht die unheimliche, ja fast unschuldige Naivität der vollkommenen Gottlosigkeit. Und welche Kraft besitzt sie, daß man sie nicht hassen kann!

„Ihre schätzenswerten Absichten interessieren mich", sagt

Enver anerkennend, „aber ich muß sie selbstverständlich zurückweisen. Gerade diese Ihre Wünsche zeigen mir, daß wir uns bisher mißverstanden haben. Wenn ich einem Fremden gestatte, den Armeniern Hilfe zu bringen, schaffe ich damit einen Präzedenzfall, der die Einmischung fremder Persönlichkeiten und damit ausländischer Mächte anerkennt. Ich mache also meine ganze Politik zunichte, die ja die armenische Millet darüber belehren sollte, welche Folgen die Sehnsucht nach fremder Einmischung hat. Die Armenier selbst würden sich nicht mehr zurechtfinden. Zuerst bestrafe ich ihre hochverräterischen Träume und Hoffnungen, dann aber sende ich einen ihrer einflußreichsten Freunde zu ihnen, um diese Hoffnungen und Träume wieder zu erwecken. Nein, mein Herr Lepsius, das ist unmöglich, ich kann nicht gestatten, daß Ausländer diesen Leuten Wohltaten erweisen. Die Armenier müssen in uns allein ihre Wohltäter sehen.“

Der Pastor sinkt auf den Sessel. Verloren! Gescheitert! Jedes weitere Wort überflüssig. Wäre dieser Mensch dort nur böse, wünscht er sich, wäre er der Satan. Aber er ist nicht böse und nicht der Satan, er ist kindhaft-sympathisch, dieser große unerbittliche Massenmörder. Lepsius vergrübelt sich, so daß er das muntere, im vertraulichen Ton vorgebrachte Anerbieten Envers in seiner ganzen Unverfrorenheit nicht sogleich auffaßt:

„Ich mache Ihnen einen Gegenvorschlag, Herr Lepsius. Sammeln Sie Geld, sammeln Sie bei Ihren Hilfsvereinen in Amerika und Deutschland viel Geld. Die aufgebrachten Mittel bringen Sie dann mir. Ich werde sie ganz in Ihrem Sinn und nach Ihrer Bestimmung verwenden. Doch mache ich Sie darauf aufmerksam, daß ich keine Kontrolle durch Deutsche und andere Ausländer dulden kann.“

Wäre Johannes Lepsius nicht zu erstarrt, er würde in ein Gelächter ausbrechen. So erheiternd ist die Vorstellung jener Wege, welche sein Sammelgeld nach Enver Paschas Sinn in der Türkei gehen würde. Er schweigt. Er ist geschlagen. Obgleich er doch vor der Unterredung schon hoffnungslos war, glaubt er erst jetzt, daß die Welt zusammengestürzt sei. Um nicht ganz vergehn zu müssen, gibt sich der Pastor einen Ruck, bringt sein Äußeres ein wenig in Ordnung, fährt mit dem Taschentuch mehrmals fest über die glänzende Stirn und erhebt sich:

„Ich kann nicht annehmen, Exzellenz, daß diese Stunde, die Sie mir geschenkt haben, ganz ergebnislos verlaufen soll. In Nordsyrien und an der Küste leben hunderttausend Christen jenseits aller Kriegsereignisse. Exzellenz sind gewiß der Ansicht, daß Maßregeln, die keinem Zweck entsprechen, besser unterbleiben."

Der jugendliche Mars zeigt noch einmal seine lächelnden Zähne:

„Seien Sie überzeugt, Herr Lepsius, daß unsere Regierung jede überflüssige Härte vermeiden wird."

Das ist beiderseits eine leere Förmlichkeit, ein sinnloses Gaukelspiel, damit dieses politische Gespräch, wie alle Unterredungen gleicher Art, im Unbestimmten verebbe. Enver Pascha hat nicht das geringste Zugeständnis gemacht. Welche Härten überflüssig sind, das bleibt seine Sache. Doch auch Lepsius hat seine Worte, im vollen Bewußtsein ihres hohlen Schalles, nur gesprochen, um einen Abschluß zu finden. Der General, der im Gegensatz zum Pastor jetzt besonders zierlich und gestrafft erscheint, läßt dem Gast den Vortritt. Er begleitet ihn sogar ein paar Schritte und schaut dann mit seiner leicht erstaunten Undurchdringlichkeit dem Schwankenden nach, der sich durch den weiten Gang mit den wehenden Türvorhängen wie ein Blinder weitertastet.

Enver Pascha tritt in das Büro Talaat Beys. Die Beamten fahren von ihren Sitzen empor. Begeisterung strahlt von ihren Gesichtern. Noch immer hat sich die beinahe mystische Liebe nicht erschöpft, die selbst dieses papierene Schreibtischvolk dem zarten Kriegsgott entgegenbringt. Hundert glorreiche Sagen von seiner Tollkühnheit sind hier wie überall im Schwang. Als während des Krieges in Albanien ein Artillerieregiment meuterte, hat er sich, die Zigarette im Munde, vor die Mündung einer Haubitze gestellt und den Rebellen zugerufen, sie möchten nur ruhig die Zündschnur abziehen. Auf Envers seidenweichen Zügen sieht das Volk den messianischen Glanz. Er ist der gottgesandte Mann, der das Reich Osmans, Bajezids und Soleimans neu errichten wird. Der General grüßt die Beamten mit einem heiteren Zuruf, der einen übertriebenen Aufruhr von Entzücken hervorruft. Überschwengliche Hände reißen die Türen auf, die durch die Kanzleienflucht in Talaats Arbeitszimmer führen. Für die erdrückende Persönlichkeit des Ministers ist dieses Kabinett zu klein. Wenn sich der Hüne, wie eben jetzt, vom Schreibtisch erhebt, verdunkelt er das Fenster. Der gewaltige Kopf Talaats ist an den Schläfen ergraut. Über den aufgeworfenen Lippen des Orientalen schwebt ein kleiner pechschwarzer Schnurrbart. Das üppige Doppelkinn drängt sich durch einen ausgeschnittenen Stehkragen. Eine weiße Pikeeweste bedeckt wie ein Sinnbild treuherziger Offenheit die ausladende Bogenfläche des Leibes. Immer, wenn Talaat Bey den Mitregenten im Duumvirat, Enver, erblickt, hat er das Bedürfnis, seine mächtige Bärentatze väterlich auf die schmale Schulter dieses begnadeten Jünglings zu legen. Jedesmal aber verhindert die Aura von eisiger Schüchternheit um Envers Gestalt diese vertraute Annäherung. Dabei ist Talaat der übersprudelnde Weltmensch und Wortführer, der fünf Diplomaten auf einmal mit seiner rauschenden Überlegenheit an die Wand spielt, während Enver, der Abgott des Volkes, der Gemahl einer kaiserlichen Prinzessin, bei irgendeinem großen Empfang oft halbe Stunden lang traumverloren und verlegen abseits stehen kann. Talaat läßt seine fleischige Riesenhand sinken und begnügt sich mit einer Frage:

„Also der Deutsche war bei dir?"

Enver Pascha wendet den Blick zum Bosporus hinaus, mit seinen spielenden Wassern, seinen eilenden Dampferchen und winzigen Kajiks, mit den im Lichte dieser Stunde unwirklich schlechtgemalten Zypressen- und Ruinenkulissen. Dann zieht er den Blick wieder ein und läßt ihn durch das leere Arbeitszimmer schweifen, bis er an einem alten Telegrafenapparat hängenbleibt, der auf einem teppichbedeckten Schautischchen steht wie eine große Kostbarkeit. Auf diesem kläglichen Ding hat der untergeordnete Post- und Telegrafenbeamte Talaat seine Morsezeichen gefingert, ehe ihn Ittihads Revolution zum ersten Staatsmann des Kalifenreiches erhob. Möge jeder Besucher dieses Wahrzeichen eines schwindelnd steilen Aufstiegs nach Gebühr bewundern. Auch Enver scheint den bedeutsamen Morseapparat mit Wohlwollen zu betrachten, ehe er sich der Frage erinnert:

„Ja, der Deutsche. Er hat ein bißchen mit dem Reichstag zu drohen versucht..."

Diese Äußerung beweist, wie recht Monsignore Sawen hatte und daß alle menschlichen Beschwörungen des Pastors von allem Anfang an eine falsche Kampfesweise gebildet haben.

Ein Sekretär bringt einen Pack Depeschen, die Talaat im Stehen zu unterschreiben beginnt. Beim Sprechen blickt er nicht auf:

„Diese Deutschen fürchten ja nur das Odium der Mitverantwortlichkeit. Sie werden uns aber noch um ganz andere Dinge betteln müssen als um die Armenier."

Damit wäre wohl das Gespräch über die Verschickung für heute erledigt, würde nicht ein neugieriger Blick Envers die Depeschen streifen. Talaat Bey bemerkt den Blick und läßt, indem er sie schwenkt, die Papiere rauschen:

„Die genauen Weisungen an Aleppo! Mittlerweile, denke ich, dürften die Straßen wieder leerer sein. Im Laufe der allernächsten Wochen werden Aleppo, Alexandrette, Antiochia und die ganze Küste abgehen können."

„Antiochia und die Küste", wiederholt Enver fragend, als hätte er zu diesem Punkt eine Bemerkung zu machen. Aber er sagt keine Silbe mehr, sondern sieht gespannt auf die dicken Finger Talaats, die unaufhaltsam wie im Sturmangriff ihre Unterschrift unter die Texte setzen. Dieselben biedermännisch derben Finger haben den unchiffrierten Befehl verfaßt, der an alle Walis und Mutessarifs erging: „Das Ziel der Deportation ist das Nichts." Die raschen Schriftzüge zeigen den Schwung einer unerbittlichen Überzeugung, die kein Bedenken kennt. Jetzt richtet der Minister seinen ungeschlachten Körper aus der gebückten Stellung auf:

„So! Im Herbst werde ich all diesen Leuten mit der größten Aufrichtigkeit antworten können: La question arménienne n'existe pas."

Enver steht am Fenster und hat nichts gehört. Denkt er an sein Kalifenreich, das von Mazedonien bis Vorderindien reicht? Hat er Sorgen wegen des Munitionsnachschubs für die Armeen? Oder träumt er von neuen Erwerbungen für seinen zauberhaften Palast am Bosporus? Im großen Festsaal hat er den Hochzeitsthron aufstellen lassen, den Nadjieh Sultana, die Sultanstochter, in die Ehe brachte. Vier Tragpfeiler von vergoldetem Silber und darüber ein Sternenhimmel aus byzantinischem Brokat.

Johannes Lepsius schleicht noch immer durch die Gassen Stambuls. Es ist längst schon Nachmittag. Das Mittagessen ist versäumt. Der Pastor wagt sich nicht nach Hause, ins Hotel

Tokatlyan. Ein armenisches Haus. Schreck und Niedergeschlagenheit herrscht dort, von Wirt und Gästen angefangen bis zum letzten Kellner und Liftjungen. Sie kennen seine Wege, sie wissen von seinem Unterfangen. Kehrt er heim, so saugen alle Augen an ihm. Die Spitzel und Vertrauten, die ihn auf Anordnung Talaat Beys überall verfolgen, mögen ihn ruhig abpassen, wo sie nur wollen. Schlimm aber ist es, daß seine Freunde ihn seit Stunden irgendwo an einem ausgeklügelt sicheren Ort erwarten. Davidian, der Präsident der ehemaligen armenischen Nationalversammlung, ist darunter, einer der Verhafteten, der aber entflohen ist und sich illegal in Stambul aufhält. Lepsius hat nicht die Kraft und nicht den Mut, vor diese Männer zu treten. Schon dadurch, daß er nicht kommt, werden sie die Wahrheit wissen und hoffentlich auseinandergegangen sein. Selbst die schwärzesten Pessimisten unter ihnen (schwärzeste Pessimisten sind sie übrigens alle, nichts natürlicher), auch sie haben es nicht für gänzlich ausgeschlossen erachtet, daß der Pastor eine Reiseerlaubnis ins Innere erhält. Damit wäre schon manches erreicht gewesen.

Der Pastor gerät in einen öffentlichen Garten. Festlichkeit auch hier. An den Bänken schaukeln Girlanden. Von Stangen und Laternenmasten wehen Halbmond-Wimpel. Die Menschenmasse, eine unangenehm dicke Substanz, quetscht sich zwischen den Rasenplätzen über die Kieswege. In seiner Betäubung schwankend sieht Lepsius eine Bank. Er findet nun einen Platz unter andern. Vor ihm dehnt sich ein farbenbewegtes Halbrund. Im Musikpavillon dort bricht in derselben Sekunde eine türkische Militärbande in quinkelierende Janitscharenklänge aus. Pfeife, Flöte, schneidende Klarinetten, gellendes Blech, mit messerscharfer Einstimmigkeit die nahen Intervalle auf und nieder kletternd, dazwischen das fanatische Hundegebell der hochgespannten Trommeln, das klirrende Geschüttel des Schellenbaums und der zischende Haß der Tschinellen. Johannes Lepsius sitzt in dieser Musik bis zum Mund wie in einem Bad aus Glassplittern. Er aber will sich nicht befreien, er will leiden und preßt die Glassplitter mit beiden Händen in seinen Körper. Es wird ihm jetzt gewährt, was Enver Pascha versagte. In den langen Deportationszügen des ihm anvertrauten Volkes schleppt er sich über die steinigen und morastigen Landstraßen Anatoliens. Verdammen ihn die Seinen nicht, sie, die in den Schützengräben der Argonnen, auf den Feldern Podoliens, Galiziens, auf den Meeren und in den Lüften zerfetzt werden? Sind die endlosen Eisenbahnzüge mit Verwundeten nicht gräßlichere Transporte noch, angesichts derer man aufschreien muß? Bekommen die deutschen Verwundeten und Sterbenden nicht auch armenische Augen? Lepsius läßt zur Janitscharenmusik den müdigkeitswirren Kopf immer tiefer sinken. Nicht das Seine ist ihm zugeteilt, sondern das, was nicht sein ist.

In die jaulende und eifernde Musik drängt sich ein neuer Ton, ein donnerndes Geschnatter, das immer stärker wird. Und es kommt von oben. Ein türkisches Luftgeschwader kreist über Stambul und wirft schwebende Wölkchen von Proklamationen ab. Johannes Lepsius weiß nicht warum, aber es ist ihm klar, daß diese Eindecker dort oben genannt werden müßten: die Erbsünde und ihre Überhebung über sich selbst. Er irrt in dieser Erkenntnis umher wie in einem großen Haus, wie im Ministerium des Innern. Die wehenden Türvorhänge brennen, und er rekapituliert eine Stelle aus der Offenbarung, die er bei seiner nächsten Rede anbringen will: Und die Heuschrecken sind gleich den Rossen, die zum Krieg bereit sind ... und hatten Panzer, und das Rasseln ihrer Flügel war wie das Rasseln der Kriegswagen ... Und hatten Schwänze gleich den Skorpionen, und es waren Stachel an ihren Schwänzen, und ihre Macht war, zu beschädigen die Menschen fünf Monate lang.

Johannes Lepsius schrickt auf: Es müssen neue Mittel und Wege ersonnen werden. Wenn die deutsche Botschaft versagt, so könnte der österreichische Markgraf Pallavicini, ein hervorragender Mann, vielleicht mehr Erfolg haben. Er könnte mit Repressalien drohen; die mohammedanischen Bosniaken sind österreichisch-ungarische Staatsbürger. Auch die päpstlichen Ermahnungen waren bisher zu lau. Im nächsten Moment aber nähert sich ihm Enver Pascha mit seinem unvergeßlichen Lächeln. Nein, schüchtern ist nicht das Wort für dieses Knaben- oder Mädchenlächeln des großen Mörders. Wir werden, Herr Lepsius, die Politik unserer Interessen durchführen bis zum Ende. Hindern könnte uns nur eine Macht, die über allen Interessen stünde und nicht in Schweinereien verwickelt wäre. Falls Sie so eine Macht im Diplomatenkalender finden, dürfen Sie noch einmal zu mir ins Ministerium kommen.

Lepsius zuckt und ruckt auf der Bank so wild herum, daß seine verschleierten Nachbarinnen Angst bekommen und davongehen. Er bemerkt das gar nicht, denn nun erfüllt ihn die schwere Überzeugung ganz und gar: Es ist nichts mehr zu machen. Es gibt keine Hilfe mehr. Was der Priester Ter Haigasun in Yoghonoluk seit Wochen schon weiß, das überkommt nun auch den Pastor Johannes Lepsius: Es bleibt mir nur mehr eines übrig — zu beten.

Und unter diesem drängenden Festvolk, das an ihm mit Frauenlachen und Kindergekreisch vorbeilärmt, zur Janitscharenmusik, die von neuem losdrischt, während sein Kopf mit geschlossenen Augen ohnmächtig von einer Seite zur andern taumelt, faltet der Pastor oder glaubt wenigstens seine Hände zu falten, wie es sich gehört. Seine Seele aber hebt an zu sagen: Vater unser, der Du bist im Himmel, geheiliget werde Dein Name...

Doch wie hat sich das Vaterunser verwandelt?! Jedes Wort ist ein Abgrund, den der Blick nicht ermessen kann. Schon bei dem Worte „unser" und „uns" erfaßt ihn ein Schwindel. Wer darf denn noch „uns" sagen, da Christus, der das „Wir" erst bindet und schafft, am dritten Tage gen Himmel fuhr? Ohne Ihn ist alles nur ein stinkender Scherben- und Knochenberg, hoch wie das halbe Universum. Lepsius muß an das Tagebuch seiner Mutter denken und an den Satz, den sie anläßlich seiner Taufe vor sechsundfünfzig Jahren niederschrieb: „Möchte sein Name Johannes mich stets daran erinnern, daß es meine große, heilige Aufgabe ist, ihn heranzubilden zu einem echten Johannes, zu einem solchen, der den Herrn recht lieb hat und der nachfolgt seinen Fußstapfen." Ist er ein echter Johannes geworden? Ist er wirklich angefüllt bis oben von der Zuversicht, die man nicht nennen kann? Ach, diese Zuversicht droht zu zerbröckeln, wenn der Körper nachläßt. Die Zuckerkrankheit ist nun einmal da. Man muß mit den Speisen vorsichtig sein. Nichts Süßes vor allem, kein Brot und keine Kartoffeln. Vielleicht hat ihn Enver vor einer Verschärfung des Leidens dadurch bewahrt, daß er ihm die Reise nach Anatolien nicht erlaubte. Aber was will denn der Hotelportier vom Tokatlyan hier? Seit wann trägt er die Lammfellmütze des Offiziers? Schickt ihn Enver? Höflich überreicht ihm der Hotelportier den Teskeré fürs Innere. Dieser besteht aus einer Photographie Napoleons mit eigenhändiger Unterschrift. Und richtig, vor der Drehtür des Hotels wartet der Verschickungstransport schon auf ihn. Alle seine Freunde sind da, Davidian und die andern. Sie winken ihm heiter zu. Die Leute sehen ausgezeichnet aus, denkt der Pastor. Auch die schrecklichste Wirklichkeit hat immer noch etwas Versöhnendes, wenn man ihr ins Auge sieht. Am Ufer eines Flusses macht man unter wildüberhängenden Felsen halt. Sie haben sogar Zelte mit. Vielleicht gestattet Enver unterderhand diese oder jene Vergünstigung. Als sich alles hingelegt hat, tritt ein großer armenischer Mann in einem über und über mit Schlamm bespritzten Anzug auf ihn zu. Er spricht ein merkwürdiges, feierlich gebrochenes Deutsch: ,,Siehe, dieser reißende Strom ist der Euphrat und dies sind meine Kinder. Du aber lege deinen Körper von einem Ufer zum andern, damit meine Kinder eine Brücke haben!'' Lepsius tut so, als wäre es ein Scherz, und versetzt: ,,Da müssen Sie und Ihre Kinder ein bißchen warten, bis ich noch etwas gewachsen bin.'' Zugleich aber wächst er wirklich mit prachtvoller Schnelligkeit. Seine Hände und Füße rücken von ihm selbst unendlich in die Ferne ab. Jetzt könnte er die Forderung des armenischen Mannes mit wohliger Gelassenheit erfüllen. Es kommt aber nicht dazu, denn Johannes Lepsius verliert den Halt und wäre fast von der Bank gerutscht. ,,Es ist wirklich furchtbar'', sagt er das zweitemal an diesem Tage zu sich selbst. Doch er meint mehr den Durst damit, der ihn quält, als alles andere. Er rüttelt sich auf, läuft in den nächsten Ausschank und stürzt, ohne der ärztlichen Vorschriften zu achten, ein süßes Eisgetränk gierig hinunter. Mit dem Wohlgefühl strömen neue mutige Pläne in ihn ein. ,,Ich werde nicht lockerlassen'', lacht er zerstreut vor sich hin. Und dieses gedankenlose Lachen ist eine Kriegserklärung an Enver Pascha.

In derselben Minute übergibt der Privatsekretär Talaat Beys die bewußten Staatstelegramme, Aleppo, Alexandrette, Antiochia und die Küste betreffend, eigenhändig dem diensthabenden Vorstand des Post- und Telegrafenamtes.

Sechstes Kapitel

Die große Versammlung

Seit dem Tage, an dem sich Djelal Bey, der ehrwürdige Wali von Aleppo, geweigert hatte, die Verschickungsbefehle der Regierung in seinem Wirkungsbereich zu vollstrecken, seit jenem Frühlingstage kam es in der Armenierpolitik Envers und Talaats zu keinem hemmenden Zwischenfall und peinlichen Anstand mehr. Nach einer bestimmten, wohlbedachten Ordnung liefen bei den Statthaltern des Reiches die Avisi des Ministeriums ein, denen dann die allfälligen Durchführungsbefehle zur gegebenen Zeit folgten. Das bürokratische Schaltwerk arbeitete ausnahmsweise mit erstaunlicher Pünktlichkeit, so daß es für ein Beamtenherz diesbezüglich eine Lust zu leben war. Die Walis der einzelnen Provinzen riefen, bereits nach Einlangen der Avisi, die Mutessarifs der Sandschaks, in die ihr Vilajet zerfiel, zu einer dringenden Konferenz zu sich. Dieser Konferenz wurden außerdem noch die militärischen Spitzen des Gebietes beigezogen. Seine Exzellenz, der Wali soundso Pascha, erklärte bei der Sitzung etwa folgendes: „Die Herren haben zur Vollstreckung der Maßregel einen Spielraum von vierzehn Tagen. Bis dahin muß der letzte Trupp der exilierten Bevölkerung die Grenzen des Vilajets tot oder lebendig hinter sich haben. Ich werde Sie für den durchgreifenden und aufschublosen Vollzug schon deshalb verantwortlich machen, weil ich selbst dem Herrn Minister des Innern dafür hafte."

Der Konferenz wurde sodann ein von der Statthalterei ausgearbeiteter Plan zur Begutachtung vorgelegt, der die Reihenfolge der Verschickungen einteilte. Die Mutessarifs brachten ihre Einwände und Verbesserungen an, der General traf seine Verfügungen über die begleitenden Truppen und Gendarmen. Ungefähr nach einer Stunde konnte man sich dann ins Bad oder ins Café begeben, wenn nicht gerade beim Wali ein Festmahl stattfand. Die Mutessarifs kehrten in ihre Residenzen zurück. Und nun wiederholte sich das Spiel. Sie beriefen nämlich ihrerseits eine Konferenz ein, zu der nunmehr die Kaimakams der einzelnen Kasahs erscheinen mußten, in die der Sandschak zerfiel. Wiederum wurde der militärische Kommandant zugezogen, der natürlich kein General mehr war. Man prüfte nun den Plan des Wali und arbeitete ihn in Ansehung der örtlichen Bedingungen genauer aus. Die Sandschak-Sitzung dauerte daher schon länger als die vornehme erste. Die Herren begaben sich zwar nachher ebenfalls ins Café oder ins Bad, doch sie schimpften bereits in ruppigem Türkisch über das armenische Gesindel, das mitten im Kriege solche Mühsal verursache. Nun kam die Reihe an die Kaimakams. Auch sie riefen in den Kreisstädten die Müdirs, ihre Bezirkshauptleute, zusammen; doch diese Sitzungen wurden nicht mehr feierlich „Konferenz" genannt. Die Müdirs waren fast durchweg jüngere Männer, wenn man von einigen wenigen Graubärten absah, die schon an der zivildienstlichen Majorsecke hängengeblieben waren. Der jeweilige Kaimakam sagte ihnen dasselbe, was der Wali dem Mutessarif und der Mutessarif dem Kaimakam gesagt hatte, nur freilich in einem weniger gewählten Ton:

„Ihr habt soundso viel Tage Zeit. Bis dahin muß die letzte dieser unreinen Schweineherden die Grenzen unserer Kasah verlassen haben. Die Sache hat zu klappen. Ich mache euch dafür verantwortlich. Bei wem sie nicht klappt, der kommt in Untersuchung. Ich habe keine Lust, mich wegen andrer Leute pensionieren zu lassen."

Abgesehen von den wirklich Betroffenen, lag auf diesen Müdirs die ärgste Last der tragischen Maßnahme. Die Nahijehs, die Bezirke, die sie verwalteten, umfaßten große Gebiete, Eisenbahnen gab es so gut wie keine, Telegrafenlinien nur wenige, und Wagenfahrten waren auf den grausamen Straßen und Saumwegen zumeist eine Folterstrafe. Es blieb also nicht viel anderes übrig, als Tag und Nacht im Sattel zu sitzen, damit man jedes Dorf und jeden Flecken, in dem die Armenier lebten, rechtzeitig auf die Beine bringen konnte. Rechtzeitig? Manchmal war diese rechte Zeit die Mitternacht vor dem Auszugsmorgen. Der Wali, der Mutessarif, der Kaimakam hatten leicht befehlen und verantwortlich machen. In den Städten war es ja ein Kinderspiel. Wenn man aber siebenundneunzig Flecken, Dörfer, Weiler und Gehöfte unter sich hatte, dann sah die Sache schon ganz anders aus. Mancher Müdir, der weder hexen konnte noch allzu buchstabeneifrig war, entschloß sich daher, dieses und jenes unbedeutende abgelegene Dorf einfach nicht zu berücksichtigen. Viele der Müdirs handelten aus gutherziger Faulheit so, welche ja einer der wichtigsten Antriebe menschlicher Wirksamkeit ist. Andre wiederum verbanden die milde Bequemlichkeit mit pfiffigen

Nebengedanken. Solche „Nicht-Berücksichtigungen" konnten sich in der Folge gut bezahlt machen, denn der armenische kleine Mann und selbst der Bauer ist nicht unvermögend. Gefährlich waren dergleichen Ausnahmen nur dort, wo es einen ständigen Gendarmerieposten gab. Die Saptiehs wollten ihr eigenes Geschäft machen, und welches Geschäft wäre einträglicher als die legale Plünderung, bei der die Behörde beide Augen zudrückt? Zwar verfiel das Gut der Verstoßenen verordnungsgemäß dem Staatssäckel. Dieser aber wußte genau, daß er nicht Machtmittel genug besaß, um seinen ehrenwerten Anspruch durchzusetzen, und daß es für ihn vorteilhaft war, die muntere Arbeitsfreude der ausübenden Organe wachzuhalten.

Während in den Selamliks, Cafés, Bädern, Versammlungsorten der Provinz die moderne Welt (das heißt alles, was Zeitungen las, einen bescheidenen Fremdwörterschatz besaß, anstatt Karagöz, dem alttürkischen Schattenspiel, in Smyrna oder Stambul ein paar französische Komödien gesehen hatte und ansonsten den Namen Bismarck und Sarah Bernhardt kannte), während also diese Gebildeten, dieser fortgeschrittene Mittelstand sich restlos hinter Envers Armenierpolitik stellte, verhielt es sich mit den einfachen türkischen Menschen, mochten es nun Bauern oder das niedere Stadtvolk sein, durchaus anders. Oft staunte der Müdir auf seinen Rundreisen, wenn in einem Dorfe, wohin er den Austreibungsbefehl gebracht hatte, sich Türken und Armenier zusammenscharten, um miteinander zu weinen. Und er verwunderte sich, wenn vor einem armenischen Hause die türkische Nachbarsfamilie schluchzend stand und den Tränenlos-Erstarrten, da sie ohne sich umzuschauen aus ihrer alten Tür traten, nicht nur ein „Allah möge euch barmherzig sein" zurief, sondern Wegzehrung und große Geschenke mit auf den Weg gab, eine Ziege, ja selbst ein Maultier. Und der Müdir konnte auch erleben, daß diese Nachbarsfamilie die Elenden mehrere Meilen weit begleitete. Und er konnte erleben, daß sich seine eigenen Volksgenossen vor seine Füße warfen und ihn anflehten:

„Laß sie bei uns! Sie haben nicht den richtigen Glauben, aber sie sind gut. Sie sind unsere Brüder. Laß sie hier bei uns!"

Doch was half das? Selbst der gutmütigste Müdir konnte nur in ein paar namenlosen Einöd-Dörfern eine Ausnahme machen und es heimlich dulden, daß sich ein Rest der verfluchten Rasse dort unter der Decke seiner Todesangst verkroch.

Über die Dorfpfade aber stolperte es dahin, in die Karrenwege bog es ein, auf den Landstraßen stieß es zusammen, um nach Tagen endlich die große Chaussee zu erreichen, die über Aleppo nach Südosten und in die Wüste führt. Ein schleppender, millionenfüßiger Rhythmus, den die Erde noch nicht erlebt hatte. Mit wahrhaft strategischer Umsicht war der Aufmarsch dieser Armee entworfen und eingeleitet worden. Nur eines hatten die verborgenen Feldherren ganz und gar vergessen: den Verpflegungsnachschub. Die ersten Tage wurde wohl noch etwas Brot und Bulgur, gedörrter Weizen, gefaßt, aber da war der eigene Proviant noch nicht aufgezehrt. In diesen ersten Tagen hatte auch jeder Erwachsene das Recht, vom Onbaschi, dem Rechnungsunteroffizier des Transportes, die Auszahlung einer gesetzlichen Löhnung von zwölf Para, vierzig Groschen ungefähr, zu verlangen. Doch die meisten hüteten sich wohl, diese Forderung zu stellen, durch die sie sich nur den Haß eines Allmächtigen zugezogen hätten; und dann, für zwölf Para konnte man bei der herrschenden Teuerung im besten Fall einige Orangen oder ein Hühnerei kaufen. Mit jeder Stunde wurden die Gesichter hohler, der millionenfüßige Schritt taumelnder. Bald entrang sich kein anderer Laut mehr dem ziehenden Wesen als Stöhnen, Husten, Wimmern und manchmal ein wüster, krampfhafter Aufschrei. Mit der Zeit fielen immer mehr Glieder dieses Wesens ab, sanken hin, wurden in den Graben gestoßen und verreckten. Dann sausten die Knüppel der Saptiehs auf die Rücken der zögernden Scharen. Wütend waren die Saptiehs. Auch sie mußten ein Hundeleben führen, ehe sie ihre Ausgetriebenen an der Grenze der Kasah dem benachbarten Gendarmeriekommando übergaben. Anfangs wurden noch Standeslisten geführt. Als aber dann die Krankheits- und Todesfälle überhandnahmen, als man immer mehr Halb- und Ganzgestorbene in den Straßengraben werfen mußte, vor allem Kinder, da erwies sich die Listenführung als höchst lästig, und der Onbaschi ließ die überflüssige Schreiberei bleiben. Ob Sarkis, Astik oder Hapeth, ob Anusch, Wartuhi oder Koren auf freiem Felde verwesten, wer fragte danach? Nicht alle Saptiehs waren reißende Bestien. Es ist sogar anzunehmen, daß die Mehrzahl aus durchschnittlich guten Menschen bestand. Doch was soll er tun, der Saptieh? Er hat den scharfen Befehl, mit der ganzen

Herde zu dieser und dieser Stunde dort und dort gestellt zu sein. Sein Herz begreift die brüllende Mutter ganz gut, die ihr Kind aus dem Graben reißen will, die sich auf die Straße hinwirft und in die Erde krallt. Kein Zureden hilft. Es dauert schon Minuten, und die Station ist noch zwölf Kilometer entfernt. Der Zug stockt. Alle Gesichter verzerren sich. Aus tausend Mündern bricht ein Wahnsinnsgeschrei. Warum wirft sich diese Menge, so entkräftet sie auch ist, nicht auf den Saptieh und seine Kameraden, entwaffnet sie und zerreißt sie in der Luft? Vielleicht fürchten die Gendarmen einen solchen Wutausbruch, der ihr Ende wäre. Da gibt einer von ihnen einen Schuß ab. Die andern ziehen den Säbel und schlagen mit den scharfen Klingen auf die Wehrlosen ein. Dreißig, vierzig Männer und Frauen wälzen sich in ihrem Blut. Von diesem Blut aber kommt ein anderer Rausch über die erregten Saptiehs, die alte Gier nach den Weibern der verhaßten Rasse. In den preisgegebenen Frauen vergewaltigt man mehr als menschliche Wesen, man nimmt in ihnen den Gott des Feindes in Besitz. Nachher wissen die Saptiehs kaum mehr, wie sich all das zugetragen hat.

Ein wandernder Teppich, aus blutigen Schicksalsfäden gewoben. Es ist immer dasselbe. Nach dem ersten Marschtag werden alle Männer im kräftigen Lebensalter von den übrigen Scharen getrennt. Da ist ein sechsundvierzigjähriger Mensch in guten Kleidern, ein Ingenieur; man kann ihn von seiner Familie nur mit Kolbenstößen wegtreiben. Sein jüngstes Kindchen ist erst anderthalb Jahre alt. Er soll bei einer Straßenbaukompanie eingeteilt werden. In dem langen Männerzug torkelt er wie ein Schwachsinniger, immer vor sich her lallend: „Ich habe doch den Bedel pünktlich bezahlt ... den Bedel bezahlt." Plötzlich hält er seinen Nachbarn fest. Schwärmerischer Schmerz schüttelt ihn: „So ein schönes Kind hast du noch nie gesehen. Augen wie Teller groß hat das Mädel. Wenn ich nur könnte, wie eine Schlange wollt ich ihr auf dem Bauch nachkriechen." Dann torkelt er weiter, ganz vereinsamt und umschlossen von seinem Weinen. Am Abend wirft man sich auf einem Berghang hin. Auch der Ingenieur scheint zu schlafen. Lange nach Mitternacht weckt er denselben Nachbarn. „Nun sind sie alle schon tot", sagt er und ist ganz ruhig. — Da wandert in einem andern Transport ein Brautpaar. Sie sind noch sehr jung. Dem Bräutigam färbt kaum noch ein leichter Flaum die Oberlippe. Die Stunde droht heran, da die kräftigen Männer ausgeschieden werden sollen. Die Braut kommt auf den guten Einfall, ihren Geliebten in Frauenkleider zu stecken. Die List gelingt. Schon lachen die beiden Kinder in ihrer Seligkeit über die glückliche Verwandlung. Die andern aber warnen vor übereiltem Triumph. In der Nähe einer größeren Stadt kommen ihnen fremde Tschettehs, bewaffnete Freischärler, entgegen. Sie sind auf lustiger Frauenjagd begriffen. Die Wahl trifft unter anderen die Braut. Sie klammert sich an den Bräutigam: ,,Um Gottes willen laßt mich bei ihr! Meine Schwester ist taubstumm. Sie braucht mich!"— ,,Das ist kein Grund, dschanum, mein Seelchen! Die Hübsche da kommt auch mit." Das Paar wird in ein schmutziges Haus verschleppt. Dort entpuppt sich die Wahrheit schnell. Die Tschettehs töten den Jüngling augenblicklich. Der Geschlechtsteil wird ihm abgeschnitten und in den Mund gesteckt, dessen Lippen noch mit Henna rotgefärbt sind, damit er mehr nach einer Frau ausschaue. Nach dem grauenhaftesten Mißbrauch wird das Mädchen nackt an die Leiche des Bräutigams gebunden, und zwar Kopf an Kopf, so daß sie das blutige Glied mit ihrem Gesicht berühren muß. — Wandernder Teppich, aus Schicksalen gewoben, die niemand entwirrt. Da ist immer wieder die Mutter, die tagelang ihr verhungertes Kind in einem Sack auf dem Rücken trägt, bis sie ihre eigenen Verwandten bei den Saptiehs anzeigen, weil sie den Geruch nicht mehr ertragen können. Da sind die wahnsinnigen Mütter von Kemach, die hymnensingend ihre Kinder von einem Felsen herab in den Euphrat werfen, mit leuchtenden Augen, als sei dies ein gottgefälliges Werk. Und da ist immer wieder ein Bischof, ein Wartabed. Und er schürzt seine Kutte, wirft sich nieder vor dem Müdir, weint: ,,Hab Erbarmen, Effendi, mit diesen Unschuldigen." Der Müdir aber muß eine vorschriftsmäßige Antwort geben: ,,Mische dich nicht in Politik! Mit dir habe ich nur in kirchlichen Fragen zu verhandeln. Die Regierung achtet die Kirche." — In manchen Transporten ereignet sich oft auch gar nichts Besonderes, keine bemerkenswerten Greuel, außer Hunger, Durst, Fußwunden und Krankheit. Aber es stand einmal eine deutsche Diakonissin vor dem Krankenhaus in Marasch, wo sie eben zur Dienstleistung eingetroffen war. Eine lange stumme Armenierschar trabte an dem Haus vorbei, in das sie eben treten wollte. Sie vermochte sich nicht zu rühren, bis die letzte Gestalt verschwunden war. In der Schwester ging etwas vor, was sie selbst nicht verstand: kein Mitleid, nein, auch kein Grauen, sondern etwas Unbekannt-Großes, eine Erhebung fast. Am Abend schrieb sie ihren Angehörigen: „Mir begegnete ein großer Zug von Ausgewiesenen, die erst kürzlich ihre Dörfer verlassen hatten und noch in recht guter Verfassung waren. Ich mußte lange warten, um sie vorüberziehen zu lassen, und nie werde ich den Anblick vergessen. Einige wenige Männer, sonst nur Frauen und Kinder. Viele darunter mit hellem Haar und großen blauen Augen, die uns so todernst und mit solch unbewußter Hoheit anblickten, als wären sie schon Engel des Gerichts." Und diese armen Engel des Gerichts zogen aus Zeitun, Marasch und Aïntab und dem Vilajet Adana; sie zogen aus dem Norden herab, aus den Provinzen von Siwas, Trapezunt und Erzerum; sie kamen aus dem Osten, aus Karputh und dem kurdenbewohnten Diabekir, aus Urfa und Bitlis. Jenseits des Taurus, noch vor Aleppo, verwoben sich all diese Transporte zu dem unendlichen, schleichenden Menschenteppich. In Aleppo selbst aber geschah nichts, und in den wimmelnden Sandschaks und Kasahs des Vilajets geschah ebensowenig. Friedlich und unberührt lag die Küste, ruhte der Musa Dagh. Er schien die grausige Wanderung nicht zur Kenntnis zu nehmen, die in mäßiger Ferne an ihm vorüberrückte.

Lange Wochen! In Yoghonoluk nahm, wie man so sagt, das Leben ruhig seinen Lauf. Freilich war hier die Redensart kaum im oberflächlichen Sinne zutreffend. Die Leute sprachen wohl nicht viel „davon", aber das Unheimliche war, daß sie nahezu überhaupt nichts sprachen. Die Arbeit in den Feldern und Gärten, am Webstuhl und an der Drehbank wurde geleistet wie immer, unermüdlicher vielleicht, ja fieberhafter denn je. Die Verkäufer zogen sogar auch zu den Wochenmärkten nach Antiochia und brachten ihre Ware in gewohnter Weise los. Ebenso kamen nach altem Brauch die türkischen Einkäufer in die Dörfer und handelten gemächlich um jeden Para, als wäre nichts Besonderes im Gange. Alles war wie immer und doch ganz anders. Es lag auf den Menschen wie ein hypnotischer Schlaf, in dem man seinem regelmäßigen Geschäft nachgehen kann, ohne bei Sinnen zu sein. Jeder wußte alles. Jeder wußte, daß sein Leben vielleicht nur mehr eine Frage von Wochen war. Er wußte das und wußte es auch wieder nicht. Konnte denn die Gefahr an den Kindern des Musa Dagh nicht vorübergehen, da sich bis jetzt noch nichts gerührt hatte? Lud die abseitige Lage des Bezirkes die Machthabenden nicht ein, ihn zu vergessen? Verbarg sich unter der tiefen Stille nicht ein gutes Zeichen? So kam es auch, daß jeder diese Stille noch durch sein eigenes Schweigen steigerte, um die Geister nicht zu wecken, daß jeder sich in den geschäftigen Lebensschlaf seines Alltags verbohrte, um so zu tun, als wandle er in ewiger Sicherheit. Das Vorbild für diese Verhaltungsweise gaben Arzt Altouni, Apotheker Krikor und sogar Ter Haigasun. Der alte Doktor stattete auf dem Rücken seines Reitesels weiter Krankenbesuche ab, indem er auf sein verpfuschtes Lebenslos schimpfte, als könne es gar nicht mehr schlimmer kommen. Krikor versammelte die Lehrer zu nächtlich sokratischen Spaziergängen um sich und nannte die Sterne samt ihren Entfernungen mit sicheren Namen und Zahlen, gegen die es keinen Widerspruch gab. Wenn die Billionen Meilen durch die Luft schwirrten, war auch das leiseste Echo des Unglücks nicht vernehmbar. Krikor zog sich auf den Flügeln der Lichtgeschwindigkeit zu den von ihm eigenmächtig getauften Sternen zurück. Ein Blick empor genügte, und die Ausstoßung wurde zu einem müßigen Gerücht. Vielleicht glaubte er wirklich nicht an sie. Schwarz auf weiß stand darüber nichts zu lesen. Armenische Zeitungen trafen nicht mehr ein, und die türkischen hatten bisher nur zweimal sanft-offizielle Andeutungen gebracht. Auch Ter Haigasun entfaltete, ohne rechts und links zu schauen, die gleiche Tätigkeit wie stets. Er gab in der Schule Unterricht, er las die feierlichen Messen, er unternahm die gewohnten Diözesanreisen. Der Priester hatte darauf bestanden, daß auch in diesem Jahre die altheilige Wallfahrt zum Thomaskloster begangen werde, wobei seit Menschengedenken das Madach-Opfer in Gestalt eines Lämmchens dargebracht wird. Nur das große Volksfest, das man nachher mit Musik und Tanz bis in den nächsten Morgen hinein zu feiern pflegte, war diesmal abgesagt worden, doch ohne jede Begründung durch Ter Haigasun.

Es konnte demnach nicht fehlen, daß bei solch ruhigem Betragen der einheimischen Geisteshäupter die beiden Fremden, die Europäer Juliette und Gonzague, sich völlig unbekümmert zeigten. Eines Tages meinte Juliette wirklich und wahrhaftig zu ihrem Gatten:

„Bis zum Herbst, mein Lieber, bleibe ich dir nicht hier.
Langsam bekomme ich Sorge um Frankreich. In den letzten
Tagen habe ich oft an Mama denken müssen."
Der lange, rätselhafte Blick Gabriels aber gab ihr zu verstehen,
daß sie etwas ganz Vermessen-Unsinniges gesagt hatte.
Gabriel Bagradian setzte seine Erkundungszüge durch die
Dörfer fort, er dehnte sogar sein Studiengebiet aus: im Süden
kam er jetzt oft über Suedja hinaus und im Norden nach einem
vielstündigen Ritt einmal bis Beilan, dem verwaisten Villenort
der reichen Armenier von Alexandrette. Ein einziges Mal
wagte er sich wieder nach Antiochia. Die Orontesbrücke
bewachten im Gegensatz zur frühern Zeit ein paar Saptiehs.
Sie fragten Gabriel nicht nach seinen Papieren und ließen ihn
gleichgültig vorbei. Einen Augenblick lang wähnte er, sämtliche Postenketten des Reiches würden ihn und den Wagen mit
Juliette und Stephan ebenso anstandslos passieren lassen wie
diese hier. Vielleicht war die Rettung leichter zu bewerkstel-
ligen als er ahnte. Sobald er aber in die neue Nachrichtenhalle
des Hükümets getreten war, belehrte ihn ein großer Wand-
anschlag sogleich eines Schlechteren. An keinen Armenier, so
wurde dort verlautbart, durften Fahrkarten für Eisenbahn
und Reisepost ausgegeben werden. Und was noch bedenklicher
war, es hieß wörtlich:
„Wo immer ein Angehöriger der armenischen Millet außerhalb
seines Wohnsitzes ohne Paß und Reiseschein angetroffen wird,
hat er festgenommen und dem nächstgelegenen Deportationslager eingereiht zu werden." Diese scharfe Verordnung, die
einige Artikel umfaßte, war von Mustafa Abdul Halil Bey
unterfertigt, dem gefügigen Nachfolger des tapferen Djelal.
Trotz der Drohung schlenderte Bagradian durch den Bazar.
Die enge, sonst so vollgestopfte Straße war fast menschenleer
und zeigte eine verschrockene Trauermiene. Obgleich die
Verbannung sie noch nicht getroffen hatte, hielten die armenischen Händler ihre Läden gesperrt und schienen vom Erdboden verschluckt zu sein. Doch auch die mohammedanische
Bevölkerung hatte keineswegs zu lachen. Der erste Schatten
nämlich, den die Sünde wider die Armenier auf das Reich warf,
war ein jäher Wertsturz des türkischen Papiergeldes. Seit einiger Zeit wollten sich die Kaufleute nicht mehr mit Gold und
Silber bezahlt machen, worauf diese schamhaften Metalle
sogleich keusch von allen Märkten verschwanden. Die Wirt-

schaftsweisen in den Ministerien von Stambul gaben verwickelte Erklärungen für das Geheimnis der unbegründet-plötzlichen Entwertung. Daß aber der Kreislauf des Geldes von den Marktverhältnissen der moralischen Welt abhängen könnte, darauf ist bis zum heutigen Tage kein Wirtschaftsweiser gekommen. Die Türken in Antiochia drückten sich mit schlappen und beklommenen Schritten durch den Bazar, der mit seinen Pfützen, Gossen und Abfallhaufen wie eine nächtliche Vorstadtgasse aussah.

Gabriel fand das altertümliche Haustor des Agha Rifaat Bereket verschlossen. Er hämmerte mehrmals mit dem Klopfer gegen das kupferbeschlagene Holz, doch kein Mensch meldete sich. Der Agha war also von seiner anatolischen Reise noch nicht heimgekehrt. Obgleich Gabriel wußte, daß diese Reise der Hilfe für das armenische Volk galt, so erfüllte ihn das Fernsein des Vaterfreundes jetzt mit Kümmernis.

Nach der Rückkunft beschloß Bagradian, auf all seinen ferneren Fahrten den äußersten Umkreis des Musa Dagh nicht mehr zu verlassen. Der Grund dafür lag in der zauberhaft beschwichtigenden Wirkung, die der Heimatberg je länger je stärker auf ihn ausübte. Noch immer, wenn er morgens das Fenster öffnete und den Berg grüßte, erfüllte ihn jenes feierliche Erstaunen, das er nicht verstand. Die lastende Masse des Musa Dagh, zu jeder Stunde anders gestaltet, jetzt dicht zusammengeballt, jetzt flockig im Sonnendunst sich lösend, dieses in allen Verwandlungen ewige Bergwesen schien Gabriels Kräfte zu beleben und ihm den Mut für das qualvolle Hin und Her jener Gedanken zu verleihen, die ihm seit der Ankunft des Pastors Aram Tomasian den Schlaf raubten. Verließ er aber den Schatten des Musa Dagh, so sank der Mut für diese Gedanken sogleich. Indessen aber trugen seine eifrigen Streifzüge in den Dörfern gute Früchte. Er gewann, was er anstrebte, eine ziemlich lückenlose Übersicht nicht nur des äußeren Lebens und Treibens dieser Bauern, Obstzüchter, Seidenspinner, Schalweber, Imker und Holzschnitzer, sondern er durfte auch manchen Blick in ihre Familienbeziehungen und verschlosseneren Seelenbezirke tun. Das war freilich nicht immer ganz leicht. Viele Landsleute sahen in ihm zuerst nur den vornehmen Fremdling, mochte er auch durch Sippe und Besitz mit ihnen verbunden sein. Awetis Bagradian der Jüngere war ihnen natürlich näher gestanden, obgleich der wortkarge Sonderling sich um keinen Menschen gekümmert hatte, auch nicht um Krikor, Ter Haigasun, die Lehrer, und kaum jemals in die Dörfer herabgekommen war. Gleichviel, er lag auf dem Friedhof von Yoghonoluk mitten unter ihren Toten. Mit der Zeit aber wuchs das Vertrauen zu Gabriel und sogar eine heimliche Hoffnung, die sie in ihn setzten. Der Effendi war gewiß ein mächtiger Mann, den das Ausland kannte und den die Türken seines Einflusses halber fürchteten. Solange er in Yoghonoluk weilte, würde vielleicht das Ärgste über die Dörfer nicht hereinbrechen. Niemand gab sich Rechenschaft über den wirklichen Wert solcher Hoffnungen. Es war aber noch eine andere Witterung dabei. Wenn Gabriel über die Zukunft auch ebensowenig wie die andern sprach, so konnten manche in seinen Augen, in seiner Unruhe, in seinen Fragen, in den Notizen, die er sich machte, irgendein zielbewußtes Denken, eine besondere Tätigkeit spüren, die ihn von jedermann unterschied. Alle Augen hingen an ihm, wenn er auftauchte. Er wurde in viele Häuser gebeten. Obgleich die Stuben nach der Sitte des Landes ziemlich leer waren, überraschte ihn doch ihre saubere Wohnlichkeit. Der lehmgestampfte Estrich war mit reinen Matten belegt. Zum Niedersitzen dienten mit guten Teppichen bedeckte Diwans. Nur bei den ärmsten Bauern grenzte der Stall unmittelbar an die Stube. Die Wände waren durchaus nicht überall nackt. Neben Heiligenbildern hatten die Bewohner irgendwelche verschollene Illustrationen und Kalenderbildchen aufgehängt. Manche Hausfrau schmückte ihren Raum — eine große Seltenheit im Orient — mit frischen Blumen, die meist in flachen Gefäßen lagen. Hatte sich der Gast niedergelassen, so wurde ein dicker Holzblock vor ihn hingestellt, auf dem die umfängliche Zinnschüssel ruhte, die eine Auswahl von Backwerk, Honigschnitten und süßen Käsewürfeln trug. Gabriel kannte noch von jenen Kindheitsjahren in Yoghonoluk her den Geschmack dieser überaus süßen Näschereien. Damals waren es verbotene Genüsse gewesen, denn die Eltern durften natürlich nichts davon wissen, daß die Dienerschaft des Hauses mit dem kleinen Gabriel in den Dorfhäusern einkehrte. Jetzt aber kam angesichts der reichlichen Bewirtung Gabriels Magen in Verlegenheit, zumal ihm neben dem Backwerk noch Melonenscheiben und gezuckerte Früchte angeboten wurden. Die Gastlichkeit abwehren wäre eine tödliche Kränkung gewesen. Er half sich also damit, daß er die Kinder, die man ihm überall vorführte, mit den Süßigkeiten fütterte, während er hie und da selbst einen Bissen in den Mund steckte. Rührend, wie alle diese Kinder, besonders die kleinen, geliebt und wohlgehalten waren. Die Mütter verwendeten auf die Sauberkeit der Hemdchen, Kittel und Schürzen ihre stolzeste Sorgfalt. In späteren Jahren konnten freilich auch sie es nicht hindern, daß die Buben auf ihren Kriegs- und Beutezügen durch die Schluchten des Damlajik verwilderten. Bei seinen häufigen Dorfbesuchen gewann Gabriel Bagradian manchen Freund. Der getreueste unter allen war ein gesetzter Mann namens Tschausch Nurhan, was so viel heißen will wie Sergeant Nurhan. Dieser Tschausch Nurhan besaß am südlichen Ortsausgang von Yoghonoluk den ansehnlichsten Handwerksbetrieb nach dem Bauunternehmer Tomasian, und zwar eine Schlosserei und Schmiede, eine Werkstätte zur Sattelerzeugung, eine Wagnerei, in der die landesüblichen Kangni gebaut wurden, und schließlich ein innerstes Heiligtum, wo er ohne Zeugen waltete. Eingeweihte wußten, daß er sich in diesem Raum mit der Reparatur von Jagdwaffen und der Herstellung der dazugehörigen Patronen befaßte; doch blieb diese Tätigkeit unbequemer Anzeigen wegen den Augen des Saptieh Ali Nassif am besten entzogen. Tschausch Nurhan war ein alter „Längerdienender". Eine militärische Dienstzeit von sieben Jahren lag hinter ihm, die er im Krieg und bei einem anatolischen Infanterieregiment in der großen Kaserne von Brussa verbracht hatte. Von eingefleischtem Soldatenwesen sprach seine ganze Erscheinung, der angegraute Schnurrbart mit den weit ausgezogenen Spitzen, der unablässige Gebrauch militärischer Redensarten und Kraftworte und nicht zuletzt sein ehrerbietig strammes Verhalten zu Bagradian, den er immer nur als Offizier und Vorgesetzten begrüßte. Vielleicht spürte er sogar irgendwelche Eigenschaften in Gabriel, von denen dieser selbst nichts wußte. Tschausch Nurhan, der schon für Awetis den Jüngeren gearbeitet hatte, übernahm es, die reichen Waffenbestände des Hauses Bagradian daraufhin durchzusehen, ob alles in Ordnung sei. Er holte die Gewehre ab, um sie in seiner heimlichen Werkstätte säuberlich zu zerlegen, einzufetten und wieder zusammenzusetzen. Bei dieser Arbeit sah ihm Gabriel öfter zu. Auch Stephan nahm er hie und da zu Nurhan mit. Die Männer unterhielten sich wie leidenschaftliche Fachleute über militärische Dinge. Der Tschausch war voll von groben Geschichten und Schnurren, die Gabriel, der Schöngeist, zu hören nicht müde ward. So verbohrten sich unglaublicherweise in den Monaten der Austreibung zwei armenische Männer mit Eifer in Erinnerungen an das türkische Soldatenleben, als läge ihre Heimat dort. Doch er besaß eine sehr ansehnliche Schar halbwüchsiger Kinder, in der nicht einmal er selbst sich auszukennen schien. Er kümmerte sich auch um diese Nachkommenschaft so gut wie gar nicht. Der ehemalige Rekrutenbändiger mit dem angstgebietenden Schnurrbart war gegenüber der Horde seines eigenen Blutes die stumpfe Gutmütigkeit selbst; er ließ sie seelenruhig verwahrlosen. Nach Feierabend, wenn ihm die einzelnen Werkmeister seines Betriebes die Schlüssel eingehändigt hatten, betrat er weder sein kinderreiches Haus, noch klopfte er bei einem Nachbarn an. In der einen Hand den Weinkrug, in der andern ein türkisches Infanteriekornett, das er dem Ärar geraubt hatte, ging er in seinen Aprikosengarten. In der Dämmerung begannen dann, den Dörfern wohlbekannt, unsicher heulende Trompetenstöße die Luft zu zerreißen. Stockend und glicksend plärrten die türkischen Armeesignale auf, ein wüster Zapfenstreich, als wollte Tschausch damit, ehe die Nacht kam, das ganze Tal zum Sammeln blasen.

Wegen der Schulkinder hatte es übrigens zwischen den Dörfern eine kleine kulturpolitische Auseinandersetzung gegeben. Nach der Lehrordnung des Miazial Engerutiunk Hajoz, des allgemeinen armenischen Schulvereines, der die maßgebende Unterrichtsbehörde der Nation bildete, sollte das Schuljahr mit den ersten heißen Sommertagen zu Ende gehen, also bereits um die Mitte des Maimonats. Ter Haigasun aber, als oberster Schulverwalter, hatte plötzlich angeordnet, daß nach einer kurzen Ferienpause von acht Tagen der Unterricht neu aufzunehmen sei. Der Entschluß des Priesters entstammte den gleichen Ursachen wie der betäubte Arbeitseifer der ganzen Bevölkerung. Sintflutzeiten! Der nahenden Auflösung und Vernichtung alles Geordneten sollte doppelte Ordnung entgegengesetzt werden, der völligen Hilflosigkeit, die unabwendbar zu erwarten stand, die höchste Regelmäßigkeit und Disziplin. Und überdies war ja gerade in bedrängten Tagen das ungezügelte Geschrei und ahnungslose Getolle ferienfeiernder

Kinderrudel eine unerträgliche Landplage. Klärlich wäre also alles mit Ter Haigasun einverstanden gewesen, wenn nicht von seiten der Lehrerschaft eine erbitterte Gegenströmung eingesetzt hätte. Die Lehrer, allen voran Hrand Oskanian, wollten nicht um ihre Freizeit kommen, die ihnen vertraglich zugesichert war. Sie steckten sich hinter die Muchtars, sie warnten die Eltern, das Gehirn der armen Kleinen werde durch Überanstrengung in der Gluthitze ernsthaft Schaden nehmen; Oskanian, der Schweiger, aber entfesselte einen Werbefeldzug des Hasses gegen Ter Haigasun. Es nützte ihm nichts. Der Priester blieb stark. Er versammelte die sieben Muchtars der Ortschaften um sich und überzeugte sie in einer kurzen Rede. Das neue Schuljahr begann somit, des Sommers ungeachtet, unmittelbar nach dem alten. Die Lehrer versuchten als letztes Mittel Gabriel Bagradian in den Kampf hineinzuziehen. Schatakhian und Oskanian erschienen unter ernsten Förmlichkeiten in der Villa. Gabriel aber erklärte sich rundheraus und rückhaltlos für Fortsetzung des Unterrichts. Er begrüßte sie nicht nur im allgemeinen, sondern auch im persönlichen Interesse, denn er habe die Absicht gefaßt, seinen Sohn Stephan zu Herrn Schatakhian in die Schule zu schicken, damit er endlich mit anderen Knaben seines Alters und seiner Rasse zusammenkomme. Lehrer Schatakhian verbeugte sich und erwiderte in seinem schönsten Französisch mit einer kleinen Ansprache, in der er die Forderungen der modernen Hygiene und Freiheitsfreude gegen die veraltete Strenge der Wissenschaft ausspielte. Nachdem er geendet hatte, traf ihn Bagradians ziemlich erstaunte Frage:

„Warum reden Sie eigentlich französisch mit mir?"

Hapeth Schatakhian verteidigte sich gekränkt:

„Es geschah nur Ihretwegen, Effendi."

Hrand Oskanian aber stieß ihn wütend in den Rücken, als wollte er damit sagen: Siehst du, deine Eitelkeit hat alles verpatzt. Es blieb den Lehrern somit nur übrig, sich mit ihrer Niederlage vertraut zu machen. Der Schweiger aber lud seinen Haß in ein langes Schmähgedicht gegen Ter Haigasun ab. Bei einer der nächtlichen Zusammenkünfte unter Krikors Führung ließ er das gereimte Pamphlet durch Asajan, den zwirnsdünnen Sänger, zum Vortrag bringen. Lehrer Asajans Stimme bebte vor zorniger Ergriffenheit. Da er im Nebenberuf Chormeister der Kirche war, hatte er unter Ter Haigasuns unzugänglichem

Regiment noch mehr zu leiden als andere. Das kämpferische Poem schloß mit folgenden drohenden Versen:

„Verhängt deine Kutte die Sonne auch
  Als finstere Wolke, die Sonne bricht durch."

Da die Sonne hier wohl allegorisch für Geisteslicht stand, so war nicht recht einzusehen, warum Ter Haigasuns Kutte dieses durch Vermehrung des Schulunterrichts verhängte. Krikor schüttelte über dergleichen ehrgeizige Versuche seines Jüngers den Kopf. Die Runde saß im Mondlicht auf einer Halde oberhalb der Weinberge von Kheder Beg. Der Apotheker ließ sich das Gedicht reichen. Von dem geschmähten Helden der Satire sah er ganz ab. Er sah immer vom Gegenstand ab. Mit dunklem Gleichmut verkündete er:
„Das ist ein Durcheinander, Hrand Oskanian. Dichter, die hat es immer nur früher gegeben..."
Nicht allein Dichter hatte es immer nur früher gegeben, auch Taten, Kriege, Staatsmänner, Helden. Die ganze Welt war erst als Geschichte überhaupt bemerkbar. Damit er die Jünger aber nicht ganz entmutige, winkte ihm Krikor:
„Gib es nicht auf! Aber du mußt noch lernen, Lehrer!"
Am festgesetzten Tage erschien Gabriel Bagradian mit Stephan und seiner kleinen Hausgenossin Sato, deren wunde Füße bereits verheilt waren, im Schulhaus von Yoghonoluk. Vorher hatte es eine kurze Meinungsverschiedenheit mit Juliette gegeben. Sie fürchtete für ihr Kind, so sagte sie, das Zusammenhocken mit dieser ungewaschenen Jugend und noch dazu in einem orientalischen Stall. Man habe Stephan doch nicht einmal in Paris in die Volksschule geschickt, wo doch wahrhaftig die Gefahr von ansteckenden Krankheiten und Kopfläusen weniger zu fürchten war. Gabriel ging von seinem Standpunkt nicht ab. Wenn man die Dinge recht bedenke, so seien derartige Gefahren, die nur allzubald von wirklicheren Gefahren übertroffen werden könnten, nicht ernst zu nehmen. Er, als Vater, halte es für weit wichtiger, daß Stephan nun endlich das *Seine* lebendig kennenlerne, von Grund auf. Juliette hätte in anderen Zeiten und in einer anderen Lebenslage hundert Antworten bereit gehabt. Jetzt aber gab sie den Kampf sofort auf und schwieg. Es war ein schweigendes Nachgeben, das sie selbst im allerwenigsten verstehen konnte. Seit jenem Nacht-

gespräch, in dem sich Gabriel so verzweifelt gezeigt hatte, war etwas ganz Rätselhaftes geschehen. Die Traulichkeit des Lebens — diese in einer vierzehnjährigen Ehe gesammelte gute Ernte — verflüchtigte sich immer mehr. Wenn Juliette jetzt nachts erwachte, war es ihr manchmal, als hätten sie und der Schläfer neben ihr keine gemeinsame Geschichte. Ihre gemeinsame Geschichte lag dort drüben in Paris und den lichtberauschten Städten Europas, ganz abgetrennt und nicht mehr zu ihnen gehörig. Was war nur vorgegangen? Hatte sich Gabriel verändert oder sie selbst? Noch immer betrachtete sie die kommenden Möglichkeiten ohne Ernst. Es schien ihr fast lächerlich, anzunehmen, daß die Sintflut vor ihr, der Französin, nicht ehrerbietig haltmachen werde. Es galt nichts anderes, als noch ein paar Wochen zu überstehen. Und dann zurück! Alles, was innerhalb dieser Wochen geschah oder nicht geschah, war gleichgültiges Spiel. So schwieg sie denn zu Gabriels Beschluß über Stephans Schulbesuch. Als sie sich aber in der innersten Seele jener lauen Regung — „Ah, was geht es mich an?" — jäh bewußt wurde, da erschrak sie und empfand ein unbekanntes Wehgefühl nicht nur um sich selbst, sondern mehr noch um Stephan.

Es läßt sich denken, daß der Junge von dieser Neuordnung begeistert war. Er gestand seinem Vater, daß er während der Übungen, die der gute Herr Awakian mit ihm vornahm, kaum mehr aufmerken und sich sammeln konnte. Weit lieber gehe er, der Pariser Gymnasiast, der Lateiner und Grieche, in eine armenische Dorfschule. Diese Bereitwilligkeit aber hatte nicht nur ihren Grund in der Langeweile jener Übungsstunden mit Awakian; auch Stephans Seele war verwirrt und gespannt, insbesondere, seitdem Iskuhi und Sato im Hause lebten. Satos wegen hatte es schon einmal einen großen Verdruß gegeben. Stephan nämlich und die Kleine waren eines frühen Morgens plötzlich verschwunden und erst lang nach dem Mittagessen zurückgekommen. Da für Sato üble Folgen drohten, nahm Stephan die Schuld ritterlich auf sich und behauptete, sie hätten sich beim Spazierengehen auf dem Damlajik verirrt. Juliette machte nicht allein Awakian, sondern auch Gabriel eine Szene und verbot dem Knaben, in Hinkunft mit Sato auch nur zu sprechen. Die Vagabundin wurde aus dem Umkreis der Herrschaft völlig verbannt und durfte sich, wenn sie im Hause war, nur in ihrer Kammer aufhalten. Stephan schlich sich dafür um so häufiger zu Iskuhi, die ebenfalls das Krankenbett schon längst verlassen hatte, ohne aber geheilt zu sein. Wenn sie auf einem Streckstuhl im Garten lag, hockte er sich zu ihren Füßen auf die Erde. Er hatte viele Fragen auf dem Herzen. Iskuhi mußte von Zeitun erzählen. Kam aber Mama dazu, so brachen sie ihre Gespräche gleich Verschwörern ab. Wie sie ihn alle zu sich ziehen, dachte Juliette.

Die Schule von Yoghonoluk war ein stattliches Haus. Als die größte des Musa-Dagh-Bezirkes umfaßte sie vier Klassen. Schatakhian war von Ter Haigasun mit ihrer Leitung betraut worden. Dieser Lehrer hatte auf eigene Faust der üblichen Volksschule noch eine Fortbildungsklasse angegliedert, in der er Französisch und Geschichte, Oskanian hingegen Literatur und Kalligraphie unterrichtete. Aber nicht genug damit, es bestand auch noch ein Abendkurs für Erwachsene. Hier ließ sogar ein weltumspannender Gelehrter wie Apotheker Krikor sein Licht leuchten. Er hielt Vorträge über Sterne, Blumen, Getier und Gestein, über alte Völker, Dichter und Weise. Nach seiner Art aber trennte er die Gegenstände nicht voneinander, sondern mischte sie phantastisch, ein erfindungsreicher Märchenerzähler der Wissenschaft. Seine Reden würzte er mit geheimnisvollen Worten und Zahlen, so daß ihn seine Zuhörer mit den angestrengten Augen des Nichtsverstehens anblinzelten. Es wirft aber immerhin ein helles Licht auf den Bildungsdrang dieses Volkes, daß sich bei dem Abendkurs sehr alte Menschen, Handwerker zumeist, die ein Stück der Welt gesehen hatten, auf den engen Schulbänken zusammenfanden, um noch am Feierabend des Lebens Neues zu hören und zu lernen. Hapeth Schatakhian nahm Stephan in die Fortbildungsklasse auf, die von dreißig Schülern im Alter von zwölf bis fünfzehn Jahren bevölkert war. Der Lehrer zog Gabriel Bagradian zur Seite:

„Ich verstehe Sie nicht ganz, Effendi. Was kann Ihr Sohn bei uns denn lernen? Wahrscheinlich weiß er von vielen Dingen mehr als ich, der ich zwar in der Schweiz eine Zeitlang studiert habe, jedoch seit Jahren wieder in dieser Einöde verkomme. Sehn Sie doch nur all diese Kinder an! Wie die Buschneger! Ich weiß nicht, ob das ein guter Einfluß sein wird..."

„Gerade diesem Einfluß, Hapeth Schatakhian, möchte ich den Jungen nicht entziehen", erklärte Gabriel, und der Lehrer verwunderte sich über den Eigensinn des Vaters, der aus einem

artigen Europäer unbedingt einen kleinen Orientalen machen wollte. Das Schulzimmer war voll von Kindern und Eltern, die diese Kinder einschreiben ließen. Eine alte Frau trat, einen kleinen Buben vor sich herschiebend, auf Schatakhian zu:
„Hier hast du ihn, Lehrer! Schlag ihn nicht zu viel!"
„Da haben Sie es nun selbst gehört", wandte sich Schatakhian an Gabriel und seufzte über den Wust von Altertum, Aberglauben und Geistesdunkel, mit denen er den Kampf aufzunehmen hatte.
Man verabredete, daß Stephan viermal wöchentlich die Schule zu besuchen habe, um sich hauptsächlich im Gebrauch der armenischen Sprache und Schrift zu üben. Sato wurde in die unterste Klasse gesteckt, wo es die meisten Mädchen gab, wenn sie auch viel jünger waren als die bedenkliche Waise von Zeitun. Schon nach dem zweiten Schulgang kam Stephan ganz erbittert nach Hause. Er lasse sich wegen seines dummen englischen Anzugs nicht länger auslachen. Er wolle genauso gekleidet sein wie die andern Burschen. Und er forderte äußerst hitzig, daß bei einem der dörflichen Schneidermeister für ihn der übliche Entari-Kittel mit dem Aghil-Gürtel sowie eine Schalwar-Pumphose in Arbeit gegeben würden. Wegen dieses Begehrens hob ein großer Streit mit Mama an, der tagelang unentschieden blieb.

Zum Ersatz für die Übungsstunden mit Stephan bekam Samuel Awakian eine neue und ganz anders geartete Arbeit. Gabriel übergab ihm all die vielen losen Aufzeichnungen, die er in den letzten Wochen gesammelt hatte. Der Student sollte sie in verschiedenen Ausfertigungen zu einer großen statistischen Übersicht zusammenfassen. Was mit dieser Arbeit beabsichtigt war, erfuhr Awakian nicht. Vorerst galt es, die gesamte Bevölkerungszahl der Dörfer von Wakef-Spitzendorf im Süden bis Kebussije-Bienendorf im Norden nach bestimmten Gesichtspunkten festzustellen. Die Angaben, die Bagradian beim Gemeindeschreiber von Yoghonoluk und den sechs übrigen Ältesten eingezogen hatte, mußten geordnet und nachgeprüft werden. Awakian konnte Gabriel schon am nächsten Tag folgende genaue Liste übergeben:
Einwohnerzahl der sieben Dörfer, nach Geschlecht und Alter zusammengerechnet:

583 Säuglinge und Kinder	unter	4 Jahren
579 Mädchen	zwischen	4 und 12 Jahren
823 Knaben	zwischen	4 und 14 Jahren
2074 Frauen	über	12 Jahren
1550 Männer	über	14 Jahren

5609 Seelen

In dieser Volkszählung war auch die Familie Bagradian mit
ihren Hausleuten inbegriffen. Doch außer solchen summarischen wurden auch noch verfeinerte Listen angelegt, nach der
Familienzahl der einzelnen Dörfer, nach Beruf und Beschäftigung, kurz nach allen bedeutsamen Gesichtspunkten. Doch
nicht um das Menschliche allein handelte es sich. Gabriel hatte
auch den Viehstand des Bezirkes zu erfassen versucht. Das war
kein leichtes Stück Arbeit gewesen, das nur zum geringsten
Teil gelungen war, denn darüber wußten nicht einmal die
Muchtars genauen Bescheid. Eines stand fest. Großvieh,
Rinder und Pferde, gab es überhaupt nicht. Jede bessere
Familie hingegen besaß ein paar Ziegen und einen Esel oder
ein Maultier zum Lastentragen und Reiten. Die größeren
Schafherden der einzelnen Viehzüchter oder Gemeinden wurden nach Bergvolkssitte auf die stillen Triften und Hutweiden
getrieben, wo sie unter Aufsicht von Schäfern und Halterbuben von einer Schur zur andern verblieben. Die Stückzahl
dieser Herden auch nur annähernd zu bestimmen erwies sich
als unmöglich. Der fleißige Awakian, dem jede Art von Arbeit
willkommen war, lief betriebsam in den Dörfern umher und
hatte in Bagradians Arbeitszimmer schon ein ganzes Kata-
stralamt angelegt. Heimlich aber zuckte er die Achseln über
dergleichen ausgeklügelte Geduldspiele, mit denen ein be-
güterter Mann eine höchst unsichere Wartezeit geschäftig
auszufüllen suchte. Nichts erschien diesem verspielten Pedan-
ten, der wahrscheinlich eine Schrift über das Volksleben am
Musa Dagh im Kopfe trug, zu nebensächlich, um es nicht
aufzuzeichnen. Er wollte wissen, wieviel Tonirs, das sind in
die Erde gemauerte Backtröge, sich in den Dörfern befänden.
Er forschte nach der Getreideernte und schien darüber bekümmert zu sein, daß die Bergbewohner den Mais und das
rötliche syrische Korn von den Mohammedanern des Flach-
landes bezogen. Daß weder in Yoghonoluk und Bitias noch

anderswo eine armenische Mühle im Gang war, machte ihm offensichtlich nicht weniger Sorgen. Sogar an Apotheker Krikor wagte er sich heran und forschte nach dem Stand seiner Arzneimittel. Krikor, der einen Besuch seiner Bibliothek und nicht seiner Apotheke erwartet hatte, zeichnete mit einer enttäuschten Handbewegung den Kreis des Gewölbes nach. Auf zwei kleinen Brettreihen standen allerlei Töpfe und Tiegel, die mit fremdartigen Schriftzeichen bemalt waren. Das war alles, was an eine Apotheke erinnerte. Drei große Petroleumkannen im Winkel, ein Sack mit Salz, ein paar Ballen mit Tschibuktabak und ein Posten Besenbinderware deuteten auf den lebendigeren Teil des Geschäftsbetriebes hin. Krikor klopfte mit seinem knochigen Zeigefinger hoheitsvoll an eine der mystischen Vasen.

„Alle Heilmittel gehn, wie schon Johannes Chrysostomus sagt, auf sieben Urstoffe zurück, auf Kalk, Schwefel, Salpeter, Jod, Mohn, Weidenharz und Lorbeersaft. In hundert Formen ist es immer dasselbe." Er ließ den Tiegel zart zum Zeichen dessen erklingen, daß er diese offiziellen Urstoffe des Johannes Chrysostomus vorrätig habe. Nach einer solchen Belehrung in der zeitgenössischen Pharmazeutik forschte Gabriel nicht weiter. Zum Glück besaß er eine eigene umfängliche Hausapotheke. Wichtiger als dies alles war aber zweifellos die Geschichte mit den Waffen. Freund Tschausch Nurhan hatte darüber schon dunkle Andeutungen gemacht. Sobald aber Gabriel den verschiedenen Gemeindeältesten diese Frage auf den Kopf zu stellte, kniffen sie sofort aus. Eines Tages aber überfiel er den Muchtar Kebussjan von Yoghonoluk in seiner Wohnstube und hielt ihn fest:

„Sei offen mit mir, Thomas Kebussjan! Wieviel und was für Gewehre besitzt ihr?"

Der Muchtar begann fürchterlich zu schielen und mit seinem Glatzkopf zu wackeln:

„Jesus Christus! Willst du uns ins Unglück stürzen, Effendi?"

„Warum bin gerade ich eures Vertrauens nicht würdig?"

„Meine Frau weiß es nicht, meine Söhne wissen es nicht, nicht einmal die Lehrer wissen es. Kein Mensch!"

„Hat es mein Bruder Awetis gewußt?"

„Deinem Bruder Awetis, er ruhe in Frieden, war es wohl bekannt. Doch der hat ja zu keiner Seele gesprochen."

173

„Sehe ich so aus, als ob ich nicht schweigen könnte?"

„Wenn es herauskommt, werden wir alle umgebracht."

Da Kebussjan aber trotz allem Schielen und Kopfwackeln seinem Gast nicht entrinnen konnte, sperrte er schließlich die Stubentüre doppelt ab. Angstvoll zischend gestand er die Wahrheit ein. Im Jahre 1908, als Ittihad zur Revolution gegen Abdul Hamid überging, hatten die jungtürkischen Sendlinge alle Bezirke und Gemeinden des Reiches mit Waffen beteilt, darunter vorzüglich die armenischen, die ja zu einer Hauptstütze des damaligen Aufstandes ausersehen waren. Enver Pascha wußte selbstverständlich davon und hatte nach Ausbruch des Weltkrieges nichts Eiligeres zu tun gehabt, als die schleunige Entwaffnung der armenischen Zivilbevölkerung anzuordnen. Bei Handhabung dieses Erlasses spielte natürlich Charakter und Gesinnung der jeweiligen Regierungsbeamten eine große Rolle. Herrschten in den Vilajets die gewissen Heißsporne der Provinz Ittihads, wie in Erzerum oder Siwas, so konnte es geschehen, daß waffenlose Leute den Gendarmen Gewehre abkauften, nur damit sie diese dann laut Regierungsbefehl wieder abliefern konnten. An solchen Orten galt nämlich der Nichtbesitz von Waffen gleich viel wie deren heimtückische Verleugnung. Im Vilajet Djelal Beys ging es, wie man vermuten kann, weit gemächlicher zu. Der treffliche Statthalter, dessen Menschlichkeit sich gegen die Maßnahmen des prächtigen Kriegsgottes in Stambul aufbäumte, führte derartige Befehle, wenn er sie nicht gänzlich im Papierkorb verschwinden lassen konnte, mit großer Gelassenheit durch. Diese Milde spiegelte sich dann im Verhalten der meisten Unterregenten, mit Ausnahme des scharfen Mutessarifs von Marasch. Auch in Yoghonoluk war an einem Januartag der rothaarige Müdir mit dem Polizeihauptmann von Antiochia in Sachen der Ablieferung erschienen und nach Entgegennahme lächelnder Beteuerungen, daß man niemals Gewehre in Empfang genommen, ruhig wieder abgezogen. Zum Glück hatte der Muchtar seinerzeit tatsächlich keine Empfangsbestätigung an den Boten des Komitees ausgestellt.

„Sehr gut", lobte Gabriel den Schulzen, „und sind die Flinten etwas wert?"

„Fünfzig Mausergewehre und zweihundertfünfzig griechische Karagewehre. Für jedes dreißig Magazine, also je hundertfünfzig Schuß."

Gabriel Bagradian sann vor sich hin. Das sei wirklich kaum der Rede wert. Ob denn die Dorfmänner sonst keine Feuerwaffen besäßen. Kebussjan zögerte wieder:

„Das ist ihre Sache. Auf die Jagd gehen viele. Aber was haben denn ein paar hundert alte Büchsen mit Feuersteinschlössern für einen Wert?"

Gabriel stand auf und reichte dem Muchtar die Hand:

„Ich danke dir, Thomas Kebussjan, für dein Vertrauen! Jetzt aber, da du mir alles gesagt hast, möchte ich noch wissen, wohin ihr das Zeug getan habt."

„Mußt du das wirklich wissen, Effendi?"

„Nein! Ich bin aber neugierig und sehe nicht ein, warum du mir das Letzte verschweigen willst."

Der Muchtar wand sich in inneren Kämpfen. Von diesem Letzten wußte außer seinen Amtsbrüdern, Ter Haigasun und dem Küster wirklich keine einzige Seele. In dem Wesen Gabriels aber war irgend etwas, dem Kebussjan nicht widerstehen konnte. So gab er denn nach verzweifelten Beschwörungen sein Geheimnis preis. Die Kisten mit den Gewehren und die Munitionsverschläge waren auf dem Friedhof von Yoghonoluk in regelrechten Gräbern beigesetzt, die erfundene Namensinschriften trugen.

„So, jetzt habe ich mein Leben in deine Hand gelegt, Effendi", stöhnte der Muchtar, während er die Tür aufschloß, um den Gast zu entlassen. Dieser aber meinte, ohne sich noch einmal umzudrehen: „Vielleicht hast du das wirklich getan, Thomas Kebussjan!"

Gedanken, vor denen er selbst erschrak, beschäftigten unausgesetzt Bagradians Geist, ja sie schüttelten ihn so mächtig, daß er ihnen zu keiner Stunde des Tages und der Nacht entrinnen konnte. Dabei waren sie, trotz aller pedantischen Forschertätigkeit, in ein ähnlich traumhaftes Zwischenreich getaucht wie das ganze Leben am Fuße der grünen Alpe. Gabriel sah nur einen Beginn vor sich, er sah nur den Kreuzweg, wo sich die Wege teilten. Fünf Schritte weiter war alles Nebel und Finsternis. Aber es gehört wohl zu jedem Leben vor der Entscheidung, daß nichts unwirklicher ist als das Ziel. Und doch, war es begreiflich, daß sich Gabriel mit seiner ganzen aufgestöberten Energie nur in diesem engen Tal bewegte, daß er jeden Ausweg vermied, der vielleicht noch offenstand? Wo blieb die Stimme: Warum zögerst du, Bagradian? Warum läßt du Tag um Tag verstreichen? Du hast einen guten Namen, du hast ein Vermögen. Wirf beides in die Waagschale! Wenn sich dir auch Gefahren und die größten Schwierigkeiten entgegenstellen, versuch es dennoch, dich mit Juliette und Stephan bis Aleppo durchzuschlagen. Aleppo ist schließlich eine Großstadt. Dort hast du Beziehungen. Du kannst wenigstens Frau und Sohn unter den Schutz der Konsuln stellen. Man hat zwar überall die Notabeln festgenommen, verschickt, gefoltert, gehenkt. Ein furchtbares Wagnis ist die Reise jedenfalls. Ist es aber ein geringeres Wagnis, zu bleiben? Warte nicht länger, unternimm einen Rettungsversuch, ehe es zu spät ist! — Diese Stimme schwieg nicht immer. Doch sie klang verdeckt. Friedlich lag der Musa Dagh. Nichts veränderte sich. Diese Welt hier schien dem Agha Rifaat Bereket recht zu geben. Kein Hauch der Begebnisse drang in das Tal. Die Heimat, die er auch jetzt noch manchmal für eine verschollene Kindersage hielt, saugte Bagradian fest. Juliette verlor für ihn an Deutlichkeit. Selbst wenn er gewollt hätte, wäre er vom Musa Dagh vielleicht nicht mehr freigekommen.

Sein feierliches Versprechen, über die Waffensache zu schweigen, hielt Gabriel treulich. Auch Awakian erfuhr kein Wort davon. Hingegen bekam dieser plötzlich neue Aufträge. Er wurde zum Kartenzeichner ernannt. Jener Plan des Damlajik nämlich, den Stephan schon im März auf Wunsch des Vaters mit ungeschickten Strichen begonnen hatte, gewann nun Bedeutung. Awakian sollte von dem Berg eine ganz genaue Karte größten Maßstabs in drei Exemplaren ausführen. Das Tal mit Mensch und Vieh ist erschöpft, dachte der Student, jetzt kommen die Gebirgszüge an die Reihe. — Der Damlajik ist bekanntlich der wahre Kern des Musa Dagh. Während sich der Bergstock im Norden in mehrere Arme zerstreut, die sich gegen das Tal von Beilan in träumerischen Naturburgen und -terrassen verlieren, während er im Süden unordentlich und gleichsam nicht fertig geworden in die Mündungsebene des Orontes abstürzt, sammelt er in der Mitte als Damlajik all seine Kraft und Aufmerksamkeit. Hier zieht er mit starken Felsenfäusten das Tal der sieben Dörfer an seine Brust wie eine faltige Decke. Hier bäumen sich auch ziemlich senkrecht über Yoghonoluk und Hadji Habibli seine beiden höchsten Kuppen auf, die einzigen Punkte, die keine Bäume tragen, sondern mit kurzem Mattengras bedeckt sind. Der Rücken des Damlajik bildet eine ziemlich geräumige Hochfläche; an der breitesten Stelle, zwischen dem Ausstieg der Steineichenschlucht und den Steilwänden der Küste, beträgt die Luftlinie (nach Awakians Berechnung) mehr als drei Kilometer. Was aber Gabriels Sinn am meisten beschäftigte, waren die sonderbar scharfen Grenzen, welche die Natur dieser Bergfläche gesetzt hatte. Da war zuerst der Einschnitt im Norden, ein zusammengeschnürter Engpaß und Schmalsattel, auf den sogar vom Tal empor ein alter Saumpfad führte, der aber im Gestrüpp versickerte, da es hier keine Möglichkeit gab, über die Felswand zum Meere zu gelangen. Im Süden hingegen, wo der Berg abbrach, erhob sich über einem wüsten, beinahe pflanzenlosen Halbkreis von Steinhalden ein wuchtiger Felsturm von fünfzig Fuß Höhe. Der Blick von dieser naturgeschaffenen Bastion beherrschte einen Teil des Meeres und die ganze Orontes-Ebene mit ihren türkischen Dörfern bis über die Höhen des kahlen Dschebel Akra hinaus. Man sah die gewaltigen Tempel- und Aquäduktruinen von Seleucia sich im grünen Schlingwuchs krümmen, man sah jede Wagenspur auf der wichtigen Landstraße von Antiochia nach El Eskel und Suedja. Die weißen Würfel dieser Städtchen leuchteten, und die große Spiritusfabrik am rechten Orontesufer in der nächsten Meeresnähe stand grell in der Sonne. Jedem militärischen Verstand mußte die ideale Verteidigungslage des Damlajik sofort auffallen. Wenn man von der unbequemen Talseite der Alpe absah, die selbst müßige Spaziergänger durch den mühsamen und schlechtgebahnten Aufstieg auspumpte, so gab es nur einen einzigen wirklichen Angriffspunkt, den schmalen Sattel im Norden. Doch hier gerade bot die Örtlichkeit hundert Vorteile für den Verteidiger, nicht zuletzt durch den Umstand, daß die unbewaldeten Lehnen der Kerbung, mit Knieholz, Legföhren, Buschwerk, Wildwuchs aller Art übersät, unüberwindliche Bodenhindernisse bedeuteten.

Awakians kartographische Tätigkeit stellte Gabriel lange nicht zufrieden. Immer wieder entdeckte er neue Mängel und Fehler. Der Student fürchtete, daß die Schimäre seines Brotherrn langsam in Verrücktheit umschlage. Er ahnte noch immer nichts. Sie verbrachten nun ganze Tage auf dem Damlajik. Bagradian, der Artillerieoffizier des Balkankrieges, besaß noch Feldstecher, Meßstab, Bussole und ähnliches Werkzeug

der Raumbestimmung, das nun zu Ehren kam. Mit hartnäckigem Eifer sah er darauf, daß in die Skizzen der Lauf jeglicher Quelle, jeder hohe Baum, jeder starke Felsblock eingezeichnet werde. Doch es blieb nicht nur bei roten, grünen und blauen Strichen, merkwürdige Worte und Zahlen traten hinzu. Zwischen den Gipfelkuppen und dem Nordsattel lag eine sehr große, flache Einsenkung. Da sie mit herrlichem Gras bewachsen war, begegnete man hier immer den schwarzen und weißen Schafherden und den Hirten, die wie Gestalten des Altertums in ihren Schäferpelzen winters und sommers die Tage verschliefen. Gabriel und Awakian gingen, die Schritte zählend, genau die Grenzen der Weide ab. Bagradian deutete auf zwei Quellen, die sich oben am Rande der Wiese durch starkes Farnkraut arbeiteten: „Das ist ein großes Glück", sagte er, „schreiben Sie über das Ganze mit rotem Stift: Stadtmulde." Solcher geheimnisvoller Bemerkungen war kein Ende. Mit besonderer Eindringlichkeit schien Gabriel eine Stelle zu suchen, die er wohl nach ihrer milden, kühlen Schönheit wählte. Auch sie war an einem Quellenlauf gelegen, jedoch weiter gegen das Meer zu, wo zwischen Hochfläche und Steilwänden sich ein dunkelgrüner Gürtel von Myrten- und Rhododendrongebüsch hinzog. „Nehmen Sie das auf, Awakian, und schreiben Sie mit rotem Stift dazu: Dreizeltplatz."
Awakian konnte sich die Frage nicht versagen:
„Was bedeutet Dreizeltplatz?"
Gabriel aber war schon weitergegangen und hörte nicht. Ich muß einem Träumer beim Träumen helfen, urteilte der Student. Doch gerade was mit dem Dreizeltplatz gemeint war, sollte er schon zwei Tage später erfahren.

Als Doktor Altouni den Verband von Iskuhis Arm und Schulter abnahm, wurde er sehr mürrisch:
„Ich habe es mir gedacht. Wären wir in einer großen Stadt, könnte alles noch gut werden. Du hättest in Aleppo bleiben sollen, mein Augenlicht, und dort ins Hospital gehen. Aber vielleicht hast du recht gehabt, hierherzukommen. Wer kann das in solchen Zeiten voraussagen? Nun, sei mir nicht verzweifelt, Seele! Wir werden ja noch sehen!"
Iskuhi beruhigte den Alten:
„Ich bin gar nicht verzweifelt, Arzt. Es ist ja glücklicherweise der linke Arm." Iskuhi glaubte den schwachen Tröstungen

Altounis nicht. Sie sah flüchtig an sich herab. Schlaff, abgezehrt, verkürzt hing ihr Arm aus der Schulter. Bewegen konnte er sich nicht. Doch sie fühlte sich schon zufrieden, weil sie keine Schmerzen mehr litt. Nun würde sie wohl für immer ein Krüppel bleiben. Aber war das nicht ein gelindes Opfer, wenn Iskuhi an das Schicksal des Transportes dachte, mit dem sie nur zwei flüchtige Tage lang hatte wandern müssen? (Auch sie war in ihrem Innern wie das ganze Volk hier sonderbar zukunftslos.) Ihren Nächten aber entstiegen die grauenhaftesten Bilder und Geräusche. Das Schlurfen, Scharren, Tappen, Traben von tausend Füßen. Müd winselnde Kinder, die hinfallen, und sie muß trotz ihrem Gebrechen zwei und drei zugleich hochreißen. Irrsinnige Aufschreie an der Spitze des Zuges, und schon toben knüppelschwingende Saptiehs mit blutunterlaufenen Augen heran. Das Gesicht des Vergewaltigers überall! Es bestand nicht nur aus einem, sondern aus dreißig Gesichtern, und es erschienen manche darunter, die sie kannte und die nicht einmal widerlich waren. Meist aber starrte es schmutzig, borstig, blutbesudelt auf sie herab. Auf den wulstigen Lippen platzten Speichelblasen. So genau konnte sie die überlebensgroße kaleidoskopische Fläche sehen, die sich über sie beugte und sie in eine knoblauchscharfe Betäubungswolke einhüllte. Sie wehrte sich und schlug ihre Zähne in die haarigen Affenhände, die ihre Brüste umspannten. Aber was half das? Ich habe nur einen Arm, überlegte sie, als wäre das ein mildernder Umstand dafür, daß sie sich dem Grauen anheimgab und das Bewußtsein verlor.

Die Tage, die solchen Nächten folgten, glichen den Tagen von Malariakranken, bei denen die Körpertemperatur von hohen Fiebergraden ohne Übergang tief unter das Maß stürzt. Ein Schleier legte sich dann auf ihre Sinne, und vielleicht war er die Ursache, daß sie ihr Unglück so leicht ertrug. Der gelähmte Arm hing wie ein Hindernis an ihrer linken Seite. Ihr Körper aber, jung und voll Lebenskraft, stellte sich von Tag zu Tag geschickter auf das Gebrechen ein. Sie gewöhnte sich daran, ohne dessen recht inne zu werden, jede Tätigkeit mit der rechten Hand auszuführen. Es beruhigte sie tief, daß sie keiner Hilfe bedürftig war. Iskuhi lebte nun schon ziemlich lange im Haus Bagradian. Vor einiger Zeit war Pastor Aram Tomasian erschienen, hatte für die gütige Aufnahme seiner Schwester gedankt und erklärt, er wolle sie nun abholen, da er in der

Nähe der väterlichen Wohnung ein leerstehendes Haus habe instand setzen lassen. Gabriel Bagradian zeigte sich bitter gekränkt:

„Warum, Pastor Aram, wollen Sie uns Fräulein Iskuhi entführen? Wir lieben sie alle, und meine Frau am meisten."

„Fremde Leute im Hause sind auf die Dauer lästig."

„Das ist ein sehr stolzer Standpunkt. Sie wissen es selbst, daß Fräulein Iskuhi ein Wesen ist, das man leider viel zuwenig im Hause spürt, so leise und zurückgezogen. Und dann: Haben wir nicht alle hier das gleiche Schicksal?"

Aram sah Gabriel mit einem langsamen Blick an:

„Ich hoffe, daß Sie unser Schicksal nicht rosiger sehen, als es in Wirklichkeit ist."

In diesen kritischen Worten verbarg sich ein leichter Argwohn gegen den Landfremden und Wohlgeborenen, der keine Ahnung von dem Entsetzen dort draußen zu haben schien. Aber gerade die mißtrauische Zurückhaltung des Pastors erfüllte Bagradian mit freundschaftlichen Regungen. Seine Stimme klang sehr warm:

„Es tut mir leid, daß Sie nicht bei uns wohnen, Pastor Aram Tomasian! Doch ich bitte Sie, sooft Sie nur Lust haben, hierherzukommen. An unserem Tisch werden von heut an immer zwei Plätze für Sie gedeckt sein. Nehmen Sie mir meine Bitte nicht übel und machen Sie uns die Freude, wenn es für Ihre Frau nicht zu beschwerlich ist."

Noch unwilliger darüber, daß Iskuhi eine neue Wohnung hätte beziehen sollen, zeigte sich Juliette. Zwischen den beiden Frauen hatte sich eine eigenartige Beziehung angesponnen, und es kann nicht geleugnet werden, daß Juliette um die junge Armenierin warb. Die feinste Wahrheit über solche Dinge läßt sich freilich nur ungenau andeuten, und der Sinn des Wortes „Werben" entspricht dieser Wahrheit bloß oberflächlich. Für ihre neunzehn Jahre war Iskuhi eigentümlich unerweckt, besonders wenn man an den Orient und die Frühreife seiner Frauen denkt. In Madame Bagradian sah das junge Mädchen die große Dame, unendlich überlegen an Schönheit, Herkunft, Wissen, Wesen. Wenn die beiden in Juliettens Zimmer im oberen Stockwerk beisammen saßen, schien Iskuhi auch in vertrauter Gemeinschaft ihre Schüchternheit nicht überwinden zu können. Vielleicht auch litt sie in solchen Stunden an dem Müßiggang, zu dem sie verurteilt war. Juliette wiederum,

die Iskuhi suchte, fühlte sich in ihrer Nähe nicht ganz sicher. Obgleich dies unerklärlich erscheint, verhielt es sich so. Es gibt Menschen, die keineswegs durch Rang und Wesen hervorstechen müssen, und doch befällt uns in ihrer Gegenwart ein Gefühl des Kleinmutes. In ihrem Umkreis kommen wir uns selbst, und zwar ohne jeden zureichenden Grund, unecht oder geschraubt vor. Vielleicht war jene redselige Lebhaftigkeit, die Juliette in Fräulein Tomasians Gesellschaft befiel, auf etwas Ähnliches zurückzuführen. Sie konnte Iskuhi lange anstarren und dann in folgende Worte ausbrechen:
„Weißt du, daß ich im Grunde die Orientalinnen mit ihrer Faulheit und ihren schlaffen Bewegungen alle verabscheue. Nicht einmal bei uns kann ich Brünette leiden. Aber du bist ja gar keine Orientalin, Iskuhi. Wenn du so gegen das Licht sitzt, hast du ganz blaue Augen..."
„Das sagen Sie, Madame", erschrak Iskuhi, „mit Ihren Augen und Ihrem blonden Haar?"
„Wie oft soll ich dich noch bitten, meine Liebe, mich nicht Madame zu nennen, sondern Juliette und du? Mußt du mir immer unter die Nase reiben, daß ich die viel Ältere bin?"
„O nein, das will ich wirklich nicht ... Verzeihen Sie ... Verzeih ..." Juliette mußte über die Arglosigkeit lachen, die einem koketten Scherz mit ernsten, beinahe entsetzten Augen begegnete.
Iskuhi hatte fast ihre ganze Habe in Zeitun lassen müssen. Das kleine Gepäck, das die Tomasians auf den Verschickungsweg mitnehmen durften, war irgendwo in den unwirtlichen Feldern jenseits der großen Stadt liegengeblieben. Sie besaß also nichts anderes als die verbrauchten Kleider, die zerrissenen Schuhe und Strümpfe, mit denen sie nach Yoghonoluk entkommen war. Juliette zog sie von Kopf bis Fuß neu an. Das machte ihr selbst große Freude. So kam doch endlich der Kabinenkoffer voll Kleider, der die Reise von Paris über Stambul, Beirût in diese Einsiedelei (man konnte ja niemals wissen) treulich mitgemacht hatte, zu seiner Geltung. Zwar mit Frauengewändern geht es wie mit dem Sommerlaub; sie verwelken im Herbst der Mode, mögen Stoff und Seide noch so gut und köstlich sein. Juliette wußte nichts mehr von den Fortschritten der Mode in Paris. So erfand sie denn eine eigene, „nur nach dem Gefühl", und begann für sich und Iskuhi ihren Kleiderschatz umzuschneiden und zu verändern. Diese lei-

denschaftlich geübte Nachmittagsarbeit löste die Vormittags-
arbeit im Haus und Garten auf das sinnvollste ab. Juliette
hatte wirklich kaum Gelegenheit, zu sich zu kommen. Die
Modewerkstätte wurde in einem der leeren Zimmer aufgeschlagen. Zwei geschickte Mädchen aus Yoghonoluk wählte
die Herrin als Gehilfinnen aus. In den Dörfern sprach sich die
Sache herum. Jeden Augenblick erschienen Frauen und boten
alte und neue Seiden- und Spitzengewebe zum Kaufe an.
Juliette erwarb einen Vorrat, mit dem sie den gesamten
Frauenflor eines Ballfestes hätte gewanden können. Die
Stunden gingen hin. Fruchtbar an zauberhaften Eingebungen
wie sie war, warf sie, ohne die „Vogue" zum Vorbild zu haben,
ihre Entwürfe aufs Papier. Manches davon wurde in Taten
umgesetzt. Der Zweck spielte keine Rolle. Die arme Iskuhi freilich konnte bei der Arbeit nur zuschauen. Dagegen bot sie für
Juliettens Künste eine märchenzarte Modellträgerin. Besonders
anmutig standen ihr matte Farben. Immer wieder mußte sie
dieses und jenes probieren, das Haar lösen, das Haar aufstek-
ken, sich drehen und wenden. Sie tat es gar nicht ungern. Ihre
durch das Schicksal von Zeitun verschüttete Lebenslust
begann sich zu regen und die Wangen leicht zu färben.
„Du bist wirklich eine Heuchlerin, ma petite", gestand Juliette.
„Man könnte meinen, du hättest nie etwas anderes getragen
als eure Kittel und womöglich noch einen türkischen Schleier
vor dem Gesicht. Dann aber ziehst du meine Kleider an und
bewegst dich in ihnen, als würdest du dein Lebtag nur an Putz
denken. Nicht ungestraft hast du in Lausanne die französische
Kultur gerochen."
Eines Abends verlangte Juliette von ihr, sie möge eine der
„großen", eine der ausgeschnittenen und ärmellosen Roben
anlegen. Iskuhis Gesicht verdunkelte sich:
„Aber das ist doch unmöglich. Ich kann es ja nicht mit meinem
Arm."
Juliette warf einen bekümmerten Blick auf sie:
„Das ist wahr! ... Aber wie lange wird die Geschichte noch
dauern? Zwei, drei Monate. Dann sind wir wieder in Europa.
Und dich, Iskuhi, nehme ich mit. Darauf gebe ich dir mein
Wort. In Paris und in der Schweiz gibt es einige Anstalten,
die solche Leiden heilen."
Fast zur gleichen Stunde, in der Gabriel Bagradians Gattin
solche kühne Hoffnungen hegte, kamen die ersten ver-

schmachteten Züge der Ausgestoßenen in Deir es Zor am Rande der mesopotamischen Küste ans Ziel.

Nicht immer war Iskuhi so scheu und schweigsam. Wenn die Schreckensbilder sich für längere Zeit entfernten, wenn das Kaleidoskop-Gesicht sie freigab, konnte sie plötzlich wieder lachen und mit Lust und Laune allerlei Spaßhaftes aus Zeitun erzählen. Daß sie aber eine Liederseele war, entdeckte erst Stephan, der sich seit neuerem am Nachmittag aus der Werkstätte der Frauen nicht fortrührte. Juliette hatte sich wieder einmal in ein Thema verbissen, das ihrem Mann schon manche trübe Stunde bereitet hatte. Merkwürdigerweise wurde sie durch Iskuhi, in Gabriels Stellvertretung, besonders dazu gereizt, über das armenische Volk abfällige Bemerkungen zu machen und ihm das Lichtmeer der gallischen Zivilisation entgegenzuhalten wie einem halbdunkeln Winkel:

„Ihr seid ein altes Volk", eiferte sie, „gut! Ein Kulturvolk! Meinetwegen! Aber wodurch beweist ihr eigentlich, daß ihr ein Kulturvolk seid? Nun ja, ich weiß schon. Die Namen, die ich immer wieder hören muß: Abovian, Raffi, Samanto! Aber wer kennt diese Leute? Außer euch niemand auf der Welt. Eure Sprache kann ein europäischer Mensch nie begreifen und sprechen. Ihr habt keinen Racine und Voltaire gehabt. Und ihr habt keinen Catulle Mendès und keinen Pierre Loti. — Hast du je etwas von Pierre Loti gelesen, meine Liebe?"

Iskuhi hob, von dieser bitteren Rede betroffen, aufmerksam den Kopf:

„Nein, Mad ... nein, ich habe nichts gelesen."

„Es sind Bücher aus fernen Ländern", stellte Juliette mißbilligend fest, als wäre das Grund genug für Iskuhi, diesen Pierre Loti zu kennen. Es war nicht gerade nobel von Juliette, mit solchen erdrückenden Vergleichen zu arbeiten. Doch sie befand sich jetzt in der Lage, das Ihre gegen eine mächtigere Umgebung zu verteidigen, und so war's nicht unverständlich. Man merkte den Augen Iskuhis an, daß sie manches zu sagen hatte. Aber es kam nach einer Weile nur ein einfacher Satz heraus:

„Wir haben alte Gesänge, die sehr schön sind."

„Singen Sie etwas, Mademoiselle", bat Stephan, der sie aus einer Zimmerecke heraus betrachtete. Iskuhi hatte ihn kaum bemerkt. Jetzt aber wurde es ihr klar wie noch nie, daß der Sohn der Französin ein echter armenischer Knabe war, ohne den Hauch einer fremdstämmigen Wesenheit, unter der blassen Stirn die unverkennbaren Augen seines Volkes, die in ihrem ganzen Leben doch nur Gutes und Angenehmes gesehen hatten. Vielleicht war es diese Erkenntnis, aus der heraus sie ihren inneren Widerstand bezwang und sich zum Singen entschloß. Sie sang nicht, um die Zweiflerin Juliette vom Werte armenischer Lieder zu überzeugen. Sie sang nur für Stephan, als sei es ihre Pflicht, diesen entfremdeten Knaben in seine und in ihre Welt zurückzuführen. Iskuhi hatte eine dünne hauchige Stimme, keinen schönen Frauensopran, eher die Stimme eines kleinen Mädchens. In den traurig-rhythmischen Melodien aber erklang die Stimme nicht nur kindlich, sondern mehr noch priesterinnenhaft. Sie begann mit jenem Gesang, den sie aus Yoghonoluk in die Waisenschule von Zeitun verpflanzt hatte, dem Gesang „vom Kommen und Gehn", der weniger wegen seines weisen Textes als seiner getragenen Melodie zu einem Arbeitslied der sieben Dörfer geworden war:

„Die Unglückstage ziehen vorbei
   Gleich den Tagen des Winters, sie kommen und gehn.
   Die Schmerzen der Menschen bleiben nicht lang,
   Wie die Kunden im Laden, sie kommen und gehn.

   Verfolgungen, blutige, peitschen das Volk.
   Die Karawanen, sie kommen und gehn.
   Die Menschen entkeimen dem Garten der Welt.
   Ob Bilskraut, ob Balsam, sie kommen und gehn.

   Nicht stolz sei der Starke, der Schwache nicht bleich!
   Das Leben vertauscht sie, sie kommen und gehn.
   Die Sonne strahlt furchtlos ihr ewiges Licht,
   Die Wolken am Altar, sie kommen und gehn.

   Die Welt ist ein Herbergshaus, Sänger, am Weg.
   Die Gäste, die Völker, sie kommen und gehn.
   Mutter Erde umherzt das gebildete Kind,
   Unwissende Rassen verkommen, vergehn."

Während des Gesanges spürte Juliette ganz rein an Iskuhi jenes Undurchdringliche, das in Gestalt der Schüchternheit, der Trauer, ja auch in der abwehrenden Entgegennahme von

Geschenken all ihren Bemühungen hartnäckig widerstand. Da sie nicht alles aufgefaßt hatte, ließ sie sich das Lied zum Teil übersetzen. Bei der letzten Strophe triumphierte sie:

„Da sieht man wieder, wie hochmütig ihr seid. Das gebildete Kind, zu dem sich Mutter Erde so schmeichelhaft benimmt, ist das Armeniertum und die unwissenden Rassen, das sind alle anderen..."

Stephan verlangte fast herrisch:

„Noch etwas, Iskuhi!"

Juliette aber wollte etwas Leidenschaftliches hören. Nichts zum Nachdenken und nichts, wo von gebildeten Kindern und unwissenden Rassen die Rede ist: „Ein echtes Chanson d'amour, Iskuhi!"

Iskuhi saß regungslos auf ihrem Stuhl, ein bißchen nach vorne gebeugt. Die linke Hand mit den eingekrümmten Fingern lag in ihrem Schoß. Da die tiefgetönte Sonne hinter ihr das Fenster füllte, war ihr Gesicht dunkel und ihre Züge nicht wahrnehmbar. Nach einer kleinen Frist schien sie in ihrer Erinnerung etwas gefunden zu haben:

„Ich kenne ein paar Liebeslieder, die man hier singt. Das hab ich mir alles gemerkt, als ich noch sehr klein war und gar nichts davon verstand. Eines davon besonders. Es ist ganz verrückt. Eigentlich müßte es ein Mann singen, obgleich das Mädchen dabei die Hauptsache ist."

Die Kleinmädchen- und Priesterinnenstimme kam wie aus dem Leeren. Die wilde Strophe stand in einem höchst eigentümlichen Gegensatz zu dieser kühlen Stimme:

„Sie kam aus ihrem Garten
    Und hielt an ihre Brust gepreßt
    Zwei Früchte des Granatbaums,
    Zwei glänzend große Äpfel.
    Sie gab sie mir, ich nahm sie nicht.
    Da schlug sie mit der Hand,
    Da schlug sie mit der Hand sich an ihr Brustbein,
    Schlug dreimal, sechsmal, zwölfmal,
    Schlug, bis der Knochen brach."

„Noch einmal", forderte Stephan. Iskuhi aber war zu einer Wiederholung nicht zu bewegen, denn Gabriel Bagradian hatte leise die Tür geöffnet und war ins Zimmer getreten.

In diesen Tagen belebte sich das Haus Bagradian immer mehr. Zu jeder Mahlzeit fast kamen Gäste. Juliette und Gabriel waren zufrieden mit dieser Bewegung. Es fiel ihnen jetzt schwer, miteinander allein zu bleiben. Auch verging die Zeit viel schneller. Jeder abgelebte Tag war ein Sieg, denn er befestigte die Hoffnung, daß der Schatten des Drohenden mit ihm weitergerückt sei. Der Julimonat nahte. Wie lange konnte die Gefahr noch dauern? Gerüchte eines baldigen Friedensschlusses wurden laut. Der Friede aber war die Rettung. Auch Pastor Aram stellte sich nun regelmäßig als Gast ein. Howsannah, die sich noch immer nicht erholt hatte, bat ihn selbst darum, daß er sich um Iskuhi kümmere. Sie wußte ja, wie sehr Aram an das Leben mit der Schwester gewöhnt war und daß er unruhig wurde, wenn er Iskuhi ein paar Tage nicht sah. Doch außer Tomasian saßen noch andere häufig an Gabriels Tisch. Die Hauptgruppe bildeten Krikor und seine Trabanten. Auch der Hausgenosse des Apothekers, Gonzague Maris, befand sich darunter. Der junge Grieche war nicht allein wegen seines Klavierspiels sehr beliebt. Er besaß Augen für Schönheit und Eleganz. „Er bemerkte." Gabriel Bagradian bemerkte nicht mehr oder nur selten. Juliettens Modekünste, die doch nur einen heimwärts gewandten Zeitvertreib ohne Zweck bedeuteten, fanden in Gonzagues aufmerksamen Augen ein beifälliges Echo. Ohne leere Schmeicheleien sagte er immer ein treffendes Wort nicht nur über Juliettens Aussehen, sondern auch über ihre Erfindungen, mit denen sie Iskuhis Reize zur Geltung brachte. Er sprach dabei nicht als ein Betörter, sondern als Eingeweihter und Künstler, während er seine stumpf gegeneinander gestellten Brauen prüfend emporzog. So gewann durch Gonzagues höheres Verständnis die Werkstatt Juliettens über den Zeitvertreib hinaus einen anerkannten Wert. Sein Schönheitssinn erstreckte sich auch auf das eigene Äußere. Gonzague war gewiß ein armer Mann und hatte wahrscheinlich auch keine rosige Vergangenheit hinter sich. Doch von dieser sprach er nie. Er wich Fragen Juliettens hierüber aus, nicht etwa aus Geheimniskrämerei oder weil er etwas zu verbergen hatte, sondern weil er alles Gewesene mit einer verächtlichen Geste als nebensächlich abzutun schien. Trotz oder gerade wegen seiner beschränkten Mittel war er, wenn er ins Haus Bagradian kam, immer sehr gut gekleidet. Da er seine europäische Garderobe in absehbarer

Zeit nicht erneuern konnte, behandelte er sie mit der peinlichsten Sorgfalt. Diese gute Haltung und Kleidung Gonzagues wirkte auf Juliette höchst angenehm, ohne daß sie sich darüber Rechenschaft gab. Weit weniger angenehm wirkte es aber auf die beiden Lehrer Schatakhian und Oskanian, deren Ehrgeiz und Nebenbuhlerneid es erweckte. Insbesondere Hrand Oskanian, der Knirps, wurde von eifersüchtiger Tollheit gepackt. Weder durch seine poetisch-kalligraphischen Pergamentblätter noch durch sein erhaben tönendes Schweigen war es ihm gelungen, Madame Bagradians Aufmerksamkeit auf seinen verborgenen Rang und seine innere Würde zu lenken. Der eingebildete Mischling aber hatte diese Aufmerksamkeit durch eitles Geckentum sofort erobert. Oskanian entschloß sich, auf diesem Gebiet den ungleichen Kampf aufzunehmen. Er rannte zu dem Schneider, der vor einem halben Menschenalter zwei Jahre lang in London gewirkt hatte. An der Zimmerwand dieses englischen Meisters hingen die Schnittmuster und Modebilder untadeliger Lords aus jenem Zeitalter. Mit den Stoffen freilich sah es weit magerer aus. Nur ein dünnes, graues Tuch von ehrwürdigem Alter war vorhanden, das kaum der Ehre eines Rockfutters würdig war. Desungeachtet wählte Oskanian unter den Vorbildern einen Lord aus, dessen langgestreckte Prachtgestalt von einem langen, schwalbenschwänzigen Gehrock in grauer Farbe umstrafft war. Bei der Anprobe zeigte es sich, daß der graue Schwalbenschwanz dem Zwerge bis zu den Knöcheln reichte, was er aber trotz des Schneiders Bedenken nicht tadelte. Nach Fertigstellung des Werkes steckte Oskanian eine weiße Blüte ins Knopfloch, was er seinem Lord ebenfalls abgeguckt hatte. Leider vervollkommnete er sich auch aus freien Stücken, indem er in der Apotheke des Meisters Krikor einen starken Wohlgeruch erstand, von dem er eine gute halbe Flasche auf den neuen Rock schüttete. Es gelang ihm damit tatsächlich schon in der ersten Minute, die lebhafte Aufmerksamkeit Madame Bagradians und aller übrigen zu erregen. Die Folge war, daß ihn Gabriel zur Seite nahm und freundlich bat, für ein paar Stunden einen seiner Röcke anzuziehn. Den prächtigen grauen werde man indessen zur Lüftung in den Garten hängen.

Außer den genannten Gästen kamen manchmal auch die älteren Ehepaare, wie Bedros Altouni und Mairik Antaram und Pastor Harutiun Nokhudian mit seiner ängstlichen Frau. Ter

Haigasun hingegen hatte sich bisher nur ein einziges Mal eingefunden. An einem schönen Julimittag machte Gabriel
Bagradian einen Vorschlag: Man solle den nächsten Abend
und die nächste Nacht oben auf dem Musa Dagh verbringen,
um am Morgen den Sonnenaufgang zu erleben. Dies schien ein
echt europäischer Vorschlag zu sein, ein Einfall, dem Herzen
eines Touristen entsprungen, der sein Leben sonst zwischen
Betonmauern und Geschäftsbriefen verbringen muß. Aber
hier? Die Tischgesellschaft war auch recht erstaunt über ein
solches Ansinnen. Nur Hapeth Schatakhian, der sich keine
Blöße geben wollte, pries das Vergnügen eines Nachtlagers im
Freien. Bagradian aber enttäuschte ihn:
„Wir brauchen gar nicht im Freien zu schlafen. Ich habe
nämlich in der Rumpelkammer des Hauses hier drei völlig
eingerichtete Zelte entdeckt. Sie haben meinem verstorbenen
Bruder gehört, der sie auf seinen großen Jagdfahrten benützte.
Zwei davon sind ganz moderne Expeditionszelte, die er aus
England kommen ließ. Sie sind für je zwei oder drei Personen
bestimmt. Das dritte ist ein sehr großes, prachtvolles Scheichzelt. Entweder hat es Awetis einmal von seinen Reisen mitgebracht oder stammt es gar noch aus dem Besitz unseres
Großvaters...‟
Da Juliette diese Abwechslung nicht ohne Wohlwollen begrüßte und Stephan vor Freude zappelte, wurde der morgige
Samstag zu dieser Unternehmung ausersehen. Apotheker
Krikor, der schon alles einmal erlebt und getan hatte, dem
unter der Sonne nichts neu war, vom Früchteeinkochen bis zur
vergleichenden Theologie, berichtete über seine Erfahrungen,
die er dereinst unter freiem Tages- und Nachthimmel gesammelt hatte. Seine schiefen Augen sahen dabei ins Leere,
seine hohle Stimme brachte im ewig gleichen Tonfall zum
Ausdruck, wie gering er selbst diesen winzigen Bruchteil seiner
erworbenen Kenntnisse achte; nichts bewegte sich in dem
gelblichen Gesicht als das rhythmisch wippende Bocksbärtchen. In früheren Jahren habe er so manche Woche auf dem
Musa Dagh verlebt, ohne des Abends zu Tale zu steigen. Wer
den Berg wirklich kenne (aber wer kennt ihn wirklich?), finde
so manchen sicheren Unterschlupf für die Nacht, ohne eines
Zeltes zu bedürfen. Er, Krikor, denke natürlich nicht nur an
die allbekannte Höhle oberhalb Kebussijes. Der Volksmund
fable von dem heiligen Sarkis, der auf seinem Streitroß im

Kampf gegen die Heiden den Damlajik emporgesprengt sei, wobei die gewaltigen Hufe des Pferdes solche Höhlen als Spuren zurückgelassen hätten. Aber wenn der Musa Dagh auch in Wirklichkeit nichts mit dem heiligen Sarkis zu tun habe, so doch um so mehr mit Sukiassank, dem Eremiten, und anderen Einsiedlern und zurückgezogenen Mönchen, die in fernen Jahrhunderten jene Höhlen zur Wohnstatt wählten. Dem Apotheker sei es zwar nicht eingefallen, während seiner Einsiedlerwochen die geistliche Erbauung der genannten Höhlenbewohner zu suchen, ganz im Gegenteil, nichts als die Erkenntnis der Natur habe ihn damals beschäftigt. Den botanischen Bemühungen jener Wochen verdanke er einen vollständigen Thesaurus Herbarum des Musa Dagh. Blumenfreunde könnten in seinem Verzeichnis ein paar Fuchsenschwanz- und Bleiwurzgewächse dargestellt finden, über welche selbst der berühmte Linné nicht gehandelt habe. Diese Entdeckungen betreffend verwahre er auch einen Briefwechsel mit mehreren Akademiehäuptern. Leider sei die Leidenschaft für die Pflanzenwelt und deren Einteilung der Jugend abhanden gekommen, die ohne tieferen Eifer in den Tag hineinlebe. (Das ging gegen die Lehrer.) Krikor aber traue sich in seiner Eigenschaft als Apotheker selbst zu, mit den geringen Hilfsmitteln, die er besitze, den Heilkräutern des Musa Dagh all jene Arzneien abzuzapfen, die im Gebrauche sind. Er müsse gar nicht erst nach Antiochia fahren, um bei der dortigen staatlichen Stelle Chinin und andre Pillen und Pulver zu ergänzen. (Das ging gegen Bagradian, der die Apotheke des Weisen mit argwöhnischen Blicken gemustert hatte.) Bis auf Frau Pastor Nokhudian, die sich im Hinblick auf ihren zarten, schwächlichen Harutiun vor einer so gesundheitsschädlichen Ausschweifung entsetzte, schien nur noch Iskuhi mit der Partie nicht einverstanden zu sein. Kein Wunder! Sie hatte die unerbittliche Grausamkeit des freien Landes und des freien Himmels kennengelernt. Was die anderen für ein Vergnügen erklärten, galt ihr als Lästerung. Ihr war zumute wie einer Hungernden, die übersättigte Menschen sieht, welche die Speisen zum Fenster hinauswerfen. Keine siebzig Meilen weit im Osten zogen die sterbenden Scharen über die Straße. Bagradians herzloses Spiel erbitterte sie. Von den Hintergründen dieses Spiels ahnte sie ja nichts:

„Ich möchte zu Hause bleiben", bat Iskuhi.

Gabriel wandte sich ihr nicht ohne Schärfe zu:

„Ausgeschlossen, Iskuhi! Ich halte Sie für keine Spielverder-
berin. Sie müssen mit Juliette in dem Scheichzelt wohnen."

Iskuhi sah aufs Tischtuch und kämpfte um Worte:

„Ich habe ... ich fürchte ... Jede Nacht freue ich mich, daß
ich in einem Hause schlafen darf."

Gabriel versuchte ihren Blick an sich zu ziehen:

„Gerade mit Ihnen habe ich gerechnet."

Iskuhi hob den Kopf noch immer nicht und preßte die Lippen
fest aufeinander. Bagradian zeigte sich wegen dieser Kleinigkeit sonderbar auffahrend:

„Ich bestehe darauf, Iskuhi."

In ihrem Gesicht begann es schon zu zucken. Da winkte
Juliette ihrem Mann, er möge Iskuhi in Ruhe lassen und weiter
nicht beachten. Sie deutete ihm auch an, daß es ihr später
gelingen werde, den Widerstand des Mädchens zu brechen.
Dies aber erwies sich schwerer, als sie gedacht hatte. Sie
versuchte es mit einer fraulichen Belehrung: Alle Männer seien
im Grunde Kinder. Für eine Frau, die das Leben leiten und
beherrschen wolle, tauge es am besten, die Kindereien der
kleinen Männerwünsche womöglich zu erfüllen. Für nichts
erweise sich dann ein echter Mann so dankbar und so lenksam.
Um in den großen Lebensbedingungen seinen eigenen Willen
zu behalten, könne man in den kleinen ruhig nachgeben. Diese
Belehrung klang so, als richte sie Juliette an sich selbst, die
Ehefrau. Was aber gingen denn Iskuhi die kleinen Männerwünsche Bagradians an? Sie sah verstört zur Seite:

„Für mich sind das nicht kleine Dinge."

„Es kann doch recht hübsch werden. Einmal etwas anderes..."

„Ich habe noch zuviel Erinnerungen an dieses andre."

„Dein Bruder, der Pastor, hat nichts dagegen gesagt..."

Iskuhi atmete tief auf:

„Ich bin nicht aus Eigensinn so..."

Juliette aber schien sich schon abgefunden zu haben:

„Wenn du zu Hause bleibst, gehe ich auch nicht mit. Ich habe
keine Lust, das einzige weibliche Wesen unter so vielen
Männern zu sein. Da bleib auch ich lieber hier."

Iskuhi umfaßte Juliette mit einem langen Blick:

„Nein, unmöglich! Das können wir nicht! Wenn du es willst,
so gehe ich eben mit. Es ist schon überwunden, dieses Gefühl.

Für dich tue ich's gern."

Juliette sah plötzlich sehr müde aus:

„Bis morgen nachmittag haben wir viel Zeit. Man kann sich's immer noch zehnmal überlegen."

Sie griff sich an die Stirn und verdeckte die Augen. Ein dumpfer Schwindel, als ob von Iskuhis Erinnerungen nun manche auf ihren eigenen Geist übergegriffen hätten:

„Vielleicht hast du mit deinem Gefühl recht, Iskuhi! Wir leben alle so harmlos..."

Man brach am nächsten Tag schon ziemlich früh auf. Um der Frauen willen wurde nicht der kürzere Aufstieg durch die Steineichenschlucht gewählt, sondern der bequeme, aber ziemliche lange Umweg über den Nordsattel. Um ihn zu erreichen, mußte man die Dörferstraße über Azir bis mittwegs nach Bitias eine halbe Meile weit zurücklegen. Der Musa Dagh erwies sich heute trotz seiner Abgründe, Felsbastionen, Wildnisse als eine wohlgesinnte Alpe, die sich den Bergsteigern von ihrer schönsten Seite zeigte. In der allgemeinen Munterkeit ging Iskuhis Schweigen unter. Doch auch sie schien sich nach und nach aufzuheitern. Gabriel Bagradian konnte bemerken, daß sein Sohn, seitdem er die Schule Lehrer Schatakhians besuchte, seine europäische Gesittung mit Sturzgeschwindigkeit einzubüßen begann. „Ich erkenne ihn kaum mehr", hatte Juliette jüngst zu Gabriel gesagt. „Wir müssen sehr achtgeben. Er spricht bereits genau das armenische Steinklopfer-Französisch wie der famose Lehrer." Stephan kannte den Damlajik schon fast so gut wie sein Vater. Er versuchte es auch, Führer zu spielen. Nie jedoch blieb er auf dem Weg, da er für seine turnerische Geschicklichkeit jede schwierige Klettervariante geflissentlich ausspähte. Oft war er weit voran, oft aber auch weit zurück, so daß seine Stimme allen Anrufen nur schwach entgegnete. Dieses Zurückbleiben hatte seinen guten Grund. Sato war es begreiflicherweise nicht erlaubt worden, an dem Ausflug teilzunehmen, obgleich sich Stephan dafür eingesetzt hatte. Man konnte zwar diesem scheuen und spitzen Wesen bisher keine Freveltat nachsagen, und doch stieß sie durch ihre „schmutzigen Augen" alle ab. Da Sato aber die einzig Gleichaltrige im Hause war, hielt Stephan aus einer Art Altersklassengefühl zu ihr. Auch jetzt wußte er, daß sie in ihrem eigentümlichen Schleichsinn die Gesellschaft verfolge. Darum wartete er sie von Zeit zu Zeit ab, um dann ein paar Schritte mit ihr gemeinsam zu gehen. Es fiel ihm dabei sehr schwer, mit Sato zu reden. Das Geschöpf antwortete eine Weile lang ganz brav und vernünftig. Dann aber packte es ein Koller und sinnlos-ekelerregende Laute drangen aus seinem Munde.

Früher, als Gabriel angenommen, wurde der schöne Platz erreicht. Hier hatten unter Awakians Aufsicht Kristaphor, der Diener Missak und ein Stallbursche gute Arbeit geleistet. Die Zelte standen bereits, fest in der Erde verankert. Über dem des Scheichs oder des Großvaters Awetis wehte sogar eine Fahne, auf der das altarmenische Wappen gestickt war, mit dem Ararat, der Arche und der aufschwebenden Taube im Mittelfeld.

Dieses Zelt war auch wirklich ein Prachtgehäuse aus einer stolzen und glanzvollen Zeit. Acht Schritte maß es in der Länge, sieben in der Breite. Sein Gerüst bestand aus armdicken Stangen von edlem Holz, die Innenwände aus schönen Teppichen. Einen großen Fehler hatte es allerdings. Im Zeltraum verbreitete sich ein scharfer Geruch von Kampfer und Alter. Die Wände waren zusammengerollt und in großen Säcken eingenäht gewesen, die Verwalter Kristaphor von Zeit zu Zeit unter Hügeln von Kampfer und Insektenpulver begrub. Die beiden modernen Expeditionszelte, die Awetis der Jüngere vor einigen Jahren aus London nach Yoghonoluk gebracht hatte, fanden weit mehr Bewunderung, obgleich sie nur aus dem üblichen Zeltstoff verfertigt waren. Dafür aber enthielten sie alles, was sich der Scharfsinn eines erfahrenen Jägers und Weltmannes nur ausdenken kann. Awetis hatte ja auch, ehe ihn die fortschwelende Krankheit jäh niederwarf, eine Fahrt in fast noch unbetretenes Gebirgs- und Steppenland geplant, und zwar in Begleitung zweier englischer Freunde. In diesen Zelten war nichts vergessen. Zusammenklappbare Feldbetten, auf denen man durchaus nicht hart lag. Seidene Schlafsäcke, federleichte Tische und Stühle, die sich ineinanderschieben ließen. Kochgeschirr, Teegeschirr, Schüsseln und Teller, alles aus Aluminium. Waschbehälter und Badetubs von Gummi, und nicht zu vergessen die windsicheren Lampen für Petroleum- und Spirituslicht.

Man ging daran, die Wohnstätten zu verteilen. Juliette lehnte das Scheichzelt ab und bezog mit Iskuhi eine der modernen Unterkünfte. Krikor und Gonzague bekamen das andere

Expeditionszelt. Lehrer Oskanian erklärte aus dunklen Gründen und mit einem strengen Blick auf Juliette, er ziehe es vor, abseits der menschlichen Gemeinschaft die einsame Nacht mit sich selbst zu verbringen. Er warf bei dieser Erklärung den kraushaarigen Kopf ein wenig zurück, als erwarte er, daß einerseits ein allgemeiner Lobausbruch seinen mutigstolzen Entschluß belohnen und andererseits eine gewogene Frauenstimme den Versuch machen werde, ihn umzustimmen. Juliette dachte jedoch weder an die Tiere des Waldes noch an die Deserteure, denen Oskanian sich auszusetzen gesonnen war. Und auch sonst wollte ihm niemand die einsame Zwiesprache mit seiner Seele streitig machen. Da wandte er sich mit höhnischer Hoheit ab und versank für den Rest des Abends in sein überlegenes Brüten, ohne den Entschluß, der so wenig verstanden worden war, zurücknehmen zu können. Gabriel, Stephan, Awakian und Schatakhian aber schlugen in dem Prachtquartier, von dem der Wimpel wehte, ihr Nachtlager auf.

Bagradian nannte diesen Abend bei sich selbst die Generalprobe. Er verlief jedoch ohne jedes Ereignis, das diesen Namen gerechtfertigt hätte, wie hundert andere Veranstaltungen ähnlicher Art. Gar nichts Romantisches ereignete sich, es sei denn, daß der Koch Howhannes das Mahl auf einem offenen, großen Feuer bereitete. Übrigens hatte Missak, der verwegene Bursche, sich vor einigen Tagen nach Antiochia gewagt und dort bei einem befreundeten Militärlieferanten eine ganze Maultierladung englischer Konserven erstanden, die man heute ausprobierte. Während des Essens stand Stephan mehrmals auf, um der hungernden Sato, die sich jenseits des Feuerscheins versteckt hielt, einen Teil seiner Mahlzeit, in einem Brot vergraben, mitzubringen. Man saß, wie es sich gehörte, neben dem Feuer auf Decken. Missak hatte über eine glatte Stelle ein Tischtuch gebreitet, auf dem die Schüsseln standen. Der Abend war wohlig frisch. Der Mond ging seinem dritten Viertel entgegen. Das Feuer flackerte schwächer. Man trank Wein und den starken Maulbeerschnaps, den die Bauern der Dörfer brannten. Dennoch wollte kein Behagen und keine trauliche Lust an diesem Abenteuer aufkommen. Juliette machte dem Zusammensein sehr früh ein Ende. Sie fühlte sich so eigentümlich beklommen. Nun erst verstand sie Iskuhis Widerstreben. Überall umlauerte sie die wilde, unbewohnte

Erde mit ihrem furchtbaren Ernst. Vielleicht war's wirklich von Gabriel ein lästerliches Spiel. Sie und Iskuhi zogen sich ins Zelt zurück. Auch die andern sagten einander gute Nacht. Oskanian schritt erhobenen Hauptes von dannen, um in der nächsten Nähe des Dienerlagers seine Wichtigtuerei durch eine verfrorene Nacht zu büßen. Gabriel teilte noch den Wachdienst ein. Zwei Mann hatten gemeinsam jeweils drei Stunden lang den Schutz der Zelte zu übernehmen. Bagradian übergab ihnen Gewehre und scharfe Patronen. Kristaphor und Missak waren Jagdbegleiter des Verstorbenen gewesen und verstanden es gut, mit Waffen umzugehn. Zuletzt legte sich Gabriel hin. Aber ebensowenig wie Iskuhi vermochte er zu schlafen. Das Mädchen lag starr und rührte kein Glied, um Juliette nicht zu wecken. Gabriel hingegen warf sich hin und her, stundenlang. Der Kampfer- und Modergeruch des Zeltes erstickte ihn. Endlich kleidete er sich wieder an und trat hinaus. Es war vielleicht eine halbe Stunde vor Mitternacht. Die Wächter, Missak und den Koch, schickte er schlafen. Dann ging er als einziger Beschützer des Dreizeltplatzes langsam auf und ab. Manchmal knipste er seine Taschenlampe an, aber sie erhellte nur einen winzigen Kreis. Diese Nacht hatte gar nichts Gefährliches an sich. Nicht einer von den wilden Hunden, die unten das nächtliche Tal unsicher machten, war mit seinen glühenden Lichtern der Gesellschaft gefolgt. Auch sonst kein unheimlicher Laut. Fledermäuse durchzuckten die Finsternis. Wenn eine Wolke den meerwärts verschwindenden Mond freigab, begann eine Nachtigall zu singen, so quellend und energisch in der Totenstille, daß Bagradian erschüttert war. Er versuchte darüber nachzudenken, wie es kam, daß seine innersten Gedanken schon so klare Gestalt angenommen hatten. Als drei Zelte zeichneten sie sich gegen den Nachthimmel. Wie war das? Er konnte jetzt nicht denken. Seine Seele war viel zu voll. Als Gabriel sich eine neue Zigarette anzündete, stand unweit von ihm ein Gespenst, das sich ebenfalls eine Zigarette anzündete. Das Gespenst trug die Lammfellmütze türkischer Soldaten und stützte sich auf ein Infanteriegewehr. Das Gesicht konnte er nicht sehn, aber es mußte ein ganz abgemagertes Gesicht sein, das in der Zigarettenglut schwach aufleuchtete. Gabriel rief das Gespenst an. Auch beim zweiten und dritten Anruf rührte es sich nicht. Gabriel zog die Armeepistole, die er mitgenommen hatte, und spannte hörbar den Verschluß. Es war nur eine leere Förmlichkeit, denn er spürte genau, der Schatten werde nichts gegen ihn unternehmen. Dieser blieb noch eine Weile unbewegt, dann gluckste ein sonderbar langsames und blasiertes Lachen herüber, die Zigarette verschwand und mit ihr der Mann. Gabriel schüttelte Kristaphor aus dem Schlaf:

„Es sind irgendwelche Leute hier. Ich glaube Deserteure."

Der Verwalter zeigte sich weiter nicht erstaunt:

„Nun ja, es werden Deserteure sein. Die armen Burschen tun sich nicht leicht."

„Ich habe nur einen gesehen."

„War's vielleicht der Sarkis Kilikian?"

„Wer ist Sarkis Kilikian?"

„Asdwaz im! Barmherziger Gott!" Kristaphor machte eine matte Handbewegung, als lasse es sich gar nicht ausdrücken, wer Sarkis Kilikian sei. Bagradian aber befahl seinen Leuten, die jetzt alle erwacht waren:

„Geht und sucht diesen Kilikian! Bringt ihm etwas zum Essen. Der Mensch hat Hunger."

Kristaphor und Missak machten sich mit ein paar Konservenbüchsen und einer Laterne auf den Weg, kamen aber nach einer Weile unverrichteterdinge zurück. Wahrscheinlich hatten sie es doch im letzten Augenblick mit der Angst gekriegt.

Hatte der Abend Beklommenheit gebracht, so enttäuschte der Morgen. Die Welt war dunstig. Unruhe erfüllte die Gemüter. Der Sonnenaufgang vollzog sich unsichtbar. Dennoch erstieg man eine der nackten Kuppen, von der aus, langsam aus dem Nebel wachsend, Meer und Land den Blicken sich darboten. Bagradian drehte sich um seine Achse:

„Ein paar Wochen könnte man es hier aushalten."

Er sagte das so, als wolle er die Schönheit des Musa Dagh gegen ungerechte Schmähungen verteidigen. Krikor, voll ausgeglichener Ruhe, äugte auf das recht bewegte Meer hinaus:

„Früher, zu meiner Zeit, konnte man hier an schönen Tagen bis nach Zypern sehn."

Keiner lachte über diese Redewendung und fragte, ob etwa die Insel Zypern dort im Südwesten, seitdem die Engländer sie zu ihrem Flottenstützpunkt gemacht hatten, weiter ins Mittelmeer hinausgeschwommen sei. Auch Gabriel Bagradian sann nach Zypern hinüber:

„Das Kap Andreas liegt keine vierzig Seemeilen weit von der Orontesmündung. Und doch ist, seitdem ich hier bin, noch kein einziges englisches oder französisches Kriegsschiff von der Küste gesehen worden."

„Immerhin, sie sitzen in Zypern."

Mit diesen Worten unerschütterlicher Beruhigung wandte Krikor Zypern den Rücken, um das endlose Land im Süden und Osten, das er seit Jahrzehnten nicht mehr zur Kenntnis genommen hatte, gleichmütig zu betrachten. Die Bogen der römischen Wasserleitung von Seleucia traten scharf aus dem zerrinnenden Dunst. Über den mageren Bergen östlich des Damlajiks hing eine vollgesogene rostfarbige Sonne. Die Hügel verwellten grau und braun gegen Antakje zu. Unbegreiflich, daß in diesen leeren Falten, auf diesen unerweckten Flächen Hunderttausende von Menschen leben sollten. Das friedlich-öde Bild bewog den Apotheker, auf Dinge hinzuweisen, die er sonst absichtsvoll unerwähnt ließ. Sein greisenhafter Zeigefinger schwebte im Leeren:

„Da seht! Alles wie immer! Unter Abdul Hamid, da brannte oft der ganze Horizont. Und wir sind dennoch alt geworden."

Gonzague Maris hatte von allen Teilnehmern dieser Partie zweifellos am besten geschlafen, so frisch und straff sah er aus. Er deutete auf die große Spiritusfabrik bei Suedja, deren Schlot schon zu qualmen begann. Die Fabrik gehöre einer ausländischen Gesellschaft, erzählte er, und der Direktor sei ein Grieche, den er aus Alexandrette kenne. Er habe ihn erst vor zwei Tagen gesprochen und nicht unwichtige Neuigkeiten erfahren. Die erste: Ein gemeinsamer Friedensversuch des amerikanischen Präsidenten und des römischen Papstes sei im besten Zuge. Die zweite: Was die armenische Umsiedlung betreffe, so gelte sie nur für die anatolischen Vilajets, nicht aber für Syrien. Er, Gonzague, könne die Stichhaltigkeit dieser Nachrichten nicht prüfen, doch jener Fabrikdirektor sei ein angesehener Mann, der allmonatlich mit dem Wali von Aleppo persönlich über Staatslieferungen verhandle. In diesem Augenblick erfüllte Gabriel ein aufflutender Glaube, alle Gefahr sei überwunden und das Nahende entferne sich ins Unsichtbare. Ihm war, als habe er selbst das Schicksal in die Flucht geschlagen. Dankbar strömte es aus ihm·

„Sagt selbst! Ist es nicht schön hier!?"

Juliette drängte zur Heimkehr. Sie haßte es, frühmorgens in Gesellschaft zu sein und noch dazu in männlicher. Am Morgen sehen nur häßliche Frauen gut aus, meinte sie, und um sechs Uhr früh gebe es keine Damen. Auch wollte sie sich vor der Messe noch wenigstens eine halbe Stunde lang ausruhen. Als Katholikin hatte sie Gabriel zuliebe vor ihrer Trauung das gregorianische Bekenntnis angenommen. Dies war eines ihrer Opfer, auf welches sie bei den gewissen Zwistigkeiten hinzuweisen pflegte. Nach ihrer Art mäkelte sie auch an der armenischen Kirche herum. Sie war ihr zu glanz- und schmucklos. Den Vorhalt, daß die Volkskirche alles überflüssige Geld für das Schulwerk verwende, lehnte sie als vernünftlerisch ab. In der Hauptsache tadelte es Juliette, daß die gregorianischen Priester Bärte trugen und meist noch sehr lange. Bärtige Männer aber konnte sie nicht leiden. — Der Rückweg erfolgte über den kürzeren Saumpfad, der durch die Steineichenschlucht bis nach Yoghonoluk führt. In einer Stunde konnte man zu Hause sein. Krikor, Gabriel und Schatakhian gingen voraus. Stephan folgte mit Iskuhi. Dann kam Hrand Oskanian allein. Der schwarze Lehrer gab durch seine unnahbare Miene zu verstehen, daß er sich mit der Welt zerfallen fühlte. Hie und da brachte er mit heimlich wütenden Stößen die Steine auf dem Wege ins Rollen, als plane er rachsüchtige Anschläge gegen die Vorangehenden. Die letzte war Juliette, an die sich Gonzague Maris hielt. Awakian wollte erst eine Weile später nachkommen. Er benützte die Gelegenheit, noch ein paar Verbesserungen an seiner Karte anzubringen. Bagradian hatte den Befehl gegeben, die Zelte vorläufig nicht abzubrechen. Irgend jemand von den Stalleuten sollte immer zu ihrem Schutz auf dem Damlajik bleiben. Vielleicht würde in nächster Zeit neuerdings eine Partie unternommen werden. Ein Grund dieses Befehls war Bagradians Aberglaube, daß durch derartige Vorbereitungen sich die Kraft des Schicksals brechen lasse. Der elende Maultierweg verschwand stellenweise in Gestrüpp und Geröll. Juliettens leichtbeschuhte und verwöhnte Füße zagten erschrocken vor diesen Hindernissen. Gonzague reichte ihr dann mit festem Griff die Hand. Dabei kam es zwischen beiden zu einem abgerissenen und ungenauen Gespräch:

„Es geht mir nicht aus dem Kopf, daß wir hier die einzigen Fremden sind, Madame."

Juliette prüfte ängstlich den Boden unter ihren Sohlen:

„Sie sind doch wenigstens Grieche ... Das ist ja gar nicht so fremd..."

Gonzague ließ sie die Schwierigkeit ohne seine Hilfe überwinden:

„Wie...? Ich bin in Amerika erzogen ... Sie aber sind schon sehr lange Zeit mit einem Armenier verheiratet."

„Ja, ich habe einen Grund, hier zu leben ... Aber Sie?"

„Bei mir kommen im Leben die Gründe immer erst nachher."

Man war auf einem abschüssigen Stück ins Laufen gekommen. Juliette blieb aufatmend stehen:

„Ich habe nie verstanden, was Sie hier suchen ... Sie sind ja nicht sehr offenherzig in diesen Dingen ... Was hat ein Amerikaner, der nicht gerade mit Lammfellen, Baumwolle oder Galläpfeln handelt, in Alexandrette zu suchen?"

„Wenn ich auch nicht offenherzig bin, ... bitte hier aufzupassen, ... kann ich Ihnen das gerne verraten ... Ich war als Klavierbegleiter einer reisenden Music Hall angestellt ... Armselige Geschichte ... Obgleich mein Herbergsvater Krikor eine große Meinung davon hat..."

„So? ... Und dann haben Sie Ihre Künstlerinnen schnöde verlassen ... Wo ist die Truppe jetzt?..."

„Sie hat Verträge für Aleppo, Damaskus und Beirût..."

„Und da haben Sie sich davongemacht?..."

„Sehr richtig! ... Es war eine ausgesprochene Flucht ... Das ist eine meiner Krankheiten..."

„Flucht? ... Ein blutjunger Mensch wie Sie!? ... Nun, Sie werden schon einen triftigen Grund gehabt haben..."

„Ich bin gar nicht so blutjung, wie Sie meinen..."

„Mein Gott, dieser Weg! ... Ich habe die Schuhe voll von Steinen ... Bitte geben Sie mir Ihre Hand! ... So!..."

Sie klammerte sich mit der linken Hand an Gonzague fest. Mit der Rechten schüttelte sie ihre Halbschuhe aus. Er aber blieb bei seiner Frage:

„Wie alt bin ich nach Ihrer Meinung? ... Raten Sie!..."

„Dazu bin ich wirklich nicht in der Stimmung..."

Gonzague, ernst und wie mit Gewissensbissen:

„Zweiunddreißig!"

Juliette, kurz auflachend:

„Für einen Mann!?..."

„Ich habe sicher die Welt mehr gesehen als Sie, Madame ...

198

Wenn man so herumgestoßen wird, sieht man die Wahrheit..."

„Gott weiß, wo die andern schon sind ... Hallo! ... Sie könnten auch Antwort geben..."

„Wir kommen zurecht..."

Als der Weg wieder steil und struppig wurde, blieb Juliette neuerdings stehn:

„Ich bin solche Klettereien nicht gewöhnt ... Mich schmerzen die Beine ... Bleiben wir einen Augenblick!..."

„Hier kann man sich nirgendwo hinsetzen..."

„Ich sage Ihnen, Gonzague, schauen Sie, daß Sie von Yoghonoluk fortkommen!... Was kann Ihnen geschehen?... Sie sind amerikanischer Staatsbürger ... Auch sehen Sie gar nicht armenisch aus..."

„Sondern? ... Französisch?..."

„Das brauchen Sie sich wieder auch nicht einzubilden..."

Der kleine Bach, der die Steineichenschlucht durchfloß, kreuzte den Weg. Nicht einmal ein Baumstamm lag zum Übergang da. Gonzague hob Juliette, so groß sie war, mit leichtem Schwung hinüber. Seinen schmalen Schultern hätte man diese Kraft nicht zugetraut. Sie fühlte die Finger des Mannes wie unverliebte Kühle um ihre Hüften. Der Pfad wurde nun sanfter, und sie beschleunigten ihren Schritt. Gonzague berührte die wesentlichste Frage:

„Und Gabriel Bagradian? Warum bleibt denn er? Hat er gar keine Möglichkeiten, die Türkei zu verlassen?"

„Im Krieg? ... Wohin? ... Wir sind türkische Untertanen ... Gabriel ist dienstpflichtig ... Man hat uns die Pässe abgenommen ... Wer versteht diese Wilden?..."

„Sie sehen aber doch wahrhaftig genug französisch aus, Juliette... Nein, eigentlich sehen Sie wie eine Engländerin aus..."

„Französin? ... Engländerin? ... Was heißt das?..."

„Mit ein wenig Mut kommen Sie, gerade Sie, überall hin..."

„Ich bin Frau und Mutter!"

Juliette schritt jetzt so schnell aus, daß Gonzague ein Stück hinter ihr gehn mußte. Sie vermeinte, den Hauch seiner Worte zu spüren: „Das Leben ist das Leben." Sie drehte sich kurz um:

„Wenn das Ihre Absicht ist, warum bleiben Sie dann in Asien?"

„Ich? Es ist jetzt Krieg für alle Männer der Welt."

Juliettens Eile beschwichtigte sich wieder:

„Sie haben es so leicht, Gonzague! Wenn *wir* Ihren amerikanischen Paß hätten! Sie könnten ganz gut Ihrer Gesellschaft nach Damaskus oder Beirût nachreisen. Warum versteifen Sie sich gerade auf diesen gottverlassenen Erdenfleck?"

„Warum?" Gonzague konnte jetzt ganz dicht neben Juliette gehn. „Warum? Wenn ich das ganz genau wüßte, könnte ich es Ihnen, Juliette, vielleicht am allerwenigsten sagen."

An der nächsten Biegung wartete Oskanian. Er hatte sich selbst überwunden und gesellte sich nun zu dem Paar, Juliette dann und wann mit finster gebieterischem Blick verzehrend. Bis zum Gartentor der Villa wurde kaum ein Wort mehr gesprochen.

Wahrlich, vom Geiste getrieben, hatte Gabriel Bagradian seine Generalprobe in letzter Stunde angesetzt. Im Haustor erwartete ihn Ali Nassif, der Pockennarbige:

„Herr, ich komme mir meine Medjidjehs holen, auf die du mir eine kleine Anzahlung gegeben hast."

Gabriel entnahm seiner Brieftasche ein Papierpfund und reichte es Ali mit ruhiger Hand, als sei alles in Ordnung und der mündlichen Gegenleistung könne ohne Ungeduld entgegengesehen werden. Der alte Saptieh nahm das Geld vorsichtig:

„Ich vergehe mich schwer gegen meinen Befehl. Du aber wirst mich nicht verraten, Effendi!"

„Das Geld hast du genommen. Berichte!"

Ali Nassif begann schmerzlich umherzuzwinkern:

„In drei Tagen werden der Müdir und der Hauptmann von der Polizei in die Dörfer kommen."

Bagradian stellte seinen Stock in einen Winkel und befreite sich von dem Feldstecher, der ihm über die Schulter hing:

„So? Und was werden sie uns Gutes in die Dörfer bringen, der Polizeihauptmann und der Müdir?"

Der Gendarm begann sein Stoppelkinn zu reiben:

„Ihr müßt fort von hier, Effendi, ihr alle! Der Wali und der Kaimakam befehlen es so. Die Saptiehs werden euch und eure Leute von Suedja und Antakje sammeln und nach Osten führen. Doch in Aleppo, das kann ich dir auch sagen, werdet ihr nicht lagern dürfen. Wegen der Konsuln geschieht das."

„Und du, wirst du unter diesen Saptiehs sein, Ali Nassif?"

Der Pockennarbige entsetzte sich mit großem Aufwand:

„Inschallah! Ich danke Gott. Nein! Habe ich nicht zwölf Jahre unter euch gelebt? Als Kommandant des ganzen Bezirks? Und es hat keinen Anstand gegeben. Denn ich habe Ordnung gehalten Tag und Nacht. Und nun verliere ich euretwegen meine schöne Stellung. O Undank! Unser Posten wird ganz und gar abgelöst."

Um den Ärmsten in seinem Schmerze zu trösten, drückte ihm Bagradian ein paar Zigaretten in die Hand:

„Nun sage mir, Ali Nassif, wann wird man deinen Posten ablösen?"

„Ich habe den Befehl, noch heute nach Antakje abzumarschieren. Der Müdir kommt dann mit einer ganzen Kompanie hierher."

Indessen waren Juliette, Iskuhi und Stephan ins Haus getreten. Der Anblick Ali Nassifs erregte in ihnen keinen Verdacht. Gabriel schob den Saptieh aus dem Torgang auf den kiesbestreuten Vorplatz des Hauses:

„Nach dem, was du mir berichtest, Ali Nassif, werden die Dörfer drei Tage lang ohne Bewachung sein."

Gabriel schien das bedenklich zu finden. Der Gendarm senkte angstvoll seine Stimme:

„O Effendi, wenn du mich anzeigst, werde ich gehenkt und bekomme dazu noch eine Tafel mit der Aufschrift ‚Hochverräter' über die Brust. Dennoch sage ich dir alles. Drei Tage lang wird kein Saptieh in den Dörfern sein, weil die Posten in Antakje neu eingeteilt werden. Dann aber wird man euch noch einige Tage Zeit geben, um eure Sachen in Ordnung zu bringen."

Gabriel Bagradian sah aufmerksam zu den Fenstern seines Hauses hinauf. Als habe er Angst, daß Juliette ihn beobachten könnte:

„Habt ihr Listen der Einwohner abliefern müssen, Ali Nassif?"

Der Pockennarbige blinzelte Gabriel mit treuherziger Tücke ins Gesicht:

„Hoffe nichts für dich, Effendi! Auf die Reichen und Gebildeten haben sie es besonders scharf. Sie sagen, was nützt es uns, wenn die armen und fleißigen Armenier krepieren, die Effendis aber, die Geldsäcke und Advokaten, bleiben weiter im Land? Du bist besonders schlecht angeschrieben. Dein Name steht obenan, Effendi. Sie haben immer wieder von dir gesprochen. Denke auch ja nicht, daß sie deine Familie schonen werden. Das haben sie sehr genau verabredet. Bis Antakje bleibt ihr zusammen. Dann aber wird man euch trennen."

Bagradian musterte den Saptieh beinahe vergnügt:

„Du scheinst ja zu den Großen und Eingeweihten zu gehören. Hat dir der Müdir sein Herz geöffnet, Ali Nassif?"

Dieser nickte feierlich:

„Nur für dich, Herr, habe ich die viele Mühe gehabt. In den Kanzleien des Hükümets bin ich gestanden und habe um deinetwillen meine Ohren angestrengt. O Effendi, ich verdiene mir trotz deines armen Papierpfunds einen Lohn in der jenseitigen Welt. Was ist heute ein Papierpfund? Wenn sie es dir im Bazar überhaupt wechseln, so betrügen sie dich. Siehe aber, meinen Nachfolgern wird mehr gehören als hundert Goldpfund und alle Medjidjehs, die in den Dörfern zu finden sind. Dein Haus wird ihnen gehören mit allem, was darin ist. Denn du kannst nichts mitnehmen. Und deine Pferde werden ihnen gehören. Und dein Garten mit all seinen Früchten..."

Bagradian schnitt diese blumige Aufzählung entzwei:

„Es möge ihnen wohl bekommen!"

Er reckte seine Gestalt hoch. Ali Nassif aber rührte sich wehmütig nicht von seinem Platz:

„Jetzt habe ich dies alles für ein Stück Papier verkauft."

Um ihn loszuwerden, holte Gabriel all seine Piasterstücke aus der Tasche.

Als Gabriel Bagradian ins Pfarrhaus trat, erkannte er zu seiner großen Verwunderung, daß Ter Haigasun die Katastrophe schon mehrere Stunden vor Ali Nassifs Bericht in Erfahrung gebracht hatte. In dem engen Zimmer waren auch bereits Thomas Kebussjan, die sechs anderen Muchtars, zwei verehelichte Volkspriester aus den Dörfern und Pastor Nokhudian aus Bitias versammelt. Graue und wächserne Gesichter. Der Donnerschlag hatte das Gewölk des krankhaften Halbschlafes, in dem diese Leute seit Wochen herumliefen, nicht zerrissen, sondern nur noch verdichtet. Sie standen rings an die Wände gedrückt und schienen leblos aus der Mauer herauszuwachsen. Nur Ter Haigasun saß. Das zurückgelehnte Gesicht war ganz dunkel. Seine Hände aber, die ruhig vor ihm auf dem Schreibtisch lagen, flammten in einem starren Sonnenstrahl. Wenn einer etwas sagte, so flüsterte er kaum hörbar und bewegte die Lippen nicht. Auch Ter Haigasun murmelte nur, als er sich jetzt an Bagradian wandte:

„Ich habe von diesen Muchtars hier gefordert, daß sie gleich nach ihrer Rückkehr in die Dörfer die Gemeinden zusammenrufen. Noch heute, und zwar so schnell wie möglich, soll alles, was erwachsen ist, von Wakef bis Kebussije, hier in Yoghonoluk zusammenkommen. Wir werden eine große Versammlung abhalten, in der über alle Mittel beschlossen werden soll, die zu ergreifen sind..."

Pastor Nokhudians zittrige Stimme kam aus einem Winkel: „Es gibt keine Mittel, die zu ergreifen sind..."

Der Muchtar von Bitias trat ein wenig in den Raum: „Ob es einen Zweck hat oder nicht, das Volk muß zusammenkommen, muß Reden hören und selbst reden. Es wird dann alles leichter."

Ter Haigasun hatte die Unterbrechung mit gerunzelten Brauen über sich ergehen lassen. Dann setzte er Gabriel seinen Willen weiter auseinander:

„In dieser Versammlung sollen die Gemeinden Leute wählen, zu denen sie Vertrauen haben und welche die Führung übernehmen. Die Ordnung ist die einzige Waffe, die uns bleibt. Wenn wir auch draußen Führung und Ordnung behalten, dann werden wir vielleicht nicht sterben..."

Bei dem Worte „draußen" hob Ter Haigasun die halbgeschlossenen Lider und sah Gabriel forschend an. Thomas Kebussjan wackelte mit dem Glatzkopf:

„Auf dem Kirchplatz kann die Versammlung nicht gehalten werden. In der Kirche auch nicht. Da sind die Saptiehs! Da sind noch andere. Gott weiß, wer sich einschleicht, wer zuhört und uns verrät! Auch ist die Kirche für alle zu klein. Aber wo?"

„Wo? Das ist sehr einfach!" Bagradian nahm zum erstenmal das Wort:

„Mein Garten ist durch eine hohe Umfassungsmauer abgeschlossen. Diese Mauer hat nur drei versperrbare Türen. Platz gibt es für zehntausend Menschen. Wir sind wie in einer starken Festung."

Dieser Vorschlag Gabriels brachte die Entscheidung. Diejenigen, die aus Verzweiflung oder tatloser Mattigkeit die Vernichtung ohne mühsame Umstände hinnehmen wollten, und diejenigen, die bei allen Dingen Schwierigkeiten machten, konnten nichts mehr einwenden. Was ließen sich schließlich auch für ernste Einwendungen dagegen erheben, daß sich die Menschen des armenischen Tales in der Todesstunde ihres Volkes zusammentaten und Führer wählten, wenn diese auch so hilflos sein mochten wie die Geführten? Der Ort der Zusammenkunft war sicher, und man mußte keine Angst vor Strafverschärfungen haben. Vielleicht spielte auch der Aberglaube mit, daß die Familie Bagradian Beziehungen zu den Machthabern unterhalte, die zugunsten der sieben Dörfer wirksam gemacht werden könnten. In abgestorbener Haltung, schleppenden Schrittes verließen die Männer den Raum, nachdem sie versprochen hatten, ihre Gemeinden unverzüglich auf die Beine zu bringen. Da Yoghonoluk ja in der Mitte der Ortschaften lag, würden in der vierten Nachmittagsstunde die letzten Nachzügler im Garten Gabriel Bagradian Effendis eintreffen. Die Muchtars wollten die Wache bei den Gartentoren selbst übernehmen, damit kein fremder Eindringling durchschlüpfe. Ter Haigasun erhob sich. Die Glocken riefen schon. Er mußte sich für den Gottesdienst bereit machen.

Von allen Messen der christlichen Bekenntnisse dauert die armenische am längsten. Die Spanne vom Introitus bis zum letzten Kreuzeszeichen des Priesters mag gut ein und eine halbe Stunde währen. Kein Instrument, nur Schellen und Beckenschläge begleiten die Gesänge des Chors, der an ungeduldigen Sonntagen die Zeitmaße beschleunigt, um den Priester vorwärtszutreiben und das Hochamt abzukürzen. Heute gelang es ihm nicht. In tiefer Versunkenheit verweilte Ter Haigasun bei jedem der heiligen Abschnitte und Akte länger denn je. Wollte er um des Wunders einer unfaßbaren Rettung willen sein Gebet anspannen? Wollte er den Augenblick hinauszögern, da der Blitz in die ahnungslose Gemeinde schlug? Der Augenblick war nur allzufrüh da, als er den letzten Segen erteilte und die Worte gesprochen hatte: „Geht in Frieden und der Herr sei mit euch!" In den Bänken begann schon der Aufbruch zu rauschen. Ter Haigasun aber trat bis an den äußersten Rand der Altarstufen vor, breitete die Arme aus und rief:

„Es ist geschehen, was wir gefürchtet haben!"

Dann fuhr er mit karger ruhiger Stimme fort. Es möge sich

niemand unnütz erregen und hinreißen lassen. Die Totenstille, die in diesem Augenblick herrsche, müsse in den nächsten Tagen unverändert anhalten. Jede Kopflosigkeit, alles Durcheinander, alles Weinen und Jammern helfe nicht, sondern verschlimmere die Lage nur. Einigkeit, Festigkeit, Ordnung, mit diesen Mitteln allein lasse sich das Ärgste bekämpfen. Es sei noch Zeit genug, jeden Schritt zu überlegen. Ter Haigasun lud die Gemeinde zur großen Versammlung vor dem Hause Bagradian ein. Kein erwachsener, vollsinniger Mensch, ob Mann oder Weib, dürfe fehlen.

In dieser Versammlung sei es Sache der sieben Gemeinden, nicht nur in ihrer Gesamtheit Beschlüsse über das künftige Verhalten zu fassen, sondern auch Führer zu wählen, die das Volk gegenüber den Behörden bis zum Äußersten vertreten. Diesmal genüge der übliche Vorgang des Handaufhebens bei Gemeindewahlen nicht. Es nehme daher jedermann einen Zettel und Schreibstift mit, damit er seine Stimme in guter Form abgeben könne.

„Jetzt aber gehet ruhig nach Hause", beschwor der Priester die Menge, „rottet euch nicht zusammen! Machet kein Aufsehen! Vielleicht hat man Spione ausgeschickt, die euch beobachten. Die Saptiehs dürfen nicht merken, daß ihr vorbereitet seid. Vergesset die Zettel nicht und kommt pünktlich! Nur Ruhe!"

Der nochmaligen Mahnung hätte es gar nicht bedurft. Wie ein Volk von Toten oder vom Tode Berührten taumelten die Menschen stumm ins Tageslicht, das sie nicht wiederzuerkennen schienen.

Der Mensch weiß nicht, wer er ist, ehedenn er geprüft wird. Gabriel Bagradians Lebenszeugnis bis zu diesem Tage: Sohn aus guter Familie. Im Wohlstand aufgewachsen, drüben in Europa, in Paris sein Leben in geistiger Beschaulichkeit verbringend. Längst abgelöst von Volk, Staat, jeglicher Massengemeinschaft, ein geborgener, ein abstrakter Mensch. Äußere Kanten, an die er sich stößt, gibt es nur wenig. Der ältere Bruder — ein unsichtbarer, unfühlbarer Wohltäter — sorgt als Haupt des Hauses für alle Bedürfnisse. Dann kommt, merkwürdig genug, die einzige Unterbrechung dieses nach innen gekehrten, denkenden und empfindenden Daseins. Die Episode der Militärschule und des Krieges. Der patriotische

Idealismus, der mit diesem Beschaulichen plötzlich durchgeht, ist nicht leicht verständlich. Die große politische Verbrüderung zwischen der türkischen und armenischen Jugend erklärt ihn nur unzulänglich: Es ist vielleicht noch etwas anderes im Spiel, eine geheime Unruhe, der Versuch, seinem eigenen allzu gebahnten Leben zu entkommen. Während des kurzen Feldzuges aber lernt dieser Gabriel Bagradian unbekannte Fähigkeiten an sich kennen. Er ist nicht nur, wie er bisher gedacht hat, ein ausschließlich inwendigen Welten zugekehrter Mensch. Den Anforderungen an Tatkraft, Geistesgegenwart, Umsicht, Mut zeigt er sich in einem erstaunlichen Maße gewachsen, weit mehr sogar als seine orientalischen Kameraden. Er rückt schnell vor, er wird mehrfach ausgezeichnet und in den Meldungen an die Heeresleitung erwähnt. In der nachfolgenden Zeit freilich versinkt dies alles, wird zu einer beinahe unlogischen Erinnerung, da seine ursprüngliche Natur wieder zur Macht kommt, beruhigter und viel reifer als früher. Der heutige Tag aber, es ist der vierundzwanzigste Juli, macht alle Jahre dieses Lebens zu einem blassen Vorspiel.

Am tiefsten betroffen war Samuel Awakian, als er sah, wie sich die seit Wochen zusammengetragenen Schimären eines gelangweilten Nichtstuers zu dem sinnvollen Gebilde eines großen Kriegsplanes ineinanderfügten. Sie saßen in Bagradians Arbeitszimmer, das abgesperrt war. Mochte rufen und klopfen wer wollte, es wurde nicht geöffnet. Die geheimnisvollen Striche, Kreuze, Wellenlinien auf den drei Karten, die der Student als ein verträumtes Geduldspiel belächelt hatte, entpuppten sich nun als ein scharf durchdachtes Verteidigungssystem. Der dicke blaue Strich unterhalb des Nordsattels bedeutete einen langen Schützengraben, der sich an die (braungestrichelten) Steinbarrikaden der Felsseite lehnte. Die dünnere blaue Linie dahinter bezeichnete den Reservegraben, die kleinen Rechtecke seitlich der Gräben Flankensicherungen und vorgeschobene Posten. Auch die Ziffern von zwei bis elf, die den talzugewandten Bergrand des Damlajik füllten, wurden aus leeren Nummern zu wohlerwogenen Abschnitten der Verteidigung. Ebenso bekamen die verschiedenen Aufschriften einen Sinn: Stadtmulde, Schüsselterrasse, Kommandokuppe, Beobachter I, II, III, Südbastion. Was letztere anbelangt, so war sie der größte Glücksfall des Systems. Eine Besatzung von ein paar Dutzend Leuten genügte hier, um einen beliebig starken Gegner in Schach zu halten. Frauen sogar konnten dieses Abwehrwerk leisten. Gabriels Gesicht glühte vor Eifer. Es glich dem Knabengesicht Stephans wie noch nie:

„Ich habe alle Hoffnung der Welt" — er maß mit Stephans Zirkel Entfernungen nach —, „die türkischen Soldaten kenne ich. Die besten Leute sind an den Fronten. Was sich aber an Landwehr, Saptiehs und Irregulären in den Kasernen von Antiochia herumtreibt, das ist Lumpenpack und nur zu ungefährlichen Verbrechen verwendbar."

Die hohe, etwas zurückweichende Stirn Samuel Awakians, der sich plötzlich in fremdartiges Kriegshandwerk versetzt sah, wurde im Gegensatz zu Gabriels Gesichtsfarbe käseblaß:

„Es kommen bei uns bestenfalls tausend Männer in Betracht. Wie es mit Gewehren und Munition steht, weiß ich nicht. In jedem türkischen Nest liegt Militär, nicht nur in Antakje, sondern überall..."

„Wir sind ein Volk von fünfeinhalbtausend Menschen", fuhr ihm Bagradian in die Rede, „wir haben kein Erbarmen zu erwarten, sondern nur den langsamen Tod. Der Musa Dagh aber läßt sich nicht so leicht einschließen."

Awakian glotzte betäubt aus dem Fenster:

„Werden aber diese fünftausend dasselbe wollen wie Sie, Effendi?"

„Wenn sie es nicht wollen, so verdienen sie den gemeinen Tod im mesopotamischen Dreck ... Ich aber will gar nicht leben, ich will gar nicht gerettet werden! Ich will kämpfen! Ich will so viele Türken töten, als wir Patronen haben. Und wenn es sein muß, bleib ich allein auf dem Damlajik. Unter den Deserteuren!"

Es war nicht eigentlich Haß, sondern ein heiliger und zugleich lustiger Zorn, der aus Bagradians Augen flammte. Es schien, als freue er sich, allein gegen die Millionenarmeen Enver Paschas zu stehn. Wie Wahnsinn hob es ihn vom Sitz und trieb ihn durchs Zimmer:

„Ich will nicht leben, sondern einen Wert haben!"

Der zusammengesunkene Awakian gab noch immer nicht nach:

„Gut! Wir werden uns eine Zeitlang verteidigen. Und dann...?"

Gabriel brach seine leidenschaftliche Wanderung ab und setzte

207

sich ruhig wieder an seine Arbeit:

„Und dann werden wir binnen vierundzwanzig Stunden noch unzählige Probleme zu lösen haben. Wo kommt die Fleischbank hin, wo das Munitionsdepot, wo das Lazarett? Was für eine Art von Unterkünften soll errichtet werden? Quellen gibt es genug. Wie aber wird die Wasserversorgung am besten gehandhabt? Hier sind einige Zettel, auf denen ich eine Dienstordnung für die Waffenmannschaft schon entworfen habe. Machen Sie eine Reinschrift davon, Awakian! Wir werden sie brauchen. Ordnen Sie überhaupt all diese Notizen hier. Ich glaube nicht, daß ich viel vergessen habe. Vorläufig ist alles noch Theorie; doch ich bin überzeugt, daß sich der größere Teil verwirklichen läßt. Wir Armenier bilden uns doch immer so viel auf unsere geistige Überlegenheit ein. Damit haben wir sie aufs Blut erbittert. Nun aber wollen wir wirklich beweisen, wie sehr wir überlegen sind!"

Awakian saß ganz erschüttert da. Mehr noch als das allgemeine Schicksal verwirrten ihn die unwiderstehlichen Kraftströme, die von Gabriel ausgingen. Keine leuchtende, aber eine glühende Substanz war um ihn gebreitet. Je weniger er sprach, je ruhiger er arbeitete, um so dichter wurde sie. Samuel Awakian stand so stark unter dieser Wirkung, daß er seine Aufmerksamkeit nicht sammeln konnte, daß er keine Worte mehr für seine Zweifel fand, daß er Gabriels Kopf immer anstarren mußte, der ungestüm in die Arbeit an der Kriegskarte vertieft war. In seiner Regungslosigkeit überhörte er sogar die Worte Bagradians, so daß dieser seinen Auftrag ungeduldig wiederholte:

„Gehen Sie jetzt hinunter, Awakian! Sagen Sie, ich komme nicht zu Tisch. Sie sollen mir irgend etwas durch Missak heraufschicken. Ich darf keine Minute verlieren. Und dann, vor der Versammlung will ich keinen Menschen sehen, keinen, verstehen Sie, auch meine Frau nicht!"

Der Zuzug des Volkes begann schon in den ersten Nachmittagsstunden. Die Muchtars bewachten, wie es verabredet war, die drei Eingänge in der Parkmauer persönlich, um jeden einzelnen Teilnehmer der Versammlung zu begutachten. Diese Vorsichtsmaßregel erwies sich aber als überflüssig, denn Ali Nassif war mit seinem Posten unauffällig, ohne von langjährigen Bekannten Abschied zu nehmen, bereits gegen Antakje aufgebrochen. Auch hatte sich weder die türkische

Briefträgerfamilie noch jemand von den muslimischen Anrainern der Dörfer heimlich den nach Yoghonoluk wandernden Scharen angeschlossen. Lange vor der angesetzten Zeit sickerten die letzten Trupps durch das Sieb. Dann wurden die große Einfahrt und die beiden Gartentüren verrammelt. Das Volk drängte sich auf dem großen Freiplatz vor der Villa zusammen. Etwa dreitausend Menschen. Am linken Flügel des Hauses dehnte sich der geräumige Wirtschaftshof, der aber auf Wunsch Ter Haigasuns durch ein paar zusammengeknüpfte Wäscheschnüre abgegrenzt und freigehalten wurde. Auf der gehobenen Rampe des Hauses hatten sich die Notabeln zusammengefunden. Die kleine Treppe, die emporführte, bot eine hinreichende Rednerkanzel. Der Gemeindeschreiber von Yoghonoluk hatte am Fuß dieser Treppe sein Tischchen aufgestellt, um die wichtigsten Beschlüsse aufzuzeichnen. Gabriel Bagradian blieb so lange wie möglich in seinem Zimmer, dessen Fenster ja der Menge abgekehrt waren. Er wollte die innere Fülle, die ihn beherrschte, nicht vorzeitig durch unverbindliches Gerede verzetteln. Er trat erst aus dem Hause, als schon Ter Haigasun nach ihm gesandt hatte. Fahle, niedergeprankte Gesichter vor ihm, nicht dreitausend, sondern ein einziges. Das hoffnungslose Gesicht der Austreibung, hier wie an hundert anderen Orten zu dieser Stunde. Die Masse stand, ohne daß es nötig war, so qualvoll zusammengepreßt, daß sie kleiner wirkte, als es ihrer Zahl entsprach. Nur weit dahinten, wo alte Bäume die Freiung abschnitten, hockten, lagen, lehnten einige, von der Menge abgelöst, als gehe sie ihr eigenes Leben nichts mehr an.

Als Gabriel dieses Volk, das sein eigenes Volk war, überschaute, wandelte ihn ein plötzliches Entsetzen an. Sein Herz kam angstvoll aus dem Takt. Wieder einmal war die Wirklichkeit völlig verschieden von dem Begriff, den er sich von ihr gemacht hatte. Dies waren nicht dieselben Menschen, die er täglich in den Dörfern sah, die den Gegenstand seiner kühnen Berechnungen bildeten. Tödliche Strenge und Bitterkeit starrte ihn aus aufgerissenen Augen an. Gesichter rings wie gedörrte Früchte. Selbst die Wangen der Jugend dünkten ihn gefurcht und faltig. War er auf seinen Forschergängen in den Bauern- und Handwerkerstuben gesessen, so hatte er die Wahrheit ebensowenig gesehen wie ein Reisender, der eine Ortschaft im Wagen durchquert. Jetzt erst in dieser mächtig aufhorchenden Stunde geschah die erste Berührung zwischen dem Entwurzelten und seinem Stamm. Alles, was er in seinem Zimmer durchdacht und ausgearbeitet hatte, kam ins Schwanken. So fremd, so unheimlich war der Anblick derer, die er mit sich reißen wollte. Frauen, die noch ihr Sonntagsgewand mit seidenen Kopftüchern trugen, Münzenschmuck um den Hals und klappernde Hülsen von Armbändern an den Gelenken. Manche waren auf türkische Art gekleidet. Ihre Beine steckten in weiten Pluderhosen, und über die Stirn hatten sie den Feredjeh gezogen, obgleich sie fromme Christinnen waren. Die Nachbarschaft brachte solche Angleichungen mit sich, besonders in den äußeren Dörfern, wie Wakef und Kebussije. Gabriel sah die Männer in ihren dunkeln Entaris, auf den bartumrahmten Häuptern den Fez oder die Fellmütze. Da es warm war, hatten einige das Hemd geöffnet und zeigten die Brust. Sonderbar hell leuchtete die Haut unter den verbrannten, vogeldürren Bauernhälsen. Die weißen Prophetenköpfe blinder Bettler tauchten da und dort aus der Masse wie eine neugierige Schuldforderung an den Jüngsten Tag. Ganz vorne stand Kework, der Tänzer mit der Sonnenblume. Auch der Gesichtsausdruck des Kretins glich nicht mehr einem diensteifrigen Lallen, sondern einem Vorwurf, der von dieser zu jener Welt hinüberreichte. Gabriel fuhr mit eiskalter Hand über den englischen Stoff seines Anzugs. Wie Brennesseln rührte er sich an. Und zugleich wuchs die Frage: Warum gerade ich!? Wie soll ich zu ihnen sprechen!? Was maße ich mir an? Wie eine Sonnenfinsternis fuhr die Verantwortung, die er auf sich nahm, mit Fledermausschatten über ihn hin. Ein schäbiger Gedanke: Weg von hier! Noch heute! Gleichviel wohin! Ter Haigasun begann seine ersten Worte langsam in die Massen einzuschlagen. Immer vernehmlicher hafteten sie in Gabriels Ohr. Worte und Sätze gewannen Sinn. Die Sonnenfinsternis wich von seinem Himmel.

Ter Haigasun stand regungslos auf der höchsten Stufe. Nur die Lippen und das Kreuz auf seiner Brust bewegten sich leicht, während er sprach. Die spitze Kapuze verdunkelte sein Wachsgesicht, aus dessen tiefen Backengruben der schwarze Bart mit den beiden grauen Strähnen drang. Die Augen, die er geschlossen hielt, bildeten zwei rätselhafte Schatten. Er sah aus, als erlebe er in dieser Stunde nicht den Beginn des Unausdenklichen, sondern habe es schon durch- und ausgekostet, und jetzt, ans Ziel gelangt, werde er sich endlich hinlegen dürfen. Obgleich das Armenische wie alle östlichen Sprachen zu Feierlichkeit und Bilderprunk verführt, redete er in knappen, beinahe trockenen Sätzen: Die Absicht der Regierung müsse genau erkannt werden. Unter den älteren Menschen hier gebe es wohl keinen, der nicht die Metzeleien der früheren Zeit verspürt habe, wenn nicht am eigenen Leib, so doch in dem Todesleiden von Anverwandten drüben in Anatolien. Dabei habe Christus mit unverdienter Huld über dem Musa Dagh gewacht. Gesegnete Jahre lang sei Frieden in den Dörfern gewesen, während zu gleicher Zeit die Volksgenossen in Adana und anderswo zu Zehntausenden abgeschlachtet wurden. Man müsse aber genau unterscheiden zwischen Massaker und Austreibung. Ersteres daure vier, fünf, schlimmstens sieben Tage. Der Tapfere finde immer Gelegenheit, sein Leben teuer zu verkaufen. Schlupfwinkel für Frauen und Kinder seien rasch vorbereitet, der Blutdurst des rasenden Militärs verrauche bald, selbst den tierischesten Saptieh ergreife nachher Ekel. Die Regierung habe diese Metzeleien zwar immer selbst veranstaltet, sich aber nie zu ihnen bekannt. Sie entstanden aus der Unordnung und gingen in der Unordnung unter. Die Unordnung sei aber noch der beste Teil dieser Schurkereien gewesen und das ärgste Schicksal der Tod. Nicht so die Austreibung! Hierbei könne sich noch derjenige beglückwünschen, der durch den Tod, auch den grausamsten, von ihr erlöst werde. Die Austreibung gehe nicht vorüber wie ein Erdbeben, das immer noch einen Teil der Menschen und Häuser verschont. Die Austreibung werde so lange dauern, bis der Letzte des Volkes durch das Schwert getötet, auf der Landstraße verhungert, in der Wüste verdurstet, von Cholera und Flecktyphus hinweggerafft sei. Diesmal herrsche nicht regellose Willkür und aufgepeitschter Blutrausch, sondern etwas weit Entsetzlicheres — Ordnung. Alles verlaufe nach einem in den Ministerien von Stambul ausgearbeiteten Plan. Er, Ter Haigasun, wisse von diesem Plan seit Monaten, lange noch, bevor das Zeitun-Unglück ausbrach. Er wisse auch, daß alle Anstrengungen des Katholikos, des Patriarchen und der Bischöfe, die Bitten und Drohungen der Botschafter und Konsuln nichts gefruchtet hätten. Das einzige, was er, als armer kleiner Priester, habe tun können, war schweigen, unter Wissensqualen schweigen, damit die letzte gute Lebenszeit seiner armen Pfarrkinder nicht zerstört werde. Diese Zeit sei endgültig zu Ende. Nun müsse man der Wahrheit ohne Selbstbetrug ins Auge sehn. Niemand möge bei der Aussprache mit törichten Vorschlägen kommen, an die Behörden Bittgesandtschaften abzuschicken und dergleichen. Unsinnige Zeitvergeudung wäre das: „Menschliche Gnade gibt es nicht mehr. Christus, der Gekreuzigte, fordert die Nachfolge seines Leidens. Es bleibt für uns gar nichts anderes übrig, als zu sterben ..."

Hier schaltete Ter Haigasun eine kaum merkliche Pause ein, ehe er mit verändertem Ausdruck schloß:

„Es fragt sich nur, wie!"

„Wie sterben?? ...", schrie Pastor Aram Tomasian und schnellte neben Ter Haigasun vor, „ich weiß, wie ich sterben werde. Nicht wie ein wehrloser Hammel, nicht auf der Landstraße nach Deïr es Zor, nicht im Kot der Deportationslager, nicht am Hunger und nicht an der stinkenden Seuche, nein, auf der Schwelle meines Hauses werde ich sterben, mit der Waffe in der Hand, dazu wird mir Christus helfen, dessen Wort auch ich künde. Und mit mir soll mein Weib sterben und das Ungeborene in ihr! ..."

Dieser Ausbruch hatte Arams Brust fast zersprengt. Er preßte die Hand aufs Zwerchfell, um seinen Atem zu sammeln. Ruhiger geworden, hob er nun an, das Schicksal der Ausgetriebenen zu beschreiben, wie er es selbst, wenn auch nur zum geringsten Teil und in mildester Form, erlebt hatte:

„Was das ist, weiß niemand vorher, niemand kann es ausdenken. Man weiß es erst im letzten Augenblick, wenn der Offizier den Abmarsch befiehlt, wenn die Kirche und die Häuser, nach denen man sich umsieht, kleiner und kleiner werden, bis sie verschwinden ..."

Aram beschrieb den unendlichen Weg, von Etappe zu Etappe, das Wundwerden der Füße, das Aufschwellen des Körpers, das Zusammenbrechen, das Liegenbleiben, das Sichweiterschleppen, das allmähliche Vertieren, das wochenlange Verrecken unter täglichen Knutenhieben. Seine Sätze fielen selbst wie breite Knutenhiebe auf die Menge. Doch sonderbar! Noch immer entrang sich den gefolterten Seelen der Tausende kein Aufschrei, kein Wahnsinnsanfall. Noch immer starrten sie auf das Menschenhäuflein dort oben vor dem Haustor wie auf tragische Possenreißer, die ihnen etwas vormachten, was sie nichts anging. Diese Weinbauern, Obstgärtner, Holzschnitzer, Kammacher, Imker, Raupenzüchter, Seidenweber, die dem Nahenden so lange entgegengewartet hatten, sie konnten es nun, da es gekommen war, mit dem Verstande nicht fassen. Die verfallenen Gesichter zeigten immer angestrengtere Züge. Die Lebenskraft mühte sich ab, die kranke Verpuppung der letzten Zeit zu durchstoßen. Aram Tomasian rief:

„Selig sind die Toten, die alles schon hinter sich haben."
Hier ging das erstemal ein unbeschreiblicher Wehelaut durch die Menge. Kein Aufheulen, sondern ein langes singendes Stöhnen, ein hinschwellender Seufzer, als seufze nicht der Mensch, sondern die leidende Erde selbst auf. Arams Wort schwang scharf über dem Wehelaut:

„Auch wir wollen den Tod so schnell wie möglich hinter uns haben! Deshalb werden wir unsre Heimstätten verteidigen, damit wir alle, Männer, Frauen, Kinder, einen raschen Tod finden!"

„Warum Tod?"
Die Stimme kam aus Gabriel Bagradians Mund. Ein Licht tief in ihm fragte, während er sich hörte: Bin ich das? Sein Herz ging ruhig! Die beklommene Anwandlung war vorüber, für immer. Große Sicherheit stieg in ihm auf. Die Muskeln waren entspannt. Mit all seinem Wesen wußte er: Für diese Minute jetzt lohnt es sich, gelebt zu haben. Immer, sooft er mit den Leuten der Dörfer gesprochen hatte, erschien ihm sein armenisches Wort gekünstelt und gequält. Nun aber sprach nicht er — und dies gab die große Ruhe —, sondern die Macht, die ihn hierhergeführt hat auf den langen Umwegen der Jahrhunderte und auf dem kurzen Umweg seines eigenen Lebens. Er lauschte mit Verwunderung dieser Kraft, die aus ihm so natürlich ihre Worte holte:

„Ich habe nicht unter euch gelebt, meine Brüder und Schwestern ... Es ist wahr ... Ganz entfremdet war ich der Heimat und wußte nichts mehr von euch ... Da hat mich aber, wohl um dieser Stunde willen, Gott aus den großen Städten des Westens hierhergeschickt in das alte Haus meines Großvaters ... Und jetzt bin ich nicht mehr ein Halbfremder und Gast unter euch, denn ich werde dasselbe Schicksal haben wie ihr ... Mit euch werde ich leben oder sterben ... Die Behörde wird mich weniger verschonen als irgendeinen andern, ich weiß es ... Meinesgleichen haßt und verfolgt sie mit größter Rachsucht ... Wie ihr alle bin ich gezwungen, das Leben meiner Angehörigen zu verteidigen ... Deshalb habe ich schon seit mehreren Wochen alle Möglichkeiten, die uns bleiben, genau durchforscht ... Seht her, der ich anfangs mutlos war, nun bin ich es nicht mehr ... Voll von Hoffnung bin ich ... Wenn uns Gott hilft, werden wir nicht sterben ... Ich spreche nicht als leichtsinniger Narr zu euch, sondern als ein Mann, der den Krieg erlebt hat, als Offizier ...“

Immer klarer bildete sich Wort um Wort. Die leidenschaftliche Arbeit der letzten Tage kam ihm zugute. Die Fülle wohlüberlegter Einzelfragen gab ihm immer mehr innere Festigkeit. Die Überlegenheit systematischen Denkens, wie er es in Europa gelernt hatte, hob ihn hoch über die dumpfen und ergebenen Häftlinge des Verhängnisses. Ein ähnlich spielerisches Machtgefühl hatte ihn in seiner Jugend beherrscht, wenn er bei Prüfungen auf eine Frage mit erschöpfendem Wissen zu antworten verstand, gleichsam wählerisch in diesem Wissen grabend. Er ging auf Arams verzweifelte Rede ein, ohne sie zu erwähnen: Den Saptiehs auf den Straßen und in den Häusern der Dörfer Trotz zu bieten, sei ein unsinniges Beginnen. In den ersten Stunden könne es vielleicht zu einem überraschenden Erfolg führen, desto sicherer aber ende es dann nicht mit einem raschen, sondern mit einem ausgedehnten Martertod sowie mit der Vergewaltigung und Verschleppung der jungen Frauen. Er, Bagradian, sei ebenfalls für Verteidigung bis zum letzten Blutstropfen. Dafür aber gebe es bessere Plätze als das Tal und die Dörfer. Er wies mit der Hand in die Richtung des Musa Dagh, der sich hinter dem Hause aufbaute und mit seinen Kuppen übers Dach schaute, als nähme er teil an der großen Versammlung. Alle möchten sich der alten Geschichte erinnern, in denen der Damlajik den verfolgten Armeniersöhnen Zuflucht und Schutz geboten habe:

„Um den Damlajik wirklich zu belagern und zu erobern, bedarf es einer großen Truppenmacht. Dschemal Pascha braucht seine Truppen gewiß zu einem andern Zweck, als um ein paar tausend Armenier auszuheben. Mit den Saptiehs werden wir aber leicht fertig. Den Berg zu verteidigen, genügen einige hundert entschlossene Männer und ebenso viele Gewehre. Diese Männer und diese Gewehre haben wir.“

Er hob seine Hand wie zum Schwur:

„Ich verpflichte mich hier vor euch, die Verteidigung so zu führen, daß unsere Frauen und Kinder länger vor dem Tode bewahrt bleiben als in der Verschickung. Wir können uns mehrere Wochen, ja Monate halten. Wer weiß, vielleicht gibt es Gott bis dahin, daß der Krieg zu Ende ist. Dann werden wohl auch wir erlöst sein. Wenn der Friede aber nicht kommt, so haben wir doch noch immer das Meer im Rücken. Zypern mit seinen englischen und französischen Kriegsschiffen ist nahe. Dürfen wir denn nicht hoffen, daß eines dieser Schiffe einmal an der Küste vorüberfährt und von unseren Hilferufen und Signalen erreicht wird? Sollte aber keiner dieser Glücksfälle eintreten, sollte Gott unseren Untergang beschlossen haben, so wird es zum Sterben immer noch Zeit genug sein. Und dann werden wir uns nicht selbst verachten müssen als wehrlose Hammel!"

Die Wirkung dieser Rede war durchaus nicht klar. Es schien, als erwache die Menge jetzt zum erstenmal aus ihrer Lähmung zum vollen Bewußtsein des Schicksals. Gabriel glaubte anfangs, er sei entweder nicht verstanden worden oder das Volk verwerfe seinen Plan mit Wutgeheul. Der feste Körper der Masse fuhr auseinander. Frauen kreischten. Heisere Männerflüche hämmerten gegeneinander. Ein wogendes Hin und Her. Wo waren die gottergebenen, gramverrunzelten Bauerngesichter, wo der Schleier der Totenstille über ihnen? Ein wüster Streit schien anzuheben. Die Männer fuhren gegeneinander los, sie schrien und zerrten sich an den Gewändern, ja an den Bärten. Doch dies war weniger ein Meinungsstreit als eine tolle Entladung, eine Zersprengung des ohnmächtigen Todeswissens, die das erste Wort der Zuversicht und Energie ausgelöst hatte.

Wie? Unter all diesen Tausenden, die jetzt in ihrer entfesselten Verzweiflung durcheinanderschrien, gab es keinen, der denselben, so einfachen Gedanken in der langen Wartefrist gefaßt hatte? Einen Gedanken, der durch alte Überlieferungen so nahe lag? Mußte erst ein Fremder, ein Herr aus Europa kommen, um ihn auszusprechen? Nun, denselben Gedanken hatte unter diesen Tausenden so mancher gefaßt, doch nur wie eine untaugliche Träumerei. Auch in der heimlichsten Zwiesprache war er über keine Lippe gedrungen. Bis vor wenigen Stunden noch hatten sie sich in ihrer künstlichen Schlaftrunkenheit vorgefabelt, das große Schicksal werde gerade am

Musa Dagh mit eingezogenen Krallen vorüberschleichen. Und dann, wer waren sie? Arme, verlassene Dörfler, ein ausgesetzter Stamm auf bedrängter Insel, ohne eine Stadt im Rücken. In Antiochia gab es nicht eben viele Armenier, und das waren Geldwechsler, Bazarhändler, Getreidespekulanten, demnach nicht die rechten Empörer und Kampfhelfer. In Alexandrette wiederum lebte nur eine kleine Schar von ganz Reichen, von Bankiers und Kriegslieferanten in prunkvollen Villen, ähnlich wie in Beirût. Diese angstgepeitschten Geldmagnaten dachten gar nicht an das kleine Bergvolk des Musa Dagh. Unter ihnen befand sich kein Mann vom Wuchse Awetis Bagradians, des Alten. Sie schlossen die Fensterläden ihrer Villen und verkrochen sich in die finstersten Winkel. Zwei oder drei waren, um Leben und Vermögen zu retten, zum Islam übergetreten und hatten sich dem stumpfen Beschneidungsmesser des Mollah dargeboten. Oh, die Leute oben, dort weit im Nordosten, die Bürger von Wan und Urfa, die hatten es leicht. Wan und Urfa, das waren große armenische Städte, voll von Waffen und uraltem Trotz. Köpfe gab es da, die Abgeordneten der Daschnakzagans. Sie konnten das Volk führen. Dort war es leicht, an Widerstand zu denken und ihn zu organisieren. Wer aber durfte in dem armseligen Yoghonoluk so frevelhaft denken? Widerstand gegen die Staatsund Militärgewalt? Jeder, der hier geboren war und lebte, trug für diesen Staat, den alten Erbfeind, eine mit Grauen vermischte Ehrfurcht im Blut. Staat, das war der Saptieh, der einen ohne Grund schlagen und in Haft nehmen durfte, Staat, das war der Steuerbeamte und -pächter, der in die Häuser einbrach und raubte, was ihm geeignet schien, Staat, das war die schmutzige Kanzlei mit dem Sultanbild, den Koransprüchen und dem vollgespuckten Estrich, wo man Bedel entrichtete, Staat, das war die Kaserne mit dem öden Hof, wo man als Soldat dienen mußte, wo der Tschausch oder Onbaschi Faustschläge austeilte und für den Armeniersohn eine eigene Bastonade vorrätig war. Und trotz alledem: das hündische Gefühl der Angst und Ergebenheit gegen diesen wohlwollenden Staat wurde auch der Armeniersohn nicht los. So war es denn mehr als verständlich, daß, abgesehen von Pastor Tomasians kopflosem Ausbruch, kein Einheimischer, sondern ein Fremder, ein Freigelassener, den ersten planvollen Gedanken der Selbstverteidigung unter die Menge warf. Denn nur dieser

Freigelassene besaß die nötige Unschuld, den Gedanken auch auszusprechen. Das Volk aber hatte sich damit noch lange nicht abgefunden. Der Streit schien zu wachsen, das Kreischen und das Fäustegeschüttel, das diesen sonst so scheuen Frauen und ernsten Männern gar nicht anstand. Es läßt sich leicht vorstellen, daß die kleinen Kinder, welche die Mütter im Arm oder auf dem Rücken trugen, das allgemeine Tosen durch ihr Gezeter noch verschärften. Ohne Zweifel erkannten auch die Kinderseelen in diesem Augenblick die Gefahr und wehrten sich mit schrillen Wiehertönen gegen den nahenden Tod. Gabriel sah schweigend auf den Trubel hinab. Ter Haigasun trat zu ihm. Mit den Fingerspitzen seiner beiden Hände rührte er Bagradians Schultern an. Es war der Keim, der entschlossene Versuch einer Umarmung. Eine Gebärde des Segnens und der Selbstüberwindung zugleich. Auf dem Grund seiner demütigen und harten Augen stand vielleicht zu lesen: So haben wir es miteinander ohne ein Wort vereinbart. Ich habe das von dir erwartet. Gabriel hatte, sooft er mit Ter Haigasun zusammentraf, die Empfindung gehabt, daß sich dieser vor ihm verschließe, ja daß er ihn sogar aus einem unbekannten Grunde abweise. Deshalb machte ihn die versuchte Umarmung des Priesters jetzt betroffen und regungslos. Ter Haigasuns leidensschmale Finger glitten von seinen Schultern ab.

Inzwischen versuchte Pastor Harutiun Nokhudian die Menge zu beruhigen. Der kleine dürftige Mann hatte dabei mit seiner Frau zu kämpfen, die sich erregt an ihn drängte und es verhindern wollte, daß er eine Unvorsichtigkeit begehe. Nur langsam gelang es Nokhudian, sich Gehör zu verschaffen. Er mußte seine schwache Stimme, so hoch er konnte, anspannen:

„Christus befiehlt uns streng, der Obrigkeit zu gehorchen. Christus befiehlt uns streng, dem Übel nicht zu widerstreiten. Mein Amt ist das Evangelium. Ich kann als Hirte meiner Herde keiner Widersetzlichkeit zustimmen."

Der Pastor, der im Hause Bagradian meist den Eindruck eines kleinlaut kränklichen Männchens gemacht hatte, bewies nun in der Begründung seines Standpunktes große Festigkeit. Er schilderte die Folgen einer bewaffneten Auflehnung, wie er sie sah. Dieser Aufruhr erst gebe der Regierung das volle Recht, die verruchte Maßregel in ein rücksichtsloses Rachewerk zu verwandeln. Dann sei auch der Tod nicht mehr die verdienstvolle Leidensnachfolge des Herrn, sondern eine gesetzesmäßige Strafe für Aufrührer. Und nicht nur die Seelen der hier Versammelten würden mit dem Frevel der Rebellion vor Gott belastet sein, sondern diese kehre sich in ihrer Auswirkung unaufhaltsam gegen die gesamte Nation, gegen alle Armeniersöhne und -töchter. Sie schenke den Herrschenden vor der ganzen Welt eine willkommene Handhabe, die armenische Millet nachweislich als Ehebrecherin der Staatsgemeinschaft und als Hochverräterin zu brandmarken. Eine gute Frau dürfe ihr Haus auch dann nicht preisgeben, wenn der eigene Mann sie mißhandle. Dies war die Ansicht Harutiun Nokhudians, in dessen Haus die Dinge umgekehrt lagen, da die Seinige ihn nicht nur in Gesundheitsfragen tyrannisierte. Seine angestrengte Stimme drohte zu brechen:

„Wer aber kann behaupten, daß unsere Austreibung unbedingt das Ende sein muß, wie Ter Haigasun und Aram Tomasian es weissagen? Sind Gottes Ratschlüsse nicht auch für sie unerforschlich? Hat der Herr nicht die Macht, uns Hilfe von allen Seiten zu senden? Wohnen nicht überall Menschenseelen, auch unter Türken, Kurden und Arabern, die sich erbarmen? Werden wir nicht, sofern wir uns unser Gottvertrauen bewahren, Wohnung und Nahrung auch in der Fremde finden? Ist es nicht möglich, daß die Rettung, während wir verzweifeln, schon unterwegs ist? Findet sie uns hier nicht, so wird sie uns vielleicht in Aleppo finden. Geschieht in Aleppo nichts, so wollen wir auf die nächste Station hoffen. Unser Leib wird bitter leiden, aber unsere Seelen werden frei sein. Wenn wir zwischen einem schuldlosen und einem sündhaften Tod zu wählen haben, warum sollen wir den sündhaften wählen?"

Harutiun Nokhudian konnte nicht weiterreden, denn sein mageres Stimmchen wurde von einer tiefen und entschiedenen Frauenstimme zur Seite geschoben. War diese kampflustige Erscheinung im schwarzen Matronengewand wirklich Mütterchen Antaram, die Frau des alten Arztes? War's wirklich Mairik Antaram, die Helfende und Betreuende, das Mütterchen der Mütter, von der auch diejenigen, denen sie mit Rat und Tat beistand, nie eine längere Rede gehört hatten? Das schwarze Spitzentuch war von ihrem nicht gänzlich ergrauten, in der Mitte gescheitelten Haar in der Erregung zurückgeglitten. Aus dem tief geröteten Gesicht sprang die kühne Nase adlig vor. Aus breiten Hüften wuchs die kraftausströmende Gestalt mit dem zurückgeworfenen Kopf hoch. Tausend streitsüchtige Runzeln umkränzten die hellen, blauen Augen. Und doch, Antaram Altouni war jung vor herrlicher Empörung:

„Ich bin eine Frau" — die gesättigte Stimme ertrotzte sich mit ihrem ersten Laut völlige Ruhe —, „ich bin eine Frau und spreche für alle Frauen hier! Viel habe ich erlitten! Mein Herz ist oft und oft gestorben. Der Tod ist mir längst gleichgültig. Ich werde gar nicht hinschauen, wenn er kommt. Doch in der Erniedrigung will ich nicht zugrunde gehen, auf der Landstraße werde ich nicht krepieren und nicht auf freiem Feld verfaulen, ich nicht! Doch auch nicht leben will ich bleiben in einem der Deportationslager unter den ehrlosen Mördern und den ehrlosen Opfern, ich nicht! Wir Frauen wollen das alle nicht, nein, wir alle nicht!! Und wenn die Männer zu feig sind, so werden wir Weiber allein uns bewaffnen und auf den Musa Dagh ziehn ... Mit Gabriel Bagradian!"

Dieser fanatische Aufruf erregte einen Tumult, der den vorherigen weit übertraf. Es hatte den Anschein, als ob die Sinnberaubten im nächsten Augenblick die Messer ziehen und so dem Blutbad durch die Türken zuvorkommen würden. Schon wollten sich die Lehrer mit Schatakhian an der Spitze unter die Menge werfen, um die Streitenden zu trennen und im Notfall Polizeidienste zu leisten. Mit einem kleinen Wink rief sie Ter Haigasun zurück. Besser als alle Lehrer und Muchtars kannte er sein Volk. Dieser Ausbruch war kein Streit. Leere Erregung. Das Bewußtsein der Tausende, das mit dem Austreibungsbefehl noch nicht fertig geworden war, mußte jetzt die schallenden Worte der Redner langsam aufsaugen. Ein Blick des Priesters sagte: Laßt sie nur. Geduldig sah er dem Tumult zu, in dem die Frauenstimmen, durch Antaram aufgestachelt, immer mehr die Oberhand gewannen. Er verhinderte es auch, daß andre Redner, die sich meldeten, wie zum Beispiel Oskanian, der Lehrer, das Wort nahmen. Er hatte recht damit. Der Lärm, dem keine Nahrung mehr zugeworfen wurde, brach schneller zusammen, als man hätte meinen sollen. Nach einigen Minuten war er in sich selbst erstickt, und nur Murren und Schluchzen blieb übrig. Jetzt war der Augenblick für Ter Haigasun gekommen, um mit schlagfertiger Knappheit eine rasche Klärung und Entwicklung der Dinge herbeizuführen. Er machte mit der Rechten ein begütigendes Zeichen: „Es ist doch alles ganz einfach", sagte er ohne Stimmaufwand, doch jede Silbe scharf absetzend, damit sie sich in den dumpfen Verstand der Masse einbohre: „Zwei Vorschläge sind gemacht worden. Sie schreiben uns die beiden einzigen Wege vor, die wir gehen können. Andre Wege als diese beiden gibt es für uns nicht. Der eine, Pastor Nokhudians Weg, führt mit den Saptiehs nach Osten, der andere, Gabriel Bagradians Weg, führt mit unseren eigenen Waffen auf den Damlajik. Jedem von euch steht es völlig frei, den seinen zu wählen, wie es ihm Verstand und Wille vorschreibt. Zu reden gibt es darüber nichts mehr, denn alles Richtige ist schon gesagt worden. Ich will euch die Entscheidung sehr einfach machen. Pastor Harutiun Nokhudian wird die Güte haben, sich dort auf den freien Hof jenseits der Hanfschnur hinzustellen. Wer die Ansicht des Pastors teilt, wer in die Verbannung gehn will, der möge zu ihm treten. Wer aber auf Seite Gabriel Bagradians ist, der soll dort stehen bleiben, wo er steht. Niemand beeile sich! Wir haben Zeit."

Tiefe Stille plötzlich. Nur Frau Nokhudians schnelles, fast bellendes Weinen war hörbar. Der alte Pastor senkte den Kopf unter dem runden Käppchen. Eine schwere Gedankenlast schien seinen Oberkörper niederzubeugen und zu Boden zu ziehen. In dieser Denkhaltung verblieb er sehr lange. Dann begannen sich seine Beine zu regen. Er stapfte mit kleinem, zögerndem Tritt zu der Stelle, die Ter Haigasun ihm bezeichnet hatte. Die Hanfschnur hob er mit ungeschickter Geste über den Kopf. Der Wirtschaftshof erstreckte sich fast bis zur Villa. Nur ein Rasenstück mit einer Wand von Magnoliensträuchern lag dazwischen. Der große Hof war völlig menschenleer. Nicht nur die Dienerschaft des Hauses, auch die Stalleute drängten sich in der Versammlung. Nokhudians kurze Beinchen kosteten den Weg der Entscheidung voll aus, sie brauchten eine ganze Weile, bis die Magnolienbüsche erreicht waren, wo er, mit dem Rücken zur Menge, Aufstellung nahm. Die vom Weinen geschüttelte Frau folgte. Wiederum eine noch länger gedehnte und noch hohlere Frist, in der kein Wort fiel. Dann erst lösten sich ein paar Menschen aus dem Kern der Menge, drängten sich durch und traten, den Zwischenraum mit demselben zaghaft versonnenen Schritt durchmessend, hinter Pastor Nokhudian. Erst waren es nur wenige, die Ältesten der protestantischen Gemeinde von Bitias mit ihren Frauen. Mit der Zeit aber wurden es immer mehr, die sich für die Verbannung entschieden, bis der Pastor am Ende fast seine ganze Herde beisammen hatte, Junge und Alte. Dieser schlossen sich überdies noch einige Personen aus den anderen Dörfern an; doch das waren ausschließlich alte und beladene Leute, denen die Kraft zum Widerstand schon fehlte oder die wirklich den Himmel am Abend ihres Lebens nicht wider sich aufbringen wollten. Die Hände wie zum Gebet vor die Brust gefaltet, taten sie jetzt den ersten Schritt auf dem großen Passionsweg. Das geschah alles so gemessen, so ganz inwendig, daß es nicht den Eindruck eines folgenschweren Entschlusses, sondern einer religiösen Zeremonie erweckte: als ob es den Menschen beschieden sei, ohne sich erst zum Sterben auszustrecken, schreitenden Fußes ins Grab zu steigen. Einer. Und wieder einer. Ein Paar. Und dann mehrere. Dann wieder ein Paar. Nokhudians Schar mochte zum Schluß etwa vierhundert Seelen umfassen, jene Mitglieder der protestantischen Gemeinde ungerechnet, die aus Krankheits- oder anderen Gründen hatten zu Hause bleiben müssen. In ihnen nahm der Pastor einen beträchtlichen Teil der Bevölkerung von Bitias, dem zweitgrößten Ort des Tales, mit sich. Die große Masse verfolgte den stockenden Gang ihrer Landsleute, die sich zum Gehorsam entschieden, mit gebannten Augen. Kein Wort, kein Laut störte. Der letzte aber, der mit großer Verspätung zu Nokhudians Truppe stieß, war ein verhutzelter Mensch, der an seinem Stock wie ein Betrunkener schwankte und mit sich selbst sprach. Diese den Leuten wohlbekannte Spottgestalt aus Kebussije, die wahrscheinlich gar nicht verstand, worum es ging, löste in der großen Menge eine häßliche und überhebliche Regung aus. Ursprünglich war's nur der Anblick des Verblödeten, der zum gewohnten Mutwillen reizte. Dann aber trat der Hochmut dazu: Hier sind die Tapferen und dort die Feigen! Hier stehen die Starken, die Vollgültigen, und dort die Krüppel. Es geschah weiter nichts, als daß ein Jugendlicher irgendein lautes Hohnwort ausstieß, von dem sich ein wellenförmiges Lachen über die ganze Versammlung verbreitete. Ter Haigasun aber sprang mit einem Satz in die festgekeilte Masse, die er mit beiden Armen zerteilte, als wolle er bis zu dem Kern der Gemeinheit, dem Spötter selbst vordringen, ihn heraus-

holen und züchtigen. Sein Gesicht war dunkel vor Zorn. Die
Kapuze fiel von dem kurzen eisengrauen Haar zurück. In
seinen Augen funkelte Mord:

„Welcher Hund wagt es? Welche Teufel lachen!?"
Er schlug die Faust mehrmals heftig an seine Brust, um
wenigstens für die Spötter sich selbst zu strafen und seine Wut
zu beruhigen. Dann aber ging er in der neuen Stille auf
Harutiun Nokhudian und seine Schar zu, blieb in einiger
Entfernung stehn, verbeugte sich tief und sagte mit seiner
schallenden Priesterstimme:

„Ihr werdet für uns immer heilig sein. Mögen auch wir heilig
sein für euch!"
Bagradians Geist fieberte. Ein ungedämmter Strom von Einfällen riß ihn fort. Das große Verteidigungswerk arbeitete
leidenschaftlich in ihm weiter. Da die Entscheidung gefallen
war, folgte er den Vorgängen nur mit halbem Ohr. Sein auf-
gepeitschtes Hirn dachte und beobachtete zugleich. Welch ein
ehrfurchtgebietender Riese konnte dieser Ter Haigasun sein,
der sonst die Augen niederschlug, wenn man mit ihm sprach.
Unschätzbar ist es, blitzte es in ihm auf, daß ich für den
Kampf diese bodenständige Autorität in meinem Rücken
haben werde. Auch daß der gute Nokhudian und ein paar
hundert Kampfuntaugliche sich anders entschlossen haben, ist
für uns ein Glücksfall. Sie haben die wichtige Aufgabe, vor
den Saptiehs unsre Absichten und Bewegungen zu verschleiern, bis zum letzten Augenblick. Die Dörfer dürfen nicht
leer sein. Die Türken sollen erst dann Verdacht fassen, bis wir
für den Angriff gerüstet sind. Unaufhörlich verwoben sich die
Dinge in Gabriels Plan. Der rechnende Verstand seiner
Ahnen, Großvater Awetis' Klugheit kam nun auch in dem
weltfremden Enkel zum Vorschein, in diesem ahnungslosen
Idealisten, als welchen ihn die geriebenen Kaufleute der
weiteren Verwandtschaft immer belächelt hatten. Jeder gedachten Tatsache entspann sich ein unentwirrbares Faden-
gespinst von Folgen, und nicht ein einziger Faden war
unwesentlich. Ein ungestümer Ehrgeiz hatte sich Bagradians
bemächtigt. Drei Tage nach dem heutigen Sonntag, am Mittwoch also, würde nach Ali Nassifs Geständnis der Müdir mit
seinen Leuten kommen. Bis Mittwoch mußte mithin alles den
Grundzügen nach fertig sein, um in den restlichen Tagen
ausgebaut zu werden. Jetzt war die Stunde gekommen, den

Glauben seines ganzen Lebens zu erproben, daß der Geist über den Stoff siegen müsse, auch über die gesteigerten Erscheinungsformen alles Stofflichen, über die Gewalt und den Zufall.

Es war kein Wunder, daß er, von planender Phantasie umfangen, von trunkenem Selbstgefühl erfüllt, Frau und Kind vergaß und für das äußere Getriebe ringsum keine Sinne mehr hatte. Dies alles war nur mehr Zeitverlust. Es sprachen wohl noch einige Redner aus dem Volke. Doch was gingen ihn ihre leeren ungelenken Worte an, da der große Entschluß endgültig gefaßt war? Es wurde immer die gleiche kampfanfeuernde Rede gehalten; für die Gegenpartei erhob sich keine Stimme mehr. Ter Haigasun ließ die Leute eine geraume Zeit gewähren, damit sich der tapfere Geist der Entscheidung in der Masse tiefer verankere und auch die Zaghaften und Bedenklichen mitreiße. Bevor aber noch die erste Ermüdung drohte, trat er vor, unterbrach den Redereigen und ordnete an, daß die Wahl der Führer vollzogen werde. Der Gemeindeschreiber von Yoghonoluk ging mit einem Korb herum und sammelte die Stimmzettel. Unverzüglich nahmen dann die Lehrer mit Hilfe Awakians im Hause die Zählung vor. Naturgemäß fielen die meisten Stimmen auf Ter Haigasun. Gleich hinter ihm kam Doktor Altouni, dann die sieben Muchtars und drei Dorfpriester mit den Stimmen ihrer Gemeinden. Dann folgten in einem gewissen Abstand Apotheker Krikor und einige Lehrer, darunter natürlich Schatakhian und Oskanian. Gabriel Bagradian erhielt ungefähr ebensoviel Stimmen wie Pastor Aram Tomasian. Von unbeamteten Dorfbürgern waren es der alte Tomasian und Tschausch Nurhan, der längerdienende Unteroffizier, die in den Führerrat entsandt wurden. Auch eine Frau, Mairik Antaram, erhielt eine große Anzahl von Stimmen, was wahrlich hierzulande eine Neuerung war. Sie lehnte aber die Wahl mit Entschiedenheit ab. Lehrer Schatakhian verlas das Ergebnis. Die Gewählten zogen sich daraufhin in das Haus zurück, um ihre Körperschaft zu konstituieren. Gabriel hatte durch Kristaphor und Missak im großen Selamlik für die Sitzung alles Nötige vorbereiten lassen, einen Imbiß, Wein und Kaffee. Die Menge — bis auf jene Mütter, die für kleine Kinder daheim zu sorgen hatten — blieb auf dem Platz und lagerte sich weithin in dem großen Garten. Man schickte nach Yoghonoluk um Eßwaren. Der Hausherr ließ Wasser,

Wein, Früchte und Tabak verteilen. Bald stieg mit dem allgemeinen Geschwätz der Rauch von Zigaretten und gemächlichen Tschibuks in die Abendluft, als wäre nichts geschehen. Die Anhänger Pastor Nokhudians brachen mit ihrem Führer auf, um nach Bitias heimzukehren. Dies war ein schweigsames und trauriges Sichhinwegstehlen. Einige jüngere Leute aus dieser Schar kehrten am Gartenausgang wieder um und gesellten sich zu dem großen, lagernden Volk, dessen Lebenslust nach Wochen der Betäubung zum erstenmal wieder zu erwachen schien. Jetzt, in der knappen Frist zwischen dem Gewohnten und dem namenlosen Wagnis, erfüllte ein unbegreifliches Behagen alle Seelen. Warum? Weil vor ihnen nicht mehr das Leiden allein lag, sondern in und über dem Leiden die Tat.

Die Nacht des Musa Dagh saugte schnell die Julidämmerung auf. Der waagrechte Halbmond stieß sich von den Gipfelschroffen des Amanus im Osten ab und fuhr frei in den Raum hinaus. Das Tor der Villa Bagradian stand weit offen. Neugierige gingen ungehindert ein und aus. Im großen Empfangszimmer hatten sich die Führer des Volkes versammelt. Dieser Führerrat, eine Runde von etwa zwanzig Männern, machte zunächst selbst einen ratlosen Eindruck. Die fremden Dorfschulzen, Priester und Lehrer, die zum erstenmal in diesem Hause waren, saßen und standen wortlos umher. Manchem unter ihnen mochte jetzt erst die ganze Tollheit bewußt werden, in die sie durch den unerwarteten Verlauf der großen Versammlung gedrängt worden waren. Gabriel Bagradian spürte sofort die brenzlige Luft der Mutlosigkeit, die von einem Teil dieser Gemeinschaft ausging. Es durfte nicht geduldet werden, daß die Lauen „zur Besinnung" kamen, daß grundsätzliche Wenn und Aber laut wurden. Das Volk hatte seine rechtmäßige Entscheidung getroffen, ein Schwanken gab es nicht mehr, die Glut des Verteidigungswillens mußte zur steilen Flamme angefacht werden. Es war Bagradians Pflicht, als Herr des Hauses, dem formlosen Zusammenstehn dieser erkalteten Männer ein Ende zu setzen, die Beratung in Gang zu bringen und für fruchtbare Arbeit zu sorgen. Die Überlegenheit seiner Erziehung und westlichen Erfahrung hatte in Kraft zu treten. Er tat das einzige, was zu tun war. Mit feierlicher Stimme wandte er sich an Ter Haigasun:

„Es ist nicht nur der Wille des Volkes dort draußen, das Ihnen die meisten Stimmen gegeben hat, Ter Haigasun, es ist der Wille von uns allen, den ich hier ausspreche: Wir bitten Sie, das Oberhaupt unseres Kampfes zu sein. Sie waren schon in friedlicher Zeit zum Führeramt eingesetzt und haben es bis heute als geistlicher Vorstand der Gemeinden aufopfernd erfüllt. Gott will es, daß sich Ihr Amt nun durch die Grausamkeit der Menschen erweitert. Wir wollen Ihnen alle in die Hand geloben, daß wir uns bei den Beschlüssen, die wir treffen, bei Vorkehrungen, die wir anordnen, Ihrem entscheidenden Wort ohne Widerspruch unterwerfen werden. Erst durch Ihre Stimme werden die Entschließungen des Führerrates Rechtmäßigkeit gewinnen und dadurch für unser ganzes Volk zu bindenden Gesetzen erhoben sein."

Die kleine Rede Bagradians brachte nur Selbstverständliches. Der oberste Rang kam niemandem andern zu als Ter Haigasun. Über diese feststehende Tatsache hätte nicht einmal Lehrer Hrand Oskanian eine heimliche Grimasse zu schneiden gewagt. Dennoch aber wirkten Gabriels Worte auf die Anwesenden angenehm, zumal auf jene, die ihm noch fremd und mißtrauisch gegenüberstanden. Diese angenehme Wirkung hatte zwei Ursachen. Manche wähnten nämlich, der landfremde „Franke" werde sich kraft seiner abendländischen Überheblichkeit die Rolle des Oberhauptes anmaßen. Und dann — dieser Grund war noch wichtiger — hatte Bagradians Ansprache sowohl in ihrer feierlichen Form als auch in ihrem rechtlichen Inhalt erst den Boden geschaffen, auf dem sich alles Künftige entwickeln konnte. Ganz unmerklich erfloß aus jenen wenigen Worten ein Staatsgrundgesetz für dieses neue Gemeinwesen, das in Bildung begriffen war. Zum Zeichen der Entgegennahme des Amtes und der schweren Verantwortung bekreuzigte sich Ter Haigasun schweigend. Von diesem Augenblick an gab es zwei legale Mächte, den Führerrat und das Volksoberhaupt, das zwar diesem Rate vorsaß, doch erst durch seine Anerkennung dessen Beschlüsse zum Gesetz erhob. Jeder einzelne Mann trat nun zu Ter Haigasun und küßte ihm nach der Sitte die Hand, wodurch er ihm seine Verehrung bezeigte und zugleich das Gelöbnis leistete. Erst nach dieser Zeremonie bildete sich ein großer Kreis um mehrere zusammengeschobene Tische. Gabriel Bagradian hatte vor sich die Kriegskarten und sämtliche Aufzeichnungen liegen. Hinter ihm nahm Samuel Awakian Platz, um immer bei der Hand zu sein. Nachdem Gabriel durch einen Blick das Wort erbeten hatte, erhob er sich:

„Vor zwei Stunden ist die Sonne untergegangen, meine Freunde, in sechs Stunden geht sie wieder auf. Wir haben nur sechs kurze Stunden Zeit, um die ganze innere Arbeit fertigzustellen. Wenn wir nach dieser Nacht vor das Volk hinaustreten, darf es keine Unsicherheiten mehr geben. Unser Wille muß klar und eindeutig sein. Dieses aber ist das Notwendigste: Schon in den ersten Stunden des morgigen Tages sollen alle, die jung und kraftvoll sind, auf den Damlajik hinauf und mit dem Bau der Schanzwerke beginnen. Ich bitte euch daher, mit der Zeit hauszuhalten. Es ist ein Vorteil für uns alle, daß ich schon seit langem alle Fragen unserer Verteidigung durchgearbeitet habe und daher euch meine Vorschläge unterbreiten kann. Ich glaube, daß ihr in dieser Beratung am besten nach derselben Regel verfahrt wie bei euren Gemeindeabstimmungen. Ich bitte nun Ter Haigasun, meine Pläne entwickeln zu dürfen..."

Ter Haigasun schloß, wie es seine Art war, halb die Augen, wodurch sein Gesicht einen müden und gequälten Ausdruck bekam:

„Hören wir Gabriel Bagradian!"

Gabriel glättete die schönste von Awakians Karten:

„Wir werden tausend Aufgaben zu lösen haben, doch wenn wir sie richtig erkennen, so sind alle Einzelheiten nur den beiden Hauptaufgaben untergeordnet. Die erste und heiligste ist der Kampf selbst. Auch die zweite Aufgabe, die innere Verfassung unseres Lebens, dient vor allem dem Kampf. Über ihn will ich nun sprechen..."

Pastor Aram Tomasian winkte mit der Hand, um eine Unterbrechung der Rede bittend:

„Wir wissen alle, daß Gabriel Bagradian als Offizier das Militärische am besten versteht. Die Führung im Kampfe ist sein Amt..."

Alle Arme erhoben sich, um diesen Antrag anzunehmen. Pastor Aram aber war noch nicht zu Ende:

„Gabriel Bagradian hat den Verteidigungsplänen seit langer Zeit seine ganze Kraft gewidmet. Die Vorbereitung des Widerstandes ist in seinen Händen am besten aufgehoben. Doch um zu kämpfen, muß man zuerst leben. Ich schlage deshalb vor, daß wir die Besprechung des engeren Kriegsplans so lange verschieben, bis wir uns darüber klargeworden sind, auf welche Weise und wie lange ein Volk von fünftausend Menschen, von der Welt abgeschnitten, auf dem Damlajik leben kann."

Gabriel, der schon im schönsten Schwunge gewesen war, ließ die Karte enttäuscht auf den Tisch fallen:

„Meine Ausführungen hätten zwar diese Frage mitberührt, da auf dieser Karte schon alles Lebensnotwendige eingezeichnet ist. Dennoch bin ich bereit, auf Pastor Tomasians Wunsch die Erörterung über die Kampforganisation zu verschieben..."

Bedros Altouni, der Arzt, hatte es nicht lange auf seinem parlamentarischen Sitz ausgehalten. Er wanderte brummend im Zimmer auf und ab, womit er wohl zu verstehen gab, daß er in dieser Stunde ungeheuerlichster Not Beratungen mit Handaufheben und Worterteilen für ein überflüssiges Männerspiel halte. Seine verknurrte Unruhe stach lebhaft von der erhabenen Teilnahmslosigkeit Apotheker Krikors ab, dessen starres Dasitzen die Frage zu stellen schien: Wann werde ich aus dieser peinlich barbarischen Unterbrechung zu den einzig mir gemäßen höchsten Gegenständen des Daseins unbelästigt heimkehren dürfen? Während seiner ärgerlichen Rundgänge warf der Arzt eine Bemerkung hin, die gar nicht zur Sache gehörte:

„Fünftausend Menschen sind fünftausend Menschen, und Sonnenbrand und Wolkenbruch sind Sonnenbrand und Wolkenbruch."

Gabriel Bagradian, dem das Problem der Stadtmulde, der Behausungsart, des Gesundheitswesens und der Kinderversorgung schon schlaflose Nächte bereitet hatte, nahm die Bemerkung des Arztes auf:

„Es wäre ratsam, wenigstens die Kinder von zwei bis sieben Jahren, um sie besser schützen zu können, in einer Sammelunterkunft zu vereinigen."

Hier belebte sich der bisher schweigsame Ter Haigasun, um Gabriels Einfall mit großer Entschiedenheit zurückzuweisen:

„Das, was Gabriel Bagradian uns jetzt rät, würde der Beginn einer sehr gefährlichen Unordnung sein. Wir dürfen nicht auflösen, was Gott und die Zeit zusammengefügt haben. Im Gegenteil! Es ist höchst notwendig, daß die einzelnen Gemeinden, ja die einzelnen Familien voneinander dem Raum nach abgeschieden sind, so gut es eben geht. Jede Sippe soll ihre eigene Lagerstelle haben, jedes Dorf seinen eigenen Lagerplatz. Die Muchtars werden uns wie immer verantwortlich sein für die Ihren. So wenig wie möglich soll sich an den Verhältnissen ändern, die wir hier unten gewöhnt sind.‟

Nachdrückliche Zustimmung von allen Seiten, die zugleich einen kleinen Mißerfolg Bagradians bedeutete. Ter Haigasun hatte ihnen eine möglichst genaue Annäherung an das gewohnte Leben gewährleistet. Diese Aussicht befriedigte die Unglücklichen tief. Denn alle Grausamkeit, die über bäurische Menschen hereinbrechen kann, ist in dem Worte „Veränderung‟ enthalten. Gabriel aber gab sich so schnell nicht geschlagen. Er ließ die Karte mit der eingezeichneten Stadtmulde herumgehn. Jedermann kannte die großen Hutweiden der Gemeindeherden. Daß diese weiten, steinlosen Grasflächen für das Lager einzig in Betracht kamen, leuchtete allgemein ein. Sie hätten nicht nur für tausend, sondern auch für zweitausend Familien Platz geboten. Gabriel kam Ter Haigasuns Wünschen geschickt entgegen. Die Einteilung der Familien- und Gemeindelager könne sehr leicht nach dem Sinne des Priesters durchgeführt werden. Auch er teile die Ansicht Ter Haigasuns. Hingegen aber müsse eingesehen werden, daß nicht jede von den tausend Familien einzeln wirtschaften könne, sondern daß es ohne einen großen, gemeinsamen Haushalt nicht abgehen werde. Man berechne nur die Ersparnis an Nahrungs- und Feuermitteln, den Gewinn an freien Arbeitshänden. Abgesehen davon gebe es ja gar keine andre Möglichkeit, sich längere Zeit zu halten, als daß nach streng geregelter Vorschrift Vieh geschlachtet, Brot und Mehl verteilt, die Ziegenmilch an Kinder und Kranke ausgeschenkt werde. Um die heikle Frage des Eigentums komme man, trotz aller erdenklicher Sonderung des Familienlebens, keineswegs herum. Wie er, Bagradian, selbst seinen ganzen Besitz, soweit er sich erreichen und befördern lasse, zur Verfügung der Gemeinschaft stelle, alles Vieh, das zur Wirtschaft gehört, alle brauchbaren Vorräte in Haus und Keller — so werde auch jeder andere das Seine anheimgeben müssen. Die Umstände erforderten gebieterisch ein gemeinschaftliches Eigentum. Es könne doch nicht jede Familie ihre eigenen Schafe schlachten. Die Milch müsse doch denjenigen zugute kommen, die ihrer bedürfen, und nicht etwa wohlgenährten und kräftigen Leuten,

228

die zufällig ein paar Ziegen besitzen. Die Einbildung, die vielleicht manche noch hegten, daß man sich für Geld auf dem Damlajik diesen und jenen Vorteil werde erhandeln können, sei ein kindischer Traum. Geld habe in dem Augenblick, da die Gemeinden das Lager beziehen, nicht den geringsten Wert mehr. Der Tauschhandel aber müsse streng verhindert werden, denn alles Gut sei von heute ab Volksgut und diene der Lebensrettung durch den Kampf. Wer sich jetzt und immer klarmache, daß die Austreibung das ganze Hab und Gut koste, werde wahrhaftig die Erfordernisse des Musa Dagh für nicht der Rede wert halten.

Es zeigte sich aber sofort, daß Gabriel Bagradian mit dieser berechtigten Ansicht sich sehr im Irrtum befand. Denselben Bauernschädeln, die noch vor wenigen Stunden der Austreibung und des Todes so widerspruchslos gewiß waren, ging es durchaus nicht in den Kopf, daß ihr Eigen nicht mehr ihr Eigen sein sollte. Die Muchtars machten finstere Mienen. Doch es war nicht nur der Verlust, der ihre Widerspenstigkeit reizte, sondern ebensosehr das Unerbittlich-Ordnungshafte, das „Europäische" in Gabriels Reden. Thomas Kebussjan von Yoghonoluk nahm, indem er besonders stark nach Ter Haigasun hinschielte, umständlich das Wort:

„Unser Priester weiß es, daß ich immer nach Kräften ein Wohltäter war und mich niemals gesträubt habe, in allem und jedem meinen Anteil an die Armen, an Kirche und Schule abzuführen. Dieser Anteil aber war stets der größte in unserem ganzen Bezirk. Wurden für unsere Volksgenossen im Norden und im Osten Sammlungen veranstaltet, so hat man immer meinen Namen an die Spitzen der Listen gesetzt und ich mußte auch in schlechten Jahren den ansehnlichsten Betrag spenden. Ich sage das nicht, um mich zu rühmen. Nein, nein, nicht rühmen will ich mich ..." Hier verlor er den Faden und wiederholte deshalb noch ein paarmal die Versicherung seiner Bescheidenheit ... „Ich leugne auch nicht, daß ich die zahlreichsten und besten Schafe auf der Weide habe. Und warum hab ich sie? Weil ich die Zucht verstehe. Weil ich mich in der Welt umgesehen habe. Nun aber soll ich plötzlich gar keine Schafe haben oder ebenso viele wie irgendein Holzschnitzer, der nur etwas von Eiche und Nuß versteht, oder wie ein Bettler..."

„Oder wie ich, der Lehrer ...", rief der kleine Oskanian bissig in das Geleier. Der Schweiger trug auch an diesem Tage des Jammers seinen grauen Lordsrock, mit dem er dem untadeligen Monsieur Gonzague den Rang abzulaufen hoffte. Seine Eitelkeit war eine Gewalt, die selbst einem Austreibungsbefehl Talaat Beys gewachsen war. Der Zwischenruf ärgerte die anderen Schulzen, die nun ihrerseits für die von ihrem Amtsbruder verteidigte Eigentumserhaltung eintraten. Es begann daraufhin ein zeitraubender Streit, der deshalb schon unfruchtbar war, weil selbst der dickste Bauernschädel keinen andern Weg als den von Bagradian vorgeschlagenen hätte finden können. Der Wortwechsel diente nur dazu, dem Unwillen darüber Luft zu machen. Ter Haigasun wartete eine Weile zu. Ein kurzer Blick von ihm belehrte Gabriel: Man muß diesen Leuten das Selbstverständliche mit einiger Vorsicht beibringen. Dann unterbrach er die leere Rederei:

„Wir werden auf den Berg ziehen, und dort müssen wir leben. Vieles wird sich da von selbst ordnen, worüber zu verhandeln vorläufig nicht nötig ist. Es wäre besser, wenn ihr, Muchtars, jetzt über das Allerdringendste nachdächtet: Wird es uns gelingen, genügend Vorräte hinaufzuschaffen? Für wie viele Wochen werden sie reichen? Gibt es eine Möglichkeit, sie zu ergänzen?"

Hier schaltete Pastor Tomasian einen neuen, sehr verständigen Antrag ein. Die drei Fragen Ter Haigasuns seien überhaupt die wichtigsten Posten in der Rechnung. Von ihrer Beantwortung hänge alles ab. Diese Beantwortung aber könne nicht im Laufe des Beratens erfolgen. Es sei Sache der Muchtars, sich zusammenzusetzen und nach ihrer Schätzung eine Übersicht der Vorräte sowie einen Plan der Ernährung auszuarbeiten. Doch nicht nur für die Frage der Ernährung, auch für alle anderen Fragen gelte dasselbe. Der große Führerrat, der hier beisammensitze, sei eine unbewegliche Einrichtung. Es komme nicht aufs Reden und Streiten, sondern aufs Arbeiten an. Er, Aram Tomasian, schlage deshalb vor, daß man die einzelnen Lebensgebiete voneinander trenne und für jedes ein eigenes Komitee bestimme. Jeder einzelne dieser Ausschüsse solle von einem Mann geführt werden, den Ter Haigasun zu bestimmen habe. Diese Führer würden dann miteinander einen engeren Rat bilden, der die eigentliche Leitung der Dinge in Händen halte. Es handle sich hierbei um fünf Gebiete. Erstens um die Verteidigung. Das zweite sei das Gebiet des Rechtes, das allein

Ter Haigasun zustehe. Die innere Ordnung komme danach, ferner alles, was mit Gesundheit und Krankheit zusammenhänge, und zuletzt die Angelegenheiten der verschiedenen Gemeinden, die dem Ganzen gegenüber zu vertreten seien. Diesem Antrag des jungen Pastors stimmte Gabriel begeistert zu, und auch der Arzt gab das erstemal Zeichen der Anerkennung von sich. Niemand widersprach. Ter Haigasun, dem das unvermeidliche Geschwätz einer großen Körperschaft ebenso widerstand wie Aram Tomasian, verwirklichte den Verfassungsantrag unverzüglich. Dem Kampfführer Gabriel Bagradian wurden Tschausch Nurhan, Lehrer Schatakhian und zwei jüngere Leute zugeteilt, die er selbst ausgewählt hatte. Auch Aram Tomasian gehörte zum Komitee der Verteidigung. Ebenso gehörte aber Gabriel Bagradian zum Komitee der inneren Ordnung, das von dem Pastor geführt wurde. Dieser Ausschuß trug die Verantwortung für alles, was mit der Nahrungsbeschaffung und -verteilung zusammenhing. Deshalb hatte er Thomas Kebussjan und die andern Muchtars zu Mitgliedern. Eine eigene Stellung nahm Vater Tomasian, der Bauunternehmer, ein, dem die Sorge für die zu errichtenden Unterkünfte übertragen wurde. Daß der Hekim Altouni und der teilnahmslose Apotheker die Gesundheitskommission zu bilden hatten, muß nicht eigens erwähnt werden. Damit war im großen und ganzen eine gute Arbeitsteilung erzielt. Die einzelnen Gruppen sollten in den nächsten Stunden ihre Sache fördern, so weit es ging. Gegen Morgen würde dann eine kurze Sitzung des großen Rates genügen, um die Ergebnisse zu genehmigen. Die Muchtars begaben sich vor das Haus, um durch unmittelbare Rücksprache mit den Dörflern die Richtigkeit ihrer Vorratsziffern zu prüfen. Gabriel wollte ihnen später folgen, damit er kraft ihrer Hilfe aus den jüngsten und kräftigsten Männern das erste Aufgebot zusammenstelle, mit dem er schon in den frühen Morgenstunden den großen Schützengraben am Nordsattel ausstechen wollte. Indessen aber setzte er Ter Haigasun, Aram Tomasian und den übrigen den Verteidigungsplan an Hand der Karten mit großem Eifer auseinander. Selbst Krikor begann neugierig zu werden und näherte sich ihm. Nur ein einziger hielt sich mit verschränkten Armen durchdringend abseits, Hrand Oskanian natürlich. Der schwarze Lehrer hatte wieder eine Erniedrigung erleiden müssen. In der Ämterverteilung war ihm keine Führerrolle, ja nicht einmal eine bessere Nebenrolle zugefallen. Während Kollege Schatakhian in das Verteidigungskomitee entsandt worden war, hatte Ter Haigasun in seinem abgründigen Haß gegen den Schweiger ihn dazu verurteilt, mit den Kindern Schule zu halten, damit keine Zuchtlosigkeit einreiße. Das war die neidische Rache des Priesters dafür, daß die Gemeinden Hrand Oskanian, ihren Dichter, durch Hunderte von Stimmen ausgezeichnet hatten. Er dachte schon daran, mit eisiger Unnahbarkeit die Versammlung zu verlassen und nach Hause zu gehen. Dann aber kam es ihm stolz zu Bewußtsein, daß die Masse, die ihn gewählt hatte, vertrauensvoll zu ihm emporblicke und daß überdies der Priester mehr unter der Wucht seiner Gegenwart als unter seiner Abwesenheit leiden würde.

Knapp nach Mitternacht kam es zu einer jähen Unterbrechung der Beratung. Wie es in solchen Fällen öfter geschieht, hatte man an die Bergung dessen, wovon die ganze Zukunft abhing, nicht gedacht. Noch lagen die fünfzig Mauser- und die zweihundertfünfzig Karagewehre in ihren Gräbern auf dem Friedhof bestattet. Sie mußten ohne Verzug exhumiert und mitsamt der Munition noch im Laufe der Nacht auf den Damlajik geschafft werden. Wenn Gabriel den Versicherungen Ali Nassifs auch nicht mißtraute, so war doch immerhin die Möglichkeit vorhanden, daß bereits in den nächsten vierundzwanzig Stunden durch neu einlangende Saptiehs eine überfallartige Waffendurchsuchung der Dörfer vorgenommen würde. In großer Eile begab sich eine Abordnung von sechs Männern nach dem Kirchhof von Yoghonoluk, der außerhalb des Ortes auf dem Wege nach Habibli-Holzdorf lag. Der Kirchendiener ging mit der Laterne voraus, Ter Haigasun folgte mit Tschausch Nurhan und dem Dorfpriester von Habibli. Die beiden Totengräber beschlossen den Aufzug. Die Gewehre waren, dank Nurhans, des Waffenmeisters, Fürsorge, in ausgemauerten Grabstellen zur Ruhe gelegt. Sie harrten in luftdicht abgeschlossenen Särgen, in Stroh gebettet, mit Lappen umwickelt, ihrer mutigen Auferstehung. Tschausch Nurhan hatte sie erst vor vier Wochen nächtlicherweile bei Fackelschein einer summarischen Besichtigung unterzogen und in bester Ordnung gefunden. Kaum einer der Verschlüsse war von Rost versehrt. Auch die Munition hatte nicht im mindesten gelitten. In der heutigen Nacht wurden die schweren Kisten, fünfzehn an der Zahl, ihren Gräbern für immer entrissen. Es war eine saure Arbeit. Da nur wenige Arme zur Verfügung waren, legte auch Ter Haigasun, der seine Kutte abgeworfen hatte, kräftig mit Hand an. Später wurden ein paar von den starken zottigen Eseln des Landes aus den Dörfern geholt, bis schließlich gegen Morgen unter Tschausch Nurhans Führung eine geheimnisvolle Karawane durch die toten Ortschaften Azir und Bitias sich auf den Bergpaß im Norden hinbewegte.

Eine Stunde vor Sonnenaufgang erst kehrte Ter Haigasun in den Selamlik der Villa Bagradian zurück. Der Garten sah aus wie ein großes Schlachtfeld, übersät mit hingestreckten Körpern. Nicht einmal die Leute von Yoghonoluk waren nach Hause gegangen. Wie ein Feldherr durch die Reihen der Toten schreitet, so mußte Ter Haigasun über die regungslosen Schläfer steigen.

Die Männer der einzelnen Ausschüsse hatten, durch Bagradians Energie ständig vorwärtsgehetzt, entsprechende Arbeit geleistet. In groben Umrissen standen die Kampf- und Lebensbedingungen fest. Schon waren die Namen der Kriegsmannschaften ausgeschrieben, die Mengen und Sorten der verfügbaren Nahrungsmittel annähernd berechnet. Ferner hatte man den Bau einer Laubhüttenstadt, die Errichtung eines Lazarettschuppens und einer größeren Regierungsbaracke vorgesehen. Nach Ter Haigasuns Rückkehr trat der große Rat noch einmal zusammen. Gabriel legte dem Volksoberhaupt die gefaßten Beschlüsse in kurzen Worten vor. Es war ihm gelungen, fast alle seine Ideen mit der tatkräftigen Unterstützung Aram Tomasians durchzusetzen. Ter Haigasun bestätigte sie mit halbgeschlossenen Augen und abwesenden Zügen, als glaube er nicht daran, daß sich das neue Leben in Beschlüsse fangen lasse. Die Kerzen und die Menschen waren schon tief herabgebrannt. Und doch zeigten ihre Augen noch immer mehr Erregung als Ermüdung. Als der göttliche Tag aufzublinzeln begann, verfiel alles in ein tiefes Schweigen. Die Männer sahen zu den Fenstern hinaus, in das zarte Licht, in die Morgenknospe, die sich Blatt um Blatt sichtbar entfaltete. Sonderbar erweitert funkelten die Pupillen. In dem übernächtigen Zimmer war kein anderer Laut zu hören als das Bleistiftgekritzel Awakians und des Gemeindeschreibers, die über die wichtigsten Entschließungen ein Protokoll aufgenommen

hatten. Als schon das volle Sonnengold im Zimmer lag, machte
der Hausherr der stummen Träumerei ein Ende:
„Ich glaube, wir haben in dieser Nacht unsre Pflicht getan, und
nichts ist vergessen worden..."
„Nein! Eines ist vergessen worden, und zwar das Notwendigste!"
Ter Haigasun blieb bei diesen Worten sitzen; der volle Klang
seiner Stimme rief diejenigen zurück, die sich schon erhoben
hatten. Der Priester schlug einen großen Blick auf. Jede Silbe
betonte er:
„Der Altar!"
Dann fügte er mit gleichmütiger Sachlichkeit hinzu, daß in der
Mitte der neuen Ansiedlung ein großer Altar aus Holz zu errichten sei, als heilige Stätte der Gottesdienste und Gebete.

Um fünf Uhr — die Sonne stand schon hoch — betrat Gabriel
das Wohnzimmer Juliettens im Oberstock. Er fand in dem
Raum eine Anzahl von Menschen versammelt, die hier mit
Madame Bagradian die Nacht durchwacht hatten. Stephan
war trotz aller Bitten und Befehle seiner Mutter nicht zu Bett
gegangen. Jetzt lag er auf dem Diwan, im Schlaf zusammengesunken. Juliette hatte über seinen Körper eine Decke gebreitet. Sie selbst lehnte am offenen Fenster, der Gesellschaft
den Rücken kehrend. Jeder einzelne in diesem hellen Raum
machte den Eindruck, als ob er ganz allein mit sich selbst sei.
Iskuhi saß steif neben dem schlafenden Knaben. Howsannah,
Pastor Tomasians Frau, die von Angst getrieben gegen Morgen
ins Haus gekommen war, hatte auf einem Lehnstuhl Platz
genommen und starrte vor sich hin. Mairik Antaram, von den
Strapazen dieser Nacht am wenigsten erschöpft, lauschte an
der offenen Tür dem Stimmengewirr der Beratung. Doch auch
ein Mann war im Zimmer anwesend. Monsieur Gonzague
Maris hatte während dieser langen Nacht den Frauen Gesellschaft geleistet. Obgleich ihn jetzt niemand beachtete,
schien er doch der einzige zu sein, der nicht mit sich allein war.
Sein präziser Scheitel glänzte, von der Nachtwache und den
Ereignissen unberührt. Die aufmerksamen, ja gespannten
Sammetaugen wanderten unter dem stumpfen Winkel der
Brauen zwischen den Frauen hin und her. Er schien von den
morgenfahlen Gesichtern jeden Wunsch ablesen zu wollen, um
ihn sogleich ritterlich zu erfüllen.

Gabriel machte zwei Schritte auf Juliette zu, blieb aber stehn und sah Gonzague an:

„Ist es bestimmt wahr, daß Sie einen amerikanischen Paß besitzen?"

Ein heiterer und leicht verächtlicher Zug schlüpfte um den Mund des jungen Griechen:

„Wünschen Sie den Paß zu sehn, mein Herr? Vielleicht auch meine journalistische Legitimation?"

Er griff mit spitz nachlässigen Fingern in seine Brusttasche. Gabriel bemerkte es nicht mehr. Er hatte Juliettens Hand erfaßt. Diese Hand war nicht nur kalt, sie war entseelt, oder besser, scheintot. Um so lebendiger aber spielten die Augen. Es war ein Gehen und Kommen in ihnen, Flut und Ebbe, wie immer in Zeiten des Konflikts. Auch spannte sie die Nasenflügel, ein Zeichen des Widerstandes, das Gabriel gut kannte. Das erstemal seit vierundzwanzig Stunden senkte sich jetzt eine Wolke der Ermattung über ihn. Er schwankte. Leer und wohl war es in seinem Innern. Unablässig forschten sie einer in des andern Augen, Mann und Weib. Wo war Gabriels Frau? Er spürte ihre Hand noch immer in der seinen wie ein Ding aus abweisendem Porzellan, aber sie selbst war ihm entglitten: wie viele Tagemärsche und Seereisen weit? Doch nicht nur von ihr zu ihm vergrößerte sich die raumfressende Entfernung sekündlich, sondern ebenso von ihm zu ihr. Auch er wurde sausend davongetragen. Hier stand Juliettens großer, schöner Leib, so nah, so ganz selbst. Tausendmal hatte Gabriel ihn umarmt. Jede Stelle mußte die Erinnerung seiner Küsse tragen, der lange Hals, die Schultern, die Brüste, Hüften, Schenkel und Knie, ja die Zehen der Füße. Dieser Leib hatte Stephan getragen, hatte für die Zukunft des Bagradianbluts gelitten. Und jetzt? Er vermochte ihn nicht zu erkennen. Die Vorstellung seiner Nacktheit war ihm verlorengegangen. Wie wenn einer seinen eigenen Namen vergißt, war das. Doch nicht genug damit, daß dort nur eine französische Dame stand, mit der man einst ein gemeinsames Leben geführt hatte — diese Dame war eine Feindin, sie hielt es mit der anderen Seite, auch sie saß im Rate der Ausrottung, obgleich sie eine armenische Mutter war. Gabriel fühlte etwas Großes, Rundes in seiner Kehle aufsteigen, ohne es recht zu merken. Erst im letzten Nu fing er das Würgende ab. Es verwandelte sich in ein Aufstöhnen:

„Nein ... das ist nicht möglich ... Juliette..."
Sie neigte den Kopf tückisch zur Seite:
„Was ist nicht möglich? ... Wie meinst du das?"
Er glotzte aus dem Fenster ins Farbenjauchzen. Nichts konnte er unterscheiden. Da er seit so vielen Stunden unausgesetzt armenische Reden hatte halten müssen, zog sich die französische Sprache in seinem Bewußtsein beleidigt zurück. Er begann mit ungewohnt hartem Akzent zu stammeln, wodurch Juliette noch mehr zu vereisen schien:
„Ich meine ... Du hast das Recht ... Ich glaube ... Du darfst nicht hereingerissen werden ... Wie kommst du dazu? ... Erinnere dich an unser Gespräch, damals ... Ich kann es nicht dulden ... Du mußt fort ... Du und Stephan..."
Sie schien ihre Worte genau zu wägen:
„Ich erinnere mich sehr deutlich an dieses Gespräch ... So unerhört es auch ist, ich bin eurem Schicksal mit verfallen ... So habe ich es damals gesagt ..." Nie hatte sie solche Worte gebraucht, aber dies war gleichgültig. Sie warf einen vorwurfsvollen Blick auf Iskuhi und Howsannah, als erkenne sie in ihnen die Schuldigen an ihrer Mithaftung. Gabriel strich sich zweimal mit der Hand über die Augen, dann war er wieder der Mann und Führer der vergangenen Nacht:
„Es gibt einen Ausweg für dich und Stephan ... Nicht leicht und gefahrlos ... Du aber bist sehr willensstark, Juliette."
In ihre Augen geriet ein scharfer, prüfender Ausdruck. Aufgestörte Tiere blicken so drein, ehe sie an einem Menschen oder an einer Gefahr vorbei mit einem langen Satz in die Freiheit schießen. Jetzt duckten sich vielleicht alle Fluchttriebe in Juliette zum Sprung. Doch kaum begann Gabriel zu sprechen, verlor sich die lauernde Spannung ihrer Miene, sie wurde wieder unsicher, gekränkt und tückisch.
„Gonzague Maris wird uns heute oder morgen verlassen", sagte Bagradian mit dem unwiderruflichen Ton eines Befehlshabers. „Er besitzt einen nordamerikanischen Paß, das ist unter diesen Umständen ein unschätzbares Glück. Sie werden sich gewiß nicht weigern, Maris, meine Frau und Stephan in Sicherheit zu bringen. Ihr nehmt den Jagdwagen. Es ist Sommer, und die Talwege sind immerhin fahrbar. Überdies bekommt ihr Reserveräder und alle vier Pferde mit. Kristaphor begleitet euch neben dem Kutscher. Auch diese beiden mögen sich in euren Diensten retten. Über Sanderan und El-Maghara

sind es nur fünf bis sechs Stunden nach Arsus; ich rechne damit, daß ihr den größten Teil dieses Weges im Schritt fahren müßt. Die fünfzehn englischen Meilen an der Küste von Arsus nach Alexandrette sind eine Kleinigkeit, weil ihr stundenlang über sandigen Strand traben könnt. In Arsus ist wahrscheinlich ein kleiner Militärposten stationiert. Für Maris wird es nicht schwer sein, den Onbaschi dort mit seinem Paß in Schreck zu versetzen..."

Verwalter Kristaphor war eingetreten, um sich nach den Befehlen der Herrin zu erkundigen. Gabriel wandte sich scharf an ihn:

„Ist es möglich, mit dem Wagen in zehn Stunden über Arsus nach Alexandrette zu kommen, Kristaphor?"

Der Verwalter riß betroffen die Augen auf:

„Effendi, das hängt von den Türken ab."

Bagradians Stimme wurde noch schärfer:

„Danach frage ich dich nicht, Kristaphor. Ich frage dich vielmehr: Getraust du dich, die Hanum, meinen Sohn und diesen amerikanischen Herrn hier nach Alexandrette zu bringen?"

Die Stirn des Verwalters, der, obgleich erst vierzig Jahre, wie ein alter Mann aússah, begann zu schwitzen. Es war nicht klar, ob ihn die Furcht vor dem Wagnis oder die plötzliche Aussicht auf die eigene Rettung in solche Erregung versetzte. Seine Blicke wanderten zwischen Bagradian und Gonzague hin und her. Endlich zuckte es wie der Ansatz einer wilden Freude über seine Miene. Er unterdrückte aber diese Regung sofort, entweder aus Ehrfurcht oder um sich nicht zu verraten:

„Ich getraue mich, Effendi! Wenn der Herr einen Paß hat, werden uns die Saptiehs nichts tun können..."

Nach dieser Erklärung schickte Gabriel den Kristaphor in die Küche, damit er dort für alle ein sehr ausgiebiges Frühstück zubereiten lasse. Dann setzte er Maris seine Aufgabe weiter auseinander: Leider gebe es in Alexandrette keinen amerikanischen Konsul, sondern nur einen deutschen und einen österreichisch-ungarischen Vizekonsul. Er habe schon vor längerer Zeit über diese beiden Männer Erkundigungen eingezogen. Der Deutsche heiße Hoffmann, der Österreicher Belfante, beide seien wohlgesinnte europäische Kaufleute, von denen man jede Hilfe erwarten könne. Da es sich aber immerhin um Verbündete der Türken handle, müsse man die größte Vorsicht walten lassen:

„Ihr werdet irgendeine Geschichte erfinden... Juliette ist Schweizerin und hat bei einem Reiseunfall ihren Paß verloren... Die Vizekonsuln müssen für euch beim Platzkommandanten einen Reiseschein für die Eisenbahn erwirken... Die Strecke nach Toprak Kaleh wird in den nächsten Tagen eröffnet ... Hoffmann und Belfante werden ja wissen, ob der Kommandant bestechlich ist ... Dann wäre alles gut!"

All diese Fluchtweisungen hatte Gabriel in schlaflosen Nächten hundertmal erwogen, verworfen, ausgewechselt und wieder aufgenommen. Es gab ihrer mehrere Varianten, eine in der Richtung Aleppo, die andre mit dem Ziele Beirût. Dennoch klangen seine abgehackten Sätze wie unmittelbare Erfindungen. Juliette starrte ihn an, als fasse sie keines seiner Worte auf:

„Sie müssen sich eine gute Geschichte ausdenken, Maris! ... Es wird nicht einfach sein, den Reiseunfall und Paßverlust glaubwürdig zu machen ... Doch das ist ja nicht die Hauptsache ... Juliette ... Die Hauptsache ist, daß du als unzweifelhafte Europäerin nicht in den Verdacht kommen wirst, zu uns zu gehören. Und darin liegt schon die Rettung ... Man wird dich für eine Abenteuerin und schlimmstenfalls für eine politische Agentin halten ... Diese Gefahren sind unbedingt da ... Du wirst aus diesen Gründen Unannehmlichkeiten und vielleicht sogar Leiden erdulden müssen ... Doch diese Leiden kommen, an unseren gemessen, kaum in Betracht ... Ununterbrochen mußt du dein großes Ziel vor Augen haben: Fort von hier! Fort von diesen Gottverfluchten, unter die ich unschuldig geraten bin!"

Bei diesen Worten, die er laut hervorstieß, verlor Gabriels Gesicht seine zusammengekrampfte Fassung. Juliette bog ein wenig den Oberkörper zurück, als deute sie mit dieser unwillkürlichen Gebärde die Absicht an, den Wunsch ihres Gatten zu erfüllen. Gonzague Maris machte ein leises Schrittchen auf das Ehepaar zu. Vielleicht wollte er damit zum Ausdruck bringen, daß er sich bereit halte, den Entschlüssen aber durch seine Haltung nicht vorgreifen möchte. Alle andern schienen ihre starre Leblosigkeit zu übertreiben, um das Störende ihrer Zeugenschaft herabzumindern. Sogleich fand Gabriel seine Selbstbeherrschung wieder:

„Es verkehren zwar nur mehr militärische Garnituren... Ihr müßt die Eisenbahnoffiziere auf jedem Streckenteil bestechen... Das sind zumeist alte Leute, die in früheren Formen leben und mit Ittihad nichts zu tun haben... Wenn ihr einmal im Zug sitzet, ist schon viel gewonnen... Die Strapazen werden schrecklich sein... Doch jede Meile näher zu Stambul verbessert die Lage... Und ihr werdet nach Stambul kommen, wenn es auch wochenlang dauert... Juliette, dort gehst du sofort zu Mr. Morgenthau... Du erinnerst dich noch an ihn... Der amerikanische Botschafter..."

Gabriel zog einen feierlich versiegelten Brief aus der Tasche. Auch diesen, sein Testament, hielt er schon seit Wochen in Bereitschaft, ohne daß Juliette davon wußte. Wortlos reichte er ihn hin. Sie aber nahm langsam die Hände zurück und verbarg sie hinterm Rücken. Gabriel deutete mit einer leichten Kopfbewegung auf den Musa Dagh im Fenster, den die mächtige Morgensonne eingeschmolzen zu haben schien:

„Ich muß dort hinauf ... Die Arbeit beginnt ... Ich glaube kaum, daß ich heute noch zurückkommen werde..."

Die ausgestreckte Hand mit dem versiegelten Brief sank herab. Was für Tränen sind das? Und Juliette hält sie nicht zurück? staunte Gabriel. Weint sie um sich, um mich? Ist das der Abschied? Er spürte ihre Qual, erkannte sie aber nicht. Flüchtig sah er die andern an, die Schweigenden, die noch immer in sich zurückgezogen atmeten, um die Entscheidung nicht zu verwirren. Gabriel sehnte sich nach Juliette, die nur einen Schritt weit von ihm stand. Er sprach deutlich und eindringlich wie einer, der sich durch das Telefon über trennende Länder hinweg einem geliebten Wesen offenbaren muß:

„Ich habe gewußt, daß es kommen wird, Juliette ... Und doch hab ich nicht gewußt, daß es so kommen wird ... zwischen uns..."

Ihre Gegenworte klangen dunkel, aus der Tiefe geholt, böse, und vom Schluchzen nicht zerrissen:

„Und das alles mutest du mir wirklich zu!?"

Wie lange Stephan schon wach war, wieviel er von diesem Gespräch seiner Eltern vernommen und begriffen hatte, das ahnte niemand. Nur Iskuhi stand plötzlich erschrocken auf. Juliette wußte und hatte sich oft darüber gewundert, daß zwischen Gabriel und dem Knaben ein ebenso tiefes wie scheues Verhältnis herrschte. Stephan, der sonst Überlaute und Leidenschaftliche, war in Gabriels Gegenwart zumeist stumm,

doch auch Gabriel benahm sich Stephan gegenüber in auf-
fälliger Weise verschlossen, ernst und wortkarg. Das lange
Leben in Europa hatte in den Seelen der beiden Bagradians
Asiens Leben zwar gedämpft, nicht aber erstickt. (In den
Häusern der sieben Dörfer küßten die Söhne, so alt sie auch
waren, ihren Vätern allmorgendlich, allabendlich die Hand. Es
gab sogar sittenstrenge Familien, in denen bei den Mahlzeiten
dem Vater nicht durch die Frauen aufgewartet wurde, sondern
durch den ältesten Sohn. Und umgekehrt ehrte auch der Vater
den ältesten Sohn auf zartstrenge Art durch uralte Bräuche,
sah doch einer im andern die Nachbarstufe auf der verdäm-
mernden Treppe der Ewigkeit.) Bei Gabriel und Stephan
zeigte sich dieses Verhältnis freilich nicht mehr in urtümlich
festgelegten Formen, sondern in jener Befangenheit, die beide
verband und trennte. Nicht anders war die Beziehung Gabriels
zu seinem eigenen Vater gewesen. Auch er hatte in dessen
Nähe stets eine festlich-beklommene Spannung empfunden
und niemals ein zärtliches Wort oder gar eine Liebkosung
gewagt. — Um so erschütternder wirkte der Schrei, den Gabriels Sohn nun ausstieß, als er erkannte, daß die Trennung
drohe. Er warf die Decke ab, er stürzte zum Vater hin, er
klammerte sich an ihm fest:
„Nein, nein ... Papa ... Du darfst uns nicht fortschicken. Ich
will bei dir bleiben ... Bei dir bleiben ..."
Was sah aus den mandelförmigen Augen des Sohnes den Vater
an? Nicht mehr ein Kind, dessen Leben man zu bestimmen
wagt, sondern ein voller Mensch, von Willen und Blut gelenkt,
ein fertig durchgebildetes Schicksal, an dem sich nicht mehr
kneten ließ. Er ist in diesen Tagen so groß und reif geworden.
Diese Feststellung aber schöpfte nicht aus, was ihm aus
Stephans Augen entgegenschlug. Schwach wehrte er ab:
„Das, was kommt, Stephan, das ist kein Kinderspiel ..."
Der Angstschrei des Jungen verwandelte sich in immer trot-
zigere Forderung:
„Ich will bei dir bleiben, Papa ... Ich fahre nicht fort!"
Ich, ich, ich?! Juliette packte zornige Eifersucht. Ah, diese
beiden Armenier! Wie sie zusammenhalten! Sie selbst war gar
nicht mehr da! Ihr gehörte das Kind ebenso wie ihm. Sie wollte
es nicht verlieren. Wenn sie aber in diesem Augenblick ihren
Anspruch nicht verteidigte, so verlor sie Stephan. Sie tat einen
entschlossenen, ja fast wilden Schritt auf Vater und Sohn zu.

Sie faßte Stephans Hand, um ihn zu sich zu ziehn. Gabriel verstand nur, daß Juliette kam. „Und das alles mutest du mir wirklich zu!?" Aus dieser bösen Frage hatte noch Unentschlossenheit gelauert. Der starke Schritt aber war für Gabriel der Schritt der Entscheidung. Er zog Frau und Kind in seine Umarmung:

„Möge Jesus Christus uns helfen! Vielleicht ist es besser so." Während er sich mit diesen Worten beruhigen wollte, erfüllte ihn ein dunkles Entsetzen, als hätte der angerufene Heiland in derselben Sekunde die Tür vor Juliette und Stephan zugeschlagen. Ehe die Umarmung noch zu wirklichem Leben kam, ließ Gabriel die Arme sinken, wandte sich ab und ging. Auf der Schwelle aber blieb er noch einmal stehen:

„Es ist selbstverständlich, Maris, daß Ihnen für Ihre Reise eines meiner Pferde zur Verfügung steht."

Gonzague vertiefte sein aufmerksames Lächeln:

„Ich würde Ihre große Güte dankbar annehmen, wenn ich nicht einen andern Wunsch hätte. Ich bitte Sie um die Erlaubnis, an Ihrem Leben oben auf dem Musa Dagh teilnehmen zu dürfen. Mit Apotheker Krikor habe ich schon gesprochen. Er hat den Priester Ter Haigasun meinetwegen gefragt und keine ablehnende Antwort bekommen..."

Bagradian überlegte eine kleine Weile:

„Sie sind sich doch hoffentlich im klaren darüber, daß Ihnen nachher der schönste amerikanische Paß nichts helfen wird."

„Ich lebe nun schon so lange hier, Gabriel Bagradian, daß es mir nicht leicht fiele, Sie alle zu verlassen. Und dann habe ich auch meinen Nebenzweck als Journalist. Eine Gelegenheit wie diese kommt für einen Berichterstatter kein zweites Mal."

Etwas in Gonzagues Wesen machte auf Bagradian jetzt einen feindseligen, ja abstoßenden Eindruck. Er suchte nach einem Argument, um den Wunsch des jungen Menschen zurückzuweisen:

„Es fragt sich nur, ob Sie dann auch noch die Gelegenheit haben werden, Ihre Berichte zu verwenden."

Gonzague antwortete nicht mehr Gabriel allein, sondern sprach nun zu allen Menschen, die sich im Zimmer befanden:

„Ich habe mit meinem Ahnungsvermögen im Leben sehr gute Erfahrungen gemacht. Und diese Ahnung sagt mir diesmal ganz stark, daß die Sache für Sie alle gut ausgehen wird,

Gabriel Bagradian. Das ist zwar nur ein Gefühl. Aber auf derartige Gefühle verlasse ich mich."

Seine gespannten Sammetblicke gingen von Howsannah zu Iskuhi, von Iskuhi zu Juliette, auf deren Gesicht sie haftenblieben. Und die Augen Gonzagues schienen Madame Bagradian zu fragen, ob sie seine Gründe nicht überzeugend genug finde.

Siebentes Kapitel

Das Begräbnis der Glocken

Zwei Tage und zwei Nächte blieb Gabriel Bagradian auf dem Damlajik. Noch am ersten Abend sandte er Botschaft an Juliette, daß sie ihn nicht erwarten möge. Mehrere Ursachen waren es, die ihn zwangen, ohne Unterbrechung so lange auf dem Bergrücken zu verweilen. Der Damlajik war auf einmal nicht mehr die trotz aller rauhen Stellen idyllische Alpe, die Gabriel von seinen träumerischen und später von seinen strategischen Streifzügen her kannte. Er zeigte ihm zum erstenmal sein wahres, sein nacktes Gesicht. Alles auf dieser Welt, nicht nur der Mensch, zeigt erst dann sein wahres Gesicht, wenn es in Anspruch genommen wird. So auch der Damlajik. Der Abglanz des Paradieses, das Lächeln quellbelebter Einsamkeiten war aus seinen durchfurchten und schroff gewordenen Zügen verschwunden. Der Verteidigungsbezirk, den Bagradian gewählt hatte, umfaßte eine Bodenfläche von einigen Quadratkilometern. Diese Fläche war, bis auf die ziemlich plane „Stadtmulde", ein beschwerliches Auf und Ab von Hügeln und Tälern, Kuppen und Schluchten, das sich gewaltig fühlbar machte, wenn man mehrmals am Tage die verschiedensten Punkte aufzusuchen hatte. Gabriel wollte die Kraft- und Zeitverschwendung eines nicht unbedingt notwendigen Abstiegs in das Tal vermeiden. Dennoch fühlte er eine körperliche Leistungsfähigkeit wie noch nie im Leben. Auch sein Körper zeigte erst jetzt, da er rücksichtslos in Anspruch genommen wurde, was er war und was er vermochte. Dagegen gehalten erschienen ihm die Kriegswochen, die er an der Balkanfront erlebt hatte, trüb und schlaff. Damals war man menschlicher

Schlamm gewesen, der durch irgendwelche Naturgewalten unter Todesgefahr entweder vorgewälzt wurde oder sich ohne eigenen Antrieb unter Todesgefahr rückwärts ergoß. — In den letzten Jahren hatte Gabriel oftmals an Herzschwankungen und Magenbeschwerden gelitten. Diese Anfälle eines verzärtelten Körperbewußtseins waren jetzt vom Hauche der Notwendigkeit wie fortgeblasen. Er wußte nicht mehr, daß er ein Herz und einen Magen hatte, er beachtete es gar nicht, daß ihm drei Stunden Schlaf auf und unter einer Decke völlig genügten, daß ein Brot und irgendeine Konserve ihn für den ganzen Tag sättigten. Wenn er darüber auch nicht viel nachdachte, so erfüllte Gabriel dieser Selbstbeweis seiner Kräfte doch mit glücklichem Stolz. Es war der Stolz, der unsere Materie immer nur dann durchglüht, wenn der Geist ihr eine Niederlage bereitet hat.

Wichtiger jedoch erwies sich ein anderer Umstand. Der größte Teil der zum Kampfe bestimmten Männer hatte schon auf dem Berge Quartier bezogen, überdies auch eine kleine Schar von kräftigen Frauen und ein Rudel Halbwüchsiger, die zur Arbeit verwendet wurden. Alles andere war aus kluger Vorsicht im Tale zurückgelassen worden. Dort sollte das alltägliche Leben zum Schein ruhig weiterlaufen, damit die Entvölkerung der Dörfer nicht ruchbar werde. Überdies hatten die Dorfbewohner die Aufgabe übernommen, allnächtlich zu heimlicher Stunde soviel Vorräte wie nur möglich den Berg hinaufzuschleppen. Nicht alles ließ sich den Packeseln auflasten. Die langen Bretter und Balken aus der Werkstatt Vater Tomasians zum Beispiel mußten die Gesellen auf ihren eigenen Schultern tragen. Dieses Holz war zum Bau des Altars, der Regierungsbaracke und des Lazarettschuppens bestimmt. Von den erwählten Führern blieben die jüngeren, vor allem Pastor Aram Tomasian und die Lehrer, mit Gabriel auf dem Damlajik; während der große Rat unter Ter Haigasuns Leitung im Tale seines Amtes waltete.

Fünfhundert etwa war die Zahl der Männer, die während jener Tage auf dem Berge lagerten. Es galt, in dieser Stoß- und Elitetruppe nicht nur den Arbeitseifer bis zur Erschöpfung zu steigern, sondern auch den leidenschaftlichen Kampfgeist, der schon in ihr lebte, immer höher zu schüren. Wenn man sich am Abend mit zerschlagenen Gliedern um die Lagerfeuer in der Stadtmulde versammelte, dann setzte Pastor Aram in

243

längerer Rede, die mit einer Predigt recht wenig zu tun hatte, den Sinn des kriegerischen Unternehmens auseinander; er verkündigte das göttliche Recht der Selbstverteidigung, er sprach von dem unbegreiflichen Blutpfad des armenischen Volkes seit Urzeiten und von dem beispielgebenden Wert dieses Wagnisses, das vielleicht die ganze Nation zum Widerstand emporreißen und damit retten werde. Dann schilderte er die Austreibung in allen ihren Einzelheiten, in solchen, die er selbst gesehen, und in solchen, die er durch Berichte kannte. Er stellte sie als das unwiderrufliche Ende für die Fünftausend des armenischen Tales hin und ließ mit derselben Bestimmtheit keinen Zweifel darüber aufkommen, daß die große Tat, die sie alle hier vereine, zu Sieg und Freiheit führen werde. Wie dieser Sieg und diese Freiheit beschaffen sein würden, darüber freilich ließ er nichts verlauten. Es fragte auch niemand danach. Nicht die Vorstellung hinter den großen Worten, sondern ihr bloßer Klang genügte für die jungen Leute als Anfeuerung. Manchmal nahm Gabriel Bagradian dem Pastor die Mühe des Redens ab. Im Gegensatz zu Aram Tomasian vermied er die großen Worte eher und mahnte, keine Sekunde der Zeit leer verstreichen zu lassen, keinen Bissen des Proviants ohne Skrupel zu genießen und jeden Herzschlag dem Ziele zu unterwerfen. Sie sollten weniger des unentrinnbaren Unglücks eingedenk sein als der grauenhaften Schmach, mit der die türkische Regierung das Armeniervolk befleckte:

„Wenn es uns ein einziges Mal gelingt, die Türken den Berg hinabzuwerfen, so haben wir nicht nur die Schmach gerächt, sondern haben sie entehrt und erniedrigt für immer. Denn wir sind die Schwachen, und sie sind die Starken. Denn uns verhöhnen sie als Händler, und sich selbst überheben sie als Krieger. Wenn wir sie nur ein einziges Mal schlagen, vergiften wir ihren Hochmut, so daß sie sich davon nie wieder erholen werden."

Was Gabriel und Aram von der Sache auch in Wirklichkeit halten mochten, sie sprachen immer und immer wieder von dem glorreichen Ausgang des Widerstandes und hämmerten so in die bereitwilligen Seelen der Jugend fanatischen Glauben und, was nicht minder wichtig war, fanatische Zucht.

So wenig Gabriel Bagradian etwas von seiner stählernen Körpernatur geahnt hatte, so wenig war er sich seiner Organisationsgabe bewußt gewesen. In der Welt seines bisherigen

Lebens bedeutete „praktische Veranlagung" soviel wie plattes und habsüchtiges Denken. Mit erfolgreichem Ehrgeiz hatte er sich deshalb immer auf die Seite der Unpraktischen geschlagen. Nun aber gelang es ihm, dank seinen Vorarbeiten, schon in den ersten Stunden eine sinnreiche Einteilung des Heeres zu schaffen, feste Kader gleichsam, in die sich die Nachrückenden aus dem Tale dann leicht würden einfügen lassen. Er schuf drei Hauptgruppen: ein erstes Treffen, eine große Reserve und eine Jugendkohorte der Halbwüchsigen zwischen dreizehn und fünfzehn Jahren, die nur im Notfall, bei größeren Verlusten und an zerriebenen Fronten eingesetzt werden sollte, sonst aber den Späher-, Melde- und Läuferdienst zu besorgen hatte. Auf den vollen Stand gebracht, war die erste Linie mit achthundertsechzig Mann berechnet. Sie umfaßte abzüglich der Schwachen, Ganzuntauglichen und einer Anzahl der wichtigsten Professionisten alle Männer im Alter von sechzehn bis zu sechzig Jahren. In die Reserve sollte nicht nur der Rest der alten, noch arbeitsfähigen Männer eingeteilt werden, sondern auch eine beträchtliche Menge von Frauen und Mädchen, so daß dieses zweite Treffen zwischen tausend und elfhundert Menschen schwankte. Das dritte Glied, die Aufklärungstruppe der Jugendkohorte, die Kavallerie des Damlajiks gewissermaßen, bestand aus mehr als dreihundert Knaben. Gabriel schickte am Morgen des zweiten Tages seinen Adjutanten Awakian hinunter in die Villa nach Stephan. Er war nicht sicher, daß Juliette ihn ohne weiteres ausliefern werde. Der Student aber kam mit dem glückstrahlenden Jungen pünktlich zurück, den sein Vater sogleich in die Jugendkohorte einreihte. Von den achthundertundsechzig Mann der Kerntruppe konnten freilich nur dreihundert mit den vorhandenen Infanteriegewehren bewaffnet werden. Der größere Teil mußte sich leider mit Jagdflinten und den romantischen Feuerwaffen begnügen, die fast jedes Haus der Dörfer besaß. Auch Gabriel ließ alle brauchbaren Büchsen aus dem Waffenkasten seines Bruders verteilen. Es war ein besonderes Glück, daß die meisten Männer, nicht nur jene, die beim türkischen Militär gedient hatten, mit Gewehren umzugehen wußten. Dennoch aber mußte alles in allem die Bewaffnung der Kerntruppe kläglich genannt werden. Vier Züge regulärer Infanterie auch ohne Maschinengewehr waren ihr weit überlegen. Diese wichtigste Kampfschar war natürlich nicht als gestaltlose Masse gedacht, sondern zerfiel nach Gabriels Kriegsplan in feste Einheiten von je zehn Mann, in winzige Bataillone gewissermaßen, die selbständig bewegt und verwendet werden konnten. In der Einteilung sah er ferner darauf, daß jegliche von diesen Zehnerschaften aus Dorf-, ja womöglich aus Sippengenossen bestand, damit der stärkste Zusammenhalt in der Kameradschaft erreicht werde. Schwieriger schon stand es um die Kommandantenfrage, denn einem unter den zehn Männern jeder Einheit mußte die Führung anvertraut werden, so wie auch die größeren Verbände der Befehlshaber bedurften. Diese wählte Bagradian aus den gedienten Männern der verschiedensten Altersstufen aus. Der unschätzbare Tschausch Nurhan übernahm aber die Rolle eines Truppengenerals, eines Zeugmeisters, eines Festungsingenieurs und eines Exerzierlöwen in einer Person. Die ausgezogenen Spitzen seines grauen Draht-Schnurrbartes zitterten, der große braune Adamsapfel des dürren Halses hüpfte auf und ab. Nurhan schien den Türken für die Austreibung heißen Dank zu wissen, so leidenschaftlich war der Eifer, mit dem er sich auf die langentbehrte militärische Tätigkeit warf. Stundenlang übte er mit der arbeitsfreien Mannschaft, ohne sich und ihr die geringste Ruhe zu gönnen. Er hatte sich's in den Kopf gesetzt, die Gegenstände des türkischen Exerzierreglements, die für eine jahrelange Ausbildungsdauer berechnet sind, der armenischen Intelligenz und Geschicklichkeit in wenigen Tagen abzutrotzen. Er beschränkte sich hauptsächlich auf Gefechtsübungen, auf Schwarmlinienbilden, „Sprung auf" und „Nieder", auf Deckungsuchen, schnelles Eingraben, Geländeausnützung und Sturm. Nur mit großem Unwillen nahm er es hin, daß Bagradian das Scharfschießen nicht bloß wegen Munitionsersparnis begreiflicherweise verboten hatte. So alt Nurhan auch war, er galoppierte von einer übenden Abteilung zur anderen, er belehrte die einzelnen Zehnerschaftsführer, er brüllte und schimpfte im unflätigsten Kasernenhoftürkisch. Mit Säbel, Armeepistole, Gewehr, Patronentasche bis an die Zähne bewaffnet, hatte er auch noch das dem Ärar entführte Infanteriekornett umgehängt, mit dessen heiser stotternden Signalen er jeden Augenblick seine Truppe anfeuerte. Bagradian lief das ganze Stück vom Nordsattel erregt zum Exerzierplatz, um das aberwitzige Getute streng zu verbieten. Es war ja nicht unbedingt notwendig, die

Saptiehs und mohammedanischen Dörfer der Umgebung von den Manövern auf dem Damlajik schallend in Kenntnis zu setzen.

Bereits am ersten Morgen waren die Deserteure des Musa Dagh zu den Kämpfern gestoßen. Sie vermehrten sich im Laufe der beiden Tage zu der stattlichen Menge von sechzig Mann, denn Nurhans Trompete schien die Gesellen von den Nachbarbergen, vom Ahmer Dagh und dem kahlen Dschebel el Akra, herbeigelockt zu haben. Für Gabriel Bagradian bedeuteten sie, obgleich alle gut bewaffnet waren, einen willkommenen-unwillkommenen Zuwachs. Zweifellos befanden sich unter diesem herzbeklemmenden Element nicht nur gewöhnliche Fahnenflüchtige, mißhandelte, freiheitssüchtige oder feige Soldaten, sondern auch düstere Burschen, die mehr als den militärischen den bürgerlichen Richter zu fürchten hatten. Hochstapler mit einem Wort, die sich die Deserteurwürde fälschlich anmaßten, da sie Wegelagerer von Beruf waren und nicht den Kasernen von Antakje, Alexandrette und Aleppo, sondern dem Bagno von Payas entsprungen zu sein schienen. Das wahre Gewerbe der sechzig Neuankömmlinge zu unterscheiden, fiel äußerst schwer, denn alle sahen sie gleich scheu, tückisch und verkommen aus, was ja bei solchen Ausbrechern nur selbstverständlich war, die bei Tag und Nacht den Fahndungen der Gendarmerie Trotz bieten mußten und sich niemals vor zwei oder drei Uhr morgens in die Dörfer wagten, um von den zusammenschreckenden Volksgenossen ein Stück Brot zu erbetteln. Die verhungerten Knochen der Deserteure — von Körpern konnte man kaum mehr reden — staken in den Lumpen der wüstenfarbenen Felduniform. Soweit man durch das verlauste Haar- und Bartgestrüpp noch so etwas wie Gesichter wahrnahm, waren sie gebräunt von Sonne und Schmutz. Aus ihren Armenieraugen blickte nicht nur das große allgemeine Leiden, sondern noch ein besonderes dazu, das boshafte Leiden verkrochener Nachtseelen, die langsam wieder im Tiersein untergehen. Das Gesindel sah aus wie von der Menschheit gekündigt. Nur auf den Deserteur Sarkis Kilikian, den man den Russen nannte, stimmte dieses Wort äußerlich wenigstens nicht, obgleich gerade er noch unerbittlicher aus dem menschlichen Sicherheitsverband entlassen war als alle anderen. Gabriel erkannte in ihm auf den ersten Blick das nächtliche Gespenst vom Dreizeltplatz. Die

Frage, wie diese sechzig unholden Gesellen auf die Zehnerschaften verteilt werden sollten, ohne die werdende Disziplin
zu gefährden, konnte nicht sofort gelöst werden. Vorläufig
wurden sie trotz ihrer erstaunten Grimassen in die eiserne
Zucht Tschausch Nurhans geschickt, wo sie für Speis und
Trank dasselbe schweißtreibende Kriegsgewerbe üben mußten, dem sie entlaufen waren.

Doch nicht Nurhans Gefechtsexerzieren war die wesentlichste
Aufgabe dieser arbeitsbegeisterten Tage, sondern Vorberei-
tung und Bau der Kampfstellungen. Die blauen und braunen
Linien, die Gabriel in Awakians Karten eingezeichnet hatte,
mußten nun in Wirklichkeit umgesetzt werden. Da es auf dem
Damlajik zurzeit mehr Hände als Grabscheite, Krampen und
Spaten gab, wurde die Arbeit in zwei Schichten geleistet, die
einander in ihrer Beschäftigung ablösten. Als eigentliches
Arbeitsheer war von Bagradian ja die Reserve gedacht, das
heißt jene elfhundert Männer und Frauen, die nur in der
Stunde des Kampfes ihre Posten zu beziehen hatten, sonst aber
im Lager das notwendige Handwerk und den allgemeinen
Dienst verrichten sollten. Das Volk aber, das zur Reserve
gehörte, befand sich noch in den Dörfern unten.

Nach Gabriel Bagradians Berechnung gab es dreizehn Einfallspunkte, an denen der Damlajik bedroht war. Die offenste
Zugangsstelle lag im Norden, wo jener schmale Einschnitt, den
Gabriel als Nordsattel bezeichnete, den Berg von den anderen
Teilen des Musa Dagh trennt, die in die Richtung von Beilan
verlaufen. Der zweite, obwohl schon weniger gefährdete Ort,
war der breite Ausstieg der Steineichenschlucht oberhalb
Yoghonoluks. Diesem glichen dann die übrigen Gefahrzonen
des westlichen Bergrandes im kleineren Maße, und zwar überall dort, wo die steilen Hänge sich sänftigten und Hirten und
Herden schmale Naturpfade ausgetreten hatten. Einen Unterschied machte nur der mächtige Felsturm im Süden, die Südbastion der Karte, welche die weiten Steinhalden beherrschte,
die aus der Orontes-Ebene in schroffen Stufen und Terrassen
zur Höhe stiegen. Unten in der Ebene der Zusammenbruch
einer menschlichen Riesenwelt, die römischen Ruinenfelder
von Seleucia. Und dieses Steinmeer einer zertrümmerten
Gesittung äffte der Berg mit dem Halbrund der gestaffelten
Trümmerhalden seiner Südflanke nach. Unter Samuel Awakians Aufsicht wurden nach Bagradians genauer Vorzeichnung

nicht nur auf dem Felsturm, sondern auch links und rechts von ihm aus großen Blöcken ein paar ziemlich hohe Mauern errichtet. Der Student wunderte sich, daß man der Deckung wegen so umständliche Wände aufführte. Seine kriegerische Phantasie war in diesen ersten Tagen noch sehr ungelenk, und er verstand die Absichten seines Meisters nur selten. Die härteste Arbeit wurde freilich im Norden, an der verwundbarsten Stelle der Verteidigung, gefordert. Gabriel Bagradian hatte den langen Graben eigenhändig abgesteckt, der mit all seinen Ausbuchtungen und Winkelzügen mehrere hundert Schritt maß. Im Westen lehnte er sich an das Felsgewirr der Meerseite, wobei dieses mit seinen Barrikaden, Gängen, Schanzen, Kavernen eine labyrinthische Festung bildete. Im Osten sicherte Bagradian den Graben durch vorgeschobene Wachen und Verhaue. Ein günstiger Umstand war's, daß hier der größte Teil der Bodenfläche aus weichem Erdreich bestand. Dennoch aber stießen die Spaten immer wieder auf große Kalk- und Dolomitsteine, wodurch der Fortschritt des Werkes wesentlich gehemmt wurde, so daß kaum zu hoffen stand, daß man für diesen Graben weniger als vier Arbeitstage brauchen werde. Während muskelstarke Männer und auch einige Bäuerinnen die Erde aushoben, legten die Knaben mit Sicheln und Messern an gewissen Stellen das struppige Unterholz des Vorgeländes um, damit das Schußfeld frei werde. Bagradian rührte sich den ganzen Tag von den Arbeitern nicht fort. Immer wieder lief er in die Kerbung und auf die Gegenhöhe des Sattels, um von den verschiedensten Einsichtspunkten den Graben zu begutachten. Er befahl, daß der Erdaufwurf stets wieder dem Boden angeglichen werde. Sein ganzes Augenmerk war darauf gerichtet, daß die breite Rinne vollständig maskiert sei und daß der dicht bewachsene Hang, den sie entlanglief, nirgends durch Menschenhand verletzt erscheine. Bedenkt man, daß außer dem Reservegraben in der nächsten Bodenwelle noch der Ausbau von zwölf kleineren Stellungen vorgesehen war, so könnte jeden Verständigen Bagradians hartnäckige Einseitigkeit mit Sorge erfüllen.

Pastor Aram Tomasian war auch wegen dieser eigensinnigen Arbeitseinteilung des Befehlshabers ziemlich erbost. Er hatte als Verwalter der inneren Ordnung damit gerechnet, daß auch mit dem Bau der Unterkünfte sogleich begonnen werde. Doch weder der geplante Lazarettschuppen noch auch die Regie-

rungsbaracke, geschweige denn die Errichtung der Reisig-
hütten für das Volk wurden in Angriff genommen. Einzig am
Gerüst des Altars in der Mitte der Stadtmulde hämmerten der
Kirchendiener, der Totengräber und ein paar fromme Leute
bereits herum. Auch der Rahmen für die hohe, aus Buchsbaumzweigicht geflochtene Altarwand stand schon hinter der
Gebetstätte. Dem religiösen Gefühl Aram Tomasians hätte
es mehr entsprochen, wenn einer der vielen efeuumklammerten
Felstische zum Naturaltar erwählt worden wäre. Doch Ter
Haigasun schien für dergleichen Romantik nichts übrig zu
haben. Der verehelichte Priester, den er mit dem Altarbau
betraut hatte, zuckte bei Pastor Arams Anregung nur spöttisch die Achsel. Darauf sagte dieser kein Wort mehr, denn
als protestantischer Geistlicher mußte er mit den gregorianischen Amtsbrüdern vorsichtig umgehen. Es war Abend.
Gabriel lag erschöpft auf der Erde und starrte das unvoll-
kommene Altargerüst an, das ihm unverhältnismäßig groß
vorkam. Da bemerkte er in seinem Halbschlummer, daß auch
ihn jemand anstarrte. Sarkis Kilikian, der Deserteur! Der
Mann konnte jünger sein als Gabriel, vielleicht war er kaum
dreißig Jahre alt. Und doch hatte er die scharfen verfallenen
Züge eines verbrauchten Fünfzigjährigen. Fest und dünn
spannte sich die trotz aller Sonnenglut bleiche Gesichtshaut
um einen höhnischen Totenkopf. Weniger vom Leiden erschienen seine Züge so ausgehöhlt als von einem fanatisch
gelebten Leben. Satt, übersatt vom Leben, dies war das Wort.
Obgleich seine Uniform ebenso zerfetzt war wie die der anderen Deserteure, machte er den Eindruck von verwilderter
Eleganz oder eleganter Verwilderung. Das kam hauptsächlich
daher, weil er als einziger seiner Spießgesellen glatt barbiert
war, und zwar frisch und sauber. Gabriel fühlte es kalt werden
und setzte sich auf. Er reichte dem Kerl eine Zigarette hin.
Kilikian nahm sie wortlos, zog irgendeine barbarische Feuer-
vorrichtung aus der Tasche, schlug Funken, die nach vielen
vergeblichen Versuchen endlich einen Wergstreifen in Brand
setzten, und begann so blasiert zu rauchen, als sei die kostbare
Marke Bagradians sein alltäglicher Tabak. Jetzt schwiegen
beide sich an, Gabriel mit wachsendem Unbehagen. Der Russe
wandte seinen toten und doch verächtlichen Blick nicht von
Bagradians weißen Händen, bis dieser es nicht länger aushielt
und ihn anherrschte:

„Nun, was willst du von mir?"

Sarkis Kilikian stieß einen starken Rauchstrahl aus, veränderte aber seine Miene um keinen Schatten. Das Lästigste war, daß er noch immer nicht die Augen von Gabriels Händen abwandte. Er schien sich in tiefsinnige Betrachtungen über eine Welt zu verlieren, in der es so weiche und unversehrte Hände gab. Endlich öffnete er den lippenlosen Mund über schlechten, schwärzlichen Zähnen. Seine tiefe Stimme klang weniger haßerfüllt als seine Worte:

„Keine Sache für so feine Herren ..."

Bagradian sprang auf. Er wollte eine starke Antwort finden. Zu seinem tiefen Unbehagen fand er aber überhaupt keine. Ihm langsam den Rücken kehrend, sprach der Russe mehr zu sich selbst, in keinem übelklingenden Französisch:

„On verra ce qu'on pourra durer."

Als man dann um die Lagerfeuer saß, erkundigte sich Gabriel bei den verschiedensten Männern nach Sarkis Kilikian. Dieser war seit vier Monaten schon im ganzen Umkreis des Musa Dagh wohlbekannt. Er gehörte nicht zu den ortsansässigen Deserteuren, und doch machten die Saptiehs auf ihn namentlich Jagd. Von Schatakhian erfuhr Gabriel die Lebensgeschichte des Russen im Zusammenhang. Da die Lehrerschaft der sieben Dörfer sich im allgemeinen durch eine lebhafte Phantasie auszeichnete, so hätte Bagradian fast geargwöhnt, für Schatakhian sei des Grauens nicht genug und er füge diesem echt armenischen Schicksal noch aus freier Willkür einige Schreckenszüge bei. Aber Tschausch Nurhan saß daneben und nickte ernsthaft zustimmend zu jeder Einzelheit. Tschausch Nurhan war als Gönner der Deserteure und als Kenner ihrer Lebenswege verschrien. Was aber die Phantasie anbelangt, hatte man bei ihm nichts zu argwöhnen.

Sarkis Kilikian war in Dört Yol, einem großen Dorfe in der Issusebene nördlich von Alexandrette, geboren. Ehe er noch sein elftes Lebensjahr vollendet hatte, brachen in Anatolien und Zilizien die klassischen Metzeleien Abdul Hamids aus, und zwar wie ein wolkenloses Gewitter von einem Augenblick zum andern. Kilikians Vater war Uhrmacher und Goldschmied, ein kleiner, stiller Mann, der in seinen Verhältnissen auf feine Lebensart und gute Erziehung der fünf Kinder viel Wert legte. Da er ein hübsches Vermögen besaß, sollte Sarkis, der Älteste, an eines der Priesterseminare gesandt werden, um zu studieren.

An jenem schwarzen Tage von Dört Yol sperrte Uhrmacher Kilikian seinen Laden schon um die Mittagsstunde. Dies aber half ihm nichts, denn kaum hatte er sich in seine Wohnung zur Mahlzeit begeben, war die wüste Kundschaft schon da und begehrte Einlaß. Frau Kilikian, eine große, blonde Armenierin aus dem Kaukasus, hatte das Essen bereits aufgetragen, als sich der kreidebleiche Mann erhob, um die Ladentür wieder zu öffnen. Der Uhrmacher beruhigte seine Frau mit den Worten, es sei am besten, den Laden der Plünderung zu überlassen, um das eigene Leben zu retten. Die Ewigkeiten der nächsten Minuten wird Sarkis Kilikian bewahren müssen, solange eine geschaffene Seele im Universum durch alle Wandlungen und Wanderungen hindurch sie selbst bleiben muß. Er lief dem Vater in die Werkstatt nach, die sich indessen mit einem Haufen von Männern gefüllt hatte. Ein malerischer Sturmtrupp von Seiner Majestät des Sultans Hamidijehs. Der Führer dieses Sturmtrupps war ein junger Mann mit einem rosig wohlgenährten Gesicht, der Sohn eines kleinen Beamten. Das Auffälligste an diesem dicklichen Türkenjüngling waren die vielen sonderbaren Abzeichen und Medaillen, mit denen sein Rock übersät war. Während zwei ernste, sachliche Kurden sogleich ans Werk gingen und den Inhalt der Schubladen vorsichtig in ihre Schnappsäcke leerten, schien der kühn ausstaffierte Beamtensohn seine Sendung rein politisch aufzufassen. Das tölpelhafte Milchgesicht glühte vor Überzeugung, als er den Uhrmacher anbrüllte: „Du bist ein Wucherer und Blutsauger! Alle Armenierschweine sind Wucherer und Blutsauger! Ihr unreinen Giaurs seid am Elend unseres Volkes schuld." Meister Kilikian wies ruhig auf seinen Arbeitstisch mit der Lupe, den Pinzetten, Rädchen und Federn: „Warum nennst du mich einen Wucherer?" — „Das hier ist alles nur Lüge, hinter der du deinen Wucher versteckst." Das Gespräch konnte nicht beendet werden, da in dem engen niederen Raum ein paar Schüsse krachten. Der kleine Sarkis roch zum erstenmal den betäubenden Pulverrauch. Er verstand anfangs gar nicht, was geschehen war, als sich sein Vater über das Tischchen wie zur Arbeit beugte, es aber sogleich mit sich zu Boden riß. Ohne einen Laut flitzte Sarkis ins Familienzimmer zurück. An der Wand wartete hoch aufgerichtet die blonde Mutter, ohne zu atmen. Ihre Hände umkrampften rechts und links das zweijährige und das vierjährige Mädchen. Ihre Augen hielten den Korb mit dem Säugling fest. Der siebenjährige Mesrop starrte verlangend nach dem herrlichen Hammelkebab, das auf dem Tische noch immer friedlich dampfte. Als aber die Bewaffneten in den Raum drangen, hatte Sarkis die Schüssel mit dem Hammelkebab schon gepackt und schleuderte sie dem Führer mit einem verzweifelten Schwung mitten ins dicke, rosige Gesicht. Aufschreiend duckte sich der tapfere Beamtenjüngling, als sei er von einer Granate getroffen. Der braune Saft der Speise rann ihm über den prächtigen Rock. Dem ersten Wurfgeschoß folgte der große Wasserkrug aus Ton, der schon eine bessere Wirkung erzielte. Der Truppführer blutete aus der Nase, trieb aber mit wehleidigem Gebrüll seine Mannschaft vor. Der kleine Sarkis stellte sich, mit dem Fleischmesser bewaffnet, schützend vor seine Mutter. Diese armselige Waffe in den Händen eines Elfjährigen genügte, daß die unüberwindlichen Hamidijehs es auf einen Nahkampf nicht ankommen ließen, obgleich die Frau noch jung und hübsch war. Einer von ihnen warf sich mit einem feigen Schwung auf den Wiegenkorb, riß die quäkende Kreatur aus den Decken und zerschmetterte den Schädel des Kindchens an der Wand. Sarkis preßte sich dicht an den erstarrenden Leib der Mutter. Zwischen ihren festgeschlossenen Lippen wimmerte es sonderbar hervor. Und dann begann das donnernde Gekrache und Geknatter auf eine Frau und vier Kinder, ein Feuer, das genügt hätte, ein Regiment in die Flucht zu schlagen. Das Zimmer war von Qualm erfüllt, und die Bestien schossen schlecht. Es war wie eine abgekartete Teufelei des Schicksals, daß Sarkis von keiner einzigen Kugel getroffen wurde. Als erster starb der siebenjährige Mesrop. Die Leichen der beiden kleinen Mädchen hingen schlaff an den Händen der Mutter, die sie nicht losließ. Ihre große volle Gestalt stand straff und unbewegt. Ein Schuß traf sie in den rechten Arm. Sarkis fühlte mit seinem Rücken den kurzen Schlag, der sie durchzuckte. Zwei andre Schüsse zerschmetterten ihr die Schulter. Sie stand regungslos, und ihre Hand ließ das Kind noch immer nicht. Erst als zwei weitere Kugeln ihr das halbe Gesicht wegrissen, schwankte sie vor, neigte sich über Sarkis, der sie festhalten wollte, überströmte sein Haar mit ihrem mütterlichen Blut und begrub ihn unter ihrem Leib. Still lag er unter der warmen, schweratmenden Last der Mutter und rührte sich nicht. Nur noch vier Schüsse klatschten in die

Wand. Dann hielt der milchgesichtige Jüngling sein Werk für getan: „Die Türkei den Türken", krähte er, aber niemand sonst fiel in diesen Triumphruf nach errungenem Sieg ein. Während Sarkis so in sicherer Mutterhut lag, waren seine Sinne zu übermäßiger Schärfe verdammt. Er hörte ein Gespräch, das darauf schließen ließ, daß sich der Truppführer in einem Stubenwinkel abscheulich benahm. „Warum tust du das", tadelte ihn eine Stimme, „es liegen hier Tote." Der nationale Überzeugungskämpfer aber ließ sich nicht stören und fauchte: „Noch als Tote sollen sie wissen, daß wir die Herren sind und sie nur Gestank." Lange schon herrschte tiefe Stille, ehe der blutüberströmte Sarkis unter der Mutter hervorzukriechen wagte. Durch diese Bewegung schien Frau Kilikian aus ihrer Bewußtlosigkeit zu erwachen. Sie hatte kein Gesicht mehr. Aber ihre Stimme war die alte und so ruhig: „Hol mir Wasser, mein Kind." Der Krug war zerbrochen. Sarkis schlich sich mit einem Glas zum Brunnen im Hof. Als er zurückkam, atmete die Mutter noch, doch sie konnte weder trinken mehr noch reden. — Der Knabe wurde zu reichen Verwandten nach Alexandrette gebracht. Nach einem Jahre schien er alles überwunden zu haben, wenn er auch kaum etwas aß und niemand, selbst die gütigen Zieheltern nicht, mehr als die notwendigsten Worte aus ihm herauspumpen konnten. Lehrer Schatakhian war über all diese Dinge genau unterrichtet, weil es dieselben Alexandretter Bürger waren, die ihm den Aufenthalt in der Schweiz ermöglicht hatten. Später wurde Sarkis nach Edschmiadsin in Rußland an das größte theologische Seminar des armenischen Volkes gesandt. Den Kandidaten dieser berühmten Hochschule stand der Weg zu den höchsten Würden der gregorianischen Kirche offen. Der geistliche Drill, in den sich die Studenten fügen mußten, war eher mild als hart zu nennen. Und dennoch floh Sarkis Kilikian, in dem sich langsam ein wilder, ja krankhafter Freiheitstrieb entwickelte, noch ehe er sein drittes Schuljahr vollendet hatte. Er stand vor seinem achtzehnten Geburtstag, als er in den schmutzigen Gassen von Baku umherirrte, mit nichts anderem ausgestattet als mit seiner alten Seminarkutte und einem vieltägigen Hunger. Es fiel ihm nicht ein, sich an seine Zieheltern um eine Geldsendung zu wenden. Vom Tage seiner Flucht aus Edschmiadsin an blieb der Schützling für jene braven Leute verschollen. Sarkis Kilikian hatte keine andere Wahl, als

Arbeit zu suchen. Er fand auch die einzige Arbeit, die in Baku reichlich angeboten wurde, die Sklavenarbeit auf den weiten Ölfeldern, die sich längs der öden Küste des Kaspischen Meeres erstrecken. Dort wurde schon nach wenigen Monaten durch die Macht des Öls und der Erdgase seine Haut gelb und welk. Seine Gestalt dorrte aus wie ein abgestorbener Baum. In Anbetracht seiner Bildungsstufe und Wesensart kann es nicht wundernehmen, daß er in die sozialrevolutionäre Bewegung geriet, die damals die Arbeiterschaft des russischen Orients zu erobern begann, Georgier, Armenier, Tataren, Tjurken und Perser. Wohl hetzte die Zarenregierung die einzelnen Volksstämme immer wieder gegeneinander, konnte aber die einigende Bewegung gegen die Petroleumherren doch nicht brechen. Von Jahr zu Jahr wurden die Streiks umfassender und erfolgreicher. Bei einem dieser Aufstände kam es durch die Kosaken zu einem furchtbaren Blutvergießen. Als Antwort darauf wurde der Gouverneur des Bezirkes, ein Fürst Galitzin, während einer Spazierfahrt meuchlings ermordet. Unter den Angeklagten, denen Verschwörung und Attentat zur Last gelegt wurden, befand sich auch Sarkis Kilikian. In der Verhandlung konnte man ihm so gut wie nichts nachweisen. Kilikian schien ein sonderbarer Politiker gewesen zu sein. Er hatte weder jemals Reden gehalten noch sich in unterirdischen Organisationen hervorgetan. Keiner wußte etwas Bestimmtes über ihn auszusagen. Doch „entlaufener Priesterzögling", das war eine Klasse für sich, aus ihr kamen die ganz hartgesottenen Empörer. Dies allein schon genügte. Sarkis wanderte auf Lebensdauer in die Katorga von Baku. In dieser Unrat- und Rattenburg wäre er heillos verwest, hätte die Bestimmung ihre Wohltaten für ihn nicht pfiffiger aufgespart. Der Nachfolger des ermordeten Galitzin war ein Fürst Woronzow. Dem neuen Gouverneur, einem unverheirateten Mann, folgte seine Schwester, auch sie unverheiratet, in das Regierungspalais von Baku. Prinzessin Woronzow trug ihre Altjungfernschaft mit großer Härte gegen sich selbst. Tatkräftig und von bestem Willen erfüllt, eröffnete sie in jedem Amtsbezirk, den ihr Bruder bezog, einen eigenartigen Seelenerlösungsbetrieb. Wer gegen sich selbst hart ist, wird es auch meist gegen andre sein, und so hatte sich die hohe Dame im Laufe der Zeit zu einer ausgesprochenen Sadistin der Nächstenliebe entwickelt. Ihr frommes Augenmerk richtete

sie, wohin sie kam, zuerst auf die Gefängnisse. Die großen
Dichter der russischen Erde hatten gelehrt, daß der Sündenpfuhl die allernächste Nachbarschaft des Gottesreiches bilde.
In den Gefängnissen waren es hauptsächlich die jungen Intellektuellen und Politischen, die ihren Eifer weckten. Mit
dieser ausgesuchten Schar wurde nun Sarkis Kilikian allmorgendlich in eine leere Kaserne geführt, wo nach Irene
Woronzowas Lehrplan und unter ihrer tätigen Mitwirkung die
Erlösungskur auch an ihm versucht wurde. Sie bestand teils
aus scharfen Exerzierübungen, teils aus moralischem Unterricht. Die Prinzessin sah in dem jungen Armenier den reizvollen Sohn des Teufels selbst. Diese Seele war des Kampfes
wert. Die Dame nahm deshalb Kilikian höchstpersönlich an
die Kandare. Nachdem der dürre Teufelskörper durch mehr-
stündig hartes Exerzieren für die Zügelhilfen des Heiles
zugeritten war, wurde die Seele an die Longe genommen. Zu
ihrer größten Freude bemerkte Irene Woronzowa sehr bald die
unglaublichen Fortschritte, die Kilikian auf dem guten Wege
machte. Die Stunden mit diesem wortkargen Luzifer begannen
sie selbst zu erleuchten. In der Nacht träumte sie oft das
Frage-und-Antwort-Spiel des Unterrichtes weiter. Es war
selbstverständlich, daß der gelehrige Schüler belohnt werden
mußte. Die Prinzessin erwirkte immer mehr Freiheiten für ihn.
Mit der Abnahme der Fesseln begann es und endete damit, daß
Kilikian, anstatt im Gefängnis, in einem Kämmerchen der
leeren Kaserne wohnen durfte. Leider machte er von der guten
Freistatt nicht lange Gebrauch. Schon am dritten Morgen nach
seiner Übersiedlung war er verschwunden und bereicherte
damit die Prinzessin Woronzow um eine bittere Erfahrung im
Kriege gegen den Teufel. Wohin kann man aus Russisch-
Kaukasien fliehen? Nach Türkisch-Kaukasien! Einen Monat
später mußte Sarkis bereits erkennen, daß er als Unzurech-
nungsfähiger gehandelt und ein Paradies mit der Hölle vertauscht hatte. Als der Halbverhungerte sich in Erzerum nach
einer Arbeit umsehen wollte, schleppten ihn die Schergen auf
die Polizei. Da er sich weder rechtzeitig der Assentierung
unterzogen noch auch den vorgeschriebenen Bedel entrichtet
hatte, wurde er als Militärflüchtling im Schnellgericht abgeurteilt und erhielt drei Jahre schweren Kerkers. Kaum also
war er der russischen Katorga entkommen, als ihn die türkische gastfreundlich aufnahm. In dem Gefängnis von Erzerum

legte der unerforschliche Bildhauer der Kreatur die letzte Hand an Sarkis Kilikian. Jene geheimnisvolle Gleichgültigkeit entstand, die Gabriel Bagradian schon an dem nächtlichen Gespenst verspürt hatte, eine Gleichgültigkeit, die mit diesem Wort nur angetastet und nicht erschöpft wird. Erst die Monate, die dem Ausbruch des großen Krieges vorangingen, setzten der Zuchthausstrafe ein Ende. Obgleich ihn der ausmusternde Arzt für mindertauglich erklärte, wurde Kilikian sofort unter die Rekruten eines Erzerumer Infanterieregimentes gesteckt. Das Leben, das er nun führte, glich wenigstens entfernt einem Menschenleben. Dabei zeigte es sich, daß sein äußerlich hinfälliger Körper über unverwüstliche Kraft und Zähigkeit verfügte. Auch schien das Soldatenwesen, trotz aller Gebundenheit, der Natur Sarkis Kilikians noch am ehesten zu entsprechen. Sein Regiment nahm im ersten Kriegswinter an dem denkwürdigen Kaukasus-Feldzug Enver Paschas teil, in dessen Verlaufe der zarte Kriegsgott nicht nur ein ganzes Armeekorps einbüßte, sondern selbst mitsamt seinem Hauptquartier beinahe in russische Gefangenschaft geriet. Die Abteilung, welche die Flucht des Stabes deckte und damit Envers Freiheit und Leben rettete, bestand fast durchwegs aus Armeniern, und ein Armenier war's, der den Generalissimus auf seinem Rücken aus der Linie trug. (Als Schatakhian den Sarkis unter diese Armenier versetzte, warf Gabriel, der eine legendarische Ausschmückung des Lehrers fürchtete, dem alten Tschausch Nurhan einen forschenden Blick zu. Dieser aber nickte mit ernster Gemessenheit.) Ob sich nun Kilikian unter diesen Tapferen geschlagen hatte oder nicht — der Dank Envers an die ganze Nation folgte der Rettung jedenfalls auf dem Fuße. Kaum waren die Erfrierungswunden des Soldaten Sarkis halbwegs geheilt, kaum hatte er sein Lager auf den Steinfliesen des überfüllten Hospitals mit seinem Lager auf den Steinfliesen der überfüllten Kaserne wieder vertauscht, als der Befehl des Kriegsministers verlesen wurde, der alle Armenier aus den Kompanien schmachvoll ausstieß, sie der Waffen beraubte und zu Inschaat Taburi, zu verächtlichen Armierungssoldaten, erniedrigte. Man hetzte sie aus allen Winkeln zusammen, nahm ihnen die Gewehre ab und trieb sie in elenden Rudeln nach Südosten, in die hüglige Gegend von Urfa. Dort mußten sie, hungernd und allstündlich von der Bastonade bedroht, die Steine zum Bau einer Straße herbeischleppen, die in der Richtung auf Aleppo angelegt wurde. Ein eigener Befehl verbot ihnen, sich durch Tragpolster gegen die kantigen Lasten zu schützen, obgleich schon in den ersten glutheißen Arbeitsstunden ihre Schultern und Nacken blutig gescheuert waren. Während alle anderen stöhnten und jammerten, stapfte Sarkis Kilikian lautlos den Weg vom Steinbruch zum Straßenstück, vom Straßenstück zum Steinbruch, als habe sein Körper längst schon vergessen, was Schmerz sei. Eines Tages ließ der Hauptmann alle Mannschaften der Inschaat Taburi antreten. Unter diesen befanden sich zufalls- oder strafweise auch einige Mohammedaner. Sie wurden aus den Reihen gesondert. Die waffenlose Armenierschar aber marschierte unter Führung von zwei Offizieren ungefähr eine Stunde weit weg von ihren Quartieren, in ein liebliches Tal, das sich zwischen zwei Hügeln verengte. „Das sind die Hügel von Tscharmelik", sang ein Argloser, der aus dieser Gegend stammte und sich des freien Tages unbändig freute. Doch auf dem sanften Rasen dieses Tals empfing sie nicht nur Thymian und Rosmarin, Orchideen, Pimpernell und Melissen, sondern höchst merkwürdigerweise auch eine kriegsmäßig ausgerüstete Kompanie. Die Armenier ahnten nichts. Als man sie an der Hügellehne ein langes Glied bilden ließ, ahnten sie noch immer nichts. Dann ging ohne alle Umstände und Vorbereitung das Feuer urplötzlich am rechten Flügel los. Schreie durchschnitten die Luft, weniger Schreie der Todesangst als der Ausbruch eines unermeßlichen Erstaunens. (Eine Frau, die unter den Zuhörern saß, unterbrach hier den Lehrer Schatakhian: „Kann Gott unter seinen Engeln diese Schreie vergessen?" Dann packte sie selbst ein Weinkrampf, den sie nur mühsam ersticken konnte.) Sarkis Kilikian warf sich geistesgegenwärtig auf die Erde. Die Kugeln zirpten über ihn hinweg. Er entging ein zweites Mal dem türkischen Tod. Unter Leichen und hilflos Verreckenden blieb er liegen, um die Finsternis abzuwarten. Doch lange vor Abend noch bekam die blumige Mordstätte Enverscher Nationalpolitik neuerlichen Besuch. Die Leichenfledderer der Gegend wollten das ärarische Gut, das die „Hingerichteten" an sich trugen, nicht vorzeitig verkommen lassen. Auf die festen Militärstiefel hatten sie es besonders abgesehen. Während ihrer schwierigen Arbeit ächzten sie eines jener Lieder, welche die Austreibung hervorgebracht hatte. Es begann mit dem lautmalenden Vers: „Kessé, kessé sürür jarlara. — Mordend, mordend hetzt man sie." Auch an Kilikians Stiefel kam die Reihe. Er spannte seine Muskeln zum Zerreißen an, um Leichenstarre zu simulieren. Die Totenräuber zerrten und zogen wütend an seinen Füßen, es fehlte nicht viel und sie hätten sie ihm mit einer Hacke abgeschlagen, um der Stiefel habhaft zu werden. Endlich aber empfahlen sich auch diese herzhaften Kunden, ein neues Lied auf den Lippen: „Hep gitdi, hep bitdi! — Alle fort, alle hin!" In dieser Nacht begann Sarkis Kilikians ungeheuerliche Irrfahrt. Die Tage brachte er in wilden Verstecken zu, die Nächte lief er auf unbekannten Pfaden durch Steppen und Sumpffelder. Er nährte sich von nichts, das heißt von dem, was überall aus der Erde wuchs. Nur selten wagte er sich in ein Dorf, um in tiefer Dunkelheit an eine armenische Tür zu klopfen. Wahrhaftig, nun zeigte es sich, daß Sarkis einen Teufelskörper mit übermenschlichen Kräften besaß. Das lederumspannte Gerippe, das er war, starb nicht am Wege, sondern erreichte in den ersten Apriltagen Dört Yol, die alte Heimat. Ohne der Gefahren zu achten, ging Kilikian auf sein Vaterhaus zu, aus dem ihn vor zwanzig Jahren weinende Menschen hinweggeführt hatten. Das Haus war dem Gewerbe seines Vaters treu geblieben; ein Uhrmacher und Goldschmied bewohnte es. Das wohlbekannte Feilen und Feingehämmer drang aus dem Laden. Sarkis trat ein. Der entsetzte Uhrmacher wollte ihn schon hinausjagen, als Sarkis seinen Namen nannte. Darauf beriet sich der neue Hausvater mit seiner Familie. Dem Flüchtling wurde eine Schlafstelle in dem großen Zimmer angewiesen, wo sich das Furchtbare ereignet hatte. Die Kugelspuren an der Wand waren nach zwanzig Jahren noch immer zu sehen. Kilikian hielt sich zwei Tage lang an dieser Zufluchtstätte auf. Der Uhrmacher verschaffte ihm inzwischen ein Gewehr und Munition. Auf die Frage, womit man ihm sonst noch helfen könne, bat er nur mehr um ein Rasiermesser, ehe er nach Einbruch der Dunkelheit verschwand. Schon in der übernächsten Nacht begegnete er im Dorfe Gomaidan zwei Deserteuren, die ihm mit der Miene von gewiegten und verläßlichen Kennern den Musa Dagh als wohlerprobten Aufenthaltsort anempfahlen.

Das ist die Geschichte Sarkis Kilikians, des Russen, wie sie sich aus Lehrer Schatakhians Erzählung, aus Tschausch Nurhans zustimmendem Schweigen, aus den Einwürfen und

Beifügungen andrer Zuhörer in Gabriel Bagradians empfindsam mitformendem Geiste spiegelte. Der abendländische Mensch erschauerte in Ehrfurcht vor der Schicksalswucht eines solchen Lebens und vor der Kraft, die unter ihm nicht zusammenbrach. In die Ehrfurcht aber mischte sich auch Grauen und der Wunsch, diesem Opfer der Kerker und Kasernen möglichst aus dem Wege zu gehen. Nach langer nächtlicher Beratung mit Tschausch Nurhan beschloß Bagradian, den Russen und die übrigen Deserteure unter die Besatzung der Südbastion zu verteilen. Sie war der sicherste Punkt der gesamten Verteidigung und lag überdies am weitesten vom Volkslager entfernt.

Am dritten Morgen kehrte alles in die Dörfer zurück. Nur einige verläßliche Wachen blieben bei den Vorräten und Waffen auf dem Damlajik zurück. Ter Haigasun selbst hatte diese Anordnung getroffen. Die Saptiehs durften bei der Waffensuche keine leeren oder halbleeren Häuser vorfinden. Das auffällige Fehlen der Jugend hätte sich weder durch die gottergebene Schar Pastor Nokhudians in Bitias noch auch durch den gesetzten Volksteil in den anderen Dörfern verschleiern lassen. Gabriel Bagradian hatte die Anordnung des Priesters erwartet. Vermutlich steckte noch eine erzieherische Absicht hinter ihr. Die Jugend des Musa Dagh, die bisher alle Greuel nur vom Hörensagen kannte, sollte der lebendigen Wirklichkeit in die Augen sehen, um dann den Kampf mit der allerletzten Verzweiflung zu führen.

Genau zur Stunde, die Ali Nassif vorausgesagt hatte, trafen die Saptiehs in Yoghonoluk ein, etwa hundert an Zahl. Es lag offensichtliche Geringschätzung darin, daß die Behörde mit so wenig Bewaffneten den großen Bezirk auszuheben gedachte: Die armenischen Hammel leisten keinen Widerstand, wenn man sie zur Schlachtbank führt. Die wenigen, der Regierung hochwillkommenen Gegenbeispiele beweisen nichts. Wie könnte sich ein schwaches Handelsvolk mit einem heroischen Wehrvolk messen?! Die Antwort auf diese Frage bildeten die hundert nach Yoghonoluk entsandten Gendarmen. Dies aber waren nicht mehr die gemütlichen Mordgesellen von Anno Abdul Hamid. Keine von Pockennarben entstellten Gesichter, deren treuherzig-grausames Zwinkern anzeigte, daß es für entsprechende Gegenleistung mit sich reden lasse. Da war nur mehr schlichte Grausamkeit ohne

Nebenzweck. Die Saptiehs trugen keine räudigen Lammfell-mützen wie früher und auch nicht jene aus Waffenrock und irgendeinem unaussprechlichen „Zivil" zusammengesetzte Zufallsuniform der guten alten Zeit. Ihr Körper steckte in der allgemeinen gelbbraunen Feldmontur, die frisch gefaßt war. Um den Kopf hatten sie nach Beduinenart lang herabhängende Sonnen- und Schweißtücher gebunden, die ihnen das un-erbittliche Aussehen ägyptischer Sphinxe verliehen. In Reih und Glied zogen sie auf, zwar noch nicht ganz mit dem mi-litärischen Maschinenschritt des Westens, doch auch nicht mehr ganz in der wiegenden Gangart des Orients. Auch auf diese stambulfernen Saptiehs von Antiochia hatte Ittihad eingewirkt, indem es den alten kurzlodernden Fanatismus des Religionshasses in den kalten langbrennenden Fanatismus des Nationalhasses geschickt zu verkehren wußte.

Die Austreibungsmannschaft wurde vom Muafin, dem Poli-zeihauptmann von Antiochia, befehligt. Der junge Müdir mit den wimperlosen rötlichen Augen und den Sommersprossen auf Gesicht und Händen begleitete sie. Um die Mittagszeit rückte das Aufgebot, von Kundschaftern längst gemeldet, auf dem Kirchplatz von Yoghonoluk ein. Die scharfen türkischen Trompetensignale stiegen auf, und die Trommeln wurden gerührt. Doch trotz dieser herrischen Mahnungen blieben die Armenier in ihren Häusern. Ter Haigasun hatte jedermann in den sieben Dörfern einschärfen lassen, sich so wenig wie möglich zu zeigen, alle Ansammlungen zu vermeiden und ja nicht in die Falle irgendwelcher Herausforderung zu gehn. Der Müdir verlas vor einem Publikum, das aus den Saptiehs, einigen Mitläufern und den geschlossenen Fenstern des Kirch-platzes bestand, den langen Ausweisungsbefehl, der gleich-zeitig in Gestalt mehrerer Plakate an die Kirchenmauer, ans Gemeinde- und Schulhaus angeschlagen wurde. Nach diesem Staatsakt lagerten sich die Saptiehs, da es Essenszeit war, auf dem Erdboden, machten Feuer und begannen ihren Kessel mit Fuhl, Saubohnen in Hammelfett, zu wärmen. Während sie dann mit Brotfladen ihr Teil aus dem Sud schöpften und kauend dahockten, schauten sie träge im Kreis umher. Was für hübsche Häuser! Und alle aus Stein gebaut, mit festen Dä-chern und holzgeschnitzten Veranden! Reiche Leute, diese Armenier, überall reiche Leute! Zu Hause, in den eigenen Dörfern, ist man schon froh, wenn die altersschwarzen Holzhütten unter der Last des Storchennestes nicht einstürzen. Und die Kirche dieser unreinen Schweine ist dick und überheblich wie eine Festung, mit all ihren Kanten, Winkeln und Vorsprüngen. Nun, Allah ist ja eben dabei, ihnen etwas von ihrem Übermut abzuhandeln. In allen Dingen haben sie ihre Hände gehabt, sie haben in Stambul geherrscht, sie haben das Geld scheffelweise geerntet. Man hatte sich alles gefallen lassen, bis endlich die schläfrigste Geduld riß. Auch der Müdir und der Muafin staunten wieder einmal über die Stattlichkeit dieses Dorfplatzes. Vielleicht erfüllte den Polizeihauptmann einen Lidschlag lang die Unsicherheit eines Barbaren, der einer überlegenen Kultur gegenübersteht. Dann aber mochte mit verdoppeltem Haß das berühmte Wort Talaat Beys in ihm aufkochen, das der Kaimakam gestern bei der Abfertigung erwähnt hatte: „Entweder sie verschwinden oder wir."

Unheimlich war die Stille, die trotz der vielen Bewaffneten auf dem Kirchplatz lastete. Und sie wurde durch die Anwesenheit etlicher Zaungäste der Austreibung, die sich den Saptiehs angeschlossen hatten, nicht im geringsten unterbrochen. Die Menschengosse Antakjes und der größeren Ortschaften ringsum hatte ihre Abwässer ins Tal der sieben Dörfer gelenkt. Auf nackten, schmutzstarrenden Füßen kam es geschlichen: aus Mengulje, Hamblas und Bostan. Aus Tumama, Schahsini, Aïn Jerab und weither sogar aus Beled es Scheikh. Augen voll unbeherrschter Gier zupften an den Häusern. Arabische Bauern aus dem El-Akra-Gebirge im Süden harrten, geruhsam auf ihren Fersen hockend, fetter Ereignisse. Sogar eine kleine Gruppe von Ansarijes hatte sich eingefunden, die niedrigsten Parias des Propheten, volkloses halbarabisches Knechtsgesindel, das nun die seltene Möglichkeit benützte, sich anderen Menschen überlegen zu fühlen. Auch einige Mohadschirs waren bereits zur Stelle, Kriegsflüchtlinge, von der Regierung ins Innere gesandt und freundlichst eingeladen, sich an armenischem Hab und Gut für ihre Verluste schadlos zu halten. Neben dergleichen offenherzigem Volke standen, sehr verwunderlich zu melden, tief verschleierte Frauen scheu und glühend im Kreis. Sie gehörten zweifellos den besseren Ständen an. Auf den ersten Blick sah man das am feinen Stoff der über den Kopf gezogenen Mäntel, am Gewebe der Schleier, an den schmalen Pantoffeln oder Lackhalbschuhen, in die sich die beringten Füße schmiegten. Diese Frauen waren eifrige

Kundinnen eines so vorteilhaften Ausverkaufes, den sie mit Ungeduld erwarteten. Schon seit Wochen ging das Gewisper in den Weiberstuben von Suedja und El Eskel: „Ah, wißt ihr es denn nicht? Diese Christen besitzen in ihren Häusern herrliche Sachen, die man bei uns gar nicht kennt oder nur um schweres Geld erstehen kann." — „Warst du jemals in einem armenischen Haus?" — „Ich nicht! Aber die Frau des Mollah hat mir alles genau beschrieben. Da werdet ihr Schränke und Kommoden finden mit Türmchen darauf und kleinen Säulen und Kronen. Da werdet ihr nur wenig Schlafmatten finden, die man tagsüber wegsperrt, sondern echte Betten mit geschnitzten Blumen und gottverbotenen Kinderköpfchen darauf, Betten für Mann und Frau, so groß wie die Equipage des Wali. Uhren werdet ihr finden, auf ihnen sitzt ein vergoldeter Adler, oder ein schreiender Kuckuck springt aus ihren Eingeweiden." — „Nun, da habt ihr wieder einen Beweis, daß sie Verräter sind, denn wie hätten sie sonst solches Hausgerät aus Europa bekommen können?" Gerade nach derartigem Hausgerät aber stand den Weibern, die der schönsten Teppiche, Messingschüsseln und kupfernen Kohlenbecken überdrüssig waren, gar mächtig der Sinn.

Die unheimliche Stille zerplatzte urplötzlich. Der Polizeihauptmann, der schon längst eines Opfers geharrt hatte, warf sich auf einen der Dorfbewohner, der unvorsichtigerweise vor sein Haustor getreten war. Der Mann wurde in die Mitte des Platzes gestoßen. Das Gesicht des Polizeihauptmanns war durch zwei gänzlich verschiedene Augen gekennzeichnet. Das rechte blickte groß und starr, das linke klein und halb zugeschwollen. Der Feldwebelschnurrbart konnte noch so martialisch drohen, das Kinn noch so mörderisch vorstoßen, durch die ungleichen Augen war der Polizeivogt zu furchterregender Lächerlichkeit oder lachenerregender Furchtbarkeit verurteilt. Da er sich dieses Gebrechens ständig bewußt war, übertrieb er aus Angst, lächerlich zu wirken, die fürchterliche Seite seines Wesens und Gewerbes. Aus diesem Grund mußte er den Rohling, der er von Natur schon war, auch noch spielen. Sein starres Auge versuchte zu rollen, als er den Armenier anbrüllte:

„Wie heißt euer Priester? Wie heißt euer Muchtar?"

Der Mann gab flüsternd Auskunft. Im nächsten Augenblick heulte es hundertstimmig über den Platz:

„He, Haigasun! Wo steckst du? Heraus mit dir, Kebussjan!
He, Haigasun und Kebussjan!!"

Ter Haigasun hatte in der Kirche dieses Zeichen abgewartet.
Nach der Messe des heutigen Feiertages war er mit seinen
Diakonen kniend am Altar verblieben, ohne die heiligen
Gewänder abzulegen. Er wollte den Saptiehs in dem Glanz
und in der Erhabenheit seines Amtes entgegentreten. In dieser
Absicht verriet sich das Wesen Ter Haigasuns aufs beste. Mit
der feierlichen Gebärde verband er einen seelenkennerischen
Zweck. Jeden Orientalen erfüllen zeremonielle Aufzüge und
religiöse Gewänderpracht mit heiligen Schauern. Ter Haigasun
rechnete damit, daß seine Priestererscheinung die Roheit der
Saptiehs dämpfen werde. Langsam tauchte er in Gold und
Purpur aus dem Kirchenportal. Auf seinem Kopf glänzte die
hohe griechische Bischofskrone, in seiner Rechten trug er den
Doktorstab des armenischen Ritus. Und wirklich, der hohe
Anblick des Wartabeds legte sich auf die Stimme des Polizei-
häuptlings, deren menschenfresserisches Bellen unsicher
klang:

„Du bist der Priester! Du wirst mir für alles verantwortlich
sein! Für alles! Hast du mich verstanden?"

Ter Haigasun neigte zur Antwort sein blutloses Gesicht, das
in der starken Sonne wie aus einem Stück Ambra geschnitten
schien, schweigend auf die Brust. Der Polizeiherr spürte, daß
er in Gefahr sei, höflich, das heißt schlapp zu werden. Auch
begann das linke verschwollene Auge zu zucken. Diese zwei
Tatsachen erfüllten ihn mit wachsender Erbitterung. Es war
höchste Zeit, dem Müdir, der Mannschaft, dem Priester seine
niederschmetternde Allmacht in Erinnerung zu bringen. Er
ging also mit hocherhobenen Fäusten auf Ter Haigasun zu,
mußte aber dennoch zu seinem tiefsten Unbehagen in einem
schmachvollen Respektabstand haltmachen. Um so mehr
fühlte sich seine Stimme verpflichtet, jenen Schreck zu verbreiten, den er als Auswirkung seiner gebietenden Person
erwarten durfte:

„Du wirst alle Waffen abliefern, alle eure Waffen! Verstehst
du mich?! Wenn du auch wie ein Bazargaukler aussiehst, bist
du mir doch für jedes Messer in den Dörfern verantwortlich."

„Wir haben in den Dörfern keine Waffen."

Ter Haigasun sagte damit die volle Wahrheit sehr ruhig und

bestimmt. Inzwischen hatte sich im dunkeln Flur des Muchtarhauses eine kleine Tragikomödie abgespielt, die damit endete, daß der alte Gemeindeschreiber mit dem pfiffigen Spitzbart schwungvoll zum Tor hinausflog, das sich schnell hinter ihm schloß. Auf diese unsanfte Weise wurde ihm nämlich von Muchtar Kebussjan in dem schwierigsten Augenblick seiner ganzen Amtszeit die Stellvertretung anvertraut. Der unglückliche Pseudo-Muchtar taumelte kreidebleich den Saptiehs in die Arme, die ihn vor ihren Befehlshaber zerrten. Er lallte die Worte Ter Haigasuns nach: „Wir haben keine Waffen in den Dörfern."

Die bebende Persönlichkeit des vermeintlichen Muchtars kam dem Hauptmann hochwillkommen. Sie überzeugte ihn vorbehaltlos von seiner niederdonnernden Gottähnlichkeit. Er riß einem Gendarmen die Lederpeitsche aus der Hand und durchpfiff mit ihr die Luft:

„Um so ärger für euch, wenn ihr keine Waffen habt!"

Hier mischte sich zum erstenmal der rötliche Müdir in das Verfahren. Dem jungen Mann aus Salonik war ungemein viel daran gelegen, diesem christlichen Priester den himmelweiten Abgrund vor Augen zu führen, der seinesgleichen von einem Polizeitölpel aus der dunkelsten Reichsprovinz trennte. Ittihad veranstaltete keine urtümlichen Metzeleien mehr, Ittihad machte feinste Politik, Ittihad verwirklichte mit eisernem Willen unvermeidliche Staatsnotwendigkeiten, wobei Ittihad, soweit das irgend möglich war, unnötige Härten zu vermeiden trachtete. Man war modern gebildet. Man war ein Feind der allzu handgreiflichen Methoden, man legte sogar Wert darauf, „Nerven" zu haben. Infolgedessen warf der Müdir einen kurzen Blick auf das Kunstwerk seiner langen Fingernägel und wandte sich mit jener gefahrgeladenen Freundlichkeit, die alle beamteten Herren über Leben und Tod so trefflich zu gebrauchen wissen, höchst achtungsvoll an Ter Haigasun:

„Du weißt, was über euch beschlossen ist."

Fest und stumm sah ihn der Priester an. Der Müdir wies, durch diesen freien Blick leicht verwirrt, auf die Plakate:

„Die Regierung hat den Beschluß gefaßt, euch umzusiedeln. Neue Wohnsitze werden euch angewiesen."

„Und wo werden uns neue Wohnsitze angewiesen?"

„Das ist weder meine noch eure Sache. Ich habe euch nur zu

sammeln, und ihr habt nur zu marschieren."

„Und wann werden wir aufbrechen müssen?"

„Das hängt allein von eurem Betragen ab, wieviel Zeit ich euch lassen werde, eure Sachen in Ordnung zu bringen und euch genau nach der Vorschrift reisefertig zu machen."

Der Gemeindeschreiber, der sich bereits gefaßt hatte, erkundigte sich mit lauernder Demut:

„Und was werden wir mitnehmen dürfen, Effendi?"

„Nur das, was jeder auf seinem Rücken und in seiner Hand selbst tragen kann. Alles andere, eure Felder, Gärten, eure Grundstücke, eure Häuser mit allem, was an unbeweglichem und beweglichem Gut dazugehört, verfällt laut Ministerialerlaß vom fünfzehnten Nisan dieses Jahres dem Staate, der euch nach dem Umsiedlungsgesetz vom fünften Mayis neues Land für den abgetretenen Grund zuteilen wird. Jeder Besitzer hat mit Berufung auf sein grundbücherlich festgelegtes Eigentum um den rechtmäßigen Ersatz einzukommen. Das Gesuch muß mit fünf Piastern gestempelt sein. Der Stempel ist beim Gendarmeriekommando erhältlich."

Dieses Amtslied kam so mild-melodisch von den Lippen des Rothaarigen, als handle es sich um eine Verordnung über Obstbau. Wohlwollend hob der Müdir den Zeigefinger:

„Es ist am besten für euch, wenn ihr keine Geschichten macht, nichts zerstört und vernichtet, sondern alles in seiner bisherigen Ordnung dem Staate übergebt."

Ter Haigasun öffnete die Hände und hielt sie dem diplomatischen jungen Mann aus Salonik hin:

„Wir wollen nichts behalten, Müdir. Was könnte es uns auch helfen? Nehmt alles, was ihr findet. Die Tore stehen offen."

Den Polizeihauptmann reizte der glatte Ton des Müdirs, der ihm die Führung entwand. Schließlich war einzig und allein er der Befehlshaber der Austreibung und der Federfuchser nur eine Begleitperson, die der Kaimakam entsandt hatte. Wenn er diesem sanftmäuligen Kanzleibewohner noch länger das Wort überließ, würde ihm kein Mensch mehr glauben, daß er der Polizeigewaltige der Stadt Antakje sei. Er riß daher sein starres Auge noch weiter auf, ließ es blutunterlaufen büffelhaft glotzen, machte zwei lange Schritte auf Ter Haigasun zu und packte ihn bei seiner reichgestickten Stola:

„Du wirst jetzt sechshundert Gewehre zusammenbringen und hier vor mir niederlegen!!"

Ter Haigasun sah lange auf die Erde, dorthin, wo er die Waffen niederlegen sollte, dann trat er jählings mit einem kräftigen Ruck zurück, so daß der Hauptmann fast gestürzt wäre:

„Ich habe dir schon gesagt, daß wir keine Gewehre in den Dörfern besitzen."

Der Müdir lächelte. Die Reihe war wieder an ihm, ohne Augenrollen und Brüllen nur durch politische Verschlagenheit ans Ziel zu kommen. Seine Stimme klang wohlwollend nachdenklich, als sei er bereit, den Armeniern eine Brücke zu bauen:

„Wie lange bist du schon Priester in diesen Ortschaften, verzeih die Frage, Ter Haigasun?"

Die unbestimmte Liebenswürdigkeit dieser Worte beunruhigte Ter Haigasun. Er entgegnete leise:

„Im Herbste nach Wartawar, der Weinlese, werden es gerade fünfzehn Jahre sein."

„Fünfzehn Jahre? Warte! Da warst du im großen Revolutionsjahr gerade acht Jahre in Yoghonoluk. Nun prüfe dein Gedächtnis! Hast du in diesem Jahre nicht einige Kisten mit Gewehren übernommen, die euch damals zum Kampfe gegen die alte Regierung zur Verfügung gestellt worden sind?"

Der Müdir, der sein Amt erst seit Kriegsausbruch innehatte, stellte diese Frage aus Intuition oder besser aus der vergleichenden Annahme, in Syrien würde Ittihad dieselben Bundesgenossen gesucht haben wie in Mazedonien und Anatolien. Daß er den gefährlichen Punkt getroffen hatte, wußte er nicht. Ter Haigasun drehte den Kopf nach seinen priesterlichen Gehilfen um, die sich noch immer nicht die Kirchenstufen herabgewagt hatten. Mit dieser flüchtigen Kopfwendung rief er sie zu Zeugen auf:

„Vielleicht haben eure Priester etwas mit Waffen zu tun, Müdir. Bei uns gibt es diesen Brauch nicht."

Der Gemeindeschreiber begann in diese bedrohliche Minute vorwurfsvoll hineinzujammern:

„Wir haben doch immer in Frieden gelebt, und dies ist unser Vaterland seit ewigen Zeiten."

Ter Haigasun starrte den Müdir verloren an und schien sein eigenes Gedächtnis wirklich auf eine harte Probe zu stellen:

„Es ist wahr, Müdir! Die neue Regierung hat damals an verschiedenen Orten des Reiches Gewehre hie und da auch an

Armenier verteilt. Wenn du alt genug bist, so wirst du dich jedoch auch erinnern, daß von allen Gemeinden den Überbringern dieser Waffen Empfangsscheine ausgefolgt werden mußten. Der Kaimakam, der zu jener Zeit Müdir war wie du, hat die Waffenverteilung geleitet. Er wird ganz gewiß die Empfangsscheine aufbewahrt haben, denn so wichtige Dinge wirft man nicht fort. Nun, ich glaube, er hätte dich gewiß nicht ohne diesen Empfangsschein zu uns geschickt, wenn es bei uns Gewehre gäbe."

Der Einwand Ter Haigasuns war unwiderleglich. Man hatte tatsächlich in den letzten Tagen die Registratur des Hükümets von Antakje wegen dieser Empfangsscheine um und um gewühlt. Es fanden sich solche Bestätigungen aus den meisten Nahijehs, nur die Nahijeh von Suedja und Umgebung schien im Jahre 1908 wirklich keine Waffen gefaßt zu haben. Der Kaimakam behauptete zwar, sich des Gegenteils zu entsinnen, hatte aber keinen Beweis dafür. Mit Gelassenheit traf Ter Haigasun demnach das Richtige. Weil er sich überlegen zeigte, vergiftete er die schöne, diplomatische Ruhe des Müdirs, der seine Stimme höhnisch verschärfte:

„Was ist eine Empfangsbestätigung? Ein Wisch! Was beweist das nach so vielen Jahren?"

Ter Haigasun machte eine Handbewegung des Gleichmutes:
„Wenn ihr uns nicht glauben wollt, so seht selber nach und sucht!"

Der Hauptmann, gewillt, diesem langwierig überflüssigen Hin und Her ein Ende zu machen, ließ seine Polizeitatze auf die Schulter des Priesters niedersausen:

„Ja, wir werden suchen, den Sohn eines Hundes! Aber ihr zwei seid verhaftet, du und der Muchtar da! Mit euch kann ich machen, was ich will. Euer Leben steht in meinem Belieben. Wenn wir Gewehre finden, so nageln wir euch an die Kirchentüre. Wenn wir keine finden, laß ich euch über einem Feuer aufhängen."

Zwei Saptiehs fesselten Ter Haigasun und den Gemeindeschreiber. Der Müdir zog eine kleine Nagelfeile aus der Tasche und begann sich mit seinen kokett verlängerten Fingern zu beschäftigen. Wie eine Geste des Bedauerns über die staatsnotwendige Grausamkeit wirkte diese Nägelreinigung und zugleich wie ein Hinweis darauf, daß er als Zivilbeamter mit der bewaffneten Exekutive nichts zu schaffen habe.

Dennoch vergaß er nicht, letztere mit gelangweilter Stimme zu mahnen:

„Vergeßt die Friedhöfe nicht! Das sind sehr beliebte Verstecke für Gewehre und Patronen."

Dann erst wandte er sich zu einem Spaziergang von dannen, alles Weitere dem ungleichäugigen Muafin überlassend. Auf das Kommando dieses Furchtgebietenden stoben die Saptiehs in kleinen Rudeln auseinander. Bei den Verhafteten blieb nur eine kleine Wache zurück. Ter Haigasun wurde gezwungen, sich in seinem starren Seidenornat auf dem Lehmboden des Platzes niederzulassen. Indessen stürmten die Saptiehs mit wüsten Rufen in die Häuser ringsum. Sofort erhob sich hinter den Mauern ein rauhes Gepolter, Gekreisch und Klirren. Fenster flogen auf, und aus ihnen sausten Teppiche, Decken, Kissen, Matten, Strohstühle, Heiligenbilder und hundert andre Habseligkeiten herab, um die sich der schlachtenbummelnde Auswurf quäkend zu balgen begann. Zerbrechlichere Dinge folgten, Spiegel, Petroleumlampen, Lampenschirme, Krüge, Vasen, Geschirr, das unter den Wehrufen der gierigen Kundinnen unten zerscherbte. Sie lasen aber auch die Scherben auf und sammelten sie in ihren Tscharschaffs. Langsam umwanderte der Lärm und die Verwüstung den Kirchplatz, dann erst zog er sich die lange Ortsstraße hinan. Drei schreckliche Stunden hockten die Gefesselten auf der Erde, ehe die Saptiehs von ihrem Kriegszug zurückkehrten. Die Beute war mehr als kläglich: zwei alte Sattelpistolen, fünf rostige Säbel und siebenunddreißig Dolchmesser, die eigentlich nur Gartenrebmesser und größere Taschenfeitel waren. Den Friedhof freilich hatten die Saptiehs aus Mangel an Geräten und aus Arbeitsscheu nicht entweiht. Der Polizeiherr raste. Dieses Schwein von einem verschlagenen Priester hatte ihn um einen waffenstrotzenden Rapport geprellt. Welch eine Schmach für die Polizei von Antakje! Ter Haigasun wurde emporgerissen. Das starre und das dickverschwollene Auge drangen auf ihn ein. Die Atemwelle, die ihn umkeuchte, stank nach Haß und schlecht verdautem Hammelfett. Er wandte sich mit einer Grimasse des Ekels ab. Im nächsten Augenblick aber erhielt er mit dem harten Knauf der Lederpeitsche zwei Schläge mitten ins Gesicht. Der Priester verlor für einige Sekunden die Besinnung, schwankte, erwachte, staunte, wartete auf den Blutstrom. Endlich brach es hervor, das Blut, aus Nase und

Mund. Ein seltsames, ja ein seliges Gefühl entfaltete sich in ihm, während er sich weit vornüberbeugte, damit sein geringes Blut nicht Christi Priesterkleid beflecke. Wie eine ferne Engelstimme sang es in seinem Hirn: Dieses Blut ist gut.

Und dieses Blut war gut, da es auf den jungen Müdir aus Salonik, der von seiner Siesta eben heimgekehrt war, einen gewissen Eindruck nicht verfehlte. Er war ein eifriger Befürworter der Ausrottung, ohne das Bedürfnis zu haben, ihr Augenzeuge zu sein. Ittihad besaß in dem Müdir bei weitem nicht die härteste Seele. Er legte sich ins Mittel, wenn er es auch vermied, irgendeine Weichlichkeit zu zeigen. Die Zeit dränge. Man habe noch in sechs andern Ortschaften amtszuwalten. Da auch der Geltungsdrang und Machtbeweisungstrieb des Muafin durch die Züchtigung Ter Haigasuns vollauf befriedigt war, winkte er großartig. Der Priester und der Schreiber wurden von ihren Fesseln befreit. Sie durften nach Hause gehen.

Der Tag verlief für Yoghonoluk glimpflich genug, glimpflicher, als derartige Tage in den meisten Städten und Dörfern des armenischen Volkes zu verlaufen pflegten. Nicht mehr als zwei Männer, die sich bei der Haussuchung widersetzten, wurden getötet und zwei junge Frauen von den Saptiehs vergewaltigt.

Volle vierundzwanzig Stunden mußte Gabriel Bagradian warten, bis die Reihe an ihn und sein Haus kam. Wiederum saßen sie alle die ganze Nacht hindurch wach. Es war, als ob es keinen Schlaf mehr gebe. Die Erschöpfung durchdrang die Glieder wie eine weiche Masse, die an der Luft langsam erstarrt. Das Knie zu biegen, die Hand zu heben, den Kopf zu wenden, dies·alles kostete einen schier unerschwinglichen Willensaufwand. Dabei mußte man diese Erschöpfung noch preisen, denn sie entrückte die Wirklichkeit und schob zwischen die Welt und ihre Qual eine gute Nebelwand. Am wohltätigsten hüllte sie Juliette ein. Sie, die Lebensfreudige, die noch vor wenigen Tagen in ihren Rosen und Seidengeweben geschwelgt hatte, sie, die Überlegene, die von ihrer französischen Höhe auf die Rasse ihres Gatten verächtlich hinabsah, sie, die Leichtsinnige, die es nicht für möglich hielt, daß sie in die Haßverstrickung von Halbwilden ernsthaft hineingezogen werden könnte, sie, Juliette, war nun von einem Keulenschlag betäubt. Ihre sonst so klaren Augen schauten wässerig aus dem schlaffen Gesicht. Das Haar war ausgetrocknet und in übernächtiger Unordnung. Sie trug dasselbe zerdrückte Reisekleid wie am Tage der Zeltprobe. Wie ein lästiger Körperschmerz, der unablässig geht und kommt, lief immer wieder der gleiche Gedanke durch ihren matten Geist: Er ist Armenier, ich bin Französin. Das ist doch trotz des Ehesakramentes zweierlei. Muß ich denn wirklich deshalb zugrunde gehen, weil er Armenier ist? Warum kann er nicht dadurch gerettet werden, daß ich Französin bin? Juliette wollte sich über das Los der Frau empören, die ihren Namen und ihr Volk in der Ehe opfert. Sie hatte aber nicht einmal geistige Kraft genug in dieser Stunde, um jenen Gedanken wirklich auszudenken. Er versiegte in ihrem Hirn jedesmal wie in Sand. Unwillkürlich und träge blätterte ihre Erinnerung immer dasselbe Bild auf: ihr Salon in der Avenue Kleber mit dem großen rötlichen Marmorkamin, den sie längst schon hatte entfernen wollen. Von Zeit zu Zeit aber wallte es in ihr auf, etwas Weiches und Schuldbewußtes. Sie bemühte sich, dieses weiche, schuldbewußte Gefühl in sich zu verewigen. Und dann preßte sie Stephan, der neben ihr lehnte, an die Brust:

„Streck dich doch aus und schlaf, Stephan!"

Sie sah dem Knaben in die müdigkeitsschwimmenden Augen, und das Schuldbewußte, Weiche in ihr fragte: Wer bist du, du mein ganz fremdes Kind?

Im großen Empfangszimmer waren alle Hausgenossen versammelt: neben Iskuhi auch Howsannah Tomasian, die zu Juliette gezogen war, da Pastor Aram in Bitias weilte, um seinem Amtsbruder Harutiun Nokhudian und der protestantischen Gemeinde vor der Stunde des Auszugs Beistand zu leisten. Die Anwesenheit Gonzagues fiel gar nicht mehr auf. Er hatte die letzten Tage zumeist in der Villa verbracht. Sein Hauswirt, der Apotheker Krikor, so behauptete er, lebe seit der großen Versammlung in einer sonderbar gestörten Geistesverfassung. Er kümmere sich um nichts, bereite keine Lebensmittel und kein Gerät fürs künftige Lagerleben vor und vernachlässige, obgleich gewähltes Mitglied des Führerrates, die ihm zugewiesene Obsorge für die Allgemeinheit in sträflicher Art. In der Apotheke gehe es drunter und drüber. Der taube Hausknecht bediene, alles verwechselnd, die Kunden, die das Gewölbe belagerten, um sich mit Krikors mageren Heilmittelschätzen sowie mit Petroleum, Spiritus, Hanfstricken,

271

Besen und ähnlichem Zeug rechtzeitig zu versehen. Wegen des kopflosen Verkaufswesens sei es zwischen so alten Freunden wie Bedros Altouni und Krikor zu einem beträchtlichen Krach gekommen. Der Arzt habe großen Lärm geschlagen und den Apotheker in seinem Allerheiligsten überfallen: Es gehe nicht an, daß der blödsinnige Büffel von einem Hausknecht den ganzen Laden an eigensüchtige Schurken ausverkaufe. Die lächerlich geringfügige Menge Tincturae Jodi dürfe nicht an Baghdassar, Howhannes, Dikran, Barsam und andre Hamster aufgeteilt werden. Ob Krikor denn nicht wisse, daß seine schäbigen Arzneien allgemeines Gut bedeuten, ebenso wie Salz, Gewürze, Petroleum nebst allen anderen staubigen Lumpensorten, die er schon seit Jahrzehnten feilbiete. Daraufhin habe sich der Apotheker ganz gegen seine sonstige Art sehr aufgeregt und gerufen, er sei nicht habsüchtig, seit Jahrzehnten opfere er sich schon auf, denn der ganze Apothekenmist bedeute für ihn eine Herabwürdigung seines Daseins. Und um dem Arzt zu beweisen, wer vor ihm stehe, habe Krikor hoheitsvoll das Fenster geöffnet (was nicht oft geschah) und den gesamten Verkauferlös des Tages, Paras, Piaster und Metalliks, auf den Kirchplatz hinausgeschleudert, den Buben zum Raub. Der Arzt, durch diese königliche Gebärde keineswegs erschüttert, habe darauf den Apotheker aufgefordert, seine Bibliothek den Münzen nachfolgen zu lassen, da das Fenster schon offen sei. Damit würde er für sich und andere ein verdienstvolles Werk tun. Gonzague Maris erzählte, daß es ihm selbst nur mit allergrößter Mühe gelungen sei, die zwei kämpfenden Alten zu versöhnen. Heute habe Krikor seine Apotheke für immer geschlossen. Nun halte er sich nur mehr unter seinen von dem neidischen Altouni verlästerten Büchern auf und lese, lese. Nein, das sei nicht ganz richtig, Krikor lese eigentlich gar nicht, sondern wühle nur leidenschaftlich in seinen Schätzen, die er in zweckloser Folge aufschlage und zuklappe, durchblättere und auch nur außen befühle, als wolle er vor dem Abschied seine Bibliothek noch bis zur Neige auskosten. Vielleicht auch zeige sich in diesem Verhalten nur die Qual der Unentschiedenheit, die man ja genau nachfühlen könne. Denn was werde mit Krikors einzigartiger Büchersammlung wirklich geschehen? In Anbetracht dieser Frage sei die Verrücktheit des Apothekers gar nicht so verrückt. Gonzague wußte diese Geschichten von Krikor, seinem Hauswirt, so launig darzustellen, daß Gabriel für ein paar Minuten alles vergaß und lachend Juliette ansah. Es erging ihm merkwürdig mit diesem jungen Menschen, der das armenische Volksverhängnis für seine Person zu einem Abenteuer benützen wollte. Weil ihm diese Absicht (die überdies noch den Journalismus ins Treffen führte) nicht besonders sympathisch war, hatte er dem Griechen erst nach längerem Zögern die gewünschte Erlaubnis erteilt. Im übrigen war sein Gefühl Gonzague gegenüber äußerst schwankend. Das hübsche Gesicht mit dem dünnen Schnurrbärtchen, das den französischen Geschmack übertrieb, war ihm noch vor einer halben Stunde unangenehm gewesen. Jetzt war es ihm wieder angenehm, trotz aller Zweideutigkeit dieses Levantiners und Amerikaners, dieses Musikers und Journalisten, die seine genaue Natur störte. Gonzague war ihm jetzt nicht nur angenehm, seine Anwesenheit machte ihn Juliettens wegen beinahe glücklich. In dieser Nacht zeigte sich Maris nämlich von seiner besten Seite, und es gelang ihm, Juliette zeitweilig aus ihrem verfallenen Zustand herauszureißen. Schließlich hatte dieser „Freiwillige" kein andres Los zu erwarten als alle übrigen. Und doch schien er völlig unbeschwert, ja viel heiterer zu sein als sonst. Er offenbarte zum erstenmal eine unerschöpfliche Beobachtungsgabe, die aber niemals die Grenze des wohlgesinnten Spottes übertrat. Dieses scharfe Feingefühl für Grenzen war eine Eigenschaft Gonzagues, die Gabriel über seine Zweideutigkeit beruhigte. Das Wichtigste aber war, daß er es in dieser tödlichen Nacht zustande brachte, Juliette abzulenken. Und als in später Stunde gegen die Wucht des Wartens nichts mehr aufkommen wollte, sprang er auf:

„Courage, mes amis, es gibt nur den Augenblick und sonst nichts."

Dann setzte er sich zum Piano, um unermüdlich alle möglichen Gassenhauer, Chansons und Schlager zu spielen, die Juliette aus Paris kannte. Die Matchiche verlangte sie dreimal zu hören. Doch nicht nur Juliette, auch Iskuhi und die elegische Howsannah wurden fortgezogen, ohne es zu merken, und begannen Kopf und Glieder im Takt zu bewegen. Die Dienerschaft des Hauses stand verlegen in der Tür des Selamliks. Wenn sich Missak, Kristaphor, Howhannes und die Mädchen auch nicht rührten, so zuckte in ihren Augen trotz aller Todeserwartung doch die Lust der heimischen Tänze des Tarz

Bar und des stampfenden Polo Bar. Gabriel Bagradian hatte schon am Abend die Bedienten alle ins Zimmer geladen. Er betrachtete, seitdem der Ausweisungsbefehl sicher war, das Dienstverhältnis als aufgehoben. Was die Hausleute leisteten, geschah nunmehr freiwillig. Jeder einzelne war Herr über sein Los. Angesichts der Verschickung konnte es weder Herrschaft noch Dienerschaft geben. Alle Volksgenossen ohne Unterschied erwarteten in diesen Stunden den Einbruch der Saptiehs. Dies war der Grund, daß auch Sato die Nacht im Empfangszimmer verbrachte. Das gute Futter hatte in den letzten Wochen die Magerkeit der Verwahrlosten etwas gemildert. Es gehörte zur Eigenart der lähmenden Wartezeit, daß alle ihren Abscheu vor dieser kleinen, widerwärtigen Volksgenossin zu überwinden trachteten. Juliette hatte für Sato ein nettes europäisches Hängekleidchen anfertigen lassen, in dem freilich die spitzknochige Hexenhaftigkeit der Kreatur noch deutlicher zutage trat als in dem gestreiften Waisenkittel. (Der Verwalter Kristaphor behauptete, Sato sei gar keine Armenierin, sondern ein Zigeunerbastard aus Persien oder Daghestan.) Das neue Kleid übte auf das Wesen Satos eine sonderbare Wirkung aus. Es nötigte ihr ein Höchstmaß an zivilisiertem Benehmen ab. Obwohl es schon am ersten Tag von den abscheulichsten Flecken verunreinigt war, stolzierte Sato hochmütig umher und drängte ihren Anblick lobsüchtig jedermann auf. (Stephan hingegen hatte zur selben Zeit seiner Mutter das einheimische Bauerngewand abgetrotzt.) Mit Rücksicht auf ihr schmetterlinghaftes Prachtkleidchen, das eine Standeserhöhung sondergleichen bedeutete, schien Sato der Meinung zu sein, daß die geliebte Iskuhi ihrer Zärtlichkeit nicht länger werde widerstehen können. Sie hockte zu Fräulein Tomasians Füßen und ließ sich nicht verjagen. Aufdringlich spielte sie mit den Säumen und Bändern, hob das Röckchen, breitete es aus, raffte es zusammen, um Iskuhis Bewunderung und Wohlgefallen zu erregen. Wenn es ihr nicht gelang, die Augen der Waisenhauslehrerin auf sich zu lenken, dann verzerrte sich ihre gelbliche Fratze und sie preßte den Kopf mit wütendem Druck gegen die Beine Iskuhis: „Kütschük Hanum!" Es zeigte sich aber, daß die zivilisierende Macht des westlichen Kleides nicht groß genug war, um Satos Steppengemüt wirklich zu bändigen. Kaum hatte Gonzague Maris mit seiner übermütigen Musik begonnen, kam es zu einem

schreckerregenden Ausbruch der Kleinen. Es war wie bei
gewissen wölfischen Tieren, die Sang und Klang mit dem
gequälten Heulen ihrer nächtigen Seelen beantworten. Denn
allem Elementarwesen liegt die sehnsüchtige Todesfurcht vor
Maß und Ordnung zugrunde, wie sie auch der Wohllaut ver-
körpert. Sato hörte eine Weile mit aufgerissenen Augen dem
Klavierspiel Gonzagues zu. Man sah, daß sie sich mit aller
Kraft beherrschte. Sie warf ihren Körper gepeinigt hin und
her. Sie krallte sich verzweifelt an Iskuhi fest. Dann fuhr es
jäh aus ihr hervor. Und es war wirklich ein Geheul wie von
Schakalen und Hyänen, das sie mit weitgeöffnetem Munde
ausstieß, während die aufgerufene innere Macht sie sichtbar
schüttelte. Alle fuhren zusammen. Nicht einmal die großen
Kindertränen, die über des Mädchens Wangen liefen, konnten
den Ekel und das Grauen in allen Herzen versöhnen. Auf einen
Wink Gabriels packte Awakian Sato bei der Hand und führte
sie aus dem Zimmer. Gonzague aber mußte sehr laut auf die
Tasten hämmern, damit man das klägliche Winseln des gebannten Kobolds draußen vor den Gartenfenstern nicht
höre.

In dieser Nacht ging, wie man schon weiß, kein einziger der
Hausgenossen zu Bette. Sie schlummerten minutenweise auf
ihren Sitzen. Die Entsagung hatte nicht den geringsten Sinn,
da der Besuch der Saptiehs vor dem Morgen, ja Mittag des
kommenden Tages nicht zu erwarten war. Und dennoch dachte
niemand daran, sich zurückzuziehen und niederzulegen. Bett,
das weiche kissenreiche, das von faltigen Moskitonetzen kühl
behütete Bett, diese liebende Mutter, diese Allheimat des
Kulturmenschen, wie weit schon war sie ihnen entrückt; sie
hatten keinen Anspruch mehr auf das selbstvergessene Glück.
Als am frühen Morgen Howhannes, der Koch, frischen Kaffee,
Eier und kaltes Huhn auf schönem Porzellan ins Zimmer
schickte, da waren sie trotz Hunger und Durst beinahe beklommen. Sie aßen schnell und wie auf Abbruch. Hatten sie
noch das Recht, die guten Dinge auf altgewohnte Art skrupel-
los zu verzehren? Vergingen sie sich nicht damit an dem Proviant der Gemeinschaft? All ihre Gedanken lebten schon oben
auf dem Damlajik. Gabriel trug seine türkische Offiziersuniform. Er hatte den Säbel umgeschnallt und die Auszeichnungen angelegt. Als Offizier und Vorgesetzter wollte er die
Saptiehs empfangen. Gonzague Maris riet heftig ab:

„Ihre militärische Maskerade dürfte aufreizend wirken. Ich glaube nicht, daß sie Ihnen Vorteile bringen wird."

Gabriel Bagradian blieb starr:

„Ich bin ottomanischer Offizier. Ich habe mich ordnungsgemäß bei meinem Regiment gemeldet. Niemand hat mich vorläufig degradiert."

„Das kann Ihnen noch früh genug zustoßen."

Maris sagte das laut, aber seine Gedanken fügten hinzu: Diesen Armeniern ist nicht zu helfen, denn sie sind und bleiben feierliche Narren.

Gegen elf Uhr vormittags brach Iskuhi plötzlich zusammen. Erst war es eine kurze Ohnmacht, dann ein deutlicher Anfall von Schüttelfrost. Sie schleppte sich aus dem Zimmer, wies aber heftig jede Hilfe zurück. Juliette wollte ihr folgen. Howsannah hob abwehrend die Hand:

„Laßt sie doch ... Es ist Zeitun ... Es ist die Furcht ... Sie will sich verstecken ... Wir erleben es zum zweitenmal ..."

Nun bedeckte die junge Pastorin ihr Gesicht, während ihr schwerer Leib von einem Krampfschluchzen schmerzhaft erschüttert wurde.

Dies war ungefähr der Zeitpunkt, zu dem sich eine Abteilung der Saptiehs mit dem Polizeivogt und dem Müdir an der Spitze dem Hause Bagradian näherten. Atemlos meldeten die von Gabriel ausgestellten Wachen die Ankunft des Unheils. Sechs Saptiehs besetzten die Eingänge in der Umfassungsmauer, sechs andre den Garten, acht den Wirtschaftshof. Der Müdir, der Muafin und vier Mann betraten das Haus. Die türkische Truppe machte einen ermüdeten Eindruck. Sie hatte seit vierundzwanzig Stunden in den Dörfern mit Wut gewirtschaftet, das Innere der Häuser geplündert oder zertrümmert, Männer verhaftet und blutig geschlagen, ein wenig Notzucht getrieben und somit das ihnen von der Regierung zugesicherte Festprogramm zum Teile verwirklicht. Zu dieser Stunde war demnach glücklicherweise der erste Tatendurst der Rotte schon gestillt. Das große Haus Awetis Bagradians des Alten mit seinen dicken Mauern, kühlen Gemächern, lärmschluckenden Teppichen und fremdartigen Dingen ringsum übte zweifellos auf die Türken einen roheitsdämpfenden Einfluß aus. Die roten Fenstervorhänge des Selamliks waren herabgelassen, und die Eindringlinge sahen sich im kostbaren Halbdunkel dieses Raumes einer Gesellschaft von europäischen Damen und Herren gegenüber, die von ihren Dienern ehrfürchtig umgeben standen. Steif aufgerichtet warteten die Herrschaften regungslos. Juliette umkrampfte Stephans Hand. Nur Gonzague zündete sich eine Zigarette an. Gabriel Bagradian trat der Kommission einen Schritt entgegen, nach Offiziersvorschrift mit der linken Hand den Säbel raffend. Die Felduniform, die er sich in Beirût vor seiner Abreise hatte anfertigen lassen, hob seine Gestalt. Er war nicht nur der körperlichen Größe nach, sondern in seiner ganzen Erscheinung die ranghöchste Persönlichkeit an diesem Ort. Gonzague schien sich getäuscht zu haben. Bagradians militärisches Auftreten verfehlte die Wirkung nicht. Unsicher musterte der Polizeihauptmann den Offizier mit den Kriegsauszeichnungen. Was hatte das zu bedeuten? Das furchterregende Auge wurde trübe und das verschwollene schloß sich ganz. Auch der sommersprossige Müdir schien sich in seiner Rolle nicht besonders wohl zu fühlen. In den dumpfen Stuben der Holzschnitzer und Seidenweber die unerreichbare Aufsichtsgottheit zu spielen, das war ihm viel leichter gefallen. Hier aber, in dieser kultivierten Umgebung, kamen dem jungen Mann aus Salonik die leidigen Nerven in die Quere. Anstatt als Vertreter Ittihads und des Staates dieses Haus der verfluchten Rasse mit erbarmungslosem Tritt in Besitz zu nehmen, verbeugte er sich und griff an den Fez. Dabei kam die Unterredung, die er in seiner Kanzlei mit Bagradian geführt hatte, ihm unbehaglich zu Bewußtsein. Durch diese moralische Anfälligkeit versäumte er Zeit und fand den richtigen Anfang nicht. Gabriel Bagradian faßte ihn mit solch verächtlichem Ernst ins Auge, daß sich das Spiel zu verkehren drohte und ein hochgewachsen kriegerisches Armenien einem rothaarigen, verdrückten und schlechtrassigen Osmanentum gegenüberstand. Bagradian schien immer größer zu werden, und der Müdir litt unter seiner minderwertigen Gestalt, die das Heldenwesen seines Stammes so ungenügend verkörperte. Es blieb ihm schließlich nichts andres übrig, als ein großes Amtspapier aus der Tasche zu ziehen, sich daran gewissermaßen festzuhalten und seine Sache mit möglichster Schärfe herunterzurasseln:

„Gabriel Bagradian, in Yoghonoluk gebürtig! Sie sind Besitzer dieses Hauses und Familienvorstand. Als ottomanischer Staatsbürger unterstehen Sie den Befehlen und Verordnungen des Kaimakams von Antiochia. Gleich der übrigen Bevölkerung der Nahijeh von Suedja am Musa Dagh werden Sie an einem der nächsten Tage, der noch zu bestimmen ist, nach dem Osten abgehen und Ihre gesamte Familie mit Ihnen. Ein Recht des Einspruchs irgendwelcher Art gegen die allgemeine Maßregel der Verschickung steht Ihnen nicht zu, nicht für Ihre Person, nicht für die Person Ihrer Frau, Ihres Kindes, noch für irgendeinen anderen Angehörigen Ihres Hauses..."

Der Müdir, der so tat, als lese er die Formel ab, schielte nun über das Blatt hinweg:

„Ich mache Sie darauf aufmerksam, daß Ihr Name unter den politisch Verdächtigen eigens geführt wird. Sie sind der Daschnakzanpartei nahegestanden. Daher werden Sie auch während des Transportes täglich einer scharfen Kontrolle unterzogen werden. Jeglicher Fluchtversuch, jede Auflehnung gegen die Regierungsbefehle und die ausführenden Organe, jede Übertretung der Transportordnung wird nicht nur Ihren sofortigen Tod, sondern auch die unmittelbare Hinrichtung Ihrer Angehörigen zur Folge haben."

Gabriel machte ein Zeichen, als wolle er antworten. Der Müdir aber ließ ihn nicht reden. Die verwickelte Amtssprache — so entgegengesetzt der Blumigkeit orientalischer Zunge — schien ihm ein schwelgerisches Vergnügen zu bereiten:

„Laut zusätzlicher Verfügung Seiner Exzellenz, des Wali von Aleppo, ist es den Verschickten nicht gestattet, nach eigenem Ermessen Fuhrwerk, Last- und Reittiere zu verwenden. In berücksichtigungswerten Fällen kann ich die Benützung eines landesüblichen Karrens oder eines Esels für Schwache und Kranke zulassen. Erheben Sie auf diese Vergünstigung Anspruch?"

Gabriel drückte den Säbelkorb fest an die Hüfte. Wie Steine fielen die Worte aus seinem Mund:

„Ich werde den Weg unsres Volkes *gehen*."

Der Müdir hatte indessen sein anfängliches Unbehagen vollständig überwunden. Er konnte schon den Ton wohlwollender Besorgnis in seine Worte legen:

„Damit Sie nicht in die gefährliche Versuchung geraten, sich vorher wegzubegeben oder später abzusondern, belege ich Ihren Wagen, Ihre Pferde und anderen Reittiere sofort mit Beschlag."

Was weiter geschah, war das Übliche, wenn auch anfangs in gebändigten Formen. Der Polizeivogt, der noch immer nicht wußte, was er mit Uniform, Säbel und Orden dieses Ausrottungsobjektes anzufangen habe, stellte knurrend die Waffenfrage. Gabriel ließ durch Kristaphor und Missak die langläufigen Beduinenflinten hereintragen, die als altertümliche Dekorationen in der Treppenhalle hingen. (Ein abgekartetes Spiel natürlich, da sich sämtliche brauchbaren Gewehre des Hauses bereits auf dem Damlajik befanden.) Hohnlachen zischte aus dem Mund des Polizeihauptmanns wie aus einem überheizten Kessel. Der Müdir beklopfte nachsichtig die romantischen Büchsen:

„Sie werden doch nicht behaupten wollen, Effendi, daß Sie in dieser Einsamkeit hier ohne Waffen leben?"

Gabriel Bagradian suchte den wimperlosen Blick des Müdirs und hielt ihn fest:

„Warum denn nicht? Seitdem dieses Haus steht, seit dem Jahre 1870 also, wird heute zum erstenmal ein Einbruch verübt."

Der Sommersprossige zuckte bedauernd mit den Achseln, als könne er bei solchem Eigensinn leider nichts mehr für Bagradian tun und sei gezwungen, den schärferen Amtshandlungen der bewaffneten Macht das Feld zu räumen. Haussuchung nach Waffen: Der Muafin krempelte gewissermaßen seine Ärmel auf, obgleich die Offiziersuniform des rechtlosen Armeniers seinen Feldwebelgeist mit unruhig-zornigen Fragen noch immer verwirrte. Das starre rechte Auge kam von den Medaillen auf Bagradians Brust nicht los, die auf eine lobenswürdige Kriegsdienstleistung schließen ließen. Es war ihm ganz und gar nicht erfindlich, wie diese Verschickungsnummer von kaiserlich ottomanischem Gagistenrang zu behandeln sei. Um seine unmutigen Zweifel zu verbergen, führte er die Haussuchung mit großem Gepolter durch. Er stapfte mit den Saptiehs voran, dicht hinter ihnen ging der Müdir wie ein Unbeteiligter, Gabriel, Awakian und Kristaphor folgten. Die Türken krochen in jeden Winkel, klopften die Mauern ab, warfen die Möbel um und zerbrachen alles, was zerbrechlich war. Man merkte ihnen aber an, daß dieser nur nebenbei und wie aus Versehen geübte Vandalismus ihren Stolz beleidigte. Sie waren an ganze und offene Arbeit gewöhnt. Im Keller zerschlugen sie nur im Vorübergehen und ohne rechtes Temperament mit ihren Gewehrkolben die Weinkrüge, die Ölbehälter und was an Flaschen, Töpfen, Schüsseln, Häfen zu finden war. Die wichtigsten Vorrats- und Lebensmittel waren schon an sicherer Stätte. Die enttäuschten Saptiehs hatten in diesem Palast einen reicheren Keller erwartet. Da sich nichts anderes fand, nahmen sie ein paar leere Petroleumkannen mit, denn der Orientale hegt für diese Blechgefäße eine sonderbare Vorliebe. Nachher erstürmte die Kriegsschar, die einen sauren Schweißdunst verströmte, die Treppe zum Oberstock. Hier war es vor allem Juliettens Schlaf- und Ankleidezimmer, dessen Duft die Türken schon von ferne so mächtig anzog, daß sie darüber die anderen Räume vergaßen. Der große Kleiderschrank wurde aufgerissen. Braune Schmutzfäuste rissen die Pariser Modelle vom vorigen Jahr heraus, zartsinnige Blüten von Kleidern, die nun in zerknüllten Bündeln und Schlangen auf dem Boden lagen. Ein besonders düsterer Gendarm trat auf ihnen in stierem Gleichtakt herum, als wolle er diese süßen Reptilien Europas in den Grund stampfen. Nicht anders erging es den Schlafgewändern, Batisthemden, Spitzen und Strümpfen. Beim Anblick dieser Frauenwäsche konnte sich der Polizeivogt nicht beherrschen. Er schöpfte mit beiden Händen aus dem weißen und rosaroten Gischt und wühlte sein Nußknackergesicht hinein. Der Müdir trat zum Zeichen dessen, daß die bürgerliche mit der waffentragenden Macht nichts zu tun habe, träumerisch ans Fenster, um den Garten zu betrachten. Ein überaus eifriger Saptieh hatte sich aufs unberührte Bett geworfen und zerriß, da es nicht anders ging, mit den Zähnen die Seide des Kopfkissens. Vielleicht verbarg sich doch eine Bombe im dicken Innern der Polster. Von armenischen Bomben hörte man ja immer wieder. Ein andrer hieb mit seinem Knüppel über den Toilettentisch. Aufschreiend sprangen die Kristallflaschen, Schalen, Büchsen und Dosen zu Boden, einen stechenden Wohlgeruch verbreitend. Der Knüppel fuhr in den Spiegel, der nach allen Seiten zerspritzte. Gabriel Bagradian sah dieser Entweihung seiner Frau mit geistesabwesender Gleichgültigkeit zu. Arme Juliette! Aber was lag an all diesem Plunder angesichts der nächsten Stunden, Tage, Wochen? Eine tiefere Sorge bedrückte ihn. Er sah Iskuhi, wie sie sich in ihrem Zimmerchen lautlos im Bett versteckt hielt. Sie ging ihn zwar nichts an, war aber doch die Ärmste von allen. Durch diese Bestien zum Krüppel geschlagen, sollte sie jetzt das Ungeheuerliche noch einmal erleben. Bagradian sánn, wie er den Muafin und die

Saptiehs nur an Iskuhis Tür vorübertäuschen könne.

Und wirklich, der Himmel schien es günstig fügen zu wollen. Iskuhi, die sich in ihrem Bett wie im Grab verkrochen hatte, hörte das Schrittedonnern und Baßgedröhn des gräßlichsten Todes sich näherwälzen. Sie streckte sich steif aus und bedeckte mit der rechten Hand ihren Schoß, während ihr der Atem schwand und das zerfressene Kaleidoskopgesicht sich über sie beugte. Doch der Vergewaltiger beschnupperte sie nur ganz kurz und verging. Draußen brauste das Schrittedonnern und Baßgedröhn vorüber, verzog sich über die Treppe und blieb unten im Erdgeschoß dumpf hängen. Dann wurde es auf einmal ganz still. Waren sie fort? Iskuhi fuhr aus dem Bett. Auf Strümpfen zur Tür! Einen Spalt geöffnet! Christus, Erlöser, sie waren wirklich fort. — Fast fiel sie ins Zimmer zurück, als diese Peitschenschläge sie nun trafen. Die Peitschenschläge waren Stimmen, Männerstimmen. Sie erkannte den Aufschrei Gabriels. Den lahmen Arm festhaltend, damit er ihr nicht hinderlich sei, lief sie zur Treppe. Unten hatte sich folgendes zugetragen:

In der Meinung, daß die Schmach überstanden sei, war Gabriel in der Vorhalle nachdrücklich stehengeblieben. Er richtete sein Wort an den Müdir:

„Sie sehen, es ist Ihnen nichts verweigert worden. — Was noch?"

Der sommersprossige Edelpolitiker aus Salonik hatte seine Pflicht erfüllt. Es war dafür gesorgt, daß der armenische Effendi mitsamt seiner Familie auf keinen Fall mehr entkommen konnte. Der besondere Auftrag des Kaimakams, die Bagradian-Sippe betreffend, lautete dahin, daß dieselbe in der ersten Transportgruppe unter den schärfsten Bedingungen nach Antakje abzugehen habe, wo der Provinzgewaltige höchstselbst sich die Leute nach seinen eigenen Worten „ein bißchen anschauen" wollte. Der Müdir war der Ansicht, daß die Amtshandlung jetzt abzubrechen sei, um so hervorragende Opfer nicht vorzeitig zur Verzweiflung zu treiben. Ein gewisses Vertrauen dieser Opfer in die unerforschlichen Ziele der Regierung war notwendig und ebenso eine bestimmte Steigerung in den Erlebnissen, die man ihnen zudachte. An diesem Tage sollte Milde walten. Der Müdir zögerte noch, weil er über einen effektvollen Abgang nachsann, wobei sich sein Blick mit den zärtlich gepflegten Fingernägeln innig beschäftigte. Leider aber hatte er nicht mit dem Polizeivogt gerechnet. Dieses trübe Hirn konnte und konnte es nicht verdauen, daß der hochmütige Giaur in des Padischah Uniform, mit des Padischah Orden und Säbel sich wichtig machte. Dabei wußte er nicht, wie er die Sache am besten anpacken solle. Auch hatte ihn seine schmähliche Befangenheit noch immer nicht losgelassen. Da ihm also nichts Besseres einfiel, versuchte er sein starres Auge in rollende Bewegung zu setzen. Dann pflanzte er sich, breit und herausfordernd, vor Bagradian hin:

„Wir haben nicht alles gesehen! ... Dort oben! ... An einigen Türen sind wir vorübergegangen ..."

Hätte Gabriel jetzt die Fassung behalten, es wäre vielleicht alles gut abgelaufen. Er aber sprang auf die erste Stufe der Treppe, breitete abwehrend seine Arme aus und schrie:

„Jetzt aber ist es genug!"

Da hatte der Muafin endlich sein Stichwort. Er trat, sichtlich erlöst, auf Bagradian zu und hielt ihm die Faust unter die Nase:

„Was ist genug, Armenierschwein?! Sag es noch einmal? Was ist genug, unreines Schwein!?"

In Bagradians Geist vollzog sich einer von jenen endlosen und höchst komplizierten Augenblicken, aus denen die menschlichen Schicksale geboren werden. Es war ein ganz und gar besonnener Augenblick. Gabriel wußte genau, daß sein Leben, und nicht nur das seine, jetzt auf dem Spiele stand. Nachgeben, dachte er, zurücktreten, den Weg freigeben, bitte, und oben diesem Tier zehn Pfund zustecken ... Während aber seine Vernunft mit solch leidenschaftsloser Klarheit arbeitete, schrie er noch lauter:

„Zurück, Polizist! Ich bin Frontoffizier!!"

Damit war der Muafin ans Ziel seiner Wünsche gelangt:

„Offizier bist du? Nicht einmal ein stinkendes Hundeaas bist du für mich!"

Mit raschem Zugriff packte er die silberne Medaille und riß sie vom Waffenrock des Armeniers. Bagradian behauptete später, er habe nicht an die Waffe gerührt. Tatsache aber war's, daß er im Nu auf dem Boden lag. Der Säbel schmetterte gegen die Wand. Ein Saptieh kniete auf Gabriels Brust, und die anderen rissen ihm die Uniform vom Leib. Aus dem Selamlik stürzten die Frauen und Gonzague. Stephans Schreie vermischten sich mit dem kämpfenden Keuchen seines Vaters. Es dauerte keine Minute, und Gabriel lag bis auf seine Stiefel nackt da. Er blutete aus einigen Schrammen. Sein Leben war keinen Para mehr wert. Es wäre wohl verloren gewesen, hätte Gonzague Maris in diesem Augenblick nicht die Aufmerksamkeit auf sich gelenkt. Seine Bewegung war lässig und doch von einschneidender Wirkung. Auch besaß er jene eindrucksvolle Stimmart, die in der Erregung eisige Ruhe gewinnt. Er hatte seine Dokumente hervorgezogen und hielt sie in die Höhe. Mit dieser Geste fing er alle Blicke ab. Der Müdir sah ihn betroffen an. Der Polizeivogt wandte sich ihm zu, und sogar die Saptiehs ließen von Gabriel. Gonzague entfaltete die Schriftstücke mit der überlegenen Würde eines von Ittihad entsandten Geheimagenten, der den Auftrag hat, die Gebarung der Landesbehörden überraschend zu beobachten:

„Hier, Paß der Vereinigten Staaten, vom Generalkonsulat in Stambul vidiert!" Er betonte diese selbstverständlichen Worte mit vernichtender Schärfe, als enthülle sich in ihnen eine diplomatische Geheimsendung von entscheidender Wichtigkeit für die Türkei: „Hier, Teskeré fürs Innere mit eigenhändiger Unterschrift seiner Exzellenz. Sie werden mich verstehen, Effendi."

Nicht die leere Drohung mit den Pässen rettete Bagradian das Leben, sondern der verzweifelte Trick, die plötzliche Ablenkung. Sie verwirrte den Müdir eine kurze Weile. In den Ausführungsbestimmungen der Deportation wurde mehrfach darauf hingewiesen, daß die Maßregel vor den Augen der verbündeten und neutralen Konsularvertreter aufs dichteste zu verschleiern sei. Im ersten Moment nahm der Müdir tatsächlich an, daß er es mit einem Vertrauensmann der amerikanischen Botschaft zu tun habe. Ein Blick auf den Paß aber überzeugte ihn von der Ungefährlichkeit des Einspruchs. Im übrigen war er sehr zufrieden damit, daß die Einmischung des Fremden Blutvergießen verhindert hatte. Er gab Gonzague mit höhnischer Großartigkeit zurück:

„Was gehen mich Ihre Pässe an? Schauen Sie, daß Sie von hier verschwinden! Sonst lasse ich Sie verhaften."

Die Verwirrung des Polizeivogts hingegen legte sich nicht so schnell. Auf ihn machte Blut einen weit geringeren Eindruck als Papier. Er hatte während seiner Laufbahn mit Geschriebenem einige üble Erfahrungen gemacht. Man war in dieser Hinsicht der Folgen nie gewiß. Er beschloß also, diesen

Bagradian vorläufig leben zu lassen. Auf der Landstraße konnte man die Sache viel einfacher und ohne Zeugen mit amerikanischen Pässen erledigen. Der Muafin steckte daher seinen Dienstrevolver, den er schon entsichert hatte, wieder in die Pistolentasche, betrachtete noch einmal mit seinem großen und seinem kleinen Auge den nackten Offizier, spuckte in weitem Bogen aus und gab seinen Saptiehs den kurzen Befehl:

„Und jetzt holt die Pferde und Esel!"

Der Müdir war um seinen effektvollen Abgang gekommen. Er mußte sich damit begnügen, ohne ein nachhaltiges Echo seiner Persönlichkeit zu hinterlassen, der bewaffneten Macht gedankenvoll und unbeteiligt nachzuschlendern.

Schweratmend hatte sich Gabriel erhoben. Eine einzige Scham hämmerte unablässig in seinem Bewußtsein. Juliette hatte dieses Scheußliche erleben müssen, sie und Stephan. Seine Augen suchten die Frau, die in völliger Erstarrung ihr Gesicht abgewandt hielt. Gabriel schwankte, faßte sich wieder. In seinem Rücken spürte er einen Schauer: Iskuhi. Dann begannen die Wunden zu brennen. Es waren aber nur Hautrisse, nicht der Rede wert. Unhörbar auf Strümpfen kam Iskuhi die Treppe hinab, ganz nahe. Ihre flehenden Augen suchten Samuel Awakian. Der Student brachte einen Mantel und bedeckte Gabriels schweißbedeckten Körper.

Eine günstige Wendung! Der Müdir, der Polizeihauptmann und der größte Teil der Saptiehs verließen noch am selben Tage die Dörfer, um in Suedja und El Eskel bei den dortigen Armeniern amtszuwalten. Es gehörte zu den wohldurchdachten Feinheiten der türkischen Austreibungstaktik, daß sie nicht etwa Tag und Stunde des Abmarschbefehles vorzeitig bekanntgab. Da es sich eingestandenermaßen um einen Staatsakt der Vorsicht und uneingestandenermaßen um eine Vergeltungsstrafe handelte, durfte im doppelten Hinblick „das überraschende Moment" nicht vernachlässigt werden, das ja der Vergeltung eine besondere Würze verlieh. Dennoch hatte Pastor Harutiun Nokhudian es durch kostspielige Bestechungen herausgebracht, daß als Datum für die ersten Transporte der einunddreißigste Juli angesetzt war. Bis dahin würden hundert neue Saptiehs zu den alten stoßen. Der einunddreißigste Juli fiel auf einen Samstag. Den heutigen Donnerstag mit eingerechnet, blieben nur noch zwei Tage. Der Führerrat bestimmte die Nacht des Freitags auf den Samstag zum Auszug des Volkes auf den Damlajik. Das hatte seine guten Gründe. Am Freitag, dem mohammedanischen Ruhetag nämlich, stand es erfahrungsgemäß zu erwarten, daß die in den christlichen Dörfern liegenden Saptiehs diese verlassen und die türkisch-arabischen Ortschaften der Ebene aufsuchen würden, wo es Moscheen gab, Verwandte, Weiber und Lustbarkeit. Mit den Saptiehs aber verschwand dann auch der plünderungsgierige Janhagel für diesen Tag, weil die sauberen Gäste nicht mit Unrecht annehmen durften, daß die Armeniersöhne trotz ihrer Waffenlosigkeit sie mit Sensen, Äxten und Hämmern aufs schnellste und gründlichste verschicken würden. — Die Zeitwahl war demnach durch die Gunst der Umstände genau vorgeschrieben. Der Führerrat rechnete mit folgender Entwicklung: Die rückkehrenden und neueintreffenden Saptiehs werden am Morgen des Samstags anstatt des ganzen Volkes nur mehr Pastor Nokhudian mit seinen fünfhundert Protestanten in Bitias vorfinden. Dieser — die Kriegslist stammte von Gabriel Bagradian — wird dem Müdir lang und breit erklären, daß die verschiedenen Gemeinden sich trotz seiner Bitten und Beschwörungen in der letzten Nacht aufgemacht und freiwillig in die Verbannung begeben hätten. Der Grund sei die Angst vor den Saptiehs und insonderheit vor dem Polizeihauptmann. Die Wege wisse er nicht genau anzugeben, denn die Leute seien in kleineren Gruppen und in allen möglichen Richtungen davongezogen, ein Teil gegen Arsus und Alexandrette, ein Teil in südlicher Richtung, alle aber mit der Absicht, bewohnte Orte zu vermeiden. Die wichtigste Gruppe wolle sich freilich bis nach Aleppo durchschlagen, um in der großen Stadt Schutz zu finden. Pastor Nokhudian, den viele wegen seines sanften Wesens und seiner christlichen Gehorsams-Entscheidung für einen mattherzigen Feigling gehalten hatten, entpuppte sich nun als aufrechte Seele. Das Täuschungsmanöver, das er auf sich nahm, bedeutete für ihn unmittelbare Todesgefahr. In der Minute, da die Türken diese Kriegslist erkannten, konnte er mit dem Leben abschließen. Der Pastor zuckte die Achseln: Was war keine Todesgefahr? Die Kämpfer auf dem Berge mußten Zeit gewinnen. Die Finte schob die Entdeckung um mehrere Tage hinaus und schuf eine hinreichende Frist, die Verteidigungswerke auszubauen.

Der Führerrat tagte bei Ter Haigasun im Pfarrhaus. Das Gesicht des Priesters war von dem Knutenhieb sehr entstellt, das rechte Auge und die Backe noch immer geschwollen; bis zur halben Stirn hinauf zog sich ein violett verfärbter Fleck. Ter Haigasun hatte zwei Backenzähne verloren, und man sah ihm an, daß er starke Schmerzen litt. Gabriels Rißwunden hingegen machten sich unter den Pflastern Altounis kaum mehr bemerkbar. Die körperliche Mißhandlung — die erste in seinem gehobenen und behüteten Dasein, ein Erlebnis von ungeahnter Wucht — hatte ihn den anderen noch näher geführt, diese aber ihrerseits auch näher zu ihm.

Im Verlauf der Ratsitzung beschäftigten sich die Führer mit einem besorgniserregenden Übelstand, dem vorzubeugen es leider schon zu spät war. Die Dorfbewohner pflegten sonst in friedlichen Jahren während des Julimonats nach der Getreideernte ihren Bedarf an Brotfrucht bei den türkischen oder arabischen Bauern zu decken, da sie ja selbst fast gar keinen Ackerbau trieben. In diesem Jahre hatten sie, durch das Drohende völlig betäubt, den Einkauf der notwendigen Wintervorräte verabsäumt. Diese Versäumnis rächte sich nun. Man besaß in den Dörfern Mehl, Kartoffeln und Mais nur in sehr bescheidenen Mengen. Wollte man damit eine längere Zeit auskommen, war die größte Sparsamkeit vonnöten. Da der Armenier aber sehr viel Brot und sehr wenig Fleisch zu essen gewohnt ist, entstand aus diesem Mangel für die Führung eine bedenkliche Frage. Dazu kam noch, daß in den ersten Tagen des Damlajik keine Möglichkeit bestand, Brot zu backen, weil die Backtröge erst in die Erde gemauert werden mußten. Pastor Aram Tomasian traf deshalb die Verfügung, daß bis Freitag abends jede Stunde ausgenützt und alle Tonirs der Dörfer unter Feuer gehalten werden sollten, damit soviel Wecken- und Fladenbrot wie nur möglich beförderungsbereit sei. — Am Ende der Tagung kündigte Ter Haigasun für den morgigen Freitag einen feierlichen Bittgottesdienst an. Nach Abschluß der Messe sollten die beiden Glocken aus der Turmstube niedergeholt, in großer Prozession zum Friedhof gebracht und dort bestattet werden. Das Volk werde dann von den Gräbern der Väter betenden Abschied nehmen. Ter Haigasun erklärte ferner, daß er mehrere Tragbutten mit geheiligter Totenerde auf den Damlajik mitzunehmen gedenke. Diejenigen, die dort oben im Kampf oder im Lager stürben, würden dann nicht ganz verlassen in der herzlosen Wildnis liegen, sondern ein Häuflein altgeweiht-ewiger Erde unter den Kopf mitbekommen.

Am Freitagmorgen hatten sich die Saptiehs tatsächlich bis zum letzten Mann auf das mohammedanische Land verflüchtigt. Müdir und Muafin waren nach Antakje heimgeritten. Die Kirche zu den wachsenden Engelmächten aber war lange schon vor der festgesetzten Stunde so überfüllt wie noch nie seit dem Tage ihrer Einweihung. Der Vorraum und das große Viereck, über dem sich die Mittelkuppel erhob, die beiden Seitennischen und selbst die Bühne des Hochaltars konnten die Menschenfülle kaum fassen. Da die Kirche nach uralter Sitte keine Fenster besaß, drangen scharfe bernsteinfarbene Schwerter des Sonnenlichtes durch schießschartenförmige Mauerschlitze, die dem Auge der Dreieinigkeit glichen. Die sich kreuzenden Sonnenklingen erleuchteten aber den Raum nicht, ja sie nahmen den Kerzen alles Licht und warfen über die Menschenmenge ein Netzwerk von seltsamen Schattenschlägen. Es waren heute nicht nur viele Hunderte von Frommen aus den kleineren Orten zum Bittgottesdienst nach Yoghonoluk gekommen, sondern auch die Priester und Kirchensänger allesamt, um bei diesem letzten Hochamt auf „festem Boden" feierlich mitzuwirken. Noch niemals hatte der Chor so volltönend leise den Hymnus gerauscht, der am Fuße des Altars den Ankleidungsritus des Priesters in der Sakristei verkündet:

> „Tiefes Geheimnis, unbegreiflich anfangloses!
> Du schmücktest die oberen Reiche als Vorhand des
>   unnahbaren Lichts.
> Du schmücktest mit ruhmreicher Herrlichkeit
> Die Heere der Feuerwesen."

Niemals noch hatte Ter Haigasun tiefer gebeugt und fröstelnder das große Sündenbekenntnis vor dem Volke abgelegt. Unter seiner goldenen Krone glühte der Schandfleck des Peitschenhiebs. Und niemals noch hatte das Geheimnis des Friedenskusses, die Vereinigung der Gemeinde in Christo die Seelen der Gläubigen heiliger verbunden. Wenn sonst nach dem Aufopferungsgebet der Diakon bei den Worten „Grüßet einander mit dem heiligen Kusse" dem Obersänger (Lehrer

Asajan) das Weihrauchfäßchen an die Lippen hielt, wenn
dieser den nächsten Sänger küßte und die Umarmung sich vom
Chor unter die Gemeinde fortpflanzte, dann war es zumeist
in flüchtigen Berührungen nur eine schlaffe Förmlichkeit
gewesen. Heute aber drückte einer den andern fest an die Brust
und küßte ihn wirklich auf Wange und Mund. Viele weinten
dabei. Als aber nach der Kommunion die assistierenden
Priester auf einen Wink Ter Haigasuns mit der Abräumung
des Altars begannen, da warf ein wilder, unerwarteter Schmerz
die ganze Gemeinde auf die Knie. Ein fassungsloses Jammern,
Stöhnen, Klagen stieg über das huschende Schattenwerk, über
die gekreuzten Erzengelschwerter der Sonne in die verschwe-
bende Kuppel auf. Jedes einzelne der heiligen Geräte wurde
hoch emporgehalten, ehe es in einem strohgeflochtenen Korb
verschwand, Kelch, Patene, Ziborium und das große
Evangelienbuch. Die Weihrauchgefäße, die silbernen Leuchter
und Kruzifixe bettete der Sakristan in einen anderen Koffer.
Zuletzt lag nur mehr die weiße Spitzendecke auf dem Altar.
Ter Haigasun bekreuzigte sich ein letztes Mal, ließ seine
Hände, deren Farbe den gelblichen Kirchenkerzen glich, unentschlossen eine Zeitlang über der Decke schweben, um diese
dann mit einem plötzlichen Ruck abzuheben. Nackt starrte der
Steintisch, den man einst aus dem grauen Kalkfelsen des Musa
Dagh gebrochen hatte. In derselben Minute ließen die Bau-
arbeiter Vater Tomasians an Flaschenzügen die große und die
kleine Glocke aus dem Seitenturm herab. Mühsam hoben sie
dann das schwere Metall auf je eine Totenbahre, deren jede
acht Männer zu Trägern hatte.
Die Prozession eröffneten Ministranten mit dem hohen Stangenkreuz. Dann kamen die schwankenden Totenbahren mit
den Glocken. Hinter ihnen schritten Ter Haigasun und die
Priesterschaft. Es dauerte übermäßig lange, ehe der Trauerzug
den Kirchhof von Yoghonoluk erreichte. Dieses Totengefolge
schien wirklich ehrwürdige Leichen zum Grabe zu geleiten.
Betäubende Hitze herrschte. Selten nur überkletterte ein
Hauch vom Mittelmeer den Musa Dagh, um sich des syrischen
Sommers zu erbarmen. An der Spitze der Prozession bildete
ein laufender Staubwirbel den gespenstischen Vortänzer, eine
beklagenswert dürftige Abart jener erhabenen Rauchsäule, die
den Kindern Israel in der Wüste vorangezogen war. Der
Friedhof lag weitab auf dem Wege nach Habibli-Holzdorf.

Wie die meisten Totenorte im Orient erstreckte er sich auf einer geneigten Hügellehne und war von keiner Mauer umgeben. Dies sowie die gestürzten oder schief im Boden versunkenen Grabplatten, in deren verwitterten Kalkstein Kreuz und Schrift roh gemeißelt waren, gaben ihm beinahe das Ansehen einer türkischen oder jüdischen Begräbnisstätte Kleinasiens. Als der Zug anlangte, flatterte es da und dort von den Grabgehäusen und Platten fledermausgrau auf. Es waren alte Weiber in zerzundernden Gewändern, die nur mehr durch die Substanzen von Staub und Schmutz zusammengehalten wurden. Greisinnen zieht es überall an solche Stätten. Auch im Westen kennt man diese ausdauernden Stammgäste des Todes, diese Beiwohnerinnen und Wächterinnen der Verwesung, die oft nur im Nebenamte betteln. Hier freilich in Yoghonoluk war's eine im Gräberschutt nistende, jedoch geschlossene Berufsklasse von Begräbnisfrauen, Klageweibern und Geburtshelferinnen, die nach dem sozialen Brauchtum der Dörfer am Rande der Volksgemeinschaft leben mußten. Ein paar blinde Bettelgreise mit biblischen Prophetenköpfen gehörten dazu sowie einige Krüppel, phantastisch mißgestalt, wie nur der Orient sie hervorbringt. Die Bevölkerung schützte sich vor ihrem eigenen Rassenabhub dadurch, daß sie ihn, in Ermangelung anderer Anstalten, an diesen Ort verbannte, der zugleich ein heiliger und unreiner Ort war. So kam es auch, daß kein Mensch zusammenschrak, als zwei wahnsinnige Frauen mit herzzerreißenden Kreischtönen den Friedhofshügel hinanflohen, um sich zu verstecken. War demnach der Kirchhof und seine Umgebung das Spittel-, Pfründner- und Irrenhaus von Yoghonoluk, so bedeutete er auch noch etwas anderes, den Verbannungsort der Magie. Die Fackel der Aufklärung in den Händen der Altouni, Krikor, Schatakhian und ihrer Vorgänger hatte die Zauberei aus den Dorfgrenzen vertrieben, aber nicht völlig vernichtet. Die Klageweiber unter der Führung von Nunik, Wartuk, Manuschak waren dem Hasse des Arztes bis hierher gewichen, aber nicht weiter. Hier warteten sie ihrer Aufträge, die sie nicht nur zur Bewachung und Waschung der Toten riefen, sondern weit öfter noch zu verstockten Kranken und Kindesmüttern, die der wissenschaftlichen Heilkunde Altounis weniger vertrauten als den Kräutertränken, Beschwörungssprüchen und Gesundbetungen Nuniks, Wartuks, Manuschaks. Die Sache der Wissenschaft stand in diesem alten Kampf nicht immer zum besten, das ließ sich nicht verkennen, hatte doch der Aberglaube ihr gegenüber, was die Menge der Heilmittel und Heilweisen anbelangt, einen unberechenbaren Vorsprung. Auch lag es im schartigen Wesen des Arztes, war er mit seinem Latein zu Ende, keinen trostreichen Schwulst von sich zu geben. Ein Wesen wie Nunik hingegen konnte gar nicht ans Ende ihrer Kenntnisse gelangen und beugte sich niemals vor dem Tode. Starb ihr ein bäuerlicher Patient, so hatte er es sich selbst zuzuschreiben, weil er in einer schwachen Stunde Bedros Altouni gerufen und damit alle Bemühungen zunichte gemacht hatte. Für ihre Kunst war Nunik ein lebendiges Sinnbild. Es ging unter den Dorffrauen die Sage, daß sie zu Zeiten Awetis Bagradians, des Alten, ebenso siebzigjährig gewesen sei wie heute. Die Männer der Aufklärung hatten die Beschwörerinnen und Kurhexen verfolgt und aus dem Umkreis der Lebenden verjagt. Das hinderte diese aber nicht, außer ihrer offiziellen Klagetätigkeit, die Wohnstätte der Toten bei Nacht zu verlassen und ihren heimlichen Geschäften in allen sieben Dörfern nachzugehen. Zur Stunde jedoch waren sie alle auf dem Friedhof versammelt, um unter den Blinden und Bresthaften ihr Teil an Almosen entgegenzunehmen. Als sich der Trauerzug mit den Glocken dem Totenorte näherte, hatte sich Sato davongemacht und war vorausgelaufen. Sie besaß unter dem Gräbervolk schon längst ihre Freunde. Die am Rande wohnten, lockten die Randseele. Unter ihnen war es ja so leicht. Und im Hause Bagradian war es ja so schwer. Mochte das geschenkte Kleidchen der großen Hanum auch Satos eitlen Stolz entfachen, in Wirklichkeit würgte es sie doch samt Schuhen und Strümpfen und reinlicher Kammer wie ein Dressierhalsband. Mit den Bettlern und Klageweibern und mit den Wahnsinnigen konnte Sato in einer entfesselten Sprache Worte wechseln, die es nicht gab. Ah, die Sprache der Großen abstreifen wie einen drückenden Schuh, mit nackten Füßen reden dürfen, welch ein Glück! Nunik, Wartuk, Manuschak aber wußten von Geheimnissen zu erzählen, die Satos Sinn mit verwandten Schauern erfüllten, als hätte sie dergleichen selbst aus ihrem Ahnenleben mit in diese Welt gebracht. Da konnte sie stillsitzen und stundenlang zuhören, während die blinden Bettler neben ihr mit aufmerksamen Fühlfingern ihren mageren Kinderleib abtasteten. Wäre Iskuhi nicht gewesen, vielleicht hätte Sato die anderen auf den Damlajik ziehen lassen, um bei dem Friedhofsvolk und in der Freiheit zu hausen. Die Glücklichen durften nicht mit ins enge Berglager. Der Führerrat hatte mit allen Stimmen gegen die von Gabriel Bagradian diesen Beschluß gefaßt. Letzterer wollte keinen Teil des Volkes ausgeschlossen wissen, obgleich er, als Oberbefehlshaber, am klarsten einsah, daß jeder überflüssige Fresser die Kampfkraft schwächte. Die Betroffenen schienen aber wegen des Ausschlusses weder unglücklich zu sein, noch auch die Türken besonders zu fürchten. Sie streckten den Volksgenossen ihre Hände und Gebrechen mit denselben Bettellitaneien entgegen wie immer.

Der Himmel war so brennend nackt, daß auch nur die Vorstellung einer Wolkenflocke der Fabelei eines Märchenerzählers geglichen hätte. Dieses unerbittliche Blau schien schon seit den Zeiten der Sintflut keinen Regen mehr gekannt zu haben. Die Menschen drängten sich um das offene Grab, von den Glocken Yoghonoluks Abschied zu nehmen. In friedlichen Tagen hatte kaum einer mehr des gewohnten Läutens geachtet. Jetzt aber war es wie das Verstummen ihres eigenen Lebens. Als die Glockenmutter und die Glockentochter versanken, hörte man keinen Atemzug. Der erstickte Kupferton, den die herabrollenden Erdschollen verursachten, weissagte dem Volk, daß es keine Heimkehr mehr gab und keine Auferstehung für die Bestatteten. Nach einem kurzen Gebet Ter Haigasuns zerstreute sich die Menge schweigsam über den großen Kirchhof, und die einzelnen Familien suchten die Grabstätten ihrer Anverwandten auf. Auch Gabriel und Stephan traten in das Mausoleum der Bagradians ein. Es war ein kleiner niedriger Kuppelbau, einer Türbe ähnelnd, in der die Türken ihre Heiligen und Würdenträger beizusetzen pflegen. Großvater Awetis hatte den Gruftbau für sich und sein Weib errichten lassen. Der Stifter des Glanzes lag, nach altarmenischer Sitte, ohne Sarg, nur in sein Totenhemd gehüllt, unter den Steinplatten, die wie betende Hände schief zueinandergeneigt waren. Außer ihm und der Ahne ruhte nur noch ein Dritter hier, Bruder Awetis, der Getreue Yoghonoluks, ein junger Toter noch. Mehr Platz gibt es auch nicht, dachte Gabriel, dem nicht feierlich, sondern merkwürdig spöttisch zumute war. Stephan aber trat gelangweilt von einem Fuß auf den andern, wie einer, der noch mehrere Ewigkeiten weit vom Tode entfernt ist.

Ter Haigasun stand, von einer kleiner Schar umgeben, auf der Höhe der Hügellehne, dort, wo das Totenland seine letzten Zungen vortrieb. Einige Männer hatten ein großes massengrabartiges Viereck ausgeschaufelt. Mit der aufgehäuften Erde wurden fünf Tragbutten angefüllt. Ter Haigasun ging nach vollbrachtem Werk von einer zur anderen und schlug das Kreuz über sie. Bei der letzten blieb er stehen und beugte sich hinab. Es war keine schwarze, sondern bröcklig arme Erde. Ter Haigasun griff in die Butte und führte eine Handvoll der geweihten Erde an sein Gesicht, wie ein Bauer, der den Humus prüft:

„Möge sie genug sein!" sagte er zu sich selbst. Dann aber blickte er mit erstaunter Versonnenheit den Kirchhof hinab, der schon fast menschenleer war. Die Bewohner der Dörfer hatten sich längst auf den Heimweg gemacht. Es ging auf den Mittag zu. In den größeren Ortschaften, wie Habibli und Bitias, waren ähnliche Feiern angekündigt. Für den großen Aufbruch aber hatte der Führerrat die Stunde nach Sonnenuntergang bestimmt.

Gabriel sorgte für Juliette in der zartesten Weise vor. Sie sollte, in den armenischen Abgrund gezogen, von ihrer Welt so wenig vermissen, wie es unter solchen Umständen möglich war. Diese ihre europäische Welt beschäftigte sich freilich zur selben Zeit mit einem Gemetzel, dagegen alles Ähnliche als stümperhafte Zufälligkeit anmutete, wurde es doch mit allem Komfort der Neuzeit, nach den letzten Ergebnissen des Wissensfortschrittes, nicht mit dem harmlosen Blutdurst der Leidenschaftsbestie, sondern der mathematischen Gründlichkeit der Intelligenzbestie exakt durchgeführt. Lebten wir jetzt in Paris — hätte sich Gabriel Bagradian zum Beispiel sagen können —, so müßten wir uns zwar nicht auf dem steinicht nackten Boden eines syrischen Berges einrichten, wir besäßen WC und Badezimmer, wären aber trotzdem täglich und nächtlich mehrmals gezwungen, uns in einen finsteren Keller vor schweren Fliegerbomben zu verkriechen. Auch in Paris könnte ich somit die Lebensgefahr von Stephan und Juliette nicht abwenden. — Dies alles aber sagte sich Gabriel schon deshalb nicht, weil er seit Monaten keine europäische Zeitung gelesen hatte und von Paris und vom Kriege so gut wie nichts wußte.

Bereits am vorigen Abend hatte er Awakian und Kristaphor mit all seinen Leuten auf den Damlajik geschickt, damit sie in Juliettens neuer Wohnstätte alles Erdenkliche mit größter Umsicht vorbereiteten. Für den Dreizeltplatz mußte eine eigene Küche und Waschküche sowie noch andre Notwendigkeiten errichtet werden. Gabriel bestimmte, daß Juliette über alle drei Zelte zu verfügen habe. Es blieb ihr allein die Wahl derer vorbehalten, die sie in ihre Wohnung aufzunehmen für gut befand. Unter großen Mühen wurden nicht nur Teppiche, Kohlenbecken, Diwans, Tische und Stühle auf den Damlajik geschleppt, sondern auch eine erstaunliche Menge mondäner Gepäckstücke, Schrankkoffer, funkelnde Ledertaschen, Kassetten für Geschirr und Tafelbesteck, eine ganze Sammlung von Toilette- und Arzneimitteln, von Wärm- und Thermosflaschen. Gabriel wünschte, daß der Anblick dieser abendländischen Gegenstände Julietten die Kraft gebe, ihr Los zu ertragen. Sie sollte wie eine Fürstin leben, die aus einer abenteuerlichen Neigung mit einem großen Troß unwirtliche Gegenden bereist. Gerade deshalb aber mußte Gabriels eigenes Leben vor den Augen des Volkes doppelt hart und dürftig sein. Er war fest entschlossen, weder in einem der Zelte zu schlafen, noch auch sich aus der Küche des Dreizeltplatzes zu verköstigen.

Vom Kirchhof heimgekehrt, traten die Leute von Yoghonoluk nochmals in ihre Häuser, die nicht mehr die ihren waren. Auf jeden einzelnen warteten verschnürte Riesenlasten, die seine Kräfte überstiegen. In dumpfer Unentschiedenheit gingen sie, den Abend erwartend, in ihren Stuben hin und her. Da lag noch eine verstoßene Matte, da stand noch ein Leuchter, und hier, Christus Erlöser, das Bett, die teure Bettstelle, zusammengespart in fleißigen Jahren, damit man ein besserer Mensch sei und diese Ehe- und Familienfestung besitze. Und dieses Bett mußte an Ort und Stelle zurückbleiben, dem türkisch-arabischen Dorfgesindel zum Raub. Die Stunden zogen langsam. Und während der endlosen Zeit wurde immer wieder aus- und umgepackt, damit dies oder jenes überflüssige Unding noch Platz in den Bündeln finde. Auch in der baufälligsten Lehmhöhle spielte sich dieser herzzerreißende Abschied vom Gerümpel ab, das der Mensch in seinen Traum und seine Liebe hüllt.

Wie alle anderen wanderte auch Gabriel Bagradian am späten Nachmittag durch die Räume seines Hauses. Sie waren tot und leer. Juliette hatte mit ihren Hausgenossen und Gonzague

Maris den Weg auf den Berg schon vor Stunden angetreten. Da es ein unerträglich heißer Tag war, sehnte sie sich nach dem Schattenhauch der Bergeshöhe. Auch wollte sie nicht in das Gedränge der aufbrechenden Dorfbewohner geraten. Gabriel, der sonst das flüchtigst bewohnte Hotelzimmer mit einem leicht sentimentalen Bedauern verließ (denn überall läßt man sich selbst zurück wie einen geliebten Toten), blieb völlig gleichgültig und kalt. Das Haus seiner Väter, die Stätte der Kindheitserlebnisse, der Wohnort dieser letzten entscheidenden Monate sprach nicht zu ihm. Er wunderte sich über seine Gefühlsstumpfheit, aber es war so. Das einzige, worum es ihm ein wenig leid tat, waren seine Antiken, die Sammlerfreude der ersten glücklichen Wochen in Yoghonoluk. Immer wieder ging er von Apoll und Artemis zu dem schönen Mithras, die Götterköpfe mit weicher Hand berührend. Dann aber wandte er sich mit einem scharfen Ruck zur Tür des Selamliks und gab das Haus samt seinen Penaten auf, für immer. Er wollte nichts mehr sehen, sog all seine Sinne ein und trat aus dem Tor.

Auf dem Wirtschaftshof linker Hand vom Hause spielte sich gerade eine ungewöhnliche Szene ab. Der Abschaum Yoghonoluks, der ins Berglager nicht mitziehen durfte, hatte sich hier zusammengerottet. Die Klageweiber, die prophetenhäuptigen Bettler und ein paar verwahrloste Rotznasen, die ihren Eltern durchgegangen waren, bildeten eine erregte Gruppe. Daß sich Sato, die Waise von Zeitun, unter ihnen befand, ist selbstverständlich. Die kleine Gruppe wurde von einer Persönlichkeit überragt, deren eindrucksvoller Macht sich auch Gabriel nicht entziehen konnte. Nunik, die Alte, war's, die Oberste der Heilkünstlerinnen und Beschwörungsfrauen. Das dunkle Gesicht dieses weiblichen Ahasver, dessen Anfänge sich im Grau der Vorzeit verloren, war nicht nur durch eine halbzerfressene Nase gekennzeichnet, sondern auch durch schreckliche Energie, die Nunik zur unwiderstehlichen Herrscherin ihrer Kaste erhob. Die Geschichte mit ihren hundert und mehr Jahren mochte ein platter Schwindel sein, für den sie aus Geschäftsgründen selbst sorgte, dennoch aber schien ihre zeitlose Greisengestalt für den Wert ihrer Kuren und die Heilsamkeit eines entbehrungsvollen Lebens unverwüstlich zu zeugen. Nunik hielt ein kleines schwarzes Lamm zwischen ihren stockdürren Schenkeln und schnitt dem Tier, das sich wohl verlaufen hatte, von unten her mit einem Messer die

Kehle durch. Es schien ein besonderer fachgerechter Schnitt zu sein, den sie mit ruhiger Hand führte, während ihre Lippen ein blendend unversehrtes Jugendgebiß unter der greulichen Lupusnase freiließen. Dadurch entstand ein Ausdruck grinsenden Wohlbehagens, der Bagradian so empörte, daß er die Gesellschaft anfuhr:

„Was tut ihr da, ihr niederträchtigen Diebe?"

Einer der Propheten tastete sich vor, um Gabriel voll großer Würde zu belehren:

„Es ist die Blutprobe, Effendi, und sie geschieht für euch."

Bagradian war nahe daran, sich auf das Gesindel zu stürzen:

„Wem habt ihr das Tier gestohlen? Wißt ihr nicht, daß jeder, der sich am Gut des Volkes vergreift, erschossen oder aufgehängt wird?"

Der Prophet überhörte mit hoheitsvoller Nachsicht diese kränkende Drohung:

„Gib lieber acht, Effendi, wohin das Blut fließen wird, ob zum Berg, ob zum Haus."

Gabriel Bagradian sah, wie das schwarze Blut des Lämmchens, das pulsend hervorstürzte, sich auf der völlig ebenen Bodenstelle zu einer dicken Pfütze sammelte, die kreisförmig so lange wuchs, bis die letzten großen Tropfen niederfielen. Dann verblieb die Lache bewegungslos, ja unentschlossen, als müsse sie erst eine geheimnisvolle Weisung abwarten. Nun wagten sich zaghaft drei kleine Zungen vor, die aber sogleich wie zurückgerufen erstarrten, bis plötzlich ein nervöses Rinnsal sich eilig schlängelnd auf das Haus zu bewegte. Der Haufen geriet in wilde Erregung:

„Koh jem! Das Blut geht zum Haus!"

Nunik beugte sich tief über die Lache, als könne sie aus Art und Zeitmaß der Blutbewegung mit größter Genauigkeit das Wissenswerte erfahren. Als sie den Kopf wieder hob, erkannte Gabriel, daß ihr entstelltes Gesicht keinen andern Ausdruck besaß als jenen grinsenden, der ihn empört hatte. Sonderbarerweise aber sprach sie mit einer weichen Altstimme, die gar nicht zu ihr gehörte:

„Das Volk des Berges wird gerettet werden, Effendi."

Im selben Augenblick fielen Bagradian die beiden Münzen ein, die er vom Agha Rifaat Bereket zum Geschenk erhalten und im Hause zurückgelassen hatte. Ich muß sie unbedingt mitnehmen, dachte er, es wäre schade darum. Er ging noch einmal in die Villa zurück, zögerte an der Tür — man soll vor Antritt einer Reise nicht wieder zurückkehren —, lief dann mit langen Schritten über die Treppe in sein Schlafzimmer und holte die goldene und die silberne Münze aus ihrer Kassette. Er hielt die goldene gegen das Licht. In erhabener Arbeit hob sich der Armenierkopf Aschot Bagratunis ab. Auf der silbernen zog die griechische Inschrift fast unentzifferbar ohne Worteinschnitte ihren Kreis:

„Dem Unerklärlichen in uns und über uns."

Gabriel steckte beide Münzen in die Tasche. Dann verließ er den Garten durch die westliche Tür der Umfassungsmauer, ohne sich nach der Villa umzusehen. Nach einigen Schritten blieb er stehen und zog seine Uhr auf, die eigensinnigerweise noch immer europäische Zeit zeigte. Die Sonne stand bereits über dem Damlajik. Gabriel Bagradian merkte sich genau die Stunde und Minute, in der das neue Leben begann.

Kurz nach Sonnenuntergang war das Volk der sieben Dörfer sippen- und familienweise aufgebrochen, um schwerbeladen auf den verschiedenen, jeweils nächstgelegenen Zuwegen den Berg emporzustreben. Obgleich die Bewohner dieses Tales nicht arm waren, so besaß doch nur der kleinere Teil der Familien einen eigenen Reit- oder Packesel. Oft hielten zwei Familien ein Tier gemeinsam. An Markttagen in Suedja oder Antakje erboten sich die Besitzer eines Packesels, auch die Ware der ärmeren Landsleute aufzuladen. Es war ein alter Brauch, daß einer dem andern in diesen Dingen aushalf. Einsam und abgesondert am Rande des Meers, am Rande des Islams lebend, leichtwiegende Artikel wie Seidengespinst, Holzschnitzerei und Honig ausführend, bedurften die Menschen des Musa Dagh keiner reicheren Verkehrsmittel. Die wenigen Ochsenkarren und die vorhandenen Saumtiere genügten ihnen. So kam es denn, daß in dieser Nacht die Tragesel ihren Herren nur einen geringen Teil der Lasten abnehmen konnten, hatte man doch der armen Gemeinde Pastor Nokhudians aus Brüderlichkeit hundertfünfzig der stärksten Tiere mit Sattel und Kraxen zur Verfügung gestellt. Gabriel Bagradian, der sich auf einer Böschung des Karrenweges, der zum Nordsattel emporführt, niedergelassen hatte, ließ die keuchenden, schwergebeugten Gruppen an sich vorüberziehen. Er nahm, von kurzen Schlummeranfällen manchmal hin und her geworfen, die Parade des Elends ab.

Ein festgeballter, unglaublich metallischer Mond stieg hinter den blaßgrauen Felsschroffen des Amanus im Nordosten auf. Er kam deutlich näher, er klebte nicht flächig am Himmelsgewölbe. Hinter ihm wurde die schwarze Raumferne immer deutlicher. Auch die Erde war für Gabriel nicht mehr der gewohnte starre Aufenthaltsort, sondern das kleine Fahrzeug im Kosmos, das sie wirklich ist. Dieser klare Kosmos dehnte sich nicht nur hinter dem plastischen Mond, sondern drang bis ins Tal herab und füllte kühl die Poren des Ruhenden. Schon hatte der Mond die Mitte des Himmels überschritten, und immer noch zogen die keuchenden Sippen an Gabriel vorbei. Es war stets dasselbe Bild: an der Spitze, finster den Stock vor sich einstoßend, der Familienvater mit seinem Pack. Ein barscher Zuruf, eine klagende Antwort! Die Frauen schwankten unter Lasten, die ihre Rücken fast bis zur Erde beugten. Dabei mußten sie noch immer darauf achten, daß sich die Ziegen nicht verliefen. Und doch dann und wann unter Sack und Pack ein muntrer Augenblitz, ein flinkes Mädchengelächter. Gabriel schrak aus einem kleinen Schlummer auf. Ein großes Kinderweinen war unten im Orte aufgegangen. Hunderte von Kindern greinten, als hätten sie in derselben Sekunde allesamt den Auszug ihrer Eltern entdeckt. Dazwischen fuhr schrilles Keifen und knurrender Unmut alter Weiber. Doch es waren nicht verlassene Kinder, sondern die Katzen von Yoghonoluk, Azir und Bitias. Die Katze hat sieben Seelen, und jede Seele besitzt eine eigene Stimme. Deshalb muß man Katzen siebenmal töten, ehe sie sterben. (Sato hatte diese Weisheit längst von Nunik empfangen.) Die Wahrheit jedoch war, daß die Katzen von Yoghonoluk, Azir und Bitias der Auszug ihrer Hausherren gänzlich kalt ließ, denn nur dem Hause dienen sie mit ihren sieben Seelen und nicht dem Menschen. Vielleicht war ihr Weinen ein Freudenchor nicht mehr behinderter Liebesfreiheit. — Die Hunde aber litten wirklich. Selbst der wilde Hund der syrischen Dörfer kommt vom Menschen nicht los. Er kann nicht zurückfinden zu sich selbst, zu Fuchs, Schakal und Wolf. Mag er auch seit unzähligen Generationen schon verwildert sein, er ist und bleibt ein entlassener Angestellter der Zivilisation. Sehnsüchtig umlauert er die menschlichen Behausungen, nicht nur um einen Knochen bettelnd, sondern um Wiederaufnahme in die Sklaverei und Einstellung in den vergessenen Dienst. Die wilden Hunde der Dörfer wußten alles. Sie hatten das Lager auf dem Damlajik schon entdeckt. Und sie wußten auch, daß ihnen dieses Lager, anders als die Dorfstraße, streng verschlossen war. Wirr und verzweifelt besprangen sie den Berg des Verbotes, knackten durchs Unterholz, raschelten im Myrten- und Arbutusgebüsch wie Schlangen. Keinem von ihnen kam der befreiende Einfall, in die moslemische Nachbarschaft auszuwandern und in Chalikhan oder Aïn Jerab seinem Knochenerwerb nachzugehen. Sie blieben an dieses ungetreue Volk gebunden, das die gemeinsame Wohnstatt verlassen hatte. Die Seele verging ihnen vor wildem Leid, und doch wagte keiner sein einsilbiges Bellen hervorzustoßen, dem die kultivierte Schmiegsamkeit der Haushundsprache mit ihrem reichen Wortschatz schön längst verlorengegangen war. Die ganze Angst ihrer Seele stieg in die Augen. Gabriel sah überall im Dunkel das grüne Feuer dieser überschwenglichen Hundeaugen, die den Bannkreis nicht zu überschreiten wagten.

Der Mond war im Rücken des Musa Dagh verschwunden. Ein blasser Wind entkeimte dem Kosmos. Jetzt sind alle schon oben, dachte Gabriel, an dem vor mehr als einer Stunde die letzte Sippe vorübergezogen war. Und doch, er konnte sich aus Müdigkeit oder aus Einsamkeitsbedürfnis von seinem nächtlichen Beobachtungsposten noch immer nicht losreißen. Er wußte ja nicht, ob er in seinem ganzen Leben noch einmal mit sich selbst werde allein sein dürfen. Und hatte er nicht dieses Alleinsein stets als das größte Geschenk des Himmels geachtet? Noch eine halbe Stunde solchen außerweltlichen Friedens gestand er sich zu, dann wollte er schnell zur Nordstellung hinauf, um die Grabenarbeiten zu überwachen und vorwärtszutreiben. Er lehnte sich gegen die Eiche in seinem Rücken und rauchte. Da stieg aus der Finsternis noch ein äußerst verspäteter Nachzügler empor. Gabriel hörte klappernden Huftritt und wegabrauschende Steine. Dann sah er eine Laterne, einen Mann und einen hochbepackten Esel. Das Tier brach bei jedem Schritt unter der Last beinahe zusammen. Doch auch der Mann schleppte einen gewaltigen Sack, den er alle zwei Minuten wildkeuchend auf den Boden setzen mußte. Gabriel erkannte den Apotheker erst, als der Sack zu seinen Füßen niederplumpste. Krikors Gesicht war völlig entstellt, die gleichmütige Mandarinenmaske zu einer barbarischen Götterfratze verzerrt. Der Schweiß rann ihm über die polierten Wangen in den langen Bocksbart, der atemlos auf und nieder wippte. Er schien große Schmerzen zu leiden und krümmte die Schultern vor. Gabriel Bagradian gab sich zu erkennen:

„Sie hätten den Drogensack meinen Leuten mitgeben können, statt Ihre ganze Apotheke selbst zu schleppen."

Krikor rang noch immer nach Atem. Dennoch vermochte er in seine Worte eine gewisse Verächtlichkeit zu legen:

„Dies hier hat mit der Apotheke nichts zu tun. Die habe ich schon vor vielen Stunden hinaufgeschickt."

Gabriel Bagradian hatte längst bemerkt, daß sowohl der Esel als auch der Apotheker ausschließlich mit Büchern bepackt waren. Aus einem dunklen Grund erregte diese Tatsache seinen Ärger und zugleich den Wunsch, Krikors ein wenig zu spotten:

„Verzeihen Sie meinen Irrtum, Apotheker! Ist das hier Ihr ganzer Proviant?"

Das Gesicht Krikors hatte sich beruhigt. Seine Augen ruhten wieder gleichmütig auf Gabriel:

„Ja, das ist mein Proviant, Bagradian, leider aber nicht mein ganzer..."

Ein Hustenkrampf schüttelte ihn. Er ließ sich neben Gabriel nieder und begann mit einem ungeheuren Taschentuch sich den Schweiß abzutrocknen. Die Dämmerung zwinkerte auf. Der Esel stand mit gesenktem Kopf und trübsinnigen X-Beinen auf dem Saumweg. Ein paar Minuten vergingen. Gabriel empfand Unwillen über seine grausame Spottregung von vorhin. Doch Krikors Stimme hatte ihren hohen Überlegenheitston wiedergefunden:

„Gabriel Bagradian! Ihnen sind als Pariser Gelehrtem ganz andre Hilfsmittel zur Verfügung gestanden als mir, dem Apotheker von Yoghonoluk. Und doch werden einige Dinge Ihrem Wissen entgangen sein, die dem meinen bekannt sind. So dürften Sie folgenden Ausspruch des erhabenen Gregor von Nazianz nicht kennen und auch die Antwort des Heiden Tertullianus nicht, die ihm dieser gab..."

Kein Wunder, daß Gabriel den Ausspruch Gregors von Nazianz nicht kannte, wußte doch einzig und allein der Apotheker von ihm. In seiner unverwirrbaren Art fing er von oben herab zu erzählen an, obgleich die Verwechslung des Kirchenvaters Tertullian mit einem Heiden gleichen Namens eine Entgleisung vorstellte:

„Einmal war der erhabene Gregor von Nazianz bei dem vornehmen Heiden Tertullianus zu Tische geladen. — Fürchten Sie sich nicht, Gabriel Bagradian, es ist eine ebenso kurze wie tiefsinnige Geschichte. — Sie sprachen über die gute Ernte und über das herrliche Weizenbrot, das sie brachen. Ein Sonnenstrahl lag auf dem Tisch. Gregor von Nazianz hob sein Brot in der Hand und sagte zu Tertullian: Gastfreund, wie müssen wir Gott für sein Geheimnis danken, denn siehe dieses wohlschmeckende Brot hier ist nichts anderes als dieser gelbe Sonnenstrahl, der sich auf dem Felde in Weizen verwandelt hat. Tertullianus aber stand auf und nahm ein Werk des Dichters Virgilius aus der Bibliothek und sagte zu Gregor: Gast, wenn wir Gott schon um eines Brotes willen loben, wie erst müssen wir ihn für dieses Buch hier preisen. Denn siehe, dieses Buch ist der verwandelte Lichtstrahl einer weit höheren Sonne als dieser da, deren Strahlen man auf einem Tische sehen kann.“

Nach einer Weile fragte Gabriel Bagradian mit trauriger Teilnahme:

„Und Ihre ganze Bibliothek, Apotheker Krikor? Dies hier kann ja nur ein kleiner Splitter sein? Haben Sie die Bücher vergraben?“

Krikor erhob sich starr wie ein verwundeter Held:

„Ich habe sie nicht begraben. Bücher sterben in der Erde. Ich habe sie gelassen, wo sie sind.“

Gabriel nahm die Laterne auf, die der Apotheker vergessen hatte. Es wurde schon heller, und Krikor konnte es nicht verbergen, daß über seine gelben, gleichmütigen Wangen die Tränen liefen. Bagradian warf sich den Büchersack des Alten über die Schulter:

„Glauben Sie denn, Apotheker Krikor“, sagte er, „daß ich für Mausergewehre, Patronenmagazine und Schützengräben geboren bin?“

Obgleich Krikor immer wieder Einspruch erhob, trug Gabriel Bagradian den mächtigen Sack bis zum Nordsattel.

Zweites Buch

Die Kämpfe der Schwachen

„Und die Kelter wurde draußen vor der Ortschaft getreten, und Blut kam aus der Kelter hervor bis an die Zügel der Pferde."

Offenbarung Johannis 14, 20

Erstes Kapitel
Unsere Wohnung ist die Bergeshöhe

Musa Dagh! Berg Mosis! Auf dem Gipfel des Mosisberges hatte im Morgengrauen das ganze Volk sein Lager bezogen. Die Bergeshöhe, die windige Luft, das Rauschen des Meeres, dies alles wirkte so belebend, daß die Mühen des nächtlichen Aufstiegs vergessen schienen. Man sah keine starren und müden, sondern nur erregte Gesichter. In der Stadtmulde und den benachbarten Regionen schoß alles schreiend durcheinander. Es herrschte nirgends ein Bewußtsein der wirklichen Lebenslage, sondern nur eine gereizte, streitbare Munterkeit. Wie eine Springflut überschwemmte die Sorge um die kleinen Dringlichkeiten der Minute jede Überlegung des Ganzen. Selbst Ter Haigasun, der den Holzaltar in der Mitte des Lagerplatzes bekleidete und somit das Ewige zurüstete, fuhr mit ungeduldigen Scheltworten unter die Männer, die ihm bei diesem Werke halfen.

Gabriel hatte den von ihm zum Hauptbeobachterstand erkorenen Punkt erstiegen. Dieser lag auf einer der felsigen Gipfelkuppen des Damlajik und bot eine klare Aussicht aufs Meer, auf die Orontes-Ebene und die Bergwellen, die gegen Antiochia zu verebbten. Das Tal selbst konnte man von Kheder Beg bis Bitias einblicken. Die äußersten Dörfer waren durch Wegbiegungen der Sicht entzogen. Es gab außer diesem Hauptbeobachterstand natürlich noch zehn oder zwölf exponierte Späherposten, von denen aus die einzelnen Talabschnitte scharf ins Auge gefaßt werden konnten, hier jedoch, von Felsklippen wohlbedeckt, beherrschte man das Allgemeine in großen Zügen. Vielleicht schlug dem einsamen Gabriel Bagradian deshalb, weil er auf diesem Standpunkt der verengenden Lagerwirre überhoben war, als einzigem die wahre Wirklichkeit jetzt so stark ans Herz: Dort im Norden, Osten, Süden, bis nach Antakje, nein, bis nach Aleppo, nein, bis

Mossul und Deir es Zor die unabwendbare Vernichtung! Millionen von Moslems, die bald nur mehr ein einziges Ziel haben würden, das freche Armeniernest auf dem Musa Dagh auszuräuchern! Auf der anderen Seite das gleichgültige Mittelmeer, das den steil niederstürzenden Bergrücken schläfrig umbrandete! Mochte Zypern auch hundertmal nahe sein, welcher französische oder englische Kreuzer hatte das geringste Interesse an diesem nackten Teil der syrischen Küste, die völlig außerhalb des Krieges lag? Die Flotten liefen nur in die gefährdeten Richtungen aus, gegen Suez und die nordafrikanische Küste, die tote Bucht von Alexandrette zweifellos stets im Rücken lassend. Bagradian erkannte, das wüste Meer überblickend, daß er während der großen Versammlung sich selbst und die anderen verantwortungslos demagogisch betrogen hatte, als er die Hoffnung auf rettende Kriegsschiffe zu erwecken versuchte. Der höhnisch-öde Meereshorizont belehrte ihn darüber. Unermeßlicher Tod ringsum, ohne den kleinsten Durchschlupf, dies war die Wahrheit! Von diesem Tode fugenlos umschlossen das kleine elende Dorfvolk! Und auch dies war noch nicht alles. Denn sollte sich auch der äußere Tod — was nicht einmal der Wahnsinn erhoffen durfte — wohlwollend träge verhalten, sollte kein Angriff erfolgen, kein Schuß fallen, so müßte trotzdem ein andrer Tod von innen her aufbrechen und das Lager zerstören. Denn wie sparsam man auch immer mit Herden und Vorräten umging, sie ließen sich nicht erneuern und würden in sehr begrenzter Zeit an ihr Ende gelangen. — In der Niederung unten hatte der Gedanke an den Damlajik wie Erlösung gewirkt, denn in bitterer Bedrängnis bedeutet schon der Wille, sich zu bewegen, und die Aussicht auf jegliche Veränderung ein linderndes Heilmittel. Nun aber saß man fest. Das lindernde Heilmittel half Gabriel nicht mehr. Er fühlte sich wie aus Zeit und Raum herausgeschleudert. Das Unabwendbare hatte er wohl für ein paar Augenblicke hinausgeschoben, dafür aber die hundert winzigen Auswege des Zufalls preisgegeben. Handelte nicht Harutiun Nokhudian mit seiner Gemeinde weiser? Ein eisiger Zwang packte Gabriel an. Welch ein unsühnbares Verbrechen an Juliette und Stephan! Er hatte die gute Stunde der Flucht immer wieder vorübergehen lassen, er hatte nicht ein einziges Mal Juliette aus ihrer unbedenklichen Ahnungslosigkeit gerüttelt, obgleich er schon seit jenem fernen Märzsonntag wußte, daß die Falle zugeklappt war. Dieser Erkenntnis seiner unbegreiflichen Schuld folgte eine jähe Blutleere im Kopfe und ein heftiges Schwindelgefühl. Die Horizonte des Meeres und des Landes begannen sich zu drehen. Die ganze Welt war eine rotierende Scheibe und der Musa Dagh der tote, unbewegte Punkt in ihrer Mitte. Den Mittelpunkt dieses Punktes aber bildete Gabriels Körper, der, so hoch er auch stand, die unterste Erstarrung des unabwendbaren Wirbels bedeutete, der um ihn kreiste. Wir wollen doch nur am Leben bleiben, erschauderte er. Doch alsogleich verwunderte es sich schweigend in ihm: Warum eigentlich?

Gabriel Bagradian floh in die Stadtmulde hinab. Die einzelnen Komitees des Führerrates waren schon zusammengetreten, denn die hundertfältige Arbeit des ersten Tages wartete auf Einteilung. Gabriel forderte, daß alle werktauglichen Leute, Männer und Frauen, sich unverzüglich an die Arbeit bei den begonnenen Gräben und Riegeln machten. Der gesamte Stellungsbau müsse in der Hauptsache morgen abends beendet sein, denn wer könne das wissen, vielleicht sei schon für übermorgen der erste Türkenangriff zu gewärtigen. Immer und immer wieder müsse er es wiederholen, daß die Verteidigung und was zu ihr gehöre, die schärfste Mannszucht und Unterordnung der Kämpfer, allen anderen Dingen vorangehe. Da man ihn, Gabriel Bagradian, zum Führer dieser Verteidigung eingesetzt habe, so sei es nunmehr auch notwendig, daß man ihm die oberste Befehlsgewalt einräume, und zwar nicht nur über das erste Aufgebot, sondern ebenso über die Reserve, das heißt über Kämpfer und Arbeiter, somit über das ganze Lager. Pastor Aram Tomasian, der leider ein sehr empfindlicher Mann war, betonte demgegenüber, daß es nicht weniger wichtig sei, die inneren Zustände des Lagers in Ordnung zu bringen. Vorläufig herrsche noch wüste Anarchie, jede Familie beneide die andre um den zugeteilten Wohnplatz, und auch die einzelnen Dorfgemeinden seien mit ihren Lagergebieten unzufrieden. Bagradian wandte sich gegen den Einwand des Pastors: Unzufriedenheit dürfe es einfach nicht geben, da ein verschärfter Kriegszustand herrsche. Gegen Murrende habe man sofort mit empfindlichen Strafen vorzugehen. Thomas Kebussjan und die übrigen Muchtars schlugen sich sogleich auf die Seite des Pastors. Selbst Bedros Altouni mahnte hartnäckig, man müsse vorerst für die körperlichen Bedürfnisse des

Volkes Sorge tragen und alsbald mit dem Bau des Lazarettschuppens beginnen, damit sich der Zustand der Kranken und Leidenden nicht verschlimmere. Nun meldeten sich die Muchtars und die Lehrer, einer nach dem andern, zum Wort, um die unaufschiebbaren Notwendigkeiten der eigenen Kompetenz weitschweifig zur Geltung zu bringen. Mit Entsetzen machte Bagradian die Erfahrung, wie schwierig es ist, in einer beratenden Körperschaft das Einfachste und Selbstverständlichste durchzusetzen. Eitles, regelloses Gerede begann sich auszubreiten. Aber nach einigen Minuten schon zeigte die Verfassung, die Gabriel Bagradian dem Führerrat gegeben hatte, ihre Vorzüglichkeit. Ter Haigasun besaß die rechtmäßige Autorität, in schwankenden Fällen eine Entscheidung auf kurzem Wege herbeizuführen. Er machte von dieser Autorität in weise-unauffälliger Art so geschickten Gebrauch, daß niemand mehr einen Antrag stellte und die Lage durch eine gefährliche Abstimmung verwirrte: Gabriel Bagradian sei durchaus im Recht. Hinter den Pflichten der Verteidigung müsse alles andere zurücktreten. Die Dienstordnung, die dem Führerrat seit Tagen schriftlich vorliege, habe unverzüglich vor den Zehnerschaften verlesen zu werden und von Stund an in Kraft zu treten. Dem Befehlshaber sei jedermann unbedingten Gehorsam schuldig. Da er den Krieg als tapferer Offizier kennengelernt habe und damit einen bedeutenden Vorrang vor allen übrigen Gewählten besitze, so überlasse ihm der Führerrat vorbehaltlos alle jene Bestimmungen, welche den Kampf, die Kampfesvorbereitung und die Mannszucht betreffen. Gabriel Bagradian und der ihm beigegebene Kriegsausschuß hätten keine Verpflichtung, ihre Entschlüsse dem allgemeinen Rat zur Annahme vorzulegen. Pastor Aram Tomasian sei ja deshalb in den Kriegsausschuß und Bagradian in den Ausschuß für innere Ordnung eingetreten, damit unnötige Reibungen vermieden würden. Der Befehlshaber besitze ferner selbstverständlich auch eine eigene Strafgewalt. Er könne unbotmäßigen und im Dienste faulen Leuten das Essen entziehen, sie in Fesseln legen lassen und zur Bastonade milderen oder schärferen Grades nach eigenem Ermessen verurteilen. Nur die Verhängung der Todesstrafe stehe allein Ter Haigasun zu, nachdem sie vom ganzen Führerrat einstimmig beschlossen worden sei. Doch auch dem Lagervolke müsse der Ernst der Kriegsgesetze schon in den ersten Stunden klargemacht werden. Die Hauptaufgabe des inneren Komitees bestehe darin, für strenge Regelmäßigkeit zu sorgen, die harten Umstände natürlich erscheinen zu lassen und alles daranzusetzen, daß sich hier oben nicht anders als im Tale ein ganz gewöhnlicher Alltag entwickle. In seinen Ausführungen wies Ter Haigasun mit stärkstem Nachdruck auf „Gewohnheit" und „Alltag" hin. Von diesen unscheinbaren Mächten hänge die Kraft und Dauer des Widerstandes mehr ab als von außergewöhnlichen Leistungen. Keine einzige Hand dürfe daher beschäftigungslos bleiben. Auch die Kinder sollten nicht müßiggehen und den Todeskampf des Volkes mit ihrem Ferienglück in Verbindung bringen. Es sei deshalb auf einem dafür zu bestimmenden Platz Schule zu halten, und zwar in aller Form und Strenge. Die Lehrer müßten in jenen Stunden, da sie anderweitig dienstfrei seien, im Unterricht miteinander abwechseln. Nur rastlose Arbeit werde die Menschen über dieses enge Leben hinwegbringen können, schloß Ter Haigasun: „Also auf, Leute! Geht an die Arbeit! Wir wollen die Zeit so wenig wie möglich mit Ratsgeschwätz totschlagen!"

Die Muchtars beriefen ihre Gemeinden auf den großen Altarplatz zusammen, der innerhalb der Stadtmulde schon abgesteckt war. Gabriel Bagradian ließ die sechsundachtzig Zehnerschaften des ersten Treffens unter dem Kommando Tschausch Nurhans antreten. Der Rekrutenkönig sorgte dafür, daß die Armee in einem scharf abgezirkelten und wohlausgerichteten Viereck den noch nicht eingeweihten Altar umstand. Dann betrat Ter Haigasun die Altarbühne, die sich auf fünf Stufen ziemlich hoch über den Platz erhob und sehr geräumig war. Der Priester forderte nur Bagradian und keinen der anderen Führer auf, neben ihn zu treten. Dann wandte er sich dem Viereck der Zehnerschaften zu und verlas mit weithin schallender Stimme die Dienstordnung aus dem Schriftstück Samuel Awakians. Nachher fügte er noch einige drohende Worte hinzu. Über jeden, der sich gegen den Willen des kriegerischen Führers auflehne oder seine Pflicht vergesse, werde ein unnachsichtliches Strafgericht hereinbrechen. Das möchten sich hauptsächlich die ortsfremden Zuzügler aus den türkischen Kasernen gesagt sein lassen. Die Aufnahme in das Lager, die Ernährung aus den allgemeinen Vorräten bedeute keine Selbstverständlichkeit, sondern eine brüderliche Wohltat der Volksgemeinschaft, deren sich die Fremden erst würdig erweisen müßten. Ter Haigasun ergriff das silberne Kruzifix, das auf dem Altartisch stand, und stieg mit Gabriel Bagradian in den inneren Raum des Vierecks hinab. Langsam sprach er den Zehnerschaften die Eidesformel vor, die sie mit erhobenen Schwurfingern wiederholen mußten:

„Ich schwöre zu Gott, dem Vater, dem Sohn, dem Heiligen Geist, daß ich mit meinem letzten Blutstropfen dieses Volkslager verteidigen werde, daß ich mich dem Befehlshaber und allen seinen Anordnungen in blindem Gehorsam unterwerfe, daß ich die Macht des gewählten Führerrates anerkenne und in eigensüchtiger Absicht niemals den Berg verlassen will, so wahr mir Gott, der Herr, zur Seligkeit verhelfe!"

Nach dieser Vereidigung marschierten die Männer der ersten Linie hinter den Altar. Die elfhundert Menschen der Reserve, die in zweiundzwanzig Gruppen eingeteilt waren, schwuren einen kürzeren Eid des Gehorsams und Arbeitswillens. Auf der Reserve lag die Hauptlast des Stellungs- und Lagerbaus. Sie besaß für den Kampfesfall keine anderen Waffen als jene landwirtschaftlichen Hieb- und Stichgeräte, die sie aus den Dörfern mitgenommen hatte. Zuletzt kamen die dreihundert Halbwüchsigen der „leichten Kavallerie" vor den Altar. Ter Haigasun sprach ein paar ermahnende Worte zu ihnen, und Gabriel Bagradian setzte ihnen die Pflichten ihres Späher-, Melde-, Kundschafter- und Signaldienstes auseinander. Er bildete aus den Jugendlichen „nach dem Augenmaß" drei große Haufen. Der erste Haufen sollte die Späherposten und Beobachtungsstände besetzt halten und alle zwei Stunden eine Meldung an das Hauptquartier schicken. Zu diesem wichtigen Geschäft wurden die hundert ältesten und vertrauenswürdigsten Knaben ausersehen. Ihnen oblag es auch, bei Tag und Nacht die Wache für die Schüsselterrasse zu stellen, um mit ihren scharfen Bubenaugen den schwachen Rauch vorbeiziehender Schiffe (lächerliche Hoffnung) rechtzeitig zu sichten. Dem zweiten Haufen übertrug Bagradian den Ordonnanzdienst. Diese hundert Knaben mußten sich stets im Umkreis des Hauptquartiers aufhalten, um die Befehle des Kommandanten in alle Richtungen auszutragen und die Verbindung mit den einzelnen Verteidigungsabschnitten zu besorgen. Die Ordonnanztruppe war dem Hauptadjutanten Samuel Awakian unterstellt. Stephan wurde diesem Korps zugeteilt. Das dritte Hundert endlich stand dem Pastor Aram zur Verfügung, um im Lagerdienst verwendet zu werden und, ein Beispiel nur, den Kämpfern die Menage in die Linie hinauszutragen.

Die Gliederung, die Bagradian in das Dorfvolk gebracht hatte, bewies augenblicklich ihre Vorteile. Das soldatische Wichtigkeitsgefühl, das die einzelnen Zehnerschaften erfüllte, die prickelnde Lust zu befehlen, von der die Unterführer sogleich belebt wurden, das kindliche Vergnügen an Reih und Glied, all diese Menschlichkeiten verschleierten die unerbittliche Grundtatsache durch den wohltätigen Eifer des Spieles. Als die Züge bald darauf nach allen Seiten zum Stellungsbau abmarschierten, erhob sich da und dort, schüchtern zwar, doch hartnäckig ein Chorgesang, das alte Arbeitslied des armenischen Tales:

„Die Unglückstage ziehen vorbei
 Gleich den Tagen des Winters, die kommen und gehn.
 Die Schmerzen der Menschen bleiben nicht lang,
 Wie die Kunden im Laden, sie kommen und gehn."

Gabriel Bagradian beschied Tschausch Nurhan und die Hauptleute der größeren Zehnerschaftsverbände zu sich. Inzwischen aber hatte Ter Haigasun den Altarplatz verlassen und sich auf den Dreizeltplatz begeben, der in der Nähe einer großen Quelle, von Buchsbäumen umgeben, von efeuumrankten Felsen und Myrtengebüsch nach drei Seiten geschützt, ein vortrefflicher Beweis für Gabriels zärtliche Obsorge war. Ter Haigasun wünschte Hanum Juliette Bagradian zu sprechen. Da Kristaphor, Missak, Howhannes und die übrige Dienerschaft mit der Einrichtung des abseits gelegenen Küchenplatzes beschäftigt war, konnte der Priester seinen Wunsch niemand anderem vortragen als Gonzague Maris, der auf dem Dreizeltplatz eilig hin und her promenierte, wie es bewegungssüchtige Seereisende auf einem schmalen Schiffsverdeck zu tun pflegen. Der junge Grieche ging zu Juliettens Expeditionszelt und schlug den kleinen Gong an, der über dem Eingang hing. Die Hanum aber ließ sehr lange auf sich warten. Als sie endlich erschien, bat sie Gonzague, für Ter Haigasun einen Stuhl aus dem Zelte herauszutragen. Dieser aber wehrte ab. Leider dürfe er nicht viel Zeit verlieren. Er ließ seine Hände in den breiten Ärmeln der Kutte verschwinden und senkte die Augen. Was er in einem steifen Französisch vorbrachte, war voll getragener Förmlichkeit. Die Güte von Madame sei bekannt. Er bitte Madame daher, dem Volke die Ehre zu erweisen und folgenden Auftrag zu übernehmen. Es sei notwendig, daß von der vorspringenden Felsterrasse auf der Steilseite des Berges eine sehr große weiße Fahne mit einem roten Kreuz ins Meer hinaus wehe, um jenen Schiffen, die Gott in seiner Gnade senden möge, Kunde von dem Elend zu geben. Darum müsse die Fahne auch eine Aufschrift in französischer und englischer Sprache tragen: ,,Christen in Not! Hilfe!" Ter Haigasun verbeugte sich, als er an Juliette die feierliche Frage stellte, ob sie gewillt sei, mit Hilfe anderer Frauen die Herstellung dieser Fahne zu besorgen. Juliette versprach es, jedoch mit einer lauen und empfindungslosen Art von Zusage. Es war merkwürdig, die Französin schien gar nicht die Ehrung zu verstehen, die Ter Haigasun ihr durch seinen Besuch und diese Bitte in feinster Art zuteil werden ließ. Sie war wieder einmal taub gegen alles Armenische. Als sich aber Ter Haigasun rasch und nur mit einem Kopfnicken entfernte, wurde sie plötzlich sehr unruhig und suchte selbst zwei große Leintücher aus, die mit der Nähmaschine zu der gewünschten Fahne zusammengesteppt werden sollten.

Gabriel schärfte Tschausch Nurhan und den anderen Unterführern noch einmal die Unerläßlichkeiten eiserner Disziplin ein. Von nun an dürfe niemand mehr ohne Erlaubnis den Posten verlassen, auf den er gestellt ist. Es könne ferner auch nicht geduldet werden, daß die Männer des ersten Treffens die Nacht bei ihren Familien in der Stadtmulde verbrächten. Bis auf die von den Führern ausdrücklich gestatteten Ausnahmefälle habe jedermann in den Stellungen zu schlafen. Bagradian bestimmte auch einen von allen Seiten gut erreichbaren Platz zu seinem Hauptquartier. Dort solle täglich zwei Stunden vor Sonnenuntergang ein Rapport stattfinden, zu dem sich Abschnitts- und Gruppenführer einzufinden hätten. Er werde um diese Zeit Beschwerden, Anzeigen und Bitten entgegennehmen, Abhilfe schaffen und den Befehl für den nächsten Tag ausgeben. Damit war die soldatische Organisation im großen und ganzen geschaffen. Nun kam es nur auf Willigkeit und männlichen Eifer an, sie auch in Gang zu bringen. Gabriel Bagradian besprach noch einmal an Hand der Karte die Einteilung der dreizehn Verteidigungsabschnitte. Von diesen erforderten nur drei eine größere Besatzung, die übrigen zehn bedeuteten lediglich stärkere Wachposten, für die jeweils eine oder gar nur eine halbe Zehnerschaft völlig genügte. Dagegen bestimmte Gabriel allein für die Gräben und Felsbarrikaden des Nordsattels eine Grundbesatzung von vierzig Zehnerschaften mit zweihundert guten Gewehren. Den Befehl über diesen wichtigen Abschnitt übernahm er selbst. Sein nächster Stellvertreter war Tschausch Nurhan, dem zugleich auch der Befehl über die Stellung oberhalb der Steineichenschlucht sowie die Inspektion der gesamten Wehrmacht übertragen wurde. Zu dieser Würde gehörte vor allem die Sorge für die Erneuerung der Munition und Instandhaltung der Waffen. Der unschätzbare Tschausch Nurhan, der an zehn Orten zugleich sein konnte, hatte übrigens schon alles für eine Werkstatt zur Patronenerzeugung vorbereitet. Das nötige Material und Werkzeug war aus seinem geheimnisvollen Betrieb in Yoghonoluk auf den Berg gewandert. Es blieb demnach nur mehr die Kommandofrage der Südbastion zu lösen. Die Besatzung dieses entferntesten Abschnittes umfaßte fünfzehn Zehnerschaften. Aus den bekannten Gründen waren die echten und unechten Deserteure auf diese Streitmacht aufgeteilt, die für den starken festungsartigen Punkt als überaus hoch bezeichnet werden muß. Vorläufig hatte den Befehl dort ein gedienter Mann aus dem Dorfe Kheder Beg inne. Bagradian aber verfolgte eine bestimmte Absicht. Sarkis Kilikian war ja ein tapferer Soldat mit den lebendigsten Erfahrungen aus dem Kaukasusfeldzug. Außerdem besaß er Bildung und Intelligenz. Er hatte durch die Türken Namenloses erlebt, und wenn es in ihm noch so etwas wie Seele gab, so mußte sie vor einem nicht mehr menschlichen Rachedurst vergehen. Die Absicht Gabriels bestand darin, eine kleine Zeit lang Kilikians Wohlverhalten scharf zu beobachten und ihm, sollte dieses seinen Erwartungen entsprechen, das Kommando der Südbastion zu übertragen. Durch diesen Schachzug hoffte Bagradian nicht nur eine wertvolle Kraft frei zu machen, sondern auch die anderen Deserteure, unzuverlässige Leute, fest in die Hand zu bekommen. Er hatte deshalb den Russen nach dem Abmarsch der Zehnerschaften zurückbehalten. Kilikian betrachtete Gabriel die ganze Zeit über mit einer unbeugsamen Teilnahmslosigkeit, die zu gelangweilt war, um impertinent zu sein. Der durch Ölsklaverei, Gefängnisse und tausend schreckliche Abenteuer ausgemergelte Mensch mit seinem jugendlichen Totenkopf, der gegerbten Gesichtshaut, in erdige Fetzen gekleidet, bot trotz alledem einen nervigen, ja imposanten Anblick. Während er Gabriel Bagradian nicht aus seinen hellen, verächtlich beobachtenden Augen ließ, spürte er vielleicht, daß sich etwas in diesem wohlgepflegten und verwöhnten Herrn vor ihm beuge. Vielleicht hielt er für einfache Furcht, was die Ehrfurcht vor seinem unfaßbaren Schicksal und der Kraft war, die es überlebt hatte. Aber gerade die Ahnung eines Furchtgefühls zusammen mit dem Anblick des feingewandeten Mannes, der in seinem ganzen Leben niemals auch nur eine Minute Grauen, Entbehrung, Entehrung erlebt haben konnte, reizte das Böse in Kilikian auf. Bagradian rief ihm in scharfem Befehlston zu:

„Sarkis Kilikian! Melde dich in zwei Stunden bei mir in der Nordstellung. Ich werde dir eine Arbeit geben."

Die Augen des Russen, die sich noch immer nicht von Gabriel abwandten, nahmen den stumpfen Glanz von Achat an. Er lachte schleppend:

„Vielleicht komme ich, vielleicht komme ich auch nicht. Ich weiß wirklich noch nicht, wozu ich Lust haben werde."

Gabriel Bagradian wußte, daß von seiner Antwort alles abhing, daß er sich jetzt seinen Rang sichern mußte, daß seine Autorität für immer dahin war, wenn er in diesem Augenblick den Ton verfehlte und den kürzeren zog. Alles horchte gespannt. Manche verborgene Schadenfreude glomm auf. Gabriel hatte sich eine eigene Uniform aus einem noch kaum getragenen Jagdanzug seines Bruders Awetis zurechtgemacht. Er trug dazu gelbe Ledergamaschen und einen Tropenhut. Diesen setzte er auf, als er nun mit nachdenklich wiegendem Schritt auf den Russen zuging. Der Tropenhelm machte ihn noch um einen halben Kopf größer, als er schon war. Er schlug mit seinem Stock gegen die Gamaschen und trat so unabwendbar dicht an Kilikian heran, daß dieser ein Schrittchen zurückweichen mußte:

„Hör mich, Sarkis Kilikian, und tu deinen Schädel gut auf!"

Bagradian unterbrach sich eine Sekunde lang. Er hörte, daß seine Stimme nicht ganz ruhig war. Stark klopfte sein Herz. Diese Erregung war eine Chance, die er seinem Gegner gab. Er wartete deshalb, des Russen Blick nicht auslassend, bis sich sein ganzes Wesen bis zum Rand mit klarem und kaltem Willen angefüllt hatte:

„Ich selbst gebe dir das Recht, Kilikian, das zu tun, wozu du Lust hast. Ehe ich dir aber den Rücken kehre, mußt du dich entschieden haben ... Du bist frei, du kannst zum Teufel gehen, niemand hält dich, Leute wie deinesgleichen brauchen wir am allerwenigsten ..."

Gabriel machte eine Pause, als erwarte er, Sarkis Kilikian werde dieser Aufforderung sofort nachkommen und in seiner höhnisch langsamen Art davonschlendern, ohne sich ein einziges Mal mehr nach dem Volk des Damlajik umzusehen. Der Russe jedoch wurzelte auf seinem Platz. In den toten Steinglanz seiner Augen verirrte sich ein neugieriger Schimmer. Bagradians Stimme nahm ein kühles Bedauern an:

„Ich habe vorgehabt, dich, Kilikian, der du Soldat gewesen bist, durch eine Führerstelle vor den anderen auszuzeichnen, weil du von den Türken mehr erduldet hast als irgendeiner hier. Du hättest dich und deine Kameraden an ihnen blutig rächen dürfen ... Da du aber noch nicht weißt, ob du dazu Lust haben wirst, da du wirklich nur ein verlotterter feiger Deserteur bist, da du die Pflicht gegen dein Volk nicht anerkennst und vorhin einen Meineid des Gehorsams geschworen hast, so lauf und laß dich nie wieder hier blicken! Wir können einen Schmarotzer nicht brauchen, einen frechen Lumpen, der den Frauen und Kindern das Brot wegfrißt. Wenn du es aber wagst, dich noch einmal unter uns zu zeigen, so lasse ich dich erschießen! Geh zu den Türken hinüber! Ihre Kompanien werden bald hier sein. Sie warten schon auf dich!"

Für einen Mann wie den Russen hätte es jetzt nur eine einzige Möglichkeit gegeben: sich auf diesen feinen Herrn, diesen „Kapitalisten", zu stürzen und ihm die Faust in die Fresse zu schlagen. Sarkis Kilikian aber rührte sich nicht. Seine Augen verloren die starre Ruhe und forschten in der Männerrunde nach Parteigängern. Gabriel Bagradian ließ fünf Sekunden vorübergehen, die seine Macht wie eine Welle hochtrugen, dann schrie er den Mann unvermittelt mit schneidender Stimme an:

„Ich sehe, du hast dich entschieden. Also, marsch! Verschwinde!"

Es war sonderbar, wie diese peitschensausenden Laute den Russen sofort in einen alten Sträfling verwandelten. Er duckte den Kopf zwischen die Schultern und lauerte von unten an dem Gegner empor, der ihn hoffnungslos überragte. Die ganze

Schwäche Kilikians aber lag in der Geistesklarheit, mit der er seine Lage beurteilte. Er spürte genau, daß er einen ekelerregenden minderwertigen Augenblick erlebte, denn alle Gewalttätigkeit hängt davon ab, daß der trunkene Haßgeist nicht durch Vorausberechnung der Folgen gebrochen ist. Kilikian aber wußte in diesem Sträflingsmoment, was er zu verlieren hatte. Seit vier Monaten schon lebte er auf dem Musa Dagh in sicherer Verborgenheit. Was er zum Leben brauchte, hatte er sich nachts in den Dörfern zusammengebettelt. Der Auszug des Volkes auf den Berg bedeutete für ihn eine ungeahnte Verbesserung seines Lebens. Wurde er aber aus dem Lager gestoßen, verschwand für ihn die letzte Möglichkeit, menschliche Nahrung zu finden. Im Tale durfte er sich hernach nicht mehr sehen lassen. Doch auch die umliegenden Berggebiete würden von den Türken im Handumdrehen besetzt sein. Der Tod, der ihn höhnischerweise so oft verschont hatte, konnte sich dann an ihm gütlich tun. Die Türken würden ihm mindestens das Fell vom Leibe schinden und jedes Glied gesondert ermorden. Dies alles war dem Russen im blitzhaften Bruchteil einer Sekunde bewußt, und weder sein Stolz, sein Haß noch sein Trotz kamen wider dieses Bewußtsein auf. Er versuchte noch einmal glucksend zu lachen. Doch es kam dabei nur ein beschämend kleinlauter Spott zustande. Gabriel Bagradian wich nicht um Haaresbreite:

„Nun?! Was stehst du noch hier herum?"

Sarkis Kilikians geduckter Sträflingskopf drehte sich zur Seite:

„Ich will..."

„Was willst du?!"

Der Russe schlug neue Augen auf, nicht mehr jene blassen verlebten Achate, sondern unsichere Knabenblicke. Gabriel mußte an den elfjährigen Jungen denken, der mit erhobenem Küchenmesser vor seiner Mutter stand, um sie zu schützen. Es dauerte lange, ehe Kilikian die entscheidenden Worte eines Unterliegenden hervorwürgte:

„Ich will bleiben!"

Gabriel überlegte, ob er den Mann nicht völlig auf die Knie zwingen müsse, und zwar dergestalt, daß er ihn vor den versammelten Zehnerschaften zu flehentlicher Abbitte und einem verschärften Gehorsamsschwur verurteilte. Nicht nur Mitleid jedoch (das Bild des Elfjährigen), sondern ein innerster Instinkt rieten davon ab. Es wäre eines überlegenen Führers unwürdig gewesen, den Sieg über einen Schwachen voll auszukosten und die eigene Front mit einem ganz und gar erniedrigten Feind zu belasten. Daher nahm sein scharfer Offizierston eine Schwebung von Güte an:

„Ich werde dich dieses erste und letzte Mal begnadigen, Kilikian, und will es eine kurze Zeit mit dir versuchen. Aber du bist nicht fähig, die geringste Verantwortung zu tragen, hüte dich, du bist beobachtet! Abtreten!"

Der Triumph Gabriel Bagradians war so überwältigend, daß der Gemaßregelte militärisch grüßend an die Lammfellmütze griff, ehe er sich unauffällig davonmachte. Die Niederwerfung des aufsässigen Deserteurs, den alle fürchteten, begründete recht eigentlich erst die Machtstellung des Oberbefehlshabers. Tschausch Nurhan und die Gruppenführer nahmen unwillkürlich stramme Stellung. In manchem Auge stand zu lesen: Es zeigt sich doch, was ein geborener Herr ist. Dem peinlichen Auftritt hatte außer Aram Tomasian und Hapeth Schatakhian, die ja Mitglieder des Kriegskomitees waren, auch Lehrer Hrand Oskanian beigewohnt. Er sah nach seiner Art finster und mit erhabener Ablehnung der Umwelt drein. Gabriel Bagradian fiel das Gesicht des schwarzen Lehrers heute besonders auf. Hinter dieser selbstbewußten und alles verneinenden Miene schien sich Energie und Entschlossenheit zu verbergen. So klein Oskanian war, er verstand es wahrscheinlich, nicht nur Kindern Angst einzuflößen. Die Besatzung der Südbastion setzte sich zur Hälfte aus Deserteuren zusammen. Wie die Frechheit Kilikians gezeigt hatte, waren sie eines Erziehers und einer Aufsichtsperson bedürftig. Man mußte ihnen einen giftigen Stachel ins Fleisch bohren. Bagradian war überzeugt, in diesem von sich selbst besessenen Zwerg Oskanian den rechten Giftstachel gefunden zu haben. Auch bot sich ihm jetzt die Gelegenheit, die Kränkung wiedergutzumachen, die dem Schweiger dadurch widerfahren war, daß ihn Ter Haigasun in keinen der Unterausschüsse entsandt und keines besseren Amtes als nur des Schulehaltens für würdig befunden hatte. Bagradian bot deshalb dem finsteren Lehrer das Amt eines Kommissärs der Südstellung an. Er sollte in der Bastion für scharfe Ordnung und klaglosen Dienst sorgen, vor allem aber das kleinste Vergehen und die geringste Unbotsamkeit sogleich zur Anzeige bringen. Hrand Oskanian runzelte seine niedrige Stirn, so daß seine dicken schwarzen Augenbrauen zu einem Strich über der Nase zusammenwuchsen. Er schien mit Großartigkeit zu überlegen, ob diese teils erzieherische, teils büttelhafte Sendung seinem hohen Werte angemessen sei. Endlich stellte er seine Bedingung:

„Wenn ich die Aufsicht über die Südbastion übernehmen soll, muß ich sehr gut bewaffnet sein, Bagradian Effendi, damit die Kerle sehen, daß mit mir nicht zu spaßen ist."

Lehrer Oskanian setzte es dann auch beim Waffenmeister Tschausch Nurhan durch, daß ihm nicht nur ein Karagewehr mit fünf Magazinen, sondern auch noch eine wuchtige Sattelpistole und ein breites Faschinenmesser ausgefolgt wurden. Dergestalt schwer bewaffnet, begab er sich unverzüglich auf den Dreizeltplatz, wo er mit gewichtigem Schritt auf Juliette zutrat, um ihr seinen neuen Rang zu melden. Gonzagues achtete er mit keinem Blick, von der Überzeugung erfüllt, daß der glatte Weichling vor ihm, dem Krieger, in nichts zerfließe.

An diesem, dem ersten Tage des Musa Dagh flogen die Grabenarbeiten frisch von der Hand. Es bestand gute Aussicht, daß man noch vor Einbruch der Nacht mit den wichtigsten Befestigungswerken zu Ende kommen werde. Das Arbeitsfieber wirkte so begeisternd, daß unter Lachen und Gesang Vergangenheit und Zukunft vergessen schienen.

Weit weniger zuversichtlich erwies sich der Gemütszustand in der Stadtmulde. Ter Haigasun und Pastor Aram hatten alle Hände voll zu tun, um mit den Problemen, die in jeder Minute verschwenderisch auftauchten, zur Not fertig zu werden. Bei der ersten Führerberatung schon hatte Gabriel Bagradian die große Eigentumsfrage zum Mißvergnügen Kebussjans und der anderen Muchtars und Reichen aufgeworfen. Jetzt sahen diese eingefleischten Besitzbauern selbst ein, daß es ein Leben auf dem Damlajik ohne Vergemeinschaftung des Herdeneigentums überhaupt nicht geben könne. Täglich mußten nach genauer Vorschrift soundso viel Schafe und Ziegen geschlachtet werden, wobei es ganz unmöglich war, auf die einzelnen Herdenbesitzer Rücksicht zu nehmen. Jeder Vernünftige sah ferner ein, daß die Schlachtung der Tiere von den Gemeindemetzgern auf einem hierfür bestimmten Platz vorgenommen werden müsse und daß eine Abordnung des Führerrates täglich die Verteilung des Fleisches an die Familien und Zehnerschaften zu beaufsichtigen habe, damit kein Unrecht geschehe und es nicht zu Unruhen komme. Da sich eines aus dem andern ergab, mußten die Muchtars schließlich sogar die Vorteile der gemeinschaftlichen Zubereitung des Fleisches einsehn. Doch nicht genug damit! Ihre Pflicht verlangte, daß sie das Notwendige nicht nur einsahen, sondern das Eingesehene dem Volke auch vermittelten und schmackhaft machten. Die Frischbekehrten hatten es nicht leicht, Vorkämpfer einer Ordnung zu sein, deren geborene Widersacher sie waren. In der Wohnungsfrage ließen sich die Gegensätze leichter vereinigen. Ter Haigasun hatte ja immer die Meinung vertreten, daß eine allzu harte und fugenlose Gemeinschaft dem Leben widerspreche und sich über kurz oder lang rächen müsse. So reibungslos wie möglich in einen neuen Alltag hereinwachsen, dies war die Formel, an die er glaubte. Das Wohngebiet wurde deshalb, soweit es nur ging, ausgedehnt. Morgen schon, wenn Arbeitskräfte und Werkzeuge in den Schanzwerken frei geworden waren, sollte Vater Tomasian nach einem Stadtplan Arams mit dem Bau der Laubhütten beginnen. Da es ungefähr tausend Familien auf dem Damlajik gab, waren auch tausend Wohnstätten vorgesehen, deren Größe von der Kopfzahl der Familie abhing. Holz und Zweigicht war in Überfülle vorhanden. Gabriel Bagradian hatte gestattet, daß ein Teil der Reserve schon am heutigen Tag die Bäume für die Siedlung fällen dürfe.

Große Schwierigkeiten, doch die größte begann bei Brot und Mehl. Hier blieb Ter Haigasun angesichts der beklemmenden Sparnotwendigkeit unerbittlich. Alles, was die einzelnen Familien an Feldfrucht noch besaßen, Weizen, Bulgur, Mais, Kartoffeln, sowie alles, was sie in ihren Backtrögen gebacken und auf den Berg geschleppt hatten, mußte abgeliefert werden, ohne Pardon. Von diesem allgemeinen Vorrat sollte jede Familie bei der Fleischausgabe am Vormittag nur eine kleine Ration mitbekommen. Doch nicht allein das Mehl wurde dem freien Genuß entzogen, auch das Salz, der Kaffee, Tabak, Reis, Gewürz und alles sonstwie Kostbare, das die Sippen mit großer Mühe und weiser Berechnung heraufgeschafft hatten. Der Widerstand gegen diesen harten Beschluß währte stundenlang. Endlich drangen Aram Tomasian und die Muchtars mit Beschwörungen und Flüchen so weit durch, daß einige der tugendhafteren Familienväter mit ihrem Brot und Mehl, mit

ihrem Kaffee und Tabak sich zögernd auf den Depotplatz
begaben, wo das eingezogene Volksgut aufgeschichtet, geordnet und gebucht werden sollte. Diesen opferbereiten Helden
folgten andre, und nach und nach die meisten, von Scham
getrieben, denn auf den offenen Lagerstätten ließ sich das
zurückbehaltene Eigentum nicht verheimlichen. Die Mehl-
und Maissäcke häuften sich nebeneinander. Vater Tomasian
bekam den Auftrag, schon in der ersten Frühe des nächsten
Tages diese Vorratsstätte durch eine Speicherscheune vor dem
Wetter zu schützen. Der Depotplatz bekam sogleich eine
Wache von fünf Bewaffneten. Ter Haigasun bestimmte für
diesen Dienst fünf Männer aus den ärmsten Dorffamilien.
Nachdem all diese schwerwiegenden Fragen für den Augenblick geregelt waren, spürte der Priester, daß er die bedrückten
und verstimmten Seelen des Lagervolkes aufrichten müsse. Er
stellte daher nicht nur den baldigen Bau einer größeren Anzahl
von Tonirs in Aussicht, sondern warf auch das Wort Harisa
in die Menge, das seine beruhigende Wirkung nicht verfehlte.
Harisa heißt eine Nationalspeise der Armenier schon seit
undenklichen Zeiten. Wie alles Uralte, dem Gedächtnis der
Generationen Entwachsene, ist auch diese Speise und ihre
Zubereitung von einem Hauch des Religiösen und Feierlichen
umwittert. Dies war auch der Grund, warum die bloße Er-
wähnung eines Harisa-Festes in dem verdüsterten Volke
Traulichkeit verbreitete. Dabei bestand die Speise, gleich allen
Abwandlungen der menschlichen Küche, nur aus wenigen und
einfachen Bestandteilen, aus kleinen Lammfleischwürfeln, aus
Fett, aus gehackten Knorpeln und Gorgod, grobgeschälten
Weizengraupen, die dem Ganzen beigemischt waren. Doch die
Materie war nicht das Wichtigste, handelte es sich doch bei
Harisa um eine Festspeise, die im September die vielfältigen
Erntewochen von Gal, dem Dreschfest, bis Wartawar, der
Weinlese, alljährlich belohnte. Ter Haigasun sorgte also trotz
Verschickung und Flucht dafür, daß sein Volk auch auf dem
Damlajik nicht um eine der wenigen Lebensfreuden kommen
sollte, die es besaß. Die Harisa-Freude lag aber nicht nur im
Essen, sondern weit mehr noch in der Zeremonie der lang-
wierigen Zubereitung. In den Tonirs mußte die ganze Nacht
über ein mäßiges Feuer unterhalten werden, auf dem die
Mischung langsam kochte. Am Morgen war dann das Wasser

im Topfe verdunstet, und nur mehr eine fest zusammengewachsene Masse blieb übrig. Jetzt aber begann erst das Vergnügen der Jugend. Lang vor der üblichen Zeit erhoben sich im Hause die jungen Burschen und Mädchen, um mit dem Klappstock Tentotz, der in jedem Gerätewinkel aufbewahrt wird, Harisa zu schlagen, denn die Masse mußte erst zurechtgeprügelt werden, wie in anderen Ländern der getrocknete Stockfisch. Dies alles war nur ein kleiner, blasser Teil der altberühmten und überlieferten Lustbarkeiten, die mit dem Harisa-Fest im Zusammenhang standen. Dank Ter Haigasuns Versprechungen hatte das Volk des Musa Dagh trotz allem ein solches Fest zu erwarten. Der Priester, Tatsachenmensch und Psychologe zugleich, verfolgte mehrere Absichten damit. Erstens: Er wußte, daß der Mensch zugrunde geht, wenn er sich nicht auf irgend etwas, und sei es auch das Geringste, freuen kann. Zweitens: Harisa ist keine reine Fleischspeise, da sie einen Mehlzusatz enthält. Sie hilft Brot sparen und befriedigt doch das Bedürfnis danach. Drittens: Harisa verdirbt nicht. Sie ist kalt und warm genießbar, äußerst sättigend und bedeutet folglich den besten Kriegsproviant. Viertens: Der armenische Bauer und Handwerker fühlt sich in einer Welt nicht zu Hause, wo es keinen Tonir gibt. Vielleicht kommt das daher, weil der Tonir einst der Altar der Feueranbetung gewesen ist, weshalb ihn auch heute noch die Gefühle eines göttlich gesicherten Heimwesens umschweben mögen. Ter Haigasun strebte nichts tatkräftiger an, als seinen Gemeinden hier in der Wildnis und Todesumschlungenheit das Bewußtsein zu schenken: Wir sind zu Hause. Dafür sollten trotz aller Opfer und Entbehrungen die Tonirs und Harisa sorgen. Dies plante der kluge Priester; und kaum hatte er die vertrauten Worte gesprochen, hellte eine Welle von Zufriedenheit die murrenden Gesichter auf.

Ter Haigasun, Gabriel und der Führerrat rechneten ohne Selbstbetrug mit der Vernichtung, die den Musa Dagh von allen vier Weltrichtungen her bedrohte. Mit einer Richtung der Gefahr jedoch hatten sie bisher wenig gerechnet. Und gerade aus dieser Richtung brach noch vor Sonnenuntergang ein Unheil herein, das nie wieder gutzumachen war.

Die Arbeiten schritten heute immer besser vorwärts, schon deshalb, weil die Sonne bedeckt war. Sie schleuderte ihre Hochsommerstrahlen nicht auf die armen Rücken der Roboter, und niemand mußte sich vor ihr schützen. Obgleich aber die Sonne bedeckt war, standen doch keine Wolken am Himmel, und man konnte auch nicht sagen, daß es kühler geworden sei. Die Luft war von einer wolkig trüben Substanz durchdrungen, von einem spülichtfarbenen Bodensatz des Weltalls wie von unreiner Gesinnung; anstatt der offen brennenden Hitze lastete Schwüle bergschwer auf allen Dingen. Das Meer lag ganz glatt. Manchmal überlief es ein Gluthauch vom Westen, ohne seine feste Fläche zu ritzen. Doch trotz dieser schweren Bewegungslosigkeit der See umsprang vom Mittag an die Brandung mit unterdrücktem Zorn immer lebhafter die Klippen. Die Menschen, von ihren Sorgen und Mühen besessen, hatten des scheeläugigen Wetters nicht acht. Der plötzliche Überfall des Himmels gelang daher vollkommen. Vier, fünf einherratternde Sturmstöße wie ein kurzes Kriegsmanifest. Der ganze Damlajik, jeder Felsblock, jeder Baum, jeder Myrten- und Rhododendronstrauch ein einziger aufhorchender Schreck! Dann das Einsatzzeichen eines entsetzlichen Donnerschlags. Und schon ritt das blitzschnelle blitzreiche Südgewitter die rasselnde Attacke, alles in seinen dicht-erstickenden Staub hüllend. Die Matten, die Decken, die Betten, die Kissen, die Laken, die Tücher, die Töpfe, die Krüge, die Lampen, das Leichte, das Schwere, alles klirrte und wimmerte auf, wurde gestürzt, im Kreise gedreht oder davongetragen. Auch die Menschen schrien auf, begannen die boshaft entwischenden Sachen zu jagen, stießen einander an, zertraten das Gut des Nächsten. Den Schlachtlärm aber überbrüllte das jammernde Aufbegehren der kleinen Kinder, als verstünden sie die geheime Bedeutung dieser himmlischen Züchtigung am ersten Tage. Kurz darauf warf die wilde Jagd nach der fliegenden Habe ein Hagel nieder, wie ihn das Bergvolk noch niemals erlebt zu haben wähnte. Nach vergeblichem Widerstand legten sich viele platt auf die dampfende Erde hin und boten ihre Rücken der peitschenden Bastonade dar. Sie bissen in die Erde. Sie wollten vergehn. Ein Ruf plötzlich: Die Munition! Glücklicherweise aber hatte Gabriel Bagradian die Patronenverschläge in das Scheichzelt bringen lassen und Tschausch Nurhan für die Trockenhaltung des unverarbeiteten Pulvers vorgesorgt. Der zweite Gedanke galt den Lebensmitteln. Die Männer stürzten schreiend zum Depotplatz. Zu spät! Die Fladen waren in klebrigen Teig verwandelt, die Brotlaibe in aufgebrochene Schwämme. Alle Mehlsäcke qualmten wie gelöschter Kalk. Und diese Vernichtung war das schwerste Unheil. Der größte Teil des Salzes verlief in der Erde. So mancher dachte der uralten Drohung, daß der Mensch dereinst am Jüngsten Tage alles durch seine Schuld vergossene Salz werde mit den Augenlidern aufsammeln müssen. Angesichts der Katastrophe gaben sie den Kampf auf. Naß bis auf die vom Hagelschlag gepeitschte Haut setzten sie sich auf den morastigen Boden, gleichgültig gegen den Wolkenbruch, der sie mit fingerdicken Strähnen traf. Nicht einmal die Frauen weinten und jammerten mehr. Stumm hüllte sich jeder in brütende Einsamkeit, einen unaussprechlichen Groll gegen Ter Haigasun und den Führerrat im Herzen hütend, die das Depot und den gottverfluchten Ablieferungsbefehl auf dem Gewissen hatten. Nichts erleichtert im Mißgeschick das menschliche Herz so wohltätig wie der Trieb, bestimmte Personen auch für ein elementares Unheil schuldig zu sprechen und mit Vorwürfen zu überhäufen. Auch das zürnende Volk des Damlajik bedachte erst viel später, daß jene von Ter Haigasun verfügte Ablieferung von Brot und Mehl mit dessen Untergang nichts zu schaffen hatte, da dieses im Privatbesitz ebensowenig wäre zu retten gewesen. In den Augen der Bauern aber schien sich der Himmel mit unerbittlicher Strafhärte gegen die Gemeinschaftsordnung und für das Einzeleigentum entschieden zu haben. Die bekehrten Muchtars mit dem schielenden Thomas Kebussjan an der Spitze fielen auch sogleich um und mischten ihre Knurrstimmen unter die Vorwürfe, Anklagen und Flüche, die auf den Priester einstürmten. Ter Haigasun hielt den wilden Anfeindungen mit gesenktem Haupte im abklingenden Regen stand, während ihm die Kutte am Leibe klebte und das Wasser aus dem Barte rann. Brot und Mehl waren für immer vernichtet. Der Priester konnte mit der entsetzlichen Frage nicht fertig werden, warum Gott die menschliche Vorausberechnung von unschuldig Verfolgten binnen zehn Minuten zuschanden gemacht hatte. Und dies, bevor noch der erste Tag des Musa Dagh zu Ende gegangen war. Eine einzige Persönlichkeit hatte sich gegen den Sturmangriff von oben mit energischer Umsicht zu Wehr gesetzt und ihr Brot verteidigt, das freilich geistiges Brot war. Die ersten Windstöße raubten dem alten Krikor sogleich ein paar Bände. Er aber war klug, ließ diese Opfer fahren und warf sich mit

seinem ganzen Gewicht quer über die Mauer, die er aus
Bücherziegeln errichtet hatte, sie mit Händen und Füßen
umklammernd. Trotz dieser Zwangslage war der Apotheker
geistesgegenwärtig genug, zwei Zeltbahnen und eine Decke
herauszuzerren und damit den größten Teil seines Schatzes
trockenzuhalten, bis ihn sein tauber Hausknecht erlöste. Noch
bis zum letzten Schein der Dämmerung sah man ihn dann, wie
er mit unbewegter Mandarinenwürde die sturmentführten
Bücher hinter jedem Strauch und Stein hervorsuchte, bis er sie
alle gerettet hatte.

Die Sonne ging in farbig zerrissenen Himmelsgebirgen unter,
die von nichts mehr wußten. Nur die Vögel lärmten wieder
bis zum letzten Lichtaugenblick, als hätten sie etwas nach-
zuholen. Die Menschen waren überaus still geworden. Männer,
Weiber und Kinder liefen halbnackt durcheinander. Die
Hausfrauen spannten Hanfstricke zwischen den Bäumen und
hängten das ganz und gar durchnäßte Zeug zum Trocknen auf.
Nun wollte sich keiner mehr auf den Erdboden niederlassen.
Doch ehe noch der Mond kam, hatte die durstige Sommererde
die letzte Feuchtigkeit bereits in ihre Tiefen eingesaugt. Die
Lagerfeuer aber wollten trotzdem nicht auflodern, denn an
Holz und Reisig hing noch immer der dicke Regen. Die einzelnen Familien hockten dicht beisammen und kehrten den
Nachbarsippen verstimmt und boshaft den Rücken zu. Später
schliefen sie ohne Matten, Matratzen, Decken und Kissen, die
bis zum nächsten Abend kaum trocken sein konnten, auf der
nackten Erde ein. Die Menschen lagen zu einem Knäuel verwickelt, denn ein Körper wollte im Unglück den andern berühren, eine Trauer sich der andern versichern. Die Mannschaften des ersten Treffens schliefen in den Stellungen draußen, nachdem sie das Wasser aus den kaum fertiggebrachten
Gräben hatten schöpfen müssen. Auch Gabriel ließ sich seine
Matratze und seine Decken in die Nordstellung hinaustragen.
So erschöpft er war, sein Entschluß stand fest, nicht um ein
Haar anders und besser zu leben als seine Kämpfer. Juliette
hatte er heute nur einen Augenblick lang gesehen. Gabriel
Bagradian schlief als letzter ein. Dann hatten nur mehr die
Wachen die Augen offen, je zwei und zwei auf jeder Schanze
der Verteidigungsabschnitte. Eine Stunde vor Mitternacht
ging über die scharfen Zacken des Amanus ein wunderbarer
Sternschnuppenfall nieder. Himmlische Eidechsen und Schlan-

gen tollten in zuckenden Bahnen herab und hüllten den stumpfen Grauwackenklotz des hohen Berges in ein bedeutendes Goldgespinst. Trunken vor Müdigkeit sahen die Wachen dieses Wunder und sahen es nicht. Gegen Morgen aber brütete der abgestandene Regen im Laub, das erste Zwielicht und der warm dampfende Nebel Wölkchen von kleinen roten Fliegen aus, die sich auf die Gesichter und Hände der Schläfer gierig herabsenkten. Ihre Stiche brannten und hinterließen lästige Entzündungen.

Pastor Aram Tomasian saß auf einem Späherposten, den die Kundschaftergruppe der Knaben in der Krone einer uralten Eiche errichtet hatte. Von diesem Punkte aus konnte man Kirchplatz und Dorfstraße der großen Ortschaft Bitias genau überschauen. Der Pastor hatte sich Bagradians Feldstecher ausgeliehen, und so lag der staubbewegte Platz und Weg deutlich vor seinen Augen. Die protestantische Gemeinde Nokhudians stand abmarschbereit vor der Kirche. Der Menschenhaufen machte einen sehr umfänglichen Eindruck; es schien eine erkleckliche Anzahl von Gesinnungsgenossen heimlich zu Nokhudian gestoßen zu sein. Die Überraschung, bis auf Bitias alle Armeniernester leer zu finden, mochte der Grund sein, warum Müdir und Polizeivogt die Ausstoßung vom Samstag auf den heutigen Sonntag verlegt hatten. Die Saptiehs liefen hin und her, ihre Knüppel oder Gewehre schwingend. Genau konnte man das nicht unterscheiden. Ein entrückter Zickzack kleiner Gestalten. Vielleicht schlugen die Gendarmen schon jetzt mit ihren Knuten drein. Doch kein Laut der Empörung und des Jammers verirrte sich hierher. Die Ferne dämpfte das Furchtbare zu einem mattbelebten Bild. Tomasian mußte sich erst innerlich zu dem Bewußtsein überreden, daß sich im Kreisausschnitt des Fernglases dort unten nicht ein puppenhaftes Schauspiel begebe, an dem er keinen Anteil habe, sondern sein eigenes Schicksal. Aram sagte sich immer wieder, daß er sich aus der Schar dieser Vertriebenen, die in der Staubwolke des Tales ihren Todesgang antraten, nur geflüchtet habe, um für ein paar Tage sein Erdendasein zu verlängern. Hier oben in der Eiche war es so schattenwohlig. Den Körper durchströmte ruhevolles Behagen. Die Wirklichkeit des Tales löste sich in winzige Bewegtheiten auf, die das Auge spannten, dem Herzen aber gleichgültiger blieben als ein Traum. Pastor Tomasian fuhr unter der Erkenntnis seiner kaltherzigen Schuld zusammen. Dorthin gehörte er und nicht hierher. Vor seinen Sinnen erstand das Missionshaus von Marasch. Reverend C. E. Woodley, der ihm von Gott gesandte Prüfer, stellte noch einmal die schillernde Fallenfrage: „Kannst du den Kindern helfen, wenn du mit ihnen in den Tod gehst?" Nun aber hatte er dort in Bitias zum zweitenmal die Gelegenheit versäumt, sein Leidenszeugnis vor Christus zu verbessern. — Es dauerte noch lange, quälend lange, ehe sich der Zug seines greisen und doch um so viel gerechteren Amtsbruders Harutiun Nokhudian in Bewegung setzte. Im übrigen hatte der sommersprossige Müdir den Verschickten zweifellos einige Vergünstigungen gewährt. Die vielen Pack-esel schritten im Zug, dem sogar ein paar Karren mit ihren in der Staubwolke hopsenden Vollrädern folgten. Und Pastor Aram Tomasian sah, was er in den sieben letzten Tagen von Zeitun so oft gesehen hatte: Ein kranker, sterbensmatter Menschenwurm, eine schwärzliche Raupe mit zitternden Fühlern, Borsten und Füßchen, wand sich zertreten durch die Landschaft, ohne vom Fleck zu kommen. Das wunde preis-gegebene Tier schien in der offenen Talfalte vergebens ein Versteck zu suchen. Mit peristaltischen Rucken schob es die vordersten Leibringe vor und zog die hinteren schmerzhaft nach. Tiefe Kerben entstanden so, und oft zerriß die schleichende Raupe in mehrere Teile, die, von ihren kaum sichtbaren Peinigern bedrängt, schlecht und recht zusammen-wuchsen, um an der kaum vernarbten Stelle wieder ausei-nanderzubrechen. Es war nicht das Kriechen, sondern der zuckende Todeskampf eines Wurms, ein letztes Sichringeln, Strecken und Krampfen, während die Aasinsekten sich schon über die offenen Wunden hermachten. Fast wie ein Wunder wirkte es, daß zwischen dem Wurm und den Dörfern sich nach und nach ein Abstand bildete, wenn auch unerträglich lang-sam. Es sind einige schwangere Frauen darunter, überlegte Pastor Aram. Und sofort fiel ihm der Gedanke an Howsannah aufs Herz. Verschiedene Anzeichen sprachen dafür, daß die Stunde seiner Frau unmittelbar bevorstehe. Keinerlei Vorsorge war getroffen worden und konnte getroffen werden. Sein erstes Kind würde unter ebenso rauhen Umständen zur Welt kom-men wie irgendein Tierchen des Musa Dagh. War dies schon schlimm genug, so bedrückte Tomasian noch tiefer eine un-bestimmte Angst, die er um seiner Sünde willen für die

Kreatur im Mutterleibe empfand. Er ließ das Zeiß-Glas sinken und klammerte sich, wie vom Schwindel erfaßt, mit beiden Armen an die stärksten Äste der Gabel, in deren Mitte er saß. Als er nach einiger Zeit wieder den Feldstecher vors Auge nahm, hatte sich das Bild etwas verändert. Der Wurm wand sich jetzt durch Azir, das Raupendorf. Ein Trupp von Saptiehs aber hatte sich losgelöst und marschierte in nordöstlicher Richtung, Bitias im Rücken lassend, auf Kebussije zu. Pastor Aram sandte unverzüglich Botschaft an das Hauptquartier. Die Gefahr ging schnell vorüber. Die Saptiehs schwenkten nicht gegen den Nordsattel des Damlajik ein, sondern verzogen sich die ansteigende Talsohle hinan. Sie suchten, durch Pastor Harutiun Nokhudian verwirrt, auf falscher Fährte. Das Land lag still. Auf den Plätzen und Wegen der verlassenen Dörfer lungerten einige hundert Moslems umher. Die durch den Beutegeruch verlockten Mohadschirs aus dem Nordwesten und das einheimische Lumpenpack der Ebene. Das Gesindel schien von den Häusern noch nicht Besitz ergriffen zu haben. Vielleicht nahm ihm irgendein Regierungsbefehl vorläufig den Appetit. Wie träge Brummfliegen taumelten die Guten zwischen den Häusern. Die Gendarmerieabteilung verschwand noch vor Kebussije in ein östliches Seitental, ein Beweis ihrer völligen Ahnungslosigkeit. Jähe Hoffnung: Vielleicht sind dem Volke noch viele Friedenstage gewährt, vielleicht lassen die Türken den Musa Dagh überhaupt links liegen.

Pastor Aram sprang von seinem Spähersitz hinab. Von allen Seiten schollen die Axthiebe der Holzfäller aus den dunklen Schluchten. Tomasians Vater begann weithin hörbar mit dem Bau in der Stadtmulde. Gabriel Bagradian hatte angesichts der irregeführten Saptiehs der ganzen Mannschaft und Reserve den Tag für die Errichtung der Laubhütten freigegeben. Der Pastor fühlte, daß auch für ihn die Stunde der Tat gekommen war. Er hatte seine Entscheidung getroffen. Mochte sie hinter seiner höchsten Pflicht zurückbleiben, auch auf diesem minderwertigeren Boden war es nicht leicht, die Prüfung zu bestehen. Der Zweifel und die lähmenden Anwandlungen des Schuldgefühls mußten für immer überwunden werden. Wenn er sich auch nicht als Heiliger des Herrn erwiesen hatte, so konnte er noch immer als Soldat Christi gelten und Tüchtiges leisten. Mit großen Sprüngen legte er den beträchtlichen Weg ins Lager zurück, um keine Minute seiner Pflicht zu versäumen. Dort herrschte ein unbeschreiblicher Arbeitstrubel. Lange Züge von Packeseln nickten vorbei, die mächtige Bürden von Eichen-, Buchenlaub und Nadelzweigen trugen. In Schubkarren wurden schwere Steine für die notwendigen Unterbauten herangerollt. Vater Tomasians Gehilfen maßen mit dem langen Meßband die Straßen aus und steckten den Raum der einzelnen Hütten ab. Schon stand da und dort bereits das schwanke Gerüst einer Wohnstätte. Die Familien wetteiferten miteinander in Geschwindigkeit. Nicht nur die starken Männer und Frauen arbeiteten, sondern auch die Kinder und die Uralten. Der Bau der öffentlichen Gebäude war schon in überraschendem Fortschritt begriffen, der Lazarettschuppen unter Bedros Altounis Aufsicht und der große Speicher. Meister Tomasian aber überwachte das Entstehen der Regierungsbaracke, die ein Werk seines Herzens war. Sie umfaßte einen großen Raum mit zwei Seitenkojen, der, aus Sicherheitsgründen, nach außen durch eine Tür mit einem Schloß versperrbar sein sollte.

Inzwischen richtete auch Juliette ihr Leben auf dem Dreizeltplatz ein. Gabriel hatte sie ausdrücklich gebeten, auf niemand und nichts Rücksicht zu nehmen, auch nicht auf ihn. Alle anderen seien durch Volksangehörigkeit gezwungen, ihr Los zu tragen, wie es falle. Sie aber habe nichts damit zu tun, sie sei ein unschuldiges Opfer und daher berechtigt, jegliche Forderung zu stellen, die nur halbwegs erfüllbar sei. Auch in einer Sitzung des Führerrates hatte Gabriel Bagradian diese Sache zur Sprache gebracht:
„Meine Frau hat auch hier auf dem Damlajik das Recht, ihr eigenes Leben zu leben, gesondert und nach ihrem Belieben. Ehe ist keine Blutsverwandtschaft. Wir anderen alle sind durch das Blut miteinander verbunden und daher auch den Gesetzen unterworfen, die wir uns gegeben haben. Sie aber steht außerhalb dieser Gesetze. Sie ist Französin, eine Fremde, ein Kind glücklicherer Völker, vom Schicksal gezwungen, unser Leiden mitzuleiden. Sie wird folglich die großmütigste Gastfreundschaft unseres Volkes genießen."
Alle Mitglieder des Führerrates verstanden sofort Bagradians Appell an die Gastfreundschaft: die drei Zelte, die allein Juliette vorbehalten waren, die hochgetürmten Gepäckstücke, die eigene Küche, der unabhängige Haushalt, die Dienerschaft,

der abgesonderte Vorrat, die beiden holländischen Kühe (die Awetis der Jüngere angeschafft hatte), all diese Ausnahmsgüter bildeten Vergünstigungen, die dem Volke mundgerecht gemacht werden mußten. Gabriel Bagradian hatte zwar verfügt, daß der größte Teil der Milch an die Kinder des Lagers verteilt werde, ebenso wie alles, was in der Küche entbehrlich sei; dennoch bedeuteten diese Zuwendungen aber lediglich Reste, die die Herrschaft übrigließ. Feinde, oder auch nur Leute, die ihm nicht wohlgesinnt waren, hätten die Reden Bagradians, in denen er die Notwendigkeit der Gemeinwirtschaft verfocht, mit der üppigen Tatsache des Dreizeltplatzes bloß in Vergleich ziehen müssen, um einen peinlichen Widerspruch zwischen Bekenntnis und Lebensführung nachzuweisen. Es konnte zwar nicht geleugnet werden, daß der Befehlshaber nicht im Zelte, sondern in der Stellung schlief, daß er das gleiche Essen bekam wie alle anderen Kämpfer, daß sein Besitztum, das er der Allgemeinheit zur Verfügung gestellt hatte, einen der größten Anteile ausmachte — ebensowenig aber konnte es geleugnet werden, daß er um Juliettens willen eine große Menge von Köstlichkeiten der Gemeinschaft vorenthielt. In dieser Unstimmigkeit war die Gefahr von Konflikten gelegen. Niemand unter den Führern schien aber jetzt an Ähnliches zu denken. Und doch hatte Thomas Kebussjan, der Muchtar von Yoghonoluk, vor einer Stunde eine bittere Predigt seiner Ehefrau des Dreizeltplatzes wegen über sich ergehen lassen müssen. Ob sie, die Schülerin der Missionare von Marasch, denn keine Dame sei, hatte sich die Muchtarin ereifert, daß sie so tief unter die Französin zu stehen komme und eine elende Laubhütte bewohnen müsse, genauso wie die Frauen des gemeinen Volkes? Ob ferner Ihr Gatte, ein Thomas Kebussjan, wirklich solch ein erbärmlicher Schlucker sei, daß es zwischen ihm und irgendeinem bettelhaften Dikran oder Mikael keinen Unterschied mehr geben solle, während der Unterschied zwischen ihm und dem eingebildeten Bagradian unermeßlich sei? Die Folge dieser eheweiblichen Giftpille war, daß Thomas Kebussjan es auf schlauen Umwegen erreichte, daß für ihn und seine Familie keine windige Laubhütte, sondern ein geräumiges Blockhaus in nächster Nähe des Altars errichtet wurde. Damit der stattliche Bau kein böses Blut mache, war der Muchtar entschlossen, über den Eingang eine Tafel mit der Aufschrift „Gemeindehaus" zu hängen. Im Bewußtsein dieses eigenen Streiches nickte er jetzt beifällig zu Bagradians Aufruf zur Gastfreundschaft. Lehrer Schatakhian aber, der Französling, nahm die Gelegenheit wahr, eine edelgesinnte Erklärung abzugeben. Die Gegenwart von Madame, einer echten Pariserin, unter dem Volke des Musa Dagh sei Ehre und Ansporn zugleich. Jeder Armeniersohn werde darin wetteifern, ihr, dem Gaste aus dem schönen Frankreich, das Leben so leicht wie möglich zu machen und, wenn es sein müsse, das eigene Blut zu vergießen, um Madame zu schützen. Nach diesen Worten Hapeth Schatakhians stieß Lehrer Oskanian den Kolben seines Karagewehrs — er machte keinen unbewaffneten Schritt mehr — hart gegen den Boden. Es war nicht klar, ob er damit dem Kollegen die Zustimmung für seine Rede oder das Mißfallen an seinem feierlichen Wortreichtum bekundete. Ter Haigasun aber sah Gabriel voll an, ehe er beim Sprechen, wie es seine Art war, den Blick niederschlug:

„Gabriel Bagradian! Wir wünschen alle, daß Ihre Frau mit dem Leben davonkommt, wenn uns hier früher oder später das Ende ereilt. Möge sie dann in Frankreich von uns Freundliches sprechen!"

Juliette bewohnte das eine der Expeditionszelte. Im zweiten hatte sie Iskuhi und Howsannah untergebracht, die melancholisch-angstvoll ihrer Zeit entgegensah. Im Scheichzelt, das zur Hälfte als Gepäck- und Vorratskammer diente, waren drei Lager aufgeschlagen. In dem einen Bett schlief Stephan, das zweite gehörte Samuel Awakian, der aber als Adjutant und Generalstäbler die Nacht immer in der Nähe Bagradians verbrachte. Da dieser ausdrücklich und mit schroffem Ton auf jede Bequemlichkeit verzichtet hatte, stellte Juliette das dritte Bett im Scheichzelt Gonzague Maris zur Verfügung. Sie fühlte sich dem jungen Menschen für die bescheidene Art von Aufmerksamkeit verpflichtet, mit der er sie besonders seit den letzten Unglückstagen umgab. Er hatte Gabriel das Leben gerettet. Überdies war er der einzige Europäer neben ihr auf dem Damlajik. In manchen Augenblicken wurde die Zwangsverwandtschaft zwischen beiden so stark, daß sie einander ansahen wie zwei Verschworene, ja wie zwei Gefangene in demselben Kerker. Während Juliette einen gefährlichen Hang verspürte, sich gehenzulassen, war Gonzague nach wie vor wie aus der Schachtel gekleidet. Sie überraschte ihn manchmal, wie er mit peinlicher Genauigkeit vor dem Zelte seinen Anzug bürstete, einen abgerissenen Knopf annähte oder die Schuhe putzte. Seine Nägel waren sauber, seine Hände gepflegt, er rasierte sich, im Gegensatz zu Gabriel, an jedem Morgen. Niemals aber erweckte diese eingehende Beschäftigung mit seinem Selbst den Eindruck einer besonderen Eitelkeit. Es schien weit eher ein tätiger Abscheu vor aller Ungenauigkeit und Unsauberkeit zu sein. Ein Fleck auf dem Gewand, ein Schmutzspritzer auf den Schuhen konnten Gonzague unglücklich machen. Es war, als ertrage sein Wesen nichts Dumpfes, nichts Unbewußtes, als müsse er alles in das Licht des Willens und einer eigenartigen Zweckhaftigkeit heben, um überhaupt leben zu können. Sie sah in seiner Lebensart, die sich von den Umständen nicht beugen ließ, eine vorbildliche Haltung, die ihr eine gewisse Bewunderung abnötigte. Um so weniger verständlich war ihr Gonzagues gleichmütiger Entschluß, das todgewärtige Los eines fremden Volkes zu teilen. Ein oder zwei flüchtige Andeutungen, welche die Möglichkeit offenließen, der Entschluß sei um ihretwillen gefaßt, hielt sie für kalte Galanterien. Gonzague hatte sie nicht ein einziges Mal etwas anderes als die liebesferne Verehrung fühlen lassen, die ein junger Mann einer Dame zollt, in der er infolge des Lebensabstands das Weib nicht sieht. Obgleich Gonzague manche Stunde des Tages in Juliettens Nähe verbrachte, kam es zwischen ihnen niemals zu einem Gespräch, das über das Sachliche und Gegenwärtige hinausging. Sie wußte von seinem Vorleben noch immer so gut wie gar nichts. Die merkwürdige, gespannte Aufmerksamkeit, die in seinen Augen unter den stumpf gegeneinandergestellten Brauen lag, schien nur auf die Minute gerichtet zu sein. Doch gerade dieses fehlende Vorher und Nachher in Gonzagues Wesen weckte Juliettes unruhige Neugier, wenn sie ihn sah. Als er sich einmal einen halben Tag lang nicht gezeigt hatte, forschte sie ihn aus:

„Haben Sie schon mit den Aufzeichnungen über unser Leben begonnen?"

Er schaute sie erstaunt und fast ein bißchen spöttisch an:

„Ich mache mir niemals Notizen. Das einzige Talent, das ich wirklich besitze, ist mein Gedächtnis. Ich werde es nicht nötig haben, schmutzige Papiere und Zettel zu retten."

Die Sicherheit des jungen Menschen ärgerte Juliette:
„Es fragt sich nur, ob Sie Ihren Kopf mit dem dazugehörigen Gedächtnis werden retten können?"

Er lachte kurz auf, aber es war nur der Ausdruck einer ernsten Überzeugung:
„Sie glauben doch nicht, Juliette, daß mich türkisches Militär oder etwas anderes zurückhalten wird, den Berg zu verlassen, wenn ich es wirklich *will*."

Der Ton und Inhalt dieser Antwort war ihr unangenehm. Die abwartende Festigkeit, die Gonzague so oft zeigte, stieß sie ab. Doch gab es auch Augenblicke, wo er ganz verloren und kindlich sein konnte. Dann quoll ein mütterliches Mitleid in ihr auf, das ihr selbst wohltat.

In der Nähe des Dreizeltplatzes, jenseits der Buchengruppe, hatten Kristaphor und Missak einen Tisch mit Bänken aufgestellt. Dieses Plätzchen sah so reizend aus, als befände man sich im abgelegenen Teil eines Gartens, jedenfalls aber im umhegenden Kreis der Kultur und nicht auf einer unwegsamen Bergeshöhe. Hier saß am Nachmittag Juliette mit Iskuhi und Howsannah und empfing ihre Gäste. Es fand sich meist dieselbe Gesellschaft zusammen wie unten in der Villa Bagradian. Apotheker Krikor erschien regelmäßig und die Lehrer, wenn es ihr Dienst erlaubte. Hapeth Schatakhian stellte sich ein, um, wie er selbst gestand, Madame durch seine wohlbetonten Causerien in französischer Sprache zu erfreuen. Hrand Oskanian aber kam nun weniger als Meister der Dichtkunst und Schönschrift als in Gestalt eines beunruhigenden Kriegers. Bei Gelegenheit dieser Besuche trug er noch immer seinen graugesthwänzten Lordsrock, darunter aber das Bajonettschwert an einem Überschwung, aus dem noch die gewichtige Sattelpistole hervorlugte; er legte das Gewehr ebensowenig aus der Hand, wie er seine dräuende Lammfellmütze lüftete. Dennoch aber brachte er noch immer Geschenke mit, einen Strauß von wilden roten Orchideen oder eine genau strichlierte Schullehrerzeichnung, die er vor Juliette hinknallte, als sei sie nur ein nichtiger Vorschuß für künftige, blutigere Gaben des Krieges, Türkenköpfe oder abgehackte Feindeshände. Die Penetranz des schwarzen Knirpses wurde nachgerade unerträglich. Er schwieg durchdringend, Juliette mit gehässig leidenschaftlichen Blicken verzehrend. Mit diesen

Sturmangriffen des Schweigens hatte es jedoch leider nicht mehr sein Bewenden. Die wilde Bewaffnung erzeugte in Oskanians Herzen einen ganz neuen Drang zum Krakeel. Einmal zum Beispiel, als sich die Runde in der ruhigsten Art über die Tagesereignisse unterhielt und aller möglichen Männer und Leistungen lobend Erwähnung tat, nur Oskanians nicht, sprang dieser unvermittelt auf und kehrte sein wutschäumendes Gesicht Gonzague Maris zu, der in einem alten Band der „Illustration" aus Krikors Besitz blätterte:

„Der Herr hat in Gegenwart von Madame über mich gelacht!"

Maris klappte das Buch zu und sah den Rasenden mit liebenswürdiger Verwunderung an:

„Ich habe über eines dieser Bilder gelacht und nicht über Sie, Lehrer Oskanian, obgleich Sie wirklich dazu herausfordern."

Oskanian packte sein Gewehr und schrie:

„Wir werden sehen, wer hier zu lachen hat! Ich bin ein Führer, und der Herr ist nur ein geduldeter Nichtstuer unter uns. Auch ich denke mir mein Teil!"

Ohne Gruß stürmte er davon. Krikor machte eine müd entschuldigende Handbewegung:

„Er möchte immer mehr sein als er ist. Morgen kommt er wieder."

Der Apotheker, der seine Jünger kannte, hatte richtig prophezeit. Er selbst aber, der Sokrates von Yoghonoluk, schien die tragische Aufstörung seines beschaulichen Lebens überwunden zu haben. Schon vom zweiten Tage des Musa Dagh angefangen befleißigte er sich, wie es einem Weisen geziemt, des gleichen Daseins wie früher. Das Bocksbärtchen unter seinem gelbglatten Gesicht wippte wieder gleichmäßig rhythmisch, wenn er aus dem unerschöpflichen Meer seines Wissens unkontrollierbare Zitate holte und Pflanzen, Steine und Elemente mit eigensinnigen Namen und Formeln bedachte. Und doch, der alte unerbittliche Eifer in Krikors Belehrungen war abgestorben und hatte einer beängstigenden Abgeklärtheit Platz gemacht.

Unter den Nachmittagsgästen Juliettens tauchten aber nicht nur die genannten Herren auf, sondern auch die Frauen der Notabeln. Mairik Antaram, die Ärztin, kam, wann sie nur Zeit hatte, die Muchtarin Kebussjan seltener, dafür aber um so

mehr mit unersättlicher Neugier geladen. Die Kebussjan wollte alles sehen und bat Juliette flehentlich, sie in die Wohnstätten zu führen und ihr die Einzelheiten und Geheimnisse des Dreizeltplatzes zu zeigen. Mit überschwenglichen Lobsprüchen bedachte sie dann den Küchenherd, den Howhannes aus Steinen und mitgebrachten Herdplatten meisterhaft gesetzt und für alle Arten des Kochens, Bratens und Backens eingerichtet hatte. Sie bewunderte die leichten und weichen Betten in den Zelten, die zusammenlegbaren Möbel, die Gummitubs, das Tafelgeschirr, die reichen Gepäckstücke. Mit tiefster und anhaltender Ergriffenheit steckte die Muchtarin ihre Nase in die Vorratskisten und begutachtete die Sardinenbüchsen und Konserven, den Zucker und die Seife. Juliette konnte diese würdige Dame mit den suchenden und winkeldurchhuschenden Mausaugen nur loswerden, indem sie ihr aus diesen Vorräten ein Präsent verehrte, eine Tafel Schokolade oder eine Konserve. Frau Kebussjans Dank und Treueversicherungen nahmen dann die Ausmaße ihrer Lobsprüche an. Mairik Antaram hingegen brachte jedesmal selbst eine Kleinigkeit, ein Töpfchen mit Honig oder ein Stück Aprikosenleder, jenes bräunlichrote Fruchtgelee, das einen besonderen Frühstücksleckerbissen der armenischen Dörfer vorstellt. Frau Altouni übergab ihr diese Geschenke heimlich:
„Wenn sie fort sind, Djanik, mein Seelchen, iß das, es ist gut. Du sollst bei uns nichts entbehren . . ."
Oft aber sah Mairik Antaram mit ihrem kühnen und gar nicht wehleidigen Gesicht Juliette sehr traurig an:
„Wärst du doch geblieben, wo du warst, Schönste!"

Iskuhi Tomasian war auf dem Damlajik weniger mit Juliette beisammen als im Hause in Yoghonoluk. Das Mädchen hatte an Ter Haigasun die Bitte gerichtet, als Hilfslehrerin der Schule zugeteilt zu werden, welchem Wunsche der Priester gerne willfahrte. Juliette ihrerseits war diesem Entschlusse mißbilligend gegenübergestanden:
„Du hast dich bei uns kaum ein bißchen erholt und willst dich jetzt plagen? Wozu? Hat das in unserer Lage den leisesten Sinn?"
Mit Iskuhi erging es Juliette noch immer sonderbar. Durch die tatkräftige Güte, die sie ihr vom ersten Augenblick an erwiesen hatte, schien sie nach der eigensinnigen Scheu nun auch

die dienende Willigkeit überwunden zu haben, hinter der sich das Mädchen versteckte. Seit einigen Wochen schon erwies ihr Iskuhi gewisse äußere Zärtlichkeiten. Beim Morgen- und Abendgruß umarmte und küßte sie die ältere Freundin. Juliette aber spürte deutlich, daß diese Zärtlichkeiten nur Nachahmungen und Anpassungen waren, etwa so, wie jemand bestimmte Formeln einer unbekannten Sprache gebraucht, ohne sie genau zu verstehen. Das Harte in Iskuhi, der innerste Kristall, das Unbesieglich-Fremde blieb ungeschmolzen. Es läßt sich nicht verhehlen, daß Juliette unter der Uneinnehmbarkeit dieser Seele litt, da sich jede Verwundung ihres Machtgefühls sogleich gegen ihr eigenes Selbstbewußtsein wandte. Auch die Sache mit der Schule bedeutete eine Art Niederlage für sie. Iskuhi verbrachte nun viele Stunden des Tages auf der sogenannten Schulhalde, die weitab vom Dreizeltplatz lag. Es gab eine große Klassentafel, eine Rechenmaschine, eine Landkarte des ottomanischen Reichs und eine stattliche Menge von Fibeln und Lesebüchern. War es nicht ein Sinnbild für dieses Volk, daß es in der Bedrängnis der Flucht nicht vergessen hatte, die Lehrmittel für seine Kleinen mitzunehmen? „Mutter Erde umherzt das gebildete Kind!" Mehrere hundert Rangen, ein ganzes Heer hockte, saß und lag auf einer Baumlichtung im Schatten, die Luft mit schneidendem Zwitscherlärm erfüllend. Da sich die gesamte Lehrerschaft zumeist im Stellungs- oder Lagerdienst befand, war Iskuhi oft stundenlang dieser zügellosen Bande allein ausgeliefert. Unter diesen vier- bis zwölfjährigen Wilden Ordnung zu halten oder Ruhe zu stiften, war ein Ding der Unmöglichkeit. Iskuhi hatte nicht die Kraft, den Kampf aufzunehmen. Da sie ihr eigenes Wort bald nicht mehr hören konnte, wartete sie resigniert, bis einer der erprobten Männer kam, Oskanian zum Beispiel, und die kleinen Teufel in bleichen Schrecken versetzte. Als eherner Militarist, der er nun war, schritt der Lehrer, das Gewehr in der Hand, durch den Kinderhaufen, als sei er bereit und habe nach Kriegsausbruch das Recht, jeden unbotmäßigen Schüler über den Haufen zu knallen. Die Weidengerte, mit der er zu allem übrigen noch ausgerüstet war, sauste auf Schuldige und Unschuldige nieder. Eine unglückselige Gruppe mußte auf spitzen Steinen knien, eine andere irgendwelche Gegenstände minutenlang hoch über den Kopf halten. Mit großartiger Verächtlichkeit hinterließ Oskanian nachher der stellvertretenden Lehrerin die Frucht seiner wehrhaften Pädagogik, eine geduckte Totenstille.

Juliette sah schon am ersten Tag, daß diese Anstrengung Iskuhi durchaus nicht wohl bekam. Die gute Farbe verlor sich von ihren Wangen, das Gesicht wurde klein, und die Augen wurden wieder so groß wie damals, als sie aus der Hölle der Verschickung heimgekehrt war. Mit Leidenschaft versuchte es Juliette neuerdings, das Mädchen von ihrem Pflichteifer abzubringen. Iskuhi sah sie verständnislos an. Wie dürfte sie sich jetzt, in dieser Stunde ihres Volkes, einer lächerlich geringfügigen Pflichterfüllung entziehen? Im Gegenteil! Sie wolle sich nun auch für den Nachmittag eine Arbeit suchen. Juliette wandte Iskuhi feindselig den Rücken. Ein flüchtiger Einfall flüsterte ihr zu, es sei nicht die Anstrengung des Unterrichtens, die an Iskuhi nage, sondern ein verborgenes Seelenleid. Schnell jedoch verjagte sie diesen Gedanken. Was hatte sie sich denn um die Schmerzen der anderen zu kümmern, sie, die einsamer und unglücklicher war als alle?

Juliette lag nun oft am hellichten Tage stundenlang auf ihrem Bett. Die Enge des Zeltes umpreßte sie. Durch den Spalt des Türvorhangs drangen zwei scharfe Sonnenstrahlen, die sie quälten. Sie besaß nicht die Kraft, aufzustehen und den Spalt zu verhängen. Ich werde krank werden, hoffte sie, ach, wäre ich nur schon krank! Ihr Herz raste und drohte, vor unerfüllbaren Wünschen zu bersten. Sie sehnte sich nach Gabriel, doch nicht nach dem Gabriel, wie er jetzt war, sondern nach dem Pariser Gabriel, nach dem feinfühligen Mann, der mit zärtlichem Takt sie stets hatte vergessen lassen, was nicht zu überbrücken war. Sie sehnte sich nach dem Gabriel in der Avenue Kleber, in der hellen Wohnung, wenn er sich wohlgelaunt mit ihr an den Frühstückstisch setzte. Sie sehnte sich nach dem eleganten Herrn im Abendanzug, der mit ihr die Theater besucht und die schimmernden Restaurants betreten hatte, immer voll feiner Bewunderung für sie, immer Juliette vorrückend, als sei sie etwas weit Höheres und Kostbareres als er, der Armenier. Ihre ferne Welt umdröhnte sie dumpf mit Autohupen, mit dem unterirdischen Gerassel der Metro, mit melodischem Geplapper, mit den Geräuschen, mit den Düften der vertrauten Läden und Warenhäuser. Sie bohrte ihr Gesicht ins Kopfkissen, als sei es das Einzig-Eigene, die Handbreit Heimat, die ihr verblieben war. Sie suchte sich selbst in dem

zarten Geruch. Sie wollte die heimischen Bilder mit allen
Sinnen festhalten. Doch es gelang ihr nicht. Rotierende
Sonnenflecken drängten sich zwischen die geschlossenen Lider.
Farbige Kreise mit bohrend starren Pupillen in der Mitte,
Augen, leidende Vorwurfsaugen, die von allen Seiten auf sie
eindrangen. Und siehe, es waren Gabriels und Stephans ar-
menische Augen, die von ihr nicht abließen. Als sie aufsah,
beugten sich diese Augen wirklich über sie, im wirren Bart-
gesicht eines Fremden. Sie starrte Gabriel erschrocken an.
Ferne war um ihn, Nächte, im Freien verbracht, und der
dumpfig feuchte Geruch von Erde. Seine Stimme klang eilig,
wie zwischen zwei dringenden Pflichten:
„Bist du zufrieden, chérie? Fehlt dir nichts? Ich komme auf
einen Augenblick, um nach dir zu schauen."
„Mir fehlt nichts. Ich danke dir."
Sie überließ ihm die noch traumbefangene Hand. Er saß eine
Weile stumm neben ihr, als habe er nichts, was er mit Juliette
besprechen könnte. Dann erhob er sich. Sie aber setzte sich
zänkisch auf:
„Hältst du mich für so leer, für so materiell, daß du immer
nur an das Äußerliche denkst?"
Er verstand sie nicht gleich. Sie aber schluchzte auf:
„Ich kann so nicht leben..."
Sehr ernst trat er zu ihr zurück:
„Ich verstehe, daß du so nicht leben kannst, Juliette. Man
kann in einer Gemeinschaft nicht leben, wenn man sich ganz
abseits stellt. Du mußt etwas tun! Geh in das Lager, versuche
zu helfen, sei menschlich!"
„Es ist nicht meine Gemeinschaft..."
„Auch die meine ist es nicht so sehr, wie du glaubst, Juliette.
Wir gehören weniger dorthin, wo wir *herkommen*, als wo wir
hinwollen!"
„Oder nicht hinwollen...", weinte sie.
Als er fort war, raffte sich Juliette auf. Vielleicht hatte er
recht. So ging es wirklich nicht weiter. Sie bat Mairik
Antaram, der Arzt möge sie bei der Krankenpflege im La-
zarettschuppen beschäftigen. Der Gedanke, daß Zehntau-
sende Französinnen heute in den Verwundetenhospitälern
ähnliche Dienste leisteten, half ihr bei diesem Entschluß.
Bedros Altouni stutzte zuerst, dann nahm er die Hilfe an.
Juliette erschien noch am selben Tage in der Scheune, an der

noch immer gearbeitet wurde, mit Schürze und Haube, wie es sich gehörte. Es gab Gott sei Dank nicht allzuviel Schwerkranke auf dem Damlajik. Ein paar Fiebernde lagen in Lumpen gewickelt, auf Decken und Matten, die noch von dem großen Unwetter her steif waren! Alte Leute zumeist. Ihr knapper Atem jagte, als seien sie nach langer Verfolgung hier zusammengebrochen. Graue, dunkle Gesichter, in einem fernen Lande schon. Nicht meinesgleichen, fühlte Juliette mit einem kleinen Erbarmen und einem großen Ekel. Sie erkannte ihre innere Untauglichkeit für solchen Liebesdienst. Es kam ihr wie eine Aufhebung ihrer selbst vor. Sie ließ für die Kranken alles Bettzeug aus den Zelten kommen, das nur halbwegs entbehrlich war.

Der vierte August verlief bis Mittag nicht anders als die vorangehenden Tage. Als Gabriel am frühen Morgen mit seinem Fernglas das Tal absuchte, lagen die Dörfer so still und verödet da, daß der Gedanke nicht unerlaubt erschien, es werde sich alles glücklich lösen, der Weltfriede demnächst geschlossen werden und die Rückkehr ins Leben gesichert sein. Bagradian verließ in hoffnungsvoller Stimmung die Beobachtungskuppe und ging von Abschnitt zu Abschnitt, um Arbeit und Dienst der Zehnerschaften überraschend zu visitieren. Zufrieden begab er sich gegen Mittag auf seinen Kommando-Standort. Wenige Minuten später stürzten von allen Seiten die jugendlichen Späher heran. Meldung: Auf der Straße von Antiochia nach Suedja große Staubwolken. Viele, viele Soldaten! Vier Abteilungen. Dahinter Saptiehs und eine große Menschenmenge. Sie biegen eben in das Tal ein und marschieren schon durch das erste Dorf Wakef. Gabriel Bagradian bestieg den nächsten Späherpunkt in größter Hast und stellte folgendes fest: Die Marschkolonne einer kriegsstarken Infanteriekompanie zog die Dörferstraße entlang. Er erkannte die reguläre Truppe sofort an dem berittenen Hauptmann, der sie führte, und den vier in Abständen marschierenden Zügen, die in leidlich taktsicherem Gleichschritt vorwärtszuschwanken schienen. Es mußte demnach ausgebildetes, vielleicht sogar kriegserfahrenes Militär sein, das in den Kasernen von Antakje lag und zu Dschemal Paschas neu aufgestellter Armee gehörte. Erst weit hinter der Kompanie zottelten etwa hundert Saptiehs, während das Gesindel der Ebene, der menschliche

Schwemmsand von Antiochia, zu beiden Seiten der Marschkolonne einherstaubte. Der Aufmarsch dieser Streitmacht von
fast vierhundert Gewehren (die Saptiehs mit eingerechnet) war
so gottverlassen ahnungslos im offenen Gelände durchgeführt,
daß Gabriel lange dem Glauben zuneigte, die Truppe habe ein
anderes Ziel. Erst als nach einer kleinen Rast und Offiziers-
beratung die Kompanie hinter Bitias gegen Nordwesten auf
den Berg zuschwenkte, wurde es klar, daß der Feldzug den
geflüchteten Dorfgemeinden galt. Entweder hatten sich An-
geber aus den Nachbarortschaften gefunden, die der Lärm
des Holzfällens über die Wahrheit belehrt hatte, oder war
Harutiun Nokhudian so lange gefoltert worden, bis er den
Aufenthalt seiner Landsleute verriet. Wie dem auch sei, die
Türken schienen zu vermuten, daß ihrer eine gewöhnliche
Polizeiaufgabe harre, harmloser noch als die bekannte De-
serteurjagd, und daß es sich nur um ein Freilager armseliger
Bergbewohner handle, das aufzustöbern, zu umzingeln und ins
Tal hinabzutreiben sei. Angesichts dieser Aufgabe mußten sie
sich unendlich stark vorkommen, und sie waren es auch, wenn
man bedenkt, daß die Armeniersöhne nur dreihundert gute
Gewehre besaßen, wenig Munition und fast keine ausgebil-
deten Soldaten. Bereits als die Kompanie Yoghonoluk erreicht
hatte, ließ Gabriel Bagradian den großen Alarm durchführen,
wie er ihn täglich mit Zehnerschaften und Lager geübt hatte.
Die Münadirs, die Ausrufer, trommelten die Stadtmulde zusammen. Die Ordonnanzgruppe der Jugendkohorte stob über
die ganze Hochfläche, um den Abschnittsführern die Befehle
zu überbringen. Einige der halbwüchsigen Kundschafter
wagten sich bis ins Tal vor, um die Gliederung und Bewegung
des Feindes auszuforschen. Ter Haigasun, die sieben Muchtars,
die älteren Mitglieder des Führerrates blieben inmitten des
Lagervolkes, wie es verabredet war. Keiner wagte mehr zu
atmen. Selbst den Säuglingen blieb das Lallen und Greinen im
Halse stecken. Die Männer der Reserve umscharten, mit
Äxten, Hacken und Spaten bewaffnet, in einem weiten Ring
das Lager, um im Notfall bereit zu sein. Gabriel stand mit
Tschausch Nurhan und den Unterführern beisammen. Der
Fall war völlig vorgesehen. Da es sich aber um den ersten
Kampf handelte und da kein anderer Verteidigungspunkt
unmittelbar gefährdet war, so ließ er in den Nebenstellungen
nur die notwendigste Besatzung zurück und warf alle ver-

fügbaren Zehnerschaften in die Gräben des Nordsattels. Das System hatte vier Linien. Der Hauptgraben vor allem, der auf der kupierten Höhe der linken Sattellehne den Damlajik absperrte; einige hundert Meter dahinter der zweite Graben längs einer Bodenwelle; an der Stirnseite des Berges ferner der Graben der Flankensicherung mit vorgeschobenen Schützennestern; und auf der Meerseite endlich die glückhaft unübersehbare Barrikade aus zerrissenen Kalkfelsen. Den ersten Graben bezogen ungefähr zweihundert Mann, die besten Gewehre und voraussichtlich besten Kämpfer. Den Befehl über diesen Graben übernahm Bagradian selbst. Er hatte übrigens weder Sarkis Kilikian noch einen der anderen Deserteure unter diese Besatzung aufgenommen. Einen Teil der Elitezehnerschaften legte er unter dem Kommando Tschausch Nurhans in die Felsbarrikaden. In dem zweiten Graben standen weitere zweihundert Mann für den Fall einer unglücklichen Wendung bereit. Jeder Kämpfer erhielt drei Patronenmagazine, also nur fünfzehn Schuß. Bagradian legte den Männern ans Herz:

„Keine Kugel umsonst! Sollte der Kampf auch drei Tage dauern, jeder muß mit seinen drei Magazinen auskommen. Spart, sonst sind wir verloren. Und das Allerwichtigste! Das Feuer wird nur auf meinen Befehl eröffnet! Ihr habt mich alle anzuschauen! Wir müssen die Türken, die von uns nichts wissen werden, bis auf zehn Schritt herankommen lassen. Und dann ruhig auf die Köpfe zielen, und ruhig schießen! In der nächsten Stunde wollen wir hier auf dem Damlajik das Verbrechen an unserem Volke rächen, in der nächsten Stunde wollen wir den Türken beweisen, daß wir in unserer Schwäche ihnen noch hundertmal überlegen sind. Und jetzt denke jeder von euch an das Gräßliche, das sie uns angetan haben, und sonst an nichts!"

Während Gabriel Bagradian sprach, klopfte ihm das Herz bis in die Rede hinein, so daß er sich zusammennehmen mußte, damit niemand etwas merke. Es war nicht nur die tiefe Erregung, die jeden Mann vor einem Feuergefecht packt, es war das Bewußtsein des Ungeheuerlichen, des ganz und gar Wahnsinnigen, das er mit seinem lächerlichen Haufen gegen eine Weltarmee wagte. Trotz seiner aufpeitschenden Worte aber lebte jetzt in seinem wallenden Blut keine Spur von jenem Haß und Rachedurst gegen die Türken, den er soeben den Kämpfern gepredigt hatte. Es war die ganze unpersönliche Erwartung eines Feindes, der nicht mehr Türke war, nicht mehr Enver, Talaat, Polizeivogt, Müdir, sondern nur kriegerischer Feind an sich, den man vernichtet, ohne ihn zu hassen. So wie Bagradian aber erging es auch allen anderen. Die Erwartung wurde fast zum Herzstillstand, als die Späherknaben aus dem Dickicht vorbrachen und mit wilden Gesten den Anmarsch der Türken meldeten. Die Erregung aber wich sofort einem eisigen Gleichmut, als die Schritte der Infanteristen durch den Wildwuchs näher knackten und ein unvorsichtiger Lärm emporschwoll, der sich keines Bösen versah.

Die türkischen Soldaten füllten nach und nach, vom Aufstieg erschöpft, in aufgelöster Marschordnung, die Sattelkerbe. Der kommandierende Hauptmann schien wirklich tief davon durchdrungen zu sein, daß es sich um keine militärische, sondern lediglich um eine polizeiliche Unternehmung handle, sonst hätte er gewiß nicht die primitivsten Vorsichtsmaßregeln außer acht gelassen, welche die Anfangsgründe der Taktik für eine Truppe im feindlichen Gelände vorschreiben. Durch keine Patrouillen, keine Vor-, Seiten- und Nachhut gesichert, hatte sich ein planloses Durcheinander von plappernden, lachenden, rauchenden Infanteristen im Sattelgrund versammelt, um sich von der Bergbesteigung zu erholen.

Tschausch Nurhan kroch im Graben zu Gabriel Bagradian und suchte ihn, scharf flüsternd und gestikulierend, zu überreden, die Türken von allen Seiten zu umgehen und abzuschneiden. Gabriel preßte aber, mit verzerrtem Gesicht, seine Hand auf Nurhans Mund und versetzte ihm einen Stoß. Der Kompaniehauptmann, ein dicker, gemütlicher Herr, hatte seine Fellmütze mit dem Halbmond abgenommen und wischte sich den Schweiß ab, der ihm von der Stirn strömte. Die jungen Zugsoffiziere versammelten sich um ihn. An Hand einer kleinen Kartenskizze begannen alle, ziemlich unmilitärisch, über den mutmaßlichen Aufenthalt der Armenier zu streiten. Glühende Ewigkeiten vergingen für Bagradian. Der ausgepumpte Hauptmann nahm sich nicht einmal die Mühe, einen höheren Punkt zu ersteigen, um das Terrain zu prüfen. Endlich ließ er seinen Trompeter das Signal zur Vergatterung blasen, und zwar in schallenden Wiederholungen, wohl um dem Armenierlager den Schreck des Gerichts in die Glieder zu jagen. Die vier Züge nahmen in entwickelter Linie, zwei Glieder tief,

Aufstellung, alles wie auf dem Kasernenhof. Die Chargen sprangen vor die Front und machten den Offizieren Meldung, die Offiziere traten mit gezogenem Säbel vor den Hauptmann, um ihrerseits Meldung zu machen. Gabriel prägte sich das Gesicht des Kompanieführers nicht ohne Sympathie ein. Es war ein breites freundliches Gesicht mit einer goldgefaßten Brille, die auf der Nasenmitte saß. Nun zog auch der Hauptmann den Säbel und kommandierte mit einer hohen und schwachen Stimme: „Bajonett auf!" Die Gewehrgriffe klapperten. Der Hauptmann ließ seinen Säbel über dem Kopf kreisen und zeigte dann mit der Spitze auf die armenische Sattellehne: „Erster, zweiter Zug in Schwarmlinie, mir nach!" Der rangälteste Zugsoffizier wies mit dem Säbel in die entgegengesetzte Richtung und echote: „Dritter, vierter Zug in Schwarmlinie, mir nach!" Die Türken hatten demnach nicht einmal Klarheit darüber, ob sich das Flüchtlingslager auf dem Damlajik oder auf den nördlichen Höhen des Musa Dagh befand. Die Armeniersöhne standen bis zur Herzhöhe im Graben. Die aufgeworfene Böschung davor, in deren Scharten die Gewehre auflagen, war unsichtbar gemacht, ebenso die ausgehauenen Sichtlinien im Buschwerk und Knieholz, das die Lehne übersäte. In breiter Schwarmlinie strebten die nichtsahnenden Türken die Höhe empor. Der erste Graben war so glänzend maskiert, daß er nur von einem weit höheren Standpunkt wäre einzusehen gewesen, diesen aber gab es nicht, außer in den höchsten Baumwipfeln der Gegenhöhe. Gabriel Bagradian hob die Hand und zog alle Augen an sich. Die Türken kamen in dem Gestrüpp nur langsam vorwärts. Der Hauptmann hatte sich eine neue Zigarette angezündet. Plötzlich stutzte er und blieb stehn. Was bedeutete dieser Erdaufwurf dort? Erst nach einigen Sekunden durchblitzte es ihn, das ist ein Schützengraben. Diese Tatsache aber schien ihm so unglaubwürdig zu sein, daß er noch einmal Zeit verstreichen ließ, ehe er aufbrüllte: „Nieder! Deckung suchen!" Zu spät. Der erste Schuß war bereits gefallen, und zwar ehe Bagradian noch die Hand gesenkt hatte. Die Armenier schossen bedächtig und sicher, einer nach dem anderen, ohne jede Erregung. Sie hatten Zeit zum Zielen. Jeder wußte, daß keine einzige Patrone verschwendet werden dürfe. Da ihre Opfer nur wenige Schritte von ihnen entfernt in völliger Betäubung erstarrt waren, ging auch kein einziger Schuß verloren. Der dicke Hauptmann mit dem gutmütigen Gesicht brüllte noch einigemal: „Nieder! Decken!" Dann schaute er unendlich erstaunt zum Himmel auf und setzte sich hin. Die Brille fiel ihm von der Nase, ehe er zur Seite sank. Jäh löste sich der Bann von den türkischen Soldaten. Sie flüchteten, wild schreiend, in den Sattel hinab, viel Tote und Verwundete zurücklassend, darunter den Hauptmann, einen Zugsoffizier und drei Onbaschis. Gabriel schoß nicht. Ihm war plötzlich leicht und schwebend zumute. Die Wirklichkeit um ihn wurde so unwirklich, wie sie es in ihren wirklichsten Verdichtungen immer ist.

Die Türken brauchten sehr lange, um sich zu erfangen. Die Offiziere und Unteroffiziere hatten schwere Mühe, die Flucht aufzuhalten. Sie mußten mit flacher Säbelklinge und Gewehrkolben die Jammernden zurückjagen. Inzwischen wurden die beiden Züge, die vom Feuer nichts abbekommen hatten, vorgetrieben. Doch anstatt zuerst eine wirksame Angriffslinie zu finden, suchte die neue Schützenreihe an den ungeeignetsten Punkten hinter Büschen und Steinblöcken Deckung, ohne auch nur die Ahnung des Armeniergrabens vors Korn zu bekommen. In die Sträucher und Legföhren entlud sich ein sinnlos tolles Geknatter und Geknalle, das nicht den geringsten Schaden anrichtete. Nur manchmal sang ein Geller über die Köpfe der Verteidiger hinweg. Gabriel Bagradian ließ folgenden Befehl den Graben entlang laufen:
„Nicht schießen! Gut decken! Warten, bis sie wiederkommen!"

Zugleich sandte er in die Seitenstellungen Botschaft, wer es wage, einen Schuß abzugeben oder auch nur sein Gesicht zu zeigen, werde als Verräter behandelt werden. Kein Türke dürfe vom Vorhandensein der Sicherungsriegel die leiseste Ahnung haben. Die armenische Sattellehne lag ausgestorben wie vorher. Die Verteidiger schienen durch das rasende Türkenfeuer alle ums Leben gekommen zu sein. Nach einer Stunde dieser wüsten Munitionsverschwendung versuchte die Kompanie in vier tollkühnen Wellen einen neuen Sturm. Die Armenier, jetzt noch weit sicherer als das erstemal, ließen die Wellen wieder nahe herankommen, ehe sie ihnen abermals den Untergang bereiteten, noch blutiger und entsetzlicher als früher. Jetzt konnten die Chargen der Flucht nicht mehr Halt gebieten. Im Nu war der Sattel leergefegt. Nur das

Zetern der Verwundeten stieg aus dem Unterholz. Schon wollten einige der Armeniersöhne aus dem Graben klettern. Bagradian brüllte sie an, niemand habe Befehl erhalten, seinen Posten zu verlassen. Nach einiger Zeit wagten sich türkische Sanitätsmänner mit Tragbahren zwischen den Bäumen vor und begannen mit einer Rotenmondfahne zu winken. Gabriel Bagradian schickte ihnen Tschausch Nurhan ein paar Schritte entgegen. Dieser machte Zeichen, daß sie herankommen möchten. Dann schrie er ihnen zu:

„Die Toten und Verwundeten könnt ihr mitnehmen. Gewehre, Munition, Tornister, Patronentaschen, Brotbeutel, Montur und Stiefel bleiben hier!!"

Daraufhin waren die Sanitätssoldaten unter Drohung der auf sie gerichteten Läufe gezwungen, die Toten und Verwundeten bis auf die Unterkleider auszuziehen und das Geforderte in schmählichen Haufen liegenzulassen. Nachdem sie dann mit den Opfern verschwunden waren — es dauerte lange Zeit, weil sie immer wiederkehren mußten —, waren alle Kämpfer, einschließlich Tschausch Nurhans, der Meinung, der Angriff sei vollkommen abgeschlagen und kein neuer Ansturm zu erwarten. Gabriel hörte auf diese verführerischen Stimmen nicht, sondern befahl Awakian, die besten Burschen aus der Kundschaftstruppe der Jugend vorzuschicken und einen Teil der Ordonnanzgruppe antreten zu lassen. Letztere erhielt den Auftrag, die erbeuteten Gewehre, Tornister, Magazine und Uniformen in größter Eile einzusammeln und hinter die Linie zu bringen. Unter den Spähern suchte er vier der geschmeidigsten aus. Sie mußten der Kompanie folgen, um ihre Bewegungen genau zu beobachten. Ehe die Ordonnanzen noch mit dem Einsammeln fertig waren, kehrte Haik, ein Junge, der nur wenig älter als Stephan zu sein schien, bereits mit der Meldung zurück, ein Teil der Türken erklettere weiter oben im Norden den Berg, an einer Stelle, wo doch gar nichts zu finden sei.

Es konnte sich nur um einen Umgehungsversuch von der Meerseite her handeln. Darüber war sich nach dieser Meldung nicht nur Gabriel Bagradian klar, sondern auch Tschausch Nurhan und andere. Gabriel übergab das Kommando dem verläßlichsten Gruppenführer und verließ mit Nurhan den Graben. Sie kletterten zu den kampfgierigen Männern, die hinter den Felsbarrikaden standen. Die Kinder des Musa Dagh kannten jeden Block, jeden Vorsprung, jede Grotte, jeden Strauch, jede Agave auf diesem nackten zerfressenen Kalkgefelse, unterhalb dessen die zerrissenen Steilwände jäh oder stufenweise oft zwei- und dreihundert Meter tief ins Meer stürzten. Diese Kenntnis des Berges war ein unberechenbarer Vorteil jeder Truppe gegenüber, die sich hier nicht zurechtfand, mochte sie so stark sein, wie immer sie wollte. Bagradian überließ es den Bergsöhnen, sich selbst in den Schrunden und hinter den Felsmassen so klug zu verteilen, daß die Verbindung immer aufrechterhalten blieb und keiner ins Feuer des andern geraten konnte. Die Aufgabe war die gleiche wie früher, den Feind durch vollständige Unsichtbarkeit und Totenstille vor- und ins Verderben zu locken. Dieser aber war nun schon gewitzter. Seine Hauptmacht schob er langsam auf den Gegenhöhen dem Sattel entgegen und eröffnete schon am Waldesrand, hinter den Bäumen gut gedeckt, ein überstürztes und doch ängstliches Feuer auf den großen Graben, das von der Besatzung wieder nicht zur Kenntnis genommen wurde. Währenddessen aber tauchte, von den Spähern angesagt, eine Patrouille von vier Mann mit der größten Zaghaftigkeit im Felsgebiet auf. Man sah weithin, daß es keine Männer des Gebirges waren, sondern Männer der Ebene. Unbeholfen im Gestein fußfassend, duckten sie sich von Deckung zu Deckung. Mit Umsicht rekognoszierten sie, blickten in jedes Loch und hinter jede Kante. Die Armenier erkannten mit Wollust im Herzen, daß es Saptiehs waren. Die Soldaten waren Fremde. Was aber die Saptiehs waren, wußte jeder. Nun kam der Augenblick, es diesem niedrigsten Raubzeug des Militarismus heimzuzahlen, diesen bestialischen Memmen, die gegen Großmütter tapfer waren, vor Männern aber schlotterten, ehe sie diese nicht dreimal entwaffnet hatten. Gabriel sah in manchem Auge einen trunkenen Wahnsinn aufflammen. Der Onbaschi der Saptiehs mußte den Eindruck gewonnen haben, daß er schon über die Grabenlinie hinaus in den Rücken der Armenier geraten sei. Er schickte lautlos einen Mann zurück, der mit einer roten Signalflagge zu fuchteln begann. Ziemlich lange dauerte es, bis die Umgehungsgruppe heranzögerte, mit zurückzuckendem Stolperschritt, als gelte es, nicht auf rauhen Kalkstein, sondern in kochendes Wasser zu treten. Die Mannschaft dieser Gruppe war zur Hälfte aus Infanteristen, zur Hälfte aus Saptiehs gemischt. In losen Knäueln erreichte

sie, von zwei Offizieren vorwärtsgetrieben, jene Stelle, bis zu
der der Onbaschi die Gegend rekognosziert hatte. Da umfaßte
sie in einem Augenblick, da die wenigsten in Deckung waren,
das armenische Feuer von allen Seiten. Sie sprangen durcheinander. Sie vergaßen ihre Gewehre. Der Türke und insbesondere der Anatolier ist ein berühmter Soldat. Dieser
Angriff jedoch kam aus dem Nichts. Auch die Tapferen
wußten nicht, wie sie sich wehren sollten. Schon zerriß Stöhnen und Brüllen die Luft, als die Armeniersöhne hinter den
Felsen und aus den Schlupfwinkeln hervorfuhren. Mit
Tschausch Nurhan an der Spitze schoben sie sogleich einen
Keil zwischen die Infanterie und die Saptiehs. Von diesen
wurde ein beträchtlicher Teil in die Steilwände abgesprengt.
Die Saptiehs verstiegen sich im unerbittlichen Gemäuer,
drückten sich, der Kugel gewärtig, hilflos an den Fels oder
blieben, an harte Stachelgewächse geklammert, verzweifelt
hängen. Mehrere gerieten ins Rutschen, überkugelten sich und
schlugen wie Bälle auf, ehe sie ins Meer hinabsausten. Die
Kernschar der Türken aber suchte dem tödlichen Felsgewirre
auf dem kürzesten Wege zu entkommen und sprang, stolperte,
stürzte dem Sattel entgegen, von den Bergkriegern verfolgt.
Diese waren nicht mehr bei Besinnung. Sinnlos kehlige
Gröllaute entrollten ihrem Mund, während sie die Türken
jagten. Auch Gabriel Bagradian hatte die Klarheit des Führers
längst verloren, von einem unbekannten Rausch geschüttelt,
von einer irrsinnigen Urmusik, die aus dem Jahrtausendschlaf
seines Blutes erwacht war. Auch aus seiner Brust drangen die
kurzen, gaumigen Laute einer Wildnissprache, die ihn wachen
Sinnes mit Grauen erfüllt hätte. Nun wurde die Welt noch
hundertmal gewichtloser als vorhin. Sie war nichts, nichtiger
als das dünne Zittern einer Libelle. Sie war ein rötlich hüp-
fender Tanz und tat dem Tänzer nicht weh. Doch nicht nur
Gabriel, auch Pastor Aram Tomasian, der sich unter den
Kämpfern der Felsbarrikaden befand, war von dem Wahnsinn
mit ergriffen. Wie ein alter Kreuzfahrer ruderte er mit einem
Kruzifix in der Luft und heulte: „Christus, Christus!" Der
Ritter Christus dieses Schlachtrufs aber hatte blutwenig mit
dem gestrengen Leidensherrn gemein, an dessen Evangelium
Pastor Aram sonst seine Taten prüfte. Sonderbarerweise
weckte Arams Christusgeschrei Gabriel Bagradian aus seiner
Besinnungslosigkeit auf. Er begann die Schlacht zu beobachten

wie einer, der nicht dazugehört, geschweige denn Befehlshaber ist. Mit dem Kampflärm im Felsgebiet war für die türkische Schützenlinie am Waldrand der Gegenhöhe das Zeichen gegeben, zum Frontangriff überzugehen. Die Schwärme brachen vor, schossen ins Leere, warfen sich nieder, schossen, sprangen auf, liefen ein Stück, warfen sich nieder. In diesem Zeitpunkt gerade wurde die zerschmetterte Umgehungsgruppe von den Armeniern aus den Felsen herausgejagt. Das Feuer der Verfolger traf daher die angreifende Schützenlinie in die Flanke. Gabriel Bagradian stand, ohne zu schießen, auf einem Felsblock. Er sah, wie einer der türkischen Leutnants einen regellosen Haufen abfing, um den Mittelpunkt eines Widerstandes zu bilden. Schon warf sich der Schwarm auf die Erde und begann das Feuer. Tschausch Nurhan aber sprang auf den türkischen Offizier zu und schlug ihn mit dem Kolben nieder. Die Türken warfen die Gewehre fort, als hätten sie den Teufel erblickt. Der Längerdienende war auch etwas Ähnliches. Er zeigte, welch einzigartigen Schüler die türkische Infanterie an ihm verloren hatte. Sein Gesicht war blutrot. Der graue, langausgezogene Schnurrbart sträubte sich. Er hatte nicht einmal mehr ein heiseres Krächzen in der Kehle. Der Gedanke, daß er sich decken müsse, um nicht abgeschossen zu werden, schien ihm gar nicht zu kommen. Manchmal hielt er inne, setzte die Trompete an den Mund und entlockte ihr einige atemlos stotternde Rufe, die in ihrer Grausigkeit die Wirkung auf Freund und Feind nicht verfehlten. Als Bagradian sah, daß die Türken eine Frontwendung gegen die Felsseite durchzuführen versuchten, gab er den Männern des langen Grabens mit dem überm Kopf geschwungenen Gewehr das Galoppzeichen. Die Zehnerschaften, die der Gruppenführer kaum mehr zurückgehalten hatte, stürzten mit Gebrüll vor und überschütteten die neue Türkenfront mit einem Kugelhagel, ohne sich hinzuwerfen, ohne der Munition mehr zu achten. Die Kompanie war somit rettungslos zwischen die Kiefer einer Zange geraten. Mit größerer Erfahrung und Geistesgegenwart hätte Bagradian sie völlig aufreiben oder gefangennehmen können. So aber gelang es den Türken doch, in wildem Lauf zu entkommen, obgleich ihnen die zwei Zehnerschaften der Flankensicherung den Weg verstellten und dann nachschossen. Die Flucht der bergabrasenden Türken kam nicht einmal am Fuße des Damlajik ins Stocken, sondern erst auf dem Kirchplatz von Bitias, wo sie sich endlich sammelten.

Neun Soldaten, sieben Saptiehs und ein junger Offizier waren den Verteidigern in die Hände gefallen. Diese schickten sich nun mit der kaltblütigsten Selbstverständlichkeit an, den Gefangenen ausführlich zu zeigen, was es heißt, im Stil eines armenischen Massakers zu sterben. Zwei von den Saptiehs konnte Gabriel Bagradian nicht mehr retten, doch die anderen Gefangenen deckten er, Pastor Aram Tomasian und noch einige ältere Männer mit den eigenen Leibern, während Tschausch Nurhan und die überwältigende Mehrheit für dergleichen Milde an hunderttausendfachen Armeniermördern nicht das nötige Verständnis hatten. Es gelang Bagradian nur schwer, seiner vernünftigen Ansicht in den enttäuschten Zehnerschaften Geltung zu verschaffen:

„Wir haben keinen Vorteil, wenn wir sie umbringen, wir haben auch keinen Vorteil davon, wenn wir sie als Geiseln behalten. Die Ihrigen opfern sie ohne Wimperzucken auf, und wir müssen ihnen zu essen geben. Wir haben aber einen Vorteil davon, wenn wir ihnen eine Botschaft nach Antakje mitgeben."

Er wandte sich an den aschgrauen Leutnant, der sich kaum auf den Beinen halten konnte:

„Ihr habt gesehen, wie leicht wir mit euch fertig werden. Und wenn ihr keine Kompanien, sondern Regimenter sendet, so ist es uns auch gleichgültig. Denn unser sind genug. Sieh hinauf, die Sonne ist noch nicht untergegangen, und wenn ich es wirklich gewollt hätte, würde kein Mann von euch mehr leben. Dies berichte deinem Kommandanten in Antakje und sage ihm, daß wir euch unverdient gnädig behandelt haben. Sage ihm in meinem Namen, er solle seine Regimenter und Kompanien für den Krieg mit den Feinden des Reiches aufsparen und nicht für den Krieg mit friedlichen Bürgern des Reiches. Wir wollen hier oben unbelästigt leben, weiter nichts! Laßt uns künftig in Ruhe, wenn ihr nicht noch ganz andre Erfahrungen machen wollt!"

Der prahlerische Beiklang in Bagradians Worten, das Selbstbewußtsein, das in seiner Drohung lag, die klägliche Todesangst der Gefangenen, dies alles beruhigte die Mordsucht der Zehnerschaften. Sie zwangen die Türken, nicht nur ihre Waffen, Stiefel und Monturen dazulassen, sondern sich völlig nackt auszukleiden. In diesem schmählichen Zustand mußten die Entlassenen noch die Toten und Verwundeten des zweiten Kampfes den Saumpfad des Damlajik hinabschleppen. Die Beute des Tages war sehr groß: dreiundneunzig Mausergewehre, viel Munition, Bajonette. Von den sechsundfünfzig minderwertig bewaffneten Zehnerschaften konnten nun etwa zehn vollwertig ausgerüstet werden. Dies war der größte innere Erfolg. Und dieser Erfolg war ohne jedes Opfer erkauft, denn auf armenischer Seite gab es nur sechs Verwundete, darunter nicht einen schweren Fall.

Es kann nicht wundernehmen, daß dér überwältigende Sieg in seinem wirklichen Werte von Zehnerschaften und Lagervolk bedenklich überschätzt wurde. Arme vertriebene Bauern, ohne hinreichende Wohnung und Nahrung auf der Hochfläche des Damlajik horstend, schlechtbewehrte Fäuste, todesgewisse Seelen hatten eine kriegsstarke Kompanie, also einige hundert junge, monatelang ausgebildete, modern gerüstete türkische Infanteristen geschlagen, und nicht nur geschlagen, sondern beinahe vernichtet. Keine vier Stunden hatte dieser grausame, aber leichte Kampf gedauert. Alles ging dank einem überlegenen Plan und dem trefflichen Verteidigungsbau im Handumdrehen und ohne nennenswerte Verluste. Trotz dem mächtigen Angreifer hatte nur ein Teil des ersten Treffens sich am Kampf beteiligt, während die größere Hälfte verschont geblieben war und das zweite Aufgebot, die Reserve, nicht einmal hatte in Bereitschaft treten müssen. Bildeten all diese nie erträumten Tatsachen nicht einen sonnenklaren Beweis dafür, daß die Lage der sieben Gemeinden glänzend war, daß sich die Armee des Damlajik, die eine ganze Kompanie ohne eigene Verluste zum Teufel geschickt hatte, auch gegen vier Kompanien werde halten können? Und selbst die eingefleischten Schwarzseher mußten sich da fragen, woher denn die türkischen Ersatzkader überflüssige Bataillone und Regimenter für den Damlajik aufbringen sollten, da Dschemal Pascha doch jedes Gewehr für seine menschenarme vierte Armee brauchte. Da schon die Schwarzseher sich solcher Gedanken vermaßen, war es für die Optimisten nahezu selbstverständlich, daß die Türken nach der auskömmlichen Belehrung den Angriff nicht wiederholen würden und daß für absehbare Zeit wenigstens das Leben des Armenierstammes vom Musa Dagh gerettet war.

Doch nur die „politischen Köpfe" machten sich in diesen

glorreichen Stunden Gedanken über die Zukunft. Die große Masse verfiel in einen unbeschreiblichen Rausch. Als die Ordonnanzen der Jugendkohorte atemlos wie Marathonläufer die Siegesnachricht brachten, versammelte Ter Haigasun die Muchtars, die Priester und jene Lehrer um sich, die nicht unter den Kriegern waren, und zog mit ihnen an der Spitze des ganzen Volkes dem Schlachtfeld entgegen. Gabriel Bagradian hatte indessen mit Tschausch Nurhan, Awakian und den Gruppenführern die Dienstordnung für die Nacht festgelegt. Alle Zehnerschaften, die im Kampfe gestanden waren, wurden von den Männern des zweiten Grabens abgelöst. Sie durften einen Urlaub von vierundzwanzig Stunden bei den Ihren in der Stadtmulde verbringen. Tschausch Nurhan duldete es aber nicht, daß die siegreichen Truppen „wie ein Sauhaufen von Zivilisten" in das Lager heimkehrten. Unerbittlich ließ er die Müden in langer Front antreten, teilte die Glieder ab und schuf eine eindrucksvolle Marschsäule, die sich bei Sonnenuntergang unter Trommellärm und den barbarischen Rufen seines Kornetts auf die Stadtmulde hin bewegte. Doch als in der Wegmitte das Kriegsvolk auf das Lagervolk stieß, da konnte es nicht einmal dieser alte Kommißknopf verhindern, daß sich die schöne Ordnung in einen regellosen Taumel löste. In diesem Augenblick kam über Gabriel eine ganz sonderbare Abspannung. Ihm war es, als ob es drei Bagradians gebe, den traulich altgewohnten Bagradian, einen neuen Bagradian, der sich wie ein Hochstapler mit grausigen Dingen abgab, die gar nicht zu ihm paßten, und einen dritten Bagradian, den eigentlichen und wahren. Dieser aber wankte ohne Körper und ohne Heimat zwischen den beiden anderen. So betäubt war dieser wahre Bagradian, daß er die Worte gar nicht auffassen konnte, die Ter Haigasun an ihn richtete: „Nicht nur der Mut unserer Männer ... Ihr Verteidigungsplan ... Seit vielen Wochen schon ... Scharfsinnige Arbeit ... Dem wir es danken ... Die strenge Zucht hilft uns weiter ... Die Gnade verdienen ..." Gabriel Bagradian fühlte sich in der Mitte eines großen Vorgangs. Es war alles eher als ein wilder Jubel, was ihn umwogte, es war auch kein allgemeines Schluchzen, sondern eine wundersame Mischung von beidem, etwas Salzig-Süßes, aus erschütterten Tiefen hervorgeströmt. Tausend Körper drängten sich an ihn heran, sehnsüchtig, den seinen zu berühren. Weich hingehaltene Frauengesichter. Geneigte Mädchenstirnen. Alle Weiber hatten ihren Münzenschmuck angelegt, der klingelte und klapperte. Hände und immer wieder Hände, die nach den seinen haschten, und Lippen, die sie berührten. Wie überirdische Müdigkeit war das, wie Auslöschen. Ein unauflösliches Stimmengewirr dankte ihm mit hundertfachen Segenssprüchen. Er hatte sie nicht nur hinausgeführt aus dem Lande der Vertreibung, er hatte sie vor dem Tod in der Wüste bewahrt. Jetzt aber gab er ihnen eine unermeßliche Hoffnung, ja die Gewißheit des Lebens.

Eine kurze, aber ganz und gar mythologische Weihe. So mußte es gewesen sein, wenn in tiefer Vorzeit ein Stamm seinen König erkor, nicht den stärksten und rauhesten Mann, sondern einen, der schon Väter mit erinnerungsreichen Namen besaß, einen Verfeinerten, dem man nicht nahe kam, wenn man ihm nahte, einen schon Halbfremden, der selbst in der innersten Mitte außen stand, einen Unbegreiflichen, der in seiner Härte weich war und in seiner Weichheit hart. In Gabriel aber lebte keine Freude, sondern nur das Gefühl einer traumhaften Peinlichkeit. Er wußte nichts von einem besonderen Verdienst. Jeder andere Kriegsteilnehmer hätte den Damlajik in denselben Verteidigungszustand versetzt. Nicht Scharfsinn, sondern die natürliche Bodenbeschaffenheit hatte den Sieg davongetragen. Die grauen Köpfe der Muchtars schwankten vor seinem Gesicht. Auch diese widerspenstigen Bauern, die gegen ihn, den Ausländer, sich immer spröde verhalten hatten, griffen nach seiner Hand, um sie wie die Hand eines Vaters zu küssen. Dieses Händeküssen war ihm entsetzlich. Seine Rechte kämpfte einen verzweifelten Kampf. Am liebsten hätte er sie in der Tasche versteckt. Langsam zwängte er sich durch die dicke Menge. Er hatte nur ein einziges Bedürfnis, dies aber war unerträglich stark: Rasieren, waschen, sich abreiben, minutenlang, vom Kopf bis zu den Füßen und dann einen leichten seidenen Schlafanzug auf dem Körper fühlen! Immer wieder klemmte ihn die Masse fest. Immer wieder mußte er Handküsse und Danksprüche über sich ergehen lassen. Er sah sich nach Hilfe um, nach einem Gesicht, das ihn anging. Endlich entdeckte er Iskuhi. Sie war ihm von Anfang an gefolgt, hatte sich aber immer hinter seinem Rücken gehalten. Jetzt langte er nach ihr, als könnte Iskuhis gebrechlicher Körper ihn stützen. Sie sah, daß er totenblaß war, und preßte krampfhaft ihre rechte Hand unter seinen Ellenbogen, als spüre sie, daß er nach Stütze verlange.

„Juliette wartet und hat alles vorbereitet", flüsterte sie ihm zu.

Er lauschte nicht den Worten, sondern der Berührung nach. Wie eine Blindenführerin ging Iskuhi neben ihm. Plötzlich wunderte er sich, daß heute das viele Blut und der viele Tod gar keinen Eindruck auf ihn gemacht hatten.

Im Zelte wusch sich Gabriel mit Inbrunst, nachdem einer der Dorfbarbiere ihn rasiert hatte. Juliette bediente ihn. Sie hatte das Wasser im Kessel gewärmt, in den Badetub geschüttet, das Frottiertuch zurechtgelegt und jenen Schlafanzug vorbereitet, von dem sie wußte, daß Gabriel ihn den anderen vorziehe. Während er sich abrieb, blieb Juliette vor dem Zelt. In ihrer langen Ehe hatten sie beide zu keiner Zeit die letzte Scham voreinander verloren. Die Säuberung dauerte sehr lange. Er bearbeitete seine Haut mit der harten Bürste, bis sie ganz rot wurde. Je leidenschaftlicher er in diese Tätigkeit versunken war, je unduldsamer er den heutigen Tag von seiner Haut zu striegeln suchte, um so weniger fand er sich selbst. Auch in der wunderbaren Reinheit seines Körpers, die er bald genoß, brach der „abstrakte Mensch" nicht mehr durch, als welcher er nach Yoghonoluk gekommen war. Er sah sein altes Gesicht in Juliettens kerzenflankiertem Spiegel. Und doch, in seiner Seele war etwas überdreht, unerklärlich was.

Ihre Stimme mahnte draußen leise:

„Bist du fertig, Gabriel? Darf ich hinein?"

Und sie kam, gehorsam, wie er sie noch nie gesehen hatte, ohne Selbstbehauptung, demütig, und doch wieder aus dieser Demut hervorlauernd:

„Wir wollen das Wasser hinaustragen", sagte sie dienstfertig, ohne irgend jemand von der Dienerschaft zu rufen. Sie schleppten die Gummiwanne hinter das Zelt und entleerten sie. Gabriel spürte an Juliette eine weiche Bereitschaft. Sie war ihm in tiefer Erregung entgegengekommen, sie hatte für ihn gesorgt und es nicht geduldet, daß eine andre Hand ihm diene. Vielleicht war die Stunde jetzt gekommen, daß sich das Fremde in ihr seinem Wesen einschmolz, so wie er dort drüben in Paris seine Fremdheit ihr unterworfen hatte. Wie lange noch? fragte er sich. Denn seit dem heutigen Siege glaubte er nicht mehr an Rettung. Er verschnürte den Zelteingang. Sanft zog er Juliette aufs Bett. Sie lagen aneinandergeschmiegt, wortlos. Juliette zeigte eine neue verehrende Zärtlichkeit. Ihre Augen verhielten die Tränen nicht, als sie zitternd immer wiederholte:

„Ich habe solche Angst um dich gehabt..."

Er sah sie mit fernem Blick an, als verstünde er ihre Sorge nicht. Wie sehr er sich auch dagegen wehrte, seine Gedanken wurden von rauhen Mächten fortgerissen, hinaus in die Stellung. Wenn nur die Wachen sich heute nicht gehenlassen, einschlafen oder die Ablösung versäumen! Wer weiß, ob die Türken nicht einen nächtlichen Überfall planen! Gabriel gehörte nicht mehr Juliette und nicht mehr sich selbst. Er versuchte, sein fliehendes Wesen zu sammeln. Schweiß drang ihm aus den Poren. Als er Julietten ganz nahe kam, konnte er ihr seine Liebe nicht beweisen, das erstemal in ihrer Ehe.

Das Siegesfest in der Stadtmulde währte bis gegen Morgen. Es wurde mehr Harisa gegessen und Wein getrunken, als das Komitee für innere Ordnung gestattet hatte. Ter Haigasun aber drückte ein Auge zu. Der Held dieser Nacht war Tschausch Nurhan. Man verlieh ihm den Ehrennamen „Elleon", das ist der Löwe. Dieses griechische Wort war als Auszeichnung für tapfere Männer aus ältesten Zeiten überliefert.

Zweites Kapitel   Die Taten der Knaben

Die vernichtende Niederlage der kriegsstarken Kompanie auf dem Musa Dagh rief im Hükümet von Antiochia die peinlichste Bestürzung hervor. Sie war und blieb ein Schandfleck auf dem türkischen Schilde. Die Macht jeder Militärrasse steht und fällt mit dem magischen Glauben an ihre eigene Unbesiegbarkeit, den sie zu erzeugen versteht. Durch einen unglücklichen Krieg werden derartige Rassen daher oft auf Jahrzehnte zurückgeschleudert, während andere Völker, die sich der reinen Wehrgesinnung weniger vorbehaltlos verschreiben, militärisches Mißgeschick viel leichter und fruchtbarer überstehen. Die schrecklichste Erniedrigung aber bedeutet es für eine kriegerische Oberklasse, durch den „inneren Feind", durch eine minderwertige, das heißt handels-, handwerks- und bildungsbeflissene Minorität eine blutige Lehre verabfolgt zu erhalten. Damit verkehrt sich für die Waffenstolzen der ganze Lebenssinn, denn die Ehre des Kriegshandwerks gerät bedenklich ins Wanken, wenn eine weiche Intellektrasse die gewerbsmäßigen Helden gewissermaßen im Nebenberuf gründlich verbleut. Dies aber war in dem Gefecht vom vierten August unzweifelhaft der Fall. Recht besehen, übertraf diese Schlappe noch die Ungelegenheiten von Wan und Urfa. Denn dort handelte es sich um sehr volkreiche Armenierstädte, deren Insurrektion im Zeichen des russischen Vormarsches stand. Der verzweifelte Aufruhr von Wan war mit Rücksicht auf den vorrückenden Reichsfeind sogar außenpolitisch mehr als erwünscht, bot er doch vor der Welt die herrlichste Handhabe, das Verbrechen an der armenischen Millet a posteriori überzeugend zu rechtfertigen. Da habt ihr nun den klaren Beweis, daß die Armenier Hochverräter sind und daß wir uns von ihnen befreien müssen. Der Staatsräson ist es niemals darauf angekommen, eine anmutige Volte zwischen Ursache und Wirkung zu schlagen. Das schlechte, jedoch um so denkfaulere Gewissen der Welt, die Presse der jeweiligen Machtgruppen und das durch sie verschnittene Hirn ihrer Leser haben das Ding immer nur so gedreht und verstanden, wie sie es gerade brauchten. Über die Sache von Wan durfte man bestimmten Ortes empört schreiben und empörter lesen: „Die Armenier haben gegen das osmanische Staatsvolk, das sich in schwerem Krieg befindet, die Waffen erhoben und sind zu den Russen übergegangen. Die von Armeniern bewohnten Vilajets müssen daher von diesem Volke durch Deportation befreit werden." Ähnliches konnte man in den türkischen Verlautbarungen lesen, nicht aber die Umkehrung, welche die Wahrheit enthielt: „Die Armenier von Wan und Urfa haben sich, in Verzweiflung über die längst im Gang befindliche Deportation, gegen die türkische Militärmacht so lange zur Wehr gesetzt, bis sie durch den Einmarsch der Russen erlöst worden sind."

Was aber, Allah ist groß, konnte man über den Aufstand vom Musa Dagh schreiben und lesen? Er war politisch weit weniger verwertbar, als die Kunde davon gefährlich werden konnte. Es mußten sich nur an verschiedenen Orten, dem Beispiele gehorchend, ein paar Bagradians finden, um das Reich in ernsthafte Schwierigkeiten zu stürzen. Da der Tod über jede armenische Seele beschlossen war, da sich hier und dort noch immer Waffen befanden, so mußte man mit dergleichen Verwicklungen rechnen.

Die Bürger von Antiochia, vor denen man die Schmach vorläufig noch verborgen hielt, sahen das Sitzungszimmer des Kaimakams bis tief in die Nacht hell erleuchtet und ahnten daher Schlimmes. Der Landrat saß der großen Bezirkskonferenz vor, die ungefähr aus vierzehn Herren bestand. Sein aufgeblähter Leib schien bei jedem Atemzug den Sitzungstisch von sich schieben zu wollen. Das leberkranke Gesicht des Kaimakams mit den schwarzbraunen Augensäcken war in dem mattversöhnlichen Petroleumlicht noch gelber als sonst. Die Räte ereiferten sich in weitschweifigen Reden. Er aber schwieg in sorgenvoller Versunkenheit. Die schlaffen glattrasierten Wangen hingen ihm in den weitausgeschnittenen Kragen, und der Fez war über die linke Schläfe gerutscht, ein Zeichen mißgelaunter Schläfrigkeit. Rechts vom Kaimakam saß der Militärkommandant von Antiochia, ein graubärtiger Oberst, ein Bimbaschi alten Stils mit kleinen Augen und roten Kinderwangen, dem man es von weitem ansah, daß er seine Ruhe und Bequemlichkeit mit Heldenmut bis zum letzten Blutstropfen verteidigen wollte. Neben ihm sein Stellvertreter, ein jüngerer Jüsbaschi, Major von kaum zweiundvierzig Jahren, war sein scharfer Gegensatz, wie es ja bei solchen militärischen Zweigespannen meist üblich ist. Ein schlanker Mann mit ausgemergelten Willenszügen und tiefliegenden Augen, deren verhaltener Blick der Runde hie und da zur Kenntnis brachte: Es ist ein Unglück, daß ich diesen alten Trottel von Oberst mit mir schleppen muß. Ihr kennt mich ja und wißt, daß ich zu allem fähig bin und alles durchführe, was ich mir vornehme. Denn ich gehöre zur Ittihad-Generation. Einer der Zugsoffiziere der geschlagenen Kompanie, der einzige Mülasim, welcher den vierten August überlebt hatte, derselbe, der von Gabriel Bagradian mit seiner Botschaft nackt nach Antakje gesandt worden war, stand vor der Bezirkskonferenz, um Bericht abzulegen. Man konnte es ihm nicht übelnehmen, daß er zur Rechtfertigung des Unglücks die Verteidigungskraft der Armenier mit den wildesten Farben malte. Es müßten sich ihrer zehn-, ja zwanzigtausend auf den Höhen des Musa Dagh in den stärksten Befestigungen verborgen halten. Auch hätten sie wohl schon seit Jahren so viel Waffen, Munition und Proviant gesammelt, daß sie ohne jede zeitliche Begrenzung

Widerstand leisten könnten. Er, der Mülasim, habe mit eigenen Augen zwei eingebaute Maschinengewehre gesehen, die außer der zehnfachen Übermacht den unheilvollen Ausgang entschieden hätten. Der Kaimakam sagte kein Wort, stützte den Kopf in seine rechte Hand und warf einen Blick auf die Kriegskarte des Ottomanischen Reiches, die auf dem Konferenztisch lag, obgleich so große Dinge hier niemand angingen. Die Beamten des Hükümets aber vergnügten sich oft damit, die Fronten mit Fähnchen auszustecken. Trotz der wohlwollenden Künste der Beamten sah das Zukunftsbild nicht rosig aus. Die Fähnchen rückten immer weiter ins türkische Fleisch vor. Die Kriegslage unter Enver Paschas Führung rechtfertigte seinen Ruhm nicht. Die Kaukasusarmee, die besten Korps, bedeckten als unbegrabene Skelettfelder die Pässe und Täler des weglosen Gebirges. Die Russen aber standen schon an der Grenze Persiens, mit dem Gesicht gegen Mossul, und jagten Djewded Pascha, den bekannten Massakergeneral und Schwager Envers, vor sich her. Die Engländer mit ihren Hindus und Gurkhas bedrängten Mesopotamien. Die großartige Suez-Expedition Dschemals war im wahrsten Sinne des Wortes im Sande verlaufen. Der Wüstensand hatte Männer und Material verschluckt. Währenddessen aber drückten die Alliierten auf der Halbinsel Gallipoli, von den Riesengeschützen ihrer Flotten unterstützt, fast schon die Tore Stambuls ein. Unendliche Mengen von Mordmitteln und anderem Kriegsgerät waren bei all diesen Gelegenheiten bereits vergeudet worden. Die Türkei aber besaß keine oder beinahe keine Rüstungsindustrie. Sie war von der Gnade Krupps in Essen und Skodas in Pilsen abhängig. Diese Erzeugungszentralen des Todes konnten die ihnen näherstehende Kundschaft und deren unermeßlichen Verbrauch kaum mehr kulant bedienen. Nur spärlich tröpfelte von der Riesenmasse der täglich erzeugten Kanonen, Haubitzen, Mörser, Maschinengewehre, Hand- und Gasgranaten ein Bruchteil für die Türkei ab, mußte aber dann mit möglichster Eile an die verschiedenen Fronten befördert werden. Daher kam es, daß die riesigen Etappengebiete des Reiches nicht nur von Mannschaften, sondern auch von Waffen und Gerät in hohem Grade entblößt waren. Vielleicht stand es im Etappenbereich der Vierten Armee, in Syrien, deshalb am schlimmsten, weil Dschemal Pascha seine zweite Suez-Expedition vorbereitete

und alle verfügbaren Kräfte langsam in Palästina zusammenzog. Jedenfalls trafen aus Damaskus und Jerusalem unausgesetzt dringende Anforderungen von Männern, Kriegsmitteln
und Proviant in den syrischen Städten ein. Maschinengewehre
gar waren unerschwingliche Träume. Als der Kaimakam dieses
Wort aus dem Munde des armen Mülasims hörte, sah er ihn
mit seinen schweren Augen geistesabwesend an und murmelte
versunken: ,,Maschinengewehre?!"
Der alte gutmütige Bimbaschi mit den roten Kinderwangen
setzte seine Brille auf, obgleich nichts zu verlesen war. Vielleicht wollte er damit nur zeigen, daß er der Weitsichtigste
unter allen war:
,,Das Unglück ist wegen eurer Dummheit und eures Leichtsinns geschehn", nickte er dem Mülasim zu, ,,denn das Reglement befiehlt, daß man eine feindliche Stellung vor dem
Angriff auskundschafte. Nun aber, da die Sache so schlimm
ausgefallen ist, frage ich den Kaimakam: Was willst du haben?
Sollen noch mehr unserer Leute geopfert werden? Oder sollen
wir diese Verfluchten auf ihrem Berge ruhig verkommen lassen? Was schaden sie uns? Die Deportation ist euer Geschäft,
nicht unsres. Werdet ihr Zivilisten damit fertig! Wenn sie
wirklich zehntausend Bewaffnete haben und mehr..."
Der rothaarige Müdir hob, sich zum Worte meldend, die
Hand:
,,Sie haben nicht fünfhundert, nein, nicht dreihundert Bewaffnete. Ich muß es wissen, da ich die Nahijeh verwalte und
in den Dörfern war..."
Der Bimbaschi nahm seine Brille so zwecklos von der Nase,
wie er sie vorhin aufgesetzt hatte:
,,Am besten ist es, wir machen einen Strich unter die Angelegenheit. Die Verfluchten haben sich selbst deportiert. Was
wollt ihr noch mehr? Es leben allerlei Leute an der Küste,
Griechen, Araber. Soll ich vor ihnen einen lächerlichen Krieg
aufführen? Wenn ich alle detachierten Garnisonen der ganzen
Kasah zusammenkratze, bekomme ich keine vier regulären
Kompanien auf die Beine. Und die Tschettehs, die Kurden und
andre Halunken, die ich holen könnte, würden nicht nur über
die Armenier, sondern auch über euch kommen. Drum glaubet
mir: Am klügsten ist es, zu schweigen."
Der verbissene Jüsbaschi mit den tiefliegenden Augen hatte
seit einer Stunde schon eine Zigarette nach der anderen ge-

raucht, ohne ein Wort zu sprechen. Jetzt erhob er sich und machte respektvoll gegen seinen Vorgesetzten Front:

„Bimbaschi Effendi, erlaube, daß ich mich gehorsamst über deine Worte verwundere. Wie können wir denn dieses schwere Unglück verheimlichen, in dem ein Kompaniekommandant, drei Offiziere und an die hundert Mann ermordet worden sind? Es ist schon ein unverzeihliches Versäumnis, daß wir einige Stunden mit der Meldung gezögert haben. Ich werde auch gleich nach dieser Konferenz und auf deinen Befehl den Rapport an das Generalkommando verfassen."

Der Bimbaschi klappte zusammen. Seine Wangen wurden noch röter. Erstens, weil der Major recht hatte, er hatte immer recht, und zweitens, weil er ein Satan war. Der Kaimakam aber schien jetzt erst aus seiner Gedankenverlorenheit zu erwachen:

„Ich will die Geschichte im eigenen Wirkungsbereich liquidieren."

Das war der vorsichtig bürokratische Ausdruck für einen verwickelten Entschluß, in dem die Angst vor dem Wali von Aleppo eine große Rolle spielte. Tägliche Erlässe forderten eine schlagartige und restlose Durchführung der Deportation. Der Widerstand der sieben Gemeinden konnte dem Kaimakam den Kragen brechen, denn er bedeutete sowohl mangelhafte Entwaffnung als auch lässige Aufsicht. Erhielt der Wali einen ungeschminkten Bericht über den Vorfall, hatte der Kaimakam von ihm und Ittihad das Schlimmste zu befürchten. Die Meldung mußte daher eine glimpfliche und verwischte Form erhalten. Der alte Oberst hakte ein:

„Wie willst du sie liquidieren, wenn deine Saptiehs auf den Transporten sind und die Soldaten an der Front?" Er kniff die Augen ein und sandte dem Major einen knirschenden Blick: „Dir aber befehle ich, Jüsbaschi, daß du in dem Rapport an das Generalkommando vier Bataillone und eine Gebirgsbatterie forderst, denn ohne Truppen und Artillerie können wir einen großen Berg nicht belagern."

Der Jüsbaschi tat, als bemerke er die Wut des Alten nicht:

„Bimbaschi Effendi, ich habe deinen Befehl verstanden. Seine Exzellenz General Dschemal Pascha läßt sich jede Angelegenheit persönlich vortragen. Du kannst sicher sein, daß er dich unterstützen wird; die Armenierverschickung ist ja ein Werk seiner Freunde. Er wird es nicht dulden, daß ein paar lumpige

Christenbauern ihr Spiel mit dir treiben."

Bei Nennung des großen Namens wurden unter den Räten die verschiedensten Ansichten laut. Einer der jüngeren Müdirs verstieg sich sogar zu der Behauptung, Dschemal Pascha sei trotz seiner bekannten Rolle in der Regierung, was die Armenier anbetrifft, nicht ganz zuverlässig und habe sogar mit ihnen in Adana paktiert. Der Kaimakam, der wieder von seinem Halbschlaf befallen zu sein schien, hatte indessen seine Entscheidungen getroffen. Er mußte sich mit dem stärksten Mann, dem Major, verbünden und zu diesem Zwecke den alten Bimbaschi dem Verderben überliefern. Der Sündenbock war jedenfalls gefunden, wenn auch ein geduldig langsames Vorgehen geboten schien. Der Kaimakam gähnte tief auf und klopfte mit dem Elfenbeinknopf seines Stockes auf den Tisch:

„Ich hebe die Sitzung auf und bitte den Jüsbaschi, noch eine Weile bei mir zu bleiben, damit wir uns über unsere Berichte an die Zivil- und Militärbehörde gegenseitig verständigen. Bimbaschi Effendi, ich werde dir auch den meinen zur Billigung vorlegen."

Am nächsten Morgen gingen zwei lange und gewundene Rapporte ab. Die scharfen Rückäußerungen trafen erst nach fünf Tagen ein. Der Musa Dagh habe, so lauteten die Befehle, mit den vorhandenen Mitteln und unter allen Umständen unverzüglich geräumt zu werden. Das einzige Zugeständnis an den Bimbaschi bestand aus zwei 10-cm-Feldhaubitzen, die sich auf dem Wege von Hama nach Aleppo befanden und nach Antakje umbeordert wurden. Die Geschütze trafen am siebenten Tag, das war der zwölfte August, am Bestimmungsorte ein. Ihre Bemannung setzte sich aus einem blutjungen Leutnant, drei Unteroffizieren, zwölf alten Reservekanonieren und ein paar schmutzigen Fuhrknechten zusammen. Haubitzen dieser Art ließen sich im Gebirge nur unter großen Schwierigkeiten verwenden.

In gewisser Hinsicht hatte es Stephan schwerer als sein Vater, den ja noch Kindheitserinnerungen mit dem Musa Dagh verbanden. Der Knabe aber war in Europa aufgewachsen, unter den Schulkindern Frankreichs, und kannte bis zur Ankunft in Yoghonoluk von seinem Volke nur diejenigen Personen, welche als Onkel, Tanten und sonstige Verwandte und Freunde das Ehepaar Bagradian in Paris, in der Schweiz und Stambul besucht hatten. Dies waren Leute, die genau so aussahen wie alle anderen Europäer und sich mit Stephan in einem ganz unauffälligen Französisch unterhielten. Um so verwundernswerter muß deshalb die große Verwandlung berühren, die sich an dem Knaben seit dem Tage vollzogen hatte, da er das erstemal in Herrn Hapeth Schatakhians Schulklasse getreten war. Binnen so kurzer Zeit schienen von Stephan die vierzehn Jahre Europa, sein ganzes Leben also, wie weggewaschen zu sein. Er sank, wenn man es so nennen darf, in sein Volk zurück, und dies zehnfach tiefer und gründlicher als sein Vater. (Verwunderlich bleibt auch der Gedanke, daß dieses Kind, wäre es nicht durch ein geheimnisvolles Schicksal nach Syrien verschlagen worden, wahrscheinlich niemals von seiner Blutzugehörigkeit etwas Lebendiges erfahren hätte und dadurch auch nichts von seinem innersten Selbst.) Bei Gabriel Bagradian lagen die Dinge anders. Seine Neuverwurzelung war ein Akt der Not und des Willens. Es mußte sein. Ihn trieb die Macht der Tatsachen und noch eine andre Macht, die hinter ihnen stand. Und doch, viel näher seiner Blutsheimat, war er von ihr dennoch viel weiter entfernt als der entferntere Stephan. Schon durch seine Ehe stand er zwischen den Rassen. Anfangs war es ihm gewissermaßen „taktlos" vorgekommen, als Fremder den Bodenständigen sein Rettungswerk aufzudrängen. Vielleicht lag darin eine Ursache jener feierlichen und doch gebrochenen Empfindung, die ihn nach dem Siege vom vierten August eigentümlich erfüllt hatte. Nicht so Stephan. Obgleich doppelten Blutes, schien der Anteil seiner Mutter in ihm ziemlich machtlos zu sein. Juliettens weibliche Einwirkung auf ihren Gatten spielte eine weit größere Rolle in Gabriels Natur als ihre mütterliche Teilhabe in der Natur Stephans. Man hätte oft meinen können, der Vater sei der durch hochgespannte Blutmischung Zerrissene und nicht der Sohn. Bei Stephan entwickelte sich alles sehr einfach. Er war zum orientalischen Armenierjungen geworden, zu dem, was alle anderen Mitschüler um ihn herum waren. Der Grund? Er hätte sich anders unter ihnen nicht behaupten können. Dieser zugleich gravitätischen, zugleich affenhaft geschmeidigen Jugend flößten nämlich weder die Manieren noch die Kenntnisse des feinerzogenen Stephan die geringste Achtung ein. Da half das beste Französisch nicht im Münd-

lichen und nicht im Schriftlichen, da halfen keine noch so schön auswendig gelernten Fabeln von Lafontaine und Gedichte von Victor Hugo, da half die verläßlichste geographische Wissenschaft ebensowenig. Was letztere anbelangt, so hatten die Buben und Mädel von Yoghonoluk ihre eigene Auffassung; sie legten überhaupt den selbstbewußten Volksvers vom „gebildeten Kind" auf sonderliche Art aus. Erzählte ihnen Stephan von den abendländischen Städten, so lachten sie ihn als einen ungeschickten Märchenerzähler aus, so wie sie ihn auslachten, wenn er seine Schulbücher unterm Arm trug anstatt auf dem Kopfe nach altem Brauch, der ihnen der einzig erlaubte schien. Schließlich tragen die Frauen, wenn sie vom Brunnen kommen, den Krug auch nicht unter der Achselhöhle, sondern schön auf Kopf oder Schulter. Was für vernagelte Köpfe müssen diese Europäer haben. Bei solchen Gelegenheiten bekam Stephan weise Sprichworte aus dem Volksschatz zu hören:
„Ihr gebt wohl den Kamelen das Wasser mit dem Löffel ein?"

Ganz im Gegensatz zu den Intellektuellen von der Sorte Schatakhians, die vor jeder westlichen Errungenschaft und vor dem Wonnehauch europäischer Ästhetik (Juliette) in Ehrfurcht vergingen, war die rauhe Dorfjugend des Musa Dagh von der Überlegenheit, ja dem ausschließlichen Höchstwerte der heimischen Lebensweise restlos durchdrungen. Über den Vorzug von Daseinsformen läßt sich immer streiten. Dem einen tut das Hocken weh, dem andern das Sitzen. Der Glaube an die Höher- oder Minderwertigkeit solcher Formen wird nicht durch ihren absoluten Rang bestimmt — den gibt es nicht —, sondern durch die Diktatur der Umwelt. Stephans Umwelt erklärte schon in der ersten Schulstunde seinen englischen Anzug, den breiten Kragen, Manschetten, Strümpfe, Schnürstiefel für eine nicht nur närrische, sondern geradezu herausfordernde Bekleidungsart. Wäre Stephan ein verzärtelter Weichling gewesen, er hätte Papa sofort gebeten, ihm den Schulbesuch zu erlassen. Er aber nahm den Kampf auf. Man weiß ja schon, daß er seiner Mutter nach einem mehrtägigen Streit die Erlaubnis abgetrotzt hatte, die bodenständige Tracht sich anschaffen zu dürfen. Bald stolzierte auch er mit Schalwar-Hosen, dem Entari-Rock und der Aghil-Schärpe bekleidet über den Kirchplatz von Yoghonoluk. Seine Füße steckten nicht mehr in Schnürstiefeln, sondern in Pantoffeln.

Juliette war entsetzt. Doch in Iskuhi erstand dem Jungen eine Helferin: „Warum soll er diese Kleider nicht haben?" fragte sie. „Sind sie denn weniger schön als die europäischen?" Juliette aber sah ihren Sohn mit abweisenden Augen an: „Er kommt mir vor wie aus einer Maskenleihanstalt kostümiert." In den neuen Kleidern glich Stephan, der ein hübscher Junge war, den schönen Prinzen auf alten persischen Miniaturen. Juliette empfand es, doch sie empfand ebensosehr, daß dieser Prinz mit ihrem Kinde nichts mehr zu tun habe. Zwischen ihr und Stephan wurde ein Abkommen getroffen: Er durfte „kostümiert" zur Schule gehen, mußte aber zu Hause „normal" gekleidet sein. Nach der Flucht auf den Damlajik aber wurde dieser Vertrag hinfällig, weil es ja kein „zu Hause" und deshalb kein „normal" mehr gab. Von Stund an trug Stephan überhaupt nur mehr Entari und Schalwar. Übrigens bekam ihn Juliette nur selten auf dem Dreizeltplatz zu sehen, meist nur beim Mittagessen und vor dem Schlafengehen. Sooft er sich zeigte, war er erregt, verschwitzt und ungeduldig. Die Mutter hatte allen Einfluß auf ihn verloren. Es war, als habe er niemals ein zivilisiertes Leben kennengelernt. Juliette konnte sich oft kaum mit ihm verständigen.

Ja, Stephan war verwandelt. Doch wieviel Mühe diese Rückverwandlung ins Primitive ihn gekostet hatte, das wußte niemand. Er besaß nun die gleichen Gewänder wie die anderen. Diese Gewänder aber waren anfangs schmachvoll rein und ohne Riß. Die Sauberkeit war eine Schwäche — dies erkannte er —, deren Sitz in ihm selbst lag. Er konnte ein beklemmendes Gefühl nicht loswerden, wenn er schmutzige Hände und Füße, schwarze Nägel und ungekämmte Haare hatte. Als er eines Tages, noch in Yoghonoluk, sich Kopfläuse zugezogen, wand Mama mit angeekelten Händen ein petroleumgetränktes Handtuch um sein Haar, und er fühlte sich tief unglücklich. Stephan war der Dorfjugend gegenüber ständig im Nachteil. Seine Füße zum Beispiel blieben zart und weiß, wieviel Mühe er sich auch gab, mit ihnen in Staub, Schmutz, Schlamm umherzuwaten und sie allen möglichen Klettergefahren auszusetzen. Das einzige, was er erreichte, war Sonnenbrand, Blasen und Schrammen, die ihm außer heftigen Schmerzen auch noch Hausarrest zuzogen. Wie beneidete er die unverwundbaren Füße seiner Kameraden, braune dürre Tiertatzen, ihm unendlich überlegen. Bitter mußte Stephan leiden, ehe er sich durchsetzen konnte. All diese Haiks und Hagops, diese Anahids und Sonas sahen in ihm die längste Zeit nur einen Parvenü der Verwilderung. Geht es nämlich um Macht- und Gleichberechtigungsfragen, dann entwickeln selbst einfache Naturkinder den gehässigen Kastengeist eines bevorzugten Standes. Die Dorfjungen ließen Stephan fühlen, daß er nicht ihresgleichen sei und daß sein strahlendes Vaterhaus samt Herrn Awakian und dem Dienertroß ihnen nicht genug Achtung einflöße, um ihm „Echtheit" zuzuerkennen. Was hatte nun Stephan, der sonderbare Streber, in diesem Ringen einzusetzen? Ehrgeiz, Energie, die sich oft gegen seinen eigenen Körper richtete, und noch eine wichtige Eigenschaft dazu, die der Bauernjugend abging. Selbst Haik, über vierzehn Jahre schon, hoch aufgeschossen und muskelstark, das unbestreitbare Haupt der Bande, besaß das gesammelte, planende und folgerichtige Denken nicht, das Stephan aus Europa mitgebracht hatte. Diese orientalischen Kinder vergaßen ihre Pläne meist schon vor der Ausführung, sie wurden von ihren kurzatmigen Einfällen, von ihrer dumpfen Triebhaftigkeit herumgewirbelt wie Laub im Wind. Sah man ihnen nach der Schulzeit zu, so glichen sie einem erregten Tierrudel, das, sinnlos und unbekannten Regungen folgend, bald hierher stürmt, bald dorthin, ohne jedes ersichtliche Ziel. Wenn sie sich wie ein Vogelschwarm zu unbewachter Stunde auf die weiten Obstgärten niederließen, so konnte das noch als ein zweckhaftes Unternehmen gelten, weit öfter jedoch strichen sie, wie vom Dämon besessen, ins Bergdickicht oder zu einem seichten Tümpel oder auf ein Feld hinaus und begannen sich zu wälzen und zu suhlen. Diese Streifzüge endeten oft mit einer religiösen oder besser mit einer heidnischen Kultzeremonie, deren sie sich selbstverständlich nicht bewußt waren. Es begann damit, daß sie eine Runde bildeten, sich umfaßten, erst leise summend die Köpfe wiegten, dann ihre Stimmen und rhythmischen Bewegungen immer höher steigerten, bis alle zuletzt in einen heulenden Taumel sondergleichen gerieten. Auf manche unter ihnen wirkte diese Zeremonie so stark, daß sie die Augen verdrehten und Schaum vor dem Mund hatten. Sie übten damit in ihrer Einfalt nichts anderes als den altbekannten Versuch gewisser Derwischorden, sich durch epileptische Ichüberwindung mit den planetarischen Urkräften in geheimem Zusammenhang zu setzen. Von Erwachsenen hatten sie Ähn-

liches niemals gesehen, aber das Bedürfnis nach solchen Über-
steigerungen lag in der Luft dieses Landes. Stephan, der
Europäer, stand natürlich während derartiger Ekstasen hilflos
abseits. Doch auch der große bedächtige Haik beteiligte sich
an diesen Ausbrüchen nicht, vielleicht deshalb, weil er sich all
jener Kräfte bis zum Rande voll wußte, welche die anderen
durch ihr Gewiege und Geheule in sich hineinsoffen. In anderen Stunden wiederum gelang es Stephan, planvolle Unternehmungen zu veranstalten, und siehe da, nach einigen Erfolgen in dieser Richtung hatte er sich allgemach ein Ansehen
errungen. Die volle Obmacht über seine Altersgenossen konnte
er nicht an sich reißen. Eine Kraft fehlte ihm und mußte ihm
fehlen, und zwar jene Kraft, welche das Leben dieser Jugend
am mächtigsten beherrschte: hellsichtige Naturverschwiste-
rung, die sich mit Worten gar nicht ausdrücken läßt. Wie ein
guter Schwimmer in den Fluten liegen, sitzen, stehen, gehen,
tanzen kann und mit unbeschreiblicher Körperfreude „in
seinem Element ist", so waren die Kinder des Musa Dagh im
Umkreis des Berges unbeschreiblich in ihrem Element. Sie
waren durchwoben von der Natur ringsum. Diese Natur war
ihnen so eingefleischt, daß es kein Außen und Innen mehr gab.
Jedes Blatt, das sich im Wind bewegte, jede Frucht, die vom
Baume fiel, das Rascheln einer Eidechse, das Zirpen eines weit
entfernten Wässerchens, all diese Tausendfalt wurde von ihren
Sinnen nicht gespiegelt, sondern begab sich unmittelbar in
diesen Sinnen, als sei jedes von ihnen ein kleiner Musa Dagh
in Person, der alles aus sich selbst hervorbringe. Ihre Körper
waren wie Brieftauben, die durch einen übermenschlichen
Orientierungssinn sich nie verirren können. Ihre Körper waren
wie dünne, schmiegsame Wünschelruten, die über allen verborgenen Erdschätzen zuckenden Ausschlag geben. Mit ihnen
verglichen, besaß der Knabe Stephan, der allzulange das tote
Pflaster getreten hatte, einen zwar geschickten und ehrgeizigen, aber stumpfen Körper.
Als dann das Volk auf dem Damlajik sein Lager aufschlug,
als die leeren Streifzüge aufhören mußten und von der Jugend
Disziplin und zielvolle Tätigkeit gefordert wurde, da wuchs
das Ansehen Stephans immer höher, nicht zuletzt durch den
kriegerischen Führerrang seines Vaters, der auf ihn abglänzte.
Die Kohorte der Halbwüchsigen bestand aus Burschen zwischen zehn und fünfzehn Jahren. Die wenigen Mädchen

darunter waren keines über elf Jahre, da in jenen Gegenden die weiblichen Zwölfjährigen schon als reif gelten. Auch für die größeren Burschen sollte auf Ter Haigasuns Geheiß in den dienstfreien Stunden Schule gehalten werden. Es kam aber nie dazu, da die Lehrer, die entweder in den Stellungen oder in der Lagerverwaltung beschäftigt waren, keine Zeit hatten oder sich vom Unterricht drückten, den sie für gänzlich überflüssig hielten. Wenn man von Hapeth Schatakhian absieht, der den Befehl über die Spähergruppe führte, und von Samuel Awakian, der den Dienst der Ordonnanzen einteilte, so hatten die dreihundert und mehr Jungen, aus denen die leichte Truppe bestand, fast keine Oberaufsicht und blieben den größten Teil des Tages sich selbst überlassen. Es bildete sich daher aus den kräftigsten und verwegensten Gesellen eine freie Bande, die sich die Zeit auf eigene Faust vertrieb. Dies waren etwa fünfundzwanzig oder dreißig Burschen, die sich durch Hochmut und Tatendurst aus der breiten Plebs heraushoben. Sie trieben sich auf der Hochfläche des Damlajik herum und machten jede Kuppe, Schrunde und Schlucht unsicher. Sie wagten es auch, ihre Spiele bis in die Stellungen vorzutragen und die unter Nurhan Elleons Fuchtel übenden Zehnerschaften durch ihr neugieriges Herumlungern zu erbittern. Man verbot ihnen das unnütze Schweifen. Da wurden sie frech und verlegten ihre Tätigkeit auf das Gelände außerhalb des Verteidigungskreises, auf die Höhen jenseits des Sattels, auf den talzugekehrten Bergabhang, in die Felsenritzen und Wasserrinnen der Küstenseite. Eine Grenzübertretung der Stellungen galt auf dem Damlajik als ein Verbrechen. Die Bande aber wußte ihre Fürwitzigkeit so zu verschleiern, daß sie unentdeckt blieb. Stephan und Haik gehörten dazu, das war klar. Doch auch Sato hatte sich eingeschlichen, und man konnte sie nicht loswerden. Obgleich die Familie Bagradian dem ortsfremden Bastard in ihrem Hause Zuflucht gewährt hatte, duldete ihn das Volk nur ungern im Kreise der Kinder. Deshalb war Sato völlig von der Laune der Horde abhängig. Einmal wurde sie verprügelt, das andre Mal erlaubte man ihr, mitzuhalten. Wie überall, so auch hier, hielt sie sich nur am Rande auf. Wenn die Schar über Stock und Stein jagte, lief sie mit, doch niemals dicht unter den andern, sondern immer ein gutes Stück abseits. Hockte aber die Bande in der Steineichenschlucht beisammen oder an irgendeinem anderen

363

unerlaubten Ort außerhalb der Befestigungen, wurde geprahlt, Neues ersonnen oder nur nach gewohnter Art in wildschaukelnden Körperbewegungen das Dasein gesteigert, dann schauten Satos durstige Augen aus ihrer Einsamkeit herüber. Die Ewig-Abseitige mischte ihre gaumige Stimme in den Chor und ahmte auf ihrem Platz das tolle Körperschaukeln der Gemeinschaft nach.

In diesem Kreise gab es außer Sato noch einen Geschlagenen. Er hieß Hagop, und Stephan beschützte ihn. Hagops rechter Fuß war vor einigen Jahren in Antakje vom dortigen Militärarzt amputiert worden. Nun hüpfte der Junge an einer rohen Krücke umher: nur ein Stock mit einem Querholz drüber. Aber trotz dieser unzulänglichen Stütze bewegte sich Hagop mit einem leidenschaftlichen Ungestüm, mit einer wilden Gelenkigkeit, wie man sie gerade an Krüppeln oft beobachten kann. Er wollte den Zweibeinigen nicht nachstehen, und wenn er ihnen bei ihren Sturmläufen folgte, so maß der Abstand zwischen ihm und dem letzten keine Handbreit. Hagop stammte aus guter Familie und war mit den Tomasians verwandt. Er hatte nachdenkliche Augen und, was hierzulande eine große Seltenheit war, goldblondes Haar. Er las mit großem Eifer, was er zu Hause an Kalendergeschichten und ähnlichen Drucksorten vorfand. In Yoghonoluk hatte er sich von Stephan Bücher ausgeliehen. Er besaß den Ruf eines fleißigen Lerners, was trotz Apotheker Krikors erhabenem Vorbild und der bildungsfreundlichen Volkspoesie keine besondere Empfehlung in der Knabenhorde bildete. Ein Bücherwurm zu sein, war aber gar nicht Hagops Ehrgeiz. Er wollte rennen, spielen, klettern, raufen und, seitdem man im Kriege stand, die wichtigen Pflichten eines Meldeläufers, Spähers und Schleichpostens so gut erfüllen wie ein anderer. Stephan, der sich schon wegen seiner blonden Haare zu ihm hingezogen fühlte, förderte ihn, und nicht nur aus Mitleid. Haik jedoch stand Hagops Ehrgeiz hart im Wege. Ohne die geringste sentimentale Nachsicht ließ er ihn stets fühlen, daß ein Krüppel nicht in Betracht komme.

Haik war ein Fall für sich. Er verkörperte mit seinen vierzehneinhalb Jahren schon völlig das finstere Wesen des erwachsenen Bergarmeniers. In seiner nervichten Magerkeit, in dem langsamen, vornübergeneigten Gang, in dem schweren Herabhängen seiner großen Hände zeigte sich der herrische

Hochmut einer fest in sich beruhenden Urrasse, der ihn von den meisten Mitgliedern des Knabenrudels mit ihrer jähen östlichen Körperunrast deutlich unterschied. Mag der Armenier in den Städten seiner Diaspora dem verschlagenen Ulyß gleichen — nicht grundlos verschmilzt die Odyssee List und Heimatlosigkeit im Charakter ihres Helden —, der Kern- und Hocharmenier in den Bergen ist unduldsam und hochfahrend. Diese verletzenden Eigenschaften setzt er mitsamt seinem großen Betätigungsdrang der beschaulichen und trägen Würde der Türken entgegen. Aus dem Zusammenstoß solcher Grundcharaktere läßt sich vieles erklären. Die Familie Haiks stammte aus dem Norden, aus dem Dokhus-Bunar-Gebirge, das schon in der Nähe der georgischen Grenze liegt. Seine Mutter, die Witwe Schuschik, war vor vierzehn Jahren mit dem Säugling eingewandert und hatte zwischen Yoghonoluk und Azir, außerhalb beider Ortschaften, ein Haus mit Obstgarten und Raupenzucht erworben, wo sie ganz allein ohne die geringste Hilfe wirtschaftete. Witwe Schuschik, eine blauäugige Riesin, war durchaus nicht beliebt, ja beinahe furchtsam gemieden. Obgleich sie so lange Jahre schon am Musa Dagh lebte, galt sie noch immer als Ortsfremde, denn das Volk von Yoghonoluk war, was die Einschmelzung Zugewanderter anbelangt, äußerst spröde. Fremde waren immer verdächtig und in sagenhafte Gerüchte eingehüllt. Von Witwe Schuschik ging die Sage, sie habe einst irgendeinen Frechling, der Ungehöriges von ihr begehrte, ohne viel Umstände mit ihren gewaltigen Arbeiterhänden erdrosselt. Mochte dies nun wahr sein oder erfunden, der Knabe Haik war jedenfalls der Leibes- und Seelenerbe ihrer muskelharten Gestalt und ihres abweisend düsteren Wesens.

Hochmütige Menschen verringern stets das Selbstgefühl der andern. Haik verringerte ständig Stephans Selbstgefühl. Er war schuld daran, daß der junge Bagradian sich immer neue Kraftbeweise abzwang, um „echt" zu werden. Der Wunsch, den finster skeptischen Haik von sich zu überzeugen, nahm, wie es bei feurigen Naturen dieses Alters die Regel ist, bitter quälende Formen an. Lehrer Schatakhian, der Höchstkommandierende der Jugendkohorte, rückte Stephan nicht nur in den Vordergrund, er machte ihm, dem Sohne Madame Juliettens, dem kleinen Franzosen, dem Kulturträger unter Wilden, auf alle erdenkliche Art den Hof. Er nannte ihn nicht anders als Monsieur Stephan, während er die andern mit rüden Beiworten bedachte. Er überließ ihm die Auswahl der zu leistenden Pflichten und schaltete ihn überall dort aus, wo die leiseste Gefahr zu vermuten war. Auch Samuel Awakian, sein alter Hofmeister, behielt ihn bei jeder Gelegenheit im Auge, um den Zögling vor dummen Streichen und Unheil zu bewahren. All diese Fürsorge wichtiger Persönlichkeiten beschämte Stephan, sie erniedrigte ihn vor Haiks Angesicht zu einem verweichlichten Herrensöhnchen und stellte seine schwererrungene Echtheit und Härte immer wieder in Frage. Das Ärgste aber war, diese Bevorzugung machte Haik immer noch überheblicher, denn Schuschiks Sohn ging der Wahrheit auf den Grund, und seine erkennenden Augen ließen sich durch leere Gesten nicht betrügen. Wenn Stephan jetzt, von innerer Anspannung schlaflos, sich auf seinem Bette im Scheichzelt wälzte, arbeitete sein aufgewühltes Hirn: Gott, was kann ich nur tun, um es dem Haik zu zeigen!

Dabei aber war der Kampf um Haik nur *eine* Front des Krieges, den die ehrgeizige Seele des Bagradiansohnes für ihren Ruhm führte.

Zu dieser Zeit, es war der neunte Tag des Musa Dagh, begann sich im Lager der Mangel an Brot und Früchten, der fast ungemischte Fleischgenuß vorerst noch leise, aber doch schon unangenehm fühlbar zu machen. Die herrliche Harisa war nach dem Siegesfest am fünften Tage zu Ende gegangen; die Tonirs standen leer, denn der Führerrat hatte für eine Woche die Verteilung der geretteten Mehlreste eingestellt. Man vergrößerte die Fleischration, ohne das Mißbehagen dadurch beseitigen zu können. Nach einem strengen Erlaß war die Milchausgabe derart geregelt, daß lediglich die Kranken, Schwachen und Kinder bis zu zehn Jahren die mager fließende Ziegen- und Schafmilch erhielten und nur ein unbeträchtlicher Teil für die Butter- und Käsebereitung übrigblieb. Alles schimpfte auf die Gemeinwirtschaft und tatsächlich, nach einem unbegreiflichen Gesetz schien diese summarische Verwaltungsart das allgemeine Gut zu verringern und zu verschlechtern, anstatt es zu sparen. Obgleich Juliette, seitdem sie bei Doktor Altouni arbeitete, eine große Menge ihrer Vorräte, Konserven, Zucker, Tee, Reis, dem Lazarettschuppen zur Verfügung gestellt hatte, besaß sie noch hinreichend viel Zwieback und Teegebäck, um sich und ihrer Umgebung über das fehlende Brot hinwegzuhelfen. Stephan bekam noch nicht die geringste Entbehrung zu spüren. Haik hingegen hatte sich schon über das ewige zähe Schaffleisch beklagt, das, nicht abgelegen, auf dem Feuer kaum gargebraten, halb blutig noch, ohne jede Zutat hinuntergeschlungen werden mußte. „Hätte man wenigstens ein paar Aprikosen und Feigen", seufzte er gierig. Stephan sah die weiten Obstgärten vor sich, die den Fuß des Musa Dagh bedecken. Er sagte vorläufig nichts.

Der Tagesdienst der Jugendkohorte war weitverzweigt. Bei allen dreizehn Stellungen mußte immer ein Posten der Ordonnanzgruppe bereit sein, ebenso bei den zahlreichen Beobachtungsständen. Lehrer Schatakhian inspizierte seine Truppe täglich und veranstaltete zu überraschender Zeit Probealarm. Selbständige Unternehmungen größeren Formats konnten daher nur unter dem Schutze der Nacht durchgeführt werden, wenn man von Pflichten frei war und nicht beobachtet wurde. Noch im Laufe dieses neunten Tages entwickelte Stephan dem unnahbaren Haik seinen Plan, der verwunderlicherweise einem Fremden und keinem Einheimischen eingefallen war. Seit dem Aufbruch hatten sich zwar ein paar mutige Leute noch zwei- oder dreimal ins Tal gewagt, um die Vorräte zu ergänzen, waren aber stets unverrichteterdinge zurückgekehrt, da in den Dörfern bei Tag und Nacht starke Gendarmerieposten patrouillierten. Stephans Plan ging dahin, durch einen nächtlichen Streifzug der Kohorte in die Obstgärten dem allgemeinen Notstand abzuhelfen. Haik sah seinen ehrgeizigen Nebenbuhler gemessen an, wie ein reifer Künstler einen vordringlichen Anfänger betrachtet, der von den Schwierigkeiten seines Vorhabens wenig ahnt. Dann aber nahm er die Organisation des heimlichen Ausfalls selbst in die Hand und stellte die Raubgruppe zusammen. Stephan hatte natürlich große Angst, daß Papa von seiner Teilnahme an dem Abenteuer erfahren und ihm daraufhin die Freiheit empfindlich beschneiden könnte. Er gestand auch diese seine Besorgnis. Haik aber, der schon vergessen zu haben schien, daß der ganze Plan nicht sein Eigentum war, erwiderte in dem unleidlichen Ton, den er so meisterhaft beherrschte:

„Wenn du dich fürchtest, kannst du ja oben bleiben. Das ist viel besser für dich."

Diese Worte trafen Stephan ins Herz, und er gelobte sich, keinen Gedanken mehr den Sorgen seiner Eltern zu widmen.

Der Beutezug wurde noch in derselben Nacht ins Werk gesetzt. Etwa neunzig Burschen stahlen an Säcken, Butten, Tragkörben zusammen, was sich nur vorfand. Um zehn Uhr nachts, als die Feuer schon erloschen waren und alles sich schlafen gelegt hatte, schlichen sie sich in kleinen Gruppen aus dem Lager und an den Wachtposten vorbei über die schützende Grenze. In langen Sätzen stürmten sie den Berg hinab und erreichten, wie vom Winde getragen, in dreiviertel Stunden schon die ersten Gärten. Bis ein Uhr pflückten sie unterm Licht einer zarten Mondsichel die Früchte, Aprikosen, Feigen, Orangen, wie Rasende. Auch Stephan bewies dabei gelegentlich seine Körperkräfte, obgleich er das erstemal im Leben eine derartige Arbeit leistete. Haik, dem Führer, war es gelungen, von der Pflockstelle drei Esel loszubinden und mitzuzerren. Diesen wurden nun in wilder Eile die vollen Tragen aufgehuckt. Doch auch jeder von den Burschen schleppte ansehnliche Lasten auf dem Rücken. Es gelang ihnen knapp vor Sonnenaufgang wieder im Lager zu sein. Man empfing die Ausreißer, die in Unkenntnis der Gefahr um ein Nichts ihr Leben gewagt hatten, mit Vorwürfen, Beschimpfungen, ja Hieben und doch auch wieder mit Stolz. Stephan schlug, noch ehe die Stadtmulde erreicht war, einen Haken und schlich sich in das Scheichzelt, das er mit Gonzague Maris teilte. Gabriel und Juliette erfuhren nichts von dem gefährlichen Ausflug ihres Sohnes. Die ganze Ausbeute der nächtlichen Streifung kam für ein Volk von fünftausend Menschen kaum in Betracht. Dennoch aber gab sie dem Pastor Aram Tomasian die Anregung, in der drittnächsten Nacht mit zweihundert Reservisten und unter Bedeckung von zwei Zehnerschaften einen ähnlichen Versuch zu wagen. Leider hatte er nur einen geringen Erfolg. Denn gerade in der dazwischenliegenden Zeit waren die Bauern der mohammedanischen Nachbarschaft in die armenischen Obstgärten eingebrochen, um eine gute Ernte heimzuführen, von der nur unreifer oder verfaulter Abfall zur Nachfechsung zurückgeblieben war.

Weit tollköpfiger und überflüssiger jedoch war die andre Geschichte, die Stephan kurz nachher ausheckte. Es wäre übrigens falsch, in ihr einen heroischen Mutbeweis zu sehen. Der Junge hatte keine Vorstellung von der Gefahr, in die er sich begab. Dies zeigte schon die unbegreifliche Torheit, daß er niemand anderen als den Krüppel Hagop zum Hauptgefährten seiner Tat erwählte. Haik sollte erleben, wie wenig Stephan seiner bedurfte. Das war das Wichtigste.

Der Bagradiansohn hatte jene Altersgrenze schon erreicht, jenseits derer der werdende Mann sich nicht nur gegen seine Säfte behaupten muß, sondern auch gegen ein Riesentrugbild der Welt, das ihn in jeder Minute die Nichtigkeit seines kaum erwachten Selbst würgend fühlen läßt. Das Fieber der eigenen Entwicklung kreuzte sich unheilvoll mit dem allgemeinen Fieber auf dem Musa Dagh. Die Kameraden, diese Dorfrangen, waren harthäutige Felsgewächse oder spürsame Bergtiere. Mit vier Jahren schon völlig geprägt, wuchsen sie gleichmäßig, erlebten wenig Übergänge und keine Verwirrungen, um ihre Prägung, ein wenig abgegriffen und verwischt zuletzt, bis zum Tode zu bewahren. Stephan hingegen trug die Erbschaft entfernter Völker in sich, den Hochstand und Nervenverbrauch von drei überanstrengten Generationen, seine europäische Kindheit und als schwerste Last eine gierige Seele, die nie und nirgends Ruhe fand. Seine Mutter sah wohl, wie er abmagerte, wie in seinem Gesicht die Schatten wuchsen. Was aber sollte sie tun, woher die gewohnte Nahrung für den Jungen nehmen? Manchmal zog sie ihn in ihr Zelt, und er mußte trotz wütenden Protestes mehrere große Gläser Milch hinabwürgen. Dann wieder kümmerte sie sich tagelang nicht um ihn. Wie lange werden wir alle noch leben? Diese Frage stellte sie sich oft, doch es war keine ganz aufrichtige Frage, denn Juliette konnte es sich gar nicht vorstellen, daß irgend jemand, und sei es der blutrünstigste Saptieh, ihr auch nur die Haut ritzen werde. Dennoch war es ihr sehr angenehm, so zu fragen, da alles damit gleichgültig wurde und ihrer Sehnsucht, sich fallen zu lassen, entgegenkam. Die Verstörung ihres Wesens machte immer größere Fortschritte.

Stephans toller Streich entstand aus folgendem Anlaß:

Iskuhi Tomasian klagte öfters darüber, daß sie in der Verwirrung des Aufbruchs dasjenige vergessen habe, was sie nun am schmerzlichsten vermisse: drei oder vier Bücher, Lieblinge, darunter ihre Konfirmationsbibel, ferner ein Elfenbeinkruzifix, beides Arams Geschenke. Sie hatte diesen Schatz aus dem Zusammenbruch von Zeitun gerettet und während jener furchtbaren Verschickungstage immer mit sich getragen. Jetzt aber — sie konnte es sich selbst nur mit ihrer körperlichen Gehemmtheit ungenügend erklären — waren Bücher, Bibel und

Kruzifix in der Villa Bagradian zurückgeblieben. Sie litt sehr unter diesem Verlust, den sie als Kränkung ihres Bruders empfand.

Nicht nur Sato zog es leidenschaftlich in Iskuhis Nähe, auch Stephan versäumte keine Gelegenheit, sich an sie heranzupirschen. War aber das Waisenhausmädchen mit ihrem glucksenden „Kütschük Hanum", mit ihrem fröstelnden Sehnsuchtsgesumm und den lüsternen Schmutzkrallen unabwendbar zudringlich wie eine herbstliche Schmeißfliege, so setzte sich Stephan in verehrungsvollem Abstand auf den Boden und verschlang Fräulein Tomasian mit stummen Blicken. Ging er dann fort, so war er vollgetrunken von seligem Unglücklichsein. Ihr herrliches Bild bewegte sich in seinem Geist. Ein paar gelöste Haare wehten ihr in die Stirn. Die Lippen mit dem feuchten Pupillenglanz standen staunend offen. Sie bedeckte den kranken linken Arm mit der Rechten, als schäme sie sich. Ihre kleinen Brüste atmeten sichtbar, und schutzbedürftig still sahen die Fußspitzen unter dem Kleid hervor. Das Herzbetörendste aber war es, wenn sie in seiner Phantasie zu ihm ans Bett in das Scheichzelt trat und sang. Besonders jenes Lied, das sie persönlich an ihn richtete, konnte er nicht satt bekommen:

> „Sie kam aus ihrem Garten
> Und hielt an ihre Brust gepreßt
> Zwei Früchte des Granatbaums..."

Aber nicht die Worte waren es, sondern ihre Stimme, die ihm wie ein streichelnder Schauer über die Haut lief. Früher hatte er Mama so geliebt, doch was war Mama jetzt gegen Iskuhi, wenn man an diese Stimme dachte? Mama sang nicht, und wenn sie hie und da ein paar Töne hervorbrachte, um an ein französisches Chanson zu erinnern, so klang es falsch und pfauenhaft. In Iskuhis kühler und klarer Stimme aber konnte man sich ausstrecken wie in einem Bad.

Am Morgen nach einer von seinen traumgehetzten Nächten pfiff er Sato heran, die den Versammlungsplatz der Haik-Bande umlauerte:

„Sind schon welche im Haus unten?"

Sie verstand ihn sofort. Es wäre ganz falsch, Sato wegen ihrer gaumigen Tierlaute und ihres schweifenden Schakalgehabens für eine Idiotin zu halten. Sie war ein Zwitter, ein Grenzwesen, besaß aber eine starke Intelligenz der Nerven, besonders wenn es sich um Aufspürungen von Zusammenhängen handelte. Sie verstand nicht nur, daß Stephan von ihr wissen wollte, ob sich die sauberen Erben schon im Hause seiner Väter zu Yoghonoluk einquartiert hatten, das war nicht schwer, sie erfaßte aber gleichzeitig auch Sinn und Ziel der Frage. Stephan gedachte durch einen verrückten Handstreich sich in den Besitz von Iskuhis Büchern zu setzen, wenn sie überhaupt noch vorhanden waren. Sato begann Grimassen zu schneiden und zu zwinkern wie meist in erregten Augenblicken. Für Stephan war es kein Geheimnis, daß sie als einziges Wesen auf dem Musa Dagh ein Doppelleben führte. Sie blieb manchen halben Tag und vor allem manche Nacht verschwunden, worüber sich niemand Gedanken machte. Dann hielt sie sich im Tale auf und besuchte ihre Freundschaft, das Friedhofsvolk. Die Nachrichtenvermittlung zwischen Berg und Tal war eine wertvolle Scheidemünze, mit der sich Sato die Gunst ihrer Freunde unten sowie auch die ihrer Feinde oben erkaufte. Auf diesem Wege bekam dann das Lager nicht unverläßliche Berichte über die Zustände und Vorgänge in den Dörfern. Man erfuhr, daß in Yoghonoluk ein Posten von zehn Saptiehs einquartiert sei, und ebenso in Bitias und Habibli. Man hörte ferner, daß der mohammedanische Pöbel die Häuser schon bis auf den letzten Nagel und das letzte Fensterkreuz auszurauben begonnen habe, als ihm ein unerwartetes Verbot des Kaimakams in den Arm gefallen sei. Nur drei Mohadschirfamilien, die aus Zilizien eingetroffen waren, hatten die Erlaubnis bekommen, sich anzusiedeln. Der Janhagel der Ebene aber gab seine Ansprüche nicht so schnell auf, sondern wartete in den Ortschaften auf einen günstigeren Gegenwind. Man erfuhr auch, daß sich in der letzten Woche einige Mollahs, islamische Kleriker, in den Dörfern gezeigt und die Kirchen besichtigt hätten, weil diese demnächst in Moscheen sollten umgewandelt werden. Stephan bekam die Kunde, daß im Hause Bagradian sich ein Mohadschir mit einer mehrköpfigen Familie eingenistet habe, Leute, die erst vor ein paar Tagen mit einem Ochsenkarren in Yoghonoluk eingelangt seien. Es gab in der Tat dergleichen Feinschmecker der Verschickung, die deren Gerücht von Ort zu Ort und weiter nachreisten und, wählerisch wie sie waren, sich nicht mit der erstbesten Wohnstätte zufriedengaben. Sato wußte sogar genaueste Einzelheiten. Die Mohadschirsippe hatte im großen Selamlik ihr Lager aufgeschlagen, verbrachte aber die angenehmen Nächte zumeist im Freien auf dem Dache. Stephan, in seiner Besessenheit, überlegte nicht viel. Nur Hagop vertraute er sich an. Der Einbeinige bettelte und flehte. Er wollte mitgenommen werden. Die Eitelkeit entschied. Wenn Hagop dabei war, hatte Stephan nicht nur einen Zeugen seiner Tat, sondern er konnte damit auch dem unbeugsamen Haik eine Zurechtweisung erteilen. Der verblendete Junge wagte dieses heikle Unternehmen, mit nichts anderem ausgerüstet als mit einer elektrischen Taschenlampe. Seine Hilfstruppe bestand aus einem Kobold und einem Krüppel.

Sato war übrigens bereits lange vor Abend aufgebrochen. Sie gedachte, Nunik, Wartuk, Manuschak und ihre übrigen Freunde zu alarmieren. Die Gräberleute waren merkwürdigerweise sakrosankt. Niemand vergriff sich an ihnen. Die Saptiehs und der Pöbel ließen die Gesellschaft links liegen, die Verschickungsbefehle schieren für sie nicht zu gelten. Man billigte ihnen Unverletzbarkeit nicht nur deshalb zu, da bei ihnen nichts zu holen war, sondern weil sie vom und mit dem Tode lebten. Sato aber hatte diese Garde nicht etwa zusammengetrommelt, weil sie um Stephans Leben besorgt war. Gefühle wie Anhänglichkeit, Liebe und Sorge waren ihr gänzlich unbekannt. Selbst ihre Leidenschaft für Iskuhi war nur die Wunschgier, von einem Wesen, das sie entzückte, anerkannt zu werden und von ihm Besitz zu ergreifen. Sato kannte die Haupteigenschaft Nuniks. Wenn sie der gewaltigen Neugierde ihrer großen Freundin gehörige Nahrung zuführte, legte sie ein Kapital von Wohlwollen bei ihr an. Eine Mißachtete und selbst beim Abschaum nur Geduldete ist darauf angewiesen, eine flinke Agentin der menschlichen Begierden zu sein. Auch war es Sato bekannt, daß die alte Nunik einen besonderen Wissensdrang für alles hegte, was mit der Familie Bagradian zusammenhing.

Als knapp vor Mitternacht Stephan und Hagop durch das offene westliche Gartentor den mit Sand bestreuten Hof und Freiplatz des Hauses betraten, da saßen die Klageweiber im hauchschwachen Viertelmond schon rundum unter den Bäumen und machten verzweifelte Zeichen. Die Krücke Hagops nämlich tappte und knirschte sehr laut im Sand. Stephan gab dem Krüppel einen leichten Stoß, damit er zu den Totenvögeln hüpfe.

Es ist kaum begreiflich, daß solch ein empfindsames Kind wie der Bagradiansohn in dieser Minute von keiner Angst erfaßt wurde. Mochte er sich auch der Gefahr nicht voll bewußt sein, so hätte ihm doch die Nacht, seine Verlorenheit unter wildfremden Spukgestalten und der Anblick des Hauses, in dem die Mohadschirfamilie schlief, einen gewaltigen Schreck einjagen müssen. Dies aber war ja der krankhafte, der sinnverwirrte Zustand, den weder Gabriel noch Juliette an ihrem Knaben bemerkt hatten. Dem Anschein nach verwegen ohne Grenzen, konnte Stephan, als Opfer einer Sinneslähmung, nicht mehr genau zwischen dem Wachbild und dem Traumbild seiner Welt unterscheiden. Er trat langsam, fast schlendernd ins offene Haustor, als kehrte er von einem Spaziergang zurück. Die lockende Einbildung, es wäre nichts geschehen und alles beim alten geblieben, überfiel ihn mit solcher Macht, daß er in der Halle stehenblieb, ruhevoll in sich versunken. Dann erst knipste er die Taschenlampe an, in deren Licht ihn sein Vater einst im Schlafe betrachtet hatte, und stieg gelassen die Treppe zum Oberstock hinauf. Hier war alles noch unverändert. Kaum ein wenig Verwüstung und Verschmutzung machte sich bemerkbar. Die Plünderer hatten nur die leichteren Gegenstände fortgetragen, Schränke und Bettstellen standen auf ihrem alten Fleck. Stephan trat zuerst in sein Zimmer und starrte lange auf die windbeschäftigte Gartenlandschaft im ausgehängten Fenster und auf die schwarze Masse des Musa Dagh. Die Sinnverrückung ließ ihn wähnen, er wäre niemals dort oben gewesen, wo sich die Kammlinie des Damlajik gegen den mattscheinenden Himmel abzeichnete. Mama und Papa schliefen daneben in ihrem Zimmer, und ihm war, als sollte er sich selbst sogleich zu Bett begeben. Mühsam besann sich Stephan erst wieder seiner Aufgabe. Nicht um der Gefahr zu entgehen, sondern um Iskuhi nicht zu stören, schmiegte er sich auf Fußspitzen in ihr kahles Zimmerchen. Außerhalb des stumpfen Lichtkreises der Taschenlampe war es voll von ihr. Im Lichtkreis aber stand ein halbzerbrochener Stuhl wie ein verschmähtes Wesen. Und unter diesem Stuhl, besudelt und zerrissen, lagen ein paar Bücher. Auch die Konfirmationsbibel. Sie war unversehrt. Das Elfenbeinkruzifix fand sich nicht. Glückstrahlend drückte Stephan Bücher und

Bibel an sich und lief mit laut polternden Schritten über die Treppe hinab, durch den Flur und vors Tor. Die Gefährten warteten weit hinten im Schatten. Er aber, der sie nicht gleich sah, rief ihnen, in seiner Geistesbefangenheit völlig von Gott verlassen, mit kräftiger Stimme zu:

„Hagop, Sato! Wo seid ihr? Da seht her! Ich hab's!"

Der Hall dieser Worte in der leeren Wölbung der Nacht war so laut, daß es sich oben auf dem Dache des Hauses sofort zu regen begann. Gestalten schwankten auf. Ein Baß grölte etwas hinunter. Dann keiften Weiberstimmen dazwischen. Der Hexenkreis am Rande des Freiplatzes stob auseinander und davon. Man hörte Hagops Krücke eifrig den Boden klopfen. Stephan verblieb noch immer wie gelähmt auf dem hellsten Platz des Vorhofs. Der kleine Lichtpunkt der Taschenlampe glomm still in seiner Hand. Erst als die Peitschenhiebe der Gewehrschüsse um seine Ohren pfiffen und es im Innern des Hauses zu rumoren begann, riß er sich von sich selbst los und begann in großen Sprüngen zu fliehen. Doch wohin? Es zeigte sich nun, wie tief Stephan, das Kind der Avenue Kleber, den Söhnen dieser Ost-Erde trotz all seiner ehrgeizigen Bemühungen unterlegen war. Während sogar der einbeinige Hagop mit seiner klappernden Krücke spurlos im unzugänglichen Nichts verschwand, lief der Rasende durch den östlichen Gartenausgang den Dorfweg nach Yoghonoluk hinab. Den städtischen Knaben zog das Gebahnte an. Es war wie ein Zwang seiner Natur, obgleich er spürte, daß er eine unsinnige Richtung nahm. Er wäre fast den Saptiehs in die Arme gelaufen, die, durch die Schießerei aufgestört, jetzt, die entsicherten Gewehre in der Faust, vom Kirchplatz heranstürmten. Stephan trat zur Seite und kauerte sich in den Graben. Das Wunder geschah. Die Saptiehs rannten an ihm vorüber. Diesen aber kamen die Mohadschirleute entgegen, brüllend und wild fuchtelnd. Die Türken schienen allesamt von einer rasenden Angst gepackt. Sie vermuteten einen plötzlichen Überfall der armenischen Krieger. Sie schossen wie Wahnsinnige nach allen Seiten, teils um ihre Furcht loszuwerden, teils um die Posten in den anderen Dörfern durch Schnellfeuer zu Hilfe zu rufen. Erst als sich der Lärm gegen Nordwesten verzogen hatte, warf sich eine blinde, richtungslose Todesangst über Stephan. Wie ein Käfigvogel, der das Fliegen verlernt hat, taumelte er an einer verfallenen Mauer vorbei in das Gelände hinaus. Er geriet in einen verwilderten Obstgarten, dessen Gestrüpp ihn kaum losließ, keuchte über einen Abhang, der mit schlangenartigen Kriechreben bespannt war, stürzte, raffte sich hundertmal wieder auf, bis er endlich dieser Falle entkam. Dann war weiche Erde unter seinen Füßen, dann wieder eine Steinhölle. Plötzlich mußte er sich durch ein unüberwindliches Dickicht hindurchdrehn, das ihm Dornen und stahlscharfe Blätterschwerter entgegenstreckte. Er stolperte weiter, keines Gedankens, keines Zieles mehr fähig. Nun bekam er zu spüren, daß der Entari-Kittel der Bewegungsart seines Körpers nicht entsprach und ihn beim Laufen wie ein tückischer Feind hemmte. Seine Hände, seine Füße waren mit brennenden Rißwunden bedeckt, das Gesicht in Schweiß gebadet. Auf einer Lichtung sank er zusammen. Er wußte nicht, wo der Damlajik war, wo Yoghonoluk, wo er selbst. Eine kleine Ohnmacht nebelte ihn für zwei Minuten ein. Doch seine Kräfte kehrten schnell zurück. Die Todesangst zerrann, und ein wunderbarer Gleichmut trat an ihre Stelle. Er streckte sich aus, wie zum Schlaf. Der überreiche Himmel der Augustnacht stand unbeweglich über ihm. Unter den Milliarden Sternen flimmerte keiner. Stephan war allein in und mit der ganzen Welt. Er wußte, daß Vater und Mutter ihm nicht helfen konnten. Das erstemal erlebte sein Kindergeist das Gefühl der Allverlorenheit, der erbarmungslosen Vernichtungsjagd im Raume, der mit zahllos eisigen Augen zusieht. Kinder reicher Leute, die im Mittelpunktswahn aufgewachsen sind, lernen niemals oder sehr spät erst dieses Gefühl kennen, das jedes verfolgte Tierchen überwältigt, wenn es, in eine Mulde geduckt, den Atem anhält. Es war ein gutes, ein sehr wohliges Gefühl. Stephan brauchte gar nicht an Iskuhi zu denken. Wenn man daliegt, so erdangeschmiegt, so welt-anheimgegeben, dann kann auch das Schlimmste nicht allzu schlimm sein. Er starrte in den Himmel. Dort oben fing ein Atmen an, ein Lichtgewoge, ein Näherkreisen. Weich hob es Stephan auf und küßte ihn, weil er so schwach war, so wehrlos, verlassener als irgend etwas. Alle Wonne der Welt sammelte sich in einem einzigen Punkt, und dieser Punkt lag mitten in ihm selbst. Er wußte nicht, was mit ihm geschah. Zum erstenmal im Leben ergoß sich sein Geschlecht. Er schlief ein, verschmolz mit der Erde, totenhaft.

Stimmen in der Nacht weckten ihn. Die Saptiehs schienen ihre

Jagd auf diesen Platz auszudehnen. Sie knallten ein paar Schüsse aus dem Gehölz. Dann wurde es still. Stephan glaubte nicht, daß sie abgezogen wären. Gewiß hatten sie ihn entdeckt und lauerten nur auf den Augenblick, wenn er sich erheben werde. Der Himmel war schwarz und ohne Mond; so lange hatte er vorhin geschlafen. Nur wenige Sterne sah man jetzt, verwischt und aufgesogen wie von einem Löschblatt. Der Raum war eng und eingesargt. Dem Knaben kam es vor, als läge er nicht auf dem Erdboden, sondern auf einem eklig elastischen Hügel von klebrigen Schnecken. Und doch, er durfte sich nicht rühren, nicht aufstehen, da die Saptiehs lauerten. Wenn er aber den Tag abwartete, dann war er doppelt und dreifach verloren. Endlich entschloß er sich, zuerst auf dem Bauch, nachher auf den Knien ein Stück vorwärtszukriechen. Die Welt war voll gestaltloser Hindernisse. Vorsichtig richtete er sich auf. Unter seinen Füßen dehnte sich ein unebenes Etwas mit Spitzen und Zacken und rechts und links von ihm ein gepanzertes Etwas mit Stacheln und Ruten. Er zwängte sich durch die dornige Blindnis. Gewiß haben sie den blonden Hagop schon umgebracht, und *er* ist schuld daran. Doch auch Stephan wird nie wieder heimkommen. Seine Hand, die Iskuhis Bibel umkrampfte — die anderen Bücher hatte er fortgeworfen —, war trotz der warmen Nacht steifgefroren. Nachdem er noch ein sinnloses Stück durch diese ungeschaffene Welt geirrt war, schaltete er die Taschenlampe ein, gewärtig, Saptieh-Schüsse würden sofort aus dem Hinterhalt krachen. Da nichts geschah, ließ er die Lampe brennen, obgleich sie seinen Irrweg nicht klärte. Dennoch aber führte er den Retter herbei. Unversehens lag Stephan einem Menschen in den Armen: Haik. Der Bursche hatte, dank Satos Verräterei, noch rechtzeitig von dem Wahnwitz des Durchbrennens erfahren. Er war über Stephans freche Selbständigkeit, die ihn auszuschalten wagte, sehr erbost, zugleich aber erfüllte ihn als Stärkeren und Überlegenen die Sorge um den anmaßenden Herrensohn, der diesem Unternehmen nicht gewachsen war. Obwohl er ihn anfangs seinem Schicksal überlassen wollte, hatte es ihn später doch nicht auf dem Damlajik geduldet, und er war zu dem gefährlichen Zeitpunkt ins Tal gekommen, als die Saptiehs mit ihrer Treibjagd auf die vermutete Armenierschar begannen. Seine unbestechlichen Sinneskräfte hatten ihn schließlich in die

Nähe Stephans geführt, als dessen Lampe aufglomm. Nun schüttelte er wütend den Bagradiansohn:

„Da hast du es, was du für ein dummer Prahler bist!"

Stephan war zu schwach, um für seine Schande eine ehrenvolle Rechtfertigung zu finden. Er hing schwer an Haiks Arm und ließ sich von ihm schleppen. Doch von Schritt zu Schritt gewann er, an der Seite des unüberwindlichen Rivalen, mehr von seinem Mute zurück. Er hielt ihm die Beute vor die Nase:

„Die Bibel der Iskuhi Tomasian hab ich aus dem Haus geholt."

Die glosenden Reste eines Feuers stiegen aus dem Nichts, keine fünfzig Schritt von ihnen entfernt. Unter den Friedhofsleuten saßen Sato und Hagop. Stephan überwand seine Zerschlagenheit. Nur zurück! Haiks Führerschaft machte ihn sicher. Sein Vater fiel ihm ein. Das Abenteuer der heutigen Nacht ließ sich nicht verbergen. Er fürchtete den Empfang. Trotz Stephans Ungeduld dauerte der Heimweg endlos. Sie mußten immer wieder Rast halten, denn Hagop kam nicht vorwärts. Stellenweise schleiften Haik und Stephan oder Haik und Sato den armen Krüppel, den sie untergefaßt hielten, ein langes Stück über den steilen Pfad. Hagop weinte die ganze Zeit. Es war zuviel für ihn gewesen. Er hatte nicht mehr die Kraft, es den Gesunden gleichtun zu wollen. Es war schon sieben Uhr, als sie bei den Stellungen auftauchten. Die drei sahen gespenstisch aus, wie Verwundete. Stephan mußte sich sofort mit einem Schüttelfrost zu Bett legen. Es kam zu einer großen Szene mit Mama:

„Wenn du solche Abscheulichkeiten begehst, bist du genau so wie Sato, ein schmutziger Vagabund. Dann mag ich dich gar nicht!"

Diese Worte waren ehrlich und taten ihr weh. Juliette hatte zornige Tränen in den Augen:

„Was ist dir eingefallen? Warum hast du das getan?"

Stephan schwieg, denn er wagte nicht die Wahrheit zu sagen. Er spürte genau, daß er dadurch das Verhältnis zwischen Mama und Iskuhi schwer getrübt hätte. Er haschte nach der abwehrenden Hand seiner Mutter, Verzeihung suchend, wie er's als kleines Kind getan, wenn er nicht trotzig war. Unter der Decke aber hielt er die Bibel Iskuhis ängstlich zwischen die Knie geklemmt, damit Mama sie nicht finde.

Als er jedoch später allein mit dem Vater war und dieser, dicht vor ihm stehend, immer eindringlicher und mit ernsten Augen den Grund seiner frevelhaften Schicksalsversuchung von ihm wissen wollte, da gab er endlich, nach langem Leugnen und Geschichtenerfinden, sein Geheimnis preis. Bis auf die Brust errötend, zog er die Bibel hervor. Der Vater nahm sie in die Hand, blätterte zerstreut in ihr, klappte sie zu, bekam ein strenges und hartes Gesicht, so daß Stephan schon auf eine sehr schwere Strafe gefaßt war. Anstatt dessen aber gab ihm Papa Iskuhis Bibel zurück, ohne den Vorfall auch nur mit einem Worte mehr zu berühren. Ehe er aber das Zelt verließ, erteilte er Stephan den Befehl — und zwar weit mehr im dienstlichen Ton des kriegerischen Befehlshabers als in dem gebietenden des Vaters —, er habe sich von nun an täglich nach dem Erwachen und vor dem Schlafengehen bei ihm zu melden, wo immer er sich auch in diesen Stunden aufhalte. Awakian bekam Auftrag, die Jungen fortan schärfer im Auge zu behalten.

Gabriel Bagradian hatte die Schonzeit, die ihm die Türken gewährten, nicht müßig verstreichen lassen. Man konnte nun wirklich sagen, daß die Verteidigungswerke auf einen vollgültigen Stand gebracht waren. Die Männer der Zehnerschaften und die Arbeiter der Reserve hatten in dieser Woche nicht weniger schuften müssen als in den Tagen vor dem vierten August. Die Stellungsgräben waren nun alle verlängert und vertieft, das Vorfeld durch Hindernisse gesichert. Zu den zweiten Gräben führten Verbindungsgänge, ebenso zu den vorgeschobenen Nestern, die mit Zweigen bedeckt waren, um den tapfersten Schützen Gelegenheit zu geben, den Angreifern in den Rücken zu fallen oder die Stolpernden niederzumachen. Gabriel zerdachte sich unablässig den Kopf, um an allen dreizehn Einfallspunkten Listen, Kunstgriffe und Fallen der Verteidigung zu erfinden, die den Ausgang des Kampfes immer weniger von der menschlichen Zuverlässigkeit abhängig machen sollten. Seine flüchtig erworbenen Kenntnisse an der Offiziersschule in Stambul und seine Erfahrungen aus den Artilleriekämpfen von Bulaïr halfen ihm weniger dabei als ein altes taktisches Lehrbuch des französischen Generalstabes, das er einmal der Kuriosität halber bei einem Antiquar erstanden hatte. Angesichts dieses Buches, das nun so zu unerwarteten Ehren kam, beschlich Gabriel ein sonderbar philosophisches Gefühl (kein rechter Gedanke): Diese Taktik habe ich seinerzeit nichtsahnend gekauft, nur weil mir das Titelblatt gefiel, oder weil mich der unbekannte Stoff anzog, obgleich mich Militärwissenschaft damals gar nicht interessiert hat. Und doch, in jener Stunde des Kaufes hat mein Schicksal, ganz unabhängig von meinem Willen, vorbewußt aus mir gehandelt. Ja, dieses mein Kismet scheint wirklich fix und fertig zu sein von A bis Z. Denn schon im Jahre 1910 hat es mich vor der alten Buchhandlung am Quai Voltaire nur deshalb festgehalten, weil es dieses Buches für seine späteren Zwecke bedurfte. Ich war also nur der Schauspieler meines Kismets, wie wenn etwa Coquelin als Marquis in der Komödie seine Handschuhe auf dem Tisch vergißt, und dann wird er, rückkehrend, Madame mit ihrem Geliebten ertappen. Nur weiß Coquelin zwischen sich und dem Marquis einen Unterschied zu machen. Bei mir aber fällt mein Selbst mit der Rolle allzufest zusammen.

Dies war übrigens die einzige philosophische Träumerei, die Gabriel Bagradian seit Wochen unterlief. Er schüttelte sie auch sogleich wie etwas Lästiges ab. Schon während seiner Kampfvorbereitungen in Yoghonoluk hatte er bemerkt, daß sich sein Tatsachensinn sofort trübte, wenn er seiner Neigung zur Beschaulichkeit nachgab. Er kam somit zu der Erkenntnis, daß der echte Tatmensch (der er nicht war) notwendig geistlos sein muß. Was aber das taktische Lehrbuch anbetraf, so fand er darin eine Anzahl von Warnungen, Hinweisen, Zeichnungen, Rechenexempeln, die er in kleinem Maßstab auf die gegebenen Verhältnisse anwenden konnte. Tschausch Nurhan Elleon und die Unterführer hielten mit den Zehnerschaften täglich die strengsten Übungen ab. Gabriel Bagradian stellte in den einzelnen Abschnitten die vielfältigsten Manöveraufgaben, damit jeder einzelne sich mit jeglichem Stein und Strauch vertraut mache und für alle nur möglichen Angriffsfälle die entsprechende Gegenwehr schon vorgesehen sei. Auch die Alarmmaschine war nun bereits auf das äußerste verfeinert. Innerhalb einer knappen Stunde konnten trotz der ziemlich großen Entfernungen alle Posten besetzt, umbesetzt und die größten Mannschaftsverschiebungen durchgeführt werden.

Nicht minder erstaunlich aber muß das in der Stadtmulde

geleistete Werk genannt werden. Pastor Tomasians Leidenschaftlichkeit hatte sich gegen die Fülle der kleinen Zwiste, gegen die Gehässigkeiten der engen Nachbarschaft, gegen das Unbehagen an der Gemeinschaftsernährung sowie gegen den versteckten Widerstand und die Verschlafenheit der Muchtars siegreich behauptet. Wiederum war es ein abendländischer Mann (drei Studienjahre in Genf), der Gabriels Kampf gegen östliches Geschehenlassen so erfolgreich unterstützte. Ohne Zweifel bedeutete Ter Haigasun die unvergleichlich stärkere Persönlichkeit als der ausgezeichnete Aram, und doch, der Vikar des armenischen Tales war im Norden nur bis Edschmiadsin, im Westen nur nach Stambul, im Süden nur nach Jerusalem gekommen und daher nicht ganz frei von jener Empfindungsstumpfheit gegen abschaffbare Unbill, die dem Europäer das Leben im Morgenlande so gründlich erschwert. Trotz seiner erprobten Macht über die Gemüter hätte Ter Haigasun vielleicht das Werk Aram Tomasians nicht so schnell vollbracht und im Laufe von zehn Tagen das elende Freilager der Stadtmulde in eine Siedlung verwandelt, die immerhin einem Marktflecken zu Zeiten Abrahams und der Erzväter ähnelte. Jede Familie, ob arm, ob reich, besaß nun ihre wohlverdeckte Laubhütte, ein paar Quadratmeter wettergeschützten Bodens, durch Teppiche, Matten, Bettzeug wohnlich gemacht. Dieses blasse Echo eines Heimes genügte schon, die Menschen in den wichtigen Gefühlswahn einzulullen, auch hier oben würden ihre irdischen Verhältnisse dauernden Bestand haben. Das Lager war nicht nur in einzelne Gemeindequartiere geteilt, die Hütten bildeten sogar ganze Straßenzüge, die alle in den großen Altarplatz einmündeten. Die Bodenfläche der Stadtmulde war uneben und höckerig, doch der Siedlungsbau und die Wege waren so angelegt, daß dieses Auf und Ab ziemlich gemildert schien. Der Altarplatz, der Mittelpunkt dieser primitiven, aber starkbevölkerten Ortschaft, machte einen geradezu stattlichen Eindruck. Nachdem Muchtar Thomas Kebussjan die Errichtung seines hölzernen Gemeindehauses durchgesetzt hatte, gaben seine sechs Kollegen nicht früher Ruhe, bis auch sie, als nicht weniger würdige Gemeindehäupter, das Recht erhielten, ähnliche Blockhäuser auf den Altarplatz hinzusetzen. Das schönste Werk Vater Tomasians aber war und blieb die große Regierungsbaracke, die nicht nur wirkliche Fenster und Türen besaß, sondern auch mit Schindeln gedeckt war, die aus den Vorräten des Baumeisters stammten. Die Festigkeit des Gebäudes konnte als Sinnbild jener kühnen Hoffnungen gelten, welche die Verteidiger erfüllte. Es bestand aus drei Räumen, einem großen Mittelzimmer, dem Sitzungssaal, und zwei kleinen Seitenkammern. Die rechte Seitenkammer war durch eine feste Wand vom Sitzungsraum abgetrennt. Diesem Kotter war die Rolle des Staatsgefängnisses zugedacht, für den Fall, daß man sich eines schweren Übeltäters entledigen mußte. Ter Haigasun aber war der Überzeugung, diese Armesünderzelle werde sich als überflüssig erweisen. Die linke Kammer war dem Apotheker Krikor zugewiesen. Krikor hatte zwischen sich und der Politik eine Bücherwand mit einem schmalen Durchgang aufgebaut, jenseits deren sein Bett stand. Seine schmuckhaften Tiegel, Vasen und Retorten hatte er auf Wandbrettern untergebracht, während Petroleumkannen, Tabakballen und Bürstenbinderwaren zu seiner großen Genugtuung fehlten, da sie dem allgemeinen Volksgut einverleibt worden waren. Die Regierungsbaracke vereinigte demnach nicht nur den Charakter eines Parlaments, Ministeriums und Gerichtshauses, sondern auch den einer Bibliothek und Universität. Denn hier empfing Apotheker Krikor seine Jünger, die Lehrer, um sie seinerseits zu belehren. Von Tag zu Tag seltener verließ der Meister sein Gehäuse. Vielleicht wollte er die große Gefangenschaft auf dem Damlajik dadurch aufheben, daß er sie für seine Person noch enger beschränkte. Vielleicht auch wollte er die ganze Lebensveränderung damit ungeschehen machen, daß er sie aus seinem Augenkreis bannte. Er saß stundenlang starr auf seinem Bett, nur hie und da ein Buch aus der Wand nehmend, um es vorsichtig gleich wieder zurückzustellen. Sein Körper krümmte sich sichtbar zusammen. Die Lehrer, die nun wichtige Amtswalter waren, besuchten ihn nur selten. Kamen sie aber, enttäuschte sie der Meister immer bitterer, denn er vermehrte ihr Wissen nicht mehr durch unerhörte Tatsachen aus der allgemeinen Weltkunde, sondern tischte ihnen dunkle Geschichten mit tiefsinniger Moralität auf, die sie schnell wieder aus seiner Nähe vertrieben. Hrand Oskanian faßte deswegen sogar eine heftige Abneigung gegen den ehemals Hochverehrten, was mehr für sein dermaliges Krieger- als für sein einstiges Dichtertum sprach. „Der Alte ist nicht mehr ganz bei sich", meinte er wegwerfend zu dem Kollegen Schatakhian, der aber den Geschmähten erbittert verteidigte. Während der großen und kleinen Führerberatungen verließ der Apotheker, obgleich er doch zu den Gewählten gehörte, seine Seitenkammer nicht, aber er schaute mit seinem gelben Mandarinengesicht aus erstaunten Schlitzaugen in den Sitzungssaal hinüber, als könne er die Sprache dieser Menschen überhaupt nicht verstehen. In den Nächten jedoch erhob er sich oft von seinem Lager und setzte sich vor das Regierungsgebäude. Er blinzelte zu dem Ewigen Licht hin, das unter dem Altarbild brannte, zu den beiden Petroleumlampen, die den Platz erhellten, er lauschte in die Laubhüttengassen hinein, aus denen Schlafgeräusche drangen. Alle halben Stunden kam die Patrouille der Nachtwache und begrüßte den Apotheker. Dieser aber gab keine Antwort, sondern schüttelte unablässig den Kopf. Es schien die Gebärde einer unendlichen Verwunderung zu sein, die gar nicht mit sich fertig werden kann, war aber in Wirklichkeit das erste Anzeichen eines bedenklichen Körperverfalls.

Man sieht demnach, und man sieht es nicht ohne Rührung, daß diese winzige Menschheit von fünftausend Seelen den langen Weg der Zivilisation in einem Katzensprung wiederholte. Sie war hier oben von allen Mitteln nahezu entblößt angekommen. Das bißchen Petroleum, ein paar Kerzen, die notwendigsten Werkzeuge, das war alles, woraus ihre Kulturerbschaft bestand. Der erste Wolkenbruch schon hatte den armseligen Haufen von Decken, Betten, Laken, Matten verwüstet, das einzige, was sie noch an häuslichen Bequemlichkeiten besaßen. Und doch, nicht der allseitig unabwendbare Tod, nicht die niedrigste Notdurft vermochte es, in ihnen die göttlicheren Bedürfnisse auszulöschen, die Sehnsucht nach Religion, nach Ordnung, nach Vernunft und geistigem Wachstum. Ter Haigasun las die Messe an Sonn- und Feiertagen wie immer. Auf der Schulhalde wurde Unterricht für die Kinder gehalten. Bedros Altouni, der Siebzigjährige, und Mairik Antaram hatten den Lazarettschuppen musterhaft instand gesetzt und rauften mit allen übrigen Führerstellen, um für ihre Kranken die besten Nahrungsmittel zu ergattern. Im Hinblick auf die Lebensgewohnheiten des Tals hatte sich die allgemeine Moral sogar gehoben. Auf den abgemagerten und blassen Gesichtern lag eine gewisse Zufriedenheit. Der lange

Augusttag hatte nicht Stunden genug, soviel Pflichten gab es zu erfüllen. Schon um vier Uhr morgens begann die erste Arbeit. Die Melkerinnen zogen auf den Platz, wo die Hirten bereits die Geißen und Mutterschafe zusammengetrieben hatten. Die Milch wurde dann in großen Gefäßen an die westliche Grenze der Stadtmulde geschafft, wo Mairik Antaram schon wartete, um die Verteilung an die Familienmütter, das Lazarett und die Käserei vorzunehmen. Zur selben Zeit pilgerten Frauen und Mädchen in langen Zügen zu den nahe fließenden Quellen, um ihre großen Tonkrüge mit dem frischen Quellwasser zu füllen, das in diesen Gefäßen auch bei der größten Sonnenglut eiskalt blieb. Die zahlreichen Quellen mit ihrem herrlichen Wasser bildeten eine der größten Segnungen, die der Musa Dagh seinen Kindern spendete. Während die Züge mit den Wasserträgerinnen heimkehrten, begaben sich die sieben Muchtars auf die Schafweiden, um das Schlachtvieh für den Bedarf des nächsten Tages auszuwählen. Was den Fleischverbrauch anbelangt, so machten sich allerdings frühzeitig sehr bedrohliche Anzeichen fühlbar. Ein Fettschwanzschaf ergab in diesen Gegenden trotz doppelten Lebendgewichtes weniger als zwanzig Oka oder fünfundzwanzig Kilogramm eßbaren Fleisches. Da über fünftausend Menschen fast ausschließlich von diesem Fleische leben mußten, darunter sehr viele schwer arbeitende, kam eine tägliche Stückzahl von ungefähr fünfundsechzig zu schlachtenden Schafen heraus, wollte man die Zehnerschaften und die Arbeitsreserve wirklich sättigen. Wie lange aber war bei dermaßen erschreckender Herdenverminderung das Leben auf dem Berg möglich? Dies konnte sich jeder selbst ausrechnen. Ter Haigasun und Pastor Aram Tomasian erließen schon am dritten Sonntag eine scharfe Verordnung, laut deren von den Schlachttieren nichts mehr, auch die Eingeweide nicht, fortgeworfen werden durfte. Zugleich wurde die tägliche Zahl auf fünfunddreißig Schafe und zwölf Ziegen herabgesetzt. Damit aber waren andere, das Schlachttier betreffende Gefahren noch keineswegs behoben. Da durch die Stadtmulde, die außerhalb ihrer befindlichen Lageranstalten und nicht zuletzt durch den Stellungsbau sehr viel Weidegrund verlorengegangen war, zeigte sich schon in den ersten Tagen an den Herden ein beträchtlicher Gewichtsverlust. Niemand aber wagte es, die Hirten mit ihren Tieren auf die Triften jenseits des Nordsattels zu schicken. Der Schlachthof war in der Nähe eines Wäldchens ziemlich abseits von der Stadtmulde gelegen. Dennoch aber durchdrangen die Angst- und Todesschreie der Tiere allmorgendlich das Lager. Die Metzger hängten anfänglich die ausgeweideten Hammel und Schafe an die Bäume, wo sie ein oder zwei Tage verblieben. Infolge der großen Sommerhitze aber verdarb das Fleisch sehr schnell. Man grub es deshalb nach den ersten unangenehmen Erfahrungen in die Erde ein, wo es sowohl frisch bewahrt wurde als auch besser ablagerte. Nachdem ein Teil der Metzger am frühesten Morgen sein Tagewerk vollendet hatte, um daraufhin sofort wieder in die Zehnerschaften einzurücken, begann der andre Teil seine Tätigkeit. Auf langen, aus Baumstämmen zusammengenagelten Tischen wurde das Fleisch in kunstgerechte Stücke zerhackt. Von hier brachten es die Frauen, die jeweils den Küchendienst hatten, auf den Feuerplatz. Dort waren inzwischen schon auf zehn großen, ummauerten, doch offenen Feuerstellen das Reisig und die klobigen Holzscheite in Brand gesetzt worden. An hohen dreibeinigen Galgen schwankten mächtige Wasserkessel über den Flammen. Das Fleisch aber briet an langen Stangen und Spießen im offenen Feuer. Die Speisenausgabe erfolgte täglich einmal gemeindeweise durch die Muchtars in Gegenwart Pastor Aram Tomasians. Für jede Ortschaft wurden wiederum auf langen Balkentischen die Familienportionen zurechtgeschnitten. Bitias, um ein Beispiel zu nennen, besaß jetzt nach dem Verlust der Protestanten unter Harutiun Nokhudian hundertundzwölf Familien. Hundertundzwölf Hausfrauen also marschierten an dem Dorftisch reihenweise auf und nahmen aus der Hand ihres Muchtars den genau abgewogenen Anteil in Empfang. Eine Amtsperson, zumeist der Oberpriester oder Lehrer, prüfte auf einer Liste die Kopfzahl der Verköstigten nach und vermerkte durch einen Strich die ordnungsgemäße Ausfolgung der Mahlzeit. Es läßt sich wohl denken, daß dieser Vorgang geraume Zeit in Anspruch nahm und daß hiebei hitzige Zusammenstöße nicht ausblieben. Die Natur hatte eben bei Erschaffung des Schafes und des Zickleins nicht hinreichend für Gerechtigkeit gesorgt. Die einen bekamen das üppige Brust- und Bauchfleisch, andern wieder fielen nur die flechsigen und knochigen Teile zu. Die düsteren Charaktere unter den Weibern sahen in dieser ungleichmäßigen Behandlung durch das Schicksal von feindseligen Menschen ausgeheckte Kniffe und Hinterlisten, um eigens ihnen einen giftigen Tort anzutun. Den Beruhigungskünsten Aram Tomasians oblag es nun, diese eifernden Seelen vom Spiel des Zufalls zu überzeugen und der betreffenden Frau Jeranik und Kohar zu beweisen, daß ihr Schicksal, das sie heute benachteiligte, sie gestern bevorzugt hatte. Solcher logischen Abgeklärtheit waren aber Jeranik und Kohar meist nicht fähig und zogen mit bösen Augen ab, die Fälle der Benachteiligung in ihren Herzen verdoppelnd. Noch ehe aber die zivile Speisenausgabe stattfand, war das Beste schon für die Truppen ausgesondert worden, denen ihre Menage von der hiezu bestimmten Gruppe der Jugendkohorte in die Stellungen hinausgetragen wurde. Alle aber mußten mit dieser einzigen Mahlzeit am Tag ihr Auskommen finden, denn am Abend kochte in den großen Kupferkesseln nur Wasser, in das man irgendein Wurzelwerk warf, um den schalen Absud kurzerhand als „Tee" zu bezeichnen.

Pastor Aram hatte auch einen ständigen Ordnungsdienst eingeführt. Zwölf Bewaffnete sorgten als Polizei für Ruhe und Ordnung in der Stadtmulde. Sie gingen in allstündlichen Runden bei Tag und Nacht mit den gewichtig drohenden Schritten von Schutzleuten durch die Zeilen der Laubhütten und ließen die Bewohner fühlen, daß Kriegsrecht herrsche und jeder sich jetzt doppelt zusammennehmen müsse. Sie trugen ferner auch die Verantwortung für die allgemeine Reinlichkeit, die Gabriel Bagradian, Pastor Aram, Bedros Altouni, Hapeth Schatakhian und andere „Westler" in fanatischer Weise zur großen Lebensfrage erhoben hatten. Vieles, was in den Dörfern der unbestrittene Brauch gewesen, hier oben wurde es verboten. Man durfte die Abfälle nicht vor die Laubhütten werfen, kein Spülwasser auf die Lagergassen schütten und vor allem die heimlichen Bedürfnisse nur an jenen Stellen verrichten, die vom Führerrat dazu bestimmt worden waren. Bagradian hatte von allem Anfang an auf die Herstellung tiefer Senkgruben bestanden. Verstieß jemand gegen eines der Reinlichkeitsgebote und wurde dabei ertappt, so verhängte der Führerrat unerbittlich über ihn ein eintägiges Fasten, das heißt, er bekam seine Mahlzeit nicht ausgefolgt.

Der Alltag, den Ter Haigasun für die neuen Lebensumstände so weise angestrebt hatte, bürgerte sich über Erwarten schnell ein. Er war jedoch von dem gemächlichen Alltag des Tales sehr verschieden und voll von Reibungen und Härten. Zu gewissen Stunden, besonders nach Feierabend, wenn die Arbeit den Sinn nicht mehr ablenkte, lastete Mißvergnügen und Gereiztheit über den Sippen. Aram Tomasian vertrat daher im Führerrat die Ansicht, man müsse den außerordentlichen Härten dieses Lebens durch gewisse Veranstaltungen das Gleichgewicht halten, um für eine kurze Abendstunde wenigstens die Seelen vom Druck zu befreien. Es wäre gut, wenn jeder zweite oder dritte Tag eine erfreuliche Abenderwartung in sich schlösse. Das Volk möge sich auf dem Altarplatz versammeln, damit einer der Führer zu ihm spreche, und zwar durchaus nicht über die gegenwärtige Lage, sondern über allgemeine Gegenstände der Nation und des Lebens, die den Blick in die Weite ziehen und die Herzen über sich selbst erheben. Gabriel Bagradian stimmte dem Pastor sogleich zu. Ter Haigasun aber schlug die Augen mit einem kaum merklichen Lächeln aus seiner gewohnten Versunkenheit auf. Er wies darauf hin, daß dieses schöne Vorhaben an einem allzu trockenen und belehrenden Charakter leide. Solch eine hochgespannte Rede bringe wohl den ernsten und klugen Männern, deren es jedoch nur verdammt wenige gebe, einen Vorteil, während dabei die Frauen, die Mädchen, die gesamte Jugend leer ausgehe. Gerade aber von diesem schwankenden und gefühlsbedingten Volksteil hänge die Widerstandskraft des Lagers mehr ab als von den gesetzten und vernünftigen Leuten. Man möge deshalb nach einer Reihe von plagereichen Tagen für einen Abend der einfältigen Vergnügungen und des lustigen Vergessens sorgen. Possenreißer und Geschichtenerzähler gebe es ja im Lager genug, ebenso Tanzmusikanten in großer Menge. Jeder zweite Mann zupfe ja den Tar oder die Sazgitarre. Auch die Kamantschageige und Flöte haben ihre Spieler, von der Handtrommel ganz zu schweigen. Die Musik sei das Geschäft Asajans, des Lehrers und Kirchenchorführers, der diese Festveranstaltungen gleich in die Hand nehmen müsse. Der zwirnsdünne Sänger erstaunte tief, daß sein Erzfeind und Peiniger Ter Haigasun ihn eines solchen Auftrags würdigte. Und er staunte noch mehr, als derselbe allen rohen Belustigungen abholde Ter Haigasun die Errichtung eines hölzernen Tanzbodens, einer Tenne, wie sie in Yoghonoluk zu solchen Zwecken verwendet wurde, nicht nur erlaubte, sondern sogar anempfahl. Ganz unerhört aber war es, daß der Priester keinen

Einspruch dagegen erhob, als Vater Tomasian mit seinen
Gesellen diese Teufelsbühne aus rohen Brettern am andern
Ende des großen Platzes aufzuschlagen begann, und zwar
genau dem heiligen Altar gegenüber. Für den nächsten Abend
schon wurde das erste Tanzfest angesetzt. Der Führerrat
erschien mit Ter Haigasun an der Spitze, die Notabeln alle,
auch Gonzague Maris und Juliette, die Gabriel eigens darum
gebeten hatte. Zuerst hielt Pastor Aram eine kurze Ansprache,
in der er Gott um Verzeihung bat, daß man angesichts der
grausamen Leidenszeit dem irdischen Bedürfnis nach Lustbarkeit nachgehe. Als zweiter gab Lehrer Asajan mit einer
scharfen Trompetenstimme (wo doch seine Körperlichkeit
bestenfalls ein hauchendes Falsett erwarten ließ) einige patriotische Lieder zum besten, darunter auch jenes flam-
mende:

„Hoch sind die Berge Armeniens...
Wir fürchten nicht den Tod durch Feuer und durch
Schwert."

Der nächste Mitwirkende in der Künstlerreihe war das
Grammophon des Hauses Bagradian. Zuerst krächzte es den
Krönungsmarsch aus dem „Propheten" in die Abendluft, dann
aber sang es leise das traurige Orchesterstück „Aases Tod"
von Edvard Grieg. Bei dieser Nummer sah sich die Menge,
die im dichten Halbkreis die Tenne umstand, träumerisch an,
als habe ihr jener Norweger das langsame Stück aus der eigenen Seele gesungen. Weniger Glück als Edvard Grieg hatte
der schwerbewaffnete Hrand Oskanian, der nachher die
Tribüne betrat. Er donnerte zwei pathetische Gedichte so
haßerfüllt herunter, als sei er ein Anklagerichter, der mit einem
Verbrecher abrechnet. Die Silben übersprangen einander so
wütend, daß die wenigsten Hörer etwas verstanden. Bei dem
ersten Gedicht stand die Sache noch nicht so schlimm. Es hieß
„Die armenische Wiege" und war den Leuten nicht unbekannt:

„In einer fernen Stube schaukelt
Ein Weib die Wiege hin und her.
Von grauer Dämmerung umgaukelt,
Sinkt ihr das Haupt, von Sorgen schwer.

Die alte Frau hält einsam Wache
Und wärmt sich an des Herdes Glut.
Sie wiegt ihr Kind, das Kind heißt Rache,
Das lautlos in der Wiege ruht.

Ihm tönen keine Zärtlichkeiten,
Kein Lied, das süße Namen nennt.
In seinen Augen, die sich weiten,
Ein ungeheures Feuer brennt.

So grausam flammen diese Brände,
Und dennoch lautlos weint das Kind
Und ballt zur Faust die kleinen Hände,
Zu warten, bis sie größer sind.

Kein Ton der festversperrten Lippe
Verrät des Säuglings Todesmut,
Der hier in seiner Zedernkrippe,
Ein neuer Herr und Heiland, ruht."

Der Schweiger aber begnügte sich leider nicht mit diesem
berühmten Poem des Dichters Waruschan, hielt er sich doch
selbst für einen „Aschugh", einen Volksbarden. Er beglückte
deshalb sein Publikum auch noch mit einem langen Gedicht
eigener Machart, das den einzigen Vorzug hatte, trotz seiner
vielen Strophen wie ein wilder Platzregen nieder- und vor-
beizugehn. Als kein Beifallszeichen der verdutzten und ver-
ständnislosen Menge des Barden Ohr berührte, hob er sein
Mausergewehr, ob grüßend oder dräuend, wurde nicht klar,
und verließ stolz den Schauplatz, um den Musikanten Platz
zu machen.
Nun begann der bessere Teil des Festprogramms. Erst zierten
sich die jungen Leute, bald aber traten einige Paare zum Tarz
Bar und Polor Bar an, zu den heimischen Berg- und
Stampftänzen. Später zog Gabriel auch Juliette unter die
Tänzer, um mit ihr ein paar Schritte zu versuchen. Nach einer
Minute schon bat sie ihn aufzuhören, denn diese Art Tanz
verstehe sie nicht. Auch Gonzague Maris und Hrand Oskanian
erhielten von ihr einen Korb. Letzterer fand Trost darin, daß
er sich in diese Ablehnung mit dem „Eleganten" teilen durfte.
Iskuhi aber tanzte mit Gabriel einen ganzen Polor Bar zu

Ende. Sie sah in dem zuckenden Schein des Feuers heiter und rosig aus, obgleich sie niemals noch unter ihrem Gebrechen so sehr gelitten hatte wie während dieses Tanzes. Gabriel kehrte dann sehr bald in die Nordstellung zurück, und auch die Frauen gingen nach Hause. Das Volk aber blieb noch lange und warf immer neue Nahrung in das Feuer. Unter den Tänzern ragte sonderbarerweise Sarkis Kilikian, der Russe, als ein Meister hervor. Trotz seines wenig einladenden Äußeren wurde er von den Mädchen als Partner begehrt. Er tanzte mit geschmeidigen und erfinderischen Gliedern, während sein jugendlicher und lebensmatter Totenkopf mit feierlicher Wurstigkeit über den Tänzerinnen schwebte. Der schwachsinnige Kework drehte sich selbstversunken zwischen den Paaren. Er hatte diesmal keine Sonnenblume, sondern einen abgerissenen Myrtenzweig in der Hand.

Dies ist, mit groben Strichen gezeichnet, das Leben, wie es sich in den ersten vierzehn Tagen des Musa Dagh abspielte. Im Keime war alles vorhanden, was das Leben der ganzen Menschheit ausmacht. Unser Volk befand sich in einer Einöde, ausgesetzt im leeren Raum. Der Tod umgab es fugenlos, und nur Schwärmer konnten auf eine Erlösung von dem Tode hoffen. Des Volkes kurze Geschichte entwickelte sich nach dem Naturgesetz des geringeren Widerstands. Dieses Gesetz hatte ihm auch die gemeinwirtschaftliche Lebensform aufgezwungen, in die sich die meisten wohl oder übel fügten, obgleich sie die freie Selbstverköstigung dem Zwange weit vorzogen. Die Reichen aber, zuvörderst die schwergeschädigten Herdenbesitzer, litten tief unter der Entziehung ihres Eigentums. Die klare Überzeugung, daß sie auf dem Wege der Verschickung nicht nur ihr Eigentum, sondern auch ihr Leben viel früher würden verloren haben, half ihnen dennoch nicht über die Bitterkeit der Verarmung hinweg. Auch jetzt, da doch die Lebensdauer nur mehr eine Frage von Wochen oder Tagen war, taten diese Personen alles, um sich von der grauen Masse durch eine begünstigte Lebensform wenigstens dem Scheine nach zu unterscheiden. Trotz der schweren Anforderungen, die der Tag stellte, war die Sehnsucht des Volkes nach Vergessen, nach Genießen, ja sogar nach Geist ebensowenig zu unterdrücken wie in allen anderen Menschenstädten der Welt. Es gab einen Mann wie den Apotheker Krikor, desgleichen sich gewiß nicht überall fand, einen großen Stoiker, der unter dem blutigen Schwerte noch seine allumfassende Wissenschaft weniger aus der geliebten Bücherei als aus dem furchtbaren Nichts schöpfte. An den Rändern der Einöde waren Verteidigungswälle gegen den Tod errichtet, doch innerhalb dieser Wälle fühlte sich das Volk ganz unbegreiflich sicher und so geborgen, daß es in lächerliche Streitigkeiten verfiel, daß es am Abend sang und tanzte. Unüberwindbar blieben die Bedingungen des Lebens. Eine Rückkehr ins Tal gab es nicht, in die paradiesische Vorzeit, aus der diese kleine Menschheit, ohne ihre Schuld zu kennen, durch einen grausamen Befehl der höchsten Regierungsstelle verjagt worden war. Rückkehr gab es nicht, dafür aber gab es vortreffliche Männer, die eine gütige Fügung dem Volke in seiner Not geschenkt hatte. Diese hervorragenden Persönlichkeiten, diese unerschrockenen Führer machten sich die Bedingungen des Mosisberges bis zu einem gewissen Grade dienstbar, so daß zutrauliche Gemüter in freundlichen Stunden hoffen konnten: Das Schicksal wird am Ende nicht unsere Führer, sondern unsere Führer werden am Ende das Schicksal unterwerfen.

In der Mitte der Ansiedlung erhob sich der Altar. Wenn zur Zeit der letzten Nachtwache, eine Stunde vor dem Morgengrauen, die verblassende Milchstraße über ihm kreiste, als sei er Mitte und Nabel des Alls, dann kniete Ter Haigasun, sein Priester, manchmal auf der obersten Stufe, den Kopf aufs offene Meßbuch gepreßt. Ter Haigasun war ein lebenserfahrener, skeptischer Mann. Gerade darum aber sammelte er die Mächte des Gebetes so leidenschaftlich in seiner Brust. Wenn keiner mehr an Rettung glaubte, so mußte er als einziger und letzter durchdrungen sein vom kommenden Wunder, von der Gewißheit des Heiles und dem bergeversetzenden Glauben an die Erlösung vom Tode. Um diesen bergeversetzenden Glauben an ein Paradoxon, angesichts des hiesigen Lebens unbegreifbar, rang die Seele Ter Haigasuns im einsam schamhaften Gebet.

Juliette hatte sich zu einer gänzlich neuen Lebensführung aufgerafft. Sie erhob sich jetzt knapp vor Sonnenaufgang, kleidete sich schnell an, um Mairik Antaram bei der Milchverteilung zu helfen und so früh wie möglich unter den Kranken im Lazarettschuppen zu sein. Was sie leistete, war noch immer keine Tat des Erbarmens, sondern etwas weit Schwierigeres, ein Versuch, sich dem ganz und gar Fremden unterzuordnen und einzugliedern. Es gab keine andere Möglichkeit für sie. Gabriel hatte recht gehabt. Niemand kann gewissermaßen als Ausländer von Distinktion unverbunden und unverbindlich in einer menschlichen Gemeinschaft hausen, die den Tod erwartet.

Ein oberflächlicher Menschenbeobachter könnte sich hier leicht wider Juliette verhärten: Was wollte denn diese Hochnäsige? Worauf eigentlich war sie so eingebildet, daß sie sich nach fünfzehnjähriger Ehe noch immer gegen die Welt ihres Gatten sträubte? Lebte nicht jetzt in derselben Stunde so manche europäische Frau in diesen Ländern, die mit Heldenmut ihr Leben dem gemordeten und geschändeten Armeniervolke weihte? Gab es nicht eine Karen Jeppe in Urfa, die in ihrer Wohnung die Flüchtlinge versteckte und mit ausgebreiteten Armen die Tür vor den Saptiehs schützte, bis sie abzogen, denn eine Dänin abzuschlachten wagten sie doch nicht. Reisten nicht deutsche und amerikanische Diakonissinnen unter den schwersten Strapazen bis nach Deïr es Zor und in die Wüste hinein, um den verhungernden und umherirrenden Frauen und Kindern der Ermordeten ihre schwache Hilfe zu bringen? Und diese Frauen waren mit keinem Armeniermann verbunden und hatten keinen Armeniersohn geboren. Solche Vorwürfe scheinen zu treffen, sind aber dennoch ungerecht. Juliette war viel zu unselig, um kalt und überheblich zu sein, sie war der Mensch auf dem Musa Dagh, der über das allgemeine Leiden hinaus noch tief unter sich selbst litt. Als Französin war ihr eine gewisse Starrheit angeboren. Die Romanen sind bei all ihrer äußeren Geschmeidigkeit innerlich unbeweglich und abgeschlossen. Sie sind formvollendet. Sie haben ihre Form vollendet. Mögen die Nordländer noch immer wie Wolkengebilde voll Spannung und Verwandlung sein, die Franzosen lieben es im allgemeinen, weder aus ihrem Land noch aus ihrer Haut zu fahren. Juliette teilte diese Starrheit ihrer Rasse in hohem Maße. Ihr fehlte die Einfühlungskraft, die zumeist ein Kind der formlosen Unsicherheit ist. Hätte Gabriel von Anfang an den stetigen Willen gehabt, sie mit vorsichtiger Hand seiner Stammeswelt entgegenzuführen, vielleicht wäre alles anders geworden. Doch Gabriel gehörte ja selbst zu den Parisern, zu den Assimilianten, die von Armenien als von einer klassisch vornehmen, aber ein wenig unwirklichen Sache sprachen. Der spärliche Verkehr mit

Armeniern, die bewegten politischen Gespräche im türkischen Revolutionsjahr, die Aufnahme Samuel Awakians ins Haus, dies alles reichte nicht hin, um einer Frau wie Juliette eine rechte Vorstellung von den Dingen zu geben, geschweige sie auf die eigene Seite herüberzuziehen. Sie wußte fünfzehn Jahre lang im Grunde nicht mehr, als daß sie einen ottomanischen Staatsbürger geheiratet hatte, doch was es heißt Armenier sein, welche Schicksale und Pflichten es mit sich bringt, das war ihr erst vor wenigen Wochen schreckhaft bewußt geworden. Die Schuld an Juliettens Verwirrung lag demnach zum großen Teil in Gabriel selbst. Nun rächte sich an ihr seine liebende Schwäche, die immer die Überlegenheit der Französin anerkannt und mit größtem Zartgefühl ihr die Schärfen der Blutsverschiedenheit ferngehalten hatte. Doch warum hätte er sich in Paris anders verhalten sollen, war er doch selbst erst durch die Zwangslage in Yoghonoluk zu seinem Armeniertum erwacht. Er mußte jetzt oft an die Worte des Agha Rifaat Bereket denken: „Du hast sie geheiratet, und folglich bleibt sie dem Karma deines Volkes verfallen." Juliette war wirklich diesem Karma verfallen, denn angenommen, sie hätte sich ohne Gabriel und Stephan gerettet, wäre sie nicht ebenso unglücklich oder unglücklicher gewesen als jetzt?

Gabriel und Stephan, die einzigen Menschen, die sie auf der Welt besaß, waren ihr nah und waren ihr doch so ferne, als ob das Weltmeer zwischen ihr und ihnen läge. Sie kümmerten sich kaum um sie, sahen sie mit heimlicher Strenge an. Keiner von beiden konnte ihr Liebe zeigen. Sie liebten sie nicht. Und die andern alle? Das Volk haßte sie. Juliette spürte es an den erstarrten Gesichtern, an dem jähen Schweigen, sooft sie ins Lager kam. Die Mißgunst der Weiber verbrannte ihr den Rücken, wenn sie an den tratschenden Gruppen vorüberging. Die Muchtarin Kebussjan, diese Spionin, mochte ihr schöntun, soviel sie wollte, Juliette spürte, daß man ihr alles übelnahm, sowohl ihre Absonderung als auch ihren Pflegedienst, vor allem aber den Dreizeltplatz, über dessen märchenhaft reiche Versorgung mit allen Leckerbissen und Glücksgütern der Welt die gierigsten Gerüchte umzugehen schienen. Fremdenhaß und lächerlicher Neid folgten ihr in allen Blicken, davon war Juliette überzeugt. Was hatte dagegen der Snobismus von zwei Narren wie Schatakhian oder Oskanian zu bedeuten, die sich in ihrer Gegenwart teils durch zutunliches Geschwätz, teils durch überhebliches Schweigen wichtig machten? Gut zu ihr war bloß Mütterchen Antaram. Doch diese Güte genügte ihr nicht. Sie kam nur aus dem Mitleid eines großen Frauenherzens, das sich der Not bedrängter Schwestern erbarmte. Und Iskuhi? Zwischen der Älteren und der Jüngeren hatte sich eine hilfsbereite Freundschaft angebahnt. Und doch, gerade Iskuhi war die Fremdeste der Fremden, sie war mehr als alle Volksfrauen der Mittelpunkt des Unüberwindlich-Andern. Juliette erlebte in diesen Tagen eine unbeschreibliche Verlorenheit. Sie, die Herrschende und Glänzende, die immer Wärme, immer Bewunderung hervorgerufen hatte, nun war sie nur geduldet und, schlimmer, nicht geachtet. Sie wähnte, unter der allgemeinen Mißgunst täglich häßlicher zu werden. Sie vernachlässigte ihr Gesicht, sie pflegte ihre Erscheinung nicht mehr, weil sie sich der gewohnten Sorgfalt schämte und die Müdigkeit sie niederzog. Verfolgungswahn! Die Armenieraugen ringsum schienen sie anzuklagen und ihr allein die Schuld zu geben. Aus dem allem aber wuchs eine neue Qual: Frankreich! Die Kriegsnachrichten, die bis in das Tal des Musa Dagh gedrungen waren, stammten sämtlich aus türkischen Zeitungen und lagen viele Wochen, ja Monate zurück. Juliette wußte also nur von Niederlagen Frankreichs, sie wußte, daß die feindlichen Armeen im Herzen ihrer Heimat standen. Sie, die sich stets nur um die eigenen Angelegenheiten gekümmert hatte, sie, die von Politik und allgemeinen Schicksalen immer gelangweilt und unberührt geblieben war, sie wurde nun auf einmal durch zehrende Sorgen um das Vaterland überwältigt. Ihre Mutter, mit der sie sich so wenig verstand, ihre Schwestern, mit denen sie so gut wie zerworfen war, kamen ihr im Traume jetzt unendlich nah, ja sie beherrschten ausschließlich ihre Nächte in dem kleinen Zelt. Die Mutter lag immer wieder auf dem Sterbebett. Juliette war mit einem heimtückischen Bummelzug auf der Gare de l'Est eingefroren und barfuß, halbnackt, nur mit einem tscharschaffartigen Schlafrock bekleidet, durch hundert endlose Gassen in Mamas Wohnung gerannt. Die Sterbende aber wandte mit großer Kunstfertigkeit ihr starres Gesicht von der Tochter ab, wie diese sich auch drehte und wendete, um einen Blick zu erhaschen. Doch nicht nur Mutter und Schwestern, sogar die beiden Schwäger, der eine Beamter im Marineministerium, der andre Ingenieur, spielten eine gekränkte und ablehnende Rolle, zu der sie als schwerverwundete Reserveoffiziere das volle Recht hatten. Pensionatsfreundinnen tauchten auf, die Juliette schnitten, obgleich sie sich vor ihnen auf die Knie warf. Dann und wann erschien der tote Vater, fein wie immer, im schwarzen Gehrock mit schwarzen Glacéhandschuhen, das rote Bändchen im Knopfloch. Er sah Juliette erstaunt an und wiederholte seine Lieblingswendung immer wieder: „So etwas tut man nicht."

Je schlimmer aber die Nächte waren, um so pünktlicher kam Juliette zur Arbeit. Sie wollte gar nicht „menschlich" sein, wie Gabriel ihr geraten hatte, sie wollte nur ihre Alleinheit, ihre Verlorenheit überwinden. Mit großer Hingabe diente sie. Ihre Geruchsnerven besiegend, kniete Juliette neben die Kranken hin, zu diesen halbbewußtlosen Alten auf ihren groben Decken, sie entblößte ihre fiebernden Körper, befreite sie vom Schmutz, wusch ihnen die entstellten Gesichter mit den Toilettewässern, die sie noch besaß. Sie opferte in diesen Tagen viel. Einen Teil ihrer eigenen Wäsche gab sie hin, aus ihren Bettlaken ließ sie Windeln für Säuglinge und Wickel für die Kranken zuschneiden. Für sich selbst behielt sie nur das Notwendigste. Doch wie sich Juliette auch bemühte, in den stumpfen Fischaugen der Fiebernden und in den abweisenden Augen der Gesunden war keine Dankbarkeit, ja nicht einmal Anerkennung für sie, die Fremde, zu lesen. Selbst Gabriel fand kein Wort des Lobes für sie. Vor zehn Tagen noch so ritterlich um seine Frau bemüht, war sie auch für ihn nun zum überflüssigen Ballast geworden. Und in dieser Verlassenheit mußte sie sterben, einsamer und ärmer als der Ärmste hier oben auf dem Musa Dagh.

In solchen Stunden des überschwellenden Selbsterbarmens verhehlte Juliette geflissentlich vor ihrem eigenen Herzen, daß sie durchaus nicht so ganz verlassen war. Gonzague Maris wich nicht von ihrer Seite, seitdem er die unselige Verlorenheit in ihren Augen bemerkt hatte. Er verdoppelte seinen aufmerksamen Dienst und sprang ihr helfend bei, wo und wie er nur konnte. Juliette sah mehr denn je in ihm den Sohn einer französischen Mutter, den Kulturmenschen ihresgleichen, einen entfernt Verwandten. Seit den letzten Tagen aber war die gute Vertraulichkeit zwischen ihnen durch irgend etwas gefährdet, nicht nur von seiner Seite, sondern auch von ihrer. Die Grenze hatte er nach wie vor nicht überschritten. Doch ließ er sie zum erstenmal ein Begehren spüren, ohne die

Ehrerbietung auch nur im leisesten zu verletzen. Dieses An-der-Grenze-Sein, diese Nähe ohne Berührung brachte Juliette neue Verwirrungen. Sie mußte viel an Gonzague denken. Dazu kam, daß er ihr trotz der französischen Mutter noch immer recht unheimlich war. Menschen, die sich stets in der Hand haben, Menschen, die unendlich lang warten können, sind unheimlich. Auch gehörte Gonzague zu denjenigen, welche in der Erregung nicht rot, sondern bleich werden.

Die Veränderung aber hatte damit begonnen, daß Gonzague Maris von einem Tag zum anderen jene verschwiegene Reserve verlor, die Juliette nie hatte begreifen können, und ihr von seinem Leben zu erzählen begann.

Juliette blieb jeden Morgen drei oder vier Stunden im Lazarettschuppen, so lange zumeist, bis die Kranken ihr Mittagessen bekommen hatten. Um diese Zeit wurde sie gewöhnlich von Gonzague Maris abgeholt. War sie noch nicht fertig, so wartete er. Seine aufmerksamen Augen lagen unablässig auf ihr. Sie fühlte sich von diesen Augen umhegt. Und es war auch so. Denn wenn sie sich, nicht ohne eine leichte Absicht, allzulange verwirtschaftete, trat er zart an sie heran und flüsterte:

„Jetzt ist es genug! Lassen Sie die Dinge stehn, Juliette! Sie sind zu gut für solche Arbeit. Sie wird Ihnen schaden."

Mit sanfter Entschiedenheit zwang er sie dann, den Krankenort zu verlassen. Sie ging gerne mit ihm. Da Gonzague keiner Pflicht unterworfen war und eine solche vom Führerrat auch nicht erbat, hatte er seine Zeit dazu benützt, auf der Meerseite des Damlajik einige wunderschöne Naturwege, Aussichtspunkte und Ruheplätze zu entdecken. Sie seien ebenso schön, behauptete er, wie dergleichen berühmte Örtlichkeiten an der Riviera. Juliette und Gonzague saßen jetzt täglich zu den verschiedensten Stunden auf den luftigen oder geschützten Sitzen, auf den freien oder schattigen Felsvorsprüngen dieser Riviera, die sich, durch ein breites Gürtelband der Myrten-, Rhododendron- und Arbutusbüsche von der Hochfläche getrennt, in einer langen auf- und absteigenden Linie am Rande der Riesenmauern hinzog, mit denen der Küstenberg ins Meer stürzt. Beide fühlen sich unendlich allein. Denn wer wollte sie, die Fremden, vermissen?

An diesem Tage, dem vierzehnten des August und dem fünfzehnten des Musa Dagh, schien Gonzague Maris ein ganz andrer zu sein als sonst. Juliette hatte ihn noch nie so traurig gesehn, so knabenhaft melancholisch, so ziellos beschattet. Seine Augen — in denen keine Weite lag, selbst wenn sie ins Weite sahen — ließ er, wie Juliette annahm, ins Endlose schweifen. In Wirklichkeit aber richtete er seinen Blick auf einen ganz bestimmten Punkt, der freilich durch eine vorgelagerte Bergnase verdeckt war. Seine Gedanken suchten die Mündungsebene des Orontes mit den großen, in der Sonne blitzenden Gebäuden der Spiritusbrennerei. Juliettens Frage, die ihrem, nicht seinem Zustand entsprach, war daher sehr verfehlt:

„Haben Sie Heimweh, Gonzague?"

Er lachte kurz auf, und sie verspürte beschämt den peinlichen Unsinn ihrer Worte. Sie gedachte seines Lebenslaufes, den ihr Gonzague in einigen Bruchstücken mit leicht wegwerfender Ironie erzählt hatte, als sei er daran nur halb und nicht einmal mit seinem besten Wesensfragment beteiligt. Der Vater, ein Bankier in Athen, hatte eine französische Gouvernante zu seiner Mutter gemacht. Als das Kind noch nicht vier Jahre alt war, kam es zu einer Katastrophe. Papa entwischte nach Amerika und ließ die Mutter mit Kind und ohne Geld zurück. Mama aber, die für den Durchgeher noch immer Liebe empfand, reiste unter großen Schwierigkeiten mit dem kleinen Gonzague hinüber. Dort gelang es ihr zwar nicht, den richtigen Mann stellig zu machen, doch bei der Jagd fand sie schließlich einen andern. Es war ein älterer Schirmfabrikant aus Detroit, der Mama heiratete und den Knaben adoptierte. „Ich kann deshalb", gestand Gonzague, „mit vollem Rechte zwei Namen verwenden. Aber ich finde, daß der Name Gonzague MacWawerley bei meinem Äußeren sehr unwahrscheinlich klingt, ich bleibe deshalb bei Maris." Er begründete diese Namenswahl mit großem Ernst. Der armen Mutter Gonzagues war in der Ehe mit dem Schirmfabrikanten kein dauernder Segen beschieden. Die Gemeinschaft wurde getrennt, sie mußte das Haus in Detroit verlassen, und Gonzague wanderte von Internat zu Internat, bis er fünfzehn Jahre alt war. Um diese Zeit lernte er durch Schicksalsfügung seinen wahren Vater kennen, der es wieder zu einem bescheidenen Vermögen gebracht hatte. Der alte Mann kämpfte mit Gewissensbissen, da Gonzagues Mutter auf der Armenabteilung eines New-Yorker Hospitals gestorben war. Er schickte den Sohn mit etwas Geld nach Athen zu seinen Verwandten. Von den nächsten Jahren erzählte Gonzague nur in der trockensten Kürze. Sie seien weder gut noch schlecht und schon gar nicht interessant gewesen. Erst sehr spät, nach einer elenden Kindheit und abscheulichen Jugend, habe er sich in Paris selbst gefunden; das heißt, er habe in sich einige mäßige und recht gewöhnliche Gaben entdeckt, mittels deren er jedoch immerhin befähigt sei, sich durch die Welt zu schlagen. Seit Jahren lebe er in der Türkei, nachdem er durch die Hilfe väterlicher Verwandten den Weg nach Stambul und Smyrna gefunden habe. In Stambul bediene er die Korrespondenten amerikanischer Zeitungen mit Berichten und Lebensschilderungen aus der inneren Türkei. Er studiere aber auch, wenn es ihm nicht gerade glänzend gehe, bei kleinen italienischen Operngesellschaften und Wiener Operettentruppen die Chöre ein. Zuletzt habe er sich sogar einem Kabarett-Manager aus Pera als Klavierbegleiter verdungen, um bei der Kunstreise eines Häufleins abgetakelter Chansonetten und Tänzerinnen in der dunkelsten Türkei mitzuwirken.

Dies alles klang völlig wahrhaftig. Was hätte auch an all den trüben und banalen Dingen erlogen oder aufgeschnitten sein sollen? Gonzague hatte diesen dürftigen Abriß seiner Lebensschicksale so nachlässig zu Worte gebracht, als stünden sie tief unter ihm, als seien sie die niedrige Voraussetzung für sein eigentliches Leben, von dem nur seine Augen sprachen, wenn sie auf Juliette lagen. Sie glaubte an die Wahrheit des Erzählten, und dennoch kam es ihr auswechselbar vor. Eine Sekunde lang durchzog sie der Argwohn, daß Gonzague wahrscheinlich für jede Frau jeweils eine andre, aber ebenso farblose Vergangenheit besitze.

„Wie viele Frauen", forschte sie, „waren bei der Künstlertruppe, die Sie bis Alexandrette begleitet haben?"

Die Erinnerung an diese Truppe schien für ihn so lästig zu sein, daß er die Frage fast mürrisch beantwortete:

„Achtzehn oder zwanzig werden es gewesen sein."

„Es waren doch gewiß auch junge und hübsche darunter. Ist Ihnen eine nahegestanden, Gonzague?"

Er schüttelte eine solche Zumutung erstaunt ab:

„Artisten führen ein ernstes und nüchternes Leben. Und für Kokotten bedeutet die Liebe eine Arbeitsleistung, die sie nicht überflüssig verschwenden."

Juliettens Neugier gab so schnell nicht nach:

„Sie haben sich einige Monate lang in Alexandrette aufgehalten. In einer kleinen schmutzigen Hafenstadt…"

„Alexandrette ist gar nicht so lächerlich, wie Sie meinen, Juliette, es gibt dort einige sehr kultivierte armenische Familien mit schönen Häusern in großen Gärten…"

„Ach so, ich verstehe, eine dieser Familien war der Grund ihres langen Aufenthaltes…"

Gonzague leugnete nicht, daß er für eine junge Dame in Alexandrette Neigung gefaßt und daher seinen Vertrag mit der Varieté-Gesellschaft gebrochen habe. Juliette sah merkwürdigerweise bei Erwähnung jener Dame Iskuhi vor sich, doch aufgeputzt, geschminkt und mit Schmuck behangen, was zu ihrem Bild ja gar nicht paßte. Gonzague enthielt sich jeder weiteren Schilderung seines Erlebnisses und erklärte, die Geschichte sei ein Irrtum gewesen und nun versunken und vergessen. Nur einen einzigen Zweck habe sie gehabt, ihm über Beilan den Weg nach Yoghonoluk zu weisen, den Weg in die Villa Bagradian.

Wenn Juliette das Sein und Haben Gonzagues überdachte, so kam ihr die eigene Verlorenheit nicht mehr so grausam vor. Gab es ein raffinierteres Nirgendhingehören als das seine? Wie unter einem Glassturz von Öde und Liebesverlassenheit saß er traurig neben ihr. Er hatte sich entschlossen, an Juliettens Todesschicksal bescheiden teilzunehmen, ohne Wimperzucken, ohne Dank zu fordern, als handle es sich nur um eine kleine Galanterie, die nicht der Rede wert ist. Und dabei hatte Gonzague noch hunderttausendmal weniger hier zu suchen als Juliette. Wie störte sie das Wort „nostalgie", das sie vor einer Weile ausgesprochen hatte! Wonach sollte dieser Arme denn Heimweh empfinden? Vor seinen Blicken lag nur das Leere. Jetzt begriff Juliette, warum der junge Mensch, der sich eines mikroskopischen Gedächtnisses rühmte, gar keine oder auswechselbare Erinnerungen hatte. Dieser junge Mensch, der ihr mit angespannter Zurückhaltung so viel liebende Sorgfalt erwies, hatte selbst niemals Liebe empfangen. Knabenhaft saß er neben ihr auf einem glatten Felsblock, ganz dicht, von der Schulter bis zum Knie; doch er berührte sie nicht, er ließ noch immer eine Ahnung von leerem Raum zwischen sich und ihr. Dieser messerscharfe Abstand der Tugend und Selbstüberwindung brannte fast. Gonzague schwieg. Doch in Juliettens

Herzen ging ein sehr gefährliches süßes Mitleid auf. „Gonzague", frage sie und erschrak vor dem Gesang in ihrer Stimme. Langsam wandte er sich ihr zu. Es war wie Bestrahlung. Sie nahm leise seine Hand. Nur um sie zu streicheln. Doch dann konnte sie nicht anders. Ihr Gesicht, ihr Mund schob sich vor. Auch Gonzagues Augen erloschen. Eine letzte wartende Aufmerksamkeit verzuckte in ihnen, dann starb der Blick. Er ließ Juliette ganz nahe kommen, ehe er sie mit einem plötzlichen Ruck an sich riß. Sie wimmerte leise unter seinem Kuß. Die Jugend der treuen Frau war vorübergegangen, und sie hatte nicht erfahren, wieviel fremde Wollust in ihr erweckbar war. Sofort aber entstand ein Schmerz, der ihr den Kopf zersprengen wollte. Es war der gleiche, beinahe hypnotische Kopfschmerz wie damals, als Gonzague das erstemal im Empfangszimmer von Yoghonoluk so düster Klavier gespielt hatte. Sie stieß den Mann zurück, um ihre Abwehrkräfte zu sammeln. Ein Gedanke wuchs auf: Nicht er hat meine, sondern ich habe seine Hand genommen. Nun bin ich in seiner Hand. Hinter diesem Gedanken schoß ein zweiter höher: Er hat mich seit Wochen mit voller Absicht so weit gebracht, damit ich die Schuldige sei. Im nächsten Augenblick flossen die Abwehrkräfte in sich zusammen, denn Gonzague hielt Juliette an seine Brust gepreßt und küßte sie wieder. Die Kopfschmerzen zergingen in unerträgliches Glück. Purpurne Finsternis, und fern in ihr ein letzter dünner Lichtspalt des Entsetzens: Ich bin verloren. Denn jetzt erst, in seinen Küssen, wurde dieser verhaltene junge Mensch, dieser zart dienende Begleiter, zu dem wahren Gonzague: Nicht mehr ein adrettes Kind des Nichts, sondern eine ungeahnte Kraft, glücklich und unglücklich zu machen. Sein Mund sog aus ihr das Geheimnis, das sie selbst nicht kannte, beseligend und rachsüchtig.

Er ließ sie erst los, als das furchtbare Schreien anhob. Sie fuhren erschrocken auseinander. Eine Herzschwäche drohte Juliettens Atem zu ersticken. Meine Haare sind aufgegangen, dachte sie und versuchte ihre Hände zu heben, als wären es schwere Werkzeuge. Was ist das? Er stützte sie. Sie gingen in die Richtung, woher das höllische Geschrei kam. Nach wenigen Schritten schon erkannte er es:

„Die Esel des Lagers! Sie sind toll geworden."

Und tatsächlich, als Gonzague und Juliette zum nahen Pflockplatz der Pack- und Reittiere kamen, hatten sie ein Bild wie aus einem wüsten Traum vor sich. Die braven Esel schienen in wilde Fabelwesen verwandelt zu sein, rissen an den Halftern, stiegen hoch, tanzten auf den Hinterbeinen und schlugen nach allen Seiten aus. Schaum troff aus ihren Lefzen, ihre Augen waren verglaster Schreck. Auch die langen Laute, die sie ausstießen, glichen eher einem trillernden Gewieher als dem ärmlichen Auf und Ab der Eselsprache. Ein Wahnsinnsphantom schien die Kreaturen in Angst versetzt zu haben. Es war kein Wahnsinn. Der Tierinstinkt hatte die Wirklichkeit knapp vor ihrem Eintreten vorausgefaßt. Fern, jenseits des Nordsattels, dröhnte ein breiter Schlag, nach einigen Atemzügen begann oben etwas näher zu rauschen, dann folgte ein kurzer, scharfer Knall, und südab von der Stadtmulde stand in mäßiger Höhe eine schneeweiße Wolke. Die Esel schwiegen jäh. Ein sanftes Winseln und Flöten versäuselte ringsum. Die Menschen stürzten aus den Laubhütten. Nur die wenigsten wußten, was vorging, und daß dieses feine Wölkchen über dem Berg eine Schrapnellwolke war.

Das Geschützfeuer überraschte auch Gabriel Bagradian im Lager.

Er war müde, da er in der letzten Nacht kaum geschlafen hatte. Immer wieder waren beunruhigende Meldungen von den einzelnen Abschnitten eingetroffen. Ohne Zweifel trieben sich in den zwei letzten Nächten türkische Späher vor den Stellungen umher und versuchten durch die Postenkette zu schlüpfen. Bagradian hatte daher für die kommende Nacht die große Bereitschaft anbefohlen und einen ständigen Patrouillendienst eingesetzt. Als er gegen Mittag auf der Bank seines Hauptquartiers saß, um sich einen Augenblick auszuruhen, wurde er von einem qualvollen Wachtraum heimgesucht, Juliette lag tot auf dem breiten Bette des Pariser Schlafzimmers, und zwar querüber. Sie war mehr als tot, sie war gefroren, ein einziges Stück mattfleischfarbenen Eises. Um die Leiche seiner Frau aufzuschmelzen, sollte er sich neben sie legen ...

Mühsam schüttelte er diesen Tagmahr ab. Es war klar, er benahm sich schlecht zu Juliette. Aus Feigheit wich er ihr aus, Gott weiß wie lange schon. Wenn sein Amt und sein Leben ihm jetzt auch keine Minute frei ließ, so war dies doch nicht der Grund, der seinem Gewissen standhalten konnte. Er entschloß sich daher, bis heute abend das Kommando an Nurhan Elleon abzugeben, um den Nachmittag mit Juliette zu verbringen. Im Zelt fand er sie nicht. Iskuhi trat gerade aus dem ihren. Bruder Aram war bei Howsannah. Sie wollte das Ehepaar nicht stören. Gabriel bat Iskuhi, bei ihm zu bleiben, bis Juliette heimkehre. Sie ließen sich auf den kurzgemähten Grasboden des Dreizeltplatzes nieder. Gabriel dachte angestrengt nach, was sich an Iskuhi so auffallend verändert haben könne. Ja, das war es, sie trug nicht mehr eines der Kleider, die ihr Juliette geschenkt hatte, sondern ein weites, großgeblümtes Gewand aus hellem, leichtem Stoff mit hoher Taille und Puffärmeln, das einen altmodischen Eindruck machte und auch der einheimischen Frauentracht nicht glich. Iskuhis zerbrechliche Gestalt war ihm früher oft arm und abgehärmt erschienen. Das bauschige Kleid aber verlieh ihr eine zarte schwebende Fülle und verbarg den gelähmten Arm. Noch nie habe ihr ernstes Gesichtchen so frei geleuchtet, dünkte es Gabriel, wie unter dem breiten Seidenschal, den sie über den Kopf geworfen hatte, um sich vor der Sonne zu schützen. Er sah mit Erstaunen, daß Iskuhi einen ziemlich großen und leidenschaftlichen Mund hatte. Einen roten Schleier müßte sie tragen, fiel ihm ein. Und da er heute seinen müden und träumerischen Tag hatte, erwachten in seinem Bewußtsein Bilder aus der Urzeit des Lebens:

Yoghonoluk, das Haus des Großvaters. Auf dem weichen Grasboden des Parks ist das weiße Damasttuch für das Frühstück schon ausgebreitet. Alles erwartet ehrfürchtig Awetis Bagradian, den Alten, zur ersten feierlichen Mahlzeit des Tages. Auf dem Dreifuß dampft der silberne Teekessel. In Körben häufen sich Berge von Aprikosen, Weintrauben und Melonen auf flachen Schüsseln. Hölzerne Teller mit frischen Eiern, Honig und Aprikosenleder. Unter einer blendenden Serviette wartet das dünne Brot, das der Hausherr nach dem Gebete brechen wird. Gabriel ist acht Jahre alt und hat einen ähnlichen Entari-Kittel am Leib, wie Stephan ihn jetzt trägt. Wäre das Frühstück nur schon vorbei! Dann wird er sich auf den Hängen des Musa Dagh umhertreiben, um große Geheimnisse zu entdecken. Indessen schaut er gebannt auf das faltige Damasttuch. Vielleicht verbirgt sich eine große Schlange darunter. Ein goldenes Rauschen verkündet das Nahen des Großvaters. Doch sonderbar, der alte Awetis ist nichts anderes als dieses goldene Rauschen, er tritt aus ihm nicht hervor, sein goldener Klemmer an der Schnur, sein weißer Spitzbart, sein schwarz-gelber Morgenrock, seine roten Saffianschuhe werden nicht sichtbar, sein Bild bleibt verborgen, obgleich er mächtig da ist. Dafür aber sieht Gabriel, wie alle Frauen langsam den Schleier über den Kopf ziehen und dem Herrn ehrfürchtig den Rücken kehren, wie es sich geziemt. Ist das eine wirkliche Erinnerung oder nur eine aus Erinnerungsstücken falsch zusammengesetzte Einbildung? Gabriel wußte es nicht. Iskuhi aber war jedenfalls, unbekannt warum, dem Teppich seiner Urzeit eingewoben. Sie saß ihm gegenüber auf der Erde. In ihr Gesicht versunken, erinnerte er sich erst nach langer Zeit, daß man auch etwas sprechen müsse:

„Was haben Sie zu Stephan, diesem Monstrum, gesagt, Iskuhi?"

Sie spreizte die Finger der rechten Hand auseinander. Eine Geste des Unbehagens und der Mißbilligung:

„Ich war entsetzt, Gabriel Bagradian, und ich war ganz verzweifelt, daß er es meinetwegen getan hat."

Er zögerte mit seinen Worten:

„Auch ich war natürlich entsetzt. Die Folgen dieses Dummenjungenstreiches sind nicht auszudenken. Nun, Gott sei Dank ist es gut abgelaufen. Eine Warnung für mich! Man muß auf den Burschen besser achtgeben. Aber wie? Er ist in einem schrecklichen Alter."

Iskuhi bekam ihr altkluges Lehrerinnengesicht:

„Ja, man muß sich mehr um Stephan kümmern. Der Himmel weiß, was in ihm vorgeht."

„Nicht nur der Himmel weiß es, Iskuhi. Auch ich kann mir ganz gut denken, was in ihm vorgeht ... Wenn er nicht mein Sohn wäre, würde mir der Streich ganz gut gefallen..."

Er ließ dieses Geständnis ausklingen und fragte erst nach einer kleinen Pause:

„Und Ihre Bibel, Iskuhi? Ist sie wirklich die Dummheit wert, die Stephan begangen hat?"

Iskuhi erhob sich schnell:

„Ich hab sie sehr gern. Schon deshalb, weil sie mir Aram geschenkt hat. Wenn Sie wollen, so zeige ich sie Ihnen. Bitte, warten Sie."

Ohne eine Aufforderung abzuwarten, lief sie eilig ins Zelt und brachte das Buch. Jetzt setzte sie sich dicht neben Gabriel.

Spitz stachen ihre kleinen Knie unter dem weichen Kleidstoff hervor. Sie wollte die Bibel aufschlagen, stutzte aber, als fürchte sie Gabriels strenges Urteil:

„Künstlerischen Wert hat sie gar keinen, Gabriel Bagradian. Ich aber finde die Bilder hübsch..."

Gabriel beachtete die Bibel gar nicht, sondern ließ seinen Blick auf Iskuhis Mund verweilen:

„Sie lieben Ihren Bruder wohl mehr als alles andre auf der Welt, wie?"

Dies klang fast wie ein leichter Tadel. Iskuhi schlug ihr Lieblingsbuch angelegentlich auf, als spreche sie nicht gern über ihre Gefühle:

„Wir sind aneinander sehr gewöhnt, Aram und ich. Ich kann mir ein Leben ohne ihn nicht vorstellen."

Sie rückte noch ein bißchen näher und hielt ihm das erste Bild hin, damit er es bewundern könne. Gabriel, der etwas kurzsichtig war, neigte sich über den volkstümlichen Quartband, der aus der zweiten Hälfte des vorigen Jahrhunderts stammte. Die hellkolorierten kindlichen Bildchen besaßen einen gewissen Reiz. Sie erinnerten mit ihren gezierten Figuren, mit ihren schief schmachtenden Gesichtern, mit ihren blumigen Umrankungen an mittelalterliche Evangelienbücher. Der Charakter der Abbildungen war aber alles andre als freundlich fromm. Der armenische Maler hatte sich, der gepeinigten Volksseele entsprechend, mehr für die krassen, pathetischen oder kopfhängerischen Gegenstände entschieden, zumal was das Alte Testament anbetraf: Die Vertreibung aus dem Paradiese! Das lodernde Schwert war ein Krummsäbel, und der Erzengel trug eine Glorie, die einem diamantgeschmückten Turban ähnelte. Oder: Kain erschlägt den Abel! Das niederschwelende Feuer des verschmähten Altars ergab eine kriecherisch-satanische Randleiste. Als Gabriel Bagradian gerade die Opferung Isaaks betrachten wollte, krepierte das erste Türken-Schrapnell ein paar hundert Meter südlich der Stadtmulde, unterhalb der ersten Gipfelkuppe des Damlajik. In langen Sprüngen stürzte er davon. Auf dem Wege begegnete ihm Doktor Altouni auf einem Reitesel. Der Alte mußte absteigen. Bagradian mißhandelte das Tier mit Stock und Absätzen, so daß es den Reiter in ungewohntem Galopp in die Nordstellung brachte.

Die Türken hatten diesmal ihren Schlag feldmäßiger und listiger vorbereitet. Der Bimbaschi-Militärkommandant von Antiochia, jener freundliche alte Herr mit den schläfrigen Äuglein und roten Kinderwangen, führte den Kriegszug in eigener Person. Sonderbarerweise hatte sein Stellvertreter, der scharfe Jüsbaschi, gerade in diesem Zeitpunkt einen kurzen Urlaub genommen und war nach Aleppo gereist, so daß er außerhalb jeder Verantwortung stand. Da des Bimbaschi ebenso geruhsame wie kluge Mäßigung sich im Rate gegen den Kaimakam und den Major nicht hatte durchsetzen können, blieb ihm nichts anderes übrig, als den Feldzug gegen den Musa Dagh mit größter Beschleunigung zu rüsten. Der Ärger und die Erbitterung über seine Feinde gaben den Entschlüssen und Vorbereitungen des gemächlichen Mannes einen unerwartet tatkräftigen Schwung. Er verbrachte beinahe einen ganzen Tag im Telegrafenamt von Antakje. Der Morseapparat spielte in die drei Richtungen von Alexandrette, Aleppo und Eskereh, um alle kleinen Ortsbesatzungen des Militärs und der Gendarmerie, die innerhalb der Bezirksgrenzen stationiert waren, auf die Beine zu bringen. Binnen viermal vierundzwanzig Stunden hatte der alte Oberst eine beträchtliche Streitmacht von etwa tausend Gewehren und zwei Geschützen zusammengetrommelt. Sie bestand aus den zwei regulären Kompanien, die in Antakje disloziert waren, aus zwei Zügen desselben Regimentes, die aus den kleinen Ortschaften kamen, aus jener Halbbatterie, die im Laufe dieser Tage in der Garnison eingetroffen war, ferner aus einer ganzen Kompanie Saptiehs und schließlich aus einer großen Freischar von irregulären Tschettehs aus dem Gebirge bei Hammam. Gleichzeitig hatten Kundschafter die Stellungen des Damlajik, wenn auch nicht ganz zuverlässig, so doch zum Teil ausgeforscht. Der Aberglaube an die zwanzigtausend Armenier und ihre Maschinengewehre war in nichts zusammengebrochen. Dem Bimbaschi stand, was Mannschaft und Bewaffnung anlangt, eine derartige Übermacht zur Verfügung, daß die Liquidation des Armenierlagers nur eine Frage von Stunden sein konnte. Die Taktik hatte in einem völlig gedeckten Aufmarsch und in einem überfallartigen Zugriff zu bestehen, dies war das Wichtigste. Beides, der gedeckte Aufmarsch und die Überraschung, gelangen dem Bimbaschi vortrefflich. Sämtliche Beobachter auf dem Musa Dagh wurden getäuscht. Der Oberst hatte seine Armee in zwei ungefähr gleichwertige Einheiten geteilt, die unabhängig voneinander operieren sollten. Die eine Hälfte marschierte in der Nacht des dreizehnten August unter den schärfsten Vorsichtsmaßregeln gegen den Flecken Suedja und lagerte sich, wohlverteilt und verborgen, in den Ruinen von Seleucia, unterhalb der Südbastion. Das andere Korps hingegen, bei dem sich der Kommandant und die Artillerie befand, zog ein Stück der Straße Antakje-Bailan in nordwestlicher Richtung entlang und wandte sich dann auf schlechten Maultierwegen ins Gebirge. Hiebei erhielt der Kriegsplan des Bimbaschi das erste Loch. Die schweren Feldhaubitzen kamen kaum vorwärts, obgleich je zwei Männer unablässig in den Speichen jedes Rades lagen und andere den schweren Sporn der abgeprotzten Geschütze die fünfzehn Meilen des sauren Bergweges mit ihren Händen tragen mußten. Die Packesel, die man als Gespann benützte, erwiesen sich als artilleristische Zugtiere so gut wie unbrauchbar. Die Folge dieser Mißhelligkeit war eine Verspätung von zehn Stunden. Diese Truppe, die schon einen halben Tag früher als die erste aufgebrochen war, kam anstatt in der Nacht des dreizehnten August gegen Mittag des vierzehnten auf den Höhen des Musa Dagh an, welche sich nördlich des Sattels erstrecken. Der Doppelangriff, der für die erste Stunde nach Sonnenaufgang angesetzt war, wurde damit hinfällig. Der Hauptmann, der das Südkorps befehligte, und seine Soldaten, die den Kopf aus ihren Verstecken in den glühenden Ruinen nicht heben durften, waren durch das Ausbleiben des vereinbarten Angriffszeichens (der erste Haubitzenschuß) und durch das endlose Warten unter den Strahlen der erbarmungslosen Sonne schon völlig zermürbt. Noch schlimmer stand es um die Nordgruppe. Ein fünfzehnstündiger Gebirgsmarsch ohne Nachtruhe, nur durch drei kurze Rasten unterbrochen, lag hinter ihr. Der Oberst hätte sich sagen müssen: Ich werde heute meinen Leuten Ruhe gönnen, dem Hauptmann nach Suedja Botschaft senden und den Angriff auf morgen früh verschieben. Der bequemen Natur des alten Herrn gemäß würde auch jedermann hundert gegen eins gewettet haben, daß er diese Entscheidung treffen werde. Und doch geschah das Gegenteil. Bequeme Menschen sind sehr oft auch ungeduldige Menschen. Sind sie in eine unerwünschte Unternehmung verwickelt, so wollen sie mit Knall und Fall fertig werden. Der Bimbaschi befahl dem Mülasim der Artillerie, seine Haubitzen sofort in Stellung zu bringen, ließ in großer Hast abkochen und führte bereits eine Stunde später seine Kompanie in dünnen Schwärmen gegen die armenische Sattelstellung, wo sie sich zuerst in großem Respektabstand in kleinen Schluchten, hinter Bäumen und Felsblöcken mäuschenstill versteckte. Der alte Friedensoberst hielt keine feurige Ansprache an seine Soldaten, sondern fluchte anstatt dessen still in sich hinein. Er fluchte dem Kaimakam und dem Jüsbaschi, er fluchte dem Etappengeneral, der ihm anstatt zerlegbarer Gebirgskanonen diese dicken und unbeweglichen Haubitzen geschickt hatte, er fluchte vor allen Dingen auf Seine Exzellenz, den Herrn Armeekommandanten Dschemal Pascha, den er einen schwarzen, buckligen Schwindler nannte. All diese politischen Offiziere von Ittihad waren seiner Meinung nach ein freches Verrätergesindel. Sie hatten die Verschwörung gegen den alten Sultan angezettelt und hielten den neuen im Palast gefangen. Lächerliche Subalternoffiziere, die sich selbst zu Generalen, Exzellenzen und Paschas ernannten. Früher hätte es dergleichen Kaliber nicht einmal zum Jüsbaschi gebracht. Und die Schande mit den Armeniern verdankte man auch nur diesen Ittihadschweinen. Zu Abdul Hamids goldener Zeit hatte es wohl öfters unter den Christenhunden ein Schlachtfest gegeben, aber nicht eine Schlacht, die ein hoher Stabsoffizier wie er, der Bimbaschi, liefern mußte. Der erschöpfte und zornige Mann wartete mit seinem Stab auf den Eröffnungsschuß. Er hatte dem Haubitzenleutnant befohlen, zuerst ein paar Lagen gegen die Wohnstätten des Armeniervolkes abzugeben. Nicht einmal die sogenannten Generalstabskarten dieses Ittihadgesindels in Stambul stimmten, und man mußte nach den Distanzen einer solchen Karte die Schrapnells und Granaten auf dem Bergrücken des Damlajiks placieren. Der Bimbaschi rechnete damit, daß die Beschießung des Lagers unter den Frauen und Kindern eine Panik verursachen und auch den Kampfesmut der Männer herabstimmen werde.

Die Berechnung war nicht unrichtig. Die Haubitzen hatten mehr Zufalls- als Zielglück. Von zwölf Geschossen gingen drei Schrapnells über der Stadtmulde nieder. Die Füllkugeln richteten nicht nur äußern Schaden an, sondern verwundeten drei Frauen, einen alten Mann und zwei Kinder, glücklicherweise nur leicht. Der Volltreffer einer Granate jedoch zerstörte den Depotspeicher, setzte ihn in Brand und vernichtete den letzten

Rest der Mehlvorräte sowie alles, was an Tabak, Kaffee, Reis und Zucker vorhanden war. Der Speicher stand in Flammen, und es muß eine Gnade Gottes genannt werden, daß das Feuer auf die nur mäßig entfernten Laubhütten nicht übergriff. Die Verwirrung unter dem Volk war ebenso groß wie das Unheil. Auf die Kämpfer aber wirkte das Geschützfeuer wie ein zehnfacher Alarm. Wer dienstfrei war, flog an seinen Posten. Nurhan Elleon brachte die Gräben binnen wenigen Minuten auf den vollen Angriffsstand. Die Ordonnanz- und die Spähergruppe der Jugendkohorte versammelte sich hinter den Linien. Als Gabriel Bagradian auf dem Esel herankeuchte, fand er in allen Teilen seiner Maschine schon volle Bereitschaft vor. Wenige Minuten später traf bereits die erste Meldung von der Südbastion ein. Der Überfall glückte somit den Türken nicht vollkommen. Ihr Angriff stieß auf überraschte, aber gefaßte Verteidiger.

Sarkis Kilikian und die Südbastion hatten heute ihren großen Tag. Der Feind war hier noch ohne jede Erfahrung. In dem breiten, vegetationslosen Halbrund des Bergabsturzes mit seinen Steinhalden und Trümmerterrassen hatten die türkischen Späher keinen Vorstoß gewagt. Der kommandierende Hauptmann wußte nicht einmal, ob hinter den zackigen Blöcken des beherrschenden Felsturmes eine Besatzung lag. Die mohammedanische Bevölkerung der menschenreichen Orontesebene, die durch den Bergkrieg erregten Einwohner der Marktflecken Suedja, El Eskel und Jedidje behaupteten, daß sich seit vielen Tagen hinter diesem Felsenkranz nichts mehr rühre und in der Nacht kein Feuerschein zu sehen sei. Der Kompanieführer jedoch war vorsichtig und supponierte jedenfalls auf dem Südrand des Damlajik armenische Stellungen, wenn auch der Anschein gegen ihr Vorhandensein sprach. Längst hatte er seine Mannschaft in eine Frontal- und in eine Umgehungsgruppe geteilt. Jene bestand aus den regulären Truppen, diese aus den Tschettehs und Saptiehs. Während die einen den unmittelbaren Aufstieg unternahmen, sollten die andern dort, wo der Halbbogen des Berges das Meer berührt, oberhalb des Gebirgsnestes Habaste, der angenommenen Armenierstellung in den Rücken fallen. Der türkische Hauptmann ließ seine Kompanie keine Schwarmlinie bilden, sondern lange gänsemarschartige Ketten, um eine möglichst kleine Schußfläche zu bieten. Da die Tempelruinen Seleucias, die den

Soldaten Deckung geboten hatten, auf einer breiten Bergstufe dreihundert Meter über dem Meere lagen, hatten die Angreifer noch einen kahlen Trümmerberg von beinahe der gleichen Höhe zu überwinden, um an den Rand der Steinhalde zu gelangen, die von der Südbastion gekrönt wird. Diese Halde war nicht unbezwinglich steil, bot überall Schützendeckung und war deshalb nach der Ansicht des Bimbaschi weit besser für den Angriff geeignet als irgendeiner der waldigen Aufstiege des Damlajik, der hinter jedem Baum und Busch den Armeniern Schlupfwinkel des Hinterhaltes öffnete. Auch hätte man auf der überall eingesehenen Dörferstraße den Aufmarsch nicht verheimlichen können.

Die Befehlsverhältnisse auf der Südbastion waren durchaus nicht geklärt, was als ein bedenklicher Fehler im allgemeinen Verteidigungsplan Bagradians gelten muß. Seiner Meinung nach war dieser Punkt gerade des freien und steilen Geländes wegen weit weniger bedroht als der Nordsattel und die Eichenschlucht. Deshalb hatte er ja auch in die ziemlich große Besatzung der Bastion alle Deserteure und Pseudodeserteure gesteckt, die unzuverlässige Unterwelt des Damlajik gleichsam, die er dem Volke möglichst fernhalten wollte. Der Abschnittsführer war ein altgedienter Soldat aus Kheder Beg, ein matter und langsamer Mann, der sich gegen das widerspenstig jähzornige Element der Deserteure nicht durchsetzen konnte. Lehrer Oskanian, der Kommissär und vom Kriegskomitee eingesetzte Oberaufseher, hatte es durch seine falsche Schulmeisterstrenge und Wichtigtuerei verstanden, schon am ersten Tage eine lächerliche Figur zu werden. Der aufbegehrende Knirps konnte diesen abgebrühten, vom Leben verprügelten Gesellen nicht die Ehrfurcht einflößen, die zu verdienen er überzeugt war. Es ist demnach nur selbstverständlich, daß die stärkste Persönlichkeit dieses Abschnittes das Heft allgemach in die Hand bekam: Sarkis Kilikian.

Der Russe schien nach seiner Niederlage durch Bagradian eine innere Wandlung erlebt zu haben. Er spielte nicht mehr den ungebundenen Gast, der sich nach Willkür dem Volksleben anbequemte, sondern unterwarf sich von jenem Tag an widerspruchslos der Kriegsordnung. Und mehr als das, er betätigte sich in seinem Abschnitt als erfindungsreicher Festungsingenieur. Die aus großen Steinblöcken lose errichteten Verteidigungsmauern erhöhte und verstärkte er in mehrtägiger rastloser Arbeit und schuf eine primitive, aber sinnvolle Maschine, um die Abwehrkraft vernichtend zu steigern. Hinter jeder dieser drei in ziemlich weiten Abständen der Steinhalde zugewandten Mauern hatte er aus hohen Eichenstämmen rechteckige Galgen errichten lassen. An dem Querpfosten dieser Galgen hing, an starken Hanfseilen waagrecht befestigt, ein dicker Widderbalken, der an dem einen Ende eine Art mächtiger Tischplatte oder eisenbeschlagenen Schildes trug. Man konnte die Seile der Aufhängevorrichtung verkürzen oder verlängern und dadurch den Stoßpunkt des Widders auf die Mauer verschieben. Wenn die überaus schwere Schildplatte von einem weitgespannten Pendelpunkt auf die Mauerblöcke sauste, bekam sie eine Stoßgewalt, die sich mit menschlichen Kräften nie hätte erreichen lassen.

In dem Augenblick, da das Haubitzenfeuer begann und die Beobachter meldeten, daß die türkischen Schützenketten die Bergstufe oberhalb der römischen Tempelruinen zu erklettern begannen, verlor der von Gabriel Bagradian eingesetzte Abschnittskommandant völlig den Kopf. Er starrte aus einer Lücke der Felsbastion gebannt auf die Vorhalde hinab, ohne sich zu einem Befehl aufraffen zu können. Hrand Oskanian, der gewaltige Knirps, wurde weiß wie Papier. Seine Hände zitterten so stark, daß er den Verschluß seines Karagewehres nicht zu spannen vermochte, um die erste Patrone einspringen zu lassen. Sein Magen hob sich, und Oskanian verlor das Gleichgewichtsgefühl. Vor einer halben Stunde noch ein drohender Mars, hatte der schwarze Lehrer jetzt nicht mehr Kraft genug, sich aus dem Staube zu machen. Die Stimme versagte ihm. Er folgte Sarkis Kilikian bei jedem Schritte wie ein Hündchen. Der Aufseher suchte bei dem Beaufsichtigten zähneklappernd Schutz. In den stumpfen Augen des Russen war achatne Ruhe wie immer. Sofort versammelten sich die Deserteure und auch die übrigen Zehnerschaften um ihn als dem natürlichen Oberhaupt. Keiner achtete mehr des Mannes aus Kheder Beg. Auch Kilikian sprach beinahe kein Wort. Er schritt inmitten des Haufens die Verteidigungswerke ab und bezeichnete mit der Hand jene Leute, die er zur Besatzung des Felsturms, der Abwehrmauern und Nebenschanzen bestimmte. Hinter den Widdergalgen waren auf hohen Steinhaufen leiterartige Gerüste errichtet. Je zwei Männer erstiegen sie jetzt, um auf Kilikians Befehlszeichen den Widder auf die

Mauer sausen zu lassen. Der Russe befolgte die gleiche Taktik wie Bagradian am vierten August. Er wartete auf die richtige Sekunde. Nur schien seine gleichgültige, tote Geduld unendlich größer zu sein als die Gabriels. Als die Vorhuten der Türken bereits über dem Rand der Steinhalde auftauchten, zündete er sich mit seinem vorsintflutlichen Feuerzeug eine Zigarette an. Oskanian neben ihm zuckte und keuchte: „Jetzt! Jetzt, Kilikian, los!" Während er den Wergstreifen vergeblich in Brand zu setzen suchte, hielt Kilikian den Lehrer mit der freien Hand fest, damit er nicht aufspringe und ein verfrühtes Zeichen gebe. Durch den gefahrlosen Aufstieg und den tiefen Frieden des Berges in Sicherheit gewiegt, ließen sich die Türken gehen, rückten zusammen, redeten und bildeten dichte Klumpen. Erst als sie etwa die Mitte der Steinhalde erreicht hatten, stieß Kilikian einen langen Pfiff aus. Die Sturmwidder mit den mächtigen Schildplatten donnerten gegen die lockeren Mauern. Die leichteren Steine der oberen Schichten spritzten aufstaubend und fauchend wie Geschosse davon, während sich die großen Kalkblöcke des Unterbaus vornüberneigten und mit großen wilden Sprüngen unter die Türken krachten. Schon die erste Wirkung war entsetzlich. Nun aber griff der Armenierberg höchstselbst in den Kampf ein, um die Vernichtung des Feindes so grausam zu vollenden, daß diese Naturkatastrophe an der syrischen Küste auch in künftigen Menschenaltern nicht vergessen werden wird. Die Abwehrmauern waren zwischen den Zinnenkranz des Felsturms eingebaut. Die Gewalt der Widder erschütterte auch die natürliche Kalkkrone in ihren Grundfesten und riß große Splitter der Zacken mit zu Tal. Diesem unbeschreiblichen Steinschlag konnte die Vorhalde, die aus einem dicken und losen Steingeschiebe bestand, nicht widerstehen. Mit dem betäubenden Zischen und Prasseln einer noch niemals erlebten Sturmbrandung geriet sie ins Rutschen und riß wie eine ungeheure Flut aus Kalk und Kreide alles, was von den Türken noch lebte, mit sich hinab. Es war mehr als eine grausige Felslawine. Der Damlajik selbst schien sich vom Anker gerissen zu haben und in Fahrt zu kommen. Der Hügel ging über die Ruinen der Oberstadt von Seleucia nieder, warf ganze Säulen um und zertrommelte stille efeuumwachsene Mauern. Zehn Minuten lang sah es aus, als habe der Berg die größte Lust, bis nach Suedja und an die Orontesmündung vorzurücken. Die Westgruppe des türkischen Korps wurde oberhalb des Dorfes Habaste vom Steinschlag gestreift. Die halbe Mannschaft konnte sich durch ein gnädiges Schicksal retten. Die andre Hälfte wurde getötet oder verwundet, das Dorf selbst zum Teil zerstört. Nach einer Viertelstunde trat hohle Totenstille ein. Der Bergbruch lag wieder tückisch-friedlich in der Sonnenglut. Vom Nordsattel krachten dumpf die Granateinschläge der Haubitzen herüber. Als sich kein Steinchen mehr bewegte, pfiff Kilikian zum zweitenmal. Die erstarrten Deserteure und die anderen Kämpfer kamen in Bewegung. Unter Führung des Russen spazierte die Besatzung der Südbastion gemächlich die Bergstufe hinab, machte allen türkischen Verwundeten mit großer Ruhe den Garaus und raubte die Toten buchstäblich bis auf die Haut aus. Dieses Geschäft wurde mit gelassenster Gründlichkeit besorgt, ungeachtet des schweren Kampfes, den die Brüder im Norden zu bestehen hatten. Sarkis Kilikian vertauschte seine Lumpen mit der funkelnagelneuen Montur eines türkischen Infanteristen. Trotz des frischen Blutes auf dem Rock des Toten drehte und wendete sich der Russe hin und her, als fühle er sich neugeboren. Hrand Oskanian aber hatte den höchsten Punkt des Felsturmes erstiegen und schoß wie ein Toller in die Luft, um seinen Anteil an dem Siege zu bekräftigen. Während des imposanten Geknatters, das er verübte, wunderte er sich nicht wenig, was für ein unbeträchtlich Ding die Tapferkeit für einen tapferen Mann ist.

Weder Gabriel Bagradian noch auch der Bimbaschi auf der Gegenseite wußten etwas von dem entsetzlichen Schicksal der Südgruppe. Im Kampfeslärm hatten beide den langen Donner der Lawine nur als ein fernes Rauschen gehört. Hier auf dem Nordsattel gestaltete sich die Schlacht sehr hart und unglücklich für die Armeniersöhne. Ob nun die Haubitzen vom Schicksal hoch begünstigt wurden oder durch eigenes Verdienst so glänzend arbeiteten, Tatsache war's, daß nach einer Stunde langsamen Sperrfeuers vier Volltreffer einen Teil des großen Riegelgrabens zerstört hatten und daß drei verstümmelte Leichen und einige Schwerverletzte auf der Erde lagen. Gabriel Bagradian war immer nur mit Not den heulenden Sprengstücken entgangen. Seine Haut war starr wie eingeregnetes Leder. Er spürte genau, daß er heute keinen souveränen Tag hatte. Die Einfälle und Entschlüsse sprangen nicht leicht

wie sonst aus seinem Geist. Er hätte — dieser Vorwurf brannte
— die Verluste vermeiden können. Zu spät gab er Tschausch
Nurhan den Rückzugsbefehl. Doch war er klug genug, diesen
auf der Felsseite durchführen zu lassen. Den Türken war es
gelungen, in einem hohen Baum einen Beobachtersitz aufzuschlagen, von dem aus sie ein Stück des Grabens übersahen
und die Feuerwirkung der Geschütze korrigieren konnten. Die
Steinbarrikaden zur Rechten hingegen waren ihrem Blick
entzogen. Im Bewußtsein des Unglücks vom vierten August
fürchteten sie die erbarmungslosen Steilwände des Musa Dagh
und wagten kein Umfassungsmanöver mehr. Die Verteidiger
verließen einzelweise den Graben und drückten sich tief-
geduckt an den Blöcken und Vorsprüngen des Labyrinths
vorbei, bis sie die Reservestellung erreichten, die ihrerseits auch
wieder über einem Bodeneinschnitt lag. Der zweite Graben
war heute nicht besetzt, da es Gabriel nicht gewagt hatte, auch
nur eine einzige Zehnerschaft von den Verteidigungspunkten
des Bergrandes abzuziehen. Er war fest überzeugt davon, daß
die Türken auch noch an einer dritten Stelle einen Überfall
versuchen würden. Eis in den Adern, wußte er, daß, wenn
dieser Reservegraben hier verlorenging, dem phantasievollsten
Martertod von fünftausend Menschen, den je die Welt erlebt,
nichts mehr im Wege stand. Der türkische Beobachtungs-
offizier schien von der Rückzugsbewegung nichts gemerkt zu
haben. Die Granaten fielen jetzt im Zeitabstand von je einer
Minute auf den ersten Graben. Da sich dort nichts mehr
rührte, hielt ihn der Bimbaschi für sturmreif. Eine endlose
Pause verging, dann brach im Waldesdickicht der Gegenhöhe
ein wüstes Trommeln und Trompeten aus. Die Schwarmlinien
wurden von brüllenden Offizieren und Chargen vorgetrieben.
Dieses Brüllen vermischte sich mit dem nicht ganz furchtlosen
Sturmgeschrei der Mannschaft. Es waren fast durchwegs
frischeingerückte Jungsoldaten, die nach einigen Wochen
flüchtiger Ausbildung von ihren anatolischen Holzpflügen weg
das erstemal ins Feuer kamen. Als diese Rekruten aber
merkten, daß ihr Sturmlauf widerstandslos vonstatten ging,
blähte sich ihr Mut auf, und der wildeste Rausch, den die
Masse kennt, kam über sie. Sie rasten die struppige, hindernis-
übersäte Lehne empor und besetzten mit knatterndem Jubel
den großen Verteidigungsgraben. Der Oberst erkannte, daß
die Sache gut im Zuge war und daß man den Siegesdrang der

jungen Mannschaft ja nicht dürfe erkalten lassen. Er ließ daher die Stellung von den nachrückenden Saptiehs besetzen und hetzte die trunkenen Sturmlinien in dichten Reihen vorwärts. Das Haubitzfeuer vorverlegen zu lassen, wagte er freilich nicht, um sich und die Seinigen nicht zu gefährden.

Nicht nur Gabriel Bagradian, auch jeder Armeniersohn in dem zweiten Graben wußte, was auf dem Spiele stand. Leben, Geist und Körper jeglichen Mannes war schwarze Nacht, in der nur ein unerträglich scharfer Brennpunkt glühte: der Visierblick aufs Ziel. Hier gab es keine Führer und keine Führung mehr, sondern lediglich das versteinernde Bewußt-sein: Hinter mir das offene Lager, die Frauen, die Kinder, mein Volk! — und so war es. Sie warteten in gewohnter Weise, bis keine Kugel mehr fehlen konnte. Auch Gabriel und Aram Tomasian schossen das erstemal mit unbewegtem Blick auf ihre Opfer, wie im Traum versunken. Das nächste geschah über ihren und Nurhans Willen hinweg, das heißt, ihr Wille war in dem der Gesamtheit völlig gelöst. Nachdem sie die fünf Patronen der Magazine verschossen hatten, luden sie nicht mehr von neuem. Wie auf einen einzigen scharfen Befehl schwangen sich die Armeniersöhne aus dem Graben. Es war alles so ganz anders als damals am vierten August. Kein einziger Blutschrei drang zwischen den fest aufeinander-gepreßten Lippen hervor. Stumm und schwer warfen sich vierhundert Männer jeden Alters bis zu fünfzig Jahren auf die entsetzte Türkenjugend, die sofort aus ihrem Rausch erwachte. Ein finster wogender Nahkampf, Mann gegen Mann. Was halfen da die langen Bajonette auf den Mausergewehren. Bald bedeckten sie den Grund der Bodenwolle. Die knochigen Armenierfäuste suchten unabwendbar die Gurgeln der Tod-feinde, und ihre starken Zähne verbissen sich raubtierhaft und besinnungslos in die Türkenkehlen, um das Blut der Rache zu trinken. Schritt für Schritt wich die Linie der Kompanie zurück. Die Saptiehs aber, die der alte Bimbaschi — der nicht mehr seine rosigen, sondern die violetten Wangen eines Schlag-gerührten hatte — in den Kampf werfen wollte, ließen ihn im Stich. Ihr Offizier erklärte, die Gendarmerie sei eine Ord-nungs- und keine Kampftruppe und daher zu Sturmangriffen auf einen bewaffneten Feind nicht verpflichtet. Auch unter-stehe sie den bürgerlichen Pflichten und nicht der militärischen Macht. Der seiner Natur nach so milde Bimbaschi drohte in

413

besinnungsloser Wut, er werde den Offizier mit all seinen Saptiehs samt und sonders erschießen lassen. Wer trage denn die Schuld an dem ganzen Armenierdreck? Die Beamten und das feige, stinkende Saptiehpack, das gegen hilflose Frauen und Kinder mutig sei und sonst nur rauben, morden, stehlen und vergewaltigen könne. All seine Wut half dem Alten nichts. Die beleidigten Saptiehs verließen den Graben und zogen sich auf die Gegenhöhe zurück. Und doch, niemand kann wissen, wie das würgende Ringen geendet hätte, wäre in dieser Stunde nicht Hilfe gekommen.

Als die Kunde von dem Steinlawinen-Wunder und von der völligen Vernichtung der türkischen Südgruppe die Stadtmulde und die Zehnerschaften der freien Abschnitte erreicht hatte, wurde das ganze Volk von kampfdurstiger Raserei erfaßt. Ter Haigasun und der Führerrat konnten die Ordnung nicht mehr aufrechterhalten. In lästerlichem Übermut fühlten sich die Seelen der göttlichen Unterstützung sicher. Die Ordonnanzen berichteten inzwischen von dem Rückzug im Norden. Die Reserve griff zu ihren Krampen, Hacken und Äxten. Männer und Weiber schrien auf Ter Haigasun ein: Zum Nordsattel! Sie wollten es heute den Türkenhunden zeigen! Dem Priester blieb nichts andres übrig, als sich an die Spitze des hellen Haufens zu stellen. Auch die freien Zehnerschaften strömten gegen Norden. Die regellose Übermacht, die von allen Seiten mit Wahnsinnsheulen einbrach, entschied die Schlacht binnen weniger Minuten. Die Türken wurden bis über den eroberten Graben hinaus in ihre Ausgangsstellung zurückgeschleudert. Bagradian rief Ter Haigasun zu, er möge die Reserve sogleich ins Lager zurückführen. Wenn die Haubitzen jetzt ihr Feuer eröffneten, würde in dem dichten Menschenknäuel unabsehbares Unglück geschehen. Mit großer Mühe gelang es dem Priester, die entfesselte Horde wieder zurückzutreiben. Schweiß- und blutbedeckt begannen die Verteidiger indessen, die zerstörten Stellen des Hauptgrabens in fieberhafter Eile auszubessern. Gabriels gemarterte Nerven erwarteten in jedem Augenblick die erste Granate. Bis zur Dämmerung war es noch länger als eine Stunde.

Die Granate, deren Heulen Bagradian ununterbrochen hörte, kam und kam nicht. Hingegen ereignete sich etwas ganz Unerwartetes. Ein langes Trompetensignal sprang auf. Hinter dem Waldrand der Gegenhöhe entstand lebhafte Bewegung, und sehr bald meldeten die Späher, daß sich die türkische Streitmacht im Eilschritt zurückziehe, und zwar auf dem kürzesten Wege ins Tal. Man konnte noch bei vollem Tageslicht beobachten, wie sich die Truppen auf dem Kirchplatz von Bitias lagerten und wie der Oberst mit seinem Stab in scharfem Trab über Yoghonoluk und die südlichen Dörfer gegen Suedja ritt. Es war ein Tag, siegreicher und vor allem gnadenreicher als der vierte August. Und doch herrschte am Abend kein Jubel, ja nicht einmal eine glühende Freude, weder in den Stellungen noch auch in der Stadtmulde.

Man hatte die Toten heimgebracht. Nun lagen sie, unter ihren Decken verborgen, in einer Reihe auf dem ebenen Weideplatz, den Ter Haigasun wegen seiner besonders dicken Erdschicht zum Kirchhof bestimmt hatte. Seit dem Tage des Aufbruchs waren bisher nur drei alte Leute gestorben, deren frische Gräber rohe Kalkblöcke mit schwarz daraufgemalten Kreuzen kenntlich machten. Jetzt wurden auf einmal sechzehn neue Grabstellen notwendig, denn zu den Opfern des Haubitzenfeuers kamen acht Männer, die im Nahkampf gefallen, und fünf andere, die im Laufe der Stunden ihren Wunden erlegen waren. Zur Seite jedes Toten hockte seine Verwandtschaft. Doch kein lautes Wehgeschrei, sondern nur wimmerndes Klagen ertönte.

Rings um den Lazarettschuppen lagen die Verwundeten mit ihren eingeschrumpften Gesichtern und versunkenen Frageaugen. Der Innenraum konnte nur einen kleinen Teil von ihnen fassen. Der alte Arzt hatte eine unabsehbare Arbeit zu leisten, der er sich weder mit seinen Kenntnissen noch mit seinen Kräften gewachsen fühlte. Ihn unterstützten außer Mairik Antaram noch Iskuhi, Gonzague und Juliette. Besonders Juliette arbeitete an diesem Tage mit einer geradezu wilden Hingabe, als wollte sie in dem Dienst an den Verwundeten ihren Mangel an Liebe für dieses Volk gutmachen. Sie hatte die wohlbestellte Hausapotheke herausgeschleppt, die vor der Abreise in den Orient von dem Pariser Hausarzt der Bagradians eigens zusammengestellt worden war. Ihre Lippen waren farblos. Manchmal schwankte sie, als würde sie gleich in Ohnmacht fallen. Dann suchte ihr Blick Gonzague. Sie sah ihn an, nicht wie einen Geliebten, sondern wie einen erbarmungslosen Mahner, der sie zwang, ihre Kräfte weit über ihr Maß hinaus anzuspannen. Auch Apotheker Krikor war pflichtgemäß mit seinen Arzneien erschienen. Er besaß in der Hauptsache nur zwei Wundmittel: einige Pakete mit blutstillender Gaze und drei große Flaschen mit Jodtinktur. Letztere bildete einen besonders wertvollen Schatz, da das Jod wenigstens die Eiterung jener Wunden verhindern konnte, deren Heilung oder Nichtheilung Bedros Altouni knurrend der Natur zu überlassen gezwungen war. Der Apotheker gab dieses Allheilmittel nur mit zögernder Hand aus und goß, sobald die Tinktur allzusehr abnahm, Wasser in die Flasche nach.

Stephan, der mit Haik und seiner Bande die beiden Schlachtfelder, den Friedhof und Lazarettschuppen umstreifte, sah das jammervolle Treiben mit an. Es war der erste Anblick von Toten, von Verstümmelten und schreienden oder stöhnenden Verwundeten in seinem Leben. Die Schreckensbilder machten ihn um Jahre älter, doch nicht ruhiger. Die frühreife Leidenschaftlichkeit in seinem Gesicht bekam einen finsteren, feindseligen Ausdruck. Wenn er jetzt vor sich hin starrte, glich er manchmal seinem Vorbild Haik, nur mit einem Stich ins Maßlose und Überspannte. Nach Einbruch der Nacht meldete er sich, wie es ihm geboten war, beim Vater in der Nordstellung. Die Führer saßen im Kreise um Gabriel Bagradian. Er hielt die Zünder einer Granate und eines Schrapnells in der Hand und erklärte ihnen das Wesen der Tempierung. Bei der Granate stand die Kerbung des Ringes auf dem Buchstaben A, das heißt, sie war als „Aufschlag" tempiert. Die Kerbe des Schrapnellzünders aber zeigte auf die Ziffer drei, was soviel wie dreitausend Meter bedeutete, jene Distanz, die zwischen der Rohrmündung und dem Zielpunkt lag. Der Zünder war etwa einen Kilometer hinter der ersten Linie gefunden worden. Man konnte demnach in der Berechnung nicht allzu stark fehlgehen, wenn man die Geschützstellung etwa zweitausend Meter jenseits der Sattelhöhe annahm. Gabriel Bagradian ließ die Karte des Musa Dagh im Kreise herumgehen. Er hatte den möglichen Punkt schon eingezeichnet. Die Stellung konnte, wenn man folgerichtig dachte, nur in der kahlen Rinne gelegen sein, die sich den Steilrand des Musa Dagh auch in nördlicher Richtung entlang zieht. Nur dieses schmale, aber freie Band bot den Haubitzen ein gutes Schußfeld, während sonst überall hohe Baumgruppen den Geschossen im Wege standen, was eine unmögliche Elevation der Geschützrohre erfordert hätte. Stephan, Haik und die anderen Jungen hatten sich hinter die

Männer gehockt und hörten atemlos der Beratung zu. Nurhan Elleon erwog die Möglichkeit eines Angriffes auf die Geschütze. Gabriel Bagradian lehnte entschieden ab. Entweder, so meinte er, geben die Türken ihre Unternehmung auf, dann werden sie die Haubitzen wieder ins Tal schaffen. Oder sie haben einen neuen Plan, dann werden sie in der Nacht einen Stellungswechsel durchführen. In beiden Fällen sei ein Angriffsversuch überflüssig und höchst gefährlich, denn eine starke Geschützbedeckung, vielleicht sogar ein ganzer Zug Infanterie, könne aus der Deckung heraus unter den Angreifern die größte Verheerung anrichten. Man habe ja an den Türken erlebt, was es heißt, offen zu stürmen. Er aber, Bagradian, wolle kein einziges Armenierleben mehr aufs Spiel setzen. Der eigensinnige Nurhan verteidigte seine Anregung. Es entstand ein heftiger Meinungsstreit, der längere Zeit hin und her wogte, bis der Befehlshaber ihn scharf abbrach:

„Tschausch Nurhan, auch du bist übermüdet und zu nichts Rechtem mehr brauchbar. Schluß! Geh schlafen! Nach einigen Stunden werden wir weitersehen!"

Die Knaben aber waren nicht müde, sie fühlten sich zu allerlei brauchbar, es knisterte in ihnen von Überwachheit. Stephan holte sich die Erlaubnis, diese Nacht in der Stellung verbringen zu dürfen. Der Vater, der sein Lager schon aufgeschlagen hatte, gab ihm eine seiner Decken. Das Bedürfnis nach Bett und geschlossenem Raum war Gabriel schon verlorengegangen. Nicht einmal im Freien konnte man atmen, so schwül dehnte sich die Nacht. Die erschöpften Männer schliefen ein, wie betäubt. Einer trat noch die Reste des Feuers auseinander, ehe er sich hinlegte. Die Doppelposten bezogen die Wache und behielten die Zugänge des Sattels scharf im Auge. Wie eine lautlose Vogelkette huschten die Jungen auf und verschwanden hinter den Felsbarrikaden. Der starke Augustmond hatte sein zweites Viertel schon aufgefüllt. In dem überscharfen Licht standen die Knaben eng gedrängt zwischen den kreidigen Blöcken und zischelten und zirpten. Anfangs war es ein blanker Unsinn und ein zielloses Durcheinander im aufwühlenden Mondlicht. Doch auf dem Grunde ihrer abenteuersüchtigen Seelen lag derselbe kitzelnde Wille, der Stephan erfüllte. Kindliche Neugier zuvörderst. Die Geschütze sehen! Unter der Haik-Bande befanden sich etliche Leuchten der Spähergruppe. Konnte man nicht einen Kundschaftergang unternehmen, ohne ausdrückliche Befehle durch Hapeth Schatakhian und Samuel Awakian erhalten zu haben? Stephan warf diese lockende Frage auf. Die Geschichte mit Iskuhis Bibel hatte durch ihre Tollheit sein Ansehen beinahe bis zur Höhe Haiks erhoben. Dieser duldete mit der nachsichtigen Ironie des unüberwindlich Stärkeren den Aufstieg des Bagradian-Sohnes. Manchmal leuchtete jetzt sogar durch sein spöttisches Beschützertum der schwache Schein einer freundschaftlichen Neigung auf. Haik winkte den anderen, ihn in völliger Ruhe zu erwarten. Er wollte zuerst schauen, was dort oben los sei. Er, dessen hellsichtige Naturangeschmiegtheit von keinem erreicht wurde, wies jede Begleitung mit einer knappen Geste zurück. Lautlos verschwand er, um schon nach dreißig Minuten wieder unter dem Schwarm aufzutauchen. Man sehe die Geschütze taghell, berichtete er mit funkelnden Augen. Es seien große, dicke, schöngoldene Dinger, die in einem Abstand von sechs Schritten nebeneinander stünden. Er habe nicht mehr als vierzehn schlafende Kanoniere gezählt und keinen Offizier darunter. Nur ein einziger Wachtposten sei aufgestellt.

Haik hatte richtig gezählt. Das Schicksal dieser Haubitzen war auch der Grund, weshalb der arme Bimbaschi mit den Kinderwangen sich noch glücklich schätzen mußte, anstatt als General-Pascha seine Laufbahn als militärischer Rechnungsbeamter der anatolischen Eisenbahn zu beenden. Vor dem Kriegsgericht schwur er zwar bei Allahs Barmherzigkeit hundert Eide, daß er die im Reglement vorgeschriebene Geschützbedeckung nicht vergessen habe, sondern daß die verbrecherischen Saptiehs und Tschettehs sich ohne Erlaubnis aus dem Staube gemacht hätten. Obgleich diese Wahrheit erweislich war, half sie dem Guten nicht im geringsten. Er hätte die Pflicht gehabt, einen Zug der regulären Soldaten vor die Batteriestellung zu legen. Mit diesem Versehen aber war das Pech des Bimbaschi noch nicht erschöpft. Der Leutnant der Artillerie war nach dem Abzug der Infanteristen in seiner gänzlichen Befehlsverlassenheit und in Ermangelung eines auch nur halbwegs verläßlichen Unteroffiziers selbst zu Tal gestiegen, um sich die Ordre de bataille für den nächsten Tag zu holen. Daraufhin aber waren auch die als Fahrkanoniere gedungenen Eseltreiber in der gesunden Meinung, man brauche sie des Nachts ja nicht, ohne weiteres in die Dörfer verduftet. Angesichts solcher Feldmoral und der grausigen Begebenheit im Süden fiel das Urteil über den Bimbaschi noch unverhältnismäßig milde aus. Sonderbarer- und glücklicherweise griff Dschemal Pascha, „der schwarze bucklige Schwindler", der sich sonst um jede Kleinigkeit kümmerte, diesmal nicht persönlich ein. Vielleicht waren die Suez-Sorgen des Feldherrn daran schuld, vielleicht auch noch ein andrer Grund, der mit dem Verhältnis des häßlichen Dschemal zu dem von der Welt vergötterten Enver in Stambul zusammenhing.

Haik und zwei der tüchtigsten Späher kletterten auf Katzensohlen den Felsgrat jenseits des Sattels entlang. Stephan folgte ihnen etwas schwerfälliger. Hagop, der Einbeinige, hatte selbstverständlich zurückbleiben müssen. Sein Freund Stephan war es diesmal gewesen, der den ehrgeizigen Krüppel anherrschte, er solle doch endlich Ruhe geben. Sato lauerte in dieser Nacht nicht im Umkreis der Bande, weil sie mit wichtigen Gängen beschäftigt war. Stephan und Haik trugen Gewehre und Patronen bei sich, die sie von den Pyramiden und aus den Munitionsbeuteln der Zehnerschaften entwendet hatten. Ein fälliger Zwist war zwischen diesen beiden heute auszutragen. Sooft nämlich Stephan, auf seine Schützenkunst pochend, behauptet hatte, er könne auf fünfzig Schritt aus einer Spielkarte den Kopf der Figur herausschießen, war Haik kalt und höhnisch geworden: „Du bist immer derselbe Aufschneider." Jetzt galt es, dem Hochmütigen endlich zu beweisen, daß unter vielen wirklichen Prahlereien die Treffsicherheit des Schützen Stephan keine war. Und Stephan Bagradian führte diesen Beweis auf furchtbare Art.

Haik zog den Stadtknaben durch die dichten Rhododendronbüsche bis an die Grenze der Batteriestellung. Zehn Schritte vor ihnen schnarchten die Schläfer. Der Posten blickte aus leeren Augen in den durch das starke Mondlicht sternlosen Nachthimmel. Zeit und Raum dehnten sich ahnungslos und voll Geduld. Stephan prüfte mehrere Äste, damit er den Lauf des Mausergewehres bequem auflegen könnte. Er zielte sehr lange und ohne Erregung, als seien die Gestalten dort nicht von Fleisch und Blut, sondern die ausgeschnittenen Jahrmarktpuppen einer Schießbude. Dieses Kind der europäischen Kultur war jetzt von keiner anderen Regung erfüllt als von dem Ehrgeiz, die im Mond leuchtende Menschenstirn des

Wächters vors Korn und das Korn richtig in die Visierscharte zu bekommen. Mit dem kältesten Herzen der Welt zog er das Züngel ab, empfand selbstbewußt Knall und Rückstoß und sah, mit sich herzlich zufrieden, den Mann zusammenbrechen. Als die Schläfer aufsprangen, nicht wissend, was hier vorging, zielte er schneller, aber um nichts unsicherer, und zog noch einmal, zweimal, dreimal, viermal das Zünglein ab, immer wieder den Verschluß mit kräftigem Griffe spannend. Die fünfzehn Türken waren Redifs, ältere Männer, die von dem Sinn dieses Feldzuges kaum eine Ahnung hatten. Sie irrten durcheinander. Fünf Kameraden wälzten sich schon in ihrem Blute. Der Feind war unsichtbar. Da suchten diese braven, zum Militär gepreßten Bauern nicht lange erst Deckung, sondern stürzten in kopfloser Flucht davon, in den Wald hinein, weit, weit fort, auf Nimmerwiedersehen. Haik jagte ihnen die fünf Kugeln seines Magazins nach. Keine traf, wie Meister Stephan verächtlich feststellen konnte. Die Haubitzen, die Protzen, die Munitionswagen, die Geschoßverschläge, die Karabiner, die Zugtiere blieben verlassen zurück. So rächte ein vierzehnjähriger Knabe mit fünf Patronen die millionenfache Ausrottung seines Stammes an harmlosen, zu den Waffen gezwungenen Bauern, an den Unrechten also, wie es ja der Krieg und die Rache immer mit sich bringen.

Als die Posten in der tiefen Mondstille der Nacht die Schüsse im Norden scharf hintereinander fallen hörten, weckten sie die Führer. Die Jungen aber, die im Felsgebiet der Ihrigen warteten, packte wilde Angst. Sie fühlten sich verantwortlich. Laut rufend und fuchtelnd stürzten sie hervor. Hagop aber hüpfte mit seiner erbitterten Gelenkigkeit zu Gabriel Bagradian, der sich, noch vom Schlaf verwirrt, erhoben hatte. Der Einbeinige deutete verzweifelt auf die Gegenhöhe und schrie immerfort: „Haik und Stephan! Sie sind dort! Stephan und Haik!" Gabriel begriff das Geschehene nicht. Er wußte nur, daß Stephan in Gefahr sei. Wie ein Rasender jagte er in die angegebene Richtung. Hundert Männer aber packten ihre Gewehre und rannten dem Führer nach. Tschausch Nurhan Elleon war natürlich darunter. Als Bagradian, bei der Geschützstellung angelangt, die Gefallenen sah und Stephan unverletzt, da riß er den Sohn mit schmerzhaftem Griff an sich, als wollte er ihn noch nachträglich schützen. Die anderen aber befiel lähmende Bestürzung. Keiner beachtete die jungen Helden und Eroberer der Geschütze, die über der Beschäftigung mit dem stahlbronzenen Riesenspielzeug die gefahrdrohende Zeit und Wirklichkeit, ja selbst den blutigen Tod ringsum vergessen hatten. Die atemlosen Armenier standen eine Weile erstarrt. Zu groß war der unglaubwürdige Eindruck, zu atemraubend der Triumph dieser Beute, als daß jemand sich Zeit genommen hätte, nach dem Kampf zu fragen. Nur rasch die Geschütze bergen, ehe die Türken zurückkommen! Die Aussichten der Verteidigung schnellten gewaltig empor. Zweihundert Arme tauchten auf. Die Gespanne, die Protzen, die Munitionswagen wurden auf die Höhe getrieben und die Haubitzen an die Protzen gehängt. Jeder einzelne schob mit, riß an den Strängen oder griff in die Speichen. Die Fahrt rasselte über den weglosen, zerschrundeten Bergrücken, aber die Nacht löste Stock und Stein, die Härte aller Hindernisse in weiche Nachgiebigkeiten auf. Manchmal schien es, als schwebten unter der begeisterten Kraft der zupackenden Arme die Lafetten hoch über dem Boden.

Keine drei halbe Stunden vergingen, und die Haubitzen waren, trotz der unglaublichen Bodenverhältnisse, dort in Stellung gebracht, wo Gabriel Bagradian sie haben wollte. Er hatte sich die Tat Stephans kurz berichten lassen. Der Schreck aber, der in seinem Herzen noch nachzitterte, verschloß seinen Mund. Er konnte den Sohn nicht beloben. Der verwegene Handstreich auf eigene Faust gab seiner Überzeugung nach nicht nur den Halbwüchsigen, sondern auch den Zehnerschaften ein gefährliches Beispiel: Wenn jeder die Lust bekam, sein eigenes Heldenstückchen zu spielen, so ging die einheitliche Befehlsgebung und Disziplin auf dem Damlajik zum Teufel, jene beiden Mächte, die einzig und allein das Leben des Volkes für einige Zeit noch verbürgen konnten. Noch tiefer aber saß die Sorge um Stephan selbst. Zweimal hatte ihn ein übergnädiges Schicksal aus halsbrecherischen Wagnissen, die er selbst nicht zu begreifen schien, heil zurückgeführt. Der Junge war gewiß nicht bei Sinnen. Und auf dem Dreizeltplatz einsperren konnte man ihn nicht. Gabriel Bagradian aber gab sich diesen Gedanken nicht hin, denn jetzt erfüllten die Geschütze gänzlich seinen Geist. Er kannte die Type dieser Feldhaubitzen genau, denn er hatte während des Balkankrieges bei einer Batte-

rie dieser Art gedient. Es waren österreichisch-ungarische
10-cm-Feldhaubitzen, Muster 1899, der Türkei von den Skoda-
werken geliefert. In dem Munitionswagen des zweiten Geschützes befanden sich noch dreißig Geschosse in den Verschlägen. Gabriel sah alles, was er brauchte und an dessen
Gebrauch er sich noch leidlich erinnerte. Die Richtapparate
für verdecktes Schießen, eine Feuerinstruktion und Schuß-
tabellen im Lafettenkasten. Er rief seine alten Kenntnisse ins
Gedächtnis zurück, berechnete die Entfernung nach Bitias,
suchte die Position des türkischen Nachtlagers genau zu ermitteln, schraubte am Aufsatz, um die angenommene Seiten-
richtung festzulegen, zog die Höhe seines Standortes in Betracht, elevierte die Geschützrohre mit dem kleinen Rad, bis
die Libelle der Wasserwaage ins Gleichgewicht kam, dann erst
klappte er die Verschlüsse auf, tempierte zwei Granaten mit
dem Schlüssel, schob die Geschoßzylinder ins Rohr und
drückte die Kartuschen nach. Sehr lange brauchte seine un-
geübte Hand zu diesem Werk, bei dem ihm nur Tschausch
Nurhan in sehr bescheidenem Grade helfen konnte. Beim
ersten Morgenstrahl kontrollierte Bagradian alle Richtelemente noch einmal, dann knieten er und Nurhan, jeder nach
Vorschrift, zur Seite ihrer Haubitze, die Zündschnur in der
Hand. Der kurze schreckliche Knall, Schlag auf Schlag, zer-
fetzte die Luft. Rückfahrend bohrte sich der Sporn der
Geschütze tief in die Erde. Weitab von Bagradians Ziel gingen die schlechtgelenkten Schrapnells irgendwo über dem
Tale nieder. Schon bloß das Ereignis genügte, um das ganze
mohammedanische Land von dem neuen Christensieg, von
dem Verluste der türkischen Artillerie, von der Uneinnehmbarkeit des Damlajik und von der offenkundigen Tatsache in
Kenntnis zu setzen, daß die Armeniersöhne einen Pakt mit den
fernhin bekannten Dschinns, den bösen Geistern des Musa
Dagh, geschlossen hatten. Die Tschettehs waren noch im Laufe
der Nacht verschwunden und ein Teil der Saptiehs, die nicht
in diese Nahijeh gehörten, mit ihnen. Der dürftige Rest der
Kompanien aber war überzeugt, daß auch der Angriff einer
ganzen Division auf den Teufelsberg aussichtslos bleiben
würde. Der Bimbaschi hätte einen neuen Angriffsbefehl nicht
wagen dürfen, ohne eine Meuterei der jungen Mannschaft
heraufzubeschwören. Er dachte auch gar nicht an eine solche
Vermessenheit, sondern an eine weit kleinlautere Frage: Waren

die langen Züge mit den Toten- und Verwundetenwagen unbemerkt nach Antakje gekommen, wie er es ausdrücklich befohlen hatte? Das Gesicht des alten Mannes war aschgrau. Nach zwei schlaflosen Nächten und den Aufregungen des Kampfes konnte er sich kaum mehr auf seinem Pferde aufrecht halten. Sein Untergang war besiegelt. Des Bimbaschi tief herabgemindertes Denkvermögen, das in guten Tagen schon allzu bequem war, konnte auf kein Mittel verfallen, den gottverfluchten Kaimakam samt allen Beamtenfüchsen, die an der Armenierschmach schuld waren, mit in den Untergang zu reißen.

Die beiden gewaltigen Donnerschläge in nächster Nähe wirkten in der Stadtmulde wie dröhnende Signale des göttlichen Heils. Selbst die Härtesten und Verschlossensten umarmten einander und weinten. „Vielleicht will Christus unsre Rettung doch!" Der morgendliche Lichtgruß hatte noch niemals so von innen erleuchtet geklungen. — Was die Bagradians anlangt, schien nun, doppelt bekräftigt, ihr Königsrang für immer festzustehen. Zu Gabriel kamen einige Männer und baten ihn um die Erlaubnis, seinem Sohne Stephan den Heldentitel „Elleon" verleihen zu dürfen. Gabriel Bagradian lehnte nicht ohne leichte Heftigkeit ab. Sein Sohn sei noch ein Kind, das von Gefahr keine Vorstellung habe. Er wünsche nicht, Stephan eitel zu machen und ihn dadurch zu neuen Wahnsinnstaten anzueifern, die einmal ein entsetzliches Ende nehmen könnten. Durch die Strenge seines Vaters kam Stephan daher um die öffentliche Anerkennung. Er mußte sich mit der kleinen Münze des Lobes begnügen, die ihm in den nächsten Tagen überall zuteil wurde. In späterer Zeit schrieben die armenischen Chronisten, die über die Schlachten auf dem Damlajik berichteten, nur über „die Heldentat eines jugendlichen Schützen", ohne den Namen zu nennen. Doch was hätte dem Bagradian-Sohn selbst der namentlichste Nachruhm genützt?

Gabriel Bagradian war längst ein andrer, und nicht minder Stephan Bagradian. Ungestraft treiben weichgeborene Menschen das blutige Handwerk nicht, und wären sie auch zehntausendmal im Recht. Auf des Knaben feine Stirn hatte irgendein wüster Gott des Musa Dagh sein dunkles Insiegel gepreßt.

In der großen Nacht dieses vierzehnten August hatte sich noch
etwas andres, wenn auch weit weniger Denkwürdiges zugetragen. Sato war noch im Laufe des Abends auf dämmernden
Schleichwegen zu ihren Freunden im Tal gestoßen. Sie sollten
den Hergang der Schlacht erfahren, sie sollten hören, daß
sechzehn Tote auf der Erde unter ihren Decken lagen und daß
die Schmerzensschreie der Verwundeten sich stets nur steigerten, wenn der dumme Hekim Altouni die Wunden mit braunem Wasser bestrich. Die lebendige Zeitung der Bergbewohner
und des Gräbervolkes konnte heute in groß aufgetanen Neuigkeiten schwelgen und sich ihre Lebensberechtigung für viele
Tage voraus verdienen. Wenn Sato die Bedürfnisse ihrer
Kunden bediente und sich Liebkind fühlte, schienen sich ihre
Pupillen in auf- und abschwellende Lichtschlitze zu verwandeln, und ihre kehligen Wortbrocken verkündeten erregt und
selbstbeglückt die Sensationen. Die Friedhofsleute hörten es
gerne, die alte Manuschak, die alte Wartuk und Nunik, die
Älteste von allen, wenn man ihr's glaubte. Sie nickten ver-
ständnisinnig. Ein großes Selbstbewußtsein kam über sie.
Nicht waren sie mehr überflüssig und verworfen, nein, sie
hatten ein Amt, unangefochten und seit Menschengedenken
von ihnen ausgeübt. Sechzehn Tote lagen oben auf dem
Damlajik. Die Toten brauchtes sie. Sobald sie aber ihres
Amtes walteten, hatten ihre Erzfeinde unterm Volk, Bedros
Altouni und die anderen Aufklärer, ihre Macht wider sie
verloren und durften keine der Klagefrauen von der Stelle
weisen.

Und Nunik und Wartuk und Manuschak und eine Anzahl
andrer Bettlerinnen noch begaben sich mit dem bedachtsam
würdigen Schritt von beamteten Wesen zu ihren Wohnhöhlen,
die im Umkreis des Friedhofs lagen. Sie zerrten ihre voll-
gestopften, schmutzstarrenden Säcke hervor, auf denen sie
sonst die verlausten Häupter zu betten pflegten. Was im
Abgrund dieser Säcke in dichter und dauerhafter Verwesung
faulte, das zu beschreiben, fehlen die Begriffe. Es war erlesenes
Zeug, im wahrsten Sinne des Wortes vom Boden erlesenes
Zeug, seit einem halben Jahrhundert. Die Sammelwut der
alten und armen Weiber in aller Welt, das Aufbewahren
vermotteten Trödels, das Zusammenscharren schimmligen
Abfalls, der eifersüchtig gehütete Bettelschatz von Lumpen
und Moder, hier war er zu einer wahren Orgie des Stinkend-

Zwecklosen ausgeartet. Und doch, siehe da, diese Altweibersäcke schienen neben Stoffresten, Flicken, leeren Schachteln, steinharten Brot- und Käserinden auch Handwerkszeug von Nunik, Wartuk, Manuschak zu enthalten. Jede von ihnen zog das gleiche mit dem ersten Griff aus ihrem unerschöpflichen Sack: einen langen, grauen Schleier und einen Tiegel voll fetter Salbe. Sie hockten sich hin und begannen ihre Gesichter anzuschmieren wie Schauspieler. Es war eine dunkelviolette Schminke, die ihre ausgefahrenen Runzeln füllte und die beinahe unglaubwürdigen Altersgesichter in zeitlos erhabene Larven verwandelte. Insbesondere Nunik mit ihrer Lupusnase und dem starken Gebiß, das aus der dunklen lippenlosen Maske hervorfletschte, machte ihrem romantischen Ruf als ahasverische Heilkünstlerin volle Ehre. Sie brauchten lange zu ihrem Schminkwerk. Plötzlich aber unterbrachen sie ihre Zurüstungen und bliesen hastig den Kerzenstumpf und den Docht im ranzigen Ölnapf aus, den sie vor sich stehen hatten. Hufschlag und Stimmen zogen vorüber. Dies war der Augenblick, in dem der Bimbaschi mit seinem Stab gegen Suedja ritt. Als der Lärm in Habibli-Holzdorf verschwunden war, erhoben sich die Weiber, hüllten ihre zausigen Grauköpfe in die Schleier, nahmen jedes einen langen Stock in die Hand und machten sich in ihren zerrissenen Klapperpantoffeln auf den Weg. Sonderbar weit griffen ihre dürren braunen Greisenbeine aus. Sato folgte ihnen, durch den großartigen Anblick eingeschüchtert. Wie sie schweigend an ihren Stöcken im halben Mond dahinschritten, fehlte den Klageweibern nicht viel zu Chorgestalten der antiken Tragödie.

Wie unverwüstlich war die Lebenskraft dieser armenischen Hexen, wie stark ihr Herz! Nicht einer ging der Atem schneller, als sie nach dem steilen Aufstieg durch die Steineichenschlucht auf dem Begräbnisplatz des Lagers ankamen. Die violetten Klageweiber waren hinreichend bei Kräften, um sofort an die Arbeit zu gehen. Nunik, Wartuk, Manuschak und die andern hockten sich zu den Toten. Ihre schmutzigen Klauen enthüllten die schon erstarrten Gesichter. Und dann hub an ihr Gesang, älter vielleicht als die ältesten Lieder der Menschheit. Der Text bestand nur aus dem Namen des jeweiligen Toten. Er wurde ohne Unterbrechung wiederholt, bis der letzte Stern sich im ergrünenden Himmel löste.

So arm der Text war, so reich veränderte sich die Melodie. Manchmal war's nur ein langes gleichlautendes Stöhnen, manchmal eine Kette heulender Koloraturen, manchmal ein ödes, schmerzverschlafenes Nicken derselben zwei Töne, endlos, manchmal ein schrilles Aufbegehren, und dies alles nicht etwa frei und der willkürlichen Eingebung folgend, sondern gesetzmäßig und überliefert von jeher. Nicht jede der Sängerinnen besaß die altbewährte Kunst und Stimme Nuniks. Es gab unter ihnen auch mäßige und daher eigennützige Künstlerinnen, deren Gedanken sich während der Arbeit ausschließlich mit dem Geldbeutel der Hinterbliebenen befaßten. Was nützten denn dem reichsten Manne hier oben seine Pfunde und Piaster? Beschenkte er aber das Bettelvolk in verschwenderischer Weise, so vollbrachte er nicht nur ein gottgefälliges, sondern auch ein nützliches Werk. Die Klageweiber, die Blinden und die anderen Ausgeschlossenen waren in der Lage, die klingenden Piaster auch in den mohammedanischen Dörfern aufs beste umzusetzen, ohne daß ihnen ein Leid geschah. Auf diese Weise ging das Armeniergeld nicht zugrunde, sondern kam armen armenischen Seelen zugute, womit sich der Wohltäter billigen Kaufes ein himmlisches Verdienst erwarb. Zwischen den einzelnen Gesängen wurde Nunik von ihren Kolleginnen aufgefordert, mit all ihrer Beredsamkeit diesen logischen Standpunkt zu vertreten und den altgewohnten Preis für die Totenklage wesentlich zu heben. Im Morgengrauen erschienen die Angehörigen und brachten die langen feingewebten Leichenhemden. Dies war kostbarer Familienbesitz, der bei keiner Ortsveränderung zurückbleiben durfte. Die Hemden, in denen der Mensch dereinst ja aufersteht, Festkleider sondergleichen also, machten die Familienmitglieder einander an den feierlichsten Tagen des Lebens zum Geschenk. Der Auftrag, ein solches Hemd zu nähen, galt als eine ganz besondere Ehre, die nur den würdigsten Frauen der Verwandtschaft zukam.

Das Geheul der Klageweiber war nun zu einem leisen und verinnerlichten Säuseln zusammengesunken. Es begleitete die Zeremonie der Waschung und Einkleidung wie ein trostloser Trost. Zuletzt wurden die langen Hemden unter den Füßen mit einem doppelten Knoten zugeknüpft. Die Gebeine sollten dadurch vor Zerstreuung geschützt werden, auf daß der letzte Sturm, der die Knochen der zu richtenden Menschheit zusam-

menfügt, keine Ungelegenheit habe, die richtigen ineinander-
zupassen. Gegen Mittag waren die Gräber ausgehoben und
alles zur Bestattung fertig. Auf sechzehn aus starken Ästen
zusammengebundenen Bahren wurden die Gefallenen dreimal
um den Altar getragen, während Ter Haigasun die Toten-
gesänge anstimmte. Nachher sprach er auf dem Begräbnisplatz einige Worte zu dem Volke:

„Diese lieben Brüder hat der blutige Tod uns entrissen. Und
doch müssen wir Gott, dem Vater, dem Sohn, dem Heiligen
Geist inbrünstig für die unverdiente Gnade danken, daß sie
im Kampfe in der höchsten Freiheit sterben durften und unter
den Ihrigen hier in der Erde ruhen werden. Ja, noch besitzen
wir die Gnade eines freien und eigenen Todes. Und darum
müssen wir, um die Gnade, in der wir leben, richtig zu erkennen, immer und immer wieder an die Hunderttausende
denken, denen diese Gnade entzogen ist, die in der schänd-
lichsten Sklaverei sterben, die unbestattet in den Straßengrä-
ben und auf den weiten Steppen faulen oder von den Geiern
und Hyänen gefressen werden. Wenn wir die Kuppe zu unsrer
rechten Hand hier besteigen und nach Osten blicken, so haben
wir das unendliche Leichenfeld unsres Volkes vor Augen, wo
es keine geweihte Erde, kein Grab, keinen Priester, keine
Einsegnung gibt und nur die Hoffnung auf das letzte Gericht.
So lasset uns denn in dieser Stunde, während wir diese Glücklichen in die Erde senken, des wahren Unglücks bewußt sein,
das nicht hier, sondern dort draußen liegt!"

Diese kurze Ansprache holte ein tiefes Aufstöhnen aus der
Brust des Lagervolkes, das sich vollzählig versammelt hatte.
Dann trat Ter Haigasun zu den Butten mit der heimatlichen
Totenerde. Sechzehnmal schöpfte er daraus und schüttete ein
Häuflein unter den Kopf jedes Gefallenen. Man sah es seiner
bedächtigen Hand an, wie sie mit dieser kostbaren Erde immer
zögernder geizte.

Drittes Kapitel
Die Prozession des Feuers

Nunik, Wartuk, Manuschak, den Klageweibern, lachte neues Berufsglück.

Ehe sie noch die Trauerfarbe mit Lattich vom Gesichte reiben konnten, rief sie ihr andres Amt, das gegensätzliche. Wenn die Wehen der Frau recht lange währten, und das hofften sie zuversichtlich, fielen für sie wohl zwei Mahlzeiten ab. Sie hatten überdies in der richtigen Annahme, daß sich unter fünftausend Menschen jederzeit alles Menschliche ereignen könne, in den mürben Falten ihrer Kleider das Notwendigste mitgenommen: Sevsamith, den schwarzen Fenchelsamen, etwas Schwalbenmist, das Schwanzhaar eines roten Pferdes und dergleichen Arzneimittel mehr.

Noch bevor sich die Erde des Damlajik über den Toten geschlossen hatte, begannen Howsannahs Wehen. Nur Iskuhi war bei ihr im Zelt, da sich alle anderen zur Totenfeier begeben hatten. Das Mädchen konnte wegen seines Gebrechens der Schwägerin nur ungenügenden Beistand leisten. Es gab keinen Sitz mit Rückenlehne, gegen den sich die Kreißende hätte stützen können. Die untergeschobenen Kissen reichten nicht aus, um ihr Halt zu bieten, und auch die Bettstatt besaß nur einen leeren Eisenrahmen. Da setzte sich Iskuhi mit dem Rücken zu Howsannah, damit die gequälte Frau sich gegen ihren Leib stemmen könne. Doch Iskuhi war zu zart, um den mächtigen Druck der Gebärenden auszuhalten. Wie krampfhaft sie sich auch an den Bettrahmen festklammerte, sie klappte zusammen. Howsannah Tomasian aber stieß einen kurzen Schrei aus. Dieser erklang als Signal für Nunik. Die Klagefrauen hatte ihr scharfer Instinkt von der Feier fortgezogen. Ihr Werk war getan und das überraschend hohe Entgelt eingescheffelt. Nuniks Beweisführung schien auf die Trauernden ihre Wirkung nicht verfehlt zu haben. Die wohltätigen Metalliks sollten auf dem Damlajik nicht verrosten, sondern den Armen und Elenden des Volkes zu Hilfe kommen. Einige unter den milden Gebern hatten bei Nuniks Notschilderung eine zwinkernde Grimasse gezogen. Es ging nämlich die Sage, daß nicht allein Nunik mit der abgefressenen Nase, sondern auch die kleine fette Manuschak eine heimliche Millionärin sei. Die Heuchlerinnen sollten nicht nur einen Schatz von Paras, Piastern und Metalliks, sondern ganze Töpfe voll ausgewachsener Medjidjeh-Taler, ja dicke Pfundnotenbündel auf dem Friedhof begraben halten. Wegen dieser geheimnisvollen Kapitalien kam es auch von Zeit zu Zeit auf dem Friedhof von Yoghonoluk zu regelrechten Bettlerschlachten, die Ter Haigasun meist durch die Drohung geschlichtet hatte, er werde das ganze Gelichter erbarmungslos von dem entweihten Totenort seiner unverschämten Lebensgier verjagen. Die Millionärinnen aber jammerten bei jeder Gelegenheit nach echter Millionärsart, daß sie gezwungen seien, unermüdlich ihrem Verdienste nachzugehen, um für ihre alten Tage nicht verloren zu sein. Unter diesen alten Tagen des wohlerworbenen Ruhestands schienen sie eine übermenschlich hohe Ziffer zu verstehen. Waren die fette Manuschak und die zänkische Wartuk der nackten Gewinnsucht ergeben, so hatte man in Nunik eine Berufene zu bewundern, die außer dem Geschäftsgeiste auch noch anderen Geistern diente. Sie witterte mit ihrer entstellten Nase in der Luft. Nein! Im Laubhüttenlager gab es nichts. Hier war die Stunde der Schwangeren noch nicht gekommen. Nur ein paar kleine Kinder plärrten. Steif ausgestreckt lagen die schnellatmenden Verwundeten vor dem Lazarettschuppen. Doch in der warmen, himmelsklaren Luft stand ein leichtes Zittern, das Nunik genau kannte, das immer über jenem Orte erschien, wo eine Menschenseele ins Leben treten sollte. Diesem Zittern ging die Führerin nach und kam bald mit Wartuk und Manuschak auf den Dreizeltplatz. Als sie Howsannah Tomasians Schrei im Zelte hörten, sahen sich die Kolleginnen mit nickendem Einverständnis an. Sowenig der echte Musikkenner die Melodien der einzelnen Meister miteinander verwechselt, ebensowenig verwechselten sie die Eigenart der menschlichen Schreie. Der Schrei einer Gebärenden hatte sein eigenes Gesetz, ganz bestimmte Schwellungen, Höhepunkte, Pausen, Abstürze. Nicht anders auch hatte der Schrei eines Verbrannten, der Schrei eines tödlich Verfolgten sein besonderes Gesetz. Das Ohr wußte die Wahrheit. Die Nase wußte die Wahrheit. Am ehesten noch ließ das Auge sich täuschen.

Iskuhi wollte gerade aufbrechen, um Mairik Antaram zu suchen, als die drei Parzen ohne Anmeldung sich in das Zelt drückten. Im Dunkel glühte das regungslose Violett ihrer Gesichter auf. Die beiden Frauen Tomasian waren sprachlos. Doch sie erschraken nicht über die Erscheinungen — wer in Yoghonoluk kannte diese Altweiber nicht —, sondern über den Totenpomp, den sie noch nicht abgelegt hatten. Nunik, die den abergläubischen Sinn dieses Erschreckens sogleich erfaßte, beruhigte die Frauen:

„Töchterchen, es ist eine gute Vorbedeutung, wenn wir so kommen. Dann bleibt der Tod hinter uns."

Als erste ärztliche Handlung zog Nunik den Sis hervor, einen dünnen Eisenstab, mit dem das Tonirfeuer geschürt wird, und begann auf die Innenwände des Zeltes große Kreuze zu zeichnen. Iskuhi schaute gebannt:

„Warum zeichnest du diese Kreuze?"

Ohne ihre Tätigkeit zu unterbrechen, erklärte Nunik den Zweck der Kreuze. Um das Gemach einer Kreißenden versammeln sich alle Geistermächte der Welt, die bösen jedoch zahlreicher als die guten. Wenn das Kind zur Welt kommt, ja sooft während der Wehen sein Köpfchen aus dem Schoße stößt, werfen sich die bösen Mächte darauf, um es ganz und gar zu durchdringen. Jeder Mensch bekommt darum rettungslos etwas ab von ihnen. Deshalb auch schlummert in jedermanns Herzen heimlich die Besessenheit. Der Teufel hat folglich teil an allen Menschen, und einzig Jesus Christus, der Erlöser, war kein vom Teufel Gerittener. Nach Nuniks Meinung bestand nun die höchste Kunst der Geburtshilfe darin, diesen Anteil des Teufels zu verringern. Die Kreuze dienten gleichsam als Absperrungsmaßnahme, als mythische Quarantäne. Iskuhi erinnerte sich ihrer Verschickungsträume, Nacht für Nacht. Da lag ein ausgepichter Satan über ihr, das Kaleidoskopgesicht. Und auch sie versuchte mit ihrer freien Hand große Kreuze ins Nichts zu zeichnen, um ihn zu bannen, besonders dann, wenn sich ihr Körper seiner Macht ergeben wollte. Oh, für wieviel Angst in dieser Welt mußte Christus, der Heiland, allsekündlich in Bereitschaft sein. — Nuniks Weisheit war damit aber noch lange nicht zu Ende. Sie erklärte den gebannten Frauen, wie den

430

einzelnen Eingeweiden, insbesondere dem Herzen, der Lunge, der Leber, ganz bestimmte dämonische Wesenheiten entsprächen, die sich in den Vollbesitz jener Organe zu setzen suchten. Der ganze Geburtsakt sei in der Hauptsache ein Ringkampf von übernatürlichen Gegnern um die Parteizugehörigkeit des Kindes. Je heftiger dieser Kampf hin und her tobe, um so schwerer entwickle sich die Geburt, um so langwieriger die Wehen. Deshalb müsse eine kluge Kindsmutter die alterprobten Hilfen und Finten anwenden, die ihr Nunik übermittle. Der Säugling werde dann die ersten gefahrvollen Tage wohl überstehen. Und auch der künftige Mensch sei hinfort gut ausgerüstet für die großen Schicksalswenden seines Lebens, in denen sich der Geburtskampf immer wiederholt. Nunik entledigte sich ihrer Verkündigungen in einem weichen eingelernten Singsang, der mit altarmenischen Worten untermischt war. Iskuhi verstand diese Worte nicht, obgleich sie in der Missionsschule von Marasch die klassische Sprache ihres Volkes ein wenig gelernt hatte. Nachdem der erste Schreck vorüber war, wirkte die Anwesenheit der drei bemalten Wehmütter merkwürdig wohltuend, ja einschläfernd. Howsannah schlief auch wirklich ein und schien es nicht zu bemerken, daß Wartuk mit einer dünnen langen Seidenschnur ihre Handgelenke verband und mit einer zweiten Schnur die Gelenke ihrer Füße. Nunik aber trat nahe ans Bett und ermahnte sie:

„Je länger du geschlossen bleibst, um so länger bleibt deine Kraft geschlossen. Je später du dich öffnest, um so mehr Segen wird in dich eingehen und aus dir kommen."

Die kleine vierschrötige Manuschak hatte indessen vor dem Zelt ein kleines Reisigfeuer entzündet. Darin hitzte sie zwei glatte Steine, die Brotlaiben ähnelten. Dies war eine höchst verständige Zaubertätigkeit, denn die heißen Steine sollten, in Tücher gewickelt, den ermatteten Leib der Gebärenden wärmen. Mit diesem sachlichsten Teil der magischen Kurpfuscherei, einschließlich des Fencheltees, den Manuschak auf dem Feuer bereitete, hätte auch Bedros Hekim einverstanden sein müssen. Dennoch sträubten sich die spärlichen Haare Altounis vor Wut, als er seine Erzfeindinnen bei der Patientin antraf. Mit jugendlicher Gelenkigkeit hob er den Stock und prügelte die Klageweiber von hinnen, während seine schartige Stimme ihnen Schmeicheleien nachrief, unter denen das Wort „Aasgeier" noch die mildeste war.

Man sieht demnach, daß Doktor Bedros Altouni ein sehr hitziger Vertreter der westlichen Wissenschaft war. Hatte ihn Awetis Bagradian, der Stifter, nicht ausbilden lassen und fünf Jahre lang sein Leben und seine Studien an der Universität zu Wien ermöglicht, damit er die Leuchte der Vernunft hochhebe über den Irrwahn des Volkes? Und hatte Bedros die von ihm beschworene Bedingung dem Wohltäter nicht treulich erfüllt, seine Praxis bis zum Tode in Yoghonoluk auszuüben und aus den armseligen sieben Dörfern bei Suedja nicht zu weichen? Ist vielleicht jemand des Glaubens, daß die Erfüllung dieses Eides und die unverrückbare Treue ein leichtes Opfer gewesen sei? Nicht zehn-, sondern dreißigmal lockte die ehrenvollste Verführung. Die Gemeindeverwaltung von Antakje hatte ihm öfters die günstigsten Anträge gemacht, ebenso Alexandrette, ja selbst die Großstadt Aleppo. Er besaß Anträge mit eigenhändiger Unterschrift von Wali und Kaimakam, in denen ihm das amtliche Physikat in der Kasah in Aussicht gestellt wurde, wenn er die elenden Nester an der Küste verlasse. Im ganzen Reiche war kein menschliches Wesen so gesucht, so hoch mit Gold aufgewogen wie ein Arzt, der das Diplom einer europäischen Hochschule sein nannte. Solche Männer besaßen den größten Seltenheitswert. Bedros Hekim hätte schon seit Jahren ein steinreicher Herr sein können, Hausbesitzer in Aleppo oder Marasch, geehrt von Stambul bis Deïr es Zor, Vorstand von zehn Spitälern, Generalstabsarzt der ottomanischen Armee. In seinem Fall hätte der Makel des Armeniertums keine Rolle gespielt und die Austreibung wäre an ihm mit geschlossenen Augen vorübergezogen. Wie aber stand es in Wirklichkeit um ihn? Was war der gnädige Dank des Schicksals dafür, daß er dem alten Wohltäter sein Versprechen gehalten hatte? Es ist überflüssig, darauf eine Antwort zu geben. Wer das Kreuz des Ideals auf sich nimmt, hat nichts andres zu erwarten. Vielleicht entschädigte den Alten das Bewußtsein der lebelang „hochgehaltenen Leuchte". Doch gerade für diese nicht minder dekorative als ermüdende Tätigkeit hatte er sein allerbitterstes Lachen vorrätig. He, ich bitte euch, seht euch nur dieses Volk an! Wie wenig hat es gelernt in den vierzig Jahren, die ich in Yoghonoluk praktizierte? Den Argwohn gegen den „fränkischen Hekim" verliert es nie, mögen die Leute auch einem ins Gesicht so aufgeklärt tun, wie sie wollen. Gewiß, meine Mühe hat schon Früchte getragen. Die Sterblichkeit ist bei uns vielleicht geringer als in der Nachbarschaft, und gar in der muselmanischen. Und doch, nichts hat genügt, um Nunik samt allen anderen Gräberwachteln und Hausmagierinnen auszurotten. Wirft man sie bei Tag hinaus, so schleichen sie nachts, von den Angehörigen geholt, an die Krankenbetten zurück. Wie soll man da in diesem schmutzigen Meer des Aberglaubens die Fackel der Wissenschaft hochhalten oder, was noch weit schwerer ist, hygienische Reinlichkeit durchsetzen?

Ähnliche Reden bekam man von dem diplomierten Bedros Altouni gar oft zu hören. Was aber noch weit bitterer an ihm nagte, das behielt er bei sich. In all den langen Jahren, da er auf seinem frommen Reitesel nicht nur in den Dörfern Visiten abstattete, sondern auch von den Moslems des ganzen Bezirkes häufig zu Rate gezogen wurde, hatte er die sonderbarsten Erfahrungen machen müssen. Sträubte sich auch sein ganzes wissensgläubiges Selbst dagegen, er mußte die zahlreichen Erfolge anerkennen, welche die schmutzigsten Gesundheitszauberer mit ihren ekelhaften Kuren, die aller Aseptik und Antiseptik ins Gesicht schlugen, immer wieder errangen. In achtzig von hundert Fällen lautete ihr Befund auf: „Böser Blick!" Die Gegenmittel bestanden aus Speichel, Schaf-Urin, verbranntem Pferdehaar, Vogelmist und noch appetitlicheren Arzneien. Und doch, mehr als einmal war es schon vorgekommen, daß ein von ihm aufgegebener Kranker, nachdem er einen Zettel mit Bibel- oder Koranversen verschlungen hatte, unheimlich schnell wieder genas. Altouni war nicht der Mann, an die Wunderkraft des verschluckten Zettels zu glauben und dadurch in Zweifelschwierigkeiten zu geraten. Aber was half es? Heilung war Heilung. Auch in den armenischen Dörfern verbreitete sich von Zeit zu Zeit die Kunde derartig glückhafter Therapie und dann geschah es, daß Altounis Fälle in hellen Scharen zu den arabischen Hekims der Umgebung ausrissen oder gar Nunik und ihre sauberen Schicksalsschwestern konsultierten. Nicht selten fanden sich unter den Abtrünnigen geeichte Aufklärer, selbsteigene Hochhalter der Leuchte, dieser oder jener Lehrer zum Beispiel, was den Gemütszustand des Arztes nicht gerade aufhellte.

Lag hierin der eine Grund von Bedros Altounis Bitterkeit, so war der andere womöglich noch verschwiegener. Wissenschaft, Aufklärung, Fortschritt wohlan! Aber um Aufklärung und

Fortschritt zu verbreiten, muß man selbst erst aufgeklärt werden und fortschreiten dürfen. Wer aber konnte im Schatten des Musa Dagh fortschreiten, ohne Kenntnis neuer Errungenschaften, ohne medizinische Bücher und Zeitschriften? Krikors rückwärtsgewandte Bibliothek wußte auf die verrücktesten Fragen 'Bescheid, in der Heilkunde versagte sie, obgleich oder gerade weil ihr Inhaber Apotheker war. Bedros Altouni besaß nicht mehr als ein ,,Handbuch der Medizin'' in deutscher Ausgabe aus dem Verlagsjahr 1875. Dies war übrigens ein dickes Buch, in dem alles Nötige verzeichnet stand. Und doch hatte es damit ein kümmerliches Bewenden. Denn die unerbittliche Zeit war nicht nur über dem Vademecum dahingegangen, sondern auch nicht minder über Altounis Beherrschung der deutschen Sprache. Bedros Hekim jedoch glich nicht dem Apotheker. Blätterte dieser Auserwählte in den Bänden seiner Bücherei, deren Sprache er nicht mächtig war, so schlug die Flamme des Geistes dennoch auf ihn über und er vermochte wie die Sibylle aus verschlossenen Büchern zu weissagen, so daß selbst der mißtrauische, scheelsüchtige Oskanian Prophetie und Wissenschaft nicht unterschied. Bedros Altouni hingegen war ein dürftiger Rationalist, in dem die schöpferische Quelle nicht selbsttätig sprudelte. Deshalb schlug er sein stummgewordenes Handbuch gar nicht auf und benützte es nicht einmal mehr als Amulett und Fetisch. Alles, was er vor Jahrzehnten einmal theoretisch gelernt hatte, war zu einem unbeträchtlichen Etwas zusammengeschmolzen. Es gab für ihn daher nur zehn bis zwanzig benennbare Krankheiten. Obgleich er an menschlichen Leidensbildern unendlich viel gesehen hatte, stopfte er doch alles in die spärlichen Wissensfächer, über die er verfügte. Er hielt sich in der Tiefe seines armen Selbstgefühls für ebenso unbelehrt wie die Hekims, Kurpfuscher und Klageweiber ringsum, deren greuliche Kuren mit Hilfe einer geduldigen Natur verdammt oft gelangen. Gerade sein Mangel an Selbstgefühl war es, der ihn, ohne daß er's wußte, zum guten Arzte machte, denn jede Meisterschaft der Welt hat sowohl die Demut vor dem Unerreichbaren als auch das Unbehagen vor dem Erreichten zur Voraussetzung. Andrerseits entstammte derselben Ursache jener wütende Haß, der ihn, den enttäuschten Westler, beim Anblick Nuniks, Wartuks, Manuschaks stets in Harnisch brachte. Heute aber half ihm sein Zorn wenig. Die verjagten

Kurpfuscherinnen hielten stand und musterten den alten Feind vom Rande des Dreizeltplatzes her mit höhnischen Augen.

Howsannah Tomasian, die Pastorin, war die erste Frau des Volkes, die auf dem Damlajik in die Wehen kam. Selbst unten im Tale war die Geburt eines Kindes eine Art öffentliches Ereignis, zu dem die nähere Verwandtschaft und weitere Sippe Zutritt hatte, die Männer nicht ausgenommen. Um wieviel feierlicher und damit auch öffentlicher aber war dieses Ereignis hier oben, da in der ungeheuerlichsten Notlage, in der sich jemals ein Volksstamm befunden hatte, der erste Armeniersohn zur Welt kommen sollte. Selbst das strahlende Geschenk des Kriegsglücks, die beiden goldenen Haubitzen, verlor an Anziehungskraft. Die Menge, die am Vormittag zu den herrlichen Trophäen gepilgert war, drängte sich jetzt auf dem Dreizeltplatz, dieser vornehmsten Stätte des Elendlagers. Die Vorhänge wurden von dem Zelt der Gebärenden zurückgeschlagen und die arme Howsannah unerbittlich der Sonne ausgesetzt. Ihre Leiden gehörten ihr, doch sie gehörte nicht mehr sich selbst. Die Neugierigen gingen ein und aus. Bedros Altouni erkannte bald, daß er hier nicht an seinem Platze war, und räumte knurrend seiner Frau das Feld, die ja auch sonst den meisten Gebärenden in seiner Vertretung beistand. Er entfernte sich, ohne das tiefe Selam der Klageweiber zu beachten, zu den Verwundeten des Lazarettschuppens. Mairik Antaram blieb bei Howsannah. Sie drängte die Vordringlichen mit kräftigen Fäusten und Worten zurück. Entschlossen waltete sie ihres Amtes, das ihr seit Jahrzehnten vertraut war. Und doch, so alt Mairik Antaram auch geworden, sie konnte keiner Kreißenden beistehen, ohne daß ihr die beiden mißglückten Geburten ihrer eigenen Jugend einfielen. Iskuhi kühlte mit ihrer trotz des Gluttages eisigen Hand die Stirn der Schwägerin. Ihre Augen lagen mit ängstlichem Eifer auf Mairik Antaram, damit ihr ja keine Weisung entgehe. Mit ihrer ganzen Energie konnte es die Doktorsfrau nicht verhindern, daß die Menschen immer wieder mit Fragen, Ermunterungen, Ratschlägen in das Zelt eindrangen. Auch Gabriel erschien, um sich zu erkundigen. Iskuhi fiel es trotz des betäubenden Treibens auf, wie verfallen und blaß sein bärtiges Gesicht seit gestern war. Sie wunderte sich auch darüber, daß Juliette kaum eine halbe Stunde bei Howsannah blieb, da man doch so lange schon wie eine Familie miteinander hauste. Aram, der

Gatte, tauchte alle zehn Minuten einmal auf, lief aber sogleich wieder davon. Er behauptete, daß er unabkömmlicher sei als je, damit nach dem gestrigen Siege und dem Abzug der Türken keine schlaffe Beruhigung unter den Diensthabenden einreiße. In Wahrheit aber jagten ihn Erregung und Sorge um sein Weib im Kreise umher. Der gute Vater Tomasian folgte seinem Sohne von fern auf den verschlungenen Irrwegen, damit der Pastor für seine Überreiztheit einen Blitzableiter habe. In freudiger Erwartung eines Stammhalters hatte der Baumeister seinen schwarzen Sonntagsrock angetan. Die goldene Uhrkette lag noch immer waagerecht auf seinem Bauch, der unter der mageren Fleischkost nicht gelitten hatte. Jeder Freund brachte irgendein Geschenk oder Hausmittel, Apotheker Krikor zum Beispiel ein Fläschchen mit Wacholderessenz eigener Erzeugung, um Herz und Nerven zu stärken. Doch dies war eine sehr harmlose Gabe, denkt man an das Hahnen-Ei. Als die Sache kein Ende nehmen wollte und die ergebnislosen Wehen sich immer von neuem wiederholten, erschien plötzlich eine alte Frau, die ein überlebensgroßes Ei in der Hand hielt und behauptete, dieses Ei habe bei Neumond ein Hahn gelegt. Wenn eine Schwergebärende dieses Naturprodukt roh und mit der Schale zu sich nehme, sei das Kind im Handumdrehen heraußen. Mairik Antaram, die mit den Leuten weit besser umzugehen verstand als ihr Gatte, dankte dem alten Weibe für das Ei-Ungeheuer, versprach sofortige Befolgung ihres Ratschlages und schob sie hinaus. Die Frauen des Volkes mißbilligten es, daß Howsannah Tomasian während ihrer Leiden keinen Schmerzlaut mehr von sich gab. Sie witterten irgendeinen Hochmut dahinter. Und es war auch, wenn man will, ein Hochmut der Scham. Längst waren Nunik, Wartuk, Manuschak wieder auf dem Plan erschienen. Nunik selbst hockte im Zelte und betrachtete die Mühewaltung Antarams mit nachsichtig belustigten Fachaugen, wie etwa ein weltberühmter Chirurg die Arbeit eines Dorfbaders betrachten würde.

Nach mehr als achtstündigen Qualen gebar Howsannah endlich einen Knaben. Das Kind, das schon im Mutterleibe seit Zeitun soviel Angst und Elend durchlitten hatte, war bewußtlos und atmete nicht. Antaram schüttelte den winzigen Körper, der noch voll Blut und Pech war, während Iskuhi in seinen Mund hauchen mußte. Nunik aber und ihre Kolleginnen, die besser Bescheid wußten, raubten blitzschnell die Nachgeburt, steckten sieben Nähnadeln aus dem Besitz sieben verschiedener Familien hinein und warfen das Ganze ins Feuer. Das Leben, das sich in den leblosen Teil geflüchtet hatte, um seinem Erdengeschick zu entgehen, durch das Feuer wurde es frei. Einige Sekunden später begann das Kind zu schlucken, dann zu atmen, dann zu wimmern. Mairik Antaram reinigte es vorsichtig mit Hammelfett. Die stillgewordene Menge begann Beifall zu rufen. Die Sonne ging unter. Pastor Aram ergriff mit dem ungeschickten und etwas lächerlichen Stolz des jungen Vaters das runzlige Lebewesen, das ein Mensch werden sollte, und hielt es den Leuten hin. Alle freuten sich und lobten Tomasian, weil es ein männliches Kind war. Rauhe Scherzworte machten unter den anwesenden Schützen die Runde. Keiner dachte an die wirkliche Zukunft. Es ist ungewiß, wer als erster jenes kleine rundliche Feuermal bemerkte, das dieser echte Sohn des Musa Dagh über seinem kleinen Herzen trug. Die Frauen rieten über die Bedeutung des Zeichens hin und her. Nunik, Wartuk, Manuschak aber, die von Berufs wegen die Enträtselung solcher Chiffren verstehen mußten, äußerten nichts, banden ihre Schleier um, nahmen ihre Stöcke zur Hand und machten sich reichbeschenkt auf den Rückweg. Weit griffen ihre braunen Greisenbeine aus. Und wiederum glichen sie irgendwelchen Masken des antiken Chors, wie sie im aufsteigenden Mond zu den Gräbern der Vergangenheit hinabwanderten.

Nicht mehr als drei Tage und drei Nächte waren hingegangen, da meldeten die Beobachter allerlei unverständliche Bewegungen in den Dörfern.
Gabriel Bagradian bezog sofort einen Späherposten. Und wirklich, im Ausschnitt des Zeißglases zeigte sich lebhaftes Gewimmel in scharf unterschiedenen Gestalten. In der Orontesebene, auf der Straße zwischen den Dörfern, auf den Karrenwegen und Saumpfaden ringsum schlichen Züge von Ochsenkarren dahin. In den Dörfern selbst sah man größere Menschenhaufen mit Fez und Turban in eiligem Hin und Her. Gabriel tastete jedes Fleckchen mit dem Glas ab, doch er bemerkte nicht einen einzigen Soldaten und nur einige wenige Saptiehs. Dagegen bemerkte er, daß diesmal nicht nur der altbekannte Pöbel von Antakje und Umgebung in die ver-

lassenen Ortschaften eingebrochen war; der Zustrom des heutigen Tages machte einen gewichtigeren Eindruck und schien auf ein planvolles Ziel hinzusteuern. Auf dem Kirchplatz von Yoghonoluk herrschte hastiges Treiben. Turbanträger erkletterten die Feuerleiter der Kirche und bewegten sich im leeren Glockenturm seitlich der großen Kuppel. Langgedehnte Töne eines ganz dünnen Stimmchens wurden hörbar, nein, ahnbar, die in die vier Weltrichtungen verhallten. Vom Hause Christi schickte der Gebetrufer des Propheten die klagende Lockmelodie aus, die jeden Moslem erzittern läßt und die nun aus allen Flecken, Weilern, Hütten des öden Landes die Gläubigen in die Dörfer des Musa Dagh zu verführen schien. Das Schicksal der Kirche „Zu den wachsenden Engelmächten", die Awetis der Alte errichtet hatte, war besiegelt. Und im Hirne des Enkels zuckte der heiße Wunsch auf, den stolzen Zerstörungsversuch mit einigen Haubitzgranaten zu wagen. Doch er verwarf dieses Gelüste, kaum daß es geboren war. Sein alter Grundsatz, immer nur verteidigen, nie angreifen, durfte von ihm am allerwenigsten durchbrochen werden. Am gefährlichsten wirkte der Berg auf die Feinde dort unten gewiß, wenn er tot und geheimnisvoll dalag. Jede Herausforderung mußte den Abwehrkampf schwächen, weil sie den Türken, als dem Staatsvolk, ein moralisches Recht der Strafe verschaffte.

Angesichts des unbekannten Gewimmels im Tale fragte sich Bagradian, wie viele Kämpfe man noch werde durchhalten können. Die Munition blieb trotz der zweimaligen Siegesbeute und Nurhans Patronenmanufaktur äußerst begrenzt. Herzbeklemmend war der Umstand, daß der geringste Mißerfolg, die kleinste Schlappe unwiderruflich zum Untergang führen mußte. Für das Volk des Damlajik gab es keine Zwischenstufen, sondern nur Siege oder den Tod. Der Verlust eines einzigen Grabens schon bedeutete das Ende. Gabriel Bagradian überlegte wie schon tausendmal, daß nicht nur ein solcher Verlust das Ende bedeute, sondern alles, das Gute und Schlimme, wie immer es sich auch gestalte. Seine kriegerische Kunst hätte nur dieses Ende hinauszuzögern, so lange wie möglich. Zu diesem Zwecke durfte das Kapital der panischen Angst, die der Berg den Türken nach ihrer doppelten Niederlage offensichtlich einflößte, nicht unnütz verausgabt werden. Die neue Bevölkerung des Tals wuchs von Minute zu Minute.

Eine militärische Unternehmung ist sicher nicht geplant, stellte Bagradian nach längerer Zeit fest. Die Absicht dieser Neusiedlung aber verstand er noch nicht ganz. Vielleicht war es die wirkliche, vielleicht nur die demonstrative Landnahme eines christlichen Bezirkes durch den Islam. Vor der Kirchentür von Yoghonoluk unterschied er eine kleine Gruppe von europäisch gekleideten Herren. Der Müdir mit seinen Unterbeamten, meinte er und freute sich, daß kein Offizier dabei war, um die Kriegslage zu begutachten. Dennoch gab Gabriel Bagradian den Befehl, die Bereitschaft in den Stellungen aufs äußerste zu verschärfen. Er ließ ferner alle Beobachterstände mit verdoppelten Posten besetzen und legte Kundschaftergruppen an alle Zugangspunkte des Damlajik bis zu den Obst- und Weingärten hinab, damit sie einen etwaigen Überrumpelungsversuch der Türken bei Nacht unmöglich machten.

Gabriel hatte richtig geschätzt. Vor der Kirche von Yoghonoluk stand der sommersprossige Müdir. Doch es war noch ein Ranghöherer erschienen, der leberkranke Kaimakam höchstselbst, um nach dem Rechten zu sehen. Das hatte seinen guten Grund. In Antiochia nämlich war nach dem zweiten, noch traurigeren und schmählicheren Rückzug der regulären Streitmacht einiges geschehen, was bedeutsame Folgen nach sich zog.

Zwischen dem Kaimakam und dem armen Bimbaschi mit den Kinderwangen war sofort der Kampf auf Leben und Tod ausgebrochen. Der schlichte Kasernenvater einer vergangenen Zeit zeigte sich der Ittihad-Feinheit des neuen Stils in keiner Weise gewachsen. Erst jetzt ahnte er, warum sein scharfer Todfeind und Stellvertreter, der Jüsbaschi, in diesem Zeitpunkt gerade Urlaub genommen hatte. Indem er ihm diesen Urlaub gewährte, war er dem Stellvertreter auf den Leim gegangen. Nun würde der Major tatsächlich in Bälde seine Stelle vertreten. Es begann damit, daß der Kaimakam den Volkszorn gegen den Bimbaschi schlau zu entfesseln wußte. In Antiochia gab es nur ein einziges Lazarett, das der Zivilbehörde unterstand. Die kranken Soldaten verblieben bei leichteren Fällen in der Kaserne. War aber ärztliche Behandlung und Pflege erforderlich, so mußte das Militärkommando beim Kaimakamlik um Spitalaufnahme der Schwererkrankten bittlich werden. Diese bürokratisch vertrackte Umständlichkeit machte sich der Kaimakam heimtückisch zunutze. Wenn der Oberst auf jeden Fall erledigt war, so hätte sich die Sache mit Berichten und Untersuchungen doch noch viele Wochen lang hinziehen können, ehe seine Absetzung erfolgte. Man wäre keinen Schritt weitergekommen. Der Kaimakam aber brauchte für seine Politik in der Kasah zuverlässige Ittihadleute und keine trägen Knasterbärte aus Abdul Hamids Zeiten. Der Major und er hatten die Ereignisse ziemlich genau vorausgesehen und ihre Partie miteinander abgekartet. Wenige Stunden bevor der Bimbaschi als gebeugter Herold seiner eigenen Niederlage nach Antakje zurückkehrte, trafen in tiefer Nacht die langen Karrenzüge mit den Toten und Verwundeten des Steinschlages und des Kampfes ein. In Hükümet brannte kein Licht, obwohl man dort alles schon wußte. Als die Verwundeten ans Tor des Krankenhauses gelangten, verweigerte ihnen der Verwalter unerbittlich den Einlaß. Ohne den Revers des Kaimakams dürfe auf ausdrücklichen Befehl niemand aufgenommen werden. Da half kein Zetern und Fluchen. Der Arzt legte unter freiem Nachthimmel bei Mond- und Petroleumbeleuchtung die notwendigsten Verbände an. Auch er hatte weder den Platz noch auch die Erlaubnis, den gewaltigen Zuwachs von zweihundert Mann in seiner engen elenden Spitalsbaracke unterzubringen. Verzweifelt entsandte er einen seiner Gehilfen zum Kaimakam, um Weisungen einzuholen. Nach endloser Zeit kam der Bote unverrichteterdinge zurück. Der Kaimakam schlafe so abgründig tief, daß es nicht gelungen sei, ihn zu wecken. Daraufhin entschloß man sich, die stöhnenden und weinenden Verwundeten in die Kaserne zu führen, damit sie wenigstens ein Dach über dem Kopfe hätten. Inzwischen war die Sonne aufgegangen und der Tag rasch fortgeschritten. Der Eindruck, den die blutigen Karren bei der Bevölkerung von Antiochia hervorriefen, läßt sich kaum schildern. Als um dieselbe Stunde der vom Schicksal so arg gerupfte Bimbaschi mit seinem Stab über die Orontesbrücke in die Stadt einritt, wurde er mit Steinen empfangen und konnte sich nur auf unrühmlichen Umwegen in seine Kanzlei retten. Jetzt erst, da das Gedränge des Markttages anhob, sandte der beneidenswerte Morgenschläfer von Kaimakam den notwendigen Erlaubnisschein und ließ die langen Kolonnen der Unglücklichen in das Hospital überführen, jedoch mit dem nachdrücklichen Geheiß, der Weg müsse über den großen

Bazar genommen werden. Der neuerliche Anblick der gelben Leidensgesichter und blutbesudelten Verbände erweckte einen stattlichen Aufruhr. Die empörte Menge zog vor die Kaserne und schlug dem armen Bimbaschi die Fensterscheiben ein, was hierzulande die Vernichtung einer Kostbarkeit bedeutete. Doch nicht genug damit! Die Reste der bewaffneten Macht waren so niedergedonnert und kleinlaut, daß sie vor dem Pöbel die Kasernentore ängstlich verriegelten wie erschrockene Spießbürger. In jeder Menschenmenge steckt ein leichtentzündlicher Urhaß gegen die Träger der Staatsordnung. Der Pöbel empfand die Totenstille hinter den Kasernenmauern als seinen eigenen Triumph und eröffnete ein neues Bombardement. Die Offiziere flehten den Bimbaschi an, er möge ihnen den Befehl geben, den Platz durch die Wachmannschaft mit gefälltem Bajonett säubern zu dürfen. Der alte Mann lag aber auf einem Diwan und hörte auf keinen Rat. Jammernd entrang es sich immer wieder seinen Lippen: ,,Ich bin nicht schuld. Ich bin nicht schuld." Durch die Strapazen zu Tode erschöpft, weinte er, wenn er nicht schlief, und schlief, wenn er nicht weinte. Das militärische Platzkommando mußte zu allem andern mithin noch die Schmach erleben, daß es durch die bürgerliche Macht, das heißt durch Polizei und Saptiehs, von dem tobenden Pöbel befreit wurde.

Während dieser erfreulichen Vorkommnisse begab sich der Kaimakam mit dem wohlmanikürten Müdir aus Salonik auf das Telegrafenamt der Stadt. Beide Herren entwarfen mit bewundernswertem politischem Feinsinn eine Depesche an Seine Exzellenz, den Wali von Aleppo. Dieser überlebensgroße Drahtbericht umfaßte zehn dichtbekritzelte Formulare oder elfhundertfünfzig Worte. Er war winkelzügig wie der Schriftsatz eines kleinen, aber ehrgeizbesessenen Rechtsanwalts und zungenfertig wie der Leitartikel einer radikalen Zeitung. Eingangs wurde die mißlungene Liquidation in den wirksamsten Farben geschildert, die schweren, doch unnötigen Verluste zahlenmäßig angeführt und die Erbeutung der ungesicherten Geschütze durch die Aufständischen als jene soldatische Ungeheuerlichkeit gebrandmarkt, die sie tatsächlich war. Dann verließ der Kaimakam diesen traurigen Gegenstand, indem er mit Resignation feststellte, daß jede Einflußnahme seinerseits auf die militärischen Stellen stets falsch gedeutet werde. Dagegen aber müsse er mit höchstem Nachdruck auf die kochende Volksseele hinweisen, die zur Stunde die fristlose Abberufung des kommandierenden Bimbaschi immer wütender fordere, und dies sogar mit den Mitteln des Straßenaufruhrs. Die vorhandene Polizei und Gendarmerie reiche aber bei weitem nicht aus, um eines Straßenaufruhrs Herr zu werden. Man müsse deshalb unverzüglich nachgeben und Seine Exzellenz möge die Abberufung und kriegsgerichtliche Bestrafung des hiesigen Kommandanten bei der zuständigen Militärbehörde erwirken. Der Kaimakam folgerte aus diesen Ereignissen weiter, daß an allem „die doppelten Kompetenzen" schuld seien, indem die syrischen Wilajets sowohl den politischen Statthaltern als auch dem Generalkommando der Vierten Armee unterstünden. Solange dieses zwiespältige Verhältnis herrsche, könne er weder die Ruhe in seiner Kasah noch auch die wunschgemäße Abwicklung der Armenierdeportation gewährleisten. Er setzte staatsjuristisch lichtvoll auseinander, daß die Austreibung der armenischen Millet ein Akt der inneren Verwaltung sei, bei dem auch die höchsten militärischen Stellen keine selbständige Rolle innehätten. Die Leistung des Militärs sei in diesem Fall durch den Begriff der „Assistenz" vollkommen umschrieben. Die Verwendung der Truppe bei der Assistenz aber hänge nach dem Wortlaut des Gesetzes einzig und allein von den Entschlüssen der zivilen Behörde ab. Daher sei die gegenwärtige Praxis ungesetzlich, da das Generalkommando nach eigener Willkür vorgehe, die Assistenz meist verweigere, gegen die Provinzregierung gehässig arbeite und sogar die Gendarmerie — einen Teil der bürgerlichen Macht also — für ihre eigenen Zwecke verwende. In Ansehung dieser gefährlichen Tatsache werde die armenische Bevölkerung zum Widerstande aufgereizt, der, sofern er sich ausbreite, unabsehbare Folgen für das ganze Reich nach sich ziehen könne. Der Kaimakam schloß diese ungewöhnliche Staatsdepesche beinahe mit einer Drohung: Er könne die Verantwortung für die Liquidation des bewaffneten armenischen Lagers auf dem Musa Dagh nur unter der Bedingung übernehmen, daß die gesamte Macht in seiner Hand vereinigt werde. Zu diesem Behufe müsse ihm militärische Assistenz in solcher Stärke und Ausrüstung zur Verfügung gestellt werden, daß eine durchgreifende und restlose Säuberung des Berges möglich sei. Es gehe auch nicht an, daß diese Aktion von einem fremden, mit den Verhältnissen unvertrauten Offizier durchgeführt werde, sondern er bitte dringend um die Zuteilung des bisher stellvertretenden Majors als Platzkommandanten von Antakje, der aber in der armenischen Unternehmung ihm völlig unterstellt bleiben müsse. Andernfalls jedoch, sollten diese billigen Vorschläge nicht annehmbar sein, wage er, der Kaimakam, es gehorsamst anzuregen, daß man die oben-berichtete Schmach ohne weitere Gegenmaßnahmen hinnehme und die Insurgenten auf dem Musa Dagh ihrem Schicksal überlasse.

Der Rapport des Kaimakams bedeutete in politischer und psychologischer Beziehung ein Meisterstück. Ging auch nur ein Teil seiner Wünsche in Erfüllung, so war er der unabhängigste Landrat in Syrien. Ein gut gedrilltes Beamtenherz älterer Artung wäre vor dem manchmal anmaßenden Ton der Riesendepesche zurückgescheut. Doch gerade dieser schneidig durchgreifende Ton war genau auf das Ohr der jungtürkischen Machthaber von heute abgestimmt. Sie beteten den Westen an und hatten daher abergläubische Verehrung für Worte wie „Initiative" und „Energie", mochten sich diese auch auf-begehrend äußern.

Gleichzeitig klitterte der vernichtete Bimbaschi, der seine rosigen Wangen wohl für immer verloren hatte, eine lange Depesche an seinen vorgesetzten Etappengeneral zusammen. Sie erging sich in weitschweifigen Anklagen gegen den Kaimakam, der ihn zu dem mißglückten Unternehmen ge-zwungen habe, ohne ihm Zeit zur hinreichenden Vorbereitung zu lassen. Der Ton des Bimbaschi war wehleidig, feierlich und kleinlaut, demnach ganz und gar verfehlt. Der Unglückliche wurde noch innerhalb der nächsten vierundzwanzig Stunden abberufen und vor Gericht gefordert. Er verschwand heimlich bei Nacht und Nebel von der Stätte seiner langjährig be-quemen Wirksamkeit, das unschuldigste Opfer des arme-nischen Kriegsglücks. Seine Exzellenz aber, der Wali von Aleppo, fand die Formulierungen des Kaimakams von Anti-ochia so bedeutsam, daß er sie mit eigenen bekräftigenden Zusätzen an den Herrn Minister des Innern weiterdepeschieren ließ. Der Untergebene hatte mit feinen Fingerspitzen eine brennende Wunde seines Vorgesetzten berührt. Seitdem näm-lich der große Dschemal Pascha, mit der unbeschränkten Macht eines römischen Prokonsuls ausgerüstet, in Syrien kommandierte, waren sämtliche Walis und Mutessarifs zu

Schattenkönigen zusammengeschrumpft. Dschemal Pascha behandelte diese Großmächtigen etwa wie Intendanten seines Armeenachschubs. Sie bekamen von ihm strenge Befehle, dort und dorthin soundso viel tausend Oka Weizen zu befördern oder bis zu einem bestimmten Zeitpunkt diese und jene Straße in tadellosen Stand zu setzen. Der Feldherr schien die ganze Zivilbevölkerung für eine lästige Schmarotzerherde zu halten und die Zivilregierung für ein gänzlich überflüssiges Übel. Seine Exzellenz von Aleppo nahm daher die Gelegenheit nicht unerfreut wahr, dem eisernen Pascha eins aufs Zeug zu flicken und die Herrschaften in Stambul von dem kläglichen Miß- erfolg des überheblichen Militärs in Kenntnis zu setzen. Talaat Bey las das Meisterwerk des Kaimakams von Antiochia sei- nerseits mit gemischten Gefühlen. Er hatte die Aufgabe, den inneren Dienst gegen militärische Vordringlichkeiten in Schutz zu nehmen. Auch bedeutete für ihn die Armenierverschickung eine weit erhabenere Tatsache als der langweilige Ehrgeiz unbefriedigter Eisenfresser. Er fuhr, wie es seine Gewohnheit war, mit der gewaltigen Tatze mehrmals an der weißen Weste hinab. Dann aber fügten die flinken Telegrafistenfinger an dieser gewaltigen Tatze die Depeschenblätter mit einer Klam- mer zusammen. Er legte einen Zettel mit den Worten bei: „Bitte dringend um positive Erledigung." Der Akt wanderte unverzüglich auf den Schreibtisch des Kriegsministers. Enver Pascha pflegte niemals eine Bitte Talaats abzuschlagen. Als die Herren einander am Abend beim Endjumen, dem engeren Ministerrat, begegneten, trat Enver auf seinen Freund zu. Der junge Kriegsgott lächelte mit seinen langen Mädchenwimpern befangen: „Ich habe wegen des Musa Dagh an Dschemal energisch telegrafiert ..." Ohne Talaats Dank abzuwarten, fügte er mit zierlicher Spottgrimasse hinzu: „Ihr könnt mir alle dankbar sein, daß ich diesen verrückten Menschen nach Syrien abgeschoben und kaltgestellt habe."

Vor dem Jaffator in Jerusalem stand ein arabisches Hotel, dessen Fenster auf die Davidzitadelle mit ihrem hochragenden Minarett hinausgingen. In diesem Hotel hatte Armeegeneral Dschemal Pascha vorübergehend sein Hauptquartier auf- geschlagen, als die Depeschen Envers, des Wali von Aleppo und anderer Funktionäre einlangten, die ihn um eine rasche Bereinigung der armenischen Schmach ersuchten. (In jenen

Tagen pflegten die jungtürkischen Machthaber einander ganze Bücher zu telegrafieren. Es war nicht allein die Dringlichkeit, sondern eine barbarische Freude an dem vermittelnden Strom, die sie zu solchem Wortreichtum verführte.) Dschemal Pascha saß allein in seinem Zimmer. Weder Ali Fuad Bey noch auch der Deutsche von Frankenstein, seine beiden Stabschefs, waren anwesend. Dschemal Pascha konnte sich deshalb gehenlassen. Nur Osman, der Oberste seiner Leibwache, stand an der Tür, ein reckenhafter Bergbewohner, der wie eine ausgestopfte und behängte Figur im Waffenmuseum wirkte. Mit seiner Leibwache verfolgte Dschemal einen doppelten Zweck. Er frönte mittels ihrer romantischen Ausstattung der Prachtsucht des Asiaten, die in dem farblosen Kriegsbetrieb der Gegenwart sonst nicht auf ihre Kosten kam. Zugleich aber beschwichtigte er durch sie eine Seelenregung, die alle Diktatoren seit eh und je vor ihren weniger erfolgreichen Mitmenschen auszeichnet, die Attentatsfurcht. Osman durfte nicht von seiner Seite weichen, hauptsächlich dann nicht, wenn irgendein Herr aus Stambul vorsprach. Dschemal hielt es nämlich durchaus nicht für ausgeschlossen, daß seine lieben Brüder Enver und Talaat ihm einen tüchtigen Agenten des Todes mit guten Empfehlungen zu senden willens waren. Er las die Depeschen aufmerksam, insbesondere die von Enver Pascha. Obgleich der Fall, um den es sich handelte, ohne größere Bedeutung war, wurde seine gelbe Gesichtsfarbe noch fahler und die starken Lippen unter dem schwarzen Vollbart erblaßten vor Wut. Der General sprang auf und begann im Zimmer umherzulaufen. Er war ebenso klein wie Enver, aber ganz und gar nicht zierlich, sondern eher vierschrötig. Er hielt die linke Schulter etwas hochgezogen, weshalb Leute, die ihn nicht genau kannten, ihn für verwachsen ansahen. Aus den goldbesetzten Ärmeln seines Generalsrockes hingen schwere rote Hände herab. Angesichts dieser Hände verstand man die Sage, die ihn zum Enkel des Scharfrichters von Stambul machte. Enver Pascha war aus dem leichtesten Stoff, Dschemal Pascha aus dem schwersten Stoff der Welt gebildet. War an jenem alles träumerisch launenhaft, so an diesem alles leidenschaftlich wüst. Dschemal Pascha haßte mit dem unerschöpflichen Haß des niedriger Gearteten den anmutigen Götterliebling. Er mußte sich alles schwer verdienen, was dem anderen unverdient in den Schoß fiel: Kriegsruhm,

445

Spielerglück, Frauengunst. Dschemal nahm noch einmal die Depesche zur Hand und versuchte aus dem amtlichen Wortlaut Envers koketten Tonfall herauszuhören.

In diesem Augenblick stand das Schicksal der sieben Gemeinden des Musa Dagh so scharf auf des Messers Schneide wie noch nie. Ein Dienstzettel Dschemals hätte genügt, um zwei volle Infanteriebataillone, eine Gebirgskanonenbatterie und einige Maschinengewehre gegen den Damlajik zu werfen. Damit wäre die Sache trotz Gabriel Bagradian und aller Tapferkeit binnen einer Stunde erledigt gewesen. Während Dschemal aber die Depesche noch einmal las, schien seine Wut den Siedepunkt zu übersteigen. Er brüllte den verdutzten Osman an, er möge ihn allein lassen und bei Todesstrafe nicht wieder zu stören wagen. Dann ging er ans Fenster, zog sich aber sofort wieder zurück, damit ihn niemand in seinem nackten Seelenzustand sehe. Könnte er Enver doch zermalmen! Diese Salondame des Krieges! Diesen geblähten Favoriten der schönen Welt! Diesen Faiseur, der niemals eine echte Männertat getan, der seinen Siegerruhm erschlichen hatte, bei der Wiedereroberung Adrianopels mit seinen Reitern sich vorschlängelnd, nachdem alles längst entschieden war. Und diesem eitlen unbedeutenden Lustknaben des Ottomanischen Reiches mußte ein Dschemal nachstehen. Dieser geriebene Fant durfte es versuchen, einen Dschemal durch die Machtverleihung in Syrien erledigen zu wollen. Die Raserei des Generals gegen den Mars von Stambul reichte mehrere Seelenschichten tief. Ausgelöst wurde sie durch eine lächerliche Lappalie. Envers Telegramm begann mit den Worten: „Ich bitte Sie, schleunige Maßregeln zu ergreifen ..." Die Anrede „Euer Exzellenz", ja selbst das einfache „Pascha" fehlte. Nun war Dschemal ein Fanatiker der Förmlichkeit, und insbesondere im Verkehr mit Enver. Er wahrte mit gravitätischem Ernst die Form sogar bei freundschaftlichen Zusammenkünften. Mit fiebrischer Verletzlichkeit aber achtete er darauf, daß Enver Pascha auch ihm die gebührende Ehre bezeuge und keinen Buchstaben seiner Würde raube. Die Depesche mit der hochmütig vergessenen Anrede war nur der letzte Tropfen, der das Gefäß von Dschemal Paschas Haß zum Überlaufen brachte. Enver hatte in den letzten Monaten an den General die ungeheuerlichsten Forderungen gestellt, die von diesem schweigend erfüllt worden waren. Zuerst hatte Dschemal die achte und zehnte Division nach Stambul zurücksenden müssen, später noch die fünfundzwanzigste, und schließlich wurde das ganze dreizehnte Armeekorps nach Bagdad und Bitlis umbeordert. Im Augenblick gebot der kriegerische Diktator Syriens nur mehr über sechzehn bis achtzehn schäbige Bataillone, und zwar in einem riesigen Armeebereich, der von den Gipfeln des Taurus bis zum Suezkanal reichte. Dies war das Werk Enver Paschas und nicht das der vorgeschützten allgemeinen Kriegslage, davon war der knirschende Dschemal überzeugt. Der Generalissimus hatte ihn auf seine taschenspielerische Art völlig entwaffnet, ihn unschädlich gemacht und zugleich um jede Möglichkeit eines Erfolges gebracht. Mit dem erleuchteten Gedächtnis des Hasses brachen in Dschemals Geist hundert verräterische Einzelheiten auf, in denen sich Envers geringschätzige Beziehung zu ihm spiegelte. Dieser mitsamt seiner Clique hatte ihn immer ferngehalten, von entscheidenden Beschlüssen nicht verständigt, zu intimen Beratungen nicht eingeladen. Das Verhältnis war für Dschemal von allem Anfang an eine Kette von ausgesuchten Erniedrigungen gewesen, und die größte Erniedrigung lag darin, daß er sich gegen Enver nicht behaupten konnte, daß er durch dessen Gegenwart und Wirkung rettungslos zum zweiten Rang herabgedrückt wurde, obgleich er von seiner eigenen Überlegenheit als Führer und Soldat erfüllt war. Dschemal Pascha lief, die linke Schulter hochziehend, noch immer um den Tisch. Er fühlte sich völlig machtlos. Durch seinen Kopf zuckten knabenhafte Traumbilder. Mit einer neuen Armee in Stambul einrücken und die freche Blase gefangensetzen, den alliierten Flotten den Bosporus öffnen und ein Bündnis mit dem gegenwärtigen Feinde schließen! Er nahm zum drittenmal die Depeschen in die Hand, warf sie aber sogleich wieder hin. Womit nur konnte man Enver und Genossen am giftigsten weh tun!? Dschemal wußte, daß sie die Ausrottung der Armenier für ihr patriotisch heiligstes Werk ansahen, und er selbst hatte eine ähnliche Meinung oft vertreten. Doch niemals hätte er diesen echt Enverschen Dilettantismus geduldet, daß Syrien zur Kloake des armenischen Todes gemacht werde. Zu den Beratungen über die Deportation war er vom Kriegsminister wohlweislich nicht zugezogen worden. Von dem Plan des süßen Enver wäre ja sonst kein Haar übriggeblieben. Dies auch war einer der Gründe, warum ihn der anmutige Schurke in den Südosten verführt hatte. Nun überlegte er in seiner wilden Rachsucht, ob er die Grenzen Syriens nicht sperren, die Transporte nach Anatolien zurückjagen und das große Werk damit zunichte machen solle. — Im selben Augenblick klopfte der Stabschef Oberst von Frankenstein an die Tür. Dschemal verwarf sofort alle leeren Ausgeburten seiner Erregung. Er wurde der besonnene, ja beinahe skrupelhaft wägende General, als den ihn seine Untergebenen kannten. Seine leidenschaftlichen Asiatenlippen verkrochen sich schleunig im schwarzen Vollbart. Besonders dem deutschen Obersten gegenüber ließ er sich's stets angelegen sein, den Eindruck mürrischer, aber unabwendbarer Logik hervorzurufen. Von Frankenstein bekam nunmehr den gelassensten und kältesten Feldherrnblick Dschemals zu sehen. Sie setzten sich an den Tisch, der Deutsche öffnete seine Aktentasche, zog Notizen hervor, um über die Aufstellung neuer Truppen in Syrien zu referieren. Da bemerkte er die Depeschen, die vor ihm lagen, Enver Paschas Befehl obenauf:

„Exzellenz haben wichtige Post erhalten ..."

„Lassen Sie sich nicht stören, Oberst", meinte Dschemal, „was hier wichtig ist, das hängt nicht vom Kriegsminister ab, sondern von mir allein."

Und er nahm mit seiner roten Hand Envers Depesche, zerriß sie in kleine Fetzen und streute sie aus dem Fenster, das zur Davidburg hinübersah. In der Empfindlichkeit dieses türkischen Gewalthabers hatte Gabriel Bagradian einen unfreiwilligen Bundesgenossen bekommen. Denn Dschemal Pascha gab weder eine Antwort, noch auch schickte er einen Mann, ein Maschinengewehr oder ein Geschütz nach Antakje, um den Musa Dagh auszuräuchern.

Die Untätigkeit Dschemal Paschas rettete die Bergarmenier vor einem raschen Untergang, ohne sie von der langsameren Todesumschnürung befreien zu können. Wenn auch der Diktator Syriens und Palästinas selbst nicht eingriff, so gab es untergeordnete Kommandostellen genug, die selbständige Entschlüsse treffen konnten. Der scharfe Major, des unseligen Bimbaschi von Antakje Nachfolger, hatte in Aleppo von dem Etappengeneral die Zusendung von mehreren Kompanien der dortigen Garnison erwirkt. Ebenso stellte der Wali in einem Schreiben dem Kaimakam den Abmarsch einer großen Saptiehtruppe in Aussicht. Man sieht also, daß der Kaimakam mit seinem Schritt in Aleppo Erfolg gehabt hatte. Und Erfolg stachelte den Ehrgeiz auf.

Gabriel Bagradian hatte auf seiner Beobachtungskuppe so oft das Gefühl gehabt, der Damlajik sei der tote Punkt in einem unendlichen Drehsystem, der absolute Stillstand innerhalb einer unsichtbaren, aber wilden Kreisbewegung der Todfeindschaft. Heute aber, da die Ochsenkarren, Packesel, Menschenhaufen von allen Seiten in das Tal der Bergdörfer strömten, war die Bewegung um den toten Punkt höchst sichtbar geworden. Was bedeutete diese Überflutung? Der Kaimakam, der die Stunde gekommen sah, sich durch eine vorbildliche politische Tat in die erste Reihe der Partei zu stellen, hatte einen neuen starken Faden in das Todesgeflecht des armenischen Schicksals gewirkt. Es handelte sich hierbei um die arabische Nationalbewegung, die seit einiger Zeit den syrischen Behörden viel zu schaffen machte. Weitverbreitete Geheimbünde, wie El Ahd, „Der Schwur" und „Die arabischen Brüder" betrieben eine feurig wirksame Propaganda gegen Stambul, mit dem Ziel, alle arabischen Stämme dereinst zu einem selbständigen und unabhängigen Staat zu vereinen. Hier wie überall in der Welt war der herrschende Nationalismus am Werke, um ideenerfüllte, ja religiöse Reichsgebilde in ihre armseligen biologischen Bestandteile aufzulösen. Das Kalifat ist eine Gottesidee, das Türken-, Kurden-, Armenier-, Arabertum aber nichts als eine irdische Tatsache. Die Paschas der alten Zeit wußten genau, daß der Gedanke der übergeordneten geistigen Einheit, der Gedanke des Kalifats, erhabener sei als der besessene Fortschrittswahn einiger Streber. In der verlästerten Trägheit des alten Reiches, in dem Geschehenlassen, in der verschlafenen Käuflichkeit lag eine behutsam weise und entsagende Staatsräson, die ein kurzsichtiger Westler, dem es um schnelle Wirkung ging, gar nicht begreifen konnte. Die alten Paschas wußten mit feinstem Gefühl, daß sich ein edler, aber verfallener Palast nicht allzu viele Verbesserungen gefallen lasse. Den Jungtürken aber gelang es, das Werk von Jahrhunderten in einem Atemzuge zu zerstören. Sie taten das, was gerade sie als Beherrscher eines Völkerstaates niemals hätten tun dürfen! Durch ihren eigenen Nationalwahn erweckten sie den der unterworfenen Völker. Doch nicht mit irdischen Toren sei gerechnet. Wie trüb ist das Auge, das hinter

449

dem Drama den Autor nicht ahnen darf! Die Menschen wollen, was sie müssen. Die großen übernatürlichen Reichsbindungen sind zerrissen. Dies bedeutet nur, daß Gott wieder einmal die Schachpartie, die er mit sich selbst spielt, zusammengeworfen hat, um die Figuren neu aufzustellen.

Der arabische Nationalismus war jedenfalls im Vormarsch. Vom Süden her durchdrang er das türkische Reich bis an die Linie Mossul, Mersina, Adana. In den syrischen Vilajets mußte man mit ihm gewaltig rechnen, denn schon verbreitete sich im Rücken und in der Flanke der Vierten Armee jene scheelsüchtige Aufsässigkeit, die für eine operierende Heeresmacht die höchsten Gefahren in sich schließt. Der Krawall gegen den armen Bimbaschi von Antakje stand bereits heimlich im Zusammenhang mit dieser Stimmung. Der Kaimakam hatte nun den guten Einfall, die immer unbotmäßigere arabische Bevölkerung seines Bezirkes auf Kosten der Armenier für sich zu gewinnen. Zugleich auch hoffte er, durch Neuentflammung des islamischen Fanatismus an sein Ziel zu kommen. Das armenische Eigentum war kraft des Verschickungsgesetzes samt und sonders dem Staate verfallen; so stand es wenigstens auf dem Papier. In Wirklichkeit aber blieb es dem Ermessen der Provinzbehörden überlassen, damit zu machen, was sie wollten. Der Kaimakam von Antakje schickte schon am ersten Tage nach der Niederlage der Truppen seine Beamten in alle Kreise mit starker arabischer Bevölkerung, die nicht allzu fernab vom Musa Dagh lagen. Dort ließ er verkünden, daß der fruchtbarste Landstrich Syriens zwischen Suedja und dem Ras el Chansir mit Wein- und Fruchtgärten, mit Raupen- und Bienenzucht, mit Wasser- und Holzreichtum, mit Häusern und Höfen an alle diejenigen unentgeltlich verteilt werden solle, welche sich am übernächsten Tage rechtzeitig in dem armenischen Tale einstellen würden. Die Müdirs deuteten geschickt an, daß man dem fleißigen arabischen Landwirt den Vorzug vor dem Türken geben werde.

Dies war der Grund der überraschenden Völkerwanderung. Der Kaimakam traf höchstpersönlich ein und blieb bis auf weiteres in Yoghonoluk, um die Aufteilung zu überwachen und sich bei den arabischen Notabeln einzuschmeicheln. Er bezog die Villa Bagradian, nachdem man den Mohadschir und seine Sippe hinausgeworfen hatte. Nach achtundvierzig Stunden waren die Dörfer ebenso dicht bevölkert wie früher. Reich gewordene Araber und Türken verbrüderten sich. Niemals hatten sie schönere Häuser gesehen. Es war beinahe zu schade, darin zu wohnen. Aus den Kirchen hatte man im Handumdrehen Moscheen gemacht. Schon am ersten Abend fand ein Gottesdienst statt. Die Mollahs dankten Gott für den neuen herrlichen Besitz, den freilich ein Schatten trübe, das freche Leben der unreinen Christenschweine dort oben auf dem Berg. Es sei die Pflicht jedes Gläubigen, sie zu vertilgen. Dann erst würde man sich des üppigen Gutes in gerechter Frömmigkeit erfreuen dürfen. Die Männer verließen mit funkelnden Augen die Moscheen. Auch sie wünschten heiß, der beraubten Vorgänger schnell ledig zu sein, damit ein leises, recht unbehagliches Mißgefühl aus ihren anständigen Bauernseelen verschwinde.

Finster, aber gleichgültig betrachteten die Verteidiger des Musa Dagh den Untergang ihrer Heimat.

Was war mit der Zeit geschehen? Wieviel Ewigkeiten brauchte ein Tag, bis er sich in der Nacht verkrochen hatte? Und wie schnellfüßig war noch der Tag gegen die Schnecke Nacht? Wo war Juliette? Wohnte sie schon lange in diesem Zelt? Hatte sie überhaupt jemals in einem Hause gewohnt? Hatte sie einmal in Europa gelebt? Wer war Juliette? Dieses Wesen war sie gewiß nicht, das unter dem Bergvolk gefangen saß. Dieses Wesen war sie gewiß nicht, das allmorgendlich mit der gleichen entsetzten Verwunderung erwachte. Eine weiße müde Gestalt glitt vom Bett, trat auf den Teppich, nahm einen Schlafrock um und setzte sich auf den Klappstuhl vor den kleinen Spiegeltisch, um ein fahles und doch von der Sonne versehrtes Gesicht zu bestarren. War es denn möglich? Konnte dieses Gesicht mit den matten Augen, den ausgetrockneten Haaren und dem verbrannten Teint einem jungen Menschen gefallen? Seit einigen Tagen entließ Juliette ihre Mädchen schon am frühen Morgen. Dann begann sie mit angstvollen Händen, als begehe sie ein Verbrechen, sich mit den Resten ihres Essenzenschatzes ein wenig herzurichten. Endlich zog sie sich an, band eine große Schürze vor ihr Kleid und schlang ein weißes Tuch um den Kopf wie eine Haube. Seitdem sie im Lazarettschuppen arbeitete, trug sie keine andere Gewandung mehr. Haube und Schürze taten ihr moralisch wohl. Sie empfand sie wie eine Uniform, die ihrer Stellung auf dem Damlajik äußerlich am gemäßesten war.

451

Ehe Juliette das Zelt verließ, warf sie sich vor ihrem Bett nieder und umarmte das Kopfkissen, noch einmal den wachen Tag von sich weisend. Früher, vor Tagen (Jahren?), war sie nur ganz verloren und unselig gewesen. Jetzt aber sehnte sie sich nach jener Unseligkeit ohne Schuld zurück. Noch nie, seitdem die Welt bestand, hatte sich eine Frau so niedrig benommen wie sie. Und eine ehrbare, eine selbstbewußte Frau, der in langer Ehe niemals ein „Erlebnis" nahegekommen war. Wären aber nicht hundert Erlebnisse und Liebesabenteuer in Paris läßliche Bagatellen gewesen gegen diesen allergemeinsten Verrat in Angesicht des Verzweiflungskampfes und sicheren Todes? Wie ein kleines Mädchen flüsterte Juliette ins Kissen: „Ich kann nichts dafür." Doch was half ihr das? Sie war durch einen Machtspruch, den sie nicht kannte, in der unerbittlichen Fremde dem anheimgegeben, was ihr verwandt erschien. Wie um eine Gegenkraft in sich zu erzeugen, rief sie halblaut: „Gabriel!" Aber Gabriel war ebensowenig vorhanden wie Juliette. Sein wahres Bild konnte sie immer seltener aus dem verblaßten Photographienalbum ihrer Erinnerung hervorholen. Und der fremde, bärtig braune Armenier, der sich dann und wann zu ihr setzte, was hatte der mit Gabriel zu schaffen? Juliette erschrak über ihre Tränen, wusch die Augen sorgfältig und wartete, bis sie nicht mehr rot und häßlich waren.

Bedros Altouni hatte alle Verwundeten, die nicht schwer fieberten, fortgeschickt oder in ihre Hütten tragen lassen. Wenn er diese Maßnahme auch nicht näher begründete, so lag doch ein heikler Anlaß dafür vor. Der armenische Sieg vom 14. August hatte sich blitzschnell in den Ebenen und Gebirgen Nordsyriens herumgesprochen. Insbesondere den Fahnenflüchtigen, die sich auf anderen Bergen ringsum noch versteckt hielten, war er sehr zu Herzen gegangen. Tatsächlich meldeten sich schon am nächsten Tage zweiundzwanzig neue Deserteure bei den vorgeschobenen Posten und verlangten Aufnahme in die Kämpferreihen. Gabriel Bagradian, der wegen Verrates und Spionage auf der Hut sein mußte, prüfte die Kandidaten eingehend. Da sie sich durchwegs als Armenier ausgaben, da jeder ein Mausergewehr und Munition besaß, da man ferner die Verluste ersetzen mußte, nahm er alle Zuzügler an. Unter ihnen befand sich auch ein sehr junger Mann, der einen verwirrten und benommenen Eindruck machte. Er behauptete, erst vor vier Tagen aus einer Infanteriekaserne von Aleppo geflohen zu sein und den beschwerlichen Fußmarsch schlecht überstanden zu haben. Am Abend bereits erschien der junge Mensch totenblaß im Lazarett bei Bedros Hekim und brach, nachdem er Unverständliches gelallt hatte, bewußtlos zusammen. Der Arzt ließ ihn sogleich entkleiden. Den Körper des armen Burschen schüttelte ein rasendes Fieber. Seine Brust war mit kleinen roten Punkten besät, die sich über Nacht noch vermehrten. Bedros Altouni hatte seit langer Zeit wieder das entfremdete Handbuch vorgenommen. Aber die Hieroglyphen waren für ihn nicht leserlicher geworden. Jetzt wollte er die Französin zu Rate ziehen und zeigte auf den Kranken.

„Sehen Sie diesen da an, meine Liebe! Was halten Sie davon?"

Juliette war kein Wesen, das sich an Graus und Elend gewöhnen konnte. Jedesmal, wenn sie den Lazarettraum betrat, hatte sie mit dem Erbrechen zu kämpfen. Sie gab sich Mühe, sie griff überall zu, dennoch wurde der Abscheu und Ekel immer heftiger anstatt gelinder. In dieser Sekunde aber kam eine ganz unverständliche Exaltation über sie. Es war ihr, als müsse sie hier auf der Stelle ihren Verrat sühnen. Der grindige, übelriechende Mensch, der zu ihren Füßen mit schaumbedecktem Mund bewußtlos im Fieber zuckte, war Gabriel und Stephan in einer Person. Juliette kniete hin und näherte — als falle sie selbst langsam in Ohnmacht — ihren Kopf mit den geschlossenen Augen der eingefallenen Brust des Kranken.

Erst Gonzagues Stimme fuhr ihr ins Herz und weckte sie:

„Was tun Sie da, Juliette? Das ist doch Unsinn..."

Daraufhin schien auch der alte Arzt Madame Bagradians wegen Gewissensbisse zu bekommen:

„Es wäre vielleicht wirklich besser für Sie, wenn Sie sich jetzt weniger fleißig bei uns aufhielten..."

Gonzague zwinkerte ihr heimlich zu. Gehorsam folgte sie ihm. Auch in bezug auf Gonzague war für Juliette die Zeit ganz und gar durcheinandergerüttelt. Wann war es geschehen? In welcher Vergangenheit? Seit wann folgte sie ihm wehrlos, wenn er sie rief? Wie schwer und dick war der Verrat und das Schweigen schon geworden! Gonzague aber hatte sich nicht verändert. Dieselbe dichte Aufmerksamkeit seiner Blicke und Gedanken, die keine unbewachte Fuge frei ließ. Das Lagerleben hatte seiner Erscheinung noch immer nichts angehabt, sein Scheitel blieb zu jeder Stunde tadellos gezogen, sein Rock peinlich sauber gebürstet, sein Körper rein, seine Haut hell, sein Atem appetitlich. Liebte sie ihn? Es war etwas viel Schrecklicheres! Unglückliche Liebe ahnt immer einen Weg, wenn auch nur im Traum. Dies hier war weglos. Gonzague schien oft noch weniger vorhanden zu sein als Gabriel. Anfangs etwas Angenehmes, etwas Heimisch-Trautes, etwas in der Welt Verirrtes, das Mitgefühl erweckte, hatte er sich in eine grausame Unentrinnbarkeit verwandelt, gegen die es keine Hilfe gab. Wenn er sie berührte, empfand sie, was sie nie empfunden hatte. Doch mit dieser Empfindung wuchs auch der Selbsthaß der Verräterin. Schon waren manche baumumhegte und umbuschte Einöden auf der Meeresseite zu mitwissenden Orten geworden. Mit dem letzten Aufgebot ihres Stolzes spürte Juliette: Ich, hier auf der Erde, ich ...? Gonzague aber verstand es immer wieder, alles Häßliche auszuschalten. Vielleicht war er ein Genie der Einseitigkeit, wie es Spieler, Sammler, Jäger sind, die ebenfalls nur eine einzige Neigung und Begabung übermäßig ausgebildet haben. Mit diesen Leuten teilte er auch die zielstrebige und unerschöpfliche Geduld. Sie hatte Gonzague auf den Damlajik geführt und ihn mit sicherer Bescheidenheit seinen Tag erwarten lassen. Sein gesammeltes Wesen erweckte in Juliette ein Gegenwesen der Zerfahrenheit und Willenslähmung. Oft kam über sie eine wuchernde Geistesabwesenheit. Mit widerwärtig pelzigen Blättern rankte in ihr ein inneres Geschehen, das allgemach dem Licht jeden Zutritt verwehren wollte. Sie saßen auf einem der Ruheplätze, die sie untereinander ,,die Riviera" nannten. Gonzague teilte seine Zigarette in zwei Hälften und zündete die eine umständlich an:

,,Ich habe nur noch fünfzig Stück ..." Und als ob er dem sorgenvollen Gedanken wegen des ausgehenden Tabaks damit eine beruhigende Wendung geben wollte: ,,Nun, wir werden bald nicht mehr hier sitzen..."

Sie sah ihn entgeistert an. Seine Stimme blieb lässig:

,,Ich meine, wir werden beide davongehen, du und ich! Es wird Zeit."

Sie schien ihn noch immer nicht zu verstehen. Da setzte er ihr seinen Plan mit der trockensten Genauigkeit auseinander. Nur die ersten zwei Stunden seien ein bißchen beschwerlich. Eine kleine Bergpartie, weiter nichts. Man müsse ein Stück auf dem

Felsgrat nach Süden klettern, um rechts von dem kleinen Dorf Habaste die Orontesebene und die Straße nach Suedja zu erreichen. Er habe die gestrige Nacht dazu benützt, diesen Weg zu rekognoszieren, und sei ungeschoren, ohne einem Menschen zu begegnen, in das Geviert der Spiritusfabrik und in die Wohnung des Direktors gelangt, der, wie Juliette ja wisse, ein Grieche und eine einflußreiche Persönlichkeit sei. Er staunte, wie einfach und natürlich sich der ganze Plan erweise:

„Der Direktor stellt sich uns vollkommen zur Verfügung. Am sechsundzwanzigsten August geht der kleine Küstendampfer der Fabrik mit einer Warenladung nach Beirût ab. Nach zwei kleinen Zwischenlandungen in Latakijeh und Tripoli soll er fahrplanmäßig am neunundzwanzigsten in Beirût eintreffen. Der Dampfer fährt unter amerikanischer Flagge. Es handelt sich ja auch um eine amerikanische Fabrikgesellschaft. Der Direktor behauptet, daß nicht die geringste Gefahr vorhanden sei, da die Zypernflotte in diesen Tagen wieder ausläuft. Du wirst eine eigene Kabine haben, Juliette. Wenn wir in Beirût sind, hast du das Spiel gewonnen. Alles Weitere ist eine Geldfrage. Und Geld besitzt du ja..."

Ihre Augen wurden ganz schwarz:

„Und Gabriel und Stephan...?"

Gonzague blies angelegentlich eine Aschenflocke von seinem Anzug:

„Gabriel und Stephan? Sie sind weithin erkennbar Armenier. Ich habe den Direktor auch ihretwegen gefragt. Er lehnt es ab, für einen Armenier irgend etwas zu tun. Da er mit der türkischen Regierung sehr gut steht, darf er sich in dieser Sache nicht exponieren. Er hat mir das genau erklärt. Gabriel Bagradian und Stephan kann leider nicht geholfen werden..."

Juliette rückte von seiner Seite ab:

„Und ich soll mir helfen lassen ... Von dir..."

Gonzague schüttelte leicht den Kopf, als könne er die übertriebenen Skrupel der Frau nicht nachfühlen:

„Er selbst wollte dich doch fortschicken, bitte, erinnere dich nur, Juliette. Und zwar mit mir!"

Sie krampfte die Fäuste an ihre Schläfen:

„Ja, er wollte mich und Stephan fortschicken ... Und ich habe ihm das angetan ... Und ich belüge ihn..."

„Du sollst ihn ja gar nicht belügen, Juliette. Ich bin der letzte, der das von dir verlangt. Im Gegenteil! Du sollst ihm die ganze Wahrheit sagen. Am besten noch heute."

Juliette sprang auf. Ihre Züge waren rot und gedunsen: „Was? Ich soll ihn ermorden? Das Schicksal von fünftausend Menschen liegt auf ihm. Und in dieser Zeit soll ich ihn ermorden?"

„Diese großen Worte verdrehen alles", sagte Gonzague sehr ernst und blieb sitzen: „Man bringt zumeist fremde Leute um. Das erleben wir täglich. Manchmal aber müssen wir uns auch zwischen unserem eigenen Leben und dem unserer sogenannten Nächsten entscheiden ... Ist Gabriel Bagradian überhaupt noch dein Nächster? Und wirst du ihn wirklich damit ermorden, daß du dich rettest, Juliette?"

Seine ruhigen Worte und seine so selbstgewissen Augen zogen sie wieder an seine Seite. Gonzague ergriff Juliettens Hand und entwickelte mit klarer Lehrhaftigkeit seine Philosophie. Jeder besitzt ein einmaliges und einziges Leben. Verpflichtungen hat er nur gegen dieses Leben zu erfüllen, sonst gegen niemanden und nichts. Woraus aber besteht das Leben, seiner wahren Natur nach? Aus einer langen Kette von Wünschen und Begierden. Mögen diese oft auch nur eingebildet sein, wichtig allein ist, daß sie stark sind. Man muß dem Leben seine Wünsche und Begierden rücksichtslos erfüllen, dies ist sein einziger Sinn. Deshalb nimmt man Gefahren auf sich und setzt sich sogar dem Tode aus, da es ja außerhalb des Strebens nach Befriedigung unserer Wünsche gar kein Leben gibt. Gonzague führte sich selbst als Beispiel für diese einzig logische und aufrichtige Verhaltensweise an. Er habe nicht einen Augenblick gezögert, um seiner Liebe willen Gefahren und eine sehr unbehagliche Existenz auf sich zu nehmen. Dann zog er den verächtlichen Schluß:

„Alles aber, was du für Schonung, Liebe und Aufopferung hältst, Juliette, ist nichts als bequeme Angst."

Ihr Kopf fiel schwer gegen seine Schulter. Rauschend wuchs wieder einmal die quälende Geistesabwesenheit in ihr auf: „Du bist so ordentlich, Gonzague. Sei nicht so entsetzlich klar und ordentlich, Gonzague! Ich halte das nicht aus. Warum bist du nicht so, wie du früher warst...?"

Seine leichte Hand, ein Wunder zärtlicher Erweckungen, fuhr streichelnd an ihrem Arm, ihrer Brust, ihrer Hüfte hinab. Sie brach in ein lallendes Weinen aus. Gonzague tröstete sie:

456

„Du hast noch Zeit, Juliette, dich zu entscheiden. Sieben lange Tage. Freilich, wer weiß, was bis dahin geschehen wird...?"

Ter Haigasun hatte nach längerer Pause den großen Führerrat einberufen. Die Männer saßen auf den langen Bänken im Sitzungsraum der Regierungsbaracke. Nur Apotheker Krikor hörte, wie es seine Gewohnheit war, den Beratungen in seiner Schlafkammer zu, ohne sich auch nur mit einem Wort an ihnen zu beteiligen. Es hatte den Anschein, als ob der Weise zum Zwecke seiner inneren Vollendung den Verkehr mit Menschen fast zur Gänze abgeschworen habe. Er sprach beinahe mit niemandem andern als mit sich selbst, dies freilich in ausgiebigem Maße in den einsamsten Stunden der Nacht. Ein Zeuge dieser Selbstgespräche wäre aus ihnen ganz und gar nicht klug geworden. Krikor reihte nämlich großartige lexikalische Begriffe in beziehungslosem Gänsemarsch träumerisch aneinander. Folgendermaßen etwa: „Brennender Erdkern... Himmelsachse... Plejadenschwarm... Blütenbefruchtung..." Diese herrlichen Worte schienen Krikors Seele über sich selbst zu erheben und sie dem Urgrund aller Dinge näher zu bringen. Er warf sie in die Luft, sie blieben über ihm in Schwebe. Er baute aus ihnen ein Kuppelgewölbe von glitzerndem Wissenschaftsmosaik, in dessen Mitte er mit dem verinnerlichten Lächeln eines buddhistischen Priesters saß. Es gibt eine Stufe des vollkommenen, des asketischen Reichtums, der sich nicht mehr mitzuteilen vermag, weil alles Erhabene asozial ist. Diese Stufe hatte Krikor vielleicht erreicht. Er belehrte die Menschen nicht mehr. Seine ehemaligen Jünger, die Lehrer, blieben aus, und auch er fragte nicht nach ihnen. Die eitlen Zeiten waren vorüber, da er auf nächtlichen Spaziergängen vor den Oskanians, Schatakhians, Asajans und anderen Staubfressern die Welten der Sterne mit den willkürlichen Zahlen und Namen seines unendlichkeitslüsternen Geistes benannt hatte. Nun kreisten die riesigen Sterne und Worte still in seinem Innern und er empfand kein prickelndes Bedürfnis mehr, von ihnen begeisterte Kunde zu geben. Apotheker Krikor konnte kaum eine Stunde schlafen. Von Tag zu Tag wütender krampfte ein grausamer Schmerz seine Sehnen und Gelenke zusammen. Als Bedros Altouni, den Körperverfall seines Freundes bemerkend, ihm die ärztliche Frage stellte, bekam er die triumphierende lateinische Antwort: „Rheumatismus articulorum et musculorum." Kein einziges Mal kam eine Klage über Krikors Lippen. Die Krankheit war ihm gesandt, die Allmacht des Geistes zu bewähren. Sie hatte eine andere Folge noch. Um ihn herum wurde alles stumpf. Sausend entfernte sich die Wirklichkeit von ihm. Während heute zum Beispiel die Männer zu Rate saßen, folgte er ihren Worten mit den gespannten Augen und verständnislos nachahmenden Lippen eines Taubstummen. Es war, als könne er die alltäglichen Worte der Notdurft nicht mehr auffassen.

Die Beratung währte diesmal stundenlang. Abseits saßen Awakian und der Gemeindeschreiber von Yoghonoluk, um die wichtigsten Beschlüsse als Schriftführer festzuhalten und in Form zu bringen. Vor der Regierungsbaracke hatte die Lagerwache Aufstellung genommen. Eine persönliche Anordnung Ter Haigasuns! Da der Priester ein dekorativen Gebärden abgeneigter Mann war, durfte man annehmen, daß er mit dieser Schutzmaßregel einen weitsichtigen Zweck verband. Wenn heute die Regierungswache auch keine andre Aufgabe zu versehen hatte, als dem Senat Störungen fernzuhalten und den Eintritt unbefugter Personen zu verhindern, so konnte doch einmal ein gefährlicher Tag kommen, da die Führerschaft einer Ordnungstruppe bedurfte. Ter Haigasun leitete den Rat mit halbgeschlossenen Augen und in fröstelnd müder Haltung wie immer. Den Bericht über die Ernährungslage, den der Priester zum ersten Punkt der Tagesordnung bestimmt hatte, legte Pastor Aram Tomasian als Haupt der inneren Verwaltung ab. Er entwarf ein genaues Bild. Nach dem Unglück mit dem Wolkenbruch habe der durch den Granatvolltreffer hervorgerufene Speicherbrand nicht nur die Reste des Mehls vernichtet, sondern die anderen Kostbarkeiten dazu: alles Öl, allen Wein, den Zucker, den Honig und, wenn man von Entbehrlichkeiten wie Tabak und Kaffee absieht, das unentbehrlichste von allen Dingen, das Salz. Man werde nur noch drei Tage lang das Fleisch salzen können. Was aber dieses Fleisch, dessen Genuß allen Mägen bereits widerstehe, selbst anbelangt, so nehme es in einem geradezu erschreckenden Maße ab. Die anwesenden Muchtars hätten eine Viehzählung durchgeführt und berechnet, daß der Herdenstand seit dem Aufbruch bereits um ein Drittel zusammengeschmolzen sei. So dürfe man nicht weiterwirtschaften, sonst stehe man in kurzer Zeit am Ende. Der Pastor gab das Wort an den Muchtar

Thomas Kebussjan weiter, damit er den Zustand der Herden als Fachmann beschreibe. Kebussjan erhob sich, wackelte mit dem Kopf hin und her und sah mit seinen ungleichen Bauernaugen alle und niemanden an. Er begann mit einer beweglichen Klagelitanei über den Verlust seiner schönen Schafe, deren Aufzucht er seine unermüdliche Fürsorge jahrelang geweiht habe. Er erkenne seine lieben Tiere nicht wieder. In den goldenen Zeiten des früheren Lebens habe ein gutgewachsener Hammel 45 bis 50 Oka gewogen. Jetzt erreicht er kaum mehr das halbe Gewicht. Der Muchtar machte zwei Ursachen für diesen Rückgang verantwortlich. Die eine war mehr sentimentaler Natur. Die verfluchte Gemeinwirtschaft — er verkenne ja ihre Notwendigkeit nicht — schlage den Schafen schlecht an. Er verstehe seine Tiere. Sie magern ab, weil sie niemand mehr gehören, weil sie keinen Eigentümer spüren, der sich um ihr Wohl und Wehe kümmert. Die zweite Begründung aber war weniger politisch und einleuchtender. Die besten Triften innerhalb der Verteidigungsgrenzen, die nicht nur die Schafe und Ziegen, sondern auch noch die Esel zu ernähren hätten, seien ganz und gar abgeweidet. Das schlechtgefütterte Vieh könne sich nur wenig zähes Fleisch und gar kein Fett aneignen. Mit der Milch sehe es nicht besser aus. Sie fließe immer magerer, immer gehaltloser. Von Butter und Käse sei keine Rede mehr. Kebussjan kam mit trübsinnigem Klageton zum Schluß, daß man andre Weiden werde finden müssen, um den Zustand der Schafe zu bessern. Gegen diese Absicht wandte sich Gabriel Bagradian mit aller Schärfe. Man lebe nicht in Frieden und Fröhlichkeit, sondern bestenfalls in der Arche Noah mitten in einer Sintflut des Blutes. An Freizügigkeit von Mensch und Vieh sei nicht zu denken. Türkische Kundschafter umlauern den Verteidigungsring von allen Seiten. Die Herden außerhalb dieses Ringes, womöglich auf den nördlichen Höhen des Musa Dagh grasen zu lassen, bedeute ein Wagnis, für das niemand die Verantwortung übernehmen könne. Es müßten, zum Teufel, auch noch in den Lagergrenzen neue Weidegründe ausfindig gemacht werden. Man möge das Vieh auf die hohen Kuppen hinauftreiben. „Auf den Kuppen ist das Gras kurz und verbrannt", mischte sich der Muchtar von Habibli in die Debatte, „das können nicht einmal Kamele fressen." Bagradian ließ sich nicht beirren: „Besser wir haben mageres Fleisch als überhaupt keines!"

Ter Haigasun stimmte der Warnung Bagradians zu und bat den Pastor, in seinem Bericht fortzufahren. Aram Tomasian kam auf die Brotentbehrung, auf die ungemischte Fleischkost und ihre Folgen zu sprechen. Aus hundert Gründen, nicht zuletzt um das Hinschwinden der Herden zu verhindern, sei es nötig, eiligst Abhilfe und Ersatz zu schaffen. An Beutezüge ins Tal könne nach der Neubesiedlung der Dörfer nicht mehr gedacht werden. Andrerseits werde ihm Bedros Altouni bestätigen, daß durch die Entbehrung gemischter Kost der Gesundheitszustand des Volkes schon gelitten habe. Man sehe immer häufiger fahle Gesichter und hinfällige Gestalten. Jeder hier habe ja auch an sich selbst in dieser Hinsicht unerfreuliche Erscheinungen beobachtet. Abwechslung in der Kost müsse auf jede Weise erzwungen werden. Und nun legte Aram Tomasian seinen Plan dar. Man habe bisher das Meer zu wenig in Betracht gezogen. Von gewissen Punkten der Steilseite aus sei die Klippenküste ganz leicht in einem halbstündigen Abstieg zu erreichen. Er selbst habe bei seinen Probegängen jüngst einen alten verfallenen Maultierpfad entdeckt, der sich ohne viel Mühe ausbauen lasse. Wozu besitze man berufsmäßige Straßenarbeiter unter den Männern des Volkes und den Deserteuren? Zwei Tage Arbeit, und eine bequeme Verbindung zwischen Lager und Meer sei geschaffen. Dann aber sollte eine Gruppe aus jungen Leuten, aus kräftigen Frauen und den größeren Knaben der Jugendkohorte gebildet werden, um unten in den Klippenmulden eine Salzbleiche anzulegen und eine kleine Fischerei in Gang zu bringen. Ein Floß, aus Baumstämmen zusammengebunden, und ein paar Ruderstangen genügten, sich an einer sanfteren Stelle ein paar hundert Meter hinauszuwagen. Noch heute möge man kundigen Weibern den Auftrag geben, Schleppnetze anzufertigen, so gut es gehe. Hanfstricke seien in der Stadtmulde genug vorhanden. Und ferner noch! Er, Aram Tomasian, erinnere sich aus seiner eigenen Jugendzeit, ein leidenschaftlicher Vogelsteller gewesen zu sein. Die Jungen von Yoghonoluk dürften ja diese Kunst inzwischen nicht verlernt haben. Also heraus mit Klappnetz und Vogelgabel! Anstatt herumzulungern und den Leuten zwischen die Beine zu fahren, sollen die jüngeren Knaben auf Vogelfang gehen. An sonstige Jagd sei ja leider nicht zu denken.

Des Pastors Aram Vorschlag, Salzbleiche, Fischerei und

Vogelfang betreffend, wurde mit Beifall aufgenommen und in allen Einzelheiten durchgesprochen. Der Führerrat erteilte ihm den Auftrag, die Erschließung dieser Hilfsquellen zu organisieren. Als nächster Redner berichtete Bedros Hekim über die Gesundheitslage. Von den einundvierzig Verwundeten der letzten Schlacht befänden sich Gott sei Dank bis auf vier Hochfiebernde alle außer Lebensgefahr. Achtundzwanzig von ihnen habe er in Familienpflege bereits entlassen können. Diese würden insgesamt und in kurzer Zeit in ihre Kampfeinteilung zurückkehren können. Mit weit größerer Besorgnis jedoch als der Zustand der Verwundeten erfüllte den Arzt die neue merkwürdige Krankheit, die der junge Deserteur aus Aleppo eingeschleppt hatte. Dieser selbst ringe seit gestern nacht mit dem Tode und dürfte zu dieser Stunde schon verschieden sein. Doch nicht genug damit, auch an andern Insassen des Lazaretts hätten sich inzwischen bedenkliche Zeichen der Ansteckung gezeigt, Erstickungsanfälle, hohes Fieber, Erbrechen. Es handle sich demnach um eine epidemische Krankheit, von der, wie sich Altouni erinnerte, die Aleppiner Zeitungen in den letzten Monaten mehrmals geschrieben hätten. Eine um sich greifende Epidemie aber bedeute für das enge Lager eine ebenso große Gefahr wie die Türken. Deshalb habe er schon heute in aller Frühe für die strengste Trennung der Ansteckungsverdächtigen von den übrigen Kranken gesorgt. Zwischen den beiden Kuppeln liege, wie jeder weiß, fernab von der Stadtmulde ein kleiner schattiger Buchenwald mit einem Wasserlauf. Diesen Wald, der vom Verkehr der Zehnerschaften und Lagerleute fast niemals berührt werde, habe er zum Infektionsspital bestimmt. Der Führerrat möge nun seinerseits aus den unbrauchbarsten Leuten des Lagers eine Wärtergruppe bilden, die mit dem übrigen Volke ebenfalls nicht in Berührung kommen dürfe. Bedros Hekim nannte Kework, den Tänzer mit der Sonnenblume, als ein Prachtbeispiel für diese Wärterschaft. Dann wandte er sich an Gabriel Bagradian:

„Mein Freund! Ich bitte dich dringend, Juliette Hanum zu ersuchen, sie möge nicht mehr zur Krankenpflege kommen. Ich verliere in ihr eine sehr gütige Helferin. Aber ihre Gesundheit ist mir offen gesagt wertvoller als ihre Hilfe. Auch ohne die Ansteckungsgefahr bin ich um deine Frau besorgt, mein Sohn. Wir andern hier sind harte Leute und kaum eine Meile von unserer Heimat entfernt. Deine Frau aber hat sich, seitdem wir auf dem Damlajik leben, sehr verändert. Ganz sonderbare Antworten gibt sie manchmal. Nicht nur körperlich scheint sie zu leiden. Sie ist diesem Leben nicht gewachsen. Wie wäre das anders auch möglich!? Kümmere dich mehr um sie, das rat ich dir! Am besten, sie bleibt den ganzen Tag im Bett liegen und liest Romane, die sie weit weg von uns führen. Unser Krikor ist ja glücklicherweise der Mann, einer ganzen Stadt von Madames mit französischen Büchern über das Elend hinwegzuhelfen."

Bei Altounis Mahnung schrak Gabriel schuldbewußt zusammen. Es fiel ihm schwer auf die Seele, daß er seit zwei Tagen kaum ein Wort mit Juliette gesprochen hatte.

Lehrer Hapeth Schatakhian, der nun das Wort erhielt, führte lebhafte Klage über die Verwilderung der Jugend. Der Schulbetrieb könne nicht mehr aufrechterhalten werden. Seitdem Stephan Bagradian und Haik die Haubitzen erobert hätten, fühlten sich die Buben als vollgültige Krieger und begegneten den Erwachsenen mit Frechheit und Unabhängigkeitsdrang. Die Muchtars bestätigten die Klage des Lehrers. „Wo sind die Zeiten", jammerte der von Bitias, „da sich die Jugend mit alten Männern nicht durch Worte, sondern nur durch unterwürfige Zeichen verständigen durfte?"

Ter Haigasun aber, der jetzt dem Jugendproblem nicht die nötige Wichtigkeit beizumessen schien, stellte an Gabriel Bagradian unvermittelt die Frage:

„Wie ist der wahre Stand unserer Verteidigung, Gabriel Bagradian? Wie lange werden wir uns im äußersten Falle gegen die Türken halten können?"

„Diese Frage kann ich Ihnen nicht beantworten, Ter Haigasun", erklärte Gabriel, „die Verteidigung hängt immer vom Angriff ab."

Ter Haigasun schlug seinen scheuen und doch entschlossenen Priesterblick voll zu dem Gefragten auf:

„Sagen Sie uns Ihre Meinung aufrichtig, so wie sie wirklich ist, Gabriel Bagradian!"

„Ich habe keinen Grund, den Führerrat, was meine Meinung betrifft, schonend zu behandeln, Ter Haigasun. Ich bin fest davon überzeugt, da es mit uns verzweifelt steht..."

Nach kurzem Nachdenken begründete er diese Überzeugung in einigen Sätzen. Man habe bisher zwei schwere Angriffe

blutig abgeschlagen. Gerade aber in der vernichtenden Kraft dieser Erfolge liege das Verhängnis. Ohne Zweifel sei die türkische Regierung bis zur Raserei erbittert. Wenn sich die Kunde dieses Mißerfolges im Reich verbreite, dann habe die militärische Autorität die schwerste Einbuße erlitten. Das ottomanische Militär dürfe diese furchtbare Belehrung nicht auf dieselbe leichtfertige Weise beantworten wie bisher. Wer weiß, ob nicht der Armeekommandant Dschemal Pascha selbst den Krieg gegen den Damlajik bereits in die Hand genommen habe? Er, Bagradian, sei fast geneigt, dies zu befürchten. Jedenfalls werde der dritte Angriff sich mit den vorhergehenden nicht im entferntesten vergleichen lassen. Wahrscheinlich hätten die Türken schon außer mächtigen Infanteriegruppen auch Gebirgsartillerie und Maschinengewehrkompanien zusammengezogen, um den Damlajik unter Trommelfeuer zu nehmen. Demgegenüber könne die Verteidigung einige kleine Vorteile ins Treffen führen. Die Befestigungen seien nach den Erfahrungen vom vierzehnten August in den letzten Tagen wiederum verstärkt und verbessert worden. Der Besitz der Haubitzen biete keineswegs bloß einen moralischen Vorteil. Mehr als alles andere aber bedeute die Kampfgewöhnung der Zehnerschaften auf dem Damlajik ein wirkliches Übergewicht über den Feind: „Aus diesem Grunde ist es vielleicht nicht ganz und gar unmöglich, daß wir mit Gottes Hilfe noch einen Angriff abschlagen..."
Gabriel Bagradian stellte nunmehr einen überaus wichtigen Antrag. So unsinnig auch jeder Traum der Rettung scheine, der Führerrat dürfe sich nicht ergeben in das unabwendbare Schicksal fügen und träge zu warten. Nein, nichts, aber auch gar nichts dürfe unversucht bleiben. Das Meer freilich sehe so fürchterlich leer aus, als sei die Schiffahrt bis heute noch nicht erfunden. Und doch, Gott weiß es, vielleicht liege dennoch, gegen alle Wahrscheinlichkeit und Erhoffbarkeit, ein Torpedoboot der Alliierten vor der Reede von Alexandrette: „Es ist unsere Pflicht, diese Möglichkeit anzunehmen. Es ist unsere Pflicht, sie nicht ungenützt vorübergehen zu lassen. Und wie steht es mit dem amerikanischen Generalkonsul in Aleppo, Mr. Jackson? Weiß er von den Christenkämpfen und der Not auf dem Musa Dagh? Es ist unsere Pflicht, ihn aufzuklären und von der amerikanischen Regierung Schutz zu fordern."

Gabriel setzte seinen neuen Plan auseinander. Zwei Gruppen von Boten sollten entsandt werden, die eine nach Alexandrette, die andere nach Aleppo; nach Alexandrette die besten Schwimmer, nach Aleppo die besten Läufer. Die Aufgabe der Schwimmer sei insofern leichter, als die Bucht von Alexandrette nur fünfunddreißig englische Meilen nordwärts liege und der Weg über ausgestorbene Bergeshöhen genommen werden könne. Der eigentliche Zweck des Unternehmens allerdings — das Kriegsschiff in der Bucht schwimmend zu erreichen — erfordere die höchste Entschlossenheit und Körperkraft. Diese Willensleistung bleibe den Aleppoläufern wohl erspart, dafür aber hätten sie eine Wegstrecke von fünfundachtzig Meilen vor sich, die nur bei Nacht, ohne Benützung der großen Straße, jenseits aller menschlichen Wohnstätten, und dennoch unter ständiger Todesgefahr, zurückgelegt werden könne. Gelänge es aber diesen Kurieren, das Haus von Mr. Jackson zu erreichen, so wären sie so gut wie gerettet.

Dieser Plan Gabriel Bagradians, der ja der frevelhaftesten Hoffnung eine Chance gab und damit dem Todesbewußtsein entgegenwirkte, wurde in leidenschaftlicher Zwischenrede durchgesprochen. Man setzte die Zahl der Schwimmer mit zwei fest. Als Bote für Aleppo mochte sogar ein einziger junger Mensch genügen. Es hatte keinen Sinn, Menschenleben überflüssig in Gefahr zu bringen. Zwei Leute halten sich unauffälliger verborgen als drei, und einer schlüpft leichter an Zöllnern und Saptiehs vorüber als zwei. Auf den Vorschlag Ter Haigasuns sollte die Auswahl der Schwimmer und Läufer auf Grund freiwilliger Meldung erfolgen. Die Läufer (ob einer, ob zwei, stand jetzt noch nicht fest) hatten einen Brief an den amerikanischen Generalkonsul mitzunehmen, die Schwimmer desgleichen einen Brief an den mutmaßlichen Schiffskommandanten. Damit aber im Falle einer Verhaftung die Briefe den Türken nicht in die Hand fielen, sollten sie in das aufgeschnittene Leder der Leibgürtel eingenäht werden. — Ter Haigasun bestimmte Tag, Stunde und Form der freiwilligen Meldung. Er diktierte dem kleinen Gemeindeschreiber einen Aufruf an die Bevölkerung der Stadtmulde, diese Meldung betreffend. Die Münadirs, die Austrommler, wurden angewiesen, ihn noch an demselben Abend zu verbreiten. Gabriel Bagradian erbot sich, den Brief an Mr. Jackson zu schreiben. Aram Tomasian übernahm die Abfassung des Manifestes an das Kriegsschiff. Er setzte sich sogleich abseits und entwarf, während bereits ein neuer Punkt der Tagesordnung mit reichlichem Lärm beraten wurde, seinen Text für die Schwimmer. Dann und wann schien er von dem Werke selbst ergriffen zu sein, denn er sprang plötzlich auf, überlas mit lautem Pathos und feierlichen Handbewegungen irgendeine Stelle, wobei er durch und durch Pastor war, der seine Sonntagspredigt memoriert. Er brachte sein Manifest in kürzester Zeit zustande. Es hat sich als ein Zeugnis der vierzig Tage erhalten.

An irgendeinen englischen, amerikanischen, französischen, russischen, italienischen Admiral, Schiffskapitän oder Befehlshaber, den die vorliegende Petition erreichen mag.
Sir! Wir flehen im Namen Gottes und menschlicher Brüderlichkeit zu Ihnen. Wir, die Bevölkerung von sieben armenischen Ortschaften, im ganzen fünftausend Seelen etwa, haben uns auf jene Hochfläche des Musa Dagh geflüchtet, die Damlajik genannt wird und drei Wegstunden nordwestlich oberhalb Suedjas und der Steilküste des Meeres liegt.
Wir haben hier Zuflucht gesucht vor türkischer Barbarei und Grausamkeit. Wir haben uns zur Wehr gesetzt, um von unseren Frauen die Schändung ihrer Ehre abzuwenden.
Sir! Sie wissen zweifellos von der Vernichtungspolitik der Jungtürken gegen unser Volk. Unter dem Schein der Umsiedlung, unter dem lügnerischen Vorwand, einer nichtbestehenden Aufruhrbewegung vorzubeugen, treiben sie unsere Leute aus ihren Häusern, berauben sie ihrer Felder, Fruchtgärten, Weinberge und aller beweglichen und unbeweglichen Habe. So ist es unseres Wissens außer anderen Orten schon mit der Stadt Zeitun und ihren zweiunddreißig Dörfern geschehen ...

Nun schilderte Aram Tomasian seine Erlebnisse auf dem Transport von Zeitun nach Marasch. Dann ging er auf die Verschickung der sieben Dörfer über und legte die bedrängte Lage des Volkes auf dem Damlajik in erregten Worten dar. Das Manifest schloß mit folgenden Hilferufen:
Sir! Wir flehen Euch an im Namen Christi!
Bringet uns, wir bitten Euch, nach Zypern oder nach einem anderen freien Lande. Unsere Leute sind nicht träge. Wir wollen unser Brot mit härtester Arbeit verdienen, sofern man sie uns gibt.

Ist dies aber zuviel verlangt, um gewährt zu werden, so nehmet wenigstens unsre Frauen, nehmt unsere Kinder, unsre Alten auf! Uns wehrhafte Männer aber wollet gütig mit Waffen, Munition und Nahrungsmitteln hinreichend ausstatten, damit wir uns gegen die Streitkräfte des Feindes verteidigen dürfen, bis zum letzten Atemzug!

Wir flehen Euch an, Sir, wartet nicht, bis es zu spät ist! Im Namen aller Christen hier oben.

Ihr untertäniger Diener Pastor A. T.

Dieses Manifest bekam eine doppelte Sprachfassung, auf der einen Seite des Blattes in französischer, auf der anderen in englischer Sprache. Die beiden Texte wurden unter Aufsicht Hapeth Schatakhians, des Sprach- und Stilmeisters, sorgfältig durchgefeilt. Das Amt jedoch, sie mit zierlichen kleinen Lettern auf die schmalen Blätter unterzubringen, erhielt sonderbarerweise nicht Lehrer Oskanian, Inhaber der berühmtesten Kalligraphie in allen Schriftarten weit und breit, sondern Samuel Awakian, der ein weit bescheidener Künstler war. Hrand Oskanian fuhr von seinem Sitz auf und starrte Ter Haigasun an, als wolle er ihn und die ganze Versammlung zum Zweikampf herausfordern. Diese neue Herabsetzung beraubte ihn aller Worte. Seine Lippen bewegten sich stumm. Ter Haigasun, sein Todfeind, lächelte ihm jedoch gnädig zu:

„Setz dich, Lehrer Oskanian, und gib Ruhe! Deine Handschrift ist nämlich viel zu schön. Niemand, der sie liest, würde an die Ehrlichkeit unserer Not glauben, die noch solche Schlingen und Schnörkel zusammenbringt."

Der schwarze Knirps aber trat hocherhobenen Hauptes vor Ter Haigasun.

„Priester! Du irrst dich in mir. Ich bin auf die dumme Schmiererei, weiß Gott, nicht eifersüchtig."

Er schüttelte seine geballten Kriegerfäuste vor Ter Haigasuns Gesicht aufdringlich hin und her, während seine Stimme vor schlechtverhehltem Zorn bebte:

„In diesen Händen steckt längst keine Schönschrift mehr, Priester, sondern ganz etwas anderes, das haben sie bewiesen, wenn du dich auch ärgerst!"

Bis auf diesen lächerlichen Zwischenfall ging diese wichtige Beratung in vollster Ruhe und Einhelligkeit vor sich. Selbst der skeptische Ter Haigasun war zufrieden und hoffte, daß,

466

wie immer sich auch die nächste Zukunft gestalten mochte, die Eintracht der Gewählten wenigstens nicht in Brüche gehen werde.

Auch heute nach der Beratung traf Gabriel seine Frau weder im Zelte noch auf ihrem Besuchsplatz unter den Myrten-büschen an. Hier hatten sich auch die Lehrer Oskanian und Schatakhian wie so oft in letzter Zeit vergeblich eingefunden, um Madame Bagradian wieder einmal ihre Aufwartung zu machen. Insbesondere Hrand Oskanian war über die vielen fruchtlosen Versuche, sich Julietten als den Löwen der Süd-bastion zu präsentieren, höchst ungehalten. Knirschend mußte er sich eingestehen, daß die Gegenwart einer eleganten Mo-depuppe wie Monsieur Gonzague den echten pulvergeschwärz-ten Manneswert aussteche. So mißtrauischer Natur aber der Schweiger auch war, seine Gedanken verstiegen sich nicht zu einem unreinen Verdacht. Madame Bagradian stand zu ster-nenhoch über ihm, als daß sich eine unpassende Vorstellung in sein Hirn gewagt hätte. In dieser Beziehung dachte der Unausstehliche wirklich ehrfurchtskeusch wie ein Aschugh, ein Minnesänger. Als Gabriel Bagradian die Gesichter der Lehrer erblickte, machte er schnell kehrt und verließ den Ort. Un-entschlossen schlenderte er vom Dreizeltplatz in die Richtung der „Riviera". Er überlegte, wo Juliette sich zu dieser Stunde wohl aufhalten möge. Schon wollte er sich der Stadtmulde zuwenden, als ihm Stephan über den Weg lief. Der Junge war wie immer von der ganzen Haik-Bande umgeben. Der finstere Haik selbst lief einige Schritte voraus, als wolle er Abstand, Führertum oder nur seine überlegene Selbständigkeit kundtun. Der arme Hagop aber hielt sich mit erzürnter Behendigkeit dicht an Stephans Seite, während die anderen regellos durch-einanderschwärmten und lärmten. Sato bildete in gewohnter Weise die lauernde Nachhut. Die Knaben achteten des ober-sten Befehlshabers gar nicht und wollten ohne Gruß, ohne Ehrenbezeigung an ihm vorüberstürzen. Da rief Gabriel seinen Sohn scharf an. Der Eroberer der Haubitzen schälte sich aus dem erstarrten Rudel und trabte in jener gravitätischen und affenhaften Haltung heran, die er von den Kameraden schon übernommen hatte. Seine zerrauften Haare hingen in die Stirn. Das Gesicht war rot und feucht. Die Augen schienen von einem Starhäutchen trunkener Besessenheit getrübt zu sein. Auch sein Kittel wies bereits eigenwüchsige Risse und Flecke

467

auf. Gabriel Bagradian erkundigte sich mit mißgelaunter Strenge:

„Nun sag mir, was treibst du eigentlich da...?"

Stephan gluckste und zeigte unentschieden in mehrere Richtungen:

„Wir laufen ... wir spielen ... wir sind dienstfrei jetzt..."

„Spielen? So große Kerle spielen? Was spielt ihr?"

„Nichts ... Nur so ... Papa..."

Bei diesen abgerissenen Worten schaute Stephan seinen Vater merkwürdig von unten an, als frage er, warum willst du meine schwererrungene Stellung in dieser Gesellschaft vernichten, Papa? Wenn du mich jetzt klein machst, werde ich für alle zum Gelächter werden. Gabriel aber verstand diesen Blick nicht:

„Du siehst ja nicht wie ein Mensch aus, Stephan. Wagst du es wirklich, dich Mama so zu zeigen?"

Der Junge antwortete nicht und sah gequält zu Boden. Es war noch gut, daß der Vater französisch zu ihm gesprochen hatte. Der Befehl aber erfolgte leider in armenischer Sprache, so daß ihn das Rudel hören konnte:

„Geh jetzt sofort ins Zelt, wasch dich, kleide dich um! Am Abend meldest du dich in einem menschlichen Zustand bei mir!"

Nachdem Gabriel Bagradian dann verärgert noch ein Stück in südlicher Richtung gegangen war, blieb er plötzlich stehn. Ob der Bursche seinem Befehl wohl gehorcht hatte? Er war des Gegenteils beinahe gewiß. Und wirklich, als er eine Weile später ins Scheichzelt trat, fand sich kein Stephan drin. Gabriel überlegte, welche Strafe er über den Jungen verhängen müßte; es handelte sich hier ja nicht nur um den bloßen Ungehorsam gegen den Vater, sondern um Insubordination gegen den höchsten Führer. Mit den Strafen auf dem Damlajik war's jedoch ein schwieriges Ding. Bagradian ging zu seinem Koffer, der in diesem Zelt stand, und zog irgendein Buch hervor. Doktor Altounis Rat für Juliette, eine Geschichte zu lesen, die von dieser schauderhaften Wirklichkeit weit wegführt, hatte ihn selbst begehrlich danach gemacht. Vielleicht durfte er ein paar müßige Stunden lang die unerbittliche Welt und das unerbittliche Ich vergessen. Für heute war nichts mehr zu befürchten. Der Tag schritt vor. Die Beobachter sämtlicher Stände meldeten allstündlich: Nichts Neues im Tal. Eine Kundschafterpatrouille, die sich fast bis nach Yoghonoluk vorgewagt hatte, war heimgekehrt und berichtete, daß sie nirgends auch nur einen Saptieh zu Gesicht bekommen habe. Gabriel warf einen Blick auf den Titel des gelben Romans. Es war ein Buch von Charles Louis Philippe, das er gern hatte, obgleich er sich nur ganz undeutlich daran erinnerte. Gewiß aber gab es darin kleine Cafés mit Tischen und Stühlen auf der Straße. Breite Sonne lag auf staubigen Vorstadtboulevards. Ein winziger Hof mit einer Akazie und einem moosgrünen Kanalgitter in der Mitte. Und dieser elende Hof verrät einen frühlingshafteren Frühling als die gesamte Rhododendron-, Myrten-, Anemonen- und Narzissenpracht des Musa Dagh im März. Alte finstere Holztreppen, ausgetreten wie Muscheln. Hinab klappert ein unsichtbarer Frauenschritt...

Als Gabriel das Buch öffnete, fiel ein viereckiges Briefchen heraus. Der kleine Stephan hatte es vor einigen Jahren geschrieben. Damals — es war ebenfalls im August — nahm Gabriel gerade an der großen Konferenz zwischen Jungtürken und Daschnakzagan in Paris teil, während sich Juliette mit dem Kinde zur Erholung in Montreux aufhielt. Auf jenem berühmten verbrüderungsfreudigen Kongreß wurde das einige Vorgehen der freiheitlichen Jugend beider Völker zur Erneuerung des Vaterlandes beschlossen. Die Folge dieses Treueschwures war es bekanntlich, daß sich Bagradian nebst einigen andern Idealisten in die Reserveoffiziers-Akademie einschreiben ließ, als die Kriegswolken sich über der Türkei zusammenzogen. Stephans Briefchen, das seit jenen Augusttagen unberührt in dem Pariser Roman von Charles Louis Philippe lag, wußte noch nichts von der ungeheuerlichen Zukunft. Es war mit der starren Kleinkinderschrift französischer Abc-Schützen in friedlicher Mühsamkeit geschrieben:

Mein lieber Papa! Wie geht es Dir? Wirst Du noch lange in Paris bleiben? Wann kommst Du zu uns? Mama und mir ist sehr bange nach Dir. Hier ist es sehr schön. Es grüßt und küßt Dich Dein dankbarer Sohn   Stephan

Gabriel saß auf dem Bett, in dem Gonzague Maris zu schlafen pflegte, und starrte auf die zittrigen Züge der Kinderschrift. Es war unfaßbar, daß jenes hübschgekleidete Kind, das in einem hellen Hotelzimmer auf Juliettens noch immer duftendem Leinenpapier die wohlerzogenen Zeilen gekritzelt hatte,

mit dem herangewachsenen Wald- und Wüstenmenschen von
vorhin eins sein sollte. Gabriel Bagradian, der jetzt an Stephans unruhige Tieraugen und an das kehlige Kauderwelsch
des Bubenrudels dachte, ahnte gar nicht, daß mit ihm selbst
eine ähnliche Verwandlung vor sich gegangen war. Sein Bewußtsein erfüllten jetzt die hundert aufsprießenden Kleinigkeiten jenes fernen Augusttages, die der Kinderbrief erweckt
hatte. Und kein Blutgreuel, kein Martertod schien ihm herz-
zerreißender als dieses kleine Welkblatt eines Alltags, dem
nichts mehr etwas anhaben konnte.

Nach dem Versuch, die ersten fünf Zeilen des Romans zu lesen,
schloß Gabriel den Band. Er glaubte, daß er in diesem Leben
seinen Geist kaum mehr auf ein Buch werde richten können.
Ebensowenig vermöchten die schweren Hände eines Eisendre-
hers eine feine Schnitzerei zu verfertigen. Seufzend erhob er
sich von Gonzagues Bett und strich die Decke zurecht. Da
bemerkte er, daß Maris auf dem Fußende des Lagers seine
frischgewaschene Wäsche peinlich genau bereitgelegt hatte.
Nähzeug, Schere und Stopfwolle lagen daneben, denn der
Grieche besserte seine schadhaften Hemden und Strümpfe
selbst aus. Gabriel wußte nicht, warum ihn der Anblick dieser
Wäsche an Abreise gemahnte. Er ging zu seinem Koffer und
warf den Roman hinein. Stephans Kinderbrief aber steckte er
in seine Tasche. Als er das Scheichzelt verließ, fiel ihm der
Bahnhof von Montreux ein. Juliette und der kleine Stephan
erwarteten ihn. Juliette hatte damals einen roten Sonnenschirm getragen.

Gabriel stand vor dem Zelteingang der Frauen Tomasian. Er
fragte durch den Spalt hindurch, ob sein Besuch der Wöchnerin
genehm sei. Mairik Antaram bat ihn herein. Seitdem sie die
junge Mutter und den Säugling betreute, mied sie der Ansteckung wegen den Lazarettschuppen. Das leidenschaftlich
kühne Gesicht der alten Frau glühte vor mütterlicher Teilnahme. Sie war immer in Bewegung, als koste sie die vielen
Handgriffe des Dienstes, die Kind und Wöchnerin erfordern,
wie ein ganz persönliches Glück aus, dessen sie nicht genug
bekommen könne. Trotz Antarams rastloser Mühe schien das
Kind gar nicht gedeihen zu wollen. Das winzige Gesichtchen
war noch immer bräunlich und verhutzelt wie knapp nach der
Geburt. Die Augen standen ohne Blick weit offen. Das Bedenklichste aber war, das Kind schrie fast niemals. How-

sannah sah sehr verfallen aus. Doch es waren nicht nur die Folgen der schweren Geburt, die sich auf ihrem Antlitz zeigten, sondern ein krankhafter Ausdruck feindseliger Verstocktheit dazu. Von ihren Zügen war alle Jugend verschwunden und hatte lauernder Schärfe Platz gemacht. Als Gabriel an ihr Bett trat, entblößte die Pastorin die Brust ihres Kindes und deutete vorwurfsvoll auf das violette Feuermal, das auf der Herzseite schon bis zur Größe eines halben Medjidjehstückes gewachsen war:

„Immer größer wird es …", sagte sie in sonderbar feierlichem Ton wie die Prophetin einer himmlischen Strafe. Mairik Antaram aber schalt sie mit ungeduldiger Erbitterung:

„Sei glücklich, Pastorin, und danke Gott, daß der Junge das Zeichen auf der Brust und nicht im Gesichte trägt. Was willst du denn?"

Howsannah schloß böse die Augen, als sei sie es müde, ihr besseres Wissen immer wieder gegen leere Tröstungen behaupten zu müssen:

„Und warum trinkt er so schlecht? Und warum weint er nicht?"

Antaram beschäftigte sich damit, Windeln auf einem heißen Stein zu wärmen. Sie rief, ohne von ihrer Arbeit wegzuschauen:

„Warte noch zwei Tage bis zur Taufe! Manches Kind fängt erst nach der Taufe so recht zu plärren an."

Howsannahs Gesicht krampfte sich abwehrend zusammen:

„Wenn wir ihn nur bis zur Taufe bringen…"

Die Doktorsfrau wurde sehr zornig:

„Du bist ein Quälgeist für dich und andre, Pastorin. Wer weiß denn hier auf dem Damlajik, was in zwei Tagen sein wird, Taufe oder Tod? Nicht einmal Bagradian Effendi weiß es, ob wir in zwei Tagen noch leben werden."

„Wenn wir aber leben", lächelte Gabriel, „so wollen wir hier vor den Zelten zu Ehren des Täuflings und seiner Mutter eine kleine Feier veranstalten. Ich habe schon deswegen mit dem Pastor gesprochen. Nennen Sie die Leute, Frau Tomasian, die Sie dabeihaben möchten!"

Howsannah Tomasian lag abweisend da:

„Ich bin nicht von hier. Ich habe keine Bekannten…"

Iskuhi, die auf ihrem Bett saß, hatte den Gast die ganze Zeit über still angesehen. Und auch Gabriels Blick kehrte immer wieder zu ihr zurück. Er hatte den Eindruck, als sei Iskuhi noch viel mitgenommener und hilfsbedürftiger als die Wöchnerin, die zu seltsamer Feindseligkeit noch die Kraft aufbrachte und im übrigen die umhegte Wichtigkeit ihres Zustandes auskosten durfte. Die junge Schwägerin aber saß wie eine Gefangene in dem Zelt. Gabriels Blick umschmiegte sie:

„Haben Sie Lust, Iskuhi Tomasian, mich ein Stück zu begleiten? Meine Frau ist nämlich verschwunden. Ich will sie suchen gehen."

Iskuhi sah Howsannah fragend an. Diese aber forderte das Mädchen mit weinerlicher Stimme und gekränkter Übertriebenheit auf, Bagradian Effendi zu begleiten.

„Aber natürlich, Iskuhi, geh nur! Ich brauche dich nicht. Beim Umlegen kannst du ja doch nicht helfen. Es wird dir wohltun."

Iskuhi zögerte, weil sie die Heimtücke in Howsannahs Worten spürte. Da aber legte sich Mairik Antaram ins Mittel:

„Schau, daß du weiterkommst, Sirelis, mein Liebchen! Und laß dich ja vor dem Abend nicht blicken! Das ist hier kein Leben für dich."

Vor dem Zelte erkundigte sich Gabriel Bagradian verwundert:

„Was ist denn mit Ihrer Schwägerin geschehen, Iskuhi?"

Sie blieb einen Augenblick stehen und sah an ihm vorbei:

„Das Kind ist sehr elend. Howsannah fürchtet, daß es sterben wird."

Dann aber, im Weitergehen, wandte sie ihm ihr Gesicht zu:

„Vielleicht ist es etwas andres ... Vielleicht kommt ihr eigentlicher Charakter jetzt nach der Geburt heraus..."

„Und früher haben Sie von diesem Charakter gar nichts bemerkt?"

Sie dachte an die Wohnung im Waisenhaus von Zeitun und an die kleinen Zänkereien, die es dort gegeben hatte. Den verstockten und widerstrebenden Grundzug in Howsannahs Wesen hatte sie immer verspürt. Wozu aber von Howsannah sprechen? Sie überging seine Frage mit einer flüchtigen Bemerkung: „Hie und da schon..."

Gabriel und Iskuhi nahmen die Richtung zur Stadtmulde, obgleich wenig Aussicht bestand, Julietten gerade dort anzutreffen. Sie schritten durch die engen Laubhüttengassen. Die Menschen saßen vor den Eingängen. Die Luft hier oben

472

war angenehmer und kühler als jemals im Talgrund. Das Meer schickte heute den Hauch seiner langen Atemzüge mild herüber. Alles arbeitete. Die Frauen besserten Wäsche und Gewänder aus. Die älteren Männer der Reserve übten ihr Handwerk, besohlten Schuhe, hobelten Bretter, bearbeiteten Lamm- und Ziegenfelle. Nurhan Elleons Schmiede, Sattlerei und Patronenfabrik stand in starkem Betrieb. Wegen des hochaufschlagenden Feuers außerhalb der Lagerortschaft gelegen, wurde sie heute von Nurhan persönlich mitsamt seinen zwanzig Gesellen in hämmerndem, zischendem Gang gehalten. Der Bedarf an Nägeln und Stiften war allenthalben groß. Zerbrochenes Werkzeug und Grabgerät, hauptsächlich aber beschädigte Waffen mußten rasch instand gesetzt werden. Wie oft an solchen ruhigen Tagen erweckte der friedliche Arbeitslärm den Wahn, als herrsche auf dem Damlajik die einfache Ordnung von Kolonisten und keine Todesbedrängnis. Die Unbewußtheit der Minute, diese kindliche Kraft des Menschen, schien Gestern und Morgen überwunden zu haben. Die Gesichter waren zwar von Mühsal, schlechter Kost und Schlafmangel eingesunken, doch sie lächelten, als sie Bagradian und Iskuhi den Willkomm boten.

Die beiden verließen das Lager. Nur Einsilbigkeiten sprachen sie. Gleichgültige Fragen, gleichgültige Antworten. Es war so, als lege jeder auf die Waagschale des andern immer nur ein winziges Gewichtchen, ein Granatkörnchen Seele gleichsam, damit das wunderbare Gleichgewicht nicht ins Schwanken komme. Sie gingen an den aufsteigenden Gipfelkuppen westlich entlang. Hier war alles kahl. Die milde Landschaft die Hochfläche zog sich zurück. Eine Leere öffnete sich, ohne Vogelstimmen, nur von ein wenig Wind überlaufen, damit der Mann und das Mädchen einander vernehmlicher würden. Gabriel sah Iskuhi nicht an. Es war so schön, sie unsichtbar neben sich zu fühlen. Nur wenn eine göllige Stelle kam, beobachtete er entzückt das Zögern ihrer Füße, die reizend verlegen zu werden schienen. Dann hörte jedes Gespräch zwischen ihnen auf. Was wäre auch zu sagen gewesen? — Und es geschah, daß Gabriel die gebrechliche Gestalt neben sich immer schwerer werden spürte. Nein, nicht des Mädchens Körper, aber was? Ihm war, als gehe nicht nur die Iskuhi dieses Tages neben ihm, halb sichtbar, halb unsichtbar, sondern Iskuhi mit ihrer ewigen Herkunft und ihrem ewigen Hingang.

473

Nicht ein blutjunges und hübsches Ding, sondern eine herrlich verkörperte Seele in ihrer zeitlosen Gesamtheit von Gott zu Gott. Wer aber vermöchte den allerseltensten, allerzartesten Augenblick auszusprechen, wenn ein Mensch gewürdigt wird, durch die flüchtige Lockung des Geschlechtes hindurch ein andres Wesen in seiner gottentströmten Einmaligkeit und Dauer zu berühren, wenn er die ganze Geschichte dieser Schwesterseele vom Anfang bis zum Ende der Welt während eines Atemzuges jäh in sich aufnimmt. Gabriel ergriff Iskuhis rechte Hand. (Sie ging wegen ihres lahmen Armes an seiner linken Seite.) Während sie gingen, überließ sie sich ihm schweigend, ohne etwas zurückzubehalten, ohne etwas aufzudrängen. Sie sprachen nicht von diesem Gefühl, das sich rasch und krampflos entfaltet hatte; sie küßten sich nicht. Sie gingen und gehörten einander. Iskuhi begleitete Gabriel dann bis in die Nordstellung hinaus. Als sie sich von ihm verabschiedet hatte, sah er ihr lange nach. Kein Wunsch regte sich in ihm, keine dunkle Bewegtheit, kein Skrupel, keine Zukunftsfrage. Zukunft? Lächerlich! Alles in ihm war schwerelose Fröhlichkeit. So leise zog sich Iskuhis Wesen zurück, daß ihn nicht einmal der Gedanke an sie störte, als er seine neue Abwehridee auszuarbeiten begann. Als sich später Stephan bei ihm meldete, vergaß er, den Jungen für seinen Ungehorsam zu bestrafen.

Das neue Leben auf dem Musa Dagh zeitigte auch in konfessioneller Beziehung seine Folgen. Der Bekenntniswechsel war in den letzten Jahrzehnten im armenischen Volk beinahe zu einer Mode geworden. Insbesondere der Protestantismus hatte sich seit Mitte des vorigen Jahrhunderts durch amerikanische und deutsche Missionare mit zunehmender Kraft ausgebreitet. Es genügt schon, auf die ausgezeichneten Reverends von Marasch hinzuweisen, die sich durch ihre unermüdliche Bildungs-, Bau- und Fürsorgetätigkeit um die zilizischen und syrischen Armenier, mithin auch um die Heptapolis am Musa Dagh, große Verdienste erworben hatten. Ein sehr glücklicher Umstand jedoch muß es genannt werden, daß durch die Verschiedenheit der Bekenntnisse die Seele der Nation nicht wesentlich gespalten wurde. Das Christentum stand hier im schweren Kampfe, und dieser Kampf verhinderte alle Eifersüchteleien und gegenseitigen Überheblichkeiten. Pastor Harutiun Nokhudian von Bitias hatte in den sieben Dörfern seine Seelsorge frei ausgeübt und sich in allen großen allgemeinen Fragen dennoch der Autorität von Ter Haigasun Wartabed gebeugt. Auf dem Damlajik betreute Aram Tomasian als Nachfolger des alten Pastors die Seelen der restlichen Evangelischen, indem auch er sich der Autorität des Wartabed beugte. Dieser überließ ihm an jedem Sonntag nach der Messe den Altar für seine Predigt, bei der nicht nur die Protestanten, sondern zumeist das ganze Volk zuhörte. Der Unterschied im Ritus hatte alle Wichtigkeit verloren. Ter Haigasun war der unantastbare Hohepriester des Berges und verwaltete nicht nur als Vorgesetzter der kleinen verehelichten Dorfpfarrer, sondern ebenso als Oberer des Pastors das unsterbliche Teil des Volkes. Es war demnach selbstverständlich, daß ihn Aram Tomasian gebeten hatte, die heilige Taufe an seinem Neugeborenen vorzunehmen.

Die Zeremonie war für den nächsten Sonntag, den vierten im August und den dreiundzwanzigsten Tag des Lagers, festgesetzt worden. Wegen des Gottesdienstes und anderer Pflichten Ter Haigasuns jedoch konnte sie erst in den späteren Nachmittagsstunden stattfinden. Da sich Howsannah noch zu schwach und elend fühlte, um den Weg bis zum Altarplatz zurückzulegen, hatte Aram Tomasian den Priester ersucht, auf den Dreizeltplatz zu kommen und das Kind dort zu taufen, damit die Mutter bei der Feierlichkeit anwesend sein könne. Verabredungsgemäß ließ auch Bagradian ungefähr fünfunddreißig Einladungen an die Notabeln und wichtigsten Abschnittsführer ergehen. Die Aufnahme dieses Erstgeborenen des Musa Dagh in die Gemeinschaft Christi bot ihm gute Gelegenheit, die führenden Personen des Volkes in Form eines Festes zu bewirten und sich neu zu verbinden. Er besaß noch neun Zehnliterkrüge des schweren heimischen Weines. Kristaphor mußte davon zwei für den Umtrunk absondern und außerdem noch einige Maß Maulbeerschnaps. Einen Imbiß konnte Gabriel seinen Gästen freilich nicht bieten, da der Proviant des Dreizeltplatzes schon beängstigend eingeschrumpft war.

Die Gäste versammelten sich in der vierten Nachmittagsstunde vor den Zelten. Für die Kindesmutter und die älteren Leute hatte man einige Stühle hergetragen. Der Kirchendiener stellte eine kleine Badewanne aus Blech auf einen niedrigen Tisch. Das uralte wunderschöne Marmor-Taufbecken gehörte

zu jenen Schätzen, die in der Kirche zu Yoghonoluk zurückgeblieben waren. Ter Haigasun legte die heiligen Gewänder
im Scheichzelt an. Ginkahaïr, Taufpate, war auf Arams
Wunsch Gabriel Bagradian.

Der Kirchenchor, unter des schneiderdürren Asajan Führung,
hatte hinter dem Tisch mit dem Kruzifix und blechernen
Wännchen Aufstellung genommen. Das laue Taufwasser war
schon vor dem Altar geweiht worden. Jetzt träufelte unter den
Gesängen des Chores einer der untergebenen Priester drei
Tropfen des heiligen Myron-Öles in das Becken.

Gabriel, der Ginkahaïr, nahm mit verlegener Haltung den
Säugling aus den Armen Mairik Antarams entgegen. Die
Frauen hatten zu dem feierlichen Anlaß das braungelbe verschrumpelte Wesen, das nicht zu Kräften kam, in ein Staats-
kissen gesteckt, das im Hinblick auf die allgemeinen Umstände
prachtvoll genannt werden mußte. Die Augen des Kindes
starrten noch immer ohne Blick an diesem Leben vorbei, in
dessen grausamste Veranstaltungen es so schuldlos geraten
war. Auch seine Stimme fand es noch immer nicht der Mühe
wert, das Gotteslicht, das diesen grausamen Veranstaltungen
der Menschheit so großmütig schien, mit einem bejahenden
Jammergewinsel zu begrüßen. Gabriel trug das unselige Paket,
das in seiner fremdartigen Abgeschlossenheit der religiösen
Festnahme und ihren Folgen zu widerstreben schien, vor den
Priester, wie es ihm vorgeschrieben war. Die demutscheuen
und doch so merkwürdig kalten Priesteraugen Ter Haigasuns
schienen Bagradian nicht zu erkennen. Sie sahen zumindest in
ihm nicht den Mann, der er war, sondern nur den Funktionär,
der bei einer heiligen Handlung eine Aufgabe zu erfüllen hat.
Das war immer so, wenn Ter Haigasun vor dem Altare stand
oder in die Meßgewänder gekleidet war. Dann wich aus seinen
Augen alle menschliche Teilnahme und Erinnerung und
machte einzig dem strengen Gleichmut seines Amtes Platz.
Mit seinem summenden Melisma stellte er dem Taufpaten die
Frage:

„Was verlangt dieses Kind?"

Und Gabriel Bagradian, der sich sehr ungeschickt vorkam,
hatte zu antworten:

„Glaube und Hoffnung und Liebe!"

Dies wiederholte sich dreimal. Dann erst kam die Frage:

„Und wie soll dieses Kind heißen?"

476

Man hatte den Vornamen Meister Mikael Tomasians, des Großvaters, gewählt. Bei dieser Stelle der Zeremonie fand sich der Alte komischerweise bemüßigt, von seinem Sitz aufzustehen und eine kleine Verbeugung zu machen, als sei er in der Zukunft seiner Nachkommenschaft mit aufgerufen. Was diese Zukunft anbelangt, gab es in der Zeugenschaft des Taufaktes nur eine ungeteilte Meinung. Selbst wenn man von dem allgemeinen Todeslos absah und an eine Wunderrettung glaubte, so dürfte dieses elend apathische Körperchen dort sie kaum erleben. Mairik Antaram, Iskuhi und Aram Tomasian waren nun zu Gabriel getreten. Das Kind wurde aller Hüllen entkleidet. Iskuhis und Gabriels Hände berührten einander mehr als einmal. Über den Zuschauern lag eine verbissen hoffnungslose Stimmung. Howsannah starrte mit puritanisch eingekniffenen Zügen auf die Taufgruppe. Irgend etwas stimmte ihre Seele todtraurig, todfeindlich, so hatte es den Anschein. Vielleicht war's die innige Gemeinschaft zwischen Aram und Iskuhi, zwischen Bruder und Schwester, von der sie sich im Augenblick ausgeschlossen fühlte. Ter Haigasun nahm das nackte Kind mit einem unnachahmlich sicheren Griff entgegen. Seine Hände, die viele tausend Säuglinge schon getauft hatten, arbeiteten mit jener fast überirdischen Gewandtheit und Elegantheit, die alle bedeutenden Priester auch in dem handwerklichen Teil ihres Dienstes zeigen. Er hielt eine Sekunde lang das Kind den Augen der Versammlung hin. Jeder konnte genau das große Feuermal auf der Brust sehen. Dann tauchte er es schnell dreimal ins Wasser, mit dem Körper des Täuflings jedesmal ein Kreuzzeichen beschreibend: „Ich taufe dich im Namen des Vaters, des Sohnes und des Heiligen Geistes." Howsannah Tomasian hatte sich krampfhaft erhoben. Mit einer verzerrten Grimasse beugte sie sich vor. Der Augenblick der Entscheidung war gekommen. Würde das Kind im Taufbade endlich in das lange, beleidigte Quäken ausbrechen, wie Mairik Antaram es ihr versprochen hatte? Ter Haigasun reichte den Säugling seinem Ginkahaïr zurück. Jedoch nicht er, sondern Antaram nahm ihn in Empfang und trocknete die kränkliche Haut zart mit einem weichen Tuche ab. Das Kind hatte nicht geschrien. Howsannah, die Pastorin, aber schrie. Es waren zwei lange hysterische Aufschreie, die sie ausstieß. Der Stuhl hinter ihr fiel um. Dann bedeckte sie ihr Gesicht und taumelte in das Zelt. Juliette jedoch, die neben ihr saß, hatte aus ihrem Schrei deutlich ein Wort gehört, zweimal sogar: „Sünde ... Sünde!"

Aram Tomasian kam nach einer Weile sehr blaß und mit einem gezwungenen Lächeln aus dem Zelt zurück:
„Du mußt ihr verzeihen, Ter Haigasun. Ihre Seele ist ganz und gar zerrüttet, seitdem wir von Zeitun fort mußten, wenn sie es auch bisher nie gezeigt hat..."
Er winkte Iskuhi, sie möge zu Howsannah hineingehen. Das Mädchen blickte verzweifelt und unschlüssig zu Bagradian hin. Dieser bat den Pastor:
„Können Sie Ihre Schwester nicht bei uns lassen, Pastor? Mairik Antaram ist ja im Zelt."
Tomasian öffnete einen Spalt des Türvorhangs:
„Meine Frau hat dringend nach ihr verlangt. Vielleicht später, wenn Howsannah schlafen wird..."
Iskuhi war aber schon verschwunden. Gabriel ahnte, daß die Pastorin nicht dulden wollte, daß, während sie selbst so unsagbar litt, die junge Schwägerin nicht an ihr Leiden gefesselt sei.
Auch während des nachfolgenden Festgelages konnten sich die Menschen von dem lastenden Eindruck dieser Taufe nicht befreien. Neben Juliettens Besuchstisch hatte Gabriel Bagradian noch einen zweiten langen Tisch mit Bänken aufstellen lassen. Dadurch ergab sich für diese gesellschaftlich äußerst empfindliche Klasse eine doppelte Behandlung, die eine größere Anzahl strebsamer Naturen verstimmte. An dem Besuchstisch nahm gewissermaßen der Adel, die Nacharars, Platz, während sich die Plebs an der groben Tafel mit sich selbst begnügen mußte. Dies war natürlich ein vollkommener Unsinn, denn die Zweiteilung stimmte gar nicht. An dem vornehmen Tisch saßen nämlich nicht nur Ter Haigasun, das Ehepaar Bagradian, Pastor Tomasian, Apotheker Krikor, Gonzague Maris, sondern unverschämterweise auch Sarkis Kilikian, der Russe. Gabriel hatte den lumpigen Deserteur durch eine Einladung ausgezeichnet und ihn sogar neben sich sitzen lassen. Hingegen hatte Madame Kebussjan trotz eifrigster Bemühung bei den Honoratioren keinen Platz gefunden und mußte unter den anderen Muchtarinnen sitzen, denen sie doch durch den unvergleichlichen, wenn auch entschwundenen Reichtum ihres Gatten himmelhoch überlegen war. Auch dem

Lehrer Oskanian war im Gegensatz zu seinem Kollegen Schatakhian die Ehre nicht widerfahren, einen Sitz am Würdetisch zu erwischen. Er aber packte kurz entschlossen sein Gewehr und ließ sich zu Füßen Juliettens, die an der Ecke saß, auf die Erde nieder. Mit ernster Strenge blickte er zu der bewunderten Französin empor. Seine vollgesogenen Augen schienen sie aufzufordern: So fragen Sie mich endlich doch nach meinen großen Taten, damit ich mit verächtlicher Bescheidenheit über sie hinwegsehen kann. Dies aber geschah ganz und gar nicht. Oskanian mußte im Gegenteil sich immer wieder vom Boden aufrappeln, um Julietten Platz zu machen, die mit sonderbarem Eifer heute die Hausfrau spielte. Sie ging alle fünf Minuten um den großen Tisch, sah nach den Trinkgefäßen, ob sie frisch gefüllt seien, sprach mit den Gästen, ihr gebrochenes Armenisch zusammenscharrend, brachte den Muchtarfrauen süßen Zwieback und Schokoladetafeln. Niemand hatte diese Fremde jemals noch so gütig, ja beinahe demütig gesehen. Juliette schien durch ihre unaufhörlich freundliche Bemühung um Verständnis für sich bitten zu wollen. Ter Haigasuns Blicke verfolgten sie erstaunt unter den halbgeschlossenen Lidern. Gabriel Bagradian aber schien diesen Wandel, der ihn hätte beglücken müssen, am wenigsten zu bemerken. Er beschäftigte sich ausschließlich mit seinem Nachbarn, Sarkis Kilikian. Immer wieder winkte er Kristaphor oder dem Diener Missak, daß er das Gefäß des Russen vollschenke. Kilikian trank nur aus seiner Feldflasche. Das Glas, das vor ihm stand, hatte er weggeschoben. War es Eigensinn? War es ein tiefes Mißtrauen in der Seele des ewig Verfolgten? Gabriel wußte es nicht. Er versuchte mit ebensoviel Leidenschaft wie Mißerfolg in Kilikians Wesen einzudringen. Der gelangweilte Totenkopf mit den achatnen Augen brütete leer vor sich hin und gab die einsilbigsten Antworten der Welt. Gabriel fühlte das Bedürfnis, jenen Triumph, durch den er Kilikian einst gebändigt hatte, vergessen zu machen. Er war überzeugt, daß in dem Russen etwas ganz Besonderes stecke. Vielleicht verwechselte er nach Art mancher Leute, die im Wohlstand gelebt haben, Menschenleiden mit Menschenwert. Das Wohlverhalten des Deserteurs seit jenem Tage der Erniedrigung und seine kommandofähige Überlegenheit am vierzehnten August schienen Gabriel recht zu geben.

Es war eine äußerst komplizierte Art von Gefühlen, die ihn dem Russen gegenüber erfüllten. Er sah in Sarkis Kilikian einen Mann von einiger Bildung (drei Jahre Priesterseminar in Edschmiadsin), mithin keinen Proletarier und gewöhnlichen Asiaten. Er sah in ihm ferner den Mann eines ungeheuerlichen Schicksals, das seine Züge so schauerlich ausgelaugt und seinen Blick in jungen Jahren schon getötet hatte. Gemessen an der Hartnäckigkeit dieses Schicksals wurde sogar das allgemeine armenische Leiden schattenhaft. Der Mann aber hatte das Schicksal gemeistert oder es zum mindesten überstanden, was für Gabriel schon den Beweis einer außergewöhnlichen Persönlichkeit bildete und ihm Ehrfurcht abzwang. Diesen bejahenden Gefühlen aber traten ebenso stark ängstliche und abgeneigte Empfindungen entgegen. Ohne Zweifel hatte Kilikian oft das Aussehen und das Wesen eines Schwerverbrechers, sein Lebenslauf schien nicht immer ganz unverdient gewesen zu sein, sondern in Entsprechung zu diesem Wesen zu stehn. Man konnte nicht genau wissen, hatte ihn das Zuchthaus zum Verbrecher gemacht oder ein angeborenes Verbrechertum auf dem Umweg der Politik ins Zuchthaus geführt. Sarkis Kilikian war übrigens in keiner Faser der Typus des Revolutionärs sozialistischer oder anarchistischer Prägung. Für Ideale oder allgemeine Ziele schien er nicht den geringsten Sinn zu haben. Er war aber auch nicht rein böse, obgleich ihn ein Teil des Weibsvolkes seines Äußeren wegen für einen Teufel hielt. Daß er nicht rein böse war, will aber noch nicht bedeuten, daß er nicht in jeder Minute zu jedem Morde kaltblütig fähig gewesen wäre. Sein Geheimnis lag darin, daß er gar nichts Ausgesprochenes war, daß er mit nichts und niemandem zusammenhing, daß er auf dem Nullpunkt einer unfaßbaren Neutralität lebte. Unter dem Volke des Damlajik war er neben Apotheker Krikor gewiß das asozialste Geschöpf. Der Russe bedrückte Gabriel tief, indem er ihn anzog. Die gemischten Gefühle aber flossen zu einer Art Liebe zusammen. Der „Ethiker Bagradian" wollte, so glaubte er wenigstens selbst, aus dem Deserteur einen Menschen machen, so etwa wie gewisse Männer die Einbildung hegen, Straßendirnen „retten" zu müssen. Es war einer der groben Fehler, die der militärische Führer auf dem Damlajik beging, daß er um Kilikian warb, anstatt ihn nach wie vor in unnahbarem Abstand und unter schärfster Aufsicht zu halten. Während

Gabriel mit dem Deserteur sprach, fühlte er sich zu seinem eigenen Unbehagen befangen. Es gelang ihm nicht, den Ton zu treffen. Die undurchdringliche Apathie des anderen machte ihn unsicher. Er war wie jeder Redende gegenüber dem Schweigenden im Nachteil, so wie die Bewegung der Ruhe, das Leben dem Tode gegenüber im Nachteil, oder besser, in einer buhlenden Lage sich befinden:

„Ich freue mich, daß ich mich in dir nicht getäuscht habe, Sarkis Kilikian. Den Erfolg vom Vierzehnten haben wir nicht zuletzt dir zu verdanken. Die Maschinen, die du konstruiert hast, waren ein prächtiger Gedanke. Deine Studien im Seminar sind dir dabei wohl eingefallen. Die Belagerungstechnik der Römer, wie...?"

„Keine Ahnung, davon weiß ich nichts", grinste Sarkis.

„Wenn die Türken es nicht mehr wagen werden, im Süden den Berg anzugreifen, so wird es auch dein Werk sein, Kilikian."

Dieses Lob schien auf den Russen einen leichten Eindruck zu machen, wenn auch keinen angenehmen. Seine stumpfen Augen streiften Gabriel:

„Man hätte es noch viel besser machen können..."

Gabriel spürte die unbestechliche Ablehnung durch Sarkis Kilikian. Zugleich ärgerte ihn seine eigene Schwäche, die solche Verneinung nicht erwidern konnte:

„Du hast gewiß auf den Bohrtürmen von Baku die Erfahrungen eines Ingenieurs gemacht..."

Der Russe betrachtete spöttisch seine Feldflasche:

„Ich war nicht einmal Vorarbeiter dort, sondern ein ganz gewöhnlicher Hilfsarbeiter..."

Gabriel Bagradian schob ihm Zigaretten hin:

„Ich habe dich hierherbestellt, Kilikian, um dir meine Absichten mitzuteilen, die dich betreffen. Hoffentlich werden wir noch einige Tage Ruhe behalten. Früher oder später wird es aber zu einem Angriff kommen, gegen den alles Frühere ein Kinderspiel war. In diesem Kampf will ich dir einen sehr wichtigen Posten anvertrauen, mein Freund..."

Kilikian leerte die Feldflasche bis auf den letzten Tropfen und stellte sie nachdrücklich hin:

„Das ist deine Sorge und deine Sache. Du bist der Kommandant."

Der lange Plebejertisch war inzwischen in lärmende Bewegung geraten. Über die des Alkohols entwöhnten Menschen hatte

481

sich Trunkenheit gesenkt. Auf Juliettens Geheiß war übrigens noch ein dritter Weinkrug entsiegelt worden. Zwei streitbare Parteien bildeten sich, die Optimisten und die Pessimisten. Tschausch Nurhan Elleon hatte die Bank bestiegen. Sein grauer drahtiger Schnurrbart zitterte. Er bleckte das rotgeäderte Weiße seiner Augen und rasselte mit seiner ausgeschrienen Feldwebelstimme: Wer die Hoffnung ausspreche, daß der Feind nicht mehr angreifen werde, sei ein verkappter Feigling und Verräter. Er, Nurhan, wünsche mit Ungeduld einen neuen Angriff. Besser heute als morgen! Was wäre das sonst für ein Leben auf dem Damlajik? Nur hungern und versumpfen!? Dazu habe er gar keine Lust! Das Leben mache ihm überhaupt kein Vergnügen mehr. Er sei fünfzig Jahre alt und habe genug. Wer anders denke als er, sei ein dummer Teufel.

Es fanden sich aber dieser dummen Teufel einige, die gegen Nurhans Wahnsinn heftig zu streiten begannen. Der alte Baumeister Tomasian, der seiner Sinne auch nicht mehr ganz mächtig war, wurde dunkelrot vor Zorn. Nurhan sei ein Gotteslästerer, schrie er. Man feiere hier die Taufe seines Enkelkindes, und er wolle solche Reden nicht dulden. Als Großvater bete er zum Heiland, daß sein Enkelsohn, wenn er auch jetzt noch ein elender Wurm zum Auslöschen sei, dereinst schöne und friedliche Tage unten in Yoghonoluk oder anderswo auf dieser Welt erleben möge. Der Heiland werde dies nach seinem eigenen Willen lenken und nicht nach dem Willen eines blutrünstigen Onbaschi. Er aber glaube fest, daß die Türken sehr bald Vernunft annehmen würden. Damit war das Stichwort für den Muchtar Kebussjan gegeben. Auch er stellte sich taumelnd auf die Bank, wackelte mit der Glatze und sah äußerst vergnügt alle und keinen an:

„Verhandeln muß man", zischte er geheimnisvoll pfiffig; „seit zwölf Jahren bin ich Muchtar von Yoghonoluk ... Ich verhandle mit den Türken, mit Kaimakam und Müdir ... Der Kaimakam hat mich stets geehrt ... Pünktlich habe ich den Bedel der Gemeinde abgeliefert ... Und ich wurde in seine Kanzlei geführt, denn der Kaimakam und der Mutessarif und der Wali und der Wesir und der Sultan, sie wissen alle, daß ich der Thomas Kebussjan bin ... Wenn ich mit ihnen verhandle, wird mir nichts geschehen, denn ich bin ein großer Steuerzahler ... Ihr aber seid kleine Steuerzahler und könnt euch mit mir nicht vergleichen..."

Die kleineren Steuerzahler, die in ihrer Ehre gekränkten Dorf-schulzen der anderen Ortschaften, rissen Kebussjan von seiner Rednerbühne herab. Tschausch Nurhan schrie, daß er unnütze Proviantvertilger nicht mehr dulden werde und daß nun jedermann demnächst unter seine Fuchtel komme, möge er auch siebzig Jahre alt sein oder mehr. Gelächter. Der besoffene Streit drohte in unangenehme Formen auszuarten. Doch glücklicherweise hatte Gabriel Bagradian den weiteren Ausschank seines Weines verboten, ehe er mit Awakian, der ihm eine heimliche Meldung überbrachte, schnell verschwunden war. Der vornehme Tisch wurde immer leerer. Ter Haigasun hatte das Gelage schon nach einer knappen Stunde verlassen. Aram Tomasian war kurz nach ihm in das Zelt zu den Frauen gegangen. Als an dem langen Tisch der Streit ausfallender zu werden versprach, hatte sich Sarkis Kilikian mit seiner Feldflasche hinübergesetzt und beobachtete aus seinen stumpfen Augen die alten Kampfhähne, ohne irgendeine Belustigung zu verraten. Noch saßen Gonzague und Juliette still nebeneinander, Lehrer Hrand Oskanian hockte nach wie vor zu Füßen der Frau. Er verschmähte es, einen der frei gewordenen Plätze einzunehmen. Plötzlich aber sprang der Schweiger auf, sich auf sein Gewehr stützend, als sei er von einer Schlange gebissen worden. Er betrachtete Julietten einige Sekunden lang entsetzt, dann drehte er sich um und ging steif davon. Oskanian hatte nur wenig getrunken und doch hielt er, schon nach wenigen Schritten, das, was er zu sehen geglaubt hatte, für ein Wahngebilde des Weines. Es war ganz und gar unmöglich und nicht denkbar, daß eine blonde und weiße Göttin ihr Knie leidenschaftlich an das Knie eines abenteuernden Subjektes drängt, von dessen Herkunft kein Mensch etwas weiß. Trotz dieser unbezweifelbaren Erkenntnis spürte aber Oskanian den Herzstich noch, als er bereits über den Altarplatz ging. Juliette aber, die plötzlich unruhig geworden war, stand auf und verabschiedete sich, um Howsannah Tomasian zu besuchen, die sie sträflicherweise die ganze Zeit vernachlässigt hatte.

Zuletzt saßen nur noch Apotheker Krikor und Gonzague Maris einander gegenüber. Gonzague betrachtete seinen ehemaligen Hauswirt mit unverhohlen erschrockener Aufmerksamkeit. Die Veränderung, die sich mit diesem seit den letzten Wochen zugetragen hatte, war kaum glaublich. Aus dem mittelgroßen sehnigen Mann schien ein magerer verwachsener Zwerg geworden zu sein, dessen Wasserkopf an einem dürren Halsstengel haltlos schwankte. Die Schultern waren hinaufgezogen und vorgedreht, die Gelenke der Finger durch große Knoten und Wülste entstellt. Nur die Mandarinenmaske hatte sich nicht ganz und gar verwandelt, wenn man von der graubraunen Verfärbung der Haut absah. Doch in das überlegen gleichmütige Spektrum seines Gesichtsausdruckes war eine neue Lichtlinie eingeschaltet, ein Lächeln jenseitiger Verschlagenheit. Krikor trank fleißig seinen Wein aus einer Teetasse. Dabei zitterte aber seine kranke Hand so stark, daß er jedesmal ein unfreiwilliges Trankopfer darbringen mußte.

„Sie sollten nicht so viel trinken, Apotheker Krikor“, mahnte Maris.

Krikor schüttelte seinen schweren Kopf, der in der letzten Zeit so merkwürdig gewachsen zu sein schien:

„Ich esse überhaupt nichts mehr ... Das Trinken aber ist geistiger Dienst, so lehrt der persische Philosoph Ferhad el Katib.“

„Sie müßten sich schonen und ins Bett legen...“

„Ich fange erst an, mich gesund zu fühlen“, sagte der Kranke mit einer Paradoxie, die nicht nur um ihrer selbst willen erklang.

Der Streitlärm, das aufhetzende Gelächter und Gespotte am langen Tisch wurde, obgleich der Wein längst versiegt war, immer bösartiger. Es hatten sich einige Ungeladene, junge Leute zumeist, eingefunden und verschärften die Gegensätze. Die Sonne ging unter. Es war spät geworden. Die angeheiterte Taufgesellschaft warf eine wildbewegte Schattenschlacht auf den Erdboden. Unzweifelhaft lag eine Rauferei in der Luft, als der lange Trommelwirbel von der Stadtmulde herüberrollte. Ein plötzliches Stillschweigen! „Die Münadirs“, sagte jemand, und ein anderer schrie „Alarm!“ Die jungen und die alten Männer erwachten jäh aus ihrer streitsüchtigen Weltvergessenheit. In langen Sprüngen stürzte alles davon und galoppierte in die verschiedenen Einteilungen. Auch Pastor Tomasian sah man in wilder Hast gegen die Stadtmulde rennen. Binnen weniger Minuten lag der Platz des Gelages leer. „Alarm“, wiederholte Gonzague nachdenklich und in dem ruhigen Braun

seiner Augen glitzerten goldene Pünktchen. Der Angriff der
Türken kam seinen Plänen zuvor. Diesmal würde es wahrscheinlich nicht gut ausgehen. Sollte man nicht diese Nacht
benützen? Und Juliette? Apotheker Krikor konnte sich nicht
allein vom Tisch erheben. Gonzague half ihm auf. Es zeigte
sich, daß dem Alten auch die kranken Beine nicht gehorchten.
Er wäre zusammengestürzt, wenn ihn Maris nicht vorsichtig
geführt und nach Hause gebracht hätte. Krikor schien aber
seinen gebrechlichen Körperzustand als einen gleichgültigen
Betriebsunfall der Natur nicht weiter zu beachten, obgleich
die Heimreise unendlich viel Zeit in Anspruch nahm.

„Alarm", fragte er leichthin, als habe er dieser Kleinigkeit
nicht genug Aufmerksamkeit geschenkt und sie wieder vergessen. „Alarm", belehrte ihn Gonzague nachdrücklich, „und
einer, mit dem nicht zu spaßen sein wird!"

Der Apotheker blieb stehen. Alle fünf Schritte schon verlor
er den Atem:

„Was geht mich der Alarm an", keuchte er. „Gehöre ich denn
zu ihnen? Nein, ich gehöre nicht zu ihnen, ich gehöre zu
mir."

Und er beschrieb mit der zitternden Hand einen Kreis um sich
selbst, als deute er damit die Größe und Geschlossenheit seiner
Ichwelt an:

„Wenn ich nicht an das Böse glaube, so gibt es kein Böses in
der Welt ... Wenn ich nicht an den Tod glaube, so gibt es
keinen Tod in der Welt ... Mögen sie mich ermorden, ich werde
es nicht einmal merken ... Wer diesen Punkt erreicht, der baut
die Welt aus dem Geiste neu!"

Er versuchte die Hände über sein Haupt zu heben. Aber es
gelang ihm nicht. Gonzague, dessen Wesensart danach strebte,
ein Unheil lieber vorher zu bemerken, als es nachher nicht zu
bemerken, hatte von diesen großen Worten nichts verstanden.
Um jedoch dem Apotheker eine Freude zu machen, fragte er
höflich:

„Welchen alten Philosophen haben Sie jetzt zitiert?"

Die Mandarinenmaske sah gleichgültig in die beginnende
Dämmerung. Das weiße Bocksbärtchen wippte. Geringschätzig verkündete die hohe und hohle Stimme:

„Dies hat ein Philosoph gesagt, den niemand jemals außer mir
zitiert hat und zitieren wird. Krikor von Yoghonoluk."

Gabriel Bagradian hatte den großen Alarm angeordnet, ohne der unmittelbaren Gefahr noch gewiß zu sein. Merkwürdigerweise wurde es erst nach Sonnenuntergang klar, daß die Türken in der Orontesebene und im armenischen Tale eine unabschätzbar große Truppenmenge zusammengezogen hatten. Die reguläre Streitkraft und die Freischaren schienen so zahlreich zu sein, daß sie in den Ortschaften kein Quartier mehr fanden und unter freiem Himmel nächtigen mußten. Der weite Halbkreis von Lagerfeuern reichte fast vom Ruinensturz Seleucias bis zum äußersten armenischen Dorf, bis zu Kebussije im Norden. Nach und nach rückten die Späherpatrouillen ein und meldeten staunenswerte Dinge. Die türkischen Soldaten wären wie mit einem Schlage aus dem Boden gefahren. Doch nicht nur die Soldaten, die Saptiehs und Tschettehs, alle Moslems der ganzen Landschaft seien plötzlich mit Mausergewehren und Bajonetten bewaffnet und die Offiziere bildeten aus ihnen Abteilungen. Die Zahl der Waffenträger lasse sich gar nicht berechnen. Phantastische Zahlen machten die Runde. Wenn aber Gabriel Bagradian den viele Meilen großen Halbkreis der Lagerfeuer in Betracht zog, so mochten ihm diese Zahlen gar nicht phantastisch erscheinen. Zwei Dinge waren sicher. Der türkische Befehlshaber hatte erstens Mannschaften genug, um den Damlajik von der Südbastion bis zum Nordsattel zu belagern und zu stürmen. Und zweitens mußte er sich so übermächtig fühlen, daß er die Taktik des gedeckten Aufmarsches und plötzlichen Überfalles verschmähte. Diese Offenheit, die auf die Armenier niederschmetternd wirken sollte und wirkte, wies auf einen bestimmten „Fall" hin, den Bagradian unter dem Kennwort „Generalangriff" schon vorgesehen, ausgearbeitet und als Manöver geübt hatte. Gabriel war weit ruhiger als vor den beiden anderen Kämpfen, obgleich die Aussichten diesmal für das Bergvolk hoffnungslos standen. Nach dem ersten Alarm jagte er die Ordonnanzen in die einzelnen Stellungen, um alle Führer und die freien Zehnerschaften bei sich auf seinem Standort zu versammeln. Indessen hatten sich auch die Gewählten des Führerrats eingefunden. Von ihren erschrockenen Zügen war die Wirrnis des Weines völlig verschwunden. Gabriel Bagradian übernahm, wie es verfassungsmäßig bestimmt war, für die Stunden des Kampfes auch den obersten Befehl über das Lager. Er verfügte, daß alles frisch geschlagene Fleisch noch im Laufe der Nacht

unverzüglich zubereitet werde. Zwei Stunden vor Tages-
anbruch müsse der reichlichste Proviant in die Stellungen
geschafft werden. Es solle ferner auch alles, was sich im Lager
noch an Wein und Branntwein vorfinde, an die Kämpfer
verteilt werden. Er selbst stellte alle Zehnliterkrüge des Dreizeltplatzes bis auf einen einzigen den Verteidigern zur Verfügung. (Diese Gabe war später mitschuldig an dem Märchen
vom unerschöpflichen Horte der Bagradians.) Als die Gruppenführer, die Zehnerschaften, die Leute der Reserve und die
Jugendkohorte angetreten waren, hielt Gabriel Bagradian eine
kurze Ansprache. Er belehrte die Leute über den Kampf, der
zu erwarten war, und verschwieg ihnen die Wahrheit nicht.
Wörtlich sagte er:
„Aller menschlichen Voraussicht nach haben wir nur zwischen
zwei Toden zu wählen, zwischen dem leichten und anständigen
des Gefechtes und dem niedrigen und furchtbaren des Massakers. Wenn wir uns dies völlig klarmachen, wenn wir mit
unbeugsamer Entschlossenheit den ersten, den anständigen
Tod wählen, dann geschieht vielleicht das Wunder, und wir
werden nicht sterben müssen. Aber nur dann, Brüder!"
Nun wurden die neuen Einteilungen für den „Generalangriff"
getroffen. Tschausch Nurhan Elleon erhielt das Kommando
über den Nordsattel. Ein weiterer Befehlswechsel erfolgte,
indem Gabriel Bagradian dem Russen Kilikian, wie er es vor
einigen Stunden schon angedeutet hatte, den wichtigen Abschnitt oberhalb der Steineichenschlucht übertrug. Zwei gänzlich neue Kampfgruppen wurden gebildet, eine fligende Garde
und ein Komitatschi-Bann. Für letzteren sonderten Nurhan
und Bagradian, eingedenk des Bandenkrieges auf dem Balkan,
aus den Zehnerschaften etwa hundert der entschlossensten
Männer, der besten Schützen, der gewandtesten Kletterer aus.
Sie hatten sich über die ganze Talseite des Damlajik zu verteilen und längs der Aufstiege in Baumkronen, hinter Gestrüpp und Felsblöcken, in Gruben und Falten den Hinterhalt
zu beziehen. Sie sollten die türkischen Angriffskolonnen zuerst
ruhig vorüberlassen, dann aber diese vom Rücken her und
womöglich von mehreren Seiten schlagartig unter heftiges
Feuer nehmen, ohne Munition zu sparen. Jeder Komitatschi
bekam zwölf Magazine, also sechzig Patronen ausgefolgt, unter
den gegebenen Umständen eine überwältigend reiche Munition. Bagradian war übrigens, was die Munition im allgemei-

nen betrifft, ausnehmend großmütig. Da die kommende Schlacht zweifellos die Entscheidung brachte, sah er keinen Grund, zu geizen, und behielt von den alten, den erbeuteten und den neu gefüllten Patronen nur einen unbeträchtlichen Rest in den Verschlägen zurück. Den Franktireurs setzte er die Aufgabe in seiner logischen und einfachen Art auseinander, so daß jeder der jungen Leute bis zum Grund verstand, worum es ging: den feindlichen Anmarsch verwirren und aufhalten! Keinen Augenblick in Ruhe sein, sondern den Rücken des Feindes unausgesetzt belästigen, besonders dann, wenn er zum Angriff vorgehen will! Und das Hauptgesetz wie immer: Jede Kugel ein Toter! Nach dem Komitatschi-Bann wurde die fliegende Garde aus den Zehnerschaften ausgehoben. Gabriel Bagradian verkleinerte die Besatzung der Südbastion, die durch ihre starken Verteidigungswerke so gut wie uneinnehmbar war, auf die notwendigste Kämpferzahl. Die Lücken ließ er durch Reservisten auffüllen. So wurden etwa hundertundfünfzig Gewehre für seine Garde frei, die er selbst führte und mit der er überall dort eingreifen wollte, wo der Kampf ungünstig stand. Ein großer Teil dieser Stoßtruppe wurde auf den Eseln des Lagers, der leichten Beweglichkeit wegen, beritten gemacht. Die Reitesel dieser Gegend sind keine störrisch langsamen Gesellen, sondern für alle Gangarten abgerichtet. Die beiden Gruppen der Jugendkohorte, die Ordonnanzen und ein Teil der Späher, hatten sich der Garde immer an die Fersen zu heften, damit die ausstrahlenden Verbindungen aller Abschnitte mit dem Hauptkommando niemals unterbrochen würden. Dies war in großen Zügen die Ordre de bataille, die Gabriel für den Fall des Generalangriffes ausgearbeitet hatte und deren Vorbereitung er nun während der beiden ersten Nachtstunden in großer Ruhe durchführte. Zuletzt musterte er noch die gesamte Reserve. Sie bekam den Befehl, bei Sonnenaufgang die Stadtmulde zu verlassen. Die eine Hälfte wurde für die einzelnen Stellungen als Ersatzmannschaft bestimmt, die andre Hälfte sollte den langen Streifen der Hochfläche beziehen, die zwischen dem östlichen Bergrand und der Lagerstadt lag. Dieser Streifen, der an mancher Stelle, wie zum Beispiel vor dem Steineichenschlucht-Abschnitt, nur tausend Schritt schmal war, bildete eine äußerst gefährdete Zone. Hier sorgten nur einige Schanzen, oder besser regellose Steinhaufen, für die Abriegelung der Stadtmulde gegen einen feindlichen Ansturm. Nachdem Gabriel Bagradian auch der Reserve ihre große Pflicht eingeschärft und ihr dargelegt hatte, daß sie den letzten Wall gegen die unausdenklichste Frauenschändung und Kindermetzelei vorstelle, blies Nurhan Elleon auf seinem Kornett mit stotternder Erbitterung irgendwelche Fetzen aus dem türkischen Zapfenstreich. Dies war der Befehl zum Schlafengehen. Gabriel begab sich daraufhin zu den Haubitzen, wo er die Nacht zubringen wollte. Er hatte mit Hilfe Nurhans ein paar der klügeren Leute für den Artilleriedienst notdürftig ausgebildet. Vor Mitternacht rückte das letzte Kundschafterpaar ein. Sein Bericht brachte nichts Unbekanntes. Als einzige Neuigkeit erfuhr Bagradian nur, daß vom Dach seiner Villa die Halbmondflagge wehe, daß im Hofe eine Menge Pferde zusammengekoppelt seien und Offiziere ein und aus gingen. Es war demnach klar, daß sich im Hause Bagradian das Hauptquartier der Türken befand. Gabriel wartete auf den späten Aufgang des Mondes. Dann begann er, auf der Karte bedachtsam mit dem Zirkel Entfernungen zu messen und Berechnungen anzustellen. Da der dicke, aufgeblähte Vollmond ziemlich viel Licht verbreitete, gelang es ihm, einen Hilfszielpunkt anzuvisieren und danach die Richtelemente der beiden Geschütze zu ermitteln. Die Mannschaft der Batterie mußte die Geschoßverschläge nahe heranschleppen. Es waren noch fünf Schrapnells und dreiundzwanzig Granaten vorhanden. Bagradian ließ die Hälfte dieser Geschosse hinter dem Sporn jeder Haubitze aufreihen. Dann ging er von einem Geschoß zum andern und tempierte es mit dem Klammerschlüssel im Scheine seiner Taschenlaterne. Während dieser Arbeit tauchte Iskuhi auf. Er bemerkte sie zuerst gar nicht. Iskuhi rief ihn leise an. Da nahm er sie an der Hand und ging mit ihr ein Stückchen weit fort, bis sie allein waren. Sie setzten sich unter einen Arbutusstrauch, der über und über voll roter Beeren stand, die im leblosen Mondlicht die stumpfe Farbe von Siegellacktropfen hatten. Iskuhis Worte kamen gepreßt und befangen:

„Ich möchte dich nur fragen, ob es dich nicht stören wird, wenn ich mich morgen in deiner Nähe aufhalte..."

„Nichts auf der Welt tut mir wohler als deine Nähe, Iskuhi..."

Er unterbrach sich, dachte nach und preßte ihre Hand gegen seine Wange:

„Und doch, es würde mich nicht nur stören, sondern peinigen, dich in Gefahr zu wissen."

„Die Gefahr ist überall, wo wir sind, Gabriel. Ein paar Stunden früher oder später, das ist doch gleichgültig..."

„Hast du nicht gerade morgen die Pflicht, bei Howsannah und dem Kindchen auszuharren? Wer kann sagen, was bis zum nächsten Abend hier geschehen sein wird?"

Ihr schwacher Körper streckte sich voll entschlossener Festigkeit:

„Wer kann sagen, was bis zum nächsten Abend hier geschehen sein wird? Gerade deshalb erkenne ich keine andere Pflicht mehr an, als ... Howsannah und das Kind haben damit nichts zu tun. Sie sind mir gleichgültig."

Gabriel beugte sich dicht über Iskuhi, um in ihre Augen einzudringen, die ihm groß entgegenschmolzen. Ein seltsamer Gedanke durchzitterte ihn. Vielleicht war das, was ihn jetzt zu ihr hinzog, keine gewöhnliche Liebe, nicht das, was ihn noch immer mit Juliette verband, sondern weit mehr und auch weniger als Liebe. Er fühlte all seine Sinnen- und Seelenkräfte gesteigert und glückselig gemacht, ohne daß ihn Begehren ablenkte. Vielleicht war es die unbekannte Liebe der Blutsverwandtschaft, die ihn durch Iskuhis Blick wie ein mystisches Quellwasser erquickte, nicht der Wunsch, eins zu werden in der Zukunft, sondern die Gewißheit, in der Vergangenheit eins gewesen zu sein. Er lächelte in ihre Augen hinein:

„Ich habe gar keine Todesgefühle, Iskuhi! Es ist verrückt, aber ich bringe es nicht im entferntesten fertig, mir vorzustellen, daß ich morgen nicht mehr leben könnte. Ich halte das für kein schlechtes Vorzeichen. Und du, was meinst du?"

„Der Tod muß doch kommen, Gabriel. Es gibt doch gar keinen anderen Ausweg für uns..."

Er hörte den Doppelklang aus ihren Worten nicht heraus. Eine unglaublich sichere Fröhlichkeit entfaltete sich in ihm:

„Man soll nicht zu weit denken, Iskuhi! Ich denke an nichts als an den morgigen Tag. Mit dem Abend beschäftige ich mich nicht. Weißt du, daß ich mich eigentlich auf morgen freue?"

Iskuhi erhob sich, um nach Hause zu gehen:

„Ich wollte von dir nur ein Versprechen haben, Gabriel. Etwas, das auf der Hand liegt. Wenn es soweit sein sollte und keine Hoffnung mehr besteht, bitte, dann erschieße mich und dich! Es ist die beste Lösung. Ich kann ohne dich nicht leben. Doch ich möchte auch nicht, daß du ohne mich lebst, keinen Augenblick! Darf ich mich also in deiner Nähe aufhalten morgen?"

Nein! Sie mußte ihm das Wort geben, daß sie sich während des Tages nicht aus dem Zelt fortrühren werde. Er aber gab ihr das Wort, daß er sie, wenn alles verloren sei, zu sich rufen oder holen werde, um mit ihr zu sterben. Er lächelte bei diesem Versprechen, denn in seiner Seele glaubte tatsächlich nicht die leiseste Regung an das Ende. Deshalb auch fürchtete er für Juliette und Stephan nichts. Als er aber die Arbeit bei den Geschützen wieder aufnahm, wunderte er sich selbst über seinen Lebensglauben, den die furchtbarste Wirklichkeit von allen Seiten im drohenden Halbkreis höhnisch widerlegte.

Der Kaimakam, der Jüsbaschi aus Antakje, der rothaarige Müdir, der Bataillonskommandant der aus Aleppo gesandten vier Kompanien und zwei andere Offiziere hielten nach Sonnenuntergang im Selamlik der Villa Bagradian Kriegsrat. Das Empfangszimmer erstrahlte im vollen Kerzenlicht wie bei Juliettens Notabeln-Abenden. Die Offiziersdiener räumten die Reste der Mahlzeit ab, welche die Herren in diesem Salon eingenommen hatten. Durch die offenen Fenster drangen Trompetensignale und die Feierabendgeräusche einer rasten- den und menagierenden Truppe. Da man bei diesen Teufelsarmeniern auf unvorhergesehene Streiche gefaßt sein mußte, hatte der Kaimakam für das Hauptquartier eine Bedeckungsmannschaft angefordert, die nun den Park, den Obst- und Gemüsegarten des Hauses durch ihr Zeltlager verwüstete.

Die Beratung der Offiziere und Beamten dehnte sich schon ziemlich lange aus, ohne daß eine volle Übereinstimmung erreicht worden wäre. Es handelte sich um nichts Geringeres als um die Frage, ob die angeordnete Erstürmung des Damlajik im Morgengrauen wirklich gewagt werden sollte. Der Kaimakam mit der mißvergnügten Hautfarbe und den schwarzbraunen Augensäcken war innerhalb dieses Kriegs- rates die zögernde und widerstrebende Persönlichkeit. Er begründete seine unentschlossene Haltung mit dem Umstand, daß der Etappengeneral von Aleppo auf Wunsch des Wali zwar ein ganzes Infanteriebataillon gesandt habe, daß aber die versprochenen Maschinengewehre und Gebirgskanonen nicht

491

eingetroffen seien. Der Kolagasi (Stabshauptmann) aus Aleppo erklärte dieses Versäumnis damit, daß diese Waffengattungen allesamt mit den abkommandierten Divisionen aus Syrien verschwunden seien und daß sich in ganz Aleppo kein Maschinengewehr finde. Der Kaimakam gab den Herren zu bedenken, ob es nicht vorteilhafter wäre, mit der Aktion noch einige Tage zu warten und Seine Exzellenz Dschemal Pascha telegrafisch um Überlassung der notwendigen Angriffswaffen dringend zu ersuchen. Die Offiziere aber hielten diesen Vorschlag für unmöglich, da die Umgehung der Instanzen den unberechenbaren Dschemal erbittern und zu einem Gegenstreich aufreizen könnte. Der Jüsbaschi aus Antakje schob den Stuhl zurück und nahm einen Zettel zur Hand. Seine Finger zitterten, weniger, weil er erregt, als weil er ein Kettenraucher war:

„Effendiler", begann er mit einer leisen und heiseren Stimme, „wenn wir auf Artillerie und Maschinengewehre warten wollen, so bleibt uns nichts übrig, als hier zu überwintern. Mit dergleichen sieht es bei der Feldarmee so schlecht aus, daß wir uns mit unseren Ansprüchen nur lächerlich machen würden. Ich werde mir erlauben, dem Kaimakam die Stärke unserer Truppen noch einmal ins Gedächtnis zu rufen..."

Ohne jede Betonung las er die Zahlen von seinem kleinen Zettel ab:

„Vier Kompanien aus Aleppo: sind rund tausend Mann. Zwei Kompanien aus Alexandrette: sind fünfhundert Mann. Die aufgefüllte Garnison von Antakje: sind vierhundertundfünfzig Mann. Das bedeutet fast zweitausend Gewehre regulärer Infanterie. Die Regimenter der Front dürften nicht annähernd diese Stärke haben. Weiter, die zweite Linie: vierhundert Saptiehs aus Aleppo, dreihundert Saptiehs aus unserer eigenen Kasah und vierhundert Tschettehs aus dem Norden, das sind wiederum elfhundert Mann. Dazu kommen in dritter Linie noch die zweitausend Moslems der verschiedenen Dörfer, die wir bewaffnet haben. Alles in allem werden wir also mit einer Truppe von rund fünftausend Gewehren angreifen..."

Der Jüsbaschi unterbrach seinen Bericht, um eine Tasse Kaffee hinunterzustürzen und eine neue Zigarette anzuzünden. Diese Pause benützte jemand, um einen Einwurf zu machen.

„Die Armenier besitzen immerhin zwei Geschütze."

Die eingefallenen Wangen des Majors hatten sich belebt und seine gelbliche Stirn schimmerte feucht:

„Diese Geschütze sind vollkommen wertlos. Denn erstens fehlt ihnen die Munition, und zweitens kann niemand mit ihnen umgehen. Drittens aber werden wir sie sehr schnell wiederbekommen."

Der Kaimakam, der müde oder gelangweilt in seinem Fauteuil zurückgesunken saß, hob die Augen:

„Unterschätzen Sie diesen Bagradian nicht, Jüsbaschi! Ich bin dem Mann nur ein einziges Mal begegnet, im Bade. Dort hat er sich merkwürdig frech benommen."

Der junge Müdir mit den Sommersprossen und fabelhaften Fingernägeln mischte sich vorwurfsvoll ins Gespräch:

„Es war der größte Fehler, daß die Militärbehörde diese armenischen Reserveoffiziere nicht eingezogen hat. Meines Wissens hat sich Bagradian mehrmals freiwillig gemeldet. Ohne ihn hätten wir an der Küste die schönste Ruhe."

Der Major schnitt diese Überlegungen jäh ab:

„Bagradian hin, Bagradian her! Solche Zivilisten sind gar nicht so wichtig. Ich habe gestern persönlich den Damlajik rekognosziert und mir die Geschichte ein bißchen angesehen. Es ist ein zerlumptes Pack. Ihre Gräben scheinen ganz primitiv zu sein. Wenn ich verschwenderisch rechne, so besitzen sie vier- bis fünfhundert Gewehre. Wir müßten uns selbst ins Gesicht spucken, wenn wir die Sache nicht bis Mittag erledigt haben."

„Das müßten wir wirklich, Jüsbaschi", meinte der Kaimakam, einen schnellen Blick auf den Major werfend. „Jedes Tier aber, das sein Leben verteidigt, auch das kleinste, ist furchtbar."

Der Kolagasi von Aleppo schloß sich der Meinung des Majors nachdrücklichst an. Er hege die entschiedenste Hoffnung, binnen zwei Tagen aus dieser unbequemen Gegend fort und wieder in der schönen Stadt Aleppo zu sein. Da die Offiziere von solch einmütiger Zuversicht erfüllt waren, gähnte der Kaimakam abschließend:

„Sie garantieren also den Erfolg, Jüsbaschi?"

Der Major blies wie ein Drache zwei dicke Rauchstrahlen durch die Nase:

„Bei militärischen Unternehmungen gibt es keine Garantien. Dieses Wort muß ich ablehnen. Ich kann nur sagen, daß ich nicht weiterleben will, wenn das armenische Lager nicht bis zum Abend liquidiert ist."

Daraufhin rekelte sich der Kaimakam mühsam auf:
„Gehen wir also schlafen!"

Der Schlaf des Hochmögenden gelang jedoch in dieser Nacht
nicht zum besten. Er hatte sein Lager in Juliettens Zimmer
aufgeschlagen. Der Raum war von dem Geruch der zerbrochenen Parfümflaschen noch immer so durchdringend erfüllt,
daß die Nachtruhe des leberkranken Kaimakams durch be-
klemmende und aufreizende Traumbilder feindselig gestört
und durch viele schlaflose Stunden unterbrochen wurde.

Das Erwachen war nicht besser als der Schlaf. Kaum hatte
sich das erste Morgengrauen entfaltet, als der Kaimakam
durch eine ungeheure Explosion geweckt wurde. Er stürzte
halbangekleidet vors Haus. Die Verwüstung war groß. Die
Granate war dicht vor der Hausrampe niedergegangen. Die
Scherben sämtlicher Fensterscheiben bedeckten die Erde. Der
Luftdruck hatte einen Türflügel aus den Angeln gehoben und
in den Flur geschmettert. Im Mauerwerk klafften tiefe
Breschen. Steintrümmer und aufgebogene Eisenstücke lagen
überall umher. Das Schlimmste aber war der Anblick des
Stabsoffiziers aus Aleppo. Den Unglücklichen hatte das
Schicksal dazu ausersehen, gerade im Augenblick des Voll-
treffers aus dem Hause zu treten. Nun saß er gegen die Wand
gelehnt. Seine blauen Augen blickten kindhaft leer. Er schien
tief atmend einer träumerischen Vergangenheit nachzuhängen.
Ein Sprengstück hatte ihm die rechte Schulter aufgefleischt,
ein anderes den linken Oberschenkel verwundet. Der Jüsbaschi
von Antakje bemühte sich um ihn. Es hatte den Anschein, als
rede er ihm nicht ohne Strenge zu, sich seiner Verwundung
weniger bequem hinzugeben. Der Kolagasi aber lieh diesen
Mahnungen trotzig kein Gehör, sondern kippte langsam zur
Seite. Der Jüsbaschi drehte sich zornig und brüllte die
schreckerstarrten Soldaten an, sie möchten nicht glotzen,
sondern Feldscher und Sanität holen. Dies aber war nicht so
einfach. Der Feldscher befand sich bei der dritten Kompanie
in Bitias. Der Major ließ den Schwerverwundeten ins Haus
tragen. Er wurde in Stephans Zimmer aufs Bett gelegt. Wieder
zur Besinnung gelangt, flehte er den Major an, er möge ihn
nicht verlassen, ehe er verbunden sei. Der Kaimakam, der
seinem Wesen nach ein überzeugter Zivilist war und den

vergossenes Menschenblut praktisch ebenso entsetzte, wie es ihn theoretisch kaltließ, stieg wie von ungefähr still vor sich hin die finstre Treppe in den Hauskeller hinab. Die Kanonade Gabriel Bagradians ging nämlich gemächlich weiter. Soeben polterte ein neuer Krach von der Ortschaft herüber.

Ein mehr als ironischer Zufall hatte die Flugbahn der ersten Granate zum Bagradianhaus gelenkt und den feindlichen Bataillonsführer schachmatt gesetzt. Vielleicht aber war es gar kein Zufall, sondern ein lebendiger Lehrbeweis dafür, daß Gott durchaus nicht immer auf seiten der stärkeren Bataillone steht. Durch die Lähmung des Kommandos wurde jedenfalls der Zeitpunkt des Angriffs um mehr als eine Stunde hinausgeschoben. Die türkischen Schwarmlinien, die sich schon in den Obst- und Weingärten am Fuße des Damlajik entwickelt hatten, wurden zurückgehalten. Diese armenischen Schweine schienen das wichtigste Ziel verteufelt gut herauszuhaben und ausgelernte Feuerwerker zu besitzen. Wenn sich auch die nächsten acht Zufälle als weniger genial erwiesen als der erste, so war die Talsohle doch breit genug, um den Schrapnells und Granaten, wo immer sie auch niedergingen, schreckenerregende Gelegenheit zu bieten. Drei Häuser in Bitias, Azir und Yoghonoluk wurden in Brand geschossen. Unter einer Abteilung lagernder Saptiehs, die aus ihren Feldflaschen Kaffee tranken, richtete eine der Granaten die schwerste Verheerung an. Drei Tote und viele Verwundete zurücklassend, verließen diese Träger der zivilen Ordnungsgewalt den Kriegsschauplatz für immer, ohne einen Schuß abzugeben.

Gabriel Bagradian erreichte durch das Haubitzfeuer ungefähr das, was er angestrebt hatte, ohne freilich von seinen Erfolgen rechte Kenntnis zu haben. Die türkischen Operationen wurden schmählich gestört, der Mut der neuen Bevölkerung so empfindlich herabgestimmt, daß die Frauen in hellen Haufen bereits gegen die Orontes-Ebene zu flüchten begannen, und nicht zuletzt blieb die oberste Führung eine Zeitlang ausgeschaltet. Erst nachdem das Haubitzfeuer längst schon eingestellt war, rafften sich die Schützenketten auf und verschwanden in den Waldungen der Vorberge des Musa Dagh. Bagradian machte sich einen Augenblick lang den Selbstvorwurf, daß er nicht Verwegenheit genug besessen hatte, mindestens vierhundert Mann des ersten Treffens, die Hälfte aller Zehnerschaften, als Komitatschis auf die Anmarschwege zu verteilen und so den Angriff zu vernichten, ehe er sich zu entwickeln noch Zeit fand. Er fürchtete jedoch aus seiner eigenen gefährdeten Natur heraus alles Aufgelöste und Ungeregelte und hatte deshalb darauf verzichtet, diesen Gedanken auch nur auszusprechen. Tatsache jedenfalls war es, daß die hundert Komitatschis durch listenreiche Positionen und geistesgegenwärtige Tollkühnheit schon auf halber Bergeshöhe unter den heraufkeuchenden Feindesgruppen mehr Verwirrung und Schaden stifteten, als ein offener Sturmangriff es vermocht hätte. Zweimal, dreimal schleuderte das unsichtbare Kreuzfeuer die Verbände, die sich mühsam durch das Dickicht emporarbeiteten, wild auseinander und zerstreute sie. Die einzelnen Haufen und Rotten, von der Befehlgebung abgeschnitten, Schritt auf Schritt des Todes gewärtig, jagten die Abhänge wieder hinab, was nicht einmal Feigheit genannt werden darf, da Gegenwehr ja unmöglich war. Nach all diesen mißglückten Versuchen blieb dem Major nichts anderes übrig, als die Kompanien auf der Linie des Vorberges zu sammeln, eine Erholungsrast anzuordnen und abkochen zu lassen. Inzwischen konnten die Komitatschis in aller Ruhe die Gewehre und Patronen der Gefallenen und Verwundeten in Sicherheit bringen. Der Kaimakam, der sich beim Kommando befand, stellte mit bitterster Verdrossenheit dem Jüsbaschi die Frage:

,,Wollen Sie Ihre Taktik aufrechterhalten? Ich glaube, wir kommen so nie und nimmer auf den Berg.''

Der Major wurde kaffeebraun vor Wut und schrie den Landrat an:

,,Wenn Sie es wünschen, übergebe ich Ihnen hiermit den Befehl und ziehe mich zurück. Das Ganze ist mehr Ihre als meine Sache.''

Der Kaimakam merkte, daß man mit diesem eitlen Offizier äußerst vorsichtig umgehen müsse. Er beschloß deshalb, den plötzlichen Konflikt sofort abzuknicken. Mit seiner schläfrigsten Miene zuckte er die Achseln:

,,Das ist richtig. Ich habe die Verantwortung. Merken Sie sich aber, Jüsbaschi, daß Sie mir verantwortlich sind. Wenn die Sache mißlingt, werden wir beide die Folgen tragen müssen. Sie genauso wie ich.''

Diese reine Wahrheit leuchtete dem Major so heftig ein, daß

er verstummte. Da man die höchsten Stellen, den Wali, ja den Kriegsminister höchstpersönlich mit dem Musa Dagh beschäftigt hatte, konnte ein neuer Mißerfolg den Jüsbaschi vor ein Kriegsgericht führen, das ihm gegenüber weniger gnädig vorgehen würde als gegen den alten Bimbaschi mit den Kinderwangen. Er war auf Gedeih und Verderb an den Kaimakam geschmiedet und mußte sich daher mit ihm verhalten. Zu diesem Zwecke machte er eine ziemlich friedliche Bemerkung und ging ans Werk. Die Kompanie im Norden wurde angewiesen, sofort gegen die armenische Sattelstellung vorzugehen. Die Südstellung oberhalb des Bergsturzes sollte unbehelligt bleiben, da der Jüsbaschi die Truppen nicht einer neuen Steinlawine aussetzen wollte. Er versammelte die Offiziere um sich und befahl ihnen, ihren Zügen zu verkünden, daß jeder Soldat, der während des nächsten Aufstiegs umkehre und zurücklaufe, unbarmherzig niedergemacht werde. Eigens zu diesem Henkersberufe legte er die Saptiehs und Tschettehs in langer Linie in die Einbuchtungen der Vorberge. Sie bekamen den scharfen Befehl, gegen die zurückflutende Infanterie sofort das Feuer zu eröffnen. Diese Aufgabe zu übernehmen, weigerten sich die Saptiehs und Freischärler nicht. Zugleich ließ der Major im Gelände der Aprikosen- und Weingärten eine dritte, sehr lange Linie aufmarschieren, die bewaffneten Dorfbewohner, zu denen sich ein Teil ihrer Frauen gesellte. Die Angst vor dem Befehl des Jüsbaschi tat bei den Kompanien ihre Wirkung. Die Schwärme rasten, von Angst gehetzt, die steilen Berglehnen empor. Sie wagten es nicht, auch nur eine halbe Minute zu verschnaufen. Mit geschlossenen Augen stürmten sie durch das Komitatschifeuer. Der Mittag war lange vorüber, als es drei Zügen unter dem grausamen Feuer der Verteidiger gelang, auf den Höhen Fuß zu fassen und sich an vier Punkten den armenischen Abschnitten gegenüber notdürftig mit dem Infanteriespaten einzugraben oder hinter Felsen, Geröllstürzen, Bäumen, Bodenwellen Deckung zu finden. Durch diese wahre Heldentat aus Angst hatten die Truppen des Majors ihren ersten ansehnlichen Erfolg errungen. Er selbst, vom echten Schlachtenfieber erfaßt, führte mit gezogenem Säbel eine neue Sturmwelle hinauf. Auch ihr gelang es, sich unterhalb der armenischen Gräben festzusetzen und die Angriffsfront zu verlängern. Die Begeisterung über diesen Erfolg befeuerte die Türkenseelen mächtig. Sie eröffneten an allen Einfallspunkten zugleich ein rasendes Feuer. Dem Major war es vorerst gleichgültig, ob die Schüsse ein Ziel trafen oder nicht. Zwei Stunden lang sollten die Ohren und Seelen der Armeniersöhne so zermürbt werden, daß ihnen der letzte Rest ihrer Frechheit verging. Auch bekamen sie auf diese Weise zu spüren, daß der Staatsgewalt Munition genug zur Verfügung stand, um dieses Feuer mit der gleichen Dichtigkeit drei Tage lang fortzusetzen. Die Verteidiger verkrochen sich wie gelähmt in ihren Gräben, während der undurchdringliche Projektilschleier über ihre Köpfe wegwehte. Das Schlimmste aber war, daß sich von jenen Kampfplätzen, die der Stadtmulde zunächst lagen, Hunderte von Kugeln unter die Laubhütten verirrten und bisweilen Geller als abgeplattete Dumdum-Geschosse furchtbare Wunden schlugen. Ter Haigasun befahl daher, daß die Stadtmulde unverzüglich geräumt werde und daß sich das nicht wehrfähige Volk gegen die Meer- und Felsseite des Berges zurückziehe.

Während der lang dauernden Feuerraserei gegen die armenischen Gräben ließ der Jüsbaschi nacheinander die Kompaniereserven, die Saptiehs und zuletzt die bewaffneten Bauern von seinen Offizieren heranführen, damit sich seine Übermacht beim Sturmangriff in immer wieder erneuerten Männerwellen auswirken könne. Das zweite, dritte und vierte Treffen wurde in ziemlich dichten Abständen hinter der Front bereitgestellt. Als diese durch die tückischen Überfälle der Komitatschis erschütterten und wutgepeitschten Mannschaften brüllend die Höhe erreichten, gab der Major dem ersten Treffen den Sturmbefehl. Die Armenier, die schon eine alte Sturmabwehrerfahrung hatten, schossen von ihren zumeist höher gelegenen Stellungen die zögernden Stoßschwärme in aller Ruhe zusammen. So schnell hintereinander die Wellen auch eingesetzt wurden, sie brachen sich, von der Ungunst des Bergbodens schwer benachteiligt, weit vor den armenischen Gräben. Trotz ihrer unermeßlichen Übermacht und Feuerüberlegenheit konnten die Moslems · bis zum späten Nachmittag an keinem der Einfallspunkte auch nur einen Schritt weiterkommen. Dabei hatten die Armeniersöhne durch die kluge Anlage der Verteidigungsabschnitte ein verhältnismäßig leichtes und kostenloses Spiel. Ihre Gräben bildeten da und dort scharfe Winkel, und die anstürmenden Türken erhielten dadurch Front- und Flankenfeuer. Dazu kamen noch die Komitatschis, die plötzlich an dieser und jener Stelle die Reserven mit einem raschen, aber tödlichen Kugelregen überschütteten. Die todesmutigen, vergeblichen Sturmangriffe hatten den Major schon beinahe ebensoviel Männer gekostet wie die letzte Niederlage den armen Bimbaschi, der ihretwegen schmählich davongejagt worden war. Der aus einem weit härteren Holz geschnitzte Jüsbaschi aber gab nicht nach. Er stellte sich immer wieder an die Spitze der Angriffsreihen und entging hundertmal durch das Wunder der echten Führertapferkeit dem Tode. Er hielt sich zumeist im Abschnitt der Steineichenschlucht auf, denn es wurde allgemach klar, daß sich hier der schwächste Punkt der Verteidigung befand. Noch hielt Gabriel Bagradian dank seiner fliegenden Garde alle Fäden in der Hand. Drei Stunden noch, dachte er, und dann ist es Nacht. Die Garde hatte immer wieder in bedrohlichen Fällen eingegriffen, wankende Gräben versteift, die gefährdeten Lücken zwischen den Abschnitten gefüllt und ermüdete Zehnerschaften abgelöst. Jetzt freilich lag Bagradian ausgepumpt, totenfahl und ohne Atem irgendwo auf der Erde und erholte sich nur mühsam. Awakian saß neben ihm, und etwa zwölf Ordonnanzen der Jugendkohorte warteten auf seine Befehle. Haik war unter ihnen, Stephan nicht. Jeden Augenblick trafen Meldungen ein. Hauptsächlich vom Nordsattel, der bis jetzt noch keinen schweren Tag gehabt hatte. Um diese Stunde aber schienen die Türken ihre Absichten zu ändern und einen Hauptschlag im Norden vorzubereiten. Die Berichte Tschausch Nurhans lauteten immer nervöser. Nicht nur der Major, sondern ein ganzer Stab von Offizieren sei hinter den Deckungen auf den Gegenhöhen des Sattels aufgetaucht. Man habe sie deutlich an den Feldstechern erkannt. Bagradian hatte sich vorgenommen, mit dem Einsatz der Garde, das heißt der letzten Kräfte, auf das äußerste zu geizen und sich durch die Unsicherheit der einzelnen Unterführer nicht mißbrauchen zu lassen. Der Nordabschnitt war die bei weitem bestgesicherte Stellung, und es lag gar kein Grund vor, Verstärkungen in dieses Grabensystem zu werfen, ehe der Kampf noch begonnen hatte. Viel wichtiger dünkte es Gabriel Bagradian, immer in der Nähe des sehr gefährdeten Abschnittes der Steineichenschlucht zu bleiben, um dort ein Unglück zu verhüten. Er lag mit geschlossenen Augen da und schien den häufigen Meldungen vom Nordsattel keine Beachtung zu schenken. Nur

noch zweieinhalb Stunden, sagte er sich innerlich vor. Eine
Kampfpause war eingetreten. Das Feuer schwieg. Bagradian
gab sich ganz seiner Erschöpfung hin. Vielleicht aber war
dieser geistige und körperliche Schwächezustand der Grund,
warum er dem Major doch in die Falle ging.

Das Echo des Kampfes erreichte die Riviera mit voller
Schärfe. Das Pochen und Plättern der Schüsse klang durch
eine sonderbare akustische Übertreibung so peitschend nahe,
daß Juliette und Gonzague das Gefühl haben mußten, sie
säßen mitten im Feuernetz, während sich die Schlacht in
Wirklichkeit doch ziemlich entfernt abspielte. Juliette hielt
Gonzagues Hand fest. Sein Wesen war nichts als horchende
Spannung. Er saß regungslos in gespannter Haltung da:
„Ich glaube, es kommt von allen Seiten näher. Es hört sich
wenigstens so an…"
Juliette sagte nichts. Dieser polternde, pfeifende Lärm war so
traumhaft fremdartig, daß sie ihn nicht zu verstehen und
darum auch kaum zu fürchten schien. Gonzague beugte sich
nun etwas vor, um die Brandung besser zu sehen, die an den
Klippen in der Tiefe hochsprang. Das Meer war heute
außerordentlich bewegt und mischte seine ferne Zornstimme
in den Wirbel des Gewehrfeuers. Maris deutete südwärts die
Küste entlang:
„Wir hätten uns früher entscheiden sollen, Juliette. Du
könntest jetzt schon im schönsten Frieden in dem Wohnhaus
der Spiritusfabrik warten…"
Sie schauerte zusammen. Ihr Mund öffnete sich, doch sie
mußte ihre Stimme erst lange suchen wie etwas Verlorenes:
„Das Schiff geht am Sechsundzwanzigsten … Heute ist der
Dreiundzwanzigste … Ich habe noch drei Tage Zeit…"
„Nun ja" — er beruhigte sie mit zarter Nachsicht —, „du hast
noch drei Tage Zeit … Ich nehme dir keinen Tag fort … Wenn
es die andern dort nicht tun…"
„Ah, Gonzague, mir ist ganz merkwürdig zumute, ganz unverständlich…"
Sie verstummte mitten im Satz. Es erschien ihr aussichtslos,
ihren Zustand zu schildern, der ihr selbst völlig unbekannt
war. Wie irgend etwas Weiches, sehr Verletzliches, das mit
seinem frierendsten Teil aus der schützenden Hülse gezogen
ist. Ihre Glieder hatten ein kaltes Eigenleben, das mit dem

Gesamtbewußtsein selbst nur mehr ganz mangelhaft zusammenhing. Als ob sie die Arme und Beine mit einem schmerzlichen Bedauern hätte ablegen und in einen Kasten sperren können. In früheren Zeiten, in ihrer vernunftvollen und lichten Welt, wäre Juliette nicht untätig geblieben. Irgend etwas fehlt mir, hätte sie sich gesagt und wahrscheinlich zum Fieberthermometer gegriffen. Jetzt grübelte sie darüber nach, wie es komme, daß ihr schrecklicher Zustand doch wieder auch recht behaglich und wunschlos sei. Dabei wiederholte sie noch zweimal:

„Unverständlich . . ."

Gonzague zog sie mit lächelndem Ernst dichter an sich:

„Arme Juliette, ich verstehe dich genau . . . Du hast zuerst in fünfzehn Jahren und nun in vierundzwanzig Tagen dich selbst verloren. Jetzt kannst du weder die falsche noch die richtige Juliette in dir finden. Siehst du, ich gehöre nirgends hin, ich bin kein Armenier, kein Franzose, kein Grieche, kein Amerikaner, sondern wirklich und wahrhaftig nichts und daher frei. Mit mir wirst du es sehr leicht haben. Der Schnitt aber bleibt dir nicht erspart . . ."

Sie sah ihn gänzlich verständnislos an. Jetzt erreichte das Gewehrfeuer dort drüben den Höhepunkt seiner Erregung. Es war unmöglich, länger ruhig sitzen zu bleiben. Gonzague half Julietten auf. Sie schwankte wie betäubt. Er schien unruhig zu werden:

„Wir müssen bedenken, was zu tun ist, Juliette. Das dort klingt nicht besonders vertrauenerweckend. Was hast du vor?"

Sie machte eine unvollständige Handbewegung, wie um sich die Ohren zuzuhalten:

„Ich bin müde . . . und möchte mich hinlegen . . ."

„Das ist ausgeschlossen, Juliette! Hör nur! Es kann jeden Augenblick ein Unglück geschehen. Ich bin dafür, daß wir diesen Platz hier verlassen und die Sache weiter unten abwarten . . ."

Sie schüttelte eigensinnig den Kopf:

„Nein, ich will lieber in mein Zelt zurückgehen!"

Er nahm sie um die Hüfte und versuchte sie leise mit sich zu ziehen.

„Sei nicht böse, Juliette! Aber es ist unbedingt notwendig, jetzt alles klar zu überlegen. In der nächsten halben Stunde kann

501

das türkische Militär in der Stadtmulde sein. Und Gabriel Bagradian? Weißt du, ob er noch lebt?"

Das Krachen und Heulen ringsum schien Gonzagues Befürchtungen zu bekräftigen. Juliette aber erwachte jäh aus der Verworrenheit zu ihrer alten Energie und Willenskraft: „Ich will Stephan sehn, ich will Stephan bei mir haben", rief sie mit fast zorniger Überschwenglichkeit. Der Name ihres Kindes zerriß die Nebelschleier der grauenhaften Irrealität, die sie von allen Seiten umlagerte. Die Mutterschaft wurde plötzlich zu einem festen Haus mit undurchdringlichen Mauern, das sich gegen die ganze Welt absperren ließ. Sie packte Gonzague an beiden Armen und stieß ihn ungeduldig von sich: „Holen Sie sofort Stephan hierher, hören Sie, ich bitte Sie, verlieren Sie keine Zeit, finden Sie ihn! Ich warte, ich warte..."

Einen Augenblick lang bedachte sich Maris. Dann unterdrückte er ritterlich jeden Widerspruch und neigte den Kopf: „Gut, Juliette, wenn du es wünschest! Ich werde alles tun, um den Jungen so schnell wie möglich aufzutreiben, und dich nicht lange warten lassen."

Gonzague Maris kam tatsächlich schon nach einer halben Stunde mit dem völlig verwilderten und verschwitzten Stephan zurück, der ihm nur widerwillig folgte. Juliette stürzte sich auf den Knaben, preßte ihn an sich, während ein trockner Weinkrampf sie erschütterte. Der Knabe war so müde, daß er, als sie sich alle niederließen, sofort einschlief.

Gabriel Bagradian hatte ohne Zweifel bewiesen, daß er, der Schöngeist, echte militärische Führerbegabung besaß, vom tödlichen Zwang an die Oberfläche geholt. Dem Fehler, den er jetzt beging, waren angesehene Generale oft erlegen, indem sie sich durch die Vorliebe für gewisse wohlstudierte Kampfabschnitte in ihren Entschlüssen leiten ließen. Und so ließ sich denn Gabriel auch durch die Vorliebe für das Hauptwerk seines großen Verteidigungsplanes, den Nordabschnitt, dazu verleiten, den zahlreichen Botschaften Tschausch Nurhans, die zuletzt in Hilferufe ausarteten, endlich doch nachzugeben. Da die Türken ihre Angriffe weder aus der Steineichenschlucht noch auch bei den anderen Einfallspunkten des Bergrandes wiederholten, da ringsum das Gewehrfeuer schwieg, um sich mit ungeahnter Wucht im Norden zu sammeln, so erschien es mehr als wahrscheinlich, daß der Feind mit seiner ganzen

Übermacht einen Durchbruchsversuch in der Sattelstellung wagen werde. Aus diesem Grunde zog Bagradian die über die lange Randfront verteilten Zehnerschaften der fliegenden Garde zusammen und führte sie nach Norden, wo sie, des türkischen Sturmes gewärtig, den zweiten Graben und die Felsbarrikaden bezogen. Gabriel erwartete das Vorbrechen des Feindes in jedem Augenblick, da das Feuer von Minute zu Minute an Heftigkeit zunahm und der Abend immer näher rückte. (Da niemand andrer als er die Haubitzen richten und bedienen konnte, mußten sie außer Gefecht bleiben.)

Sarkis Kilikian hatte sich während des Tages als Abschnittskommandant über der Steineichenschlucht hervorragend gehalten und fünf Angriffe abgeschlagen. Eine Zeitlang hatte es den Anschein, als ob die türkischen Schwarmlinien, aller Verluste ungeachtet, den Durchbruch nirgendwo anders als hier oben erzwingen wollten, da es sich ja um die Schlüsselstellung handelte, die mitten ins Volkslager führte. Weil Gabriel Bagradian der Ausdauer des Russen in den ersten Kampfstunden nicht völlig traute, hatte er sich zumeist in der Nähe des Steineichenschlucht-Abschnittes aufgehalten und mehrmals, den Türken in die Flanke fallend, mit seinen Zehnerschaften eingegriffen. Die Aufgabe Sarkis Kilikians war alles eher als leicht. Der Hauptgraben dehnte sich nur über ein ziemlich kurzes Bodenstück. Die Gräben der Seitensicherung lagen nicht sehr günstig und waren überdies je einige hundert Schritt weit von den Nachbarabschnitten entfernt, ohne daß diese Lücken, wie zwischen den meisten anderen Einfallspunkten, durch Steilhänge, Felswände oder dicken Knüppelwuchs ungängig blieben. Der Russe gebot über eine verhältnismäßig kleine Besatzung von acht Zehnerschaften, die außerdem, der Bodenbeschaffenheit entsprechend, ziemlich auseinandergezogen stand. Dennoch war er ohne bedeutende Verluste über den Tag hinweggekommen, obwohl immerhin zwei Tote und sechs Verwundete zu beklagen waren. Etwas von Kilikians Wesen, seiner totenhaften Ruhe und Gleichgültigkeit, war auf die Besatzung übergegangen. Sooft die Türken zum Angriff ansetzten, schossen die Leute mit solcher, man kann es nicht anders nennen, gelangweilten Sicherheit, als seien sie im Tode und im Leben gleicherweise zu Hause und es bekümmere sie nicht sehr, welchen von diesen zwei Aufenthaltsorten sie künftig bewohnen würden. Während Kilikian sein Gewehr im Anschlag hielt, ließ er keine der guten Zigaretten verlöschen, von denen ihm Bagradian eine Schachtel zum Geschenk gemacht hatte. Jetzt, nach so vielen blutigen Stunden, lehnte er seine dürre Gestalt gegen die Grabenwand und starrte auf das mit Baumstrünken und Stämmen, mit Sträuchern und Latschen übersäte Vorfeld, das sich in scharfer Neigung bis zum Ausstieg der eigentlichen Steineichenschlucht senkte, die der Feind dicht besetzt hielt. Gabriel Bagradian hatte hier selbstverständlich in den ersten Tagen schon den Bergrand abholzen lassen. Kilikians jugendlicher Totenkopf saß regungslos zwischen den Schultern. In seinen Augen mit dem stumpfen Achatglanz kam die große Kunst zum Ausdruck, das Leben bis auf ein Minimum an Tätigkeit abstellen zu können. In der erbeuteten Uniform sah der Russe mit seinen abfallenden Schultern und seiner mädchenschmalen Taille, die er durch einen festangezogenen Gürtel eigens betonte, wie ein äußerst eleganter Offizier aus. Er sprach mit den Nachbarmännern kein Wort, und auch diese schwiegen. Ihre Augen sahen immer wieder nach den Schatten der Bäume und Sträucher, die von Sekunde zu Sekunde länger, schmäler, goldhaltiger wurden wie geheimnisvolle Lebewesen. Alle Armeniersöhne und -töchter auf dem Damlajik, bis vielleicht auf Krikor und Kilikian, hegten jetzt einen einzigen Gedanken, den Gedanken Gabriel Bagradians: Nur eine Stunde noch, und dann ist die Sonne untergegangen. Im Norden knatterte salvenartiges Feuer. Hier unten aber lag Wald und Berg scheinbar im tiefsten Frieden. Manche von diesen abgekämpften Männern schlossen jetzt die Augen, um eine Weile im Stehen zu schlafen. Sie hatten dabei das sonderbare Gefühl, daß dieser gestohlene Schlummer die Zeit heimlich vorwärts- und der rettenden Nacht in die Arme treibe. Der Schläfer wurden immer mehr und mehr. Zuletzt schien von der Besatzung in den drei Gräben kaum ein Mann wach zu sein. Nur die leblos geschliffenen Steinaugen Sarkis Kilikians, des Führers, beobachteten unbeweglich den schwarzen Waldrand der Steineichenschlucht. Das Geschehnis der nächsten Minuten gehört zu jenen Rätseln, die sich wahrheitsgemäß durch nichts erklären und ergründen lassen. Zur Not könnte man die unbegreifliche Lethargie im Wesen Kilikians verantwortlich machen, jene Eigenschaft, die das Leben schon in dem elfjährigen Knaben (als er unter seiner verblutenden Mutter lag)

504

als Selbstschutz gegen das Übermaß von Qualen auszubilden begann. Er rührte sich jedenfalls nicht, und in seine Augen kam kein anderer Blick, als aus dem Walde unten erst einzelne Infanteristen hervorzögerten, denen allmählich ganze Schwärme folgten. Kein einziger Schuß kündigte einen Angriff an. Die Türken schienen sich von der schwarzgezackten Wand der Steineichenschlucht ängstlich nicht lösen zu wollen und verlegen zu warten, bis die Gewehre der Verteidiger losgehen würden. Da dieses nicht geschah, gaben sie sich einen Ruck, es waren schon mindestens dreihundert Mann, liefen vor und warteten, hinter jedes Hindernis sich duckend, wieder auf das armenische Feuer. Ein Teil der Männer in den Gräben schlief noch immer. Andre erwachten, griffen zu ihren Gewehren und blinzelten in das lautlos huschende Bild vor ihnen. In dieser Sekunde blähte sich das Goldlicht der Abendsonne auf und zerplatzte in hunderttausend blendende Splitter und Sprengstücke. Die Halbmonde auf den Pudelmützen der Offiziere blitzten grell. Erstaunlicherweise trugen sie während dieses Kriegszuges keine Feldkappen. Die von dem prahlenden Katzengold der späten Sonne benommenen Armeniersöhne legten die Gewehre aus und starrten, befehlgewärtig, Kilikian an. Und jetzt geschah das ganz Unerklärliche. Anstatt, wie er es bisher getan hatte, ruhig das Zielaviso zu geben, die Distanz für den Rahmenaufsatz zu bestimmen und seine Pfeife an die Lippen zu setzen, stieg der Russe mit nachdenklicher Langsamkeit aus dem Graben. Die Bewegung pflanzte sich wie ein Befehl unter den Zehnerschaften fort. Teils aus müder Verwirrung, teils aus Vertrauen in die unbekannte Absicht des Führers, schwang sich ein Mann nach dem anderen über den Grabenrand. Die Türken, die sich schon bis auf fünfzig Schritte herangepirscht hatten, stutzten, warfen sich nieder. Das Herz blieb ihnen stehen. Sie erwarteten einen wütenden Gegenangriff. Doch Sarkis Kilikian stand ruhig vor dem Mittelgraben, ohne vorwärts-, ohne zurückzugehen, ohne ein Befehlswort zu rufen, ohne ein Zeichen zu geben, die Hände in den Taschen vergraben. Ehe die unglücklichen Verteidiger noch zur Besinnung kommen konnten, brüllte einer der Offiziere unten ein lang anhaltendes Kommando, und aus dreihundert Mausergewehren knatterte ein grauenhaftes Schnellfeuer gegen die erstarrten Zielpuppen oben, die sich schwarz vom lichttrunkenen Himmel des Unterganges abhoben. Binnen wenigen

Atemzügen krümmte sich ein Drittel der Besatzung des Abschnitts schreiend und ächzend auf der blutigen Erde des Musa Dagh. Sarkis Kilikian stand noch immer nachdenklich erstaunt da, die Hände in den Taschen vergraben. Das türkische Blei schien ihm auszuweichen, als wäre ein Abschluß dieses einzigartigen Schicksals in offener Feldschlacht viel zu simpel und stillos. Als er dann die Hand erhob und seinen Kämpfern irgend etwas zuschrie, war es längst schon zu spät. Er wurde von der allgemeinen Flucht des Besatzungsrestes mitgerissen, die erst mittwegs bei den Steinschanzen zum Stillstand kam. Es waren vier längere, trapezförmig abgewinkelte Steinhaufen in nächster Nähe der Stadtmulde. Ehe die Flüchtigen diese Deckung erreichten, ließen sie dreiundzwanzig Tote und Verwundete zurück. Die türkische Infanterie besetzte mit unbeschreiblichem Grölen die verlassenen Gräben. Die Reserve drängte nach, die Saptiehs, die Tschettehs und zuletzt die bewaffneten Dörfler. Auch eine recht erhebliche Anzahl von mutigen Weibern war den Moslems gefolgt. Als diese hinter den Bäumen der Eichenschlucht versteckten Frauen den Erfolg der Ihren sahen, brachen sie wie wahnsinngeschüttelte Mänaden aus dem Wald, faßten einander an den Händen, bildeten eine Kette, und aus ihren Kehlen pfiff ein langes eigenartiges Schrillen, Zilgith, der uralte Schlachtruf islamischen Weibervolks. Dieser aufwühlende Schrei befreite den Teufel in den Männern. Sie kümmerten sich, wie ihr kühner Glaube es ihnen eingibt, nicht um Tod und Leben und stürzten in tollem Lauf auf die dürftigen Steinschanzen zu, ohne einen Schuß mehr abzugeben, mit blankem Bajonett.

In diesem Unglück kamen den Armeniersöhnen mehrere Glücksfälle zu Hilfe. Als sie sahen, daß die Türken die Verwundeten mit Bajonettstichen durchsiebten und mit ihren Soldatenstiefeln zertraten, breitete sich wieder die ganze Kälte und Wachheit ihres unentrinnbaren Schicksals über sie. Steif lagen sie hinter dem Schotter und zielten ruhig und tödlich wie sonst. Zeitgewinn! Die Türken hatten die letzte überschwengliche Sonne im Gesicht, sie aber im Rücken. Ein andres Glück im Unglück war die Verwirrung, die dadurch entstand, daß die Angreifer vor den Nachbarabschnitten, ihre eigenen Offiziere überrennend, den Posten verließen und siegestrunken auf die Bresche zuströmten. Daher verließen auch die Verteidiger ihre Gräben und drängten von rechts und links der Unheilstelle entgegen. Die Folge war ein Nahkampf und Durcheinander, in dem Freund und Feind (viele Armenier trugen ja erbeutete Türkenuniformen) unkenntlich durcheinandergeschüttelt wurde. Überall dröhnte die Flut in das Loch. Es dauerte blutig lange, und viele, viele Männer mußten fallen, ehe die Gegner sich entmischten und es der Überzahl gelang, die Armenier gegen die Stadtmulde vor sich herzutreiben. Bis zur Sekunde genau reichte die Zeit hin, daß Bagradian mit der völlig erschöpften Garde das Allerletzte vom Lager noch abwenden konnte. Die Türken wurden zurückgedrängt, doch nur bis zu den eroberten Gräben, die sie fest in der Hand hielten.

Das größte Heil war aber die Nacht, und eine bewölkte, mondlose dazu, die jetzt rasch einbrach. Der Jüsbaschi konnte es nicht mehr wagen, noch einen, und zwar den entscheidenden Stoß zu führen. In der Finsternis waren die Armenier, die den Damlaijk wie ihren eigenen Körper kannten, trotz ihrer vielen Toten gegen eine ganze Division im Vorteil. Der Kaimakam, durch die riesigen Verluste aufs tiefste verstört, wußte nicht recht, was er von diesem unausgenützten Sieg zu halten habe. Der Major versprach ihm hoch und heilig, er werde bis zur dritten Morgenstunde der Angelegenheit ein radikales Ende bereitet haben. Daraufhin entwickelte er in Kürze seinen neuen Kriegsplan. Bis auf kleine Scheinbesatzungen wurden die türkischen Truppen unauffällig von den Verteidigungsabschnitten zurückgezogen. Die ganze Streitmacht bezog auf der breiten Sohle der Steineichenschlucht das Nachtlager, um in der ersten Morgenfrühe bereit zu sein, aus dem eroberten Graben heraus, wie ein mächtiger Balken, das letzte unbedeutende Hindernis durchzustoßen.

Es ließ sich aber nicht verhindern, daß die bewaffneten Dorf-Moslems als die neuen Hausbesitzer, die sie ja waren, eine Nächtigung unter eigenem Dache dem Freilager vorzogen und die Truppen verließen.

Gegen sechs Uhr abends kam Pastor Aram Tomasian schweißbedeckt und aufgelöst in das Zelt der Frauen, stürzte drei Gläser Wasser hinunter und keuchte:

,,Iskuhi, Howsannah! Macht euch bereit! Die Sache steht nicht gut. Ich werde euch rechtzeitig abholen. Wir müssen ein

Versteck irgendwo unter den Felsen finden ... Jetzt gehe ich den Vater suchen..."

Ohne zu Atem zu kommen, war Tomasian sofort wieder verschwunden. Iskuhi, die ihr Versprechen gehalten und sich tagsüber nicht aus dem Zelt gerührt hatte, half der jammernden Howsannah beim Aufstehen, so gut es ging, reichte dem Kind die Flasche mit der gewässerten Milch und zog dann noch mit ihrem rechten Arm die wenigen Gepäckstücke der Familie unter den Betten hervor. Plötzlich aber hielt sie mitten in der unvollendeten Arbeit inne und verließ Howsannah, ohne ein Wort zu sagen...

Eine Stunde nach Sonnenuntergang. Der große, mit zertretenem Gras bedeckte Altarplatz der Stadtmulde. Die Führer hatten sich nicht in die Regierungsbaracke zurückgezogen, sondern saßen vor dem heiligen Gerüst auf der Erde. Das Volk hockte in gepreßter Stille dicht um sie gelagert. Die Laubhüttengassen waren ausgestorben. Manchmal kam das Aufjammern eines Schwerverwundeten vom Lazarettschuppen als einziger Laut herüber. Man hatte einen Teil der Toten des letzten Angriffs bergen können. Sie lagen auf der Holztenne des Tanzbodens nebeneinander, von Decken und Plachen nur unvollkommen verhüllt. Kein Licht, kein Feuer. Der Führerrat hatte jedes laute Wort verboten. Das Schweigen der Menge war so dicht, daß jeder das Geflüster der Gewählten leicht ausnehmen konnte. Ter Haigasun schien als einziger die Fassung bewahrt zu haben. Seine Stimme klang ruhig und bedächtig:

„Wir haben nur eine Nacht vor uns, das heißt, acht Stunden Finsternis..."

Er wurde mißverstanden. Selbst Aram Tomasian, dessen Herz durch den Gedanken an Howsannah, Iskuhi und das Kind zerrissen war, erwog heute allerlei nervöse Pläne. Er sprach allen Ernstes davon, daß es vielleicht am besten wäre, das Lager zu räumen und in den Felsrissen, Kalkhöhlen und Grotten der Steilseite Schutz zu suchen. Diese Anregung aber fand nur wenig Parteigänger. Es zeigte sich, daß die Menschen unsinnigerweise zu ihrem neuen Wohnort Liebe gefaßt hatten und ihn bis zur letzten Möglichkeit verteidigen wollten. Man begann hin und her zu streiten. Mit leeren Phantastereien drohte von den wenigen Stunden der Finsternis Minute um Minute fruchtlos abzubröckeln. Aus der ringsum gelagerten

Volksmenge drangen dann und wann unterdrückte Frauen-
schreie und krampfhaftes Aufschluchzen. Dieser Tag hatte
den Tod über mehr als hundert Familien gebracht, wenn man
die Verwundeten mit einrechnete, die den Türken in die Hände
gefallen waren. Auch wußte niemand, wie viele Schwerverletzte noch draußen in den Stellungen lagen, die bisher noch
nicht ins Lager hatten gebracht werden können. Die schwere
Nacht drückte wie eine niedrige Zimmerdecke auf den Musa
Dagh. Als das Geflüster immer leerer und wirrer rann, wurde
Gabriel Bagradian von Ter Haigasuns Stimme gewichtig
getroffen:

„Es bleibt uns nur mehr diese einzige Nacht, Bagradian
Effendi! Müssen wir diese Nacht, diese acht kurzen Stunden
nicht ausnützen?"

Gabriel hatte sich, die Arme unterm Kopf, zurückgelegt und
starrte in das schwarze Oben. Er konnte sich gegen den Schlaf
kaum wehren. Alles versank. Sinnlose Worte plätscherten an
sein Ohr. Ihm fehlte in dieser Sekunde die Energie, dem
Priester auch nur eine Antwort zu geben. Er murmelte etwas
Unverständliches in sich hinein. Da fühlte er auf einmal eine
kleine eiskalte Hand, die sein Gesicht abtastete. Es war so
finster, daß er Iskuhi nicht sehen konnte. Sie hatte ihn nach
langer Irrfahrt von Stellung zu Stellung endlich gefunden. Nun
setzte sie sich, als sei das selbstverständlich, mitten in den
Kreis der Führer an seine Seite. Nicht einmal vor ihrem Bruder
schien sie angesichts dieser einzigen und letzten Nacht Scham
zu empfinden. Iskuhis kalte Hand wirkte auf Gabriel weckend
und belebend wie frisches Wasser. Die Erstarrung begann von
ihm zu weichen, sein Denken wieder zu keimen. Er setzte sich
auf und nahm ihre Hand in die seine, ohne dessen zu achten,
ob in der Finsternis jemand diese Zärtlichkeit bemerkte oder
nicht. Iskuhis Hand schien ihn aus der stolprigen Wirrnis seiner
Ermattung zu sich selbst zurückzuführen. Er atmete tief. Sein
Zwerchfell straffte sich. Ein körperlicher Frohmut regte sich,
wie ihn ein Durstiger empfindet, der sich satt getrunken hat.
Der Führerrat verstummte plötzlich. Fremde Stimmen nahten.
Alles sprang erschrocken auf die Beine. Türken? Mehrere
Blendlaternen schwankten. Es war eine Abordnung der Komitatschis, die zurückkehrte. Sie wollten Befehl für morgen
entgegennehmen. Die Komitatschis meldeten, daß von ihnen
nur ein Mann gefallen und zwei gefangen worden seien und

daß sie ihre Posten nach wie vor besetzt hielten. Zugleich berichteten sie, daß die türkischen Kompanien bis auf kleine Reserven die meisten Höhenabschnitte heimlich räumten, um in der Steineichenschlucht zusammenzuströmen. Die Verbindung zwischen dem eroberten Graben und der Hauptmacht werde durch Postenketten und Patrouillen aufrechterhalten. Die Absicht sei sonnenklar.

„Wir werden diese Nacht benützen, Ter Haigasun", rief Gabriel so laut, daß die ganze Menge es hören konnte. Im selben Augenblick schien auch die Lähmung der anderen Führer überwunden zu sein. Alle Köpfe durchblitzte der gleiche Gedanke, ehe Bagradian noch ein Wort gesagt hatte. Nur ein gewaltiger Überfall auf das türkische Nachtlager konnte den Untergang abwenden. Doch um den Überfall zu vollbringen, reichten die erschöpften Kämpfer dieses endlosen Bluttages nicht hin. Das ganze Volk, Frauen und Kinder mußten in irgendeiner Weise teilnehmen und mit der körperlichen Wucht von Tausenden dem Handstreich Nachdruck verleihen. Alles redete jetzt mit lauter Stimme durcheinander. Jeder Muchtar und Lehrer suchte seinen Vorschlag anzubringen, bis Gabriel mit scharfer Stimme Ruhe gebot. Man dürfe über diese Frage nicht laut verhandeln. Es sei nicht unmöglich, daß sich türkische Spione ins Lager geschlichen hätten. Gabriel Bagradian sandte Nurhan Elleon in seinen Abschnitt zurück, damit er von den zwanzig Zehnerschaften, die ihn besetzt hielten und die durch die Kämpfe verhältnismäßig wenig gelitten hatten, hundertfünfzig Krieger in tiefer Stille heranführe. Der Rest konnte und mußte genügen, um die dortigen Gräben und Felsbarrikaden im Falle eines Gegenangriffes zu behaupten. Desgleichen hatten die Südbastion und die Abschnitte des Bergrandes insgesamt zwanzig Zehnerschaften zu stellen, die auch wirklich im Laufe von zwei Stunden sich lautlos auf dem Altarplatz versammelten. Mit den Komitatschis und seiner fliegenden Garde brachte Bagradian eine Macht von mehr als fünfhundert Männern zusammen. Alle Bewegungen kosteten sehr viel Zeit, da nicht das leiseste Geräusch gemacht und kein Befehlswort gesprochen werden durfte, sondern nur das Notwendigste in knappen Silben geflüstert wurde. In der dichten Finsternis war es sehr schwer, die Einteilungen zu treffen. Nur die Kenntnis jedes einzelnen Mannes ermöglichte es Bagradian, in dem stumpfen und müden Haufen die beiden Gruppen zu organisieren. Die erste, größere wurde der Führung des Komitatschi-Häuptlings unterstellt. Nachdem sie etwas Proviant gefaßt und ihre Patronen ergänzt hatte — was in der Dunkelheit wiederum ein schwieriges und langwieriges Werk war —, zogen diese Männer ein Stück gegen Süden, um sich dann auf einem abgelegenen Wildpfad unendlich vorsichtig, mit traumhafter Schwerelosigkeit gleichsam, in Wald und Dickicht, über Lichtungen und Freihalden hinabzuschleichen und dem Türkenlager zu nähern. Nicht nur die schmiegsame Ortsvertrautheit kam ihnen zu Hilfe, sondern auch die Lagerfeuer der Kompanien, die der Jüsbaschi am Rande der Steineichenschlucht hatte anzünden lassen. Diese Feuer wurden auf kahlen oder felsigen Stellen unterhalten, weil sonst, obgleich die große Schlucht selbst dumpfig und feucht war, durch die Trockenheit des Waldwuchses leicht ein Brand hätte entstehen können. Trotz der Lagerfeuer aber gelang es den Komitatschiführern, die ganze ellipsenförmige Schlucht einzukreisen. In den Baumkronen saßen die erstarrten Armeniersöhne, hinter den dichten Arbutusbüschen lagen sie versteckt, da und dort schmiegten sie sich auch ohne rechte Deckung zwischen knorrige Wurzeln. Mit unbewegten Augen beobachteten sie das Lager, das allmählich zur Ruhe kam. Sie hielten ihre Gewehre in Bereitschaft, obgleich es noch mehr als eine Stunde dauern konnte, bis der Feuerüberfall oben auf dem Berg ihnen das Zeichen gab. Bagradian hatte Tschausch Nurhan Elleon beauftragt, mit der anderen Gruppe, die aus hundertundfünfzig Kämpfern bestand, diesen Überfall auf den verlorenen Abschnitt auszuführen. Nurhan schob seine Leute aus den Steinschanzen vor und an den Hauptgraben mit den Flankensicherungen heran. Nicht nur die Finsternis, auch ein wohlwollend singender Wind deckte diese kriechende und huschende Bewegung derart vollständig, daß die Armenier die Gräben von beiden Seiten ein Stück überholen konnten und sie somit umfaßt hielten. Ein besonderer Umstand begünstigte sie dabei. Die türkische Besatzung, eine der stark hergenommenen Kompanien, hatte unsinnigerweise ein paar Karbidlampen angezündet, die mit ihrem scharfen Licht die Soldaten grell erleuchteten, während es die Umgebung in tiefstes Dunkel tauchte. Die Armeniersöhne konnten auch hier in einer schier unendlichen Spanne und Ruhe das überdeutliche Ziel suchen. Es war, als ob niemand atme. Kein Glied rührte sich.

Jedes Leben schien im stollenlosen Bergwerk dieser Nacht verschüttet zu sein.

Wo der Saumpfad zwischen eingestürzten Mauern den Vorberg verläßt, um in die breite Rinne der Schlucht aufzusteigen, standen der Kaimakam und der Major am unteren Rande des Truppenlagers. Ein paar Soldaten mit Laternen und Fackeln warteten abseits, um ihnen zu leuchten. Der Jüsbaschi betrachtete seine sehr moderne Armbanduhr, die ein leuchtendes Zifferblatt besaß:

„Höchste Zeit! ... Ich werde nämlich schon eine Stunde vor Sonnenaufgang wecken lassen."

Der Kaimakam schien um das körperliche Wohl des Majors sehr besorgt zu sein:

„Wollen Sie nicht lieber die Nacht in unserem Quartier verbringen, Jüsbaschi? Sie haben einen schweren Tag hinter sich. Das Bett wird Ihnen wohltun."

„Nein, nein! Ich habe zum Schlafen keine Ruhe."

Der Kaimakam empfahl sich, ging, von den Laternenträgern gefolgt, zwei Schritte hinab, kehrte wieder zurück:

„Nehmen Sie mir die Frage nicht übel, Jüsbaschi. Kann ich sicher sein, daß in den nächsten Stunden nichts Unerwartetes geschieht?"

Der Major, der dem Kaimakam nicht entgegengegangen, sondern nur mit halbgewendetem Kopf stehengeblieben war, unterdrückte ein gehässiges Wort. Unerträglich waren diese Einmischungen des Zivilisten. Mit tadelnder Betonung erklärte er:

„Ich habe selbstverständlich alle Sicherheitsvorkehrungen getroffen. Obwohl meine armen Leute ihre Ruhe brauchen, sind sehr starke Postenketten ausgestellt. Sie hätten sich nicht zurückbemühen müssen, Kaimakam! Denn ich habe mich schon vorhin entschlossen, auch noch Patrouillen auszusenden, um die Umgebung unseres Nächtigungsplatzes abzusuchen..."

Es geschah nach diesen Worten des Jüsbaschi. Diese Patrouillen aber, zu Tod ermattete Unteroffiziere und Soldaten, stolperten halb bewußtlos an den starren Armeniersöhnen vorbei, deren Augen aus dem Eichenlaub katzenhaft glommen. Sie rückten nach kurzer Zeit wieder ein und meldeten dem diensthabenden Offizier, das Gelände ringsum sei frei und alles in bester Ordnung.

512

Gabriel Bagradian warf das brennende Zündhölzchen fort, mit dem er sich eine Zigarette angezündet hatte. Das Flämmchen leckte auf der Erde weiter und brannte eine kleine Grasmulde aus. Iskuhi, die sich nicht von Gabriels Seite rührte, zertrat das gierige Feuer. „Wie trocken ist alles", sagte sie. Das Zündhölzchen entfachte in Gabriel den verwegenen Gedanken. Er stand eine Weile verloren da. Der Einfall war zweischneidig. Er konnte dem eigenen Volke ebensoviel Schaden bringen wie dem Feinde. Bagradian prüfte mit seinem Taschentuch als Fahne die Richtung des zeitweilig kräftigen Windes. Westwind, Meerwind, der die Zweige talabwärts schüttelte. Die Entscheidung konnte weder der Führerrat noch auch Gabriel allein treffen. Ter Haigasun, das Oberhaupt des Volkes, sollte ja oder nein sagen. Nach einer schweigenserfüllten Minute sagte Ter Haigasun: „Ja!"

Unterdessen hatte schon die gesamte Kriegerschaft Altarplatz und Stadtmulde verlassen. Atemlos warteten die beiden Überfallsgruppen des Signals. Zwischen dem umlauerten Graben und den Steinschanzen lag noch eine Linie der restlichen Zehnerschaften, hinter den Steinschanzen die ganze Masse der Volksreserve. Dies aber war noch nicht alles. Es muß leider verraten werden, daß Stephan, der seiner Mutter längst wieder durchgebrannt war, sich trotz der unabwendbar nahen Katastrophe in einer äußerst gehobenen Stimmung befand. Das Schleichen und Flüstern im Finsteren, die dichte Nähe so vieler angstgeprägter Körper, das jähe Aufblitzen und Verlöschen wandernder Blendlaternen und hundert Abenteuerlichkeiten mehr wirkten auf Stephans gereizte Nerven wie die Bestätigung einer lustvollen Traumwelt. Dazu kam noch der ganz sonderbare Befehl, den die Jugendkohorte erhielt, und der Stolz, als letzte Brustwehr des Lagervolkes an dem vorläufig noch dunklen Plane teilnehmen zu dürfen. Man wird demnach verstehen, daß sich Stephans und seiner Kameraden Übermüdung in einen erwartungsvollen Rausch verwandelte.

Der ganz sonderbare Befehl aber bezog sich auf das Petroleum. Alle Petroleumfässer nämlich, die sich auf dem Damlajik befanden, darunter auch die beiden der Familie Bagradian, wurden ohne jede weitere Erklärung auf den Altarplatz gewälzt, und ebenso alles, was bei den erloschenen Feuerstellen an Ästen, Prügeln und Knütteln aufgestapelt war, eiligst herangetragen. Zuerst mußten die Buben, dann die alten

Leute, die Frauen und Kinder bis hinab zu neun Jahren sich aus den Holzstößen einen möglichst starken und schlanken Stock holen. Die Lehrer und Samuel Awakian, welche diese Verteilung leiteten, konnten nur mühsam den Ausbruch von Streit und Geschrei verhindern. Sie schlugen mit den Fäusten zu und zischten: „Ruhe, ihr dummen Teufel!" Nicht anders verhielt es sich dann bei den Petroleumfässern. Die Äste mußten in die dicke Flüssigkeit bis zur Mitte getaucht und gequirlt werden. Es waren ihrer dreitausend mindestens. Dies kostete sehr lange Zeit. Noch immer drängten sich die Leute um die Fässer, als schon der lange Signalpfiff aufgellte und das Überfallsfeuer auf die von den Türken eroberten Gräben einblitzte. Hundertfach antwortete sogleich das hohle Gepolter aus der Schlucht, und ein unaufhörlicher schlaftrunkener Schreckensschrei mischte sich darein, der kaum mehr menschlich heiser war.

Gabriel Bagradian stand auf einer kleinen Felserhöhung zwischen der Linie und den Steinschanzen. Während des jäh aufknatternden Kampftumults, der sich von jedem andern Angriffslärm bisher vollkommen unterschied, hatte der Befehlshaber in einer Art traumgespannter Versunkenheit kein Wort zu den Leuten gesprochen, die hinter ihm warteten. Einige Minuten vergingen. Die nahen Schüsse krachten dünner. Gabriel konnte es kaum fassen, daß dieser erste Akt des Überfalls so schnell gelungen sein sollte. Doch Tschausch Nurhan gab schon das verabredete Zeichen: Einige leidenschaftliche Licht-Achter mit der Blendlaterne. Der Graben war wieder in den Händen der Verteidiger, die ihn, bei der Verfolgung des Feindes, bergabwärts überrannten. Ein Teil der türkischen Infanteristen verirrte sich in der Finsternis und fiel den nachdrängenden Zehnerschaften in die Hand. Ein andrer Teil lief, stolperte, stürzte der brüllenden Schlucht entgegen und wurde von den Verfolgern durch Bajonettstiche und Kolbenhiebe niedergeworfen. Gabriel Bagradian schickte Awakian zurück zur Reserve: „Fertig und vor!" Er wartete, bis das Gescharre und Geflüster der Menge seinem Standort sich näherte, dann lief er vor und stellte sich an die Spitze. Langsam drangen sie über den Bergrand, durch das dichte Unterholz, an Gefallenen vorbei gegen die tobende Waldschlucht hinab.

Dort ging es wie bei einer Treibjagd zu. Zwar versuchten die

Tapfersten unter den Offizieren, Onbaschis und Soldaten sich immer wieder den Reisigbränden an der Lagergrenze zu nähern und sie zu zerstören, doch sie zerstörten damit nur ihr eigenes Leben. Der geschlossene Kreis des Komitatschifeuers jagte alles in die Mitte der Schluchtsohle zusammen. Offiziere schrien widersinnige Befehle durcheinander. Keiner hörte auf sie. Infanteristen und Saptiehs suchten brüllend ihre Gewehre, doch wenn sie diese fanden, konnten sie mit ihnen nichts anfangen. Jeder Schuß hätte nur den Kameraden und Bruder getötet. Viele warfen die Waffen fort, denn sie hinderten sie beim Springen und Rennen in dieser dornig-tückischen Weglosigkeit. Selbst das innere Leben des Armenierberges schien an der grausamen Vernichtung teilzunehmen. Das Dickicht wucherte gehässig hoch und höher. Die Bäume blähten sich listig auf. Peitschende Gerten und Schlingpflanzen ringelten sich um die Söhne des Propheten und brachten sie zu Fall. Wer gefallen war, blieb liegen. Der Todesgleichmut seiner Rasse überkam ihn, und er wühlte seinen Kopf in das stachlige Nest. Der Jüsbaschi hatte mit unerschrockener Energie und flachen Säbelhieben einen Haufen der völlig verwirrten Infanteristen zusammengetrieben. Als die Offiziere, Chargen und alten Soldaten in den schwachen Atemzügen der Lagerfeuer ihren Führer erkannten, stießen sie hinzu. Ein Kern des Widerstands oder besser eines neuen Angriffs begann sich zu bilden. Der Major, mit dem Säbel auf die Höhe weisend, röhrte: „Vorwärts!" und „Mir nach!" Seltsam erregt sah er seine Armbanduhr phosphoreszieren. Plötzlich fielen ihm die Worte ein, die er zum Kaimakam gesprochen hatte: „Ich will nicht weiterleben, wenn das armenische Lager nicht bis zum Abend liquidiert ist." Und wirklich, er wollte nicht weiterleben in diesem Augenblick. „Mir nach!" keuchte er immer wieder. Er fühlte die Willenskraft in sich, als einzelner Mann die Katastrophe in einen Durchbruch zu verwandeln. Sein Beispiel wirkte. Und auch der Wunsch, der Hölle dieses Waldes zu entkommen, riß die Soldaten voran. Sie krochen aus den Verstecken ihrer Apathie und folgten schreiend dem Kommandanten. Unversehrt erreichten sie den oberen Ausgang der Schlucht. Mit jagendem Herzen, völlig entkräftet und ohne Wirklichkeitsbewußtsein mehr schwankten sie den Berghang empor, in das Licht der Blendlaternen und das Feuer der Zehnerschaften hinein, das sie empfing. Wie leblose Körper

515

wurden sie hinabgeworfen. Der Jüsbaschi merkte vorerst seine
Wunde gar nicht. Er staunte nur darüber, sich plötzlich ganz
verlassen zu finden. Dann wurde ihm der rechte Arm schwer.
Als er Blut und Schmerz fühlte, war er zufrieden, ja fast
glücklich. Nun erschien ihm seine Schande und sein Schaden
weit geringer. Er schleppte sich still und mit geschlossenen
Augen zurück. Irgendwo zusammenfallen, hoffte er, und
nichts mehr wissen.

Als der Kampflärm vom wiedereroberten Graben sich abwärts
verzog, war damit auch das Signal für die Stadtmulde gegeben.
Ein Feuerzeug flammte auf. Eine der petroleumgetränkten
Fackeln begann knisternd zu brennen, und innerhalb der
nächsten Minuten entzündeten sich an der ersten Tausende
von anderen Fackeln. Die meisten Lagerbewohner waren
dem Beispiel Haiks, Stephans und der übrigen Knaben gefolgt,
die, in jeder Hand einen dieser Brände, sich jetzt in langer
Front in Bewegung setzten. Eine solche Lichtprozession hatte
diese Erde noch nicht gesehn. Jedermann, der die prasselnde
Fackel vor sich hertrug, erschauerte unter der unbegreiflichen
Heiligkeit, die sich in seinem Innern verbreitete. Dieses Licht
war nicht mehr wie die einzelne Flamme eine Verschärfung der
unendlichen Nacht, sondern als Lichtfeuer eines ganzen Volkes
legte es in die Finsternis des Raumes eine glorreiche Bresche.
Feierlich langsam drangen die langen Reihen und Haufen vor,
als sei ihr Ziel kein Kampfort, sondern eine Stätte des Gebetes.

Unten in den Dörfern, in Yoghonoluk, Bitias, in Habibli, Azir,
in Wakef und Kheder Beg, ja selbst weit im Norden in Kebussije, dem Immendorf, schlief keiner von den Nutznießern der
Landabnahme. Als das wilde Knattern des Überfalls die
Ortschaften erreichte, hatten die wehrhaften Männer sogleich
nach den Flinten gegriffen, sich aufgemacht und hielten nun
den Vorberg besetzt, ohne sich freilich in die Nähe der
Schlucht zu wagen. Die Frauen aber standen in den Gärten
und auf den Hausdächern, um mit ängstlicher Gier das
Wutgebell der Schüsse zu belauschen. Da sahen sie auf einmal,
daß die Sonne um ein Uhr nachts hinter dem Damlajik aufging. Scharf trat die schwarze Kammlinie hervor, hinter der
es rosenhaft zart erglomm. Diese himmlische Erscheinung,
dieses Zeichen und Wunder sondergleichen warf die glaubens-
bereiten Weiber nieder wie die Ankunft des Jüngsten Gerichts.

516

Und als dann, ein wenig später, der Bergrand selbst zu glosen und zu lodern begann, da war's für eine natürliche Erklärung zu spät. Jesus Christus, der Prophet der Ungläubigen, hatte die Sonne seiner Macht hinter dem Berge aufgehen lassen, und die armenischen Dschinns des Musa Dagh schützten im Bunde mit den Kirchenheiligen Petrus, Paulus, Thomas und vielen anderen ihr Volk. Die alte Theorie von den Übermächten, die den Armeniersöhnen beistanden, fand in dieser Stunde die stärkste Bestätigung. Doch nicht nur die unbelehrten Weiber waren von ihr erfüllt. Auch die Mollahs, die im Glockenturm und auf dem Rundgang der Kirchenkuppel von Yoghonoluk dieses Wunder beobachteten, verließen fluchtartig das moscheegewordene Weihtum „Zu den wachsenden Engelmächten".

Weniger wunderbar, doch noch weit furchtbarer wirkte die unaufhaltsame Fackelmauer auf die türkischen Soldaten, die sich noch auf den Berghängen befanden. Der Eindruck einer unfaßlichen Überzahl ging von ihr aus, als habe sich die gesamte armenische Nation zu dieser Stunde und an diesem Ort vereinigt, alle Verschickungstransporte des Reiches, um das ungeheure Grauen an einem Häuflein des Staatsvolkes mit Kugeln und Feuerbränden zu rächen. Die kleinen türkischen Besatzungen, die vor den Verteidigungsabschnitten lagerten, rasten den Berg hinunter. Kein Offizier konnte sie aufhalten. Was in dem Bann der Steineichenschlucht noch lebte, hatte sich, der Kugeln nicht mehr achthabend, durchs Dickicht geschlagen und den Vorberg erreicht. Die Armeniersöhne waren nicht stark genug, den Eingang der Schlucht völlig abzuriegeln. Einige ehrenwerte tapfere Offiziere und Soldaten, die ihren Jüsbaschi vermißten, hatten sich noch einmal zurückgewagt und den Verwundeten, der bewußtlos am Waldrand lag, geborgen und knapp vor der Gefangennahme gerettet. Sie trugen ihn in die Villa Bagradian, das Hauptquartier. Während dieses schmerzhaften Weges erwachte der Major. Einige schwere Atemzüge. Er wußte, daß alles verloren war, daß die Christen seine Heeresmacht vollständig aufgerieben hatten, daß es für ihn keine Rehabilitierung und Rückkehr gab. Aufrichtig fluchte er dem Geschoß, das nur seinen rechten Arm zerschmettert und keine gründlichere Arbeit geleistet hatte. Er wünschte sich eines nur, wieder bewußtlos zu werden. Dieser Wunsch aber blieb ihm nicht nur versagt, sondern die klarste und kälteste Beurteilung des Geschehenen arbeitete in ihm unerbittlich.

Die Prozession des Feuers hatte keinen Feind mehr vor der Brust. Langsam näherten sich die brennenden Reihen der Steineichenschlucht und ihren Nachbarwäldern. Auf halber Höhe des Berges etwa ließ Ter Haigasun die langen Linien halten und gab den Befehl (der von einem Ende zum anderen lief), die lodernden Fackelstümpfe ins Unterholz zu werfen und eilig zurückzukehren. Die Flammenstöcke versanken im aufqualmenden Wildwuchs. Nach wenigen Minuten schon gab es allenthalben einen endlos fortknatternden Knall, als ob der ganze Damlajik explodieren wollte. An vielen Stellen schoß die Lohe des Waldbrands hoch. Wehe, wenn sich der Wind in den nächsten Stunden und Tagen wendete! Die Stadtmulde, die ja dem Bergrand zunächst lag, wäre den wehenden Funken und Feuerzungen ausgesetzt gewesen. Ein Glück, daß Gabriel Bagradian vor den Abschnitten ein ausgeholztes Glacis geschaffen hatte! Der Waldbrand breitete sich mit derartiger Geschwindigkeit, ja Gleichzeitigkeit über der sommertrockenen Brust des Damlajik aus, daß es nicht irdisches Feuer und irdischen Feuers Nahrung zu sein schien, was da in tobenden Flammen stand. Den Komitatschis und Zehnerschaften tiefer unten blieb kaum Zeit, die Beute des Überfalls sicherzustellen, mehr als zweihundert Mausergewehre, Munition in Hülle und Fülle, zwei Kochkisten, fünf Lastesel mit Proviant, Zeltbahnen, Decken, Laternen und reiches Material sonst.

Als die wirkliche Sonne aufging, lag über dem Damlajik ein steinerner Schlaf. Die Kämpfer schliefen, wo sie hingefallen waren. Die wenigsten nur hatten die Kraft gehabt, sich bis zu ihren Decken zu schleppen. Die Knaben schliefen in Knäueln auf der nackten Erde. In den Hütten der Stadtmulde hatten sich die Frauen auf die Matten hingeworfen, zerrauft und ungewaschen, wie sie waren, ohne sich um ihre kleinen Kinder zu kümmern, die hungrig greinten. Bagradian schlief, und die Führer schliefen alle. Selbst Ter Haigasun hatte nicht mehr die Kraft besessen, die Dankmesse zu vollenden. Gegen Schluß der heiligen Handlung war er, von unabwendbarer Erschöpfung überwältigt, wie ein Trunkener zusammengesunken. Die Muchtars schliefen, ohne unter den Schafherden das Schlachtvieh auszuwählen. Die Metzger schliefen und die Melkerinnen. Keiner ging an sein Tagewerk. Die Feuerstellen auf dem

Küchenplatz wurden nicht angeheizt, Wasser wurde von den Quellen nicht zugetragen. Niemand sorgte für die vielen Verwundeten, die noch in den Stellungen schmachteten oder sich im Laufe der Stunden zum Lazarettschuppen geschleppt hatten. Was sich in dem kühlen Wort „Verwundeter" so bildlos summarisch ausnimmt, dort lag es im weiten Umkreis in seiner ganzen schauerlichen Wirklichkeit: Gesichter ohne Nasen und Augen, Kinnladen wie blutiger Brei, von Dumdumgeschossen zermörserte Leiber, ächzende Menschen mit Bauchschüssen, die vor Durst vergingen. Und all diesen Elenden konnte nicht Bedros Hekim, sondern nur der Tod helfen. Doch ehe er sich über diesen oder jenen gnädig beugte, half auch ihnen eine narkotische Fieberbenommenheit über die langsamen Stunden hinweg.

Im Tal unten schliefen die Kompaniesoldaten, die Saptiehs, die Tschettehs, soweit sie dem Gemetzel entkommen waren. Die Offiziere der Truppen schliefen in den Zimmern der Villa Bagradian. Das erste Opfer des gestrigen Tages, den Kolagasi aus Aleppo, hatte man vor vielen Stunden schon mit einem Sanitätswagen nach Antakje gebracht. Jetzt schlief ein neuer Verwundeter, der Jüsbaschi, in Stephans Bett. Auch den Kaimakam in Juliettens Zimmer hatte der Schlaf niedergeworfen. Er war mit einem Bericht an den Wali von Aleppo beschäftigt gewesen, als er sich nicht länger mehr aufrecht halten konnte. Hinter der Blende dieses Schlafes jedoch arbeitete sein Bewußtsein und sein Gewissen mit nackterer Grausamkeit weiter als in dem eitlen Faltenwurf des Wachseins. Er hatte soeben den schwersten Mißerfolg seiner Laufbahn erlebt. In jedem Mißerfolg aber liegt ein Element der Gnade, weil er die ganze Lächerlichkeit menschlicher Wert-Anmaßungen grinsend entlarvt. Der Kaimakam, hoher Beamter, angesehenes Ittihad-Mitglied, hochmütiger Erz-Osmane, von der Überlegenheit seiner Wehr- und Herrenrasse restlos durchdrungen, was hatte er erfahren müssen? Die Schwachen waren die Starken, und die Starken waren in Wahrheit ohne Wert; ja sie waren wertlos selbst in jenen heroischen Belangen, derentwegen sie die Schwachen verachteten. Die Schlaferkenntnisse des Kaimakams aber reichten noch tiefer. Bisher hatte er nicht ein einziges Mal daran gezweifelt, daß sich Enver und Talaat im vollen Recht befanden, ja mehr noch, daß sie der armenischen Millet gegenüber als geniale Staatsmänner handelten. Nun aber stieg ein wütender Zweifel an Enver Pascha und Talaat Bey im Bewußtsein des Kaimakams auf, denn der Mißerfolg ist auch der strengste Vater der Wahrheit. Hatten Menschen das Recht, einen weisen Plan auszuarbeiten, mittels dessen ein andres Volk ausgerottet werden sollte? Gab es überhaupt einen zureichenden Nützlichkeitsgrund für einen solchen Plan, wie der Kaimakam hundertmal behauptet hatte? Wer entscheidet, ob ein Volk besser oder schlechter sei als das andre? Menschen können das gewiß nicht entscheiden. Und Gott hatte heute auf dem Damlajik eine sehr eindeutige Entscheidung gefällt. Der Kaimakam sah sich in gewissen Situationen, die ihn um seiner selbst willen nicht wenig rührten. Er schrieb an Seine Exzellenz, den Wali von Aleppo, ein Abschiedsgesuch und zerstörte freiwillig den ganzen Aufbau seines Lebens. Er bot den Armeniern in Person Gabriel Bagradians, der sich in einen Bademantel hüllte, Frieden und Freundschaft an. Er trat im Zentralausschuß von Ittihad für sofortige Rückbeförderung der armenischen Transporte ein und setzte eine allgemeine Steuer durch, um das Unrecht gutzumachen. Auf dieser ethischen Höhe jedoch vermochte sich seine Seele nur während des tiefsten Tiefschlafes zu halten. Je dünner die Substanz seines Schlafs wurde, je mehr sich sein Zustand dem Taggewissen näherte, um so verschlagener wichen seine Gedanken solch kühnen Entschlüssen aus. Zuletzt hatten sie in geglättetem Schlummer einen recht gängigen Ausweg ersonnen: Es war völlig überflüssig, schuldbewußte Rapporte an die Zentralbehörden loszulassen. Der Kaimakam schlief bis Mittag.

Es schliefen die Toten, christliche und muselmanische, weithin verstreut im Gestrüpp der Eichenschlucht und in den Gehölzen der Berghänge. Die kostenden Zungen des riesigen Waldbrands näherten sich ihnen mit übermütiger Verspieltheit. Das Feuer schien diese Schläfer zu wecken, es hob sie von unten hoch, sie setzten sich schreckerstarrt auf, ehe ihre Leiber platzten und in dem reinigenden Scheiterhaufen versanken. Und von Stunde zu Stunde wuchs der Brand und breitete sich über den Damlajik aus, nordwärts und südwärts. Er verlor sich erst vor den nackten Steinhalden des Bergsturzes unterhalb der Südbastion und in einer felsigen Einbuchtung, die den Nordsattel vor ihm schützte. Der grüne Reichtum der quellgesegneten Alpe, dieses Wunder der syrischen Küste, triumphierte noch einmal mit lodernden Fahnen, tagelang, ehe von allem nur ein gewaltiges Hindernisfeld von kohlender Glut zurückblieb. So umpanzerte der Musa Dagh mit Flammen und rotglosenden Trümmern seine todesmatten Kinder, die im Abgrund ihres Schlafes nicht wußten, daß sie nun für längere Zeit vor den Angriffen ihrer Verfolger gefeit waren. Keiner von ihnen ahnte, daß eine freundliche Windmacht die Gefahr hilfreich von der Stadtmulde abwandte und alle Funken und Flammenfetzen bergabwärts peitschte. Die Zehnerschaften und das Volk schliefen bis in den späten Nachmittag hinein, dann erst verfügte der Führerrat, daß die gefährdeten Punkte des Bergrandes völlig von Holz und Laub befreit werden müßten. Eine neue gewaltige Arbeit begann damit.

Alle hatten den Tag verschlafen, nur eine einzige nicht. Sie saß in ihrem Zelte regungslos auf dem Bett. Doch es half ihr nichts, wie klein sie sich auch in dem dröhnenden Gehäuse ihrer unaussprechlichen Fremdheit und ihrer unentrinnbaren Schuld machte.

Viertes Kapitel **Satos Wege**

Obgleich sich die glückhafte Richtung des Windes vorläufig nicht änderte, so übte der Waldbrand oder besser Bergbrand auf die Gemüter der Menschen dennoch eine tief herabstimmende Wirkung aus. Es gab keine Finsternis mehr. Die Nächte schielten und zwinkerten mit rötlichem Lauerblick. Wahnsinnige Schatten sprangen zum Tanz. Der Himmel war mit ziehendem Pechqualm bedeckt. Unausdenkliche Hitze herrschte, so mittags wie mitternachts, ohne einen Hauch der Kühlung. Der beißende Rauch verschlug den Atem und beizte die Schleimhäute der Nase und des Halses. Ein wüster und sonderbarer Schnupfen ging um, der das ganze Lager ansteckte und in seinem Gefolge eine tückische Gereiztheit mitführte.

Anstatt der Siegesfreude und des Jubeldanks traten die Anzeichen beginnender Selbstzerstörung auf, die Merkmale eines unheimlichen inneren Prozesses, der alle Ordnung und Mannszucht in tollwütigen Anfällen zu verzehren drohte. Hierher gehörte nicht zuletzt die widerwärtige Geschichte mit Sarkis

Kilikian, die leider schon am Abend des großen Ruhetages vorfiel. Sie war einer der Gründe, warum sich weder Ter Haigasun noch Gabriel Bagradian bei der Tatsache beruhigten, daß jetzt mit Gottes Hilfe eine lange Kampfpause zu erhoffen war. Gewiß, der verwegene Einfall, einen Waldbrand zu entfesseln, hatte im Bunde mit der Riesenbeute an Feuerwaffen die Verteidigungslage gewaltig verbessert. Selbst der Gedanke an einen völligen Angriffsverzicht der Türken war keineswegs so unsinnig mehr wie früher. Und doch, nur die Brust des Damlajik stand in Flammen, seine Hüften, die Steinhalden oberhalb Suedjas und der Nordsattel, boten sich ebenso dar wie immer. Man durfte die Auflösung des harten Grabendienstes unter keinen Umständen dulden. Mit aller Strenge mußte die Autorität der Führung aufrechterhalten bleiben. Doch nicht minder wichtig war es, das Gemüt des Lagervolkes in der Stadtmulde wieder ins Gleichgewicht zu bringen. Das, was Ter Haigasun „den Alltag" nannte, mußte neuerdings wider alle verstörenden Teufelsmächte ins Recht gesetzt werden. Der Führerrat, der schon am Abend des Vierundzwanzigsten zusammentrat, entsagte daher einer feierlichen Beerdigung der Opfer, um keinen Anlaß zu irgendwelcher Massenerregung zu geben.

In diesen Abendstunden hatten die ausgesandten Abteilungen bereits von den hundertunddreizehn Vermißten siebenundsechzig Tote insgesamt geborgen. Dazu kam noch ein beträchtlicher Teil der Schwerverwundeten, die ohne wirkliche Hilfe die Nacht nicht mehr überlebten. Doktor Bedros Altouni wurde in dieser traurigen Angelegenheit vom Senate vorgeschickt. Er setzte mit seiner schartigen Stimme, die freilich zu Leichenbittertönen nicht fähig war, den versammelten Angehörigen auseinander, daß es im Hinblick auf die durch den Waldbrand schrecklich gesteigerte Sommerhitze unumgänglich notwendig sei, den Gefallenen ein rasches Begräbnis zu bereiten. Jede Minute Zögerns bedeute schwere Gesundheitsgefahr für die Lebenden. Er, Bedros Hekim, erwähne solche Dinge nicht gerne vor Trauernden, aber schließlich werde sich jeder mit seinem eigenen Geruchssinn von dieser Notwendigkeit überzeugt haben. Also frisch, keine Zeit verloren! Jede der betroffenen Familien möge unverzüglich auf dem dafür bestimmten Platz ihrem Toten das Grab ausheben. Sie vollbringe mit dieser Arbeit ein frommes Liebeswerk, das ihr der Himmel zweifellos höher anrechne als alle langwierigen Gebete und Gebräuche. Der Führerrat wäre, was Altounis Meinung anbelangt, weiser gewesen, wenn er die entseelten Körper der Helden dem großen Feuer anheimgegeben hätte. Dazu aber habe er sich aus Mitgefühl für die Trauernden nicht entschließen können. Die Toten würden daher zum Troste der Witwen und Waisen in ihre Sterbehemden gekleidet sein und die Heimaterde unter ihrem Haupte nicht vermissen.

„Nun aber ans Werk", mahnte Bedros Hekim klapprig, der in diesem Augenblick nicht siebzig-, sondern neunzigjährig aussah. „In einigen Stunden muß alles vorüber sein. Die Reservemänner sind abkommandiert, um euch zu helfen."

Dieser Befehl weckte nicht, wie einige gefürchtet hatten, Murren und Widerspruch unterm Volke. Der Hinweis auf die Gesundheit war stark genug, um aufbegehrende Gefühle zu unterdrücken. Auch machte sich die beginnende Verwesung tatsächlich schon bemerkbar. Drei Stunden nach Mitternacht war alles geschehen. Die ermüdende Arbeit hatte den Schmerz getötet. Nur sehr wenige von den Angehörigen standen mit ihren aufgesparten Totenkerzen an den Gräbern. Der Abschein des Bergbrandes verschluckte diese armseligen Lichter. Nunik und ihre Kolleginnen waren diesmal ausgeblieben. Sie wagten sich nicht mehr aus ihren Löchern hervor, seitdem die Türken zwei alte Männer von der Bettlerzunft auf den Maisfeldern erwischt und zu Tode geprügelt hatten.

Für den nächsten Morgen, den fünfundzwanzigsten des August und den sechsundzwanzigsten des Lagers, waren zwei öffentliche Ereignisse von großer Bedeutung angesetzt. Das eine betraf die freiwillige Meldung und feierliche Wahl der Schwimmer und Läufer, die unverzüglich nach Alexandrette und Aleppo abgehen sollten. Das andre Ereignis war die Gerichtsverhandlung wegen der Missetat, deren sich Sarkis Kilikian schuldig gemacht hatte. Bisher war Ter Haigasun, kraft seiner verfassungsmäßigen Aufgabe, als Friedens- und Schiedsrichter nur in einfachen Steitfällen aufgetreten. In diesen unwichtigen Prozessen fällte er stets ohne jede Förmlichkeit mit rascher Entscheidung sein unanfechtbares Urteil. Für dieses ungeduldige Judizieren war der Freitag bestimmt. Heute, an einem Mittwoch, mußte Ter Haigasun das erstemal auf dem Damlajik als Strafrichter amtswalten. Der Fall verhielt sich kurz folgendermaßen: Sarkis Kilikian trug durch sein ganz unerklärliches Verhalten während des letzten überraschenden Angriffs der Türken gegen seinen Abschnitt ohne Zweifel die Hauptschuld an den schweren Verlusten des Bergvolkes. Gabriel Bagradian dachte aber nicht daran, ihn zur Verantwortung zu ziehen, denn erstens hatte sich der Russe bei allen vorhergehenden Angriffen als höchst tapfer und umsichtig bewährt, zweitens besaß Gabriel viel Verständnis für gewisse Unberechenbarkeiten des Menschen, und drittens wußte er, daß sich ein bestimmter Augenblick des Kampfes nachher niemals mehr wirklichkeitsgemäß rekonstruieren lasse. Andre Leute aber dachten in diesem Punkte anders als der oberste Befehlshaber, insbesondere waren das die übrigen Abschnittsführer, die Männer der Zehnerschaften und mancherlei Volk noch sonst. Auf dem Altarplatz war es zu einem Auflauf gekommen. Sarkis Kilikian wurde von den Kameraden seiner Besatzung äußerst heftig ins Gebet genommen. Er sollte Rede stehen, sein Verhalten erklären und verteidigen. Er stand weder Rede noch verteidigte er sich, sondern schwieg mit seinem ausgelaugten Schädel und den stumpf beobachtenden Augen zu den wilden Anklagen und Fragen, die ihn umprasselten. Vielleicht war dieses Schweigen gar nicht so frech, so böswillig, so selbstbewußt, wie es wirkte. Vielleicht, ja höchstwahrscheinlich wußte Kilikian sein plötzliches Versagen gar nicht zu begründen und verschmähte es nur, irgendwelche Ausreden wie Müdigkeit oder mißverstandene Absicht ins Treffen zu führen. (Später konnte er ja auch Ter Haigasun auf dieselbe Frage keine Antwort geben.) Selbstverständlich aber brachte dieses Schweigen seine Ankläger nur noch mehr in Harnisch. Er wurde hin und her gestoßen, Fäuste tanzten ihm vor der Nase. Ein Schwurgericht hätte ihm vielleicht Notwehr zugebilligt, wenn nicht er den ersten Hieb geführt hätte und wenn dieser Hieb nicht so furchtbar gewesen wäre. Eine Zeitlang ließ sich Kilikian in seiner apathischen Art hin und her stoßen und es schien, daß er zur Abwehr seiner Verfolger nicht das geringste zu unternehmen gedenke, ja daß er kaum bemerke, was mit ihm vorging. Plötzlich aber riß er die Knochenfaust aus der Tasche und schmetterte sie einem seiner jüngsten Bedränger so schrecklich ins Gesicht, daß dieser mit einem verlorenen Auge und einem zerbrochenen Nasenbein blutüberströmt zusammenbrach. Dies war ein unglaublich blitzhaftes Geschehen. Eine halbe Sekunde lang straffte sich

Kilikians lässige Gestalt, seine Augen schienen aufzuflammen, dann waren sie wieder stumpf wie vorher. Keiner konnte ihm ansehen, daß er der Gewalttäter gewesen sei. Anfangs wußten auch wirklich zu seinem Glück die meisten nicht, wie das Ganze gekommen war, und wichen zurück. Dann aber, als sie mit Empörungsschreien wieder auf ihn losfuhren, wäre es ihm übel ergangen, wenn nicht die Polizei der Stadtmulde aufgetaucht wäre und ihn verhaftet hätte.

Am Morgen, während der Strafverhandlung in der Regierungsbaracke, gestand er ruhig, daß er den Hieb zuerst geführt und seine grausame Wirkung vorausgesehen habe. Er berief sich auch nicht weiter auf den Stand der Notwehr. Es schien, als sei er zu faul oder zu schlapp, um zu reden. Einen Menschen wie ihn mochten die Umstände, unter denen er leben oder sterben mußte, mit einer unaussprechlichen Wurstigkeit erfüllen, die kein andrer ermaß. Gabriel Bagradian hörte dem Gerichtstag schweigend zu. Er sprach kein Wort zur Anklage, kein Wort zur Verteidigung. Das Volk aber in seiner Gereiztheit verlangte eine Bestrafung. Nachdem er das Beweisverfahren geschlossen hatte, seufzte Ter Haigasun:

„Was soll ich mit dir anfangen, Sarkis Kilikian? Man braucht dich ja nur anzusehen, um zu wissen, daß du in die Ordnung Gottes nicht hineinpaßt. Ich sollte die Ausstoßung über dich verhängen..."

Ter Haigasun verhängte die Ausstoßung nicht, sondern verurteilte den Russen zu fünf Tagen Gefängnis in Fesseln, durch drei Fasttage verschärft. Die Strafe war weit härter, als sie erscheinen mag. Sarkis Kilikian stürzte wegen einer Rauferei, bei der er der Bedrängte gewesen, vom Range eines wichtigen Kampfführers wiederum in die Unterwelt des Verbrechers hinab. Es war eine grausame Entehrung. Doch er gab durch keine Miene zu verstehen, ob solch ein Ding wie Ehre in ihm noch verwundbar sei. Nach Schluß des Verfahrens wurde er an Händen und Beinen mit Stricken gefesselt und in den Kotter gesperrt, der den dritten Raum der Regierungsbaracke bildete. Nun sah Kilikian so aus, wie er schon einigemal während seines unergründlichen Lebens ausgesehen hatte, in dem die Strafe oft keiner und oft einer undeutlichen Schuld auf dem Fuße gefolgt war. Er nahm auch diese Strafe mit seinen ungerührten Augen hin als eine wohlbekannte und unentrinnbare Gegebenheit seines raffinierten Schicksals. Das

Gefängnis aber unterschied sich von allen anderen derartigen Anstalten seiner erfahrungsreichen Laufbahn schon dadurch, daß er es mit einem erhabenen Geiste wie Apotheker Krikor teilen mußte. Rechts und links zwei kleine Bretterzellen, die einander aufs Haar glichen. Die eine war ein schmachvoller Kotter, die andre aber das ganze Universum.

Gabriel Bagradian spürte in allen Gliedern die Nähe eines unerforschlichen Ereignisses, das vielleicht den entscheidenden Sieg von vorgestern in Frage stellen konnte. Er hatte deshalb mit größtem Nachdruck darauf bestanden, daß die Boten noch heute in die Welt gesendet würden. Es mußte schnell etwas geschehen. Und war es auch ein zweckloses Beginnen, so entstand doch Erwartung und Spannung dadurch. Die Freiwilligen versammelten sich, wie der Führerrat es angeordnet hatte, auf dem Altarplatz. Alles war auf den Beinen, denn die Wahl dieser Boten, die ihr Leben froh zum Opfer brachten, ging das ganze Volk an.

Gabriel kam von einer kurzen Visitierung der Zehnerschaften. Eingedenk der gefährlichen Erschlaffung und Streitsucht, die sich auszubreiten drohte, hatte er für diesen Nachmittag bereits wieder Gefechtsexerzieren anbefohlen. Durch die zweihundert erbeuteten Mausergewehre war nun das ganze erste Treffen vollgültig bewaffnet. In die Lücken, die der schwere Kampf gerissen hatte, wurden die besten Männer der Reserve eingeteilt. Schon hörte man die stotternde Trompete Tschausch Nurhan Elleons, der mit der Ausbildung dieser Neulinge soeben begann. Iskuhi war Gabriel auf halbem Wege entgegengekommen. Seit jener ersten jähen Seelendurchdringung suchte sie mit kindhafter Offenheit seine Nähe. Jetzt gingen sie das Stück bis zum Altarplatz fast schweigend nebeneinander. Wenn sie neben ihm war, dann erfüllte ihn immer jene seltsam ruhige Sicherheit. Er hatte immer das Gefühl, die junge Iskuhi sei die vertrauteste Bekanntschaft seines Lebens, die in holder Wärme weit über die Grenzen bewußter Erinnerung hinausreichte. Auch auf dem Versammlungsort wich sie nicht von seiner Seite, obgleich sie die einzige Frau war, die ohne jeden Grund bei der ratschlagenden Gruppe der Führer stand. Hatte sie keine Furcht, daß ihr Benehmen auffallen, daß ihr Bruder Aram Verdacht fassen könnte? War es der Freimut eines ungewöhnlichen Wesens, das, von seinem

526

ersten Gefühl ergriffen, alles bedenkenswerte Drum und Dran zu einem leeren Traum zerrinnen sieht?

Etwa zwanzig junge Leute warteten als Freiwillige auf die Entscheidung des Führerrats. Fünf Halbwüchsige waren darunter. Man hatte die ältesten der Jugendkohorte zur Meldung zugelassen. Mit Schreck und Zorn im Herzen bemerkte Gabriel neben Haik auch seinen Sohn Stephan. Nach einer kurzen Rücksprache mit den andern Volkshäuptern traf Ter Haigasun die Auswahl. Ihm oblag ja alles, was mit dem Urteil über Menschen, über Fähigkeiten und Kräfte zusammenhing. Was die Schwimmer betrifft, so war der Entscheid eine Selbstverständlichkeit, die niemand in Zweifel zog. In Wakef, jener südlichsten Ortschaft des armenischen Sprengels, die am Rande der Orontesebene und damit schon an der Küste lag, gab es zwei berühmte Schwimmer und Taucher, einen neunzehn- und einen zwanzigjährigen Jüngling. Ter Haigasun überreichte ihnen die Ledergürtel mit dem eingenähten Hilferuf an den Kommandanten irgendeines englischen, amerikanischen, französischen, russischen, italienischen Kriegsschiffes. Sie sollten nach Sonnenuntergang vom Nordsattel aufbrechen, nachdem sie von den Ihrigen Abschied genommen hätten.

Die Frage des Aleppoläufers brauchte zu ihrer Lösung schon einige Minuten länger. Man war übereingekommen, daß es besser sei, nur einen einzigen Menschen dieser gefahrüberladenen Aufgabe auszusetzen. Pastor Aram Tomasian meinte klärlich, daß ein erwachsener Armenier weit weniger Möglichkeiten habe, die Hauptstadt des Wilajets lebendig zu erreichen, als ein Knabe, der sich schon durch seine Kleidung von den muselmanischen Knaben kaum unterscheide und auch sonst überall leichter durchzuschlüpfen verstehe. Diese vernünftige Begründung wurde anerkannt und allgemein fiel sogleich ein einziger Name: „Haik". Dieser düster entschlossene Bursche mit steinharten Gliedern und märchenhafter Gelenkigkeit war der Richtige, er oder keiner. Auch besaß unter den Bauern des ganzen Lagers niemand diese blinde Vertrautheit mit der Erde, diese Rundaugen eines großen Vogels, diese Nase eines Dachses, dieses Gehör einer Ratte und diese Schmiegsamkeit einer Otter. Wenn einem der todesgefährliche Aleppolauf gelang, so nur Haik.

Als aber Ter Haigasun die Wahl Haiks von der ersten Altarstufe herab verkündete, kam es zu einem ungebührlichen

Auftritt mit Stephan. Gabriels Gesicht verzerrte sich vor
Ärger, als er seinen Sohn sah, der frech vor die Front der
Freiwilligen trat und sich vor ihm aufpflanzte. Noch niemals
war ihm die unangenehme Frühreife, die innere und äußere
Verwahrlosung seines Ebenbildes so klar geworden wie jetzt.
Wie ein wütender Neger bleckte Stephan die Zähne:
„Warum denn nur Haik? Ich will auch nach Aleppo . . ."
Gabriel Bagradian machte, ohne ein Wort zu sagen, eine scharf
abschneidende Handbewegung, die Schweigen gebot. Der
Unbändige jedoch begehrte jetzt so laut auf, daß man das
Überschnappen seiner mutierenden Stimme auf dem ganzen
Platz hören konnte:
„Warum Haik und nicht ich, Papa?! Ich werde nach Aleppo
gehn!"
Eine derartige Sohnesauflehnung war unter Armeniern etwas
ganz und gar Unerhörtes und konnte nicht einmal durch die
außerordentlichen Umstände und den heldenmütigen Ehrgeiz
entschuldigt werden. Ter Haigasun hob mit ungeduldigem
Ausdruck den Kopf:
„Weisen Sie Ihren Sohn zurecht, Gabriel Bagradian!"
Pastor Aram Tomasian, von Zeiten her den Umgang mit
schwieriger Jugend gewohnt, suchte Stephan zu beruhigen:
„Der Führerrat hat den Befehl gegeben, daß nur einer nach
Aleppo geht. Du als großer und kluger Mensch mußt es ja
wissen, was für uns alle ein Befehl des Führerrates bedeutet.
Widerspruchslosen Gehorsam! Nicht wahr?"
Der Eroberer der türkischen Haubitzen ließ sich jedoch mit
Gesetz und Verfassung nicht abspeisen. Er hatte gar keine
Vorstellung von der Aufgabe und seiner eigenen Untauglichkeit. Nur die Demütigung fühlte er und die Zurücksetzung
hinter den großen Nebenbuhler. Die Gegenwart so vieler
würdiger Personen dämpfte seine dreiste Gereiztheit um
keinen Hauch. Er sah immer seinen Vater an:
„Haik ist nur um drei Monate älter als ich. Er spricht nicht
einmal französisch. Mr. Jackson wird ihn nicht verstehn. Und
was Haik kann, das kann ich auch."
Jetzt riß Gabriel Bagradian die Geduld. Er machte einen
heftigen Schritt auf Stephan zu:
„Was kannst du? Nichts kannst du! Ein verweichlichter
Europäer, ein verzogenes Großstadtkind bist du. Dich fängt
man wie eine blinde Katze. Fort mit dir jetzt! Geh zu deiner

528

Mutter! Hier will ich dich nicht länger sehen, sonst..."
Diese Worte einer harten Züchtigung waren recht unweise. Sie
trafen Stephan an der verwundbarsten Stelle. Von seiner
mühsam erkämpften Höhe schleuderten sie ihn vor aller
Öffentlichkeit herab. Nun waren all seine Taten vergeblich
getan, der Bibelraub für Iskuhi und das Heldenstück mit den
Geschützen, das ihm beinahe den Ehrentitel „Elleon" ein-
getragen hätte. Blitzhaft lernte Stephan verstehen, daß keine
Tat für die Ewigkeit getan ist, daß in allem Ruhm rachsüchtige Untreue steckt und daß man immer wieder von vorne
anfangen muß. Er wurde plötzlich ganz still. Seine gebräunte
Haut rötete sich immer dunkler. Er sah Iskuhi mit riesigen
Augen an, als entdecke er sie erst jetzt. Es schien ihm, daß
sie seinen Blick streng und unfreundlich abweise. Iskuhi als
feindselige Zeugin seiner Niederlage, das war zuviel. Unversehens plärrte Stephan los, nicht wie ein beinahe erwachsener
Mensch, nicht wie ein Meisterschütze, nicht wie der Eroberer
feindlicher Geschütze, sondern wie ein kleiner Junge, dem
Unrecht geschieht. Dieses schluchzende Kinderweinen aber
löste in der Umgebung durchaus kein Mitgefühl aus, sondern
ganz im Gegenteil Schadenfreude. Es war eine ziemlich zusammengesetzte Schadenfreude, die nicht nur Stephans Kameraden, sondern auch die Großen empfanden, und sie galt
nicht nur dem Bagradiansohn, sondern aus dunklen Ursachen
auch Gabriel Bagradian selbst. Das Grundverhältnis von
Menschen untereinander verändert sich fast nie. Dieses
Grundverhältnis zwischen den Bagradians und dem ansässigen
Volke drückte sich aber, trotz aller Siege, aller Bewunderung,
Dankbarkeit, Verehrung, noch immer zutiefst in dem Gefühle
aus: Ihr gehört nicht zu uns. Die Gelegenheit für dieses Gefühl
mußte nur auftauchen, wie eben jetzt. Stephan unterdrückte
sein heulendes Elend sogleich. Aber die kurze Äußerung seines
Schmerzes hatte genügt, unter seinen Kameraden in der
Haik-Bande sowie in den übrigen Gruppen der Jugendkohorte
reichlichen Hohn zu erregen. Spottworte sausten. Selbst der
einbeinige Hagop lachte nachdrücklich und auffällig. Nur
Haik selbst stand ernst in sich versunken, als gehe ihn dieser
Zwischenfall nichts an und reize nicht einmal seine Heiterkeit.
Stephan hatte keine andere Wahl, als mit verräterisch zuk-
kenden Schultern gemächlich davonzuschlendern, seine
Schmach gleichmütig im Rücken lassend. Gabriel Bagradian

529

sah seinem Sohne stumm nach. Der Ärger war ganz und gar verflogen. Die Erinnerung an den alten Brief des Knaben aus Montreux verstörte ihn. Stephan, hübsch gekleidet, den Kopf nach Kinderart schief übers Papier gebeugt, malt mit großen Buchstaben. Und wieder war es das herzzerreißende Bewußtsein der abgelebten Nebensachen, das ihn ergriff. Er dachte, Stephan ist schon groß, er wird im November vierzehn Jahre alt. Sofort aber bestürzten ihn Begriffe wie „wird" und „November" als fratzenhafte Utopien. Eine kalte Ahnung huschte vorbei: Irgend etwas ist nicht mehr zu verhindern. Gabriel Bagradian begab sich nach dem Dreizeltplatz, um noch einmal mit seinem Sohn zu sprechen. Doch weder Stephan noch auch Juliette waren daheim anzutreffen. Im Scheichzelt wechselte Gabriel die Wäsche. Dabei bemerkte er, daß eine der Münzen fehlte, die er vom Agha Rifaat Bereket zum Geschenk erhalten hatte. Es war die goldene mit dem stark vorspringenden Kopf Aschot Bagratunis, des großen Armenierkönigs. Er drehte die Taschen all seiner Kleidungsstücke um und um. Die goldene Münze fand sich nicht.

Es geschah zum Unheil, daß die Landnahme durch Türken und Araber dem vagabundierenden Doppelleben Satos ein Ende setzte. Als sie sich das letztemal hinabgewagt hatte, wäre es ihr beinahe an den Kragen gegangen, denn auch unten im Tale hatten sich Horden muselmanischer Halbwüchsiger gebildet, die beim Anblick dieses scheuen Wildes sofort zur Jagd riefen. Jetzt aber verlegte ihr der große Bergbrand die gewohnten Dämmerpfade und Schlupflöcher. Sato blieb leider nichts übrig, als sich mit der Hochfläche des Damlajik und mit einigen Schründen und Rinnen seiner Steilseite zu begnügen. Doch das ausgeleierte Gelände des Lagerkreises, all diese vertretenen Steige, Pfade, Hohlwege, die langweiligen Kuppen und Wellen von der Südbastion über die Stadtmulde bis zum Nordsattel, wie hätten sie die verkörperte Unrast befriedigen können, die Sato in Person war? Dazu stand sie mit der Dorfjugend schlechter denn je. Ter Haigasun hatte vor einigen Tagen trotz des Widerstrebens der Lehrer angeordnet, daß wieder Schule gehalten werden müsse. Doch jetzt gelang es nicht einmal dem schärfsten aller Schultyrannen, Hrand Oskanian, die gewohnte Totenstille während des Unterrichts durchzusetzen, wenn Sato unter den Kindern saß. „Stinkerin,

Stinkerin", heulte der grause Chor, sobald die Vagabundin auf dem Schulplatz erschien. Es liegt unausrottbar im Wesen des Menschen, daß er seinen ewig erbosten Geltungsdrang auf Kosten der Niedriger-, Ärmer-, Mißgeborenen, ja auch nur der Fremdbürtigen erbarmungslos steigert, wie und wo er kann. Diese Sucht, zu erniedrigen, und der rachgierige Rückschlag, den sie auslöst, sind sehr bedeutende Hebel der Weltgeschichte, die von dem zerschlissenen Mantel der politischen Ideale nur kärglich bedeckt werden. Auch hier oben, auf der letzten Zufluchtstätte der Verfolgten, gab die zugewanderte elternlose Sato dem Kindervolk den erwünschten Anlaß, sich selbst erhaben und wohlgeboren zu fühlen. Während einer Schulstunde, die wieder einmal Iskuhi abhielt, nahm das Hohngeheul so erschreckend überhand, daß die Lehrerin selbst, ohne ihren eigenen Abscheu zu verbergen, die Verhaßte fortschickte:

„Geh, Sato, und laß dich bitte nie wieder blicken."

Mit zähem Gleichmut, der nichts von Ehre und Schande wußte, hatte sich Sato immer gegen die ganze Horde behauptet. Nun aber, da ihr bewundertes Fräulein, ihre Kütschük Hanum, selbst zum Feinde überging und sie vertrieb, mußte Sato gehorchen. In ihrem europäischen Hängekleidchen mit den Schmetterlingsärmeln, das zerfetzt und schmutzstarrend ihr ein groteskes Ansehen gab, hatschte sie langsam von dannen. Doch sie ging nur bis zum nächsten Gebüsch, dahinter sie sich still auf die Lauer legte, dem Schakal gleich, der ein Karawanenlager mit hungrigen Augen verschlingt.

Sato war nicht so arm wie es schien. Auch sie hatte eine unabhängige Welt. Sie verstand zum Beispiel die Tiere gut, denen sie auf ihren Streifzügen begegnete. Iskuhi und andere hätten wohl darauf geschworen, daß Sato eine grausame Tierquälerin sei. Für diese Annahme sprach alles. Und doch war gerade das Gegenteil wahr. Das Bastardgeschöpf ließ seinen Haß und seine Schadensucht keineswegs an den Tieren aus, sondern behandelte sie mit Behutsamkeit und flüsterndem Einverständnis. Sie nahm mit unempfindlicher Hand den gerollten Igel vom Wege auf und wisperte so lange zu ihm, bis sich die Kugel löste, die spitze Schnauze entblößte und die flink geriebenen Äuglein eines kleinen Bazarhändlers sie rasch abschätzten. Sato, die nur wie mit einem Klotz im Munde reden

531

konnte, hatte Kenntnis von allerlei Lockrufen und -tönen des Vogelsangs. Alle diese Eigenschaften, die ihr ein Ansehen verschafft hätten, verbarg sie aber geflissentlich, weil sie sich damit sozial zu schaden fürchtete. Wie mit den Tieren, so verstand sie es auch, mit den wahnsinnigen Weibern zu reden, die im Friedhofumkreis von Yoghonoluk hausten. Sie merkte es gar nicht, daß diese atem- und sinnlosen Plaudertaschen anders plapperten als vernünftige Weiberzungen sonst: Es war jedenfalls angenehm, an solchen Disputen teilzunehmen, die ein Mindestmaß von Mühe und Anstand der Sprache gegenüber erforderten. Die kleinen Tiere, die Närrinnen und etwa die blinden Bettler noch, das war das Reich, aus dem Sato jene Überlegenheitsgefühle bezog, die jedes Menschenwesen zum Leben braucht. Was freilich Nunik, Wartuk und Manuschak anbelangt, war sie die Dienende und Ehrfürchtige. Durch die Entwicklung der Dinge aber war die Gemeinschaft zerrissen. Die Streifzüge in dem Geviert der Verteidigung blieben ergebnislos und langweilig. Die Jugendlichen stießen sie unerbittlich aus ihren Reihen. Ihre beschäftigungslose Unruhe wurde nach und nach auf ein anderes Gebiet gelenkt. Ausspionieren der Erwachsenen! Mit feinster Witterung, die aller unerlernbaren Schullehre spottete, erkannte sie, was in diesen Erwachsenen aufgelöst, tierhaft, bettelgierig, suchtvoll und verrückt war. Sie hörte das Gras jener gefährlichen Gefühle wachsen, von deren Bestand in der Welt sie kaum eine Ahnung hatte. Wo etwas nicht in Ordnung war, zog sie, ohne daß sie es wußte, der lüsterne Spionenmagnet hin.

Es kann somit nicht wundernehmen, daß Sato sehr bald an Gonzague und Juliette abgelesen hatte, was geschehen war. Das prickelnde Vorgefühl einer großen Katastrophe erfüllte sie. Alle Enterbten kennen diese Katastrophenfreudigkeit, diese süße Hoffnung auf Weltuntergang, welche eine der vorzüglichsten Triebfedern der kleinen Skandale und großen Revolutionen ist. Sato war scharf hinter dem Paar her. Juliette und Monsieur Gonzague bedeuteten für sie neben Bagradian das Glänzendste, was ihr im Leben begegnet war. Sie flößten ihr nicht den Haß ein, den schlechte Dienstboten gegen ihre Herrschaft empfinden, sondern die heiße Neugier des Primitiven für das, was ihm halb und halb als überirdisch erscheint. Vor Gonzague aber, der sie mit seiner donnernden Schlagermusik einst so sehr erschreckt hatte, empfand sie die zehrende Furcht einer geprügelten Hündin.

Rasch hatte Sato die Ruheplätze, die Rhododendron- und Myrtenheimlichkeiten der Riviera heraus. Von Wonne überrieselt, zwängte sie ihr Gesicht leise durch das Zweigicht. Ihre geblendeten Augen tranken das Spektakel, das ihr die Götter gaben. Die erhabene Frau, Hanum aus dem Frankenlande, die Immer-Duftende, die Riesin, nun hing ihr das Haar halb aufgelöst herab, nun drängte sich die erloschene Fläche ihres Gesichtes mit dem breit schmachtenden Mund an das gemessene Gesicht des Mannes, der mit verhängtem Blick, und doch überwach, die Gabe erst kostete, ehe er sie ganz entgegennahm. Zitternd sah Sato die großen schmalen Hände Gonzagues, die wie die allwissenden Hände der blinden Tarspieler die weißen Schultern und Brüste der Hanum überspielten.

Sato sah, was zu sehen war. Sie sah aber auch, was nicht zu sehen war. Die Lehrer zwar hatten sie längst aufgegeben. In das lallende und ziellos bildernde Gehirn der Kreatur ließ sich nicht einmal das Alphabet und das Einmaleins stanzen. Nun wohl, Sato war zurückgeblieben, weil ihr überentwickelter Spür- und Fährtensinn alles geistige Vermögen geschluckt hatte. Hinter Myrten und Rhododendron verborgen, genoß sie nicht allein den brennenden Reiz des Schauspiels, sondern darüber hinaus die Zerrissenheit der Hanum und die Festigkeit Gonzagues. Ihr Verstand wußte nichts, ihre Witterung alles. Sato hätte keinen Grund gehabt, diese Voyeur-Wonnen vorzeitig abzukürzen, wäre nicht eine Verwirrung hinzugekommen, die sie in dem einzigen weichen Gefühle traf, das sie besaß. Ihrer Spürnase konnte das andere Paar nicht lange entzogen bleiben. Dieses Paar bot kein Schauspiel und besaß kein Versteck seiner Leidenschaft. Niemals verschwand es im labyrinthischen Buschgürtel der Meerseite, sondern bevorzugte die kahlen Kuppen und das leere Gewelle des Hochplateaus. Nur schwer konnte man die beiden verfolgen, ohne entdeckt zu werden. Doch Sato besaß zum Glück, oder richtiger zum Unglück, die Eigenschaft, sich unsichtbar machen zu können. Hierin war sie selbst Meister Haik überlegen. Dieses zweite Paar lenkte sie immer mehr von der süßen und ergebnisreichen Belauerung des ersten ab. Sie bekam freilich kaum einen Kuß zu sehen. Aber die Nichtküsse zwischen Gabriel und Iskuhi brannten sich tiefer in Sato ein als die vollkommenen Umarmungen Gonzagues und Juliettes. Wenn sie sich nur an der Hand faßten und kurz ansahen, um dann den Blick, wie erschüttert, rasch abzuwenden, so schien für Sato diese zarte Vereinigung restloser und aufreizender zu sein als die andre, völlig nahe. Vor allem aber war die Gemeinschaft Iskuhis und Gabriels hassenswert und stimmte Sato traurig. Ihre Erinnerung log die Vorzeit golden um. War die Waisenhauslehrerin von Zeitun nicht immer gut und gnädig zu Sato gewesen? Hatte sie nicht ausdrücklich oft „meine Sato" gesagt? Hatte sie nicht ihrer Sato gestattet, zu ihren Füßen auf der Erde zu sitzen und diese Füße zu streicheln und zu liebkosen? Wer anders als der Effendi war schuld daran, daß dieses köstliche Verhältnis gegenseitiger Wertschätzung und Liebeserweisung ein hartes Ende genommen hatte? Wer anders als der Effendi war schuld daran, daß Iskuhi, wenn ihre Sato das verlangende Herz ihr entgegentrug, sie anherrschte: „Geh, Sato! Und laß dich nicht wieder blicken!"?

Trübsinnig suchte die Vagabundin einen Platz, um nachzudenken. Aber gerade das Denken und Planen war Satos Sache nicht. Sie konnte ja nur schweifende Bilder erzeugen und unter jähen und blitzschnellen Empfindungen zusammenzucken. Diese Bilder und Empfindungen brauchten aber gar nicht die Mitwirkung eines ordnenden Verstandes. Sie arbeiteten zielstrebig, so wie sie waren, sie knüpften Maschen, ließen sie fallen, nahmen sie wieder auf und brachten ein Gewebe der Rache zustande, von dem ihre Herrin so gut wie nichts wußte.

Juliette war auf dem Wege zu Gabriel.

Gabriel war auf dem Wege zu Juliette.

Sie begegneten einander zwischen Dreizeltplatz und Nordsattel.

„Ich bin auf dem Wege zu dir, Gabriel", sagte sie. Und er wiederholte seinerseits dieses Sätzchen.

Die Verstörung und Verlorenheit, die seit undenklicher Zeit schon die Fremde gefangenhielt, hatte ihr Werk vollendet. Wo war Juliettens „funkelnder Schritt"? Sie ging wie eine, die irgendwohin geschickt ist. Und es war wirklich so. Gonzague hatte sie geschickt, damit sie endlich die Wahrheit sage und ihren Willen kundgebe, denn der Tag der Trennung war gekommen. Bin ich kurzsichtig geworden, dachte sie, ich sehe so schlecht. Sie wunderte sich, daß in dieser sommerlichen Nachmittagsstunde Novemberdämmerung herrsche. War es der Qualmschleier des Waldbrandes, der über dem Damlajik lag? War es jener andre sonderbare Qualmschleier über ihrem eigenen Bewußtsein, der sich seit Tagen verdichtete? Sie wunderte sich, daß Gonzague jetzt, da sie vor Gabriel stand, lächerlich unwirklich geworden war. Sie wunderte sich, daß dieser Gonzague sich mit ihr belasten wollte. Alles erschien ihr so weit entrückt und so verwunderlich. Ihr Strumpfband hatte sich gelöst und der Strumpf rutschte ihr über das Knie, ein Gefühl, das sie verabscheute. Und doch, sie rührte sich nicht. Ich habe nicht einmal mehr die Kraft, mich zu bücken, ging es ihr durch den Sinn, und heute abend werde ich über die Felsen nach Suedja hinabklettern. Es kam dann zu einer recht merkwürdigen Unterredung zwischen den Gatten, die ganz und gar im Leeren verlief. Juliette begann:

„Ich mache mir Vorwürfe, daß ich in diesen Tagen nicht bei dir war ... Du hast Schweres erlebt und Großes vollbracht und warst immer in Gefahr ... Oh, ich benehme mich schändlich zu dir, mein Freund ..."

Ein derartiges Bekenntnis hätte Gabriel vor wenigen Wochen noch bewegt. Jetzt aber kam seine Gegenrede beinahe förmlich:

„Auch ich habe mir um deinetwillen Vorwürfe gemacht, Juliette. Ich sollte mich mehr um dich kümmern. Aber glaub mir, ich habe gerade jetzt gar nicht an dich denken können."

Dies war eine große Wahrheit voll Doppelsinn. Sie hätte auch Juliette Mut zur Wahrheit machen müssen. Doch sie stimmte ihm nur eilig zu:

„Das ist ja selbstverständlich. Ich sehe ein, daß du an ganz andre Dinge zu denken hattest, Gabriel."

Er bewegte sich auf diesem gefährlichen Wege weiter:

„Ich habe glücklicherweise immer gewußt und mich darüber gefreut, daß du nicht ganz allein und verloren bist."

In dem stumpfen, gewissermaßen scheintoten Gespräch war damit ein Punkt erreicht, der den Blick nach allen Richtungen freiließ. Unglaublich schnell hätte für Juliette die Möglichkeit bestanden, offen zu sprechen: Ich bin die Fremde hier, Gabriel. Das armenische Schicksal war stärker als unsere Ehe. Jetzt zeigt sich ein allerletzter Ausweg für mich, diesem Schicksal zu entgehen. Du selbst hast es hundertmal gewollt und mir immer wieder den Antrag gestellt, mich zu retten. Ich hatte gehofft, daß ich die Kraft haben werde, bis zum Ende auszuhalten. Ich habe diese Kraft nicht, ich kann sie ja gar nicht haben, da dein Kampf nicht mein Kampf ist. Es ist schon sehr viel, glaub es mir, mein Freund, daß ich dieses verzweifelte Leben bis zu dieser Stunde ausgehalten habe. Nun aber ist es genug. Laß mich gehn! Denn ich gehöre nicht mehr dir, sondern einem andern. — Keines dieser einfachen und natürlichen Worte kam über Juliettens Lippen. Noch immer von dem eitlen Wahn erfüllt, in ihrer Ehe sei sie der gebende und höherstehende Teil, war sie überzeugt, daß Gabriel unter ihrem Geständnis zusammengebrochen wäre. Konnte sie annehmen, daß er ihr vielleicht mit gütiger Stimme geantwortet hätte: Ich verstehe dich, chérie. Selbst wenn ich daran zugrunde ginge, dürfte ich dich nicht zurückhalten. Ich werde für dich alles tun, was noch in meiner Macht steht. Ich werde mich um deinetwillen auch von Stephan trennen, den du retten wirst. Es ist gut so, daß ich als verantwortlicher Führer dieses Volkes die letzten Bindungen verliere, die mich an ein privates Leben knüpfen. Und noch eines, Juliette! Ich liebe dich und werde dich bis zum letzten Augenblick lieben, wenn ich auch nicht mehr dir gehöre, sondern einer andern. — So rein hätte sich in diesen Minuten alles durch Offenheit lösen lassen, wären die Dinge nicht zu verwickelt gewesen, um überhaupt gelöst zu werden. Juliette wußte von Gabriel ebensowenig wie er von ihr. Sie wußte aber auch nicht, ob sie Gonzague wirklich liebe. Und ebensowenig wußte Gabriel, ob und was für eine Liebe das sei, die ihn mit Iskuhi verband. Juliettens religiöse und bürgerliche Vergangenheit sträubte sich gegen das sündige Glück. Aus vielen Gründen mißtraute sie dem so durchsichtig undurchsichtigen Gonzague, nicht zuletzt, weil er um drei Jahre jünger war als sie. In Paris hätte sich wohl eine traditionelle Form für alles gefunden, hier jedoch in den phantastischen Revieren des Damlajik lastete das Bewußtsein der Verworfenheit schwer auf ihr. Dies aber war nur ein kleiner Teil der Verwicklungen. Einige Minuten lang war sie völlig bereit, heute nacht mit Gonzague den Berg zu verlassen und in der Spiritusfabrik das Dampfschiff zu erwarten. In der nächsten Zeitspanne aber kam ihr dieser Gedanke lächerlich undurchführbar vor. Es gehörte mutigste Entschlossenheit dazu, sich einem Abenteurer rückhaltlos anzuvertrauen, selbst wenn man dadurch dem Tode entging. War es nicht ratsamer,

536

sein Schicksal auf dem Musa Dagh untätig abzuwarten, als in Beirût plötzlich verlassen zu werden? Der Gedanke an die nächtliche Kletterei, an die gefahrvolle Durchquerung der mohammedanischen Orontes-Ebene, an die Seefahrt unter Spiritusfässern, an die Bedrohung durch Torpedoboote, der Gedanke an all diese Gefahren und Strapazen vermischte sich mit einer angesichts der Verhältnisse lächerlichen Stilempfindung: Das paßt nicht zu mir. Was war dies alles aber gegen die Pein Stephans wegen? Sie wich ihrem Kinde jetzt aus. Sie überwachte nicht mehr seine Ernährung und Sauberkeit. Selbst am Abend kam sie nicht mehr, o heilige Muttergewohnheit, an sein Bett im Scheichzelt, um nachzusehen, ob er sich ordentlich zur Ruhe lege. All diese Versäumnisse summierten sich zu einem Schuldgefühl, das Stephan gegenüber am schwersten auf ihrem Herzen lastete. Und von all diesen Lasten beladen, war sie zu Gabriel gekommen, um offen zu sein und Abschied zu nehmen.

Beide schauten einander an, Mann und Frau. Der Mann sah ein Gesicht, übernächtig und gealtert, wie es ihm schien. Er glaubte an den Schläfen einen weißlichen Schimmer zu entdecken. Um so weniger aber konnte er sich die fiebernden Augen erklären und den größer gewordenen Mund mit den geschwollenen und zersprungenen Lippen. Sie geht an diesem Leben zugrunde, dachte er, anders war es nicht zu erwarten. Und wenn ihn noch vor kurzem das leise Bedürfnis angewandelt hatte, zu Juliette von Iskuhi zu sprechen, jetzt gab er es auf: Wozu? Wie viele Tage haben wir denn noch vor uns?

Die Frau sah ein sehr zerfurchtes Gesicht, alle Formen und Züge fremd zusammengeschoben und von jenem runden Stoppelbart umrahmt, den sie so gar nicht leiden konnte. Immer wieder, wenn sie dieses Gesicht sah, mußte sie sich fragen: Wie, dieser wüste orientalische Bandenchef ist Gabriel Bagradian? Dann aber war seine Stimme doch Gabriels Stimme. Und schon um dieser alten Stimme willen hätte sie nicht wahr sein können. In ihren Ohren rauschte es: Ich werde bleiben, ich werde gehn. Ihr Geist aber stöhnte: Wäre nur alles schon zu Ende!

Das Gespräch glitt von der gefährlichen Bahn ab. Gabriel schilderte ihr die günstigen Aussichten der nächsten Tage. Man werde mit höchster Wahrscheinlichkeit eine längere Ruhepause genießen dürfen. Er wies noch einmal mit Nach-

druck auf Doktor Altounis seelenverstehenden Rat hin: Im
Bette liegenbleiben und lesen, lesen, lesen! Eine Rauchwolke
des großen Brandes verzog sich träge vor ihren Augen. Sie
mußten den scharfen, aber würzigen Holzqualm durchqueren.
Gabriel blieb stehen:
„Wie man das Harz riecht! ... Der Brand ist aus vielen
Gründen ein Glück. Auch wegen dieses Rauches. Er wirkt
desinfizierend. Im Epidemiewäldchen liegen leider schon zwanzig Leute, die dieser verfluchte Deserteur aus Aleppo angesteckt hat..."
Er konnte von nichts anderem mehr sprechen als von öffentlichen Angelegenheiten. Nichts spürte der Gleichgültige von
dem, was sie in ihrem Schweigen ihm zugetragen hatte. Ich
werde gehn, ich werde gehn, dröhnte es mit Muschelrauschen
wieder in ihrem Gehör. Als sie aber mitten in der Rauchwolke
waren, verfärbte sich Juliette und wankte, so daß er sie auffangen mußte. Sein Griff, so tausendfach bekannt, durchfuhr
sie quälend. Sie wandte ihr Gesicht krampfhaft ab:
„Gabriel, verzeih, aber ich glaube, ich werde krank ... oder
ich bin es schon..."

Gonzague Maris wartete bereits auf dem vereinbarten Platz
der Riviera. Er rauchte umsichtig und gesammelt seine halbe
Zigarette zu Ende. Da er äußerst sparsam war, besaß er noch
zweiundzwanzig Zigaretten. Die Tabakreste warf er nicht
fort, sondern hob sie für die Pfeife auf. Wie die meisten
Menschen, die aus engen Verhältnissen, aus billigsten Inter-
naten herkommen und trotz eleganter Bedürfnisse niemals
mehr als zwei Anzüge auf einmal besessen haben, ging er mit
allen Werten fanatisch sorgfältig um und nützte seine Habe
bis zum letzten Faden, Bissen und Tropfen aus.
Als Juliette sich mit merkwürdig strauchelnden Schritten
näherte, sprang er auf wie immer. Seine galante Form der
Geliebten gegenüber hatte sich durch den Besitz nicht verändert. Auch die helle Aufmerksamkeit seiner Augen unter
den schräg gegeneinandergestellten Brauen war die gleiche
geblieben, wenn auch ein Schimmer unbestechlicher Kritik sie
verschärfte. Er erkannte ihre Niederlage sogleich:
„Du hast wieder nicht gesprochen."
Sie ließ sich neben ihm nieder, ohne zu antworten. Was war
nur mit ihren Augen geschehen? Auch in der nächsten Nähe

schaukelte alles wie in einem lautlosen Sturm hin und her oder war in Regenschleier gehüllt. Wenn aber der Nebel zerriß, wuchsen Palmen aus dem Meer. Kamele mit gekränkt erhobenen Häuptern zogen hintereinander über die Wellen. Nie noch war die Brandung tief unten so laut und so nahe gewesen. Man verstand sein eigenes Wort nicht. Und Gonzagues Stimme kam aus weiter Ferne:

„Das hilft alles nichts, Juliette! Du hast viele Tage Zeit gehabt. Der Dampfer wird nicht auf uns warten, und der Direktor hilft uns ein zweites Mal nicht. In dieser Nacht müssen wir fort. Nimm doch endlich Vernunft an!"

Sie preßte die Fäuste gegen die Brust und neigte sich vor, als müsse sie einen krampfartigen Schmerz bezwingen:

„Warum redest du so kalt mit mir, Gonzague? Warum siehst du mich überhaupt nicht an? Sieh mich doch an!"

Er tat das Gegenteil und sah weit hinaus, um sie seine Unzufriedenheit fühlen zu lassen:

„Ich habe immer von dir geglaubt, daß du eine willensstarke und mutige Frau bist und nicht sentimental..."

„Ich? Ich bin nicht mehr, was ich war. Ich bin schon tot. Laß mich hier! Geh allein!"

Sie hatte seinen Protest erwartet. Er aber blieb stumm. Dieses Schweigen, mit dem sie so leicht aufgegeben wurde, konnte Juliette nicht länger ertragen. Sehr kleinlaut flüsterte sie:

„Ich werde mit dir gehen ... Heute nacht..."

Jetzt erst legte er mit leichter Zärtlichkeit seine Hand auf ihr Knie:

„Du mußt dich jetzt zusammennehmen, Juliette, und dein Schuldgefühl und alle andern Hindernisse überwinden. Mit einem Schnitt, das ist am besten. Wir wollen klar sein und uns nichts vormachen. Es geht nicht anders. Gabriel Bagradian muß in irgendeiner Form unterrichtet werden. Ich sage gar nicht, daß du große Konzessionen machen sollst. Die Gelegenheit ist da und kommt nicht wieder. Das erklärt alles. Du darfst nicht einfach verschwinden. Ganz abgesehen davon, daß es eine unmögliche Gemeinheit wäre, wie willst du denn leben, hast du es dir schon überlegt?"

Und mit der sicheren Ruhe seiner Stimme und seines Wesens suchte er sie zu überzeugen, daß Gabriel Bagradian alle jene Verfügungen treffen werde, die im Bereich seiner Möglichkeiten lägen, um ihr Leben für die nächste Zeit sicherzustellen.

Aus seinen Worten tönte kein Hauch von Spekulation oder Roheit, obgleich er den Untergang Gabriels und vielleicht auch Stephans als unabwendbaren Posten in Rechnung stellte. (Was Juliettens Sohn anbetraf, so war er übrigens bereit, wenn sie es nicht anders wollte, auch diese Last auf sich zu nehmen, die freilich die Bedingungen der Flucht wesentlich erschwerte.) Am Ende seines Zuspruchs wurde er ungeduldig, denn wie oft schon hatte er dasselbe sagen müssen, und die letzten Stunden der Gelegenheit gingen dahin. Wäre Juliette zu einem geordneten Denken fähig gewesen, sie hätte seinen scharfen, umsichtigen Begründungen recht geben müssen. Aber das ging schon seit mehreren Tagen so, daß sich irgendein gehörtes und gedachtes Wort in ihrem Gehirn lästig festsetzte und nicht auszurotten war. Jetzt hörte sie: „Wie willst du denn leben?" Die Laute „leben" begannen blechern unaufhörlich in ihrem Kopf zu kreisen, wie wenn auf einer abgespielten Grammophonplatte die Nadel in einer Rille hängenbleibt und dieselbe Stelle bis zum Rasendwerden immer wiederholt. Unbegreifliche Schauer stiegen aus dem Boden auf, als säße sie am Rand eines Sumpfes. Dann wurde sie selbst zu einer Maschine und wiederholte:

„Wie will ich denn leben? Wie will ich denn leben? In Beirût? Und wozu?"

Gonzague hatte Mitleid mit Juliette, die sich, wie er wähnte, in Gewissensqualen wand. Er wollte ihr helfen:

„Nimm es nicht zu schwer, Juliette! Sieh doch nur deine Rettung in dem Ganzen! Wenn du es willst, werde ich bei dir sein, wenn du es nicht willst, nicht..."

In diesem Augenblick sah sie den kranken jungen Deserteur vor sich, über dessen grindige rotübersprenkelte Brust sie sich vor einigen Tagen in verzweifelter Exaltation gebeugt hatte. Dann aber wollte sie ihre Mutter besuchen. Diese wohnte im Hotel. Ein langer Gang mit Hunderten von Türen. Juliette kannte die richtige nicht... Gonzagues Stimme war lieb und zärtlich jetzt. Sie tat ihr wohl: „Ich werde bei dir sein."

„Wirst du bei mir sein? ... Bist du jetzt bei mir? ..."

Er lenkte mit Freundlichkeit ins sachliche Gebiet hinüber:

„Hör gut zu, Juliette! Ich werde heute nacht hier auf dich warten. Doch du mußt um zehn Uhr bereit sein. Solltest du mich vorher brauchen, sollte Bagradian mit mir sprechen wollen, ich nehme das an, so schicke jemanden um mich. Ich werde dir helfen. Du kannst ruhig eine große Reisetasche mitnehmen. Ich werde sie schon tragen. Wähl deine Sachen klug aus! In Beirût bekommst du übrigens alles, was dir fehlt."

Sie hatte sich bemüht, ihn zu verstehen. Wie ein Kind sagte sie das Gehörte auf:

„Heute nacht um zehn ... Ich bringe ein Reisetasche ... In Beirût bekommt man alles ... Und du? ... Wie lange wirst du bei mir sein?..."

Ihre wirren Reden in dieser entscheidenden Stunde erschöpften seine Ruhe:

„Juliette, ich hasse Worte wie ‚immer‘ und ‚ewig‘."

Sie sah ihn begeistert an. Ihr Gesicht glühte. Der halbgeöffnete Mund wölbte sich vor. Ihr war, als sei sie jetzt durch die richtige Tür getreten. Gonzague saß am Klavier und spielte für sie die Matchiche in jener Nacht, ehe die Saptiehs kamen. Da hatte er es selbst gesagt: „Es gibt nur den Augenblick." Eine tiefe Heiterkeit überströmte sie:

„Nein, sag nicht ‚immer‘ und ‚ewig‘! Denk an den Augenblick...!"

Jetzt verstand sie in einer unbeschreiblichen Überdeutlichkeit, daß es nur den Augenblick gab, daß die Nacht, das Dampfschiff, die Reisetasche, Beirût, der Entschluß nicht die geringste Bedeutung mehr für sie hatten, daß eine uneinnehmbare Einsamkeit ihrer wartete, in die weder Gonzague noch Gabriel eindringen konnten, eine Einsamkeit voll Heimkehr, in der alles erledigt war. Dieses Glück durchdrang sie mit strömender Kraft. Gonzague sah mit Erstaunen nicht mehr die verstörte, in die Enge getriebene Frau, sondern die Herrin von Yoghonoluk wieder, und schöner noch als damals. Die begehrte Frucht, auf deren Reifen er mit Geduld und Todesverachtung gewartet hatte, war ihm neuer und näher als je. Er nahm Juliette in die Arme wie zum erstenmal. Ihr Kopf taumelte sonderbar von der einen auf die andre Schulter. Er achtete dessen nicht. Und auch die sinnlosen Worte, die sie in traumhafter Leidenschaft zu stammeln schien, gingen an seinem Ohr vorbei.

Bevor die Männer in ihren Gesichtskreis traten, wußte Sato noch nicht, was geschehen würde. Sie bewachte in einiger Entfernung den Ehebruch, war aber zu traurig und verdüstert,

um sich zwischen die Büsche zu legen und das Paar zu beobachten. Ja, wenn sie die prickelnde Entdeckung wenigstens
hätte ausschroten können! Wie wäre die alte Nunik hoch-
befriedigt und ihr zu Dank und Lohn verpflichtet gewesen
dafür! Sato aber war gefangen. Sato durfte nicht mehr ge-
winnbringende Botschaft von Berg zu Tal, von Tal zu Berg
tragen. Um so brennender aber bohrte in ihr das einzige zu-
sammenhängende Gefühl, das sie besaß, Eifersucht. Iskuhi
von dem Effendi trennen! Dem Effendi etwas antun! Sie lag
auf der Erde, die Knie hochgezogen, und starrte in den rauch-
verschleierten Himmel.

Es geschah aber, daß sich ein paar Männer dem Orte langsam
näherten. Sato erkannte die Häupter des Führerrates: Ter
Haigasun, Bagradian Effendi, Pastor Aram, dahinter Lehrer
Oskanian mit dem Muchtar Thomas Kebussjan und dem
Dorfältesten von Bitias. Die Gewählten hatten eine kurze,
aber sehr ernste Beratung abgehalten und schienen äußerst
bedrückt. Sie hatten auch allen Grund zur Beängstigung. Die
Lebensmittel, das heißt die Herden, verringerten sich nicht in
vorgesehener Weise, sondern nach den unbekannten Gesetzen
einer wilden Progression, die sich steigerte, je mehr der Bestand
abnahm. Man drosselte immer wieder die Tagesration, ohne
den Verfall, der mit dem schlechten Futter zusammenhing,
aufhalten zu können. So sehr Aram Tomasian auch dahinter
war, die Zurüstungen für den Fischfang kamen zu keinem
Ende. Die Ernährungslage sah böse aus. Auch die ansteckende
Fieberkrankheit nahm besorgniserregende Formen an. Allein
am gestrigen Tage waren im Epidemiewäldchen vier Kranke
gestorben. Bedros Hekim konnte sich auf seinen schwachen
und alterskrummen Beinen kaum mehr schleppen. Im und um
den Lazarettschuppen lagen mehr als fünfzig Verwundete und
mindestens ebenso viele in den Laubhütten, alle ohne zurei-
chende Verbände, ohne rechte Arznei, Gott und sich selbst
überlassen. Das Bedenklichste jedoch war die brenzlige Verdrossenheit, die sich als unerwartete Folge des Sieges der
Menschen bemächtigt hatte. Sie wurde durch die grauenhafte
Hitze des Waldbrandes, durch den Rauchschnupfen, durch die
schwere Übermüdung, durch die kärgliche und abwechslungs-
lose Fleischkost wohl gefördert, hatte aber ihre tiefste Ursache
in der allgemeinen Unerträglichkeit dieses Lebens. In den
letzten zwei Tagen war es, abgesehen von dem Vorfall mit

Sarkis Kilikian, zu zahlreichen Raufhändeln, darunter sogar zu Messerstechereien gekommen. All diese Gründe zusammen bewogen die Verantwortlichen heute, ihr Augenmerk der Meerseite des Damlajik schärfer zuzuwenden als bisher. Man weiß, daß auf der Schüsselterrasse, die sich ganz außerhalb der Ereignisse befand, die große Fahne „Christen in Not" flatterte. Zwei Späher der Jugendkohorte übten dort das Amt, die See nach Schiffen abzusuchen. Es schien immerhin möglich, daß irgendwelche unzuverlässige Burschen ein oder sogar mehrere Fahrzeuge übersehen hatten, denn bisher war noch nicht einmal ein Fischkutter gemeldet worden, und das im August, zu einer Zeit, wo sonst die Bucht von Suedja von derartigen Barken wimmelt. Ließ Gott wirklich das Meer völlig aussterben, nur damit den Armeniern des Musa Dagh die allerleiseste Lebenshoffnung entzogen werde? Der Führerrat hatte beschlossen, den Wachdienst der Seeseite zu verstärken und neu zu ordnen. Den Posten auf der Schüsselterrasse hatten nunmehr erwachsene Männer zu beziehen. Ferner sollte auf einem weiter südlich gelegenen kapartigen Punkt eine zweite Beobachtungsstation errichtet werden. Um den geeignetsten dieser Punkte persönlich ausfindig zu machen, waren die Gewählten aufgebrochen.

Der weiche kurzrasige Höhenboden verschluckte selbst für Satos Ohren den Tritt der schweigenden Männer. Als sie sich zur Seite wälzte, waren sie schon sehr nahe. Sato huschte auf — irgend etwas fuhr in sie — und begann den Kommenden entgegen lebhaft fuchtelnde Zeichen zu machen. Die Männer achteten ihrer vorerst nicht. Es war immer dasselbe. Tauchte Sato irgendwo auf, wurden alle Blicke sofort abweisend und wandten sich mit einem schamvollen und strengen Ekel von dem Geschöpf ab. Das Gefühl für die „Unberührbarkeit", das Pariatum Satos war in jedermann vorhanden, obwohl ja für den Christen alle Kreaturen der Geburt nach vor Gott den gleichen Rang haben. Auch jetzt gingen die sorgenernsten Männer, der fuchtelnden Närrin scheinbar nicht achthabend, an ihr ruhig vorbei. Der letzte in der Schar aber, Muchtar Thomas Kebussjan, blieb plötzlich stehen und drehte sich nach Sato um. Dieses Überwundensein wirkte auf die anderen so stark, daß auch sie stehenblieben und mit bösen Augen die Zeichengeberin musterten. Dies also hatte Satos Kraft zunächst erreicht. Immer gebannter betrachteten die Führer das garstige Ding, das sich wahrhaftig wie eine Besessene unter einem unreinen Einfluß zu winden schien. Satos Augen zwinkerten, die dünnen Beine unter dem einst so artigen Röckchen zuckten, der verzogene Mund, wie ihn sonst nur Taubstumme haben, würgte an einem Lautklotz, die rudernden Hände wiesen immer in die Richtung der Blumenbüsche und des Meeres. Die Suggestion, die von ihrem Gehaben ausging, entkräftete nach und nach den Widerstand der Männer. Sie traten näher an Sato heran, und Ter Haigasun fragte sie unwillig, was es hier gebe und was sie zu berichten habe. Ihr gelbliches Zigeunergesicht verzerrte sich. Sie zwinkerte verzweifelt, als sei es ihr unmöglich zu antworten. Um so heftiger aber wiederholte sie ihre eifrigen Hinweise in die Richtung des Meeres. Die Männer sahen einander an. Ihnen allen ging gleichzeitig ein und derselbe Gedanke fragend durch den Kopf: Ein Kriegsschiff? So wenig man auch mit diesem aufgelesenen Bankert zu tun haben wollte, jeder auf dem Damlajik wußte, daß Sato eine unübertreffliche Ausspäherin war. Vielleicht hatten ihre widerlichen Luchsaugen über dem fernsten Meereshorizont die Ahnung einer Rauchfahne entdeckt, die niemand sonst sehen konnte. Ter Haigasun stieß sie leicht mit seinem Stock an und gebot ihr kurz:

„Auf! Vorwärts! Zeig uns, was du weißt!"

Sie hüpfte stolz auf und begann vorzulaufen, von Zeit zu Zeit innehaltend, um die Männer hinter sich her zu winken. Manchmal auch legte sie die Hand an den Mund zum flehentlichen Zeichen, man möge ja keinen Laut von sich geben, noch auch mit den Schritten Lärm machen. Von seltsamer Erregung erfaßt, tat wirklich niemand den Mund auf. Alle gingen auf leisen Füßen und mit vorsichtig zusammengefaßten Körpern, dem Einfluß der kleinen Führerin und einer tiefen Neugier plötzlich verfallen. An Buchs und Arbutus vorbei gelangte man zu dem dichten lederblättrigen Strauchwerk, das auf einem breiten Band die Steilseite des Berges abgrenzt. Durch dieses dunkle und kühle Gebüsch zogen sich überall Lücken, verschlungene Gassen und Gänge. Eine Quelle schlängelte sich hindurch, um dann als Kaskade und Schleierfall die Wände hinabzustürzen. Hier und dort stieg eine Pinie oder ein immergrün umschlungener Felsblock aus der Wirrnis. Sonst erinnerte nichts an eine rauhe Bergeshöhe. Man hätte an manchen Stellen beinahe den Eindruck eines künstlich angelegten Labyrinths in einem südlichen Park gewinnen können. Auf seinen vielen strategischen Streifzügen in den vorbereitenden Wochen hatte Gabriel Bagradian diesen wahrhaftig paradiesischen Teil des Damlajik kaum berührt. Doch wie schön und kühl es hier auch war, er ging jetzt als letzter in der Schar, mit einer unbehaglichen und widerstrebenden Schwere in den Beinen.

Sato hatte den Weg durch die Irrgänge des Gesträuches so durchtrieben gewählt, daß die Männer mit einem Mal auf dem Lieblingsplatz der Liebenden, einer kleinen, gegen das Meer offenen Lichtung, unversehens standen. Die Überraschung betäubte Juliette und Gonzague, die sich verborgener wähnten denn je, wie ein niedersausender Schlag. Einer der endlosen Entsetzens-Augenblicke hob an, dessen sich derjenige, welcher ihn als Opfer durchdulden mußte, noch in spätester Zeit nur mit dem brennenden Wunsche erinnern kann, nie gelebt zu haben. Gabriel kam noch zurecht, um zu sehen, wie Gonzague Maris aufsprang und mit blitzschneller Gewandtheit seine Person in Ordnung brachte. Juliette aber saß regungslos auf der Erde, mit hängendem Haar und entblößten Schultern, rechts und links die Hände ins Gras gekrampft. Sie starrte Gabriels Erscheinung wie eine Blinde an, die nicht mit den Augen, sondern mit allen anderen Sinnen sieht. Der Vorgang entwickelte sich stumm und fast ohne Geste. Gonzague, der sich einige Schritte weit zurückgezogen hatte, verfolgte ihn mit dem gewinnenden und genauen Lächeln eines Fechters. Die fremden Männer, Ter Haigasun zuvörderst, kehrten mit starren Mienen der Frau den Rücken zu, als sei es ihnen unmöglich, ihre eigene Scham noch länger zu ertragen. — Die Armeniersöhne der Gebirge zwischen Kaukasus und Libanon sind ein Volk von unerbittlicher Keuschheit. Kochendes Blut neigt immer zur Strenge und nur das laue ist nachsichtig. Kein Sakrament halten diese Christen so hoch wie das der Ehe und blicken deshalb mit Verachtung auf den Weiber-Mischmasch des Islams herab. — Diese Männer hier, die jetzt ihre Gesichter von der Schande abkehrten, wären wahrscheinlich Gabriel Bagradian nicht in den Arm gefallen, wenn er der Sache mit zwei Revolverschüssen ein rasches und radikales Ende bereitet hätte. Ter Haigasun nicht und Pastor Tomasian nicht, obgleich dieser drei Jahre lang in der Schweiz gelebt hatte. Hrand Oskanian aber neigte sich über sein Mausergewehr, ohne das er keinen Schritt machte. Es sah so aus, als richte der schwarze Lehrer den Lauf gegen seinen eigenen Mund und suchte mit den Augen nur noch die praktische Möglichkeit, den Schuß zu lösen. Er hatte zu dieser symbolischen Gebärde guten Grund, da sich die Madonna seiner einzigen Anbetung in ihm für immer verunreinigt hatte.

Die unzugänglichen Rücken der Männer warteten lange. Es geschah nichts. Kein Schuß aus Bagradians Armeepistole fiel. Als sie nach einer Weile ihre Köpfe wieder der Wirklichkeit zuwandten, sahen sie, daß Gabriel die kauernde Frau an den Händen faßte und ihr aufhalf. Juliette versuchte zu gehen, doch ihre Füße gehorchten ihr nicht. Da stützte sie Gabriel Bagradian unter beiden Ellenbogen und führte sie zwischen den Myrtensträuchern hinweg, wie man ein Kind führt.

Mit unversöhnten Augen verfolgten die Männer das Unglaubliche. Dann brummte Ter Haigasun zwei kurze Worte, und langsam verließen sie, jeder für sich, die Stätte. Sato lief hinter dem Priester her, als habe sie von dem Oberhaupt des Volkes einen Lohn für die Nützlichkeit zu fordern.

Kein Blick traf den Fremden mehr, der allein zurückblieb.

Ein Volk kann ohne Bewunderung nicht auskommen, doch ebensowenig ohne Haß. Längst war auch in der Stadtmulde Haß fällig. Es fehlte nur das Ziel, gegen das er sich richten konnte. Der Haß gegen die Türken und den Staat? Der war zu überdimensional und folglich nur insoweit vorhanden, wie die Luft und der Raum vorhanden ist, als Voraussetzung des Lebens, die man nicht zur Kenntnis nimmt. Der Haß der engen Nachbarschaften? Wen konnten diese Reibereien des Alltags befriedigen? Nicht einmal die keifenden Weiber. Dies alles führte zu nichts anderem als zu kleinlichen Rechtsstreitigkeiten, die Ter Haigasun als Richter an jedem Freitag in schneller Prozeßfolge, ehe man sich's noch versah, durch ein Machtwort oder eine kleine Buße schon geschlichtet hatte. Ein andres Bett mußten sich jene Ströme der Verneinung graben, die sich trotz der blutigen Schlachten und harten Entbehrungen im Herzen der Gesellschaft angesammelt hatten. Es gehört aber zu den Geheimnissen des öffentlichen Lebens, daß der Zufall solchen konzentrierten Mißempfindungen der Masse immer ein entsprechendes Geschehnis prompt zur Verfügung stellt.

Ehe die Männer jene peinliche Stätte verließen, hatte ihnen

Ter Haigasun ein paar kurze Worte zugerufen. Diese Worte enthielten die strenge Mahnung, das Geschehene unbedingt geheimzuhalten, denn der Priester ahnte nur zu genau die widrigen Folgen, sollte der Skandal zu Ohren des Lagervolkes kommen. Ter Haigasun hatte in seiner Mahnung mit Männern gerechnet, doch nicht mit Ehemännern. Muchtar Thomas Kebussjan war trotz allem großartigen und würdegetränkten Anschein, den er sich gab, ein hervorragender Pantoffelheld. Ein solches Erlebnis konnte er nicht bei sich tragen, ohne es mit seiner energischen und wissensdurstigen Madame zu teilen. Sein Bedürfnis, die Klatschgier der starkgemuten Ehehälfte bestens zu bedienen, ging so weit, daß er sogleich nach Hause stürzte, um seinen drückenden Schatz nach Entgegennahme von hundert Schweigebeteuerungen an die Frau zu bringen. Madame Kebussjan hatte den Bericht kaum zu Ende gehört, als sie mit hochrotem Gesicht ihren Seidenschal um die Schultern warf und das Blockhaus verließ, um die andern Muchtarinnen aufzusuchen, die Damen der guten Gesellschaft gewissermaßen, die unter ihrem Protektorat standen. Für alles andre sorgte Sato. Sie erlebte jetzt einen dreifachen Triumph. Erstens hatte sie dem Effendi etwas angetan, von dem er sich nicht bald erholen würde. Zweitens durfte sie sich als Urheberin von Unheil und Verwirrung auf einmal als ein höchst brauchbares und tugendsames Mitglied der Ordnungswelt fühlen. Und drittens besaß sie nun eine Wissenschaft voll anziehender und selbstgesehener Einzelheiten, kraft deren sie sich unter der jugendlichen Horde eine Stellung erringen konnte. Darin täuschte sie sich auch am wenigsten. Zuerst waren es ein paar von den überreifen Mädchen, die sie mit ihrem schwülen Ichweißetwas herbeilockte. Andre kamen dazu. Sato zog mit Berichterstatter-Meisterschaft die prikkelnde Schilderung in die Länge und genoß dabei das unbekannte Glück, Mittelpunkt zu sein. Schließlich erfuhr auch Stephan in den gemeinsten Ausdrücken und häßlichsten Bildern die Schmach seiner Mutter. Er verstand den Sinn des Geschwätzes anfangs gar nicht. Mama stand zu hoch, als daß Sato und das Gesindel sie überhaupt meinen konnten, wenn es ihren Namen in den Mund nahm. Mama (wie neuerdings auch Iskuhi) war ein verhülltes Götterbild, an dessen Beine, Schenkel, Schultern und Brüste man ohne einen fieberhaften Schauer der Entweihung selbst in tiefster Tiefe der Nacht nicht denken durfte. Immer fassungsloser stand Stephan da, während die Horde ihn selig grausam umlachte und Sato immer neue Nuancen hervorschnatterte. Sie hatte plötzlich ihren gaumigen Sprachfehler verloren und erzählte mit erfahrener Gewandtheit. Wie nämlich der Mißerfolg ein religiöses, so ist der Erfolg ein körperlich-seelisches Heilmittel. Das gesteigerte Selbstbewußtsein beseitigte in diesen Minuten Satos Sprachstörung. In Amerika und um einige Kulturgrade höher geboren, hätte sie es zweifellos zu einer angesehenen Reporterin gebracht. Stephan schwieg und seine großen Augen wurden immer größer. Dann aber war es das Werk einer Sekunde, daß er sich auf die Spionin stürzte und ihr so kräftig ins Gesicht schlug, daß ihr das Blut über Mund und Kinn zu laufen begann. Er hatte sie nicht ernstlich verletzt. Nur die Nase blutete eine Weile. Sato jedoch stieß lange gräßliche Schreie aus, als sei mindestens das Massaker über sie gekommen. Wie alle Primitiven war sie unvergleichlich wehleidiger und blutfürchtiger als ein Kulturmensch. Nun aber wandte sich das Blatt, so daß ein zynischer Beobachter seine helle Freude hätte haben können. Sato, das Randgeschöpf, der Schakal, die verjagte „Stinkerin", wurde urplötzlich ein Gegenstand des Mitgefühls und der Achtung. Heuchlerische Stimmen erhoben sich: „Er hat ein Mädchen geschlagen." Und die lang unterdrückte Abneigung gegen die Zugereisten, Überheblichen und Unechten brach aus. Vergessen war der Königsrang der Bagradians, den man ihnen ein paar Stunden lang nach jedem abgewehrten Angriff im stillen zubilligte. Der Urhaß gegen die anmaßenden Außenseiter blieb übrig. Mit mordgierigen Grimassen warfen sich die Buben auf Stephan und es begann teils eine Prügelei, teils eine Jagd, die sich bis zur Stadtmulde und auf den Altarplatz verzog. Hagop hielt im Gegensatz zu seinem charakterlosen Lachen während der Freiwilligenwahl jetzt sehr tapfer zu Stephan. Er hüpfte an seiner Krücke mit weiten erbitterten Sprüngen immer wieder zwischen den Freund und seine Verfolger. Haik aber war nicht da, um zu beweisen, wie er in Wahrheit zu Stephan stand. Der Aleppoläufer verbrachte die letzten Stunden auf dem Damlajik einsam mit der Witwe Schuschik, seiner Mutter. Der Bagradiansohn floh zwar vor dem Rudel, war aber dennoch stärker und größer als die meisten. Hängten sich ein paar an ihn, so schüttelte er sie ab wie der Bär die Hunde. Bekam er jedoch einen wirklich zu fassen, dann schmiß er ihn so gründlich hin, daß ihm Hören und Sehen verging. Mag es auch der allgemeinen Überzeugung widersprechen, das Stadtkind zeigte sich den Naturkindern an Körperkraft weit überlegen. Diese Verfolgung stellte den Respekt zwischen den Jägern und dem Wild wieder her. Das Geheul aber holte alle Bewohner der Stadtmulde aus den Hütten auf den Altarplatz. Nun war wieder Sato an der Reihe, mit ihren Berichten zu glänzen. Die Horde ließ von Stephan ab, der sich in Sicherheit bringen konnte. Es trieb ihn mächtig zu den Eltern. Auf dem Wege zum Dreizeltplatz aber schlug er plötzlich einen Haken und legte sich irgendwo ins Gras. Ein gräßlicher Schmerz wollte ihm die Kehle zerquetschen: Ich kann nicht mehr nach Hause.

Die Rauferei der Halbwüchsigen vollendete nur das Werk, das die Muchtarinnen unter Führung der Kebussjan schon begonnen hatten. Ehe noch die Dämmerung da war, wußten die Gemeinden alles, und zwar um zahlreiche entrüstungfördernde Ausschmückungen vermehrt. Es war die Stunde, in der aus irgendwelchen Wettergründen der Bergbrand am dichtesten zu qualmen pflegte. In mehreren schwärzlichen Schichten lagen die Wolken über der Stadtmulde, und der ätzende Harzrauch reizte die Schleimhäute und die Herzen. Das Niesen, Schneuzen, Räuspern wurde zu einer schweren Plage. Sie steigerte die Empörung. Wie? War es wirklich möglich? Das Volk des Musa Dagh, das vor zwei Tagen knapp dem Tode entgangen war, um dem Tod über kurz oder lang nicht wieder zu entgehen, konnte sich in seiner verzweifelten Lage über diese Geschichte so tief erregen, die noch dazu unter Fremden spielte? Darauf gibt es nur eine Antwort: Gerade weil es Fremde waren, nahm die lang gehegte Mißgunst jetzt die Gelegenheit wahr, sich laut zu offenbaren. So lange in der friedlichen Talzeit Juliette ihr Haus in Yoghonoluk geführt hatte oder als strahlende Reiterin auf den holprigen Dorfwegen erschienen war, so lange hatte man sich vor der Fremden gebeugt und gerade das Fremde an ihr als das Unerreichbar-Höhere bewundert. Durch die Ereignisse aber, durch das neue Leben auf dem Musa Dagh, durch die Führerschaft Gabriel Bagradians war alles gewaltig verändert. Juliette Hanum spielte nicht mehr die unverbindliche Rolle einer unter Armenier verschlagenen Französin, sondern sie war mit dem

Volke nunmehr auf Tod und Leben verbunden, sie war ihm verantwortlich. Gabriel Bagradian konnte hundertmal das Sonderschicksal und die Sonderrechte seiner Frau betonen, das Gefühl des Volkes gewährte ihr sie von Tag zu Tag weniger. Die Königin, die Gemahlin des Königs in einer Monarchie, ist stets eine Fremde, wird aber gerade deshalb mit verschärfter Strenge zur Verantwortung gezogen. Juliette hatte sich in diesem Sinne nicht nur gegen ihren Gatten vergangen, sondern auch gegen sein Volk, und zwar nicht mit einem armenischen Manne, sondern mit dem einzigen Fremden, den es hier außer ihr gab. So merkwürdig es klingen mag, diese Liebeswahl entschuldigte sie nicht nur nicht, sondern bewies sogar neuerdings kränkende Absonderung und Überheblichkeit.

Zwei Tage nach der blutigsten der drei Schlachten, die mehr als hundert Familien in Trauer gestürzt hatte, standen die in ihrer Tugend verwundeten Gruppen voll Entrüstung auf dem Altarplatz, als gebe es für diesen todumbrandeten Stamm keine wichtigere Sorge als die Schmach des Hauses Bagradian. Es waren nicht die ganz alten Frauen und auch nicht die ganz jungen, die den Ton dieser Entrüstung angaben, sondern jene matronenhafte Altersklasse zwischen fünfunddreißig und fünfundfünfzig, die im Orient viel älter wirkt, als sie ist, und sich nur mehr an den Freuden der anderen und an übler Nachrede ergötzen darf. Die jungen Mädchen und Frauen waren ziemlich still und hörten mit nachdenklichen Mienen das Gekeife der Würdigen an. Sie hatten alle sehr blasse Gesichter, diese jungen Frauen. Ihnen bekam das Leben auf dem Damlajik am schlechtesten. Blutarm und verfallen sahen sie unter ihren Kopftüchern und Mützen aus. Die Armenierin, auch die der niederen Stände, ist zart und feingliedrig in ihrer Jugend. Angst, Leid, Entbehrung hatten die jugendlichen Frauen der Stadtmulde noch gebrechlicher gemodelt. Sie nickten ernsthaft zu den Schmähungen der Matronen und beteiligten sich dann und wann selbst mit einer Bemerkung an dem schwülen Schimpf. Dennoch konnten sie sich derzeit über eine ehebrecherische Frau nicht allzu aufrichtig entrüsten, wußten sie doch zu gut, was ihrer und aller armenischen Weiber wartete. Nicht der einfache Tod etwa, sondern der Tod durch Notzucht, wenn nicht etwa das große Glück lachte, daß ein reicher Türke sie den Saptiehs für seinen Harem abkaufte, wo sie dann damit zu rechnen hatte, von den alteingesessenen Frauen ins

Jenseits gepeinigt zu werden.

Die Fäden der moralischen Volksempörung hielt niemand andrer in der Hand als Frau Kebussjan. Nun war für sie die Stunde gekommen, der Schloßherrin von Yoghonoluk (die sich freilich immer gütig zu ihr benommen hatte) die Fülle der unbehaglichen Demütigungsgefühle während jener Empfangsabende heimzuzahlen. Und mehr als dies noch, die Stunde war für die Muchtarin gekommen, den Rang der Ersten Frau wiederzuerobern. Sie war so klug, sich nicht allein auf den unmittelbaren Anlaß der Entrüstung, auf die Ehesünde, zu beschränken, sondern sehr bald auf noch nahrhaftere Gebiete des Neides abzuschwenken. Da habe man nun die Wahrheit über die Hanum, die Französin, die hohe Herrin, die es wage, vor den Augen der Hungrigen das üppigste Leben zu führen. Sie, die Muchtarin, kenne sich in jenen luxuriösen Zelten aus, wohin man sie immer und immer wieder bis zum Überdruß einlade. Sie habe die Schränke, Koffer und Kisten des zuchtlosen Weibes mit staunenden, aber erbitterten Augen mehr als einmal geprüft. Von diesem Reichtum könne sich niemand einen Begriff machen. Unmengen von Reis, von Kaffee, von Rosinen, von Büchsenfleisch, von geräucherten und geölten Fischen, von allen Leckerbissen des Abendlandes seien in den Zelten aufgestapelt, Süßigkeiten ohne Ende, Konfekt, Schokolade, verzuckerte Früchte, und vor allem feines süßes Brot, zarter Zwieback und Kuchen. Die Milch der beiden Kühe werde sorgsam abgerahmt, damit für den Haushalt der Dame Butter und Sahne im Überfluß vorhanden sei, während sich das Bettelvolk in den wäßrigen Rest teilen dürfe. Man möge sich nur die prächtige Eigenküche ansehn, die der Verwalter Kristaphor mit dem Koch Howhannes aufgebaut habe. Ein Herd wie beim Sultan, mit Rosten und Röhren. Es fehle nur noch, daß die Pfannen, Häfen und Töpfe aus Gold und Silber seien. Sie, die Frau eines Kebussjan, habe in ihrer Kindheit auch nicht die Schafe gehütet, sondern die höhere Töchterschule besucht. Ihre Küchengerätschaft könne sich neben jeder anderen sehen lassen. Und doch, Kebussjan, der Reiche, und seine Frau, die es wahrhaftig nicht nötig hätten, unterhielten keine eigene Küche, sondern nähmen in Ergebung, was Gott beschere, von den Fleischbänken des Lagers entgegen, obgleich dem bescheidenen Muchtar mehr als der halbe Viehstand eigne. Die feine Gesellschaft der drei Zelte aber mit ihrem Überfluß, ihren Dienern und Schmarotzern, bestehle zu allem andern noch das Volksgut und lasse sich täglich die besten Fleischportionen, eigens ausgesucht, zu ihren Mahlzeiten holen.

Es läßt sich nicht leugnen, daß diese Küchennote auf die knurrenden Mägen der Männer ihre Wirkung ausübte. Sonst aber richtete sich ihre Empörung weniger gegen Juliette als gegen Gonzague Maris, den Unbekannten, den Einschleicher. Es fehlte nicht viel, und einige junge Burschen hätten sich zusammengetan, um Maris kaltzumachen. Besonnene versuchten diese Absicht zu zerreden. Doch wehe, wenn Gonzague sich in dieser Stunde hätte blicken lassen. — Als Ter Haigasun auf dem Platz erschien, trat ihm die Kebussjan dreist entgegen: „Priester! Du darfst es nicht straflos hinnehmen..."

Er wollte sie grob zur Seite schieben:

„Kümmere dich um das Deine!"

Sie vertrat ihm aber immer unverschämter den Weg:

„Ich kümmere mich um das Meine, Priester! Habe ich nicht zwei unverheiratete Töchter und zwei Schwiegertöchter? Das weißt du ja. Und sind die Augen der Männer nicht gieriger als die der wilden Hunde und die Herzen der Weiber noch ärger? In den Hütten wohnt und schläft alles auf einem Haufen. Wie sollen da die Mütter Zucht und Ehre halten, bei solchem Beispiel?"

Ter Haigasun versetzte ihr einen leichten Stoß:

„Für deine Tollheiten habe ich keine Zeit. Gib den Weg frei!"

Die Rädelsführerin — sonst eine kleine unauffällige Frau mit geschwinden Mausaugen — reckte sich jetzt, durch Juliettens Fall wie eine Pfingstrose erblüht, zu feierlicher Höhe auf:

„Und die Sünde, Priester, he? Christus, der Erlöser, hat uns vor dem Tode bewahrt, bisher. Er hat auf unserer Seite gekämpft. Er und die heilige Gottesmutter. Jetzt aber sind sie durch Todsünde beleidigt worden. Werden sie uns nicht den Türken ausliefern, wenn keine Buße geschieht, he?"

Die Muchtarin glaubte einen Trumpf ausgespielt zu haben und blickte sieghaft umher. Ihr Mann, Thomas Kebussjan, hielt sich dicht hinter dem Rücken des Priesters, sah mit seinen ungleichen Augen alle und niemanden an und schien durchaus keine Lust zu haben, in das Ärgernis mit hineingezogen zu werden. Ter Haigasun aber antwortete nicht der Eifernden, sondern der Menge, die sich um ihn drängte:

„Ja! Es ist wahr! Christus, der Erlöser, hat uns bewahrt bisher. Und wollt ihr wissen wodurch? Weil er uns durch ein großes Wunder rechtzeitig Gabriel Bagradian gesandt hat, der ein wirklicher Offizier ist und den Krieg kennt und versteht. Sonst wäre es schon längst aus mit uns. Seinem Kopf und seinem Mut haben wir es zu verdanken, wenn wir noch immer leben. Daran sollt ihr denken, nur daran und an gar nichts andres!"

Die Wendung überzeugte einen Teil der Menge, und die kühleren Köpfe, die sich schon über die lüsterne Gehässigkeit der halbalten Weiber ärgerten, bekamen die Überhand. Die Kebussjan, die ihre Anhänger zusammenschmelzen sah, spähte um Hilfe. Schnell entdeckte sie hinter dem Rücken des Priesters ihren Gatten, der vor einer halben Stunde noch ihr moralisches Entsetzen restlos geteilt und unterstützt hatte. Sie rief ihn hochtrabend an:

„Hier steht der Muchtar! Hört den Muchtar, der sich seit zwölf Jahren für euch plagt, hört ihn an, was er zu sagen hat!"

Aber der so demagogisch aufgerufene Muchtar hatte gar nichts zu sagen, sondern ließ seine Frau blamiert stehen und verschwand schnell und mit leicht wackelnder Glatze hinter Ter Haigasun in der Pfarrhütte. Ringsum wagten sich schon spöttische Männerstimmen hervor:

„Rührt lieber in eurem eigenen Schmutz! Zu wenig Arbeit haben diese Weiber. Man müßte sie einspannen."

In Ter Haigasuns Laubhütte hatte sich nur ein kleiner Kreis der Führer versammelt. Es handelte sich um einen privaten, äußerst heiklen Fall; man war deshalb aus einem kaum bewußten Feingefühl nicht in die Regierungsbaracke, sondern hier zusammengetreten. Da ein rein moralischer Gegenstand vorlag und Ter Haigasun auf moralischem Gebiet unbeschränkter Alleinherrscher war, wurden ihm ohne weitere Beratung alle Entschlüsse in dieser Sache anheimgegeben. Er wählte zwei Botschafter, Apotheker Krikor und Doktor Bedros Altouni. Der eine sollte sich zu Gonzague Maris begeben, da er ihn ja beherbergt und gewissermaßen in die Welt von Yoghonoluk eingeführt hatte. Der Arzt hingegen wurde als ältester Freund und Schützling des Hauses Bagradian zu Gabriel entsandt. — Was den kranken Apotheker anbelangt, so hatte sich der kleine Rausch beim Taufgelage als eine Arznei erwiesen, die alle andern Mittel, die er noch besaß, in ihrer Heilwirkung weit übertraf. Seit zwei Tagen konnte er sich auf seinen Beinen wieder besser fortbewegen, wenn auch nur langsam und mit kleinen Schritten. Ter Haigasun ließ ihn aus seinem Verschlag holen und entwickelte ihm in wenigen Worten seine Sendung: Er möge ohne Verzug seinen ehemaligen Gastfreund aufsuchen. Zwei Ordonnanzen der Jugendkohorte würden ihn auf diesem Gang stützen und ihm Hilfe leisten sowie den Mann ausforschen. Sei er gefunden, möge ihm Krikor mit Hinweis auf drohende Lebensgefahr eindringlich bedeuten, daß er so schnell wie möglich aus dem Umkreis des Lagers zu verschwinden habe. Krikor wehrte sich lange und heftig, diesen Auftrag zu übernehmen. Er sei in seinem irdischen Beruf zwar Apotheker, jedoch kein Herbergsknecht, der einen unerwünschten Gast ins Freie befördere. Auf all seine Einwendungen hatte Ter Haigasun nur die lakonische Antwort:

„Du hast ihn uns zugeführt, nun sollst du ihn auch wieder entlassen."

Es half nichts. Apotheker Krikor mußte sich nach längerem Widerstand mitsamt seinen schmerzhaften Knochen auf diesen widerwärtigen Weg machen. Während er am Stock unsicher einherhinkte, prüfte er in tragischen Selbstgesprächen die Worte, mit denen er sich seiner Aufgabe in zarter und feinsinniger Art am leichtesten entledigen könne. Demgegenüber erhielt Bedros Hekim die weit gelindere Pflicht. Er hatte Gabriel Bagradian von der allgemeinen Empörung vorsichtig in Kenntnis zu setzen und die Bitte hinzuzufügen, Juliette Hanum möge bis auf weiteres ihr Zelt nicht verlassen.

Während die andern Ter Haigasuns Verhandlung mit Krikor und dem Arzt schweigend hinnahmen, erhob einer, der sonst ein verstockter Schweiger war, seine Stimme zu einer wortgewaltigen Rede. Bis zu dieser Stunde hatte der schwarze Hrand Oskanian als ein belächelnswerter Narr gegolten, dessen boshaft eitle Narretei man sich gefallen ließ, weil man in ihm einen tüchtigen Lehrer achtete. Nun aber durchbrach der feuerfarbene Fanatiker die Larve des Narren. Alle starrten ihn gebannt an, denn von seinen Worten ging eine wilde Kraft aus. Oskanian forderte teuflische Rache an Gonzague Maris: Man solle diesem Schurken vorerst den amerikanischen Paß und den Teskeré abnehmen, ihn dann völlig entkleiden, an Händen und

554

Füßen fesseln und nachts von kühnen Männern ins Tal tragen lassen, damit ihn die Türken für einen Armenier hielten und langsam abschlachteten.

Mit bestürztem Mißbehagen gingen die Männer über den tollen Ausbruch Hrand Oskanians hinweg. Aber der Lehrer ließ sich nicht so leicht abschütteln. Er begann allen Ernstes die unumgängliche Notwendigkeit der von ihm beantragten Strafe zu begründen. Ter Haigasun hörte den langatmigen Schwall nicht mit halb-, sondern mit ganzgeschlossenen Augen an. Seine Hände verkrochen sich fröstelnd in den Kuttenärmeln, was stets ein deutliches Zeichen seines Unwillens war:

„Bist du nun endlich fertig, Lehrer?"

„Nicht früher, als bis ihr die Wahrheit ebenso einsehen werdet wie ich!"

Ter Haigasun machte eine belästigte Bewegung mit dem Kopf, um diese surrende Hornisse zu verscheuchen:

„Ich glaube, zu diesem Fall ist kein weiteres Wort zu verlieren."

Oskanian schäumte auf:

„Also der Führerrat will den Halunken mit Segenswünschen entlassen, damit er uns bereits morgen an die Türken verrät?"

Ter Haigasun blickte gepeinigt zum Laubdach der Hütte empor, das im Winde raschelte:

„Selbst wenn er uns verraten will, was könnte er verraten?"

„Was er verraten kann? Alles! Die Lage der Stadtmulde! Die Weideplätze! Die Stellungen! Den schlechten Stand unserer Vorräte. Die Krankheit..."

Ter Haigasun schnitt diese Aufzählung mit einer müden Handbewegung ab:

„Mit solchen Neuigkeiten wird sich niemand bei den Türken einschmeicheln. Glaubst du wirklich, daß sie so dumm sind und diese Dinge nicht alle schon wissen? Ihre Kundschafter haben nicht vergeblich jeden Winkel abgesucht.., Und außerdem ist der junge Mensch kein Verräter."

Die Worte des Priesters fanden volle Zustimmung in der Runde. Hrand Oskanian aber schleuderte seine Fäuste verzweifelt vor, als wollte er das entwischende Opfer an einem Zipfel festhalten:

„Ich habe einen Antrag gestellt", krähte er, „und ich fordere, daß du diesen Antrag ordnungsgemäß abstimmen läßt."

„Anträge kann jeder Schwätzer und Dummkopf stellen. Es ist aber einzig und allein meine Sache, diese Anträge zur Abstimmung zuzulassen. Überflüssige Anträge lasse ich nicht zur Abstimmung zu. Merk dir das, Lehrer! Es sitzt hier übrigens niemand, der deinen Antrag nicht für niederträchtig und verrückt hält. Wer andrer Ansicht ist, erhebe die Hand!"

Nicht eine Hand rührte sich. Der Priester nickte abschließend:

„Und damit ist es ein für allemal genug. Du hast mich verstanden."

Der Durchgefallene erhob sich stolz zu seiner geringen Höhe und wies in die Richtung des Platzes:

„Unser Volk dort draußen hat eine andre Meinung als ihr..."

Hatte das Benehmen Oskanians den Ekel und Unwillen Ter Haigasuns erregt, so entfachte diese demagogische Bemerkung seinen Jähzorn. Seine Augen flammten auf. Doch er beherrschte sich schnell wieder:

„Die Pflicht des Führerrates ist es, die Gefühle des Volkes zu lenken, nicht aber sich von ihnen lenken zu lassen!"

Hrand Oskanian nickte mit entsagender Kassandramiene:

„Ihr werdet an meine Worte noch zurückdenken..."

Ter Haigasun hielt die Augen wieder gesenkt. Seine Stimme war sehr ruhig:

„Ich würde dir dringend raten, Lehrer Oskanian, nicht uns, sondern dich selbst zu warnen."

In unerquicklichster Stimmung mußte man endlose Zeit auf die Rückkehr der Gesandten warten. Der kranke Apotheker kam noch früher als der Arzt. Er war völlig erschöpft und mußte sich stöhnend auf Ter Haigasuns Diwan ausstrecken. Erst als ihn der Priester mit zwei tiefen Zügen aus einer Rakiflasche gelabt hatte, fand er die Kraft, zu berichten. Gonzague Maris hatte ihm seine Mission dadurch erleichtert, daß er auch ohne feierliche Aufforderung längst schon bereit war, den armenischen Berg in dieser Nacht zu verlassen. Er würde mit dem Aufbruch nur bis zu einer verabredeten Stunde warten, um seiner Geliebten die Möglichkeit zu geben, sich zu retten. Der Apotheker konnte nicht umhin, die vornehme Haltung seines Gastfreundes zu loben, der ihm nicht nur alles Gedruckte, was er besaß, zum Geschenk gemacht, sondern überdies noch versprochen hatte, wohin immer er auch komme, für die Verfolgten des Musa Dagh wirksam zu sein. Dieses Versprechen des Sünders aber lehnte Ter Haigasun mit einer wegwerfenden Handbewegung ab. Es war schon Abend geworden, ehe der andre Botschafter, Bedros Hekim, in die Pfarrhütte trat. Auch er ließ sich erschöpft niederfallen und rieb stöhnend seine krummen und verbrauchten Beine. Wortlos starrte der Alte vor sich hin, und Ter Haigasun hatte Mühe, ihn zum Reden zu bringen. Vorerst aber war das Ergebnis nicht sehr befriedigend, denn der Arzt bewegte nur brummend die Lippen, und seine schartige Stimme war kaum zu hören.

„Die arme Frau..."

Diese drei Worte setzten den Muchtar Kebussjan in nicht geringes Erstaunen. Seiner eifernden Gattin eingedenk, geriet der spiegelnde Glatzkopf ins Schlingern:

„Was heißt das? Warum ist sie eine arme Frau, diese Reiche?"

Bedros Hekim musterte den Muchtar mit menschenfresserischen Blicken:

„Warum? Weil sie seit mindestens drei Tagen hoch fiebert. Weil sie bewußtlos ist. Weil sie wohl sterben wird. Weil ihr niemand helfen kann. Weil sie sich im Lazarettschuppen angesteckt hat. Weil sie mir leid tut. Weil nicht sie, der Teufel soll mich holen, sondern die Krankheit schuld ist. Weil..."

Er schnappte ab und versank wieder in sich. Wie konnte er, ein ungelehrter Hekim, der nur fünf Jahre lang an der Wissenschaft gerochen hatte, diesen Bauern Erkenntnisahnungen begreiflich machen, die er selbst nicht verstand? Er seufzte tief auf. Lauter Nuniks, Wartuks, Manuschaks ringsumher! Und er selbst samt seinem verpfuschten Leben und dem toten Handbuch für Mediziner nichts Besseres.

Den letzten Teil des Weges hatte Gabriel seine Frau halb geschleppt und halb getragen. Im Zelte angekommen, fiel sie aufs Bett, mit verdrehten Augen, bewußtlos. Er versuchte, sie ins Leben zurückzurufen. Was er auf dem kleinen Spiegeltisch an alkoholischen Wässern — traurig bewahrten und gesparten Resten — in die Hand bekam, schüttete er ihr auf Stirn und Lippen. Er rieb ihr Gesicht, er rüttelte ihren Körper auf. Vergeblich! Die glückliche Seele verbarg sich in der fernsten Landschaft ihrer Selbstvergessenheit. Das Fieber hatte tagelang in Juliettens Blut geschwelt. In der letzten Stunde aber mußte es hochgeschossen sein wie eine tropische Zauberpflanze. Die Haut war rauh und rot. Wie verbrannte Erde hatte sie jeden Tropfen Feuchtigkeit in sich gesaugt. Der Atem ging immer rascher und kürzer. Dieses Leben schien unwiderruflich seinem Ende entgegenzurasen.

Da er sie nicht wecken konnte, beugte sich Gabriel über Juliette und begann sie zu entkleiden, um durch diese Erleichterung die Ohnmacht zu bannen. Er hantierte mit männlicher Ungeschicklichkeit. Dabei zerriß er Kleid und Wäsche. Dann ließ er sich auf dem Fußende des Bettes nieder und nahm ihre Beine auf den Schoß. Sie waren so schwer und geschwollen, daß er Schuhe und Strümpfe kaum von den Füßen bekam. Er bedachte es gar nicht, daß kein einziges jener Gefühle ihn erfüllte, die ein solches Erlebnis zu erwecken pflegt. Weder der schneidende Schmerz des gekränkten Selbstgefühls noch die Vorstellung, daß diese kranken Glieder vor kaum einer Stunde einem fremden Mann gehört hatten, noch auch das eisstarre Bewußtsein, die treue Bindung eines ganzen Lebens sei nun zerrissen für immer. Auf dem Grunde seiner eigenen Betäubung wohnte nur Kummer, und zwar Kummer um Juliette. Gabriel wunderte sich nicht. Ihm war's, als habe er dieses Schicksal selbst begünstigt. So unglaubwürdig dies auch klingen mag, erst Juliettens Betrug und ihr Zusammenbruch brachten ihm die längst Entfremdete wieder näher. Erst jetzt, da dieser arme Leib ihn bis an die Grenze feindseligster Wollust verlassen hatte, erinnerte er sich wehmütig seiner. Voll ängstlicher Hingabe zerrten und nestelten seine unbeholfenen Finger an den Kleidungsstücken, die so strengen Widerstand leisteten. Dann starrte er regungslos auf den großen weißen Leib, während hundert Empfindungen und Gedanken aufschossen und unausgebildet in nichts zergingen. Was war geschehen? Im Zeltwinkel sah er den Eimer voll frischen Wassers, der dort immer stand. Er tauchte Handtücher ein, um der Kranken Wickel anzulegen. Dies war kein einfaches Werk. Der Körper lag steif, und er vermochte ihn kaum aufzuheben. Gabriel dachte daran, eines von Juliettens Mädchen zu rufen, die übrigens seit der Verwirrung ihrer Herrin und der Hinfälligkeit aller Entlohnung nur mehr unregelmäßig zum Dienst kamen. Scham vertrieb diesen Einfall. Nur allein sein jetzt!

Als der alte Arzt eintraf, fand er Gabriel Bagradian mit verlorenen Augen über die Ohnmächtige gebeugt. Bedros Hekims erster Blick zweifelte, ob es sich nicht um eine halb gespielte Ohnmacht handle, in die sich die Sünderin geflüchtet habe. Sein zweiter Blick belehrte ihn über das schwere Fieber. Es war das allgemeine Krankheitsbild der Epidemie, dieser plötzliche Anstieg der Temperatur und diese jähe Bewußtlosigkeit, die nach einem längeren, oft kaum beachteten Unwohlsein aufzutreten pflegte. Er hob den Oberkörper der Kranken hoch. Sofort zeigten sich Atembeschwerden und Brechreiz. Es war klar. Als er aber die Haut unter der Brust und am Gürtel untersuchte, wo der Ausschlag sich meist zuerst bemerkbar machte, fand er nichts als drei, vier kleine rote Punkte. Der Arzt wollte Gabriel Bagradian bitten, das Zelt sogleich zu verlassen und es nicht mehr zu betreten. Als er aber Gabriels verschleierte Augen sah, die sich tief in die Höhlen verkrochen hatten, sagte er nichts. Er unterließ es auch, sich seines Auftrages zu entledigen und von der moralischen Unruhe in der Stadtmulde zu berichten. Hingegen bat er um die Hausapotheke, die sich Juliette noch vor ihrer Abreise in den Orient hatte zusammenstellen lassen. In der umfänglichen Kassette fand sich nur mehr ein Rest der einstigen Fülle. Juliette hatte sie mit eigener Hand zugunsten des Lazarettschuppens ausgeraubt. Immerhin war ein flüssiges Herzbelebungsmittel noch vorhanden. Der Alte drückte das Fläschchen dem ganz und gar benommenen Gabriel in die Hand. Dies sei für den Fall, daß der Puls erlahme. Im übrigen werde seine Frau die Pflege morgen schon einteilen. Gabriel möge dem verlorenen oder getrübten Bewußtsein der Kranken keine große Bedeutung beimessen. Es sei eine Folge des Fiebers und müsse ja unter den gegenwärtigen Umständen ein Segen genannt werden. Jetzt stehe die Waage zwischen Tod und Leben gleich. Dieser Zustand halte erfahrungsgemäß mehrere Tage an. Die größte Lebensgefahr trete erst nach überwundener Vergiftung ein, wenn das Fieber jäh hinunterstürze und in manchen Fällen das Herz dann mitnehme. Bedros Hekim schöpfte aus dem Eimer ein Wasserglas voll, suchte einen Löffel und flößte mit geübter Hand der Fiebernden einige Tropfen zwischen die Lippen. Diese kleine ärztliche Geste schon strafte Altounis Selbstmißtrauen Lügen, das ihn als nichtskönnenden zitterhändigen Pfuscher traktierte:

„Sie muß immer wieder zu trinken haben", belehrte er Gabriel, „auch wenn sie nicht zu sich kommt." Juliettens Gatte nickte nur, ohne diese Weisung durch Worte zu bestätigen. Der Arzt sah sich suchend in dem kleinen Raume um: „Jemand muß bei ihr wachen!" Da es schon ziemlich dunkel war, zündete er die Petroleumlampe an. Dann nahm er Bagradians Hand in die seine:

„Das wäre etwas, wenn die Türken in dieser Nacht über uns kämen!"

Gabriel Bagradian versuchte zu lächeln:

„Wir haben den Berg angezündet. Die Türken kommen in dieser Nacht nicht über uns."

„So", meinte Bedros Hekim, und seine schartige Stimme klang recht enttäuscht: „Schade!"

Er ging, von seinen Jahren und der übermenschlichen Arbeit gebeugt, ohne dem Mann, dem er ans Licht der Welt geholfen hatte, ein persönlich teilnehmendes Wort zu sagen. Alle Worte, gute und böse, erschienen ihm längst als leer und unangebracht.

Gabriel wollte den Alten ein Stückchen begleiten, um frische Luft zu schöpfen. Am Zeltvorhang wich er jedoch zurück. Wären die Türken jetzt vor allen Stellungen aufgetaucht, er hätte sich kaum überwunden, das Dunkel zu verlassen. Er legte sich auf den Diwan, der Juliettens Bett gegenüberstand. Ihm schien es, als sei er bis zu dieser Stunde im Leben noch niemals müde gewesen. Die drei blutigen Schlachten, die vielen durchwachten Nächte, das ewige Hin und Her zwischen Stellungen und Beobachtungspunkten, jeder einzelne dieser ungeheuren Tage des Musa Dagh hängte sich an ihn wie ein elbischer Wicht mit plattem Erdgesicht, der von Sekunde zu Sekunde schwerer wurde. Es gab eine Müdigkeit, die selbst zu müde war, das Bittere des eigenen Schicksals zu kosten. Ein geduckter unguter Schlaf öffnete seine Höhle. Gabriel erkannte Iskuhis Gegenwart, als er noch tief im Hintergrund dieser Höhle verwühlt war. Mit großer Mühe riß er sich los und fuhr auf:

„Hier darfst du nicht sein, Iskuhi! Keinen Augenblick! Wir werden uns jetzt nicht mehr sehn..."

Ihre Augen waren groß und böse:

„Und wenn du krank wirst, soll ich nicht krank werden?"

„Denk doch an Howsannah und das Kind!"

Sie ging zum Bett und legte ihre Handflächen auf Juliettens Schultern. In dieser Stellung wandte sie sich nach Gabriel um:

„So, jetzt kann ich nicht mehr in unser Zelt zurückgehn, jetzt kann ich nicht mehr Howsannah und das Kind berühren..."

Er versuchte sie fortzuziehen:

„Was wird Aram Tomasian dazu sagen? Nein, ich kann es vor ihm nicht verantworten, Iskuhi! Geh, um deines Bruders willen, Iskuhi, geh!"

Sie beugte sich tief über das Gesicht der Bewußtlosen, die jetzt immer unruhiger wurde:

„Warum schickst du mich fort? Wenn es geschehen soll, so ist es jetzt geschehn. Mein Bruder? Das ist mir alles nicht mehr wichtig."

Er trat leise und unsicher hinter sie:

„Du hättest das nicht tun sollen, Iskuhi."

Über ihr Gesicht zuckte es fast wie leidenschaftlicher Spott:

„Ich? Was bin ich? Du bist der Führer. Wenn du krank wirst, ist alles verloren."

Mit ihrem Taschentuch reinigte sie den Mund der Kranken:

„Als wir aus Zeitun kamen, war Juliette so gütig, so wunderbar zu mir. Ich habe jetzt eine Pflicht zu erfüllen, so gut ich es kann. Verstehst du das nicht?"

Er versenkte seine Lippen in ihr Haar. Sie aber umfing ihn mit aller Kraft:

„Bald ist doch alles vorbei! Und ich will dich haben. Ich will bei dir gewesen sein!"

Es war der erste offene Ausbruch von Iskuhis Liebe. Sie hielten einander fest, als läge eine Tote neben ihnen, die nichts mehr spürt. Doch Juliette war nicht tot. Ihr Atem röchelte. Manchmal entrang sich ein kleiner, jammernder Laut ihrer verengten und geschwollenen Kehle, als suche sie jemanden, der ihr immer wieder entweiche. Da ließ Iskuhi Gabriel los, doch wie mit weinenden Händen. Dann sprachen sie nur mehr einsilbige Sachlichkeiten, um der Bewußtlosen willen.

Während der Nacht kam Juliette für eine Weile zu sich. Sie begann wirr zu reden und versuchte, sich aufzustemmen. Wie weit war der Weg, den sie zurückzulegen hatte. Doch gelangte sie nur bis in ihre Wohnung in der Avenue Kleber und nicht bis auf den Damlajik:

„Suzanne... Was ist denn los?... Bin ich krank?... Ich bin

561

krank ... Ich kann nicht aufstehn ... So helfen Sie mir doch..."

Sie verlangte einen Dienst. Gabriel und Iskuhi halfen der Kranken, die sich noch immer in ihrem Pariser Schlafzimmer befand. Vom Schüttelfrost hin und her geworfen, lallte Juliette:

„So ... Ich glaube, jetzt werde ich schlafen ... Es ist wieder einmal meine Angina, Suzanne ... Nichts Arges, hoffentlich ... Wenn mein Mann nach Hause kommt, wecken ..."

Die gemurmelte Nennung des einstigen Bagradian, der in der Welt dieser Kranken ein gesichertes Leben führte, wirkte auf den wirklichen Bagradian erschütternd. Er tauchte wieder ein Tuch ins Wasser und erneuerte die Kompresse um Juliettens Hals. Dann deckte er sie mit großer Sorgfalt zu und flüsterte: „Ja, schlafe, schlaf nur, Juliette!"

Sie sagte etwas Unverständliches. Es klang wie müder Dank und wie das kindliche Versprechen, gehorsam schlafen zu wollen. Gabriel und Iskuhi saßen schweigend, dicht aneinandergedrückt und Hand in Hand auf dem Diwan. Er aber ließ kein Auge von der Kranken. Sonderbarste Lebensverwicklung! Der Betrogene diente — sie mit einer anderen betrügend — der Betrügerin. Juliette schien nun wirklich zu schlafen.

Die Stunde war da. Gonzague Maris hatte sich entschlossen, nicht mehr länger zu warten. Ein Ruck! Vorbei ist vorbei. Und doch, er schlüpfte nicht so leicht aus diesen seltsamsten Wochen seines Lebens, wie er sich's vorgenommen hatte. Mit Verwunderung erkannte er, daß ihn ein ausgesprochenes Leidensgefühl zurückhielt. War seine Liebe zu Juliette größer als er wußte? War es ein Schuldbewußtsein, das seine Freiheit trübte? In den letzten Tagen hatte sich die Frau so wirr und unbegreiflich benommen und durch ihre Qual sein Mitleiden und den Wunsch, sie zu beschützen, immer wieder aufgerührt. Und dann, das Ende war so schändlich. Wenn er des gräßlichen Augenblickes gedachte, preßte er die Zähne aufeinander, und sein beherrschtes Gesicht verzerrte sich. Mußte er sich wie ein windiger Lump diesem Ende, diesem abscheulichen Abbruch beugen? Mehr als einmal hatte er sein Versteck verlassen und war bis in die Nähe des Dreizeltplatzes gekommen, um mit Gabriel Bagradian zu sprechen und um Juliette zu kämpfen. Jedesmal aber war er wieder zurückgekehrt, nicht aus Feigheit, sondern aus einem neuartig unüberwindlichen Befangenheits-gefühl: Hier gehöre ich nicht mehr her. Seit jenem Augenblick nämlich hatte sich zwischen Gonzague und der Welt des Damlajik ein unsichtbarer, aber gewaltiger Hinderniswall aufgebaut. Es war für ihn kaum mehr möglich, den Luftraum, der die armenischen Wohnstätten umlagerte, zu durchdringen. Juliette aber lebte jetzt jenseits dieses Walles. Das armenische Schicksal hatte sich stärker erwiesen als sie. Dazu kam die feinverklausulierte Warnung Apotheker Krikors, seines Haus-vaters. Dieser hatte mit keinem Wort das Peinliche berührt, sondern nur vom amerikanischen Paß Gonzagues gesprochen und die Meinung kundgetan, daß jeder irdische Aufenthalt einmal zu Ende gehe und daß es das schöne Vorrecht der Jugend sei, leichten Blutes immer wieder Abschied nehmen zu können. Das Leben werde erst trübe, wenn es nur einen einzigen Abschied mehr enthalte. Maris hatte die praktische Philosophie des Alten mit gebührender Achtung entgegen-genommen und doch aus einer zartsinnigen Nebenbemerkung herausgespürt, daß jede weitere Stunde auf dem Musa Dagh für ihn mit mancherlei Gefahren verbunden sei. Und dies Bewußtsein der lauernden Gefährdung wurde mit den fort-schreitenden Minuten immer stärker. Der abnehmende Halb-mond stand schon hoch über seinem Scheitel. Er hatte eine ganze Stunde über die verabredete Zeit gewartet. Juliette war verloren. Er ging noch einmal einige Schritte in die Richtung des Lagers. Dann kehrte er entschlossen um. Vielleicht war es besser so. Langsam und mit zögernder Gründlichkeit zog er seine Handschuhe an. Ein überlegener Beobachter hätte diese elegante Geste inmitten einer weglosen nächtlich asia-tischen Bergwüstenei vielleicht als grotesk empfunden. Gonzague zog aber seine Handschuhe nur an, um sich bei der Kletterei nicht zu verletzen. Dann schnallte er sich den schmalen Lederkoffer auf den Rücken. Wie es seine Gewohn-heit war, wenn er aus dem Hause ging, zog er seinen Ta-schenkamm hervor und brachte sein Haar in Ordnung. Das Bewußtsein, nichts vergessen zu haben, kein Stücklein seines Ichs unbemerkt zurückzulassen, kurz ein frisches und wohl-tuendes All-right-Gefühl erfüllte ihn trotz allem. Langsam schlenderte er zwischen Rhododendron, Myrten und wilden Magnolien in den Mond hinein, als dehne sich vor ihm nicht die Wildnis, sondern eine reizend gebahnte Promenade. Ihm

fiel ein Wort ein, das er zu Juliette über sich gesprochen hatte:
„Ich habe ein sehr gutes Gedächtnis, weil ich eine sehr
schlechte Erinnerung habe." Und wirklich, bei jedem Schritt
nach Süden wurde seine Erinnerung blasser, sein Herz freier.
Schon schritt er rascher aus, neugierig der Zukunft zugewandt,
die durch seine Pässe und sein Naturell gesichert war. Wie
Schneegrate und -felder, von unnatürlich schwarzen Schatten
durchhöhlt, strahlten die kreidigen Felsen der Meerseite.
Unten bellte die Brandung matt. Als der Pfad schwieriger zu
werden begann, kostete Gonzagues Fuß jeden Schritt wiegend
vor. Er genoß selbstherrlich das Spiel seiner Muskeln. Wie
unverständlich waren die Menschen! All dieser Mord und
Schmerz kam daher, daß sie nicht das teilnahmslose Licht in
sich herrschen ließen, sondern das dumme unordentliche
Dunkel. So einfach, so leicht überwindbar war diese schwarze
und weiße Lunawelt. Sich als Nichts im Nichts fühlen, das
war alles. Eine kleine schmunzelnde Sympathiewelle für
Krikor von Yoghonoluk, den niemand je zitiert hat und je
zitieren wird! Gonzague mußte einen nackten Felsen entlang-
klettern und über zwei Spalten hinwegsetzen. Schon sah er die
vorspringende Nase vor sich, jenseits deren der Abstieg begann. Einen Augenblick stand er still, um zu rasten. Die
unermeßliche Tiefe öffnete sich unter ihm: Ob ich nach Suedja
komme, gleichgültig, ob ich abstürze, gleichgültig! Es ging ihm
durch den Kopf: Zuerst fällt man hart, zuletzt fällt man weich.
Wie weit war Juliette schon zurückgeblieben! Als Gonzague
wiederum in Gehölz und Buschwerk einbog, fielen knapp
hintereinander vier Schüsse und peitschten an ihm vorbei. Er
warf sich sofort zu Boden und entsicherte seinen Revolver.
Sein Herz klopfte rasend. Die Warnung! Es war eben doch
nicht gleichgültig, ob er nach Suedja kam oder nicht. Die
suchenden Schritte der Rächer strauchelten an ihm vorbei:
Gonzague aber sprang auf, packte einen großen Stein und
schleuderte ihn im weiten Bogen hinab. Unten entstand ein
eilendes Geknacke und Gepolter. Die Verfolger glaubten dem
Opfer auf der Spur zu sein und jagten ihm wieder mehrere
Kugeln nach, indes Gonzague davonstürmte und wie im Fluge
den Punkt erreichte, wo sich der Berg gegen das Dorf Habaste
herabsenkt. Laut atmend blieb er stehn. Es ist besser so. Die
armenischen Kugeln hatten den letzten Hauch des Schuldgefühls weggefegt. Er lächelte. Seine Augen unter den stumpf

gegeneinandergestellten Brauen waren voll Aufmerksamkeit und kühler Werbung vorwärtsgerichtet.

In denselben Minuten schwebte Juliette unruhig zwischen Ohnmacht und Besinnung. Hatte jemand „ja, schlafe, schlaf nur, Juliette" gesagt? Und wessen Stimme? Und nun? Noch einmal, oder jetzt erst?

„Ja, schlafe, schlaf nur, Juliette!"

Sie öffnete die Augen. Das war doch nicht ihr Schlafzimmer. Dreißig Sekunden noch, und sie hatte das Zelt erkannt und Gabriel und Iskuhi. Sie konnte die Zunge kaum bewegen. Ihr Gaumen, ihr Rachen waren ohne jedes Gefühl. Die Menschen störten sie in ihrer Einsamkeit. Die Menschen ließen sie nicht in Ruhe. Sie wandte ihren bergschweren Kopf zur Seite:

„Warum laßt ihr denn die Lampe brennen ... Löscht doch aus ... Das Petroleum riecht ... so unangenehm..."

Juliettens Augen erstarrten. Sie hatten gesucht, was nicht zu finden war. Da wurde ihr auf einmal etwas Fürchterliches ganz bewußt. Sie schien alle ihre Kräfte wieder zu haben und völlig gesund zu sein. Die Decke abwerfend, fuhr sie mit beiden Beinen aus dem Bett und schrie:

„Stephan! ... Wo ist Stephan? ... Stephan soll kommen..."

Gabriel und Iskuhi zwangen Juliette, die sich verzweifelt wehrte, wieder ins Bett zurück. Gabriel streichelte sie beruhigend und redete ihr zu:

„Du bist krank, Juliette ... Stephan darf nicht zu dir kommen. Es wäre gefährlich für ihn ... Du mußt vernünftig sein!"

Ihr ganzes Leben, Hören und Begreifen lag aber nur in den gellenden Schreien, die sie unaufhörlich ausstieß:

„Stephan ... Stephan ... Wo..."

Der überbewußte Schreck, der aus der Kranken schrillte, übertrug sich plötzlich auf Gabriel. Er riß den Türvorhang zur Seite und stürzte durch die helle Nacht zum Scheichzelt, wo Stephan sein Nachtlager hatte. Das Zelt war leer. Bagradian zündete ein Licht an. Tot lag das Bett Monsieur Gonzagues da. Sein Inhaber hatte es in der peinlichsten Ordnung zurückgelassen. So glatt und genau sah es aus, als wäre es seit Wochen nicht benützt worden. Nicht so jedoch Stephans Bett, auf dem ein wüstverkommenes Leben herrschte. Die Laken hingen herunter. Auf der Matratze lag der geöffnete Koffer des Jungen, aus dem Kleider, Hemden, Strümpfe in bunter Wirrnis hervorquollen. Die Proviantkiste in der Ecke war aufgebro-

chen und unachtsam beraubt worden, denn ein paar Sardinenbüchsen blinkten auf der Erde. Der Rucksack Stephans, eine
Erwerbung aus der Schweiz, fehlte. Doch auch von Gabriels
Sachen war die Thermosflasche, die er erst gestern aufs Tischchen gestellt hatte, unauffindbar verschwunden. Nachdem er
den Raum noch einmal genau nach allen Spuren abgesucht
hatte, ging er langsam in die Nacht zurück, blieb draußen mit
leichtgeneigtem Kopf stehen und dachte nach. Er suchte nach
Erklärungen. Wahrscheinlich wieder ein ausbrecherischer
Streich, den die verfluchten Bengel ausgeheckt hatten. Alles
aber, was an dieser Erklärung gutartig und hoffnungsvoll war,
löste sich in seinem tieferen Wissen höhnisch auf. Große Ruhe
kam über ihn, wie immer in entscheidenden Stunden. Auf dem
Schlafplatz der Dienerschaft fand er nur Kristaphor. Er rief
den Verwalter an:

„Kristaphor, auf! Wir müssen Awakian wecken. Vielleicht
weiß er etwas. Stephan ist fort."

Diese Worte wurden ohne Erregung gesprochen. Der bekümmerte Verwalter wunderte sich über die Gelassenheit
seines Herrn, nach all dem, was sich zugetragen hatte. Sie
nahmen den Weg gegen den Nordsattel, um Samuel Awakian
aufzufinden. Eine Sekunde lang drehte sich Gabriel nach
Juliettens Zelt unentschlossen um. Dort war alles still geworden. Dann schritt er so rasch vorwärts, daß ihm Kristaphor kaum folgen konnte.

Drittes Buch

Untergang — Rettung — Untergang

„Dem Sieger werde ich von dem verborgenen Manna geben und werde ihm einen weißen Stein geben und auf dem Stein einen neuen Namen geschrieben, den niemand kennt als nur der, welcher ihn empfängt."

Offenbarung Johannis 2, 17

Erstes Kapitel Zwischenspiel der Götter

„Hier, mein verehrter Herr Doktor Lepsius, sehen Sie nur einen kleinen Teil unsres Aktenbestandes in der armenischen Sache..."

Der liebenswürdige Geheimrat legte seine blanke schöngeäderte Marmorhand auf den staubigen Papierbau, der den Schreibtisch so hoch bedeckt, daß sein edles Pferdegesicht immer wieder dahinter verschwindet. Das hohe Fenster des auffällig leeren Zimmerchens steht weit offen. Aus dem Garten des Auswärtigen Amtes dringt dunstig schlaffe Sommerluft in den Raum. Johannes Lepsius sitzt ziemlich steif auf dem Besucherplatz mit dem Hut auf den Knien. Seit seiner denkwürdigen Unterredung mit Enver Pascha ist kaum mehr als ein Monat vergangen, und doch hat sich das Aussehen des Pastors in beängstigender Weise verändert. Sein Haar scheint schütterer, sein Bart grauer, die Nase kürzer und spitzer geworden zu sein. Die Augen strahlen nicht mehr. Die träumerische Weite ist aus ihnen verschwunden und hat einem abwartenden und spöttischen Argwohn Platz gemacht. Kann die Krankheit seines Blutes in diesen wenigen Tagen so bedenklich fortgeschritten sein? Ist es der armenische Fluch, der in geheimnisvoller Verbundenheit ihn, den Deutschen, mit verzehrt? Ist es die unermeßliche Arbeit, die er in kurzer Zeit geleistet hat? Schon steht das neue Hilfswerk gegen Tod und Teufel auf festen Füßen. Sogar Geld ist da, und die besten Menschen sind gewonnen. Es gilt nun, das Sphinxrätsel der Staatsmacht zu lösen. Der Blick des Pastors gleitet hinter dem aufblitzenden Zwicker verächtlich über den Aktenberg. Der liebenswürdige Geheimrat zieht die Augenbrauen hoch, nicht aus Verwunderung, sondern um sein goldgefaßtes Einglas fallen zu lassen:

„Es vergeht kein Tag, glauben Sie mir, an dem nicht eine

Mahnung an die Botschaft in Konstantinopel aus dem Hause gesandt wird. Und es vergeht keine Stunde, in der nicht der Botschafter bei Talaat und Enver in dieser scheußlichen Angelegenheit interveniert. Trotz der größten Sorgen ist der Herr Reichskanzler persönlich mit dem größten Eifer dahinter. Sie kennen ihn ja, er ist ein Mann wie Marc Aurel ... Ich darf übrigens Herrn von Bethmann-Hollweg bei Ihnen entschuldigen, Herr Doktor Lepsius. Es war ihm heute leider unmöglich, Sie zu empfangen..."

Lepsius lehnt sich weit zurück. Auch seine klangvolle Stimme ist müder und schärfer geworden:

„Und welche Erfolge haben unsere Diplomaten zu verzeichnen, Herr Geheimrat?" Die blanke Marmorhand wühlt irgendwelche Dokumente aus dem Papierbau:

„Sehn Sie! Da haben wir Herrn von Scheubner-Richter in Erzerum! Da haben wir Hoffmann in Alexandrette und den Generalkonsul Rößler in Aleppo. Die Leute berichten und berichten. Sie zerreißen sich für die Armenier. Gott weiß, wie viele Hunderte dieser Ärmsten der Rößler allein gerettet hat. Und was ist der Dank für seine Menschlichkeit? Die englische Presse stellt ihn als Bluthund dar, der die Türken in Marasch zum Massaker aufgereizt hat. Was soll man da tun?"

Lepsius sucht jetzt den Blick des Liebenswürdigen, der hinter seiner Papierdeckung auftaucht und verschwindet wie ein launischer Mond hinter Wolken:

„Ich wüßte schon, was man tun soll, Herr Geheimrat ... Rößler und die andern, das sind lauter Ehrenmänner, ich kenne sie ... Rößler ist außerdem ein ganz besonders feiner Kerl ... Aber was kann solch ein kleiner bedauernswerter Konsul ausrichten, wenn er nicht die nötige Unterstützung findet?"

„Na hören Sie mal, Herr Pastor? Keine Unterstützung? Das ist doch mehr als ungerecht."

Lepsius macht eine knappe nervöse Handbewegung, mit der er ausdrückt, daß die Sache zu ernst und die Zeit zu kurz sei, um mit höflichen Palavers verloren zu werden:

„Ich weiß sehr gut, Herr Geheimrat, daß alles Erdenkliche geschieht. Die täglichen Interventionen und Demarchen der Botschaft sind mir wohlbekannt. Aber wir haben es ja nicht mit Staatsmännern zu tun, die in der Ehrfurcht vor den diplomatischen Spielregeln aufgewachsen sind, sondern mit Leuten wie Enver und Talaat. Für diese Leute ist alles

Erdenkliche viel zuwenig und nicht einmal das Unausdenkliche genug. Die Ausrottung der Armenier ist das Palladium ihrer nationalen Politik. Ich habe mich in einem langen Gespräch mit Enver Pascha selbst davon überzeugen können. Ein ganzes Trommelfeuer von deutschen Demarchen wirkt auf diese Leute bestenfalls als Belästigung ihrer scheinheiligen Höflichkeit."

Der Geheimrat kreuzt die Arme. Sein langes Gesicht nimmt einen erwartungsvollen Ausdruck an:

„Und wissen Sie, Herr Doktor Lepsius, einen anderen Weg, um sich in die inneren Angelegenheiten einer befreundeten und verbündeten Macht einzumischen?"

Johannes Lepsius versenkt den Blick aufmerksam in sein Hutinneres, als habe er sich dort einen Zettel mit Notizen zurechtgelegt. Doch, bei Gott, wie überflüssig wäre diese Vorsorge. Zehntausend solcher Notizen durchschwirren bei Tag und Nacht seinen armen Kopf, so daß er fast keinen Schlaf mehr findet. Er will sich jetzt nur sammeln, um kurz und methodisch vorzugehen:

„Wir müssen uns vor allem klarmachen, was in der Türkei geschieht und schon geschehen ist: Eine Christenverfolgung von solchem Ausmaß, daß sie sich mit den berühmten Verfolgungen unter Nero und Diokletian nicht im entferntesten vergleichen läßt. Und außerdem das allergrößte Verbrechen der bisherigen Weltgeschichte, was schon einiges heißen will, wie Sie mir zugeben werden ..."

In die hellen Augen des Beamten tritt eine leichte Neugier. Er schweigt, während Lepsius mit wohlabgewogenen Worten sich Schritt für Schritt weitertastet. Seit seiner Niederlage durch Enver Pascha hat er ohne Zweifel so manches für den Umgang mit Politikern zugelernt:

„Wir dürfen in den Armeniern nicht irgendein halbwildes Ostvolk sehen ... Es sind kultivierte, gebildete Menschen mit einer Nervenverfeinerung, die man, ich sage es offen, bei uns in Europa nur selten antrifft ..."

Kein Zucken in dem schmalen Gesicht des Geheimrats läßt darauf schließen, daß er diese Rangbestimmung des armenischen „Händlervolkes" vielleicht für übertrieben hält.

„Es geht hier", fährt Johannes Lepsius fort, „keineswegs um eine innerpolitische Frage der Türkei. Nicht einmal die Ausrottung eines kleinen Zwergnegerstammes ist eine innerpolitische Frage der Ausrotter und Ausgerotteten. Um so weniger können wir Deutschen uns in eine bedauernde oder verzweifelte Neutralität retten. Das feindliche Ausland macht uns verantwortlich."

Der Geheimrat schiebt mit einem Ruck die Aktenstöße von sich, als brauche er Luft:

„Es gehört zur tiefen Tragik der deutschen Kriegführung, daß wir, so reinen Gewissens wir auch sind, mit fremder Blutschuld belastet werden…"

„Alles auf dieser Welt ist zunächst eine moralische und viel später erst eine politische Frage."

Der Geheimrat nickt Beifall:

„Ausgezeichnet, Herr Pastor, auch ich vertrete immer die Ansicht, daß man bei jeder politischen Entschließung zuerst das Moralische kalkulieren muß."

Lepsius wittert Erfolg. Jetzt heißt es, zuzupacken:

„Ich sitze hier nicht als einzelner armer Mensch bei Ihnen, Herr Geheimrat. Es ist keine Anmaßung, wenn ich sage, daß ich im Namen der ganzen deutschen Christenheit gekommen bin, der protestantischen, ja auch der katholischen. Ich handle und spreche in Einigkeit mit bedeutenden Männern wie Harnack, Deißmann, Dibelius…"

Der Geheimrat bestätigt das Gewicht dieser Namen durch einen anerkennenden Blick. Johannes Lepsius aber gerät in seinen alten Schwung, der ihm schon oft gefährlich geworden ist:

„Der deutsche Christ ist nicht mehr gewillt, diesem Verbrechen am Christentum tatenlos zuzusehen. Sein Gewissen erträgt es nicht, durch Lauheit länger mitschuldig zu sein. Die Siegeshoffnung des Reiches steht und fällt mit der Freudigkeit der deutschen Christen. Ich für meine Person schäme mich bis zum Ekel, daß die feindliche Presse spaltenlang über die Deportation berichtet, während das deutsche Volk in den deutschen Zeitungen mit den lügnerischen Kommuniqués Envers abgespeist wird und sonst kein Wort erfährt. Verdienen wir es nicht, die Wahrheit über das Schicksal unserer Glaubensgenossen zu hören? Diesem unwürdigen Zustand muß ein Ende gemacht werden."

Der Geheimrat, über den anklägerischen Ton des Pastors ein wenig erstaunt, legt die Finger aneinander und bemerkt unschuldig:

572

„Aber die Zensur! Die Zensur könnte das niemals gestatten. Sie ahnen ja gar nicht, wie verwickelt diese Dinge sind, Herr Lepsius."

„Das primitivste Recht des deutschen Volkes ist es, nicht betrogen zu werden."

Der Geheimrat lächelt nachsichtig: „Was würde die Folge dieses Pressefeldzuges sein? Eine schwere Belastung der deutschen Nerven und des türkischen Bündnisses."

„Dieses Bündnis darf uns nicht vor der Geschichte zu Hehlern machen. Wir wünschen daher, daß unsre Regierung schleunig eine Tat setze. Fordern Sie doch in Stambul mit dem allergrößten Nachdruck, daß eine neutrale Kommission, Amerikaner, Schweizer, Holländer, Skandinavier, nach Anatolien und Syrien eingelassen werde, um die Vorgänge zu untersuchen!"

„Sie kennen die jungtürkischen Machthaber zu genau, Herr Pastor Lepsius, um nicht selbst berechnen zu können, welche Antwort wir auf diese Forderung bekämen."

„Dann muß Deutschland zu den stärksten Mitteln greifen..."

„Und die wären nach Ihrer Ansicht?"

„Die Drohung, der Türkei alle Hilfe zu entziehen und die deutsche Militärmission, die deutschen Offiziere und Truppen von den Fronten abzuberufen."

Die Liebenswürdigkeit auf den kühl-gewinnenden Zügen des Geheimrats verwandelt sich in teilnahmsvolle Güte:

„Man hat Sie mir wirklich so geschildert, wie Sie sind, Herr Pastor Lepsius, so ... unschuldig..."

Er steht schlank auf. Sein grauer Sommeranzug sitzt nicht so unerbittlich straff wie sonst bei seinesgleichen. Diese leichte Nachlässigkeit seiner Art flößt Vertrauen und Sympathie ein. Er wendet sich zu der großen Karte, Europa und Kleinasien, die an der Wand hängt, und bedeckt den Osten ungenau mit seiner blaugeäderten Hand:

„Die Dardanellen, der Kaukasus, Palästina und Mesopotamien, das sind heute deutsche Fronten, Herr Lepsius, mehr noch als türkische. Wenn sie zusammenbrechen, bricht unser ganzes Kriegsgebäude zusammen. Wir können doch wohl den Türken nicht mit unserem eigenen Selbstmord drohen, ohne uns lächerlich zu machen. Ich brauche nicht erst auf die ungeheuere Bedeutung hinzuweisen, die S. M. der Kaiser unsrer orientalischen Macht beimißt. Sollten Sie aber nicht wissen, daß sich die Türken durchaus nicht als unsre Schuldner, sondern recht sehr als unsre Gläubiger fühlen? Noch heute sind die ententefreundlichen Strömungen in der ottomanischen Regierung äußerst stark. Ich kann Ihnen verraten, daß eine mächtige Gruppe des Komitees gern bereit wäre, umzusatteln und lieber noch heute als morgen mit dem Feindbund in Friedensverhandlungen einzutreten. Sie könnten es nachher leicht erleben, wie dasselbe Frankreich und England, die sich jetzt über die Armeniergreuel laut jammernd empören, morgen beide Augen zudrücken würden. Sie sprechen von Wahrheit, Herr Lepsius? Die Wahrheit ist, daß die Türken in diesem Spiel die Trümpfe in der Hand halten, daß wir unendlich vorsichtig zu sein haben und die Grenzen des Möglichen achten müssen."

Johannes Lepsius hört den Geheimrat ruhig an. Er kennt sie genau, diese Wahrheiten, wie die Kinder der Welt sie mit schneidender Logik vertreten. Sie schließen dicht und fugenlos. Wer nur ein Glied der Kette anerkennt, ist verloren. Der Pastor aber ist längst darüber hinaus, dergleichen anzuerkennen. In den letzten Wochen ist ihm eine geistige Hornhaut gewachsen, die ihn gegen solches Denken unempfindlich macht. Er läßt sich nicht herauslocken. Hartnäckig bleibt er in seinem Kreis:

„Ich bin kein Politiker. Es ist nicht meine Sache, Mittel und Wege zu finden, wie man im letzten Augenblick noch einen Teil des armenischen Volkes retten könnte. Es ist aber meine Pflicht als Vertreter einer großen Anzahl gleichgesinnter deutscher Christen, die dringende Bitte auszusprechen, daß solche Mittel und Wege gefunden werden, und zwar, ehe es zu spät ist."

„Wie man die Sache auch dreht und wendet, Herr Pastor, man kann vielleicht das Schicksal der Armenier hier und dort mildern, verändern kann man es leider nicht."

„Mit diesem unchristlichen Standpunkt werden sich weder meine Freunde abfinden noch ich selbst."

„Begreifen Sie doch, daß in diesem Schicksal höhere Geschichtsmächte zur Geltung kommen, die sich unserem Einfluß entziehen..."

„Ich begreife nur, daß Enver und Talaat mit satanischer Genialität den besten Augenblick wahrgenommen haben, um die Rolle dieser höheren Geschichtsmächte zu spielen."

Der Geheimrat lächelt geziert, als sei es nun auch an ihm, einen Zipfel seiner religiösen Anschauungen sehen zu lassen:

„Sagt nicht Nietzsche, was stürzt, soll man noch stoßen?"

Nietzsche aber ist nicht der Mann, ein Kind Gottes, wie es Johannes Lepsius ist, aus der Fassung zu bringen. Etwas unwillig über die Allgemeinheiten, in die das Gespräch zerbröckelt, meint er knapp:

„Wer weiß es denn, ob er der Stürzende oder der Stoßende ist?"

Der Geheimrat, der wieder am Schreibtisch sitzt, wirft noch einmal einen kurzen Blick auf die Wandkarte:

„Die Armenier gehen an ihrer Geographie zugrunde. Das Los der Schwächeren, das Los der verhaßten Minorität!"

„Jede Person und jede Nation kommt einmal in die Lage, die schwächere zu sein. Deshalb darf man einen Präzedenzfall der Ausrottung, ja auch nur der Schädigung nicht dulden."

„Haben Sie sich niemals die Frage vorgelegt, Herr Doktor, ob nationale Minoritäten nicht überflüssige Beunruhigungen vorstellen und am besten zu verschwinden hätten?"

Lepsius nimmt sein Augenglas ab und putzt es angelegentlich. Seine Augen zwinkern stumpf und müde. Sein ganzer Körper bekommt durch den geschwächten Blick etwas Täppisches:

„Herr Geheimrat, sind wir Deutschen denn keine Minderheit?"

„Was wollen Sie damit sagen? Ich verstehe Sie nicht."

„Innerhalb eines gegen Deutschland vereinigten Europas bilden wir eine verflucht gefährdete Minderheit. Es muß nur einmal schiefgehn. Und eine besonders gescheite Geographie haben wir uns auch nicht ausgesucht."

Das Gesicht des Geheimrats ist nun nicht mehr liebenswürdig, sondern scharf und sehr blaß. Ein Schwall staubiger Mittagshitze schlägt durch das Fenster:

„Sehr richtig, Herr Pastor! Und deshalb hat jeder Deutsche die Pflicht, sich um sein eigenes Volksschicksal zu kümmern und der Blutströme zu gedenken, die, wie Sie es zu nennen belieben, die deutsche Minorität vergießt. Nur unter diesem Gesichtspunkt können wir uns mit der armenischen Frage beschäftigen."

„Wir Christen sind abhängig von der Gnade Gottes und vom Gehorsam des Evangeliums. Ich sage Ihnen rundheraus, Herr

Geheimrat, daß ich jeden andern Standpunkt verwerfe. Seit einigen Wochen werde ich mir täglich klarer darüber, daß den Kindern dieser Welt, den Politikern, die Macht entwunden werden muß, soll die Gemeinschaft des Heilands, des Corpus Christi Wirklichkeit werden auf unserer kleinen Erde..."

„Gebt dem Cäsar, was des Cäsars ist."

„Was aber ist des Cäsars außer dem abgegriffenen Groschenstück? Das sagt der Herr in seiner göttlichen Verschlagenheit nicht. Nein, nein! Die Völker sind Untertanen ihrer Artung. Und die Schmeichler, die von ihnen leben wollen, reizen liebedienerisch ihre Eitelkeit. Als wäre es schon ein besonderes Verdienst, als Hund oder Katze, als Kohlrübe oder Kartoffel geboren zu sein. Jesus Christus aber gibt uns das ewige Beispiel, wie der Gottmensch sich in menschliche Artung nur zu dem Zwecke kleidet, um sie zu überwinden. Deshalb sollten auf Erden nur die echten Diener Christi herrschen, und zwar deshalb, weil sie ihre Artung, ihre irdischen Bedingungen überwunden haben. Das ist mein politisches Glaubensbekenntnis, Herr Geheimrat."

Der preußische Aristokrat gibt nicht die leiseste Ironie zu erkennen:

„Sie haben wie ein eingefleischter Katholik geredet, Herr Pastor."

„Katholischer als ein Katholik! Denn die Kirche meiner Zuversicht teilt mit keiner Laienmacht die Herrschaft."

Der Geheimrat klemmt sein Monokel wieder ins Auge, als gebe er damit zu verstehen, daß die Zeitspanne der Erörterungen nun zu Ende sei:

„Ehe wir aber nicht wieder bei der heiligen Inquisition halten, müssen wir armen Kinder der Welt die Verantwortung tragen."

Johannes Lepsius, der vielleicht ein wenig zu weit gegangen ist, nimmt sich wieder zurück. Seine Worte klingen ruhig, fast abweisend:

„Ich will weiter zu Ihnen offen sein, Herr Geheimrat ... Bis vor einigen Tagen war ich noch hoffnungsvoll und habe geglaubt, der Herr Reichskanzler werde mich in diesem Kampf durch drastischere Mittel unterstützen als bisher. Sie haben mich nun endgültig darüber belehrt, daß unsere Regierung der Pforte gegenüber gebundene Hände hat und mit den üblichen Demarchen und Interventionen ihr Auslangen finden muß.

Gut! Mich aber bindet keinerlei Staatsräson. Und auf meinen Schultern allein liegt jetzt die armenische Sache in Deutschland. Ich bin nicht gewillt, Konzessionen zu machen und zurückzuweichen. In Gemeinschaft mit meinen Freunden werde ich die Aufklärung in das Volk hinaustragen. Denn nur wenn die Menschen die ganze Wahrheit wissen, kann ich das christliche Hilfswerk auf ein breites Fundament stellen ... Ich bitte daher, mir wenigstens bei dieser Tätigkeit nicht in den Arm zu fallen."

Der Geheimrat, der sich in das Studium seiner Armbanduhr vertieft hat, hebt erfreut den Kopf:

"Eine Offenheit ist der anderen wert, Herr Pastor ... Sie werden es mir also nicht übelnehmen, wenn ich Ihnen mitteile, daß man schon lange ein Auge auf Sie hat. Ihr Aufenthalt in Konstantinopel war Gegenstand so mancher Beschwerde. Ich sage es noch einmal, Sie ahnen nicht, wie verwickelt die Dinge liegen. Es tut mir leid. Ich habe die größte Hochachtung vor Ihrer humanitären Tätigkeit. Und doch, diese Tätigkeit ist, nun, sie ist im politischen Sinne unerwünscht. Ich würde Ihnen raten, Verehrtester, sie einzuschränken und möglichst unauffällig zu gestalten."

Die Antwort des Pastors fällt im Ton eher mürrisch als feierlich aus: "An mich ist ein Ruf ergangen. Keine Macht der Welt kann mich hindern, diesem Ruf zu folgen."

"Sagen Sie das nicht, Herr Doktor Lepsius", erschrickt der Geheimrat mit beinahe bestürzter Liebenswürdigkeit, "einige Mächte der Welt arbeiten schon daran, Sie gründlich zu hindern."

Der Pastor tastet seine linke Rockseite eingehend ab. Dann erhebt er sich:

"Ich bin Ihnen äußerst dankbar, Herr Geheimrat, für Ihre Aufrichtigkeit und für Ihren Rat."

Der hohe schlanke Herr steht mit einer Art selbstgefälliger Verlegenheit, die ihn gut kleidet, vor Lepsius:

"Es freut mich, daß wir uns so rasch verstanden haben, Herr Pastor. Sie sehen blaß aus. Es wäre für Sie am bekömmlichsten, eine Zeitlang auszuspannen und in den Tag hinein zu leben. Wohnen Sie nicht in Potsdam?"

Johannes Lepsius bedauert, den Herrn Geheimrat so lange in Anspruch genommen zu haben. Dieser aber geleitet ihn mit dem reizendsten Lächeln zur Tür:

„Aber nein, Herr Pastor, eine interessantere Stunde habe ich lange nicht erlebt."

Unten auf der mittagsschwülen Wilhelmstraße prüft sich Johannes Lepsius, ob er sich dem Herrnworte gemäß sanft wie eine Taube und klug wie eine Schlange verhalten habe. Er muß aber schnell erkennen, daß er sowohl als Taube wie auch als Schlange versagt hat. Zum Glück jedoch ist er vorsichtig genug gewesen, sich schon vor längerer Zeit alle nötigen Pässe, Sichtvermerke, Reiseerlaubnisse, Geldausfuhrbewilligungen zu beschaffen. Darum hat er vorhin seine linke Brustseite so eingehend nach diesen Heiligtümern betastet. Er dreht sich scharf um, ob ihn nicht jetzt schon ein Kriminalbeamter verfolge. Sein Entschluß ist gefaßt. Der D-Zug nach Basel geht um drei Uhr vierzig. Er hat noch mehr als drei Stunden Zeit, um nach Hause zu telefonieren, sein Gepäck kommen zu lassen und sich sonst auf die Reise vorzubereiten. Morgen schon können die Grenzen für ihn gesperrt sein. Doch er muß nach Stambul kommen! Dort gehört er hin, wenn er auch jetzt noch keine deutliche Vorstellung hat, warum. In Deutschland jedenfalls geht sein Hilfswerk auch ohne ihn weiter. Die Organisation ist geschaffen, das Büro eingerichtet, Gönner, Freunde, Mitarbeiter sind gewonnen. Sein Platz ist nicht in der gesicherten gleichgültigen Ferne, sondern an der Küste des Blutmeeres selbst.

Auf dem Potsdamer Platz herrscht ein betäubender Verkehr. Der kurzsichtige Lepsius wartet lange auf eine Gelegenheit, heil auf die andre Seite zu kommen. Das Donnern, Rollen, Rattern, Kreischen der Autos, Autobusse und Straßenbahnen dröhnt als ein zusammengeschmolzener Ton an sein Ohr. Wie Glocken einer ungeheuren barbarischen Kathedrale. Ein kleines Gedicht fällt ihm ein, das er vor vielen Jahren an Bord des tanzenden Schiffleins niedergeschrieben hat, das ihn an dem Felseneiland Patmos-Patino vorübertrug, an der heiligen Insel des Apostels und Offenbarers Johannes. Jetzt tönt in ihm der Refrain auf:

„A und O, A und O
  Läuten die Glocken von Patino."

Und dieser Versklang scheint zwei so gegensätzliche Örtlichkeiten wie Patmos und Potsdamer Platz miteinander zu verbinden.

Das Leben eines scheuen Nachttiers in Stambul.

Johannes Lepsius weiß sich verfolgt und beobachtet. Er verläßt daher das Hotel Tokatlyan meist nur bei Nacht. Am ersten Tag seines Aufenthaltes hat er seinen Pflichtbesuch auf der deutschen Botschaft abgestattet. Anstatt des Ministers, des Botschaftssekretärs oder Presseattachés empfängt ihn ein untergeordneter Beamter mit der eindeutig dürren Frage, welche Absichten ihn nach Konstantinopel führen. Lepsius erwidert, er sei ohne bestimmten Zweck in dieser Stadt, die er sehr liebe, gekommen, nur um sich ein wenig zu erholen. Das mit dem mangelnden Ziel stimmt übrigens. Der Pastor hat keine bestimmte Vorstellung von dem, was er werde unternehmen können. Er weiß nur, daß er bei den Türken und nun auch bei den Deutschen verfemt ist. Jener vortreffliche Korvettenkapitän von der Botschaft zum Beispiel, der seine Unterredung mit Enver Pascha damals so mühsam zustande gebracht hat, begegnet ihm auf einer Straße von Pera und schaut auffällig fort. Gott weiß, was für niederträchtige Lügen über ihn im Schwange sind! Oft überläuft es ihn eisig bei dem Gedanken, daß er in der türkischen Hauptstadt ganz verlassen dasteht und an der Vertretung seines Heimatlandes nicht nur keinen Rückhalt, sondern fast einen Feind besitzt. Sollte Ittihad den guten Gedanken fassen, ihn um die Ecke zu bringen, ein großes diplomatisches Geräusch um seinen Leichnam würde nicht entstehen. In kleinmütigen Stunden denkt er an die Heimreise. Er verliert nur seine Zeit. Die dritte Augustwoche ist schon angebrochen. Unbeschreibliche Hitze brütet über dem Bosporus. Was will ich hier ausrichten, fragt er sich. Und dann vergleicht er seine Situation mit der eines ungeübten Einbrechers, der eine siebenfach versperrte Eisentür ohne Dietrich und Nachschlüssel nur mit der nackten Hand, dafür aber unter den Augen der Polizei aufzusprengen sucht. Dies aber ist klar. In die siebenfach versperrte Eisentür, die ins Innere führt, muß eine Bresche gelegt werden, sofern auch nur eine Spur wirklicher Hilfe möglich sein soll. All jene Gelder, die auf offiziellen Wegen ins Innere fließen, zerstäuben und bringen diese wirkliche Hilfe nicht.

Johannes Lepsius wagt es, Monsignore Sawen, den armenischen Patriarchen, zu besuchen. Seit dem Tage, da er ihn zum letzten Male sah, scheint der letzte Rest von Leben aus der erloschenen Gestalt des Erzpriesters gewichen zu sein.

Geistesabwesend starrt der fromme Mann seinen Besuch an. Als er ihn erkennt, kann er die Tränen nicht zurückhalten.

„Sie werden sich schaden, mein Sohn", flüstert er, „wenn man Sie bei mir weiß."

Der Pastor bekommt nun die Wahrheit in ihrem ganzen Grauen zu hören, so wie sie sich in den Wochen seiner Abwesenheit entwickelt hat. Der Patriarch berichtet ihm kurz und trocken, wie ohne Sprache gleichsam. Jeder Rettungsversuch ist nicht nur aussichtslos, sondern auch überflüssig, da die Aussiedlung nun völlig durchgeführt ist. Die Priesterschaft sei zum größten Teil, die politische Führerschaft zur Gänze ermordet. Das Volk bestehe nur mehr aus verhungernden Weibern und Kindern. Jede Unterstützung, die man von deutscher oder neutraler Seite diesen Armeniern zuwende, reize die Wut Envers und Talaats zu neuen Schreckenstaten auf:

„Am besten, man unternimmt gar nichts, man bleibt still, man stirbt."

Ob Lepsius nicht bemerkt habe, daß dieses Haus, das Patriarchat, von Spitzeln und Konfidenten umlagert sei. Jedes Wort, das in diesem Zimmer falle, gelange morgen unausweichlich zur Kenntnis Talaat Beys. Mit entsetztem Augenzwinkern bittet Monsignore Sawen den Gast, das Ohr an seinen Mund zu neigen. Auf diese Weise erfährt Lepsius von der Armeniererhebung auf dem Musa Dagh, von den Niederlagen des türkischen Militärs und von der bisherigen Uneinnehmbarkeit des Berges. Die Flüsterstimme des Patriarchen zittert: „Ist es nicht schrecklich? Das Militär soll mehrere hundert Tote haben."

Johannes Lepsius findet das gar nicht schrecklich. Seine blauen Augen leuchten knabenhaft hinter seinem schwarfen Zwikker:

„Schrecklich? Nein, herrlich! Gäbe es noch drei solche Musa Dagh, die Sache würde anders aussehen. Ach, Monsignore, am liebsten wäre ich auf diesem Musa Dagh!"

Der Pastor hat unachtsam laut gesprochen. Der Patriarch hält ihm mit angststarrter Gebärde den Mund zu. Beim Abschied übergibt ihm Lepsius einen Teil der Sammelgelder des deutschen Hilfswerkes. Sawen sperrt die Banknoten hastig in die Wertheimkasse seiner Kanzlei, als seien sie Feuer. Die Hoffnung ist nicht sehr groß, daß ihr Segen den Bestimmungsort

Deïr es Zor erreicht. Der Monsignore flüstert dem Deutschen wieder etwas scharf ins Ohr, das dieser zuerst gar nicht begreift:

„Nicht wir vom Patriarchat und nicht Sie und nicht andre Deutsche und keine Neutralen, man müßte Türken als Mittler und Helfer finden, verstehen Sie, Türken!"

„Wieso denn Türken", murmelt Lepsius leise und sieht Enver Paschas Gesicht vor sich. Die Idee ist verrückt.

Die Idee ist verrückt. Und doch befindet sie sich schon über den Kopf von Lepsius hinweg auf dem Wege der Verwirklichung. Im Speisesaal seines Hotels hat der Pastor einen türkischen Arzt von ungefähr vierzig Jahren kennengelernt. Professor Nezimi Bey ist eine sehr elegante westliche Erscheinung. Er wohnt im Tokatlyan, hat aber seine Ordination in einer vornehmen Straße von Pera. Lepsius hält den Professor anfangs für eine der sympathischesten Verkörperungen der jungtürkischen Welt. Trotz der europäischen Wissenschaft und eines fabelhaft geschnittenen Gehrocks trügt jedoch dieser Schein. Die beiden Herren geraten öfters ins Gespräch. Drei- oder viermal nehmen sie die Mahlzeit an demselben Tisch ein. Lepsius ist äußerst vorsichtig und zurückhaltend; muß es sein. Der andre aber ist durchaus nicht vorsichtig und zurückhaltend. Als er seinen Haß gegen die herrschende politische Richtung, gegen die Diktatoren Enver und Talaat unverhohlen zu erkennen gibt, erschrickt der Deutsche und verstummt. Sollte man ihm einen Lockspitzel beigesellt haben? Wenn er aber die vornehme Gestalt des kultivierten Nezimi ansieht, wenn er seine Stellung, seine Ausdrucksweise, seine überraschende Sprachenkenntnis bedenkt, so erscheint der Argwohn lächerlich. Über Agents provocateurs von solchem Rang kann Enver unmöglich gebieten. Dennoch ist Lepsius weise genug, sich nicht hervorlocken zu lassen. Er leugnet nicht, daß er als christlicher Geistlicher das Los seiner armenischen Glaubensgenossen zu mildern suche, übt aber keine Kritik und beschränkt sich im übrigen auf abwartendes Zuhören. Obgleich Nezimi kein ausgesprochener Freund der Armenier zu sein scheint, tobt er doch gegen die Verschickungspolitik des Komitees:

„An den armenischen Leichenfeldern wird die Türkei zugrunde gehn."

Lepsius zuckt bei seinen Worten mit keiner Miene:

„Hinter Enver und Talaat steht doch die große Mehrheit der Nation."

„Wie? Die große Mehrheit der Nation?" fährt Nezimi auf. „Ihr Ausländer wißt ja gar nicht, wie klein diese Partei in Wirklichkeit ist, wie moralisch klein vor allem. Sie besteht aus dem schäbigsten Parvenugesindel. Wenn sich diese Leute etwas auf ihre osmanische Rasse einbilden, so ist das die größte Unverschämtheit, die es gibt. Diese Reinblütigen kommen zumeist aus dem mazedonischen Mischtopf, in dem das Rassenragout des ganzen Balkans schwimmt."

„Das ist eine alte Sache, Professor. Auf Rasse berufen sich meist nur diejenigen, die etwas Ähnliches nötig hätten."

Nezimi sieht Lepsius mit traurigen Augen an:

„Es ist ein Unglück, daß ein Mann wie Sie, der unsere Verhältnisse so genau studiert hat, doch keine Ahnung vom wahren türkischen Wesen besitzt. Wissen Sie, daß die wahren Türken die armenischen Verschickungen noch heftiger verwerfen als Sie?"

Johannes Lepsius horcht gespannt auf:

„Und wer sind diese wahren Türken, wenn ich fragen darf, Professor?"

„Alle, die ihre Religion noch nicht verloren haben", sagt Nezimi, läßt sich aber auf eine nähere Erklärung nicht ein. Am Abend desselben Tages klopft er an die Tür des Pastors. Er macht einen sonderbar erregten Eindruck:

„Ich werde Sie, wenn Sie einverstanden sind, morgen in das Tekkeh des Scheichs Achmed einführen. Es ist ein großes Geschenk, das Sie damit bekommen. Und dann. Sie werden wegen der Armenier offen reden können und vielleicht auch etwas ausrichten." Und er wiederholt noch einmal: „Es ist ein Geschenk für Sie."

Gleich nach Tisch holt Nezimi den Pastor ab, wie sie es vereinbart haben. Der weite Weg wird größtenteils zu Fuß zurückgelegt. Heute ist die Sommerhitze durch eine kühle Brise vom Marmarameer gemildert. Über den lebendigen Nachmittagshimmel Stambuls ziehen Scharen von Störchen und Fischreihern, die drüben auf der asiatischen Seite nisten. Der Professor führt den Pastor am Seraskeriat Enver Paschas und an der Sultan-Bajazid-Moschee vorbei in die langen Straßenzüge von Ak Serai. Endlos zieht sich der Weg westwärts.

Schon geraten sie in das ruinenhafte Gewirr der innersten Stadt. Die Pflästerung der Gassen verschwindet. Schaf- und Ziegenherden begegnen ihnen. Aus dem schwärzlichen Durcheinander zahlloser Holzhäuser ragt die uralte byzantinische Stadtmauer mit ihren Zinnen, Türmen und Vesten drohend empor. Johannes Lepsius ist durchaus nicht in der Stimmung, sich mit seinem künstlerischen Auge dieser romantischen, wenn auch mißduftenden Stadtschaft zu erfreuen. Auch jener Mittelpunkt der islamischen Frömmigkeit, den er heute kennenlernen soll, interessiert ihn nicht um neuer Erfahrungen willen. Wie jeder Geist, der von einem übermächtig quälenden Streben ausgefüllt ist, setzt er alles einzig und allein in Beziehung zu dem armenischen Unglück. Er ist also keineswegs empfänglich für neues Erleben, sondern wälzt bereits Pläne und Entwürfe. Diese Entwürfe und nicht etwa Neugier sind der Grund für die Fragen, die er seinem Begleiter stellt:

„Wir gehen wohl zu den Mewlewi-Derwischen?"

Lepsius weiß trotz seiner langen Aufenthalte in Palästina und Kleinasien so gut wie gar nichts vom Islam. Er sieht in ihm nur den fanatischen Feind des Christentums. Da es aber eine der trübsten menschlichen Schwächen ist, denjenigen, welchen man aus seinem innersten Inneren heraus verstehen müßte, den Feind, am allerwenigsten zu kennen, so hat auch der Pastor kaum eine blasse Vorstellung von der moslemischen Glaubenswelt. Er nennt die Mewlewi-Derwische nur, weil dieser sehr bekannte Name ihm geläufig ist. Doktor Nezimi macht eine fast wegwerfende Geste:

„Nein, nein! Scheich Achmed, unser Meister, ist das Haupt eines Ordens, den das Volk ‚Die Herzensdiebe' nennt."

„Ein komischer Ordenstitel. Warum die ‚Herzensdiebe'?"

„Das werden Sie später selbst sehen ..."

Während des Ganges läßt sich aber der Führer doch noch zu einigen Erklärungen herbei. Er unterrichtet den Deutschen darüber, daß der Strom der Mohammed-Religion sich in zwei gewaltige Arme geteilt habe, in das Schaariat und das Tarikaat. Entspreche das Schaariat ziemlich genau dem Begriff der katholischen Weltpriesterschaft, so werde das Tarikaat durch den Vergleich mit dem Mönchstum verfälscht. Derwisch sein heiße nicht der Welt entsagen und sich fürs ganze Leben in ein Tekkeh zurückzuziehen. Derwisch könne jeder werden und sein, der gewisse Bedingungen erfülle, er brauche sein

583

Berufs- und Familienleben darum nicht aufzugeben: der Großwesir ebenso wie der Schneider, Kupferschmied, Bankbeamte oder Offizier. So seien denn auch die verschiedensten Bruderschaften über das ganze Land verbreitet, und die Brüder *erkennen* einander überall „aus dem Gefühl", ohne einander zu *kennen*. Johannes Lepsius fragt mit zweckhafter Nachdenklichkeit:

„Demnach müssen diese Derwisch-Orden zahlenmäßig eine große Macht vorstellen."

„Nicht nur zahlenmäßig, mein Herr Doktor, das können Sie mir glauben."

„Und woraus besteht das Gottesleben dieser Leute?"

„Bei euch nennt man das, wie man mir gesagt hat, Exerzitien. Aber wahrscheinlich ist auch dieser Ausdruck falsch. Wir versammeln uns von Zeit zu Zeit. Es werden Übungen abgehalten. Gebetsübungen! ‚Zikr' nennt man das. Jeder muß auch einmal oder mehrere Male im Leben Dienst in dem Tekkeh tun und dort längere Zeit leben. Die Hauptsache aber ist, daß wir unserm Lehrer und Meister aus der Fülle des Herzens heraus gehorsam sind."

„Ihr Lehrer und Meister ist der Scheich Achmed, Professor..."

Obgleich Lepsius nicht offen fragt, wer dieser Scheich Achmed eigentlich sei, gibt Nezimi doch Antwort:

„Er ist ein Weli. Ihr würdet sagen ein Heiliger, und diese Übersetzung ist wieder ganz falsch. Er hat durch sein Leben, das höher steht als das Leben der Menschen, Kräfte in sich entwickelt. Kennen Sie den französischen Ausdruck: Initiation? Und das Herrlichste an ihm, Sie werden es sehen, er ist ein ganz einfacher Mensch."

Sie bleiben vor einer hohen Mauer stehn. Die Wipfel von Zypressen und Feigenbäumen, überhängender Goldlack und Glyzinien verraten einen Garten. Nezimi Bey klopft mit seinem Stock an die wurmstichige Pforte in dieser Mauer. Man muß lange warten. Dann öffnet ein alter Mann mit einem schweren Körper und milden, liebevollen Augen. Das dunkle Wunder des Gartens tut sich auf. Eine vielhundertjährige Zeder beherrscht alles. Von zwei mächtigen Ästen hängen die rostigen Stücke einer schweren Kette herab. Nezimi erzählt dem Pastor, daß vor undenklichen Zeiten die Zeder in ihrer Jugend gefesselt war, bis die innere Kraft des Wachstums die

Eisenkette zersprengte. Ein Sinnbild des Derwischlebens. In die aus dem Stadtlärm sonderbar ausgesparte Stille tönt ein Brunnenstrahl. Und dies wieder ist ein ergreifendes Sinnbild für die türkische Wasserverehrung. Der Garten wird rechts von einem dunkeln unheimlichen Haus und links von einem hellen und guten begrenzt. Sie treten in das gute Holzhaus ein, nachdem sie die Schuhe abgelegt haben. Nezimi führt den Fremden über eine kleine finstere Treppe in eine Art von Loge, die auf den großen Saal des Tekkeh hinausblickt, der mit seinen schlanken Holzpilastern und den in der Höhe filigranhaft durchbrochenen Wänden den Eindruck eines umfänglichen Pavillons erweckt. Die Holzdiele des Raumes bedecken die schönsten Teppiche. In die östliche Wand, Mekka zugekehrt, ist eine Thronnische mit einer erhöhten Matte eingebaut. Auf den Stufen zu beiden Seiten dieses Hochsitzes hocken einige Männer. Der Arzt bezeichnet sie als „Kalifen", als Stellvertreter und Beauftragte des Scheichs, die seinem Herzen besonders nahestehen. Alle tragen den weißen Turban, selbst ein Infanteriehauptmann, der sich merkwürdigerweise unter diesen Gestalten befindet. Lepsius unterscheidet ferner einen kleinen spindeldürren Alten, der eine nervöse Krankheit haben muß, da sein spitzbärtiges Gesicht dann und wann von Zuckungen befallen wird. Einen auffallend schönen Mann mit weichem, braunem Bart, der in eine hemdartige Kutte gekleidet ist, nennt Nezimi „den Sohn des Scheichs". Neben diesem jünglinghaften Mann, durch dessen Materie es silbern zu schimmern scheint, hockt auf gekreuzten Beinen ein fünfjähriger Knabe, der Sohn des Sohnes, ebenso weiß gewandet wie sein Vater. Lepsius aber richtet sein Augenmerk vor allem auf einen Menschen, der sich durch sein Aussehen und seine Haltung als mächtigste Persönlichkeit unter den Anwesenden offenbart. So stellt sich der Pastor die großen Kalifen vor, Bajazid, Mahmud den Zweiten, vielleicht den Propheten selbst. Ein durch Fanatismus verzehrtes Gesicht, dessen blauschwarzer Bart beinahe bis unter die Augenhöhlen vordringt. Der starre Blick, der an nichts hängenbleibt, kennt keine Gnade, weder für den Feind noch auch für den Freund. „Das ist der Türbedar von Brussa", hört Lepsius und bekommt die Aufklärung, daß man mit diesem Titel ein sehr hohes symbolisches Amt bezeichne, nämlich den Wächter über die Grabstätten der Sultane und Heiligen. Der Mann sei überdies ein großer Gelehrter, nicht nur in der koranischen, sondern auch in einigen modernen Wissenschaften. Auch der kleine alte Herr, der so still ihm gegenübersitze, ja, ganz recht, jener mit den weißen Händen, die den Bernsteinkranz drehen, bekleide ein hohes symbolisches Amt: „Verwalter der Stammtafel des Propheten."

„Leben diese Männer immer in dem Tekkeh?"

„Nein, es ist ein großer und glücklicher Zufall, daß sie heute den Scheich besuchen. Der alte Herr dort, der Verwalter der Stammtafel, kommt von sehr weit her, aus Syrien, von Antiochia, glaub ich. Er ist der älteste Freund unsres Scheichs, wissen Sie. Agha Rifaat Bereket heißt er."

„Agha Rifaat Bereket", wiederholt Lepsius zerstreut, als sei ihm dieser Name nicht ganz fremd. Er hat aber weder für den Agha Augen noch auch für die dreißig oder fünfunddreißig anderen Personen, die erwartungsvoll den Saal durchmurmeln, sondern nur für den stolzen Türbedar. Deshalb bemerkt er den Eintritt des Scheichs Achmed erst in dem Augenblick, da sich dieser auf seinen Sitz niederläßt. Nezimi Bey hat recht gehabt. Äußerlich sieht man diesem geistlichen Ordenshaupt, das wohl über Hunderttausende treue Seelen gebietet, nicht viel von seiner Bedeutung und seinen Kräften an. Er ist ein korpulenter Weißbart, dessen Züge von überlegener Freundlichkeit sprechen und eine praktische Beurteilung der Erdendinge nicht verhehlen.

Alles ist aufgesprungen und hat sich geradezu mit Gier auf den alten Scheich gestürzt, um seine Hand zu küssen. Erst als sich die andern mit diesem Ehrfurchts- und Liebesbeweis gesättigt haben, neigt sich der Türbedar als letzter über die weiche dicke Rechte Achmeds.

Die Zikr-Ekstase, deren Zeuge er nun wird, läßt Johannes Lepsius nicht nur kalt, sondern erfüllt ihn sogar mit einem dunklen, schwer beschreiblichen Unbehagen. Die Zeremonie beginnt damit, daß sich der schöne Sohn des Scheichs mit zehn anderen jungen Leuten, die gleich ihm weiße hemdartige Kutten tragen, an die westliche Wand des Saales in eine Reihe stellt. Den rechten Flügel dieser Reihe bildet das kleine Kind, dessen Gesichtchen von altklugem Ernste strahlt. Irgendwoher dringt eine einförmig näselnde Schalmeienmusik. Vor einem goldgeschnitzten Koranständer steht ein Mann mit geschlossenen Augen, der in halblauten unangenehmen Falsettönen eine Sure psalmodiert. Der alte Scheich Achmed gibt ein kaum sichtbares Zeichen mit der Hand. Die Schalmei und Litanei verstummt. Der Sohn wirft den Kopf lauschend zurück wie einer, der einen leisen Regen mit seinem Gesicht auffangen will. Aus seiner Kehle aber steigen Laute auf, zittrig erstickt, als sei des Glückes zuviel, die Silben des unfaßbaren Verses aussprechen zu dürfen, in denen die ganze Kraft des geoffenbarten Buches gesammelt ist: „La-ilah-ila-'llah." „Es ist kein Gott außer Gott." Nun haben auch die anderen Männer den Kopf zurückgeworfen, und die zweimal drei Silben des Bekenntnisses vereinigen sich zu einem wundersamen stöhnenden Summen. Damit ist wie bei einem Musikstück das Thema angeschlagen, das nun entwickelt wird. Die Gestalt des Sohnes gerät zunächst in eine leichte eckige Schwingung. Während das „La-ilah-ila-'llah" einen entscheidenden Tonfall annimmt, neigt er seinen Oberkörper in die vier Richtungen des Weltraumes, vorwärts, rückwärts, nach rechts, nach links. Diese viertaktige Schwingung geht auf die andern über, indem sie sich allmählich steigert. Es herrscht aber durchaus keine Symmetrie der Bewegung wie etwa beim Exerzieren oder beim Ballett. Im Gegenteil! Jeder überläßt sich seinem eigenen Gesetz. Jedes Ich dieser Gemeinschaft scheint in der leidenschaftlichen Anrufung seines Gottes mit sich allein zu sein. Dadurch aber entsteht eine vielfältigere und höhere Symmetrie, als sie der mechanische Gleichtakt je bewirken kann, die Symmetrie eines sturmgeschüttelten Waldes, die Symmetrie einer erregten Meeresbrandung. Die völlige Freiheit und Einsamkeit des Ichs zu seinem Gott ermöglicht erst eine organische Gemeinschaft. Der alte Scheich, seine Kalifen und die übrigen Anwesenden nehmen an der Zikr-Übung mit leicht begleitenden Bewegungen teil. Der Knabe des jungen Scheichs neigt mit verzweifeltem Ernst seinen kleinen Körper nach allen Seiten. Manchmal kann man sein rührendes Kinderstimmchen aus dem allgemeinen Schwall des „La-ilah" piepen hören. Nach zwölf Minuten etwa sind die Körperschwingungen der Derwische fast rechtwinklig und die Rufungen zu einem ungegliedert heiseren Gebrülle geworden. Wieder ein knappes Zeichen des alten Scheichs. Die Zeremonie bricht jäh ab. In die Herzen der Teilnehmer und der Zuschauer aber scheint eine überschwengliche Freude, eine innerlichste Glücksbefriedigung eingezogen zu sein. Die Gesichter verklärt ein erschöpftes

Lächeln. Die Männer umarmen einander. Johannes Lepsius muß an die altchristliche Agape denken. Aber wie? Diese Liebesfeier dort unten kommt ja nicht aus dem Geiste, sondern aus wilden Verrenkungen des Körpers. Er versteht sie nicht. Inzwischen sind ein paar neue Menschen durch eine kleine Tür in den Saal getreten. Sie tragen Wasserkrüge, Schüsseln mit Speisen, ja sogar Kleidungsstücke vor Scheich Achmed, der über diese Dinge mehrmals hinhaucht. Nun haben sie Heilkraft gewonnen. Nach einer Pause wird dann der Zikr von neuem und auf einer gesteigerten Stufe aufgenommen. Die heilige Vierzahl herrscht. Es finden daher vier Ekstasen statt, jedesmal durch eine Pause unterbrochen. Die Gewalt und das Tempo der letzten ist von solcher beinahe unerträglichen Wildheit, daß Johannes Lepsius zeitweilig die Augen schließt, weil ihm seekrank zumute ist. Als dieser letzte Zikr seinem Höhepunkt entgegengeht, springt plötzlich der spindeldürre Greis mit den Gesichtszuckungen von den Stufen in den Raum hinab und beginnt sich wie ein toller Kreisel um sich selbst zu drehen, bis er in einem epileptischen Krampf zusammenbricht. Der Pastor wendet sich nach dem Arzt um, der hinter ihm sitzt. Wird Nezimi nicht hinabeilen, um dem Epileptiker zu helfen? Doch der elegante Mann, der an der Sorbonne studiert hat, scheint selbst nicht mehr bei Sinnen zu sein. Sein Oberkörper kreist. Die Augen sind ertrunken. Und zwischen den Lippen unter dem englischen Schnurrbärtchen lallt er nun auch das lang zurückgedrängte „La-ilah-ila-'llah" hervor. Das Unbehagen des Pastors erreicht seinen Tiefpunkt. Doch er fühlt nicht nur einen Widerwillen gegen das, was ihn so fremd barbarisch anmutet, sondern zugleich auch befangene Scham darüber, daß er diesem gottestrunkenen Vorgang dort unten mit seiner westlichen Seele nicht gewachsen ist.

Diese tiefe Befangenheit hält auch noch an, als er in das Innerste dieser wildfremden Welt, in das Audienzzimmer des Scheichs tritt. Damals, als er sich Enver Pascha gegenüberfand, war er nicht beklommener gewesen als jetzt. Der Scheich Achmed jedoch empfängt ihn mit großer Freundlichkeit. Er geht ihm und Nezimi Bey einige Schritte entgegen. In dem geräumigen Zimmer haben sich von den Kalifen des Scheichs der Türbedar aus Brussa, Agha Rifaat Bereket, der junge Scheich und der Infanteriehauptmann eingefunden. Es gibt keine anderen Sitzgelegenheiten als niedrige Diwans, die an die Wände geschoben sind. Scheich Achmed bietet dem Pastor einen Platz dicht an seiner Seite an. Johannes Lepsius muß sich wie die anderen auf seine gekreuzten Beine niederlassen. Die Augen des alten Achmed, in denen außer der klarsten Weltklugheit noch eine unerklärliche Windstille haust, wenden sich zu dem Gast:

„Wir wissen, wer du bist und was dich zu uns führt. Ich zweifle nicht, daß du uns verstehen wirst, so wie wir dich zu verstehen hoffen. Vielleicht hat dir unser Bruder Nezimi schon berichtet, daß wir hier weniger uns auf Worte verlassen als auf die Berührung von Herz zu Herz. So laß uns denn prüfen, wie es mit unsern beiden Herzen steht."

Der Rock des Deutschen ist zugeknöpft. Scheich Achmed öffnet mit seiner eigenen weißen Hand diese Knöpfe. Er lächelt, wie um Entschuldigung bittend:

„Wir wollen uns näherkommen."

Johannes Lepsius spricht und versteht gut türkisch und recht gut arabisch. Scheich Achmed aber bedient sich einer schwierigen Mischung beider Sprachen, weshalb er für besonders heikle Wendungen Nezimi zum Dolmetsch bestimmt. Der Arzt übersetzt:

„Es gibt ein zwiefaches Herz. Das fleischliche und das geheime himmlische Herz, das jenes umschließt, so wie der Duft die Rose einhüllt. Dieses zweite Herz verbindet uns mit Gott und mit den Menschen. Öffne es bitte!"

Der schwere Leib des vielleicht Achtzigjährigen neigt sich aufmerksam gegen den Pastor. Eine kleine Gebärde bedeutet, er möge die Augen schließen gleich ihm. Über Johannes Lepsius kommt eine gewisse Ruhe. Der verzehrende Durst, der ihn soeben noch quälte, weicht von ihm. Er benützt die Zeit, sich hinter seinen geschlossenen Lidern zu sammeln und jene Gründe zurechtzulegen, mit denen er für die Armenier kämpfen will. Gott hat ihn auf wunderbare Weise hierhergeführt, wo er vielleicht ganz unerwartet Bundesgenossen findet. Der Wunsch Monsignore Sawens, nicht Deutsche und Neutrale, sondern Türken selbst möchten die Mittler sein, dieser absurde Wunsch, nun hat er einen Schein von Erfüllbarkeit bekommen. Als Lepsius die Augen wieder aufschlägt, erscheint ihm das Gesicht des alten Scheichs wie in warmes Sonnenlicht getaucht. Dieser läßt über das Ergebnis der

Herzprobe nichts verlauten, sondern bittet den Pastor, er möge sagen, womit man ihm dienlich sein könne. Das große Gespräch beginnt.

Johannes Lepsius (anfangs findet er nur langsam und steif die türkischen Worte. Er sieht auch den Doktor Nezimi Bey öfters hilfesuchend an, damit er ihm mit dem entsprechenden Ausdruck beispringe):

„Durch die große Güte von Scheich Achmed Effendi bin ich hier in diesem ehrwürdigen Tekkeh als Christ und Fremder ... Ich durfte sogar euren religiösen Übungen beiwohnen. Die Inbrunst und Innigkeit eures Strebens zu Gott hat mein Herz mit Freude erfüllt. Wenn ich als unwissender Ausländer den innersten Sinn eurer heiligen Bräuche auch nicht verstehen kann, so fühle ich doch eure große Frömmigkeit ... Um so schrecklicher aber scheint mir, angesichts dieser Frömmigkeit und Religiosität, was in eurem Vaterland geschieht und geschehen darf ...“

Der junge Scheich (holt sich mit einem fragenden Augenaufschlag von seinem Vater die Erlaubnis zu sprechen):

„Wir wissen, daß du schon seit vielen Jahren ein warmer Freund der Ermeni millet bist ...“

Johannes Lepsius: „Ich bin mehr als nur ihr Freund. Ich habe der Ermeni millet mein ganzes Leben und meine ganzen Kräfte gewidmet.“

Der junge Scheich: „Und nun willst du uns wegen dieser Vorgänge anklagen?“

Johannes Lepsius: „Ich bin ein Fremder. Ein Fremder hat nie und nirgends das Recht, anzuklagen. Ich bin nur hier, um zu klagen über das Geschehene und euren Rat und eure Hilfe zu erbitten.“

Der junge Scheich (mit einer deutlichen Hartnäckigkeit, die sich nicht durch feierliche Worte beruhigen läßt):

„Und dennoch gibst du uns Osmanen insgesamt die Schuld an dem, was geschieht.“

Johannes Lepsius: „Ein Volk besteht aus vielen Teilen. Aus der Regierung und ihren Organen. Aus den Klassen, die mit der Regierung gehen, und aus der Opposition.“

Der junge Scheich: „Und welchen von diesen Teilen machst du verantwortlich?“

Johannes Lepsius: „Ich kenne eure Verhältnisse seit zwanzig Jahren gut. Auch im Innern. Mit den Häuptern eurer Regierung habe ich verhandelt. Gott helfe mir, doch ich muß sagen, sie tragen allein die volle Schuld am Untergang eines unschuldigen Volkes."

Der Türbedar (hebt seinen verzehrten Fanatikerkopf mit den erbarmungslosen Augen. Sein Wesen und seine Stimme beherrschen sogleich den Raum):

„Wer aber ist schuldig an der Regierung?"

Johannes Lepsius: „Deine Frage verstehe ich nicht."

Der Türbedar: „So will ich dir eine andere stellen. Haben Osmanen und Armenier immer in Unfrieden gelebt? Oder hat es eine Zeit friedlichen Beisammenwohnens gegeben? Du kennst unsere Verhältnisse, so wirst du auch unsere Vergangenheit kennen."

Johannes Lepsius: „Meines Wissens haben die großen Metzeleien erst im vorigen Jahrhundert begonnen, nach dem Berliner Kongreß . . ."

Der Türbedar: „Du hast damit meine erste Frage beantwortet. Auf jenem Kongreß habt ihr Europäer euch in das innere Leben des Reiches gemengt, habt Reformen gefordert und uns für billiges Geld Allah und den Glauben abkaufen wollen. Die Armenier aber waren eure Geschäftsreisenden."

Johannes Lepsius: „Hat nicht die Zeit und die Entwicklung des Lebens diese Reformen dringender gefordert als Europa? Und es ist ja selbstverständlich, daß sich die Armenier als das schwächere und tätigere Volk nach ihnen gesehnt haben."

Der Türbedar (glüht auf und erfüllt das ganze Zimmer mit seinem heiligen Zorn):

„Wir aber wollen eure Reformen, eure Entwicklungen und eure Tätigkeiten nicht. Wir wollen in Gott leben und jene Kräfte in uns fördern, die Allah gehören. Weißt du nicht, daß alles, was ihr Tat und Tätigkeit nennt, der Teufel ist? Soll ich es dir beweisen? Ihr habt einige oberflächliche Erkenntnisse über das Wesen der chemischen Elemente. Was aber ist die Folge, wenn ihr diese mangelhaften Erkenntnisse in Taten und Tätigkeiten umsetzt? Die Erzeugung von Giftgasen, mit denen ihr eure hündisch feigen Kriege führt! Und ist es mit euren Flugzeugen etwa anders bestellt? Sie dienen euch dazu, ganze Städte in die Luft zu sprengen. In der Zwischenzeit aber befördern sie die Wucherer und Geschäftemacher, damit diese die Armut mit höchster Geschwindigkeit ausrauben dürfen. Eure ganze teuflische Unruhe zeigt uns, daß es keine Aktivität gibt, die nicht auf Zerstörung und Vernichtung hinausläuft. Wir hätten daher gern auf die Reformen, Entwicklungen und Segnungen eurer Kultur verzichtet, um in unsrer alten Armut und Ehrfurcht zu leben."

Der alte Scheich Achmed (will einen versöhnlicheren Ton in das Gespräch bringen):

„Gott hat seinen Trank in viele Gläser geschenkt und jedes hat eine andre Form."

Der Türbedar (kann sich noch nicht beruhigen, da er für seinen abgrundtiefen Groll den richtigen Gegner gefunden zu haben glaubt):

„Die Regierung ist an diesem blutigen Unrecht schuld, sagst du. Doch es ist in Wahrheit nicht unsre Regierung, sondern die eure. Bei euch ist sie in die Schule gegangen. Ihr habt sie in ihrem verbrecherischen Kampf gegen unsre heiligen Güter unterstützt. Eure Lehre und eure Gesinnung vollstreckt sie jetzt. Du mußt demnach erkennen, daß nicht wir Osmanen, sondern Europa und Europas Knechte am Schicksal des Volkes schuld haben, für das du kämpfst. Und den Armeniern geschieht nach Gerechtigkeit, denn sie haben jene abtrünnigen Verbrecher ins Land zurückgewünscht, sie gefördert und ihnen gehuldigt, damit sie jetzt von ihnen gefressen werden. Siehst du etwa nicht den Finger Gottes darin? Wo ihr und eure Schüler hinkommt, da bringt ihr die Verwesung mit. Ihr bekennt euch zwar heuchlerisch zu der Religion des Propheten Jesus Christus, doch im Grunde eurer Seele glaubt ihr nur an die stumpfen Mächte des Stoffes und an den ewigen Tod. So matt sind eure Herzen, daß sie nichts mehr von den Kräften Allahs wissen, die in ihnen ungenützt verdorren. Ja, der Tod ist eure Religion, und ganz Europa ist die Hure des Todes."

Der alte Scheich (gebietet mit einem strengen Blick dem Türbedar, sich zu mäßigen. Dann streichelt er die Hand des Pastors, wie um ihn zu trösten und zu begütigen):

„Alles liegt in Gottes Absicht."

Der junge Scheich: „Es ist wahr, Effendi. Du kannst es nicht leugnen, daß der Nationalismus, der heute bei uns herrscht, ein fremdes Gift ist, das aus Europa kam. Vor wenigen Jahrzehnten noch lebten unsre Völker treu unter der Fahne des Propheten: Türken, Araber, Kurden, Lasen und andre mehr. Der Geist des Korans glich die irdischen Unterschiede des Blutes aus. Heute sind auch schon die Araber, die sich wahrlich nicht zu beklagen haben, zu Nationalisten und unseren Feinden geworden."

Der alte Scheich: „Der Nationalismus füllt die brennend-leere Stelle, die Allah im menschlichen Herzen zurückläßt, wenn er daraus vertrieben wird. Und doch! Ohne seinen Willen kann er nicht vertrieben werden!"

Johannes Lepsius (sitzt als angeklagtes Europa auf seinen ge-kreuzten Beinen. Er verliert sein Ziel nicht aus den Augen. Freundlich nimmt er deshalb die Flüche des imposanten Türbedars aus Brussa entgegen. Sie tun ihm nicht halb so weh wie seine verrenkten Beine):

„All das, was ich hier von euch zu hören bekomme, ist mir nicht neu. Ja, ich selbst habe oft ähnliche Worte zu meinen Landsleuten gesprochen. Ich bin Christ, christlicher Priester sogar, dennoch bekenne ich hier vor euch gerne, daß ein großer Teil der Christen, die mir begegnet sind, aus gleichgültigen und gottlosen Lippendienern besteht..."

Der Türbedar (läßt trotz des stummen Verweises durch Scheich Achmed von seiner verstockten Rechthaberei nicht ab):

„Du siehst also ein, daß nicht wir Türken, sondern ihr selbst die wahren Schuldtragenden seid?"

Johannes Lepsius: „Meine Religion befiehlt mir, alle Schuld als unausweichliche Erbschaft Adams anzusehen. Die Menschen und Völker werfen einander die Erbschuld zu wie einen Ball. Es ist nicht möglich, sie durch ein Datum oder eine Be-gebenheit abzugrenzen. Wo sollten wir da anfangen und wo aufhören? Ich bin nicht hier, um auch nur ein einziges Wort des Vorwurfs gegen das türkische Volk zu erheben. Das wäre ein großer Irrtum. Ich bin hier, um euer gütiges Verständnis zu erbitten."

Der Tübedar: „Jetzt kommt ihr, Verständnis zu erbitten, nachdem ihr das Böse erweckt habt!"

Johannes Lepsius: „Ich bin kein Chauvinist. Jeder Mensch gehört einer Volksgemeinschaft an, ob er will oder nicht, und bleibt mit ihr verbunden. Das ist eine selbstverständliche Tatsache der Natur. Als Christ glaube ich, daß unser Herr im Himmel die Verschiedenheiten um der Liebe willen schuf. Denn ohne Verschiedenheit und Spannung ist ja keine Liebe möglich. Auch ich bin meiner Natur nach sehr verschieden von den Armeniern. Und dennoch habe ich sie verstehen und lieben gelernt."

593

Der Türbedar: „Hast du aber jemals darüber nachgedacht, wie
sehr die Armenier uns lieben und verstehen? Sie waren es, die
wie ein elektrischer Draht eure höllische Unruhe in unseren
Frieden geleitet haben. Und hältst du sie gar für unschuldige
Lämmer? Nun, ich sage dir, daß sie jeden Türken, der ihnen
bei guter Gelegenheit in die Hand fällt, kalt abschlachten.
Wäre es dir vielleicht nicht bekannt, daß sich selbst ihre
christlichen Priester an solchen Mordtaten freudig beteiligen?"

Johannes Lepsius (muß das erstemal an sich halten, um keine
scharfe Antwort zu geben): „Wenn du es sagst, Effendi, so
werden derartige Freveltaten der Rache da und dort wirklich
geschehen sein. Vergiß aber nicht, was eure Hodschas, Mollahs
und Ulemas sich an Aufhetzereien geleistet haben. Dabei seid
ihr doch die Starken und die Armenier die Ohnmächtigen."

Der Türbedar (nicht nur ein gelehrter Mann, sondern mehr noch
ein trefflicher Polemiker, versteht die Kunst aufs beste, sich
aus gefährlichen Einzelheiten sofort hinter das Wohlumpan-
zert-Allgemeine zurückzuziehen):

„Ihr habt in der ganzen Welt Verleumdungen über unsre
Religion ausgestreut. Die boshafteste ist die Verleumdung der
Unduldsamkeit. Glaubst du, es würde in dem Reich, das der
Kalif jahrhundertelang beherrscht, auch nur ein einziger Christ
mehr leben, wären wir unduldsam gewesen? Was tat der große
Sultan, der Stambul eroberte, im ersten Jahr seiner Regierung?
Verjagte er die Christen aus seinem Reich? Wie? Nein, er
errichtete das griechische und das armenische Patriarchat und
stattete es mit Macht und Glanz und Freiheit aus. Was aber
taten die Euren in Spanien? Sie warfen die Moslems, die dort
ihre Heimat hatten, zu Tausenden ins Meer und verbrannten
sie auf Scheiterhaufen. Schicken wir *euch* Missionare, oder ihr
uns? Das Kreuz tragt ihr vor euch nur her, damit die Bagdadbahn und die Ölgesellschaften bessere Dividenden ab-
werfen."

Der alte Scheich: „Die Sonne ist herrschsüchtig, der Mond ist
milde und friedlich. Der Türbedar spricht beleidigende Worte,
dir aber, unserem Gaste, gelten sie nicht. Du mußt es verstehen, daß auch unsere Leute erbittert sind über das Unrecht,
das unserer Religion geschieht. Weißt du, welches das Wort
ist, das nach dem Namen Gottes am häufigsten den Koran
ziert? Das Wort: Frieden! Und weißt du, was die zehnte Sure

sagt? ‚Einst waren die Menschen nur eine einzige Gemeinde. Dann wurden sie uneins. Doch wäre der Befehl des Herrn nicht ergangen, entschieden wäre schon zwischen ihnen, worüber sie uneins sind.' Auch wir streben nicht anders als ihr Christen nach einem Reich der Einheit und der Liebe. Auch wir hassen unsere Feinde nicht. Kann ein Herz überhaupt hassen, das die Empfängnis Gottes in sich schließt? Frieden zu bringen, das ist eine der wichtigsten Pflichten unserer Bruderschaft. Siehe, der Türbedar hier, der so hart redet, ist einer unserer eifrigsten Friedensboten. Lange, ehe wir noch von dir wußten, arbeitete er schon für die Ausgetriebenen. Und er ist nicht allein. Wir haben unsere Friedensboten auch unter wirklichen Kriegern..."

(Er winkt den Infanteriehauptmann zu sich heran, der, wahrscheinlich als der jüngste und unvollkommenste Ordensbruder, auf der entferntesten Matte sitzt.)

Der Hauptmann (nimmt schüchtern neben seinem alten Scheich Platz. Er hat große zärtliche Augen und empfindsame Züge, denen nur der große wohlgepflegte Schnurrbart zu soldatischer Stattlichkeit verhilft.)

Der alte Scheich: „Du hast in unserem Auftrag die armenischen Transportlager im Osten besucht."

Der Hauptmann (wendet sich an Johannes Lepsius): „Ich bin Offizier bei dem Stabsregiment, das dem Generalkommando deines großen Landsmannes Marschall Goltz Pascha zugeteilt ist. Auch das Herz des Pascha ist von Sorge und Leid um seine christlichen Glaubensgenossen erfüllt. Doch nur wenig kann er in dieser Sache gegen den Willen des Kriegsministers ausrichten. Ich habe mich bei ihm gemeldet und den Urlaub für meine Aufgabe erhalten..."

Der alte Scheich: „Und welche Orte hast du auf deiner Reise gesehen?"

Der Hauptmann: „Die meisten Deportationslager liegen an den Ufern des Euphratflusses zwischen Deïr es Zor und Meskene. In den drei größten habe ich mich mehrere Tage lang aufgehalten."

Der alte Scheich: „Und kannst du uns einen Bericht darüber geben, was dir begegnet ist?"

Der Hauptmann (streift Lepsius mit einem gequälten Blick): „Es wäre mir viel lieber, dürfte ich vor diesem Fremden hier schweigen..."

Der alte Scheich: „Der Fremde soll verstehen lernen, daß es sich um die Schmach unsrer eigenen Feinde handelt. Rede!"

Der Hauptmann (starrt zu Boden, sucht nach Worten. Er kann das Unbeschreibliche nicht beschreiben. Die blassen abgerissenen Sätze geben den Geruch und die Bilder nicht wieder, deren Ekel ihn würgt):

„Schlachtfelder sind grauenhaft ... Aber das größte Schlachtfeld ist gar nichts gegen Deïr es Zor ... Das kann sich niemand vorstellen ..."

Der alte Scheich: „Und was ist das Schlimmste?"

Der Hauptmann: „Es sind keine Menschen mehr ... Gespenster ... Doch nicht von Menschen ... Gespenster von Affen ... Sie sterben nur langsam, weil sie Gras fressen und hie und da einen Bissen Brot bekommen ... Das Allerschlimmste aber, sie haben keine Kraft mehr, die Zehntausende von Leichen zu begraben ... Deïr es Zor, das ist ein ungeheurer Abort des Todes ..."

Der alte Scheich (nach einer langen Pause): „Und welche Hilfe gibt es für sie?"

Der Hauptmann: „Hilfe? Am wohlsten wäre ihnen, wenn man sie alle an einem einzigen Tag totschlüge ... Ich habe ein Rundschreiben an unsere Brüder gerichtet ... Es ist uns gelungen, mehr als tausend Waisenkinder in türkischen und arabischen Familien unterzubringen ... Aber das bedeutet ja so wenig."

Der Türbedar: „Und was wird die Folge davon sein, daß wir diese Kinder in unseren Familien sorgfältig und liebevoll erziehen? Die Europäer werden eifern, wir hätten sie geraubt, um sie zu schänden und zu mißhandeln."

Der alte Scheich: „Das ist wahr, aber gleichgültig." (Zum Hauptmann:) „Haben diese Armen in dir, dem Türken, nur den Feind gesehen, oder konntest du ihr Vertrauen gewinnen?"

Der Hauptmann: „In ihrem entmenschten Elend wissen sie nicht mehr, wer Freund und Feind ist ... Immer, wenn ich in eines dieser Lager kam, stürzten sich die Horden auf mich ... Es sind meist nur Weiber und Greise, alle beinahe nackt ... Sie brüllten vor Hunger. Die Weiber suchten im Kot meines Pferdes nach unverdauten Haferkörnern ... Später haben sie mich dann mit ihrem Vertrauen fast zerrissen ... Ich bin beladen mit ihren Aufträgen und Bitten, die ich nicht erfüllen

kann ... Hier zum Beispiel dieser Brief ..."
(Er zieht einen schmutzigen Zettel aus der Tasche und zeigt ihn Johannes Lepsius.)
„Ihn hat ein christlicher Geistlicher geschrieben, wie du einer bist. Er saß neben der unbegrabenen Leiche seiner Frau, die schon den dritten Tag dalag. Es war nicht auszuhalten ... Ein ganz kleiner Mann, von dem kaum mehr etwas übrig war. Harutiun Nokhudian heißt er und ist irgendwo an der syrischen Küste zu Hause. Seine Landsleute sind auf einen Berg geflohen. Ich habe ihm versprochen, diesen Brief den Seinigen zukommen zu lassen. Aber wie?"

Johannes Lepsius (spürt, durch die Erzählungen des Hauptmanns im Innersten erstarrt, den Muskelkrampf seiner gekreuzten Beine längst nicht mehr. Er liest auf dem hingehaltenen Zettel nur die großen armenischen Buchstaben der Anschrift: „An den Priester von Yoghonoluk Ter Haigasun"): „Auch diese Bitte wird nicht erfüllt werden wie alle andern."

Agha Rifaat Bereket (hat seinen Bernsteinkranz verschwinden lassen. Die feine Gestalt des Alten von Antakje macht einige wiegende Bewegungen gegen den Scheich hin): „Diese Bitte kann erfüllt werden ... Ich will den Brief des Nokhudian seinen Landsleuten zustellen. In einigen Tagen schon werde ich an der syrischen Küste sein."

Der alte Scheich (wendet sich mit einem kleinen Lächeln zu Lepsius): „Welch ein Beispiel für Gottes Walten! Zwei Brüder, die sich fremd sind, begegnen einander in dieser großen Stadt, damit der Wunsch eines Unglücklichen erfüllt werden kann ... Nun aber wirst auch du uns besser erkennen. Sieh meinen Freund, den Agha aus Antakje! Er ist kein Mann mehr im kräftigen Alter wie du, er trägt seine siebzig Jahre schon. Und doch reist er und arbeitet seit vielen Monaten für die Ermeni millet, er, ein guter Türke. Um ihretwillen hat er sogar den Sultan und den Scheikh ül Islam aufgesucht."

Agha Rifaat Bereket: „Der Leiter meines Herzens kennt meine Absichten. Leider aber sind die anderen sehr stark und wir sehr schwach."

Der alte Scheich: „Wir sind schwach, weil die Knechte Europas unserem Volk die Religion rauben. Es ist so, wie es der Türbedar mit bösen Worten gesagt hat. Nun weißt du die Wahrheit! Die Schwachen aber sind nicht feige. Ich kann nicht

597

beurteilen, ob dir deine Wirksamkeit für die Armenier Gefahren bringt. Dem Agha und dem Hauptmann kann sie höchst gefährlich werden. Wenn ein Verräter oder Spitzel der Regierung sie angibt, verschwinden sie für immer im Gefängnis."

Johannes Lepsius (beugt sich über die Hand Scheich Achmeds. Es wird aber kein Kuß daraus, da der Pastor seine Scham und Verschlossenheit nicht überwinden kann): „Ich segne diese Stunde und ich segne euren Bruder Nezimi, der mich hierhergeführt hat. Keine Hoffnung hatte ich mehr. Jetzt aber hoffe ich wieder, daß man trotz aller Transportlager einen Teil des Armenierstammes mit eurer Hilfe wird erhalten können."

Der alte Scheich: „Das steht allein bei Gott ... Verabrede dich mit dem Agha!"

Johannes Lepsius: „Gibt es eine Möglichkeit, die Männer vom Musa Dagh zu retten?"

Der Türbedar (gerät wieder in Zorn, da dieses Mitgefühl mit Empörern für sein osmanisches Herz zu weit geht): „Der Prophet sagt: Wer zugunsten eines Verräters beim Richter einschreitet, ist selbst Verräter. Denn wissentlich oder unwissentlich fördert er die Unruhe."

Der alte Scheich (die nüchterne Überlegenheit seines Wesens weicht zum erstenmal von ihm. Er starrt in die Ferne und seine Worte klingen unentwirrbar zweideutig): „Vielleicht sind die Verlorenen schon in Sicherheit und vielleicht sind die Sicheren schon verloren."

Ein Diener des Scheichs und der dicke Pförtner mit den milden Augen bringen Kaffee und Lokum, türkisches Zuckerwerk. Scheich Achmed reicht seinem Gast eigenhändig die Tasse. Ehe er sich verabschiedet, will Johannes Lepsius noch einmal das Gespräch auf die armenische Sache bringen. Es gelingt ihm aber nicht. Der alte Scheich lehnt jedes weitere Wort darüber kühl ab. Der Agha Rifaat Bereket hingegen verspricht dem Pastor, ihn noch an demselben Abend im Hotel aufzusuchen, da er schon sechsunddreißig Stunden später verreisen müsse.

Doktor Nezimi Bey verläßt den Pastor beim Seraskeriat. Die beiden Männer haben den langen Weg fast schweigend zurückgelegt. Der Türke glaubt, der Pastor sei mit seinen Eindrücken so leidenschaftlich beschäftigt, daß er kein Wort findet. Das stimmt auch, doch in anderem Sinn. Der Kopf dieses Beses-

598

senen ist zum Platzen voll von neuen Ideen. Er denkt nicht
an die geheimnisvolle neue Welt, in der er einige Stunden
verbracht hat, sondern nur an „Die Bresche ins Innere", die
sich durch einen wundersamen Zufall plötzlich aufgetan hat.
Immer wieder drückt er Nezimi stumm die Hand zum Danke.
Doch die Worte, die jener jetzt spricht, vernimmt er nur
ungenau. Er möge, so fordert ihn der Türke auf, in den
nächsten Tagen die kleinen Begebenheiten seines Lebens wohl
beachten. Wen Scheich Achmed der Herzprobe gewürdigt
habe, dem begegneten mitunter Ereignisse, die ihre Bedeutung
hätten, wenn man sie zu erfassen verstünde. Allein geblieben,
blickt Johannes Lepsius zu den Fenstern von Envers Hochsitz
empor. Sie brennen in der Nachmittagssonne. Er wirft sich in
eine Droschke: „Zum armenischen Patriarchat!" Alle Konfidenten der Welt sind ihm jetzt gleichgültig. Er bedrängt mit
seinem Ungestüm den erloschenen Erzpriester. Der Gedanke
des Monsignore Sawen lasse sich unglaublicherweise verwirklichen. Alttürkische Kreise helfen den Armeniern, ohne
daß man es bisher gewußt habe. Die beste Klasse des Volkes
sei in unauslöschlichem Haß gegen die atheistischen Führer
entbrannt. Man müsse dieses Feuer für die eigene Sache benützen ... Monsignore Sawen greift sich mit beschwörender
Geste an den Mund. Nicht so laut, bei Christi Barmherzigkeit!
Der rasche Geist des Pastors entwickelt einen großzügigen
Organisationsplan. Das Patriarchat soll sich heimlich mit den
großen Derwisch-Orden in Verbindung setzen und so den
Grund zu einem weitverzweigten Hilfswerk legen, das zum
entscheidenden Rettungswerk anwachsen müsse. Durch einen
starken Impuls würde die religiöse Schicht der Türken in ihrem
Kampf gestärkt werden und ein mächtiger Widerstand gegen
Enver und Talaat im Volke sich bilden. Monsignore Sawen ist
weit weniger optimistisch als Johannes Lepsius. Ihm sind diese
Dinge nicht unbekannt. Er flüstert mit kaum hörbarer
Stimme. Nicht alle Derwisch-Orden glichen dem erwähnten.
Die größten und einflußreichsten zumal, Mewlewi und Rufai,
seien blinde Armenierhasser. Sie verfluchten zwar Enver,
Talaat und alle andern Größen des Komitees, fänden aber die
Ausrottung völlig in Ordnung. Johannes Lepsius läßt sich
seine Zuversicht nicht rauben. Man müsse die Hände ergreifen,
die sich bieten. Er schlägt dem Patriarchen eine verborgene
Zusammenkunft mit Scheich Achmed vor, die Nezimi Bey

599

vermitteln soll. Monsignore Sawen ist über all diese Kühnheiten so entsetzt, daß er froh zu sein scheint, als der temperamentvolle Pastor sein Zimmer verläßt.

Lepsius entlohnt die Araba am jenseitigen Brückenende. Er will die kurze Strecke bis zum Tokatlyan zu Fuß gehen. Seit Monaten einer unausdenklichen Depression fühlt er sich jetzt so wundervoll erhoben, als dürfte er auf einen großen Erfolg zurückblicken. Dabei hat er gar nichts Wirkliches erreicht, sondern nur einen schwachen Lichtspalt erblickt. Er geht in Gedanken die Grande rue Pera immer weiter und an seinem Hotel vorbei. Ein herrlich kühler Abend ist herabgesunken. Der Himmel schimmert hellgrün über den Baumspitzen einer parkartigen Alleestraße. Das ist eine ausnehmend feine Stadtgegend. Gesandtschaftsviertel, denkt Lepsius, und kehrt langsam um. Sogar Bogenlampen gibt es hier, die zögernd aufstrahlen. Ein Auto kommt ihm in gemächlicher Fahrt entgegen. Das Innere des Wagens ist beleuchtet. Ein Offizier sitzt neben einem dicken Zivilisten, in lebhaftem Gespräch begriffen. Johannes Lepsius fühlt plötzlich den Geschmack eines leisen Schrecks auf der Zunge. Er hat Enver Pascha erkannt. Die blitzende Jugendgestalt, das frische Gesicht mit den langen Mädchenwimpern. Und der Nachbar mit dem schiefgedrückten Fez und der weißen Weste ist ohne Zweifel Talaat Bey, wie man ihn auf vielen Bildern sehen kann. Nun ist er dem großen Feinde doch wieder begegnet. Im stillen hat er es sonderbarerweise immer gewünscht. Gebannt rührt er sich nicht von seinem Fleck und sieht dem Auto nach. Es hat sich noch keine hundert Meter entfernt, als zwei Schüsse kurz hintereinander fallen. Die Bremse zieht kreischend an. Aus dem Dunkel springen undeutliche Gestalten hervor. Scharfe Stimmen fahren aufeinander los. Wird um Hilfe gerufen? Der Pastor spürt, wie seine Glieder eiskalt werden. Ein Attentat!? Hat Enver und Talaat das Schicksal erreicht? Und er sollte Zeuge sein? Es zieht ihn unwiderstehlich zu der Unheilstelle. Er möchte nichts sehen, aber er kann nicht anders. Nur zaghaft kommt er der schreienden Gruppe näher. Jemand hat ein grelles Karbidlicht angezündet, um das sich die Gaffer drängen, laut ihre Ratschläge erteilend. Der Chauffeur arbeitet ächzend und fluchend unter dem Wagen. Enver Pascha aber und Talaat Bey stehen friedlich nebeneinander und rauchen ihre Zigarette. Das Auto ist mit den Vorderreifen auf ein scharfkantiges Hindernis aufgefahren, die Reifen sind geplatzt und die Maschine hat Schaden genommen. Das Lächerlichste aber, weder ist Enver Enver noch Talaat Talaat. Der eine hat sich in einen ganz gleichgültigen Offizier verwandelt, der andre in einen noch gleichgültigeren Kaufmann oder Beamten. Nur die weiße Weste ist Wirklichkeit. Lepsius ärgert sich über seine aufgewühlte Phantasie, die solchen Spuk erzeugt. Ich bin ja ganz verrückt, brummt er.

Als aber eine Stunde später Rifaat Bereket bei ihm im Zimmer sitzt, hat er den Vorfall mit dem Auto schon vergessen. Der Agha mit seinem Turban und seinem langen blauen Mantel paßt nicht gut in solch ein europäisches Hotelzimmer. Er paßt nicht auf einen harten Holzstuhl und unter das kalte Licht der Glühbirnen. Lepsius erkennt, daß dieser alte Mann, der Kalif des Scheichs der Herzensdiebe in Syrien, ein großes Opfer bringt. Er bittet ihn, fünfhundert Pfund von den deutschen Hilfsgeldern entgegenzunehmen und sie womöglich für die Männer vom Musa Dagh zu verwenden. Der Pastor geht nicht, wie vielleicht mancher annehmen könnte, leichtsinnig vor. In diesen kleinen leuchtenden Händen, das sieht er, ist dieses Geld sicherer und zukunftsreicher aufgehoben als bei den ohnmächtigen Konsulaten und Missionen. Vielleicht kann es das erstemal seiner Bestimmung voll zugeführt werden. Rifaat Bereket füllt mit der umständlichsten Schriftmalerei der Welt einen großen Bogen als Empfangsbestätigung aus. Er überreicht ihn feierlich dem Deutschen:

„Ich werde dir in einem Brief genauen Bericht über meine Einkäufe geben."

„Und wenn es dir nicht gelingt, die Waren auf den Berg zu bringen?"

„Ich bin mit guten Papieren ausgerüstet ... Fürchte nichts! Was zurückbleibt, werde ich in anderen Transportlagern aufteilen. Auch darüber wirst du Bestätigungen erhalten."

Johannes Lepsius bittet den Agha zuletzt, seine Briefe an Nezimi Bey zu richten. Dies sei sicherer. Er möge um Allahs Barmherzigkeit willen dafür sorgen, daß dieser neue Weg offenbleibe.

Ich bin vielleicht nicht vergebens nach Stambul gekommen, weiß Johannes Lepsius, als er den Agha auf die Straße geleitet hat und in sein Zimmer zurückkehrt. Irgend etwas ist in dem kleinen Raum von dem frommen Gaste übriggeblieben, eine tiefere Ruhe als vorher. Im Bewußtsein, daß sein Werk heute einen großen Fortschritt gemacht hat, legt sich der Pastor zu Bett. Jetzt aber beginnen die Gestalten aus dem Tekkeh mächtig zu werden und bedrängen ihn mit ihren Augen und Gesichtern, mit ihren Worten und Gebärden. Er hat es vorher gar nicht so deutlich gewußt, wie überlebensgroß diese Persönlichkeiten waren, denen er heute begegnen durfte: Scheich Achmed, sein Sohn, der Türbedar. Er verliert sich in lange Disputationen mit ihnen, die ihm endlich den Schlaf bringen. Doch der Schlaf dauert nicht lange. Mitten in der Nacht weckt ihn ein dumpfes Dröhnen. Die Fensterscheiben klirren so eigenartig. Lepsius kennt dieses Klirren. Die Schiffsgeschütze der englisch-französischen Flotte hämmern um Einlaß. Er setzt sich im Bett auf. Seine Hand tastet nach dem Lichtschalter. Sie findet ihn nicht. Es ist wie ein schrecklicher Stich im Herzen. Hat Nezimi nicht von ihm gefordert, er solle seine kleinen Erlebnisse genau beobachten? Sie könnten eine besondere Bedeutung haben. Das Attentat auf Enver und Talaat! Es war keine leere Täuschung, sondern ein Gesicht, das mit Scheich Achmeds Kraft zusammenhing. Johannes Lepsius möchte seine Augen vor dem gottverboten starrenden Abgrund schließen, der vor ihm klafft. Tiefe Furcht erfüllt seinen Geist. Hat er einen Blick in die Zukunft getan oder ist er nur einem dunklen mörderischen Wunschgedanken erlegen? Das Geschützfeuer murrt. Die Scheiben klirren. Unsinn, Unsinn, will er sich einreden. Doch seine fiebernde Seele ahnt, daß der Herr im Himmel die Gerechtigkeit wiederhergestellt hat, noch ehe sie gebrochen war.

Zweites Kapitel

Stephans Aufbruch und Heimkehr

Die Abfertigung Haiks und der Schwimmer spielte sich unter Teilnahme des ganzen Volkes ab, das sich bei Anbruch der Dämmerung im Bereich des Nordsattels versammelte. Es galt ja nicht nur Abschied zu nehmen von drei kühnen Armeniersöhnen, die um der Gemeinschaft willen mit großer Wahrscheinlichkeit in den Tod gingen; es galt nicht nur jene

Familien, welche diese blühenden Söhne verloren, durch Zuspruch und Trost zu stützen; mehr als diese Gründe vereinte die Belagerten ein sehnsüchtiges Gefühl. Drei Hoffnungstauben flogen aus und sie nahmen von jedem Herzen ein Stück der Gefangenschaft mit. Man hatte von Stund an irgend etwas zu erwarten und mochte es nur das Warten selbst sein. In dieser Stunde milderte sich der Druck, der auf dem Volke des Musa Dagh lag. Auch die grimmigen Matronen gedachten kaum mehr des Hauses Bagradian und seiner Schande, jenes peinlichen Geschehnisses, das knapp vorher zu einem kleinen Aufruhr der Tugendhaften geführt hatte. Vom Hause Bagradian war freilich niemand anwesend, nicht einmal der gute Awakian zeigte sich, diese gründliche und skrupelhafte Seele, die den Patron sonst immer vertrat. Es geschah zum erstenmal, daß Gabriel Bagradian bei einem so denkwürdigen Anlaß unter der Führerschar fehlte. Niemand aber schien den Feldherrn und Sieger der drei großen Türkenschlachten zu vermissen, ihn, dem das Volk der sieben Dörfer es einzig und allein zu verdanken hatte, wenn ihm noch ein paar tausend Atemzüge vergönnt waren. Ter Haigasun aber und der Führerrat begrüßten es stumm, daß der Mann, dem solche öffentliche Schande widerfahren war, ihnen die Verlegenheit ersparte, über das Geschehene hinwegzusehen. Morgen oder übermorgen würde sich alles wieder verändern und der allgemeine Unmut der Gleichgültigkeit gewichen sein. Wenn es sich logisch auch nicht begründen läßt, seit einigen Stunden war durch der Französin Schuld auch Gabriel und alles, was zu ihm gehörte, zum beargwöhnten Fremden und Eindringling geworden.

Am schwersten aber war Stephan getroffen. Welch ein Sturz an einem einzigen Tag! Mit dem Durchfall bei der freiwilligen Meldung hatte es begonnen. Er, der Eroberer der Haubitzen, war nicht als würdig befunden worden, Haik zu begleiten. Doch nicht genug damit! Papa hatte ihn mit höhnischen Worten mißhandelt und angesichts Iskuhis, angesichts der kaum zu ihm bekehrten Kameraden zu einem Weichling erniedrigt. Es ist sehr begreiflich, daß der ehrsüchtige und in seiner Ehre verwundete Junge aus den harten Worten des Vaters nicht die verborgene Angst heraushörte, sondern nur Mißachtung und Haß. Dieser Vater hatte damit den andern selbst das Signal gegeben, Stephan von seinem hitzig ver-

teidigten Rang hinabzuschleudern, und die Horde war der
Aufforderung unverzüglich nachgekommen. Selbst dem ein-
beinigen Hagop war das boshafte Hohngelächter nicht in der
Kehle steckengeblieben, als der Geschlagene den Ort seiner
Niederlage verlassen mußte. Und doch, vielleicht wäre noch
alles gut geworden, wenn Mama nicht am Nachmittag das
grausame Werk des Vaters vollendet hätte. Trotz der gemeinen
Worte, deren Bedeutung Stephan nur halb und halb verstand,
besaß er keine rechte Vorstellung für jenes folgenschwere
Ereignis, oder besser, seine Vorstellungen verwirrten sich zu
einem unerträglichen Krampf, wenn sie in die Nähe der
Wahrheit kamen. Dann preßte er beide Fäuste wie ein Läufer
fest vor die Brust, staunend, daß ein einziger Brustkasten
soviel brennenden Jammer umspannen könne. Alle Ehrsucht
und Eitelkeit schwieg. Nur dieser Jammer war da. Stephan
hatte sich mit dem Vater überworfen. Er hatte die Mutter
verloren, auf dunkle Art, quälender als durch den Tod. Im
Laufe der Stunden wurde es ihm immer klarer, daß er weder
zu dem einen noch zu dem andern zurückkehren dürfe. Sonderbarerweise empfand er seine Eltern bereits getrennt und als
Feinde. Deshalb schon durfte er nicht zurückkehren, wenn
auch alles Kindliche in ihm sehnsüchtig danach verlangte. Ehe
sein großer Entschluß noch zustande gekommen war, hatte er
sich vorgenommen, den Dreizeltplatz zu meiden. Es war doch
ganz und gar unmöglich, Monsieur Gonzague wieder zu begegnen und mit ihm die Schlafstätte zu teilen. Auch Gonzague
bedeutete übrigens einen dicken Faden in dem Geflecht des
Schmerzes. Er hatte, Stephan für voll und gleichberechtigt
nehmend, seine Freundschaft gewonnen. Und nun war er in
den Augen des Knaben als eine Art gemeiner Verbrecher
entlarvt. Gegen Abend hatte sich Stephan, um alle Probleme
mit einem Schlag zu lösen, in das Scheichzelt geschlichen und
hastig das Notwendigste in seinen Schweizer Rucksack ge-
stopft. Was auch geschehen mochte, er war nicht mehr gesonnen, an Mamas Tisch zu essen und in seinem Bett zu
schlafen. Er wollte für sich allein leben, abseits von allen
Menschen, wie, das wußte er freilich noch nicht. Später stand
er dann ein paar Minuten lang vor Juliettens Zelt, dessen
Vorhangtür von innen fest verschnürt war. Kein Wort, kein
Laut drang aus dem Raum. Nur der schwache Schein der
Petroleumlampe schimmerte hindurch. Schon zuckte seine

Hand nach dem Schlegel des 'kleinen Gongs, der über dem Eingang hing. Doch er überwand die Schwäche und trollte sich mit seinem Rucksack davon, das Weinen nicht mehr verbeißend. Auf dem Nordsattel geriet er in das feierliche Treiben, das dem Abschied Haiks und der Schwimmer galt. Niemand sprach mit ihm, dem gestürzten Helden. Die Leute sahen ihn so merkwürdig an und wandten die Köpfe weg. Öfters spürte er hinter sich ein Gelächter, das ihm durch Mark und Bein ging. Als er der Haik-Bande ansichtig wurde, machte er einen großen Umweg. Nun war er der Ausgestoßene. Sato aber, aufgeblasen und dick von ihrem Triumph, schien noch immer inmitten der Horde lüsterne Erfahrungen zum besten zu geben. Stephan legte sich schließlich hinter eine der Verteidigungsfallen, wo er ungeschoren blieb und alles in Ruhe betrachten konnte.

Zuerst wurden die beiden Schwimmer mit Segenswünschen entlassen. Da sie Protestanten waren, hielt Aram Tomasian eine kurze Ansprache, Ter Haigasun aber machte das Kreuzzeichen über die Stirn der Jünglinge. Danach begleiteten der Priester und der Pastor die Schwimmer über den ersten Graben und die Sattelkerbung hinaus bis zu dem Punkt, wo die buschreiche Berglehne gegen Norden ansteigt. Verwehte Wolken des entfernten Waldbrandes schoben hier ihr dünnes Medium vor, das wie sonderbare Lauge das metallische Mondlicht in zittrige Schwaden zerlegte. Es sah wirklich so aus, als schickten sich die Schwimmer und ihre Begleiter in ein lichtgetränktes, aber unwiderrufliches Jenseits. Die Menge wollte nachströmen. Bewaffnete jedoch bildeten eine Kette, die nur die Angehörigen und Verwandten durchließ. Dies hatte Pastor Aram zu dem Zwecke angeordnet, damit der letzte Abschied nicht durch Unberufene gestört werde. Den Anfang machten die entfernteren Sippenglieder und die Taufpaten. Jeder von ihnen gab den jungen Leuten irgendein kleines Geschenk mit auf den Weg, einen Rest Tabak, ein kostbares Stückchen Zucker oder auch nur ein Heiligenbild oder Amulett. Die Geistlichen sorgten dafür, daß dieser Vorgang nicht in die Länge gezogen werde, und kaum hatten die Verwandten ihre Gabe dargebracht, mußten sie sogleich mit Ter Haigasun und Tomasian den Ort verlassen. Nur die Allernächsten blieben dann noch eine Weile bei den Schwimmern zurück. Eine kurze erstickte Umarmung! Einen Kuß auf die Vaterhand gedrückt!

Ein schluchzendes Rückenkehren der Mutter. Ein halberfrorener Wink. Dann gingen auch die Eltern.

Dies und auch was jetzt geschah, erfüllte das Herz des vereinsamten Stephan mit bittersüßer Traurigkeit. Noch immer waren die Schwimmer nicht allein. Plötzlich standen zwei Mädchen neben ihnen. Sie glichen den Jünglingen wie Schwestern. Wahrscheinlich aber waren sie ihre Verlobten oder auch nur zarte Bekanntschaften. Der todesträchtige Anlaß hob den strengen Brauch auf, der es einer Braut verbot, mit ihrem Bräutigam allein zu bleiben. Die beiden Paare lösten sich voneinander und begannen, offensichtlich schweigend, die Höhe hinanzuwandern. Die Mädchen bekannten sich damit öffentlich zu ihrer Liebe, die menschlicher Voraussicht nach niemals ihre Erfüllung finden konnte. Auch die Menge schwieg, trotz aller Not durch den Anblick dieser jungen Menschen bewegt, die Hand in Hand in der unbestimmten und lichtdurchwirkten Rauchwehe verschwanden. Es dauerte aber nicht sehr lange und die Mädchen kehrten zurück, langsam die Lehne wieder hinabsteigend, jedes für sich.

Indessen hatte Ter Haigasun auch zu dem Aleppo-Läufer einige mahnende Worte gesprochen und ihn gesegnet und bekreuzigt. Der Abschied von dem Knaben spielte sich viel rascher und kühler ab. Witwe Schuschik, die Zugewanderte, besaß hierzulande weder eine Sippe noch auch hatte sie sich einen einzigen Freund geworben. Die Leute mieden bekanntlich das Häuschen der kaukasischen Riesin, das auf dem Wege zwischen Yoghonoluk und Azir lag. Obgleich ihr niemand etwas Böses nachsagen konnte, hatte sie doch einen unangenehmen Ruf als weiblicher Grobian und überhaupt als eine, die nicht dazugehörte. In dieser Hinsicht bleibt sich die eingeborene Gesellschaft der ganzen Welt gleich. Zugewanderte sind immer verdächtig. Auch hatte Witwe Schuschik bisher keinerlei Annäherungsversuche an die Menschheit des armenischen Tales unternommen, sondern mit ihren großen Arbeiterhänden immer einsam gewirtschaftet. Die Folge war, daß nur Ter Haigasun und Pastor Aram sie begleiteten, als sie ihr ein und alles dahingab, ihren Haik.

In Stellvertretung des Vaters umarmte und segnete Ter Haigasun den Jungen und empfing von ihm den Sohnes-Handkuß. Er und Aram Tomasian beschenkten den Läufer auch mit einer Geldsumme, damit er sich unter Umständen vom Tode loskaufen könne. Dann ließen sie Mutter und Sohn allein. Witwe Schuschik aber streichelte mit ihren schweren Händen nur flüchtig verlegen Haiks Kopf und folgte unverzüglich den Priestern. Stephan aber bemerkte, daß sie sich nicht unter das Volk mischte, das schon in breiten Haufen nach Hause strömte, sondern mit unentschlossenem Schritt auf die Felsbarrikaden zuging.

Es war das erstemal, daß Gabriel Bagradian eine ganze Nacht nicht unter den Verteidigern der Nordstellung verbrachte. Der Führerrat hatte für diese Nacht Tschausch Nurhan Elleon mit dem Oberbefehl betraut. Ein türkischer Angriff lag glücklicherweise so gut wie außerhalb aller Möglichkeiten. Die Truppen hatten zwar das Quartier in den Ortschaften noch nicht verlassen. Da aber der verwundete Jüsbaschi von seinem Krankenbett in der Villa Bagradian keine neuen Befehle erließ, so benützte der Rest der aufgeriebenen Kompanien diese Tage zur müßigen Erholung. Die Beobachter meldeten keinerlei bedrohliche Bewegung, sondern nur friedliches Soldatenleben auf den Dorfwegen zwischen Wakef und Kebussije. Die Zehnerschaften und das Lagervolk waren sicherer denn je. Die brennende Brustseite des Damlajik beschützte sie. Manchmal wetterleuchtete und blitzte es von der großen Lohe taghell herüber. Dann hatte es den Anschein, als wolle sich der Brand bis hierher zum Nordsattel ausbreiten. In Wirklichkeit aber war er schon längst auf einen unüberwindlichen Damm gestoßen, auf die vorspringende Felsnase oberhalb von Bitias mit ihren beiden Geröllbändern. Das Gefühl ungefährdeter Sicherheit beherrschte nicht nur die Besatzung, sondern auch Nurhan, der mit einigen älteren Leuten Karten spielte. Alles ließ sich gehen. Es roch fast nach der Deserteurwirtschaft auf der Südbastion. Jeden Augenblick verließ eine der Wachen den Posten, um sich an der Unterhaltung der Kameraden zu beteiligen. Der Befehlshaber, mit dem sich sonst doch nicht spaßen ließ, duldete es sogar, daß die Kämpfer eines der strengsten Verbote überschritten und mehrere Reisigfeuer anzündeten. Sichtbar fehlte Bagradians Person, jene Mischung aus geistigem Vorrang, Unnahbarkeit und verständnisvoller Milde, die überall Plan und Ordnung schuf. Der Unterschied war eben der, daß man sich in Gabriels Gegenwart nicht gehenließ.

Der Stimmenlärm und die frisch entzündeten Reisigfeuer

ermöglichten es Stephan, die jenseitige Berglehne rasch zu erklimmen, ohne gesehen und angerufen zu werden. Er wollte sich beeilen, denn Haik hatte gewiß schon einen weiten Vorsprung gewonnen. Der Bagradiansohn lief, so schnell er konnte. Der Rucksack, den er geschultert hatte, war nicht gerade schwer: fünf Sardinenbüchsen, einige Tafeln Schokolade, ein paar Biskuits, ein wenig Wäsche. Die von Papa im Zelt vergessene Thermosflasche hatte er sich von Kristaphor mit Wein füllen lassen. Dies und noch eine Decke waren die ganze Ausrüstung, wenn man von dem Kodakapparat absieht. Von diesem Weihnachtsgeschenk das letzten Pariser Jahres konnte sich Stephan nicht trennen, obgleich er keine Filmrolle mehr besaß. Es war die reinste Kinderei. Hingegen hatte er die Absicht, ein Gewehr von den Pyramiden zu rauben, wieder aufgegeben, da auch Haik keine Waffe bei sich trug. In wenigen Minuten war die Gegenhöhe des Sattels erreicht. Vor dem Knaben erstreckte sich die lange breite Lichtung, über die — oh, wie lange war jene Nacht schon dahin — die türkischen Haubitzen mit wildem Getümmel und Gerassel auf den Damlajik geschleppt worden waren. Er setzte schon zum Laufen an, um in der langen Rinne Haik einzuholen, ehe dieser im Weglosen verschwunden sein mochte. Angst packte ihn, ob es überhaupt noch möglich sei, den Boten zu erreichen. Doch Stephan hatte den ersten Sprung noch nicht getan, als ihn, keine zehn Schritte entfernt, ein starres Bild bannte und hinter den nächsten Busch zwang.

Steif im abnehmenden Mond, der durch keine Rauchwehe mehr zerlöst war, saß die Witwe Schuschik aufrecht. Die langen Beine der Kaukasierin in den ausgebreiteten Röcken bedeckten mitsamt ihrem mondgroßen Schatten ein gutes Erdstück des Musa Dagh. Haik aber, der Sohn, selbst knochig und groß, hatte sich in die Mutter eingewühlt wie ein Säugling. Er saß ihr halb und halb auf dem Schoß und hielt den Kopf an ihre Brust gepreßt. In dem marmornen Licht hätte man glauben können, die Frau habe ihre Brüste entblößt, um dieses schon erwachsene Kind noch einmal von ihrem Blute trinken zu lassen. Haik, der kalte, höhnische Armenierjunge, schien in der Mutter ganz und gar verschwinden zu wollen. Sein Atem ging kurz und schluchzend. Hier und da entrangen sich auch dem Munde der Riesin gestockte Jammerlaute, wenn sie den Körper dieses hingeopferten Kindes abtastete. Stephan stand ganz umpanzert von Schmerzlichkeit in seinem Versteck. Er schämte sich seiner Zeugenschaft und konnte doch nicht genug davon bekommen. Als Haik aber plötzlich aufsprang und der Mutter hochhalf, da ging es Stephan wie ein Schnitt durch den eigenen Körper. Der Sohn der Witwe Schuschik sagte noch ein paar trocken mahnende Worte und zum Schluß nur mehr: „Jetzt aber geh!"

Die ungeschlachte Schuschik gehorchte sofort, ohne sich und den Jungen noch einmal der Qual der Umarmung zu unterwerfen. Mit unbeholfener Eile schritt sie dahin, um nur rasch ein Ende zu machen. Haik sah ihr regungslos nach. Wenn sie sich umwandte, verzerrte er sein Gesicht, erhob aber die Hand nicht zum Wink. Als Schuschiks großer Schatten verschwunden war, seufzte er glücklich auf und machte sich langsam auf den Weg. Stephan wartete an seinem Ort, um Haik einen kleinen Vorsprung zu lassen. Der Gefährte sollte den Abschied vergessen haben, ehe er zu ihm stieß. Doch der junge Bagradian hatte nicht mit Hagop gerechnet. Der blondhaarige Krüppel, der „Bücherleser", ein feiner Junge, war den ganzen Tag lang seine Gewissensbisse Stephans wegen nicht losgeworden. Auch er hatte seinen Freund verhöhnt. (Die Niedrigen, die Verfemten, zu denen auch die Krüppel gehören, können sich nur selten des schadenfrohen Triumphes erwehren, wenn ein Wohlgeborener, und sei es auch ihr Freund, zu ihnen hinabgestoßen wird.) Hagop hatte es zwar versucht, seinen Verrat bei der Verfolgung Stephans durch die Horde wiedergutzumachen. Dies aber genügte nicht mehr. Mehr noch als das Schuldgefühl erfüllten Hagop schwere Sorgen. Er ahnte alles voraus. Mit seiner wilden Gelenkigkeit die Stadtmulde und alle Versammlungsplätze der Jugend um und um hüpfend, hatte er Stephan schon seit Stunden gesucht. Nicht einmal vor dem frechen Wagnis war er zurückgeschreckt, durch einen winzigen Vorhangspalt in Juliette Hanums Zelt zu spähen. Nun bekam er auch dieses seltsam erregende Bild nicht aus dem Kopf: die große weiße Frau aufs Bett gestreckt wie eine Tote und der oberste Befehlshaber, sie bestarrend, als träume er im Stehen. Als aber der Einbeinige dann bei der feierlichen Abfertigung der Boten den Bagradiansohn mit dem Rucksack in seinem Versteck aufgespürt hatte, da wurde die Ahnung zur Gewißheit. Nun klammerte er sich, keuchend vor Anstrengung, an Stephan:

„Du darfst das nicht tun! Nein! Du mußt hierbleiben!"

Stephan warf Hagop mit einem rohen Stoß zu Boden:

„Du bist ein schmutziger Hund! Mit dir habe ich nichts zu schaffen."

Gabriels Sohn gehörte nicht zu jenen, welche schnell verzeihen. Hagop aber packte seine Beine:

„Du gehst nicht! Ich dulde es nicht. Du bleibst hier!"

„Laß mich los, sonst bekommst du einen Tritt ins Gesicht."

Der Krüppel zog sich an Stephan hinauf und zischte verzweifelt:

„Du mußt ja bleiben! Deine Mutter ist krank. Du weißt es noch nicht..."

Auch dies verfing nicht. Stephan stutzte zwar einen Augenblick. Dann aber verzog er den Mund:

„Ich kann ihr nicht helfen..."

Hagop hüpfte zwei Schritte zurück:

„Weiß du, daß du nie mehr hierher zurückkommen wirst, daß du sie nie mehr sehen wirst..."

Stephan starrte eine Weile auf die Erde, dann aber wandte er sich und begann Haik nachzulaufen.

Hagop ächzte hinter ihm her:

„Ich werde schreien ... Ich werde alle wecken ... Sie sollen dich einsperren ... Ah, ah, ich schreie..."

Und er fing wirklich zu schreien an. Doch seine dünne Stimme reichte nur so weit, um Haik festzuhalten, der noch keine hundert Meter von der Stelle entfernt war. Der Läufer von Aleppo drehte sich um und blieb stehen. Stephan sprang ihm entgegen, Hagop ihm nach, kaum eine Handbreit hinter dem Gesunden zurückbleibend. Damit ihm Hagops Stimme nicht in die Quere komme, rief Stephan noch im Lauf:

„Haik, ich gehe mit dir..."

Der Bote des Volkes ließ die beiden erst ganz nahe kommen. Dann maß er Stephan mit seinen ernsten Augen zwischen halbverkniffenen Lidern:

„Warum haltet ihr mich auf? Es ist schade um jede Minute."

Stephan ballte entschlossen die Fäuste:

„Ich werde mit dir nach Aleppo gehn!"

Haik hatte sich einen Stock zurechtgeschnitten. Den hielt er nun wie eine Waffe ausgestreckt, als wollte er verhindern, daß ihm ein Unbefugter zu nahe komme:

„Der Führerrat hat mich beauftragt, und Ter Haigasun hat mich gesegnet. Du bist nicht beauftragt und gesegnet…"
Hagop, den die Gegenwart Haiks stets kleinlaut und etwas liebedienerisch machte, wiederholte mit spitzem Eifer:
„Du bist nicht beauftragt und gesegnet. Dir ist es verboten!"
Stephan ergriff das Ende von Haiks Stock und preßte es wie eine Hand:
„Es ist Platz genug für dich und mich."
„Es geht hier nicht um mich und dich, sondern um den Brief, den ich dem Konsul Jackson überbringen muß."
Stephan griff triumphierend in die Tasche:
„Ich habe den Brief an den Konsul Jackson abgeschrieben. Zwei sind besser als einer."
Haik stieß den Stock fest auf die Erde, um dem Gespräch ein Ende zu machen:
„Du willst wieder einmal gescheiter sein als alle."
Hagop deklamierte auch diesen Satz getreulich nach. Stephan aber wich um keine Haaresbreite:
„Tu, was du willst! Platz ist genug. Du kannst es nicht verhindern, daß ich nach Aleppo gehe."
„Du aber kannst es dadurch verhindern, daß der Brief in Aleppo ankommt."
„Ich laufe nicht schlechter als du!"
Haiks Stimme nahm den hochfahrenden Ausdruck an, der Stephan so oft schon aus der Fassung gebracht hatte:
„Also wieder nur Wichtigmacherei!?"
Nach all den schrecklichen Wunden, die ihm dieser Tag zugefügt hatte, war das zuviel für Stephan. Er setzte sich auf die Erde und bedeckte sein Gesicht. Haik aber ließ seiner Verachtung freien Lauf:
„Der will bis nach Aleppo kommen und wird jetzt schon schlapp."
Der Bagradiansohn schluchzte vor sich hin:
„Ich kann nicht zurück … Jesus Christus … Ich … kann … nicht … zurück …"
Vielleicht reimte sich Haik jetzt zusammen, was in Stephan vorging. Vielleicht dachte er an Schuschik, seine Mutter. Vielleicht kam ihm sogar der Wunsch, auf seinem Botenwege nicht ganz allein und verlassen zu sein. Wer kann es wissen? Jedenfalls war seine Art bedeutend umgänglicher geworden,

als er auf Stephans eigene Worte hinwies:

„Du hast recht, Platz ist genug. Niemand kann dich hindern..."

Hagop aber raffte sich zu einem verzweifelten Einspruch auf:

„Was? Ich kann ihn nicht hindern? Christus Erlöser! Ich werde ihn anzeigen!"

Nichts anderes als dieses dumme Wort „anzeigen" brachte die Entscheidung, denn es erregte einen Wutausbruch Haiks. So ernst und groß er auch war, seine Seele beherbergte noch immer die Grundgesetze der Schulbubenmoral, die auf der ganzen Welt gleich sind. Angeberei und Verrat, zu welchem Zweck auch immer verübt, gelten in diesem Gesetz als unsühnbare Verbrechen. Mit der aufrichtigsten Herzlosigkeit fuhr Haik den Krüppel an:

„Anzeigen?! Zeig du nur an! Aber vorher werde ich dir dein einziges Bein hier so auseinanderschlagen, daß du nicht einmal mehr nach Hause kriechen kannst."

Hagop floh entsetzt ein gutes Stück zurück. Er kannte Haik, der seine Drohungen mit starken Fäusten meist verwirklichte. Der Widerstand des Blonden, den er nicht leiden konnte, hatte Haiks tyrannische Natur gereizt und somit die Wendung für Stephan gebracht. Jetzt kam schon eine ganz sachliche Frage:

„Hast du Proviant für fünf Tage? So lange dauert der Weg, das heißt, wenn es gut geht."

Stephan klopfte großartig auf seinen Rucksack, als sei er für die längste Expedition überreich ausgerüstet. Haik aber prüfte die Tatsachen weiter nicht nach, sondern befahl kurz:

„Marsch jetzt! Zu viel Zeit habe ich schon durch euch verloren."

Er hatte weder „Marsch zurück" noch auch „Marsch vorwärts" gesagt. Weit schritt er aus, ohne sich um Stephan zu kümmern, der ihm auf den Fersen blieb. Haik nahm den Bagradiansohn demnach nicht mit, sondern duldete ihn nur, da ja in diesen nächtlich unwegsamen Gebirgen tatsächlich „Platz genug" war.

Unschlüssig sah Hagop, wie der Beauftragte und der Ausreißer hinter der nächsten mondgetränkten Höhenwelle verschwanden. Dann brauchte er fast eine Stunde, um in die Stadtmulde heimzuhüpfen. Stephans unsinnige Flucht drückte ihn wie ein

Felsblock nieder. Er dachte an den weit harmloseren Streich wegen Iskuhis Bibel und welch schreckliches Ende er fast genommen hätte. Was sollte er tun? In der Hütte seiner Familie schlief schon fast alles. Mit einigen schlafheiseren Worten rügte der Vater den späten Heimkehrer. Ohne sich auszukleiden, warf sich Hagop auf seine Matte und starrte ins Dachgeäst, das den Mond durchsickern ließ wie ein feines Sieb. Er hatte noch keinen Schlaf gefunden, als lange nach Mitternacht Samuel Awakian die ganze Familie weckte. Der arme Junge sagte sogleich alles und führte Gabriel Bagradian, Kristaphor, Awakian und die andern Männer, die Gabriel zu Hilfe gekommen waren, an die Stelle, wo er Haik und Stephan verlassen hatte. Es wurde sogleich eine Streifung nach dem Flüchtling veranstaltet. Bagradian kehrte mit Kework, dem Tänzer, erst gegen Sonnenaufgang unverrichteterdinge zurück, und wie er, so auch die anderen. Der Vorsprung der Knaben war viel zu groß. Auch hatte Haik den ihm vom Führerrat vorgeschriebenen Weg nicht gewählt, sondern sich auf seine eigene untrügliche Witterung verlassen.

Während die Schwimmer, das Kap Ras el Chansir abschneidend, in ruhiger Sicherheit auf den Küstenort Arsus zuwanderten, marschierten die Knaben die ganze Nacht das mühsam unendliche Auf und Nieder des Höhenzuges entlang. Die Aufgabe Haiks lautete, auf dem gefahrlosen Gebirgsrücken so lange zu verbleiben, bis das südliche Ende des Tales von Beilan erreicht sei. Habe er dann bei Kyrk-Chan die Ebene gewonnen, so möge er sich immer in der Nähe der großen Fahrstraße halten, die über Hammam nach Aleppo führt. In den abgeernteten Maisfeldern und auf der verbrannten Steppe werde er während der mondhellen Augustnächte gut vorwärtskommen und im Gefahrfalle Deckung genug finden. Angesichts der großen Stadt aber müsse er sich auf die Heerstraße wagen und auf einen der Bauernwagen springen, die mit Maiskolben oder Süßholz beladen sind. Mit Gottes Hilfe werde er so an den Militärposten der Stadtgrenze vorbeischlüpfen. Was aber auch immer geschehe, der Brief an Mr. Jackson dürfe bei ihm nicht gefunden werden. Haik setzte seinen Weggenossen von dieser Aufgabe genau in Kenntnis und malte grausam die Gefahren und Schwierigkeiten aus, die in der Ebene ihrer warteten. In den menschenlosen Bergen sei alles noch ein Kinderspiel. Nach einstündiger Wanderung etwa senkte sich der Hirtenpfad, den Haik immer unter den Füßen behielt, ohne ihn zu sehen, ins Tal hinab.

Der Beauftragte machte halt und mahnte Stephan:

„So, jetzt hast du noch Zeit, umzukehren. Du kannst dich nicht verirren. Überleg es dir! Später wird es nicht mehr möglich sein."

Stephan machte eine ärgerliche Bewegung. Sein Herz aber war voll von Zweifeln. Die Gründe seines Aufbruchs leuchteten ihm auf einmal nicht mehr ganz ein. Haik wies in die Richtung des Damlajik, wo ein ferner rötlicher Dunst noch immer den Waldbrand bezeichnete:

„Du wirst nicht mehr hinkommen und niemanden wiedersehen..."

Der Bagradiansohn kam gar nicht dazu, seines wahren Verlangens bewußt zu werden. Er wäre lieber gestorben, ehe er Haik gegenüber sich als schwach gezeigt hätte. In verlegener Scham zog er jene Landkarte aus der Tasche, die früher im Studio seines Onkels Awetis gehangen war. Er tat so, als prüfe er im scharfen Mondlicht ernsthaft den Standort nach. Haik aber, durch diesen „eingebildeten Humbug" erbost, schlug ihm die Karte aus der Hand und verschwendete keinen guten Rat mehr an ihn. Daraufhin beschloß Stephan, dem Hochmütigen zu beweisen, daß er ihm an Marschtüchtigkeit überlegen sei. Er verfiel in eine wild ausgreifende Gangart und spannte alle Muskeln an, um den Gefährten in körperliche Bedrängnis zu bringen. Dieser aber dachte nicht daran, sich von Stephan ein blödsinniges Tempo aufzwingen zu lassen. Gleichmäßig und beinahe gravitätisch schritt er seines Weges. Stephan sah sich zu seinem Schrecken plötzlich allein. Anstatt dem anderen seine Überlegenheit zu beweisen, hatte er den Weg verloren und wäre aus eigener Kraft, so spürte er, dieser Wildnis nicht entkommen. Sein Herz klopfte, doch er wagte es nicht, zu rufen. Als dann nach endlosen Minuten Haiks Gestalt aus einem Buschwall in den Mond tauchte, ohne sich um den Selbständigen zu scheren, da ließ er sich seine beschämende Erfahrung nicht anmerken und schloß sich schweigend dem Stärkeren an. Damit war der Kampf um den Vorrang zwischen diesen beiden für alle Zeiten entschieden. Sie gelangten rasch in das schmale Tal. Rechter Hand von ihnen dehnte sich die große Ortschaft Sanderan. Gott sei Dank, kein Licht brannte dort. Nur eine einsame Menschenstimme näselte eine gepreßte Weise. Es war ein schauriges Gefühl, sich an einer bewohnten Stätte, die den Tod barg, vorbeizudrücken. Die wilden Hunde von Sanderan aber ließen sich nicht täuschen und verfolgten die beiden Armenierjungen weit hinaus über die Bannmeile. Mit unheimlicher Sicherheit fand Haik neuerdings einen Hirtensteig, der nordöstlich ins Gebirge führte. Als sie wieder durch einen dünnen Laubwald gingen, der sich mit dem Mondlicht vollgesogen hatte, überkam Stephan die trunkene Abenteuerfrische der Nacht. Er vergaß alles. Am liebsten hätte er gesungen und gejauchzt. Müdigkeit? Gab es das? Nach Sonnenaufgang hatten sie trotz mehreren Rasten einen Weg von beinahe zehn Meilen zurückgelegt und den Punkt erreicht, wo sich die Gebirge gegen Norden zu in breiten waldigen Terrassen herabsenken. Stephan wäre samt seiner Karte im Leeren gestanden. Haik aber wies scharf in eine bestimmte Richtung:

„Dort müssen wir hin. Beilan!"

Er hatte alles im Gefühl, obgleich er nur ein einziges Mal mit seiner Mutter nach Beilan und Alexandrette gereist, das heißt auf einem Esel geritten war, und zwar auf einem ganz anderen Wege, der Küste entlang. Nun aber meinte er zufrieden, man werde jetzt einen Schlafplatz suchen, eine Mahlzeit halten und sich bis Mittag ausruhen. Der kurze Schlaf müsse ihnen genügen, anders sei es nicht zu machen. Haik brauchte nicht lange herumzuschnuppern, um nicht nur einen schattigen Platz mit gutem Grasboden, sondern auch eine Quelle zu finden. Letzteres war freilich im wasserreichen Umkreis des Musa Dagh keine Zauberei. Für Haik, der mit seiner Haut auf die verborgenen Eigenheiten jedes Bodenflecks, auf die geringsten Wärmeunterschiede, auf Vegetationsunterschiede und Tiernähen unfehlbar reagierte, bedeutete es eine lächerliche Kleinigkeit, Wasser zu entdecken. Die Jungen lagerten sich an dem Quellauf, der hier sogar einen kleinen erwünschten Tümpel bildete. Zuerst stillten sie ihren Durst. Sodann aber zog das Kulturkind zu Haiks Erstaunen ein Stück Seife aus dem Rucksack und begann sich zu reinigen. Haik betrachtete diese überflüssige Tätigkeit mit sarkastischem Ernst. Als Stephan fertig war, steckte er seine Füße wohlig in den kalten Tümpel, denn die Füße waren ja das Wichtigste. Nachher teilten sie mit knabenhafter Lust am Tauschhandel ihre Lebensmittel.

Witwe Schuschik hatte ihrem Sohn aus kleingehacktem Hammelfleisch, Fett und Zwiebelstücken drei große Würste zubereitet und ihm überdies ein steinhartes Brot mitgegeben, das sie sich weiß Gott woher verschafft hatte. Das Verbergen von Brot, Teigware und Feldfrucht galt auf dem Damlajik als großes Verbrechen, das mit mehrtägigem Portionsentzug bestraft wurde. Dennoch aber tauchten in den Hütten insgeheim derartige Schätze immer wieder auf, deren Herkunft ein unlösbares Rätsel blieb. Es ist stets die alte Geschichte. Keine gesetzmäßige Rationierung, auch die gewaltsamste nicht, kann den schöpferischen Lebensstrom völlig hemmen, der sich das Unglaubliche aus dem Nichts holt.

Es könnte beinahe für sinnbildlich gelten, daß Stephan als Gegengabe für Hammelwurst und Fladenbrot französische Ölsardinen und Schweizer Schokolade anzubieten hatte, fremdartige Delikatessen also, die Haik kaum dem Namen nach kannte. Die Knaben beherrschten sich nicht, sondern aßen reichlich von den Vorräten, ohne an die nächsten Tage zu denken. Haik aber besann sich plötzlich, packte das Seinige weg und gab Stephan den Rat:

„Trink lieber Wasser und spar das Essen!"

So geschah es auch. Sie tranken aus dem Aluminiumbecher der Thermosflasche das Quellwasser in großen Mengen, dem Stephan seinen Wein beimischte. Er fühlte sich so wohl, als befände er sich auf einer lustigen Ferienwanderung und nicht mit einem anderen Armeniersohn auf diesem todumdrohten Botengang mitten in die erbarmungslose Hauptstadt, zu dem er nicht einmal Recht und Beruf hatte. Alles Schmerzliche schien endgültig auf dem Damlajik zurückgeblieben zu sein. Welch ein innig-zappliges Vergnügen war es doch, nach einer durchwanderten Nacht als Mensch in dieser harmlos guten Morgenwelt zu leben. Stephan schob die zusammengefaltete Decke unter seinen Kopf. Immer wärmer flutete die Frühe. Noch einmal hob er sich auf und lallte kindisch:

„Werden keine wilden Tiere kommen?"

Haik legte gewichtig sein breites Dolchmesser neben sich:

„Du brauchst keine Angst zu haben. Wenn ich auch schlafe, so sehe ich doch alles."

Stephan hatte keine Angst. Welch ein guter Wächter war Haik, selbst wenn er schlief! Niemals noch hatte er zu einem menschlichen Wesen anschmiegsameres Vertrauen gefühlt als

616

zu diesem groben Burschen, um dessen Bewunderung er immer gebuhlt hatte. Jetzt ergab er sich ihm rückhaltlos als seinem Führer. Aus dem Schlafe schon tastete seine Hand suchend nach dem Freunde.

„Wir müssen uns jetzt einen Tarbusch machen", erklärte Haik, „damit wir nicht auffallen, wenn wir irgendwelchen Leuten begegnen."

Er faltete seinen Aghil, das zusammengedrehte Gürteltuch, auseinander und wand es kunstgerecht um die Filzmütze. Da Stephan mit seiner Schärpe schlechte Arbeit leistete, half er ihm, den Kopfschmuck des Propheten richtig zu schlingen. Dabei belehrte er den Unerfahrenen:

„Wenn es nötig wird, mußt du mir alles genau nachmachen. Am besten aber, du tust den Mund nicht auf."

Es war spät am Nachmittag. Zwischen den Buchen- und Eichenwipfeln offenbarte sich ein goldtrunkener Himmel, der von schwebenden Raubvögeln erfüllt war. Die Knaben hatten einen Weg von mehr als sechs Stunden zurückgelegt. Das Wort Weg bedeutete übrigens eine freundliche Übertreibung. Da sich weit und breit kein Hirtensteig mehr zeigte, waren sie einfach in den Wasserrinnen vorwärtsgedrungen, die ja ins Tal führen mußten. Vorwärtsgedrungen ist die richtige Bezeichnung, denn das dichte widerständige Unterholz, Schlingpflanzen und Sträuchermauern, hart und elastisch wie Gummi, doch mit drahtstarren Stacheln bewehrt, hemmten jeden Schritt. Es war kaum zu glauben, wie viele Terrassen und felsige Abhänge überwunden werden mußten. Das Gebirge schien immer eine neue Ausrede zu haben, um sich nicht seinem Ende zu ergeben. Stephan spürte sich selbst nicht mehr. Seine Hände, seine Knie, seine Beine waren mit Wunden und Abschürfungen übersät. Er hatte seit Stunden kein Wort mehr gesprochen, doch auch nicht geklagt. Jetzt saßen die beiden auf einer kahlen Anhöhe, und unter ihnen zog die kalkweiße Paßstraße von Beilan dahin. Sie machte einen funkelnagelneuen Eindruck. Überall wiesen frische Schotterhaufen auf menschliche Arbeit hin. Und wirklich, an dieser Paßstraße, die den Hafen Alexandrette mit der Ebene von Aleppo und dadurch das Mittelmeer mit ganz Asien verbindet, zeigte sich die unbeschränkte Macht und Energie Dschemal Paschas, des Diktators von Syrien. Der unerbittliche General hatte befohlen, daß aus diesem grundlosen, brüchigen Wege binnen einem Monat eine makellos glatte untermauerte Prachtstraße zu entstehen habe; und sie war entstanden, so daß die Türken über die ungehobene Tatkraft, die in ihnen steckte, selbst in Staunen gerieten. An dieser Stelle machte die Straße vor Haiks und Stephans Augen ihren Bogen nach Osten. Sie überblickten nur ein kleines Stück, doch kein Mensch, kein Gefährt, kein Esel, kein Pferd kam in Sicht, hie und da nur flitzte ein Hase oder ein Eichhörnchen über das weiße Band. Sehnsüchtig starrte Stephan auf die gebahnte Möglichkeit hinab. Aber auch Haik schien schwach zu werden und dieser Lockung nicht widerstehen zu können. Ohne sich erst mit Stephan über die verwegene Unvorsichtigkeit zu verständigen, sprang er auf und lief den Abhang hinunter. Als sie die glatte Bahn unter den Füßen spürten, da erfüllte sie eine ähnliche Körperwollust, wie es der gestillte Durst ist. Neuer Ehrgeiz, neue Kraft stieg in Stephan auf. Er hielt mit Haik Schritt. Rechts und links begannen steilere Höhen aufzusteigen. Die Straße wurde zum Hohlweg, zum Engpaß. Dies erhöhte merkwürdigerweise das Sicherheitsgefühl und damit den Leichtsinn. Dann traten die Berge ein wenig auseinander, das Straßengefälle neigte sich stark abwärts. Noch eine Biegung, und die Ebene mußte offen liegen. Von der Strömung des Weges unwiderstehlich mitgerissen, liefen sie jetzt ins Verderben. Denn als sie das Straßenknie überschritten hatten, lag zwar nicht die Ebene vor ihnen, aber ein türkisches Postenhaus, von dem die Halbmondfahne wehte. Vor dem Hause lungerten vier abscheuliche Saptiehs. An den Straßenrändern aber arbeitete mit Spaten, Krampen und Steinhammer eine Abteilung von Inschaat Taburi. Die erschöpften Sinne der Wanderer hatten den Arbeitslärm und die traurig gaumigen Gesänge der Armierungssoldaten nicht gehört. Der Schreck und die Erstarrung waren so groß, daß sich selbst Haik beinahe eine halbe Minute nicht von der Stelle rührte. Dann aber packte er Stephan an der Hand und riß ihn mit sich. Sie stürmten hinter der Biegung in das Gehölz hinein. Unglücklicherweise gab es gerade hier keine Felsblöcke und keine Sträucher, sondern nur schmale junge Buchenstämme, die keine Deckung boten. Sanft stieg der Berg an. Wohin? Vor Haiks innerem Auge beugte sich der eine der Saptiehs vor, legte die Hand über die Augen, spähte scharf, stieß einen Gurgelruf aus und nahm mit der ganzen Mann-

schaft die Verfolgung auf. Und es war kein Schrecktraum nur. Stimmen! Das Laub raschelte unter den Schritten der Türken. Stephan schloß die Augen und preßte sich eng an Haik. Dieser umfaßte ihn mit dem linken Arm. In der Rechten hielt er das aufgeklappte Dolchmesser. Todesbereitschaft. Doch was so scharf heranflüsterte, das waren keine türkischen Worte: „Jungens, Jungens! Wo seid ihr? Fürchtet euch nicht!"
Geisterhaft kamen die armenischen Laute. Als Stephan die Augen aufriß, sah er zwischen den Stämmen einen zerlumpten Armierungssoldaten atemlos auftauchen. Ein struppiger Totenkopf mit riesigen Augen. Bis auf diese jammernden Augen glich er beinahe Sarkis Kilikian. Haik faßte sich und steckte das Messer ein. Die Stimme des Straßenarbeiters zitterte vor Aufregung:
„Bist du nicht der Sohn der großen Schuschik, die auf dem Wege nach Yoghonoluk ihr Haus hat? Erkennst du mich nicht?"
Haik ging ungläubig auf das elende Gerippe zu, dem die Fetzen um die Glieder schlotterten, und das zu alldem noch barfuß war. Sein Blick glitt aufmerksam an dem Menschen herab: „Vahan Melikentz aus Azir", sagte er zögernd, als greife er aufs Geratewohl einen Namen heraus. Der Arbeitssoldat nickte lebhaft, und Tränen rannen ihm in den Stoppelbart, so sehr erschütterte ihn die Begegnung mit den jugendlichen Landsleuten. Haik hatte den Namen nur erraten. Was hatte dieser zerlumpte mit dem eigentlichen Melikentz zu schaffen, dem stattlich prahlerischen Raupenzüchter, dem er täglich begegnet war? Melikentz aber hob verzweifelt die Hände:
„Seid ihr wahnsinnig? Was habt ihr hier zu suchen? Dankt es Christus, dem Erlöser, daß euch der Onbaschi nicht gesehen hat. Gestern haben sie dort unten an der Biegung fünf Armenier erschossen, eine Familie, die nach Alexandrette wollte."
Haik, wieder völlig Herr seiner selbst, setzte dem ehemaligen Raupenzüchter mit gemessener Würde die Mission auseinander, die er vom Führerrat auf dem Musa Dagh empfangen hatte. Melikentz entsetzte sich:
„Die Straße ist bis Hammam voll Inschaat Taburi. Und in Hammam sind gestern zwei Kompanien angekommen, die gegen den Damlajik geschickt werden sollen. Ihr könnt nur in der Nacht an den Sümpfen von Ak Denis vorbeigehen. Aber

da werdet ihr hineinfallen."

„Wir werden nicht hineinfallen, Melikentz", erklärte Haik mit lakonischer Zuversicht, und dann forderte er den Landsmann auf, ihm den kürzesten Weg in die Ebene zu zeigen. Vahan Melikentz jammerte:

„Wenn sie mich vermissen, wenn ich zu spät einrücke, bekomme ich die Bastonade dritten Grades. Vielleicht erschießen sie mich auch ... Mögen sie mich erschießen! Ihr wißt nicht, Jungens, wie sehr ich darauf spucke. Oh, wäre ich doch mit den Eurigen auf den Musa Dagh gegangen und nicht mit Nokhudian, dem Pastor! Die Eurigen waren gescheit. Christus helfe ihnen! Uns hat er nicht geholfen."

Vahan Melikentz riskierte wahrhaftig den Tod, um die Jungen auf den Weg zu bringen. Es war übrigens nur eine kurze und ziemlich bequeme Waldstrecke, die sie zu überwinden hatten. Der arme Raupenzüchter redete unausgesetzt, als wollte er eine ganze Ernte verlorener Worte nachholen oder kurz vor seinem Ende noch verschwenden. Er schien weniger Interesse für die Vorgänge auf dem Musa Dagh zu hegen, als den Drang zu empfinden, sein eigenes Schicksal darzustellen. Haik und Stephan erfuhren auf diese Weise einiges davon, was sich mit der Nokhudiangruppe zugetragen hatte. In Antakje waren alle kräftigen Männer ausgesondert und nach Hammam zum Straßenbau geschickt worden. Die Frauen, Kinder, Alten und Kranken mußten euphratwärts wandern. Pastor Nokhudian konnte beim Kaimakam nicht das geringste erreichen. Mit den armenischen Inschaat Taburi aber hatte es eine ganz besondere Bewandtnis. Jede Abteilung bekam ein bestimmtes Straßenstück zugewiesen, das dann und dann fertig sein mußte. Meldete der Onbaschi die Vollendung dieses Pensums, so wurde die Abteilung zusammengetrommelt, in die nächste Waldung geführt und dort von einer eigenen, in dieser Kunst schon höchst routinierten Truppe mit Schnellfeuer umgelegt.

„Unser Straßenstück", berechnete Melikentz nüchtern, „reicht bis nach Top Boghazi, das sind noch vierzigtausend Schritt. Alles in allem macht das sechs oder sieben Tage, wenn wir geschickt sind. Dann kommen wir an die Reihe. Wenn sie mich also gleich heute erschießen, verlier ich nur sechs, höchstens sieben Tage."

Trotz dieser einfachen Bilanz jedoch entfernte sich Vahan Melikentz, als er die Knaben in die Richtung gebracht hatte, mit atemlos großen Sprüngen. Sechs Tage grauenhaften Lebens waren trotz allem sechs Lebenstage. Beim Abschied ließ er einen Klumpen türkischen Honigs in Haiks Hand zurück, den ihm eine mitleidige Muselmanin geschenkt hatte.

Eine rostrote Abenddämmerung war schon eingebrochen, als sie auf der letzten niedrigsten Stufe des Gebirges standen. Vor ihnen dehnte sich die Ebene bis zum Horizont. Sie sahen zu ihren Füßen einen großen See, auf dessen milchig stummer Fläche der schal gefärbte Abend lag. Es war der See von Antiochia, den man auch von gewissen Späherpunkten des Damlajik in der Ferne sehen konnte. Hier aber erschien Ak Denis, das weiße Meer, zum Greifen nah. Die nördliche Küste des Sees war von einer breiten Schilfkrause eingesäumt, in der ein klunkendes und stöhnendes Leben herrschte. Reiher taumelten mit ungeschicktem Flügelschlag aus dem Röhricht, silberne und purpurne; sie kreisten hoch über der Fläche, ihre zierlich abgebogenen Beine gleichsam im Kielwasser des Fluges nachziehend. Dann senkten sie sich wieder langsam zu ihren Brutplätzen hinab. Ein Keil von Wildenten ratterte mit torpedohafter Geschwindigkeit durch die molkige Flut, um auf einer Schilfinsel zu landen. Bis zu den Ohren der Knaben drang der Streit der Rohrspatzen und das menschliche, ja beinahe politische Räsonieren von zehntausend aufgeblähten Riesenfröschen. Der Röhrichtkragen des Ak Denis verlor sich nur allmählich in der Ebene. Weit hinaus waren immer wieder dicke Büschel zu sehen, doch auch Tümpel, blinde Augen, in denen das Weiße zitterte. Im Gegensatz zu der leeren Steppe wirkte das um den See geballte Leben beinahe übertrieben. Er glich einer märchenhaften Tierleiche, an der die buntesten Totenvögel zehrten. Während Stephan nur den See ins Auge faßte, hatte Haiks scharfer Blick sofort die Nomadenzelte entdeckt, die gegen Osten hin verstreut waren, sowie ein paar Pferde, die im rauchigen Nichts kopfhängerisch weideten. Er streckte zielbewußt den Arm aus:

„Dort ist unser Weg. Zwischen der Straße und den Sümpfen. Wenn der Mond herauskommt, gehen wir. Gib deine Flasche her! Ich werde Wasser bringen. Hier ist das Wasser noch gut. Wir müssen viel trinken. Inzwischen kannst du schon schlafen."

Stephan aber schlief nicht, sondern wartete, bis der Gefährte mit den beiden frischgefüllten Flaschen zurück war. Gehorsam trank er, soviel er nur konnte. Ans Essen dachten sie beide nicht. Haik breitete seine Decke aus, um sich hineinzuwickeln. Stephan aber kroch zu ihm. Die kühle Schlafnachbarschaft des Morgens genügte ihm nicht mehr. Er konnte sein angstvolles Bedürfnis nach Liebe und Freundschaft nicht bezwingen. Und siehe, Haik verstand ihn, Haik war nicht mehr kalt und verschlossen. Haik wies ihn nicht ab. Ja, die trauliche Nähe des Bagradiansohnes schien ihm nicht unwillkommen zu sein. Wie ein älterer Bruder zog er ihn an sich und deckte ihn zu. Die beiden Knaben hielten sich im Schlafe umarmt.

Stephan und Haik betraten die Ebene. Wider allen Erwartens zeigte es sich aber, daß der schluchtenreiche, widerborstige Musa Dagh ein weit bequemeres Marschterrain geboten hatte als dieser weite Plan, der sich El Amk, die Einsenkung, nennt. Der heimtückisch schwingende, mit grünbraunem Grind bedeckte Boden war schon sehr feindselige, gar nicht mehr christliche Erde.

Es gehörte Haiks ganze Sinnenschärfe und fast unmenschliche Naturvertrautheit dazu, diesen Weg zu wagen und überdies noch bei Nacht. El Amk war ja nichts andres als ein Göl, ein Sumpf von etwa zehn Kilometer Länge, dessen Rand haargenau eingehalten werden mußte. Nicht viele Hirten, Bauern und Nomaden gab es, die den Mut zu dieser Abkürzung hatten, um das lange Straßenstück bis zur Kara-Su-Brücke zu ersparen. Eine andere Möglichkeit aber gab es für die Knaben nicht, da Vahan Melikentz ja von Militär, Saptiehs und Inschaat Taburi berichtet hatte, die über die ganze Straße verteilt seien. Haik hatte seine Schuhe abgestreift, um den Boden mit nackten Sohlen „besser schmecken" zu können. Stephan folgte seinem Beispiel. Er hatte es bekanntlich schon längst aufgegeben, sich durch eigene Leistungen hervorzutun. Sie liefen wie auf einer sehr dünnen, sehr warmen Brotrinde, unter welcher die Schmolle gärte. Diese Rinde war überall rissig, und aus den Rissen stieg ein dicker schwefelhaftiger Brodem empor. Stephan zeigte sich klug genug, in Haiks Fußstapfen zu bleiben, der mit angespannter Aufmerksamkeit die Beine setzte, einem Tänzer gleich, der genau vorgeschriebene Figuren auszuführen hat. Während dieses Tanzes begannen wirre Gedanken in seinem Kopf zu schaben und zu kratzen: „Alle Menschen gehen auf der Straße. Warum dürfen wir nicht auf der Straße gehen? ... Warum sind wir überhaupt Armenier?"

Haik fuhr ihm zornig über den Mund:

„Frag nicht so blöd! Paß lieber auf! Wo es grün ist, da tritt nicht hin! Verstanden?"

Da versuchte Stephan wieder in den guten Stumpfsinn zu verfallen, der am besten körperliche Mühsal ertragen hilft. Er tanzte getreulich hinter Haik einher, der auf der gefährlichen Rinde einen Weg voll sonderbarer Kurven beschrieb. So ging es eine Stunde, zwei Stunden, während welcher der Mond bald gutmütig hervorkam, bald bösartig verschwand. Dennoch nahm aber trotz des Riesenweges, den sie hinter sich hatten, Stephans Erschöpfung mit der fortschreitenden Nacht eher ab. Halbes Denken und halbes Fühlen begann sich schmerzhaft wieder zu sammeln wie Grundwasser. Unbezwinglich stieg es in ihm auf. Er *mußte* sprechen, wie sehr er sich auch vor Haik jetzt fürchtete:

„Also ist das wahr, wir werden unsere Leute" (eine intimere Bezeichnung vermied er) „nie mehr sehen?"

Haik unterbrach seinen figurenhaften Gang nicht. Es dauerte eine Weile, ehe er, wieder auf besseren Boden gelangend, eine Antwort gab. Diese aber glich trotz ihrer christlichen Gewißheit mehr einem Fäusteballen als einem Händefalten:

„Ich werde die Mutter bestimmt wiedersehen!"

Es war das erste innere Bekenntnis, das Stephan aus dem Munde Haiks hörte, seitdem er ihn kannte. Da aber der Schüler Pariser Gymnasien diese Glaubensfestigkeit des groben armenischen Gebirgsburschen nicht besaß, wurde er kleinlaut und verlegen:

„Aber auf den Damlajik können wir doch nicht wieder zurückkommen..."

Man merkte es dem sprungbereiten Knurren Haiks an, daß ihm dieses Gespräch herzlich widerstand:

„Den Damlajik haben wir hinter uns. Wenn Christus es will, kommen wir lebendig nach Aleppo. Dort versteckt uns Jackson im Konsulat. So steht es im Brief ..." Und mit verletzendem Nachdruck ... „Von dir steht freilich nichts in dem Brief."

Stephan aber war jetzt ganz und gar nicht mit sich beschäftigt, sondern mit Papa und Mama, die er auf ganz unsinnige Art verlassen hatte; warum, das wußte er jetzt selbst nicht mehr.

Seltsam verschob sich das ganze Leben. Der Damlajik wurde zu einer wüsten Phantasie, alles Frühere aber zur eigentlichen, sauberen und wohlbestellten Wirklichkeit. Jackson mußte alles tun, um diesen Unsinn zu korrigieren. Es ging doch wohl nicht an, daß ein Stephan Bagradian in die Lage kam, seine Eltern nicht wieder zu sehen. Er stellte, gewissermaßen schon aus dem Kopf des Konsuls heraus, allerlei Erwägungen an.

„Jackson wird kabeln. Nach Amerika kabelt man nämlich. Glaubst du, werden die Amerikaner Schiffe schicken, um unsere Leute abzuholen?"

„Wie soll ich das wissen, Hammel?"

Haiks beschleunigter Gangart war der Zorn anzumerken. Der eingeschüchterte Stephan mußte seine Seelennot hinabwürgen und sich beeilen, um hinter dem Führer nicht zurückzubleiben. Obgleich kein Wind ging, war es ihm, als brandeten Luftwirbel gegen seine Brust und ließen ihn nicht vorwärtskommen. Er konnte und konnte über diese ganze Geschichte nicht mit sich ins reine kommen. Sein Kopf fing zu schwanken an. Ein starker Atemzug des Mondlichts erfüllte die Welt. Ein smaragdgrüner Strich schwamm auf Stephan zu. Für einen Augenblick verlor er das Bewußtsein der Gefahr aus dem Sinn.

Der gräßliche Schrei bannte Haik fest. Sofort wußte er, was geschehen war. Schattenhaft kämpfte Stephans Gestalt. Bis zu den Knien war der Bagradiansohn schon eingesunken. Haik zischte:

„Ruhe! Schrei doch nicht!"

Doch das unfaßbare Entsetzen zwang diese Schreie immer wieder hervor, deren sich Stephan nicht erwehren konnte. Er glaubte zwischen die walfischartigen Kiefer eines Ungeheuers geraten zu sein, das ihn langsam einsaugte und einschmatzte. Schon schob sich die wulstig zähe Masse über seine Knie. Trotz allem aber war in den Sekunden, in denen er sich wehrte, ein seltsam wohliges Gefühl. Haik kommandierte:

„Einen Fuß zuerst! Rechts! Rechter Fuß!"

Kleine Angstlaute ausstoßend, machte Stephan untaugliche Bewegungen. Seine Beine hatten keine Kraft mehr. Er hörte jetzt einen neuen scharfen Befehl:

„Auf den Bauch legen!"

Gehorsam beugte er sich vornüber, so daß er das trockene Land mit den Fingerspitzen erreichen konnte. Als Haik sah, daß Stephan die Energie fehlte, sich herauszuarbeiten, schob er sich selbst auf dem Bauch zu der Sumpfstelle hin. Der Stock jedoch, den der Eingesunkene ergriff, genügte auch nicht, um ihm Kraft genug zu geben. Da löste Haik das Gürteltuch, das er um den Kopf geschlungen hatte, und warf es Stephan hin, damit er es mit einem Knoten um seine Brust befestige. Eisern hielt er es auf der andern Seite fest. Es diente als eine Art Rettungsseil. Nach endlosen Versuchen konnte Stephan schließlich das rechte Bein, das nicht allzuweit eingesaugt war, freibekommen. Eine gute halbe Stunde war vergangen, als Haik ihn wie einen Ertrunkenen auf die feste Erde zog. Eine weitere halbe Stunde verging, ehe sich Stephan so weit erholt hatte, um, von Haik nunmehr an der Hand geführt, auf dem tückischen Boden weitertaumeln zu können. Er war bis zur Brust hinauf mit Schlamm bedeckt, der an der Luft rasch trocknete und unter seiner festen Kruste die Haut der Arme und Beine zusammenzog. Ein günstiger Umstand war es noch, daß Stephan seine Schuhe in den Rucksack gesteckt und diesen während des Kampfes mit dem Sumpf weit von sich aufs Trockene geschleudert hatte. Mit festem Griff führte Haik den Halbbewußtlosen. Er schalt ihn nicht wegen seiner Unvorsichtigkeit, sondern wiederholte mehrmals wie eine Beschwörung:

„Wir müssen bei der Brücke sein, ehe es hell wird. Vielleicht stehn Saptiehs dort..."

In dem Bagradiansohn raffte sich noch einmal aller Stolz und Ehrgeiz auf:

„Jetzt kann ich ... schon wieder gut gehn..."

Als sie sich gegen Norden wandten, wurde der Boden sicherer. Das matratzenartige Schwingen hörte auf. Stephan löste sich von Haik und warf seine Beine in scheinstrammem Takt. Aus der Ferne kam ein Wehen und Glitzern. Haiks Sinne spürten den Karu-Su-Fluß. Bald kletterten sie über den Damm auf die Straße, die wie ein breiter Lichtstreif die Nachtwelt erleuchtete. Das Postenhäuschen an der Brücke war leer. Wie vom Teufel gejagt, rannten die Jungen an dieser allergrößten Gefahr vorbei, die nun zum Glück keine war. Diesmal aber wirkte die glatte Heerstraße ganz anders auf Stephan als am Nachmittag. Der geebnete Boden der Zivilisation raubte seinen Gliedern die letzte Kraft. Hinter der Brücke wurde sein Schritt immer stockender. Er begann im Zickzack zu schwan-

ken und legte sich plötzlich mitten auf die Fahrbahn hin. Haik
starrte zu ihm nieder. Zum erstenmal zeigte er Verzweiflung:

„Ich verliere Zeit..."

Etwa eine Stunde jenseits der Brücke läuft die Straße auf
einem langen hochgebauten Steindamm über den letzten
großen Sumpf von El Amk. Der Damm heißt Dschisir Murad
Pascha und eröffnet recht eigentlich das große Steppenland,
das viele hundert Meilen über Aleppo und den Euphrat hinaus
sich bis nach Mesopotamien erstreckt. Nicht weit aber von
diesem Damm erhebt sich an der nördlichen Straßenseite die
reizendste Hügellandschaft wie eine letzte grüne Herzlichkeit
vor Tod und Erstarrung. Am Fuße dieser Hügelwelt liegt ein
großes Turkmenendorf, Ain el beda, klare Quelle. Allein schon
lange, bevor sich die Siedlungen zu diesem Dorfe zusammen-
schließen, begegnet die Straße einzelnen Häusern aus Holz und
Stein, auffallend blanken Bauerngehöften. Hier hatte vor
fünfzig Jahren die Regierung Abdul Hamids einen der turkmenischen Wanderstämme seßhaft gemacht. Niemand gibt
einen besseren und strengeren Bauern ab als solch ein bekehrter
Nomade. Dies bewiesen die festgebauten und wohlgedeckten
Behausungen dieser sanften Gegend.
Das erste Gehöft lag dicht an der Straße. Eine Stunde nach
Sonnenaufgang trat der Besitzer aus der Haustür, prüfte
Wind, Wetter, Weltrichtungen und breitete seinen kleinen
Teppich aus, um, gen Mekka gewandt, das früheste der fünf
täglichen Gebete zu verrichten. Der Fromme bemerkte die
beiden Jungen erst, als auch sie, dicht vor dem Haus auf ihren
Decken hockend, die vorgeschriebenen Beugungen und
Wendungen des Gebetes in der gleichen Vollständigkeit aus-
führten wie er. Dem Turkmenen gefiel diese frühmorgendliche
Inbrunst der Jugend, doch als ruhevoller Moslem dachte er
nicht daran, seine langwierige Gottespflicht durch irgendeine
profane Frage zu unterbrechen.
Haik war es mittels vieler Rasten gelungen, Stephan über den
Damm Dschisir Murad Pascha bis zur Grenze dieses Hügel-
landes zu schleppen. Angesichts des Bauernhauses hatte er ihm
noch einmal eingeschärft, alles, was er tue, genau nachzuahmen und den Mund so wenig wie möglich zu öffnen, da er nur
ein paar türkische Worte spreche und dies auf die verräterisch-

ste Art. Was aber das moslemische Gebet anbelange, so bedeute es keine Sünde, wenn man dabei mit Aufmerksamkeit ein Vaterunser nach dem anderen flüstere. Letzteres aber vermochte Stephan nicht. Leblos steif wie eine Holzpuppe brachte er nur mit äußerster Kraftanstrengung eine matte Kopie von Haiks religiösen Verrenkungen zustande. Nachher sank er sogleich auf seiner Decke zusammen, den frischen Morgenhimmel mit glasigen Augen bestarrend. Der turkmenische Bauer, ein älterer Mann schon, trat wiegenden Ganges auf das verdächtige Paar zu:

„Ihr Schlingel da! So früh auf der Straße, he? Was gibt es? Was sucht ihr?"

Glücklicherweise redete er selbst irgendein Dialekt-Türkisch, so daß Haiks armenische Aussprache nicht besonders auffiel. In Syrien, diesem großen Mischkrug der Völker, waren übrigens auch alle Sprachen durcheinandergeschüttelt. Der Wort-*Klang* konnte daher dem Turkmenen kein Mißtrauen einflößen:

„Sabahlar hajr olsun! Guten Morgen, Vater! Wir kommen von Antakje. Haben die Eltern auf dem Wege verloren. Die sind mit ihrem Wagen nach Hammam gefahren. Wir wollten ein bißchen laufen und haben uns verirrt. Dieser da, Hüssein, wäre fast ertrunken. In den Sümpfen. Sieh dir ihn nur an! Jetzt ist er krank. Kannst du uns nicht ein Plätzchen geben, damit wir uns ausschlafen?"

Mit der Gebärde der Weisheit griff sich der Turkmene in den grauen Bart. Dann stellte er, die Partei der Knaben nehmend, folgende gerechte Erwägung an:

„Was sind das für Eltern, die ihre Kinder mitten im Sumpf verlieren und weiterfahren? ... Ist der hier dein Bruder?"

„Nein, er ist nur ein Verwandter und auch aus Antakje. Ich heiße Essad..."

„Nun, dieser dein Hüssein scheint wirklich krank zu sein. Hat er vielleicht Sumpfwasser getrunken?"

Haik wartete zur Entgegnung mit einem frommen Spruch auf, dann senkte er den Kopf:

„... Gib uns zu essen und zu schlafen, Vater!"

All diese Verstellung wäre nicht nötig gewesen, denn das Herz des Türken war voll Güte. Seit Monaten schon zogen die Transporte der Ausgestoßenen an seinem Hause vorüber. Er hatte so manchen armenischen Kranken, so mancher armenischen Schwangeren, die auf der Straße zusammengebrochen war, mit Speis und Trank, mit Kleid und Schuh stille Wohltaten erwiesen, nach seinem Vermögen und ohne allzuoft des jenseitigen Lohnes zu gedenken. Bei diesen guten Werken mußte man aber der Sàptiehs wegen äußerst vorsichtig sein. Auf das Verbrechen des Mitleids mit Armeniern stand laut den neuen Gesetzen Bastonade, Gefängnis, und in schweren Fällen der Tod. Hunderte von gutherzigen Türken rings im Land, denen das unmenschliche Elend der Deportierten das Herz zerbrochen hatte, wußten ein Lied davon zu singen. Der Bauer unterzog die beiden Landstreicher einer eingehenden Betrachtung. Die Tausende von Armenieraugen, die dort auf der Straße zu ihm emporgebettelt hatten, erwachten in seiner Erinnerung. Das vergleichende Ergebnis war ziemlich eindeutig, insbesondere was den Kranken anbetraf. Doch gerade dieser sogenannte Hüssein weckte das Erbarmen des Turkmenen lebhafter als der sogenannte Essad, der erstens gesund war und zweitens hoffnungsvoll durchtrieben zu sein schien.

Der Hausvater ließ nun einen kurzen Ruf erschallen, und alsbald traten zwei Weiber, eine Alte und eine Junge, aus der Tür, die angesichts der Fremden eilfertig ihren Schleier herabließen. Sie bekamen einige barsche Befehle und verschwanden wieder mit geschäftigen Schritten. Der Turkmene führte Haik und Stephan ins Haus. Neben der raucherfüllten Hauptstube, in der man kaum atmen konnte, lag eine kleine leere Kammer, eine Art Verlies, das nur durch eine Scharte Licht empfing. Die Jungen stolperten über eine Stufe in dieses finstre Loch. Indessen hatten die Weiber die Matten und Decken gebracht. Sie bereiteten auf dem Lehmboden der Kammer zwei Lagerstätten. Als sie aber Stephans Glieder sahen, die noch immer in den erstarrten Schlammkrusten wie in Hülsen staken, holten sie ein Schaff mit heißem Wasser sowie eine unheimliche Bürste und begannen mit mütterlich resoluter Kraft die Arme und Beine des Armenierknaben abzureiben. Bei diesem anstrengenden Werk lüftete die Ältere sogar den Schleier, da es sich hier ja nur um halbwüchsige Kinder handelte. Unter der kräftigen Handhabung der Bäuerinnen geschah es, daß sich nicht nur von Stephans Körper alles Erstarrte löste, sondern auch von seinem Gemüt. Wie kochende Flut wallte in ihm das unterdrückte Heimweh auf. Er preßte die Lippen zusammen, während seine Augen verräterisch zwinkerten. Von diesem kindlichen Schmerz ergriffen, sparten die turkmenischen Weiber nicht mit fremdartig-melodischem Zuspruch. Nachher brachte das alte Bauernweib eine Schüssel mit Graupen in Ziegenmilch, Fladenbrot dazu und zwei hölzerne Löffel. Während die Jungen aßen, kam die ganze vielköpfige Familie des Turkmenen zum Vorschein, um sich teils im Verlies, teils im Türausschnitt mit ermunternden Nötigungen am Werke ihrer eigenen Gastfreundschaft zu erfreuen. Doch trotz der gastfreundlichen Wirte und der warmen Speise konnte Stephan kaum fünf Löffel hinunterwürgen, so eng und geschwollen war seine Gurgel. Haik aber vertilgte die ganze Schüssel mit der ernsten Nachdenklichkeit eines essenden Schwerarbeiters.

Von der neugierigen Familie allein gelassen, schlief Stephan sofort ein, während der besonnene Haik noch rasch den Marschplan für den nächsten Wegabschnitt überlegte. Er hoffte, daß auch Stephan am Abend wieder bei Kräften sein werde, so daß man bei Mondaufgang aufbrechen konnte. In der Nacht ließ sich die Strecke bis Hammam ohne Schwierigkeiten zurücklegen. War die Straße frei, um so besser, war sie nicht frei, so mußte man sich ein wenig abseits am Fuße des Hügelgeländes halten. Diese Hügel boten ohne Zweifel den besten Unterschlupf für den nächsten Tag, wenn man über Hammam hinaus den Punkt erreicht hatte, wo das große Bogenstück der Straße in der Sehne abgeschnitten werden sollte. Trotz allen Zwischenfällen war Haik mit dem bisher Geleisteten zufrieden. Die größten Gefahren lagen noch vor ihnen, aber die größten Strapazen waren überwunden. Leider täuschte sich Haik über Stephans Kräfte. Ein Wimmern und Stöhnen riß ihn aus dem tiefen Ermüdungsschlaf, dem er sich hier in der sicheren Kammer ohne Vorbehalt überlassen hatte. Stephan hockte, unter Schmerzen sich krümmend, auf seiner Matte. Fürchterliche Koliken zerschnitten seinen Leib, die Folgen des Abenteuers in den Sümpfen von El Amk. Auch zeigte es sich erst jetzt, daß seine Haut über und über mit Moskitostichen besät war. Nun konnte man an Ruhe nicht mehr denken. Die Hausleute benahmen sich weiter freundlich mitleidsvoll. Die Weiber hitzten runde Steine, die sie dem Jungen auf den Bauch legten, und bereiteten einen vielleicht heilsamen, doch um so widerlicheren Tee, den Stephan nicht bei sich behalten konnte. Erst gegen Abend ließ das Übel nach, das den Ärmsten unzählige Male gezwungen hatte, hinter das

Haus zu wanken. Stephan war zum Schatten geworden, doch auch Haik, um den schwerverdienten Schlaf gekommen, sah grün und hinfällig aus.

Der Bauer hatte „Essad" und „Hüssein" erlaubt, ihr Nachtlager auf dem Hausdach aufzuschlagen. Seit Wochen schon in freier Luft lebend, konnten sie es in dem dumpfigen Loch voll Rauch, Ungeziefer und ranzigem Fettgeruch nicht aushalten. Nun saßen sie auf ihren Matten zwischen Pyramiden von Maiskolben, hochgeschichteten Schilfbündeln und Haufen von Süßholzwurzeln. Stephan blickte, fieberfröstelnd in seine Decke gewickelt, unablässig nach Westen. Zu dieser vorabendlichen Stunde bauten sich die Küstengebirge dort drüben höher auf, als sie waren, in vielen einander überwachsenden Schichten und in den reichsten Tinten, vom tiefen Saphirblau bis zum silberhauchigen Grau. Und so unglaubwürdig nahe waren die Berge. Hatten Haik und Stephan wirklich zwei volle Nächte und einen halben Tag durchwandern müssen, um diesen Katzensprung zurückzulegen? Dort der letzte Berg im Süden, der scharf abbrach, das mußte der Damlajik sein. Wie ein Wild auf der Flucht vor den Jägern war er mitten im gestreckten Lauf erstarrt. Sein langer Rücken senkte sich gegen Norden. Den Kopf duckte er zwischen den vorgelagerten Höhen. Seine Pranken aber schlugen wild nach hinten aus, wo die breite Oronteslücke das Meer ahnen ließ. Stephan sah nur den Damlajik. Er glaubte die Südbastion zu unterscheiden, die Kuppen, die Scharte der Steineichenschlucht, den Nordsattel, wo er vor unendlicher Zeit Abschied genommen hatte, ohne Abschied zu nehmen. Warum eigentlich? Er konnte sich gar nicht mehr erinnern. Der Damlajik schien heftig zu atmen, näher zu schweben, auf die Straße nach Aleppo, auf das Bauernhaus der turkmenischen Hügel, auf Stephan Bagradian zu. Haik wußte alles. In ihm erwachte die Gütigkeit des wahrhaft Starken, die angesichts eines Unterliegenden so gerne schwach wird:

„Hab keine Angst! Wir bleiben so lange, bis du wieder wirst laufen können."

Der Fiebernde starrte noch immer verklärt küstenwärts:

„Ganz nahe ... ganz nahe sind sie ... ich meine die Berge..."

Dann aber rappelte er sich auf, erregt, als sei es nun höchste Zeit. Haiks drohende Worte klangen ihm in den Ohren. Er wiederholte mit klappernden Zähnen:

„Es geht nicht um mich und dich, sondern um den Brief an Jackson…"

Haik nickte bestätigend, doch ohne Vorwurf: „Besser wäre es schon gewesen, wenn dich Hagop angezeigt hätte…"

Stephans verschrumpftes Gesichtchen begehrte nicht mehr auf, sondern versuchte friedfertig zu lächeln:

„Das macht nichts … Du wirst durch mich keine Zeit verlieren … Ich gehe zurück … morgen…"

Haik duckte sich plötzlich und winkte Stephan heftig, desgleichen zu tun. Von der nahen Straße, die den ganzen Tag nicht sonderlich belebt gewesen war, drang ein merkwürdiges Gescharre mit lallenden Jammerlauten herauf. Ein paar Saptiehs trieben einen kleinen Armeniertransport gegen Hammam. Transport war freilich eine allzu großartige Bezeichnung für diese Nachfechsung alter Leute und kleiner Kinder, die man in irgendwelchen gottverlassenen Dörfern aufgestöbert hatte. Die Saptiehs, die noch vor Mitternacht in Hammam sein wollten, fluchten und hieben auf den armseligen Spuk ein, so daß er unglaublich rasch hinter der nächsten Straßenbiegung verschwand. Dieser bedeutsame Zwischenfall schien Haiks Meinung endgültig befestigt zu haben:

„Ja! Es ist das allerbeste, wenn du zurückgehst. Aber wie? Durch die Sümpfe kannst du allein nicht kommen…"

In Stephans Geist, der die Berge so traulich nahe fühlte, verwirrten sich alle Maße:

„Warum denn nicht? Der Weg ist nicht so weit…"

Haik aber schüttelte entschieden den Kopf:

„Nein, nein, durch den Sumpf kannst du allein nicht kommen. Es ist besser, du gehst an Antakje vorüber. Dort, siehst du!? Das ist viel leichter … Aber auch dort werden sie dich auf den Wegen erwischen. Du sprichst nicht türkisch, du kannst nicht beten wie sie und siehst überhaupt so aus, daß sie gleich rasend werden…"

Stephan sank träumerisch auf seine Decke zurück:

„Ich werde ja nur in der Nacht laufen … Vielleicht erwischen sie mich dann nicht…"

„Ach, du", brummte Haik mitleidsvoll verächtlich und überlegte, wie weit er Stephan begleiten könne, ohne mehr als einen Tag für seine große Aufgabe zu verlieren. Der Bagradiansohn aber, dem in fieberfröstelnder Behaglichkeit jetzt alles einfach und leicht vorkam, stammelte vor sich hin:

631

„Vielleicht wird mir Christus helfen..."

Diese Hilfe freilich erschien unter den obwaltenden Umständen Haik noch als die einzig praktische. Außer der himmlischen hatte er sehr wenig andere Hoffnung für die glückliche Heimkehr Stephans auf den Musa Dagh. Und wirklich, eine höhere Macht schien jetzt zu Stephans Gunsten eingreifen zu wollen. Der turkmenische Hausvater erkletterte über die angelehnte Leiter sein Dach und begann die Schilfbündel und das Süßholz hinabzuwerfen. Haik sprang sogleich auf und half ihm diensteifrig bei dieser Arbeit. Als sie mit ihr fertig waren, schien der Bauer einen überraschenden Einfall zu haben und blinzelte Stephan an:

„Wollt ihr mit, ihr Burschen? Morgen früh fahre ich nach Antakje zum Markt. Weil ihr aus Antakje seid, will ich euch nach Hause bringen. Noch am Abend werden wir dort sein..."

Und mit stolzem Selbstbewußtsein wies er auf den großen Stall hinter dem Hause:

„Ich fahre nicht mit dem Ochsenwagen, damit ihr es wißt, sondern mit dem Pferdchen und einem wirklichen Räderwagen."

Haik schob den falschen Turban ein wenig zur Seite, um sich nachdenklich seinen Kopf zu kratzen, den Witwe Schuschik vor seinem Aufbruch kahlgeschoren hatte:

„Nimm den Vetter Hüssein hier nach Antakje mit, Vater! Seine Leute wohnen dort. Die Meinigen sind ja in Hammam. Schade, daß du mit deinem Wagen nicht nach Hammam fährst! Da werd ich halt laufen müssen..."

Der Turkmene versenkte sich aufmerksam in den Anblick des Pfiffigen:

„Aus Hammam sind deine Eltern. Allah kerim, bir! Gott ist gnädig, Junge! In Hammam kenne ich jeden Menschen. Was für ein Geschäft haben sie?"

Haik begegnete den forschenden Augen des Bauern mit gekränkter Nachsicht:

„Aber, Vater, ich habe dir doch gesagt, daß sie erst seit gestern dort sind. Sie wohnen im Chan Omar Agha..."

„Janasydsche, mögen sie dort glücklich sein! Aber im Chan Omar Agha ist Einquartierung. Die Soldaten, die gegen die verräterischen Ermeni auf dem Musa Dagh gesandt werden..."

632

„Was sagst du? Einquartierung? Davon haben die Meinigen nichts gewußt. Vielleicht aber ist das Militär schon abgezogen. Nun, Hammam ist groß, und es wird auch noch andere Herbergen geben."

Dagegen ließ sich wirklich nichts sagen. Der Turkmene, dem es nicht gelungen war, Essad zu entlarven, dachte angestrengt nach, bewegte ein paarmal stumm die Lippen und räumte schließlich das Feld.

Lang vor Mitternacht schon rüstete sich Haik zum Aufbruch. Vorher aber sorgte er noch für Stephan, so gut er konnte. Er packte ihm eine seiner Fleischwürste in den Rucksack. Gott weiß, vielleicht verirrte sich der Ungeschickte und der Proviant ging ihm aus. Haik aber traute es sich zu, in der Ebene von Aleppo überall Speis und Trank zu finden. Er füllte ferner Stephans Thermosflasche an der Quelle, die am Haus vorüberfloß; er säuberte seine Kleider von dem trockenen Schmutz. Während er mit geradezu erbitterter Sorge um den Kameraden bemüht war, gab er ihm immer wieder genaue Lehren darüber, wie er sich zu verhalten habe:

„Er bringt dieses Zeug dort zum Wochenmarkt. Du kannst dich sehr gut dazwischen verstecken. Am besten, du sprichst kein Wort. Bist ja krank, nicht?! Sobald du die Stadt siehst, springst du ab, aber ganz leise, verstehst du, und legst dich ins Feld in einen Graben, in ein Loch. Dort wartest du, bis alles finster ist ... Hast du das kapiert?"

Stephan hockte verkrümmt auf seiner Matte. Er fürchtete die Koliken, die sich wieder meldeten. Mehr noch fürchtete er die Verlassenheit. Die Nacht war nicht wolkenbewegt wie gestern, sondern makellos klar. Dicht und weiß stand der ungeheure Torbogen der Milchstraße über dem Dache des Turkmenen. Stephan fühlte einen Augenblick lang Haiks Hand in der seinen. Das war alles. Noch einmal vernahm er des Freundes Stimme, hochmütig und grob wie einst:

„Mach es gut, hörst du, und zerreiß den Brief an Jackson!"

Haik hatte schon den Fuß auf die Leiter gesetzt, als er noch einmal zu Stephan zurückkehrte. Ohne ein Wort zu sagen, bekreuzigte er ihm rasch und scheu die Stirn und die Brust.

In Zeiten der Todesnot soll jeder Armenier für jeden Armenier ein Priester und Vater sein. Dies hatte Ter Haigasun im Religionsunterricht zu Yoghonoluk gelehrt, als noch kein Mensch wußte, daß die Zeit der Todesnot schon angebrochen war.

633

Knapp vor dem Dorfe Ain el beda bog der Karrenweg in die
Ebene ein. Der Turkmene ließ sein Pferdchen frisch durch die
völlig leere Frühe laufen. Der hochbeladene Leiterwagen
holperte grausam über die tiefen, erstarrten Räderspuren.
Stephan bemerkte das schmerzhafte Geratter kaum. Er lag auf
seiner Decke zwischen den Schilfbündeln und fieberte. Dieses
Fieber war eine Gnade Gottes. Es betäubte Zeit und Raum
in ihm. Von matten, aber recht angenehmen Bildern umwirrt,
dachte er nicht daran, wohin er getragen werde und was seiner
warte. Auch half ihm das Fieber, das seine braungebrannte
Haut noch tiefer verfärbte, freundschaftlich beim Simulieren.
Immer, wenn der Bauer sein Pferd rasten ließ, vom Bock stieg
und sich nach seinem Fahrgast umsah, stöhnte dieser laut und
schloß die Augen. Somit führte keiner der zahlreichen Unter-
haltungsversuche des guten Turkmenen zu einem nennenswerten Erfolg. Er bekam nur einsilbige Wehlaute zu hören und
hie und da die flehentliche Bitte, das Gefährt anzuhalten. Für
diesen Fall hatte ihm Haik die notwendige Redensart eingeschärft: ,,Ben bir az hasta im." — ,,Ich bin ein wenig krank."
Und Stephan wiederholte diesen treulichen Satz bei jeder
Gelegenheit mit Todesverachtung. Auf diese Weise kam er
auch um alle Gebete herum, denn die Kranken und Siechen
sind im Islam von jenen religiösen Verrichtungen befreit, die
den Körper in Anspruch nehmen. Nachdem sie den kleinen
Fluß Afrin auf einer Holzbrücke überquert hatten, schickte
sich der Bauer an, Mittag zu halten. Er schirrte sein Pferd ab
und hängte ihm den Futtersack um. Auch Stephan mußte
absteigen und sich mit dem Alten wegabseits auf der verbrannten Steppe lagern. Der Karrenweg war fast überhaupt
nicht befahren. Bisher waren ihnen nur zwei Ochsenkarren aus
der Gegenrichtung begegnet. Die Bauern der Gegend be-
nützten die große Straße, die von Hammam nach Antakje
führt. Der Turkmene packte Fladenbrot und Ziegenkäse aus
und schob Stephan einen Anteil zu:
,,Iß davon, Junge! Essen schlägt alle Schmerzen tot."
Stephan wollte seinen Wirt nicht kränken und biß mit matten
Zähnen in den Käse. Er kaute und kaute, ohne den ersten
Bissen schlucken zu können. Der Freundliche blickte ihn
sorgenvoll an:
,,Vielleicht wirst du mehr Kraft brauchen, als du hast, Söhnchen..."

Stephan verstand die gutturalen Worte nicht, durfte es aber nicht zu erkennen geben. Er verneigte sich deshalb, legte die Hand aufs Herz und rezitierte den Universalsatz von seiner Krankheit, mochte er passen oder nicht:

„Ben bir az hasta im."

Der Turkmene schwieg lange. Dann machte er, während seine mächtigen Backenknochen geruhsam mahlten, eine heftige Bewegung mit seiner messerbewehrten Faust, als wolle er etwas entzweischneiden. Stephan erschrak bis ins Lebensmark. Denn nun hörte er armenische Worte:

„Du heißt gar nicht Hüssein. Laß diese Geschichten! Willst du wirklich nach Antakje? Ich glaube es dir nicht."

Stephan wäre durch diesen Schlag fast um die Besinnung gekommen. Trotz seines Fiebers rannen ihm kalte Schweißtropfen über die Stirn. Die kleinen tiefliegenden Augen des Turkmenen waren sehr traurig geworden:

„Fürchte dich nicht, wie du auch heißt, und glaube an Gott! Solange du bei mir bist, wird dir nichts geschehen."

Stephan nahm all seine Kenntnisse zusammen und versuchte ein paar türkische Worte zu stammeln. Der alte Bauer winkte ab, noch immer mit dem Messer in der Hand. Er brauchte keine Worte mehr. Der elenden Herden gedachte er, die von den Saptiehs bei Tag und Nacht an seinem Hause vorbeigetrieben wurden:

„Woher stammst du, Junge? Kommst du aus dem Norden? Bist du ihnen durchgebrannt? Fort aus einem Transport, he?"

Stephan faßte notgedrungen Zutrauen. Kein Leugnen mehr hätte geholfen. Er flüsterte ein rasches, abgehacktes Armenisch, damit ihn nur sein Wirt und nicht die feindselig lauschende Welt verstehen könne:

„Ich bin von hier. Vom Musa Dagh. Aus Yoghonoluk. Ich will nach Hause. Zu meinen Eltern."

„Nach Hause?" Die knollige Bauernhand strähnte weisheitsvoll den grauen Bart: „Da gehörst du ja zu denen, die auf den Berg gezogen sind und dort Krieg gegen unser Militär führen. Schau einmal an . . ." Die Stimme des Guten verfinsterte sich. Stephan glaubte schon, jetzt sei alles zu Ende. Er sank zur Seite und preßte schicksalergeben das Gesicht auf den braundürren Pelz dieser Erde. Der Turkmene hielt sein großes Messer in der Hand. Er mußte bloß zustoßen. Wann würde er's tun? Doch nur die schmunzelnde Stimme des Alten schlug an sein Ohr:

„Und wie heißt der andre, dein Vetter, dieser Essad? Das ist eine geriebene Seele. Die bekommt man nicht so leicht wie dich, Junge…"

Stephan gab keine Antwort. In die letzte Bereitschaft eingewühlt, wartete er. Bald aber fühlte er sich von steinharten, doch sanftmütigen Händen aufgehoben:

„Was kannst du denn für die Alten und ihre Schuld? Gott möge dich hinbringen. Es wird dir und es wird ihnen nichts nützen. Jetzt komm! Wir wollen sehen, was sich machen läßt."

Stephan mußte sich wieder in den Wagen zwischen die Schilfbündel legen. Der Turkmene aber schien ungeduldig geworden zu sein und hieb auf den Gaul ein, obgleich dieser so viele Meilen schon hinter sich hatte und sein struppiges Fell von Schweiß glänzte. Die Fahrt geriet jetzt oft in scharfen Trab, ja in kurzen Galopp, während der Bauer sonderbare Selbstgespräche führte oder das Pferd mit tadelnden Zurufen bedachte. Wie sehr Stephan auch zusammengeschüttelt wurde, er fühlte sich auf seinem rasselnden Bett immer tiefer in Gottes wohliger Hut. Er versuchte an Mama zu denken. War sie wirklich krank? Ach nein, nichts, gar nichts war geschehen. Was aus Sato, dieser Hündin, kommt, ist Gestank und Lüge. Wenn er, Stephan, zurückkehrt, wenn er vor dem langen Graben des Nordsattels stehen wird, dann rennt Awakian wie ein Toller um Papa, dann stürzen sie beide ihm entgegen, die Eltern, dann werden sie vor Freude über den Geretteten weinen, dann werden sie ihn umarmen und sich umarmen wie in alter Zeit. Trotz dieser mühsamen Gaukeleien gelang es Stephan nur sehr selten, Mamas reines Bild zu gewinnen. Meist war sie auf eine für ihn leidvolle Art mit Iskuhis Gestalt zusammengeschmolzen. Er konnte dagegen nichts tun, obgleich ihn das Zwitterbild eigentümlich peinigte. Dann aber mahnte ihn wieder Haiks Stimme, die Zeit nicht leichtsinnig zu vertrödeln. Jetzt war es Tag, jetzt hieß es schlafen und Kraft sammeln für den nächtlichen Weg. Er preßte, dem Freunde gehorsam, die Lider zu. Doch sein Knabenkörper hatte gegen den Schlaf schon so schwer gesündigt, daß dieser nichts mehr von ihm wissen wollte, sondern nur einen untergeordneten, aus Ohnmacht, Fieberflut und Überwachheit

636

gemischten Wechselbalg schickte, der die Glieder lähmte, anstatt sie zu erquicken. Stephan schlief und erwachte nicht, als das Tageslicht immer goldhaltiger wurde, der abgehetzte Gaul in klapprigem Schritt einherzottelte und der Karrenweg ins Steigen zu kommen schien. Der Bauer hielt und hieß den fiebernden Fahrgast aussteigen. Mit schwerer Mühe entriß sich Stephan seinem Zustand und kroch vom Wagen herab. Er sah in mäßiger Ferne eine nackte Kuppe, von Festungsmauern um- gürtet, deren Fuß mit weißen Häuserwürfeln weithin be- deckt war. Der Turkmene stieß seine Peitsche in dieses Bild: „Habib en Neddschar, die Zitadelle! Antakje! Jetzt mußt du dich besser verstecken, Junge!"

Tatsächlich mündete der holprige Weg ein paar hundert Schritte weiter in die Bezirksstraße von Hammam, die Dschemal Pascha ebenfalls hatte neu schottern lassen. Auf dieser frischen Bahn herrschte unerwartet großes Leben. Der Turkmene schob die Schilfbündel auseinander, wodurch im Wagen eine tiefe Grube entstand:

„Da kriech hinein! Ich führe dich durch die Stadt und noch ein Stück über die Eiserne Brücke hinaus. Weiter aber geht's nicht. So, jetzt bleib still liegen!"

Stephan streckte sich aus. Der Bauer bedeckte ihn sehr ge- schickt, so daß er Luft bekam und unter der Last nicht all- zusehr zu leiden hatte. In diesem Graben wichen alle Ge- danken und Bilder von der Seele des Bagradiansohnes. Er lag da, nur mehr ein Stück gleichgültiger Schwere, ohne Furcht und ohne Mut. Der Wagen rollte schon auf der breiten Straße, glatt und angenehm. Stimmen lärmten und lachten von allen Seiten. Gleichgültig vernahm sie Stephan in seiner Tiefe. Dann holperte die Fahrt wieder, wie es schien, über eine gepflasterte Strecke. Plötzlich aber hielt der Wagen mit einem erschrok- kenen Ruck. Männer näherten sich und umstellten das Ge- fährt. Ohne Zweifel Saptiehs, Soldaten oder Polizisten. An Stephans Ohr drang das Gespräch dumpf und doch wie durch ein Schallrohr verstärkt:

„Wohin, Bauer?"

„In die Stadt, zum Wochenmarkt! Wohin denn anders?"

„Hast du deine Papiere in Ordnung? Zeig her! Was führst du da?"

„Marktware! Seht selbst nach. Schilf für die Zimmerleute und ein paar Oka Süßholz…"

„Verbotenes hast du nichts? Kennst du das neue Gesetz? Getreide, Mais, Kartoffeln, Reis, Öl müssen an die Behörde abgeliefert werden."

„Ich habe meinen Mais schon in Hammam abgeliefert."

Ein paar Hände begannen die obersten Schichten flüchtig durcheinanderzuwerfen. Stephan fühlte es, ohne Furcht und ohne Mut. Dann zog das matte Pferdchen wieder an. Sie fuhren durch einen Tunnel von schreienden Menschenstimmen im trägsten Schritt. Immer schwächer sickerte das Licht zu Stephan hinab. Es war schon dunkel, als der zweite Anruf erfolgte. Der Turkmene aber hielt jetzt gar nicht an. Eine hohe Stimme keifte hinterdrein: „Was habt ihr da für neue Sitten? Nächstens fährst du am Tag. Verstanden? Wann werden diese Klötze endlich begreifen, daß wir Krieg haben."

Die Hufe klapperten über die riesigen Steinquadern der Kreuzfahrerbrücke, die aus einer vergessenen Ursache „die Eiserne" genannt wird. Hinter der Brücke befreite der Turkmene den Fiebernden von seinen Lasten. Stephan durfte sich nun wieder, in seine Decke gewickelt, zwischen die Schilfbündel legen. Der Bauer war höchst zufrieden:

„Freu dich, Junge! Nun hast du das Schlimmste hinter dir. Allah meint es mit dir gut. Deshalb werde ich dich auch noch ein Stückchen weiter bis Mengulje bringen, wo ich bei einem Gevatter den Gaul einstellen und übernachten kann."

Obgleich Stephans Lebensdocht tief herabgeschraubt war, erwies sich die Entspannung jetzt als doch so groß, daß er sogleich in einen schweren Schlaf verfiel. Der Turkmene trieb sein armes Roß noch einmal an, um mit seinem Schützling so schnell wie möglich im Dorf Mengulje zu sein, von wo freilich Stephan noch immer gute zehn Meilen zu laufen hatte, um die Abzweigung ins Dörfertal zu erreichen. Doch die simple Bauernseele hatte die Findigkeit eines armenischen Schicksals bei weitem unterschätzt. Stephan erwachte unter dem scharfen Licht von Karbidlampen und Blendlaternen, die über sein Gesicht hin und her fuhren. Uniformgesichter beugten sich zu ihm herab, Schnurrbärte, Lammfellmützen. Der Wagen war mitten in das Lager einer der Kompanien geraten, die der Wali dem Kaimakam von Antiochia aus der Stadt Killis zu Hilfe gesandt hatte. Die Zelte der Soldaten waren zu beiden Seiten der Straße aufgeschlagen. Nur die Offiziere hatten in Mengulje Quartier genommen. Der Turkmene stand ruhig neben dem Wagen. Vielleicht um seine Bestürzung zu verbergen, begann er das Pferdchen abzuklopfen. Einer der Onbaschis nahm ihn ins Gebet:

„Wohin willst du? Wer ist dieses Bürschlein da? Dein Junge?"

Der Bauer schüttelte versonnen den Kopf:

„Nein, nein! Das ist nicht mein Junge."

Er suchte Zeit zu gewinnen, um auf einen guten Gedanken zu kommen. Der Onbaschi brüllte ihn an, er möge das Maul auftun. Glücklicherweise kannte der Alte von den verschiedenen Wochenmärkten her die Ortschaften dieser Gegend genau. Nun seufzte er, den Kopf hin und her wiegend:

„Nach Seris fahren wir, nach Seris, das am Fuße der Berge liegt..."

Er sang diese Worte fast wie ein unschuldiges Lied. Der Onbaschi leuchtete Stephan scharf an. Die Stimme des Turkmenen aber wurde weinerlich:

„Ja, sieh es nur an, das Kind! Nach Hause muß ich es bringen, zu den Seinen, nach Seris..."

Inzwischen hatte sich eine große Menge von Unteroffizieren und Soldaten um den Wagen versammelt. Der Alte aber schien plötzlich in eine große Erregung zu verfallen:

„O geht nicht zu nahe, geht nicht zu nahe, hütet euch..."

Der Onbaschi erschrak tatsächlich vor dieser Warnung und starrte den Bauern an, der mit dem Finger auf Stephans Gesicht zeigte:

„Du siehst ja, daß dieses Kind fiebert und nicht bei Sinnen ist. Tretet weg, ihr da, damit die Krankheit euch nicht ergreift. Der Hekim hat den Jungen aus Antakje fortgeschickt ..." Und nun stieß der würdige Turkmene dem Onbaschi das furchtbare Wort geradezu ins Herz: „Fleckfieber!" Nicht einmal die Worte „Pest" und „Cholera" verbreiteten zu dieser Zeit in Syrien ein solches Grauen wie das Wort „Fleckfieber". Die Soldaten prallten sofort zurück, und selbst der grimmige Onbaschi trat drei Schritte hinter sich. Der treffliche Mann aus Ain el beda hingegen zog nun seine Dokumente aus der Tasche und hielt sie dem Unteroffizier, die Überprüfung heischend, aufdringlich unter die Nase. Dieser verzichtete mit einem Fluch auf sein Amt. Binnen zehn Sekunden lag die Straße frei vor dem Wagen. Der Turkmene, durch den gelungenen Streich außer sich vor Stolz und Vergnügen, überließ das geschundene Rößlein sich selbst und lief kichernd neben Stephan einher:

„Da siehst du, Junge, wie gut Allah es mit dir meint. Hat er es nicht gut mit dir gemeint, daß er dich zu mir geschickt hat? Freu dich, weil du mich gefunden hast! Freu dich! Denn jetzt muß ich mit dir noch eine halbe Stunde weiterfahren, um irgendwo anders zu übernachten . . .“

Der große Schreck aber hatte Stephan so gelähmt, daß er von diesen Worten kaum mehr etwas hörte. Als ihn dann später sein Retter aus dem Schlaf rüttelte, konnte er sich nicht rühren. Da nahm ihn der alte Turkmene wie ein kleines Kind in die Arme und stellte ihn auf die Straße, die das Orontesbett entlang nach Suedja führt:

„Hier ist kein Mensch mehr zu sehen, Junge! Wenn du gut läufst, kannst du noch früher als das Licht im Gebirge sein. Allah tut mehr für dich als für andre.“

Der Bauer schenkte Stephan noch ein Stück von seinem Käse, ein Fladenbrot und seine Wasserflasche, die er in Antakje frisch gefüllt hatte. Dann schien er ihm noch einen fromm ermunternden Zuspruch auf den Weg zu geben, der mit dem Friedenswunsch schloß: „Selam alek!“ Stephan hörte von alldem nichts, da ein großes Ohrensausen in seinem Kopf umging. Er sah nur, wie der helle Turban und der weißliche Bart sich rhythmisch bewegten und beide, Turban und Bart, mit immer lebhafterem Leuchten die Finsternis durchdrangen. Wie leid tat es dem Bagradiansohn um diese milden Lichtquellen, als der stolpernde Hufschlag sich schon entfernte. Der verschwindende Wagen besaß keine Laterne, und der Mond war noch nicht aus den Schluchten des Amanus gestiegen.

Ter Haigasun hatte an das Friedhofvolk der Dörfer Botschaft gesandt, zum erstenmal wohl seit seiner Amtsführung. Er forderte in dieser Botschaft von Nunik und den Ihren, sie möchten sich in der Umgebung des Musa Dagh auf die Suche nach Spuren des verschwundenen Bagradiansohnes machen. Gelänge es ihnen, wichtige Erkundungen oder gar den Flüchtling selbst einzubringen, ward ihnen ein hoher Lohn in Aussicht gestellt. Man würde ihnen abseits von der Stadtmulde einen Lagerplatz anweisen. Ter Haigasun handelte äußerst klug, indem er einen solchen Preis auf die Entdeckung Stephans aussetzte. Gabriel Bagradian war der wichtigste

640

Mann auf dem Damlajik. Von der geistigen und seelischen Verfassung des obersten Kriegsbefehlshabers hing die ganze Zukunft ab. Alles mußte geschehen, damit die innere Kraft Gabriels, die durch Juliette den ersten schweren Stoß erhalten hatte, durch das Geschick Stephans nicht völlig gebrochen werde. Der Preis, der diesem Bodensatz der Bevölkerung winkte, war ungeheuer. Und doch hegte Nunik kaum eine Hoffnung, ihn zu gewinnen. Seit dem letzten großen Siege der Armeniersöhne hatte sich die Lage der im Tal Zurückgebliebenen grausam verschärft. Neue Truppen, neue Saptiehs, neue Freischaren trafen fast täglich in den Dörfern ein. Alle Vorkehrungen zu einer straffen Belagerung des Damlajiks wurden getroffen. In Stellvertretung des Kaimakams hatte der sommersprossige Müdir in der Villa Bagradian seinen Regierungssitz aufgeschlagen. Auch der verwundete Jüsbaschi befand sich seit zwei Tagen bereits auf dem Wege der Besserung. Der Müdir hatte in allen Dörfern der Umgebung einen Befehl anschlagen lassen, laut dessen jeglicher Muselman verpflichtet war, jedes armenische Wesen, das ihm vor Augen komme, kurzerhand zu verhaften, und sei es auch ein Bettler, ein Blinder, ein Siecher, ein Irrer, ein Krüppel, ein Greis oder Kind. Dieser sinnreiche Befehl verfolgte den Zweck, alle Spionentätigkeit zugunsten des Berglagers im Tale unmöglich zu machen. Der Anschlag klebte noch keine zwei Tage an den Kirchenmauern, und schon war das Friedhofvolk, das ursprünglich, alle sieben Dörfer zusammengerechnet, aus ungefähr siebzig Köpfen bestand, auf weniger als vierzig zusammengeschmolzen. Der Rest sah sich demnach gezwungen, wollte er noch einige Zeit das Leben fristen, ein ganz und gar unzugängliches Versteck aufzusuchen. Dieses Versteck war, Christus sei Dank, vorhanden. Nur die Tapfersten und Stärksten wie die ahasverische Nunik verließen es zwischen Mitternacht und Morgen, um auf ihren alten Lebensorten nach dem Rechten zu sehen und für Nahrung zu sorgen, das heißt, unter allerhöchster Lebensgefahr ein paar Lämmer, Zicklein und Hühner zu stehlen. An diesem Versteck aber führte Stephans Heimweg vorbei.

Eine Meile etwa vor dem Dorfe Ain Jerab drängten sich die Ruinen des alten Antiochia zu einer ganzen Stadt zusammen. Alles überragen die Pilaster und gebrochenen Riesenbogen der römischen Wasserleitung. Die bisher recht bequeme Straße

641

verengt sich hier zu einem ungenauen Saumpfad, der entlang des tief in die Felsen geschnittenen Flußbettes mitten durch die Steinwildnis des einstigen Menschenwerkes führt. Stellenweise bedecken Quadern, Säulenfragmente, abgebrochene Kapitäle den Weg, so daß er kaum gangbar ist. Stephan strauchelte jeden Augenblick in seiner Fiebertrunkenheit zwischen den gefährlichen Trümmern, verwickelte sich in Schlingwuchs, stürzte, schlug sich die Knie wund, stand auf und taumelte weiter. Rechter Hand, tief im Ruinenfeld verborgen, zuckte manchmal der schwache Schein eines Feuers auf. Wäre Haik bei Stephan gewesen, er hätte auch ohne diesen Feuerschein die Nähe der elenden und doch verwandten Wesen auf Meilen vorausgespürt. Überbewußt würde sein Fuß den richtigen Weg gewählt haben. Doch wo mochte Haik zu dieser Stunde sein? Dreißig Schritt abseits von der Straße wartete Stephans Rettung, die sogar noch durch ein mahnendes Feuer kenntlich gemacht war. Nunik, Wartuk, Manuschak hätten Stephan gut versteckt, einen Tag und eine Nacht lang gepflegt, dann aber auf den sicheren Wegen ihrer Erfahrung auf den Damlajik gebracht, um den großen Lohn einzuheimsen. Der Stadtjunge aber fürchtete sich vor dem Feuer. Gehetzt keuchte er den ansteigenden Weg empor. Auf der Höhe blieb er stehen und trank in einem Zuge die Flasche mit dem schalen warmen Wasser aus. Der Musa Dagh lag vor ihm. Deutlich war im Mond die dicke schwarze Brandwolke zu bemerken, die noch immer aus der Brust des Berges emporqualmte. Der Flammenherd jedoch schien klein geworden zu sein, da ihm kein Wind Leben gab. Dann und wann glomm ein geheimnisvolles Glutherz auf und verschwand wieder.

Da wurde dem Bagradiansohn noch eine Chance gegeben. Nunik hatte etwas gewittert. Vom Feuer wegtretend, nahm sie einen Schatten wahr, der nicht der Schatten eines Mannes sein konnte. Unter dem elenden Volke gab es auch ein paar „herrenlose Kinder". Eines dieser Kinder, freilich ein achtjähriger Junge nur, wurde ausgeschickt, um den Schatten zu erkunden. Als aber Stephan es hinter sich bröckeln und rascheln hörte, drehte er sich nicht um, sondern begann wie ein Wahnsinniger weiterzulaufen. Sein ganzes Wesen straffte sich in diesem Lauf wie in einem Verzweiflungsakt. Es brauste in seinen Ohren. Waren es Papas Zurufe? War es Haiks zischendes „Vorwärts"? Er rannte, als verfolge ihn nicht ein kleines Kind, sondern jene ganze Kompanie, der er am Abend entkommen war. Die Ruinen des Aquädukts brachen hier gänzlich ab, der Weg weitete sich. Schwarze Vorberge rückten auf die Straße zu. Stephan lief um sein Leben. Ein grausamer Wahn verführte ihn in das erste Seitental, das er schon für das heimatliche der sieben Dörfer hielt. Der schwerelose Geist der Flucht hob ihn über sich selbst hinweg, so daß er wie ein Flügelwesen über die steinübersäte Halde zu schweben vermeinte. Stephan bog in das Tal ein, ohne zu wissen, daß er aus Leibeskräften schrie. Doch er kam nicht weit. Über das erste große Hindernis, einen querliegenden Baumstamm stürzend, blieb er liegen.

Als er halb und halb zu sich kam, war der Tag schon da, im nebligen Frühlicht. Stephan aber glaubte fest, es sei vorgestern, die nämliche Stunde, da er auf der Straße jenseits des Sumpfes von El Amk mit Haik in das gütige Hügelland zum Haus des Turkmenen gekommen war. Alles Spätere hatte er vergessen oder nur als matte Traumempfindung behalten. Diese zeitkranke Vorstellung, es sei jetzt vorgestern, wurde noch durch den Umstand genährt, daß er ein Haus vor sich sah, keines freilich aus weißem Kalkstein, sondern eins aus runzligem Lehm und ein fensterlos-abstoßendes dazu. Und aus diesem Haus trat ebenfalls ein Mann mit Turban und grauem Bart, nicht der bäurische Schutzengel von Turkmenen, aber dennoch ein alter Mann. Und siehe, auch dieser Mann prüfte Wind, Wetter, Weltrichtungen, warf einen kleinen Teppich auf die Erde, hockte sich hin und begann die Beugungen und Wendungen des Morgengebetes zu verrichten.
Blitzschnell ging Haiks Weisung durch Stephans Kopf: Alles nachmachen! Und auf derselben Stelle, wo er in der Nacht hingestürzt war, fing er nun mit seiner Kopie an. Es kam aber dabei nichts andres heraus als nur ein mattes Schwanken und Stöhnen. Auch dieser Mann wurde sofort aufmerksam. Doch, wie es schien, weit weniger fromm als jener turkmenische Bauer, unterbrach er sein Gebet, stand auf und näherte sich Stephan:
„Wer bist du? Woher kommst du? Was willst du?"
Stephan zwang seinen Körper in die Knielage, verneigte sich und legte die Hand aufs Herz:
„Ben bir az hasta im, Effendi."

Nach diesen wohlgeübten Worten machte er das Zeichen des Durstverlangens. Der Graubärtige zögerte zuerst. Dann aber ging er zum Brunnen, schöpfte einen Krug voll und brachte ihn dem Knaben. Stephan trank unersättlich, obwohl ihm das Wasser sogleich Schmerzen verursachte. Indessen war noch jemand aus dem Hause getreten, nicht hilfsbereite Frauen, wie Stephan erwartete, sondern ein andrer Mann, ein mißgelaunter, schwarzbärtiger. Er wiederholte genau die Fragen des Grauen:

,,Wer bist du? Woher kommst du? Was willst du?"

Der Verlorene machte zwei Bewegungen in unbestimmter Richtung. Sie konnten sowohl Antakje wie auch Suedja bedeuten. Der Schwarze wurde ärgerlich:

,,Kannst du nicht reden? Bist du stumm?"

Stephan lächelte ihn aus seinen riesengroßen Augen an, hilflos wie ein dreijähriges Kind. Er kniete noch immer vor den beiden Männern. Der Graue ging zweimal um ihn herum, als betrachte er mit Kennerernst eine geleistete Arbeit. Dann nahm er den Knaben beim Kinn und drehte seinen Kopf ins Licht. Auch der Schwarze beteiligte sich eingehend an dieser Prüfung. Nachher gingen sie ein paar Schritte zur Seite und redeten streitbar miteinander, ohne jedoch Stephan aus den Augen zu lassen. Als sie mit ihrer Auseinandersetzung fertig waren, hatten sie die Gesichter von Menschen bekommen, denen ein schweres öffentliches Amt übertragen ist. Der Schwarzbart eröffnete das Verhör:

,,Bist du beschnitten oder unbeschnitten, Junge?"

Stephan verstand nicht. Jetzt erst schmolz sein zutrauliches Lächeln zu einem angstvollen Frageblick. Sein Schweigen erregte den Zorn der beiden Moslems. Harte eifernde Laute hagelten auf ihn nieder. Er wußte trotz ihrer Ausrufe und Gebärden immer weniger, was sie von ihm wollten. Da riß dem Schwarzbart die Geduld. Er packte den Knienden unter den Armen und zog ihn hoch. Der Graue aber entblößte ihn und untersuchte genau, was zu untersuchen war. Nun hatten sie die Bestätigung. Der verschlagene Armenierjunge, der sich stumm und taub stellte, war ein frecher Spion, den die Bergkämpfer ausgesandt hatten. Da war keine Zeit zu verlieren. Sie stießen den taumelnden Stephan vor sich her, den schmalen Talweg von Ain Jerab hinab bis zur großen Straße. Dort hielten sie ihn fest, bis der erste leere Ochsenkarren aus der

Umgebung von Antakje des Weges nach Suedja kam. Der Fuhrmann mußte sofort im Namen des öffentlichen Dienstes sein Ziel ändern. Die Schergen hoben ihren Gefangenen in das Gefährt. Der Schwarze hockte sich an seine Seite, während der Graue nebenherschritt und in erregten Worten den Inhaber des Karrens über die Gefahr aufklärte, die er soeben abzuwehren im Begriff sei.

Nun aber, da Stephans Schicksal besiegelt war, nahm eine milde Himmelsmacht ihm die Gegenwart völlig von der Seele. Sein Kopf fiel in den Schoß des Schwarzbärtigen, seines tödlichen Feindes. Und sonderbar! Der Grimmige stieß sein Opfer nicht von sich. Er saß starr und rührte sich nicht, als wolle er dem Jungen nicht weh tun. Das glühende Gesicht in seinem Schoß, die offenen Augen, die ihn anschauten und doch nicht sahen, der fiebrische Atem, der die blutroten Lippen blähte, diese ganze kindlich hingegebene Nähe wühlte in dem winzigen Gemütsraum des Schwarzen eine wilde Bitterkeit auf. Die Welt war so und nicht anders. Man mußte in ihr zuschlagen!

Stephan aber wußte nichts mehr vom Musa Dagh. Er wußte nichts mehr von den Haubitzen, die er erobert, nichts mehr von den fünf schlaftrunkenen Menschen, die er durch fünf Meisterschüsse hingestreckt hatte. Haik war kaum ein Name mehr und Iskuhi nur ein Windhauch. Er aber trug wieder sein gewohntes Collegegewand und Schnürstiefel, die wunderbar fest an den unverwundeten und wohlgebadeten Füßen saßen. Er spazierte über herrliche Großstadtstraßen, die prachtvollen Kais der Seeufer entlang. Er wohnte mit Mama im Palace-Hotel von Montreux. Er saß an heilig weißgedeckten Tischen, er spielte auf Kieswegen, er saß in weißgetünchten Schulzimmern unter anderen Jungen, gehegt wie er. Bald war er kleiner, bald war er größer, doch immer in Obhut und Frieden. Mama aber trug einen roten Sonnenschirm, unter dem ihr Gesicht so tief erglühte, daß er sie manchmal kaum erkannte.

Dies alles war nicht ereignisreich, doch so ruhig schön, daß Stephan den Saptiehposten gar nicht bemerkte, der vor Wakef auftauchte. Einer der beiden Gendarmen setzte sich als Verstärkung zu dem Schwarzbart auf den Karren und hielt die Füße des Gefangenen fest. In Wakef aber schloß sich eine größere Abteilung von Saptiehs an. Je weiter man im Dörfertal vorwärtskam, um so größeres Aufsehen erregte die Eskorte.

Eine beträchtliche Menge der neuen Haus- und Grundbesitzer folgte ihr, Männer, Weiber, Kinder.

Lange vor Mittag noch erreichte der Zug den Kirchplatz von Yoghonoluk. Eine tausendköpfige Menschenmenge hatte sich zusammengerottet, darunter auch die vielen alten und neuen Soldaten, die jetzt in den Dörfern garnisonierten. Schnell wurde der rothaarige Müdir aus der Villa Bagradian zur Stelle geholt. Die Saptiehs stießen Stephan vom Karren. Er mußte sich auf Befehl des Beamten völlig entkleiden, denn vielleicht verbarg er auf dem nackten Körper irgendeine Schrift. Der Bagradiansohn gehorchte lautlos und voll ruhiger Gelassenheit, was die Menge, als ein Zeichen tiefer Verstocktheit, heftig aufbrachte. Ehe er noch ganz nackt dastand, erhielt er von irgend jemand einen Hieb über den Hinterkopf. Doch auch in diesem Hieb lag Gnade. Er betäubte Stephan nicht ganz, sondern warf ihn noch tiefer in jene schöne Welt zurück, in der er sich nun gesittet bewegte.

Die Saptiehs hatten inzwischen aus dem Rucksack den Kodak und das Schreiben an Jackson hervorgeholt. Der Müdir hielt den photographischen Apparat hoch und schwenkte dieses harmlose Weihnachtsgeschenk, das den meisten fremd und unheimlich war:

,,Das ist ein Werkzeug, an dem man alle Spione erkennt!''

Dann aber entzifferte und übersetzte er vor den Ohren des ganzen Volkes mit lautschallender Triumphstimme den hochverräterischen Brief an den amerikanischen Konsul. Ein aufrauschender Haßschrei folgte der Verlesung. Der Müdir trat ganz nahe an Stephan heran und griff ihm mit seiner prachtvoll manikürten Rechten unters Kinn, als wollte er ihn ermuntern:

,,Nun aber sag uns, wie du heißt, Junge!''

Stephan lächelte und schwieg. Das Meer der Wirklichkeit umspülte ihn in unendlicher Ferne. Vor den Augen des Rothaarigen aber tauchte eine Knabenphotographie im Selamlik der Villa auf. Er wandte sich feierlich an die Menge:

,,Wenn er es nicht sagen will, so werde ich's euch sagen. Es ist der Sohn des Bagradian...''

Da traf Stephan der erste Messerstich in den Rücken. Er fühlte ihn nicht. Denn sie holten eben Papa vom Bahnhof ab, der aus Paris in der Schweiz eintraf. Mama trug noch immer den roten Sonnenschirm. Der Vater trat aus einem sehr hohen Tor, ganz allein. Er hatte einen schneeweißen Anzug an und keinen Hut auf dem Kopfe. Mama winkte. Als aber Gabriel Bagradian seinen kleinen Sohn erblickte, öffnete er die Arme voll unermeßlicher Liebe. Und da Stephan ja wirklich noch so klein war, hob er ihn an sein Herz, an sein strahlend nahes Gesicht, und hob ihn über seinen Kopf und höher und immer höher…

Die erste, die den verstümmelten Leichnam nach Einbruch der Nacht entdeckte, war Nunik. Die Saptiehs hatten ihn, nackt wie er war, gleich nach der Massakrierung auf den Friedhof von Yoghonoluk geworfen. Nunik kam gerade zurecht, um ihn vor den wilden Hunden zu retten. Sie sandte eines der verwahrlosten Kinder sogleich in das Ruinenlager, um den Aufbruch der ganzen Schar zu verfügen. Etwas Gewaltiges war geschehen, und die Furcht durfte heute nicht regieren. Das Geschlecht Awetis Bagradians, des Stifters, versank für immer. Doch nun war auch die Stunde gekommen, dem Willen Ter Haigasuns zu entsprechen und den Bagradiansohn auf den Berg zu bringen. Der Lohn konnte nicht verweigert werden, und ein gesichertes Leben winkte.

In kleinen Gruppen traf die scheue Gesellschaft auf dem Friedhof ein. Die Totenweiber gingen sofort an die Arbeit. Sie reinigten den zerfetzten Körper des schönen Knaben von Blut und Schmutz. Die großmütige Nunik tat für die Familie Bagradian ein übriges. Sie holte aus ihrem unaussprechlichen Vorratssack ein langes weißes Hemd hervor, in das sie Stephans Körper hüllte. Während dieser letzten Dienste sang einer der prophetenhäuptigen Blinden vor sich hin:

„Das Blut des Lammes ist zu ihrem Haus geflossen."

Nach vollendetem Werke aber banden sich Nunik, Wartuk, Manuschak und die andern Klageweiber ihre schweren Säcke auf den Rücken. Tiefgebeugt gingen sie unter der Last. In der zweiten Stunde des neuen Tages bewegte sich der lautlose und trotz des Halbmonds fast unsichtbare Zug gegen den Damlajik, um auf einem der heimlichen Wege, die der Waldbrand verschont hatte, die Stadtmulde zu erreichen. Nunik schritt an ihrem langen Stock als Führerin voran. Als sie im Walde und in Sicherheit waren, wurden zwei Fackeln entzündet und zu beiden Seiten der Bahre getragen, damit der Tote nicht ohne Licht und Ehre bleibe.

Drittes Kapitel

Der Schmerz

Gabriel Bagradian verbrachte die Nächte wieder auf seinem gewohnten Schlafplatz in der Nordstellung. Auf dringende Bitte Ter Haigasuns, den die sichtbare Lockerung der Mannszucht beunruhigte, hatte er bereits am ersten Abend nach Stephans Verschwinden den Oberbefehl wieder übernommen. Er gab damit ein klareres Zeugnis seiner Selbstdisziplin und Nervenkraft als in allen drei Schlachten. Denn in diesen Tagen zitterten ihm die Hände, er konnte keinen Bissen genießen und keinen Augenblick schlafen. Das Furchtbare war nicht nur die Ungewißheit über Stephans Los, sondern die völlige Aussichtslosigkeit, ihn zu finden, ihn zu retten. In der ersten Verzweiflung hatte er mit dem Gedanken einer Expedition gespielt. Sollte er nicht seine „Fliegende Garde" neu aufstellen und mit ihr einen Ausfall und Streifzug bis an die Aleppostraße wagen? Vielleicht würde er auf diesem nächtlichen Blut- und Brandzug, die ganze Gegend in Schreck versetzend, Stephan und Haik noch einholen. Diesen romantischen Plan ließ er natürlich sofort fallen. Durfte er denn um seines eigenen Kindes willen das Leben von hundert Verteidigern für ein tolles Abenteuer aufs Spiel setzen? Stephan hatte schließlich auf eigene Faust nichts andres unternommen als das, was Haik im Auftrage des Volkes tat. Es lag durchaus kein allgemeiner Grund vor, für ihn Himmel und Hölle in Bewegung zu setzen.

Mit der Wucht eines Erstickenden warf sich Gabriel Bagradian auf neue Arbeit. Schwäche und Lässigkeit, durch die Nahrungsnot gefördert, war in den Zehnerschaften eingerissen. Wer von Linie und Reserve aber bereits Glaubens war, man würde nun dem Tode mit brennendem Magen, doch sonst im Dolcefarniente entgegenwarten dürfen, wurde plötzlich eines anderen belehrt. Die Mannszucht straffte sich schmerzhaft. Tschausch Nurhan erhielt den Befehl, mit den Zehnerschaften tägliche Gefechtsübungen durchzuführen. Es war wie in den ersten Tagen. Niemand durfte, auch in den Freistunden nicht, seinen Posten verlassen. Urlaube für die Stadtmulde wurden nur in den dringendsten Fällen erteilt. Die Reserve bekam harte Arbeit. Für den künftigen Riesenangriff der Türken sollten die Stellungen nicht nur verbessert, sondern zur Täuschung des Feindes teils verlegt, teils durch mächtige

Steinschanzen uneinnehmbar gemacht werden. Gabriel, Awakian und Lehrer Schatakhian zeichneten stundenlang an den neuen Plänen, deren Ausbau unverzüglich in Angriff genommen wurde. In diesen Tagen war alles in unablässiger Bewegung. Keiner vermochte der verzweifelten Aktivität Bagradians Widerstand zu leisten. Doch seine fordernde Unrast wirkte, merkwürdig genug, nicht aufreizend und haßerregend, sondern belebte die nachlassende Seelenspannung mit frischer Zuversicht und neuem Kampfesmut. Das Leben der Verteidiger bekam nach einem kurzen Zwischenspiel der Ermattung wieder Ziel und Inhalt.

Gabriel Bagradian fühlte nicht eigentlich Widerstand gegen seine Person, sondern nur eine verschärfte Einsamkeit. Es ist wahr, auch in der vorhergehenden Zeit hatte sich weder zwischen ihm und den Führern noch auch zwischen ihm und dem einfachen Manne irgendeine Herzlichkeit, geschweige denn Freundschaft angesponnen. Man erwies ihm als Befehlshaber Gehorsam, Achtung, ja Dankbarkeit, doch er und die Leute vom Musa Dagh, das war zweierlei. Jetzt aber wich man ihm geradezu aus, selbst Aram Tomasian, der sonst bei jeder Gelegenheit ein Gespräch mit ihm gesucht hatte. Er bemerkte, daß rechts und links von seiner Schlafstätte in der Nordstellung die Nachbarn ihre Lager weiterrückten. Oberflächlich genommen lag die Erklärung darin, daß man in Gabriel Bagradian, der täglich eine Stunde und auch mehr am Krankenbett seiner Frau verbrachte, einen Träger der Ansteckung fürchtete. Doch hinter diesem äußeren Grunde verbargen sich weit verwickeltere Regungen. Gabriel Bagradian war der Mann, den ein Unheil getroffen hatte und von dem man ahnte, daß ihn ein viel härteres Unheil noch treffen werde. Die allmenschliche Angst vor einem Unheilbedrohten zog den vereinsamenden Bannkreis um ihn.

Was die Epidemie im Lager anbetrifft, so war es zum größeren Teil dem günstigen Wetter, zum kleineren Teil Bedros Hekim zu danken, daß sie ihre schleichende, doch begrenzte Form nicht überschritten hatte. Von hundertunddrei erkrankten Personen waren bisher vierundzwanzig gestorben. Der Führerrat hatte dem Arzt eine Sanitätskommission beigestellt, zu der auch Pastor Tomasian gehörte. Diese Behörde inspizierte täglich einmal die ganze Stadtmulde, Hütte für Hütte. Wurde irgendwo ein Bewohner mit den leisesten Anzeichen fiebrischen Unwohlseins angetroffen, mußte er seine Decken und Kissen sogleich zusammenpacken und sich in das Epidemie-Wäldchen, das Infektionsspital des Lagers, begeben. Der Aufenthalt in diesem schattigen Gehölz war übrigens für die Kranken mild und angenehm. Ein Regen freilich hätte alles grausam verändert. Doch dem Unwetter des ersten Tages war, Gott sei es gedankt, bisher kein zweites nachgefolgt, was im Hinblick auf den syrischen August zwar eine Gunst, aber kein Wunder genannt werden darf.

Bedros Altouni kam auf seinem Reittier zweimal im Tag zu Juliette Bagradian. Er wunderte sich darüber, daß die Krankheit bei ihr nicht den gewohnten Verlauf nahm. Die Krise schien sehr lange auf sich warten zu lassen. Das Fieber war nach dem ersten Anfall etwas gesunken, ohne daß die Kranke jedoch zu Bewußtsein gekommen wäre. Dabei lag sie nicht wie die anderen in tiefer Ohnmacht oder in phantasierender Erregung, sondern in einer Art von abgründig bleischwerem Schlaf. Innerhalb dieses Schlafes aber konnte sie, ohne zu erwachen, den Kopf wenden, den Mund öffnen und die Milch schlucken, die ihr Iskuhi reichte. Manchmal stammelte sie auch ein paar Worte aus einer anderen Welt herüber.

Iskuhi Tomasian rührte sich in den ersten Tagen kaum aus dem Krankenzelt, da die arbeitsüberlastete Mairik Antaram die Pflege nur stundenweise übernehmen konnte. Das Mädchen hatte sein Bett hereinschaffen lassen und schlief bei Juliette. Howsannah und ihr Kind sah sie jetzt nicht mehr, wie es ja nicht möglich war. Trotz ihres Gebrechens leistete Iskuhi den Pflegedienst mit Geschick. Da schon am zweiten Tag zu der Krankheit eine eitrige Angina hinzutrat, geschah es oft, daß Juliette die Milch, die ihr Iskuhi einflößte, nicht hinunterwürgen konnte oder wieder erbrach. Die Pflegerin mußte dann noch zu allen anderen Mühen die Bettwäsche auswechseln und waschen. Juliettens Dienerinnen ließen sie ruhig gewähren. Sie fürchteten sich vor der Ansteckung und berührten nur mit großem Widerwillen die Kranke und ihre Sachen. Meist steckten sie nur einmal am Morgen und ein andres Mal gegen Abend den Kopf scheu ins Zelt und verschwanden dann. Was hatten sie schließlich mit dieser Fremden zu schaffen, die in solch schmählichem Rufe stand? Die Last lag vorläufig auf Iskuhi ganz allein. Bei Tag und Nacht erwies sie der Bewußtlosen Liebesdienste, ohne daß ihr Herz der Französin auch nur

einen Schatten nähergekommen wäre. Wenn die Frau des Arztes zur Ablösung erschien, mußte sie die junge Tomasian mit Gewalt aus dem Krankenzelte entfernen, damit diese ein paar Stunden lang ruhe. Iskuhi aber setzte sich dicht vor den Eingang und rührte sich nicht fort. Wenn ein Schritt ertönte, ein Gesicht auftauchte, erschrak sie tief und suchte sich zu verstecken. Der Gedanke an ein Zusammentreffen mit ihrem Bruder oder ihrem Vater verstörte sie. Am liebsten war ihr die Stunde an der Grenze zwischen Nacht und Morgen, wenn sie, wie eben jetzt, vor dem Zelt saß, um Gabriel zu erwarten. In dieser einsamsten Stunde der Welt pflegte er meist zu kommen, da er eine ganze Nacht auf seinem Schlafplatz in der Nordstellung fast niemals aushielt. Gabriel trat, von Iskuhi gefolgt, an Juliettens Bett. Die Petroleumlampe auf dem Spiegeltischchen warf ihr Licht voll auf den Kopf der Kranken. Altouni hatte gewünscht, man möge Juliette immer im Auge behalten, für den Fall, daß sie erwache oder daß eine Herzschwäche eintrete. Gabriel Bagradian beugte sich über seine Frau und schob die Augenlider auseinander, als wollte er durch die Einwirkung des Lichtes ihren Geist zurückrufen. Juliette wurde wohl unruhig, machte zuckende Bewegungen, atmete laut, doch sie erwachte nicht. Die Stimme Iskuhis erzählte alles Wissenswerte, das sich tagsüber ereignet hatte. Im Zelte redeten die beiden nur Sachliches miteinander. Doch auch vor dem Zelte war's nicht geheuer. Als sie jüngst um die gleiche Stunde Arm in Arm auf dem Dreizeltplatz umhergegangen waren, hatte Iskuhi gespürt, wie Howsannahs Türvorhang sich bewegte und der Blick verborgener Augen sie im Rücken traf. Darum verließen sie heute den Krankenraum auf Zehenspitzen und begaben sich zum „Gartensalon", zu jener von Myrten umsäumten Bank, wo Juliette in früheren Tagen ihre Bewunderer empfangen hatte. Hier waren sie gut geborgen. Trotz der tiefen Einsamkeit berührten sie einander nicht und sprachen nur hauchend leise:
„Weiß du, Iskuhi, vorhin hab ich gemeint, ich verliere den Verstand. Aber in dem Augenblick, da ich deine Nähe gefühlt habe, waren diese grauenhaften Einbildungen vorüber. Jetzt bin ich wieder frei. Sei still! Es ist schön. Lange wird's ja nicht dauern."
Er lehnte sich weit zurück wie ein Leidender, der endlich eine schmerzfreie Körperstellung gefunden hat und diese festhalten will:

651

„Ich habe Juliette geliebt und vielleicht liebe ich sie noch. Mit der Erinnerung wenigstens. Aber dies zwischen dir und mir, was ist das, Iskuhi? Am Ende meines Lebens hab ich dich finden müssen, wie ich hierherkommen mußte, nicht durch Zufall, sondern ..., aber wer kann das ausdrücken? Mein Lebtag habe ich immer nur das Fremde gesucht. Es hat mich verführt, doch niemals glücklich gemacht. Und auch ich habe das Fremde verführt und nicht glücklich gemacht. Man lebt mit einer Frau, Iskuhi. Und dann trifft man die einzige wahrhaftige Schwester, die man hat, und es ist zu spät..."

Iskuhi sah an ihm vorbei in das träge bewegte Gesträuch:

„Wenn wir uns draußen in der Welt begegnet wären, irgendwo, hättest du dann die Schwester in mir auch bemerkt...?"

„Das weiß Gott allein. Vielleicht hätte ich sie nicht bemerkt..."

Kein Schatten lag auf ihrer Stimme:

„Und ich hab es sofort gesehen, wer du für mich bist, damals schon, in der Kirche, als wir von Zeitun kamen..."

„Damals? Ich hab's nie geglaubt, daß man ein andrer werden kann, Iskuhi. Man lernt zu, dacht ich mir, man entwickelt sich ... Das Gegenteil ist wahr. Man *schmilzt*. Was dir geschieht und mir und unserm ganzen Volk, das ist ein Schmelzprozeß. Ein dummes Wort für die Sache. Aber ich spür's, wie ich zusammenschmelze. Alles Überflüssige, alles Angeflogene vergeht. Bald bin ich nur mehr ein Stück Metall, dieses Gefühl hab ich. Siehst du, und aus demselben Grunde ist Stephan verloren..."

Iskuhi griff nach seiner Hand:

„Warum sagst du das? Warum soll Stephan verloren sein? Er ist ein starker Junge. Und Haik kommt sicher nach Aleppo. Warum nicht auch er?"

„Er kommt nicht nach Aleppo ... Bedenke doch, was geschehen ist. Und das alles trägt er in sich..."

„Du solltest solche Worte gar nicht aussprechen, Gabriel! Du schadest ihm damit. Ich habe alle Hoffnung für Stephan..."

Iskuhi wandte plötzlich den Kopf nach dem Krankenzelt. In Gabriel aber blinkte ein Gedanke auf, er wußte selbst nicht warum. Sie wünscht sich Juliettens Tod, sie muß ihn wünschen! Iskuhi war aufgesprungen.

„Hörst du nichts? Ich glaube, Juliette ruft!"

Er hatte nichts gehört, folgte aber Iskuhi, die ins Zelt stürzte. Juliette wand sich auf ihrem Bett wie eine Gefesselte, die gegen Stricke kämpft. Sie war weder ganz bewußtlos noch auch wach. Ihre zerbissenen Lippen bedeckte ein weißlicher Schorf. Man sah es den glutroten Wangen an, daß in den letzten Minuten das Fieber wieder bis an die Grenze des Möglichen gestiegen' sein mußte. Sie schien Gabriel zu erkennen. Mit irren Händen klammerte sie sich an seinen Rock. Er konnte die Frage nur mit Mühe verstehen, die sie heiser lallte:

„Ist das alles wahr ... Ist das alles wahr...?"

Zwischen dieser Frage und seiner Antwort lag eine kleine Zeitlücke, wie aus eisiger Windstille gebildet. Dann aber betonte er, über die Frau geneigt, jede Silbe in der Art eines Magnetiseurs, der einen hypnotischen Auftrag erteilt:

„Nein, Juliette, das alles ist nicht wahr ... das alles ist nicht wahr..."

Ein erschütternder Seufzer:

„Gott sei Dank ... Es ist nicht wahr..."

Ihr Krampf lockerte sich. Sie zog die Knie hoch, als wolle sie sich schuldlos im Mutterleib des Fiebers verkriechen. Gabriel fühlte ihren Puls. Es war ein wildes, doch kaum mehr wahrnehmbares Vogelpicken. Man mußte zweifeln, ob Juliette noch den Morgen erleben werde. Schnell, das Herzmittel! Iskuhi schob ihr den Löffel mit der Strophantuslösung zwischen die Zähne. Da kam Juliette noch einmal zu sich, versuchte aufzusitzen und keuchte:

„Auch Stephan ... die Milch ... nicht vergessen..."

Für Pastor Aram brach ein Tag des Ärgernisses an. Er hatte sich, die Laterne an den Gürtel geschnallt, vor Morgen aufgemacht, um zu den Meeresklippen hinabzusteigen und die ersten Resultate der von ihm ins Werk gesetzten Fischerei zu besichtigen. Das Floß war nun fertig, und die jungen Leute hatten sich in dieser windlosen Nacht bereits hinausgewagt, um mit Schleppnetzen und kleinen Lichtern den üblichen Küstenfischfang zu betreiben. Tomasian war von seiner Idee besessen. Er sah in ihr nicht nur die Möglichkeit, den notwendigen Kostwechsel und reichliche Zubuße zu schaffen; sie erschien ihm darüber hinaus als einzige Rettung vor der nahenden Hungersnot. Sollte es bei hinreichendem Fleiße nicht gelingen, dem Meere täglich zwei- bis dreihundert Oka Fische zu entreißen? Wie sehr man auch mit dem Schlachtvieh jetzt schon knauserte, in sechs Wochen würde das letzte Schaf verschwunden sein — selbst bei höchst optimistischer Rechnung. Brachte er aber, Aram Tomasian, die Fischerei zum Blühen, so wuchs aus dem Meere neuer Mut und neue Widerstandskraft. Schon der Gedanke an die unerschöpfliche Lebensquelle würde Wunder wirken.

Während der junge Pastor im grünlichen Frühlicht den auf Befehl des Führerrats neu gebahnten Pfad mit großen Schritten hinabsprang, dachte er jedoch weder an Schafe noch an Milch, ja nicht einmal an seine Fische; sein Herz war ganz anderen, und zwar familiären Beklemmungen ausgesetzt. Was sind das für unnütze Besorgnisse und Wallungen, Aram Tomasian? Du tust ja so, als würde dein kleines Kind, dieser elende Wurm, jemals ein erwachsener Mann werden, für dessen Zukunft du Vorsorge treffen müßtest. Du tust ja so, als ob du mitten in einer regelstrengen Gesellschaft lebtest, in der die Ehre eines Mädchens der Gegenstand eifernder Obhut ist. Doch was hilft's? Dem Menschen ist es durch Gottes Gnade vergönnt, an alles eher zu glauben als an den Untergang, selbst wenn er schon mittendrin steht.

Das Söhnchen der Tomasians war nun sechzehn Tage alt. Es hatte die großen, uralten Armenieraugen. Sein Blick aber faßte nichts. Und noch immer hatte es nicht geschrien. Wenn es einen Laut von sich gab, so war es bloß ein tonloses Wimmern. Von Tag zu Tag grausamer schwand die Hoffnung auf einen Irrtum hin. War es blind und stumm geboren? Das Feuermal aber wuchs, dieses rätselhafte Zeichen, das der Musa Dagh selbst mit unsichtbarem Petschaft auf die Brust seines ersten Sprößlings gepreßt zu haben schien. Wen alles hatten die Tomasians wegen ihres Unglücks nicht schon zu Rate gezogen? Ganz abgesehen von Bedros Hekim und Mairik Antaram, der offiziellen Heilkunde, die verschiedensten weisen und unweisen Frauen, die es im Lager gab. Sie bekamen stets das gleiche zu hören, schlüssige und billige Erklärungen des Unglücks nämlich, die keinen Weg der Hilfe wiesen: die schweren Erlebnisse Howsannahs in Zeitun, die Deportation, die harte Reise nach Yoghonoluk, und dann wiederum Erregung und Flucht, all diese Schrecknisse hätten das Kind im Mutterleibe geschädigt. Was aber konnte man mit solchen Tröstungen anfangen? Da hier kein vernünftiges Mittel half, hätte sich Howsannah am liebsten den Künsten einer Nunik anvertraut. Seit der türkischen Invasion im Tale aber zeigten sich die Wehmütter des Todes und Gebärens nicht mehr auf dem Damlajik.

Jene einleuchtenden Gründe aber, die das furchtbare Schicksal ihres Kindes so logisch erklärten, genügten Howsannah ganz und gar nicht. Sie selbst fühlte sich von Gott geschlagen. Nicht umsonst war sie in einem pietistischen Vaterhaus aufgewachsen. Ein Kind soll Gnade sein. Dieses Kind aber war Strafe. Strafe erfließt aus Gott für Sünde. Sie war sich keiner Sünde bewußt. Auch nicht in den heimlichsten Winkeln ihrer Gewissenserforschung konnte sie sich Aram gegenüber einen Vorwurf machen. Da aber Schuld zweifellos vorhanden war, so lag sie in anderen, und zwar klarerweise in ihrer engeren Umgebung. Aram schied von jedem Verdachte aus. Howsannah war eine fanatische Gattin, die an ihrer Ehe keinen Makel sah. Wo aber lag dann die Sünde, deren Schatten auf ein unschuldiges Kind fiel? Da war zunächst die erste Ursache des Fluches, Juliette Bagradian. In ihr, der Ehebrecherin, der Kleidernärrin, der Gottlosen, der Fremden, sah Howsannah den Inbegriff der Sünde, deren Folgen fressend ausstrahlten wie Krebs. Und man lebte schamlos in ihrem Bannkreis, man wohnte in ihrem Zelt, schlief in ihrem Bett, man aß auf ihren Tellern ihre Speisen, weil man abhängig war von gleisnerischem Tand, weil man auf solche Bequemlichkeiten nicht verzichten wollte, weil man zu der von Gott verhängten Armut, wie sie in allen anderen Familien herrschte, nicht die Reinheit besaß. Howsannahs Gedanken aber blieben hiebei nicht stehn. Langsam drang die Wahrheit zum Herzen, das gierig nach ihr griff: Iskuhi. Kein Zweifel! Howsannah wußte, wie es um die junge Schwägerin stand. Eine ehebrecherische Person auch sie, ohne Halt, ohne Glauben, zur Sünde rücksichtslos entschlossen! War sie nicht immer starrköpfig, ichbesessen, vergnügungstoll gewesen, in Zeitun schon, als Aram seiner Frau die harte Forderung gestellt hatte, mit einem solchen Geschöpf in gemeinsamem Haushalt zu leben? Aber Aram wollte ja niemals die Wahrheit sehen, und es war einfach unmöglich gewesen, ein offenes Wort über Iskuhi, das geliebte Schwesterchen, zu wagen. Als Howsannah Tomasian während der Taufe ihres armen Kindes weinend davongelaufen war, da hatte sie die Zusammenhänge wie in einer unbestimmten Vision vorausgeahnt, ohne das geringste zu wissen. Jetzt aber wußte sie alles, sie wußte, daß ihr Kind unter Gottes Fluch stand. Sie weinte nicht mehr. Mit geballten Fäusten ging sie die fünf Schritte, die das Zelt maß, unablässig hin und her wie eine Wahnsinnige in der Zelle. In dieser Nacht aber hatte Howsannah nicht länger mehr geschwiegen, sondern von Aram verlangt, er möge sie am Morgen schon in die Hütte Vater Tomasians bringen. Das Kind werde in dem Sündenpfuhl der Bagradians von Gottes Strafe nie und nimmer befreit werden. Der Pastor, der unter der seelischen Verwirrung seiner Frau tief litt, sah sie verständnislos an: „Wenn die Bagradian eine Sünderin ist, was hat das mit Gottes Strafe und unserem Kind zu tun?" Howsannah nahm den Säugling von der Brust. Sie spürte, wie der aufsteigende Zorn ihre Milch vergiftete: „Also auch du willst blind sein, Pastor?" Er versuchte, ihr das Unsinnige ihres Wahnes klarzumachen. Aber er hätte in diesem Augenblick kein schlechteres Kampfmittel wählen können als die Logik. Howsannah schrie ihm die Ehrlosigkeit Iskuhis ins Gesicht. Nun aber empörte sich Aram Tomasian und wies seine Frau bitter zurecht. Iskuhi opfere sich unter größter Lebensgefahr für eine Fremde auf, von der sie ein paar Freundschaftsdienste empfangen habe. Bei Tag und Nacht liege die Last der Pflege beinahe allein auf ihr, die doch selbst krank und gebrechlich sei. Für ihre reine Herzensgüte und Christlichkeit werde sie nun so gemein beschimpft; und von wem, von der eigenen Schwägerin! Nur weil er, Aram, den Zustand Howsannahs begreife, wolle er nichts gehört haben und verzeihe ihr. Howsannah aber lachte höhnisch: „Du kannst dich ja davon überzeugen, Pastor, wie deine herzensgute Iskuhi die Kranke pflegt. Steck nur den Kopf in ihr Zelt! Du findest sie mit ihm beisammen. Manchmal spazieren sie auch ganz frech miteinander draußen herum…"

Das Lachen und die Worte Howsannahs klangen dem Pastor während des Abstiegs unablässig im Ohr. Er konnte an nichts anderes denken, obgleich doch die Fischerei angesichts der unerbittlichen Sachlage ein dringenderes Problem war als alles andre. Immer eisiger griff die Wahrheit nach seinem Herzen. Der unbegreifliche Haß Howsannahs verzerrte alles. Gott hatte ihn in diesem Kinde für die große Sünde von Marasch gestraft, für den Verrat an seinen Waisen. Er selbst war der

Schuldige und nicht Iskuhi. — Unten bei den Klippen angelangt, erfuhr Aram zum Überfluß, daß seine große Idee bisher nur die dürftigste Verwirklichung gefunden hatte. Trotz der glatten See war das Floß während der kleinen Fahrt auseinandergefallen und drei der jugendlichen Fischer und Schiffer wären dabei fast ums Leben gekommen. In Hinblick auf solche Gefahr erschien die Ausbeute mehr als dürftig: zwei mäßige Körbe, angefüllt mit winzigen Silberfischlein und gestaltlosem Meergewürm. Der Inhalt genügte gerade für einen großen Suppentopf. Nachdem Tomasian seinen Spott über derartige Seeleute ergossen hatte, traf er neue Anordnungen. Man mußte nicht gleich beim erstenmal allen Mut verlieren. Immerhin zeigte die Salzbleiche erfreulichere Resultate als der Fischfang. Ein gutes Maß Salz konnte in die Stadtmulde geschafft werden.

Aram Tomasian hatte sich kaum eine Viertelstunde an der Küste aufgehalten, als er, von seinem schweren Herzen getrieben, bereits wieder den Rückweg antrat. Er war durchaus nicht im klaren darüber, was er zu unternehmen habe, um Iskuhi zu retten. Hatte er nicht der Schwester gegenüber, selbst als sie noch ein Kind war, stets Zurückhaltung und Respekt gewahrt? Bei Iskuhi war's anders auch gar nicht möglich. Ihre trotz aller Stille und freundlicher Unterordnung kristallharte Persönlichkeit verbot jeden Übergriff. Zwischen den Geschwistern hatte von jeher eine feine keusche Form geherrscht, die es vermied, die Grenzen der Teilnahme zu überschreiten. Und jetzt sollte er, dem Iskuhis Seele immer heilig gewesen, sie mit rohen Offenheiten steinigen? Der verständnisvolle Mensch, der zartfühlende Bruder sollte auf einmal den polternden Mann Gottes spielen? Und dabei waren Howsannahs Reden zweifellos nur eine Ausgeburt ihrer Verstörung.

Aram Tomasian hatte in Zeitun und auf dem Musa Dagh genügend Beweise seiner Tapferkeit abgelegt. Jetzt aber, da er schon den buschreichen Abschluß des Feigeheges erreichte, war er mutlos und unentschlossen. Wäre es nicht die anständigste Lösung, Gabriel Bagradian in Person zur Rede zu stellen? Aber wie? Durfte man sich an einen Mann von seinem Range, von seiner achtunggebietenden Höhe mit solch häßlichem Verdacht heranwagen? An einen Mann noch dazu, der, von grausamen Schicksalsschlägen getroffen, in diesen Tagen um das Leben seines einzigen Sohnes zitterte und verzweifelte? Tomasian sah keinen Ausweg. Er war so gut wie entschlossen, vorderhand an die Sache nicht zu rühren. Ehe er zur Stadtmulde abschwenkte, um mit seinem Vater zu sprechen, wollte er noch rasch einen Blick nach Howsannah tun. Es kam aber alles anders. Vor Juliettens Zelt saß Iskuhi und blickte leer in die Richtung, nach der Gabriel vor kurzem verschwunden war. Sie bemerkte ihren Bruder erst im letzten Augenblick. Aram ließ sich ihr gegenüber auf die Erde nieder und suchte sehr verlegen nach Worten:

,,Lang haben wir uns nicht mehr gesprochen, Iskuhi...''

Sie machte eine wegwerfende Bewegung, als könne ein menschliches Erinnerungsvermögen den Abgrund zwischen allem Vergangenen und dem Gegenwärtigen gar nicht ausmessen. Arams Worte tasteten sich näher an sie heran:

,,Howsannah entbehrt dich sehr. Sie war an dich und deine Hilfe ja immer gewöhnt ... Und jetzt, wo das arme Kind da ist und es so viel Arbeit gibt...''

Iskuhi unterbrach ihn ungeduldig:

,,Aber du weißt doch, Aram, daß ich gerade jetzt wegen des Kindes am allerwenigsten zu ihr kommen kann...''

,,Gut, du hast diese Krankenpflege hier übernommen. Das ist sehr schön von dir ... Doch vielleicht braucht man dich in deiner eigenen Familie jetzt dringender...''

Iskuhi schien sehr erstaunt zu sein:

,,Die Hanum hier drinnen hat keinen Menschen ... Howsannah aber ist schon wieder wohlauf und hat Helferinnen, soviel sie will...''

Der Pastor schluckte mehrmals, als habe er Halsschmerzen:

,,Du kennst mich, Iskuhi. Ich rede nicht gerne herum ... Willst du ganz offen zu mir sein? In unserer Lebenslage wäre alles andre ja lächerlich...''

Sie ließ mit leichter Feindseligkeit ihren Blick auf dem Bruder ruhen:

,,Ich bin ganz offen zu dir.''

Nun wollte er ängstlich ihrer Unschuld eine Brücke bauen. Wenn es sich nur um Wohlgefallen, Freundschaft, Sympathie handelte, um etwas, das nicht tödlich ernst war, dann wünschte er brennend, daß sie ihn streng zurückweise und den Verdacht der Schwägerin empört Lügen strafe: ,,Howsannah hat große Angst um dich, Iskuhi. Sie meint, gewisse Dinge erkannt zu haben. Wir haben heute die halbe Nacht darüber gestritten. Deshalb frage ich das, verzeih mir! Ist zwischen dir und Gabriel Bagradian irgend etwas vorgegangen?"

Iskuhi errötete nicht, noch auch zeigte sie die geringste Betretenheit. Ihre Stimme war ruhig und fest:

„Zwischen mir und Gabriel ist nichts vorgegangen ... Aber ich liebe ihn und werde bei ihm bleiben bis zum Ende!"

Aram Tomasian sprang entsetzt auf die Füße. Als eifersüchtigen Bruder hätte ihn jedes Liebesbekenntnis in schweres Unbehagen gestürzt. Um so·heftiger traf ihn daher der mit dreister Ruhe geführte Stoß:

„Und das wagst du so leicht auszusprechen, mir ins Gesicht, mir!?"

„Du hast es verlangt, Aram..."

„Bist du das, Iskuhi, du? Mir bleibt der Verstand stehn. Und deine Ehre, und deine Familie? Bedenkst du um Jesu Christi willen nicht, daß er ein verheirateter Mann ist?"

Sie hob den Kopf mit einem Ruck zu ihm auf. In ihren Zügen lag unbesiegbare Überzeugung:

„Ich bin neunzehn Jahre alt und werde keine zwanzig werden!"

Tomasians Pastorenstimme dröhnte empört:

„In Gott wirst du älter werden, denn in Gott ist deine Seele unsterblich und verantwortlich!"

Je lauter Aram wurde, um so leiser Iskuhi:

„Ich fürchte mich nicht vor Gott..."

Der Pastor schlug sich mit der Hand gegen die Stirn. Ich fürchte mich nicht vor Gott. Was der Ausdruck höchster Gewißheit war, mißverstand er als verstockte Frechheit:

„Weißt du, was du tust? Ahnst du den Pfuhl nicht, in dem du lebst? Dort drin liegt die Frau, todkrank, bewußtlos. Eine schamlose Betrügerin! Aber ihr betrügt sie noch hundertmal schamloser. Ihr führt ein Leben, niedriger, grauenhafter als die primitivsten Moslems! Ah, ich tue den Moslems unrecht..."

Iskuhi krampfte sich mit der rechten Hand am Zeltseil fest. Ihre Augen wurden groß und größer. Tomasian hielt das für die Wirkung seiner Worte. Gott sei gepriesen, noch hatte er seinen Einfluß auf die Schwester nicht verloren. Er zog deshalb mildere Saiten auf:

„Wir wollen vernünftig sein, Iskuhi! Denk doch an die Folgen, nicht nur für dich und uns, sondern auch für Bagradian und das ganze Lager! Dieser heillosen Verirrung muß ein Ende gemacht werden! Sofort! Der Vater wird dich abholen und zu sich nehmen..."

Aus Iskuhis Brust drang ein verhauchender Laut. Sie lehnte sich zurück. Jetzt erst bemerkte Pastor Tomasian, daß ihre Schmerzgebärde nicht von der moralischen Einsprache herrührte, sondern daß sich hinter seinem Rücken etwas begab, das Iskuhi mit Entsetzen erfüllte. Als er sich umwandte, sah er Samuel Awakian vor sich, der atemlos nach seinem Patron Umschau hielt. Der Student konnte sich kaum auf den Beinen halten. Sein Gesicht war zu einer Fratze verzerrt, er weinte vor sich hin. Iskuhi deutete schwach in die Richtung des Nordsattels. Dort war Bagradian zu finden. Dann sank sie in sich zusammen, ohne Aram zu achten. Sie wußte alles.

Es gehörte zu Satos Eigenart, daß sie niemals oder nur selten dieselbe Schlafstätte bezog. Das Bedürfnis des Menschen nach einem ständigen Nachtlager, nach einem gesicherten Ort für den dunklen Teil seines Erdenlebens, dieses Bedürfnis der Einbürgerung auch im Schlafe fehlte Sato ganz und gar. Sie vermied es, zwei Nächte auf demselben Platz zu verbringen, ja oft pflegte sie während einer einzigen Nacht ihr Lager zu wechseln. Dies freilich fiel ihr nicht schwer, da sie sich ohne weitere Vorbereitungen irgendwohin warf, unter die Büsche der „Riviera", in ein Gehölz, ja manchmal sogar mitten auf den Altarplatz. Sie schlief in sich zusammengerollt, ohne Decken und Kissen, obwohl sie diese von der Dienerschaft des Hauses Bagradian schon zweimal erbettelt hatte. Zu Satos Ehre aber muß es gesagt werden, daß jenes schöne Bettzeug als Gastgeschenk zum Friedhofvolk hinabgewandert war, dem sie mit wahren Verwandtschaftsgefühlen innig anhing. Ihre lockere Nachruhe bedurfte solcher Bequemlichkeiten nicht. Zwischen Sato und Haiks Schlaf bestand eine Ähnlichkeit insofern, als auch sie noch in der tiefsten Lähmung auf ihrer Hut war. Während aber Haiks scharfe Sinne gleichsam die Wache bezogen, um ihren schlafenden Herrn zu schützen, und wie gute Posten die Wirklichkeit nicht freigaben — schweiften Satos Sinne ruhelos umher und gruben Unterirdisches heraus. Ihre Träume, obgleich wie übereinander photographierte Bilder, waren nicht immer bloße Einbildungen. Sie bedeuteten hie und da eigensinnige Fingerzeige, und Sato erfuhr, was sich zur Zeit in ihrer näheren und weiteren Umgebung zutrug. Auch jetzt war Ähnliches der Fall. Sie schlief unter den Myrten- und Arbutusbüschen, dort, wo sie die Umarmungen Gonzagues und Juliettens belauscht hatte. Da meldete ihr etwas, daß Nunik nahe, und zwar an der Spitze eines großen Gefolges.

In wilden Sätzen schoß Sato dahin, ihrer Eingebung folgend, die ihr die Richtung wies. Es war noch immer Nacht, als sie das vielgefaltete Plateau des Damlajik hinter sich ließ und südlich der brennenden Wälder den Kamm des Berges überschritt. An dieser Stelle wird er, von dem rotbeerigen Gesträuch und einzelnen Baumgruppen abgesehen, immer leerer und steinichter. Bis hierher hatte das Feuer seine Flügel gespannt gehabt. Verkohlte Bäume und einzelne glosende Vegetationsinseln legten Zeugenschaft für den großen Brand ab. Er selbst aber zog seine Vorposten und Fahnen immer enger in das Hauptlager zurück, von dem er ausgegangen war, in die Steineichenschlucht. In ihrem Umkreis besaßen die Flammen noch einige Kraft, und man konnte das langatmige Fauchen, Zischen und Krachen in der nächtlichen Stille weithin hören. Der Damlajik hatte sich in breiter Linie von Bitias bis Hadji Habibli durch den Glutpanzer gegen alle Angriffe gesichert. Hier waren die Vorberge, Einschnitte, Schluchten, kleine Täler alle in die Festung des Brandes einbezogen, der sich erst in den Weinhängen und Obstgärten verlor. Jetzt freilich sank sein Leben immer matter zusammen, hinterließ aber ein unüberwindliches Niemandsland von rotglimmenden Girlanden, von dunkelglühenden Kohlenblöcken, von qualmenden Aschenquadern und faltigen Rauchvorhängen wie aus graubraunem Samt. Die Quellen und Bäche, die zu Tale liefen, waren nicht etwa versiegt, sondern sie hatten sich neue Pfade gegraben und kamen an den Grenzen des Brandbereiches wie Heilsprudel dampfend zum Vorschein.

Sato begegnete Stephans Totengefolge in einer kleinen gedeckten Schlucht, die zur vorletzten Verteidigungsstellung im Süden emporführte. Nunik und die Ihren waren nicht nur wegen der weiten durch den Waldbrand erzwungenen Umwege so langsam vorwärtsgekommen. Das Hindernis lag im Alter und Siechtum des Gefolges selbst. Denn diesmal hatte sich den nervig starken Klagefrauen alles angeschlossen, was es im Talgrund an verborgener Bresthaftigkeit gab, die

661

letzte bittere Neige des Armenierstammes. Sogar die irrsinnigen Weiber folgten in gemessenem Abstand, da sie ja vom Gräbervolk gesellschaftlich geächtet waren. Hier zeigte es sich, daß selbst eine unausdenklich niedrige Klasse der Menschheit immer noch ein Objekt finden kann, mit dem „zu verkehren" sie zu hochmütig ist. Die Närrinnen ließen ein aufdringliches Geplauder hören, als wollten sie damit diejenigen, von welchen sie geächtet wurden, ihren überlegenen Gleichmut fühlen lassen. Der Gang des Totenpomps wurde dadurch nicht beschleunigt, daß die blinden Bettler mit ihren hochgesträubten Prophetenhaaren die Bahre trugen. Als die einzigen Männer, deren Arme und Beine noch einen Rest von Kraft besaßen, hatte Nunik sie zu Trägern bestimmt. Sie selbst schritt voraus, Wartuk und Manuschak aber lenkten die Blinden mit ihren langen Hirtenstöcken an Stämmen, Sträuchern, Steinblöcken vorbei, wie man schlapp dahinnickende Büffel des Weges treibt. Der weißumhüllte Leichnam des Bagradiansohnes lag auf einer der altertümlichen und reichgeschmückten Totenbahren, von denen in der Kirche und auf dem Friedhof von Yoghonoluk noch immer ein Dutzend zu finden war. In segensreichen Friedensjahren, wenn sich im Orte wochenlang kein Todesfall ereignet hatte und die Einkünfte des Küsters daher zu schrumpfen begannen, schlich sich dieser nachts in die Kirche, um mit einem Klöppel die faulen Bahren zu schlagen. Dabei flüsterte er die Beschwörung, die ihm sein Vorgänger im Amt als probates Mittel überliefert hatte, den müden Tod zu bekehren: „Holz wach auf und gib mir Brot!"

Sato umkreiste das Begängnis wie eine junge Hündin, die ein drei- und vierfacher Weg nicht schreckt. Sie drängte sich immer wieder an die Bahre heran, die mit den tappenden Blindenschritten vorwärtsschwankte. Ihre mitleidlosen und gierigen Augen tasteten die kindliche Gestalt ab, die sich unter dem Laken verbarg. Gar zu gerne hätte Sato das Tuch von dem Gesicht gehoben, um nachzusehen, wie Stephan im Tode lebte. Als dann die Höhe fast erklommen war, trennte sie sich von dem Zug und rannte lagerwärts. Sie wollte die erste sein, die Awakian und Kristaphor weckte und dem Volke als Heroldin den Tod des Bagradiansohnes verkündete. Kurz nach Sonnenaufgang erreichte der Tote und sein tappendes und hinkendes Gefolge den großen Platz. Die Bahre wurde zu Füßen des Altars niedergestellt. Die Klageweiber mit ihrem Troß hockten sich ringsumher. Nunik enthüllte das Antlitz des Knaben. Sie hatte Ter Haigasuns Auftrag erfüllt, so gut es ging. Der Lohn war fällig und konnte nicht streitig gemacht werden. Schon erhob sich, kaum hörbar, das zittrige Gesumme der Totenklage.

Stephan war nun ganz und gar zu dem orientalischen Prinzen geworden, den seine Mutter mit Schreck in ihm gesehen, als er das erstemal die einheimische Kleidung trug. Obgleich Nunik vierzig Wunden gezählt hatte, Stiche, Hiebe, Quetschungen über den ganzen Körper, obgleich das Rückgrat gebrochen und die Kehle durch einen grauenvollen Schnitt durchtrennt war, zeigte das Gesicht des Toten keinerlei Entstellung. Hinter den für ewig versiegelten Lidern schien Stephan noch immer den ersehnten Vater aus jenem hohen Bahnhoftor treten zu sehen. Das Lächeln der Befriedigung, weil Papa ihn wieder in den Armen hielt, hatte der vierzigfache Mord aus seinen Zügen nicht vertilgen können. Er war gestorben, ohne dabeigewesen zu sein. Nur wie ein fernes Gerücht hatte ihn durch Gottes Gnade der bestialische Martertod berührt. Jetzt erst schien er ganz eins mit sich selbst zu sein, der sehnsüchtige Prinz.

Der erste, welcher den Altarplatz betrat und vor der Bahre und dem umlagerten Altar zurückstaunte, war Krikor, der Apotheker.

Am verwichenen Abend war Sarkis Kilikian durch Ter Haigasun persönlich aus der Haft zu seiner alten Einteilung in der Südbastion entlassen worden. Krikor sah den Russen nur ungern scheiden, der in der Eigenschaft eines Strafgefangenen einige Tage und Nächte lang die Baracke mit ihm geteilt hatte. Der Apotheker war in seiner Krankheit schon längst völlig verlassen. Seine Jüngerschaft, die Lehrer, kam nicht mehr zu ihm, nicht nur wegen der Kriegsdienste, die sie leisten mußten, sondern weil sie als frischgebackene Männer der Tat eine leise Verachtung für ihre schwärmerische Vergangenheit hegten. Gonzague Maris, mit dem er gerne gesprochen hatte, war geflohen. Bedros Hekim, sein alter Freund, schlurfte, selbst ein klappriges Wrack, dann und wann zu Krikors Lager und besah mit ebenso tiefsinnigem wie hilflosem Kopfschütteln die entstellten Glieder und Gelenke des Kranken. Seine Verlassenheit war der Zeit nach eine doppelte, denn er schlief von vierundzwanzig Stunden kaum eine oder zwei, und zwar stets nur gegen Mittag. Die Nacht hingegen war wie bei gar vielen Weisen und Geistesgrößen die Zeit seines hellsten, hochbewegten Lebens. In den ersten beiden Nächten von Kilikians Gefangenschaft hatte Krikor die Gegenwart eines Menschen in dem versperrten Kotter als unerträglich störend empfunden. In der dritten Nacht verwandelte sich dieses Gefühl der Störung in ein merkwürdiges Bedürfnis, den Gefangenen zu sehen und mit ihm zu sprechen. Nur die Rücksicht auf die Autorität des Führerrates, dem er ja selbst angehörte, hatte es verhindert, daß er diesem Bedürfnis nachgab. In der vierten Nacht aber wurde es in der tiefen Einsamkeit so stark, daß sich Krikor nicht mehr bezwingen konnte. Unter den größten Schmerzen stand er von seinem Bett auf, schleppte sich zu der Tür, die in den Kotter führte, zog den Schlüssel aus dem Versteck und schloß mit seiner verschwollenen und verknoteten Hand mühsam auf. Sarkis Kilikian lag auf seiner Matte mit offenen Augen. Der Apotheker hatte ihn nicht geweckt, und der Besuch versetzte ihn keineswegs in Staunen. Die Hände und Füße des Russen waren gefesselt, doch so gnädig, daß er sich bequem bewegen konnte. Krikor stellte die Petroleumlampe auf den Boden und ließ sich neben ihr nieder. Kilikians Fesseln beschämten seine Seele. Um der Gleichberechtigung willen hielt er ihm seine eigenen armen Hände hin:

„Wir beide sind gefesselt, Sarkis Kilikian. Meine Fesseln aber schmerzen mehr als die deinen, und ich muß sie auch morgen noch tragen. Beklag dich nicht."

Kilikian sah ihn voll aus seinen apathischen Augen an:

„Ich beklage mich nicht."

„Vielleicht aber wär's besser, du würdest dich beklagen..."

Der Apotheker reichte dem Gefangenen seine Rakiflasche. Dieser tat einen nachdenklichen Schluck. Auch der Alte trank aufmerksam. Dann betrachtete er den Russen:

„Ich weiß, daß du studiert hast ... Vielleicht hättest du in diesen Tagen gerne ein Buch gelesen?"

„Zu spät kommst du damit, Apotheker."

„In welchen Sprachen kannst du lesen, Kilikian?"

Der Russe brummte, als verrate er dergleichen nicht gerne:

„Auch Französisch und Russisch, wenn es sein muß."

Krikors glatter Mandarinenkopf mit dem wippenden Bocksbärtchen nickte traurig:

„Da sieh nur, was du für ein Mensch bist, Kilikian ..."
Der Deserteur gluckste sein grundloses langsames Lachen, das
schon Gabriel Bagradian in jener Nacht der Zeltprobe entsetzt
hatte. Krikor aber ließ sich nicht beirren:
„Du hast ein unglückliches Leben gehabt, ich kenne es ...
Aber warum? Hat man dich nicht nach Edschmiadsin geschickt? Hast du nicht im Seminar gelebt, Tür an Tür mit der
herrlichsten Bibliothek der Welt? Ich war nur einen einzigen
Tag dort, aber am liebsten wäre ich bis ans Lebensende unter
jenen Büchern geblieben ... Und du bist durchgebrannt..."
Sarkis Kilikian stützte sich halb auf:
„Sag einmal, Apotheker, du hast doch früher geraucht ... Ich
habe seit fünf Tagen keinen guten Atemzug mehr gemacht."
Krikor raffte stöhnend sein lahmes Gebein zusammen und
brachte dem Gefangenen seinen Tschibuk samt der letzten
Büchse Tabak, die er besaß:
„Nimm das nur, Kilikian! Ich hab auch diesen Genuß auf-
geben müssen, weil ich die Pfeife nicht mehr halten kann."
Sarkis Kilikian hüllte sich sofort leidenschaftlich in Dampf.
Der Apotheker aber hob die Lampe und leuchtete ihn an:
„Und doch bist du selbst schuld an deinem Unglück, Kilikian ... Ich sehe deinem Gesicht an, daß du ein Mönch bist,
ich meine damit nichts Pfaffenhaftes, sondern einen, der in
seiner Zelle die ganze Welt besitzt ... Deshalb ist auch die
Sache mit dir so übel ausgefallen. Warum bist du durchgegangen? Was hast du in der Welt zu suchen gehabt?"
Sarkis Kilikian gab sich so ausschließlich dem Rauchen hin,
daß es gar nicht deutlich wurde, ob er Krikors Reden hörte
und verstand.
„Ich werde dir etwas sagen, mein Freund Sarkis ... Es gibt
zwei Arten von Menschen. Die einen, das sind die Menschen-
tiere, die Milliarden! Die andern, die Menschenengel, zählen
Tausend oder bestenfalls Zehntausend. Zu den Menschentie-
ren gehören auch die Großen der Welt, die Könige, die Poli-
tiker, die Minister, die Generale, die Paschas, ebenso wie die
Bauern, die Handwerker und Arbeiter. Sieh dir den Muchtar
Kebussjan an! So wie er sind sie alle. Sie haben in tausend
Formen nur *eine* Beschäftigung: die Fabrikation von Kot!
Denn die Politik, die Industrie, die Landwirtschaft, die
Kriegskunst, ist dies alles etwas andres als Fabrikation von
Kot, wenn sie vielleicht auch notwendig sein mag? Nimmst

665

du dem Menschentier den Kot fort, so bleibt in seiner Seele das Schrecklichste zurück, die Langeweile. Er hält es mit sich selbst nicht aus. Und aus dieser Langeweile kommt alles Böse, der politische Haß und der Massenmord. — In den Menschenengeln aber lebt das *Entzücken*! Oder bist du vielleicht nicht verzückt, Kilikian, wenn du die Sterne siehst? Das Entzücken in den Menschenengeln ist dasselbe, was der Lobgesang der wirklichen Engel ist, von dem der große Agathangelos behauptet, daß er die höchste und aktivste Tätigkeit im Universum überhaupt sei ... Aber wohin komme ich? Ich wollte sagen, daß es Menschenengel gibt, die sich selbst verraten, die von sich selbst abfallen. Für diese aber gibt es kein Erbarmen und keine Gnade. Jede Stunde nimmt Rache an ihnen ..."

Hier verlor Krikor von Yoghonoluk, der Wortgewaltige, den Faden und schwieg. Sarkis Kilikian schien von alldem nichts begriffen zu haben. Plötzlich aber legte er seinen Tschibuk zur Seite:

„Es gibt allerlei Seelen", sagte er, „manche werden schon in ihrer Kindheit vernichtet und niemand fragt danach, was das für Seelen sind ..."

Er zog mit seinen gefesselten Händen ein Rasiermesser aus der Tasche und klappte es auf:

„Sieh her, Apotheker! Glaubst du nicht, daß ich damit diese Riemen durchschneiden könnte? Glaubst du nicht, daß ich mit ein paar Fußtritten diese ganze Bude zertrümmern könnte? Und doch tu ich's nicht."

Krikors Stimme klang hohl und gleichgültig wie in früheren Zeiten:

„Dieses Messer besitzt jeder von uns, Kilikian. Aber was nützt es dir? Wenn du dich auch befreist, über die Grenze des Lagers kommst du doch nicht hinaus. Wir können daher nur die innere Gefangenschaft zerbrechen."

Der Deserteur sagte darauf nichts mehr und lag still. Krikor aber holte irgendein Buch aus seiner Büchermauer und begann, die nickelgefaßte Brille auf der Nase, mit einschläferndem Klang daraus vorzulesen. Kilikian hörte mit seinen unbewegten Achataugen den langatmigen Perioden zu, in denen vom Wesen und Einfluß der Gestirne die unklare Rede ging. Es war das letztemal, daß der Apotheker von Yoghonoluk Gelegenheit fand, einen jungen Menschen an seinem Reichtum teilnehmen zu lassen. Aus unverständlichen Gründen erschien es ihm der großen Mühe wert, sich in diesem entlaufenen Priesterzögling einen neuen Jünger zu erziehen. Vergebliche Mühe! In der nächsten, der eben vergangenen Nacht schon war der Menschenfischer wieder einsamer als je.

Krikor näherte sich an seinen beiden Stöcken langsam der Bahre. Sein gelbes Gesicht blieb über den toten Bagradiansohn gebeugt, lautlos. Dann begann er seinen spitzen, kahlen Schädel minutenlang zu schütteln. Dies aber war nicht nur das gewöhnliche Kopfwackeln, das ihn seit seiner Krankheit häufig anfiel. Es bedeutete das fassungslose Nichtbegreifen einer Welt, in der zum Geist verpflichtete Wesen, anstatt in die Wonnen der Definitionen, Formeln und Verse einzudringen, sich mit fanatischem Gurgelabschneiden befassen. Wie wenig Menschenengel gibt es, und auch diese wenigen noch verraten ihre Engelschaft und fallen ab. Er suchte in seinem eigentümlichen Zitatenschatz nach einem Wort, an dem er sich hätte aufrichten können. Aber sein Herz war jetzt viel zu kummervoll, als daß er das Richtige gefunden hätte. Verkrümmt und schief humpelte er in die Baracke zurück. Unter seinen Tinkturen bewahrte der Apotheker eine winzige Kugel aus dünnem Glas auf, die mit einem Tropfen Siegellack verschlossen war. Vor Jahrzehnten hatte er nach dem Rezept eines mittelalterlichen Mystikers aus Persien versucht, das wahre königliche Rosenöl herzustellen, dessen Kenntnis der Welt längst entfallen war. In der Glaskugel ruhte der einzige Tropfen dieser in tagelangen Mühen gewonnenen Essenz. Noch einmal schleppte sich Krikor bis zur Bahre und zerdrückte die dünne Kugel auf des Toten Stirn. Sogleich schnellte ein starker Duft auf, der mit sehnig gebreiteten Schwingen über dem Haupte des Gemordeten schweben blieb. Und der Duft glich wirklich jenem Genius, dessen unsichtbarer Leib, nach den Worten von Krikors persischem Gewährsmann, aus den Wesenheiten von dreiunddreißigtausend Rosenblüten gebildet ist.

Mittlerweile waren Ter Haigasun und Bedros Hekim erschienen. Der Priester stand starr am Kopfende der Bahre, die Augen halb geschlossen, die Hände fröstelnd in den Kuttenärmeln verborgen. Die knochig nachdenklichen Finger des alten Arztes entblößten für einen Augenblick die Wunden des erstarrten Knabenkörpers. Dann glätteten sie aber mild und begütigend wieder die Hülle. Der Tag entfaltete sich. Aus den Hüttengassen und von den nächstgelegenen Stellungen strömte es rasch zusammen und umdrängte den Altar. Man hatte nach den drei Schlachttagen gar viele Tote gesehen und laut beklagt. Dieser Tote aber war mit jenen nicht zu vergleichen. Viele wußten, daß hier ein Opfer gefallen war, das mehr bedeutete. Große Stille! Selbst die Halbwüchsigen, um die Stephan in seinem Streben nach Echtheit so töricht geworben hatte, auch diese Immer-Unruhigen blinzelten jetzt scheu und ehrfürchtig zu seinem elfenbeinzarten Antlitz hin. Nun erst hatte er sie unterworfen. Hagop aber, der Einbeinige, war zu Hause geblieben und verkroch sich unter seinen Decken. Nur die Witwe Schuschik zerriß die Stille mit ihren langen, häßlichen Schreien. Es waren Laute eines röhrenden Wilds, die Haiks Mutter ausstieß, ehe sie noch den Leichnam des Bagradiansohnes gesehen hatte. In ihrer Seele blieb Stephans und Haiks Schicksal ein und dasselbe, auch dann noch, als sie sich überzeugen konnte, daß ihr Sohn noch nicht auf der Bahre lag. War der eine gefangen und erschlagen worden, mußte auch den andern das Massaker ereilt haben. Nunik, Wartuk, Manuschak aber hatten die Leiche ihres Sohnes den Hunden überlassen, weil es nur ein einfacher Bauernjunge war, um den sich niemand kümmerte. Schuschik schrie vor sich hin, nicht wie eine Leidensmutter, sondern wie ein wundes Tier, das in solchen Schreien sein Leben erbricht. Einige Frauen nahmen sie in die Mitte, sie, die auch hier auf dem Damlajik ganz einsam lebte und mit ihrer Nachbarschaft nach wie vor keine Beziehungen anknüpfte. Jetzt aber flüsterte es von allen Seiten auf sie ein. Sie möge doch den Mut nicht sinken lassen. Das Geschehene weise ja deutlich darauf hin, daß sich Haik gerettet habe und heute oder morgen schon in Jacksons Hut sein werde. Wäre er abgeschlachtet worden, läge er gewiß auch hier. Der junge Bagradian habe nicht Haiks Kraft und Gewandtheit besessen, die diesen mit des Erlösers Hilfe glücklich ans Ziel führen werde. Schuschik hörte den Zuspruch nicht. Sie stand vornübergebeugt, die Hände auf ihre Brüste pressend, und schrie dumpf die Erde an. Man rief Nunik als Zeugin herbei. Die Alte schlug den Schleier von ihrem zerfressenen Gesicht zurück. Trotz des todbedrängten Lebens im Tale besaß sie noch immer heimliche Nachrichtenquellen, die nicht versiegt waren. Sie schwor, daß der Bagradiansohn allein und ohne einen

Begleiter in der Nähe des Dorfes Ain Jerab von zwei der neuen Häusler aufgegriffen und nach Yoghonoluk zum Müdir geführt worden sei. Doch auch die Wahrheit half nichts. Schuschik glaubte sie nicht. Da begannen die Frauen auf einen Wink Ter Haigasuns sie vorsichtig von der Bahre fort gegen die Hauptstraße der Hütten abzudrängen. Sie wagten es dabei kaum, die Riesin anzurühren, deren mächtige Glieder eine sagenhafte Furcht erweckten. Witwe Schuschik aber ließ plötzlich alles mit sich geschehen. Die Frauen verdoppelten ihr Trostgeflüster. Und wirklich, Haiks Mutter schien sich zu beruhigen, schien Hoffnung zu fassen, je weiter sie sich von dem Toten entfernte. Eine große Sehnsucht nach menschlicher Wärme sprach aus ihrem kleinen Kopf, der kraftlos auf die rechte Schulter fiel, und aus ihrer überhohen Gestalt, die sich zu den zierlich-schmächtigen Armenierfrauen tief hinabbeugte. Sie umschlang mit ihren Armen zwei dieser Frauen und ließ sich ohne Widerstand fortziehen.

Als aber Gabriel Bagradian, von dem weinenden Awakian gefolgt, auf dem Altarplatz erschien, näherte sich ihm keine Seele. Im Gegenteil. Die Menge zog sich ziemlich weit zurück, so daß zwischen ihm und dem Altar eine freie Bahn entstand. Sogar die Klageweiber und Bettler erhoben sich und verschwanden unter dem Volk. Nur Ter Haigasun und Bedros Hekim blieben auf ihrem Platz. Gabriel aber fing nicht zu laufen an, sondern verlangsamte sogar seinen Schritt. Was er in fünf Tagen und Nächten sich in jeder Möglichkeit fieberhaft grausam ausgemalt hatte, nun war es da. Keine Kraft blieb mehr übrig, die Wirklichkeit auszukosten. Er durchmaß zögernd Schritt für Schritt den Abstand zwischen sich und seinem Sohne, als könne er auf diese Weise die letzte Erkenntnis noch um ein paar Sekunden hinausschieben. Dabei war es ihm, als trockne sein Körper ganz und gar aus. Mit den Augen begann es. Sie brannten von dieser Trockenheit, die der Lidschlag nicht linderte. Dann kam die Mundhöhle. Wie ein Stück dickes, verrunzeltes Leder lag die Zunge am rauhen Gaumen. Gabriel versuchte, Speichel hervorzupressen und zu schlucken. Doch er würgte nur an widerlichen Luftblasen, die in der feuerheißen Kehle platzten. Das Schrecklichste aber war, daß all seine Mühe, sich zu sammeln, ergebnislos verlief. Alles in ihm schweifte von dem Schmerz ab, der wie ein leeres Loch in der Mitte seiner selbst klaffte. Er aber wußte gar nicht, daß dieses Loch, dieses Nichts, diese Öde der wirkliche Schmerz war. Tückisch prüfte er sich: Wie kommt das? Warum leide ich nicht mehr? Warum brülle ich nicht auf? Warum spüre ich keine Tränen? Selbst der Harm gegen Stephan war nicht völlig gewichen. Und hier lag sein Kind, das er geliebt hatte. Doch Gabriel war nicht fähig, das Gesicht des Toten in sich festzuhalten. Seine ausgetrockneten Augen sahen nur einen großen weißen und einen kleinen gelblichen Fleck. Er wollte seine Gedanken auf ganz bestimmte Dinge richten, auf die Schuld, die ihn belastete. Er hatte den Jungen ja vernachlässigt und durch seine herabsetzenden Worte in die Flucht getrieben. Das war ihm in den letzten Tagen bewußt geworden. Seine Gedanken jedoch kamen nicht weit, denn die gleichgültigsten Bilder und Einzelheiten stiegen aus dem öden Loch auf und kamen den Gedanken in die Quere, obgleich sie meist gar nichts mit Stephan zu tun hatten. Gleichzeitig aber stieg aus demselben Loch, wie vom Teufel gesandt, ein Sinnenzwang auf, den er schon seit Wochen besiegt zu haben glaubte: Rauchen! Wäre noch eine Zigarette in seinem Besitz gewesen, wer weiß, ob er sie nicht zum Entsetzen des ganzen Volkes in den Mund gesteckt hätte. Er fingerte bewußtlos in seinen Taschen herum. In dieser Sekunde litt er um sein Kind, weil er es auch jetzt noch verließ. Warum war er Stephan so fern, daß er nicht einmal sein Gesicht sehen konnte? Einst in der Villa von Yoghonoluk — auf dem Tische lagen die unbeholfenen Kartenskizzen des Damlajik —, da hatte er sich an Stephans Bett gesetzt und seinen Schlaf belauscht. Nun mußte er doch noch einmal ganz eins werden mit seinem Kind, das alles, was er selbst war, mit sich nahm, für immer. Und Gabriel Bagradian kniete zu dem Toten hin, damit seine erblindeten Augen das harrende Gesichtchen zum letztenmal in sich aufnehmen.

Ter Haigasun, Altouni und die anderen sahen den Führer der Verteidigung im knappen Jagdanzug und mit Tropenhelm wie immer. Sie sahen ihn langsam, leicht schwankend, zur Bahre treten. Sie sahen dann, wie er verlassen dastand, den Mund schnappend öffnete, als bekomme er zu wenig Atem, und wie er mit den Händen immerfort unentschlossene Bewegungen machte. Sie sahen, daß er den Anblick seines Sohnes nicht zu ertragen schien, sondern den Kopf abgewandt hielt. Als er endlich neben der Leiche stumm in die Knie brach, da war im

Herzen der tausend Schweigenden eine unendliche Zeit vergangen. Nun aber lag Gabriels Gesicht auf dem Gesicht Stephans. Man hätte meinen können, er sei eingeschlafen oder in dieser Stellung selbst gestorben. Der Tropenhelm war ihm vom Kopf gefallen. Zwischen seinen geschlossenen Lidern drang keine Träne hindurch. Doch alle Frauen weinten und auch viele unter den Männern. Stephans Tod schien all diese Menschen dem Fremden wieder näherzubringen. Nachdem neuerdings eine unendliche Zeit im Herzen der Menge vergangen war, faßten Ter Haigasun und Bedros Hekim den Knienden unter den Armen und zogen ihn empor. Und ohne ein Wort zu sprechen, führten sie Gabriel hinweg, der sich ihnen gehorsam überließ. Fern von der Stadtmulde erst, als der Dreizeltplatz schon in Sicht war, sprach Ter Haigasun, der an Gabriels rechter Seite ging, die knappen Worte:

„Gabriel Bagradian, mein Sohn, bedenke, daß er dir nur um ein paar gleichgültige Tage vorausgegangen ist!"

Bedros Hekim aber, links, holte seinen Gegensatz bitter und müde aus der Tiefe:

„Gabriel Bagradian, mein Kind, bedenke, daß diese nächsten Tage nicht gleichgültig, sondern teuflisch sein werden, und segne die Nacht!"

Bagradian sagte nichts, blieb aber stehn und streckte die Arme aus, den beiden Männern den weiteren Weg verwehrend. Sie verstanden, kehrten um und ließen ihn allein.

Juliettens Fieber war nicht wieder gesunken. Ihre Bewußtlosigkeit schien den tiefsten Grund erreicht zu haben. Die Unruhe des Körpers war gewichen, das Herumzucken, Würgen, Röcheln und Stammeln. Jetzt lag sie steif ausgestreckt, regungslos, nur dem Atem hingegeben, der in kurzen, flachen Stößen über ihre schorfbedeckten Lippen strich. War nun nach dem Gesetz der Seuche die Krise gekommen, die in wenigen Stunden über Tod und Leben entschied?

Iskuhi kümmerte sich nicht um Juliette. Mochte sie leben und sterben nach ihrem Willen. Iskuhi dachte auch nicht mehr an die schweren Drohungen Arams, ihres Bruders, der sich völlig von ihr loszusagen geschworen hatte, sollte sie nicht bis zur Mittagsstunde die Bagradians verlassen haben. Im Zelte stand Gabriel hoch aufgerichtet, so daß er mit dem Kopf fast die Decke berührte. Doch er schien noch weiter entrückt zu sein als die Fiebernde und Iskuhi gar nicht wahrzunehmen. Sie war an ihm herabgeglitten und preßte den Kopf gegen seine Knie. In dieser Stunde bewegte sie nicht so sehr Stephans Tod wie Gabriels Dulderschaft. Nur sie wußte, wie scheu und bedürftig seine Seele war. Und doch hatte er sich entschlossen, eine brennende Welt auf seinen wunden Rücken zu nehmen, den ganzen Damlajik. Die Seinen aber hatten ihm die Sehnen durchschnitten, zuerst Juliette und nun der tote Sohn. Und Gabriel stand noch immer. Was war sie, was war Aram, was waren all die andern für nichtige Fliegen gegen ihn? Rohe, schmutzige Bauern, ohne Gedanken im Kopf, ohne Gefühle im Herzen, die nicht ahnten, wer zu ihnen herabgestiegen war. Iskuhi fühlte sich von ihrer eigenen Schwäche, ihrem eigenen Unwert zu Boden geschlagen. Was konnte sie leisten und opfern, um Gabriels würdig zu sein? Nichts! Sie streckte die offene Hand aus. Es war die Gebärde einer Bettlerin. Sie bettelte um ein Teilchen seines Schmerzes und seiner Last. Ihr Gesicht glühte vor Devotion und schmerzlichem Dienstbedürfnis, da sie vor dem Manne kniete, der noch immer nicht zu erkennen gab, daß er ihre Gegenwart spüre. Sie fing zu flüstern an, heißes, ungereimtes Zeug, vor dem sie selbst erschrak und sich schämte. Wie arm war sie, wie grauenhaft arm, daß sie gar keine Macht der Hilfe hatte. Endlich kam, aus der Verzweiflung geboren, ein mütterlicher Drang über sie, kaum bewußt: Es ist nicht gut, im Schmerz zu *stehen*. Im Schmerze soll man *liegen*. Schlafen. Er muß schlafen. Nur der Schlaf kann ihm helfen, nicht ich. Sie hakte seine Gamaschen auf, sie nestelte an seinen Schuhbändern, sie zwang ihn, sich auf ihr Lager zu setzen. Auch ihre lahme Hand nahm sie mit übermenschlicher Anstrengung dabei zu Hilfe. Es war ein hartes Werk, doch da Gabriel sich mechanisch selbst zu entkleiden begann, gelang es. Als Iskuhi ihn dann zudeckte, keuchte sie vor Erschöpfung. Sie fühlte einen schnell abgleitenden Blick ohne Ausdruck.

Ich liege weich. Etwas andres wußte Gabriel nicht. Seit vielen Wochen schon hatte er kein andres Lager benützt als die nackte Erde der Nordstellung. Seine Zähne begannen zu klappern. Es war wie ein aus Qual und Wohlbehagen gemischter Schüttelfrost. Iskuhi kauerte sich in einen Winkel, damit er sie nicht fühle, ehe er ihrer bedurfte. Sie betete innerlich, daß ihn ein schwerer Schlaf endlich erlöse. Es drang aber

672

nicht der Atem des Schlafes aus seiner Brust, sondern ein leises Summen und gleichmäßiges Stöhnen, das an die Totenklage erinnerte. Gabriel suchte noch immer in der leeren Öde seines Schmerzes nach Stephan, ohne ihn finden zu können. Das Summen aber schien sein Herz zu erleichtern, denn es hielt mit kleinen Unterbrechungen an, bis die Stunde kam, in der die Augustsonne einen langen Strahl durch den Vorhangspalt zu schicken pflegte. Der Strahl rückte vor und ließ Juliettens Gesicht aufflammen. Da sah Iskuhi, daß sich die Verfassung der Kranken plötzlich geändert hatte. Auf ihrer Stirn standen Schweißperlen, die Augen waren weit offen, und den Kopf hielt sie lauschend in den Raum gewandt. Eine tiefe Begeisterung erfüllte Juliette. Noch aber konnte sie sich mit ihrer lahmen und wunden Zunge kaum verständlich machen:

„Glocken ... Gabriel ... Hörst du ... Glocken ... Hundert Glocken ... Nicht wahr ...?"

Das Stöhnen auf dem anderen Lager verstummte jäh. Juliette aber versuchte, sich erregt hochzuarbeiten. Sie spannte ihre kraftlose Stimme zu einem Jubelschrei an:

„... Nun ist die ganze Welt französisch ..."

Diese Worte aber enthielten eine Wahrheit, von der Juliette in den Glockenmeeren ihres patriotischen Siegestraumes nichts ahnte. Mit dem vergossenen Blut Stephans, mit dem Tode des einzigen Sohnes, den sie dem Armeniervolke geschenkt hatte, war für sie die ganze Welt in Wirklichkeit wieder französisch geworden.

Viertes Kapitel **Zerfall und Versuchung**

Am einunddreißigsten Tage des Musa Dagh fand Stephans Begräbnis statt. Am zweiunddreißigsten jedoch trat die große Katastrophe ein.

Bis zu diesem Tage hatte das Volk der sieben Gemeinden nicht unzufrieden sein dürfen. Während um dieselbe Zeit zwischen Aleppo und Deïr es Zor, in den Engpässen und Talbreiten des Euphrat, auf den Steppen und Wüstenrändern Mesopotamiens schon Hunderttausende Armenier faulten — die Hälfte aller Deportierten beinahe —, waren in der Stadtmulde, in den Stellungen, im Lazarettschuppen und Seuchenwald noch keine zweihundertachtzig Menschen gefallen und gestorben. Im Hinblick auf die blutigen Schlachten, auf Unterernährung, Seuche, Strapazen, Schlafmangel und Entbehrungen aller Art bewies dieser mäßige Prozentsatz des Todes nicht nur die ungemeine Widerstandskraft der Bergsöhne, sondern auch die Unterstützung des Himmels. Es war höchst merkwürdig, überall, wo die Armenier gegen Enver und Talaat rebellierten, griff sofort eine rettende Macht mit unheimlicher Präzision ein und entschied die Sachlage zugunsten der Tapferen. Die Leute des Musa Dagh freilich konnten nicht wie die ostanatolischen Aufständischen von Wan und Bitlis mit dem Einmarsch der Russen rechnen, die den Todfeind der Armenier, General Dschewjed Pascha, vor sich hertrieben. Das unendliche Land des Islams mit Berg und Steppe umbrandete sie noch erbarmungsloser als das Meer. Und dieses Meer in ihrem Rücken? Es blieb unfaßbar tot, so nach wie vor. Kein Kind gab sich der Hoffnung mehr hin, ein Kriegsschiff werde die syrische Küste passieren. Und selbst, wenn wider alle Vernunft, durch ein unglaubwürdiges Wunder solch ein Kriegsschiff am Horizont erschiene, wer war noch dumm genug anzunehmen, die Schiffswache werde das lächerliche Schnupftuch bemerken, das auf der Schüsselterrasse von einer Stange herabhing? Nun war schon mehr als eine Woche vergangen, und die Schwimmer von Alexandrette kamen nicht heim. Man gab sie verloren. Nur einige unheilbare Romantiker versuchten in diesem langen Ausbleiben ein günstiges Zeichen zu sehen.

Wie dies alles auch immer sein und werden mochte, noch lebte man. Sieben oder acht Verteidigungsabschnitte waren durch die glühende Brandwüste unangreifbar geworden, und die übrigen hatte Gabriel Bagradian auf das sinnreichste verstärkt und verändert. Die Türken schienen auch nicht die geringste Lust mehr zu haben, sich in ein Abenteuer einzulassen. In der Orontesebene und im Dörfertal wimmelte es von neuen Truppen und neuen Saptiehs, die den Tag totschlugen. Das feindliche Kommando hatte sich bisher nicht einmal zu einer nachlässigen Belagerung aufgerafft. Vielleicht wagte es nicht, eingedenk der Komitatschigefahr, den Berg im Umkreis zu besetzen, vielleicht erwartete es vorerst die nötige Artillerie. Auch mit der elenden Ernährung hatte sich das Lager bis zu einem gewissen Grade abgefunden. Furchtbar war die Entbehrung des Brotes. Die Weiber jedoch experimentierten mit

Ersatzmitteln und Zutaten. Man aß nicht mehr das bloße Fleisch wie zu Beginn. Der magere zähe Happen reichte nicht aus, den Magen zu füllen. Man zerschnitt deshalb das Fleisch in kleine Stücke und kochte es, mit Lauch und gemüseartigen Pflanzen vermengt, in seiner Suppe, wodurch wenigstens große Portionen zustande kamen. Das erfinderische Leben wäre mit diesen Schwierigkeiten noch eine geraume Weile fertig geworden, hätte nicht jener schwere Unglücksschlag allem ein jähes Ende gesetzt.

Wer trug die Schuld? Nun, diese Schuld konnte niemals ganz aufgeklärt werden. Die verantwortlichen Muchtars schoben sie einer auf den andern. Fest stand nur, daß einer der ersten und wichtigsten Beschlüsse des Führerrates in verbrecherischem Leichtsinn zum Unheil des ganzes Volkes übertreten worden war. Die Muchtars hatten den „neuen Brauch" nicht nur nicht verhindert, sondern sogar wohlwollend geduldet, sie mochten jetzt sagen, was sie wollten, und jammernd immer wieder auf die erschöpften Almen innerhalb der Verteidigungsgrenzen hinweisen sowie auf die Notwendigkeit, den Herden frisches Futter zu schaffen. Gewiß! Die neuen Weideplätze lagen nicht fernab vom Nordsattel, sie waren auf die denkbar günstigste Art in das Felsgebiet des Musa Dagh eingesprengt und für Fremde so gut wie unsichtbar und unzugänglich. Durfte man jedoch den Schäfern vertrauen, die sich wie überall in der Welt aus träumerischen Greisen und kleinen Jungen zusammensetzten? Diese verschlafene Gesellschaft, die sich der Schafnatur angeglichen hatte, glaubte noch immer, man lebe in tiefem Frieden. Die Muchtars waren mit einem Wort in der Ausübung ihrer Dienstpflichten höchst lässig geworden und gaben sich damit zufrieden, wenn die Schäfer allmorgendlich mit der vorgeschriebenen Stückzahl von Schlachtvieh (dessen Gewicht sich übrigens seit dem neuen Brauch zusehends verbesserte) bei den Fleischbänken erschienen. Als Mitglieder des Führerrates aber wollten sie nichts wissen. Um so gewissenloser und frevelhafter war mithin das zweite Versäumnis, das sie duldeten. Der Beschluß war sogar schriftlich ausgefertigt und von Ter Haigasun unterschrieben worden, solche Wichtigkeit hatte ihm der Senat beigemessen. Niemals sollten die Herden, dieser kostbarste Volksbesitz, ohne bewaffneten Schutz weiden, auch nicht innerhalb der Lageralmen, auf den beiden Hochkuppen oder auf den Wiesen der Meerseite. Um diesen Ratsbeschluß aber auch unter den geänderten Umständen zu verwirklichen, hätte man den neuen Brauch einbekennen müssen, was dessen Verhinderung gleichgekommen wäre. So unterblieb denn jegliche Maßnahme des Schutzes. Die Muchtars vertrauten auf Gott, auf die wohlverborgenen Weiden, auf die Trägheit der Türken und redeten im übrigen weder miteinander noch mit den anderen Führern über dieses ordnungswidrige Geheimnis hinter ihrem Rücken. Sie ermöglichten daher den Türken, die ihren guten Kundschaftern dankbar sein mußten, einen ebenso wohlfeilen wie einträglichen Erfolg.

Zwei Züge Infanterie und eine Abteilung Saptiehs bekamen den Befehl, nächtlicherweile auszurücken und den Musa Dagh jenseits des Passes bei Bitias in aller Stille zu ersteigen. Stille und Behutsamkeit mußte man Offizier und Mannschaft wahrhaftig nicht einschärfen. Diesmal marschierte die Streitmacht trotz der mondlosen Nacht, wie es das taktische Lehrbuch vorschreibt, mit Vorpatrouille, Spitze, Seiten- und Nachhut, jeden Schritt ängstlich abwägend. Diese schreckhafte Vorsicht war das unbezahlbare Kapital, das sich Gabriel Bagradian und seine Zehnerschaften im Herzen der Türken erworben hatten. Die Halbkompanie pirschte sich mit abgeblendeten Laternen an die schlafenden Schäfer und Schafe heran. Bis zum letzten Augenblick vermutete der kommandierende Mülasim, es werde ohne Kampf Kampf nicht abgehen. Um so erstaunter aber waren die Soldaten, als sie nur ein paar Greise in weißen Pelzen vorfanden, die sich ohne Lärm und in aller Ruhe von ihnen erschlagen ließen. Die Herden wurden dann noch vor Sonnenaufgang in größter Eile, als sei die Beute in Gefahr, zu Tal getrieben. Damit war dem Volke des Damlajik der Lebensnerv durchschnitten. Unter den geraubten Tieren befanden sich alle Schafe, Hammel und Lämmer der Gemeinschaft, der größte Teil der Ziegen sowie sämtliche Esel bis auf jene, welche von den Verteidigern zur Zeit als Last- und Reittiere verwendet wurden. Rechnete man den ganzen Viehstand, der im Lager zurückgeblieben war, bis zum letzten Pfund Fleisch großmütig zusammen, so konnte man mit der äußersten Sparsamkeit noch drei oder vier Tage auskommen, dann aber stand das Volk unabwendbar vor dem nackten Hunger.

Als Ter Haigasun am frühen Morgen die Schreckensnachricht erhielt, ließ er sofort den Führerrat zusammenrufen. Er wußte genau, welche seelische Wirkung dieses Ereignis auf das Volk haben werde. Seit jenem Zornausbruch gegen Juliette Bagradian war eine grund- und ziellose Erbitterung in der Stadtmulde angewachsen, die der erstbesten Gelegenheit wartete, um loszubrechen. Wie gerne hätte Ter Haigasun die Katastrophe verheimlicht oder ihr eine Fassung gegeben, die Schuld und Verantwortlichkeit der Führung ausschloß. Die aber war leider unmöglich. Die Gewählten eilten oder schlichen, je nach ihrem Charakter oder Gewissen, in die Regierungsbaracke. Alle waren bestrebt, den Sitzungsraum zu erreichen, ehe sich noch auf dem Altarplatz irgendwelche Ansammlungen gebildet hatten. Die Männer machten teils einen verzweifelten, teils einen betretenen, teils einen unsicher überheblichen Eindruck. Ter Haigasun hatte zur Vorsicht die zwölf Mann der Stadtpolizei zum Schutze der Regierung beordert. Tschausch Nurhan Elleon bekam den Auftrag, für die Aufrechterhaltung von Ruhe und Ordnung innerhalb der Lagergrenzen rücksichtslos Sorge zu tragen.

Der Führerrat war bisher nur selten vollzählig zusammengetreten. In Wirklichkeit hatte ein Triumvirat alle Geschäfte geführt, Gabriel Bagradian den Krieg, Aram Tomasian die innere Verwaltung, während Ter Haigasun als Volksoberhaupt in allen Angelegenheiten die letzte Entscheidung traf. Heute aber in dieser kritischen Stunde erschienen alle Führer, ausgenommen Gabriel Bagradian, der seit dem Begräbnis Stephans den Dreizeltplatz noch nicht verlassen hatte. Pastor Aram war glücklich darüber, Gabriel nicht heute begegnen zu müssen. Diesen hatte ein namenloses Unglück getroffen, und der Pastor fühlte sich nicht hart genug, ihn wenige Stunden später schon zur Rede zu stellen. Auch waren die Dinge unlösbar verwickelt. Tomasian hatte sich Howsannahs strengen Wünschen gebeugt, das Zelt samt seinem Inventar dem Verwalter Kristaphor übergeben und das „Babylon" der bisherigen bequemen Wohnstätte verlassen, um mit Frau und Kind in die enge Hütte seines Vaters zu ziehen. In seinem Herzen bedauerte er Howsannah um dieses schlechten Tausches willen. In der Pastorin aber, die doch soviel Sinn für häusliche Schönheit besaß, war eine bissige, ja krankhafte Sucht nach Armut, Dürftigkeit, Härte erwacht. Am schmerzlichsten schlug Arams Gewissen Iskuhis wegen. Er war davon abgekommen, einen Zwang auf das Mädchen auszuüben. Der

Grund dafür lag keineswegs in moralischer Duldsamkeit, sondern in der schwierigen Tatsache, daß es für Iskuhi, als Trägerin einer so furchteinflößenden Ansteckungsgefahr, keine andere Unterkunft gab als die bisherige. Nach den Vorschriften der Sanitätskommission wäre sie in einer Hütte der Stadtmulde gar nicht geduldet worden. Durch seine eigene Flucht aus dem Zelt aber verurteilte Tomasian seine Schwester zu einer lasterhaften Dreisamkeit mit Gabriel Bagradian und einer Todkranken. Was bisher kaum jemanden befremdet hatte, dem verhalf der Pastor durch seine auffällige Übersiedlung zu gefährlicher Wirklichkeit. Er selbst also machte sich der Erniedrigung seiner trotz allem tiefgeliebten Schwester schuldig.

Außer Bagradian gab es noch ein Mitglied des Führerrates, das an dieser kritischen Sitzung nicht teilnahm, obgleich es anwesend war. Apotheker Krikor hatte schon am vergangenen Morgen sein Lager nicht mehr verlassen können. Wie formlose Klumpen lagen seine Glieder da, und er vermochte keinen Finger mehr zu rühren. Bedros Hekim hatte verzweifelt in seinem „Handbuch der Medizin für praktische Ärzte" geblättert, ohne aus den lateinischen Namen der unzähligen Krankheiten klug werden zu können. Diesmal half ihm der gewöhnliche Trost nicht: Nun, und wenn ich auch den Namen verstünde, wüßte ich dann mehr? Er steckte das Buch wieder ein, als sei alles in Ordnung. Seine grimmige Miene verriet dem Patienten nichts von seiner hilflosen Entmutigung, und schon dadurch bewies er, daß er ein guter Arzt war. Dann verordnete er Wärme, Ruhe und überließ, was die Arzneien betraf, dem Apotheker füglich die Auswahl unter seinen eigenen Giftmischungen. Diesem aber konnten weder Arzneien noch auch Wärme helfen. Das einzige, wonach er sich gierig sehnte, war Ruhe, schmerzlose Ruhe. Doch gerade Ruhe bekam er mit Rücksicht auf seine parlamentarische Behausung nicht geschenkt. Zwischen seinem Schmerzenslager und den Geschäften der Welt hatte er eine hehre Scheidewand aufgerichtet. Hinter dieser, aus seinen Büchern erbauten Mauer hoffte er allein zu sein und dem Lärm entrückt. Doch es zeigte sich wieder einmal, daß kein geistiger Wall der Dichtung, Weisheit, Wissenschaft undurchdringlich genug ist, um den gemeinen Lärm der Politik abzuhalten. Dieser Lärm war heute von allem Anfang an beängstigend. Insbesondere die Muchtars konnten sich nicht genugtun. Sie suchten durch Stimmaufwand und Erregung ihre eigene Schuld zu ertränken. Endlich trat Ter Haigasun in die Mitte des Raumes und befahl, daß sich alles niederlasse. Kaum vermochte er seine Stimme zu bändigen:

„Wenn bei einer kriegführenden Truppe", hob er an, „ein Verbrechen wie dieses geschieht, so werden die Verantwortlichen ohne Gnade erschossen. Wir aber sind nicht irgendein Militärbataillon, sondern ein ganzes, elendes Volk. Und wir führen nicht Krieg gegen einen Feind, der uns gleicht, sondern müssen uns gegen die Ausrottung durch eine hunderttausendfache Übermacht wehren. Nun ermesset das Verbrechen eures Leichtsinns und eurer Verlogenheit! Ich sollte euch nicht nur erschießen, ihr niederträchtigen Muchtars, sondern einzelweise jedes Glied eures Leibes töten. Und das schwöre ich euch, ich würde es mit Freuden tun und ohne vor Gottes Strafe zu zittern, wenn es uns auch nur die geringste Hilfe brächte. Doch ich bin gezwungen, den Schein unserer Einigkeit aufrechtzuerhalten, um die Autorität der Führung zu retten. Ich bin gezwungen, euch, ihr bodenlos pflichtvergessenen Muchtars, in eurem Amt zu belassen, weil jeder Personenwechsel die Ordnung gefährden könnte. Ich bin gezwungen, die Schuld auch auf mich zu nehmen und mit faulen Gründen und niedrigen Ausreden den Führerrat vor der gerechten Wut des Volkes zu verteidigen. Was Wali und Kaimakam und Bimbaschi und Jüsbaschi nicht gelungen ist, das habt ihr, die Führer und Verantwortlichen, glänzend zustande gebracht: *Wir sind fertig!*"

Die Dorfschulzen sanken kleinlaut zusammen. Nur einer ließ sich nicht so leicht niederschmettern, der steinreiche Thomas Kebussjan. Pantoffelhelden, die zu Hause den Mund nicht auftun dürfen, halten sich bekanntlich oft im Männerrat schadlos. Kebussjan begann energisch zu schielen und mit dem Kopf zu wackeln. Jene glücklichen Leute, höhnte er, die nichts von Viehzucht und Wirtschaft verständen, hätten es leicht, sich wichtig zu machen. Er, ein Thomas Kebussjan, habe niemals verantwortungslos gehandelt. Jeder wisse, daß er sich bei Tag und Nacht für das Gemeinwohl aufopfere, Jahre und Jahre, seitdem er das verfluchte Kreuz der Ortsverwaltung auf sich genommen habe. Ein Ratsbeschluß und seine Ausführung, das sei zweierlei. Hätte er nicht geduldet, daß man neue

Weiden finde, wären die Tiere schon vor vierzehn Tagen eingegangen, und kein Mensch müßte mehr Hunger leiden, einfach deshalb, weil alles längst schon verhungert wäre. Daß aber die neuen Weideplätze nicht durch bewaffnete Abteilungen geschützt waren, das gehe ihn nicht das geringste an, denn nicht er sei in Sachen der Verteidigung zuständig und verantwortlich. Im übrigen aber habe er nichts dulden können, weil er etwas Gewisses gar nicht gewußt habe. Und Thomas Kebussjan schloß mit folgendem stolzen, aber unlogischen Hinweis:

„Was wollt ihr von mir? Die Hälfte der Herden war mein Besitz und meine Mühe. Ist das nicht so? Ihr habt nur wenig verloren, ich aber alles."

Die dreiste Großartigkeit des reichen Muchtars von Yoghonoluk machte den andern Schulzen Mut, die ihrem Kollegen nicht nachstehen wollten. Der von Azir warf Ter Haigasun, um dessen Undankbarkeit zu geißeln, frisch an den Kopf, er habe im Vorjahre bei Geburt seines zwölften Enkels der Kirche von Yoghonoluk hundert Piaster gespendet; ob diese fromme Tat schon vergessen sei? Nun hatten die Muchtars Wind in den Segeln. Ein tolles Prahlen begann. Jeder berief sich auf Opfer, Spenden, Wohltaten, die er einmal in lang verlorener Zeit gebracht und geleistet hatte. Die Ziffern der Almosen, die Zahl der Armenausspeisungen, die verschenkten Ziegen und Schafe, die Summen des für mittellose Volksgenossen entrichteten Bedels, all diese Beweise christlichen Wandels flogen tränenreich durch die Luft. So erheiternd war diese dummschlaue Abschweifung vom bitteren Gegenstand, daß Bedros Hekim, der Menschenkenner, in genießerisches Lachen ausbrach.

Die Augen Ter Haigasuns forderten Aram Tomasian zum Wort. Dieser fühlte sich durchaus nicht wohl in seiner Haut. Obgleich er unmittelbar mit den Herden nichts zu tun hatte, so war er doch der oberste Verwalter des Lagerlebens und mithin für alles verantwortlich, was mit der Ernährung zusammenhing. Das schmale Gesicht des Pastors war äußerst blaß. Seine langen spitzen Finger spielten angelegentlich mit dem schwarzen Bärtchen, das ihm lästig zu sein schien. In dieser Sekunde zitterte zwischen dem gregorianischen Vikar und dem protestantischen Pfarrer eine stille Gegnerschaft, die sonst nie zutage trat. Aram Tomasian erhob sich:

„Meine Meinung ist, es wäre besser, von der Schuld nicht mehr zu reden. Denn was hilft das? Geschehen ist geschehen! Ter Haigasun sagt selbst, daß wir Einigkeit zeigen müssen. Wir wollen nicht rückwärts, sondern vorwärts blicken und uns den Kopf zerbrechen, wie Ersatz zu schaffen ist."

Dies war eine zwar verständliche, aber unsichere Rede. Ter Haigasun zerschlug sie mit einem Fausthieb:

„Es gibt keinen Ersatz!"

Zu den Muchtars aber stieß plötzlich aus dem Hinterhalt unerwartet ein neuer Verbündeter. Hrand Oskanian, der sich früher um Juliettens willen täglich rasiert hatte, was bei dem Mangel an Seife ein stiller, aber redlicher Heroismus war, sah nun völlig verwahrlost aus. Der Bart wucherte ihm bis an die Nasenflügel. Die struppigen Stachelhaare umkränzten un-gekämmt die kurze Stirn. Mit seiner spitz vorspringenden Hühnerbrust und den langen, tief unten rudernden Armen machte der schwarze Lehrer tatsächlich den Eindruck eines fanatisierten Affen. Vielleicht war der Schweiger von seiner Überzeugung wirklich besessen, vielleicht packte er nur die Gelegenheit beim Schopf, sich an Juliette, an Gabriel, an Ter Haigasun und allen andern Überlegenen zu rächen, aus seinem Munde jedenfalls sprudelte mit wilden Silbenexplosionen das alte Lied:

„Wollt ihr die Wahrheit immer noch nicht sehen? Seit sieben Tagen schon predige ich sie, schreie mir die Lunge aus, um euch zu überzeugen. Da habt ihr nun endlich den Beweis! Und ihr streitet um die Schuld? Und Ter Haigasun will Volksgenossen für diese Schuld erschießen lassen?! Ich stelle hiermit die Frage an ihn, welchen Grund er hat, den Blick des Führerrates von der Wahrheit abzulenken? Warum leugnet er immer wieder, daß wir verraten worden sind? Wen will er damit schützen? Hätten die Türken von den neuen Weideplätzen ohne Verrat jemals etwas erfahren?? Nie, nie! Diese Weiden sind voll-kommen abgeschlossen und zwischen den Felsen versteckt. Kein Ortsfremder konnte sie je entdecken. Gonzague Maris aber hat überall herumgeschnüffelt. Und das ist ja erst der Anfang. Nächstens werden die Türken mitten im Lager auf-tauchen. Der Grieche wird sie über den Steilpfad der Felsseite, die er ja genau studiert hat, auf den unbeschützten Berg führen."

Das ließen sich die Muchtars nicht zweimal sagen. Diese

neuartige Deutung der Ereignisse gab ihnen alle Würde zurück, obgleich sie keinen Augenblick daran glaubten. Thomas Kebussjan himmelte sorgenvoll im Kreise herum. Er habe den jungen Mann nicht näher gekannt — der Anfang blieb diplomatisch —, doch sei die Aufnahme in der Familie Bagradian Gewähr für ihn gewesen, daß es sich um einen ehrenhaften Menschen handle. Nach dem Geschehenen müsse er freilich dem Lehrer Oskanian beipflichten, daß Maris wahrscheinlich ein Verräter oder sogar ein von den Türken bezahlter Spitzel war. Anders lasse sich das Unglück gar nicht erklären. Der Chor der Muchtars fiel dumpf ein. Sieben Männer können auch in einem größeren Raum, als ihn die Regierungsbaracke bot, ein gewaltiges Gemurmel erzeugen. Hrand Oskanian rührte den Stimmenbrei mit seiner knatternden Heiserkeit immer wieder auf. Ist jemand von einer fixen Idee besessen, so hat er auch die Fähigkeit, diese auf andre, ja selbst auf größere Versammlungen zu übertragen. Darauf beruht die Hauptwirkung politischer Propagandisten, die nichts andres besitzen als einen beschränkten Phrasenschatz und dämonische Eindringlichkeit der Stimme. Die Muchtars und einige andre noch gaben sich bereitwillig der von Oskanians Eindringlichkeit erzeugten Spannung hin, die zu ihrem Vorteil gereichte. Lehrer Hapeth Schatakhian konnte sich kaum vernehmlich machen. Er glühte vor Zorn gegen seinen alten Rivalen, den er schon acht Jahre an seiner Seite erdulden mußte:

„Oskanian", schrie er, „ich kenne dich! Du bist ein Schwindler und Gaukler! Immer warst du das, in jeder Stunde deines anmaßenden Lebens! Du willst nur Unschuldige bespeien und bedrecken. Du speist Gonzague Maris an, weil er ein gebildeter, kultivierter Mensch und fast ein Franzose ist, nicht wie du und ich in einem schmutzigen Dorf geboren und lebenslänglich dahin verurteilt. Nun, ich habe wenigstens durch die Güte von Gabriel Bagradians Bruder eine Zeitlang in der Schweiz studieren dürfen, während du dessen nicht wert warst und deine Nase nicht weiter als bis nach Marasch gesteckt hast. Ich werde es nicht gestatten, daß sich gemeine Mäuler an der Familie Bagradian wetzen, der wir alle soviel zu danken haben. Doch jetzt zu dir, Oskanian: Du bespeist nicht nur den Griechen, sondern auch Madame Juliette, weil sie dich lächerlich gefunden hat mit deinem großartigen Dasitzen, du Zwergnarr, samt deinen Gedichten und deiner Kalligraphie ..."

Das war ungerecht. Oskanian hatte niemals seine Wünsche zu Juliette erhoben. Die Bewunderung für ihre strahlende Höhe, die schmachtende Resignation in deren Gefolge, sie war das heiligste Gefühl gewesen, zu dem sich sein eitles, unbefriedigtes Leben gegen die eigene Natur aufgeschwungen hatte. Und in diesem reinen Minne- und Madonnendienst war er geradezu mit gesetzmäßiger Tücke tödlich verwundet worden. Jetzt kreischte er nicht, sondern entgegnete mit dunkler Würde:

„Ich brauche die Achtung deiner Französin nicht. Sie braucht vielmehr meine Achtung. Wir haben ja mit eigenen Augen sehen müssen, was das für Menschen sind, bei Gott..."

Und vollendet demagogisch wandte sich der Knirps an die Muchtars:

„Ich segne unsre Mütter, unsre Frauen und Mädchen, vor denen solch eine eingebildete Europäerin auf den Knien rutschen müßte."

Dieses gutgezielte Stichwort weckte Beifall. Hrand Oskanian aber warf sich jetzt voll auf seinen Gegner:

„Dir aber, Dummkopf Schatakhian, kann ich mitteilen, daß du dich hundertmal lächerlich gemacht hast mit deinem ‚accent‘, deiner ‚causerie‘ und der ‚conversation‘, deiner affektierten..."

Er begann Schatakhians selbstgefälliges Französisch, ohne eine eigentliche Sprache, mit näselnden Selbstlauten und knallenden Konsonanten meisterhaft nachzuahmen. Damit war die Beratung, die dem sicheren Hungertode galt, bei der widerlichsten Posse angelangt. Es zeugt von der unausrottbaren Kindlichkeit der menschlichen Art, daß sich ein Teil der Versammlung vor Lachen über Oskanians Kopistenleistung bog. Ter Haigasun, der die heutige Tagung mit einem jähen Panthersprung eröffnet hatte, griff jetzt nicht ein, es war kaum zu glauben. Er schien mit seinem schweigsam geschlossenen Dasitzen einen bestimmten Zweck zu verfolgen und all seine Gedanken und Kräfte zu sammeln. Vielleicht auch war's nur müder Ekel und Gleichgültigkeit, die ihn erfüllten, da es Rettung nicht mehr gab. Bedros Hekim stützte sich brummend an seinem Stock empor:

„Ich dachte, Ter Haigasun habe uns einberufen, um über das Unglück zu beraten. Für diese deine Vorstellung aber bin ich nicht aufgelegt, Oskanian. Ich habe mehr zu tun als ihr Lehrer, die ihr schon seit langer Zeit selbst die Schule schwänzt, wie ich bemerkt habe. Euer Kindervolk ist auch danach. Dir aber, Oskanian, will ich als Arzt zugute halten, daß du ein armer Irrer bist. Jener junge Mensch ist im März zu uns gekommen. Er hatte einen Empfehlungsbrief an den Apotheker. Um diese Zeit wußte noch nicht einmal der Wali von Aleppo etwas von Deportationen. Ist der Grieche schon etwa damals mit der Absicht zu uns gekommen, die neuen Weideplätze auf dem Musa Dagh den Türken als Spitzel zu verraten, he? Da sieht man, was für logische Köpfe auf dem Lehrerseminar in Marasch erzogen werden!"

Hrand Oskanian, eine politische Hoffnung, wie es sich heute zeigte, wußte sehr genau, daß ein logischer Fehler seiner Sache nicht schaden könne. Folgerichtiges Denken erforderte Anstrengung, und anstrengen will sich niemand. Wenn man jedoch den Gegner verächtlich macht, so erweckt dies in einer Versammlung befriedigende Lustgefühle, und auf derartige Gefühle kommt es einzig an:

„Es kann schon sein", schlug er scharf zurück, „daß du einmal vor fünfzig oder sechzig Jahren Medizin studiert hast, Arzt, aber wer kann das heute noch nachprüfen. Manchmal ziehst du aus deinem alten Buch irgendwelche Würmer. Da kannst du dem Apotheker die Hand reichen. Der hat uns auch jahrelang mit seiner Bibliothek angeschmiert. Was wollt ihr wetten, die Hälfte seiner Bücher besteht aus leerem Papier, schön eingebunden? Vom Leben aber habt ihr alle dieselbe Ahnung, ihr Alten, sonst wüßtet ihr, daß die Regierung schon bei Kriegsbeginn in die armenischen Bezirke Spitzel entsandt hat, und zwar Christen, damit es nicht auffalle..."

Und er spielte seinen letzten an die Muchtars gerichteten Trumpf aus:

„Das kommt alles daher, weil diese alten Herren mit der Familie Bagradian verbandelt sind, die solche Leutchen wie unsern Schatakhian hier für ihr Wuchergeld nach Europa schickt. Sind diese reichen Familien nicht an allem Unglück schuld? Sie gehören ja gar nicht zu uns, diese Levantiner! Wegen ihrer unsauberen Geschäfte muß das armenische Volk zugrunde gehn!"

Damit wurde eine bedeutsame Saite in den bäurischen Seelen berührt. Thomas Kebussjan, fernen Erinnerungen hingegeben, schielte bekräftigend vor sich hin:

„Schon der alte Awetis war so. Immer nur Geschäfte in Aleppo, in Stambul, in Europa. Bei uns hielt er es keine zwei Monate im Jahr aus. Ich aber habe mich nie fortgerührt. Hätte ich das nicht auch können, was glaubt ihr? Die Meinige hat mich genug geplagt..."

Vergessen und verworfen waren mit einemmal die Taten des Kirchenfürsten und Schulengründers, dessen Heimatliebe dem Tale von Yoghonoluk weit über seine Zeit hinaus Wohlstand und Segen gespendet hatte.

Nun aber rührte es sich hinter dem Bücherturm. In dem schmalen Durchschlupf dieser Festung krümmte sich eine ächzende Gestalt im langen weißen Hemd. Krikor von Yoghonoluk, der Junggeselle, trug seit gestern sein Totenhemd. Da er nicht wollte, daß eine Nunik oder die Totengräber ihn mit dem Gewande der Auferstehung bekleiden, hatte er sich, soviel Mühe es auch kostete, diesen letzten Dienst selbst erwiesen, denn er wußte, daß er die Eroberung des Damlajik durch die Türken nicht mehr erleben werde. Seine gelben Wangen hatten so tiefe Löcher bekommen, daß man Fünfpiasterstücke hätte hineinlegen können. Die Schultern waren bis zu den Ohren hochgezogen, Arme und Beine zu gelenklosen Kolben angeschwollen. Als er zwischen den Büchermauern endlich festen Halt gefunden hatte, versuchte er seiner Stimme die gewohnte hohle Gleichgültigkeit des Weisen abzuringen. Doch es gelang ihm nicht mehr. Zitternd und abgerissen kamen seine Worte:

„Dieser Lehrer hier ... ich habe an ihm gearbeitet und gearbeitet ... Jahrelang ... Das Blut der Gelehrten und der Dichter ... habe ich ihm eingeimpft ... Ich dachte, weil er begabt ist, kann ein Menschenengel aus ihm werden, einmal ... Aber, Irrtum ... Wer es nicht ist, kann es nicht werden ... Der denkt nicht immer nur an Kot, hab ich gemeint ... Aber dieser Lehrer ist viel, viel niedriger als die Armen, die nur an Kot denken ... Schluß mit ihm ... Mein Gastfreund aber ... ich hab's verschwiegen bisher ... Maris hat mir in die Hand versprochen ... in Beirût alles für uns zu tun ... bei den Konsuln ..."

Krikor konnte vor Schwäche nicht weitersprechen. Oskanian aber fuhr dazwischen:

„Und woher hat er seine Pässe? ... Leeren Reden glaubt ihr und sonnenklaren Tatsachen nicht..."

Den Muchtars schien ein großes Licht aufzugehen. Ja, woher

hat er seine Pässe? Pastor Aram sprang auf:

„Jetzt aber genug, Oskanian! Unerträgliche Narrheit! Eine Stunde ist vergangen, und kein Mensch hat ein vernünftiges Wort gesprochen. Und in drei Tagen werden wir nichts mehr zum Essen haben..."

Der schwarze Lehrer wurde von seiner eigenen Bosheit ohne Besinnung fortgerissen. Es war, als müsse er in diesen Minuten alles erbrechen, was sich in seinem ganzen Leben an Haß, Kränkung und Wut angesammelt hatte. Jener Klatsch stieg in ihm hoch, den selbst die ausgepichtesten Matronen nur zu flüstern wagten:

„Aha, auch der Herr Pastor! Er kann ja nicht anders, seitdem er durch seine Schwester mit Bagradian verwandt ist."

Aram wollte sich auf Oskanian werfen, wurde aber von starken Armen zurückgezerrt. Der alte Tomasian, puterrot, schrie auf und schwang seinen Stock. Ter Haigasun aber war schneller als beide Tomasians. Er packte den Lehrer an seinem kragenlosen Hemd:

„Ich habe dir lange Zeit gelassen, Oskanian, damit du beweist, was zu beweisen war. Jetzt haben wir alle erkannt, woher der ganze Gestank kommt und wer das Gift in die Seelen streut, das ich schon lange spüre. Das Volk hat dich unter die Führer gewählt, weil du ein Schullehrer bist. Ich aber stelle dich dem Volk zurück und werde es aufklären über dich. Und jetzt tu deine Ohren auf! Ich schließe dich von unseren Beratungen aus, für immer!"

Hrand Oskanian schrie, er nehme diesen Ausschluß nicht zur Kenntnis, da er selbst mit der Absicht hierhergekommen sei, aus diesem Schwätzer- und Greisenverein auszutreten, den das Volk heute oder morgen auseinanderjagen werde, wie er es verdiene. Trotz der rasendsten Wortgeschwindigkeit jedoch konnte der ehemalige Schweiger seine Rede nicht vollenden, denn Ter Haigasun hatte ihn binnen wenigen Sekunden mit einem prächtigen Fußtritt ins Freie befördert und die Tür hinter ihm versperrt. Eine scheele Stille blieb zurück. Die Muchtars zwinkerten einander zu. In dem diktatorischen Vorgehen des Oberhauptes lag eine Gefahr, die nächstens irgendeinen andern treffen konnte. Ein Gewählter durfte doch nur von der gesamten Volksversammlung abgesetzt werden und nicht durch einen Funktionär, auch durch den höchsten nicht. Und während das Gespenst hoffnungslosen Verhun-

gerns Sekunde für Sekunde mit Riesenschritten der Stadtmulde nahte, räusperte sich Thomas Kebussjan, wackelte mit
der Glatze und erhob gewissermaßen einen verfassungsrecht-
lichen Einspruch gegen die Behandlung eines gewählten Mit-
gliedes des Führerrates. Ter Haigasun habe zwar das Recht
der Entscheidung, aber immer erst dann, wenn die Annahme
oder Ablehnung eines Antrags vorliege. Zum erstenmal begann
sich die Opposition deutlich abzuheben. Außer den Muchtars
gehörten zu ihr einige jüngere Lehrer und einer der Dorfpriester, der Ter Haigasun feindlich gesinnt war. Die beiden
Tomasians saßen noch immer, vor Zorn und Verlegenheit
schwitzend, unsicher im Kreis. Alle andern aber, Ter Haigasun
voran, waren, ohne es zu wollen und zu wissen, zur Partei des
abwesenden Bagradian geworden, der unsinnigerweise anstatt
der großen Katastrophe in den Mittelpunkt der Tagung geraten war. Als Ter Haigasun grob alle weiteren Erörterungen
abschnitt, um endlich zur Lebensfrage zu gelangen, da war es
schon zu spät. Der verdächtige Lärm auf dem Altarplatz
draußen erforderte ein rasches Eingreifen der Führung.

Hrand Oskanian war nur ein schwacher Mann. In einem
abendländischen Gemeinwesen hätte man ihn als ausgesprochenen „Intellektuellen" bezeichnen müssen, das heißt als
einen durchschnittlich geschulten Menschen, der sich nicht
durch Handarbeit ernährt und eine schwankende Seele besitzt,
die ihren Platz im Kampf der rohen Gewalten nicht finden
kann und, überall zurückgestoßen, sich hungrig nach Macht
und Geltung verzehrt. Der Fall Oskanian wäre demnach unter
anderen Umständen trotz aller Narrheit ein harmloser Fall
gewesen. Hier aber auf dem Damlajik gab er Anlaß zu Be-
denklichkeit. Hrand Oskanian stand völlig allein. Und doch
hing er mit einer gewissen Welt zusammen, mit einer dunkeln
und unbekannten Welt übrigens, die sich erst heute ein wenig
bemerkbar machen sollte. Man hatte ihn gewissermaßen zum
Regierungskommissär über diese Welt gesetzt. In dieser Rolle
mußte er gerade als „Intellektueller" scheitern. Sein Unter-
liegen bezog sich nicht nur auf Sarkis Kilikian. Der Russe,
obwohl der ungekrönte Fürst der Deserteure, war ein
schweigsamer Einzelgänger. Wenn er auch immer wieder im
Mittelpunkt irgendeines Geschehens stand, so war er doch
persönlich untätig wie ein Säulenheiliger und interesselos wie

ein Gast aus dem Jenseits. Auf ihn traf das schöne und traurige Wort „mutterseelenallein" in seiner eisigsten Bedeutung zu. Aber außer Kilikian hatten sich in diesen zweiunddreißig Tagen auf der Südbastion mehr als achtzig Deserteure zusammengefunden, wobei der Ausdruck „Deserteure" bekanntlich in vielen Fällen auch ein weniger ehrenvolles Herkommen decken mußte. Wegen dieses ständigen Zuwachses hatte es sogar Unstimmigkeiten zwischen Ter Haigasun und Gabriel Bagradian gegeben. Dieser meinte nämlich auf keine jugendliche und militärisch ausgebildete Kriegerfaust verzichten zu dürfen, während jener nicht nur die Brauchbarkeit einer erklecklichen Anzahl dieser Gestalten, sondern sogar ihre echte armenische Volkszugehörigkeit in Zweifel zog. „Mögen auch ein paar Räuber unter ihnen sein", beruhigte Gabriel den Priester, „es sind im Kampf die großartigsten Kerle." Er dachte dabei an die guten Erfahrungen, die er mit einigen Deserteuren in seiner fliegenden Garde gemacht hatte. Bagradian hätte unbedingt die Pflicht gehabt, für einige Zeit sein Lager unter dieser Besatzung aufzuschlagen, um die schwierige Gesellschaft fest in die Hand zu bekommen. Er aber blieb nach wie vor bei seinen geliebten Elite-Zehnerschaften. Nur seit Stephans Tod sah man ihn auch nicht mehr in der Nordstellung. Vor einigen Tagen war der unfähige Mann aus Kheder Beg mit schwerem Fieber ins Epidemiewäldchen geschafft worden. Hrand Oskanian war seither der einzige Träger der Ordnung im Süden. Er ahmte Bagradian nach, indem er unter den Deserteuren schlief und ihr ganzes Leben zu teilen versuchte. Dies aber war durchaus keine leichte Sache. Der schwächliche Knirps mußte sich unablässig dehnen und diesen mit allen Salben geschmierten Gesellen sich anpassen und anbiedern. Er war gezwungen, tagaus, tagein den verfluchten Kerl zu spielen und ständig über die Verhältnisse seines Körpers und seines Mutes zu leben. Nächst der Verwundung durch Juliette Bagradian war dieser Umgang der Hauptgrund für die sonderbare Entwicklung des kleinen Lehrers, von der sein „revolutionäres" Benehmen im Führerrat eine Probe abgelegt hatte. Er war übrigens äußerst stolz auf diesen Krach und zeichnete sich selbst mit dem Worte „revolutionär" aus.

Der Südabschnitt stand, vereinsamt und weit abgelegen, in größter Sonnenferne gleichsam zum Altarplatz und mithin zum Geiste der Ordnung und Führung. Das Volk zeigte eine deutliche Scheu vor diesem Abschnitt. Während zum Beispiel zwischen der Nordstellung und der Stadtmulde stets ein lebhafter Verkehr stattfand, verirrten sich in die Felsen der Südbastion nur selten ein paar Neugierige. Das ließ sich weder durch den langen Weg hinreichend erklären noch auch dadurch, daß den Deserteuren der Familienanhang fehlte. Hie und da schickte Bagradian eine Inspektion hinaus, die zur Zufriedenheit des Befehlshabers keine besonderen Beobachtungen zu vermelden hatte. Es war klar: die Deserteure mußten ja dankbar sein, in der Volksgemeinschaft Aufnahme gefunden zu haben und, anstatt ihr bisheriges Hundeleben zu führen, regelmäßiges Essen zu erhalten. Wie es freilich um ihre tatsächliche Anhänglichkeit und ihren Opfermut für diese Volksgemeinschaft stand, das wußte niemand, und niemand machte sich darüber Gedanken. Die Südbastion war eine Welt für sich. Ihre Besatzung führte ein Leben, dem niemand nachforschte. Sie übernahm es als Gegenleistung für regelmäßige Nahrung, den Abschnitt zu verteidigen, das war alles. Doch auch die Deserteure hatten sich, in Einhaltung dieses ungenannten Vertrages, bisher blutwenig um Stadtmulde, Altarplatz, Führerrat gekümmert und nur selten die Örtlichkeiten des allgemeinen Lebens betreten. Heute, an dem Morgen der schweren Katastrophe, geschah es vielleicht zum erstenmal, daß sie in einigen größeren Haufen ins Lager kamen. Sie verbanden aber mit ihrem Auftreten nicht den geringsten Zweck. Die Witterung, ,,etwas ist los", hatte sie hergetrieben, der ewige Wunsch solcher Existenzen nach Verwirrung und Auflösung, nach dem Nichts, das zugleich das Neue ist.

Es hatte schon sehr oft auf dem Altarplatz Ansammlungen gegeben, bei denen irgendein Vorfall des Tageslebens erregt besprochen wurde. Zumeist geschah es am Freitag, wenn Ter Haigasun Gericht hielt und die Parteien unter Teilnahme von Gaffern draußen weiterstritten. Diesmal aber war das Bild sehr verschieden von den größten bisherigen Aufläufen. Noch immer herrschte zwar das weibliche Element vor, doch zeigten sich trotz der Morgenstunde viele Krieger aus der ersten Linie, die auf die Schreckensnachricht in die Stadtmulde geeilt waren. Einen neuen Bestandteil bildete auch Nuniks gebrechliche Schar, die, ohne weiter mit Ter Haigasun darüber zu verhandeln, das Recht des Bleibens in Anspruch genommen und in der Nähe des neuen Friedhofs ihr Lager bezogen hatte. In der Stadtmulde wurde über diesen unwillkommenen Zuwachs von Fressern schrecklich geschimpft. Doch dies half nichts. Man hätte die Bande erschlagen müssen, um sie loszuwerden. Jetzt mischte das Bettelvolk seine grauen Farben in das Bild. Auch die Schuljugend, seit dem letzten Kampfe aufsichtslos, spatzendürr, wolfswild, fehlte nicht in ihrer Wolke aus schrillem Lärm.

In der Wirrnis des allgemeinen Entsetzens gab nicht etwa die unterste Volksklasse den Ton an, nicht die armen Bauern, Knechte, Handwerkergehilfen, sondern ein gewisser mittlerer Stand, den man am ehesten die „kleinen Besitzer" nennen könnte. Diese gebärdeten sich wie toll, warfen ihre Mützen zu Boden, rauften sich die Haare, fuchtelten herum und vollführten wahre Verzweiflungstänze. Ihre Verzweiflung aber galt nicht so sehr dem kommenden Hunger als einem eingebildeten Verlust. Sie schrien, man habe sie um ihr Eigentum, ihr Letztes gebracht. Wer ihrem Jammer glaubte, mußte den Eindruck gewinnen, die Türken hätten Hunderttausende von Schafen erbeutet. Jeder einzelne von diesen kleinen Besitzern berechnete seinen Verlust mit phantastischen Ziffern. Daß die geraubten Herden längst schon Gemeinbesitz waren und daher kein einzelner etwas verloren hatte, daß ferner der große Viehreichtum der Dörfer zu einem kärglichen Rest zusammengeschmolzen und daß schließlich dieses ganze Wehgeschrei völlig unnütz und verrückt war, das bedachten sie nicht oder wollten sie nicht bedenken. In ihrem jammernden Gehaben offenbarte sich eine krankhafte Mischung von Angst, Wichtigmacherei und Wahn. Es war eine ähnliche Verfallserscheinung wie Oskanians Verratswahn. Das Widersinnige bemächtigte sich immer tückischer der Seelen.

Das dumpfere Volk, durch den Schlag betäubt, blieb anfangs schwerfällig stumm. Es suchte mit ängstlichen Fragen die Meinung der Berufenen. Erst die kleinen Besitzer waren es, die ihre Erregung auf die Menge übertrugen. Mit ihnen mußten die Muchtars den Kampf ausfechten. Ter Haigasun hatte sie vorausgeschickt, damit sie die Suppe auslöffeln. Als Exekutive des Führerrates hatten sie den Verkehr mit dem Volke zu pflegen. Sie kamen nicht über den ersten Löffel dieser Suppe hinaus. Von dichten Gruppen eingeklemmt, wurden sie einzeln hin und her gestoßen, über den ganzen Platz. All ihre

Rechtfertigungsversuche gingen in zornigem Gebrüll unter: „Nur ihr seid schuld, ihr allein!" Eine fromme Lüge hätte vielleicht für den Augenblick Erleichterung geschafft. Die Andeutung zum Beispiel, es seien, trotz des Unglücks, noch genügend heimliche Nahrungsreserven vorhanden, hätte den alten Leichtsinn wieder belebt; denn ein paar Tage bedeuteten für den Musa Dagh ein unabsehbares Zeitalter. Keiner der Ältesten hatte den rettenden Einfall, der Menge irgend etwas Unverhofftes in Aussicht zu stellen, um sie für diese Stunde wenigstens zu beruhigen. Thomas Kebussjan aber, sonst ein gewiegter Mann, der nun auch den Kopf verlor, griff unter dem Einfluß Lehrer Oskanians zu dem übelsten und gefährlichsten Mittel, um die Wut auf ein andres Ziel zu lenken. Er warf die Verratsparole unter die Menge. Das Volk hat in guten Zeiten für die Glaubwürdigkeit von Menschen und Worten ein gutes Unterscheidungsvermögen und eine gesunde Skepsis. Lehrer Oskanian war von den Leuten nie besonders ernst genommen worden. Nun aber verhalfen ihm die Muchtars zu einem Erfolg. Dieselbe Masse nämlich, die in gewöhnlichen Zeitläuften sich so entlarvend skeptisch gegen große Worte verhält, wird in katastrophalen Augenblicken ihr Opfer. Dann aber sind es die unbestimmten, die verschwimmenden Begriffe, die am stärksten ansprechen. Das Wort „Verrat" war solch ein Begriff. Die wenigsten verbanden damit die klare Vorstellung eines wirklichen Geschehnisses. Dennoch löste es alle feindseligen Instinkte aus und gab ihnen Richtung, freilich nicht diejenige, welche die Muchtars wünschten. Die Führer, all diese Notabeln und Bonzen, hatten sich verschworen, das Volk aufzuopfern, und dies nur, um sich selbst zu retten. Sie trugen die Schuld, daß man auf den Musa Dagh gezogen war und damit die sichere Vernichtung auf sich genommen hatte. Pastor Harutiun Nokhudian, der ist der einzige wahre Volksfreund gewesen. Er und seine Gemeinde lebten jetzt, schon nach der Umsiedlung, im Osten ärmlich, aber in ruhigen Verhältnissen. Immer dichter hagelten die Schmährufe gegen den Führerrat. Die Gesellen von der Südbastion drängten sich überall in die Menge, schienen aber die ganze Erregung als eine Art Lustbarkeit zu empfinden, die sie erfreute, aber nichts anging. Dort aber, wo sie standen, stieg die Gärung auf wie Kohlensäureblasen in einem Trank.

Auch der Beschwichtigungsversuch, den Aram Tomasian jetzt

unternahm, schlug fehl. Die leidige Geschichte mit dem Fischfang, der so magere Erfolge gezeitigt hatte, war der „Wahn" und die „fixe Idee" des Pastors. Mochten ihre Aussichten stehn wie immer, es war eine schwere Verkennung der Lage, daß er dieser aufgewühlten Menge jetzt seinen Glauben an das Fischwunder in einer breiten Rede voll genauer technischer Einzelheiten vorsetzte. Jeder wußte, was dabei bis nun herausgekommen war. Die Ausführungen Tomasians ernteten zuerst Gelächter, dann Hohn, und da er nicht nachgab, ließ man ihn nicht weiterreden. Von irgendwoher mußte jetzt ein Impuls erflossen sein, denn die in Gruppen und Knäueln schwankende Menge schloß sich zusammen und drängte gegen die Regierungsbaracke. Schon sah man nicht nur hochgeschüttelte Fäuste, sondern hie und da Spaten und Krampen in der Luft. Die Männer der Schutzwache wurden bleich und hielten unentschlossen die Gewehre vor sich hin, an deren Läufen sie die erbeuteten Türkenbajonette befestigt hatten.

Im Innern der Baracke befanden sich außer dem kranken Apotheker nur noch Bedros Hekim, Tschausch Nurhan und der Priester. Ter Haigasun wußte genau, daß nach der Niederlage der Muchtars und Pastor Tomasians alle Autorität gebrochen sei, wenn er selbst sie nicht wiederherstellen könne. Keine Sekunde lang zweifelte er daran, daß ihm dies gelingen werde. Seine Augen, deren Blick aus beobachtender Scheu und kalter Entschlossenheit so eigentümlich gemischt war, füllten sich mit Schwärze. Er trat über die Schwelle, schob die Wachmannschaft auseinander und ging mitten in die Menge hinein, als sähe er sie nicht, als wäre sie Luft. Dabei hatte seine Haltung gar nichts Angespanntes und Gezwungenes. Er bewegte sich, wie es seine Art war, den Kopf ein wenig vorgeneigt, die Hände in den Kuttenärmeln versteckt, abgeschlossen und leicht fröstelnd. Die ersten Schichten des Menschenhaufens waren aus den verschiedensten Typen bunt gemengt: Weiber zumeist, doch auch einige quäkende Kleinbesitzer, ein paar Deserteurfratzen und eine ganze Anzahl von Halbwüchsigen als Hauptanstifter und Genießer der Unruhe. Dies alles wich jetzt vor dem gelassenen Schritt Ter Haigasuns zur Seite. Insbesondere die Weiber konnten sich des bannenden Ehrfurchtsgefühls nicht erwehren, das der Anblick des Priesters in ihnen zu erwecken pflegte. Nurhan Elleon drang mit den Bewaffneten in die Menschenbresche, damit sie sich nicht hinter dem Priester wieder schließe. Dieser Beistand aber war überflüssig. Jeder Schritt des schweigenden Ter Haigasun schuf sich eine freie Gasse. Indem er Staunen erzeugte und in jedes Auge die Frage legte, was will er nur, was hat er vor?, bändigte er durch Neugier jede andre Leidenschaft. So gelangte er gemessenen Tempos zum Altar, auf dessen erster Stufe er sich umwandte, und zwar mit keiner heftigen, sondern mit fast bequemer Gebärde. Dadurch aber war die Menge gezwungen — gottesfürchtige Armeniersöhne und -töchter, allesamt —, ihren Blick auf das heilige Gerüst zu richten, von dem das große silberne Kruzifix, Tabernakel, Kelch, Patene und viele Leuchter herniederfunkelten. Die Sonnenstrahlen fingerten an der hohen Blätterwand entlang, die hinter dem Altar aus Buchsbaumzweigicht errichtet war. Ter Haigasun selber stand im Schatten, während ihn das Licht gleichsam von zwei Seiten bewachte. Auf ihm ruhte nicht nur die Autorität der Volkswahl, sondern die höhere Autorität der Gottesweihe. Er mußte seine Stimme kaum heben, denn die Neugier hatte auf einmal ringsum tiefe Stille geschaffen.

„Ein großes Unglück ist geschehen" — er sagte das ohne jede wehleidige Feierlichkeit, fast gleichgültig — „und ihr begehrt gegen das Unglück auf und suchet die Schuldigen, als ob euch das den geringsten Nutzen bringen könnte. Vor dem Aufbruch habt ihr jene Männer gewählt, die nunmehr seit einunddreißig Tagen sich für euch aufopfern, ohne auch nur eine einzige Nacht durchgeschlafen zu haben. Ihr wißt ebensogut wie ich, daß es unter euch keine geeigneteren Männer gibt als sie. Sehr wohl verstehe ich, daß ihr mit unserem Leben unzufrieden seid. Ich bin es auch. Doch ihr habt freiwillig und durch niemanden gezwungen den Entschluß gefaßt, auf den Damlajik zu gehn und nicht etwa mit dem Pastor Nokhudian in die Verschickung! Reut euch aber dieser Entschluß jetzt — hört mich gut an —, so könnt ihr ihn ebenso freiwillig abändern, wie ihr ihn gefaßt habt. Es gibt ein Mittel..."

Der Redner machte hier einen kleinen Einschnitt, änderte aber auch bei den folgenden Worten seinen trockenen Ton nicht:

„Wir haben noch ein Mittel. Ihr, wie ihr da steht, seid die Mehrheit. Doch ich werde auch noch die Leute aus den Stellungen zusammenrufen lassen ... *Ergeben* wir uns den Türken! Ich bin bereit, wenn ihr mich dazu ermächtigt, in eurem Namen noch heute nach Yoghonoluk hinabzusteigen.

Wer diesen Wunsch hat, erhebe sofort seinen Arm!"

In verächtlichem Gleichmut wartete Ter Haigasun zwei volle Minuten. Die Stille blieb lückenlos wie vorher, keine Hand rührte sich. Da erstieg er die oberste Altarstufe, und nun dröhnte seine Stimme über den Platz:

„Ich sehe, nicht ein einziger will sich ergeben ... Nun, dann müßt ihr euch aber klarmachen, daß Zucht und Ordnung nicht verletzt werden dürfen! Ruhe muß herrschen, Ruhe, hört ihr, auch wenn wir nichts andres mehr zu fressen haben als unsre Fingernägel. Nur eine einzige Art von Verrat gibt es unter uns, sie heißt Unordnung und Zuchtlosigkeit! Wer diesen Verrat begeht, wird die Strafe erleiden, die dem Verräter gebührt, darauf könnt ihr euch verlassen, ich schwöre es. So, und jetzt ist es höchste Zeit, daß ihr wieder an eure Arbeit geht! Wir werden für euch sorgen. Vorläufig bleibt alles beim alten."

Es war die Behandlung ungezogener Kinder; sie erwies sich in dieser Stunde aber als das einzig Richtige. Kein Zwischenruf fiel, kein Hohnwort, kein Vorwurf mehr, obgleich sie durch Ter Haigasuns Rede doch gar nichts verändert hatte. Selbst die Schreier und Wühler schwiegen verblüfft. Die Alternative zwischen Ordnung und Übergabe wirkte wie ein kalter Guß auf die entfesselten Gefühle. Noch aber schien die Masse, trotz Ter Haigasuns Aufforderung, nicht daran zu denken, den Altarplatz zu räumen. Auf einen Wink des Priesters bildete Tschausch Nurhan mit seiner Mannschaft eine Kette und drängte, gütlich zuredend, teils mit groben Scherzen, teils mit gröbsten Püffen, die Menge zurück und in die Hüttengassen hinein. Freiwillige Helfer schlossen sich der Polizei an. Da Ter Haigasuns Rede die große Aufregung zerbröckelt hatte, gelang die Säuberung des Altarplatzes ohne Schwierigkeit. Das Volk verlor sich in schreienden Gruppen zu seinen Arbeitsstätten, und der Alltag schien trotz des Entsetzlichen seinen gewohnten Lauf wieder zu beginnen. Die Wächter riegelten die Gassenmündungen ab, damit keine neue Demonstration die Beratungen störe, die sich ja endlich von allem Gezänke fort- und der mitleidslosen Wirklichkeit zuwenden mußten.

Noch immer starrte Ter Haigasun vom Altar auf den leeren Platz hinab. Wäre es nicht geraten, eine sehr starke innere Wehrmacht zu schaffen, um bei der geringsten Unruhe mit blutiger Strafe einzuschreiten? Mit einer matten Handbewegung verwarf der Priester diesen Gedanken. Was nützte es,

Schrecken zu verbreiten? Mit jedem Tage des wirklichen Hungers mußte die Selbstauflösung unaufhaltsam fortschreiten. Die Türken hatten einen neuen Angriff gar nicht nötig, um das Ende herbeizuführen. Nun erübrigte sich auch die bange Frage: Wie lange noch? Die Finger einer Hand genügten, um die Antwort auszuzählen. Hilfe konnte nur durch ein Wunder Gottes kommen. Wie auf der vierzigjährigen Wüstenwanderung der Kinder Israels. Aber mit Manna und Wachtelschwärmen war der Himmel selbst dem auserwählten Volke gegenüber nicht verschwenderisch gewesen.

Noch an demselben Tage jedoch trat ein überraschendes Ereignis ein, das in dem quälenden Auf und Ab von Hoffnung und Verzweiflung den Mut wieder ein wenig belebte. Man hätte dieses Ereignis nicht ganz unzutreffend ein Wunder nennen können, wenn auch ein mißglücktes.

Sogleich nach dem Tode Stephans hatte der Arzt seine Frau von all ihren sonstigen Pflichten befreit und in das Krankenzelt geschickt, damit sie nun Juliettens Pflege voll übernehme. Bedros Hekim brachte damit ein sehr großes Opfer, da die unverwüstliche Antaram den gesamten Dienst im Lazarettschuppen und auch im Epidemiewald leitete. Zu diesem Opfer hatte sich der Gute um Iskuhis willen entschlossen. Durch die lange Pflege und nicht nur durch sie war das Mädchen zum Schatten eines Schattens geworden. Es erschien fast unglaublich, daß ein Wesen mit so wenig Leib sich noch immer so eifrig bewegen und immer noch arbeiten konnte. Welche Widerstandskräfte mußte Iskuhi besitzen, daß sie der Ansteckung trotz allstündlich engster Nähe nicht verfallen war, bisher wenigstens? Ein andrer Grund für Mairik Antarams Entsendung war moralischer Natur. Die verfängliche Dreiheit sollte in eine unverfängliche Vierheit verwandelt werden. Die neue Pflegerin wohnte nun im Krankenzelt, während Iskuhi in Howsannahs verlassenes Zelt übersiedelte.

Juliette gehörte zu jenem Teil der Kranken, deren Herz die Epidemie überstand. Als Gabriel die Gewißheit gewann, daß der Zustand seiner Frau sich zögernd dem Leben zuwende, da erfaßte ihn tiefes Erbarmen mit ihr. Wäre sie in ihren Fieberträumen, die Frankreichs Siegesglocken durchdröhnten, dahingegangen, wäre ihr das Erwachen erspart geblieben, wie glücklich hätte er sie gepriesen. Im übrigen war es um Juliettens Erwachen eigen bestellt. Nach den kritischen Stunden war eine neue Ohnmacht oder besser eine völlig lethargische Lebensschwäche eingetreten. Während des hohen Fiebers hatte Juliette immer Nahrung zu sich genommen, jetzt aber wehrte sie sich, das heißt, ihr steifer lebloser Körper leistete jeglicher Fütterung Widerstand. Die energische und kräftige Antaram aber gab nicht nach und zwang geduldig die Elende, alles hinunterzuschlucken, was sie ihr aus Milch und den noch vorhandenen Proviantresten zubereitete. Auch versuchte sie auf alle Arten, durch kalte Wickel und Massage, die Kranke „aufzuwecken". Es gelang nur langsam. Erst dieser Tag mußte kommen, ehe Juliette stille Augen aufschlug, die nun wieder in die wirkliche Welt zu schauen schienen. Ihr Mund aber schwieg. Sie fragte nichts, sie verlangte nichts. Wahrscheinlich sehnte sie sich in die violette Tiefseewelt der vollen Bewußtlosigkeit zurück, die sie nur ungern verlassen hatte. Mairik Antaram wollte sie durch allerlei Gerede kitzeln und zurück ins Leben reizen. Entweder aber hatte Juliettens Geist wirklich gelitten oder setzte sie diesen Bemühungen einen mimosenhaften Stumpfsinn entgegen, der sich jedem Berührtwerden ängstlich entzog. Auch als Gabriel zu ihr trat, veränderten sich ihre Züge nicht, obgleich sie das erstemal ein klares Wachen verrieten. Doch was war mit diesem schönen Gesicht geschehen, nachdem die lebhafte Schminke des Fiebers sich verzogen hatte? Die trockenen Haare hingen herab, farblos wie Asche. Man konnte nicht erkennen, ob sie nur ausgebleicht oder ergraut waren. Die Schläfen bildeten zu seiten der vorgekrümmten Stirn zwei tiefe Mulden. Die Backenknochen liniierten einen armen Totenschädel, aus dem nur die plumpe Nase mit rotentzündeter Haut häßlich hervorsprang. Gabriel hielt eine winzige Hand in der seinen, deren Skelett nicht aus Knochen, sondern aus biegsamem Fischbein zu bestehen schien. Und das sollte Juliettens Hand sein, die große, warme, feste? Er wurde diesem fremden, diesem neuentstandenen Menschen gegenüber sehr verlegen:

„Nun hast du es überstanden, chérie, noch ein paar Tage und alles ist in Ordnung..."

Worte, vor denen ihm graute. Sie sah ihn an und antwortete nicht. Er konnte in dieser mageren häßlichen Kranken nichts von Juliette wiedererkennen. Alles Vergangene war mit furchtbarer Gründlichkeit aus dem Leben getilgt. Er versuchte aufmunternd zu lächeln.

„Es ist sehr schwierig, aber hoffentlich werden wir dich genügend ernähren können..."

In ihren Augen stand noch immer das klare und wache Nichts. Hinter diesem Nichts versteckte sich aber dennoch die Angst, seine Worte könnten die gute Kruste durchstoßen, die sie vor dem Einbruch der Welt noch schützte. Juliette schien kein Wort gehört zu haben. Da ging er hinaus.

Gabriel Bagradian verbrachte nun die meiste Zeit im Scheichzelt. Er vernachlässigte seine Befehlshaberpflichten, weil er keinen Menschenanblick ertrug. Nur Awakian überbrachte ihm dreimal täglich eine Situationsmeldung, die ohne das Zeichen des geringsten Interesses schweigend entgegengenommen wurde. Gabriel trat jetzt fast niemals vor das Zelt. Nur im geschlossenen Raum, in der Finsternis oder wenigstens im Halbdunkel ertrug er das Leben. Halbe Tage lang ging er auf und ab oder lag auf Stephans Bett, ohne daß ihm auch nur eine Stunde Schlaf geschenkt wurde. Solange der Leichnam des Knaben noch auf der Erde weilte, hatte Gabriel mit höllischer Vergeblichkeit sich sein Bild in den Geist zu rufen versucht. Nun, da Stephan schon einen Tag und eine Nacht unter der dünnen Erdschicht des Damlajik lag, nun kam er ungerufen zu jeder Stunde. Der Vater empfing ihn, regungslos auf dem Rücken liegend. Stephan war in dieser Phase seines Todes durchaus nicht verklärt, sondern brachte jedesmal seinen blutigen Körper mit. Er dachte nicht daran, Papa zu trösten oder gar ihm zu verraten, daß er in seiner Umarmung gestorben sei, ohne viel zu leiden. Nein, er wies ihm jegliche von seinen vierzig Wunden, die breiten Bajonett- und Messerstiche im Rücken, den Kolbenhieb, der sein Genick zerschmettert hatte, und das Gräßlichste, die klaffend durchschnittene Kehle. Der Tote ließ nichts nach, als wolle er vorerst abrechnen, ehe er seinen schmählich mißhandelten Knabenleib zu vergessen gedenke, diesen wohlgeborenen Leib, der nicht dazu bestimmt gewesen, das väterliche Blut auf dem Kirchplatz von Yoghonoluk zu vergießen, sondern es weiterzugeben von Ewigkeit zu Ewigkeit. Gabriel mußte jede dieser vierzig Wunden bis zum Grund ausfühlen. Vergaß er eine, so haßte er sich selbst. Er weckte in sich mit höchster Deutlichkeit das Gefühl des ins Fleisch eindringenden Stahls, wie er brennend die Haut

durchschneidet, die Nerven, die Muskeln und furchtbar an den
Knochen stößt. Er vergegenwärtigte sich in seinem eigenen
Nacken den schmalen Knabennacken, den der Kolben des
Mausergewehres zermalmt. Immer wieder begann er mit diesen
quälerischen Übungen von neuem, und sie waren in ihrer
Bestimmtheit noch eine Wohltat gegenüber den nebligen
Überfällen des Schuldbewußtseins. Nun war er in seinem
Schmerz zu Hause wie ein Blinder in seiner Wohnung, der
jeden Winkel und jede Kante unfehlbar ertastet. In diesen
Stunden, da Stephan bei ihm zu Besuch war, duldete er auch
Iskuhi nicht. Blieb aber der Tote aus, liebte er es, wenn sie bei
ihm saß und ihre Hand auf sein nacktes Herz legte. Dann
konnte er sogar ein paar Minuten lang schlafen. Er hielt die
Augen geschlossen. Iskuhi aber spürte, wie das dumpfe Pochen
unter ihrer Hand scheu wurde. Seine Stimme kam von fern-
her:

„Iskuhi, womit hast du das verdient? Es gibt so viele, die
gerettet sind, die in Paris leben oder woanders..."
Sie näherte ihren Kopf der Hand, die auf seiner Brust lag:
„Ich? Ich habe doch alles Gute und du hast alles Böse. Ich bin
glücklich und hasse mich, weil ich jetzt glücklich bin..."
Er sah sie an, ihr weißes Gesicht mit den großen Augen-
schatten, das nur mehr der Hauch eines Gesichtes war. Ihre
Lippen aber erschienen ihm überaus rot. Er schloß die Augen
von neuem, weil alles wieder mit Stephans Gesicht zu ver-
schwimmen drohte. Iskuhi aber zog langsam die Hand von
seiner Brust fort:
„Was wird geschehen? ... Wirst du es ihr sagen? ... Und
wann?..."
Er schien zuerst die schwere Frage nicht beantworten zu
wollen. Dann aber richtete er sich plötzlich auf:
„Das hängt von der Kraft ab, die ich haben werde."
Gabriel Bagradian bekam sehr schnell Gelegenheit, diese
Kraft zu zeigen. Mairik Antaram rief nach ihm und Iskuhi.
Juliette hatte sich das erstemal aufzusetzen versucht und einen
Kamm verlangt. Als die Kranke Gabriel erkannte, erschraken
ihre Augen. Sie suchte ihn mit ihren erhobenen Händen und
wehrte ihn zugleich ab. Die Stimme aber in der geschwollenen
Kehle gehorchte ihr noch immer nicht:
„Wir haben doch miteinander gelebt ... du ... sehr
lange..."

Er strich ihr prüfend über den Kopf. Sie sprach ganz leise, als wollte sie die Wahrheit nicht wecken:

„Und Stephan ... Wo ist Stephan..."

„Sei ruhig, Juliette..."

„Werde ich ihn nicht bald sehn dürfen...?"

„Ich hoffe, daß du ihn bald wirst sehn dürfen."

„Und warum ... darf ich ihn nicht jetzt schon sehn ... Nur durch den Vorhang..."

„Jetzt kannst du ihn nicht sehn, Juliette ... Es ist noch zu früh."

„Zu früh ... Und wann werden wir wieder beisammen sein, alle ... und weg von hier..."

„Vielleicht schon in den nächsten Tagen ... Du mußt noch ein bißchen warten, Juliette."

Sie glitt zurück und drehte sich zur Seite. Eine Sekunde lang sah es so aus, als wüchse ein Weinkrampf in ihr. Zweimal überlief ein langes Zucken ihren Körper. Dann aber kehrte in Juliettens Augen wieder der leere und zufriedene Ausdruck zurück, mit dem sie heute zum Leben erwacht war.

Draußen vor dem Zelte hatte es den Anschein, daß Gabriel, von der scharfen Sonne geblendet, unsicher gehe. Iskuhi stützte ihn mit ihrer gesunden Hand. Er aber stolperte über irgendeine Unebenheit und riß sie im Sturze mit. Stumm blieb er liegen, als lohne es in dieser Welt nicht mehr, sich zu erheben. Doch auch Iskuhi sprang erst auf, als sie Schritte hörte, die sich rasch näherten. Sie erschrak zu Tode. War es der Bruder, der Vater? Gabriel wußte nichts von ihren Kämpfen, die sie ihm verschwiegen hatte. Stündlich erwartete sie einen Überfall durch die Ihren, obgleich sie Bedros Hekim zum Vater geschickt hatte, damit er ihm sage, daß Mairik Antaram ihre Hilfe brauche. Iskuhis Schreck war unbegründet. Nicht die Tomasians kamen, sondern zwei atemlose Boten aus der Nordstellung. Der helle Schweiß lief ihnen über die Wangen, denn sie hatten die lange Strecke in scharfem Trab zurückgelegt. In der größten Erregung keuchten die beiden durcheinander:

„Gabriel Bagradian ... Türken ... Türken sind da ... Sechs oder sieben ... Sie haben eine weiße und grüne Fahne bei sich ... Parlamentäre ... Keine Soldaten ... Ein Alter ist der Führer ... Sie rufen herüber, daß sie nur mit Bagradian Effendi und sonst mit niemandem sprechen wollen..."

Mehr als eine Woche war seit der großen Niederlage der Türken schon verflossen. Der verwundete Jüsbaschi war, den Arm in der Binde, wieder unter den Soldaten zu sehn. Im Umkreis des Musa Dagh lagen soviel reguläre Truppen und Saptiehs wie noch nie. Und doch, es geschah nichts. Auch sprach nicht das leiseste Anzeichen dafür, daß in der nächsten Zeit etwas geschehen werde. Die Männer auf dem Damlajik sahen das lässige Treiben unten im Tal und fanden keine Erklärung dafür, daß man sie trotz der drohend angewachsenen Truppenmacht so auffällig in Ruhe ließ. Den Grund konnten sie auch nicht wissen. Der Kaimakam von Antakje, oberster Leiter der „Liquidation", war verreist.

Dschemal Pascha hatte nämlich sämtliche Walis, Mutessarifs und Kaimakams der syrischen Vilajets in seinem Hauptquartier zu Jerusalem um sich versammelt. Es waren unerwartete Naturereignisse aufgetreten, die rasche Maßregeln erforderten, sollte nicht die Kriegführung, ja das ganze Leben Syriens, der wichtigsten Etappe, völlig gelähmt werden. Die Mittelmeerprovinzen des ottomanischen Reiches befanden sich in der schwersten Bedrängnis. Nur selten geschieht es, daß sich die göttliche Gerechtigkeit, die eine unverwickelte Prozeßordnung nicht liebt, geschwind ertappen läßt. Im Gegensatz zu den Gepflogenheiten menschlicher Justiz folgt hier die Strafe der Schuld durchaus nicht auf dem Fuße. Die göttliche Gerechtigkeit ist in der kosmischen Folgerichtigkeit aufgelöst wie das Salz im Meere. In dieser Jahreszeit und in diesen Breiten aber schien sie sich mit einer bemerkenswerten Hast offenbaren zu wollen, als sei selbst ihre ewig unparteiische Ruhe angesichts der Vorgänge aus der richterlichen Objektivität geraten. Kurz, die Mühlen Gottes mahlten diesmal schnell.

Zwei ägyptische Plagen, von allerlei Neben- und Unterplagen begleitet, drangen vom Norden und Osten her ins Land. Die östliche Plage, der Flecktyphus, der über Aleppo hinaus als geschlossene Seuche nach Antiochia, Alexandrette und in die Küstengebiete vorstieß, war ein schauerliches Beweisstück jener kosmischen Folgerichtigkeit. Die Krankheit unterschied sich in ihrer grausamen Schärfe von der sanfteren Epidemie auf dem Damlajik, die sich dank der frischen Luft, dem guten Wasser, der strengen Trennung und wegen andrer unbekannter Umstände noch in mäßigen Grenzen hielt. Die Sterblichkeitsziffer des mesopotamischen Fleckfiebers jedoch belief sich oft auf achtzig vom Hundert. Aufgebrochen war er aus der Pestwolke, die über den Steppen des Euphrat lag. Auf dieser höchst ungeweihten Erde, in dieser gottlosen Senkgrube des Todes, verwesten schon seit Mai und Juni Hunderttausende von Armenierleichen. Selbst die Tiere flohen vor dem Gestank. Nur die armen Soldaten mußten durch diese unaussprechliche Jauche der Menschheit hindurch: Kolonnen mazedonischer, anatolischer, arabischer Infanterie mit den endlosen Wagen- und Kamelreihen des Trains wurden in tagelangen Märschen hindurch und nach Bagdad getrieben. Dazwischen stampften die Hufe der Beduinenkavallerie. Doch auch diese Kinder der Wildnis konnten während des Durchzuges — sie holten das Letzte aus ihren Pferden — keine Speise bei sich behalten. Die toten Armenier aber sandten vom „Deportationsziel des Nichts" her ihren danksagenden Hauch westwärts über die wenigen Schuldigen und die vielen Unschuldigen. Talaat Bey hätte sich im Serail-Palais des Ministeriums wohl seinen weltklugen Kopf darüber zerbrechen können, wie merkwürdig es ausfällt, wenn man ein Volk ins Nichts schickt. Doch weder er noch Enver zerbrachen sich den Kopf, denn seitdem die Welt steht, ist die Gewalt stets mit stumpfer Unverfrorenheit der Seele verschwistert.

Die zweite nördliche Plage war zwar weniger folgerichtig als die erste, doch in ihrer Auswirkung vielleicht noch gefährlicher. Auch schien sie tatsächlich die Wiederholung einer biblischen Strafe zu sein. Der Einbruch der Heuschrecken in die Ebene von Aleppo und damit in ganz Syrien geschah vom Taurus herab. Die Hänge, Schluchten und Schächte dieses riesigen Gebirges waren wohl die Geburtsstätte des zähen Nomadenvolkes, das sich unaufhaltsam über das Land ergoß. Große Heuschrecken, hart, ausgetrocknet, welklaubähnlich, hunnenhafte Insekten, als sei in ihren weiten Hindernissprüngen Roß und Reiter zusammengewachsen. Sie kamen in verschiedenen riesenhaften Heerhaufen, mit denen sie Hunderte von Quadratmeilen der Sandschaks bedeckten, so daß kaum ein Erdfleck durchzublicken vermochte. Die Marschordnung und konzentrische Richtung ihres Einbruchs ließen vermuten, daß hinter ihrem Wüten nicht nur der blinde Trieb stand, sondern Auftrag, Plan und Führung, die kollektive Idee alles Heuschreckentums gewissermaßen. Ein unheimlicher Anblick

701

war's, wenn sich einer dieser Schwärme auf die alten Bäume eines Gartens niederließ, auf Ulmen, Platanen, Eiben, ja selbst auf hartblättrige Sykomoren. Dann dauerte es nur wenige Sekunden, und der Baum war wie in einen Möbelüberzug eingehüllt, wie in einen Wettermantel aus dunklem Loden. Alles Grüne schrumpfte vor den Augen des Beschauers augenblicklich zusammen, wie von unsichtbaren Flammen verzehrt. Sogar der Stamm steckte in hohen wurrlenden Gamaschen. Nichts ließ darauf schließen, daß die Einheit eines solchen Schwarmes aus Individuen bestand. Griff jemand einen Heuschreck aus der Masse heraus, so konnte er die erstaunlichen Fortbewegungs- und Freßwerkzeuge bewundern, in denen alles Leben dieser Erdenbürger vereinigt war. Sonst aber benahm sich der einzelne in der Hand eines Menschen ebenso feig und erbärmlich wie andre Insekten und suchte zu fliehen. Im Schwarm jedoch schien er sich zu fühlen und seine gierige Tätigkeit als den Dienst an einer großen Sache aufzufassen.

Im August gab es östlich der syrischen Küstengebiete bis ins Euphrattal hinein keinen grünen Baum mehr. Das Schicksal der Bäume jedoch bereitete Dschemal Pascha wenig Beschwer. Die Ernte im nördlichen Syrien beginnt nie vor Mitte Juli und dauert mehrere Wochen lang, denn die Schnittzeit für Korn, Weizen, Gerste fällt nicht mit der Zeit für den Mais zusammen. Der türkische Bauer, der arabische Fellach gleichen dem Armenier nicht, der die Feldfrucht sogleich nach dem Schnitt heimführt, da ihn das Gefahrbewußtsein in seinem Blut dazu antreibt, den Wintervorrat so rasch wie möglich zu bergen. Der Moslem hingegen läßt die Garben tage-, ja wochenlang auf den Feldern liegen, da er vom Wetter nur sehr wenig zu fürchten hat. Als die Heuschrecken im Juli herabfluteten, fand sie das Getreide teils im Hochstand, teils in lockeren Schnittschwaden auf den Feldern. Sie konnten also in wenigen Tagen die gesamte syrische Ernte auf ihre Weise einbringen, so daß um die Monatsmitte von den kahlgefressenen Äckern kein Halm mehr zu holen war. Mit dieser Ernte aber hatte Dschemal Pascha ungeduldig gerechnet, denn die alten Vorräte waren aufgezehrt, und er sollte nicht nur die gesamte Vierte Armee mit dem syrischen Getreide ernähren, sondern auch noch die Bevölkerung Palästinas und des Libanon sowie den schwankenden Araberstämmen im Ostjordanland durch große Zuwendungen schmeicheln. Die Heuschrecken aber machten den ganzen Verpflegungsplan des laufenden Kriegsjahrs zu Luft. Der Brotpreis schoß in die Höhe. Sofort erließ Dschemal eine Wucherverordnung, die aber keine andre Wirkung hatte, als daß die Bauern und Händler die Annahme von Papiergeld jetzt endgültig verweigerten. Trotz schärfster Gegenmaßnahmen sank das gesunkene türkische Pfund noch tief unter seinen geltenden Wert. In den ersten Augusttagen, da sich der Musa Dagh so glorreich verteidigte, fielen im Libanongebiet schon die ersten Opfer der Hungersnot.

Dies war die Lage der Dinge, als in Dschemal Paschas Hauptquartier die Konferenz der syrischen Statthalter zusammentrat. In dieser hochmögenden Runde ging es übrigens kaum gelassener zu als in dem Führerrat des Musa Dagh. Die Walis und Mutessarifs konnten nämlich ebensowenig Eisenbahnzüge mit Getreide herbeizaubern wie die Muchtars Hammel und Schafe. Die Rede des Gewaltherrschers aber war kurz und unzugänglich. Bis zu diesem und jenem Tag hat das Vilajet Aleppo soundso viel Korn aufzubringen und an die Heeresintendantur abzuliefern, basta! Die Beamten wurden blaß vor Wut, nicht nur wegen der Zumutungen, sondern mehr noch über den Ton des Paschas, den er sich ihnen gegenüber herausnahm. Nur einer war die Demut und Dienstwilligkeit selbst, freilich hatte er wegen der Schmach des Musa Dagh Grund genug dazu. Das bräunlich aufgedunsene Gesicht des Kaimakams von Antakje hing unablässig begeistert an Dschemals Lippen. Während alle anderen Statthalter jammerten und feilschten, versprach er das Unmögliche. Seine Kasah, die größte im Vilajet, sei von der Heuschreckenplage nicht übermäßig betroffen. Wenn auch nicht Korn und Weizen, so könne er doch Mais in jeder gewünschten Menge zur Verfügung stellen. Er habe in Vorahnung der Kriegsnot die staatlichen Magazine seines Bezirks seit Jahr und Tag mit Proviant gefüllt. Er bitte nur höflichst um die nötigen Transportmittel. Während einer der Verhandlungen kam es so weit, daß Dschemal Pascha den Kaimakam von Antakje als leuchtendes Beispiel hinstellte. Dieser nahm den günstigen Augenblick, den er so weise angestrebt hatte, unverzüglich wahr und bat nach der Sitzung um eine kurze Audienz. Damit verstieß der Kaimakam gegen die Gesetze der Hierarchie, denn sein Vorgesetzter war der Wali von Aleppo. Doch gerade durch diesen Vorstoß hoffte er den alleinherrschsüchtigen Armeegeneral für sich einzunehmen. In Dschemals Zimmer befand sich außer dem Kaimakam nur noch Osman, der barbarisch herausgeputzte Oberste der Leibgarde. Der Landrat von Antakje nahm mit übertriebener Verbeugung die angebotene Zigarette entgegen:

„Ich wende mich unmittelbar an Eure Exzellenz, weil ich die Großmut Eurer Exzellenz kenne ... Eure Exzellenz werden mein Anliegen schon erraten haben..."

Der vierschrötige Dschemal mit seiner schiefen Schulter stellte sich dicht vor den Kaimakam hin, dessen schwere, schlaffe Gestalt ihn hoch überragte. Die dicken Asiatenlippen des Generals durchstießen gehässig den schwarzen Bartrahmen:

„Es ist eine Schande", zischte er, „eine ekelhafte Schande!"

Der Kaimakam neigte mit betonter Zerknirschung das Haupt:

„Ich wage es, Eurer Exzellenz völlig beizustimmen. Es ist eine Schande! Ich aber habe das Unglück und nicht die Schuld, daß diese Schande gerade meine Kasah trifft."

„Keine Schuld? Ihr Zivilisten habt allein die Schuld, wenn wir wegen all dieser infamen Armeniergeschichten den Krieg verlieren und vielleicht ganz zugrunde gehn!"

Den Kaimakam schien diese Prophezeiung tief zu erschüttern:

„Es ist ein Unglück, daß nicht Eure Exzellenz die Politik in Stambul leiten!"

„Es ist ein Unglück, darauf können Sie sich verlassen."

„Ich aber bin schließlich nur ein Beamter und habe die Befehle der Regierung gehorsamst entgegenzunehmen."

„Entgegenzunehmen? Auszuführen, mein Lieber, auszuführen! Wie viele Wochen dauert dieser Skandal schon? Mit einem Haufen zerlumpter, verhungerter Bettler könnt ihr nicht fertig werden ... Die Erfolge des Herrn Kriegsministers, haha, und des Herrn Innenministers!"

Der kleine Dschemal trat zu dem Riesen Osman und schlug ihm mit der flachen Hand auf die Brust, daß dieses Waffenmuseum erklirrte:

„Meine Leute erledigen so etwas in einer halben Stunde ... was?"

Osman grinste. Doch auch der Kaimakam lächelte süßsauer:

„Eure Exzellenz haben mit dem Zug an den Suezkanal eine

der größten Kriegstaten unserer Geschichte vollbracht ... Ich bitte um Verzeihung, daß ich mir als Zivilist ein Urteil anmaße ... Aber das Größte an diesem Feldzug sind die geringen Verluste, die er Eure Exzellenz gekostet hat."

Dschemal Pascha lachte bitter auf:

„Richtig, Kaimakam! Ich bin nicht so splendid wie Enver."

Jetzt machte der Kaimakam seine geschickteste Wendung:

„Die Aufständischen der sieben Dörfer sind ausgezeichnet bewaffnet. Sie haben sich auf dem unzugänglichen Damlajik verschanzt. Ich bin kein Offizier, Exzellenz, und verstehe nichts davon. Die Saptiehs und die Assistenztruppen aber haben alles getan, was zu machen ist. Ich, als Leiter und Augenzeuge der Operationen, muß jede Verunglimpfung dieser Offiziere und Mannschaften energisch zurückweisen. Ich lehne es aber auch ab, unter den gegebenen Umständen, auch nur ein einziges Menschenleben mehr zu opfern. Eure Exzellenz, als unser größter Feldherr, wissen es viel besser als ich, daß man eine Bergfestung ohne Gebirgsartillerie und Maschinengewehre nicht säubern kann. Mögen die Verfluchten triumphieren! Ich habe das Meine getan!"

Dschemal Pascha, der seiner auffahrenden Natur in unaufhörlicher Zucht Selbstbeherrschung abtrotzen mußte, konnte seine Stimme nicht bezwingen:

„Wenden Sie sich an den Kriegsminister", schrie er. „Ich habe keine Gebirgsartillerie und keine Maschinengewehre. Meine ganze Macht ist eine Redensart. Ich bin der armseligste Heerführer des Reiches. Die Herren in Stambul haben mich bis auf die letzte Patrone ausgeplündert ... Und, überhaupt, das Ganze geht mich nichts an."

Der Kaimakam wurde sehr ernst und kreuzte die Arme über seine Brust wie zum Selam:

„Eure Exzellenz verzeihen, wenn ich zu widersprechen wage. Aber die Sache geht Eure Exzellenz doch ein wenig an ... Nicht nur die politische Behörde macht sich durch diesen Mißerfolg vor der ganzen Welt lächerlich, sondern auch die Truppen der Vierten Armee, die den berühmten Namen Eurer Exzellenz trägt."

„Wofür halten Sie mich", höhnte Dschemal, „so billig ködert man mich nicht."

An dem gewaltigen Osman vorbei verließ der Kaimakam das Zimmer des Paschas, dem Anschein nach sehr betreten, im

Innern aber nicht hoffnungslos. Die Hoffnung täuschte ihn nicht. Derselbe Osman weckte ihn nach Mitternacht in seinem Quartier und lud ihn unverzüglich zu Dschemal ein. Durch solche überraschende Einladungen zu unmöglicher Stunde liebte es der Diktator Syriens, sich selbst seine Macht und andern seine Originalität zu beweisen. Er empfing den späten Besuch nicht in Uniform, sondern in einem phantastischen Burnus, der seiner durchaus nicht einwandfreien Gestalt das Ansehen eines prachtvollen Beduinenscheichs gab:

„Kaimakam, ich habe die Sache ganz durchgedacht und bin zu Entschlüssen gelangt..."

Er schlug mit seiner roten Plebejerhand flach auf den Tisch:

„Das Reich ist das Opfer von Irrsinnigen und von unfähigen Strebern..."

Der Kaimakam wartete mit bestätigender Schwermut des Kommenden. Osman stand in voller Parade an der Tür. Wann schläft dieser Kerl eigentlich, überlegte der Regent von Antiochia. Dschemal Pascha ging auf und ab:

„Sie haben recht, Kaimakam, die Schande trifft auch mich. Sie muß verschwinden, sie darf nie gewesen sein, verstanden?"

Der Kaimakam wartete noch immer wortlos. Der kleine General drehte sein haßverzehrtes Bartgesicht zu ihm empor:

„Zehn Tage haben Sie Zeit, dann muß diese Geschichte vorbei und vergessen sein ... Ich werde Ihnen einen meiner tüchtigsten Herren schicken und alles Nötige ... Sie aber haften mir ... Ich will nichts mehr hören..."

Der Kaimakam war klug genug, keinen Laut von sich zu geben. Dschemal Pascha trat zwei Schritte zurück. Jetzt sah er wirklich bucklig aus:

„Ich will nichts mehr hören von der ganzen Sache ... Wenn ich aber etwas hören muß, wenn es nicht ganz glatt geht, lasse ich alle Schuldigen füsilieren ... und auch Sie, Kaimakam, werden zum Teufel gehn..."

Der sommersprossige Müdir, der in der Villa Bagradian residierte, wurde an diesem Tag zweimal aus seinem Kefschlummer gerissen. Das erstemal war's eine Depesche des Kaimakams, die ihn von dessen bevorstehender Ankunft in Kenntnis setzte. Als aber der Feldwebel der Saptiehs von neuem erschien, um ihn wegen eines bedenklichen Ereignisses aus der kühlen Villa in die unerträgliche Mittagshitze zu holen, da fluchte er auf den lästigen Kerl wild los und hätte ihn am liebsten geschlagen. Auf dem Kirchplatz von Yoghonoluk jedoch beschleunigte er seinen Schritt, denn der Anblick war wirklich recht ungewöhnlich. Vor der Kirche stand eine nicht mit Pferden, sondern mit Eseln bespannte Yayli. Eigentlich aber war's gar keine Yayli, sondern irgendeine altertümliche Karosse mit großen Rädern. In dieser Karosse saß ein alter Herr, der seinem Wesen und seinen Kleidern nach vorzüglich hineinpaßte. Ein dunkelblauer Seidenmantel reichte ihm bis zu den Füßen, die in weichen Ziegenlederschuhen staken. Um den Fez trug der Vornehme das Tarbuschtuch des Frommen geschlungen. Die zarten, fast altfrauenhaften Finger zählten unablässig die Kugeln eines Bernsteinkranzes ab. Der Müdir erkannte in dieser Erscheinung sofort einen patrizischen Alttürken, einen Parteigänger des gegnerischen Lagers, das trotz der Revolution seine Macht nicht völlig eingebüßt hatte. Jetzt erinnerte er sich, dieser Persönlichkeit in Antakje zwei- oder dreimal begegnet zu sein, wo sie von der Bevölkerung ehrfürchtig gegrüßt worden war. Die Yayli stand nicht allein da. Hinter ihr stampfte und scharrte ein Troß hochbepackter Esel. Außer den Treibern sah der Müdir noch zwei ältere Türken mit einem milden, fast verklärten Ausdruck und einen mageren Menschen, der am Wagenschlag lehnte und dessen Gesicht dicht verschleiert war. Der junge Mann aus Salonik legte die Hand an die Stirn, um das Alter höflich zu grüßen. Agha Rifaat Bereket winkte ihn herbei. Der traditionsfeindliche Anhänger Ittihads trat sachte an den Wagen heran und nahm Worte des Alten entgegen:

„Wir sind auf dem Wege ins armenische Lager. Gib uns Führer mit, Müdir!"

Der also von oben behandelte Bezirkshauptmann erstarrte:

„Ins armenische Lager? Seid ihr geisteskrank?"

Rifaat Bereket kümmerte sich um diese liebenswürdige Frage nicht. Auf dem Rücksitz der Kutsche lag eine ganz neue moderne Aktentasche aus gelbem Rindsleder, die wie ein tatkräftiger Gegensatz zu dem sonst so behäbigen Aufzug wirkte. Die feinen weißen Finger öffneten den Druckverschluß:

„Ich habe eine Mission an die Armenier."

Der Agha reichte dem Rothaarigen seinen Teskeré, der darin

zu forschen begann. Als er das Richtige nicht zu finden schien, gebot ihm Bereket ohne jede Ungeduld:

„Lies die Schrift über dem Stempel."

Und wirklich, der Müdir gehorchte mit solcher Bereitwilligkeit, daß er den Text sogar laut zum besten gab:

„Der Inhaber dieses Passes erhält zu allen armenischen Deportationslagern Zutritt, der ihm von keiner politischen und militärischen Behörde verweigert werden darf."

Der junge Mann reichte mit seinen vorbildlich gepflegten Händen das Dokument in den Wagen zurück:

„Es handelt sich hier um kein Deportationslager, sondern um Aufständische, um Hochverräter, die sich verschanzt und türkisches Blut vergossen haben."

„Meine Mission geht an alle Armenier", erklärte der Agha gemessen, verstaute seinen Teskeré fürsorglich in der funkelnagelneuen Aktentasche eines smarten Kaufmanns und entnahm ihr ein anderes Dokument, dem man schon äußerlich ansah, daß es eine stärkere Beschwörungsformel vorstellte. Es war ein großes, kunstvoll gefaltetes und mit einem komplizierten Stempel versehenes Blatt. Die Augen des Müdirs mußten sich erst an die schnörkelstolze Schönschrift in arabischen Lettern gewöhnen, ehe sie den Namenszug des Scheich ül Islam entzifferten sowie die Aufforderung, die das geistliche Oberhaupt der Türkei an jeden gläubigen Moslem ergehen ließ, dem rechtmäßigen Vorzeiger dieses Blattes zu Willen und dienstbar zu sein, was immer er auch begehre. — Welchen Einfluß diese Mottenwelt noch immer besitzt, ging es dem Müdir durch den Kopf. Das Scheich-ül-Islamat war trotz Enver und Talaat eines der mächtigsten Staatsämter. Dieser mittelalterliche Wisch bedeutete einen dienstlichen Befehl, dessen Nichtbefolgung ihm teuer zu stehen kommen konnte. Sein Blick lief die Tragtiere ab, die mit großen Mehlsäcken bepackt waren:

„Und welche Bestimmung haben diese Säcke?"

Rifaat Bereket hüllte die Antwort, wie es seine Art war, in ein würdevolles Zwielicht:

„Sie haben dieselbe Bestimmung, die ich habe."

Der Müdir wandte sich mit umständlichen Worten an den Agha, obgleich es ihn ärgerte, daß der alte Türke vor ihm, dem Regierungsvertreter, unbeweglich sitzen blieb, als habe er es mit einem Bedienten des Ancien régime zu tun:

„Ich weiß nicht, Effendi, ob du dir eine richtige Vorstellung von den Tatsachen machst. Die Armenier dieses Bezirks haben sich den Befehlen der Regierung widersetzt und auf dem Musa Dagh verschanzt. Sie haben es gewagt, dem Militär zu trotzen, sich selbst zu bewaffnen und türkische Soldaten zu töten. Wir sind schon seit vielen, vielen Tagen gezwungen, diese gemeinen Verbrecher zu belagern. Jetzt hungern wir sie aus. Einige Tage noch, und sie werden mürbe sein. Da aber kommst du, Agha, mit deiner Mission und deinen Proviantsäcken und willst den Hochverrätern, den Staatsfeinden, den Feinden deines Padischah Hilfe bringen, damit sie der rechtmäßigen Behörde noch länger Widerstand leisten können?"

Rifaat Bereket hörte diese lange Rede mit müde gesenktem Haupte an. Nachher erst streifte er den Müdir mit einem kühlen Blick seiner leicht vorgewälzten und umrunzelten Augen:

„Wart ihr nicht ärgere Feinde eures Padischah als sie? Seid ihr nicht seinen Soldaten mit der Waffe in der Hand entgegengetreten, und zwar als Angreifer? Revolutionäre dürfen sich niemals auf Rechtmäßigkeit berufen."

Während er noch sprach, tauchte seine Hand zum drittenmal in die Wundertasche. Es war beinahe wie im Märchen, als er nun den stärksten Zauber hervorzog: ein gerolltes Pergamentblatt, das zuoberst den diamantgeschmückten Turban des Sultans als Signet trug. Der Großherr und Kalif, Mohammed der Fünfte, befahl in dieser Irade all seinen Untertanen, insonderheit den Zivil- und Militärbehörden, daß sie dem Agha Rifaat Bereket aus Antakje bei all seinen Unternehmungen bereitwillig Vorschub leisten und ihm kein Hindernis in den Weg legen sollten. Der rothaarige Müdir sah betroffen drein. Die alte Welt war hier vollzählig aufgeboten, das mußte er sagen. Er drückte den Namenszug des Padischah flüchtig und widerstrebend an Herz, Mund und Stirn. Es war eine Gebärde, die zu seinem knappsitzenden Sommeranzug, der knallroten Krawatte und den kanarigelben Halbschuhen ganz und gar nicht paßte. Was war zu tun? In jedem bürokratischen Staat hat der Beamte mit zwei gewaltigen Strömen zu rechnen, in deren Fluten er leicht untergehen kann. Der eine ist der „Dienstweg" mit seinen heimtückischen Wirbeln, der andre, gefährlichere aber der Strom der empfindlichen Beziehungen, der zwischen den Mächten, Ressorts und Persönlichkeiten hin

709

und her wogt. Am besten ist es daher, jeder Entscheidung aus dem Wege zu gehn und lieber den Vorgesetzten sich verbrennen zu lassen. In diesem Falle aber gab es keinen solchen. Der junge Müdir war sein eigener Vorgesetzter. Er mußte selbsttätig die Entscheidung treffen. Die Verproviantierung der Rebellen konnte unmöglich geduldet, ein von Seiner Majestät dem Sultan begünstigter Mann unmöglich abgewiesen werden. Der Schlaukopf aus Salonik heckte zu guter Letzt ein Kompromiß aus, zu dem er sich erst nach langen Kämpfen und heftigen Verzweiflungsausbrüchen bestimmen ließ. Der Agha erhielt die Erlaubnis, die türkische Belagerungszone zu überschreiten. Der Train mit dem Mehl mußte im Tal bleiben. Hierin konnte Rifaat Bereket nicht das geringste erreichen. Ob er denn nicht die neuen Gesetze kenne? In Syrien herrsche Hungersnot. Über das Schicksal dieses Mehls werde der Kaimakam in Antakje zu bestimmen haben. Hingegen ließ der Müdir, was die reinen Genußmittel anbelangt, mit sich reden. Es waren nämlich auch noch einige kleinere Säcke mit Kaffee und Zucker sowie ein paar Ballen Tabak vorhanden. Das spielte keine besondere Rolle, da es die Ernährungslage auf dem Damlajik nicht verändern konnte. In diesem Punkte gab der Müdir endlich nach, indem er immer wieder betonte, daß er damit unrecht tue. Zuletzt erkundigte er sich nach den Begleitern des Agha:

„Es sind meine Diener und Gehilfen. Hier ihre Pässe! Sieh nach! Alles ist in Ordnung!"

„Und dieser da? Warum geht er verschleiert wie ein Weib?"

„Er hat eine häßliche Krankheit im Gesicht und muß sich vor der Luft schützen. Soll er den Schleier aufheben?"

Der Müdir verzog den Mund und winkte ab. Mehr als eine Stunde war vergangen, ehe sich die Yayli in der Richtung nach Bitias entfernen konnte. Ein Zug Infanterie unter Kommando eines Mülasim marschierte zu seiten des Wagens. Zwei Packesel mit dem Kaffee, Zucker und Tabak folgten sowie drei Reittiere für den Agha und seine beiden Gehilfen. Als der Weg nicht mehr zu verfehlen war, ließ Rifaat Bereket den Wagen zurück und bat den Mülasim, mit seinen Leuten haltzumachen, damit der Aufzug von den Armeniern nicht mißverstanden werde und kein Kampf entbrenne. Der Offizier war mit diesem Vorschlag zufrieden und lagerte sich samt seinen Soldaten unter Beobachtung aller Vorsichtsmaßregeln im

Walde. Die drei Alten ritten weiter, seitlich auf ihren Eseln sitzend, während die beiden Tragtiere ihnen nachgetrieben wurden. Der verschleierte Mann ging nebenher. In der rechten Hand trug er die grüne Fahne des Propheten, in der linken die weiße des Friedens.

Sie saßen einander im Scheichzelt gegenüber. Der Agha hatte diese zeugenlose Unterredung mit Gabriel Bagradian gefordert. Mit verbundenen Augen waren die Türken, wie es bei Parlamentären der Brauch ist, vom Nordsattel auf den Dreizeltplatz geführt worden. Nun hockten die Begleiter des Agha neben den Packeseln, von deren Rücken die Treiber die Säcke und Ballen abluden. Im Umkreis dieser Gruppe vermehrte sich die Menge von Minute zu Minute. Die Armenier aber kamen den Türken nicht nahe, aus einer tiefen Scheu, wie es schien. Jedes Herz klopfte zum Zerspringen. Was bedeutete die Gesandtschaft? Die Rettung? Das Leben?
Agha Rifaat Bereket benahm sich, was bedächtige Würde und Zeitverschwendung anbelangt, nicht anders, als säße er im milden Tagdunkel seines Selamliks. Unaufhörlich wie die Zeit selbst rollten die Bernsteinkugeln des Gebetkranzes durch seine Finger:
„Ich bin gekommen als der Freund deines Großvaters, als der Freund deines Vaters, als der Freund deines Bruders, Gabriel Bagradian, und ich bin gekommen als Freund der Ermeni millet. Du weißt, daß ich meine Arbeit dem Frieden zwischen unsern Völkern gewidmet habe, der nun zerstört ist, für immer..."
Er brach die litaneiartigen Worte ab. Dann hing sein bekümmerter Blick an dem Gesicht dieses einst so jugendlich gepflegten Europäers. Er hätte die wilden, zusammengeschobenen Züge im krausen Bart nie wiedererkannt. Er versenkte sich eine Weile lang in sich selbst, ehe er wieder anhob:
„Schuld ist hier und dort... Ich sage das nur, damit sich trotz aller Geschehnisse dein Urteil nicht verwirre und dein Herz nicht verhärte."
Gabriels Gesicht wurde noch kleiner und grauer:
„Wer dort ist, wo ich bin, der weiß nichts mehr von Schuld. Mich kümmert keine Schuld mehr, kein Recht und keine Rache..."
Rifaats Hände standen still:

711

„Du hast deinen Sohn verloren..."

Bagradian hatte zufällig in seine Tasche gegriffen. Dabei war ihm die griechische Münze in die Hand geraten, die er als Amulett immer bei sich trug. „Dem Unerklärlichen in uns und über uns." Er hielt sie hoch: „Dein Geschenk hat mir wenig Glück gebracht, Agha. Die Münze mit dem Königskopf hab ich an dem Tag verloren, da ich meinen Sohn verloren habe. Und die andre..."

„Du kennst deinen letzten Tag noch nicht."

„Er ist sehr nahe. Und doch kommt er mir viel zu langsam. Oft möchte ich hinuntersteigen zu den Euren, damit nur schon endlich, endlich alles vorbei ist."

Der Agha sah auf seine leuchtenden Hände herab:

„Du wirst dein Leben nicht erniedrigen, sondern erheben. Ihr Bagradians habt mehr Kräfte als andre Menschen ... Doch alles steht bei Gott."

Neben Rifaats gekreuzten Beinen lag die gelbe Aktentasche und auf ihr, schon vorbereitet, der Brief Pastor Harutiun Nokhudians an Ter Haigasun:

„Du weißt, Bagradian, daß ich schon seit Monaten unterwegs bin, um für euch zu wirken. Die Ruhe meines Alters hab ich dahingegeben. Und ich werde auch noch bis nach Deir es Zor mit Gottes Hilfe kommen. Mein erster Weg in Syrien aber war zu dir. Ihr habt Freunde im Ausland und im Innern. Ein deutscher Pastor hat viel Geld für euch gesammelt und ich stehe mit ihm in Verbindung. Fünfzig Sack Weizen habe ich aufgebracht. Es war nicht leicht. Sie haben sie nicht durchgelassen. Ich dachte mir's gleich. Dem Kaimakam aber wird es nicht gelingen, sie zu konfiszieren. Sie werden euren Brüdern in den Lagern zugute kommen ... Diese Säcke aber waren nicht der Grund, warum ich's auf mich genommen habe, den Musa Dagh zu ersteigen..."

Er händigte Gabriel den Brief Nokhudians aus:

„Auf diesem Blatt erfahrt ihr, was ihr sonst nie erfahren hättet, das Schicksal eurer Landsleute. Zugleich aber möget ihr wissen, daß unser Volk nicht nur aus Ittihad, Talaat, Enver und ihren Knechten besteht. Denn viele haben wie ich ihre Wohnstätten verlassen und reisen nach Osten, um den Verhungernden zu helfen..."

Gewiß, der Agha Rifaat Bereket war ein wunderbarer Mann, würdig, daß Gabriel im Namen des Volkes vor ihm niedergekniet wäre. Doch all diese umständlich aufgezählten Wohltaten und Strapazen lösten nicht die Bitterkeit in seiner Seele. So groß die Opfer auch waren, der Hinweis auf sie machte ihn ungeduldig:

„Den Verschickten werdet ihr vielleicht helfen, uns nicht..."

Der Alte blieb unwandelbar gemessen:

„Dir könnte ich wohl helfen. Dies ist auch der wichtigste Grund, warum ich in deinem Zelt hier sitze."

Und nun floß im eintönigen Paßschritt der Worte ein Rettungsplan von des Agha Lippen, der Gabriels Herz stillstehen ließ. Bagradian habe die fünf Männer der Begleitung draußen gewiß gesehen, so begann Rifaat Bereket. Die beiden Alten seien Mitglieder der frommen Bruderschaft, die derselben Aufgabe dienten wie er — die beiden Eseltreiber langjährige Diener seines Hauses in Antakje. Was aber den fünften Mann anbelangt, so habe es mit dem eine weit schwierigere Bewandtnis. Er trage den Tod von vielen Armeniern auf dem Gewissen, sei aber in Stambul vom Scheich der „Herzensdiebe" Achmed belehrt und bekehrt worden. Er habe ein Gelöbnis abgelegt, für die Tat seiner niedrigen Seelenkräfte Buße zu tun und an den Armeniern wiedergutzumachen, was sein Haß an ihnen verbrach. Dieser Mann sei also bereit, mit Gabriel Bagradian die Kleider zu tauschen und zu verschwinden. Auf dem Kirchplatz habe der Müdir die Pässe aller Männer genau vidiert und die Namen in einer Liste verzeichnet. Bei der Rückkehr werde gewiß niemand mehr die Teskerés noch einmal abverlangen. Sollte der Müdir aber wider alles Erwarten doch Schwierigkeiten machen, so habe der verschleierte Bagradian einfach den Paß seines Doppelgängers vorzuweisen. Auch der Mülasim und seine Soldaten — sie haben sechs Personen eskortiert und nehmen sechs wieder in Empfang — würden nicht den leisesten Verdacht fassen, daß eine dieser Personen vertauscht worden sei. Ihm, dem Agha, einem ehrenhaften Mann, gingen solche polizeiwidrigen Unregelmäßigkeiten gegen die Gesinnung, hier aber gelte es, den Letzten der Familie Bagradian in die sichere Hut seines Hauses zu Antakje zu bringen. Er tue dies für die Seelenruhe und das Andenken des verewigten Awetis, von dessen Freundschaft er unzählige Beweise empfangen habe, er als blutjunger Türke von dem alten Armenier.

Gabriel erstickte. Das Segel des Lebens blähte sich so mächtig in seiner Brust, daß er vor den Zelteingang stürzte, um Luft zu bekommen. Er sah die Begleiter, wie sie schweigsam auf der Erde hockten. Er sah den Mann des Gelöbnisses, der längst seinen Schleier abgelegt hatte. Ein stumpfes, gewöhnliches Gesicht, dem man weder die Armeniermorde noch auch den Sühneentschluß anmerkte. Er sah den Kreis der Volksmenge, die von wilder Spannung geschüttelt schien. Er sah Iskuhi, die vor dem Krankenzelte stand. Und auch sie war fern und unwirklich wie alles andre. Wirklich war nur der Gedanke des Lebens: ein dunkles Zimmer in Rifaats Haus. Die Holzladen des Fensters, das in den Brunnenhof hinausgeht, sind geschlossen. Und hier, alles vergessend, nichts mehr wissend, einer neuen Geburt entgegenwarten ... Als Gabriel nach einigen Minuten, wieder ruhig geworden, in das Scheichzelt zurücktrat, küßte er die Hand des Alten:

„Warum bist du nicht damals gekommen, Vater, als alles noch leicht war, als wir unten in der Villa lebten ...?"

„Ich habe sehr lange gehofft, es sei von euch abzuwenden. Für dich aber ist es noch immer abzuwenden."

„Nein, auch für mich ist es nicht mehr abzuwenden."

„Fürchtest du dich ...? Wir werden die Nacht abwarten. Es ist nicht die geringste Gefahr dabei."

„Tag oder Nacht?! Nicht das ist es, Agha!" Er machte eine kleine schamhafte Pause: „Meine Frau ist erst heute vom Tode erwacht."

„Deine Frau? Du wirst andre Frauen finden."

„Mein Kind liegt hier oben ..."

„Du hast die Pflicht, deinem Stamm einen neuen Sohn und Fortführer zu schenken."

Die schweren Augen des Alten blieben ungerührt. Gabriels Antwort aber war sehr leise, so daß er sie wohl gar nicht verstand:

„Wer dort ist, wo ich bin, der kann nicht wieder von vorne anfangen."

Der Agha machte aus seinen belebten Händen eine Schale, als wollte er den Regen der Zeit auffangen:

„Warum denkst du an die Zukunft? Denk an die nächsten Stunden!"

Abschiednehmendes Nachmittagslicht durchströmte das Zelt. Gabriel Bagradian stand unhöflicherweise auf:

714

„Ich bin es gewesen, der den sieben Gemeinden die Idee ein-
gegeben hat, auf den Musa Dagh zu gehn. Ich habe den ganzen
Widerstand organisiert. Ich war der Führer in den Kämpfen
gegen euer Militär, die es möglich gemacht haben, daß wir noch
hier sind. Ich bin und werde der Verantwortliche, der Schuldige sein, wenn in ein paar Tagen die Euren alles Lebendige
in diesem Lager, ja selbst die Kranken und Säuglinge zu Tode
foltern werden. Was meinst du, Agha? Kann ich mich da
einfach davonmachen?"
Agha Rifaat Bereket sagte darauf nichts mehr.

Gabriel Bagradian ließ die Geschenke des Agha unverzüglich
auf den Altarplatz bringen, damit der Führerrat die Verteilung
vornehme. In der Hauptsache handelte es sich um Zucker,
Kaffee und ein wenig Tabak. Doch es war den Treibern gelungen, auch zwei Säcke mit Reis auf den Berg zu schmuggeln.
Denkt man sich diese Gaben auf mehr als tausend Familien
verteilt, so waren nur winzige Rationen zu erwarten. Gleichviel! Noch einmal heißen Kaffee in kleinen Schlücken genießen
dürfen, daß alle Nerven zu leben und zu lächeln beginnen!
Noch einmal den „Vater des Duftes" bis in die Tiefen des
Zwerchfells einziehen, den Rauch langsam durch Nase und
Mund ausstoßen und ihm gedankenlos nachstarren, ohne
Sorgen und Morgen. Der tatsächliche Wert dieser Geschenke
bedeutete weniger als die psychische Belebung und Auf-
munterung, die sie gerade an diesem Tage des Herdenunglük-
kes hervorriefen. Auch die beiden Packesel und zwei Reittiere
wurden von den Türken zurückgelassen. Nur der alte Agha
behielt das seine für den Ritt ins Tal.
Den Weg zum Nordsattel legten der Wohltäter und seine fünf
diesmal ohne verbundene Augen zurück. Voran ging der Mann
des Gelöbnisses mit der grünen und weißen Fahne. Er schien
weder erfreut noch verstimmt darüber zu sein, daß er um sein
gutes Werk gekommen war. Als Ehrengeleit folgten den
Fremdlingen außer Gabriel Bagradian noch Ter Haigasun,
Bedros Hekim und zwei Muchtars. Hinterher wälzte sich eine
behexte Volksmenge. Die Unterredung im Scheichzelt, von
deren Inhalt niemand etwas wußte, wurde zum Quell
phantastischer Erwartungen. Der Agha ging in einem Nebel
von Segenswünschen, Hilferufen, Tränenbitten, Hoffnungs-
fragen. Er konnte kaum vorwärtskommen. Nie, auch in den

Lagern der Verschickung nicht, hatte Rifaat Bereket ähnliche Gesichter gesehen wie hier auf dem Damlajik. Die fieberwilden Fratzen der Männer umlauerten ihn gierig. Die stockdürren Arme der Weiber, aus zerrissenen Ärmeln stechend, hielten ihm die kleinen Kinder bettelhaft dicht vors Gesicht. Fast alle diese Kinder trugen schwankende Wasserköpfe an dünnen Hälschen und in ihren Riesenaugen lag ein Wissen, das Menschenkindern verboten ist. Der Agha erkannte, daß auch der grausamste Deportationsmarsch nicht entmenschender wirkte als dieses Abgeschnitten- und Ausgespiensein. Er glaubte zu verstehen, wie sehr das Zerstörungswerk an den Seelenkräften das Mordwerk an den Leibern übertrifft. Nicht die Ausrottung eines ganzen Volkes war der Greuel schlimmster, sondern die Ausrottung der Gotteskindschaft in einem ganzen Volk. Das Schwert Envers hatte, als es die Armenier traf, Allah selbst getroffen. Denn in ihnen wie in allen Menschen wohnte Allah, wenn sie auch Ungläubige waren. Wer aber in einem Geschöpf die Würde vernichtet, der vernichtet den Schöpfer in ihm. Dies ist der Gottesmord, die Sünde, die bis ans Ende der Zeit nicht vergeben wird. Rifaat Bereket, der fromme Derwisch, der sich der andern Welt und dem Schicksal der hingeschiedenen Seelen in seinen Meditationen und Tarikaats-Übungen oftmals genähert hatte, sah in seinem Geiste grauenvolle Bilder. Auch drüben, vor den Toren der Aufnahme, vor den Pforten der Harmonie schleppten sich schwelende Deportationszüge, ohne Einlaß zu erhalten. Zusammengepferchte Transportlager der Seelen, die nicht aufsteigen durften, weil ihnen die lange Marter, die lange Ausgestoßenheit jede Flugkraft genommen hatte. Heillose Zufluchtsnester dort, wie hier auf dem Musa Dagh. Zusammenrottungen brennender Hungerblicke, die auch noch im Jenseits zur astralen Bettelschaft und zum lichtscheuen Geducktsein verurteilt sind. Dem alten Manne war's, als ginge er durch eine dicke Aschenwolke, durch die Todeswolke des armenischen Volkes, die in unauflöslichen Schwaden zwischen hüben und drüben lagert. (Er atmete wirkliche Asche ein, ohne es zu merken, die letzten Spuren des zusammengeglühten Waldbrandes, die in beklemmenden Nebeln mit dem Landwind nach Westen zogen.) Nahm dieser Weg durch das armenische Schicksal kein Ende? An seinem Stock ging der Agha, immer älter werdend, immer tiefer gebückt. Er sah nur mehr die Erde an, die dies alles gebar und dies alles ertrug. Seine kleinen Füße in den weichen Schuhen trippelten eifrig, des Gehens ungewohnt. Den weißen Bart fest an die Brust drückend, lief er eilig wie ein Fliehender, der um seine letzte Kraft bangt. Sein Ohr hörte nicht mehr die flehenden Laute, die beschwörenden Aufträge ringsum. Nur fort! Doch die Kraft Rifaats reichte nur bis zum ersten Graben der Nordstellung. Dort überfiel ihn angesichts der gaffenden Zehnerschaften ein heftiger Schwindel, der ihn zu Boden zwang. Die beiden als Eseltreiber folgenden Diener stürzten angstvoll herbei. Der Agha war ein kranker Mann. Der fränkische Hekim in Stambul hatte ihn vor Überanstrengungen gewarnt. Der gesetztere von den beiden Dienern zog aus einem grünen Samtbeutel, den er dem Herrn immer nachtrug, eine Riechflasche und eine Dose mit Lakritzen, die auf das Herz belebend wirkten. Als sich der Agha schnell wieder erholt hatte, lächelte er zu Ter Haigasun und Gabriel Bagradian empor, die sich zu ihm niederbeugten: „Es ist nichts ... ich bin alt ... zu schnell gelaufen ... und dann ... Ihr gebt mir viel zu tragen ..."

Während er sich mit Hilfe seiner Begleiter erhob, hatte er das bestimmte Gefühl, er werde seine Aufgabe nicht erfüllen können und nicht bis Deïr es Zor gelangen.

Rifaat Bereket kam mit der Yayli erst gegen Mitternacht in seinem Haus in Antakje an. Seine Glieder waren vor Erschöpfung halb gelähmt. Dennoch aber malte er mit schöngeschnörkelter Schrift noch einen Brief an Nezimi Bey zu Händen des christlichen Geistlichen Lepsius, in dem er über seine erste Aktion Rechnung und Rechenschaft ablegte.

Zur selben Zeit, da Agha Rifaat Bereket den Brief an Lepsius schrieb, löste sich die Seele Krikors von Yoghonoluk aus ihrem gemarterten Körper. Vor dem Schlafengehen hatte Lehrer Hapeth Schatakhian des Apothekers wegen schwere Gewissensbisse empfunden. Nach dem aufregenden Führerrat am frühen Morgen war er blind fortgestürzt, ohne während dieses ganzen schrecklichen Tages auch nur einen einzigen Blick nach seinem alten Meister zu werfen, dem kein Mensch in seiner Krankheit beistand. In der zweiten Nachtstunde betrat der Lehrer und Jünger vorsichtig die Regierungsbaracke, näherte sich auf Zehenspitzen der schwach erleuchteten Koje Krikors, guckte über die Büchermauer und flüsterte zärtlich, um den

Kranken, sollte er schlafen, nicht zu wecken:

„Apotheker, he, wie geht's?"

Krikor lag auf dem Rücken. Sein Atem ging schwer. Doch in seinen offenen Augen war tiefe Ruhe. Sie rügten den Lehrer wegen seiner dummen Ansprache. Schatakhian drückte sich an den Büchern vorbei ans Lager. Er legte prüfend seine Finger an das entstellte Handgelenk Krikors:

„Hast du große Schmerzen?"

Es klang so, als lege der Apotheker in seine Worte eine doppelte Bedeutung:

„Wenn du mich anrührst, hab ich große Schmerzen."

Der Lehrer hockte sich neben den Kranken hin:

„Ich werde diese Nacht bei dir bleiben. Es ist besser so ... Du könntest vielleicht etwas brauchen..."

Krikor aber schien für die Nacht durchaus keine Gesellschaft zu wünschen:

„Ich brauche gar nichts ... Es ist bisher sehr gut gegangen ... es wird heute auch noch gehn ... Du kannst dich schlafen legen, Lehrer..."

„Aber ich möchte gern noch bleiben, wenn es dich nicht anstrengt..."

Krikor sagte nichts. Er war mit seinem Atem beschäftigt. Der Lehrer aber wurde wehmütig:

„An die schönen Zeiten denk ich, Apotheker, an unsre Spaziergänge und an deine Reden..."

Krikors tiefgelbes Mandarinengesicht lag regungslos da. Er sprach mit einer hauchigen Kopfstimme. Sein Bocksbärtchen bewegte sich nicht: „Das war alles nicht viel wert..."

Durch diese Abwehr aber wurde Schatakhians Sentimentalität erst recht entfesselt:

„Das war sehr viel wert ... Für mich, für uns ... Du weißt ja, daß ich in Europa gelebt habe, Apotheker. Ich kann sagen, daß mir die französische Kultur in Fleisch und Blut übergegangen ist ... Man sieht und hört und lernt tausend Dinge dort, Vorträge, Konzerte, Theater, Bilder, Cinéma ... Siehst du, das warst du alles für uns in Yoghonoluk, und mehr als das ... Die ganze Welt hast du uns gebracht und erklärt ... Oh, Apotheker, was hätte in Europa aus dir werden können!"

Dieser Ausruf ergrimmte Krikor sichtlich. Hochmütig hauchte er:

718

„Ich bin ganz zufrieden ... wie es ist ..."

Lehrer Schatakhian wurde plötzlich kleinlaut. Minutenlang fand er keinen Gesprächsstoff. Dann aber verfiel er auf einen jener kindischen Scherze, wie man sie mit Sterbenden zu machen pflegt, um ihnen ihr Los zu verhüllen:

„Was für ein feierliches Nachthemd du dir angezogen hast, Apotheker! In ein paar Tagen, wenn du's ausziehst, wird es schmutzig und zerknittert sein. Dann mußt du dir ein neues schenken lassen, denn so etwas gibt man doch nicht in die Wäsche ..."

„Es wird nicht zerknittert und schmutzig sein", sagte der Apotheker, und Schatakhian erinnerte sich daran, wie unkörperlich Krikors Körper immer gewesen war. Er wünschte sich, daß der Kranke jetzt einschlafe, denn die wache Gegenwart dieses Geistes bedrückte ihn. Und wirklich, Krikor schien ihm trotz seiner offenen Augen diesen Gefallen tun zu wollen. Es verging fast eine halbe Stunde, ehe er mit jener sonderbaren Falsettstimme wieder anhob:

„Lehrer! Anstatt Dummheiten zu reden, könntest du etwas Gescheites tun ... Geh dort zu dem Brett mit der Apotheke ... Siehst du die runde schwarze Flasche? Daneben steht ein Glas ... Schenk es voll!"

Schatakhian, glücklich, einen realen Auftrag erhalten zu haben, gehorchte und brachte das große, bis zum Rand gefüllte Glas, das weithin nach Maulbeerschnaps duftete:

„Da hast du dir aber die richtige Medizin verordnet, Apotheker."

Er schob seinen Arm unter Krikors Kopf, stützte ihn auf und führte das Glas an seinen Mund. Der Weise von Yoghonoluk leerte es in langen Zügen, so wie man Wasser trinkt. Keuchend fiel er zurück. Nach einer Weile aber bekam sein Gesicht Farbe, und in seine Augen trat spöttische Lustigkeit.

„Das ist ... gegen den Schmerz ... Jetzt aber muß ich allein sein ... Geh schlafen, Schatakhian ..."

Der Gesichtsausdruck und die belebtere Stimme des Kranken beruhigten den Lehrer:

„Ich werde morgen zu dir kommen, Apotheker, sehr früh ..."

„Ja, komm morgen ... so früh du willst ... Jetzt aber könntest du noch die Lampe auslöschen ... Es ist schon das letzte Petroleum ... Dort meine kleine Kerze ... zünde sie an. Stell

719

den Leuchter auf die Bücher hinauf … so … Das ist alles …
geh schlafen, Schatakhian…"

Als der Lehrer schon hinter der Büchermauer war, zögerte er
noch einmal, drehte sich um und schaute seinen Meister an:
„Ich würde mich an deiner Stelle wegen des Oskanian nicht
kränken, Apotheker, wir haben ihn ja immer erkannt…"

Der letzte Rat Schatakhians war völlig überflüssig. Der
Apotheker lebte jetzt in einer Welt der tiefsten Ruhe, in der
lächerliche Figuren wie Oskanian keine Rolle spielten. Er sah
gerade vor sich hin, ohne den Blick zu rühren, und genoß die
große Wonne der Schmerzlosigkeit. Sein Herz war unendlich
heiter. Er zählte seine innere Barschaft. Wie leicht war sein
Gepäck, wie glücklich war er. Er verlor keinen Menschen, und
ihn verlor kein Mensch. All dieses Menschliche lag unermeßlich
weit zurück und hatte wahrscheinlich nie bestanden. Krikor
war gewiß immer Krikor gewesen, ein Mann ohne die Eigenschaften der andern. Das Volk bejammerte diejenigen, welche
in solchen Augenblicken einsam sind. Der Apotheker begriff
das nicht. Gab es etwas Herzlicheres als diese Einsamkeit? Ein
Gefühl trockener Sauberkeit von Kopf zu Füßen, ein Gefühl,
keine Verpflichtungen zu haben und in Ordnung zu sein. Kein
fremder Zusatz trübte das atmende Fluten des reinen Ich. Und
das Blut in diesem Fluten kam immer mehr in Bewegung. Eine
prachtvolle Wärme stieg auf. Krikor merkte, wie seine Glieder
wieder beweglich wurden, wie seine Gelenke die Steifheit
verloren. Mit einem Ruck, der ihm gar nicht weh tat, wandte
er sich dem Licht zu. Kleine weiße Motten und große dunkle
Nachtfalter tanzten um die Flamme. Krikor dachte: Wenn das
so weitergeht, werde ich gesund werden. Aber dies war ihm
gar nicht wichtig. Sein Geist begann dem Faltertanz nach-
zusinnen. Große und eingebildete Worte stiegen wie Blasen
auf, ohne daß Krikor Macht über sie hatte. „Die Zentralsonne
des Polyodorus." Gab es das, oder gab es das nicht? Gleichviel!
Um die Zentralsonne des Polyodorus tanzten die Schleier-
plejaden und die Spinnwebenneaden, Sternhaufen in
Schmetterlingsform, deren feine Materie aus dem Aschenstaub
verbrannter Welten gebildet ist, wie der arabische Astronom
Ibn Saadi schon nachgewiesen hat. Was alles hätte aus ihm in
Europa werden können. Der Esel Schatakhian! Krikor von
Yoghonoluk war stolz wie ein Gott, da er die grauen Welten
um die Zentralsonne tanzen sah. So stolz war er, daß er sich

selbst verlor und einschlief. — Das Erwachen aber war schrecklich. Die Koje hatte sich unbegreiflich verengt. Krikor sah fast nichts mehr. Die Nachtfalter hatten sich vertausendfacht und deckten das Licht der schlechten Kerze fast völlig ab. Der Kranke bekam keinen Atem, brach in verzweifelte Gurgelrufe aus und krümmte sich hoch, der Schmerzen nicht achtend. Äußerlich gesehn war's ein Erstickungsanfall, doch innerlich etwas weit Grauenhafteres. Das Gefühl eines ungeheuren Nicht-Aushaltens, aber nicht etwa im zeitlich vorübergehenden Sinn, sondern ein Nicht-Aushalten, das sich in alle Ewigkeit verewigt. Wenn es eine Hölle gab, mußte dies ihre große Strafe sein. Und dies verewigte Nicht-Aushalten hatte einen ganz bestimmten Inhalt. Wissendes Nichtwissen oder nichtwissendes Wissen wäre eine matte Bezeichnung gewesen für dieses Meer von Halbheit, von angefangenen Erkenntnissen, schnell geschmolzenen Gedanken, unbegriffenen Lehren, festgefressenen Irrtümern. Nicht-fertig-Werden mit dem Kleinsten! Grausige Ohnmacht des Geistes, der an jedem Grashalm zerschellt! In diesem Meer voll ekelhafter Trümmer glaubte Krikor zu ertrinken. Er wollte sich retten, fliehen. Röchelnd kroch er vor, tastete sich hoch, klammerte sich an der Büchermauer fest. Als er in seiner Schwäche den Halt verlor und rücklings auf sein Lager fiel, riß er die obersten Schichten der Bücherwand mit sich und die verlöschende Kerze dazu. Polternd stürzten sich die Bücher auf Krikors Körper, als wollten sie ihren Herrn umarmen und festhalten. Der Kranke lag sehr lange so, wie er gefallen war, zufrieden, daß er wieder atmen konnte und daß der Erstickungsanfall des Nichtwissens ihn freigegeben hatte. Wie Wellen kamen die Schmerzen jetzt wieder. Jeder Finger brannte, als habe er ihn eben aus dem Feuer gezogen. Da leisteten dem Apotheker die Bücher noch einmal einen großen Dienst, die gelesenen, die ungelesenen, die durchblätterten, die geliebten. Er steckte seine brennenden Hände zwischen die Seiten. Das Innere der Bände war so kühl wie Wasser. Und mehr als das. Eine neue eisige Ruhe strömte aus dem Geistesblut der Bücher in das seine. Er erkannte jedes einzelne noch mit seinen tauben und blinden Fingern. Eine letzte leise Anwandlung: Schade um diese Freude. Dann ließ das Brennen nach, Zug um Zug. Der letzte Schmerz sah sich noch einmal um. Die sanfte Empfindungslosigkeit stieg immer höher. Durch die Balkenritzen zuckte ein bleiernes Grau. Krikor merkte es nicht, denn etwas sehr Großes geschah mit ihm. Es begann damit, daß ihn ein stilles Bewußtsein durchflutete, so, als poche jeder Schlag des versickernden Pulses: Ich bin die erste Person, ich bin die erste Person. Dann begann das, was Krikor von Yokhonoluk hieß, zu wachsen. Dies aber ist schon eine Fälschung. Worte, die nach Zeit und Raum gerichtet sind, drücken es nicht aus. Vielleicht wuchs nicht das, was Krikor von Yoghonoluk hieß, sondern das, was die Welt war, schrumpfte ein. Ja, die Welt zog sich mit rasender Schnelligkeit zusammen, die Baracke, die Stadtmulde, der Musa Dagh, die Heimat unten und was sie umgab. Anders konnte es gar nicht sein. Sie hatte keine Dichtigkeit, da sie aus der Asche verbrannter Sterne bestand. Zuletzt war nur mehr Krikor von Yoghonoluk allein da. Er war das All, nein, er war mehr als das All, denn die Nachtfalter der Welten tanzten um sein Haupt, ohne daß er es merkte.

Fünftes Kapitel   Die Altarflamme

Ter Haigasun hatte nach einer langen Rücksprache mit Pastor Aram und Altouni die Verfügung getroffen, es solle mit den vorhandenen Resten nicht mehr gespart werden. War's nicht ganz und gar sinnlos, das Leben zu strecken und damit auch seine Qual? Schon gab es, ehe der wirkliche Hunger noch eingesetzt hatte, Entkräftete genug, Weiber, Kinder, alte Leute, die einfach hinfielen und nicht wieder aufstanden. Dieses langsame Aufgeriebenwerden entpuppte sich als die schlimmste Form des Untergangs. Der Priester war willens, den Prozeß abzukürzen. Besser, noch ein paar Tage lang sich satt zu essen und dann dem Nichts gegenüberzustehn, als dieses Nichts um den Preis ewig brennender Eingeweide für eine lächerliche Spanne hinauszuschieben. In den ersten Septembertagen wurden also die zwei mageren Kühe des Hauses Bagradian sowie alle Ziegen, Böcke und Geißen geschlachtet, ohne Rücksicht auf die Milch, die ihrer Menge und ihrem Gehalt nach nichts mehr bedeutete. Dann kamen die Pack- und Reitesel an die Reihe, deren ledernes Fleisch freilich weder am Bratspieß noch auch im Kochtopf garzubekommen war.

Immerhin, das Großvieh ergab, bis auf Knochen und Blut verwertet, mit Schwanz, Haut, Huf und Kutteln, mächtige Nahrungsberge, welche die Mägen zugleich füllten und peinigten. Dazu kam noch der Zucker und Kaffee Rifaat Berekets, ungefähr ein viertel Pfund auf jeden Haushalt. Der Sud aber wurde immer wieder von neuem aufgekocht, so daß die Kaffeekannen, dem evangelischen Ölkrüglein gleich, nicht leer wurden. Von diesem Trank ging wenn auch nicht Heiterkeit und Zuversicht, so doch eine angenehme Ergebung in die Minute aus. Als beinahe ebenso wichtig erwies sich der Tabak. Ter Haigasun hatte es mit großer Weisheit gegen die widerstrebenden Muchtars durchgesetzt, daß der Löwenanteil, vier ganze Ballen, an die Männer der Südbastion verteilt werde, an Tunichtgute und unsichere Kantonisten also. Sie durften nun im Rauche schwelgen wie nicht einmal in ihren besten Lebenszeiten. Dieses Wohlbehagen sollte es verhindern, daß sie auf unnütze Gedanken kämen. Auch Sarkis Kilikian lag, vom Tabakgenuß völlig ausgefüllt, auf dem Rücken und schien gegen die Weltordnung derzeit nichts einzuwenden haben. Lehrer Hrand Oskanian freilich war Nichtraucher. Diesen leichtsinnigen, aber lebensfördernden Maßnahmen standen zwei andre bedachtsame und nächtige gegenüber. Ter Haigasun hatte sie in einem langen Zwiegespräch dem Arzte abgerungen. Altounis Gesicht, runzlig wie ein welkes Blatt, wurde immer trockener und brauner. Ein Husten erschütterte seinen dürren Brustkasten, das tiefere Unbehagen verschleiernd. Sowenig Bedros Hekim auch vom Leben hielt, er hatte mit letzter Kraft für seine Erhaltung hier oben gekämpft. Jetzt aber mußte er einsehen, daß Ter Haigasun im Recht war. Die Umstände vertauschten die Rollen der beiden Männer. In dieser Sache entschied der Priester gottloser als der Arzt.

Am vierunddreißigsten Exilstag, vierundzwanzig Stunden nach Krikors Tod, befanden sich auf dem Infektionsplatz etwa zweihundert Kranke, im und um den alten Lazarettschuppen aber mehr als hundert, außer den Schwerverwundeten jene Entkräfteten zumeist, die während der Arbeit oder auf dem Wege zusammengebrochen waren. Angesichts eines Volkes von fünftausend Seelen konnte dieser Krankenstand, zu dem ja auch die Verwundeten gehörten, noch immer nicht beängstigend erscheinen. An diesem Tage aber schoß, unvermittelt und unbegründet, die Kurve der Sterblichkeit wild in die

Höhe. Bis zum Abend erloschen dreiundvierzig Menschenleben, und es war zu erwarten, daß ihnen im Laufe der nächsten Stunden noch manche folgen würden. Der Friedhof genügte längst nicht mehr, um so vielen neuen Gästen Herberge zu geben. Der Rand der verhältnismäßig tieferen Erdschicht war schon überschritten. Jetzt stieß der Spaten bereits unter vier Fuß auf den Kalkknochen des Damlajik. Man hätte sich demnach im Umkreis der Möglichkeiten auf die Suche nach einem günstigeren Boden für die ewige Ruhestatt begeben müssen. Dieser aber wäre kaum zu finden gewesen. Auch war's angezeigt, mit der verbrauchten Arbeitskraft höchst vorsichtig umzugehen und sie nicht an den Tod zu verschwenden. Da sich überdies in den Butten kein Körnchen der alten Heimaterde mehr fand, die Ter Haigasun den Abgeschiedenen hätte mitgeben können, blieben diese ganz und gar auf Gottes Allwissenheit angewiesen, daß Er beim letzten Gericht erkenne, wohin sie gehörten. Es blieb demnach gleichgültig, wie und wo sich die Toten nach den Tagen des Musa Dagh ausschliefen. Ihr Schlaf würde ja nach all dem Erlebten tief und fest sein.

Ter Haigasun führte daher eine neue Begräbnisart ein, ohne sie dem Volke des langen und breiten vorher zu verlautbaren. In später mondloser Nacht wurden die Leichen gesammelt und auf die Schüsselterrasse getragen, die ja wie ein riesiger Schiffsschnabel weit ins Meer hinausragte. Alles mußte mit Hand anlegen, die Pfleger, das Friedhofsvolk und was sonst noch auf der Nachtseite des Lagerlebens beschäftigt war. Drei- und viermal wurde der Weg zurückgelegt, ehe alle Toten in ihren zugebundenen Hemdsäcken auf dem nackten Felsen nebeneinander lagen.

Seit Neumond hatte das Wetter umgeschlagen. Kein Regen zwar, doch über die Kuppen des Musa Dagh fegte ein unwilliger und aufsässiger Wechselsturm, manchmal als atemberaubender Steppenwind, manchmal als schaumiger Schirokko von der See her, doch immer wieder sich drehend, als wollte er die gebundeneren Elemente, Erde und Wasser, zum Narren halten. Hätte Gabriel Bagradian die Stadtmulde nicht so günstig gewählt, keine einzige Hütte wäre stehengeblieben. Auf der ausgesetzten Schüsselterrasse schien der Sturm seinen Horst zu haben. Wenn er den Felsen ansprang, konnten sich die Menschen kaum aufrechterhalten. Die Fackeln und Kirchenkerzen, die das Gefolge trug, wurden im ersten Augenblick ausgeblasen. Nur das silberne Rauchfaß, das der Diakon dem Priester hinhielt, erschimmerte leicht. Ter Haigasun ging mit kleinen Schritten, einsegnend, von einem Toten zum andern. Nunik, Wartuk und Manuschak waren über die Art dieses Begräbnisses äußerst ungehalten, übten aber, da sie auf dem Damlajik nur geduldet waren, keine Kritik. Sie beeilten sich, die Verfehlung des Priesters an den hilfsbedürftigen Seelen gutzumachen, indem sie inbrünstiger als sonst in ihre altheilige Klage ausbrachen. Die erbosten Windstöße nahmen frech den Wettstreit auf. Es kam dabei ein Geheul heraus, das keiner Seele in dem Kampf gegen die niederziehenden Höllengewalten helfen konnte. Zwei Männer hoben den ersten Toten an Schultern und Füßen hoch und trugen ihn an die Kante der Felsnase heran. Dort aber stand ein mächtiger Kerl auf gespreizten Beinen, fühllos gegen den Sturm, die Hände wie zwei große ungegliederte Lattichblätter in Bereitschaft erhoben. Dies war Kework, der Tänzer mit der Sonnenblume, der Kretin. Man hatte ihm sein Amt mit einiger Mühe klargemacht. Endlich war er zum Verständnis gelangt, erfreut nickend: „O ja, ganz wie auf den Schiffen..." Dabei hörte man zum erstenmal, daß Kework in seiner Jugend auf einem Kohlenkutter das Schwarze Meer befahren hatte. Der Schwachsinnige besaß ein diensteifriges Herz, und nichts befriedigte sein Gemüt mehr, als wenn er sich nützlich erweisen konnte und ihm eine Arbeit anvertraut wurde. Die Art dieser Arbeit spielte keine Rolle. Alle anderen Männer machten hierbei Unterschiede. Für die Mitglieder der hohen Kriegerkaste, für die Leute aus den Zehnerschaften des ersten Treffens, galten alle Arbeiten, die nicht unmittelbar mit der Verteidigung zusammenhingen, für entwürdigend. Die Angehörigen der Reserve wiederum fanden die Tätigkeit der Metzger, Feueranzünder, Krankenpfleger unter ihrem Rang. Diese ihrerseits blickten verächtlich auf die Totengräber herab. Kraft eines unverwüstlichen Menschheitsgesetzes hatte sich auch auf dem Damlajik eine Hierarchie herausgebildet, deren Gründe hier ebenso unklar waren wie anderswo. Kework der Tänzer aber stand mit Sato und einigen andern Bettlern, Krüppeln, Geisteskranken jenseits dieser Stufenleiter. Wenn man ihm Arbeit gab, erhob man Kework über seine Klasse und adelte ihn gewissermaßen zum Proleten. Er fühlte sich erwünscht, gebraucht und mithin beglückt. Auch jetzt war dem so. Kework ließ es nicht zu, daß ihm ein andrer auch nur den kleinsten Anteil seiner Würdigkeit raubte. Er nahm den Leichnam in Empfang und stieß die beiden Männer, die ihm helfen wollten, mit den Ellenbogen zurück. Das Meer schien noch eine Sternspur der vergangenen hellen Nächte zu bewahren. Von den weißen Kämmen draußen stieg eine Lichtahnung auf und ließ die Gestalt des Tänzers scharf hervortreten. Einige Laternen bezeichneten den drohenden Rand des Felsens. Trotz der Laterne aber war's ein grausam gefährliches Werk, das man Kework aufbürdete. Die Schüsselterrasse lag nämlich auf der sogenannten Hohen Wand, die vollkommen lotrecht mehr als vierhundert Meter in die Tiefe sauste. Unten hatte sich das Meer so tief in den Fuß der Hohen Wand eingefressen, daß die Felsplatte wirklich wie auf einer ausgestreckten Hand frei im Raume schwebte und die Brandung von oben nicht sichtbar war. Ein falscher Schritt auf diesem gigantischen Schiffsbug, und der schnellste und gründlichste Tod war sicher. Den Tänzer aber faßte jetzt in tiefer Nacht keine Angst und nicht der leiseste Schwindel an, während sich die andern Männer eilig zurückzogen. Auf dem schmalen, schwacherleuchteten Rande tanzte er wirklich und wiegte sich und den Toten, einer gewaltigen Amme gleich. Seine Hände schwangen den entseelten Körper, der in seinem dreifach zugeknöpften Hemd noch durch einen Stein beschwert war, leicht und wägend hin und her, ehe sie ihn mit einem flachen unglaublichen Schwung weit hinausschleuderten. Der Leichnam versank lautlos und unsichtbar in der Nacht. Kework hatte, trotz der lächerlich geringen Nahrung, die ihm seit vielen Tagen zugewiesen wurde, nichts von seiner Kraft verloren. Als er, nach einer Stunde etwa, sich rhythmisch auf seinen gespreizten Beinen wiegend, den dreiundvierzigsten Toten mit leichtem Schwung in der Unendlichkeit verschwinden ließ, schien er dann über die leeren Hände und die beendete Arbeit sehr traurig zu sein. Gerne hätte er vierhundert, tausend, das ganze Volk so sanft gewiegt und zur Ruhe gebracht. Ein unbeteiligter Zeuge wäre erstaunt gewesen, wie ohne Grauen diese Bestattung war, ja wie schön.

Nicht hierum jedoch hatte es sich in dem Gespräch zwischen Ter Haigasun und Bedros Hekim gehandelt, denn dieser kämpfte nicht um die Toten, sondern um diejenigen, welche noch lebten. Der Priester vertrat die für seinesgleichen kühne

Meinung, es sei besser, die Kranken, die sich schon hoffnungslos an der Grenze befänden, ruhig hinüberzulassen, jene vor allem, die nicht bei Bewußtsein waren oder wunschlos vor sich hin dämmerten. Der Arzt gab zu, daß die Kranken in diesem Zustand nicht nur nicht nach Nahrung verlangten, sondern sich wehrten, wenn ihnen die Pfleger die kärgliche Milch oder Suppe brachten. Sie würden darunter nicht leiden, wenn man sie ohne Unterbrechung träumen und im Traum verschmachten ließe. Ter Haigasun dachte dabei am wenigsten an den Verpflegungsgewinn für die gesunden Kinder, auch die Entlastung der Lebensfähigen von den Todgeweihten bekümmerte ihn nicht sehr. Ihm war es darum zu tun, alle jene, denen Gott die Gnade eines schönen Sterbens väterlich vors Auge hielt, um dieses Geschenk nicht zu bringen, nur damit Leben für die Türken aufgespart werde. Der Arzt und der Priester gingen durch die Reihen der beiden Lazarettplätze. Altouni mußte über jeden Kranken das Lebens- oder Todesurteil aussprechen. Nur in den offensichtlich hoffnungslosen Fällen entschied er sich sofort. Hier konnte man das Leiden um einen oder zwei Tage abkürzen. Fand er aber auf irgendeiner Miene, in irgendeinem Pulsschlag noch eine Spur von Zukunft, so begann er für den Kranken zu kämpfen, besonders wenn es sich um jüngere Menschen handelte. Der Priester schien weniger mitleidig zu sein als der Arzt. Für ihn besaß der Mensch dieses Leben und das ewige. Dieses war, solange man lebte, nicht unwichtiger als jenes. Wer es aber auf natürlichem Wege verlor, verlor nicht viel, ja mußte sich noch seligpreisen, daß er nicht durch den höllischen Schreck der Ermordung an seiner ewigen Seele Schaden nahm. So dachte der Priester in der Tiefe seines Herzens. — Der Arzt glaubte nur an dieses Leben und nicht an jenes. Wer dieses Leben verlor, der verlor, seiner Meinung nach, nicht nur nicht viel, sondern nichts. Dieses Nichts aber war umgekehrt auch alles. Niemand hatte etwas anderes zu verlieren als dieses All-Nichts. Es kam nur darauf an, wie er es selbst einschätzte. Bedros Hekim aber wußte nicht, wie zum Beispiel diese junge Frau hier zu seinen Füßen, die ihn mit glänzenden, gleichsam überfüllten Augen anstarrte, ihr eigenes Leben einschätzte. Vielleicht konnte sie, auch wenn sie nicht genas, noch einmal fünf Minuten lang irgendein irdisches Glück genießen. Darum zögerte er, der Lebensverächter. Für Ter Haigasun aber bedeutete das Fünf-Minuten-Glück dieser Frau gar nichts gegenüber einem reinen Eintritt in die Ewigkeit. Sprach der Arzt kein klares Ja oder Nein, so ging der Priester ruhig weiter. Einer von seinen Diakonen aber, der den beiden Männern folgte, steckte links neben dem Kopf des Kranken ein kleines Stöckchen in die Erde. Das war ein Zeichen für die Wärter, sie sollten, wenn der Sterbende keinen Wunsch mehr äußerte, ihm auch nichts mehr aufdrängen. Manchmal kehrte Altouni verstohlen zurück und zog das Stöckchen aus der Erde. Wie merkwürdig! Der Priester rechnete fest mit dem Untergang und glaubte dennoch an ein Wunder. Der Arzt glaubte fest an den Untergang und rechnete trotzdem mit einem tollen Zufall, der den Tod abwenden werde. So ähnlich diese Regungen auch schienen, sie waren voneinander sehr verschieden. Sowohl Ter Haigasun als auch Bedros Hekim schwiegen darüber.

Kework aber, der Tänzer, bekam viel Arbeit.

Zu unerwarteter Zeit kehrten die Schwimmer aus Alexandrette zurück.

Am frühen Morgen tauchten die beiden jungen Leute bei der Nordstellung auf. Sie waren glücklich durch die weitgezogenen Patrouillenketten der Saptiehs und Soldaten geschlüpft, die alle Höhenzüge des Musa Dagh seit zwei Tagen umspannt hielten, von Kebussije bis zum Küstendorf Arsus im Norden hin. Der körperliche Zustand der Schwimmer widersprach der Dauer und den Strapazen ihres zehntägigen Abenteuers. Sie waren zwar mager wie Gerippe, aber wie sehnig federnde Gerippe, sonnen- und salzluftfarben. Am sonderbarsten erwies sich ihre Tracht. Der eine trug einen angeschabten, ehemals eleganten Herrenschlafrock aus brauner Wolle, der andre eine weiße Flanellhose und dazu das Wrack eines Smokings aus der mythischen Urzeit dieser Kleidungsart. Beide schleppten je einen schweren Sack mit hartem Militärzwieback auf dem Rücken, das Zeichen eines heroischen Volksdienstes, wenn man an die fünfunddreißig englischen Meilen Gebirgsstrecke zwischen Damlajik und Alexandrette denkt.

Erfüllte die Heimkehr der Schwimmer die schnell zusammenströmenden Menschen mit Jubel, so war der Bericht der Boten danach angetan, den allerletzten Hoffnungsschimmer erlöschen zu lassen. Sechs Tage lang hatten sie sich in Alexandrette aufgehalten, ohne daß sich im Außenhafen auch nur die

Spur eines Kriegsschiffes gezeigt hätte. An der Reede lagen eine Menge alter türkischer Schepperkasten, Kohlenschuten, Fischerschaluppen und ein vom Krieg überraschter russischer Handelsdampfer. Die riesige Bucht aber, die den rechten Winkel zwischen Kleinasien und Asien bildet, lag leer, so leer wie die Küste im Rücken des Musa Dagh. Seit vielen Monaten hatte niemand in Alexandrette, nicht einmal in der undeutlichsten Ferne auch nur die Ahnung eines Kriegsschiffes zu Gesicht bekommen.

Verständlicherweise waren die Jünglinge viel weniger von der Vergeblichkeit als von dem bunten Eifer ihres Unternehmens und der überstandenen Gefahr erfüllt. Sie erzählten im ungeordneten Durcheinander. Eifersüchtig nahm einer dem andern das Wort vom Munde. Sehr ausführlich schilderten sie Tag um Tag ihrer Expedition. Wenn einer eine Kleinigkeit vergaß, wurde der andre ungeduldig. Die Menge aber, ihrer eigenen Lage vergessend, konnte von all diesen Einzelheiten nicht genug bekommen. Manches deutete darauf hin, daß die Schwimmer während ihres langen Ausbleibens auch eine Zeit stattlichen Wohlergehens erlebt haben mußten, wie es auf dem Damlajik nicht mehr vorstellbar war.

Am ersten Tag nach ihrer Nachtwanderung hatten sie, immer auf der Gebirgshöhe, das Ras el Chansir abgeschnitten und waren unbehelligt auf die Küstenstraße gelangt, die von Arsus in die Hafenstadt führt. Einen ganzen Tag verbrachten sie dann auf einem Hügel in der nächsten Umgebung von Alexandrette, wo sie hinter der sicheren Deckung von dichtem Myrtengebüsch unablässig den äußeren Hafen belauerten. In der vierten Nachmittagsstunde etwa zeigte sich etwas schmales Graues, das aus weiter Ferne her in einer scharfen Kielschaumlinie der Küste zustrebte. Jede Vorsicht vergessend, flogen sie in weiten Sprüngen zur Küste hinab, stürzten sich ins Wasser und schwammen, an der hölzernen Landungsbrücke vorbei, in den offenen Hafen hinaus. Sie näherten sich, wie es ihr Auftrag erheischte, dem vermeintlichen englischen oder französischen Torpedoboot, das vor ihren Blicken rasch aufwuchs, in großem Bogen, erkannten aber sehr bald zu ihrem Entsetzen die Halbmondflagge am Heck. Doch auch an Bord hatte man die Schwimmer gesichtet. Schallende Zurufe! Als keine Antwort kam, wurden ihnen von der Besatzung der Inspektionsbarkasse des türkischen Hafenkommandanten, als welche sich ihr Irrtum entpuppte, ein Dutzend Gewehrschüsse nachgepfeffert. Sie tauchten und schwammen eine meisterhaft lange Strecke unter Wasser. Später verbargen sie sich zwischen den zyklopischen Felsen, auf denen die Landungsbrücke errichtet ist. Glücklicherweise war es schon Abend und der Hafen ausgestorben, dennoch konnten sie auf den morschen Planken der Brücke hoch über sich den schallenden Patrouillenschritt des Wachtpostens vernehmen. Da saßen sie nun, vollkommen nackt und naß. Ihre Kleider, ihr Proviant waren dahin. Zum Überfluß begann jetzt noch ein nahes Blinkfeuer jede halbe Minute einmal über ihre Leiber scharf hinzutasten. Sie verkrochen sich, so gut sie konnten. In tiefer Nacht erst wagten sie es, mit Vermeidung der langen Hafenstraße, ans Land zu gehn. Es blieb ihnen keine andre Wahl, als entweder feige auf den Hügeln zu verschmachten, oder sich mutig in die Stadt zu wagen. Es ergab sich vorerst ein Mittelweg. Auf einer parkartigen Anhöhe, die gepflegten Schutz vor der Malaria bot, lagen mehrere große Herrschaftsvillen. Die Schwimmer waren, nach allem, was sie über Alexandrette gehört hatten, überzeugt davon, daß mindestens eine dieser Villen armenischer Besitz sein müsse. Gleich an dem ersten Gartentor gab ihnen das Namensschild, das sie im Mondschein entzifferten, recht. Das Haus aber war verschlossen, ohne Licht, die Laden vernagelt, tot. Die Boten ließen sich nicht abschrecken. Sie waren bereit, einzubrechen, um einen Unterschlupf zu finden. An der Gartenmauer lehnten ein Grabscheit und eine Hacke. Nun begannen sie mit verzweifelten Schlägen auf das Tor loszuarbeiten, ohne zu bedenken, daß ihr Gedonner auch den Todfeind wecken konnte. Doch schon nach wenigen Sekunden rasselte innen das Schloß. Es wurde geöffnet. Ein zitterndes Licht und ein zitternder Mann: ,,Wer?'' — ,,Armenier! Gebt uns zu essen und versteckt uns, Jesus Christus!'' — ,,Ich kann niemanden verstecken. Sie inspizieren täglich, von oben bis unten, die Saptiehs. Unsere Aufenthaltsbewilligung gilt immer nur für eine Woche. Und jede Woche kostet hundert Pfund. Wenn sie euch bei uns finden, so werden wir auch verschickt.'' — ,,Wir kommen aus dem Meer. Wir sind nackt.'' Der Lichtpunkt der Taschenlampe zitterte über die frierenden Körper: ,,Barmherziger Gott! Herein kann ich euch nicht lassen. Es wäre unser aller Verderben. Aber wartet hier!'' Die Minuten zogen sich endlos. Dann wurden den Schwimmern durch den Torspalt zwei Hemden und zwei Decken gereicht. Auch Brot und kaltes Fleisch bekamen sie in großer Menge und dazu jeder noch zwei Pfund. Der schlotternde Volksgenosse aber flüsterte: „Im Namen des Erlösers, bleibt hier länger nicht stehn! Schon hat man euch vielleicht bemerkt. Geht zum deutschen Vizekonsul! Er ist der einzige, der euch helfen kann. Herr Hoffmann heißt er. Ich schicke eine alte Frau mit euch, eine Türkin. Folgt ihr! Aber nicht zu nahe! Und redet nicht!"

Das Haus des Herrn Hoffmann lag glücklicherweise in demselben Parkviertel. Der deutsche Vizekonsul erwies sich als ein sehr gütiger Mann, der für die Armenier seines Amtsbereiches mehr zu tun bestrebt war, als er durfte und als in seinen Kräften stand. Er gehörte zu den Mitarbeitern des Generalkonsuls Rößler in Aleppo, der sich von allem Anfang an der Verschickten mit Unerschrockenheit angenommen hatte und der einen Riesenkampf der Menschlichkeit gegen Ittihad, die Staatsräson und gegen die Verleumdung seiner eigenen Ehre auszufechten hatte. Hoffmann nahm die Schwimmer bereitwillig auf, sorgte für sie, gab ihnen ein Zimmer, herrliche Betten und dreimal täglich märchenhafte Mahlzeiten. Er versprach ihnen, sie dürften dieses wunderbare Asyl so lange bewohnen, bis der normale Zustand wieder eintrete. Doch schon am dritten Tage ihres Schlaraffenlebens teilten die Armeniersöhne Herrn Hoffmann mit, daß sie nun die Zeit für gekommen hielten, zu den Ihren auf dem Musa Dagh schleunig zurückzukehren. Zur selben Stunde, da sie ihren gütigen Gastvater von diesem Entschluß in Kenntnis setzten, wollte es eine besondere Fügung, daß Generalkonsul Rößler in Alexandrette eintraf, und zwar mit dem ersten Zug der zwischen Toprak-Kaleh und der Hafenstadt neueröffneten Zweiglinie der Bagdadbahn. Rößler riet den beiden Jünglingen auf das dringendste, Gott für ihre Rettung zu danken und den sicheren Zufluchtsort keinesfalls zu verlassen. Der Gedanke an Entsatz bringende Kriegsschiffe sei nichts als der Wahn von Leuten, die durch ihr Elend verrückt geworden seien. Zum ersten gebe es im nordöstlichen Mittelmeer überhaupt keine französischen Kreuzer. Im Hafen von Zypern sei zwar eine englische Flotte stationiert, diese aber habe den Suezkanal und Ägypten zu bewachen und verirre sich niemals nach dem Norden. Wozu auch? Eine Möglichkeit, an der syrischen Küste

Truppen zu landen, bestehe nicht. Zum zweiten aber bedeute die Aufnahme von flüchtigen Armeniern in einem Konsular-Haus einen preiswerten Glücksfall, der sich klarerweise nur sehr selten ereignen könne. Wirklich helfen freilich könne weder er, Rößler, noch auch sein amerikanischer Kollege in Aleppo, der verehrte Mr. Jackson. Dabei erwähnte der Generalkonsul mit großer Befriedigung, daß es Jackson vor wenigen Tagen gelungen war, einen Armenierjungen zu bergen, der ebenfalls dem Armenierlager auf dem Musa Dagh entkommen sein sollte. Die Schwimmer freuten sich herzlich über Haiks Glück, dankten für die wohlwollenden Ratschläge Herrn Rößlers und Herrn Hoffmanns, erklärten aber dennoch, sie wollten so bald wie möglich den gefahrvollen Weg in ihr Elend zurückwandern. Auf neuerliche Mahnungen, ja Beschwörungen erwiderten sie mit der wortkargen Verlegenheit, in die junge kräftige Männer eine derartige Gefühlsäußerung versetzt:

„Wir haben Vater und Mutter oben ... und auch unsre Mädchen ... Das könnten wir nicht aushalten ... Wenn dort das Unglück geschieht und wir sind hier ... am Leben ... und in diesem schönen Haus ..."

Am zweiten Tag des neuen Monats ließ Vizekonsul Hoffmann die Schwimmer ziehen, nachdem alle Bekehrungsversuche fehlgeschlagen waren. Da er durch sie von der Brotentbehrung auf dem Damlajik wußte, erwarb er auf einem nicht ganz rechtmäßigen Umweg von der kaiserlich ottomanischen Militärintendantur zwei Säcke mit Dauerzwieback, die er den Heimkehrern mitgab. Seine schönste Tat aber war es, daß er die Konsular-Yayli anspannen ließ. Die Schwimmer mußten sich links und rechts von ihm in den Wagenfond setzen. Neben dem Kutscher in seiner hohen Pelzmütze prangte der uniformierte Khawaß und schwenkte langsam, aber unablässig eine kleine deutsche Reichsfahne. Stolz fuhren sie an dem Saptiehposten vorbei, der die Zufahrten der Hafenstadt scharf überwachte. Die Gendarmen nahmen stramm Stellung und salutierten ehrfürchtig dem Vertreter des Deutschen Reiches, der Fahne und ihren zweifelhaften Schützlingen. Herr Hoffmann brachte sie auch noch an dem zweiten Posten bei Arsus vorbei. Dort stiegen die Schwimmer aus und nahmen, ihre Tränen nicht verbergend, von ihrem warmherzigen Gönner Abschied.

Dieser Bericht währte länger als eine Stunde, durch Zwischen-
rufe, Seitenfragen, Abschweifungen und das Einander-ins-
Wort-Fallen der Erzähler gedehnt. Es war für alle eine höchst
wohltuende Stunde, obgleich der eigentliche Inhalt und Zweck
des Berichtes hätte niederschmetternd wirken müssen. Der
Botengang war vergeblich gewesen. Die Hoffnung auf Entsatz
vom Meere her hatte sich als tollhäuslerische Phantasieaus-
geburt entlarvt. Und doch zitterte ein sanfter Lichtblick über
den Menschen, die sich um die Helden in einem weiten dichten
Kreis gelagert hatten. Die Schwimmer saßen auf der Erde, und
die Ihrigen waren, um ihren Anspruch kenntlich zu machen,
ganz nahe an sie gerückt. Die Väter hörten mit sachgemäßer
Miene zu, die zum Ausdruck brachte: Recht gut! Ungefähr so
und vielleicht noch ein wenig klüger hätten wir uns auch
verhalten. Die Mütter blickten mit fanatischem Stolz um sich.
Die beiden Geliebten oder Bräute aber, die sich nun wider
allen Brauch offen zur Familie bekannten, tasteten die seltsame Tracht der Burschen ab und überboten einander in einem
verlegen krampfhaften Geflüster, in dem verräterische Laute
mitschwangen. Dies alles aber war flach gegen Schuschiks
Ausbruch. Jemand hatte sie aus ihrer Hütte geholt. Sie hörte,
daß Haik in Sicherheit sei. Zuerst schien sie es gar nicht
aufzufassen. Stumpf vornübergebeugt sah sie zur Erde. Seit
Stephans Tod hatte sie ihren Blick kaum mehr gehoben. Sie
war noch knochiger geworden. Ihre harten Männerfäuste aber
hingen schlaff herab. Sie holte sich nur mehr sehr unregelmäßig
ihr Essen von den Austeilungstischen. Wenn jemand sie an-
sprach, wandte sich Schuschik noch gröber, noch gehässiger ab
als früher. Jetzt aber fing ihr ungeschlachter Rücken ein
Geflüster auf:
„Schuschik! Hör doch! Haik lebt ... Haik lebt..."
Es dauerte lange, ehe das Geflüster in sie eindrang, ehe sich
ihr Wesen damit vollsog und der ungeschlachte Rücken allmählich weiblich sanft wurde. Sie sah von einem zum andern,
vorerst geduckt noch, dann aber flehend, man solle nicht
grausam sein. Da aber tat einer der Schwimmer ein übriges,
indem er nach Art erfolgreicher Abenteuerkünder dem Glück
nachhalf und ein bißchen aufschnitt:
„Rößler und Jackson sind täglich beisammen. Der Deutsche
hat es mir selbst gesagt, daß er Haik gesehen hat und daß es
dem Jungen ausgezeichnet geht..."

Da durchdrang die Gewißheit auch den fernsten Punkt von Schuschiks Sein. Zwei lange, stöhnende Atemzüge. Sie stolperte mehrere Schritte vor. Und diese Schritte führten mitten aus einer fünfzehnjährigen Einsamkeit in den leeren Kreis, der sich um die Schwimmer und ihre Familien gebildet hatte. Noch ein Stolperschritt, dann lag sie da, stützte sich sogleich wieder auf, kniete, diese mächtige Gestalt. In ihrem farb- und alterslosen Gesicht ging etwas Staunendes auf, die Sonne einer jähen unaussprechlichen Menschenliebe. Diese Abweisende, diese lebelang Verkrochene hob ihre plumpen Arme schwach und sehnsüchtig gegen die Wiedervereinten. Die plumpen Arme Schuschiks aber baten: Nehmt mich auf! Laßt mich teilnehmen! Denn nun gehöre ich zu euch...

Noch wurde sie nicht aus dem Schatten gestoßen. Noch lag der Eingang fern, eine rundliche winzige Lichtscheibe, wie das Ende eines Tunnels. Noch durfte sie in der großen Schwäche zu Hause sein, in dem guten Labyrinth, das nicht mehr brannte und dampfte, sondern dumpfig kühl sie umlagerte. Sie sah meist nur bewegte Flächen. Wenn sie sich anstrengte, vermochte sie diese Flächen zu entziffern. Doch sie war ja viel zu klug, um sich anzustrengen. Alle Worte und Schälle schlugen hohl an ihr Ohr wie in einem Raum mit dicken Polsterwänden. Und da stand sie wirklich in der Telefonzelle am unteren Ende der Champs-Élysées und rief Gabriel im armenischen Klub an, denn man gab im Trocadéro eine neue Komödie, die sie sehn wollte. Wenn sich aber das kühle unbestimmte Leben so ausgesprochen verdichtete, wurde sie sofort nervös und floh. Der einzige ihrer Sinne, dem sie sich mit Wonne hingab, war nicht nur in Ordnung, sondern überentwickelt, grandios gesteigert: der Geruch. Sie roch ganze Welten in sich hinein. Welten, die zu nichts verpflichteten. Violette Kleefelder, Vorfrühling in kleinen nordischen Hausgärten, wo farbige Glaskugeln die Straße spiegeln. Nur um Gottes willen keine Rosen! Der Geruch, aus Sonnenstaub, Mittagslärm, Autobenzin, kaltem Weihrauch und Keller tausendfältig gemengt, wenn man die kleine Seitenpforte im Brettergerüst öffnet, die in die Kathedrale führt. Wieder einmal beichten und die Kommunion empfangen! Selten genug geschieht's ja, und nun ist es doch höchste Zeit, falls überhaupt noch geholfen werden kann. Aber der gewisse Name fällt ihr nicht ein. Ist es denn notwendig, etwas zu beichten, das nicht wirklich geschehen ist und wahrscheinlich nur zur Krankheit gehört? Doch nun beginnt schon wieder dieser fürchterliche Geruch der Myrtenbüsche. Nur das nicht, Jesus Maria! Die Myrten werden durch ein starkes Gegenmittel beschworen: Haare waschen. Sie sitzt bei Fauchardière, rue Madame 12, in der engen feuchtwarmen Kabine, weiß verhüllt, weit zurückgelehnt im Frisierstuhl. Kein Wohlgeruch, nur der herbe ländliche Duft der Kamille. (Bäuerinnen, die sonntags zur Messe gehn.) Juliettens Kopf schwebt in einer Wolke von Kamillenschaum. Dann sind die Haare ganz glatt, ganz schütter, ganz strähnig wie bei einem spitzknochigen Schulmädchen. Aber schon streift der warme Fön über das minderjährige Blond und plustert es fraulich auf. Empfindsame Finger beginnen zu arbeiten. Eine weiße Kühle legt sich über Stirn, Wangen und Kinn. Man wird schon bald vierunddreißig sein, und zu gewissen Stunden ist die Haut um Mund und Augen müde. Es sollte immer nur Abend sein, und die Sonne künstliches Licht. Ah, sich wieder einmal liebhaben dürfen! Nicht für andre leben! Ganz versunken sein in den eignen gepflegten Körper, von seinen Reizen bei allem Mißtrauen selbstbeseligt, als ob es keine Männer gäbe...

Trotz ihres schweifenden Geistes aber konnte Juliette so manches Gegenwärtige sehr scharf beobachten. (Auch in ihrer tiefsten Bewußtlosigkeit noch hatte sie niemals ihre körperliche Scham und Reinlichkeit verloren.) Jetzt sah sie genau, daß Mairik Antaram sich mit der größten Sorgfalt um ihre Genesung bemühte. Sie hörte, wie die Frau des Arztes sich mit Iskuhi über die Speisen besprach, die für sie zubereitet werden sollten. Bei aller Abgestumpftheit ihrer Gedanken wunderte sie sich doch darüber, daß die suchenden Hände aus der Proviantkiste immer noch eine Tafel Schokolade, eine Handvoll Grieß, eine Dose mit Quaker-Oats hervorzogen. Diese Sachen mußten doch schon längst verbraucht sein. Sie versuchte zu zählen, wer davon mitlebte: Stephan. Ja, und um Stephans willen muß man äußerst sparsam sein. Dann Gabriel, Awakian, Iskuhi, die Tomasians, Kristaphor, Missak, Howsannahs Kind und ... Der Name fiel ihr nicht ein. Sofort verwirrte sich ihr Hirn und drehte sich sausend im Kopf. Auch zählen konnte sie nicht, und mit dem Zeitbegriff war es sehr schlecht bestellt. Was vorher und nachher hieß, was kurz vorbei und längst schon geschehen war, das geriet durcheinander.

Wenn in diesen Tagen der Wiederkehr Juliette das meiste nur undeutlich wahrnahm, wenn ihr auch unendlich viel entfallen war, so enthüllten sich ihr Verborgenheiten mit doppelter Schärfe. Sie lag allein. Mairik Antaram hatte sie für zwei Stunden verlassen müssen, um in den Lazarettschuppen zu gehen. Da trat Iskuhi ins Zelt und setzte sich dem Bett gegenüber auf ihren gewohnten Platz, den kranken Arm, wie es ihre Art war, mit einem Umhangtuch verhüllend. Juliette wußte durch ihre dünngewordenen Augenlider hindurch, daß Iskuhi an ihrem Schlaf nicht zweifelte und sich deshalb in Mienen und Gedanken gehenließ. Sie wußte aber noch mehr. Gabriel hatte eben das Mädchen verlassen, und darum war es in das Zelt gekommen, das wußte sie. Und Iskuhi würde so lange hier bleiben, bis Gabriel wieder zurückkehrte. Auch erkannte Juliette, daß Iskuhis Gesicht, obgleich es nur ein schwankender Schein war, ihr bittere Vorwürfe machte. Bittere Vorwürfe, weil sie nicht die gute Gelegenheit benützt hatte, zu sterben. Und dieses gehässige, dieses häßliche hübsche Ding hatte eigentlich recht. Denn wie lange noch würde Juliette der Aufenthalt im verantwortungslosen Zwischenreich erlaubt bleiben? Wie lange noch würde sie schweigen und schlafen dürfen, wenn Gabriel in der Nähe war? Juliette fühlte die Vorwürfe, den Tadel, die Feindschaft, die von Iskuhi ausgingen, wie scharfe Strahlen auf ihrem Gesicht. Hier saß nicht nur irgendeine Feindin und starrte sie mit stillen Todesflüchen an. Hier saß *die* Feindin, die große Fremdheit selbst, das Unüberwindlich-Armenische, dem sie zum Opfer gefallen war. Und Juliette hatte immer geglaubt, sie sei das Harte, und das Asiatische das Weiche. Das Harte aber war vom Weichen aufgelöst worden. Während sie zu schlafen schien, überfielen sie schneidende Erkenntnisse. Wie war das? Nicht sie, Juliette, hatte den ersten Anspruch auf Gabriel. Iskuhi besaß den älteren Anspruch, und niemand konnte es ihr verwehren, wenn sie ihr Gut zurücknahm. Ein großes Mitleid mit sich selbst erschütterte Juliette. Hatte sie nicht für diese Asiatin alles getan, um ihre Liebe zu gewinnen, sie, die tausendmal höher stand? Hatte sie dieses ahnungslose Frauenzimmer nicht angezogen, sie mit ihren eigenen Dingen aufs beste geschmückt, sie gelehrt, wie man sein Gesicht und die Hände pflegt? (Ah, und wenn sie nackt ist, hat die Person trotz ihrer reizenden

kleinen Brüste eine graubraune Haut, da hilft ihr kein Gott. Und der rechte Arm ist verkrüppelt. Kann das einem so heiklen Mann wie Gabriel gefallen?) Juliette staunte darüber, daß diese Urgegnerin ihr, seitdem sie sich überhaupt des Lebens entsinnen konnte, die Tasse oder den Löffel mit der Nahrung zum Munde geführt hatte, fürsorglich, trotz ihres Gebrechens. Sie hätte doch auch Gift in den Löffel tun können, ja sie hätte das *müssen*, es wäre ihre Pflicht gewesen. Juliette blinzelte zwischen den geschlossenen Lidern nach der Feindin hinüber. Und wirklich! Iskuhi war aufgestanden, hatte, wie sie das immer zu tun pflegte, die Thermosflasche unter ihre linke Achsel geklemmt und schraubte den Trinkbecher los. Dann stellte sie diesen auf das Spiegeltischchen, schenkte ihn vorsichtig voll und näherte sich damit der Kranken. Also doch! Es war kein leerer Verdacht gewesen. Die Mörderin kam mit dem Gift. Juliette preßte die Augen und Lippen zusammen. Es war ihr, als wage die Mörderin während der Tat mit ihrer gläsernen Stimme noch leise zu singen oder mindestens zu summen. Wie das Surren von Moskitos klang das, die sich auf Juliettens Gesicht niederließen. Sie lauschte mit angespanntem Gehör. Iskuhi neigte sich über sie:
„Du hast schon seit fünf Stunden nichts getrunken, Juliette. Der Tee ist noch schön warm."
Die Kranke schlug lauernde Augen auf. Iskuhi merkte nichts. Sie hatte den Becher wieder hingestellt und noch ein Kissen zur Stützung unter Juliettens Kopf geschoben. Dann erst hielt sie ihr den Trank an die Lippen. Juliette wartete, damit die Erzfeindin nicht Verdacht fasse, und tat so, als wollte sie wirklich trinken. Plötzlich schlug sie mit wohlberechneter Tücke Iskuhi den Becher aus der Hand. Der Tee ergoß sich über die Decken. Juliette aber hatte sich aufgesetzt und keuchte:
„Geh! Geh du! Geh doch..."
Viel Schlimmeres noch mußte sie erleiden, als gegen Abend Gabriel an ihr Bett kam. Jetzt galt es, eilig zu fliehn, rasch wieder ins Labyrinth zurückzutauchen. Die dunkeln Gänge waren aber auf einmal verschüttet, und das Zwischenreich bestand nur aus einem lächerlich engen Raum. Gabriel nahm forschend ihre Hand wie immer. Ein klar bewußtes Herzklopfen: Wird er reden? Werde ich heute schon alles erfahren und wissen müssen? Darf ich mich nicht mehr verstecken? Sie

versuchte lang und gleichmäßig zu atmen. Doch zugleich spürte sie, daß in dieser Stunde ihr Schlafwandel nicht mehr ganz rein und gerecht war, sondern durch Willen getrübt. Auch Gabriel redete kein Wort zu ihr. Nach einer Weile zündete er die Kerzen auf dem kleinen Spiegeltisch an — Petroleum brannte man nicht mehr — und ging. Juliette atmete auf. Doch nach zwei Minuten kehrte Bagradian noch einmal kurz zurück, um Stephans große Photographie auf Juliettens Bett zu legen, jenes vorjährige Bild, das sonst immer auf seinem Schreibtisch gestanden hatte, in Paris und auch in Yoghonoluk.

Das ist ja gar nicht Stephans Bild, sagte sich Juliette, das ist irgend etwas andres, ein Brief vielleicht und ich soll ihn lesen, wenn ich wieder gesund bin. Jetzt aber darf ich mich nicht länger dem Leben aussetzen. Das tut mir schlecht. Ich habe ja wirklich noch das Recht, zu verschwinden. Sie verkroch sich und zog mit ihren eiskalten Händen die Decke bis an den Mund. Dabei fiel der Karton zur Erde, mit dem Bilde nach oben. Die Photographie sah deutlich zu Juliette empor, deren Kopf sich aus dem Bett neigte. Das vom Spiegel verstärkte Kerzenlicht glänzte mitten auf der Bildfläche. Nun war es geschehen. Nun gab es kein Zurück mehr für sie. Doch Stephans Besuch erfolgte nicht aus der Photographie heraus. Die Wesenheit des Jungen stand hinter dem Kopfende des Bettes. Es war, als käme er atemlos von der Knabenkohorte, der Haik-Bande, vom Ordonnanzdienst oder irgendeinem Spiel hergelaufen, um schnell und sehr widerwillig seine Milch hinunterzustürzen:

„Du suchst mich, Mama?"

„Heute noch nicht, Stephan", flehte Juliette, „komm heute noch nicht! Ich bin zu schwach. Komm erst morgen! Laß mich noch heute krank sein! Geh lieber zu Papa…"

„Bei Papa bin ich immer…"

„Ich weiß ja, daß du mich nicht liebhast, Stephan…"

„Und du, Mama…?"

„Wenn du ein guter Junge bist, habe ich dich lieb. Du mußt wieder deinen blauen Anzug tragen. Denn sonst bist du ein Armenier…"

Mit diesen Worten war Stephan höchst unzufrieden. Er schien durchaus keine Lust zu haben, zu seiner alten Tracht zurückzukehren. Sein Schweigen bewies, daß er trotzte. Juliette aber flehte immer stürmischer: „Nur heute nicht, Stephan! Komm morgen früh! Laß mich noch diese Nacht..."

„Morgen früh...?"

Das war kein Versprechen, sondern eine leere Frage, ungeduldig, zerstreut, auf dem Sprung, den Kopf schon wieder den Kameraden zugewandt. — Als Juliette aber ihr Flehen bereits erfüllt fühlte, da fuhr sie aus dem Bett. Die Stimme schoß heiser in ihre Kehle zurück: „Stephan ... hierbleiben ... nicht fortlaufen ... hierbleiben ... Stephan..."

Mairik Antaram war auf dem Wege zum Dreizeltplatz, um für die Nachtruhe der Kranken zu sorgen. Schuschik hatte sich ihr angeschlossen. Denn seitdem sie wußte, daß Haik lebte, war sie von einem scheuen Drang nach Gemeinschaft und Hilfeleistung beseelt. Wer aber konnte ihr da einen besseren Weg weisen als Antaram, die Helferin? Die Frauen fanden die Hanum auf dem Wege zusammengebrochen, zweihundert Schritt etwa vom Zelt entfernt. Sie kauerte im bloßen Hemd neben einem Strauch, die abgezehrten Beine ans Kinn gezogen. Auf ihrer Stirn perlte noch immer der Todesschweiß, doch ihre offenen Augen waren wieder fern und stumpf.

Axtschläge hämmerten fern von den Nordhöhen des Musa Dagh zum Sattel herüber. Die Türken fällten die Steineichen des Berges. Bauten sie Geschützstände? Oder errichteten sie ein befestigtes Lager, um für den neuen Angriff einen Rückzugspunkt zu besitzen und nicht wie bisher die Höhen in der Nacht verlassen zu müssen oder einem Überfall ausgesetzt zu sein? Man entsandte Kundschafter, um den Bergrücken jenseits des Nordsattels auszuforschen, vier der bewährtesten Jungen aus der Spähergruppe. Sie kehrten nicht mehr zurück. Die weite Hochfläche, die noch vor einigen Tagen bis nach Sanderan auf der einen und zum Ras el Chansir auf der andern Seite einen freien Ausweg geboten hatte, war nun tödlich versperrt. Tiefste Bestürzung! Man schickte Sato, die Meisterspionin, aus. Um die war's nicht schade. Sie kehrte auch zurück. Doch man konnte von ihr nichts Brauchbares erfahren. „Viele tausend Soldaten!" Satos Zahlenbegriffe waren höchst unzuverlässig und beschränkten sich nur auf die kleinsten und größten Bezeichnungen. Über die Tätigkeit dieser „vielen tausend" gab sie nur unklare Nachricht: „Sie rollen Holz" oder „sie kochen". Die Aufgabe schien sie nicht besonders interessiert zu haben. Hingegen hatte sie für ihre

Person Beute gemacht: ein Fladenbrot, eine große knusprige Scheibe. Sie hielt es fest an ihren Vogelleib gedrückt, der noch immer in dem artigen Hängekleidchen steckte, das freilich in den wildesten Fetzen und Drapierungen ihre abstoßende Nacktheit umschlotterte. Das Brot war von Satos Rattenzähnen rings angefressen, nicht an zwei oder drei Stellen, sondern an zehn, in gar nicht menschlicher Art. Sie ließ Nurhan Elleon und die andern, die sie ausholten, alsbald stehen und verschwand unauffindbar. Niemand sollte von ihrem Schatz auch nur einen Bissen abbekommen, keiner von der Jugendkohorte und am allerwenigsten Iskuhi. Mit dieser erging es Sato ähnlich wie Lehrer Oskanian mit Juliette. Sie hätte die Kütschük Hanum von einst am liebsten auch an zehn Stellen angebissen, mit wutvergifteten Zähnen. Was aber das Brot anbelangt, so konnte sich Sato doch nur an einem Viertel des Fladens mästen. Vor Nunik gab es nämlich keinen Schwindel und kein Versteck. Sie war allwissend, und schlimmer noch, sie forderte das Ihre, ohne gegenwärtig zu sein. Sato war gezwungen, das abseitige Lager ihrer Freunde aufzusuchen, ob sie wollte oder nicht. Die Allwissende aber schien sie schon zu erwarten. Sie stand im Winde, der ihr ganzes Zunderkleid zurückwehte, und streckte ihre Hände nach Satos Beute aus.

Dies geschah am sechsunddreißigsten Tag des Lagers und am vierten des Septembermonats. Man hatte des Morgens an jede Familie die vorschriftsmäßige Portion Eselfleisch ausgegeben. Niemand aber wußte, ob es nicht das letztemal sei. Zugleich meldeten alle Beobachtungsstände, daß die Dörfer und die ganze Talsohle so belebt seien wie noch nie. Doch nicht nur neues Militär und neue Saptiehs bewegten sich dort, sondern eine Menge von neugierigem Gesindel habe sich wieder aus den muselmanischen Ortschaften zusammengerottet. Die Ursache dieser Neugier entpuppte sich schnell. Als Samuel Awakian, mit Gabriels Feldstecher ausgerüstet, die große Kuppe erstieg, um die Lage aufzuklären, stürzten ihm die Beobachter erregt entgegen. Etwas ganz und gar Neuartiges hat sich ereignet. Die meisten der Dorfbewohner sahen ein solches Ding zum erstenmal. Es hielt gerade auf der großen Straße von Antakje nach Suedja am Ortseingang des Fleckens Jedidje, wo es von einer kleinen Abteilung Kavallerie erwartet wurde. Awakian erkannte in seinem Fernglas ein kleines graues Militärautomobil, das die Bergengen bei Ain el Jerab mit Todesverachtung überwunden haben mußte. Drei Offiziere kletterten aus dem Wagen und bestiegen die für sie bereitgehaltenen Pferde. Die kleine Reiterschar bog sogleich ins Dörfertal ein. Voran trabten die Offiziere, hinterher die Kavalleristen, in einigen Minuten schon mußten sie Wakef erreichen. Der mittlere Offizier war den zwei anderen stets um eine halbe Pferdelänge voraus. Während diese die üblichen Astrachanmützen trugen, hatte er eine feldgraue Kappe auf dem Kopf. Deutlich sah Awakian die roten Generalstreifen an seinen Reithosen. Die Kavalkade durchtrabte ohne Aufenthalt die Dörfer. Kaum eine Stunde brauchte sie, um Yoghonoluk zu erreichen. Auf dem Kirchplatz wurden der General und seine Begleitoffiziere von einigen Herren schon erwartet. Ohne Zweifel war es der Kaimakam von Antakje, der mit dem Müdir und anderen Beamten den Generalpascha samt seinem Gefolge in die Villa Bagradian führte. Das große Ereignis wurde sofort dem Befehlshaber gemeldet. Samuel Awakian ließ auf eigene Verantwortung den großen Alarm verkünden. Gabriel billigte diese Maßregel nachher. Er verstärkte sie sogar, indem er anordnete, daß von Stund an das Lager für alle Zeit unter Alarm stehe, gleichgültig, ob sich irgend etwas ereigne oder nicht. Awakian aber verriet er seine Überzeugung, daß die Türken noch lange nicht fertig seien und daß sich weder heute noch morgen, wahrscheinlich auch in den nächsten Tagen nichts ereignen werde. Die Tatsachen schienen ihm recht zu geben. Nach zweistündigem Aufenthalt in der Villa bestiegen die fremden Offiziere ihre Pferde und verritten in noch schärferem Trab als bei der Ankunft nach Jedidje. Sie hatten kaum einen halben Tag auf dem Kriegsschauplatz geweilt, als der kleine, verzweifelt ratternde Kraftwagen sie wieder nach Antakje entführte. Der Kaimakam begleitete die Herren in seine Hauptstadt zurück.

An demselben Tage erhob sich Gabriel Bagradian aus dem Schmerz um seinen Sohn und ermannte sich. Der kriegerische Teil seines Wesens, den die Verschickung in ihm erweckt hatte, gewann noch einmal Macht. Er hatte übrigens schon die letzte Nacht wieder in der Nordstellung verbracht. Da aber wegen der unfreundlichen Gesinnung gegen den Dreizeltplatz die Frauen nicht ohne Schutz bleiben sollten, beurlaubte er Kristaphor und Missak vom Nachtdienst in der Stellung, damit sie für die Sicherheit der Zelte sorgten. Im übrigen hatte

Mairik Antaram die Witwe Schuschik zum Pflegedienst herangezogen, wodurch noch zwei weitere schützende Arme von männlicher Kraft zur Verfügung waren.

Gabriel gelang es von einer Stunde auf die andre, sein inneres Leben völlig auszuschalten. Der Schmerz war da, doch nur als ein dumpf entferntes Bewußtsein, wie eine wunde Körperstelle, die man durch eine Einspritzung betäubt hat. Und wieder stürzte er sich mit wilder Leidenschaft in die Arbeit. Er schien sich durch einen jähen Willensentschluß vollständig erholt zu haben, ja straffer und unbeugsamer geworden zu sein als früher. Erst in diesem Augenblick wurde es ihm klar, welchen unschätzbaren Beistand er an seinem Adjutanten, oder besser, an seinem Stabschef Awakian besaß. Dieser Nimmermüde, dieses seltsam unpersönliche Ich, das in keiner Minute — obgleich den meisten Führern an Wissen und Intelligenz himmelhoch überlegen — sich eine Führerrolle angemaßt hatte, bewies eiserne Kräfte. Awakian war es mehr als Nurhan Elleon zu verdanken, daß die Feldordnung und die Mannszucht unter den Zehnerschaften bisher noch keinen ernsten Schaden genommen hatte. Manche zerrissen sich zwar den Mund über den ungelenken „Büchermacher" mit der Brille, denn überall, wo Waffen getragen werden, stellt sich sogleich eine spöttische Geringschätzung des Intellekts ein. Und dennoch, wenn Awakian in den Stellungen auftauchte, breitete sich ein beinahe behaglicher Eifer aus, jene kostbare Soldatenstimmung, die man Vertrauen in die Führung nennt. Das kam daher, weil der Adjutant, selbst in Abwesenheit des Kommandanten, Bagradians Überlegenheit widerstrahlte wie ein Licht. Auch Awakian konnte seit Stephans Tod keinen Schlaf mehr finden. Leiden und Schuldgefühl peinigten seine Seele. Vier Jahre hatte er im Hause Bagradian gelebt und Stephan liebgehabt wie einen kleinen Bruder. Immer wieder mußte er die Zähne zusammenpressen, und das Blut schoß ihm in den Kopf. Wäre es nicht möglich gewesen, das Unglück zu verhindern? Warum hatte er an jenem furchtbaren Tag nicht gespürt, was in dem Jungen vorging? Eine Gewissenlosigkeit, die er sich nie würde verzeihen können. Nie?? Ah, das blieb ja der einzige Trost, daß dieses Nie nur eine Sache von wenigen Tagen war und daß dadurch alles, alles leichter wog. Samuel Awakian ließ sich nichts anmerken und erwähnte im Verkehr mit Gabriel den Namen Stephans nicht. Doch ebensowenig kam dieser Name über des Vaters Lippen. Dennoch oder gerade deswegen spannte Awakian seine letzte Energie an, um Gabriel zu dienen. Er hatte unter anderem auch eine neue Evidenzliste der Zehnerschaften angelegt. Bagradian konnte ihr entnehmen, daß die Zahl der Kämpfer auf etwa siebenhundert gesunken war. Die große Lücke, die der Tod gerissen hatte, bedeutete aber keine wesentliche Verminderung der Kampfkraft. Mit den frei gewordenen Gewehren konnten die besten Männer der Reserve ausgerüstet werden. Und dann! Die Verteidigungsfront hatte sich ja dank dem Waldbrand auf einige wenige Abschnitte verengt. Die Steineichenschlucht war noch immer ein einziger Ofen voll glühender Kohlen. Diese Heizung spürte man in der Stadtmulde nach wie vor, wo sie zumeist gegen Abend die Gemüter aufstachelte. Gleichviel, die schwächste Stelle der Linie war nun vor Angriffen geschützt, für immer. Und nicht in diesem größten Einschnitt des Damlajik, sondern auch weit umher auf den Hängen, Buckeln, Vorhügeln gloste es unter den zusammengebrochenen Strünken weiter. Hier hatte eine gnädige Hand alles zugunsten der Armenier gelenkt. Bagradian löste die Besatzungen der überflüssig gewordenen Abschnitte endgültig auf und schuf dafür eine starke Postenkette, die den Bergrand vor Überraschungen und türkischen Kundschaftern zu sichern hatte. Den vorhandenen Möglichkeiten und Anzeichen nach zu schließen, beruhte die Absicht der Türken auf einem von zehnfacher Übermacht geführten Generalstoß im Norden, der, von Artillerie wahrscheinlich unterstützt, die verbrauchten Armeniersöhne aufreiben sollte. Unablässig schallten die Axthiebe. Trotz dieser eindeutigen Zurüstungen aber war Bagradian vorsichtig genug, eine Spähergruppe auch in den südlichen Raum vorzuschicken. Diese mutigen Burschen wagten sich am Abend bis nach Suedja hinein. Sie meldeten, daß nur ganz wenig Militär und fast gar keine Saptiehs in der Orontes-Ebene lägen. Alle Truppen seien im Dörfertal zusammengezogen. Die Felsbastion und ein neuer Steinschlag schien den Türken trotz ihres Generals noch immer einen heillosen Respekt einzuflößen. Dennoch beschloß Gabriel, die Südbastion morgen zu visitieren.

Am Abend saß er auf seinem Schlafplatz und starrte auf die Sattellehne hinüber, auf die Baumgruppen des Höhenrandes, zwischen denen Stephan verschwunden war, ohne daß er es hatte verhindern können. Noch immer rückten ihm seine Nachbarn nicht näher. Wenn er kam, unterbrachen sie ihr Gespräch, standen auf und grüßten ihn als Führer. Das war alles. Auch von ihnen sprach keiner ein Wort wegen Stephan zu ihm. Vielleicht wagten sie es nicht. Alle sahen ihn so merkwürdig an, traurig und forschend. Tschausch Nurhan allein war immer hinter ihm her gewesen, als habe er so manches auf dem Herzen, wolle aber erst den rechten Augenblick abwarten. Nun schlief er schon seinen wohlverdienten Schlaf, denn keiner der Jüngsten reichte an diesen alten Kerl und seine Unermüdlichkeit heran. Gabriel Bagradian hatte nun schon vierundzwanzig Stunden weder Iskuhi noch Juliette gesehen. Ihm war wohler so. Alle Bindungen zerrannen. Er durfte sich nicht mehr in die Schwäche zurückwerfen lassen. Er mußte kalt und frei sein für den letzten Kampf. Ja, trotz seiner unermeßlichen Traurigkeit fühlte er sich kalt und frei für diesen letzten Kampf. Auf dieser Bergeshöhe waren die Septemberabende schon recht kühl. Auch hatte sich der umspringende Wind noch nicht gelegt, wenn er hie und da auch pausierte. Wo waren die schönen Mondnächte hin, da der gräßliche vierzigfache Mord an Stephan noch nicht in seinem Bewußtsein lebte? Gabriel starrte noch immer auf die schwarze Wand gegenüber. Manchmal winselte der Wind in den Bäumen oben. Wie feige waren die Feinde! In solcher Nacht hätten sie auf der Lehne dort einen Graben anlegen können, ohne gehindert zu werden. Ach was, solche Künste brauchten sie nicht, wenn sie Kanonen hatten. Dann war alles im Handumdrehen zu Ende. Doch, vielleicht sollte man das gar nicht abwarten, vielleicht sollte man zuvorkommen, wieder einmal eine Idee haben. Hatte er, Gabriel Bagradian, nicht immer eine rettende Idee gehabt, so daß man noch heute ungebrochen dastand? Zuerst war's der Verteidigungsplan gewesen, das ganze System, dann die Komitatschis, die fliegende Garde, der rettende Waldbrand ... Zuvorkommen?! Ein neuer Einfall jetzt! Aber was? Aber wie? Sein Kopf war leer.

Am nächsten Tag visitierte Gabriel Bagradian die Südbastion, wie er sich's vorgenommen hatte. Vorher aber machte er bei der Haubitzenstellung halt. Die Geschützrohre waren nach entgegengesetzten Seiten gerichtet, das eine auf die Nordhöhen, das andre nach Suedja. Gabriel hatte noch in den Tagen vor Stephans Tod die Elemente nach seiner Karte ermittelt. Es war immerhin möglich, den Anmarsch des Feindes zu stören und aufzuhalten. In den Geschoßverschlägen fanden sich noch vier Schrapnells und fünfzehn Granaten. Die Geschütze hatten eine Wache und Bedienung von acht Mann, die durch Nurhan Elleon in den einfachsten Handhabungen wie Vorführen, Sporenwerfen, Geschoßzubringen, Schnurabziehen und so weiter notdürftig ausgebildet worden waren.

Tschausch Nurhan, Awakian und einige Abschnittsführer begleiteten Gabriel auf seinem Inspektionsgang. Die ersten Eindrücke, die diese Männer im Gebiet der Südbastion empfingen, waren weiter nicht verdächtig. Sarkis Kilikian hatte es sich nach seiner Haftentlassung sogar angelegen sein lassen, die Maschinerie der Sturmwidder noch weiter zu verbessern. Die mächtigen Stoßschilde waren durch strahlenförmig über den Rand greifende Ruder vergrößert. Der Anprall der Schilde konnte nun eine weit umfangreichere Fläche der lockeren Mauern erfassen. Auch waren die Platten selbst verdoppelt und durch reichlichen Eisenbeschlag und starke Klammern gesichert. Wenn man dem gedrungenen Anblick trauen durfte, so waren diese Katapulte imstande, Blöcke von Zentnergewicht bis in die Ruinen von Seleucia zu schleudern. Kilikian schien sich für nichts andres als für dieses düstere Spielzeug zu interessieren. Es war ein kindhafter Zug, dieser Anfall von verbohrtem Eifer, mit dem er immer wieder an den Mauerbrechern herumarbeitete. Der Eifer stand im schärfsten Widerspruch zu der ausgelaugten Veröddung seines Wesens. Gabriel Bagradian aber hatte vom ersten Augenblick an irgendeine verschüttete Quelle in diesem Opfer eines schrecklichen Lebens gespürt. Sein Verhältnis zu Kilikian war voll unaufgelöster Spannungen. Etwas in dem wohlerzogenen Großstädter und vornehmen Bürger fürchtete sich vor dem radikalen Nichts, das in dem Deserteur steckte. Es hatte zwischen ihnen nur ein einziges Mal ein Kampf stattgefunden, bei dem Kilikian schmählich unterlegen war. Doch weder ist dem Sieger damals wohl zumute gewesen, noch auch konnte er heute die Unsicherheit ganz überwinden, die ihn angesichts dieses Menschen jedesmal überfiel. Es war eine ausgesprochene Schwäche Bagradians und nicht leicht zu erklären. Er konnte die eigentümliche Achtung nicht loswerden, die ihm dieser

Mensch einflößte, ohne sie durch irgendeine Eigenschaft oder Leistung zu verdienen. Jedesmal, wenn er ihm begegnete, versuchte Gabriel durch ein paar freundliche Worte, durch eine teilnehmende Erkundigung mit Sarkis in Verbindung zu treten und jedesmal wurde diese werbende Bemühung auf das peinlichste enttäuscht. Kilikian war der einzige Mensch auf dem Musa Dagh, demgegenüber Gabriel Bagradian nicht den richtigen Ton fand. Entweder sprach er allzu herablassend zu ihm oder allzu gleichgestellt. Der Russe aber fand immer irgendeine Art, Bagradian abzulehnen. Daß er zum Beispiel jetzt ruhig auf dem Rücken liegenblieb, während der oberste Führer seinen Katapulten neues Lob zollte, war nicht nur eine Unverschämtheit, sondern eine Verletzung der Subordination, die unverzüglich hätte bestraft werden müssen. Anstatt dessen wandte sich Gabriel ab, Lehrer Oskanian mit den Blicken suchend. Dieser aber hatte sich bei der Ankunft Bagradians in hysterischer Feigheit rasch aus dem Staub gemacht. Er konnte ja nicht wissen, daß weder Ter Haigasun noch Bedros Hekim noch Schatakhian den Betroffenen von jener widerwärtigen Beratung in Kenntnis gesetzt hatten, in welcher der Lehrer soviel Gift gegen das Haus Bagradian verspritzt hatte. Im übrigen schien sich seit seinem Ausschluß aus dem Führerrat Hrand Oskanians Geisteszustand nur noch eitler verwirrt zu haben. Er suchte wahrscheinlich eine Oskanianpartei zu gründen. Seit Tagen redete er auf allerlei schlichte Leute sprudelnd los, die nicht zur Südbastion gehörten, ihn aber dort besuchten. „Die Idee", wie er es nannte, nahm in seinem Hirn immer schärfere Gestalt an. Diese Idee aber war durchaus nicht Eigenwuchs, sondern entstammte einer lichtvollen Darlegung Meister Krikors, der vor vielen Jahren einmal während eines philosophischen Spaziergangs über den Freitod gehandelt hatte, „die Pflicht zu leben" und „das Recht zu sterben" mit Hilfe unbekannter, aber wohllautender Autoren gegeneinander abwägend.

In den Stellungen der Südbastion fanden die Visitierenden keine grobe Fahrlässigkeit. Der Dienst war nach den Gesetzen der Zehnerschaftsordnung eingeteilt, die Posten waren besetzt, die vorgeschobenen Feldwachen lagen am Rande der großen Steinhalde. Auch der Zustand der Gewehre ließ nichts zu wünschen übrig. Und doch hatte die Haltung dieser Mannschaft, trotz aller oberflächlichen Ordnung, etwas Unbestimmtes, Träges, Verdächtiges, das Tschausch Nurhans Unwillen herausforderte. Die Besatzung bestand aus elf Zehnerschaften, etwa fünfundachtzig Männer zählten zu den Deserteuren. Nicht alle unter diesen waren zweifelhafte Gesellen, im Gegenteil, die Mehrzahl setzte sich aus recht harmlosen Ausreißern zusammen, die vor drohender Mißhandlung, Bastonade oder Straßenarbeit durchgegangen waren. Was nun auch immer schuld sein mochte, Elend, Verlotterung, schlechtes Beispiel, alle hatten Sarkis Kilikians störrische Apathie angenommen, als wäre sie die rechte schicke Lebensart, die Männer ihresgleichen kleidet. Das war ein schlappes Hinundherschlurfen, ein höhnisches Herumlungern, ein freches Auf-dem-Rücken-Liegen und Sichrekeln, ein herausforderndes Grölen und Gepfeife, das für die künftige Schlacht nichts Gutes hoffen ließ. Nicht eine Truppe von Kämpfern glaubte man vor sich zu haben, nicht einmal eine echte Verbrecherbande, sondern ein Rudel verkommener und aufsässiger Landstreicher, die sich in einer Einöde zusammengerottet hatten. Gabriel Bagradian aber schien der Sache keine übermäßige Bedeutung beizumessen. Die meisten dieser Burschen hatten sich im Kampfe bewährt. Alles andre war Nebensache. Man mußte mit ihnen jedenfalls vorsichtiger umgehen als mit der Elite.

Der Feuerfrevel aber war doch zu bunt. Die Südbastion besaß im Westen, wo der Damlajik die Biegung zum Meer beschrieb, drei hochaufgeworfene Deckungen zur Flankensicherung. Diese Schanzen beherrschten die auslaufende Steilseite des Berges, die in waldbedeckten Terrassen gegen Habaste herabfiel, und machten jede Umgehung unmöglich. Und hier, fünfzig Schritt unterhalb dieser ebenfalls mauerbewehrten Deckungen, brannte auf dem offenen Vorfeld ein großes vergnügliches Feuer, eine freundliche Einladung an die Türken geradezu. Auf das Brennen offener und von der Führung nicht eigens erlaubter Feuer stand das strengste Verbot. Doch nicht genug damit. Um dieses Feuer saß nicht nur ein Lumpenpack der minderwertigsten Deserteure, sondern zwei Frauenzimmer dazu, die aus der Stadtmulde in diese Welt übergegangen waren. Und diese Weiber drehten das schönste Ziegenfleisch an langen Stöcken in der Flamme. Nurhan und die andern stürzten wie Besessene auf die Gesellschaft los. Bagradian kam langsam hinterdrein. Der Tschausch packte einen der Deserteure an seinem schmutzigen Hemd und riß ihn hoch. Es war ein langhaariger Mensch mit einem bräunlichen Gesicht und kleinen raschen Augen, die auch nicht die geringste Ähnlichkeit mit Armenieraugen hatten. Nurhans langer grauer Feldwebelschnurrbart zitterte vor Wut:

„Du Läuseturm! Wo habt ihr diese Ziegen her?"

Der Langhaarige suchte sich zu befreien. Er tat so, als kenne er den Tschausch gar nicht:

„Was geht dich das an? Wer bist du überhaupt?"

„Da hast du, wer ich bin!"

Ein Faustschlag scleuderte den Kerl zu Boden, so daß er fast in das Feuer getaumelt wäre. Kriecherisch gekränkt raffte er sich wieder auf:

„Warum schlägst du mich? Was habe ich dir getan? Die Ziegen haben wir uns in der Nacht aus Habaste geholt..."

„Aus Habaste, du Senkgrube!? Aus dem Lager habt ihr sie geholt, ihr feigen Verbrecher! Die Hungernden habt ihr um das Letzte bestohlen ... Jetzt haben wir die Erklärung."

Der Blick des Langhaarigen suchte Gabriel Bagradian, der sich abseits hielt und seinem Unterkommandanten die Abwickelung der unerquicklichen Szene überließ. „Effendi", klagte der saubere Häuptling, „sind wir keine Menschen, hungern wir weniger als die andern? Und ihr verlangt doch Arbeit von uns, den ganzen Tag müssen wir Dienst machen und die ganze Nacht, ärger als in jeder Kaserne..."

Bagradian antwortete nicht, sondern gab seinen Leuten nur einen knappen Wink, das Feuer zu zerstören und das Fleisch zu beschlagnahmen. Tschausch Nurhan drohte mit einer der schon gebräunten Ziegenstelzen: „Ihr werdet noch ganz anders hungern! Freßt euch gegenseitig auf!"

Der Langhaarige näherte sich Bagradian mit demütig über der Brust gekreuzten Armen:

„Effendi! Gebt uns Munition! Jeder von uns hat nur ein Magazin. Alles andre habt ihr uns abgenommen. Dann können wir auf die Jagd gehen und uns einen Hasen oder Fuchs schießen. Es ist nicht gut, daß wir so wenig Patronen haben. In der Nacht können die Türken kommen..."

Gabriel Bagradian drehte sich um und ließ den Deserteur stehen. Auf dem Heimweg erklärte Nurhan Elleon, der noch immer sehr aufgeregt war:

„Man muß die Südbastion ausmisten. Am besten, wir jagen

zwanzig der Ärgsten davon."

Gabriel Bagradians Gedanken waren schon längst von dem
widerwärtigen Vorfall zu wichtigeren Fragen abgeschweift:
„Das ist unmöglich", entgegnete er zerstreut, „wir können
armenische Volksgenossen nicht in den Tod jagen."

„Armenische Volksgenossen!?"

Tschausch Nurhan spuckte in einem höhnischen Bogen aus.
Das Gesicht des Langhaarigen stieg vor Gabriel auf:

„Unter fünftausend Menschen muß es auch Gesindel geben.
Das ist überall so."

Der Tschausch sah Gabriel argwöhnisch an:

„Es ist nicht gut, daß man solche Verbrechen hinnimmt..."

Bagradian blieb stehn, packte das Mausergewehr des Längerdienenden und stieß den Kolben hart auf die Erde:

„Wir haben nur eine Strafe, Tschausch Nurhan, diese da! Alles
andre ist lächerlich! War's nicht lächerlich, daß man den
Kilikian in die Baracke gesperrt hat, wo er dann der Nachbar
des armen Krikor war? Um die Bande bei dem Feuer zu
strafen, hätten wir sie alle erschießen müssen."

„Das hätten wir auch müssen! ... Jetzt aber werden wir eine
neue Einteilung machen, Effendi..."

Gabriel Bagradian blieb stehn:

„Ich werde eine neue Einteilung machen, Tschausch Nurhan,
etwas ganz und gar Neues..."

Er sprach nicht weiter, denn über dieses Neue war er sich noch
immer durchaus nicht klar.

Als am Morgen des sechsten September die Frauen zu den
Fleischbänken kamen, um den Tagesanteil der Familien einzuholen, da erhielt nur mehr ein Teil von ihnen Knochen, an
denen einige Flechsen hingen. Verzweifelt stürzten sich die
Mütter auf die Muchtars, die an den einzelnen Dorfbänken die
Verteilung leiteten wie immer. Die Ortsschulzen wichen zurück, grün und grau wie das schlechte Gewissen. Man habe
auf Anordnung des Führerrates die besten Teile in die Stellungen hinausgebracht, so stammelten sie, denn die Krieger
müßten ja für die zu erwartenden Kämpfe bei Kräften sein.
Was aber die allerletzten Geißen und Esel anbelangt, so
dürften sie auf Ratsbeschluß nicht geschlachtet werden, die
Ziegen nicht wegen der Milch für die kleinsten Kinder, und
die vier letzten Tragtiere nicht, weil sie für den Kampf notwendig seien. Es bleibe nichts anderes übrig, als daß sich die

Familienmütter in den nächsten Tagen selbst nach Nahrung umschauten. Sie müßten jetzt versuchen, aus allerhand Pflanzen, aus Arbutuskirschen, Eicheln, Feigenkaktus, Wildbeeren, Wurzeln und Blättern eine Brühe herzustellen, die wenigstens über den Schmerz des Hungers hinweghelfe. Während die Muchtars solche trostlose Ratschläge erteilten, duckten sie sich und hielten die Hände vors Gesicht, denn sie waren gewärtig, daß die Weiber in ihrer Wut sie erdrosseln und zerreißen würden. Doch es geschah etwas andres. Die Frauen senkten die Köpfe und erstarrten. Die fiebrische Unruhe in ihren Augen verwandelte sich in jenen gelähmten Ausdruck von damals, als der Blitz des Verschickungsbefehls in die Dörfer eingeschlagen hatte. Die Muchtars atmeten auf. Sie hatten nichts mehr zu fürchten. Der Weiberhaufen löste sich. Es waren ihrer mehrere hundert, alt und jung, hübsch und häßlich, doch alle in bejammernswertem Zustand, abgezehrt, verfallen. Die Stattlichsten noch konnte ein Wind umwerfen. Sie kehrten den leeren Verteilungsbänken langsam den Rükken. Die vielen Füße setzten sich schwerfällig in Bewegung, als müßten sie an ihren nackten Sohlen oder an den Absätzen der ausgetretenen Pantoffeln die ganze steinichte Elendserde des Damlajik mit sich schleppen.

Eine kleine Weile später ergoß sich dann die ganze Schar strahlenförmig über das Plateau des Berges, verteilte sich zwischen den Felsen der Steilseite und wagte sich sogar in die grünen Lücken der Talseite, die der große Brand übersprungen hatte. Die Kinder liefen mit, darunter auch Drei- und Vierjährige, die den Müttern immer wieder zwischen die Beine gerieten und die Arbeit hemmten. Ja, hätte man wie früher über den Nordsattel hinausgehen können, dann wäre noch Hoffnung vorhanden gewesen, irgendwelche nahrhaften Überraschungen anzutreffen. Das Revier innerhalb der Verteidigungsgrenzen aber war ausgesogen und abgenagt wie der Beuteknochen eines wilden Hundes. Ein Teil der Frauen durchstreifte zum hundertstenmal die Arbutus- und Heidelbeerplätze, um das Überbleibsel früherer Pirschgänge aus dem Gedörn zu raufen. Andre versuchten auf den Felswänden jene seltenen Stellen zu erklettern, wo der Feigenkaktus wuchs, dessen große fleischige Früchte als höchste Kostbarkeit galten. Aber was half das? Alle Gedanken schrien nach Fett und Mehl, nach einem Stückchen Schafbutter, nach einem Bissen

Käse. Was man auch hinunterschlang, das betäubte zwar im Augenblick den Magen, nicht aber das phantasierende Verlangen nach Fett und Brot. Der Kaffee und Zucker des Agha, von dem jeder ein wenig zu schmecken bekommen hatte, die zähen Portionen grobtrockenen Eselfleisches in den letzten Tagen (der Zwieback der Schwimmer fiel nicht ins Gewicht), dies alles war eine Ursache mehr, daß sich angesichts des absoluten Hungers das Verlangen zur krankhaften Raserei steigerte.

Auf Pastor Arams Fischfang lag kein Segen. Mangels der richtigen Behelfe war es unmöglich, ein in der Brandung haltbares Floß zu zimmern, und auch die Netze hatten sich als wertlos erwiesen. Ebensowenig aber lachte den Vogelstellern ein Erfolg, obgleich ihre Lockgabeln und Klappnetze den Anforderungen entsprachen. Hier aber blieben die Vögel aus, welche ihre nördlicheren Sommerfrischen noch nicht verlassen hatten; Wachteln, Schnepfen, Wildtauben jedoch gingen so kindlichen Künsten nicht in die Falle. Allein es gab noch Kräfte wie Nunik, Wartuk, Manuschak und die Ihren. Die waren seit undenklichen Zeiten schon gewohnt, von der Erde in den Mund zu leben. Unten im Tal und oben auf dem Damlajik war seit siebenunddreißig Tagen nicht einmal mehr der Abfall für sie abgefallen. Nunik erbarmte sich der armen Weiber. Die Friedhofsleute hatten immer jenseits des Volkes gehaust und ihren Ausschluß aus der Gemeinschaft als naturgegeben hingenommen. Daß Klageweiber, Bettler, Blinde, Krüppel, Sieche, Verrückte nicht unter den Lebendigen zu wohnen haben, daran zweifelte keiner von ihnen und sie nährten daher auch keinen rachsüchtigen Haß gegen ihre Volksgenossen, die ihr lichteres Dasein mit härterer Arbeit bezahlen mußten. Die Klageweiber gar, die die Toten bejammerten und die Gebärenden vor den bösen Geistern schützten, fühlten sich trotz allem als Persönlichkeiten von notwendigem Wert und unbestrittener Würde. Sie halfen ja den Generationen in diese Welt herein und aus dieser Welt hinaus. In ihren magischen Handhabungen verwalteten sie gewissermaßen jene wichtigen Geheimmittel des Seelenheils, welche Ter Haigasun und die Kirche nicht anwenden durften. Brot und Fett aber konnte selbst eine Nunik nicht herbeizaubern. Doch sie half nun den hungernden Frauen, indem sie eine ihrer eigenen Nahrungsquellen preisgab. Ein unglaubwürdiges

751

Bild war's, als diese Alte, an deren Hundertjährigkeit gläubige
Gemüter nicht zweifelten, sich mühelos auf eine der Felswände
herabließ, mit ihren dürrbraunen Füßen prüfend Halt suchte
und sicheren Griffs weiterturnte, um alsbald in einer Spalte
zu verschwinden. Nur drei Mädchen wagten es, Nunik diese
Kletterei nachzumachen. Die andern Frauen schauten ihr
ratlos zu. Doch auch die jungen Geschöpfe kamen kaum vom
Fleck, klammerten sich krampfhaft an die Felsgewächse, ihre
Füße zitterten bei jedem Tritt und der Münzenschmuck
machte ein Angstgeklingel. Freilich, der aufgewandte Mut
schien sich lohnen zu wollen. In der Felsspalte hatte Nunik
einen Brutplatz von Möwen und anderen Meervögeln entdeckt
und verraten. Die Frauen konnten ein paar Körbe voll kleiner
Möweneier nach Hause bringen. Doch auf tausend Familien
verteilt, bedeuteten sie nur eine kaum sichtbare Zubuße zum
Nichts.

Während die verzweifelte Expedition der Weiber im Gange
war, tagte der Führerrat. Noch ahnten die Männer nicht, daß
sie das letztemal in der Regierungsbaracke zusammen saßen.
Vor dem verlassenen Sterbelager Krikors von Yoghonoluk
stand unverändert die Bücherwand, die der Apotheker zwischen sich und der Welt errichtet hatte. Die Bücher schienen
ihrem Herrn nachgestorben zu sein, so erfroren standen sie da,
wie durch Leichenstarre zu abwehrenden Quadern versteift.
Doch nicht nur die Bücher waren vom Tode berührt. Auch
Ter Haigasuns wachsfarbiges Antlitz sah aus, als sei es seine
eigene Totenmaske. Er zählte mit seinen scheuen und unzugänglichen Priesteraugen die Versammelten ab. Alle waren
da, bis auf den Toten und Hrand Oskanian, der es nicht
gewagt hatte, das Verbot Ter Haigasuns zu mißachten. Doch
der zwirnsdünne Asajan saß da, sein Freund, der alte Feind
und Hasser Ter Haigasuns. Der Schweiger hatte den Kirchensänger bis vor einer halben Stunde noch mit all seiner
zänkischen Eindringlichkeit bearbeitet, er möge ihn rächen, die
Führer durcheinanderbringen und die Gegensätze immer
wieder verschärfen. Asajan war jedenfalls bereit, seinem alten
Quälgeist in Kirche und Schule auch heute noch jeglichen Tort
anzutun. Als letzter trat Bedros Hekim in die Runde. Auf
seinen morschen Beinen, die immer krummer wurden, wackelte
er zu den Büchern und warf einen langen Blick in die leere

Koje. Dann erst drehte er sich zur Versammlung um:
„Laßt uns des Apothekers gedenken! Er war ein verrückter
Bursche, weiß Gott, aber ein Mann wie Krikor kommt nicht
wieder zur Welt..."

Das war eine im Ton recht grobe Totenrede, doch dem Redner
selbst ging sie nahe, denn er seufzte plötzlich tief auf. Ter
Haigasun faltete die Hände:

„Der Arzt hat recht. Laßt uns einen Augenblick Krikors
gedenken. Er hat das Ende nicht abgewartet. Gott wird seiner
Seele gnädig sein."

Auch die andern falteten die Hände und versanken in sich. Bei
den meisten war's nur eine Förmlichkeit. Gabriel Bagradian
aber senkte den Kopf sehr tief, um sein Gesicht nicht zeigen
zu müssen, das freilich nicht Krikors wegen verzerrt war. Nach
dieser flüchtigen Gedächtnisfeier erteilte Ter Haigasun sofort
dem Pastor Aram das Wort. Die heutigen Beratungen und ihr
unglücklicher Ausgang waren durch die Spannung vorher-
bestimmt, die zwischen Aram Tomasian und Gabriel Bagradian herrschte. Der Pastor hatte Gabriel noch immer nicht zur
Rede gestellt. Vor seinem eigenen Gewissen führte er eine
Menge Gründe ins Treffen, um seine Zaghaftigkeit zu rechtfertigen. Seit einigen Tagen schon lebte er ununterbrochen
unten an der Küste, in vergeblicher Erwartung des Fischer-
glücks. Ganz selten nur kam er ins Lager hinauf, wenn ihn Ter
Haigasun rufen ließ. Dies war die äußere Ausrede vor sich
selbst. Ferner hatte Bedros Hekim seine Frau zur vollen Pflege
abgeordnet, wodurch die ärgste Schande für Iskuhi abgewendet war. Auch Bagradian lebte wieder in der Nordstellung,
und Zeugen berichteten, daß er den Dreizeltplatz überhaupt
nicht mehr betrat. Mit solchen Feststellungen, die sich noch
vermehren ließen, beruhigte der Pastor seine Seele oberflächlich. Im Grunde aber kannte er die Wahrheit über seine
Gefühle genau. Er litt an einer unüberwindlichen Scheu, mit
Bagradian darüber zu sprechen. Es war eine aus Keuschheit,
Achtung und Widerwillen quälend gemischte Empfindung.
Und dann, Aram liebte Iskuhi; jetzt, da er ihr aus dem Wege
ging, da Howsannah seine Schwester in zügellosen Ausbrüchen
verfemte, jetzt liebte er sie doppelt. Immer wieder klangen ihm
ihre Worte in den Ohren: „Ich bin neunzehn Jahre alt und
werde keine zwanzig werden." Tomasian wollte den Konflikt
nicht auf die Spitze treiben. Er wußte, daß Iskuhi zu allem

entschlossen war, auch zum vollständigen Bruch mit der Familie; das hatte sie dem Vater offen gesagt, als er sie beschworen hatte, den Dreizeltplatz zu verlassen. Wozu diese Qual noch, dachte Tomasian. Die Tage schleppen sich hin und einer der nächsten wird der letzte sein. Und eins noch: Iskuhi hatte nie gelogen und auch jetzt log sie nicht, wenn sie sagte: „Zwischen mir und Gabriel Bagradian ist nichts vorgegangen." Die große Sünde war also nicht geschehen. Vielleicht aber wird Gott einen ganz neuen, ganz unerwarteten Weg weisen, der alles verwandelt. Um die Erkenntnis dieses Weges oder Ausweges rang Pastor Aram in seinem täglichen Gebet. Er glaubte auch schon, ihm auf der Spur zu sein.

Die erste Begegnung mit Gabriel Bagradian hatte Aram mit Verlegenheit und Erbitterung erfüllt. Er konnte sich kein einziges Wort der Teilnahme abpressen, obgleich er Gabriel seit Stephans Tod nicht gesehen hatte. Es mußte allgemein auffallen, daß er ihn, auch während des unmittelbaren Gespräches, anzusehen vermied. Die Sitzung begann jetzt mit Tomasians Bericht über die verzweifelte Lage:

„Das Beschlossene ist geschehen. Wir haben nun alles Fleisch ausgegeben. Nur für die Zehnerschaften wurde der letzte Teil heimlich zurückgehalten. Es reicht aber höchstens für zwei Tage noch. Die Frauen und Kinder haben ihren ersten vollkommenen Fasttag, wenn man das Essen der vorhergehenden Tage nicht auch als Fasten bezeichnen will."

Muchtar Thomas Kebussjan hob die Hand, nachdem er sich mit dem ungleichen Blick seiner Augen versichert hatte, daß alle Parteigänger vom letzten Mal auf dem Posten waren:

„Ich sehe nicht ein, warum man den Leuten aus den Zehnerschaften zu essen gibt und die Frauen und Kinder fasten läßt. Junge kräftige Männer vertragen eher einen Stoß."

Hier griff Gabriel Bagradian sofort in die Verhandlung ein:

„Das ist doch sehr einfach einzusehn, Muchtar Kebussjan. Die Kämpfer müssen jetzt bei Kräften sein, mehr als je."

Um den Befehlshaber der Verteidigung zu unterstützen, lenkte Ter Haigasun von der Ernährungsfrage ab:

„Vielleicht sagt uns Gabriel Bagradian seine Ansicht über die wahren Kräfte der Zehnerschaften."

Gabriel machte eine Handbewegung auf Tschausch Nurhan hin:

„Die Verfassung der Zehnerschaften ist nicht viel schlechter als vor dem letzten Kampf. Erstaunlich genug, doch es ist so, und Tschausch Nurhan wird es bestätigen. Die Verteidigungswerke sind aber viel stärker und besser als damals. Die Angriffsmöglichkeiten der Türken haben sich sehr verringert. Im großen und ganzen bleibt ihnen nur der Norden übrig, und alle Vorbereitungen beweisen das auch. Die Bastion werden sie trotz ihres Generals nicht anzugreifen wagen, das ist so gut wie sicher. Mit der Besatzung dort kann man, wie wir alle wissen, keine besondere Ehre aufstecken. Ich beabsichtige aber, Tschausch Nurhan für ein oder zwei Tage hinzuschicken, damit er Ordnung mache. Der Angriff der Türken im Norden wird furchtbarer sein als alle früheren zusammengenommen. Es handelt sich darum, ob und wieviel Artillerie sie haben. Wir konnten es bisher noch nicht erkunden. Davon hängt alles ab. Das heißt, wenn wir nicht ein neues Mittel ergreifen ... doch davon werde ich später sprechen ..."

Ter Haigasun, der nach seiner Art mit gesenktem Haupt und in fröstelnder Haltung zugehört hatte, konnte die große Frage nicht unterdrücken: „Gut, aber was dann?"

Gabriel Bagradian, von einem brennenden Durst nach dem Ende und der Befreiung erfüllt, erhob seine Stimme viel zu hallend für den dumpfen Raum:

„Bedenken wir doch! In dieser Stunde stehen Millionen Männer der ganzen Welt im Schützengraben, wie wir. Sie erwarten den Kampf oder sie kämpfen, bluten, sterben, wie wir. Dies ist der einzige Gedanke, der mich beruhigt und tröstet. Wenn ich daran denke, dann bin ich nicht schlechter, nicht ehrloser als einer von diesen Millionen. Und so wie ich, wir alle! Wenn wir kämpfen, sind wir nicht mehr Kot, der irgendwo am Euphrat verfault. Wenn wir kämpfen, haben wir Ehre und Würde. Deshalb dürfen wir nichts andres vor uns sehn und nichts andres wollen als den Kampf."

Diese heroische Auffassung der Sachlage schienen aber die wenigsten zu teilen. Das „Was dann?" des Priesters pflanzte sich in der Runde fort. Gabriel sah sich erstaunt um:

„Was dann? Ich habe geglaubt, wir sind uns alle einig darüber. Was dann? Hoffentlich nichts mehr!"

Hier kam für Asajan eine gute Gelegenheit, sich seinem Freunde gefällig zu erweisen. Der schwarze Lehrer hatte ihn beschworen, nichts zu versäumen, was Mißtrauen erwecken konnte, das heißt, wo es nur anging, auf den „Verräter"

Gonzague Maris und auf den geheimnisvollen Besuch des alten Agha hinzuweisen. Der Kirchensänger räusperte sich geziert:

„Der Heldentod, Effendi, ist nicht ganz uneigennützig. Ich wünsche mir nichts anderes. Auch will ich mir kein Urteil über Ihre geschätzte Gattin herausnehmen. Vielleicht haben Sie ihretwegen irgendwelche Verabredungen mit dem türkischen Pascha getroffen, der Sie vor einigen Tagen besucht hat. Man kann das nicht wissen. Was aber geschieht mit *unseren* Frauen, Schwestern, Töchtern, wenn ich fragen darf?"

Es gehörte zum Charakter Gabriels, daß er gegen vergiftete Pfeile der Bosheit und Gemeinheit durchaus nicht mit Schlagfertigkeit gewappnet war, hauptsächlich deshalb, weil es immer eine Weile dauerte, bis sie ihm ganz zu Bewußtsein kamen. Auch jetzt starrte er Asajan verständnislos an. Ter Haigasun aber, der Bagradian schon von Grund auf kannte, sprang ihm energisch bei:

„Sänger, hüte deinen Mund, ich warne dich! Willst du aber wissen, warum der Agha Rifaat Bereket aus Antakje den Effendi besucht hat, so werde ich dir's sagen. Gabriel Bagradian könnte längst im Hause des Agha in sicherem Frieden sein Brot und seinen Pilaw essen, denn der Türke hat ihm den Antrag gemacht und die gute Möglichkeit gegeben, sich zu retten. Unser Gefährte Bagradian aber hat es vorgezogen, uns die Treue zu halten und seine große Pflicht zu erfüllen bis zum letzten Augenblick."

Nach dieser Erklärung, die ein notwendiger Vertrauensbruch an Gabriel war, entstand eine längere, einigermaßen betroffene Stille. Außer Ter Haigasun hatte nur noch Bedros Hekim die Wahrheit gewußt. Man war übereingekommen, den Besuch des Agha dem Volke als einen reinen Freundschaftsakt darzustellen, der Bagradian galt. Die Stille dauerte an. Doch es wäre falsch zu glauben, daß sie die Hochachtung aller Versammelten für Gabriels vornehme Handlungsweise zum Ausdruck brachte. Bei den Muchtars zum Beispiel traf dies gleich nicht zu. Jeder von diesen geeichten Volksmännern legte sich im Geiste die Frage vor, wie er sich einer ähnlichen Versuchung gegenüber verhalten hätte. Und jeder von ihnen kam innerlich zu dem übereinstimmenden Schluß, daß sich dieser aus Europa zugereiste Enkel des alten geriebenen Awetis als ein schandbarer Narr und Einfaltspinsel benommen hatte.

Aram Tomasian brach als erster die betroffene Stille.

„Gabriel Bagradian", begann er, sah aber den Gegner nicht an, „empfindet immer als Militarist, als Offizier. Auch mir kann schließlich niemand den Vorwurf machen, daß ich im Kampf ausgekniffen bin. Doch ich empfinde nicht als Militarist. Ich empfinde anders. Wir alle empfinden anders als Bagradian, das läßt sich nicht leugnen. Hat es denn einen Zweck, wenn wir uns in einem neuen ungleichen Kampf verbluten, um allerbestenfalls drei Tage später ungeschoren zu verhungern? Und das wäre schon ein unausdenklicher Glücksfall. Was ist damit getan?"

Bis zu diesem Augenblick war Arams „Ausweg" ein ziemlich unbestimmtes Gedankenspiel gewesen, ohne rechte Wirklichkeit. Der erbitterte Drang, Bagradian zu widersprechen, gab dem vagen Plan auf einmal feste Formen und den Anschein gewissenhafter Wohlüberlegtheit:

„Ter Haigasun und ihr Männer alle müßt mir zugeben, daß wir hier oben auf dem Damlajik nicht weiterkommen und daß es besser wäre, wir bringen zuerst unsre Frauen und dann uns selbst um, als daß wir die Türken oder den Hungertod abwarten. Ich schlage deshalb vor, den Berg zu verlassen, morgen, übermorgen, so schnell wie möglich. Auf welche Weise dies am besten zu machen ist, das muß genau durchberaten werden. Ich stelle mir vor, wir wählen den Weg nach Norden, natürlich nicht auf den Höhen, die ja von den Türken abgesperrt sind, sondern der Küste entlang. Zum vorläufigen Ziel könnten wir die Hänge des Ras el Chansir nehmen. Die kleine Bucht dort ist gut geschützt und ganz gewiß fischreicher als die Küste hier. Wir brauchen kein Floß und die Netze werden genügen, darauf möchte ich euch mein Wort geben..."

Dies klang gar nicht so phantastisch, wie es vielleicht war. Vor allem brachte Arams Rede eine Aktion in Vorschlag und damit die ungenaue, aber beschwingende Aussicht, die Todesverlarvung des Damlajik durchbrechen zu können. Die bisher regungslosen Köpfe begannen, wie von einem leichten Wind bewegt, zu schwanken, bekamen Farbe. Nur Gabriel Bagradian blieb derselbe, als er jetzt, das Wort fordernd, seine Hand erhob.

„Es ist ein sehr schöner Traum, den sich Pastor Aram da ausgedacht hat. Ich bekenne, daß auch ich ähnliche Träume schon gehabt habe. Wir müssen solche Vorstellungen aber genau auf ihre Erfüllbarkeit prüfen. Ich will also — was ich als verantwortlicher Befehlshaber nicht darf — den allergünstigsten Fall annehmen, daß es uns nämlich in der Nacht gelingt, an den Türken vorbeizukommen und das Ras el Chansir zu erreichen. Ich will in meinem Leichtsinn noch viel weiter gehen und setze den Fall, daß die Saptiehs und das Militär den langen zerrissenen Zug von vier- bis fünftausend Menschen nicht bemerken, der sich, wir haben das zweite Mondviertel, an der hellen Steilküste entlang bewegt. Gut! Wir kommen ungehindert bis zu den Felshängen des Kaps. Dort müssen wir zuerst einen großen Vorsprung umgehn, weil sich die kleine Bucht erst jenseits des Kaps in den Felsen einschneidet ... Unterbrechen Sie mich nicht, Pastor, Sie können sich auf meine Worte verlassen, ich habe die Karte genau im Kopf ... Ob diese Buchten nur nackte Felsrisse sind oder ob sie irgendeine bewohnbare Fläche bieten, weiß ich nicht. Aber ich will noch einmal zu Tomasians Gunsten die glücklichste Möglichkeit annehmen. Wir finden also einen ausreichenden Lagerplatz, und die Türken sind derart mit Blindheit geschlagen, daß sie sechs, ja meinetwegen acht Tage brauchten, um ihn aufzustöbern. Jetzt aber muß ich mir die allerwichtigste Frage stellen: Was ist damit gewonnen? Antwort? Wir haben das Bekannte mit dem Unbekannten vertauscht. Wir haben die verbrauchten, verhungerten Körper der Frauen und Kinder einem langen Klettermarsch über weglose Klippen und Felsen ausgesetzt, den sie wahrscheinlich gar nicht überwinden können. Anstatt unseres gut eingelebten Lagers müssen wir eine neue Siedlung schaffen, ohne Kraft und ohne Mittel. Das sieht wohl jeder ein! Da uns die Tragtiere fehlen, so bleiben natürlich auch alle Betten und Decken, alles Kochgerät und Handwerkszeug auf dem Damlajik zurück. Ohne unsre Sachen aber können wir kein neues Leben beginnen, selbst wenn wir in ein Paradies kämen, wo das Brot auf den Bäumen wächst, das wird auch der Pastor nicht leugnen. Wir verlassen eine erprobte und starke Festung, vor der die Türken den größten Respekt haben. Wir tauschen einen beherrschenden Platz auf der Höhe mit einem hilflosen Platz in der Tiefe, der keine Deckungen bietet. Binnen einer halben Stunde werden wir abgefangen sein, Tomasian. Einen großen Vorteil haben wir freilich. Die letzte Flucht ins Meer dürfte dort unten kürzer sein als der Sprung von der Schüsselterrasse hier oben. Jedenfalls, so fürcht ich, werden die Fische mehr an uns zu fressen bekommen als wir an ihnen."

Aram Tomasian hatte diese klaren Darlegungen Gabriels mit gereizten Zwischenrufen begleitet. Die Stimme der Besonnenheit, die ihn mahnte, sich in dieser Entscheidungsstunde nicht von dumpfen Gefühlen treiben zu lassen, verlor immer mehr an Macht. Während er Bagradian mit kaum beherrschter Heftigkeit angriff, sah er ihn auch weiterhin nicht an:

„Gabriel Bagradian vertritt seinen Standpunkt immer sehr selbstherrlich. Uns billigt er keinen eigenen Verstand zu. Wir sind armselige Bauern. Er steht hoch über uns. Nun, ich will das gar nicht leugnen. Wir sind einfache Bauern und Handwerker und nicht seinesgleichen. Doch, da er uns so viele Fragen gestellt hat, so möchte auch ich ihm einige Fragen vorlegen. Er, als ausgebildeter Offizier, hat aus dem Damlajik eine gute Festung geschaffen, zugegeben! Aber was nützt uns diese ganze Festung und der Damlajik heute? Nichts! Im Gegenteil, er hindert uns daran, einen letzten Weg der Rettung zu suchen. Wenn die Türken klug sind, so lassen sie sich in gar keinen Kampf mehr ein, da sie ja ihr Ziel in ein paar Tagen ohne jeden Verlust erreichen können. Doch ob es nun zu einem Kampf kommt oder nicht, wo ist eine neue Idee, ein neuer Versuch, dem Tod zu entkommen? Es ist jedenfalls die bequemere Art, hier oben in den gewohnten Verhältnissen zugrunde zu gehen. Man braucht sich dabei wenigstens nicht anzustrengen. Ich aber halte dieses faule Hinnehmen, dieses schlappe Verkommen für verächtlich. Und die Frage aller Fragen: Was für Vorschläge hat Gabriel Bagradian gegen den Hunger zu machen? Genügt es, wenn er meine Versuche mit dem Fischfang bespöttelt? Es ist und bleibt leider das einzige, was geschehen ist. Hätte man mich unterstützt, anstatt alle kräftigen Männer immer und immer nur exerzieren zu lassen, wären wir auch erfolgreicher gewesen..."

Der Pastor, der bisher wenigstens die äußere Ruhe gewahrt hatte, sprang jetzt leidenschaftlich vor und schrie:

„Ter Haigasun, ich stelle einen sehr ernsten Antrag. Alles noch vorhandene Vieh wird geschlachtet, gebraten und verteilt. Aufbruch in der nächsten, spätestens übernächsten Nacht. Lagerung an einer der Felsbuchten, die Fischreichtum verspricht!"

Die rasche und schroffe Art dieses Antrags verwirrte die

759

schwerfälligen Köpfe. Die Muchtars begannen sich auf ihren Bänken unbehaglich hin und her zu wenden wie betende Moslems. Der alte Tomasian, Arams Vater, blinzelte erschrocken. Kebussjan aber wischte seine schwitzende Glatze, und jammernd entrang es sich ihm:

„Wären wir in die Verschickung gegangen ... lebend oder tot ... wir hätten es besser..."

In diesem Augenblick zog Ter Haigasun einen zerknitterten Zettel aus seinem Kuttenärmel. Die gute Gelegenheit war da, nicht nur Kebussjans Stoßseufzer zu beantworten, sondern auch den Damlajik gegen Aram zu verteidigen. Er verlas den Schicksalszettel ziemlich leise und fast ohne Ausdruck:

„Harutiun Nokhudian, Pastor von Bitias, an den Wartabed der Küste bei Suedja, Ter Haigasun von Yoghonoluk. Frieden vorerst und langes Leben für Dich, geliebter Bruder in Christo, Ter Haigasun, und für all meine geliebten Landsleute oben auf dem Musa Dagh, oder wo Ihr sonst sein möget, hoffentlich aber noch auf dem Berge. Wenn Gott es will, so wird Dich dieser Brief erreichen; ich händige ihn einem gütigen türkischen Offizier ein. Unser Gottvertrauen ist auf eine schreckliche Probe gestellt worden, und der Herr würde uns sicher verzeihen, wenn wir es verloren hätten. Während ich dies schreibe, liegt die sterbliche Hülle meiner engelsguten heiligmäßigen armen Gefährtin unbegraben neben mir. Sie hat, wie Du Dich erinnern wirst, immer für mein Leben gezittert und wegen meiner schwachen Gesundheit nie geduldet, daß ich mich anstrengte, daß ich barhaupt ins Freie ging oder mich allzusehr an belebenden Getränken erfreute, welche sündige Schwäche mir einwohnt. Jetzt hat sich alles verkehrt. Ihr flehentliches Gebet wurde erhört, sie ist vor mir dahingegangen, verhungert, und hat mich verlassen, die Böse! Ihre letzte Tat war es, daß sie mir in der Morgenkälte der Steppe ihr eigenes Halstuch aufzwang. Gott straft mich wie Hiob. Ich, der Schwache, Kranke, Hustende, Elende, habe Kräfte, die nicht ausgehen wollen und die ich tausendmal verfluche. Meine irdische Beschützerin aber ist gestorben, und ich überlebe alle. Von meiner Gemeinde wurden die jungen Männer in Antakje abgesondert, wir wissen nichts von ihnen, die andern sind tot bis auf siebenundzwanzig, und ich fürchte, ich werde der letzte sein müssen, ich, der ich nicht kräftig und würdig genug bin. Wir bekommen jetzt täglich etwas Brot und Bulgur, weil

Kommissionen dagewesen sind, dies aber verlängert die Qual nur. Vielleicht kommen an diesem Tag noch Inschaat Taburi, um die vielen, vielen Leichen zu begraben. Sie werden mir dann auch meine Gefährtin nehmen und ich muß noch sehr dankbar sein dafür. Das Blatt ist nun vollgeschrieben. Leb wohl, Ter Haigasun, wann werden wir wieder vereint sein . . ."

Der Priester hatte auch die letzten Zeilen noch tonlos wie eine sachliche Mitteilung gelesen. Dennoch hängte sich jede Silbe wie ein Uhrgewicht an die bärtigen Köpfe der Männer und zog sie nieder. Bedros Hekim erhob seine Stimme, die schartig und rostig wie ein Messer war:

„Ich glaube, daß sich Thomas Kebussjan daraufhin nicht mehr nach den Segnungen der Deportation sehnen wird. Wir haben nun achtunddreißig Tage hier oben gelebt, unser eigenes Leben, es war schwer, aber ganz anständig, mein ich. Schade, daß keiner von uns später die Gelegenheit haben wird, darauf stolz zu sein. Im übrigen stelle ich den Antrag, daß Ter Haigasun den Brief Nokhudians öffentlich auf dem Altarplatz verliest."

Der Antrag fand lebhafte Zustimmung. Denn in der Stadtmulde ging der Seufzer Kebussjans, „wären wir nur in die Verschickung gegangen", schon recht lange um. Gabriel war die ganze Zeit über unbeteiligt und in seine eigenen Gedanken versunken dagesessen. Er kannte ja den Brief des kleinen Pastors schon. Sein Sinn beschäftigte sich mit der auffahrenden Feindseligkeit, die Aram Tomasian während der Beratung ihm gegenüber zeigte. Gabriel spürte genau, daß Iskuhi der Grund war. Um so weniger aber wollte er auf den verletzenden Ton Arams eingehen. Es war eine sehr große Sache, die er vorzuschlagen hatte. Er bemühte sich deshalb in seinen Worten um höchste Milde und Versöhnlichkeit:

„Es fällt mir nicht ein, die Pläne und Taten Pastor Arams zu verspotten. Von allem Anfang an hab ich den Plan der Fischerei für gut gehalten. Wenn der Erfolg ausblieb, so ist nicht der gute Gedanke daran schuld, sondern die schlechten Gerätschaften. Was aber den Plan eines neuen Lagers anbetrifft, so habe ich pflichtgemäß zeigen müssen, daß er nicht nur unausführbar ist, sondern noch dazu das Ende beschleunigt und verschärft. Dagegen hat Aram Tomasian mit vollem Recht die Frage an mich gestellt, was ich gegen den Hunger zu tun gedenke. Paßt gut auf, Männer! Ich werde jetzt auf alle

Fragen zugleich eine Antwort geben..."

Auch Gabriel Bagradian improvisierte in gewissem Sinne ähnlich wie der Pastor. Auch er hatte diesen Einfall, den er jetzt mit aller Schärfe entwickelte, nachts unter anderen Einfällen hin und her gewendet, ohne ihn noch ganz ernst zu nehmen. Aber dies ist nun einmal so: Wird eine Idee oder eine Absicht in Worte gefaßt, so gewinnt sie damit die erste Stufe der Wirklichkeit und ein eigenes Schwergewicht. Er wandte sich an Nurhan Elleon, an Schatakhian und all diejenigen, von denen er Unterstützung erwartete:

„Es gibt ein altes Mittel, das alle Belagerten seit je anwenden ... Die Türken haben ihr Lager auf den Musa Dagh verlegt. Wenn sie auch sechs oder acht Kompanien haben sollten und Gott weiß wieviel Saptiehs, so brauchen sie doch einen großen Teil dieser Truppen, um den Berg abzuriegeln. Ihr müßt euch nur ausrechnen, wie groß die Strecke von Kebussije etwa bis Arsus ist. Es ist klar, daß sie uns aushungern wollen und daß sie deshalb mit ihrem großen Angriff noch ein paar Tage warten werden. Das beweist auch die Abreise ihres Generals, der den Angriff leiten soll. Wie wichtig sind wir ihnen! ... Ich nehme an, daß dieser General mit seinen Offizieren, dem Kaimakam und vielleicht noch andren hohen Persönlichkeiten sehr bald zurückkehren und in meinem Hause wohnen wird ... Also, ich will einen Ausfall versuchen, verstehst du, Ter Haigasun? Folgendermaßen! Wir werden aus den besten Zehnerschaften eine Überfallgruppe zusammenstellen. Ob es vier- oder fünfhundert Mann sein sollen, das weiß ich noch nicht. Bis heute abend werde ich die ganze Unternehmung genau ausgedacht und berechnet haben. Zwischen den Brandstellen gibt es Wege genug, um ins Tal zu kommen. Sie müssen genau ausgekundschaftet werden. Meines Wissens aber hat das Militär unten nur Patrouillen aufgestellt, die in der Nacht das Tal und die Vorberge abstreifen. Man muß da eine Streifungspause erwischen, was nicht schwer ist. Um zwei oder drei Uhr Mitternacht überfallen wir ... wie? ... nein, nicht Yoghonoluk, so weit kommen wir gar nicht ... wir überfallen mit unserer ganzen Übermacht mein Haus. Die Zahl der Schutzmannschaft dort wird natürlich vorher ausgeforscht werden. Außer den Offiziersdienern rechne ich allerhöchstens mit einem Zug Infanterie oder Saptiehs. Die Torwachen werden niedergemacht, Garten und Stallungen schnell besetzt. Alles

Nähere gehört übrigens nicht hierher. Es ist meine und Tschausch Nurhans Sache. Mit Gottes Hilfe werden wir den General, den Kaimakam, den Müdir, den Jüsbaschi und die anderen Offiziere gefangennehmen. Wenn uns die volle Überrumpelung glückt, so können wir binnen zwei Stunden die mächtigen Herrschaften sowie eine Menge Tragtiere und vielleicht sogar Mehl und Proviant in der Stadtmulde haben."

„Jetzt träumt Gabriel Bagradian", krähte der Kirchensänger, Oskanians Sendling. Der sanfte Schatakhian aber sprang enthusiastisch auf:

„Ich finde, daß Bagradian wieder einmal die einzige kühne Idee hat. Sie ist noch großartiger als alles Frühere. Wenn es wirklich gelingt, die Villa zu überrumpeln und einen General, einen Kaimakam, einen Jüsbaschi gefangenzunehmen, ja, dann lassen sich die Folgen gar nicht übersehn..."

„Sie lassen sich genau übersehn, Lehrer", schnitt ihm Aram Tomasian mit hochmütiger Verächtlichkeit das Wort ab. „Wenn wir einen der höchsten Offiziere und einen der höchsten Beamten gefangennehmen, dann hört für die Türken der Spaß auf. Dann kommen sie mit Regimentern und Brigaden. Falls Gabriel Bagradian meint, das Militär werde mit ihm um das Leben der Geiseln schachern und Zugeständnisse machen, da irrt er sich gewaltig. Der Tod eines Generals und eines Kaimakams durch armenische Rebellen kommt ihnen sehr zustatten. Dann haben sie vor dem ganzen Ausland und Inland die stärkste Rechtfertigung für ihre Verschickungspolitik in der Hand. Solche Geschichten sind ihnen höchst willkommen. Was wißt ihr Leute von Yoghonoluk? Ich aber habe Zeitun erlebt."

„Nicht Gabriel Bagradian, sondern du irrst dich gewaltig, Pastor, trotz deinem Zeitun." Schatakhian kochte auf. „Ich kenne Ittihad, ich kenne die Jungtürken, wenn ich auch nur in Yoghonoluk gelebt habe. Die halten zusammen. Einen der Ihrigen opfern die nicht auf. Unter keinen Umständen. Point d'honneur! Der schmähliche Tod eines Generals und eines Kaimakams wäre für sie eine fürchterliche Niederlage in den Augen des Volkes, der sie sich gar nicht aussetzen können. Im Gegenteil, sie werden alles tun, um uns das Leben der Geiseln abzukaufen, mit Mehl, Fett, Fleisch, und sogar mit Freiheit..."

Der übermütige Optimismus Lehrer Schatakhians erregte den

Hohn der Zweifler. Wiederum begann wie bei der letzten Beratung ein leerer und erboster Streit, bei dem keine Ansicht mehr klar zur Geltung kam. Nur mischte sich diesmal das drohende Volk nicht ein. Auf dem Altarplatz lungerten zwar dichte Gruppen der Bevölkerung, sie waren aber zu matt und kraftlos, um Forderungen zu stellen oder aufzubegehren. Die Stadtwache lag teils hindämmernd, teils schlafend vor der Regierungsbaracke. In dem Beratungsraum aber tat Asajan sein Bestes, um den Streit nicht erschlaffen zu lassen. Er wagte es sogar, dunkel auf die Proviantschätze des Hauses Bagradian anzuspielen, deren sättigender Besitz noch immer zu mutigen Träumen verleitete. Die Anspielungen trafen ihr Ziel nicht. Gabriel hatte schon einige Tage vorher alles, was er noch an Konserven besaß, in die Nordstellung bringen lassen, damit es an die Zehnerschaften verteilt werde. Tschausch Nurhan Elleon, der gewaltige Längerdienende, nahte dem spindeldürren Kirchensänger mit unheimlicher Breitspurigkeit, legte ihm seine lederharten Finger um das Hälschen und versprach, daß er ihn beim nächsten unsauberen Muckser glatt erwürgen werde. Ter Haigasun, der nach seiner Gewohnheit den Lärm eine Weile lang ertrug, suchte mit der trockenen Bemerkung Ruhe zu schaffen, man möge den Zwist über die Brauchbarkeit des Generals und Kaimakams erst dann austragen, sobald man sie gefangen habe. Indessen hatte sich Aram Tomasians der leidige Dämon völlig bemächtigt. Er beging die ebenso grundlose wie törichte Unvorsichtigkeit, auf den orthodoxen Priester loszufahren:

„Ter Haigasun! Du bist das Oberhaupt und der Verantwortliche! Ich klage dich der Unentschlossenheit an. Du läßt alles gehn, wie es geht. Du willst es dir mit niemandem verderben. Es ist ein Wunder, daß wir bei deiner — wie nenn ich's — Gelassenheit den heutigen Tag überhaupt erlebt haben..."

Dieser Anwurf gegen die höchste Autorität — ein unerhörtes erstmaliges Ereignis — empörte den Freigeist Altouni so sehr, daß er den altgläubigen Wartabed gegen den protestantischen Pfarrer schreiend in Schutz nahm:

„Was hast du hier anzuklagen, junger Mensch? Das wäre noch schöner! Von uns und unserm Leben weißt du nichts, denn als kleiner Bursche hat dich dein Vater nach Marasch geschickt. Nimm dir also nicht mehr heraus, als dir zukommt!"

Zurechtgewiesen wie ein dummer Junge und unter seiner

eigenen Taktlosigkeit blutend, wurde Arams Stimme und Wesen noch schriller:

„Es mag sein, daß ich ein Fremder hier bin und euch nicht verstehe, obgleich ihr die wirklichen Fremden unter euch sehr wohl versteht. Meinen Antrag aber halte ich aufrecht. Mehr noch! Ich bin für mich und für meine Familie entschlossen, so zu handeln, wie ich es für richtig halte. Wo steht es übrigens geschrieben, daß wir alle bis ans Ende zusammenbleiben müssen? Es wäre viel klüger, das gesamte Lager aufzulösen. Jede Familie soll sich retten, so gut sie kann. Der volle Haufen auf einem Punkt ist viel leichter abzufangen. Wenn wir uns lose über die ganze Küste zerstreuen, dann wird ein Teil wenigstens auf irgendeine Weise am Leben bleiben. Ich aber will meine Familie, meine ganze Familie zusammenpacken und mit ihr einen Weg finden. Meine ganze Familie hab ich gesagt, Gabriel Bagradian..."

Während der vielen, oft sehr erregten Tagungen des Führerrates hatte Ter Haigasun niemals die Ruhe verloren. Selbst als er vor genau sechs Tagen Hrand Oskanian durch einen Fußtritt hinausbeförderte, geschah dies souverän, ohne daß er dabei aus der Fassung geriet. Auch jetzt zeigte er kein äußeres Erregungszeichen, als er sich erhob, sehr blaß und beinahe feierlich:

„Schluß! Unsere Beratungen haben keinen Zweck mehr. Das Volk hat uns den Auftrag der Führung gegeben. Ich erkläre hiermit heute am achtunddreißigsten Tage diesen Auftrag für erloschen, da der Führerrat nicht mehr die innere Kraft und Einheit besitzt, Entschließungen zu fassen. Wenn es möglich ist, daß ein Mann wie Pastor Aram Tomasian, der für die innere Ordnung und Ruhe die Verantwortung trägt, selbst unsere Gemeinschaft aufzulösen trachtet, dann kann man auch von keinem andern mehr Gehorsam und Unterwerfung fordern. Es tritt also in diesem Augenblick derselbe Zustand ein, wie er in den Dörfern vor der Wahl des Führerrates geherrscht hat. Die Muchtars übernehmen wieder die alleinige Sorge für ihre Gemeinden und ich, als Wartabed des Bezirkes, die Leitung der Gesamtheit. In dieser Eigenschaft fordere ich Gabriel Bagradian auf, den Befehl über die Verteidigung weiterzuführen wie bisher. Er ist in seiner Befehlgebung unabhängig. Ob er sich für einen Überfall entscheidet oder für eine andre Abwehrmaßnahme, ist seine Sache, und niemand hat ihm dreinzureden. In meiner Eigenschaft als Priester ordne ich ferner einen feierlichen Bittgottesdienst an, dessen Stunde ich noch bekanntgeben werde. Ich habe nicht das Recht, irgendeine Möglichkeit der Rettung abzuweisen. Infolgedessen wird Pastor Aram Tomasian nach dem Gottesdienst die Gelegenheit haben, seinen Antrag vor der Volksversammlung zu wiederholen und zu begründen. Die Mehrheit des Volkes kann dann selbst entscheiden, ob es den Berg verlassen will oder der Tapferkeit unserer Kämpfer und den Plänen ihres Führers weiter vertraut. Nach diesem Entscheid aber wird das Volk beschließen, daß jeder, der sich gegen den allgemeinen Machtspruch in Taten oder Worten auflehnt, auf der Stelle erschossen werden soll. — So! Hat jemand noch etwas vorzubringen?"

„Zehnmal einverstanden! Wenigstens hört endlich das öde Geschwätz auf", knurrte Bedros Hekim, der schon längst bei Krikors erbenloser Bücherburg stand und die bunten Tafeln in einem Band des alten Brockhaus bestaunte. Doch auch die Mehrzahl der anderen Führer war nicht unerfreut. So manchem kam die Diktaturerklärung Ter Haigasuns recht gelegen. In behaglicher Zeit ist es sehr erhebend, eine Führerrolle zu spielen, einen Schritt vor der Vernichtung aber taucht man lieber in der Masse unter. Auch die Muchtars waren nun wieder einfache Dorfschulzen und nichts mehr. Der im Park der Villa Bagradian von der großen Versammlung eingesetzte Führerrat löste sich ohne Protest sang- und klanglos auf. Ter Haigasun hatte einen weisen Schachzug getan und brachte zugleich ein furchtbares Opfer. Die Volksführung war von allen unzuverlässigen Seelen und Störenfrieden gesäubert. Er selbst aber mußte jetzt in diesem letzten Augenblick sein Volk durch den Tod Gott entgegenführen, er allein. Die Männer verließen schweigend die Regierungsbaracke.

Pastor Aram aber haßte Ter Haigasun, haßte Gabriel Bagradian und mehr als beide sich selbst. Kurz verabschiedete er sich von seinem Vater, ohne auf dessen verzweifelte Fragen Rede zu stehn. Die Verschickungstage von Zeitun stiegen zürnend auf. Hatte er nicht schon damals dem Evangelium Schande gemacht und seine Herde, seine Kinderherde am dritten Tage verlassen? Und war es kein pflichtvergessenes Auskneifen gewesen, als er seinen Amtsbruder Harutiun Nokhudian ziehen ließ, diesen reinen Blutzeugen des Herrn,

den alten schwachen Mann, der nicht wankte? Bitter erkannte
der Pastor, daß es immer die gleiche Sünde ist, die den
Menschen in die Falle lockt. Um wieviel gemeiner, schmählicher, verwirrter, selbstbesessener aber war er bei der heutigen
Prüfung durchgefallen! Aram Tomasian irrte zuerst eine
Zeitlang auf dem Damlajik umher, dann kletterte er den Steig
zur Küste hinab, um sich wieder mit den unlösbaren Problemen des Fischfangs zu befassen. Er empfand aber durchaus
keine Zerknirschung, sondern nahm mit Schrecken wahr, daß
es von Stunde zu Stunde in ihm verstockter wurde. Am besten,
den Volksentscheid gar nicht abwarten und, ohne Anträge zu
stellen, sich mit Howsannah und dem Kind einfach auf den
Weg machen! Kework als Diener reicht vollkommen aus. Den
Vater freilich muß man zurücklassen, er wird nicht fliehen
wollen. Die Schwimmer sind über Arsus ganz leicht nach
Alexandrette gekommen. Warum sollte eine kleine Familie in
drei Nachtmärschen, der Küste entlang, nicht auch Alexandrette erreichen können? Herr Hoffmann, der den Schwimmern Obdach geboten hat, wird als Protestant einen protestantischen Pfarrer nicht verjagen. Mit seiner Priesterschaft
war es nach solchem schmählichen Versagen natürlich zu
Ende. Tomasian tastete seine Brieftasche ab. Er besaß fünfzig
Pfund, viel Geld. Dann, sein Gesicht vor moralischem Widerwillen verzerrend, starrte er in das Brandungswasser zu seinen
Füßen. Und Iskuhi?

Es war aber dafür gesorgt, daß weder Gabriels noch Arams
Plan zur Ausführung kam, noch auch der Volksentscheid
stattfand. Der Damm bricht immer schon ein, ehe ihn die
Fluten überborden, und dann zumeist an einer unerwarteten
Stelle.
Im Umkreis der Südbastion gab es, gegen die Meerseite hin
gelegen, eine breite, mit verdorrtem Schafgras bewachsene
Fläche. Dort hatten sich Sarkis Kilikian und der umsichtige
Kommissär dieses Verteidigungsabschnittes, Hrand Oskanian,
gelagert. Ein paar Schritte abseits von ihnen spielte der Langhaarige mit zwei anderen Deserteuren dunkler Herkunft ein
Muschelspiel, die verschiedenen Wendungen der Partie mit
melodischen Ausrufen in allen Sprachen Syriens begleitend.
Der Lehrer versuchte nicht nur dem Russen mit großen
Worten gewaltig zu imponieren, sondern sprach so laut und

nachdrücklich, daß auch die verlotterten Spieler einiges von seinen verwegenen Ansichten abbekommen mußten. Den aufgeregten Versuchen des kleinen Mannes aber setzte Kilikian, lang ausgestreckt und Krikors kalten Tschibuk im Mund, ein beharrlich taubes Schweigen entgegen:

„Du bist ein gebildeter, ein studierter Mensch, Kilikian", eiferte der kraushaarige Lehrer, „also wirst du mich verstehn. Immer habe ich geschwiegen, weißt du, meine Gedanken waren mir zu gut. Nicht einmal zu dem Apotheker, der viele meiner Ansichten und Meinungen übernommen hat, hab ich darüber geredet. Du kennst das Leben, Kilikian, dich hat es umhergeworfen wie keinen. Siehst du, auch mich, wenn du vielleicht auch glauben wirst, Hrand Oskanian ist sein Lebtag nichts anderes gewesen als ein lächerlicher Lehrer in einem schmutzigen Dorf. Du weißt ja nichts von ihm. Er hat seine Idee! Und willst du sie hören? Schluß machen, verstehst du das, Schluß machen! Denn wozu alles andre?"

Sarkis Kilikian stützte sich auf und zerkrümelte in seiner Hand einen Rest des geschenkten Tabaks. Während alle andern den reinen blonden Tabak mit getrocknetem Laub vermischten, rauchte ihn der Russe ungemengt, ohne darauf zu achten, daß sein Anteil dadurch doppelt so schnell zu Ende ging. An dem Schweiger Kilikian hatte der ehemalige Schweiger Oskanian seinen Meister gefunden. Das Schweigen des Russen hätte einen Baum entblättern können. Dem Lehrer aber entlockte es einen prahlerischen Wortschwall, auf dem unverdaute und entwürdigte Geistesbrocken Krikors schwammen:

„Also du verstehst mich, Kilikian, wie ich dich verstehe, da brauchst du erst gar nicht zu reden. Wie du, glaube ich, daß es keinen Gott gibt. Warum sollte es auch solch einen Blödsinn geben? Die Welt ist ein dreckiger Klumpen, der herumfliegt. Lauter Chemie und Astronomie, sonst nichts. Ich werde dir ein Sternbuch des Apothekers zeigen. Da kannst du das alles auf Bildern sehn. Nichts als Natur. Wenn sie jemand gemacht hat, so war's der Teufel. Ein Schwein ist sie, ein unreines. Das Letzte aber kann sie uns nicht nehmen, Kilikian, du verstehst mich. Du kannst ihr ins Gesicht spucken, du kannst sie entehren, du kannst ihr den Stärkeren zeigen, du kannst aus ihr austreten. Siehst du, und das ist meine Idee! Ich, Hrand Oskanian, der ich klein bin, werde die Natur, den Teufel und den Herrgott zurechtweisen, strafen, ärgern. Giften sollen sie sich, die Herrschaften, über den Lehrer Oskanian, gegen den sie ohnmächtig sind, du verstehst mich. Ich habe schon Leute gefunden, die meine Idee verstehn. Nachts besuche ich die Hütten, haha, da kann Ter Haigasun nichts dagegen tun... Hast du dabei zugesehen, wenn der blöde Kework die Toten vom Felsen ins Meer wirft? Wie weiße Vögel fliegen sie davon. Das ist meine Idee. So wollen wir davonfliegen, du und ich und andre noch, ehe wir unfreiwillig krepiert sind. Ein kleiner Schritt und du weißt nichts mehr, ehe du noch das Wasser berührt hast. Du verstehst mich? Dann aber lösen wir uns im Meer auf. Das haben wir frei gewählt, und die Natur, der Teufel, die Türken und alle andern Halunken werden vor Wut zerplatzen, weil wir sie gezüchtigt haben, weil sie die Schwächeren geblieben sind. Du verstehst mich, Kilikian..."

Sarkis Kilikian lag längst wieder auf dem Rücken. Sein lethargischer Totenkopf starrte in das rasch ziehende Gewölk des Himmels. Nichts wies darauf hin, daß er dem Selbstmordhymnus Oskanians zugehört hatte. Der Langhaarige hingegen unterbrach das Spiel und äugte aufmerksam nach dem tückischen Besieger der Natur hin, als verstehe er die „Idee" und finde sie gar nicht so übel. Dann schob er sich etwas näher:

„Haben die bei den drei Zelten viele Kisten?"

Der Lehrer stutzte betroffen. Er hatte schmachvoll ins Leere geredet. Auch griff ihm die Erwähnung des Dreizeltplatzes immer peinlich an die Seele. Andrerseits aber bot sich jetzt die gute Gelegenheit, all diesen hochmütigen und hartgesottenen Burschen hier zu zeigen, wer man war, einer von den Notabeln, ein geschultes Mitglied der höheren Welt, ein gewählter Volksführer. Oskanians Ton hielt zwischen Geringschätzung und Protzerei die Mitte:

„Nur Kisten? Kisten sind das wenigste! Sie haben große Schränke, und sie haben Koffer, die wie Schränke sind. Darin hängen so viele Frauengewänder, wie der reichste Pascha sie gar nicht zusammenträumen kann. Und jedes ist anders. Denn sie trägt nicht nur jeden Tag, sondern dreimal täglich ein anderes Kleid. Am Morgen sind es weite Gewänder, rosafarben oder himmelblau. Die sehen aus wie feine Tscharschaffs ohne Schleier. Die Mittagskleider sind sehr knapp und lassen die Füße sehn, die nicht dreimal, sondern sechsmal täglich andre Schuhe tragen. Dies alles aber ist noch gar nichts gegen die

Gewänder des Abends..."

Der Langhaarige zergähnte die Aufzählung, in deren begeisterte Wehmut sich die dichterische Gabe Lehrer Oskanians
verirrt hatte:

„Was gehen mich die Gewänder an? Ich will wissen, was sie
dort für Proviant aufheben?"

Oskanian warf den Kopf zurück, der durch den krausen Bart
und das stachlige Haar so dicht verwachsen war, daß nur ein
kleiner gelblicher Gesichtsfleck hervorlugte:

„Das kann ich euch genau sagen. Niemand weiß das besser
als ich. Denn mich rief die Hanum unten in der Villa zu Hilfe,
als all diese Sachen ausgewählt und eingepackt wurden. Da
haben sie ganze Türme von silbernen Dosen, in denen Fische
in Öl liegen. Sie haben süßes Brot und Backwerk und Schokolade. Sie haben viele Krüge mit Wein. Sie haben amerika-
nisches Räucherfleisch und ganze Eimer mit Grieß und Haferflocken..."

Bei den Haferflocken hielt Oskanian inne. Plötzlich überkam
ihn eine sehr ekelhafte Empfindung. Es war ein lichter Moment, in dem ihm die ganze verbohrte Niedertracht bewußt
wurde, deren er sich seit seiner Liebesenttäuschung hem-
mungslos befleißigte. Seine niedrige Stirn begann zu schwitzen.
Er schlug sich trist aufs Knie:

„Schluß machen ... Schluß machen..."

Sarkis Kilikian aber meinte recht einsilbig und mürrisch:

„Werden wir auch ... morgen abend..."

Bei diesen schläfrig hingeworfenen Worten wurden die Hände
des kleinen Lehrers eiskalt. Und sie wurden durchaus nicht
wärmer, als Kilikian in vier gleichgültig knappen Sätzen seine
Absichten verriet. Oskanians kugelrunde Augen hingen so
starr an dem Gesicht des Russen, als vermöchte er mit dem
Gehör allein nicht aufzunehmen, was unter der Besatzung der
Südbastion schon lange abgekartet worden war. Sarkis Kilikian, die Deserteure und einige andre Männer noch, die unter
ihrem Einfluß standen, hatten genug vom Damlajik. Sie
wollten morgen in den ersten Nachtstunden ausrücken. Ein
schändlicher Verrat an der Volksgemeinschaft! Vielleicht
fühlte Kilikian als einziger etwas davon. Bei den andern aber
war durch ein vielmonatiges Wolfsleben der Idealismus auf-
gebraucht, an dem Gewissensbisse Nahrung finden. Mit der
unbelehrbarsten Naivität sahen sie in den Verteidigungs-

grenzen des Musa Dagh nicht ein strenges Kriegslager, dem sie zu getreuem Ausharren verpflichtet waren, sondern eine Herberge, deren Mietzins sie durch einen fast vierzigtägigen Waffendienst hoch bezahlt hatten. Jetzt brach gewissermaßen der Hunger den Vertrag, da bis auf einen widerlichen Knochenhaufen der Südbastion seit Tagen von den Herbergsleuten keine Nahrung geliefert worden war. Sollten sie wirklich langsam verhungern, nur um den Türken in die Hand zu fallen? Was ging sie das Volk der sieben Dörfer an? Nur eine kleine Minderheit stammte aus dem armenischen Tal. Sie hatten schließlich auch vor der Besitzergreifung des Musa Dagh durch Ter Haigasun und Gabriel Bagradian auf den Gebirgen des Landes gelebt und sich ernährt, so gut oder so schlecht es ging. Keiner von ihnen dachte daran, das Schicksal der fünftausend zu teilen. Wozu auch? Sie konnten sehr leicht ihr Leben retten. Für sie würde einfach wieder der Zustand vor den vierzig Tagen eintreten. Jenseits des Orontes, im Süden, erstreckte sich der kahle weitläufige Dschebel el Akra bis gegen Latakijeh hin. Dieser Dschebel Akra war nicht quellenreich und grün wie der Musa Dagh, sondern nackt, zerrissen, unwegsam und somit der idealste Aufenthalt für flüchtige Deserteure. Ein ganz einfacher Plan: Nachts wollten sie, etwa hundert Mann stark, an Habaste und den Ruinen vorbei in die Orontesebene einbrechen. Da alles Militär im Bergtal und auf den Nordhöhen konzentriert war, so gab es unten wahrscheinlich nur ein paar Saptiehposten, die in der Nacht den Bergrand und die Orontesbrücke bei El Eskel bewachten. Mit einem gefährlichen Widerstand war kaum zu rechnen. Ob es zu einem Kampf kam oder nicht, die hundert würden ohne Zweifel die schmale Ebene schnell durchquert und bei Sonnenaufgang das Gebirge erreicht haben. Während der heimlichen Beratungen hatten ein paar ehrenhafte Elemente die Frage gestellt, ob es nicht möglich sei, die Lagerführung von dem Abmarschentschluß in Kenntnis zu setzen. Sie waren aber wegen dieser Frage fast verprügelt worden. Was wäre die Folge einer solchen schwachsinnigen Bekanntmachung? Bagradian und Tschausch Nurhan würden sie wahrscheinlich zum Teufel ziehen lassen, ihnen vorher aber durch die Nordzehnerschaften heilig die Gewehre abnehmen. Die Anständigkeit stand demnach hier, wie so oft auf dieser Welt, außerhalb des Menschenmöglichen. Im übrigen aber

befanden sich die besseren Elemente in einer erschreckenden
Minderzahl, während der radikale Flügel eine gewaltige Partei
bildete. Dieser verbrecherische Flügel wollte sich aber nicht
mit einem stillen Verschwinden begnügen. Und auch er hatte
für sein Vorhaben vernünftige Gründe anzuführen. Da war
vorerst die Geschichte mit der Munition. Von ihr hing Leben
und Zukunft einer räubernden und wildernden Freischar ab.
In diesem Sinne hatte schon bei jenem Auftritt an dem verbotenen Feuer der Langhaarige kriecherisch frech von Bagradian Patronenmagazine gefordert. Mit der Munition ging
Tschausch Nurhan äußerst sparsam um. Nur wenn ein Gefecht unmittelbar zu erwarten war, wurden die Verschläge in
die Stellungen hinausgetragen und selbst dann noch verteilte
ein Vertrauensmann der Führung sehr geizig die Magazine.
Gegenwärtig besaßen die Deserteure kaum fünf Schuß für
jedes Gewehr. Ein unmöglicher Zustand! In der Regierungsbaracke aber lagen die Verschläge hochgeschichtet und
außerdem noch ganze Tröge mit Patronen, denn Nurhans
Manufaktur hatte in ununterbrochener Arbeit nicht nur die
ausgeschossenen Hülsen neu gefüllt, sondern auch neue Kugeln
hergestellt. Die Deserteure sahen die unabweisliche Notwendigkeit vor sich, ihren Munitionsbedarf aus den allgemeinen Beständen zu ergänzen. Zu diesem Zwecke mußte der
Regierungsbaracke ein entsprechender Besuch abgestattet
werden, wann und wie, das schien noch nicht festzustehn.
Dabei konnte man sich auch in der Stadtmulde ein wenig
umsehn, ob nicht dieses und jenes noch mitzunehmen wäre.
Der Aufenthalt auf dem rauhen Dschebel el Akra erforderte
gewisse Gebrauchsartikel, die das Volk des Damlajik, dessen
Schicksal ja besiegelt war, fernerhin nicht nötig hatte. Und
wenn man sich schon in der Stadtmulde umsah, so durfte man
wohl einige unbeliebte Persönlichkeiten ins Auge fassen, Ter
Haigasun zum Beispiel. Der Priester hatte aus seinem Haß
gegen die Deserteure niemals ein Hehl gemacht und sie an den
Gerichtstagen und bei jeder möglichen Gelegenheit die Härte
des Lagergesetzes fühlen lassen. Die gesamte Südbastion war
alles in allem zu fünf Fasttagen verdonnert worden. Und nicht
genug damit. Ter Haigasun hatte sich nicht gescheut, den und
jenen Deserteur im Notfall zu scharfer Bastonade zu verurteilen. Eine kleine Abrechnung konnte mithin nicht schaden.
Aus all diesen Gründen floß mit dem Fluchtplan der zweite

Plan eines Putsches zusammen, womit man die Sache nur ganz ungefähr bezeichnet. Wie weit Sarkis Kilikian an diesem verbrecherischen Vorhaben beteiligt war, das läßt sich nun und in alle Ewigkeit nicht mehr feststellen, ebensowenig wie sich seine aktive Teilnahme an dem Attentat gegen den Fürsten Galitzin wirklich feststellen ließ. Er lag noch immer auf dem Rücken und schien sich weder um Oskanian noch auch um die sauberen Andeutungen des Langhaarigen zu scheren. Hätte ein Sterblicher in sein Inneres schauen können, er hätte nichts andres gefunden als *Ungeduld*. Die Ungeduld des jagenden Wolkenhimmels über seinem Kopf. Hinter seiner erstorbenen Maske raste die Sehnsucht, auszubrechen, aus einer Gefangenschaft in die andre.

Der Lehrer stand schon längst auf seinen kläglichen Beinen. Er wölbte die Hühnerbrust vor, als wolle er, der Selbstmordverherrlicher, beweisen, daß er vor keinem verwegenen Frevel zurückscheue. Seinen Mut aber hätte er jetzt nur dadurch beweisen können, wenn er den Deserteuren im Galopp durchgegangen wäre. Doch Oskanian rührte sich nicht, um das Volkslager zu warnen. Mit gespitztem Mund stand er da und wiegte den Kopf. Kilikian und die andern konnten das für ein Zeichen der Bewunderung halten. Im Hirn des Lehrers flatterte der Gedanke der Warnung wie ein verfangener Vogel. Doch immer wieder stand die eitle Furcht dagegen, Kilikian und die andern Gesellen könnten ihn für einen Weichling halten und nicht für einen verfluchten Kerl unter verfluchten Kerlen. Da aber geschah es, daß gegen seinen Willen ein undeutlicher, aber abgründig hochverräterischer Hinweis ihm über die Lippen kam:

„Für morgen am Spätnachmittag hat Ter Haigasun einen außerordentlichen Bittgottesdienst angesetzt. Die Zehnerschaften aber bleiben in den Stellungen..."

Dabei zwinkerte er die Deserteure trübe und liebedienerisch an. In diesem Blick lebte nicht einmal mehr der widerlich überhebliche Kauz, sondern nur ein gebrochener Feigling. Einer der Spießgesellen aber beantwortete Oskanians Selbsterniedrigung in gebührlicher Form:

„Damit du dein Maul hältst, Lehrer, wirst du dich heute und morgen von hier nicht fortrühren."

Die Deserteure stießen ihren Regierungskommissär grob vor sich her, obgleich das gar nicht nötig war, denn er trabte als freiwilliger Gefangener ohne Fluchtgedanken mit. Und man ließ ihn tatsächlich keine Sekunde lang aus den Augen. Er saß trübsinnig auf einem der Beobachtungspunkte und stierte auf das schmale Straßenband tief unten hinab, das von Antakje nach Suedja führt. Der Haß gegen Gabriel, Juliette, Ter Haigasun flackerte mit einem Mal sehr bescheiden in seinem schreckerfüllten Herzen. Er wünschte sehnlichst einen Angriff der Türken herbei. Diese jedoch schienen gar nicht daran zu denken, sich auf dem offenen Steinhang noch einmal blutige Köpfe zu holen. Die Straße in der Orontesebene war friedlich belebt. Man konnte nicht eine einzige Abteilung von Soldaten oder Saptiehs unterscheiden. Ochsenwagen, Packesel und sogar ein paar Kamele zogen langsam ihres Weges zum Wochenmarkt nach Suedja, als lebe kein einziger Armeniersohn mehr auf dem Musa Dagh. Nur bei Jedidje am Fuß der Vorberge erhob sich plötzlich eine Staubwolke. Als sie sich verzog, konnte man ein kleines graues Militärauto erkennen.

Nun war er da, der vierzigste Tag auf dem Musa Dagh, der achte des Septembermonats und der dritte des uneingeschränkten Hungers. Die Frauen hatten sich heute die Mühe erspart, auf die Suche nach leerem Grünzeug zu gehn, um daraus eine bitterschmeckende Brühe zu bereiten. Das blanke Quellwasser tat denselben Dienst. Und wenn man dazu irgend etwas knabberte, ein fettes grünes Rohr, eine geschälte Wurzel, dann waren auch die Kauwerkzeuge beschäftigt. Alles, was noch auf den Beinen stehn konnte, hatte sich an den verschiedenen Quelläufen gelagert, alte Männer, Mütter, Mädchen, Kinder. Es war ein sonderbarer Anblick, wenn sich immer wieder eines der todesmatten Gesichter zu den Wassersträhnen hinabbeugte, um ohne Durst aus der hohlen Hand zu trinken, als sei dies strenge Pflicht. Verwunderlich genug, daß diese Nährquellen der Erde nach so vielen regenlosen Wochen, nach solchem tausendmündigen Verbrauch noch immer nicht versiegt waren. Nun hatten sich die Menschen zu ihnen geschleppt und fingen das Leben nur mehr mit Händen und Lippen auf, ohne es in Krügen und Eimern nach Hause zu tragen.
Es kann aber gar nicht geleugnet werden, daß sich die Hungernden an diesem dritten absoluten Fasttage im allgemeinen wohler fühlten als in der vorhergehenden Zeit. Der Krampf in den Därmen, der Druck auf dem Zwerchfell waren

einer empfindungslosen Leichtigkeit gewichen. Manche lagen tiefatmend ausgestreckt und spürten ihr eigenes Selbst wie porösen Gips, der an der Luft erstarrt. Andre wieder träumten beglückt vor sich hin. Sie wähnten, ein Flügelkleid wachse allmählich aus ihrer Haut, und wenn sie nur wollten, dann vermöchten sie bald den ersten seligen Flugversuch zu wagen. Es gab auch nicht wenige, die, von einer verschlagenen Heiterkeit erfaßt, lange Geschichten aus ihrem früheren Leben erzählten, kernlose Anekdoten von Haus und Handwerk, von Bienen und Raupen, von Reben und Holz, wobei sie selbst ihre fleißigen Lacher waren. Über allem aber lag ein Schleier von sanfter Langsamkeit. Die kleinen Kinder schliefen fest, die größeren machten keinen Lärm, und selbst die Jugendkohorte zeigte, soweit sie sich nicht im Dienste befand, eine erschreckende Bewegungslosigkeit. Bis gegen Mittag starben drei alte Leute und zwei Säuglinge. Die Mütter hielten die armen Kreaturen fest an ihre leeren Brüste gedrückt, bis sie kalt und steif wurden.

Der Wechselsturm der letzten Tage hatte sich heute zur Eindeutigkeit entschlossen. Er fuhr in kurzen Stößen vom Südosten her über die Hochfläche. Die Stadtmulde lag nicht tiefgebettet genug, um gegen den feinen Sandschleier Schutz zu bieten, in den der Wind gehüllt war. Oft hatte es den Anschein, als wolle er die riesigen Gluthalden, die weithin die Brust des Damlajik bedeckten, von neuem entflammen. Noch einmal warf sich mörderische Steppenhitze mit trockenen Drosselgriffen über alles Leben. Das Laub der Eichen und Buchen war längst verdorrt. Doch auch die immergrünen Lederblätter des Buschwerks und der Klettergewächse wollten sich schließen wie verrunzelte Hände. Die Menschen aber in ihrer guten Betäubung litten kaum mehr unter dem Wetter. Sie merkten es nicht einmal, daß Mundhöhle, Gaumen, Zunge und Rachen von den kristallharten Körnchen des Küstenstaubes entzündet waren.

Im Gegensatz zu dem Lagervolk besaßen die Männer in den Stellungen draußen noch Leben und Tatkraft genug. Auch sie waren alles eher als satt. Das ausgeteilte Fleisch und die Konserven des Hauses Bagradian reichten nicht hin, um den Hunger auch nur in bescheidenem Maße zu stillen. Die Entbehrung aber erregte die Verteidiger in eigentümlicher Weise, sie erzeugte ein trunkenes Verlangen nach Kampf, nach Entscheidung. Die neue Ordnung der Dinge hatte den Vorteil, daß Gabriel Bagradian den nächtlichen Handstreich vorbereiten konnte, ohne sich darum zu kümmern, ob sich das Volk entschließen werde, den Damlajik zu verlassen. Seiner Leute war er sicher. Und heute nacht wollte er den großen Schlag führen. Der Vorstoß ins Tal war aufs peinlichste durchdisponiert. Nichts hatte er vergessen. Jeder Mann und jede Minute waren eingeteilt und ausgenützt. Gabriels gelehrter Hang zum Theoretischen überließ nichts dem Glück. Immer neue Widerstände erfand er, immer wieder setzte er eine Möglichkeit gegen die andre. Die Rückzugslinie der eigentlichen Überrumpelungsgruppe war durch ein fein ausgeklügeltes System von Komitatschis gesichert, die ihre Posten schon drei Stunden vor der Unternehmung beziehen sollten. Doch nicht genug damit! Gabriel Bagradian entschloß sich, die Türken auf den Nordhöhen den ganzen Tag über durch Scheinangriffe und jähe Feuerüberfälle in Unruhe zu versetzen, damit sie so viel Truppen wie möglich vom Tal abziehen müßten. Unerwarteterweise kamen die Türken seinen taktischen Wünschen entgegen. Ihre Vorbereitungen ließen unschwer darauf schließen, daß sich binnen vierundzwanzig Stunden alles entschieden haben mußte. Auf den Höhen jenseits des Sattels herrschte das Leben des Stellungskrieges vor einer Offensive. Die Armeniersöhne konnten drüben zwischen Bäumen und Strauchwerk ängstlich vorzögernde Reihen von Infanteristen beobachten, die auf ihren Schultern dicke entlaubte Baumstämme schleppten, welche sie auf den Höhenrand hinpoltern ließen. Ohne Zweifel sollten diese glatten mächtigen Stämme als bewegliche Deckungen dienen, wenn die Schwarmlinien zum Angriff vorkrochen. Bagradian und Tschausch Nurhan gingen im vordersten Graben von Mann zu Mann, die Gewehraufsätze auf die richtigen Entfernungen hin prüfend. Wenn sich auf der Gegenseite einer der Türken zu weit zwischen den Bäumen vorwagte, gaben sie vereinzelte Schußbefehle. Auf diese Weise fielen bis zur Mittagsstunde einige Feinde. Die tödliche Kugel wurde jedesmal mit einem wilden regellosen Feuer beantwortet, das über die Köpfe der Verteidiger hinwegfuhr oder in den Steinhaufen des Schanzwerks steckenblieb. Die Kämpfer sahen mit wildem Stolz, daß die neuen Sicherungen so stark waren, daß sie nur durch Artillerie zusammengeschossen werden könnten. Für das

Vorhandensein dieser Artillerie sprach aber noch immer kein Anzeichen. Die seltsame Trunkenheit des Hungers erzeugte bei den Armeniersöhnen Tollheitsausbrüche. Sie wollten mit allen Mitteln die Türken zu einem Angriff herauslocken. Sie kletterten aus den Gräben, sie tanzten auf der Deckung, manche wagten sich weit ins Hindernisfeld vor; Tschausch Nurhan und die Unterkommandanten hatten alle Mühe, die Ungebärdigen vor verrückten Wagnissen zurückzuhalten. Die Türken ließen sich nicht herausfordern. Dem Anschein nach waren sie durch die lebenstolle Wildheit derer, die man ihnen als Halb- und Ganzverhungerte geschildert hatte, aufs äußerste betreten. Und als dann gar ein Teil der im Gefelse postierten Zehnerschaften auf eigene Faust vorbrach, eine Türkenpatrouille zusammenschoß und ungehindert wieder zurückkehrte, da hatten die Regierungstruppen neuerdings den klaren Beweis dafür, daß es bei der verfluchten Rasse nicht mit rechten Dingen zuging.

Um die Mittagsstunde besuchte Ter Haigasun die Kämpfer. Gabriel Bagradian bat ihn, er möge in ihrer Mitte ein Gebet sprechen, da die Zehnerschaften heute ja nicht bei dem großen Bittgottesdienst zugegen sein konnten. So geschah es auch. Gabriel meldete dem Priester ferner, daß die Anwesenheit dieser Männer beim Volksentscheid überflüssig sei, denn sie hätten durch Tschausch Nurhans Mund erklärt, immer und überall mit dem Führer gehn zu wollen. Ter Haigasun sah den von Tateifer glühenden Gabriel verwundert an. Noch vor wenigen Tagen hatte er geglaubt, diese Seele sei nicht rauh genug, um den Foltertod des Sohnes zu überwinden. Auf dem Rückweg in die Stadtmulde aber wußte Ter Haigasun genau, daß Bagradians Seele gar nichts überwunden hatte als sich selbst. Und das vielleicht nur für die wenigen Stunden dieser allerletzten Anspannung.

Generalmajor Ali Risa Bey war einer der jüngsten Brigadegenerale der ottomanischen Armee, noch nicht vierzig alt. Er hatte sich schon in Libyen und im Balkankrieg als Frontoffizier ausgezeichnet und gehörte jetzt zum engsten Mitarbeiterstab Dschemals. Ali Risa war jedoch äußerlich und innerlich das gerade Gegenteil seines Chefs, des malerischen Diktators von Syrien. Er vertrat gewissermaßen den allermodernsten und westlichsten Kriegertypus, den es gab. Man mußte ihn nur sehen, wie er zur Stunde im Selamlik der Villa Bagradian auf und ab ging, während die Offiziersversammlung um ihn kleinlaut und erstorben seinen schlanken Schritten folgte. Der ganze Unterschied wurde klar, wenn man den jungen General etwa mit dem verwundeten Jüsbaschi verglich, der, den Arm noch immer in der Schlinge, in vorschriftsmäßiger Haltung auf eine Anrede seines Vorgesetzten wartete. Der Major mit seinen zigarettengebräunten Fingern und den abgelebten Zügen hatte, an Ali Risa gemessen, etwas Trübes, um nicht zu sagen Schmutziges. Jetzt stieß der General unmutig die Fenster des Salons auf, um die dichten, von den Offizieren erzeugten Rauchwolken zu verjagen. Er rauchte nicht, er trank nicht, er liebte weder Weib noch Mann, die Sage ging, daß er sich seines schwachen Magens wegen ausschließlich von roher Ziegenmilch nähre, ein durchsichtiger Asket des Krieges. In diesem Augenblick trat ein Onbaschi ein und überreichte ihm einen Dienstzettel. Der General warf einen Blick auf die Meldung und zog seine dünnen blassen Lippen ein:

„Wir haben im Norden durch einen Ausfall der Armenier Verluste gehabt ... Ich werde den Kompaniekommandanten gründlichst zur Verantwortung ziehn ... Die Herren hier mögen es sich alle zu Gemüte führen ... Ich habe Seiner Exzellenz versprochen, daß bei der ganzen Aktion nicht ein einziger Mann auf unsrer Seite geopfert werden soll ... Wir heben ein Lager von Verbrechern auf, alles andre wäre eine unabsehbare Schmach ... Schändlich genug, daß es so weit gekommen ist."

Sein Blick suchte den Adjutanten:

„Noch immer keine Nachricht über die beiden Batterien?"

Der Adjutant verneinte kurz. Seit zwei Tagen schon erwartete man ungeduldig die Ankunft der Gebirgskanonen, die in Aleppo ausgeladen worden waren. Da dieser Transport aber nicht über Antakje, sondern über Beilan und das schwierige Gebirge ging, so verzögerte er sich endlos. Der General war daher gezwungen gewesen, den Hauptschlag von heute auf morgen zu verschieben. Jetzt blieb er vor einem der jüngeren Offiziere stehn:

„Wieviel Kilometer Telefondraht sind bei den Kompanien vorhanden?"

Der Angeredete erbleichte und fing Unbestimmtes zu stammeln an. Ali Risa Bey horchte gar nicht hin: •

„Es ist mir gleichgültig! Ich mache Sie aber dafür verantwortlich, daß bis gegen Abend, genau eine Stunde vor Sonnenuntergang, hier im Hause eine Telefonstation errichtet ist,
die mit dem Berg in Verbindung steht, und zwar im Süden und
Norden. Wie Sie das machen, ist Ihre Sache. Ich werde über
die morgige Unternehmung des Jüsbaschi telefonische Meldung
verlangen. Jetzt können Sie gehn..."
Der Unglückliche, der keine Ahnung hatte, wieviel Draht-
spulen sich bei den Kompanien befanden, und der eine un-
lösbare Aufgabe vor sich sah, stürzte verzweifelt hinaus. Der
General aber rief jetzt ziemlich scharf:
„Jüsbaschi... Ich bitte sehr..."
Der Verwundete riß sich zusammen. Die beiden Männer
traten in den einsamen Vorraum. Ali Risa warf einen kalten
flüchtigen Blick auf den verbundenen Arm des Majors:
„Jüsbaschi! Ich gebe Ihnen heute Gelegenheit, Ihre schwere
Schlappe gutzumachen... Das wird aber nur dann der Fall
sein, wenn Sie keine Verluste erleiden werden. Sie sind mir für
jeden Verwundeten Rechenschaft schuldig. Ich bitte, sich
danach zu richten... Ist also die Situation mit den Deserteuren
vollkommen aufgeklärt?"
Der Jüsbaschi machte eine nachdrückliche Bewegung mit dem
verletzten Arm, als weise er darauf hin, daß er mehr als seine
Pflicht erfüllt habe:
„Ich selbst, Herr General, bin gestern dicht vor den Seitenstellungen über Habaste gewesen. Sie waren ganz leer. Das
Pack hält die Deckungen nicht mehr besetzt. Es war eine
Stunde vor Sonnenuntergang..."
„Gut! Und Ihre vier Kompanien?"
„Ich glaube, daß der unsichtbare Aufmarsch in der Nacht
vollkommen gelungen ist. Nicht eine Laterne hat gebrannt.
Die Truppen haben sich gestern während des ganzen Tages
nicht aus Habaste gerührt. Jetzt liegen sie unter den Felsen
in einer völlig versteckten Stellung. Auch die drei Ma-
schinengewehre meiner Gruppe."
„Sie werden am Abend nachher selbst zum Telefon kommen,
Jüsbaschi. Wenn Sie die Höhe genommen haben, wünsche ich
nicht, daß Sie weiter vorgehen..."
Damit war die Unterredung beendet, und Ali Risa wandte sich
schon um.
Die Stimme des Jüsbaschi aber hielt ihn fest:

779

„Ich bitte gehorsamst den Herrn General um ein Wort ... Da ist folgende Sache noch ... Diese Deserteure, ich habe in Erfahrung gebracht, daß es sich nicht um Armenier handelt ... Im übrigen hat sich gestern ein früherer Armenier bei mir gemeldet, der zum wahren Glauben übergetreten ist, ein Advokat, Doktor Hekimian heißt er ... Er ist bereit, mit diesen Leuten zu reden, daß sie die Stellung freiwillig räumen ... Man wird vielleicht einige Zugeständnisse machen müssen, hat aber dafür die Sicherheit eines unblutigen Verlaufs ..."

Der General hatte ruhig zugehört. Jetzt unterbrach er den Major jäh:

„Ausgeschlossen, Jüsbaschi! Wir können uns doch nicht nachsagen lassen, daß wir mit diesen Teufelsarmeniern nur durch armenischen Verrat fertig werden konnten. Denken Sie an den Hohn der feindlichen Presse, der Seine Exzellenz und die ganze Vierte Armee treffen würde."

Schwere Schritte hallten auf den Steinfliesen des Hausflurs. Die große schlaffe Gestalt des Kaimakams trat, vom sommersprossigen Müdir gefolgt, in den Raum. Der Kaimakam legte nachlässig die Hand an den Fez:

„Endlich, meine Herren! Ihre Batterien, General, werden in drei Stunden in Sanderan sein. Die Wirtschaft bei euch ist noch viel schlimmer als bei uns ..."

Das helle asketische Soldatengesicht Ali Risas brachte den dicken und von schlechten Säften geplagten Kaimakam in Wut. Er beschloß das Militär zu ärgern. Während er schon wieder die Türklinke in der Hand hielt, um den Raum zu verlassen, drehte er sich noch einmal hoheitsvoll um:

„Ich hoffe, daß mich unsre Wehrmacht nicht ein viertes Mal enttäuschen wird."

Da Kristaphor und Missak nur in der Nacht den Dreizeltplatz zu bewachen hatten, waren die Frauen jetzt, um die vierte Nachmittagsstunde, allein. Witwe Schuschik, Haiks Mutter, bediente Juliette in ebenso rührender wie ungeschlachter Art. Diese Hilfe war auch notwendig, da Mairik Antaram, die wieder die Leitung des Lazarettschuppens übernommen hatte, sich nur vorübergehend einstellen konnte. Mit Iskuhi aber hatte es eine eigene Bewandtnis. Juliette war nun schon eine körperlich Genesende, wenn auch noch so abgezehrt und schwach, daß sie bei jedem Schrittchen zusammenknickte. Ihr

Gesicht hatte eine bläulichweiße Farbe oder Farblosigkeit angenommen, als wollte es sich nach der furchtbaren Krankheit doppelt von dem sonnverbrannten Braun ringsum unterscheiden. Sie verbrachte täglich eine Stunde oder zwei Stunden außer Bett. Dann saß sie vor ihrem Spiegeltischchen, den Kopf auf die Arme gelegt, regungslos. Manchmal kniete sie auch, wie sie es in der Verzweiflung früher schon getan, vor dem Bett und preßte das kleine spitzengemusterte Kopfkissen an ihr Gesicht wie eine letzte Heimat. Das bedenklichste Zeichen ihrer geistigen Zerrüttung aber war es, daß der starke Trieb, schön und sauber zu sein, in ihr erloschen zu sein schien. Der Wäschekoffer stand aufgeklappt im Zelt. Aber sie griff weder hinein, noch auch verlangte sie nach frischen Sachen, obgleich das Hemd, das ihr Mairik Antaram am Tage nach dem Fiebersturz angezogen hatte, schon ganz zerknittert war. Juliette schien es gar nicht zu merken, daß an diesem zarten Batisthemd das rechte Achselband zerrissen war und ihre abgemagerte Brust meist bloßlag. Ganz im Gegensatz zu den inneren Wunschbildern, die sie erfüllten, griff sie nicht nach der Flasche mit Eau de printemps, in der noch immer ein Rest darauf wartete, die verdorrte Haut des Körpers neu zu beleben. Nicht einmal in die Pantoffeln schlüpfte sie, die unter ihrem Bett standen, sondern wankte bloßfüßig die wenigen Schritte, zu denen sie die Kraft besaß. In ihren Augen lebte weder Qual noch Angst, nur eine starre zusammengekauerte Bereitschaft, sich gegen jeden zu wehren, der sie ins Leben zurückreißen wollte.

Schuschik sah in Juliette eine Mutter, die über dem furchtbaren Tod des einzigen Kindes den Verstand verloren hatte. Sie sah in ihr das eigene Los, das ein unermeßliches und unverdientes Gotteswunder von ihr selbst abgewendet hatte. Haik lebte. Und mehr als das. Sein Leben war in alle Ewigkeit gesichert, denn er stand unter dem Schutze Jacksons und Amerikas. Diese Worte bedeuteten im Herzen Schuschiks überirdische Gewalten. Jackson, das war kein Mensch, sondern wahrscheinlich der Erzengel selbst, der den feurigen Säbel schwingt. Ihr war damit von Gott eine Auszeichnung widerfahren wie keiner Mutter des Musa Dagh sonst. Und dies nach einem Leben voll Sünde und Zornigkeit, das ihr der Priester immer warnend vorgehalten hatte. Mußte sie jetzt nicht Tag und Nacht sich abmühen, um zu dienen und zu danken, um zu danken und zu dienen? Wem aber danken, wem aber dienen, wenn nicht ihr, der anderen Mutter, die der volle Fluch getroffen hatte? Diese war eine reiche Hanum, eine Vornehme, eine Fremde. Wie unendlich weit war der Weg von Schuschik zu ihr! Und doch, das fühlte die große Kaukasierin, der Weg konnte nicht so weit sein von der geretteten Mutter zu der verlorenen. Sie holte ihre seit Jahren verrostete Stimme aus sich heraus, machte sie leise und zart und sang beinahe ihre Tröstungen. Es war ja alles so einfach. Diese Welt ist diese Welt, dort drüben aber hat es der Erlöser Jesus Christus so klug eingerichtet, daß man wieder miteinander vereint wird. Zuvörderst jedoch sehen die Mütter ihre Kinder wieder. Was sie jetzt verriet, das wußte sie weder von Nunik noch von einer anderen Totenwäscherin, sondern ihre eigene Mutter hatte es von einem weisen Wartabed gehört, der auf der Klosterinsel Agthamar im Wan-See lebte. Dort oben im Himmel, dort sehen die Mütter ihre Kinder nicht als jene erwachsenen Söhne und Töchter wieder, die sie auf Erden verlassen haben, sondern als wirkliche kleine Kinder, so wie sie einst zwischen zwei und fünf Jahren gewesen sind. Und die guten Mütter dürfen dort oben im Himmel ihre Kleinen wieder auf dem Arm tragen.

Von dieser Aussicht beglückt, hob das plumpe Weib die Arme und wiegte auf ihnen einen kleinen unsichtbaren Haik. Während solcher Geschichten wurden Juliettens Augen immer abwehrender und schienen zu vereisen. Schuschik glaubte, die Fremde verstehe ihre Sprache nicht. Sie ließ sich neben der Hanum auf den Boden nieder, überlegend, wie sie sich tröstlich und nützlich erweisen könne. Sie fühlte Juliettens erfrorene Füße an. Mit einem leisen Mitleidston drückte sie diese Füße an die Brust und begann sie mit ihren ledernen Bauernhänden sanft zu streicheln und dann warmzureiben. Juliette schloß die Augen und sank zurück. Schuschik zweifelte nicht daran, die Unglückliche war wahnsinnig. Und sie begriff durchaus diesen Wahnsinn, denn wie weit war sie selbst auf dem gleichen Wege schon gewesen, ehe die erlösende Botschaft sie zurückgerufen hatte. Ihre rauhe Einfalt konnte nicht auf den Verdacht verfallen, daß dieser Wahnsinn gar kein richtiger Wahnsinn war, sondern nur ein aus Körperschwäche, Fiebernachhall, Entsetzen, Bilderflucht und Wahrheitsfurcht zusammengehäufter Wall, hinter dem die Hanum sich vor dem taghellen Wissen verbarg. Im übrigen teilte auch Bedros Hekim die

Ansicht Schuschiks und hielt Juliettens Zustand für eine Geisteskrankheit infolge des Fleckfiebers. Ein überraschender Vorfall, der sich am Morgen dieses vierzigsten Tages bei seiner Visite ereignet hatte, gab ihm guten Grund dazu. Der Alte saß am Bettrand und versuchte mit dem besten Französisch, dessen er mächtig war, der erstarrten Seele Hoffnung und Licht zu geben. Alles entwickle sich zum Besten. Der Krieg sei jetzt bestimmt in wenigen Wochen vorüber, und die Welt werde Frieden schließen. Madame habe doch sicher vom Besuch des Agha aus Antakje gehört. Nun, dieser alte, einflußreiche türkische Herr hatte deutlich durchblicken lassen, daß Gabriel Bagradian mit Madame werde nach Frankreich zurückkehren dürfen, und zwar in allernächster Zeit schon. Es handle sich daher nur um einige Tage noch, und dann beginne ein neues und schöneres Leben für zwei so junge und prächtige Menschen. Seine Herzensgüte verwandelte den alles verneinenden Nörgler in einen erfindungsreichen Märchenerzähler. Selbst der geringschätzig schartige Ton seiner Stimme klang behutsam. Während dieser linden Fabel aber zeigte sich plötzlich Iskuhis Gestalt im Zelteingang. Juliette, die der Dichtung des Arztes die ganze Zeit über mit freundlich abwesenden Augen zu lauschen schien, fuhr beim Anblick Iskuhis zusammen, setzte sich schreckerfüllt auf, zog die Knie hoch und begann zu schreien:

„Nicht sie ... Nicht sie ... Sie soll gehn ... Ich nehme nichts von ihr ... Sie will mich umbringen..."

Das Sonderbare aber war, daß sich Iskuhi während dieses Wahnsinnsausbruches nicht fortrührte, sondern daß ihr eigenes Gesichtchen sich zu einer Maske des Wahnsinns verzerrte und daß es aussah, als würde nun auch sie sogleich losschreien. Bedros Hekim sah die beiden Frauen bestürzt an. Grauenhafte Erkenntnisse überfielen ihn. Auch als Iskuhi schon längst wieder verschwunden war, ließ sich Juliette, deren geschwächtes Herz tobte, lange nicht beruhigen.

Was war mit Iskuhi geschehen?

Seit fünf Tagen hatte sie Gabriel nicht gesehen. Seit zwei Tagen hatte sie keinen Bissen mehr zu sich genommen. Sie hungerte ohne Notwendigkeit, denn Kristaphor hatte, als er die Konserven in die Nordstellung brachte, den Frauen zurückgelassen, was sich noch an Schokoladetafeln und Zwieback vorfand. Doch Iskuhi wollte hungern, und nicht nur weil das ganze Volk hungerte. Fünf Tage lang hatte sie Gabriel nicht gesehn, dafür aber war ihr Bruder Aram zweimal vor ihrem Zelt erschienen, sie aber hatte sich verkrochen und nicht geöffnet. Jeder dieser fünf Tage schlich mit seinen Stunden, die wie Jahre dauerten, unerträglich dahin. Warum kam Gabriel nicht? Iskuhi erwartete sein Kommen in jeder Sekunde des Tages und der Nacht. Sie wäre jetzt, selbst wenn ihr erschöpfter Körper die Kraft dazu besessen hätte, dem Geliebten nicht in die Stellung nachgegangen. Mit jeder Stunde weniger. Sie lag im früheren Tomasianzelt schweratmend auf ihrem Bett, unfähig, ein Glied zu rühren. Ein Ohrensausen, mächtig wie Meeresbrandung, zersprengte ihren Kopf. Und doch, dieses Ohrensausen war nicht mächtig genug, die Stimme der Wahrheit zu lähmen. Wie ein Sterbender mit seinen letzten Augenblicken geizt, so hatte Iskuhi mit den Minuten der Gemeinschaft gegeizt. Und war das etwa nicht in der Ordnung? Wieviel Minuten hatte man auf dem Damlajik zum Verschwenden übrig? Gabriel aber verschwendete nicht nur die unersetzlichen Minuten, sondern ganze unendliche Lebenstage ihrer kurzen Liebe. Verschwendete? Liebe? Grausam holte Iskuhi alles Erlebte aus sich hervor. Ja, Gabriel war zärtlich zu ihr gewesen, das heißt, er streichelte sie, manchmal durfte sie ihre Hand auf seinem nackten Herzen halten und mit ihm weinen. Doch er weinte um Stephan. Und wenn er sein Herz öffnete, so war es Gram und Erbarmen mit der Ehebrecherin, was sich offenbarte. Unerbittlich hing er an dem „Fremden", wie tief es ihn auch verraten hatte. Was half es, wenn er Iskuhi „Schwesterchen" nannte und „Heimkehr". Diese Worte waren für sie keine Liebkosungen mehr, sondern Brandwunden. Immer wieder stieg die zögernde Antwort auf, die Gabriel noch vor Stephans Tod auf ihre sehnsüchtige Fallenfrage gegeben hatte: „Wenn wir uns draußen in der Welt begegnet wären, hättest du in mir die Schwester bemerkt?" Gabriel war wenigstens sehr offen zu ihr. Mit seiner ganzen Haltung sagte er: Du bist ein blasses, unwissendes, niedriggeborenes Ding, das ohne den grausamen Lauf der Dinge niemals würdig gewesen wäre, von mir angeblickt zu werden. Ich danke dir, du kleines Schwesterchen, mit meinen kühlen Händen, mit meinen brüderlich fernen Küssen dafür, daß du dich so sehr bemühst, meinen Schmerz mit mir zu tragen. Wie

784

aber könntest du das, du armes Armenierkind aus Yoghonoluk? Trotz allem und für immer gehöre ich der Fremden, der Französin. Nicht mit Iskuhi werde ich sterben, sondern mit Juliette. Mag sie mich auch verraten haben, vor Juliette beug ich mich, zu Iskuhi beuge ich mich nur herab.

Bei diesen Erkenntnissen blieb der Schmerz nicht stehn. Noch schärfer forschte er nach der Wahrheit. Was Gabriel ihr gab, das war nur ein sanftes Entgegenkommen ihres Dienstes, nichts mehr. Wäre es anders, fragte sich Iskuhi, wenn Juliette — was sie im Innersten hundertmal heiß ersehnt — das Fieber nicht überstanden hätte? Und sie erkannte: Nein! Gabriel würde sie dann noch viel weniger liebhaben als jetzt. Ah, wie fühlte diese Kranke das Heimlichste. Iskuhi aber wollte Juliettens Zelt nicht mehr betreten, sie nie, nie mehr wiedersehn. Und doch, nicht an Juliette lag die Schuld, sondern einzig und allein an ihr, Iskuhi. Worin aber bestand ihre Unwürdigkeit, geliebt zu werden? Sie war keine Europäerin, sie war nur die Tochter eines armenischen Zimmermanns, ein Dorfmädchen aus Yoghonoluk. Konnte das der tiefste Grund sein? War Gabriel ein Europäer? Stammte er nicht aus demselben armenischen Dorf wie sie? Der ganze Unterschied war, daß sie nur zwei Jahre in Lausanne und er dreiundzwanzig Jahre in Paris gelebt hatte. Das konnte der Grund nicht sein. Wenn er sie ansah, nannte er sie schön. Halt! Hier lag es. Warum sah er sie oft so merkwürdig, so fern an? Etwas an ihr störte ihn und machte ihn kalt. Iskuhi entwand sich ihrer Schwäche und lief zu dem kleinen Spiegel, der auf dem Tischchen stand. Sie mußte aber diesen Spiegel gar nicht in Anspruch nehmen, da sie ja alles wußte. Ein Krüppel war sie, wenn auch nicht als solcher geboren, so doch dazu geschlagen. In dem halben Jahr seit den Verschickungstagen von Zeitun war der linke Arm immer schlimmer geworden. Wenn sie ihm nicht durch die Schlinge half, hing er abgemagert und verkümmert herab. Doch wie geschickt sie auch war, diese Entstellung zu verbergen, Gabriel kam darüber nicht hinweg, oh, sie wußte es. Einmal hatte er einen leichten Kuß auf diesen Arm gedrückt. Noch jetzt vermeinte sie die mitleidige Selbstüberwindung dieses Kusses zu spüren. Iskuhi fiel wieder aufs Bett. Das Ohrensausen wuchs wie ein Sturm, der alles verschlang. Krampfhaft versuchte sie Gabriels Ausbleiben sachlich zu rechtfertigen: In diesen Tagen hatte wohl der Hunger in den Stellungen alles

drunter und drüber geworfen. Bagradian mußte die ganze
Verteidigung neu organisieren. Es wurde auch wieder geschossen. Doch diese vernünftigen Erklärungen gewannen nicht die
geringste Macht über sie. Hingegen kam ihr auf dem Grunde
des Ohrensausens ihre eigene Stimme entgegen, so fremd. Sie
hörte das „chanson d'amour", das sie auf Juliettens Verlangen
unten in der Villa Bagradian einmal gesungen hatte, Stephan
war dabeigewesen und Gabriel nachher ins Zimmer gekommen. Immer wieder kreisten die ersten Zeilen des alten Volks-
lieds in ihrem Kopf, zum Wahnsinnigwerden:

> „Sie kam aus ihrem Garten
> Und hielt an ihre Brust gepreßt
> Zwei Früchte des Granatbaums...
> Sie gab sie mir, ich nahm sie nicht."

Weiter kam das Lied nicht. Zugleich aber geschah das Ent-
setzliche wieder, das sie nun lange schon verschont hatte. Das
Gesicht von der Landstraße nach Marasch, die wechselnde
Kaleidoskopfratze des stoppelbärtigen Mörders war da und
bedrängte sie. Plötzlich blieb das Greuelgesicht stecken,
als wäre in dem Verwandlungsapparat etwas nicht in Ordnung. Das Steckengebliebene aber wurde auf geheimnisvolle Weise zu Gabriels Gesicht, und noch feindseliger und noch
mörderischer als das andre. Iskuhi verlor den Atem vor Angst
und Unglück. Stumm flehte sie um Hilfe: Aram...!
In diesen Minuten war Pastor Aram Tomasian tatsächlich
nicht mehr weit vom Zelt seiner Schwester entfernt. Er war
mit Howsannah gekommen, die ihr armseliges Kind trug. Als
Aram grob Einlaß forderte, antwortete ihm kein Laut. Da zog
er kurzerhand sein Messer und zerschnitt die Schnüre, die das
Zelt von innen verschlossen. Der Pastor hatte den großen
Sack, den er geschultert trug, niedergleiten lassen. Die Frau
mit dem fast leblosen Bündel des Säuglings blieb einige
Schritte hinter ihm. Der ganze Aufzug sah danach aus, als
wollten die sinnverwirrten Menschen wirklich schon in dieser
Stunde den Damlajik verlassen, ohne den Gottesdienst und die
Volksversammlung erst abzuwarten. Tomasian schien nur
noch auf der Suche nach Kework zu sein, um dann sogleich
mit den Seinen in das sichere Nichts aufzubrechen.
Wäre Pastor Aram in dieser Stunde er selbst gewesen, mild,

evangelisch, liebevoll, der starke frohe Bruder von Zeitun, Iskuhi hätte sich vielleicht nicht lange geweigert, mit ihm zu gehn. Warum auch sollte sie in diesem verlassenen Zelt bleiben? Sie wußte, daß ihre Füße sie nicht mehr weit tragen konnten. Dann würde irgendwo auf sanfte Weise alles zu Ende sein, das Ohrensausen, Gabriel, sie selbst. Statt des liebevollen Bruders von Zeitun jedoch stand ein unbekannter Gewaltmensch im Zelt, der mit dem Stock zu fuchteln begann: „Steh auf! Mach dich fertig! Du kommst mit!"

Diese bösen Worte wälzten sich wie Felsen auf Iskuhi. Steif ausgestreckt, starrte sie diesen fremden Aram an. Jetzt konnte sie sich nicht mehr rühren, selbst wenn sie hätte gehorchen wollen. Tomasian faßte seinen Stock fester:

„Hörst du nicht? Ich befehle dir, daß du sofort aufstehst und dich fertigmachst. Als dein älterer Bruder und als dein geistlicher Vater befehl ich's. Hast du verstanden? Ich will doch sehn, ob ich dich nicht der Sünde entreißen kann!"

Bis zu dem Wort „Sünde" war alles Erstarrung gewesen. Die „Sünde" aber weckte hundert Quellen zornigen Widerstandes in Iskuhi. Alle Schwäche fiel von ihr ab. Sie sprang auf. Hinter den Bettrahmen sich zurückziehend, ballte sie ihre kleine rechte Faust wie zur Verteidigung. Doch ein neuer Feind lugte jetzt ins Zelt, Howsannah:

„Laß sie doch, Pastor, gib sie auf! Sie ist eine Verlorene. Ich bitte dich, komm ihr nicht zu nahe, sonst wird sie dich anstecken. Laß sie! Wenn sie mit uns geht, wird uns der Herr nur noch mehr strafen. Es hat keinen Zweck. Komm, Pastor! Immer hab ich es gewußt, was für eine sie ist. Du aber warst närrisch mit ihr. Schon in der Schule von Zeitun hat sie sich mit den jungen Lehrern abgeschmiert, die Männertolle! Laß sie, ich bitte dich, und komm!"

Iskuhis Augen wuchsen immer fassungsloser. Sie hatte seit Juliettens Erkrankung Howsannah nicht mehr gesehn und ahnte nicht, daß sie eine völlig Besessene vor sich hatte. Die junge Pastorin war auf schreckliche Weise verändert. Um Gott durch ein Opfer zu versöhnen, hatte sie sich das schöne Haar ganz kurz abgeschoren. Ihr Kopf wirkte nun winzig klein und hexenhaft böse. Alles an ihr war abgezehrt und verschrumpft, nur der Leib wölbte sich vor, eine krankhafte Folge der Niederkunft. Jetzt streckte Howsannah mit einer unbeschreiblichen Gebärde der Anklage das Bündel mit dem Säugling der

787

Schwägerin entgegen und kreischte:

„Sieh her! Nur du bist schuld an diesem Unglück!"

Da kam der erste Laut von Iskuhis Lippen: „Jesus Maria!"
Ihr Kopf sank auf die Brust. Sie gedachte der schweren Stunde
Howsannahs, da sie mit ihrem Rücken die Gebärende gestützt
hatte. Was wollten diese tollen Menschen von ihr? Warum gab
man ihr in den allerletzten Stunden ihres Lebens nicht Frieden? Der Pastor hatte indessen seine plumpe Silberuhr gezogen
und ließ sie an der Kette pendeln:

„Zehn Minuten gebe ich dir Zeit, damit du dich bereitmachen
kannst."

Dann drehte er sich zu Howsannah um:

„Nein, du! Sie kommt mit. Ich lasse sie nicht! Vor Gott muß
ich Rede stehn für sie..."

Iskuhi stand immer noch hinter dem Bett, ohne sich zu rühren.
Aram Tomasian aber wartete die Zeit nicht ab, sondern ging
schon nach drei Minuten hinaus. Die plumpe Uhr pendelte
noch immer an seiner Faust. Draußen auf dem Dreizeltplatz
war es inzwischen sonderbar laut geworden.

Wie auf Katzensohlen waren die dreiundzwanzig Männer
aufgetaucht, die sich jetzt in dem Raum zwischen dem Scheich-
und dem Krankenzelt bewegten. Der langhaarige Deserteur
schien nach seinem ganzen Benehmen der Anführer zu sein.
Spielte sich diese bedenkliche Erscheinung als Kommandant
der unerwarteten Kömmlinge auf, so hatte Sato, als vierundzwanzigste im Bunde, zweifellos die Rolle einer Pfadfin-
derin inne. Sie rieb sich unschuldig mit ihrem Ärmel die Nase,
als wollte sie den Eindruck erwecken, daß ihre kindliche
Wenigkeit den Zweck dieser unangesagten Unternehmung
nicht kenne und verstehe. Ein dienstlicher Auftrag wahrscheinlich. Doch weder Kilikian noch auch sein famoser
Kontrollmeister waren zugegen. Es herrschte jene tückisch
geladene Verlegenheit, wie sie so oft einem Verbrechen vor-
auszugehn pflegt. Der Anblick der Deserteure bot anfangs
nichts weiter Erstaunliches, es sei denn, daß einige von ihnen
die türkischen Beutebajonette auf ihre Gewehre gepflanzt
hatten. Aber man sah ja immer wieder die Zehnerschaften in
geschlossenen Zügen vorüberziehen, wenn sie von der Ablösung aus den Stellungen kamen oder zur Ablösung in die
Stellungen marschierten. Heute besonders, da die Schüsse im
Norden nicht verstummen wollten, hatte eine Rotte von

Bewaffneten nichts Auffälliges. Als Aram Tomasian vor Iskuhis Zelt trat, begann sich die Sache schon zu entwickeln.
Und doch sah er eine ganze Weile lang mit der größten
Gleichgültigkeit dem Vorgang zu. Sein Sinn, von dem eigenen
unverzeihlichen Beginnen umwölkt, vermutete irgendeinen
Befehl Bagradians, der von diesen Kämpfern dort ausgeführt
werden sollte. Was aber ging ihn, der sich von dem Volke schon
gelöst hatte, die Verteidigung des Damlajik noch an?
Witwe Schuschik jedoch hatte schärfere Augen. Mit ihrer
großen Gestalt füllte sie den Zelteingang völlig aus. Sofort
erkannte sie, was sich hinter Satos Getue verbarg, hinter dieser
vertrackten Zeichensprache, die immer wieder auf das Zelt der
Hanum wies. Schuschik stellte sich breitbeinig hin und öffnete
die Arme, bereit, alles Böse mit ihrem eigenen Leib abzufangen. Der Langhaarige löste sich aus dem Knäuel:
„Wir sind geschickt, um den Proviant abzuholen, den ihr noch
immer hier bei euch habt."
„Ich weiß von keinem Proviant..."
„Du wirst schon davon wissen. Die silbernen Büchsen, mein
ich, mit den Fischen, die in Öl schwimmen, die Weinkrüge und
die Haferflocken."
„Ich weiß von keinem Wein und keinen Haferflocken. Wer
schickt dich?"
„Was geht das dich an? Der Kommandant!"
„Der Kommandant soll selbst kommen."
„Also weg da! Ich warne dich zum letztenmal, dummes Weib!
Länger werdet ihr da drin nicht auf eurem Fraß hocken. Der
kommt uns zu!"
Schuschik aber sagte nichts mehr, sondern verfolgte mit Blick
und Hand eines Ringers die Bewegungen des Langhaarigen,
der sein Gewehr fortgeworfen hatte und den besten Aus-
fallspunkt suchte. Als er sich dann von links her auf die Frau
stürzte, hatte sie ihn schon mit Untergriff um die Hüfte gefaßt, hob den Schmächtigen mit eisernen Händen hoch und
schmiß ihn unter den Haufen, so daß er zwei Männer mit sich
umriß. Und dann stand sie wieder ruhig da, die Riesin, ohne
daß ihr Atem schneller ging, die Arme lauernd geöffnet, um
den nächsten Kunden zu empfangen. Ehe aber Schuschik ihren
Tod noch ahnen konnte, war es schon um sie geschehn. Ein
tückisch von der Seite geführter Kolbenhieb hatte ihr den
Schädel zerschmettert. Sie starb blitzschnell, auf der Höhe

ihres Glücks, denn noch in diesen Kampfsekunden war ihr Wesen nur von einem einzigen Gefühl erfüllt: Haik wird leben. Zu Boden stürzend, versperrte sie mit ihrer Leiche den Weg zu der unseligeren Mutter Stephans. Jetzt erst begriff Pastor Aram, was vorgegangen war. Aufschreiend, mit hoch erhobenem Stock flog er auf die Rotte zu, die in diesem Augenblick, durch den Mord abgekühlt, scheu auseinanderwich. Nun hätte Tomasian seine ganze persönliche Macht ins Spiel werfen müssen. Er war der Pastor und einer der obersten Führer. Zwei kurze Befehlsworte in den Haufen geschleudert und dann mit raschem Griff das Gewehr des Langhaarigen vom Boden gepackt! Nicht wenige Augen harrten neugierig, ob diese Autorität sie bändigen werde. Aram aber, seiner Seelenkräfte längst nicht mehr Herr, tat das Verkehrteste. Er fuhr mitten unter das Rudel, mit seinem lächerlichen Stock blind und sinnlos um sich schlagend. Die Antwort war ein Bajonettstich, der ihn unterhalb der rechten Schulter in den Rücken traf.

Was ist das, dachte er, und was habe ich eigentlich mit all diesem Zeug zu schaffen? Ich bin ein Mann Gottes, das Wort ist mir auferlegt, sonst nichts. Überlassen wir diese fremden Leute sich selbst. Der Stock war ihm aus der Hand gefallen. Doch seiner geistlichen Würde voll bewußt, richtete er sich hoch auf, machte kehrt und ging mit steifen Schritten den Weg zurück. Ah, die Frauen dort! Nun? Hat sich Iskuhi doch endlich zum Gehorsam entschlossen? Warum aber ist sie weißgekleidet? Ja, man wird wieder in freundlicher Gemeinschaft leben, wie in Zeitun. Howsannah muß das einsehn. Der Weg zu dem dritten Zelte dehnte sich ungemein lang. Der Pastor lächelte seiner Frau aufmunternd zu. Diese aber schien mit Schreckensaugen über ihn hinwegzublicken. Knapp drei Schritte von ihr entfernt brach Aram zusammen, das verdorrte Gras mit seinem Blute färbend. Obgleich seine Wunde nicht sehr schwer war, verlor er die Besinnung. Howsannah kauerte sich zu ihm nieder, hilflos, ratlos, das Kind im Arm. Als Iskuhi das Blut sah, lief sie mit einem Schrei ins Zelt, brachte reine Tücher, eine Schere und kniete neben dem Bruder nieder. Jetzt erst raffte sich Howsannah auf und legte den Säugling ins Gras. Sie schnitten Arams Rock auf. Iskuhi preßte das Tuch mit aller Kraft auf die Wunde. Ihre Rechte färbte sich vom Blute des Bruders, der ihr unheilbar fremd geworden war.

Der Langhaarige, Sato und einige Deserteure drängten sich über Schuschiks Körper hinweg in das Zelt der Hanum. Juliette hatte, aus bleiernem Schlafe halb erwacht, den Wortwechsel, das Getümmel, die Schreie vernommen. Das Fieber, Gott sei Dank, das Fieber ist wieder da, so glaubte sie verschlagen. Doch auch als die Gestalten und der Gestank schon das Zelt erfüllten, wich ihre schlaffe Hingegebenheit noch immer keiner Angst. Entweder ist es das Fieber, dann bin ich froh. Wenn es aber die Türken sind, dann ist es am besten jetzt, zwischen Schlaf und Schlaf. Niemand dachte daran, der Hanum etwas anzutun. Sie schenkten der Kranken überhaupt keine Beachtung. Ihnen war's nur um die kulinarischen Schätze zu tun, von denen neidische Sagen umgingen. Sie schleppten den großen Schrankkoffer und das übrige Gepäck vor das Zelt. Dort war auch schon alles andre zusammengetragen worden, was sich im Scheichzelt an Kisten und Koffern gefunden hatte. Nur Sato und der Langhaarige hielten sich länger bei Juliette auf, dieser weil er auf eigene Faust etwas Brauchbares zu finden hoffte, jene aus Neugier und Bosheit. Da ihr nichts Grausameres einfiel, riß sie plötzlich die Bettdecke von Juliette fort. Der Mann sollte die Blöße der Fremden sehn! Der aber hatte sich inzwischen einen großen Schildpattkamm zum Andenken ausgewählt, wohl mit Rücksicht auf sein langes, verklebtes Haar. In den Anblick dieser Beute versunken, trollte er sich aus dem Zelt, ohne die Frau anzutasten. Draußen hatte die Bande schon den Inhalt der zahlreichen Gepäckstücke um und um gewühlt. Wieder lagen Juliettens Kleider und Wäschestücke ringsumher wie damals bei der Entehrung durch die Saptiehs in Yoghonoluk. Einzelweise waren die Lack-, Atlas-, Goldkäferschuhe und dünnen Stiefelchen dazwischengestreut. Doch nicht nur Kleider und die Gläser ringsum, alles, was man mit Mühe auf den Musa Dagh geschleppt hatte. Die Ausbeute der Räuber aber war lächerlich: zwei Sardinenbüchsen, eine Dose mit Kondensmilch, drei Schokoladentafeln, eine Blechschachtel mit Biskuitbröseln. Das konnte ja nicht alles sein. Zum dritten Zelt, rasch. Sato gestikulierte. Da aber näselte die kleine Glocke vom Altarplatz herüber, zum Bittgottesdienst rufend. Das mit der Hauptgruppe verabredete Zeichen lud zum zweiten Teil des Tagewerks ein. Man mußte sich beeilen, um zurechtzukommen. Jeder raffte irgend etwas zusammen, um nicht leer auszugehen, Löffel und Messer, eine Schüssel, eine Karaffe, ja selbst ein Paar Frauenschuhe.

Iskuhi und Howsannah hatten die Blutung der Wunde mit Tüchern erstickt. Der Pastor war zu sich gekommen. Unendlich erstaunt sah er aus. Er konnte nicht begreifen, welch ein verwirrter Mann in ihm getötet worden war. Nun durfte er in der Volksgemeinschaft verharren. Nun zwang ihn sein Trotz nicht mehr, die große Sünde der Absonderung von neuem zu begehn. Vergossenes Blut! Und dieses vergossene Blut war die Gnade, die ihn vor der nichtbestandenen Prüfung bewahrte. Er sah Howsannah. Mit Grasbüscheln rieb sie sich die Hände rein, damit das Wickelkissen des Kindes nicht blutig werde. Aram Tomasian wunderte sich, daß unter seinen Kopf eine Menge von Decken und Kissen geschoben war, so daß er beinahe aufrecht saß. Iskuhi preßte noch immer mit ihrer rechten Hand die Kompresse gegen seine Wunde, wodurch sie zugleich verhinderte, daß er auf den Rücken zu liegen kam. Ihr abgezehrtes Gesicht war von der unsäglichen Anstrengung ganz verzerrt. Aram wandte den Kopf ab und sagte: „Iskuhi", und fünf- und sechsmal nichts als seufzend: „Iskuhi." Der Name klang wie ein zärtliches: „Verzeih mir!"

Der Sakristan läutete wie ein Toller die kleine Glocke, die neben dem Altar an einem Mast tanzte. Dieses heischende Geläute war gar nicht notwendig, denn die Gemeinde der Alten, der Frauen und Kinder war schon längst auf dem Altarplatz versammelt. Unter der fanatischen Rechten des Küsters aber jammerte das Glöckchen weit hinaus, als sollten nicht nur die türkischen Kompanien, sondern Land und Meer wissen, daß hier die Sterbestunde eines christlichen Volkes eingeläutet werde. In der linken Hand schwang der Küster nicht minder wild das Räucherfaß. Auf dem Damlajik, wo es keine irdische Nahrung mehr gab, war der Weihrauch in solcher Menge vorhanden, daß man damit noch monatelang hätte auskommen können. Zur angesetzten Stunde der Bittfeier, die übrigens schon überschritten war, ließ der Südostwind nicht im geringsten nach. Wie Gottlose, die eine Religionsstörung verüben wollen, fegten die Windwürfe über den Platz, schluckten den Glockenlaut, verbissen sich knurrend ins Dachgeflecht der Laubhütten und rüttelten am Altar, dessen Bekleidung für diesen Fall besonders befestigt war. Die starke, vier Meter hohe Blätterwand hinter der heiligen Stätte wurde zum preisgegebenen Windfang. Sie bebte unter den Sturmhieben, das welke Laub wirbelte auf, und die ganze große Wand schwankte oft so bedenklich, als werde sie nicht standhalten. Vor dem Altartisch, auf der obersten Stufe, waren zwei Stangen rechts und links mit einer Querschnur angebracht, auf der der Vorhang in Ringen lief, der während der Opferung den Priester nach armenischem Brauch den Blicken der Gemeinde entziehen mußte. Der schwere Stoff dieses Vorhangs wehte immer wieder gegen den geweihten Tisch. Man band ihn fest, damit er die heiligen Geräte nicht vom Altar werfe. Einige Fromme hatten ihr wachsames Auge auf diese Geräte gerichtet, besonders auf die hohen silbernen Leuchter, in denen von Glasschirmen geschützte Windlichter brannten. Zwischen den einzelnen Windstößen waren lange Pausen einer beklemmenden Stille eingeschaltet. In dieser Stille knallte dann und wann ein Schuß vom Nordsattel herüber.

Ter Haigasun hatte in seiner Pfarrhütte, die dicht neben der Regierungsbaracke lag, längst schon die Meßgewänder angelegt. Die Sänger und die Diakone, die ihm assistieren sollten, warteten bereits eine gute Weile vor dem Eingang. Eine tiefe Beklommenheit aber hielt ihn zurück, hinaus und an den Altar zu treten. Was war das? Sein Herz, das niemals aus dem Gleichgewicht kam, schlug laut ans Priesterkleid. Fürchtete er das Unbekannte, das nahe bevorstand? Zweifelte er, ob er richtig gehandelt hatte, im Augenblick der höchsten Not das Volk selbst aufzurufen? Hatte er damit nicht in listiger Schwäche die Entscheidung von seiner Person abgewälzt und den Unmündigen eine Aufgabe zugemutet, der sie nicht gewachsen waren? Nun, die Kämpfer standen alle hinter Gabriel Bagradian, und Ter Haigasun glaubte nicht, daß der Pastor für seinen Antrag auch nur einen kleinen Bruchteil von Anhängern finden werde. Und doch! Bestand nicht Gefahr, daß sofort nach der feierlichen Gnadenerflehung Verwirrung, Zank, Zerfall durch Tomasians Antrag in die hungernde Menge geworfen werde? Vielleicht fühlte Ter Haigasun nur den niederschmetternden Ernst der Sendung, zu der er gewürdigt und verdammt war. Trotz des heißen Windes fror er. Sein Kopf schien zu wachsen, immer größer und dünnwandiger zu werden wie ein Ballon, den man aufbläst. Auch er hatte seit zwei Tagen fast nichts mehr genossen. Er saß auf der

Matte, die sein Schlaflager war. Auf den Knien hielt er das große Kirchenbuch aufgeschlagen. Den ganzen Nachmittag lang hatte er Eintragungen gemacht und die Summe dieser vierzig Tage gezogen. Jetzt war das Buch des Lebens und des Todes, soweit es in seiner Macht stand, in Ordnung gebracht und die Rechnung abgeschlossen. Er hatte seine Pflicht getan und konnte das Kirchenbuch übergeben. Wem übergeben? Ter Haigasun schüttelte den Kopf. Und doch, es lag eine große Befriedigung darin, daß die Seelen der Lebendigen und der Abgeschiedenen namentlich verzeichnet standen und daß die göttlich-menschliche Ordnung von ihm bis zu dieser Stunde aufrechterhalten wurde. Dadurch, daß jede verewigte Seele mit Geburts- und Todestag, mit Namen und Herkunft der Eltern hier sauber eingeschrieben war, konnte sich Gott ihrer leichter erbarmen, und sie brauchte nicht wie ein unbenannter Hund um die Pforten der Hölle zu schweifen. Ter Haigasun glaubte fest an das Heil der Benennung und Einschreibung, in der sich das Heil der Taufe fortsetzt. Seine vergilbten Hände durchblätterten noch einmal die letzten Seiten des Buches. Siebzehn Kinder des Musa Dagh hatte er getauft. Dem standen vierhundertzweiunddreißig Seelen gegenüber, die er zur Jenseitsreise eingesegnet hatte. Eine gewaltige Zahl. Dennoch, war's nicht ein Wunder, daß trotz der türkischen Kompanien und trotz des Hungers noch immer mehr als viereinhalbtausend am Leben geblieben waren? Und darunter immer noch mehr als siebenhundert wohlgeübte und todesmutige Krieger in allen Stellungen, die vielleicht noch einmal den Ansturm der türkischen Übermacht zurückschlagen würden! Gottes Gnade hatte Gabriel Bagradian nach Yoghonoluk geführt. Ter Haigasun fielen die Lider bleiern über die Augen. Die viereinhalbtausend lebten nicht mehr. Er sah sich allein unter den Toten in seinen starren Kirchengewändern stehn. Nie hatte er daran gezweifelt, daß er der letzte sein werde, so grausam das auch war. Sein Herz schlug nun wieder ruhig. Dafür aber erfüllte ihn eine unbeschreibliche Todeserwartung, wie er sie auch in der schlimmsten Minute der Kämpfer bisher nie empfunden hatte. Ohne zu wissen warum, malte er mit seinem dicken Rotstift unter den letzten Toten des Kirchenbuches ein großes Kreuz.

Einer der beiden Hilfspriester steckte immer wieder den Kopf mahnend zur Pfarrhütte herein. Die angesetzte Zeit war längst verstrichen, und es bestand Gefahr, daß die anschließende Volksversammlung bis in die Nacht dauern werde. Ter Haigasun aber konnte sich noch immer nicht losreißen. Ihm war's, als gebe ihn eine innere Macht nicht frei, die den außerordentlichen Bittgottesdienst zu verhindern trachte. Schwindel und Schwachgefühl drohten ihn aufs Lager zu ziehn. Er war krank, verhungert. Sollte er den Gottesdienst absagen oder sich vertreten lassen? Ter Haigasun erkannte, daß es nicht Schwäche war, sondern die Furcht, der Aufgabe nicht gewachsen zu sein, die heute vor ihm lag. Und noch etwas andres, Unbestimmtes. Endlich erhob er sich und gab das Zeichen. Der Mesnerjunge nahm das Stangenkreuz auf, um es dem Zug voranzutragen. Ter Haigasun folgte den Sängern und Diakonen langsam mit gefalteten Händen und gesenktem Blick. Dieser nach innen geschlagene Priesterblick, welcher an der sich spaltenden Menge teilnahmslos wie an Buschwerk vorbeizog, beobachtete dennoch alles mit überscharfer Klarheit. Ter Haigasun hatte nicht mehr als fünfzig Schritt zum Altar zurückzulegen. Doch bei jedem dieser Schritte durchdrang ihn der Seelenzustand des Volkes ringsum mit schmerzhafter Strahlung. Die Lethargie des Morgens war einer erregten Beweglichkeit gewichen. Die menschliche Natur hatte in dieser Stunde irgendwelche äußerste Reserven oder Scheinkräfte aufgeboten. Vor allem zeigten die kleinen Kinder die tückischeste Ungebärdigkeit. Sie brüllten aus voller Kehle, strampelten und warfen sich zur Erde. Vielleicht waren es die Hungerschmerzen in den kleinen aufgeschwollenen Bäuchen. Die empörten Mütter aber schüttelten und schlugen sie, weil kein andres Beruhigungsmittel half. Da die langen Kreischlaute und das Geschelte sich steigerten, war vorauszusehen, daß die heilige Handlung immerfort gestört und daß Erhebung und Gebetessammlung unmöglich sein werde. Doch nicht nur die Kinder, auch die Erwachsenen benahmen sich zum Teil äußerst unruhig. Da gab es alte Männer — jene bekannten „kleinen Besitzer" zumeist —, die zusammenhanglos aufgeblasene Reden führten, ohne wie sonst ehrfürchtig zu verstummen, da der Priester an ihnen vorbei zum Altar wandelte. Ter Haigasun erkannte daran, daß die innere Auflösung mit dem Hunger Schritt hielt. Es ist gut, überlegte er, daß die Zehnerschaften nicht zu der Versammlung kommen. Solange sie fest bleiben, ist noch nicht alles verloren. Gleichzeitig aber mit diesem beruhigenden Gedanken hob er die Augen und blieb eine Sekunde lang angewurzelt stehen. Was bedeutete das? Hier waren dennoch Bewaffnete erschienen. Einzeln und in losen Gruppen freilich, aber jedenfalls gegen seinen und Gabriel Bagradians ausdrücklichen Willen. Wer hatte diese Leute aus den Stellungen hergeschickt? Da die Frauen, die Schlaffheit der ersten Tageshälfte überwindend, für den Gottesdienst ihre Festgewänder, die bunten Tücher und den blitzenden Münzenschmuck angelegt hatten, verschwanden die braunen Flecke der Krieger in der allgemeinen Farbigkeit. Der nächste Blick aber überzeugte Ter Haigasun, daß sich diesmal nicht etwa die bewährten Kämpfer der nahe gelegenen Abschnitte eingefunden hatten, sondern die Deserteure der fernen Südbastion, jene landfremden und an der äußersten Grenze gehaltenen Burschen, welche nicht im Kirchenbuch standen und sich zum Glück nur selten im Lager, niemals aber bei der Messe zeigten. War diese Gesellschaft auf einmal fromm geworden? Ter Haigasun wandte den Kopf knapp zur Regierungsbaracke rechter Hand. Wo war die Wache? Ach ja, Bagradian hatte alles, selbst einen Teil der Reserve, in die Stellungen gezogen. Der Priester erwog blitzschnell: Umkehren, unter irgendeinem Vorwand! Den Gottesdienst verschieben! Nach Gabriel Bagradian schicken! Die Muchtars zusammenrufen! Vorkehrungen für die Sicherheit treffen! Trotz dieser Erwägungen ging er aber weiter, langsamer allerdings und mit kleinen zögernden Schritten. In der Nähe des Altars standen dichtgereiht die Mitglieder der alten, hervorragenden Familien, die Muchtars mit ihren Frauen und Töchtern, die Schar angesehener Grauhäupter in derselben Ordnung, wie sie in den Kirchen des Tals üblich war. Der Führerrat schien nur spärlich vertreten zu sein. Bedros Hekim, der übrigens seine Freidenkerei niemals äußerlich betätigte, hatte im Lazarettschuppen nicht abkommen können. Ter Haigasun suchte vergebens das Gesicht Pastor Arams. Lehrer Schatakhian war entschuldigt, da er als Befehlshaber der Ordonnanzen in der Nordstellung bleiben mußte. Was Gabriel Bagradian betrifft, so hatte er zwar versprochen, rechtzeitig zum Gottesdienst zu kommen, schien aber durch irgendwelche Umstände abgehalten worden zu sein. Als die Reihen der Dorfalten auseinandertraten, um eine Gasse für den geistlichen Aufzug zu bilden, wurde die Seele Ter Haigasuns noch

einmal gewarnt. Zwischen Sarkis Kilikian und einem Unbekannten stand Hrand Oskanian eingeklemmt wie ein Ver-
hafteter. Der Knirps mit dem schwarzumwucherten Gesicht
schnitt eine unselige Grimasse, zwinkerte den Priester heftig
an und schnappte mit verzweifeltem Mund wie ein Fisch auf
dem Trockenen. Und wieder war es Ter Haigasun, als sollte
er stehnbleiben und sich scharf dem Ausgestoßenen zuwenden:
Was gibt's da? Was hast du mir zu sagen, Lehrer Oskanian?
Und wieder ging Ter Haigasun weiter, den Blick kaum hebend,
von irgendeiner Macht oder Ohnmacht geführt, die ihm das
erstemal auf dem Damlajik den starken Willen raubte.
Gerade als er die erste Stufe des Altars betrat, bemerkte er,
daß er den Brief Nokhudians daheim in der Pfarrhütte vergessen hatte. Diese Tatsache verwirrte ihn über die Maßen,
denn sie vereitelte die Absicht, sogleich nach dem Segen den
Brief über das Ende der Landsleute von Bitias zu verlesen, um
dadurch alle fluchtsinnenden Strömungen zu entkräften. Das
vergessene Blatt und die böse Vorbedeutung bestürzten ihn so
tief, daß er eine schier endlose Weile verstreichen ließ, ehe er
die Altarstufen hinanstieg. Das Volk hinter seinem Rücken
schien die Geistesabwesenheit und Unkraft des Priesters genau
zu spüren, denn das Kindergeschrei, das unruhige Gewoge und
der zudringliche Schwatz wurden immer unverschämter. Und
in diesen ausgehöhlten Herzen sollte sich die große Inbrunst
bilden, um das Wunder Gottes herabzuflehen? Gequält drehte
sich Ter Haigasun um. Da stürzte gerade Gabriel Bagradian
atemlos herbei und stellte sich in die erste Reihe. Ter Haigasun
fühlte einen Augenblick lang Erleichterung. Schon hatte der
Sängerchor hinter seinem Rücken den Hymnus begonnen. Ihm
war nun eine Pause geschenkt, und er schloß die Augen, um
sich zu sammeln. Hohl und matt klangen die Stimmen im
Freien:

„Der Du Deine Schöpferarme gegen die Sterne streckst,
Gib Stärke unsern Armen,
Damit sie, ausgestreckt, zu Dir gelangen!

Durch die Krone des Hauptes kröne den Geist,
Bekleide die Sinne mit dem Orarion,
Mit Arons blühendem goldenem Kleid!

Gleich allen Engeln, den theokratischen, herrlichen,
Sind wir angetan mit Deiner ummantelnden Liebe,
Dem Geheimnis, dem heil'gen, zu dienen."

Der Chor schwieg. Ter Haigasun sah das kleine silberne
Waschbecken vor sich, das ihm der Diakon reichte. Er tauchte
seine Finger ein und ließ sie so lange im Wasser, daß ihm der
Diakon mit erstauntem Blick das Becken entzog. Dann erst
kehrte er sich halb, im Profil, zur Gemeinde und bezeichnete
die Gläubigen dreimal mit dem Kreuz. Darauf wandte er sich
wieder zum Altar und erhob die Hände. In diesem Augenblick
teilte sich das Wesen Ter Haigasuns. Der eine Teil war der
zelebrierende Priester, der nach alter Vorschrift diesen
außerordentlichen Gottesdienst abhielt und keinen Einsatz der
Wechselgesänge versäumte. Der andere Wesensteil, er bestand
aus einigen Schichten, war ein sterbensmatter Kämpfer, der
übermenschliche Kräfte aufwenden mußte, damit der Priester
seine Pflicht erfüllen könne. Es war zuvörderst ein Kampf mit
dem eigenen Körper, den der zweite Ter Haigasun führte.
Dieser Körper sagte bei jedem Wort der Liturgie: Bis hierher
und nicht weiter! Merkst du denn nicht, daß ich keinen
Tropfen Blut mehr im Kopf habe? Noch ein oder zwei Minuten, und ich werde dir die Schande bereiten, hier am Altar
zusammenzustürzen. Mit dem Körper allein wäre der Kämpfer
leicht fertig geworden. Aber hinter diesem verbargen sich viel
tückischere Feinde. Einer von ihnen war ein Taschenspieler,
der unablässig alle Geräte vor den Augen des Priesters verwandelte. Die großen Silberleuchter wurden zu aufgepflanzten
Bajonetten. Aus den schöngedruckten Seiten des Breviariums
sprangen die Namen der Toten des Kirchenbuchs, und überall
drohte das große Kreuz des Rotstifts. Wenn von Zeit zu Zeit
ein Windstoß herüberpfiff, prasselte das Laub an der Altarwand auf, und welke Blätter tanzten dann herbei und senkten
sich ohne Ehrfurcht auf das Tabernakel und aufs Evangelium
mit dem goldenen Kreuz im Deckel. Überall lagen schon diese
verdorrten braunen Blätter, einzeln und in Häuflein. Ter
Haigasun, der Zelebrant, war zum Psalm gelangt. Seine von
ihm ganz und gar abgetrennte Stimme sang:
,,Schaffe mir Recht, o Herr, und entscheide meine Sache im
Gericht!"
Der Diakon respondierte mit säuselndem Tonfall:

„Errette mich vom Geschlechte, das nicht heilig ist, vom sündig arglistigen Manne."

„Warum hast Du mich vergessen? Warum gehe ich traurig einher, wenn mein Feind mich plagt?"

„Ich will treten zum Altare Gottes, zu Gott, der meine Jugend erfreut."

Während Ter Haigasun diesen langen Wechselgesang mit dem Diakon fehlerlos zu Ende führte, zeigten sich den Augen des andern Ter Haigasun ganz unerträgliche Dinge. Das welke Laub, das überall verstreut lag, war gar kein welkes Laub, sondern Schmutz, Mist, irgendein unbeschreiblicher Kot, von Feinden Gottes, von Verbrechern auf den Altar geworfen. Eine andre Erklärung war unmöglich, denn es konnte ja nicht Schmutz vom Himmel geregnet haben. Ter Haigasun stierte ins Brevier, um die grauenhafte Entweihung nicht sehen zu müssen. Aber sah sie das Volk nicht? Und hier geschah die erste Verwirrung im Text. Der Diakon hatte gesungen: „Allmächtiger Herr, unser Gott erhalte uns und erbarme Dich unser!"

Jetzt sollte der Priester mit seinen Worten einfallen. Ter Haigasun aber schwieg. Der Diakon drehte sich mit großen Augen zum Sängerchor. Da sich aber Ter Haigasuns Stimme noch immer nicht erhob, trat er einen Schritt näher und flüsterte scharf:

„Im Hause der Heiligkeit..."

Der Priester schien nichts zu hören. Der Diakon flüsterte jetzt schon halblaut und verzweifelt:

„Im Hause der Heiligkeit und am Orte..."

Ter Haigasun erwachte:

„Im Hause der Heiligkeit und am Orte des Lobgesanges, in dieser Wohnung der Engel und an dieser Sühnstätte der Menschen, werfen wir uns vor diesem Gott angenehmen und lichtvollen Zeichen in Ehrfurcht nieder und beten an..."

Ter Haigasun atmete schwer. Unter der Krone rann ihm der Schweiß in Stirn und Nacken. Er wagte es nicht, ihn abzutrocknen. Hinter seinem Rücken schwang sich jetzt die näselnde Stimme des Obersängers Asajan auf: „An dieser geweihten Opferstätte des Tempels sind wir versammelt zur Bittfeier..."

Die eitle eingebildete Stimme Asajans reizte den Priester wie noch nie. Wann werde ich den Menschen los, dachte er.

799

Zugleich ließ der Druck in den Schläfen ein wenig nach. Vielleicht überstehe ich's doch, Christus, hilf mir! Ter Haigasun starrte mit angstvollen Augen auf das Altarkruzifix. Die Stimme eines der Wesen, aus denen er bestand, warnte ihn: Sieh ja nicht fort! Doch gerade dieser Warnung wegen mußte er fortsehn, vorwärts nämlich, zur hohen Wand aus Buchsbaumzweigicht, die den Altar abschloß. Dort aber stand jemand, leicht an den Pfosten des Rahmens gelehnt, mit gekreuzten Armen, eine Zigarette rauchend. Unerhörte Frechheit! Ter Haigasun verschluckte diesen Ausruf. Beim nächsten Hinblicken war dieser Jemand aber nicht mehr Sarkis Kilikian, den er verabscheute, den er hatte in Fesseln legen lassen. Dieser Jemand war zeitweilig überhaupt ein Niemand. Die Wand starrte leer. Dann kam der Russe wieder, verwandelte sich in alle möglichen Leute, einmal schien es sogar Krikor zu sein, zuletzt geschah es, daß ein Priester im Meßgewand dort stand. Ter Haigasun hielt es anfangs für lächerlich, daß dieser Priester er selbst sein sollte. Er war es ja auch nicht, denn er trug doch keine militärische Lammfellmütze, sondern die goldverzierte Krone:

„Segen und Preis dem Vater, Sohne und Heiligen Geist..."

Weiter kam er nicht. Zwischen dem Menschen an der Wand und ihm schwebte seine eigene Stimme und bohrte sich in sein Gehör: „Was gaukelst du da am hellen Tag? Wozu dieser Bittgottesdienst?"

Ter Haigasun suchte mit seinem Blick die aufsteigenden Weihrauchwolken. Die Gestalt und die Stimme aber ließen nicht ab von ihm:

„Was für ein Teufel von Gott müßte das sein, der seinem frommen Armeniervolk dieses Jahr zubereitet hat..."

Ter Haigasun begann nach der Vorschrift den Vespergesang anzustimmen:

„Heiliger Gott, heilig und unsterblich, erbarme Dich unser! Bewahre uns vor der Versuchung und all ihren Pfeilen!"

Jetzt schien die Antwort gar nicht mehr von Kilikian, sondern ganz aus ihm selbst zu kommen:

„Du glaubst nicht, du glaubst ja nicht an das Wunder. Du bist überzeugt, daß morgen viereinhalbtausend armenische Leichen den Damlajik bedecken werden."

Der Diakon reichte Ter Haigasun das Räucherfaß, damit er nach dem Brauche das Volk inzensiere. Ein unsinniges Durst-

gefühl durchzuckte Ter Haigasun. An der Wand lehnte niemand mehr. Doch die Stimme war nahe wie zuvor:
„Du willst mich töten. Töte mich, wenn du den Mut hast."
Das Räucherfaß klirrte aus der Hand des Priesters zu Boden. In dieser Sekunde entstand ein ganz neuer Ter Haigasun. Mit einem barbarischen Aufschrei ergriff er einen der schweren Silberleuchter und schwang ihn hoch über seinem Kopf. Doch er stürzte sich nicht, um seinen Feind zu finden, auf die Erscheinung vor der Zweigichtwand, nein, sondern mitten unter die Gemeinde.

Ohne die Hungervision und den Anfall Ter Haigasuns wäre es wahrscheinlich zu gar keinem „Putsch" gekommen. Auch die Deserteure der Südbastion waren zum größten Teil Armeniersöhne, voll Scheu und Ehrfurcht vor dem Altar. Der Langhaarige aber hatte seine Truppen, überfallsbereit, in der Nähe der Regierungsbaracke versammelt. Als der Aufruhr am Kopf des Altarplatzes losbrach, hielt er das Zeichen für gegeben. Zehn von seinen Leuten begannen, um das nötige Chaos zu erzeugen, Schreckschüsse in die Luft zu knattern. Die andern stießen die Tür ein und hatten binnen wenigen Sekunden schon die Munitionsverschläge entdeckt und vor die Baracke geschleppt. Was aber an den Altarstufen geschah, das geschah so traumschnell, daß weder die Muchtars noch auch Gabriel zum Bewußtsein des Vorgangs kamen. Dabei war das Traumhafte wesentlicher als die Schnelligkeit, denn vielleicht dauerte das Ganze mehr als zwei Minuten. Es waren freilich zwei Minuten, die auf einem unbekannten Nebengeleise der Zeit einhersausten. Als Ter Haigasun mit dem hochgeschwungenen Leuchter sich unter die Andächtigen geworfen hatte, war alles auseinandergefahren. Gabriel Bagradian sah, daß der Priester auf eine Gruppe von Deserteuren zustrebte. Auch er hatte nicht begriffen, wer dieses Pack zum Gottesdienst und zur Versammlung geladen hatte. Ter Haigasun schien einen bestimmten Mann zu suchen. Doch schon im nächsten Augenblick war er in einem Haufen dieser Bewaffneten eingeklemmt. Sie entwanden ihm den Leuchter, sie stießen ihn brüllend hin und her, endlich rissen sie ihn zu Boden. Jetzt knatterten die Schüsse im Rücken der Menge auf. Ein wahnsinniger Angstschrei drosch alles auseinander. Die Muchtars mit ihren Weibern versuchten jammernd zu fliehen. Bagradian aber drängte mit vorgehaltenem Revolver in den Knäuel, um Ter Haigasun zu befreien. Einer der Deserteure, der ihm folgte, ließ mit voller Wucht den Gewehrkolben auf ihn niedersausen. Gabriel stürzte zusammen. Hätte der Hieb den Tropenhelm von seinem Kopf geschleudert, so wäre es sein Ende gewesen. Der Kolbenschlag trieb aber den widerstandsfähigen Korkhelm tief in sein Gesicht, wobei zugleich die tödliche Wucht abgefangen wurde. Bagradian fiel in Betäubung, ohne wirklich verletzt zu sein. Andre hatten inzwischen Ter Haigasun an einen der tief in die Erde gerammten Eckpfosten des Altargerüstes mit starken Hanfstricken gebunden. Der Priester wehrte sich lautlos, aber mit erstaunlicher Kraft. Hätte er das Dolchmesser gehabt, das er in seiner gewöhnlichen Kutte bei sich trug, einer von den Verbrechern wenigstens hätte mit dem Leben bezahlen müssen. Die Muchtars standen in der Ferne, keuchend und schlotternd. Alte Leute waren sie alle mit hungerverschrumpften Muskeln. Sie konnten Ter Haigasun nicht beispringen. Ihnen fehlte ja selbst die Kraft, sich in Sicherheit zu bringen. Die Weiber und Töchter versuchten es, sie mit unmenschlichen Schreien zurückzuzerren. Die Menge verstand noch immer nichts. Durch das Gewehrgeknatter halb wahnsinnig geworden, drängte sie vorwärts gegen den Altar. Da aber zugleich die vorderen Reihen zurückfluteten, entstand ein heilloser Strudel von Leibern, Angst- und Wehgekreisch. Schon stießen ein paar der schlimmsten Burschen, die seit Monaten kein Weib berührt hatten, von außen her wie Fischadler in den Tumult und packten mit ihren schmutzigen Fängen eine Frau hier, ein Mädchen dort. An Ort und Stelle versuchten sie den aufgellenden Opfern die Feiertagskleider und den Schmuck vom Leibe zu zerren. Ein andrer Trupp, der größere Nüchternheit bewies, stürmte in die Hüttengassen, um die ärmste Armut zu plündern. All dies war von solch unermeßlicher Greulichkeit, daß die menschliche Seele, um aufatmen zu können, diese Schurkerei lieber für Tollwut ansehn möchte, für die Todeszuckung eines Volkskörpers, dem der Rassenfeind jeden Nerv einzeln durchschnitten hatte. So war's denn noch tröstlich, daß nicht alle von den Spießgesellen sich aktiv beteiligten und eine erhebliche Anzahl nur Zuschauer-, Mitläufer- und Statistendienste leistete.

Mittlerweile machten sich die ersten Zeichen der Gegenwehr bemerkbar. Einige vom Lagervolk, die noch halbwegs bei

Kräften waren, bekamen diesen und jenen Deserteur, der zwischen ihnen festgekeilt stand, zwischen die Fäuste. Die Kunden wurden entwaffnet, niedergeworfen und halb zertreten. Entschlossene drängten vor, um Ter Haigasun zu befreien. Noch ein paar Minuten, und es wäre vielleicht zu einem namenlosen Blutbad durch die von der Überzahl bedrängten Verbrecher gekommen, die ihre Gewehre schon fertigmachten. Aber das tollgewordene Schicksal übersteigerte sich noch einmal. Wie in den letzten Tagen so oft schon, sprang der Wind um, das heißt, ein jäher Wirbelwind begann um den Platz zu kreisen. Da niemand mehr den Altar bewachte, wurden zwei hölzerne Leuchter und ein Gefäß mit Blumen umgeworfen und rollten vom heiligen Tisch. Ter Haigasun rang noch immer stumm mit den dicken Stricken, die ihn an das Gerüst fesselten. Von Zeit zu Zeit hielt er inne, um Kraft zu sammeln. Bei jedem neuen Stoß wankte der Bau. Seine blutunterlaufenen Augen suchten die Hilfspriester, die Sänger, Asajan, den Küster. Diese alle aber waren verschwunden oder wagten sich nicht in die Nähe des Gefesselten, der von einem Haufen der Deserteure bewacht wurde, wohl damit die Munitionsräuber in Ruhe entkommen könnten. Bei diesen Deserteuren am Altar stand auch Sarkis Kilikian. Er sah Ter Haigasun und seinen wilden Befreiungsversuchen interessiert zu, so als hätte er an all diesen Vorgängen und Schicksalen nicht den geringsten Anteil und stehe aus purer Neugier hier. Nach einer Weile verließ er schlendernd den Schauplatz. Sein gelangweilter Rücken schien zu sagen: Nun hab ich genug. Es ist auch höchste Zeit. Kaum aber hatte sich Kilikian entfernt, geschah das Ungeheuerliche. Nur weil sein Verschwinden so auffällig damit zusammenfiel, brachte ihn Ter Haigasun später mit der Brandstiftung in Zusammenhang. In Wirklichkeit ging der Russe an den Stufen vorbei und berührte gar nicht die Blätterwand, die sich drei Schritte hinter dem Gerüst erhob. Anfangs knisterte es in dem trockenen Holz- und Blättergeflecht nur recht zahm und harmlos. Die Flamme aber, die dann jählings hochflatterte, hatte mindestens die doppelte Höhe der Flechtwand. Sie wurde vom Meerwind sofort eingeknickt und nach rechts umgelegt. Geflügelte Zungen und freie Fähnchen lösten sich los und besprangen das Dach der nächstliegenden Baracke. Dies war die prächtige Behausung Thomas Kebussjans, die sogar durch die Aufschrift „Gemeindehaus" ausgezeichnet war. Bei dieser ersten Gelegenheit benahm sich das Feuer gleichsam noch verlegen, als habe es Gewissensbisse zu überwinden. Als aber das Reisigdach der Baracke binnen einer Minute mit einem Knall hoch aufflammte, da gab es keinen Halt mehr. Wie auf dem Boulevard einer Großstadt die Lichterreihe aufblitzt, so fuhr der Brand um den Platz, fast gleichzeitig aus jeder Hütte emporschlagend. Vielleicht hatten die Schurken mehrere Brandherde entzündet, um durch ein Riesenfeuer das Volk festzuhalten und eine Verfolgung unmöglich zu machen. Auch die Feuerfahne der Regierungsbaracke stieg jetzt in die Höhe. Sicher war eines nur, daß sich schon bei Beginn des Brandes der böse Besuch aus der Stadtmulde verzogen zu haben schien.

Als die Zweigichtwand hinter dem Altar urplötzlich aufflammte, barst die Menge wie eine Granate. Niemand kümmerte sich mehr um die Verbrecher, niemand mehr um den Altar, den gefesselten Priester und den vermeintlichen Toten. Mit einem fremdartigen, fast wiehernden Jammerlaut stürzten sich die Menschen in die Hüttengassen. Alles verloren! Kein Löschgerät. Wer konnte den Brand beschwören? Nur retten, was zu retten ist! Die Matten, die Decken, die Betten! Das Lebensnotwendigste. Vielleicht auch das Handwerkszeug, ein Angedenken, alles, alles was man aus der Talheimat mitgeschleppt hatte, daß es einen bis zum Tod begleite. So verwachsen war selbst in diesem Augenblick noch der Eigentums- mit dem Lebenstrieb, daß es in dem ganzen Volke nicht einen einzigen gab, der dem Bergungsdrang nicht erlegen wäre. Keiner schien auf den einfachsten Gedanken zu kommen: Wozu die Mühe? Was hilft es mir noch, ob ich das Lumpenzeug habe oder nicht? Besser stillsitzen und dem Feuer zusehn! — Die Muchtars und Dorfreichen aber, jene schlotternden Alten, die der Schreck so festgenagelt hatte, daß sie Ter Haigasun nicht beistehn konnten, nun bekamen sie plötzlich Beine. Ihr Geld verbrannte. Die schön geglätteten Pfundnoten, die, in den Winkeln der Hütten, unter dem Bettzeug wohlvergraben, hilflos des Retters harrten. Geld war Geld, bitter erworben, heilig gehalten, wenn's auch für dieses Leben keinen ersichtlichen Zweck mehr haben konnte. In großen Sprüngen jagten die Alten mit ihren Weibern und Töchtern heimwärts. Kebussjan und die Seinen belagerten längst schon mutig die Brandstätte des „Gemeindehauses". Und Ter Haigasun? Ach, irgend jemand hat ihn gewiß schon befreit.

Noch ein rasender Versuch, dann ergab sich Ter Haigasun. Die groben Hanfstricke hatten ihm durch die starre Seide des Meßgewandes hindurch Arme und Brust aufgeschürft. Schweiß rann ihm eiskalt den Rücken herab. Immer wieder fielen die Brandkränze der lohenden Wand auf das Altargerüst, das stellenweise schon zu brennen begann. Hie und da traf eine dieser Fackeln auch den Gefesselten. Haar und Bart waren ihm schon versengt. Der schwere Altarvorhang hatte Feuer gefangen, doch war die Schnur, an der er lief, sogleich gerissen, und er loderte nun als mächtiger Flammenhaufen auf den Stufen. Mochte es sein! Der Platz war leer. Nur schreiende Familien umsprangen die brennenden Hütten. Nicht um Hilfe rufen! Ein Priester, der, an den Altar gefesselt, den Martertod stirbt, hat drüben die Sündenvergebung gesichert. Wieder fuhr ein flammender Peitschenhieb dicht an Ter Haigasun vorbei. Wenn doch nur die Türken seine Mörder wären! Aber Armeniersöhne, sein eigenes Volk!? Die Hunde, diese wilden Hunde! Hunde! Und mit diesem Wort brach ein Wutgeheul aus ihm, das seinen Kopf zu sprengen drohte. Er spreizte die Beine, so weit es ging, und legte sich brüllend in die Fesseln, wie ein Zugtier vor einem hochaufgetürmten Lastwagen sich ins Geschirr legt. Vor den Hütten keiften die Stimmen der Verzweifelten. Doch als Ter Haigasuns rasendes „Hunde, Hunde" über den Platz heulte, da erschraken die Eigensüchtig-Betäubten, und alle rannten zum Altar, um den Wartabed zu erlösen. Bevor aber noch der erste ihn erreichte, hatte der schon gelockerte Pfosten nachgegeben, das Gerüst knickte zusammen, die Bretter loderten empor, der Priester stürzte. Die Leute fingen ihn auf. Rasch wurden die Stricke durchgeschnitten. Ter Haigasun machte ein paar Schritte, mußte sich aber sogleich hinlegen.

Bedros Hekim kam gerade zurecht, als sich ein paar alte Männer und Frauen des besinnungslosen Bagradian erbarmen wollten. Sofort, ehe er noch den Puls gefühlt hatte, sah er, daß Gabriel nicht tot war. Altouni ließ sich ächzend auf die Erde nieder und nahm den Kopf des Hingestreckten auf den Schoß. Vorsichtig lockerte er den Korkhelm, den der Kolbenhieb so tief eingetrieben hatte, daß er auch die Augen bedeckte. Sogleich, als er frei war, schlug Gabriel die Lider auf. Er glaubte nur geschlafen zu haben. Dies alles hatte sich ja in

einer unwirklich kurzen Zeit abgespielt, in einer Zeit
außerhalb der Zeit gleichsam. Allmählich erst spürte er das
brennende Gewicht seines Schädels. Der Arzt fuhr leise über
die Kopfhaut. Kein Blut. Nur eine große Beule. Doch vielleicht war durch den Hieb eine innere Verletzung erfolgt, eine
Ader im Gehirn geplatzt. Bedros Hekim rief Gabriel sanft
beim Namen. Dieser blickte ungläubig um sich und lächelte.
Er begriff nichts. Ringsum die brennenden Hütten und das
mächtige Feuer der Regierungsbaracke. Nun ja, die Bibliothek
des Apothekers gab Brennstoff genug. Weinende Menschen,
Bettlaken und Decken nachschleifend, rannten richtungslos
durcheinander. Jetzt stürzten sich die Dorfpriester und Sänger,
alle im Ornat, auf den zusammengesunkenen Altar, mitten in
die Flammen, um die heiligen Geräte, Evangelium und Brevier
zu retten. Gabriel selbst lag auf dem Schoß des alten Arztes,
wo er als kleines Kind schon gelegen war. Eine recht trauliche
Empfindung. Aber was bedeutete das? Dort, ein paar Schritte
weiter, lag auch Ter Haigasun, und der Gemeindeschreiber
von Yoghonoluk reichte ihm einen Krug Wasser. Die Brust des
Priesters war nackt, und eine alte Frau behandelte sie mit
nassen Tüchern. Gabriel sah den Alten unendlich erstaunt an:
,,Was ist hier geschehn...?"
Bedros Hekim lachte kurz:
,,Wenn ich das nur selbst wüßte, mein Sohn..."
Dann nahm er zärtlich die Wangen des Erwachten zwischen
seine braunen, verschrumpften Hände:
,,Dir ist jedenfalls nichts geschehn, das weiß ich jetzt."
Gabriel Bagradian sprang auf die Beine. Nur langsam wollte
sich die Erinnerung herausbequemen. Wie aus einer dumpfen
Trunkenheit stieß er hervor:
,,Was ist mit dem Überfall...? Haben wir ihn gemacht...?
Jesus Christus, die Südbastion... Jetzt ist alles verloren..."
Doch auch Ter Haigasun hatte sich aufgestützt. Und seine
Stimme schien aus einer andern Trunkenheit zu kommen, einer
hellen, überbewußten: ,,Jetzt nicht mehr..."
Bagradian hörte ihn nicht. Das Rauschen und Knacken des
Feuers war so laut, daß man sich nicht vernehmlich machen
konnte. Der Brand fraß sich Schritt für Schritt in die Hüt-
tengassen hinein. Auch standen schon einige Baumgruppen an
den Grenzen der Stadtmulde in hellen Flammen. Immer zahlreicher sammelten sich die Familien mit ihren geretteten

Habseligkeiten auf dem Altarplatz, einen Befehl erwartend, der ihnen Richtung und Ziel gab. Einige Frauen hatten mit den letzten Kräften ihre Nähmaschinen hierher und in Sicherheit gebracht. Jedes Auge suchte den Führer. Doch dieser war nicht vorhanden. Denn sowohl Ter Haigasun als auch Gabriel Bagradian starrten noch immer wie im Halbschlaf vor sich hin. Bedros Hekim zählte nicht. Kein Muchtar und kein Lehrer zeigte sich; die waren alle mit der Rettung ihres Eigentums beschäftigt. In der verzweifelten Frist kam aber wenigstens Hilfe vom Nordsattel. Als Beweis für die unheimliche Geschwindigkeit des Ereignisses, das zwischen dem Anfall Ter Haigasuns und diesem Augenblick lag, kann es gelten, daß Awakian mit den sechs Zehnerschaften erst jetzt eintraf, nachdem alles vorbei war. Tschausch Nurhan hatte ihn sofort zu Hilfe gesandt, als die Deserteurschüsse aufknatterten. Awakian stürzte auf Gabriel zu:

„Sind Sie verwundet, Effendi? ... Jesus Christus, wie sehen Sie aus? ... So reden Sie doch..."

Gabriel Bagradian aber redete nicht. Mit ein paar raschen Schritten verließ er, am lodernden Altar vorbei, den Platz, die Stadtmulde, geriet ins Laufen und blieb endlich auf einer kleinen Anhöhe stehn. Awakian folgte ihm wortlos. Mit angestrengten Zügen schob Gabriel den Kopf weit vor, scharf lauschend, damit sein Gehör das Rauschen des Brandes durchdringe. Lange knatternde Striche im Süden. Wie von Maschinengewehren. Und jetzt wieder. Aber vielleicht war's eine Täuschung, denn die Schmerzen in seinem Kopf tobten.

Sechstes Kapitel **Die Schrift im Nebel**

Dem jungen Offizier war das Kunststück gelungen. Er hatte eine Feldtelefonleitung gelegt, natürlich nicht bis in die Villa Bagradian, so viel Draht war wahrscheinlich bei der ganzen Vierten Armee nicht vorhanden, sondern nur vom Dorf Habaste bis etwa vierhundert Fuß unterhalb der Südbastion. Bei den Schwierigkeiten des felsigen Geländes und der mangelhaften Ausbildung der Truppe eine ansehnliche Leistung. General Ali Risa Bey hatte sich am Nachmittag, für die Beobachteraugen des Damlajik als Zivilist verkleidet, höchstpersönlich nach Habaste begeben. Die Sonne war gerade untergegangen, als der plumpe Telefondraht auf dem Tischchen vor ihm zu summen begann. Es dauerte sehr lange, und man mußte noch vielerlei technische Probleme lösen, ehe sich auf der anderen Seite die Stimme des Jüsbaschi klärte. Dann aber war's eine helle Stimme, die trotz der unzulänglichen Stromleitung stolze Genugtuung nicht verkennen ließ:

„Herr General, ich melde gehorsamst, der Berg ist in unserem Besitz."

Ali Risa Bey, mit dem klaren Gesicht des Nichtrauchers und Nichttrinkers, lehnte sich, die Muschel am Ohr, auf seinem Klappstuhl leicht zurück:

„Wieso der Berg, Jüsbaschi? Sie meinen das Südende des Berges."

„Jawohl, Effendi, das Südende des Berges."

„Ich danke! Haben wir Verluste gehabt?"

„Gar keine Verluste, nicht einen einzigen Mann!"

„Und wieviel Gefangene haben Sie gemacht, Jüsbaschi?"

Nun schien wieder eine technische Störung eingetreten zu sein. Der General sah den Telefonoffizier durchdringend an. Bald aber meldete sich die Stimme des Jüsbaschi von neuem, wenn auch zögernd:

„Ich habe keine Gefangenen gemacht. Die gegnerischen Stellungen waren leer. Wir haben ja damit gerechnet. Fast leer. Nur zehn Mann etwa, das heißt, darunter vier Jungen vielleicht..."

„Und was ist mit diesen Leuten geschehn?"

„Die Unsrigen haben sie niedergemacht..."

„Nach Gegenwehr?"

„... Ohne Gegenwehr..."

„Das mindert Ihren Erfolg erheblich, Jüsbaschi. Die Gefangenen hätten uns viel Mühe erspart."

Selbst in der klobigen Muschel des Feldtelefons war der Zorn des Jüsbaschi zu spüren: „Ich habe den Befehl nicht gegeben."

Die leidenschaftslose Kühle des Generals veränderte sich nicht:

„Und wo sind die Deserteure hin?"

„Man hat nur ihr Lumpenzeug gefunden, sonst nichts."

„So? Andre Meldungen noch, Jüsbaschi?"

„Die Armenier haben ihr Lager in Brand gesteckt. Es ist ein

sehr großer Feuerschein..."

„Und wie beurteilen Sie das, Jüsbaschi? Welche Gründe sehen Sie dahinter?"

Die Stimme des Majors, rachsüchtig, bissig:

„Mir steht ein Urteil nicht zu. Herr General werden richtiger urteilen. Vielleicht verlassen die Kerle den Berg ... in der Nacht..."

Ali Risa Bey blickte mit seinen blaßgrauen Augen zwei Sekunden lang schweigend in die Ferne, ehe er seine Ansicht bekanntgab:

„Möglich ... Aber ebensogut kann eine Finte dahinterstecken ... Der Anführer hat unsere Offiziere ja schon mehrmals zum besten gehabt ... Es kann ein Ausfall geplant sein..."

Und jetzt wandte er sich an die Herren seiner Umgebung:

„Man soll in dieser Nacht den Postendienst im Tal aufs äußerste verstärken."

Die Stimme des Jüsbaschi forderte nicht ohne Ungeduld:

„Ich bitte gehorsamst um weitere Befehle, Herr General."

„Wie weit sind Ihre Kompanien vorgegangen?"

„Die dritte Kompanie und zwei Maschinengewehrabteilungen halten die nächste Kuppe besetzt, etwa fünfhundert Schritt von meinem Hauptstandort."

„Wir haben hier unten Maschinengewehrfeuer gehört. Was hat das zu bedeuten?"

„Nur eine kleine Demonstration..."

„Diese Demonstration war höchst überflüssig und schädlich... Die Truppen sollen bleiben, wo sie sind, und sich gut sichern."

Die Stimme am andern Ende klang jetzt ganz heimtückisch:

„Die Truppen bleiben, wo sie sind. Ich werde um eine schriftliche Ausfertigung dieses Befehles bitten, Effendi! ... Und morgen?"

„Eine halbe Stunde vor Sonnenaufgang beginnt sich die Artillerie im Norden einzuschießen. Richten Sie Ihre Uhr genau nach der meinen, Jüsbaschi! ... So! ... Ich werde knapp nach Sonnenaufgang bei Ihnen oben sein und die Sache vom Süden aus führen. Basta!"

Der Jüsbaschi oben auf dem Berg warf, zähnebleckend, die Hörmuschel hin:

„Zum Kehraus kommt er, dieser Ziegenmilchpascha. Und dann wird *er* der Sieger des Musa Dagh sein!"

Gabriel Bagradian kehrte schweigend auf den Altarplatz zurück. Während des kurzen Weges hielt er krampfhaft Awakians Hand umklammert. Der Brand hatte sich immer weiter in die Gassen gebohrt. Die Sonne war noch nicht lange untergegangen. Doch trotz der Flammen ringsum — die Zweigichtwand des Altars brannte unerschöpflich — wurde es um Gabriel immer dunkler. Schwarze Jammergestalten, schwarze Jammerstimmen wogten in sinnlosen Tänzen über den Platz. Die Waage seines Lebens schwankte. Hatte er nicht das volle Recht, noch einmal hinzufallen, nun aber für immer, ins Nichtsmehrwissen? Stephan war tot. Warum denn wieder von neuem beginnen? Und dennoch, von Sekunde zu Sekunde füllte sich sein Kopf, das schmerzhafte Gefäß, mit immer klareren und energischeren Gedanken.

Auch Ter Haigasun hatte sich wieder erholt und aufgerichtet. Das erste was er tat, war, die zerrissene Alba, die Stola und alle anderen Gewandungsstücke des heiligen Dienstes sorgfältig zusammenzulegen. Seine Blöße verhüllte er mit einer Decke, die ihm jemand geliehen hatte. Aus Ter Haigasuns Bart war eine Strähne herausgesengt, und eine rote Brandwunde lief ihm über die Backe. Ganz und gar verwandelt war sein Gesicht. Die gelbliche Kameenfarbe der eingefallenen Wangen war dunkler Fieber- oder Zornesglut gewichen. Als er Bagradian erblickte, rang er stumm nach Worten. — Auch die Muchtars hatten sich indessen ihrer Pflicht erinnert und kamen herbeigelaufen. Ob sie freilich ihre wohlgefüllten Geldbörsen aus Rauch und Flammen gerettet oder nicht gerettet hatten, das muß dahingestellt bleiben. Sie alle, mit Thomas Kebussjan an der Spitze, leugneten die Rettung jedenfalls. In diese Stunde, die das Ende besiegelte, mischten sie ihre Klagen um das verlorene Hab und Gut. Immer mehr alte Leute stießen zu ihnen und vermehrten das quäkende Gezeter. Das Volk hatte den Kampf mit dem Feuer aufgegeben. Die Willenskraft reichte nur mehr zu kopflosem Getümmel aus, das allmählich zu erstarren begann. Auch die Zehnerschaften, die Tschausch Nurhan zu Hilfe gesandt hatte, konnten nichts mehr retten. Sie sahen dem Feuer müßig zu, das die Hütten nicht von außen zu bespringen, sondern das aus ihrem Innern auszubrechen schien, als habe es dort nur auf diese Gelegenheit gewartet. Die prasselnden Laubdächer wurden emporgehoben, und im Luftzug wirbelten Fetzen und Lumpen in die Höhe.

Dichtgeschart hockte bald alles auf der Erde des großen Platzes, die Frauen, die Kinder, die Alten. Diese Verhungerten rührten sich nicht mehr. Auf den erdigen Gesichtern zuckte der Brandschein, ohne daß die Augen ihn mehr zur Kenntnis nahmen. Ihre Haltung bekundete nur eine einzige Sehnsucht, keiner der Führer möge es sich ja einfallen lassen, von ihnen einen Schritt, eine Handbewegung, die geringste Spur neuer Aktivität zu fordern. Hier wollten sie hocken und keinen Widerstand mehr leisten bis zum Ende. Jener Zustand, welchen man das Wohlbehagen der Vernichtung nennen könnte, war erreicht.

Doch noch einmal wurden die verdorrten Leiber und Seelen aus dem wohligen Einverständnis mit dem Tode gerissen. Hinter den geschlossenen Lidern hatte sich der Geist Bagradians gesammelt. Das geschah fast wider seinen Willen. Anfangs bemühte er sich sogar, der schmerzhaften Anstrengung zu entgehn, die ihn die Konzentration kostete. Dann war es so, als denke im schallenden Bergwerk seines Kopfes nicht er, Gabriel Bagradian, sondern, unabhängig von ihm selbst, der Auftrag, den er einst dort unten im Tal übernommen hatte, der Auftrag, die Verteidigung bis zur letzten Möglichkeit durchzuführen. Während das Bewußtsein des eigenen Ich fast zur Gänze erloschen war, kombinierte eine unbestechliche Kraft in ihm: Ist die letzte Möglichkeit wirklich verloren? Nein! Die Türken haben wahrscheinlich die Südbastion besetzt. Sie führen Maschinengewehre mit sich. Das Lager brennt zusammen. Was hat zu geschehen? Eine neue Verteidigungslinie, die ihnen den Weg abschneidet, so gut es geht! Vor allem aber, das Lagervolk muß von der Bergfläche fort, hinunter ans Meer. Dann zu den Haubitzen!

Awakian näherte sich ihm. Er schrie ihn an:

„Was suchen Sie noch hier? Schnell zu Nurhan! Er hat sich nicht fortzurühren. Alle Zehnerschaften, die ich für den Überfall aufgestellt habe, sofort zu mir! Auch die Hälfte der Ordonnanzen und Späher. Wir müssen sofort eine Linie bilden, mit Kopfdeckungen wenigstens."

Awakian zögerte, wollte noch Fragen stellen, doch Gabriel stieß ihn von sich und trat mitten unter das erstarrte Volk.

„Warum verzweifelt ihr, Brüder und Schwestern? Kein Grund dazu! Wir haben noch immer siebenhundert Kämpfer und Gewehre und die beiden Geschütze. Ihr könnt ruhig sein! Es ist besser für die Verteidigung, wenn die Gemeinden sich in dieser Nacht unten an der Küste lagern. Die Männer der Reserve aber bleiben hier!"

Nun hatten sich auch die Muchtars wieder gefaßt. Ter Haigasun erteilte ihnen den Befehl, ihre einzelnen Dörfer zu sammeln und geschlossen den Steilpfad hinabzuführen. Er selbst werde vorangehn, um die besten Lagerplätze ausfindig zu machen. Der Priester fieberte ohne Zweifel und mußte eine gewaltige Anstrengung machen, um ins Leben und in die Pflicht zurückzukehren. Sein Gesicht mit dem versengten Bart war ganz klein und dunkel, als er sich jetzt zu Gabriel wandte:

„Wichtiger als alles andre ist die Strafe. Du mußt die Schuldigen töten, Bagradian!"

Gabriel sah ihn stumm an. Ich werde Kilikian nicht finden, dachte er. Nach und nach hatten sich die zusammengesunkenen Menschen wieder erhoben. Es begann nun ein todestrunkenes Durcheinander. Die Muchtars, die Dorfpriester, zwei von den Lehrern stießen und schubsten ihre Gemeinden in Haufen zusammen. Alle ließen alles mit sich geschehn. Selbst die Kinder schrien nicht mehr. Bedros Hekim entfernte sich heimlich, um wenigstens jene Kranken der beiden Lazarette in Sicherheit zu bringen, die sich bewegen konnten. Das Unglück gab diesem hinfälligen Wrack von altem Menschen Riesenkräfte.

Gabriel Bagradian überließ die Auflösung des Lagers Ter Haigasun. Keine Sekunde durfte mehr versäumt werden, denn wer weiß, wie weit sich die Türken trotz der Nacht vorwagten. Die Haubitzen waren in Gefahr. Auch das Lumpenpack der Deserteure bildete ein großes Fragezeichen. Vorwärts! Jetzt galt es nicht, die Lage genau zu durchdenken, sondern einfach zu handeln, blind und entschlossen. Gabriel packte alles zusammen, was sich an Bewaffneten und Halbbewaffneten, an Jungen und Alten um ihn versammelt hatte. Selbst die kleineren Buben mußten mit. Windstille war eingetreten. Der scharfe Holzqualm drückte auf die Menschen nieder. Der Gestank von verbrannten Stoffen mischte sich drein. Man konnte kaum atmen, die Augen tränten. Gabriel gab den Aufbruchbefehl. Er und Schatakhian, der sich mittlerweile eingefunden hatte, schritten der breit entwickelten Schützenlinie voran. Hinter ihnen trabten die müden Männer, hundertfünfzig an Zahl, darunter ein Drittel Sechzigjährige. Und diese elende verhungerte Gesellschaft sollte vier kriegsmäßige Kompanien mit Maschinengewehren, unter dem Kommando von einem Major, vier Hauptleuten, acht Oberleutnants, sechzehn Leutnants siegreich zurückwerfen? Es war gut, daß Bagradian die Stärke des Feindes nicht kannte. Doch wäre sie ihm auch bekannt gewesen, er hätte nicht anders handeln können. Sein Kopf wurde immer größer und empfindlicher. Die Beine hingegen hatten jedes Gefühl verloren. Es war ihm, als ging er neben sich selbst.

Auf dem Wege zur Haubitzkuppe kam die Schar an dem großen Friedhof vorbei. Das Gräbervolk hatte seine Sachen nach alter Gewohnheit bei den Toten verstaut. Nun waren Nunik, Wartuk, Manuschak und die andern alle in eifriger Bewegung, um die prallen Säcke mit den muffigen Altertümern aufzuhucken. Sato half ihnen dabei. Die Übersiedlung schien dieses Volk weiter nicht aus der Fassung zu bringen. Die beiden letzten Gräber gehörten Krikor und dem Bagradiansohn. Krikors Grab war nach seinem Willen durch keinerlei Zeichen kenntlich gemacht. In Stephans Hügel stak ein rohes Holzkreuz. Der Vater ging daran steif vorüber, ohne es mit einem Blick zu streifen. Die Nacht war nun vollkommen. Das Brandlicht aber wölbte sich wie eine rote Kuppel über den Damlajik. Man hätte meinen können, eine große Stadt brenne und nicht ein paar hundert laubgeflochtene Hütten und einige Baumgruppen.

Mittwegs aber, dort wo die grasige Kuppe der Haubitzstellung schon anzusteigen begann, geschah etwas ganz Unerwartetes. Gabriel und Schatakhian blieben stehn. Die schlapp hinter ihnen trottende Schar warf sich zur Erde. Eine Linie von Bewaffneten lief die Höhe herab. Man sah nur Silhouetten, die mit den Gewehren gegen die Kommenden erregte Zeichen machten. Die Türken? Die meisten suchten in der Finsternis irgendeine Deckung. Die Schattenbilder aber, die sich vom Brandhimmel zuckend abhoben, kamen zaghaft näher. Dreißig Männer waren es ungefähr. Gabriel bemerkte, daß sie einen Gefesselten vor sich her stießen. Er ging ihnen entgegen. Die Leute hatten Laternen bei sich. In fünf Schritt Entfernung erkannte er in dem Gefesselten Sarkis Kilikian. Ein Teil der Deserteure. Sie warfen sich vor Bagradian platt nieder, die Erde mit der Stirn berührend. Urgebärde der Sühne und

Zerknirschung. Was gab es da noch zu reden und zu rechtfertigen? Der Ausweg war ihnen abgeschnitten. Die Stricke, mit denen Kilikian gebunden war, bildeten den Beweis, daß sie das Ungeheuerliche bereuten, einen Sündenbock darbrachten und jegliche Strafe entgegennehmen wollten. Einige häuften mit beinahe kindischer Hast den Raub zu Gabriels Füßen. Unter den gestohlenen Sachen befanden sich auch die Munitionsverschläge sowie alles aus den Zelten Entwendete. Gabriel aber sah nur Kilikian. Der Gefesselte war von seinen Leuten auf die Knie gerissen worden. Sein Kopf lag im Nacken. Im dünnen Feuerzwielicht waren seine Züge gut erkennbar. Aus den ruhigen Augen Kilikians sprach ebensowenig der Wunsch, weiterzuleben, wie der Wunsch, zu sterben. Sie betrachteten ihren Richter ohne jede Erregung. Bagradian neigte sich tiefer zu diesem grauenhaft schweigsamen Gesicht hinab. Auch in diesem Augenblick noch konnte er den Hauch achtungsvoller Zuneigung nicht unterdrücken, der ihn angesichts des Russen jedesmal befiel. War Kilikian, dieser gespenstische Zuschauer, der wahrhaft Schuldige? Gleichviel! Gabriel Bagradian entsicherte den Armeerevolver in seiner Tasche. Dann hob er ihn schnell gegen die Stirn des Russen. Der erste Schuß versagte. Kilikian hatte die Augen nicht geschlossen. Seine Nasenflügel und der Mund zuckten. Es war wie ein unterdrücktes Lächeln. Bagradian aber dünkte es, als habe er den versagenden Schuß gegen sich selbst gerichtet. Als er das zweitemal abdrückte, war er so schwach, daß er sein Gesicht abwenden mußte. So fiel Sarkis Kilikian, nach einem unfaßbaren Leben zwischen Gefängniswänden — nachdem er als Knabe dem türkischen Massaker und als Mann der türkischen Hinrichtungssalve entronnen war —, zuletzt durch die Kugel eines Volksgenossen.

Gabriel Bagradian winkte den übrigen Deserteuren knapp, sich dem Haufen anzuschließen.

Zwei der reuigen Lumpen hatten sich anheischig gemacht, die Stellung der türkischen Truppen auszuforschen. Sie kamen mit einem Bericht zurück, der die arge Wahrheit noch übertrieb. Vielleicht vergrößerte der klägliche Gemütszustand der Gesellen, die ihre Strafe erwarteten, die Tatsachen, vielleicht auch wollten sie durch die Schilderung der feindlichen Riesenmacht ihre eigene Schuld verringern. Denn wie hätten, auch ohne das große Verbrechen, die wenigen Deserteurzehnerschaften der schlauen Umgehung durch das türkische Militär standhalten können? Bagradian sah an den Kundschaftern vorbei und sagte kein Wort. Er wußte, daß ein großer Teil der Schuld auf seiner Seite lag. Er hatte sich nicht warnen lassen und die Neueinteilung des Verbrecherpacks versäumt.

Samuel Awakian war mit den Mannschaften der Überfallsgruppe längst zu Gabriel gestoßen. Eine Stunde kostete es, und dann dehnten sich ein paar schüttere Schwarmlinien in zwei Reihen quer über die Kuppe und die faltenreiche Bergfläche bis in die Buschwerkzone und die Felsen hinein. Auch die tapferen Männer der Nordstellung waren ans Ende ihrer Kräfte gelangt. Was konnte man da von den alten Leuten der Reserve fordern? Hingeworfen wie morsches Holz lag jeder auf der Stelle, wohin man ihn befohlen hatte, ohne zu wachen, ohne zu schlafen. Der Befehl, aus Steinen und Erde eine Deckung für den Kopf aufzuschichten, wurde kaum mehr befolgt. Nachdem Gabriel von Mann zu Mann die ganze hoffnungslos lange Front abgeschritten war und vor dieser Front noch eine lose Postenkette aufgestellt hatte, begab er sich zu den Haubitzen. Er hatte jeden Punkt des Damlajik im Kopf, jede Distanz und jede Ortsbeschaffenheit. Er konnte daher die Schußelemente für den Raum der Südbastion in seinem Notizbuch genau bestimmen.

Nach diesem wüstenheißen Tage war die erste herbstliche Nacht eingebrochen, in der plötzliche Kühle herrschte. Gabriel saß allein bei den Geschützen, deren Bedienung er schlafen geschickt hatte. Awakian verschaffte ihm eine Decke. Aber er wickelte sich nicht ein, denn sein Körper brannte, und sein Kopf drohte fortzufliegen, als sei er zu leicht. Gabriel streckte sich aus, ohne zu wachen, ohne zu schlafen. Seine Augen stierten in den roten See oben am Himmel. Der Brandspiegel schien immer tiefer und größer zu werden. Eine melodische Frage setzte sich in seinem erschütterten Kopf fest: Wie lange brennt schon der Altar? Dann aber mußte er eine ganze Weile nichts mehr von sich gewußt haben, denn etwas in seiner Nähe weckte ihn. Es war keine Hand, keine Stimme, sondern nur eine Nähe. Doch gerade der Augenblick des Gewecktwerdens, ein märchenhaft langer Augenblick voll tiefer Erfahrungen, tat ihm so mütterlich wohl, daß er sich gegen das volle

Erkennen wehrte. Die Einheit des Erschöpften mit der Nähe neben ihm war in dieser kurzen Spanne so groß, daß ihn Iskuhis Wirklichkeit dann beinahe leicht enttäuschte, brachte sie doch das Bewußtwerden des Unentrinnbaren mit sich. Bei ihrem Anblick fiel ihm mit tiefem Schreck Juliette ein. Er hatte seine Frau eine Ewigkeit lang nicht gesehn und kaum an sie gedacht. Seine erste angsterfüllte Frage war: „Und Juliette? Was ist mit Juliette?"

Iskuhi hatte sich mit dem Aufgebot ihrer letzten Körperkraft hierhergeschleppt. Alle Geschehnisse waren für sie in Nebel zergangen. Nur eines brannte unausgesetzt in ihr: Warum kommt er nicht? Warum hat er mich verlassen? Warum ruft er mich nicht in der letzten Stunde? Seine Frage nach Juliette aber hatte ihre Fragen kalt erwürgt. Sie schwieg, und es dauerte recht lange, bis sie sich wieder fand und mit stockenden Worten über alles berichtete, was sich auf dem Dreizeltplatz begeben hatte, über den Raubüberfall, über Schuschiks Tod und die Verwundung des Pastors. Bedros Hekim habe Juliette vergeblich dazu überreden wollen, sich von Kework hinab zum Meer tragen zu lassen. Juliette aber wolle dies nicht und schreie, sie werde sich nicht aus ihrem Zelte fortrühren. Doch auch der verwundete Aram liege noch im Zelt ... Gabriel blickte immer in die rote Himmelslache, die nicht blässer wurde:

„Es ist ganz gut so ... Vor dem Morgen wird es zu nichts kommen ... Zeit genug ... Eine Nacht im Freien könnte Juliette töten ..."

Etwas in diesen Worten tat Gabriel weh. Er knipste an seiner Taschenlampe. Nun aber gab die letzte verbrauchte Batterie kaum soviel Licht mehr wie ein Glühwurm. Trotz der tragischen Röte dort oben und den noch immer aus der Stadtmulde aufschießenden Flammen schien ihm diese Nacht finstrer zu sein als alle früheren. Er konnte Iskuhi neben sich kaum wahrnehmen. Leise tastete er nach ihrem Gesicht, nach ihrer Gestalt und erschrak, wie eisig und abgezehrt ihre Wangen und Hände waren. Zärtlich wallte es in ihm auf. Er nahm die Decke und hüllte das Mädchen ein:

„Wie lange hast du schon nichts gegessen, Iskuhi?"

„Vorhin hat uns Mairik Antaram etwas gebracht", log sie, „ich habe genug ..."

Gabriel drückte Iskuhi fest an sich, das Halbschlafgefühl ihrer

Nähe wieder suchend:

„Es war so merkwürdig schön, als ich vorhin neben dir auf-gewacht bin ... Wie lange schon hab ich dich nicht bei mir gehabt, Iskuhi, Schwesterchen ... Jetzt bin ich sehr glücklich, daß du gekommen bist ... Glücklich bin ich jetzt, Iskuhi ..."

Ihr Gesicht sank langsam gegen das seine, als sei sie zu schwach, ihren eigenen Kopf zu tragen:

„Du bist nicht gekommen ... Da bin ich gekommen ... Es ist doch schon so weit, nicht wahr?"

Seine Stimme klang dunkel wie aus dem Schlaf:

„Ja, ich glaube, es ist schon so weit ..."

Aus Iskuhis Worten sprach ein erschöpftes und doch trotziges Auf-ihrem-Recht-Bestehen:

„Du weißt ja, was wir besprochen haben ... was du mir versprochen hast ... Gabriel ...?"

Er nahm sie aus einer fernen Verlorenheit zurück:

„Vielleicht liegt noch ein langer Tag vor uns ..."

Mit einem tiefen Atemzug wiederholte sie diese Worte, als seien sie ein Geschenk:

„Ein langer Tag noch ..."

Immer wärmer umfing sie sein Arm:

„Ich habe eine große Bitte an dich, Iskuhi ... Wir haben ja oft darüber gesprochen ... Juliette ist viel ärmer und unglücklicher als wir beide ..."

Sie bog ihre Wange vom Gesicht des Mannes weg. Gabriel aber nahm ihre kranke Hand, streichelte und küßte sie immer wieder:

„Wenn du mich liebhast, Iskuhi ... Juliette ist so unmenschlich einsam ... unmenschlich einsam ..."

„Juliette haßt mich ... Sie kann mich nicht ertragen ... Ich will sie nicht wieder sehn ..."

Seine Hand spürte den Krampf, der sie erschütterte:

„Wenn du mich liebhast, Iskuhi ... Ich bitte dich, bleib bei Juliette ... Ihr müßt bei Sonnenaufgang die Zelte verlassen ... Ich werde ruhiger sein ... Sie ist am Wahnsinn, und du bist gesund ... Wir werden uns wiedersehen ... Iskuhi ..."

Ihr Kopf sank vor. Sie weinte lautlos. Da flüsterte er:

„Ich hab dich lieb, Iskuhi ... Wir werden beieinander sein ..."

Nach einer Weile versuchte sie aufzustehn:

817

„Ich gehe jetzt..."

Er hielt sie fest:

„Jetzt noch nicht, Iskuhi! Jetzt mußt du noch bei mir bleiben. Ich brauche dich..."

Langes Schweigen. Er fühlte seine Zunge schwer und unbeweglich im Mund. Der scharf pochende Kopfschmerz wuchs. Der flugleichte Schädel verwandelte sich in eine riesige Bleikugel. Gabriel sank in sich zusammen, wie von einem andern Kolbenhieb gefällt. Sarkis Kilikians stumpfe Augen sahen ihn mit apathischem Ernst an. Er erschauerte vor sich selbst. Wo lag der Russe? Hatte er den Befehl gegeben, die Leiche fortzuschaffen? Alles, was in diesen letzten Stunden geschehen war, schien völlig fremd, ihm nicht angehörig, wie ein tolles Gerücht. Er verfiel in eine schwerfällige unbestimmte Grübelei, wobei er selbst nur der Mittelpunkt eines wellenartigen Kopfschmerzes war, der ihn umbrandete. Als Gabriel dann schreckhaft auffuhr, hatte sich Iskuhi schon erhoben. Er tastete entsetzt nach seiner Uhr:

„Wie spät ist es?... Jesus Christus!... Nein, Zeit, Zeit!!... Warum hast du mir die Decke gegeben?... Du zitterst ja vor Kälte... Du hast recht, es ist besser, du gehst jetzt, Iskuhi... Du gehst zu Juliette... Ihr habt noch fünf, sechs Stunden vor euch... Ich werde Awakian rechtzeitig schicken... Gute Nacht, Iskuhi... Tu mir die Liebe und nimm die Decke um... Ich brauche sie nicht..."

Er hielt sie noch einmal im Arm. Doch ihm war's, als strebe sie fort und sei wesenlos und schattenhaft. Da versprach er noch einmal:

„Es ist kein Abschied. Wir werden beieinander sein..."

Als Iskuhi schon eine ganze Weile lang fort war und er sich wieder hinlegen wollte, da fiel ihm die Erinnerung an sie plötzlich schwer aufs Herz. Vor Schwäche hatte sie ja kaum gehn können. Ihre Glieder waren steifgefroren. Ihr gebrechlicher Körper schien kaum mehr vorhanden. War sie nicht krank und hinfällig selbst? Und er hatte sie um Juliettens willen fortgeschickt. Gabriel machte sich Vorwürfe, daß er nicht einmal ein Stück des finsteren tückischen Weges mit Iskuhi gegangen war. Er eilte die halbe Kuppe hinab und rief:

„Iskuhi! Wo bist du? Wart auf mich!"

Keine Antwort. Sie war wohl schon zu weit entfernt, um seine Stimme zu hören.

818

Der Hüttenbrand knallte und prasselte noch immer laut herüber. Gott weiß, woher das Feuer in dieser Armut die Nahrung hernahm, um bis tief in die Nacht hinein so laut und so geschwätzig zu bleiben. Übrigens hatte es mittlerweile immer mehr von den Bäumen und Büschen ergriffen, die dem Lager zunächst wuchsen. Vielleicht würden die Türken morgen einem zweiten Bergbrand gegenüberstehn. Gabriel lief ein Stück auf den Dreizeltplatz zu. Da er aber Iskuhi weder einholen noch errufen konnte, kehrte er langsam wieder zu den Haubitzen zurück.

Auf seiner Uhr, die er als einzige Verbindung zur großen Menschheit dort draußen stets mit großer Regelmäßigkeit aufzog, war es noch nicht eins. Er konnte aber nicht mehr schlafen.

Gegen drei Uhr morgens war der Brand in der Stadtmulde zusammengesunken. Nur mehr ein Blaken und Glühen und dann und wann ein aufschießender Blitz meldeten das Geschehene. In den Bäumen freilich gloste es immer weiter, doch war auch hier dem Feuer schon das Ziel gesetzt. Das Glutecho am Himmel jedoch überdauerte seine Ursache. Der brandige Fleck wich nicht. Der Nebel hatte sich wohl mit dem Widerschein vollgesogen und hielt ihn fest wie eine wirkliche Substanz. Gabriel weckte um diese Stunde Awakian. Der Student hatte sich auch in der Nähe der Haubitzen hingeworfen. Er schlief so fest, daß ihn Bagradian lange vergeblich schüttelte. Man erkennt die Güte eines Menschen daran, wie er sich verhält, wenn er aus dem Schlaf gerissen wird. Awakian machte ein paar abwehrende Bewegungen, dann hob er verwirrt den Kopf. Sogleich aber, da er den Patron fühlte, sprang er auf und lächelte erschrocken in die Finsternis, als müsse er für seinen tiefen Schlaf um Entschuldigung bitten. Seine Bereitwilligkeit jedoch war stärker als sein Erwachtsein. Gabriel reichte ihm die Flasche, in der er noch einen Rest Kognak hatte:

„Hier, trinken Sie, Awakian! ... Nur Mut! Ich brauche Sie jetzt. Wir werden keine Zeit mehr haben, miteinander zu sprechen ..."

Sie setzten sich mit dem Rücken zur Stadtmulde, so daß sie undeutlich die Posten der neuen Verteidigungslinie beobachten konnten. Einige von diesen Männern trugen abgeblendete

Laternen. Träge bewegten sich diese Lichträtsel hin und her. Die Windstille hielt unverändert an:

„Ich habe nicht geschlafen, keinen Augenblick", gestand Gabriel, „habe an vieles zu denken gehabt, trotz dieser Schädelbeule da, die sich verdammt bemerkbar macht."

„Schade! Sie hätten schlafen müssen, Effendi..."

„Wozu? Der Tag, den wir lange genug hinausgeschoben haben, ist da. Ja, ich wollte Ihnen sagen, Awakian, daß die Leute es Ihnen zum großen Teil mit verdanken, wenn die Sache so lange gedauert hat. Wir haben glänzend zusammen gearbeitet. Sie sind der verläßlichste Mensch, den ich kenne. Verzeihn Sie das dumme Wort. Sie sind natürlich mehr..."

Awakian machte eine bestürzte Geste. Gabriel aber legte ihm die Hand aufs Knie:

„Einmal muß man schließlich offen zueinander sein. Und wann sonst?"

„Die Hunde haben alles vernichtet", klagte der Student, hauptsächlich aus Verlegenheit, doch Bagradian schob das Vergangene von sich:

„Daran brauchen wir nicht mehr zu denken. Einmal mußte es doch kommen... Und das Erwartete auf dieser Welt kommt eben meist auf unerwartete Art... Aber darüber will ich gar nicht sprechen, sondern... Hören Sie, Awakian, ich hatte da vorhin das sichere Gefühl, daß für Sie alles gut ausgehn wird. Warum, das kann ich Ihnen selbst nicht sagen. Wahrscheinlich ist es nur ein Unsinn, aber ich hab Sie wieder in Paris gesehn, Awakian, weiß der Teufel, wie Sie dorthin gekommen sind, das heißt, wie Sie dorthin kommen werden..."

Die blasse, zurückweichende Stirn des Hauslehrers schimmerte in der Dunkelheit:

„Es ist ganz bestimmt ein Unsinn, verzeihen Sie, Gabriel Bagradian. Wie es für Sie ausgehn wird, so wird es für mich ausgehn, etwas andres kann's doch nicht geben..."

„Warum nicht?... Natürlich haben Sie vernunftgemäß recht, es gibt nichts andres. Aber nehmen wir einmal das Unsinnige an, nehmen wir an, Sie entkommen auf irgendeine Weise..."

Gabriel Bagradian unterbrach sich und starrte gespannt ins Leere, als könnte er dort Awakians glückhafte Zukunft ziemlich genau erkennen. Dann zog er seine Brieftasche heraus und legte sie neben sich.

„Ich wollte Sie gar nicht hierbehalten, sondern wieder in die Nordstellung hinausschicken. Wenn Sie bei Nurhan sind, bin ich ruhiger. Aber das alles ist mir jetzt ziemlich gleichgültig. Sie sollen mir einen wichtigeren Dienst leisten, Awakian! Bleiben Sie bei den Frauen, ich meine bei meiner Frau und bei Fräulein Tomasian. Es hängt mit dem guten Vorgefühl zusammen, das ich Ihretwegen habe. Vielleicht sind Sie ein Glücksbringer. Tun Sie, was Sie können! Vor allem, sorgen Sie bitte dafür, daß die Zelte rechtzeitig, sofort bei Sonnenaufgang, geräumt werden! Sorgen Sie dafür, daß Madame so vorsichtig wie möglich den Steilweg hinuntergetragen wird. Finden Sie jemand andern als Kework! An seine Hände mag ich nicht denken. Nehmen Sie Kristaphor und Missak..."
Samuel Awakian protestierte. In dem letzten Kampf morgen sei er notwendiger denn je. Die wichtigsten Fragen müßten noch gelöst werden. Der gewissenhafte Adjutant begann hastig auf die hundert Pflichten hinzuweisen, die seiner warteten. Der Befehlshaber jedoch lehnte es ungeduldig ab, sich damit zu beschäftigen:
„Nein, nein! Man kann nichts mehr vorbereiten. Überlassen Sie alles mir. Ich brauche Sie hier nicht mehr. Ihr Dienst ist hiermit zu Ende, Awakian. Es bleibt bei meiner Bitte, meinem Wunsch."
Er händigte Awakian einen versiegelten Brief ein:
„Ich habe Ihnen mein Testament übergeben, Freund. Sie behalten es so lange, bis Madame wieder gesund ist, Sie verstehn mich. Ich setze immer den Unsinn meines Vorgefühls für Sie voraus. Nicht wahr? Und hier ist auch noch ein Scheck auf den Crédit Lyonnais. Ich weiß gar nicht, wieviel Gehalt ich Ihnen noch schuldig bin ... Sie haben natürlich vollkommen recht, wenn Sie mich wie einen Irren ansehn. In unserer Lage ist eine derartige Abrechnung äußerst absurd. Ich bin ein Pedant. Vielleicht aber ist das Ganze ein Aberglauben, und ich zaubre, begreifen Sie das? Ich zaubre ein bißchen."
Bagradian sprang lachend auf. Er machte jetzt einen frischen und zuversichtlichen Eindruck:
„Falls ich Sie überlebe, gilt weder das Testament noch der Scheck ... Also nehmen Sie sich zusammen..."
Sein Lachen klang angestrengt. Awakian hielt die Papiere weit vor sich hin und begann noch einmal mit seinem Widerspruch. Jetzt aber fuhr ihn Gabriel zornig an:

„Gehn Sie jetzt, ich bitte Sie, mir wird dann leichter sein!"
Die letzten Stunden vor dem Morgen dehnten sich unerträglich. Mit zusammengebissenen Zähnen durchlauerte Bagradian die zergehende Finsternis. Im ersten Zwielicht stellte er das Geschütz auf die Südbastion ein. Der dicke Morgennebel dieses windstillen Tages zerriß lange nicht. Ganz plötzlich war eine rote zornige Sonne da. Gabriel kniete, wie es sich gehört, rechts von der ersten Haubitze und zog inbrünstig die Zündschnur ab. Der furchtbare Knall, das wilde Zurückfahren der Lafette, Feuer und Dampf, das Verheulen in der Luft, die kristallharten Sekunden bis zum Einschlag der Granate im Ziel, dies alles war wie Erlösung. Mit dem Haubitzschuß entlud sich zugleich die unermeßliche Spannung in der Seele des Feuerwerkers. Aus welchem Grunde begann der umsichtige Feldherr des Damlajik seine unersetzlichen Granaten zu verpulvern, noch ehe der türkische Angriff ins Rollen gekommen war? Wollte er den Feind wecken oder schrecken? Wollte er den Eigenen Mut machen? Hoffte er, mit diesem Feuer unter den türkischen Kompanien derartige Verheerungen anzurichten, daß sie nicht mehr vorzuschwärmen wagen würden? Nichts von alledem! Gabriel Bagradian löste den ersten Schuß aus keinem taktischen Grunde, sondern nur, weil er das Warten nicht länger ertrug. Es war sein Schmerz- und Trotzruf, halb ein Hilfe- und halb ein tragischer Jubelschrei, weil die Nacht zu Ende war. Doch nicht nur er, all die entkräfteten und krummgefrorenen Männer der Schützenlinie empfanden gleich ihm. Sie horchten mit verzerrten Gesichtern auf die Antwort, die nun kommen mußte. Die vorgeschobenen Posten erklommen die nächste Höhe, um einen weiteren Ausblick zu haben. Doch so weit sie die Faltungen der Hochfläche übersehen konnten, lag der Damlajik tot vor ihnen. Noch schienen die Türken ihre Grundstellung nicht verlassen zu haben, auch im Norden nicht. Aber die Antwort kam. Einige Zeit verging, ehe sie erfolgte, und Bagradian konnte in dieser Frist noch zwei Schüsse lösen. Dann krachte der tiefe, ungeheure Donnerschlag. Niemand verstand ihn. Hoch oben erhob sich ein Eisenrauschen, das die Gebirge vom Amanus bis zum El Akra zu erfüllen schien. Der Einschlag polterte fernab. Es mußte in der Orontesebene sein. Der große Donner aber hatte sich von der See her erhoben.

Noch während der Nacht — die Dorfgemeinden hatten die nackten Lagerstätten zwischen Klippen und Felsen der Steilseite ohne bestimmte Ordnung bezogen — gab Ter Haigasun den Muchtars den Befehl, sie möchten Lehrer Hrand Oskanian tot oder lebendig herbeischaffen. Die Seele des Priesters war nur von einem einzigen glühenden Bedürfnis erfüllt, das geschändete Gesetz, die ruchlos verratene Gemeinschaft an dem Verantwortlichen zu rächen. Und verantwortlich war für Ter Haigasun der Lehrer, „der Kommissär", vielleicht mehr noch als Sarkis Kilikian. Der Priester war leidenschaftlich bereit, dem schwarzen Knirps mit eigenen Händen das Leben stückweise aus dem Leibe zu reißen. Noch niemals hatte die Welt den gelassenen Ter Haigasun in einer ähnlichen Verfassung gesehen. Er hockte unter den Familien von Yoghonoluk, die auf mehreren grasigen und waldigen Stellen entlang des Serpentinenweges lagerten. Ter Haigasun gab niemandem eine Antwort und hielt den Kopf bis zu den Knien gebeugt. Manchmal aber straffte er sich hoch, warf die Fäuste in die Luft und stieß ungeheuerliche Flüche aus, während die Wuttränen ihm über das fieberrote Gesicht rannen. Thomas Kebussjan saß auf einer geretteten Decke und wackelte blödsinnig mit der Glatze. Neben ihm keifte die Muchtarin mit verrückten Fisteltönen. Er selbst sei schuld an diesem Ende. Wäre er rechtzeitig nach Antakje ins Hükümet gefahren, so hätte der Kaimakam mit der steinreichen und hochangesehenen Familie Kebussjan selbstverständlich in der zuvorkommendsten Weise eine Ausnahme gemacht. Jetzt säße man friedlich in einem angenehmen Häuschen der Stadt auf einer efeuumklammerten Holzveranda. Kebussjan nahm weder die Vorwürfe der Frau zur Kenntnis noch auch den Befehl des fieberkranken Priesters. Wen hätte er auch aussenden sollen, um den Lehrer zu verhaften? Was es an Wächtern und halbwegs beweglichen Leuten in der Stadtmulde noch gegeben hatte, war Gabriel Bagradian gefolgt.

Lehrer Hrand Oskanian aber hielt sich in der Nähe der Schüsselterrasse versteckt. Er war nicht allein. Die Anhänger seiner Selbstmordreligion hatten sich ihm zugesellt. (In diesen Wochen und Monaten gab es unter der armenischen Nation so manchen Selbstmordpropheten gleich Oskanian und Tausende von Selbstmördern. Der ganze Volkskörper wand sich unter dem Mördergriff. Da wurden auch solche vom Tode erfaßt, die sich in Sicherheit befanden. Nicht nur flüchteten Hekatomben von Frauen in den reißenden Euphrat, auch in den europäischen Großstädten gab es Armenier genug, die in geheimnisvoller Verbundenheit ihrem Leben ein Ende machten.) Auf dem Musa Dagh aber war es bisher zu keinem einzigen Selbstmordfall gekommen. Wunderbar genug, wenn man das zerstörte Dasein, die tägliche Todesgefahr, den unentrinnbaren Ausgang, das langsame Verhungern von fünftausend Menschen bedenkt. Selbst in dieser Nacht waren es nur vier dürftige Jünger, die Oskanian als Sektierer seiner Idee folgten. Ein Mann und drei Frauen. Der Mann war fünfzig Jahre alt, sah aber aus wie ein Greis. Er gehörte zu den Seidenwebern von Kheder Beg. Unter allen Handwerkern des armenischen Tales bildeten die Seidenschalweber eine eigene Klasse, die wegen ihrer Körperschwäche weder für den Waffendienst noch auch für die harte Arbeit der Reserve so recht zu brauchen war. Wie alle Zukurzgekommenen, boten sie jeder verschrobenen Agitation, religiöser und politischer Art, die anfälligsten Seelen dar. Oskanians Freitodpredigt hatte die Ohren Margoß Arzrunis — so hieß der Seidenweber — höchst bereitwillig gefunden. Von den Frauen war die älteste eine Matrone, die ihre ganze Familie verloren hatte, die beiden andern waren noch jung. Der einen war das Kind vor einem Tag in den Armen verhungert. Die zweite, unverheiratet, aus einer der wohlhabenden Familien Yoghonoluks, kannte man allgemein als schwermütige, etwas wirre Person.

Oskanian war noch während des Putsches angstgepeitscht an diese verborgene Stätte geflohn. Margoß Arzruni aber, der Apostel des Propheten, hatte ihn aufgespürt und führte nun dem Lehrer die drei gläubigen Frauen zu, die bereit waren, das Wort zu verwirklichen. In Gemeinschaft stirbt es sich leichter als einsam. Der Seidenweber war übrigens einer der unerbittlichen Apostel, die nicht dulden, daß der Prophet ein Jota nachläßt. Seit Tagen schon hatte er den Lehrer regelmäßig in der Südstellung aufgesucht, um die neue Lehre in sich zu vervollkommnen. Die fünf Menschen saßen unter einem der großen Felsblöcke, die den Weg zur Schüsselterrasse verbauen. Weil sie froren, drängten sie sich dicht aneinander. Hrand Oskanian faßte noch einmal seine Ansichten über Tod und Leben zusammen. Sie klangen aber heute merkwürdig eingelernt und fadenscheinig. Auch die bohrende Stimme des Schweigers hatte die Schärfe eingebüßt. Manchmal schien es, als steigere er sich selbst in die Rede hinein, nur um seinen Apostel nicht zu enttäuschen. Oskanian saß neben der Schwermütigen, die ein ziemlich hübsches Mädchen war. Der Verkünder des Freitodes wunderte sich selbst darüber, daß drei Augenblicke vor dem erhabensten Entschluß, dessen ein Mensch fähig ist, die schmiegsame Nähe eines Frauenkörpers so wohlig belebend wirken könne. Dessenungeachtet stand er der Matrone Rede, die sich gläubig bei dem Lehrer, der ja auch dies studiert haben mußte, nach den bedenklichen Jenseits-folgen solchen Beginnens erkundigte:

„Es ist eine große Sünde, Lehrer, ganz gewiß. Ich tue es ja nur, um die Meinigen wiederzusehn, rasch wiederzusehn. Aber vielleicht darf ich sie dann gar nicht wiedersehn und bleibe für immer in der Hölle, weil es doch ganz gewiß eine große Sünde ist..."

Oskanian hob seine spitze Nase, die in der Finsternis leuch-tete:

„Du gibst nur der Natur wieder, was dir die Natur gegeben hat."

Dieser bedeutungsvolle Satz schien Arzruni, dem Seidenweber, ein höllisches Vergnügen zu bereiten. Er rieb die Hände und krähte aus schwacher, aber voller Brust:

„Da hat er es dir aber gesagt, Alte ... Wenn du die Deinigen wiedersehn willst, kannst du ja noch bis morgen warten. Die Türken werden dich nicht übersehn. Dich braucht keiner mehr für den Harem. Ich aber will nicht warten, ich hab's satt!"

Die Matrone kreuzte beide Hände über der Brust und neigte sich vor:

„Jesus Christus wird mir verzeihn ... Gott weiß alles..."

Der Lehrer bekam damit ein vorzügliches Stichwort:

„Gott weiß alles", schrie er, „der einzige Grund, weswegen man ihm die Welt verzeihen könnte, wäre der, daß er nichts, aber auch gar nichts weiß ... Er kümmert sich um uns soviel wie um Läuse. Verstanden? Da hätte er auch viel zu tun..."

Der Apostel Arzruni wiederholte höhnisch berauscht:

„Da hätte er auch viel zu tun ... Das ist doch klar ... Wie Läuse..."

Der Prophet aber wandte sich, von seinem eigenen Scharfsinn ganz erschöpft, an die sündenfürchtige Matrone:

„Wie soll er sich um dich kümmern, da er doch nur ein Blödsinn in deinem eignen Kopf ist..."

Der Seidenweber blinzelte einen Augenblick angestrengt, dann aber schrie er vor Entzücken laut auf, schlug seine Schenkel und begann sich hin und her zu drehn wie ein betender Moslem:

„Nur in deinem Kopf ist der ganze Blödsinn, Alte ... Verstehst du das? ... Nur in deinem Kopf ... Also spuck ihn aus, den Blödsinn, spuck ihn aus!"

Diese Lästerungen und das Lachen Arzrunis riefen bei der jungen Mutter einen rasenden Schmerzensausbruch hervor. Sie erinnerte sich, daß ihr jemand die steife Kinderleiche nach einem langen Kampf aus den Armen gerissen hatte. Der Mann, einer von den Pflegern, war dann schnell davongelaufen, um ihr dreijähriges Söhnchen irgendwohin zu werfen. Stundenlang hatte sie die Leiche gesucht. Ach, sie war ins Meer geworfen worden, hoffentlich. Die Mutter wollte mit dem Kind im Meer sein. Kreischend sprang sie auf:

„Warum redet ihr stundenlang? So kommt doch endlich!"

Der Lehrer aber wies sie zurecht:

„Es muß eine Reihenfolge sein."

Mitternacht war schon vorüber, als man daranging, die Reihenfolge festzusetzen. Arzruni schlug das Los vor. Oskanian aber meinte, den Anfang müßten jedenfalls die Frauen machen, weil es sich so gehöre, die Älteste zuerst, dann die Jüngere und dann die Jüngste. Diese Entscheidung begründete er nicht näher, aber da keines der Weiber widersprach, so blieb es dabei. Zum Schluß erklärte er sich bereit, zwischen sich und seinem Apostel das Los sprechen zu lassen. Das Schicksal entschied gegen ihn oder, wenn man will, für ihn, denn es gab ihm den Vorzug vor dem Seidenweber. Die Zeit der großen Windstille herrschte. Das aufgerüttelte Meer jedoch brummte noch immer tief unten. Die Finsternis war zum Beißen. Der Lehrer tastete sich, unendlich vorsichtig kriechend, mit der Laterne ungefähr bis zum Rand des Felsens vor. Dort stellte er mit angstvoller Hand die Laterne hin. Das Licht kennzeichnete, sonderbar ruhig, die Grenze zwischen Hier und Dort. Oskanian zog sich schnell zurück. Dann machte er, als ein Wegweiser und Zeremonienmeister des Abgrunds, eine höflich einladende Handbewegung gegen die Laterne hin.

Die Matrone kniete ein paar Minuten lang und bekreuzigte

sich immer wieder. Dann ging sie mit eiligem Trippelschritt vorwärts und verschwand ohne Schrei. Die junge Mutter folgte ihr sogleich. Sie nahm einen Anlauf. Ein kurzer scharfer Schrei ... Die Schwermütige war schon weit zaghafter. Sie bat den Lehrer, ihr im letzten Augenblick einen Stoß zu geben. Oskanian aber verweigerte diesen Dienst mit großer Heftigkeit. Die Schwermütige rutschte auf allen vieren zum Rand. Dort schien sie sich ihren Entschluß wieder zu überlegen. Sie griff nach der Laterne, warf sie dabei um. Die Laterne rollte ins Nichts. Anstatt sich ruhig zu verhalten oder zurückzukriechen, streckte das Mädchen aber die Hände nach der Laterne aus, beugte sich vor und verlor das Gleichgewicht. Ein gräßlicher endloser Schrei, denn die Unglückliche klammerte sich noch volle zwei Minuten an irgendeinen Felsvorsprung an, ehe sie hinabsauste ... Oskanian und Arzruni standen schweigend in der Finsternis. Eine lange, lange Zeit verging. Noch immer zerschnitt der Todesschrei der Schwermütigen das Hirn des Lehrers. Endlich mahnte der Apostel den Propheten:

„Nun, Lehrer, die Reihe ist an dir..."

Hrand Oskanian schien die Lage reiflich zu überlegen. Dann meinte er, ohne eine besonders selbstbewußte Stimme zu haben:

„Die Laterne ist fort. In der Finsternis mag ich's nicht tun. Warten wir, bis die Dämmerung kommt. Lange kann's ja nicht mehr dauern..."

Der Weber wendete mit Recht ein:

„In der Finsternis ist es ja viel leichter, Lehrer!"

„Für dich vielleicht, nicht für mich", wies ihn der Prophet wütend zurück, „ich brauche Licht!"

Margoß Arzruni gab sich mit dieser erhaben anmutenden Begründung offenbar zufrieden. Er hielt sich aber ganz nahe an Oskanian. Wenn der Lehrer, der sich neben ihm niedergelassen hatte, die leiseste Bewegung machte, packte er ihn sofort beim Rockzipfel. (Es war das schmutzige und zerrissene Wrack jenes schwalbenschwänzigen Prachtrocks, den sich Oskanian einst hatte anfertigen lassen, um Gonzague bei Juliette auszustechen.) Der Griff, mit dem Arzruni seinen Propheten festhielt, zeigte Angst, Ergebenheit und Mißtrauen. Hrand Oskanian war somit ein Gefangener seiner Lehre. Einmal sprang er jählings auf. Sofort aber schoß der Seidenweber neben ihm hoch. Es gab für ihn keine Aussicht, dem

Jünger zu entkommen. Als nach einer Ewigkeit der Felsrand aus dem ersten nebligen Morgengrauen tauchte, erhob sich Arzruni und legte seinen Kittel ab:

„So, Lehrer! Die Finsternis ist fort..."

Oskanian rekelte ausführlich seine Glieder, gähnte, als habe er einen erquickenden Schlaf hinter sich, und stand gemächlich auf. Vorerst schneuzte er noch mehrmals trompetend seine Nase, bevor er, von seinem Apostelwächter gefolgt, die notwendigen Schritte machte. Ein gutes Stück vor dem scharfen Rand jedoch drehte er sich um:

„Es ist besser, du beginnst, Weber!"

Der verschrumpelte Arzruni im schmutzigen Hemd näherte aufmerksam seinen Kopf dem Gesicht Oskanians:

„Warum ich, Lehrer!? Wir haben gelost. Das Los hat dich erwählt. Die drei Frauen sind uns vorausgegangen..."

Oskanians umwuchertes Gesicht war weiß:

„Warum du!? Weil ich der letzte sein will! Weil ich nicht will, daß du hinterher davonläufst und dich lustig machst!"

Es hatte zunächst den Anschein, als überlege der Seidenweber tiefsinnig Oskanians Äußerung. Dann aber stürzte sich der Apostel unvermutet auf seinen Propheten. Dieser hatte den Angriff vorausgewittert. Er fühlte sehr bald, daß er trotz seiner Kleinheit stärker als der ausgemergelte Arzruni war. Und doch drohte ihm der fanatische Weber, der sich in seinem Glauben betrogen sah, gefährlich zu werden. Oskanian ließ sich ein Stück gegen die Felsschneide vorwärtszerren. Ohne Zweifel wollte ihn der Rasende mit in die Tiefe reißen. Da warf sich der Lehrer plötzlich auf die Erde, krampfte die eine Hand in einen niedern Strauch fest, mit der andern packte er das rechte Bein des Webers und brachte ihn zu Fall. An den drahtharten Strauch geklammert, stieß er seine Füße mit wilden Tritten in Gesicht und Leib des Gestürzten. Wie es geschah, wußte er selbst nicht, in der nächsten Sekunde schon stießen seine Füße ins Leere. Der Körper Arzrunis, des Seidenwebers, schlug über den Felsrand in den Nebel hinaus. — Oskanian saß starr. Nun schob er sich, immer noch sitzend, zurück, weiter, weiter. Er fühlte sich gerettet. Jedoch nur einen kleinen Augenblick. Dann wußte er, daß ihm auch dieser Sieg nicht mehr half. In die Gemeinschaft der Gerechten und Anständigen konnte er nie wieder zurückkehren, ebensowenig wie er fliehen konnte. Der kleine Lehrer sprang auf und ging mit stechenden Schritten hin und her. Während des Kampfes hatte ihm der Seidenweber den halben Schwalbenschwanz vom Rock gerissen. Seine spitze Brust bog sich vor wie immer in den mühsamen Stunden, da er seine arme Person zur Geltung bringen mußte. Manchmal aber klappte er zusammen und hüpfte im Nebel wie ein Vogel mit einer verwundeten Schwinge. Er versuchte sich mittels eines dichterischen Wortes, das sich plötzlich einstellte, selbst zu trösten und zu erschüttern. Zwanzigmal wiederholte er:

,,Im Sonnenschein, nicht in der Dämmerung."

Während dieser Gänge stolperte Oskanian über eine Stange. Es war die Fahne mit dem Hilferuf ,,Christen in Not", die der Wind längst umgestürzt und vertragen hatte. Die Schüsselterrasse war sowohl als Späherposten wie als Begräbnisstätte schon seit Tagen verlassen. Hrand Oskanian nahm die ziemlich schwere Flaggenstange von der Erde auf, schulterte sie, ohne zu wissen, was er tat, und stapfte immer gehetzter umher, ein sonderbarer Fähnrich. Wie gerne hätte er die Sonne jetzt hinter das Amanusgebirge gebannt. Doch schon war sie da, rot und zornig. Noch ein hilflos zuckender Gedanke: Fort von diesem verfluchten Felsen! Ein Versteck suchen! Lieber langsam verhungern! Oskanian aber konnte nicht mehr zurück. Er mußte sein Wort vom Sonnenschein wahrmachen. Die Frauen und der Weber warteten. Die Fahne vor sich hertragend, zögerte er auf den Rand zu. Der Nebel zerriß unter ihm. Breite Balken, Schwaden, Bänke zogen in verschlungenen Tänzen umeinander, hie und da ein Stück des Meeres freigebend, das glatt und stumpf wie dunkelgraues Tuch lag. Auf einer Stelle dieses Tuches schimmerte etwas. Hrand Oskanian schloß die Augen. Nun war er wirklich verrückt geworden, was er stets gefürchtet hatte. Immer wieder öffnete und schloß er die Augen. Der Nebel verschwand mittlerweile, das schimmernde Ding aber nicht, das auf dem weiten Tuche festsaß wie angeheftet. Es schimmerte eigentlich gar nicht so recht, sondern war ein großes, blaugraues Schiff mit vier Schloten, das, von der Höhe aus gesehn, ziemlich klein und nicht ernsthaft wirkte. Einige Nebelfetzen umschwebten es noch. Der Lehrer hatte sehr scharfe Augen. Leicht konnte er in den angriffslustigen Strahlen der jungen Sonne die großen schwarzen Buchstaben am Bug erkennen: ,,Guichen."

Oskanian stieß ein paar jammernde Laute aus. ,,Guichen."

Das Wunder war geschehn. Doch nicht für ihn. Alle durften gerettet werden. Nur er nicht. Auf einmal begann er die sich breit entfaltende Fahne zu schwenken: „Christen in Not." Immer schneller, wie ein Wahnsinniger, schwenkte der Lehrer den gewichtigen Schaft, unermüdlich, minutenlang. Auf der Kommandobrücke des Panzerkreuzers wurde mit einer französischen Signalflagge geantwortet. Oskanian sah es nicht. Er wußte von sich selbst nichts mehr. Unablässig schwenkte er das weiße Laken in großen Halbkreisen. Er stöhnte vor Anstrengung. Doch solange er noch Kraft hatte, durfte er leben. Bagradians Haubitzen krachten weit oben. Immer kürzer und ungleichmäßiger schlängelten sich die Halbkreise der Armenierfahne. Vielleicht kann ich mich doch heimlich aufs Schiff retten, dachte es in Oskanian. Zugleich aber trat er, mehr vom Gewicht der Flagge als von seinem Willen vorwärtsgezogen, mit einem wilden Schreckensschrei ins Leere.

In diesem Augenblick löste ein Vierundzwanzig-Zentimeter-Geschütz des „Guichen" den gewaltigen Schuß gegen Suedja, der den Türken Halt befahl.

Dem General, dem Kaimakam, dem Jüsbaschi schmetterte dieses Halt in die Seele. Die Herren hatten sich vor einigen Minuten auf dem Standort des Majors zusammengefunden, auch der dicke leberkranke Kaimakam, für den das Früh-aufstehn und die Bergbesteigung ein außerordentliches Opfer bedeutete. Die vier Kompaniekommandanten umgaben den Jüsbaschi, um persönlich den Vorrückungsbefehl entgegen-zunehmen. Die Kundschafter hatten während der Nacht vorzüglich gearbeitet. Die neuen Zufluchtsstätten des Lager-volkes an der Steilküste waren einwandfrei aufgeklärt. Auch wußte man, daß zwei schüttere, schlechtgedeckte Schützen-linien den Damlajik gegen Süden abriegelten. Auf Befehl Ali Risas sollten deshalb nur zwei Kompanien mit Maschinenge-wehren gegen diese schwachen Linien eingesetzt werden, und zwar zur selben Zeit, sobald im Norden die Gebirgsartillerie die armenischen Gräben einzutrommeln begann. Der Kaimakam und der Jüsbaschi waren überzeugt, daß in einer Stunde ungefähr der Widerstand gebrochen sein werde. Dann sollten sich die Nord- und Südgruppe vereinigen, um ge-meinsam das Lager am Meer auszuheben. Ein Entkommen gab es nicht mehr. Die erste Granate aus den Haubitzen Gabriel Bagradians schlug in die Steinhalde unterhalb des Felsturms, die zweite wich noch weiter ab, die dritte aber ging ziemlich in der Nähe der Offiziersgruppe nieder. Sprengstücke und Steinsplitter durchsangen die Luft. Zwei Infanteristen lagen wimmernd auf der Erde. Der Jüsbaschi zündete sich gemächlich eine Zigarette an:

„Wir haben Verluste, Herr General..."

Das junge durchsichtige Gesicht Ali Risas war tiefrot geworden. Seine Lippen wurden noch schmäler als sonst:

„Ich befehle Ihnen, Jüsbaschi, daß dieser Bagradian nicht getötet, sondern mir persönlich vorgeführt wird."

Kaum hatte er diese Worte zu Ende gesprochen, erhob sich der haltgebietende Donner. Die Herren stürzten zu den westlichen Sicherungsschanzen, von denen man das Meer weit übersehn konnte. Blaugrau und fest saß der „Guichen" mit seinen vier Schloten wie eingefroren auf der bleiernen Flut. Eine schwarze Qualmwolke lag über den Schloten. Der Mündungsdampf des Geschützes hatte sich schon verzogen. Der Kommandant schien nur einen Schreckschuß gegen die Orontesebene abgegeben zu haben. Als erster fand der Kaimakam seine Stimme wieder. Sie bebte vor Erregung:

„Damit wir uns verstehn, General! Sie befehligen die militärische Assistenz. Die Entscheidung liegt aber bei mir."

Ali Risa betrachtete, ohne zu antworten, den „Guichen" durch sein Fernglas. Der Kaimakam aber, der sich sonst in großen Augenblicken meist abwartend verschlafen benahm, verlor diesmal seine Ruhe:

„Ich fordere Sie auf, General, die Operationen sofort beginnen zu lassen. Dieses Schiff dort kann uns nicht abhalten..."

Ali Risa ließ das Glas sinken und wandte sich zu seinem Adjutanten:

„Telefonieren Sie nach Habaste. Mein Befehl soll relaisartig mit allergrößter Schnelligkeit in die Geschützstellungen im Norden weitergegeben werden: Das Artilleriefeuer hat zu unterbleiben!"

„Das Artilleriefeuer hat zu unterbleiben", wiederholte der Adjutant und stürzte davon. Der Kaimakam richtete seine schlaffe, aber mächtige Gestalt hoch:

„Was bedeutet dieser Befehl? Ich verlange Aufklärung, Effendi!"

831

Der General beachtete ihn gar nicht, sondern richtete seine graublauen Augen auf den Jüsbaschi:

„Lassen Sie die vorgeschwärmten Kompanien zurücknehmen. Alle Truppen verlassen den Berg und ralliieren sich unten im Dörfertal. Abmarsch sofort!"

„Ich verlange Aufklärung", schrie der Kaimakam außer sich, und seine Augensäcke wurden blauschwarz: „Das ist Feigheit. Ich bin Seiner Exzellenz verantwortlich. Es liegt kein Grund vor, die Operationen abzubrechen!"

Ein langer, kalter Blick des jungen Generals traf ihn:

„Kein Grund? Wünschen Sie der alliierten Flotte Gelegenheit zu geben, die offene Küste zusammenzuschießen? Die weittragenden Geschütze reichen bis Antakje. Glauben Sie vielleicht, daß der Kreuzer dort allein bleiben wird, Kaimakam? Sollen die Franzosen und Engländer etwa Truppen landen und einen neuen Kriegsschauplatz mitten im unverteidigten Syrien etablieren? Was meinen Sie, Kaimakam?"

Der Kaimakam aber, braungelb im Gesicht, raste mit Schaum vor dem Munde:

„Das geht mich nichts an. Ich, als Verantwortlicher, befehle Ihnen..."

Weiter kam er nicht. Der Gegenbefehl des Generals hatte natürlich auf keine Weise die türkischen Artilleriestellungen in diesen wenigen Minuten erreichen können. Die ersten Geschosse krachten in die Kerbung des Nordsattels. Sofort aber begannen sich die langen, eleganten Geschützrohre in den Panzertürmen des „Guichen" zu drehn. Es vergingen kaum drei Atemzüge, und die ersten schweren Granaten fielen mit ungeheuren Schlägen auf die Häuserkuben von Suedja, El Eskel, Jedidje. Sofort kroch an dem großen Kamin der Spiritusfabrik die amerikanische Flagge hoch. Einige türkische Holzhäuser begannen schon zu brennen. Ali Risa herrschte den Jüsbaschi an:

„Telefonieren Sie, Feuer einstellen, zum Teufel! Die Saptiehs sollen die Bevölkerung evakuieren. Alles ins Dörfertal!"

Der sommersprossige Müdir aus Salonik, der als Untergebener bisher geschwiegen hatte, wurde nun auch von einem Koller gepackt. Durch die hohlen Hände schrie er, als wolle er sich trotz des brüllenden Feuers dem „Guichen" verständlich machen:

„Das ist ein Bruch des Völkerrechts ... Offene Küste ...

Einmischung in die innere Politik..."
Generalmajor Ali Risa aber hob seinen Spazierstock von der
Erde auf und wandte sich zum Gehen. Die Offiziere um-
scharten ihn. Er drehte sich noch einmal um:
„Warum schreien Sie so, Müdir? Bedanken Sie sich bei
Ittihad..."
„Mir ist übel", stöhnte der Kaimakam, der sich für seine
Gesundheitsverhältnisse heute allzusehr übernommen hatte.
Sein schwerer Körper sank zu Boden. Er schien mit aller Kraft
gegen eine Ohnmacht anzukämpfen. Zwischen seinen
schwärzlichen Lippen röchelten immer dieselben Worte her-
vor:
„Das ist das Ende ... Das ist das Ende..."
Der Müdir mußte seinen kranken Vorgesetzten durch vier
Saptiehs zu Tale tragen lassen.

Man sollte wohl glauben, daß auch Gabriel Bagradian, nachdem das Bewußtsein des Wunders seinen Geist voll durchdrungen hatte, unter der Wucht der Erlösung zu Boden gestürzt wäre. Nichts aber geschah. Gabriels Gefühl konnte
nicht mehr antworten. Auch die behutsamste Vorsicht des
Wortes vermag kaum wahrheitsgetreu zu sagen, was in seinem
Innern jetzt vorging. Nein, keine Enttäuschung. Enttäuschung
wäre zu grob. Eher die unerwünschte Mühe, die ein todes-
müder Organismus aufwenden muß, um sich neu einzustellen.
So wehrt sich das menschliche Auge, unversehens aus Finsternis in grelles Licht geratend, gegen diesen jähen Wechsel, selbst
wenn die Seele ihn ersehnt hat. Die erste Reaktion Bagradians
war ein Befehl, den er die Verteidigungslinie durchlaufen
ließ:
„Keiner rührt sich fort! Jeder bleibt, wo er ist!"
Dies war ein außerordentlich wichtiger Befehl. Denn erstens
kannte Gabriel die Absichten der Türken nicht, dann hatte
er die französische Flagge des Kriegsschiffes noch nicht mit
eigenen Augen gesehn. Auch war es höchst unwahrscheinlich,
daß dieses Schiff viereinhalbtausend Menschen aufnehmen
konnte und wollte. — Nicht minder merkwürdig war die
Wirkung des Wunders auf die Verteidiger, die nach dieser
letzten endlosen Nacht der Todeserwartung wie gelähmt in
den langen Schwarmlinien lagen. Ein Junge, atemlos gicksend,
hatte die Meldung gebracht. Keinen Aufschrei löste sie aus,

sondern vorerst eine starre Pause. Plötzlich aber zerbrach die Einteilung. Diejenigen, welche die Wundernachricht gehört hatten, drängten die Kuppe empor, zur Haubitzstellung, zum Befehlshaber. Nicht dies jedoch war merkwürdig, sondern die Verwandlung der tiefen und rauhen Männerstimmen. Die Leute fistelten auf einmal. Hohe und enge Töne stießen von allen Seiten auf Gabriel ein. Es klang fast wie eine zittrige Abart von Weibergekeif oder wie der Angstausbruch von Irren. Das Gefühl der Rettung rief, ehe es noch die Seelen in Besitz nahm, einen ansteckenden Stimmritzenkrampf hervor. Die Männer gehorchten sofort. Sie legten sich wieder in ihre Linien, das Gewehr vor sich, als sei nichts Erschütterndes geschehn. Nur Lehrer Hapeth Schatakhian forderte den Befehlshaber auf, ihn als Kommissar zum Meere hinabzusenden, da er, kraft seiner meisterhaften Beherrschung und Betonung der französischen Sprache, zweifellos der Berufene sei, die Verhandlungen zu führen. Der Lehrer strahlte übers ganze Gesicht. Gabriel Bagradian, der die Zehnerschaften durch sein eigenes Beispiel zusammenhalten wollte, bis die letzte Gefahr eines türkischen Angriffs geschwunden war, entließ Schatakhian mit folgenden Aufträgen: Es müsse unter allen Umständen eine stetige Verbindung des Lagervolkes unten am Meere mit den Verteidigern oben auf dem Berge aufrechterhalten bleiben. Ter Haigasun und Doktor Altouni möchten sich gemeinsam mit Schatakhian auf das französische Schiff begeben. Und dann: Der Kreuzerkommandant habe sogleich davon in Kenntnis gesetzt zu werden, daß sich unter dem Volke eine gebürtige Französin, und zwar in schwerkrankem Zustand, befinde.

Das beginnende Artilleriefeuer gegen den Nordsattel bestätigte Bagradians Verdacht. Der Türke dachte gar nicht daran, seine sichere Beute ohne weiteres aus dem Rachen fallen zu lassen. Sofort wurde eine Ordonnanz an Tschausch Nurhan abgefertigt:

„Die Nordstellung muß bis zum letzten Mann gehalten werden." Ehe nicht der entsprechende Befehl von ihm, Bagradian, eintreffe, hätten die Zehnerschaften unter keiner Bedingung die Gräben oder die Felsbarrikaden zu verlassen, in welchen sie während des Granatfeuers Schutz suchen sollten. — Nach kurzer Zeit aber erlahmte dieses Feuer, während die riesigen Schiffsgeschütze mit taktsicheren Donnerschlägen ihre Bomben gegen die muselmanischen Ortschaften sandten. In der Orontesebene schien das Weltgericht zu toben. Als Gabriel den Beobachterplatz erstiegen hatte, standen schon Suedja, El Eskel, Jedidje und selbst das entfernte Ain Jerab in Qualm und Flammen. Auf Pferden, Eseln, Ochsenkarren und in hellen Haufen floh das Volk ins armenische Tal hinein. Nach einer Weile kehrte Bagradian wieder zu den Haubitzen zurück. Hinter dem Sporn der Geschütze standen die schon tempierten Granaten. Er hatte die Absicht gehabt, die Geschütze nach Norden zu drehn und, wenn es soweit war, den türkischen Angriff unter Feuer zu nehmen. Er gab die Absicht auf, obgleich er die Gefahr noch lange nicht für gebannt hielt. Gabriel ließ sich neben den Haubitzen nieder. Er blickte hinaus und zugleich in sich hinein: Nun werde ich vielleicht in einigen Wochen wieder in Paris sein. Man wird die Wohnung in der Avenue Kleber beziehen und das alte Leben beginnen. Aber dieser Gedanke — vor einer Stunde noch die Vision eines Tollhäuslers — änderte nichts an der erstaunlichen Leere, die ihn erfüllte. Keine Spur des knienden Jubels, des heißen anbetenden Dankes zu Gott, der durch ein unausdenkliches Wunder geboten war. Gabriel sehnte sich nicht nach Paris, nicht nach einer Wohnung, nicht nach Umgang mit kultivierten Menschen, er sehnte sich nicht nach Komfort, ja nicht einmal nach Sattessen, nach einem Bett und Reinlichkeit. Wenn er irgendeine Regung in sich verspüren konnte, so war's ein bohrendes Einsamkeitsbedürfnis, das von Minute zu Minute wuchs. Es hätte aber eine Einsamkeit sein müssen, die es gar nicht gab. Eine Welt ohne Menschen. Ein Planet ohne Bedürfnisse, Bewegung und Notdurft. Eine kosmische Einsiedelei und er das einzige Wesen darin, ruhevoll schauend, ohne Vergangenheit, Gegenwart und Zukunft.

Die Lagerstätten der Dorfgemeinden lagen ziemlich weit auseinander. Yoghonoluk und Habibli befanden sich noch ziemlich auf der Höhe, während Bitias, Azir und Kebussije die einzigen Küstenplätze gewählt hatten, wo die zurücktretenden Steilwände ein paar unebene, mit hartem Strauchwerk bewachsene Plätze freiließen.

Während Lehrer Oskanian die Notflagge schwenkte, schlief noch alles. Es war nicht der Schlaf von Menschen mehr, sondern der Schlaf unbelebten Stoffes, wie ein Fels oder ein Erdhaufen schläft. Der Donnerschlag des Schiffsgeschützes zerstörte ihn. Fast viertausend Frauen, Kinder und Greise schlugen die schreckerfüllten Augen auf, um das Licht ihres vierten Hungertages zu erblicken. Die Leute unten an der Küste sahen einen unglaubwürdigen Entkräftungstraum, der regungslos auf einem festen Meere ruhte. Einige versuchten sich aufzuraffen, um dieses Traumgesicht zu verscheuchen. Andre blieben gleichgültig auf dem harten Fels liegen, der ihre dünne Haut, die ohne Fleisch die Knochen bedeckte, durchgescheuert hatte. Sie drehten sich nicht einmal auf die andre Seite. Plötzlich jedoch hob unter den Erwachsenen ein kurzatmig hüstelndes Weinen an, das sich wie das schwache Gezeter schwerkranker Kinder ringsum ausbreitete. Und nun huschten auch die trägsten Schatten auf. Die Knaben, die noch die meiste Kraft besaßen, erkletterten die Klippen. Alles drängte zum Wasser.

Der große Kreuzer „Guichen" ankerte etwa eine halbe Seemeile weit vor der Küste. Den Offizieren und Matrosen bot sich ein erschütterndes Bild. Sie sahen Hunderte von nackten, skelettdürren Armen, die sich ihnen entgegenstreckten, wie um Almosen bettelnd. Die menschlichen Gestalten, die zu diesen Armen gehörten, und gar die Gesichter, verschwammen selbst in den Ferngläsern gleich Gespenstern. Dazu erklang ein spitzes Stimmendurcheinander, das an das Zirpen von Insekten erinnerte und aus einer weit größeren Ferne zu kommen schien, als es tatsächlich kam. Dabei strömten zwischen den Steilwänden immer mehr von diesen menschlichen Zikaden herab und vermehrten die bettelnden Arme. Ehe der Kommandant des „Guichen" noch einen Entschluß dieser Verfolgten wegen fassen konnte, sprangen von den Klippen zwei kleine Gestalten ins Wasser, Knaben jedenfalls, und begannen aufs Schiff hinzustreben. Sie kamen auch ungefähr bis auf hundert Meter heran, dann schienen die Kräfte sie zu verlassen. Man hatte ihnen jedoch vorsorglich ein Boot entgegengeschickt, das sie aufnahm. Ein andres Boot bewegte sich auf die Küste zu. Es sollte die Vertrauensleute dieser seltsamen „Christen in Not" an Bord bringen. Bald aber zeigte es sich, daß, wenn Gott ein Wunder schickt, die Wirklichkeit dieses Wunder noch immer mit hundert Tücken zu dämpfen weiß. Die Beschaffenheit der Steilküste war nämlich so schwierig, die Brandung so stark, daß selbst dieses gut bemannte Boot des „Guichen" kaum zu landen vermochte, was eine große Rechtfertigung der mißglückten Fischerei Arams bedeutete. Es verging fast eine Stunde mit vergeblichen Landungsversuchen, ehe Ter Haigasun, Altouni und Hapeth Schatakhian aufgenommen werden konnten. Dies war die Stunde, in welcher der „Guichen", durch das herausfordernde Artilleriefeuer auf dem Musa Dagh gereizt, hundertundzwanzig schwere Granaten in die muselmanische Ebene warf.

Der Fregattenkapitän Brisson empfing die Abordnung in der Offiziersmesse, nachdem die Schiffsartillerie das Feuer schon eingestellt hatte. Brisson machte eine entsetzte Bewegung, als er die drei Männer sah, diese eingeschrumpften Körper in Lumpen, diese bartumwucherten Gesichter mit ihren hohen Stirnen und riesigen Augen. Ter Haigasun bot den wildesten Anblick. Sein halber Bart war weggesengt. Über die rechte Backe lief eine glühende Brandwunde. Da seine Alltagskutte in der Pfarrhütte in Flammen aufgegangen war, trug er noch immer die geliehene Decke über den Schultern. Der Fregattenkapitän reichte den Männern die Hand:

„Der Priester ... der Lehrer ...?" fragte er. Schatakhian aber ließ ihm keine Zeit zu weiterer Erkundigungen, sondern riß seine ganze Kraft zusammen, verbeugte sich und begann jene Rede, die er auf dem Serpentinenweg zum Meere und später noch im Boote laut vor sich her entworfen hatte. Er leitete sie mit den unzutreffenden Worten „Mon général" ein. Vielleicht war's nur Verwirrung. Wer aber konnte schließlich von dem armenischen Volksschullehrer aus Yoghonoluk verlangen, daß er sich in der Rangordnung der französischen Marine gehörig auskenne, insbesondere da der sokratische Meister dieses Lehrers auf die Kriegswissenschaft nicht das geringste Gewicht zu legen pflegte. Nachdem Kapitän Brisson durch diese orientalisch ausschweifende Rede alles Nötige und manches Unnötige erfahren hatte, hoffte der durch sich selbst beglückte Sprecher, ein Wörtlein des Lobes werde aus solch erlauchtem Munde für seine makellose Akzentuierung fallen. Der Fregattenkapitän aber sah langsam von einem zum andern, um dann nach dem Mädchennamen Madame Bagradians zu fragen. Hapeth Schatakhian war überaus erfreut, auch hierin dienen zu dürfen und so seine Vertrautheit mit stockfranzösischen Personalien zu bekunden. Nun aber nahm Ter Haigasun das Wort. Zur Verwunderung, ja zur Betroffenheit des Lehrers sprach er ein fließendes Französisch, wovon er bisher in so vielen Schuljahren nur recht wenig hatte verlauten lassen. Er wies sofort auf den Hunger und die Entkräftung des Volkes hin und bat um unverzügliche Hilfe, weil sonst so manche Frau und so manches Kind die nächsten Stunden kaum erleben werden. Während Ter Haigasuns Worten klappte Bedros Hekim zusammen und wäre fast vom Stuhle gesunken. Brisson ließ sogleich Kognak und Kaffee bringen und den Abgesandten eine reichliche Mahlzeit servieren. Es zeigte sich aber, daß nicht nur der alte Arzt, sondern auch die zwei andern kaum etwas genießen konnten. Indessen berief der Schiffskommandant den Proviantoffizier zu sich und traf Anordnung, daß ohne Verzögerung Boote mit allen verfügbaren Nahrungsmitteln an Land zu gehen hätten. Der Arzt, das Sanitätspersonal und eine bewaffnete Abteilung Matrosen erhielten ebenfalls Befehl zu landen.

Nachher erklärte Brisson den armenischen Männern, daß sein Panzerkreuzer keine selbständige Einheit, sondern die Vorhut eines englisch-französischen Geschwaders bilde, das die Aufgabe habe, in nordwestlicher Richtung die anatolische Küste entlang zu streifen. Der „Guichen" sei gestern abend schon, drei Stunden vor der Hauptmacht, aus der Zypernbucht von Famagusta ausgelaufen. Der Höchstkommandierende der Flottille, der Konteradmiral, befinde sich auf dem Linien- und Flaggschiff „Jeanne d'Arc". Man habe seine Entscheidung abzuwarten. Vor einer Stunde schon sei ein Funkspruch an die „Jeanne d'Arc" gesendet worden. Die Abgesandten aber möchten sich nicht ängstigen, denn es bestehe kein Zweifel darüber, daß ein französischer Admiral einen so tapferen Stamm des mißhandelten armenischen Christenvolkes nicht einfach seinem Schicksal überlassen werde. Ter Haigasun neigte seinen Kopf mit dem entstellten Bart:

„Ich werde mir eine Frage gestatten, mein Herr Kapitän. Sie sind, wie Sie sagen, mit Ihrem Schiff nicht selbständig, sondern unterstehen dem Befehl eines Höheren. Wie kommt es dann, daß Sie nicht nach Nordwesten, sondern an unsre Küste hier gehalten haben...?"

„Sie entbehren gewiß schon lange Zigaretten, meine Herren, ich überlasse Ihnen diese Schachtel sehr gerne..."

Brisson überreichte dem Lehrer ein großes Zigarettenpaket und wandte dann seinen grauen Marinekopf mit nachsinnenden Augen Ter Haigasun zu:

„Ihre Frage interessiert mich, mon père, denn ich habe tatsächlich gegen die Order gehandelt und bin von unserem Kurs beträchtlich abgewichen. Warum? Um zehn Uhr haben wir das Nordkap von Zypern passiert. Eine Stunde nach Mitternacht aber hat man mir ein großes Feuer an der syrischen Küste gemeldet. Es sah aus, als brenne eine mittlere Stadt. Ein großes Stück Himmel rot! Wir waren auf hoher See, mindestens dreißig Meilen vom Land. Dabei haben Sie, wie ich höre, nur einige Reisighütten angezündet. Freilich, der Nebel wirkt oft wie eine optische Vergrößerungslinse. Solche Dinge mögen schon vorkommen. Der halbe Himmel war rot, wirklich. Ich habe aus Neugier — es war wohl Neugier — den Kurs geändert..."

Ter Haigasun erhob sich von seinem Stuhl. Es hatte den Anschein, als wolle er etwas sehr Wichtiges vorbringen. Seine Lippen bewegten sich. Auf einmal aber machte er einige unsichere Schritte gegen die Kabinenwand und preßte sein Gesicht an die Scheibe einer der Luken. Fregattenkapitän Brisson war der Meinung, der Priester erleide jetzt denselben Zusammenbruch wie vorhin der alte Arzt. Ter Haigasun aber drehte sich um. Sonne durchflutete die niedrige Offiziersmesse des Schiffes. Das Priestergesicht schimmerte in den Strahlen wie aus Ambra geschnitten. Ter Haigasuns Augen waren ertrunken, als er armenisch stammelte:

„Das Böse ist nur geschehn ... damit die Gnade Gottes möglich werde..."

Er hob leicht die Hände, als sei für ihn alles Erlittene sinnvoll überwunden. Der Franzose konnte ihn nicht verstehn. Bedros Hekim war mit dem Kopf auf den Tisch gesunken und eingeschlafen. Hapeth Schatakhian aber dachte nicht an den Brand der Stadtmulde, der mit der gotteslästerlichen Altarflamme begann und mit der Erlösung endete.

Zwei Stunden später stieg die mächtige „Jeanne d'Arc" am Horizont auf und hinter ihr der englische und die beiden andern französischen Kreuzer. Der große Transportdampfer folgte erst gegen Mittag nach. In breiter, schön ausgerichteter Reihe näherten sich die blaugrauen, turmbewehrten Kampfwesen dem Lande, lange parallele Kielschaumlinien nachschleppend. Der Chef des Geschwaders hatte dem Fregattenkapitän Brisson zurückgefunkt, er wolle nicht nur die armenischen Flüchtlinge aufnehmen und zu diesem Zwecke die geplante Fahrt abbrechen, sondern er wünsche persönlich die Stätte des Heldenkampfes zu besichtigen, wo der Splitter einer christlichen Nation sich vierzig Tage lang gegen barbarische Übermacht behauptet hatte. Der Konteradmiral war ein strenger, ja ein berühmter Katholik, und der Kampf der Armenier für die Religion des Kreuzes bewegte ihn aufrichtig.

Nachdem das Geschwader sich in vorbildlicher Symmetrie verankert hatte, begann auf dem spiegelhellen Meere ein glanzvolles Treiben. Hornsignale eiferten sich gegenseitig an. Ketten und Kräne ächzten. Langsam schwebten die großen Boote nieder. Die Matrosen des „Guichen" hatten mittlerweile zwischen den Klippen an der zugänglichsten Stelle eine Art von Landungsbrücke improvisiert, wobei Pastor Arams Fischereifloß zu unerwarteten Ehren kam. Die Geretteten lagen, saßen, hockten auf den schmalen Felsplatten und sahen mit verlorenen Blicken diesem Schauspiel zu, als gelte es nicht ihnen. Der Chefarzt des „Guichen" samt Gehilfen und Sanitätsleuten war mit den Kranken und Hungererschöpften beschäftigt. Er belobte Bedros Altouni hoch, daß er gestern noch, in der letzten Auflösung des Lebens, für die Ansteckungskranken oder -verdächtigen ein abgesondertes Lager gefunden habe. Altouni bekannte tief aufseufzend, daß oben auf dem Damlajik von diesen Ärmsten noch eine ganze Anzahl ungewartet und ungelabt dem Tode ausgesetzt sei, obgleich die meisten bei guter Pflege gerettet werden könnten. Der Chefarzt zog ein saures Gesicht. Die Aufnahme dieser Fiebernden bildete eine schwere Verantwortung. Was aber tun? Man konnte diese Christen doch nicht gut der Rache der Türken überlassen. Da der Chefarzt ein menschlicher Mann war, gab er seinem armenischen Kollegen einen Wink: „Reden Sie nicht viel über diese Sache!" Der Truppentransportdampfer war so gut wie leer und besaß große, wohleingerichtete Lazarettäume. Der Chefarzt zwinkerte dem Alten zu, er möge unbesorgt sein. Unter die Gesunden, so wie man von Gesunden sprechen kann, waren große Mengen von Brot und Konserven verteilt worden. Die Schiffsköche hatten große Kessel mit Kartoffelsuppe zubereitet und die gutmütigen französischen Matrosen liehen ihr eigenes Eßgeschirr her. Die Armenier aber nahmen alles hin, als sei es nicht ganz wirklich, sondern

Traumbrot und Traumsuppe, die nicht sättigen könne. Doch als jeder seinen Anteil, nahezu ungekaut und ungeschmeckt, verschlungen hatte, ergriff ein neuer Gemütszustand die Gemeinden. Man war zwar sterbensmatt und ohne Leben mehr, und dennoch, die vierzig Tage lagen weit zurück wie eine halbvergeßne Sage. Noch wehrte sich der Körper gegen die ungewohnte Nahrung (o Brot, tausendmal ersehntes Brot), der Seele aber war alles wieder selbstverständlich, als sei es nie anders gewesen, als sei Gottes Gnade nichts als die natürliche Entwicklung der Dinge.

Der Konteradmiral landete, von einem großen Stab umgeben, an der schwanken Brücke. Seiner Motorbarkasse folgte ein Schwarm scharf dahinschießender Fahrzeuge. Zum Schutze des Geschwaderkommandeurs waren von allen Schiffen Abteilungen der Marineinfanterie mit Maschinengewehren ans Land beordert worden. Die ausgebooteten Soldaten besetzten die schmalen Felsplatten, wodurch ein dichtes Gedränge entstand und der Admiral vor lauter französischen Uniformen den Gegenstand seiner Neugier kaum zu Gesicht bekam. Während er dann langsam durch die Haufen der Dorfleute schritt, verlangte er von Beginn und Hergang der Verteidigungskämpfe genau unterrichtet zu werden. Und hier widerfuhr Lehrer Schatakhian zum zweitenmal und in erhöhtem Maße noch die Auszeichnung, das Ohr eines erlauchten Franzosen durch die Fülle seines Wortschatzes in Erstaunen setzen zu dürfen. Der Konteradmiral war ein kleiner, alter Herr mit einem streng zusammengerafften Militärgesicht, knapp und zierlich zugleich. Das Gesicht hatte braunrote Seemannsfärbung. Ein schneeweißes Bürstenbärtchen schwebte über der Oberlippe. Die blauen Augen waren sehr hart, doch schien ihr Blick durch Weite gemildert. Die graziöse Gestalt des alten Herrn steckte in keiner rechten Uniform, sondern in einem bequemen weißen Leinenanzug, der nur durch den schmalen Ordensstreifen auf der Brust soldatisches Gepräge bekam. Der Admiral stellte verschiedene Fragen nach den türkischen Streitkräften, dann zeigte er mit seinem dünnen Bambusstock gegen die Felswände und tat seiner Umgebung noch einmal den Willensentschluß kund, die Hochfläche und Kampfstätte mit eigenen Augen sehen zu wollen. Einer der Herren wagte darauf hinzuweisen, daß es immerhin ein paar hundert Meter zu ersteigen gelte, was für den Chef vielleicht beschwerlich sein werde. Auch könne man wohl nicht mehr rechtzeitig zur Dejeunerzeit an Bord sein. Der Wagemutige erhielt überhaupt keine Antwort. Der Konteradmiral gab das Aufbruchzeichen. Der Adjutant mußte daraufhin heimlich dafür sorgen, daß die Marineinfanterie im Eilschritt den Serpentinenweg ersteige, um noch vor dem Exzellenzherrn auf dem Damlajik Stellung zu nehmen. Dieser Ausflug im Feindesland war eine höchst gewagte Sache. Der Berg schien von türkischen Truppen und Geschützen umzingelt zu sein. Es konnte somit zu höchst unangenehmen Überraschungen kommen. Bei dem eigensinnigen Charakter des Hochmögenden aber wäre jeder Einspruch aussichtslos gewesen. Man beschloß daher, während dieses Ausflugs durch ein paar Granaten auf die Küstenortschaften die Türken in ehrerbietigem Abstand zu halten. Der Adjutant mußte außerdem noch für einen Imbiß sorgen, denn die Strapaze einer solchen Bergbesteigung war für einen alten Seemann nicht unerheblich. Es war aber gerade der Ehrgeiz des Admirals, den jüngeren Herren des Gefolges die Überlegenheit seines Herzens, seiner Lunge und Glieder zu beweisen. Er federte nur so den steilen Bergpfad empor, allen andern voran. Sato machte die Bergführerin. Ihre Kräfte hatten durch den Hunger nicht gelitten. Sie rannte voraus und wieder zurück und wieder voraus, nach ihrer Art wie eine junge Hündin den Weg dreifach zurücklegend. Dergleichen strahlende Gestalten hatte die Waise von Zeitun in ihrem Leben nie gesehn. Ihre begehrlichen Elsteraugen fraßen sich in die Uniformen, Goldschnüre und Kriegsmedaillen fest, während ihre Hand in einer Konservenbüchse die letzten Reste von kaltem Fett aus den Rillen schabte. Der Branntwein, den ihr die Matrosen geschenkt hatten, durchströmte sie befeuernd. Sie drehte in den unaussprechlichen Fetzen des ehemaligen Schmetterlingskleidchens aufdringlich ihre Hüften vor den blendenden Göttern hin und her. Manchmal streckte sie die braune schmierige Pratze den Offizieren entgegen und ein landesüblicher Naturlaut entrang sich ihren Lippen: „Bakschisch!"

Die Herren des Stabes blieben immer wieder stehn, blickten sich um und bewunderten die Schönheit des baum- und quellenreichen Musa Dagh. Und mehr als einer kam auf dieselbe Bezeichnung, die Gonzague Maris gefunden hatte: Riviera. Viele aber gaben um seiner wilden Jungfräulichkeit willen dem Mosisberg den Vorzug. Die letzten waren zwei junge Marineoffiziere. Sie hatten bisher kaum ein Wort gesprochen und auch die Landschaft nicht gepriesen. Der eine, ein Engländer, blieb stehn, drehte sich aber nicht zum Meer um, sondern starrte geradeaus auf die Felserde:

„Hören Sie, Kamerad, diese Armenier! Ich habe den Eindruck, keine Menschen gesehen zu haben, sondern nur Augen."

Gabriel Bagradian hatte die Verteidigungslinien noch immer nicht aufgelöst. Obgleich er Meldung vom Abmarsch der türkischen Truppen im Norden und Süden bekommen hatte, schien er dem Frieden doch nicht zu trauen. Es konnte auch selbstverständliche Kriegsmoral sein, die es nicht duldete, daß die Kämpfer die Walstatt verließen, ehe das Schicksal des Volkes gänzlich geregelt war. Vielleicht aber lag der Grund für diese Strenge tiefer. Zu weit war der neue Gabriel auf dem unbekannten Wege fortgeschritten, um sich so rasch zu dem alten Gabriel zurückzufinden. In vierzig Tagen hatte sich eine Verwandlung vollzogen, die ihn jetzt an die Stelle bannte. Manchem gröberen Mann erging es ähnlich. Niemand in der Linie murrte und meuterte wider Bagradians Ausdauer, am allerwenigsten die schuldbeladenen Deserteure, die sich in kriecherischer Dienstwilligkeit überboten. Gabriel hatte zu den Zehnerschaften ein paar Worte gesprochen: Niemand könne noch von Rettung reden, ehe nicht alle Frauen und Kinder eingeschifft seien. Man habe den Franzosen durch dieses Ausharren die Würde der armenischen Nation zu beweisen. Als unbesiegte Krieger, das Gewehr in der Hand, in Zucht und Ordnung, sollten sie die alte Heimat verlassen. Auch werde er keinesfalls diese Haubitzen, die das Volk seinem Sohn verdanke, schmählich auf dem Damlajik vergessen, damit die Türken sie noch heute abend abholten. Er wünsche vielmehr, diese große und wichtige Siegesbeute den Franzosen zu übergeben. Wesentlicher noch als diese Worte war die Tatsache, daß Ter Haigasun eine hinreichende Menge von Brot, Marmelade, Wein und Konserven auf den Berg geschickt hatte und Tabak dazu. Die Männer lagen im wohligen Dämmerzustand umher und fanden diese ausdauernde Ruhe erwünschter als die kleinste Bewegung. Die Ruhe hatte ein Ende, als die Marineinfanterie auf der Bergfläche erschien und in entwickelter Linie geradewegs auf die Haubitzkuppe marschierte. Da sprangen die Zehnerschaften auf und stürzten brüllend, jubelnd den Franzosen entgegen, die in ihren blitzblanken Uniformen einen blendenden Gegensatz zu den abgekämpften und verhungerten Lumpengestalten des Musa Dagh bildeten. Jetzt wurde den Kämpfern erst der ganze ungeheure Triumph ihres Unterfangens bewußt. Als sich nun auch die stattliche Offiziersgruppe dem Orte näherte, ging Gabriel langsam auf die Herren zu. Er tat dies in sehr gelassener Art, alles Soldatische wie aus Scham vermeidend. Sein Gewehr blieb liegen. Jetzt glich er einem Jäger oder Ausgrabungs-Ingenieur. Er lüftete den verbeulten Tropenhelm und stellte sich dem Konteradmiral vor. Der alte Herr betrachtete Gabriel ein paar Sekunden lang mit durchdringenden Augen, dann reichte er ihm die Hand:

„Sie waren der Kommandant?"

Gabriel wies sofort auf die Haubitzen, als sei es ihm ausnehmend wichtig, den Rettern zu zeigen, daß er nicht mit leeren Händen dastehe:

„Herr Admiral! Ich übergebe Ihnen und damit der französischen Nation diese beiden Geschütze, die wir den Türken abgenommen haben."

Der Konteradmiral, der viel Sinn für Feierlichkeit besaß, nahm Stellung. Die Gestalten der übrigen Offiziere strafften sich:

„Ich danke Ihnen, Kommandant, im Namen der französischen Nation, die diese armenische Siegestrophäe in Verwahrung nimmt."

Er reichte Bagradian noch einmal die Hand:

„Ist die Eroberung dieser Haubitzen Ihre persönliche Tat?"

„Sie ist die Tat meines jungen Sohnes, der getötet wurde."

Diesem Bekenntnis folgte ein langes allgemeines Schweigen. Der Konteradmiral schnellte mit seinem Bambusstock einen Stein zur Seite. Dann wandte er sich an sein Gefolge:

„Gibt es eine Möglichkeit, die Geschütze den Berg hinab und an Bord zu bringen?"

Der befragte Fachmann zeigte ein bedenkliches Gesicht. Mit den notwendigen Behelfen sei dies unter größten Schwierigkeiten möglich, wenn man einen vollen Tag zur Verfügung habe. Nach einer knappen Überlegung entschied der Exzellenzherr:

„Man sorge dafür, daß die Haubitzen unbrauchbar gemacht

werden. Am besten sprengen, aber vorsichtig, wenn ich bitten darf!"

Um so besser, dachte Gabriel, zwei Geschütze weniger auf der Welt. Und doch empfand er ein Leid dabei. Um Stephans willen. Der Admiral hielt einen Trost bereit:

„Sie haben der guten Sache einen großen Dienst erwiesen, Kommandant, auch wenn diese Haubitzen vernichtet werden."

Mit diesen Worten war der Übergang vom Feierlichen zum Sachlichen gegeben. Der Konteradmiral verlangte eine Darstellung der Abwehrkämpfe des Verteidigungssystems. Während Gabriel Bagradian sein Werk in wenigen Worten umriß, erfüllte ihn tiefe Ungeduld. Diese sauber gewaschenen, wohlduftenden Herren in ihren tadellosen Monturen betrachteten die herzwürgende Wirklichkeit der vierzig Tage mit herablassendem Interesse wie ein von Dilettanten aufgeführtes Kriegsspiel. Die drei Schlachten? Die waren bei weitem nicht das Wichtigste gewesen. Was wußten diese geschniegelten Herrschaften vom armenischen Schicksal, was von der Zerstörung jedes einzelnen Lebens hier oben? Die Ungeduld verfärbte sich zum Ekel. Konnte er nicht einfach den Rücken kehren und davongehen? Er war nur mehr ein Privatmann und hatte jetzt für Juliette und für Iskuhi zu sorgen, damit sie gut untergebracht würden. Um Christi willen, nein, die Franzosen waren ja die wunderhaften Retter und hatten Anspruch auf unauslöschlichen Dank. Der Konteradmiral sprach in seiner Gründlichkeit zuletzt noch den Wunsch aus, den Hauptkriegsschauplatz des Nordsattels kennenzulernen. Mit gedämpfter Stimme hatte er seinen Herren den Auftrag gegeben, sich über all das Gehörte Aufzeichnungen zu machen. Ohne Zweifel plante er einen genauen Bericht an das Marineministerium. Die Rettung der sieben armenischen Gemeinden war schließlich nicht nur eine wichtige, sondern auch eine höchst dekorative Tatsache. Gabriel Bagradian blieb selbstverständlich nichts andres übrig, als dem Wunsche des Exzellenzherrn zu entsprechen. Er sandte Botschaft an Tschausch Nurhan Elleon. Zugleich machte sich unter Führung einiger Ordonnanzen ein Teil der Marineinfanterie mit einem Maschinengewehr auf den Weg, um für die Sicherheit des Flottenführers zu sorgen. Als eine halbe Stunde später Gabriel mit dem Stab auf der Sattelhöhe anlangte, hatte Tschausch Nurhan seine

Zehnerschaften schon in leidlicher Ordnung vergattert, um die Franzosen soldatisch zu empfangen. Gabriel aber trat ungeachtet des Admirals auf den verwitterten Längerdienenden zu und umarmte ihn:

„Tschausch Nurhan! Nun ist alles zu Ende! Ich danke dir! Und ich danke jedem von euch!"

In diesem Augenblick verließen die bärtigen Armeniersöhne ihre schöne Ordnung und umdrängten Gabriel Bagradian. Mancher haschte nach seiner Hand, um sie zu küssen. In dieser Anhänglichkeit an den Kampfführer lag auch eine Spur von Mißtrauen und Ablehnung der glänzenden Gäste. Die Offiziere aber betrachteten diese unmilitärische, aber um so männlichere Szene mit verwunderter Ergriffenheit. Nachdem der Konteradmiral die Gräben und Felsbarrikaden kurz besichtigt hatte, hielt er es für seine Pflicht, Gabriel Bagradian und mit ihm die Kriegerschar durch eine Ansprache auszuzeichnen. Er tat dies mit gallischer Beredsamkeit, doch auch mit der herben Zurückhaltung seines Berufes und seines Glaubens:

„Kommandant", begann er, „in unseren Tagen werden Heldentaten in allen Ländern und auf allen Meeren der Welt vollbracht. Doch es sind kampfgeübte Soldaten, die einander gegenüberstehn. Hier auf dem Musa Dagh trifft das nicht zu. Sie haben keine kampfgeübten Soldaten zur Verfügung gehabt, sondern nur einfache friedliche Bauern und Handwerker. Und dennoch hat unter Ihrer Führung dieses Häuflein schlechtbewaffneter Dorfbewohner sich nicht nur gegen einen tausendfach übermächtigen Feind tapfer geschlagen, sondern im verzweifelten Kampf um das nackte Leben siegreich behauptet. Diese Tat verdient, nicht vergessen zu werden. Sie war nur durch Gottes Hilfe möglich. Gott hat Ihnen geholfen, weil Sie nicht nur für sich selbst gekämpft haben, sondern für sein heiliges Kreuz. So haben Sie den höchsten Heroismus bewiesen, den es gibt, den christlichen Heroismus, der etwas Erhabeneres verteidigt als Haus und Herd. Die französische Nation dankt Ihnen durch meinen Mund und ist stolz darauf, Ihnen helfen zu können. Ich freue mich, Sie alle bis zum letzten Mann in Sicherheit bringen zu dürfen, und teile Ihnen mit, daß mein Geschwader Sie in einen ägyptischen Hafen führen wird, nach Port Said oder Alexandria..."

Während Gabriel sich auf diese aufrichtig gefühlte Rede hin mit der gebotenen Dankbarkeit tief verbeugte und die kleine

Hand der Exzellenz warm umfaßt hielt, ging es ihm durch den Kopf: Port Said, Alexandria, ich? Was habe ich dort zu schaffen? In einem Sammellager vielleicht? Warum ich? — In die frischen und harten Augen des alten Admirals aber trat jetzt ein sympathieerfüllter, fast väterlicher Zug:

„Monsieur Bagradian, ich lade Sie ein, während der Überfahrt auf der ‚Jeanne d'Arc' mein Gast zu sein..."

Er wartete den Dank nicht ab, sondern zog aus einem Ledersäckchen eine dicke spießbürgerliche Golduhr hervor, auf deren Zifferblatt er einen beunruhigten Blick warf:

„Und nun bitte ich um die Ehre, die Bekanntschaft von Madame Bagradian machen zu dürfen. Ich war seinerzeit mit ihrem Vater gut bekannt..."

In der Nacht hatte Juliette den Eingang ihres Zeltes mit allen Riemen und Schnüren, die sich fanden, fest verschlossen. Für ihre kraftlosen Hände war das eine harte Arbeit gewesen, und sie konnte sich nachher kaum bis zu ihrem Bett schleppen. Nicht aus Angst vor einem neuen Raubüberfall hatte sie ihr Zelt so sorgfältig verschlossen. Seltsamerweise war der Einbruch, das Fratzengesicht des Langhaarigen, Satos Griff nach ihrer Decke an Juliettes Geist spurloser vorübergegangen als ein gleichgültiger Wachtraum. Sie sperrte sich ab, damit es nie wieder Licht werde, damit nie wieder ein Tag beginne, damit sie allein bleiben dürfe auf ihrem Lager, das geliebte kleine Spitzenkissen unterm Kopf, von dem sie sich nimmermehr erheben wollte. Sie hatte mit sich eine Art Einmauerung bei lebendigem Leibe vor. Und als es um ihr verpupptes Ich ganz schwarz und traulich ward, da fühlte sie sich fröstelnd wohl, da lebte sie nicht auf dem Musa Dagh, da hatte sie kein Kind verloren, und keine Türken drangen näher, um sie zu töten. Der Innenraum des Zeltes war in zauberhafter Weise der Innenraum von Juliettens Selbst, jenseits dessen es nur das unbestimmte Gerücht einer gefährlichen Außenwelt gab. Ihre Vernunft war noch lange nicht bei sich, während ihr Wesen in einem unvorstellbaren Maße bei sich war.

Gegen Morgen begann der kleine Gong am Zeltvorhang wild zu mahnen. Juliette rührte sich nicht. Auch als sie Awakians bittende, fordernde Stimme erkannte, gab sie keine Antwort. Dann dröhnten die Haubitzen, und der Schreckschuß des „Guichen" donnerte auf. Bei ihr aber war es noch immer

Nacht, und sie kroch noch tiefer unter die Decke, damit sie nichts in ihrem Grabe störe. Die Angst um ihre dunkle Einmauerung war stärker als jeder Furchtinstinkt. Ihr krankes Gedächtnis vergaß sofort die drohenden Donnerschläge. Sie spann sich immer tiefer ein, damit sie die Stimmen nicht höre. Diese aber drängten unablässig. Und nun wogten auch die Zeltwände, an denen wild gerüttelt wurde. Waren die Türken da? Zu Awakians gesellte sich Kristaphors Stimme: „Madame, bitte aufmachen! Sofort aufmachen, Madame!" Immer erregter wallten die Zeltblätter. Juliette hob nicht einmal den Kopf. Nun erkannte sie auch Mairik Antaram: „Gib doch Antwort, Seelchen, um Christi willen! Ein großes, großes Glück ist gekommen…"
Juliette drehte sich zur Seite. Was nennen diese Armenier Glück? Mag sich Gabriel selbst herbemühn, ich bleibe bei mir, ich lasse mich nicht weglocken. Wer ist übrigens Gabriel Bagradian? Heiße ich etwa auch Bagradian? Juliette Bagradian? Endlich zerschnitt draußen jemand die Schnüre und öffnete hastig ihre schwanke Gruft. Sie aber drehte den Eintretenden den Rücken zu, um zu beweisen, daß sie allein in ihrer eignen Welt war, wenn sie es nur wollte. Awakian und Antaram Altouni berichteten mit fremden, hochgeschraubten Stimmen irgend etwas von einem französischen Kriegsschiff namens „Guichen". Juliette spielte die Benommene, hörte dabei aber scharf hin und stellte sofort mit dem Mißtrauen aller Verstörten fest: eine Falle! Hatte sie Doktor Altouni nicht schon gestern abend zwingen wollen, dieses geliebte Zelt, ihren allereigensten Raum, zu verlassen, um bei den anderen zu wohnen, diesen schmutzigen Tieren, vor denen sie erschauderte und die sie haßten? Gewiß, diese plumpe List war von Gabriel und Iskuhi gemeinsam ausgeheckt worden. Das Französische sollte sie verlocken, damit sie ihnen dann völlig und ohne Zuflucht ausgeliefert sei. Aber so leicht ließ sich Juliette nicht übervorteilen. Und aus diesem engelsguten Futteral, in dem sie keine Wahrheit wissen mußte, nein, aus diesem süßen Futteral würden sie ihre Feinde nicht herausreißen. Juliette ließ Awakian, Antaram und Kristaphor bitten und betteln und war wieder einmal nicht bei Besinnung. Als sich alle Versuche als vergeblich erwiesen, winkte die alte Frau:
„Laßt sie! Wir haben noch Zeit genug." Awakian und Kri-

staphor aber schleppten die mißhandelten Gepäckstücke treulich vors Zelt und begannen, alles, was nicht geraubt, zerfetzt und zerschlagen war, eilig einzuräumen. Mitten in der Arbeit aber wurden sie von Gabriel berufen.

Und es geschah noch im Laufe des frühen Vormittags, daß der Zeltvorhang wiederum zurückgeschlagen wurde und daß, von Mairik Antaram geführt, zwei Männer eintraten. Dies aber waren zwei junge Burschen in blauen Uniformen mit blanken Knöpfen und Rote-Kreuz-Binden um den linken Arm. Juliette, die starr auf dem Rücken lag, sah zwei milchhelle Gesichter mit frischen, lustigen Augen. Ein süßer Schreck vor dem Unsagbar-Verwandten durchfuhr sie. Der kleinere dieser jungen Männer salutierte stramm, und seine Bruderstimme ertönte in den Lauten der verlorenen Welt:

„Bitte die Störung zu entschuldigen, Madame! Wir sind die Sanitätsgehilfen vom ‚Guichen‘. Der Herr Chefarzt hat befohlen, auch Madame hinunterzutragen. Wir kommen später wieder. Madame wird dann die Güte haben und fertig sein.“

Der Kleine straffte sich hoch und fuhr mit der Hand an die Matrosenmütze, während der andre mit schwerem, verlegnem Schritt tiefer ins Zelt trat und eine Thermosflasche, ein Gefäß mit Butter auf den Spiegeltisch stellte und dazu zwei Wecken feinen Weißbrotes legte:

„Auf Befehl des Herrn Chefarztes, Tee, Brot und Butter für Madame, vorläufig...“

Er verkündete dies im Tone einer militärischen Meldung, indem er die Hacken zusammenschlug und sein stupsnäsiges Kinderprofil dem Bette zuwandte, ohne die Frau anzusehn. Eine rührende Haltung täppischer Verlegenheit. Juliette aber ließ einen wimmernden Seufzer vernehmen, worauf die beiden Sanitäter in dem Gefühl, der Kranken zur Last zu fallen, auf behutsam ungeschlachten Zehenspitzen das Zelt verließen. Sie folgten Mairik Antaram zum Lazarettschuppen, den das Feuer verschont hatte. Dort war schon das gesamte Sanitätspersonal des Panzerkreuzers versammelt, um die Verwundeten und Kranken an die Küste zu schaffen. Juliette streckte den beiden Landsleuten sehnsüchtig die Arme nach, dann aber warf sie die Decke ab und setzte sich auf den Bettrand. Die Verpuppung war endgültig durchbrochen. Mit beiden Händen das Gesicht bedeckend, fühlte sie ihr wirr zerzaustes Haar. Entsetzt flüsterte sie vor sich hin:

849

„Franzosen, Franzosen! Wie sehe ich aus! Franzosen!"
Plötzlich aber war's, als schieße in dem ausgetrockneten
Körper eine Feuersäule der alten Energie auf. Sie setzte sich
ans Spiegeltischchen. Ihre steifgewordenen, unsicheren Finger
warfen alles durcheinander, was sich noch an Schönheits-
mitteln fand. Sie kleckste Rouge auf ihre Wangen, ohne die
Schminke zu verwischen, wodurch ihr Gesicht noch krankhafter und welker aussah. Dann bearbeitete sie ihren Kopf mit
Kamm und Bürste, immer wieder „Wie sehe ich aus?" vor sich
hin flüsternd. Ihren schwachen Kräften jedoch gelang es nicht,
das widerspenstige Haar zu bändigen. Da legte sie ihren Kopf
auf die Arme und begann fassungslos zu schluchzen. Wie
immer tat ihr das Erbarmen mit sich selbst so streichelnd wohl,
daß sie dann die Haare überhaupt vergaß und offen herabhängen ließ. Ein neuer scharfer Schreck. Franzosen, Franzosen! Was soll ich anziehn? Sie begann ihre Sachen zu suchen,
den Schrankkoffer, das andre Gepäck. Nichts! Der Raum war
leer. Juliette jagte gehetzt die wenigen Schritte durch das
Geviert um und um. Es war wiederum jene Traumangst,
barfuß und im Nachtgewand in einer glänzenden Gesellschaft
erscheinen zu müssen. Nach langem vergeblichem Suchen
wagte sich Juliette endlich vors Zelt. Der goldklare Septembertag warf sie beinahe zurück. Im nächsten Augenblick aber
kniete sie vor dem Schrankkoffer. Wer hatte ihr diese Gemeinheit angetan? Iskuhi? Alles herausgerissen, durcheinan-
dergeknüllt, zerfetzt. Kein einziges Kleid in Ordnung, von
diesen verschollenen vorjährigen Lumpen. Sie hatte nichts, gar
nichts zum Anziehn, und sie mußte doch schön sein, denn die
Franzosen waren da. Mairik Antaram fand Juliette auf der
Erde sitzen, mitten unter den Häuflein von Hemden, Strümpfen, Kleidern und Schuhen, welche die Räuber verschont
hatten. Sie konnte sich vor Erschöpfung nicht mehr rühren,
jammerte aber hartnäckig:
„Die Franzosen sind da, die Franzosen sind da ... Was soll
ich anziehn ..."
Mairik Antaram starrte die Kranke an, als traue sie ihren
Ohren nicht. War es möglich, daß diese Frau, die nach ihrer
Wiederkehr ins Leben noch kaum ein Wort gesprochen hatte
und sich mit allen Kräften gegen das furchtbare Wissen
wehrte, jetzt an Kleider denken konnte? Langsam aber begriff
Antaram, was in Juliette vorging. Keine Eitelkeit. Ihre Brüder

kamen ja. Sie schämte sich, sie wollte ihrer Brüder würdig sein. Frau Altouni kniete neben Juliette nieder und begann nun auch, in dem bunten Haufen zu wühlen. Was immer sie aber hervorzog, erregte den Zorn Juliettens. Nach langer Zeit, innerhalb welcher die Kranke auf diese sonderbare Art mit ihrem Schicksal getrotzt und Mairik Antaram himmlische Geduld bewiesen hatte, fand doch irgendein Gewand Gnade. Ein steifes und festliches freilich mit einem spitzenbesetzten Halsausschnitt. Während die alte Frau, die in solchen Künsten wahrlich kein Geschick besaß, der fast Bewegungslosen mit größter Mühe dieses Kleid anlegen half, stöhnte Juliette: „Es ist nicht passend..."

Welches Kleid aber wäre passend gewesen, die brüderlichen Retter zu empfangen, die ein zerbrochenes Leben doch nicht erretten konnten?

Gabriel war dem Konteradmiral vorausgeeilt, um seine Frau auf den Besuch vorzubereiten. Bei seinem Eintritt saß Juliette auf dem Bettrand. Mairik Antaram hielt eine Tasse in der Hand und versuchte der Widerspenstigen den Tee aufzuzwingen wie einem ungezogenen Kind:

„Willst du für die Franzosen schön sein, so mußt du dich stärken, sonst nützen dir all deine Kleider nichts..."

Juliette erhob sich förmlich, als sei ein Unbekannter eingetreten, dem sie folgen müsse. Mit einem Blick auf die beiden Menschen verließ Mairik Antaram das Zelt. Eines der Brote nahm sie mit, denn sie selbst war ja dem Hungertode nah. Gabriel sah mit grellem Bewußtsein sein altes Leben und die Unüberbrückbarkeit zwischen sich und ihm. Dieses alte Leben trug ein schweres Taftkleid, das bei jeder Bewegung die Vergangenheit rauschen ließ. Die Wangen aber und die Glieder des alten Lebens hatten Farbe und Fülle verloren, die Gestalt konnte kaum frei stehn und weckte Erbarmen. Gabriels Kehle verengte sich. Wie nahe noch war ihm Juliette während ihrer Krankheit gewesen. Jetzt erst, da er sie in der feierlichen Seide vor sich sah, ermaß er ganz den Abgrund der vierzig Tage. Er mußte sich bei seinen Worten sehr zusammennehmen:

„Jetzt bist du wieder wie früher, chérie, gottlob..."

Er fragte sie, ob sie schon Kraft genug habe, dem Konteradmiral des französischen Geschwaders ein paar Schritte entgegenzugehn. Hier in dem dunklen Krankenzelt wolle sie ihn gewiß nicht empfangen. Juliette blickte sich in dem Gehäuse um, das sie noch vor einigen Stunden zu ihrem Grabe bestimmt hatte. Dann machte sie eine leichte und doch sehnsüchtige Bewegung gegen ihr kleines Kopfkissen hin. Gabriel nahm ihren Arm:

„Am Abend wirst du all deine Sachen bei dir haben, Juliette. Nichts wird vergessen werden..."

Trotz dieser Beruhigung aber drehte sich Juliette im Zelteingang noch einmal nach der Dunkelheit um, wie Eurydike nach dem Hades.

Der Konteradmiral kam, nur von seinem Adjutanten und einem jungen Offizier begleitet. Man hatte ihn davor gewarnt, sich der Rekonvaleszentin allzusehr zu nähern. Die Fieberkrankheit auf dem Musa Dagh schien von höchst verdächtiger Art zu sein. Der Flottenchef aber war ein mutiger Mann, bei dem Warnungen zumeist das Gegenteil bewirkten. Er ging mit seinem straffen Schritt, der Jugendlichkeit übertrieb, auf Juliette zu und küßte ihr die Hand:

„Auch Sie, Madame, haben als Französin, als Fremde, einen hohen Anteil an den Leiden und Taten auf diesem Berg. Erlauben Sie mir, daß ich Sie zu dem guten Ausgang beglückwünsche."

Über Juliettens verfallenes Gesicht zog ein schmachtender Schatten:

„Und Frankreich, mein Herr..."

„Frankreich geht durch eine fürchterliche Zeit und muß auf die göttliche Gnade hoffen..."

Juliettens Zustand schien den alten Herrn sehr zu bewegen. Er nahm ihre verschrumpfte Hand zwischen seine Hände:

„Wissen Sie, mein Kind, daß ich Sie hier wahrscheinlich nicht zum erstenmal im Leben sehe ... Damals müssen Sie freilich noch ein sehr kleines Geschöpf gewesen sein, als ich einen ganzen Tag bei Ihren jungverheirateten Eltern verbrachte ... Wenn ich mit Ihrem Herrn Vater auch nicht gerade eng befreundet war, so gehörten wir in unsrer Jugend doch ungefähr demselben Kreise an..."

Juliette schluchzte kurz auf, doch es kam nicht zum Weinen, sondern nur zu einem seltsam abgerissenen Geplapper:

„... Natürlich ... Das Haus wurde nach Papas Tod verkauft ... Aber Mama ... Mama wohnt jetzt ... Ach, ich habe die Straße vergessen ... Sie wissen nichts von ihr, mein Herr ... Aber meinen Schwager werden Sie wohl kennen ... Ich meine

den aus dem Marineministerium ... Ein hoher Beamter ... Wie
heißt er nur ... Mein Kopf ... Coulomb, selbstverständlich,
Jacques Coulomb ... Sie kennen ihn ... Ich sehe meine
Schwestern nur selten ... Aber wenn ich wieder in Paris bin,
da werde ich alle meine Freunde und Freundinnen sehn, nicht
wahr? ... Sie bringen mich doch nach Paris ..."

Juliette taumelte. Der Admiral hielt sie fest. Gabriel lief ins
Zelt und brachte einen Stuhl. Nun saß die Kranke. Trotz ihrer
Schwäche aber ließ die Geschwätzigkeit nicht von ihr ab.
Wahrscheinlich fühlte sie die Verpflichtung, Konversation zu
machen. Ihr Geplapper wurde immer steifer, papageienhafter.
Sie nannte immer wieder neue Namen, gemeinsame Bekannte,
wie sie wähnte. Ihre Rede sprang zusammenhanglos und flüchtig von einem zum andern. Der Konteradmiral fühlte sich
sichtbar unbehaglich. Endlich rief er den jungen Offizier
herbei:

„Sie werden für alles sorgen, mein Freund, und Madame
begleiten ... Die ,Jeanne d'Arc' ist ein Kriegsschiff, und
Bequemlichkeiten findet man auf einem Kriegsschiff nicht.
Wir wollen aber alles versuchen, um Ihnen die Reise angenehm
zu machen, liebes Kind ..."

Auch nachdem der Konteradmiral, von Gabriel ein Stück
geleitet, schon gegangen war, hielt Juliettes papageienhafte
Geschwätzigkeit unvermindert an. Der junge Offizier, den der
Chef gleichsam als Schutz- und Ehrenkavalier zurückgelassen
hatte, sah beklommen auf die farblosen Lippen der armen
Frau, die unablässig Fragen hervorsprudelten, die er nicht
beantworten konnte. Dabei schien im Innern dieser Kranken
etwas Schreckliches vorzugehn, denn sie atmete kurz, und die
Schlagader an ihrem Halse jagte sichtbar. Auch wurden die
Schatten unter ihren Augen immer tiefer. Der Offizier war
froh, als Bagradian zurückkehrte und ein wenig später die
Sanitätsmatrosen mit der Tragbahre kamen. Juliette sträubte
sich zuerst:

„Da lege ich mich nicht hin ... Das ist ja eine Schande ... Ich
werde lieber gehn ..."

Gabriel streichelte ihre Hand: „Das kannst du nicht, Juliette.
Sei vernünftig und streck dich aus! Glaub mir, auch ich würde
mich am liebsten hinuntertragen lassen."

Die beiden Milchgesichter lachten fröhlich aufmunternd.

„Unbesorgt, Madame, wir tragen Sie vorsichtig wie Glas. Sie

853

werden gar nichts spüren."

Juliette ergab sich und wurde, als sie auf der Tragbahre lag, wieder ganz still. Gabriel aber brachte eine Decke, schob ihr das geliebte Kissen unter den Kopf und übergab ihr Handtäschchen dem Offizier. Dann fuhr er seiner Frau noch einmal übers Haar: „Sei ruhig ... Es wird nichts Wichtiges zurückbleiben ..."

Jäh unterbrach er sich. Der Offizier warf ihm einen fragenden Blick zu. Gabriel nickte. Die Träger nahmen die Bahre auf und gingen die ersten Schritte. Sato wartete erregt abseits, um die Führerin dieses Transports zu machen.

„Ich werde euch schnell eingeholt haben", rief Bagradian seiner Frau nach. Juliette aber machte eine so heftige Bewegung, daß die Träger innehielten und die Bahre auf die Erde stellten. Ein zerfetztes Wahnsinnsgesicht wandte sich Gabriel zu, und eine Stimme, die er noch niemals gehört hatte, gellte:

„Hörst du? ... Stephan ... Kümmre dich um Stephan!!"

Auch in der Erlösung war das Maß des Leidens noch nicht voll. Aus dem Tomasianszelte rief es:

„Gabriel Bagradian, so kommen Sie doch!"

Gabriel hatte Iskuhi bei ihrem verwundeten Bruder vermutet. Sie ließ sich nicht blicken. Er trat in Arams Zelt. Alles Gewesene war ja widersinnig gleichgültig geworden. Er fand den Pastor in fiebernder Erregung:

„Wo ist Iskuhi, Gabriel Bagradian, um Jesu willen, wo haben Sie Iskuhi gelassen?"

„Iskuhi? Sie war nach Mitternacht eine Weile bei mir auf der Geschützkuppe. Dann habe ich sie gebeten, zu meiner Frau zu gehn ..."

„Das ist es ja", schrie der Pastor. „Noch am Morgen war ich fest überzeugt, daß sie bei Ihnen in der Linie ist ... Sie ist nicht zurückgekommen, sie ist verschwunden ... Ich habe Leute ausgesandt ... Seit Stunden sucht man sie schon ... Die französischen Sanitätsmatrosen wollten mich längst hinunterschaffen ... Aber ich verlasse den Berg nicht ohne Iskuhi ... Wenn ihr etwas geschehn ist ... Ich verlasse den Berg nicht ..."

Er klammerte sich an Gabriels Arm fest und stemmte sich trotz seiner Wunde empor:

„Ich bin der Schuldige, Bagradian ... Das kann ich Ihnen jetzt erklären ... Aber ich bin der Schuldige ... Wenn mich Gott in meinem Kind und in meiner Schwester persönlich straft, nachdem er uns allen die Gnade gesandt hat, so ist das nur gerecht ... Auch meine Frau war nur ein Werkzeug der Prüfung..."

„Und wo ist Ihre Frau?" fragte Gabriel sehr ruhig.

„Sie ist hinuntergelaufen. Mit dem Kind. Man hat ihr gesagt, daß es unten Milch gibt. Da war sie nicht zu halten..."

Die Erregung übermannte den Verwundeten. Er versuchte aufzustehn, fiel aber gleich wieder zurück.

„Verflucht, ich kann nichts tun, ich kann mich nicht rühren... Tun Sie etwas, Bagradian. Auch Sie haben Schuld an Iskuhi... Auch Sie..."

„Warten Sie, Pastor ... Ich gehe..."

Gabriel sagte das mit schleppendem Ton. Dann bewegte er sich fort, über den Dreizeltplatz und noch ein Stück hinaus. Er kam aber nicht weit, sondern setzte sich irgendwo nieder und starrte ins Blaue. Durch seinen matten Sinn zog immer derselbe Gedanke: Dies also ist die Rettung! Er versuchte, das Nachtgespräch mit Iskuhi sich ins Gedächtnis zu rufen. Er hatte aber keine Einzelheit, sondern nur einen gespenstischen Hauch von Resignation in sich zurückbehalten. Sie war gekommen, um ihn an das Versprechen zu erinnern, um bei ihm zu sein in der letzten Entscheidung. Er aber hatte sie von sich gewiesen, fortgeschickt, zu Juliette. Das war doch selbstverständlich; wenn er sich jetzt prüfte, hatte er selbst nach dem gestrigen Unglück noch den Glauben an die Rettung nicht verloren gehabt. Iskuhi sollte in Sicherheit sein. War das nicht sein Gedanke gewesen? Iskuhi aber wollte etwas, was er ihr nicht geben konnte, einen entschlossenen seligen Glauben an den Untergang. In diesem Glaubensmut hatte er sie enttäuschen müssen. Wo war Iskuhi nun? Gabriel hätte nicht sagen können warum, aber seine Seele war von der Überzeugung erfüllt, daß Iskuhi nicht mehr lebte, daß Iskuhi in der Nacht noch den Tod gesucht hatte, daß Iskuhi vom Damlajik verschwunden war und alle Nachforschungen keinen Erfolg haben würden. Dennoch erhob er sich jetzt aus seiner erstarrten Hoffnungslosigkeit, um alle notwendigen Anordnungen zu treffen.

Gabriel Bagradian war im Irrtum. Iskuhi lebte. Während er seine Pfeife an die Lippen setzte, um irgendwelche Helfer herbeizurufen, hatte sie Kework, der Tänzer, schon gefunden. Spät genug! Dies war nur damit zu erklären, daß Iskuhi in der Nacht den ausgetretenen Pfad verloren hatte und in eine kleine Schlucht, oder besser in eine leichte, wildbewachsene Grube gestürzt war. Diese Grube lag freilich abseits von den gewohnten Wegen, in dem zerklüfteten Gelände, das zur Schüsselterrasse führt. Was sie zwischen Mitternacht und Morgen in dieser unseligen Gegend gesucht hatte, darauf erhielt niemand eine Antwort. Bis auf ein paar Kratzer an Armen und Beinen war dem Mädchen nichts geschehen. Keine Wunde, kein Knochenbruch, keine Erschütterung, ja nicht einmal eine Sehnenzerrung. Und doch, der Sturz in der Finsternis hatte den tödlichen Schwächezustand Iskuhis, gegen den sie sich so viele Tage schon wehrte und den sie doch selbst förderte, endlich zum Durchbruch gebracht. Als sie Kework auf seinen, ganz andre Lasten gewohnten, Armen herbeitrug, war sie bei voller Besinnung, hatte riesige, fast heitere Augen, konnte aber nicht sprechen. Zum Glück befand sich bei den Sanitätssoldaten, die noch die letzten Kranken zu transportieren hatten, ein junger Hilfsarzt vom „Guichen". Er verabreichte Iskuhi ein starkes Herzmittel, bestand aber darauf, daß die Entkräftete so schnell wie möglich an Bord gebracht werde, um das Schlimmste abzuwenden. Ohne Verzug und ohne viel Worte wurden Pastor Tomasian und Iskuhi auf die Tragbahren geschnallt. Gabriel hatte kaum Zeit, Kristaphor den Auftrag zu geben, alle drei Zelte, sobald das Gepäck fortgeschafft sei, mit ihrem ganzen Inhalt sofort niederzubrennen.

Gabriel hielt sich dicht an Iskuhi, sooft dies nur möglich war. Der enge Steig freilich bot kaum Platz für einen Mann, und an jenen Stellen, wo die nackten Felswände sich rechter Hand öffneten, hatten die Träger alle Mühe, mit ihren Lasten heil vorüberzukommen. Voran schwankte die Bahre mit dem verwundeten Pastor. Dann folgte Iskuhi, in deren Nähe auch der Hilfsarzt ging. Damit aber war der Zug nicht abgeschlossen, da hinten noch drei Beinverletzte der Schlacht vom dreiundzwanzigsten August und eine Wöchnerin getragen wurden. Überdies lief ein Schwarm von Nachzüglern mit, Krieger aus den Zehnerschaften, die im Brandschutt ihrer Familienhütten nach verschonten Habseligkeiten gescharrt hatten. Die Träger hielten drei- oder viermal auf breiten Bergstufen Rast. Dann neigte sich Gabriel zu Iskuhi hinab. Doch auch er konnte kaum

sprechen. Denn zwei Schritte voraus lag Aram Tomasian. Und
der Arzt kam jeden Augenblick, um dem Mädchen einen
Schluck Milch einzuflößen und den Puls zu fühlen. Gabriel
sprach mit leiser Stimme halbe Sätze: „Wohin wolltest du,
Iskuhi ... Was hast du vorgehabt ... Dort..."

Ihre Augen antworteten:

„Warum fragst du mich, was ich nicht weiß ... Es war ein
Schweben ... Wir haben nur wenig Zeit mehr, weniger als in
der Nacht..."

Er kniete neben sie hin und schob die Hand unter ihren Kopf,
als wollte er sie damit zum Sprechen bringen. Dabei waren
seine eigenen Worte kaum vernehmbar:

„Hast du Schmerzen?"

Ihre Augen verstanden sofort und erwiderten:

„Nein! Ich spüre meinen Körper gar nicht. Aber ich leide sehr,
daß es so gekommen ist, wie es kam. Wäre es ohne diese Schiffe
nicht besser gewesen? Nun ist irgendein Ende da, aber nicht
unsres, Gabriel..."

Gabriels Augen verstanden weder so gut zu sprechen noch
auch so gut zu lesen wie die Iskuhis. Darum sagte er auch
etwas ganz Falsches:

„Es ist nur eine kleiner Kollaps, Iskuhi ... Der Hunger..."
Und zum Hilfsarzt gewandt, fuhr er französisch fort:

„Der Doktor meint dasselbe. In drei Tagen, wenn wir in Port
Said ankommen, wirst du völlig erholt sein ... Du bist ja noch
so jung, so jung, Iskuhi..."

Ihre Augen verfinsterten sich und entgegneten streng:

„Solche banalen Worte solltest du in dieser Minute gar nicht
sprechen, Gabriel. Ob ich leben oder sterben werde, ist mir
ganz gleichgültig. Du irrst dich, wenn du meinst, daß ich mich
nach dem Tode sehne. Vielleicht werde ich leben. Aber weißt
du nicht, daß alles anders sein wird, wenn uns die Schiffe
aufgenommen haben, auch du und ich. Nur solange wir noch
die Erde des Musa Dagh unter uns haben, gehören wir einander, du als meine Liebe und ich als deine Schwester."

Nicht alles, aber manches schien Gabriel verstanden zu haben.
Wie eine Spiegelung ihrer Augenworte drang es leise aus
ihm:

„Ja, wo werden wir sein ... ich und du ... Schwester?"

Ihr Mund öffnete sich zum erstenmal, zwei leidenschaftliche
Silben zu bilden, die allem Früheren widersprachen:

„Bei dir ..."

Die Tragbahren wurden aufgenommen und der unbeschwerliche Rest des Weges fortgesetzt. Schon schlug Stimmengewirr empor. Unten an der Küste herrschte auf den engen Felsplatten ein lebensgefährliches Gedränge, das durch eine Anzahl von Matrosen noch gesteigert wurde, die sich unter irgendeinem Vorwand die Erlaubnis erbeten hatten, an Land zu gehn. Auch war die Einschiffung schon im Gang, die sich unter hundert Verwirrungen und mit wildem Geschrei entwickelte. Gabriel Bagradian wurde von allen Seiten mit Bitten, Wünschen, Forderungen, Fragen bestürmt. Die Volksgenossen brachten das Wunder der Rettung ohne einen vernünftigen Grund mit ihm in geheimnisvolle Verbindung. Er war ja, als ein Verwandter des mächtigen Frankreich, der gottgesandte Mann, seinen Landsleuten vom Musa Dagh auch draußen im Exil weiterzuhelfen. Insbesondere seine Gegner im Führerrat, die Schulzen, Thomas Kebussjan und die Muchtarin mit den raschen Mausaugen allen andern voran, konnten sich jetzt in kriecherischen Anbiederungen nicht genugtun. Er mußte sich durch eine Flut erregter Protektionsbitten durchkämpfen. Als er dann zu der Landungsstelle kam, war das Boot mit Aram und Iskuhi schon abgestoßen, denn auf Befehl des leitenden Offiziers gingen die Krankentransporte allen anderen vor. Auch Juliette war längst schon mit dem Motorboot des Konteradmirals an Bord der „Jeanne d'Arc" befördert worden. Die Sonne lag in unerträglich grellen Scherben und Splittern auf dem Meere. Viele Boote hielten den Kurs auf die Kriegsschiffe zu, andre bewegten sich gegen die Küste. Iskuhi lag unsichtbar in dem ihren. Gabriel konnte nur die starre Figur Howsannahs erkennen, die das armselige Bündel mit dem Erstgeborenen des Musa Dagh regungslos im Arm hielt.

Die Einschiffung ging überaus langsam vor sich. Es gab viele Schwierigkeiten zu überwinden. Man hätte zwar die größere Hälfte der Dorfgemeinden recht gut auf dem Transportdampfer unterbringen können, dieser bequemen Lösung der Raumfrage aber widersetzten sich die Ärzte. Bei dichter Zusammenpferchung von Tausenden, in der Nähe der Kranken zumal, wäre das Schlimmste zu befürchten gewesen. Man mußte im Gegenteil so verfahren, daß auf jenem Trans-

portschiff nur die Kranken, die Erschöpften, die Verdächtigen, die Verwahrlosten beherbergt und damit von den Besatzungen und dem gesunden Volksteil geschieden wurden. Der leidige Dampfer bildete somit im Hinblick auf die Kreuzer oder gar auf die gewaltige „Jeanne d'Arc" einen Ort des Elends, des Abfalls, des Kehrichts. Eine Kommission, aus Offizieren und Ärzten zusammengesetzt, unterwarf jeden einzelnen Armenier einer Gesundheits- und Ungezieferprüfung, ehe man ihm seine Einteilung zuwies. Man ging dabei sehr streng vor. Wer nur den geringsten Zweifel erregte, wurde auf das Transportschiff verbannt. Von den Führern des Musa Dagh befand sich bei dieser Musterungskommission einzig und allein Ter Haigasun. Die Kräfte Bedros Hekims waren im Laufe der Stunden immer bedenklicher verfallen. Der Chefarzt hatte ihn schon vor längerer Zeit auf den „Guichen" bringen lassen. Auch Lehrer Hapeth Schatakhian trieb sich bereits an Bord dieses Kreuzers umher, in den ungewohnten Wonnen westlicher Zivilisation schwelgend. Die Muchtars wiederum schienen ihr Schulzenamt als beendet anzusehn und sich nur mehr als Familienväter zu fühlen, ebenso die verehelichten Dorfpriester und der Rest der Lehrer. Sie kümmerten sich jedenfalls um nichts. So oblag es Ter Haigasun allein, die Interessen des Volkes wahrzunehmen, das heißt bei den Offizieren und Ärzten dahin zu wirken, daß die Familien nicht unnötig auseinandergerissen würden und daß auch der Transportdampfer die richtigen Insassen erhielt. Gabriel Bagradian trat zu der Musterungskommission, die in der Nähe der Landungsbrücke amtierte. Er legte die Hände auf Ter Haigasuns Schultern. Dieser kehrte ihm sein Gesicht zu, das wieder wächsern ruhig war wie immer. Nur der versengte Bart und das Brandmal sprachen von den letzten Ereignissen auf dem Damlajik. Er ließ seinen scheuen und doch festen Blick in Gabriels Blick weilen, was in all dieser Zeit nur ganz selten geschehen war.
„Gut, daß ich Sie sehe, Gabriel Bagradian ... Ich habe eine Frage an Sie..."
Ter Haigasun sprach leise, obgleich die Franzosen sein armenisches Wort auf keinen Fall verstanden hätten:
„Die beiden Ärgsten sind ja verschwunden, Oskanian und Kilikian meine ich, und einige andre noch..."
„Kilikian ist tot", sagte Gabriel und empfand nicht das geringste dabei. In Ter Haigasuns Augen zuckte es kurz, als habe

er begriffen. Dann wies er auf eine Felsplatte, wo sich ein Haufen armenischer Männer drängte:

„Meine Frage an Sie ... Haben die Schurken ein Recht, gerettet zu werden? ... Müßte ich sie nicht zurückjagen ...?"

Gabriel überlegte seine Antwort keinen Augenblick:

„Hatten wir ein Recht, gerettet zu werden? ... Und sind wir die Retter? ... Jedenfalls haben wir als Gerettete kein Recht, irgendwen von der Rettung auszuschließen."

Ter Haigasun lächelte leicht:

„Gut ... Ich wollte mich nur vergewissern ..."

Der Priester bot nicht mehr den beklagenswerten Anblick von heute morgen. Einer der Schiffsgeistlichen hatte ihm einen Rock geliehen. Sein altes Bedürfnis, die Hände in der Kutte zu verbergen, zwang ihn nun, mit einer ungewohnten Bewegung in die Rocktaschen zu fahren:

„Es freut mich, Gabriel Bagradian, daß wir auch jetzt noch derselben Ansicht sind, wie wir es immer waren ..."

Und das erstemal trat in sein Lächeln ein Ausdruck, der beinahe verschämter Zärtlichkeit glich. Gabriel sah der Musterung eine lange Zeit zu. Da er aber völlig geistesabwesend war, sah er nur ein leeres Hin und Her. Ter Haigasun verwunderte sich nach einer Weile:

„Sie sind noch immer hier, Bagradian? Das Motorboot der ‚Jeanne d'Arc' kommt eben zurück ... Sehn Sie! ... Sie müssen mir hier nicht helfen. Ihre Pflicht ist getan und gesegnet. Die meine noch nicht. Gehn Sie mit Gott und ruhen Sie sich aus. Ich werde auf dem ‚Guichen' sein ..."

Irgendein innerer Widerstand verhinderte Gabriel, sich endgültig zu verabschieden: „Vielleicht sehe ich mich hier noch einmal nach Ihnen um, Ter Haigasun ..."

Er drängte sich wieder durch die Wartenden und ging ohne Ziel ein paar Schritte auf den Bergpfad zu. Awakian kam ihm entgegen. Hinter diesem schleppten Kristaphor, Missak, Kework das Gepäck des Hauses Bagradian. Der Getreue hatte alles gerettet, was sich mit Menschenkräften über den Steilpfad hinabtragen ließ. Nur die Bettstellen und der Hausrat waren in den Zelten zum Tode verurteilt worden. Gabriel lachte:

„Hallo, Awakian ... Warum diese Mühe? Das sieht ja aus, als gingen wir auf eine üppige Vergnügungsreise nach Ägypten ..."

Der Student sah seinen Patron hinter der vernickelten Brille strafend an, mit der Miene eines armen Mannes, der den Wert der Dinge besser zu beurteilen weiß als ein ahnungsloser Reicher. Gabriel nahm ihn unterm Arm und hielt ihn fest:

„Ich brauche noch einmal Ihre Hilfe, Awakian, mein Freund ... Die ganze Zeit denke ich darüber nach, wie sich das machen läßt ... Mein Ruhebedürfnis ist grenzenlos. Doch gerade Ruhe werde ich in den nächsten Tagen nicht finden. Der Konteradmiral hat mich eingeladen, an seiner Tafel zu speisen. Ich werde also mit einer Menge von gleichgültigen Leuten stundenlang reden müssen, erzählen, prahlen oder bescheiden tun, alles gleich peinlich. Eine neue Gefangenschaft jedenfalls. Ich will das nicht. Verstehn Sie, Awakian? Ich will das nicht! Ich will diese drei Tage wenigstens allein sein, ganz und gar allein! Und deshalb werde ich nicht an Bord der ‚Jeanne d'Arc' gehn, sondern auf den Transportdampfer. Dort gibt es nur wenige Offiziere. Man wird mir wohl eine eigene Koje zuweisen und ich werde Ruhe haben ..."

Samuel Awakian machte ein ziemlich entsetztes Gesicht:

„Das Transportschiff, Effendi, das kommt ganz gewiß in Quarantäne."

„Die Quarantäne schreckt mich nicht ..."

„Es kann aber eine Gefangenschaft werden, die länger als vierzig Tage dauert ..."

„Wenn ich es will, wird man mich freilassen ..."

Awakian suchte nach stichhaltigen Einwänden:

„Sie beleidigen damit den Konteradmiral, der schließlich unser Engel war."

„Das ist es ja ... Und da müssen Sie mir eben helfen, Awakian! Sie lassen sich sofort in meinem Namen melden und entschuldigen mich mit irgendeinem einleuchtenden Grund. Sagen Sie, das Transportschiff sei mit unseren unsichersten Leuten besetzt, die keine Aufsicht haben. In der kurzen Zeit hätte man die Geschichte nicht organisieren können. Jemand aber müsse doch die Ordnung gerade unter diesen Leuten garantieren. Da habe ich es übernommen ..."

Awakian sah recht wenig überzeugt drein. Aber Gabriel blieb fest:

„Dieser Grund ist wirklich glaubwürdig. Sie können ruhig sein. Ein alter Soldat und Seemann hat für solche Skrupel jedes Verständnis. Es wird ihm weiter nicht auffallen, glauben Sie

mir ... Nun also, machen Sie es gut, Awakian..."
Der Student zögerte noch:
„Dann werden wir uns jetzt ein paar Tage nicht sehn..."
Diese Worte klangen ängstlich. Gabriel aber blickte zum
Landungsponton hin:
„Höchste Zeit, Awakian! Die Motorbarkasse der ‚Jeanne‘
d'Arc‘ dürfte keine neue Fahrt machen. Behalten Sie die
Papiere vorläufig bei sich!"
Das Boot mahnte mit ungeduldigen Abfahrtssignalen, Awakian hatte kaum mehr Zeit, Gabriel die Hand zu drücken.
Dieser blickte ihm versunken nach. Dann erkundigte er sich
bei einem der Offiziere, wann die Boote zum Transportschiff
abgehn würden. Da die meisten Kranken schon an Bord seien,
erhielt er zur Antwort, komme die Einschiffung der Ausgesonderten zuletzt. Das kann ja noch stundenlang dauern,
meinte Bagradian angesichts der dichten Menge, die sich um
die Kommission und auf der Landungsstelle drängte. Er war
aber damit gar nicht unzufrieden und freute sich, dem Konteradmiral und dem Leben auf der „Jeanne d'Arc" entgangen zu
sein. Langsamen Schrittes schlenderte er auf den Bergpfad zu.
Er hatte so viel Zeit noch, und es war gut, dem Weibergeschrei
dort unten und der brennenden Septembersonne in Stille und
Schatten zu entkommen. Gabriel mußte am Sammelplatz
vorbei, wohin man die Ausgesonderten schickte, damit sie dem
begünstigten Volksteil nicht im Wege stünden. Viele von ihnen
freilich, die Friedhofsbewohner voran, hatten sich hier eingefunden, ohne sich erst der Mühsal jener Ungeziefermuste-
rung auszusetzen. Bagradian sah seine künftigen Reisegenos-
sen. Sato grinste, lief ein Stück an seiner Seite und streckte
ihm bettelnd die Hand entgegen. Das hatte sie in Yoghonoluk
niemals getan. Ein paar Deserteure erhoben sich aufdringlich
und zerknirscht. Nunik und die anderen Klageweiber saßen
auf ihren Säcken, deren Moderschätze sie jetzt von der Heimat
fort auf einen fremden Erdteil zu entführen gedachten. In der
linken Hand hielten sie ihre langen Hirtenstäbe, mit der
Rechten berührten sie Brust, Mund und Stirn, um den Herrn
zu grüßen, Gabriel Bagradian, den Letzten, Sohn des Mesrop,
Enkel des Awetis Bagradian, des großen Wohltäters und
Kirchenstifters. Nunik aber, die Zeitlose, grüßte in ihm das
Kind, bei dessen Geburt sie heimlich mitgewirkt hatte, vor
Bedros Hekim wohlverborgen, mit dem Sis Kreuze an Tür und

Wände malend, um den Dämon zu vertreiben. Die blinden Greise mit den Prophetenhäuptern hockten leise singend auf der Erde. Dicke Fliegen saßen auf ihren Augenhöhlen. Sie verscheuchten sie nicht. Ungerührt durch das Gewesene, unbekümmert um das Künftige, sangen die Prophetenhäupter vor sich hin. Sie fragten kaum nach dem, was geschehen war, sie verloren keine Heimatstätte, sie horchten nur dem inneren Rauschen und ließen sich von Nunik, Wartuk, Manuschak, den Blindenführerinnen, leiten, wohin es diesen beliebte. Zufrieden klagend tönte ihr dünnes Summen und das entzückte Zittern im Diskant.

Gerade dieses Summen aber machte Gabriel das Herz schwer. Es lockte Stephan herbei. Er ging den Bergpfad immer weiter, um den Gesang der Blinden nicht mehr hören zu müssen. Doch bald hatte er dafür Juliettens sonderbares Papageiengeplapper im Ohr und dann ihren Aufschrei: Kümmre dich um Stephan! Immer schneller schritt er aus, in tiefen Gedanken, die ihrer nicht bewußt waren. Endlich blieb er verwundert stehn, so weit war er schon den Berg emporgeraten. Dies aber schien ein guter Ort zu sein. Ein natürlicher Felssitz, von Arbutus und Myrten überdacht, mit einer moosigen Lehne. An diesem guten Ort ließ er sich nieder. Er konnte von hier alles genau betrachten, das Gewimmel bei den Klippen unten und die fünf blaugrauen Schiffe, regungslos erstarrt in der dicken Schmelzflut. Der Transportdampfer lag am weitesten draußen. Der „Guichen" mit Iskuhi am nächsten. Das Fischereifloß des Pastors war mit festen Schiffstauen an den Klippen befestigt worden. Die Matrosen hatten einen schmalen Laufsteg drüberhin gelegt. Die Geretteten balancierten einer hinter dem andern über dieses lange Brett, um zu den Booten zu gelangen. Manchmal geriet die ganze Vorrichtung ins Schwanken, das Wasser spritzte auf, und die Frauen kreischten. Dieses Bild verscheuchte alles andre. Das Gewimmel nahm noch immer nicht ab. Ich habe sehr, sehr viel Zeit, dachte Gabriel. Dies aber hätte er nicht denken dürfen, ja er hätte sich an diesem guten Orte ebensowenig niederlassen dürfen wie ein Halberfrorener im Schnee. Das Bild der Einschiffung schwankte einförmig. Und Gott sandte einen mächtigen Schlaf über Gabriel Bagradian. Dieser Schlaf war bereitet aus allen Strapazen, aus allen durchwachten Nächten der vierzig Tage. Gegen ihn gab es keinen Willen und keine Kraft mehr.

Eine Mutter sagt am Abend von ihrem Kindchen, das kaum die Augen offenhalten kann: Es hat Schlaf. Gabriel Bagradian hatte Schlaf, nein, er hatte Tod.

Siebentes Kapitel Dem Unerklärlichen in uns und über uns

Fünf Schiffssirenen heulen auf. In verschiedenen Tonlagen durcheinander, kurz, drohend, hohl. Gabriel Bagradian öffnet ruhig die Augen. Sein Blick sucht das schwankende Bild, das er soeben verlassen zu haben glaubt. Die belebtere Brandung umhüpft die menschenleeren Klippen. Das Floß schwimmt auseinander. Der „Guichen" hat schon beigedreht. Sein Bug, nach Südwest gerichtet, schneidet tief ins Meer. Die andern Schiffe des Geschwaders ziehen ihm voraus. Wie schwerfällige und doch anmutig zielbewußte Tänzer suchen sie eine formvollendete Figur zu bilden. Die „Jeanne d'Arc" manövriert sich langsam in den Kern dieser Figur. Gabriel beobachtet dies mit aufmerksamen Augen. Dann erst denkt er: Und Ter Haigasun? Hat er nichts bemerkt? Nein! Er glaubt mich ja auf der „Jeanne d'Arc". Jetzt springt Gabriel auf und beginnt zu rufen und mit den Armen zu kreisen. Doch seine Stimme trägt nicht, und seine Bewegungen sind nicht die eines Verzweifelten. Die Sonne trifft zur Frist den Vorsprung des Ras el Chansir, und die Steilwände des Musa Dagh liegen im tiefen Schatten. Bei einiger Vernunft müßte Bagradian daher zu den Klippen hinabfliegen, die äußerste erklettern und sich mit allen Mitteln bemerkbar zu machen suchen. Das Deck des „Guichen" ist voll von Armeniern, die über die Reling hängen und Abschied nehmen von dem Berg ihres Lebens, der ihnen jetzt mit verfinsterter Miene wie ein enttäuschter Mörder nachzublicken scheint. Wenn auch das Meer laut atmet und die Schraube pocht, irgend jemand auf Deck oder in den Beobachtungstürmen würde Gabriel Bagradian schon bemerken. Der Unglückselige aber verläßt nicht nur seinen schattigen Platz nicht, er stellt sogar das Winken und Rufen ein, als habe er solche zwecklose Förmlichkeit satt. Und wirklich, Gabriel ist tief erstaunt über die Ruhe, die ihn erfüllt.

Ein Mensch in dieser Lage müßte doch wie ein Wahnsinniger um Hilfe rufen, er müßte sich ins Wasser werfen, nachschwimmen, aufgefischt werden oder ertrinken, gleichviel. So langsam ziehen die Schiffe. Noch ist es Zeit.

Gabriel versteht seine eigene Ruhe nicht. Lähmt der Schlaf noch immer sein Blut? Die Feldflasche, von den Franzosen mit schwarzem Kaffee und Kognak gefüllt, liegt neben dem guten Ort, wo er sitzt. Er will seine eigne Verzweiflung wecken und trinkt deshalb in vollen Zügen. Die Labung bewirkt das Gegenteil. Das Blut kommt zwar in Zug, die Muskeln spielen, doch die Ruhe verwandelt sich keineswegs in Notschrei und Todesangst. Sie nimmt nur eine aktivere Form an. Sie wird zu freudiger Getrostheit. Der irdische, der materielle Mensch schämt sich ihrer zunächst. Ich werde einen höheren frei gelegenen Punkt ersteigen und aus meinem Rock eine Fahne machen. Dieser Versuch ist praktisch wertlos. Gabriel gaukelt sich damit nur etwas vor. Es treibt ihn einfach hinauf und nicht hinunter, Jetzt denkt er selbstverständlich noch: Wovon werde ich leben? Er greift in die Taschen seines Überrocks. Drei Weißbrötchen und zwei Tafeln Schokolade, das ist alles. In den Taschen des Leibrocks findet er nichts Rechtes, die Karte des Damlajik, ein paar alte Briefe und Aufzeichnungen, eine leere Zigarettenschachtel und dann die Münze des Agha Rifaat Bereket mit der griechischen Aufschrift. Er hält das dünne goldene Ding in der Hand. Plötzlich erinnert er sich, daß er damals vor dem großen Aufbruch noch einmal in die Villa zurückgekehrt war, um die Münze zu holen. Hätte er's doch lieber nicht getan! Jetzt ist es ihm, als müsse er das böse Amulett im letzten Augenblick noch von sich werfen. Er tut es nicht, sondern steckt die Münze wieder ein, der Inschrift gedenkend. So gesund, so kraftvoll wie in dieser Stunde hat sich Bagradian nicht einmal in den ersten Tagen der Verteidigung gefühlt. Jede Spur von Müdigkeit ist aus den Beinen verschwunden, die Knie schwingen übermütig, das Herz kommt nicht ins Klopfen, und ehe er noch weiß wie, ist der freie Punkt erreicht, der schon hoch über dem Meere liegt. Gabriel tritt auf den Felsvorsprung, um den Mantel in weiten Kreisen über dem Kopf zu schwenken. Kaum aber hat er damit begonnen, läßt er die Arme wieder sinken. Und er weiß zugleich das erstemal mit blitzhafter Klarheit, *daß er ja gar nicht von den Schiffen gesehen werden will*, daß seine Lage kein unheilvoller Zufall ist, sondern eine tiefe Entscheidung, die nicht nur Gott allein getroffen hat, sondern auch er selbst. Wie ist das? Keine Spur von Sinn- und Gefühlsverrückung kann er in sich finden. Sein Geist ist ebenso klar, wie sein Gemüt ruhig ist. Ihm scheint es sogar, daß eine lange, dumpfe Betäubung jetzt erst von ihm weicht. Alles in ihm will ins reine kommen mit einer bisher unbekannten Bewußtseinskraft.

Er verläßt den Meeresausblick. Seine für sich selbst leicht gewordene Gestalt wandert mit großen Schritten den holprigen Steig aufwärts, der nichts andres ist als ein ausgetretener, durch Steine und Holzstücke kenntlich gemachter Zickzack zwischen Felswänden, Wasserrinnen und Schluchten. Doch die Klarheit in Gabriel ist auch im Sinnlichen so groß, daß er weder auf die Merkzeichen des Weges noch auf die Gefahren achten muß. Er weiß, daß er in diesem Lebenszustand sich nicht versteigen noch abstürzen kann. Gleichmäßig wie sein Puls arbeitet seine Erkenntnis. Es ist die Rechenschaft des Stolzes, die er sich auf diesem Wegabschnitt gibt. Darum also war er heute morgen, als das Wunder vom Meere donnerte, beinahe enttäuscht. Darum also erfüllte ihn die Mitteilung der Exzellenz, man werde das Volk vom Musa Dagh und somit auch ihn in Alexandria oder Port Said ans Land setzen, mit schwer begreiflichem Unbehagen. In diesem Unbehagen schon keimte der große Wille dieser Stunde. Im ersten Augenblick der allgemeinen Rettung hatte ihn sofort die Ahnung angewandelt, daß es für ihn diese Rückkehr ins Leben nicht gebe, schon deshalb, weil der wahre Gabriel Bagradian, wie er in diesen vierzig Tagen entstanden ist, *wirklich* gerettet werden mußte. Nach Port Said oder Alexandria? In irgendein Barackenlager für armenische Flüchtlinge? Den Musa Dagh mit einem engeren und niedrigeren Pferch vertauschen? Von der Höhe der Entscheidung in die Sklaverei hinabsteigen, um auf neue Gnade zu warten? Warum? Ein altes Wort Bedros Hekims kling auf: Armenier sein ist eine Unmöglichkeit. Sehr wahr! Die Unmöglichkeiten sind aber für Gabriel Bagradian abgetan. Mit unbeschreiblicher Sicherheit erfüllt ihn das Einzigmögliche. Er hat das Schicksal seines Blutes geteilt. Er hat den Kampf seines Heimatvolkes geführt. Ist aber der neue Gabriel nicht mehr als Blut? Ist der neue Gabriel nicht mehr als ein Armenier? Früher hat er sich zu Unrecht als „abstrakter

Mensch", als „Mensch an sich" gefühlt. Er mußte zuerst durch jenen Pferch der Gemeinschaft hindurch, um es wahrhaft zu werden. Das ist es, darum fühlt er sich so unermeßlich frei. Kosmische Einsiedelei. Die Sehnsucht dieses Morgens. Nun ist sie gefunden, wie von keinem Sterblichen noch. Jeder Atemzug schwelgt in der trunkensten Unabhängigkeit. Die Schiffe entfernen sich, und Gabriel bleibt zurück auf diesen Felshang des Musa Dagh, der leer sich dehnt wie eben erschaffen. Nur zwei sind da, Gott und Gabriel Bagradian. Und Gabriel Bagradian ist von Gottesgnaden, ist wirklicher als alle Menschen und alle Völker!!

Auf der Höhe dieses Stolzes befällt ihn eine leichte Schwäche. Die Frauen! Wo Frauen sind, da ist auch männliche Schuld. Gabriel hat jene sanfte Bergstufe erreicht, wo heute die Krankenträger Rast hielten und Iskuhis Augen zu ihm vom Abschied sprachen. Er sieht aber nicht Iskuhi, sondern Juliette in ihrem Taftkleid. Was wird aus ihr werden? Gabriel bleibt einen Moment lang stehn und blickt aufs Meer hinaus. Die Schiffe ziehen so langsam. Sie haben noch immer nicht die Mitte der hochgestellten Meeresfläche gewonnen. Noch könnten ihn die Männer im Auslug vielleicht sehn, wenn er den Mantel über dem Kopf kreisen ließe. Doch ein andrer Gedanke beschäftigt ihn. Juliette wird frei sein und hat es dann leicht, die französische Staatsbürgerschaft zurückzuerhalten. Wenn es sich herausstellt, daß er verschollen ist, dann wird sich der Admiral und die ganze Welt ihrer liebevoll annehmen. Diese klare Überlegung steigert noch seine Freiheit. Er geht jetzt bedächtiger und mit leicht gesenktem Kopf eine Felshalde entlang, ehe der Steig in Wald und Buschwerk mündet. Gabriel hat wieder zwei Biegungen zurückgelegt, als er plötzlich zusammenschrickt. Ist das möglich? Hat sich Iskuhi tatsächlich im letzten Augenblick irgendwo versteckt, um zurückzubleiben und bei ihm zu sein? Während der nächsten Sekunden erscheint ihm dies nicht als verstiegene Phantasie. Seine Sinne glauben es sogar inbrünstig. Denn Iskuhis Schritt ist hinter ihm. Er unterscheidet das spitze, bestimmte Nachklappen ihrer Absätze. Wo werden wir sein, Schwester, du und ich? Sie hat ihr Wort wahrgemacht: Bei dir. Er sieht sich nicht um, läuft ein großes Stück weiter, bleibt dann stehn. Iskuhis leichter, gleichmäßiger Schritt ist unabwendbar hinter ihm. Immer deutlicher ein Frauenschritt, der emporsteigt. Der Weg raschelt, die Erde knirscht, Steine rollen seitab. Gabriel wartet. Nun müßte Iskuhi ihn schon erreicht haben. Aber der Schritt tickt immer gleich nah und gleich fern. Endlich spürt er, daß Iskuhis Schritt nicht außer ihm, sondern in ihm vorgeht. Seine Hand gleitet am Körper hinab und verhaftet die Taschenuhr. Wie er sie nun hervorzieht, wird das Ticken so laut, daß es nicht mehr einem Frauenschritt, sondern den hartnäckigen Schlägen eines feinen Hammers auf Gestein gleicht. Die Einsamkeit übertreibt den Laut. Oder ist es Gabriels persönliche Zeit, die sich in der Steigerung seines Lebens mitsteigert?

Er hält noch immer die Uhr in der Hand, als der Schatten von der allerletzten Gewißheit weicht. Der Schlaf vorhin ist kein gewöhnlicher Schlaf gewesen. Dieser Schlaf war vorgesehen, um seiner Schwachheit zu helfen, damit er seine Bestimmung erfüllen könne. Ohne ihn wäre er zurückgesunken. Doch Gott hat etwas andres mit ihm vorgehabt. Wann war das nur? Ist es eine Einbildung oder hat er diese Worte wirklich gesprochen: Seit einiger Zeit habe ich das felsenfeste Gefühl, daß Gott etwas mit mir vorhat ... Nun kennt er das Vorhaben in seiner ganzen Tiefe. Da ist es nicht mehr die Freiheit und freudige Getrostheit nur, die ihn durchflutet. Nein, etwas ganz und gar Neues bestürmt sein Wesen. Der Jubel des übernatürlichen Zusammenhangs, der geistige Strahl: Mein Leben ist gelenkt und daher geborgen. Mit leicht geöffneten Armen wandert er weiter, den Weg nicht fühlend. Die nächste Felslichtung öffnet sich. Immer hochgebauter steigt der Meereshorizont. Das Geschwader rückt, in der dreieckigen Form des Storchflugs, allmählich in größere Fernen. Gabriel aber späht nicht mehr nach den Schiffen. Er sieht in den Nachmittagshimmel, dessen Blau sich immer golddunkler färbt. Jetzt weiß er den Vater so stark, wie er ihn nur als kleines Kind gewußt hat. Die Schale wölbt sich tief und tiefer und ist kein kalter astronomischer Weltraum mehr, sondern der Ort des Empfangenwerdens. Schon verliert sich der Weg in der letzten Steigung. Gabriel spürt ihn nicht. Noch immer hält er die Arme leicht geöffnet und blickt in den schattigen Himmel. Jeder Schritt, den er tut, ist eine Darbringung. Doch auch oben herrscht keine Starrheit. Auch dort bewegt sich ein opferndes Entgegenkommen auf ihn zu.

Er durchquert den Gürtel der Myrten- und Rhododendronbüsche. Mußte er nicht an die nächsten Stunden denken, an die Nacht, an ein sicheres Versteck? Denn so wie er jetzt lebt, kann kein sterblicher Mensch über die Dämmerung hinausleben. Nichts fragt in ihm. Seine Füße tragen ihn die gewohnten Wege. Der Dreizeltplatz. Die Zelte sind nicht nur aus wasserdichtem, sondern auch aus feuerfestem Stoff verfertigt und haben sich daher den Flammen widersetzt. Nicht einmal im Innern hat das Feuer Glück gehabt. Die Betten stehen unversehrt. Gabriel geht an Juliettens Zelt vorüber, ohne sich aufzuhalten. Vor der Stadtmulde macht er unentschlossen halt. Es zieht ihn nach Norden, in die große Stellung, zu seinem Werk. Dann aber nimmt er die andre Richtung, gegen die Haubitzgruppe. Vielleicht ist er sogar ein wenig neugierig, ob den Marineinfanteristen die Sprengung der Geschütze gelungen ist. Zwischen Stadtmulde und Haubitzkuppe liegt der große Friedhof. Vierhundert Gräber haben in der mageren Erde dennoch Platz gefunden. Die aus der ersten Zeit tragen unbehauene Kalkblöcke und Platten mit schwarzgemalten Inschriften. Die späteren sind nur mehr durch leere Holzkreuze bezeichnet. Gabriel tritt zu Stephan. Der Aufwurf des Grabes ist noch ziemlich frisch. Wann haben sie ihn nur gebracht? Am dreißigsten Tage, und heute ist der einundvierzigste. Und wann war es, als er mich hier oben schlafend überraschte? Jetzt überrasche ich ihn wieder. Und wir sind wie damals allein auf dem Musa Dagh. Gabriel rührt sich nicht fort, denkt aber nicht nur an Stephan, sondern an hundert Begebnisse der Kampfzeit. Nichts stört die große Ruhe in ihm. Kaum merkt er, daß die Sonne untergeht.

Als es auf einmal kalt und dunkel wird, rüttelt er sich aus seiner Versunkenheit auf. Was war das? Fünf Schiffssirenen, in verschiedenen Tonlagen durcheinander, drohend, lang, doch unendlich fern. Gabriel reißt seinen Mantel vom Boden auf. Jetzt haben sie mein Fehlen entdeckt. Jetzt rufen sie mich. Auf die Schüsselterrasse! Ein Feuer anzünden! Vielleicht, vielleicht! Das Leben rast in ihm. Beim ersten Schritt aber fährt er zurück. Auf der Erde kriechend nähert es sich in einem Halbkreis. Sind es die wilden Hunde? Doch keine Augen glühn in der Dämmerung. Der kriechende Halbkreis erstarrt, zehn Schritt entfernt. Gabriel tut, als merke er nichts, blickt in die Luft, macht einen Schritt zurück und duckt sich hinter Stephans Hügel. Doch unvermutet blitzt es von der Seite auf, eins, zwei, dreimal.

Gabriel Bagradian hatte Glück. Die zweite Türkenkugel durchschmetterte ihm die Schläfe. Er klammerte sich ans Holz, riß es im Sturze mit. Und das Kreuz des Sohnes lag auf seinem Herzen.

Nachbemerkung des Autors

Dieses Werk wurde im März des Jahres 1929 bei einem Aufenthalt in Damaskus entworfen. Das Jammerbild verstümmelter und verhungerter Flüchtlingskinder, die in einer Teppichfabrik arbeiteten, gab den entscheidenden Anstoß, das unfaßbare Schicksal des armenischen Volkes dem Totenreich alles Geschehenen zu entreißen. Die Niederschrift des Buches erfolgte in der Zeit vom Juli 1932 bis März 1933. Zwischendurch, im November, gelegentlich einer Vorlesungsreihe in verschiedenen deutschen Städten, wählte der Verfasser das fünfte Kapitel des ersten Buches zum Vortrag, und zwar genau in der vorliegenden Form, die sich auf historische Überlieferung des Gespräches zwischen Enver Pascha und Pastor Johannes Lepsius stützt.

Breitenstein, Frühjahr 1933   F. W.

Franz Werfel

Fischer Taschenbücher

Fischer Bibliothek

»Die Pflege der Tradition und die Kunst des Nachworts«

Ilse Aichinger
Die größere Hoffnung
Roman. Mit einem Nachwort
von Heinz Politzer.

Herman Bang
Sommerfreuden
Roman. Mit einem Nachwort
von Ulrich Lauterbach.

Albert Camus
Der Fremde
Erzählung. Mit einem Nach-
wort von Helmut Scheffel.

Joseph Conrad
Freya von den Sieben Inseln
Eine Geschichte von seichten
Gewässern. Mit einem Nach-
wort von Martin Beheim-
Schwarzenbach.

William Faulkner
Der Strom
Roman. Mit einem Nachwort
von Elisabeth Kaiser.

Otto Flake
Die erotische Freiheit
Essay. Mit einem Nachwort
von Peter Härtling.

Jean Giono
Ernte
Roman. Mit einem Nachwort
von Peter de Mendelssohn.

Manfred Hausmann
Ontje Arps
Mit einem Nachwort von
Lutz Besch.

Ernest Hemingway
**Schnee auf dem
Kilimandscharo
Das kurze glückliche Leben
des Francis Macomber**
Zwei Stories. Mit einem Nach-
wort von Peter Stephan Jungk.

Hugo von Hofmannsthal
**Reitergeschichte
und andere Erzählungen**
Mit einem Nachwort von
Rudolf Hirsch.

Franz Kafka
**Die Aeroplane in Brescia
und andere Texte**
Mit einem Nachwort von
Reinhard Lettau.

Annette Kolb
Die Schaukel
Roman. Mit einem Nachwort
von Joseph Breitbach.

Alexander Lernet-Holenia
Der Baron Bagge
Novelle. Mit einem Nachwort
von Hilde Spiel.

Heinrich Mann
Schauspielerin
Novelle. Mit einem Nachwort
von Hans Wysling.

Klaus Mann
Kindernovelle
Mit einem Nachwort von
Herbert Schlüter.

Thomas Mann
Der kleine Herr Friedemann.
Der Wille zum Glück. Tristan
Mit einem Nachwort von
Reinhard Baumgart.

Tonio Kröger
Mit einem Nachwort von
Hanns-Josef Ortheil.

Herman Melville
Billy Budd
Vortoppmann auf der
»Indomitable«.
Mit einem Nachwort
von Helmut Winter.

Luise Rinser
Geh fort wenn du kannst
Novelle. Mit einem Nachwort
von Hans Bender.

Septembertag
Mit einem Nachwort von
Otto Basler.

Antoine de Saint-Exupéry
Nachtflug
Roman. Mit einem Vorwort
von André Gide und einem
Nachwort von
Rudolf Braunburg.

Paul Schallück
Die unsichtbare Pforte
Roman. Mit einem Nachwort
von Wilhelm Unger.

Arthur Schnitzler
Traumnovelle
Mit einem Nachwort von
Hilde Spiel.

Leo N. Tolstoi
Der Tod des Iwan Iljitsch
Erzählung. Mit einem
Nachwort von Nonna Nielsen-
Stokkeby.

Jakob Wassermann
Der Aufruhr
um den Junker Ernst
Erzählung. Mit einem
Nachwort von
Peter de Mendelssohn.

Franz Werfel
Eine blaßblaue Frauenschrift
Mit einem Nachwort von
Friedrich Heer.

Thornton Wilder
Die Brücke von San Luis Rey
Roman. Mit einem Nachwort
von Helmut Viebrock.

Die Frau aus Andros
Mit einem Nachwort
von Jürgen P. Wallmann.

Tennessee Williams
Mrs. Stone und ihr römischer
Frühling
Mit einem Nachwort von
Horst Krüger.

Virginia Woolf
Flush
Die Geschichte eines
berühmten Hundes. Mit einem
Nachwort von Günter Blöcker.

Carl Zuckmayer
Die Fastnachtsbeichte
Mit einem Nachwort von
Alice Herdan-Zuckmayer.

Stefan Zweig
Erstes Erlebnis
Vier Geschichten aus Kinder-
land. Mit einem Nachwort
von Richard Friedenthal.

Legenden
Mit einem Nachwort von
Alexander Hildebrand,

Schachnovelle
Mit einem Nachwort
von Siegfried Unseld.

S. Fischer Verlag

Moderne Klassiker

Fischer Taschenbücher

Moderne Klassiker

Fischer Taschenbücher

Moderne Klassiker

Fischer Taschenbücher